本研究受到南开大学中央高校基本科研业务费资助

项目号：63162107

扣问与触摸

——百年中国文学的精神史探寻

耿传明 著

中原出版传媒集团
中原传媒股份公司
大象出版社
·郑州·

图书在版编目(CIP)数据

扣问与触摸：百年中国文学的精神史探寻 / 耿传明著.— 郑州：大象出版社，2020. 10
ISBN 978-7-5711-0679-9

Ⅰ. ①扣… Ⅱ. ①耿… Ⅲ. ①中国文学-现代文学史-文学史研究-文集 Ⅳ. ①I209. 6-53

中国版本图书馆 CIP 数据核字(2020)第 127930 号

扣问与触摸：百年中国文学的精神史探寻

KOUWEN YU CHUMO：BAINIAN ZHONGGUO WENXUE DE JINGSHENSHI TANXUN

耿传明 著

出 版 人 汪林中
责任编辑 陈 灼
责任校对 安德华 霍红琴 牛志远
装帧设计 张 帆

出版发行 大象出版社(郑州市郑东新区祥盛街 27 号 邮政编码 450016)
发行科 0371-63863551 总编室 0371-65597936
网 址 www.daxiang.cn
印 刷 洛阳和众印刷有限公司
经 销 各地新华书店经销
开 本 720 mm×1020 mm 1/16
印 张 44.75
字 数 677 千字
版 次 2020 年 10 月第 1 版 2020 年 10 月第 1 次印刷
定 价 179.00 元
若发现印、装质量问题，影响阅读，请与承印厂联系调换。
印厂地址 洛阳市高新区丰华路三号
邮政编码 471003 电话 0379-64606268

自序

本论文集是从我20世纪80年代中期进入中国现代文学研究领域以来，发表的百余篇论文中选择出来的。论文的范围从清末一直延续到当下，跨度有一百多年。论文的中心议题是中国文学、文化由传统向现代转换过程中的“古今之变”，而主要的关注点则在于新旧转型过程中的人心之变与文学之变的关系。也就是说我的研究兴趣主要集中于考察置身于这段前所未有的巨大动荡中的中国人的思想、情感、心理、情绪的变化，也就是现代中国人体验世界的方式的变化，这也可以说是一种我看待文学的宽泛的“精神史”或曰“心灵史”视角。相对于从社会的政治、经济结构来把握现代社会的变化，我更青睐从人的内在心灵的变化的角度去把握时代社会的变化，从此角度来看，现代性就表现为一种对人类存在的基本范畴时间和空间的体验方式的变化以及由这种变化所引发的人的内心的价值秩序的位移和重构，由此催生出一种不同于传统的新的爱恨好恶、是非善恶的价值偏爱系统的出现，它往往表现为一种不同以往的“做派”、风气，卓尔不群的精神气质，特立独行的人生态度等等，文学在造就这种时代心灵和时代新人方面可以说是厥功至伟。如清末民初的革命与言情作家何海鸣就曾发出“今生不做拿破仑，便做贾宝玉”的宏愿，表明其时代的青年先觉者们已开始为一种来自西方的现代性的英雄主义、浪漫主义的价值理想所折服，传统儒家的修齐治平、忠臣孝子等价值理想已对其失去吸引力；他们将“革命事功”和“浪漫情爱”视为人生最值得追求的价值，“英雄”和“情圣”在其价值系统中占据着最为优先、重要的位置，这种新的价值偏爱系统也就成为其为人和为文的深层肌理。再如“五四”时期的傅斯年在读了鲁迅的《狂人日记》后，向时代发出这样的呼吁：“疯子是我们的老师，孩子是我们的朋友。我们带着孩子，跟着疯子走——走向光明去。”这种用激情和偏执来挑战伦理生活秩序的倾向，显然带有一种浓厚的文化浪漫主义色彩，它构成了“五四”人一种特有的反世俗化的精神气质。因此，我觉得从这种心态变化的角度来考察文学史比从社会的政治经济结构分析入手更能把握住文学史的精神脉动。

启蒙与革命是近现代文学的两大主题，近现代文学研究也由此形成以文化启蒙和政治革命为中心的两大研究范式，由此派生出的近现代文学研究往往带有比较强的政治功利性或文化功利性色彩。但我认为作为学术研究，弄清事实比判断是非更为优先，所以面对新与旧、传统与现代、东方与西方的对立，我认为应该跳出某种单向性、绝对化的价值判断，从一种整体性的、扩大了的人文视野出发去深入理解其各自存在的原因和目的。所谓整体性的、扩大了的人文视域，也就是对现代性单一的“自然人性论”观念的超越，将传统的“道德人性论”也纳入对人性的理解和认识之中，形成一种能反映出人的多层次需要的完整的人性观念，从而避免对人的理解的削足适履倾向。人具有自然和超自然的双重性，因此其是自然的和超自然的、灵和肉的一体两面的双重存在，单纯地强调和夸大某一方面，偏执某一面人性，将另一面斥为非人性，显然都不利于人性自身的发展。“自然人性论”无法解释人的精神来源，“道德人性论”又过于蔑视人的肉身存在，因此将“理性”和“德性”结合起来，将其均视为人性中的应有之义，这样我们对人的理解也就更能切近人性的实际了。总之“现代”与“传统”的对立并不可以简单地化约为光明与黑暗的对立、人与非人的对立，“进步”“现代”自身也不可能成为人生存的终极价值和意义，“为现代而现代”“为进步而进步”，正表现出一种将人手段化而非目的化的异化倾向。所以重新思考T.S.艾略特曾提出的问题仍很有必要：“问题的核心在于，什么是人？什么是他的局限？什么是他的苦难？什么是他的伟大？而终究什么是他的命运？这些问题任何政治、哲学都不可能逃避，而根据对这些问题的回答，一切政治的（文学的和社会的）

思想都将得到最终的裁决。”人的生命是一种多层次、多面相的存在，简单来说可分为：自然生命、社会生命和精神生命三个层面；不可以某一层面的特性去抹杀、排斥其他层面的特性，从而导致对人的整体生命的肢解，对人的理解的片面化。正如法国思想家布莱士·帕斯卡在其《思想录》中所说：“绝不可让人相信自己等于禽兽，也不可等于天使，也不可让他对这两者都忽视，而是应该让他同时知道这两者。……我要同等地既谴责那些下定决心赞美人类的人，也谴责那些下定决心谴责人类的人，还要谴责那些下定决心自寻其乐的人；我只能赞许那些一面哭泣一面追求着的人。”该书也可以说是我对“人是什么”这一重大问题进行思考的产物，浅陋、错谬之处在所难免，尚祈方家不吝指正。是为序。

2017 年 2 月 20 日于天津

目录

第一辑 近代篇

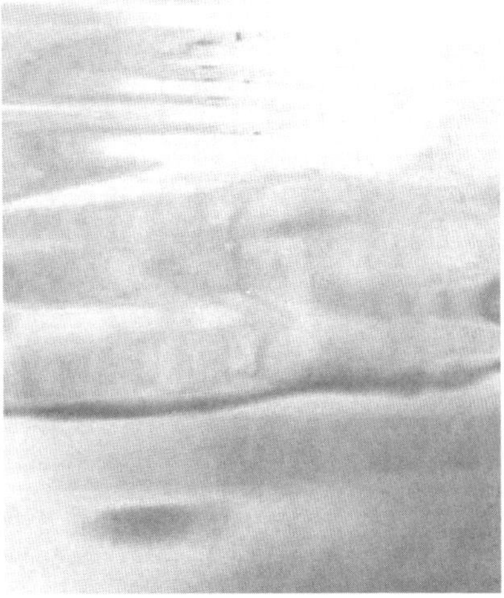

清末民初社会心理变异与文学转型

社会心态，通俗地讲是指民风和大众心理状态。这种民风和大众心理状态在某一特定的历史时期以一种整体的形态存在并影响着每一个社会成员，使人认同这种观念、态度和意志，或不自觉地受到这种观念、态度和意志的控制。在每一个剧烈变动的社会中，社会心态都是必须重视的研究领域。故此，杜亚泉在民国初年就特别关注转型期的中国社会心理问题。他认为："个人心理，分为智情意三大端。社会心理，亦分为智情意三大端，即社会知识、社会感情、社会意思是也。三者为一浑圆体，复杂混合，不能为显然之区画，亦如个人心理，参互错综，不能为判然之界限。略言之，则知识者，所以开浚社会之精神；感情者，所以推动社会之精神；意思者，所以表示社会之精神。而社会之智情意，既由个人之智情意集合而成，则必个人之智情意，先立于精确正当稳健之地，然后社会之智情意，乃得臻于精确正当稳健之域。此则社会心理之纲要也。”[①]一般说来,社会心态的内容包括心理取向、社会理智和文化精神,在本质上,它是社会存在的变化规律在社会主体中的精神内化,是社会实践者和精神环境交互作用的结果。社会心态作为一种潜在的精神力量,是人类社会行为的主要动机和驱动力,它影响和支配着人们的社会活动和行为选择。俄国哲学家普列汉诺夫指出:“社会心理异常重要,甚至在法律和政治制度的历史中都必须估计到它,而在文学、艺术、哲学等学科的历史中,如果没有它,就一步也动不得。”[②]中国古代就有过“采诗以观民风”的采风制度,可以说是中国古代的民意调查和舆论监督系统。进入近代之后,大众对于历史的影响越来越大,甚或起到决定性的作用,因此,对大众心理的研究就显得尤为重要。而一个时代的文学创作可以说是时代风尚和大众心理的集中体现,代表着众多社会个体的较为一致的思想情感。这样,要理解一个时代,就不能不了解那个时代的文学。如此,从文学来进入历史,就可以使历史研究中树立起一个“人心”的维度;而从历史来反观文学,也可以为文学研究提供一个“历史”的框架,不致使文学成为一种超然于时代的孤立的存在。

一

1921年,梁启超在南开大学讲授中国历史研究法时,就特别强调把握一个时代的社会心态对于理解历史的重要性。他说道:

> (人类)活动必有成绩,然后可记,不待言也。然成绩云者,非一个人、一事业成功失败之谓,实乃簿录全社会之作业而计其总和。质言之,即算总账也。是故成绩有彰显而易见者,譬犹澍雨降而麦苗茁,烈风过而林木摧;历史之大圣哲大英雄之出现,大战争大革命之经过,是其类也。亦有微细而难见者,譬犹退潮刷江岸而成淤滩,宿茶浸陶壶而留陈渍;虽聪察者,犹不之觉,然其所演生之迹,乃不可磨灭。一社会、一时代之共同心理,共同习惯,不能确指其为何时何人所造,而匹夫匹妇日用饮食之活动皆与有

① 杜亚泉:《杜亚泉文存》,上海:上海教育出版社,2003年,第260页。

② [俄]普列汉诺夫著,曹葆华译:《普列汉诺夫哲学著作选集》第3卷,北京:生活·读书·新知三联书店,1984年,第29页。

力焉，是其类也。吾所谓总成绩者，即指此两类之总和也。夫成绩者，今所现之果也，然必有昔之成绩以为之因；而今之成绩又自为因，以孕产将来之果；因果相续，如环无端，必寻出其因果关系，然后活动之继续性，可得而悬解也。然因果关系，至复赜而难理；一果或出数因，一因或产数果；或潜伏而易代乃显，或反动而别证始明；故史家以为难焉。[①]

梁启超的这段话，既强调了理清历史的因果关系的困难，也指出了解决这种困难的途径，那就是不但要关注历史上大圣哲、大英雄的作为，还要关注普通人匹夫、匹妇的日常生活对于历史的影响；由这两者交互作用所产生的“一社会、一时代之共同心理，共同习惯”，是揭示历史因果关系的关键。因此，探求时代的社会心理状况的蕴积、发动和变化，就成为“史家最要之职务”：“吾以为历史之一大秘密，乃在一个人之个性，何以能扩充为一时代、一集团之共性；与夫一时代、一集团之共性，何以能寄现于一个人之个性。申言之，则有所谓民族心理或社会心理者，其物实为个人心理之扩大化合品，而复借个人之行动以为之表现。史家最要之职务，在觑出此社会心理之实体，观其若何而蕴积，若何而变动，若何而变化，而更精察夫个人心理之所以作成之、表出之者，其道何由。能致力于此，则史的因果之秘密藏，其可以略睹矣。”[②]梁启超之所以如此重视人的心理和社会变化的探讨，自然与他信奉的带有唯心主义色彩的“心力论”有关。过分强调心理因素，会导致一种主观主义的唯意志倾向；然而，人的社会心理动机对于历史变化的影响是显而易见、不可忽视的。因此，对于社会心理的研究自然会越来越受到重视，并为人们理解历史提供一个新的视角和进入方式。

早在19世纪末，法国社会心理学家古斯塔夫·勒庞（Gustave Le Bon，1841—1931）就开创了社会心理的研究，他的《乌合之众》（1895年首次出版）成为社会心理学研究的经典。该书的重要性在于他不仅仅局限于社会心理研究自身，还力图通过社会心理的研究为未来的历史趋向发出某种警示：勒庞认为，发生在文明变革之前的大动荡，从表面看上去，似乎是由政治变化、外敌入侵或

① 梁启超：《中国历史研究法》，上海：华东师范大学出版社，1996年，第2页。
② 梁启超：《饮冰室合集·文集》卷73，北京：中华书局，1989年，第29、114～115、122页。

王朝的倾覆决定的;但是深入来看,在于人们的思想所发生的深刻的变化。因此,“真正的历史大动荡,并不是那些以其宏大而暴烈的场面让我们吃惊的事情。造成文明洗心革面的唯一重要的变化,是影响到思想、观念和信仰的变化。令人难忘的历史事件,不过是人类思想不露痕迹的变化所造成的可见后果而已”[①]。从这一观念出发,勒庞认为近代以来的欧洲面临的正是人类思想经历转型过程的关键时期。其转型基础缘于两个基本因素:一是宗教、政治和社会信仰的毁灭,既往人类文明的所有要素都根植于这些信仰之中。这种毁灭,意味着传统社会存在的根基的动摇。二是现代科学和工业的各种发现,创造了一种全新的生存和思想条件。人们认为,靠着这些现代的知识和技术成就,可以建立起一个全新的、合理的社会。这样一个新旧交替时代,自然就会呈现为一种群龙无首的过渡状态。勒庞在这个过渡时代中发现一个不可忽视的力量的崛起,那就是群体的力量。他强调,如果对这种群体的力量熟视无睹,那么你就根本无从理解这个时代。正是因为群体的崛起成为现代区别于古代的重大原因,所以,对于近代以来迅速崛起的社会群体心态的研究是我们进入现代的一个重要途径。

传统的中国社会,是一个以士大夫为中心的四民社会。士、农、工、商这四大阶层,形成了以儒家思想为核心价值的社会分层。“士为四民之首”,士是这个社会中最活跃的阶层。作为社会中心阶层的士大夫阶层,是通过科举制度从社会中选拔出来的,科举制度既保证了精英来源的开放性和竞争性,也维持了社会文化秩序的稳定和再生。近代社会心理的变化也是从士大夫阶层开始的。

近代文学研究者往往强调鸦片战争的起点意义,但1840年的鸦片战争的冲击力并没有使中国传统的社会政治经济结构崩溃,传统文化信仰尚未招致根本性的怀疑,中国社会仍然保持着国家政权与基层社会组织双重统治的格局。因此,社会心态与“传统”相比尚无大的变化,像洋务运动中社会动员的规模和深度还是比较有限的,此时期也没有产生足以引发社会心态大改变的社会思潮。过于强调外部的刺激,往往突出了一种中国社会“现代性”转换是由西方主宰的被动性,忽视了中国文化自身的“主动求变”精神在“现代性”转换中所起

① [法]勒庞著,冯克利译:《乌合之众:大众心理研究》,北京:中央编译出版社,2000年,第5页。

的重要作用。鸦片战争虽然给中国带来前所未有的来自西方强势文化的冲击，但影响毕竟有限，正如“雷过雨住”，并没有真正撼动中国人牢固的文化自信，人们仍然坚信中国文明是世界上唯一的文明，而西方只是船坚炮利的蛮夷之邦，中国社会遇到的一切挑战都可以凭借中国文化自身来得到完满的解决。即使主张“师夷之长技以制夷”的魏源也认为：“以《周易》决疑，以《洪范》占变，以《春秋》断事，以《礼》《乐》服制兴教化，以《周官》致太平，以《禹贡》行河，以《三百五篇》当谏书，以出使专对，为之以经术为治术。曾有以通经致用为垢厉者乎？”[①]尽管面对西方强势文化的全面冲击，仅靠这些老家底——中国传统的文化资源显然已无济于事。甚至到1876年，郭嵩焘出使西洋，并出版了他的《使西纪程》，其中说英国“政教修明”“环海归心”，从而在士大夫心中引起轩然大波，朝中士林赠给他这么一副对联：“出乎其类，拔乎其萃，不容于尧舜之世；未能事人，焉能事鬼，何必去父母之邦！”梁启超多年后回忆起这段往事仍感慨万千：“光绪二年，有位出使英国大臣郭嵩焘，做了一部游记。里头有一段，大概说：现在的夷狄和从前不同，他们也有二千年文明。嗳呦！可了不得。这部书传到北京，把满朝士大夫的公愤都激起来了，人人唾骂，闹到奉旨毁版，才算完事。”[②]但此时的郭嵩焘已经意识到，“虽使尧舜生于今日，必取泰西之法推而行之，不能一日缓也”。

从1856年第二次鸦片战争中两广总督叶名琛与英使巴夏礼的交手，可以看出一般守旧中国士大夫“以不变应万变”的典型心态。在引发第二次鸦片战争的“亚罗号”事件中，两广总督叶名琛以强硬姿态登场，但最后却以令人意想不到的“海上苏武”的方式结束。《清史稿》中对叶名琛有这样的评述：他“性木讷，勤吏事，属僚惮其威重。初以偕徐广缙拒英人入城被殊眷，因狃于前事，颇自负，好大言，遇中外交涉事，略书数字答之，或竟不答”。叶名琛被俘之后，英人将他“挟至印度孟加拉，居之镇海楼上。犹时作书画，自署曰‘海上苏武’，赋诗见志，日诵吕祖经不辍。九年，卒，乃归其尸。粤人憾其误国，为之语曰：‘不战、不和、不守，不死、不降、不走；相臣度量，疆臣抱负；古之所无，今之罕有。’”[③]

① 傅军龙、李柏田、竹天润：《晚清文化地图：1840至1911年的中国文化人》，北京：团结出版社，2006年，第44、176页。
② 梁启超：《五十年中国进化概论》，见陈书良编《梁启超文集》，北京：北京燕山出版社，1997年，第449页。
③ 柯劭忞等：《清史稿·叶名琛传》，见《二十五史》第9册，杭州：浙江古籍出版社，1998年，第1337页。

平心而论,叶名琛尚不失为一个有气节、有操守的传统士大夫,他的悲剧结局与他个人品质无关,而主要是两种文化隔膜、错位造成的结果。

真正使中国士大夫阶层产生心灵震撼的是1894年的中日甲午战争。如果说叶名琛的那种“以不变应万变”的心态在甲午战争前仍具有普遍性的话,那么,经历了甲午惨败之后的中国士大夫阶层,开始普遍意识到了改弦更张的必要性。虽然一般大众可能还在“酌茗听讨逆武功”,但士大夫阶层中的先觉者已意识到变法的不可避免,于是就产生了1898年的戊戌变法运动。康有为在《上清帝书(一)》中开头即这样写道:“天不能有阳而无阴,地不能有刚而无柔,人不能有常而无变。因此以皇上之明,观万国之势,能变则全,不变则亡,全变则强,小变仍亡。”梁启超在《变法通议》中更说得明白:“万国蒸蒸,大势相逼,变亦变也,不变亦变。变而变者,变之权操诸己,不变而变者,变之权让诸人。”这种要把“变之权操诸己”的主动求变的要求,在甲午至戊戌的士人心中已成为共识,并以康、梁为代表迅速形成了一个新型的政治精英群体,即讲求维新变法的“新党”。虽然新党之中尚有康梁派和其他渐进改革派之别,如陈寅恪在20世纪40年代还要坚持辨明其祖父陈宝箴、父亲陈三立的变法与康、梁托古言治式的变革路线的不同,但在需要变法这一点上两者并无区别。这种要求变法维新的政治精英群体,经过一系列的纷争演变,成为政坛上的主角,从舆论到行动都对中国近代的历史进程起到了决定性的影响。他们似乎形成了一个职业化的政治精英群体,专以办报、讲学等社会政治动员活动为业。“运动员”这个词在晚清时指的主要是专职的以社会运动为业的人。

这些政治化的知识分子群体,与传统读书应试的士大夫已大不相同。他们可以说是时代的弄潮儿,开风气之先的人物,文学的现代性变革也是从他们这里开始的。他们率先把政治引入文学,并身体力行创作现代政治小说,使得消闲性的文学成为具有相当重要的政治意义的一项严肃的事业。戊戌维新失败后,政治保守派有一个短暂的回潮时期,但终因庚子之变的大挫败而彻底垮台,其中载勋、毓贤等一百多名顽固派应洋人“惩办祸首”的要求而被处决。西太后在庚子之变后改弦更张,宣布变法,由此开始了由清廷推动的咸与维新的清末新政时期。维新此时具有了朝廷赋予的合法性,并在全国展开,特别是在沿海城市得到积极的响应。近代文学的第一次创作高潮谴责小说的兴起,就是在这种背景下产生的。

以往讲谴责小说，往往过多强调梁启超的“小说界革命”的影响，即政治精英的引导作用，实则如果没有清末新政下咸与维新的社会氛围，谴责小说潮也是不可能出现的。而且，谴责小说的作家群虽也受到梁启超等政治精英的影响，但其创作的倾向、旨趣与梁启超的期待并不完全相符，他们属于另外一个社会群体，即从传统士大夫阶层中分化出来的、在大的通商口岸谋生从而融入市民阶层的传媒知识者群体。他们是在商品经济环境下产生的第一代靠办报和文学创作谋生的职业作家，其创作的首要原则是满足读者需要，而不是进行表达社会变革诉求。所以，他们的创作多是围绕社会热点、焦点，代表着一种贴近世俗生活的市民群体的思想情感和审美情趣。贬抑者将他们称为“文丐”，将他们拒之于大雅之堂之外，但他们在社会上的成功表明，正是他们适应了时代的生存环境，他们创作的小说具有比政治文化精英推崇的“新小说”更强的生命力。

随着清末留学生的大量派出和科举废除后学堂教育的普及，一批以西学为背景的不同于传统的知识精英群体开始成长起来。这种新的知识精英群体与政治精英群体具有同源性，但也有偏重于文化和偏重于政治的区别。偏重于文化的知识精英，更为注重从文化的角度来表达其现代性的理想，西方文学中的个人主义精神、审美意识、艺术情趣对他们产生了直接的影响，导致其文化心态的西化倾向。他们大都能直接阅读外文书籍，不再需要林纾式的中介来了解西方，他们从知识到情感都已倾向于西化。这种新一代的知识精英群体的产生，为五四新文学提供了接受基础。

以上三个知识群体——政治精英群体、传媒知识者群体、西化知识精英群体的出现，为这个时期三种不同类型的文学——政治精英文学、市民通俗文学和西化纯文学的产生提供了作者和读者群。士人阶层由读经史到嗜读小说的阅读兴趣的改变，也壮大了近代文学的读者群。

二

文学与社会的关系是显而易见的，但是怎样来认识这种关系，往往会出现种种偏向。最易出现的偏向就是把两者之间的关系简单化、机械化，形成某种单一的决定论模式，其中较为典型的就是简约的经济决定论。它从社会存在决定社会意识出发，使社会意识简单地受制于其所处社会的经济状况，既忽视了社会存在和社会意识之间关系的复杂性，也使人们看不到人的主观心理、意志、愿望在历史发展中的作用。因而，意大利哲学家葛兰西正是从对这种简约的经济决定论的批判而开始创立他的意识形态理论的。他认为，将经济作为社会最终的决定因素是外在和片面的，“必须考虑人类的意志和主动权”。与他同时代的克罗齐、拉布里奥拉也都提出过类似观点。克罗齐强调历史中伦理-政治的层面，突出人意识上的能动性；拉布里奥拉则强调意识形态的相对独立性，认为意识形态是社会心理现实化的结果。葛兰西一方面继承了他们的思想，认识到意识形态和文化问题的重要性；另一方面，又清除他们的唯心主义立场，力图将意识形态还原到社会现实之中，强调社会心理介于社会存在和社会意识之间的中介、桥梁意义。

进入近现代社会之后，社会思潮对于社会心理的影响越来越大。所谓社会思潮，指的是一种大规模的观念形态的运动，它通常从知识分子群体发端，进而影响到整个社会，民众成为社会思潮的主体。社会思潮可以分为两个部分，一是以社会理论形态表现出来的潮流，一是以社会心理形态表现出来的潮流。[①]梁启超在《清代学术概论》的开篇写道：“凡文化发展之国，其国民于一时期中，因环境之变化，与夫心理之感召，不期而思想之进路，同趋于一方向，于是相与呼应汹涌，如潮然。”他还为“思潮”提出了两个规定性：“凡‘思’非皆能成‘潮’，能成‘潮’者，则其思必有相当之价值，而又适合于时代之要求者也。”也就是说，并非一切思想都能成为潮流，而成为潮流的思想则都在某种程度上适应了时代的需要。因此，社会思潮在近现代文学的演变中扮演了重要角色。

中国古典文学与近现代文学的差异是非常明显的。遗传和变异是每个生命体的基本特征，如果把文学当成一个生命体来看的话，古典文学可以说是遗传占主导位置的文学，而近现代文学则可以说是变异占主导位置的文学。近现代的文学之变的根源还需从个人和社会心态的巨变入手，才能探明。

晚清时期，诗、文、小说三界都爆发了革命，可以说是全面刷新了中国文学

① 陈新汉：《民众评价论》，上海：上海人民出版社，2004年，第271页。

的面貌。古典文学所崇尚的圆熟简练、静穆悠远等文风迅速为一种铺张扬厉、激昂慷慨的文风所取代。流风所及，也可能会生出“以叫嚣为气盛，以粗豪为雄骏，以新词为奥衍，以俚语为雅饬”[①]的流弊，但它仍然是人的心性在时代冲击下改变之后呈现出来的结果。具体来说，就是个人和社会的智、情、意三个层面都发生了巨大的变化，社会心理由以往的“幼稚静默”一变而为激越慷慨、亢奋纷扰。

清末民初文学所呈现出的由传统向现代文化范型的转换主要体现在三个方面：其一是政统和道统的脱离，表现出一种政治的非伦理化趋势。其二是道德与宗教和传统习俗的脱离，表现为一种建立在商品交换基础上的新的伦理的出现。其三是非道德的文学，即文学不再必然地承担道德责任，文学的自主性增强，文学与道德脱钩。这三种变化并不是源于某种人为的设计，似乎是在无意识中自然发生的。如谴责小说彻底地打破了人们对“官府”“政治”的神化和迷信，它的谴责对象远不止是清朝官员，也包括几乎所有的政治人物，特别是后期活跃于政坛和社会上的形形色色的“新党”“志士”和社会“运动员”。这种对政治和政治人物的彻底祛魅，消除了传统政教合一的光环，使得对政治和政治人物的批评、监督、挑剔、指责、不信任成为顺理成章、理所当然的事情。再如非宗教的道德，宗教性的道德源于礼俗社会，是在熟人圈里发挥作用的，而都市生活则是一种法理社会，是一种陌生人的聚合，显然需要一种新的道德原则来有效地处理都市的人际关系。我们从清末洋场小说中可以看到太多世道浇漓、人心不古的感叹，但结果仍然是无奈地顺应和接受。至于文学的自主性，则源于自我的发现、个人主体性的确立，表现自我自然就成为文学的要义，为道、为君、为父母立言，显然不如为自我立言来得切实和自然。

从文学自身的发展历程来看，近代文学代表着由传统的“吟诵说唱文学”向现代“书写印刷文学”的进一步转换。西方印刷机器、技术的传入，民办报纸杂志等现代传媒的兴盛，为此转型提供了物质基础。就文学自身而言，其生态背景、文化皈依、人文蕴含、形态构成、审美风格上在近代也都发生了显著的变化。近代文学不仅置换了原有单一的文学背景和知识谱系，接受了西方文学的影响

① 汪辟疆：《光宣以来诗坛旁记》，沈阳：辽宁教育出版社，1998 年，第 47 页。

和启发，而且对文学是什么，文学写什么，文学怎么写等文学原点问题也重新进行了定义，近代文学与济世救民的政治目标相结合，使其在文化上的重要性得到了空前的加强。中国近代文学与西方文学的对比，使近代中国人认为西方的强大与进步也在于其“文学巨人”的层出不穷，如王国维《文学与教育·教育杂感四则之四》就感叹：“试问我国之大文学家，有足以代表全国民之精神，如希腊之鄂谟尔，英之狭斯丕尔，德之格代者乎？吾人则不能答也，其所以不能答者，殆无其人欤？”作为政治家的梁启超则更强调文学与社会政治变革的联系，甚至在《论小说与群治之关系》中断言：“欲新一国之民，不可不先新一国之小说。”鲁迅也在《坟·论睁了眼看》中强调：“文艺是国民精神所发的火光，同时也是引导国民精神前途的灯光。”这些对文学的重新理解和在创作上的大胆开拓，终于使近代文学无论在思想主题还是在文体形式上都突破传统，发生了重大的变革。

世人大都以五四新文化运动来作为中国文学现代性转换的标志，然而，“五四”并不是这种现代性转换的起点。追溯它的起点，大致可以说是由1894年甲午之役和1900年的庚子之变开启的。如果我们从社会思潮所引发的社会群体心态变异的角度来考察这个急剧变化过程的话，它可以分为四轮大的心理波动：一是1894年甲午战争之后的变法维新与《天演论》所引发的新旧对峙，形成文化上的“西进东退”的第一次高潮；二是癸卯年(1903年)知识界的“新觉醒”与《民约论》所唤醒的个人和民族权利之争，立宪与革命的齐头并进，形成了文化西化的第二次高潮；三是辛亥革命成功、中华民国建立、《临时约法》颁布，“共和”主义深入人心，是为近代西化的第三次高潮；四是1916年《新青年》的崛起、五四新文化信仰的确立以及俄国十月革命的回声。这四次大的心理波动都产生了与之相应的文学创作的高潮。

第一轮心理波动源于甲午战争中国的惨败。正如梁启超在《改革缘起》中所说：“唤起吾国四千年之大梦，实甲午一役始也。”随之而来的维新变法唤醒了中国人广泛的社会参与意识，促进了文学的繁荣。《天演论》终结了中国人的继嗣者心态，开启了一种进步、创造者心态，由此引发了社会的一种崇新风气和厚今薄古的心理，为文学的诗、文、小说三界革命提供了心理基础。

第二轮大的心理波动主要在辛亥革命前后发生。它集中表现于癸卯年(1903年)“革命排满”思潮的狂飙突起。这一年，相继发生了江浙知识界的新觉醒，留日学生风潮，“拒法抗俄”运动，邹容《革命军》、陈天华《猛回头》与《警世钟》的出版，《苏报》案等，“排满”“革命”的观念开始深入人心。据时人记载，当时大江以南的知识界“翘然于旧政治、旧学术、旧思想之非，人人争从事于新知识、新学术，迄今而自由民主之论飘沸宇内，莫能禁遏，固不得谓智育之无进步矣”[①]，卢梭的“天赋人权”“主权在民”理论和“法国大革命”的理念开始在新型知识分子中得到普遍认同，新型知识群体与清政府的对立开始公开化、激烈化。

第三轮心理波动产生于立宪运动的失败和辛亥革命的发生。立宪运动的失败使改良主义者纷纷转向革命，武昌首义，民国建立，中国成为当时亚洲唯一的共和国。人们沉浸在咸与维新的共和主义氛围之中，但不久成功的喜悦就被民初政局的乱象冲散，欢呼共和的人们又陷入幻灭失望之中。文学也失去精神超越的目标，陷入了低俗化的泥沼，都市市民文化进入了繁荣时代。它是清末以来随着社会经济结构的转型和城市化的兴起所形成的都市世俗文化。突出表现为依托于沿海口岸租界的“洋场风气”：其特征为重物质、讲实用、趋新崇洋、世俗主义的价值取向。在民国初年，这种都市文化更由于政治上的失望而具有了颓废、虚无、享乐主义色彩。它已经具有了某种超脱于政治之外的独立性意义。时人记载：“光复之后，尝驱车至我国通都大邑……入其境、观其风，而饮酒狎妓自若也，观剧、豪赌自若也，变本加厉，有加无已。”[②]这种市民心态的特征表现为其所信奉的传统道德与其生活的环境脱节，表现为一种生活的异化。都市化生活所产生的空闲时间刺激了休闲文化的兴起，也为民国初年通俗文学的繁荣提供了生存条件。

第四轮心理波动则表现为民国初年五四新文化运动的兴起。它与民初的乱象、张勋复辟等直接相关，集中表现为对既往的一切变革主张、政治势力的极度失望，希望通过全然与传统断裂的“西化”的“新文化”“新青年”来彻底地改造社会。五四新文化运动集中表现为一种文化秩序和政治权威的重建。由此发生的转变可以说带有根本性质，即由一种传统内的转化走到了一种传统外的“西体中用”式的道路，西方文化对中国文化的优势开始得到全面的体现。

---

① 杜士珍：《论德育与中国传统之关系》，《新世纪学报》1903 年 7 月 15 日。

② 朱英主编：《辛亥革命与近代中国社会变迁》，武汉：华中师范大学出版社，2001 年，第 208 页。

从横的方面来考察,也可以见出几个重要社会群体之间的心态变化与文学兴替、转换的关系。第一类是政治精英群体的心态特征。政治精英对于社会的影响此消彼长,走马灯一样更迭迅速:第一代是“新党”,第二代是“革命党”,第三代是“新青年”。代与代之间形成了一种否定、取代的关系,不断趋于激进化。他们是文学变革的整体设计者、引导者,“严肃文学”的价值取向的倡导者、确立者。第二类是新型知识群体的心态特征。他们与第一类有交叉之处,但也有自己的独立性,那就是他们或是留学国外,或是清末以来学堂教育所培养出的知识分子,其知识结构、思想观念、价值体系、行为方式已迥异于传统,而呈现出西化个人主义的特质。五四新文学的主要写作者、接受者都属于这个阶层。他们在关注文学的社会功用的同时,注重文学自身的独立自主性。他们心目中的“新文学”是以西方文学为标本的,所以其创作带有纯文学倾向和欧化色彩。第三类是都市市民心态特征。他们属于物质生活上的现代派,文化上的保守派。在政治变动迅速的时代,其对政治的兴趣却大大减弱,更关心时代的道德问题。其对于文学主要是一种消遣态度,但在社会动荡之时,他们也会重新关注政治,从而表现出自己的政治诉求和价值立场。第四类是乡土农民心态。由于社会财富向都市城镇转移,农村日趋贫困,科举制的废除使传统知识精英断绝,学堂教育培养出的新型知识者又隔膜于乡村,由此导致的是村落文化的枯竭,农村与城市之间产生隔绝和敌意。农民是现代文学主要的言说对象,但他们自身基本上是沉默的,无法发出自己的声音。诸社会群体心态之间相互隔绝缺乏有机的联系,就造成了社会的断裂,由此使近代社会成为一个无中心的“断裂社会”。这种国家与社会的断裂以及社会各阶层的断裂对时代的文学格局有相当影响,20 世纪上半期的中国文学基本上呈现出三家鼎立的状态:都市市民文学、纯文学(以现代知识精英为对象的西化的“新文学”)和严肃文学(政治精英倡导的政治文学)。三者之间相互排斥,界限分明,市民文学被排斥于“新文学”之外,而市民文学也对“新文学”持一种调侃嘲讽态度;纯文学和政治文学在度过了短暂的蜜月期之后,也渐生嫌隙,关系阴晴不定。不同的社会心态产生出了不同的文学:相对于传统时代,纯文学作家大多是审美个人主义者,他们上升到半空中,呈现为一种超脱于社会现实之上的游离状态;市民化的作家则下落到城市中下阶层,主要满足市民读者的需要;政治精英则是改造现实的理想主义者,他们要求文学配合政治，为政治活动做社会动员。这些群体之间可以实现暂时的联合，但深层的分歧还是依然存在的。

在中国文化中，“心”是一个很重要的概念：它既指“主身之血脉”的器官，也指“主神明”的思想活动，“心者，形之君也，而神明之主也”（《荀子·解蔽》），“心也者，知天地、宰万物而主性情者也”[①]。传统之“心”集中表现为对存在的领悟、对“天地万物一体之仁”的体认，具有较强的受动性，而近代之“心”则开始由受动转为能动，表现为个人主体意识的觉醒，人的意志、情感、欲望的全面解放。推其源头，可追溯到清末龚自珍的主我、“尊情”、推崇“心力”的豪杰人格。龚自珍认为“天地，人所造，众人自造，非圣人所造。圣人也者，与众人对立，与众人为无尽。众人之宰，非道非极，自名曰我。我光造日月，我力造山川，我变造毛羽肖翘，我理造文字言语，我气造天地，我天地又造人，我分别造伦纪”[②]，我凌驾于万物之上，“于一物一名之中，能言其大本大原，而究其所终极；综百氏之所谈，而知其义例，遍入其门径，我从而管钥之，百物为我隶用”[③]。因此他极端强调“心力”的作用，认为“心无力者，谓之庸人。报大仇，解大难，谋大事，学大道，皆以心之力”[④]。这里强调的便是一种“英雄造时势”的主观意志力量。这在以后谭嗣同的“以心力挽劫运”、章太炎的“自贵其心”、鲁迅的“师心自用”“掊物质而张灵明”等思想中都有所体现。

人的感性的解放在龚自珍那里也已经萌芽，他提出“尊情”之说，认为“情之为物也，亦尝有意乎锄之矣；锄之不能，而反有之；有之不已，而反尊之”[⑤]，推崇具有真性情的人。

总之，这种对人的“心力”的张扬，对人的情感欲望的肯定，对于儒家“内圣外王”“温良恭俭让”的传统人格造成了极大的冲击，对后世产生了巨大影响。正如梁启超在《清代学术概论》中所言：“晚清思想之解放，自珍确与有功焉。光绪间所谓新学家者，大率人人皆经过崇拜龚氏之一时期；初读《定盦文集》时往往如受电然。”近代文学中的人性解放潮流除了西方文学的影响，还有其本土的

① 转引自徐梵澄：《陆王学述一系精神哲学》，上海：上海远东出版社，1996年，第26页。
② 龚自珍：《尊隐》，沈阳：辽宁人民出版社，1994年，第104页。
③ 龚自珍：《尊隐》，沈阳：辽宁人民出版社，1994年，第234~235页。
④ 龚自珍：《尊隐》，沈阳：辽宁人民出版社，1994年，第108页。
⑤ 龚自珍：《尊隐》，沈阳：辽宁人民出版社，1994年，第212页。

文学、文化根源。近代社会的转型和动荡，为这种张扬“心力”的唯意志倾向、豪杰人格、感性解放提供了舞台，文学走在时代前列，成为传统瓦解后人的精神信仰的替代物，对人心所向发挥重要的影响。社会群体心态的形成主要是通过暗示、模仿、共情来完成的，而文学在这种群体心态形成中可以发挥的不可替代的独特作用，是不言而喻的。

清末至民初的文学史发生了两次大的兴替：一是晚清小说革命所带来的“新小说”取代了古体诗而成为文坛的新宠；二是“五四”借新文化运动之势以“新文学”取代了晚清民初已失去了政治意义的言情小说、黑幕小说而成为文坛的主流，并将后者边缘化。这些变化后面的社会动因、群体、个人心理以及文学与其他社会领域或隐或显的关联等等都是值得深入考察的。法国社会学家皮埃尔·布迪厄(Pierre Bourdieu，1930—2002)指出：“在高度分化的社会里，社会世界是由大量具有相对自主性的社会小世界构成的，这些社会小世界就是具有自身逻辑和必然性的客观关系的空间，而这些小世界自身特有的逻辑和必然性也不可化约成支配其他场域运作的那些逻辑和必然性。”[①]艺术场域、宗教场域或经济场域都遵循它们各自特有的逻辑。要分析某个场域，则要从习惯、位置、文化资本、策略等入手进行具体的考察，而不能大而化之、陷于某种简单的决定论。布迪厄的这种社会学理论对于研究文学的变迁颇有启示意义。在文学研究中，往往存在着主观主义的作家中心论和客观主义的社会决定论，这两者都不足以揭示文学与社会之间的复杂关系。文学场域的规则往往不同于社会场域的规则，甚或是其反面，由此暴露出文学与社会的歧途。所以，文学研究首先要重视的便是文学场自身的特性，以及社会政治经济力量对于貌似自主发展的文学场的潜在的制约性。

从小说的叙事学特征上来看，晚清以来的“新小说”与传统话本小说相比发生的较为深刻的变化在于作家开始以个人经验来取代传统的公共经验，以个人化的见解来颠覆天经地义的信条，以自我感受建立起一个个人化的心灵世界。这与西方现代小说历程中以笛福的《鲁宾逊漂流记》为开端的个人化进程是相

---

① [法]布迪厄、[美]华康德著，李猛、李康译：《实践与反思》，北京：中央编译出版社，2004 年，第 134 页。

通的，当然这个个人化进程在中国文学中是一个较长的演进过程。从晚清小说的叙事人发生的变化来看，它首先经历了一个由一般性、代表公共看法的叙述人（说书人）向一个个性化的、戏剧化的叙述人的转换。李伯元《官场现形记》中叙述人还带有浓厚的说书人性质，但这个叙述人已经具有了他的价值偏好，那就是对揭露官场丑陋情有独钟，以至叙述人须在小说最后做出辩解，那就是这部书本有两部，前半部揭露、谴责官场腐败，后半部则教人怎样做个好官。不幸的是后半部被焚毁了，所以只留下了前半部。在《文明小史》中，叙述人是以一种“大雨要下，太阳要出”的旷达心态来看新旧转换时代的种种怪状的，带有一种旁观超脱的，甚或虚无、玩世的色彩，将新旧人物都讽刺、调侃了一番。相比之下，吴趼人的叙事人态度则不像他这么超脱，吴的《二十年目睹之怪现状》同是谴责和揭露，但叙述人自己的思想情感是充分投入的，表现出更强的愤世嫉俗、忧心如焚的道德热情。该小说的叙述层次比较复杂，先写一个浪迹上海的伤心人“死里逃生”偶然得到了一个手稿，署名“九死一生”写的《二十年目睹之怪现状》，然后由他寄到日本横滨《新小说》杂志社发表。而小说的主叙述就是“九死一生”以第一人称讲述他所经历的世态炎凉、奇闻怪事。在主叙述之下又有其他人物的叙述。该小说可以说是一般欧洲“成长小说”的反向写作，他写出了人物所经历的心理历程，但这个历程不是完成了他的社会化的过程，而是走向了“避世”，与社会的疏离。“死里逃生”把书稿寄出后就“走到深山穷谷之中，绝无人烟之地，与木石居，与鹿豕游去了”。主叙述人“九死一生”的结局也和他相似，也是离开上海，回乡隐居去了。显然该小说的叙述人化身为作品中的主要人物，其个人化程度更为明显。因为李伯元、吴趼人都是当时新兴的“媒体作者”，他们的小说都是逐日在报上连载的，所以他们的小说结构大都采用的是所谓集锦式结构，这种结构与其写作主旨也颇为相合，那就是以广搜旁绍、耳闻目睹的众多事例来证明、展示社会怪象，在很大程度上与新闻性叙事还没有分开。这种写作方式也受商业利益的驱动，李伯元甚至同时在写五部报刊连载小说，显然没有精雕细刻的余暇，而是急于拿现成的东西去填塞作品。至于《老残游记》的写作，则已基本没有此弊，小说叙述人老残自身已是一个充分个性化的人物，小说的主旨可以说是作者刘鹗的夫子自道，通过老残之口来抒发他的个人怀抱。可以说《老残游记》已不是单纯的谴责小说，也较少有鲁迅所批评的

"辞气浮露"的谴责小说的通病,叙事人是基本上做到了"公心论世"并有着正面的主张和意见的,他不是一个旁观的讽刺者,而是一个不避利害的社会变革的参与者。他的务实的、入世的、变通的、开明的文化价值立场使他自然会排斥、批判僵化保守、刚愎自用、冷酷暴虐的官场风气。该小说可以说是一个被排斥的边缘化的"以利民为宗旨"的改良主义者的理想叙事。该小说结构虽也带有游记的片段性,但其自有一种深沉的强烈的内在情感将其纳入一个有机的整体。《孽海花》仍带有传统史传文学的特性,但其传主却是一位名妓,以这位名妓的孽海情缘串联起晚清三十年的时代风云变迁,这种构思本身就带有源于民间野史的文化颠覆性。该小说也运用了分层叙述的方式,写一位"爱自由者"偶尔得到了一个"奴乐岛人"的笔记,记载着该岛人三十年的历史,由此展开叙述。这种叙述分层方式对于实现小说叙述的自然化,起到了一定的作用。同时它也是晚清注重叙事的主体间性的一种表现,也就是小说的叙事人要寻找一个可以和叙述接收者对话交流的平台,而不是以一种主体对客体的方式强加于对方,由此叙事人和接收者必须保持某种文化共识,由此产生一种对话和互动。但这种文化共识是对叙事人的个性化有限制作用的,但个性化诉求更为强烈之时,这种文化共识就会被弃置一边,出现一种背对读者、反对话式的个人性叙事,这就开始了一种先锋性的个人化叙事,使小说进入一个新的发展阶段。

现代小说经历了一个由外向内、由集体向个人、由"拟话本"向"私密写作"演进的过程,个人经验的重要性逐渐取代集体经验而成为文学表现的对象,表现于叙事上即是由全知作者叙述向有限视角叙述的转换。在晚清小说中,作家已开始这方面的尝试,如吴趼人的《二十年目睹之怪现状》、忧患余生的《邻女语》都尝试将故事限制在第一人称叙述人"我"或聚焦者的视野之内,以主人公的见闻来展开故事。然而作家的社会参与的热情会使其更热心"讲什么"而不是"怎么讲",因此他不会受个人视角的限制,而去表达一种集体性的经验和情感。晚清长篇小说中比较成熟的限制叙事小说可以吴趼人的《上海游骖录》和符霖的《禽海石》为代表。因为作家想通过叙述人表达的是一种不同于一般社会见解的"私见"或与公众生活无关的"私情",所以更适合以个人化的限制叙事来加以表现。另外如苏曼殊的小说继承的是与话本小说不同的文言精英的传统,所以采用第一人称应该是一种比较自然的选择。他的小说可以说是开了浪漫主义的言情小说的先河，代表的是一种对个人情感和内心生活的关注和表现，由此确立起一种浪漫主义的个人观念。至鲁迅的《狂人日记》，破天荒地选择一个患被迫害妄想症的“狂人”来作为主叙事人，以狂人的内心世界来作为文学表现的对象，这种非常态的叙事，标志着现代小说的叙事人已具有了高度个人性的现代性审美特征。

在近代到现代小说叙事演变的背后是对于人的理解与定位的变化，传统的人只是一种伦理化的存在，而现代的人则开始成为脱离伦理秩序的个人，这种个人既有其感性欲望又有其理性诉求，文学成为表达其欲望与诉求的一个重要途径，所以近现代文学对于人的这种非伦理化的个人观念的形成和确立起到了重要作用。“五四”人对于“人”的看法已与传统迥异，首先表现在它将人的观念建立在人的自然性之上，并将人的欲望和本能崇高化，认为人欲就是天理，任何对于人欲的压抑都是“吃人”，而压抑人欲的文学就是“非人的文学”甚或“吃人的文学”，由此周作人将大部分中国古典小说都列入“非人的文学”的名单。认为只有“受戒者”，才有看的资格，这种以“原欲”来取代“原罪”的人性定位与传统将“人之异于禽兽者几希”的人禽之变作为文明的基础是恰成对照的。其次它表现出一种对于人性自身的特别突出的信仰，相信只要给人一个自由的空间，它将可以把任何地方的生活都变得美好起来，人性只要纯任天然，就可以自动地臻于至善无恶之境。这是一种极端的人本主义信仰，它的产生是普罗米修斯和浮士德精神的汇合，代表着一种典型的现代性诉求。再者它是一种个人本位主义的人，而不是社会本位的人，这种人带有超然于社会而独存的特性，从这种个人本位出发，引导自我的发现，个人主体性的确立，由此产生建立在主客观二元对立结构之上的现代性文化，延伸到文学叙事，就出现了“主我性”的主观性叙事和“主他性”的客观性叙事，这两种叙事都是由现代性的“我—他”关系推演而出的。

主客观二元对立的文化颠覆了传统的前主体性的天人合一的宇宙观，人在这种二元对立格局中就由传统的世界的体悟者、守望者变成世界的征服者、主宰者和创造者，在主体自由的基础之上派生出现代性的自我、自然、自主、自律观念。由自我的发现导致一种对人的内在生活的关注，于是一种心理化的、非伦理的、内省的个人成为文学表现的对象，文学叙事开始向内转，形成一种主观性的叙事倾向；与此相应的是，一种纯客观文学倾向也开始得到发展，那就是以对象化的方式对客体进行客观的观察和描写，以一种科学式的眼光来看待世界，由此引发的是一种客观主义的写作倾向。这种客观世界的发现，引发的变化在绘画中表现得最为明显，中国传统的山水画并不是对山水的写实，而是一种先验的观念，一种拟人化的写意性的山水；而用西方的透视、临摹方式所描绘的山水才成为一种再现、写实性的客观的山水。这种文学叙事中的科学化倾向，是“五四”时期的沈雁冰着力提倡的，他在《自然主义与中国现代小说》一文中指出：“不论新派旧派小说，就描写方法而言，他们缺了客观的态度；就采取题材而言，他们缺了目的。这两句话光景可以包括尽了有弱点的现代小说的弱点。我觉得自然主义恰巧可以补救这两个弱点。”①在茅盾看来，与写实主义相比，自然主义更注重科学：“自然主义是经过近代科学的洗礼的；他的描写法，题材，以及思想，都和近代科学有关系。……进化论，心理学，社会问题，道德问题，男女问题，……都是自然派的题材：自然派作家大都研究过进化论和社会问题，霍普德曼在作自然主义戏曲以前，曾经热烈地读过达尔文的著作，马克思和圣西门的著作，就是一个现成的例。现在国内有志于新文学的人，都努力想作社会小说，想描写青年思想与老年思想的冲突，想描写社会的黑暗方面，然而仍不免于浅薄之讥，我以为都因作者未曾学自然派作者先事研究的缘故。”②这种客观化倾向表现出的是一种作家看待现实的社会科学家的气质。晚清小说的多叙述而少描写，主要在于这种客观性的观察功夫的缺乏，它需要一种文化心理的转变才能弥补。

现代小说不同于古典小说之处还在于它发展起一种不同于传统循环论的目的论的进步主义的时间叙事。小说这种古老的文体在近代通过与启蒙主义思潮的融合，获得前所未有的尊严和新生，其内在精神也是由现代性文化提供的。进步主义的历史观，乌托邦主义的文化信念以及个人主体性的确立，构成了其叙事的内在原则，这种原则使其获得了俯瞰众生的先觉者视角和鄙夷世俗生活的浪漫主义的优越感，这正是一种现代性的生存态度的体现。对于“未来”和“远方”的信仰，使得晚清时代的乌托邦小说曾盛极一时，如梁启超的《新中国

---

① 茅盾：《茅盾全集》第 18 卷，北京：人民文学出版社，1989 年，第 235 页。
② 茅盾：《茅盾全集》第 18 卷，北京：人民文学出版社，1989 年，第 238 页。

未来记》选择的叙述时间是维新开始的六十年之后，中国已成为世界强国，由此倒叙六十年来的维新强国历程。这是从美国乌托邦小说家贝拉米《回头看》学来的倒叙式的未来叙事，这种叙事表明作家的叙事立场从过去和现在转向了未来和理想，时间已不再是单纯的客观时间，而已成为包含着作家的希望和期待的历史时间。从这种历史时间来衡量现实的进程，指出当下生活的努力方向，是这类小说一个重要特点。在这种现代性叙事中，过去和现在都已失去了单独存在的意义，而成为实现未来的手段和工具，因此描写现实的实然状态，对其是缺乏意义的。谴责小说的叙事则缺乏这种乌托邦的维度，因此会粘着于现实之上，成为一种现象的罗列、一种虚无主义的讽刺和调侃。清末民初言情小说的大量出现，发展出一种渗透了人的情感、态度的心理时间叙事。心理时间是一种主观时间，它是过去、现在和将来的互相渗透，表现为一种主观当下的心理体验。这在以后的内向化主观小说中还会有进一步的发展。

研究社会心理对于文学的影响，并不意味着忽视个体心理对于文学的作用。能成为时代思潮进而影响到大众心理的社会思想是应该关注的对象，但置身于时代思潮之外甚而对时代流行思潮进行质疑抗辩的思想也同样值得重视。清末民初时期，是一个将一切都交给未来来判断的暧昧时期，人们普遍以一种"大雨"注定要下，然而"太阳"照样升起的旷达心态，来应对时代的巨变。清末民初是一个由传统中国向现代中国转换的关键期，中国这只大船在现代化先驱者的导引之下斩断了传统之锚，开始了它的充满理想精神的从"现代"至"大同"的不系之旅，对于未来的憧憬和期待占据了他们的心灵，任何代价都在所不惜，任何风险都不放在心上。这种走向现代的决绝，构成了时代精神的主流。但在此之外，仍有不同声音和边缘话语在质疑、对抗着这种决绝和浪漫，它表现为一种眷恋和固守、务实和世故、忧患和悲情。近现代以来的历史和文学主要是在这两种力量、两种心态的相互作用下产生的。我们要了解这个时期的文学兴替和演变，不可不注意到这种内在的动力机制。在这两种心态之间构成的对话和交流、发难与抗辩的张力关系中，正蕴藏着这个时代文化的真谛。

人类的文化心灵并非单一的，而是多元的，中国人的文化心灵显然与西方不同，因此对中西文化的理解就不能停留于一种价值观一元化的优劣之辨上，中西文化的相遇就其深层而言表现为不同文化心灵的冲突、碰撞和融合。19 世纪是西方文化在世界占据绝对强势的世纪，就东方而言，除了日本靠着明治维新的成功，摆脱了成为西方殖民地的厄运，就剩下中国处于一种风雨飘摇的苟活之中。出于民族自救的现实需要，中国必须迅速地西化，才能维持其在世界上的生存；出于其固有的文化心灵特性和民族认同的情感，它又必须保全“国性”，延续传统，所以这就造成了近代中国人面对西方文化时的矛盾态度。在这方面，梁漱溟的态度比较典型，他主张面对西方强势文化，中国首先应取的态度是“全盘承受”而又“根本改过”，“批评的把中国原来态度重新拿过来”[①]，以中国固有的态度完成中国西化的目标。且不说此方案的可行性如何，但它反映了近代中国人面对时势变迁时急于在中与西、外来与传统之间寻找平衡的心理情感需要。甲午之役后的清末民初文学基本上是在这样一种对“传统”的眷念和反叛传统的决绝背景下展开的，这构成了近现代文学存在的典型情境，形成了近现代文学特有的时代关怀和问题意识。

文学主要表现的是人的情感，其本源在于人的心灵，心灵不但是“思之官”，也包含了理想期待、爱憎情感。文学叙事作为一种通过讲述故事来实现认知的方式，与理性逻辑概念式的认知方式有很大区别，后者是一种与叙事性认知相对的范式性认知。其特点是在既有概念中的一种定位和定性，它排斥情感，寻求的主要是一种抽象的同一性、普遍性。而叙事性认知强调的则是一种多样性和差异性，它将人类行为放在特定的时间脉络之中，来捕捉人类行为所具有的独特意义。而这种意义，是无法通过概念界定、事实陈述或者抽象命题来表达的。叙事认知之所以能做到这一点，在于它是通过包含了情节的故事来完成的。情节将人物特定行动的诸种要素连为一体，构成一个生活片段。由此一方面激起人们同情、愤怒或悲伤的情绪反应，另一方面也为人们提供了一种当事人何以如此行动的解释性知识，使之能被理解。在范式性认知盛极而衰之后，人们愈来愈意识到叙事性认知对于人的重要，正如汉娜·阿伦特在《黑暗时代的人们》一书中所言：“任何哲学、分析、格言，无论多么深刻，在意蕴的丰富和强度上，都不能跟一个恰当讲述的故事相比。”这与宗教与形而上学时代的结束，人们进入一个反理念、扬我见、重个人体验的时代有关。文学的叙事性认知的

① 梁漱溟：《梁漱溟全集》第一卷，济南：山东人民出版社，1989年，第528页。

作用在中国文化由传统向现代的转型过程中也得到了充分的发挥，这突出表现在晚清以来“新小说”创作和与之相关的“小说文化”的兴起，这种在近代崛起的时代需要下应运而生的小说可以说是中国文学开始具有现代性的一个突出标志。

值得注意的是，这种近代小说的崛起与传统经史的衰落是同步发生、恰成对照的。康有为在1900年曾有诗云：“经史不如八股盛，八股无如小说何？”[①]也就是说“经史”“八股”这种源于“天理”的范式性认知已无法传达近代人经历的严重挫败的时代心灵感受，小说于是取代“经史”“八股”而成为近代人表达心声的重要载体。以至于在晚清科举制废除之后，文坛成为文人的一个重要活动场所，不管是热心政治的改革家，还是注重实务的改良派，以及浪迹于洋场的失意文人，都成为小说创作的热心参与者，由此造成“十年前之世界为八股世界，近则忽变为小说世界。盖昔之肆力于八股者，今则斗心角智，无不以小说家自命。于是小说之类，日见其多，著小说之日见其伙”[②]。小说在传统信仰衰微之时迅速崛起，开始担负起满足人的精神需求的任务，成为“国民精神的象征”“民族魂的化身”等。小说的地位也因此发生根本性的转变，由一种传统的低等文类、一种娱乐消遣之物，一变而为改造国民精神的利器，推动社会变革的先锋。小说的这种变化也使得其内在品质发生改变，对于未来社会的设想，对于民族、国家命运的忧虑，对于人生意义的探寻，成为小说表现的重要内容，由此小说成为时代文化的核心价值的重要提供者，一部新作既出，往往洛阳纸贵，产生广泛的社会影响。近现代文学因其与时代群体心灵的呼应，突出表现出了一种强大的文化再生、创造能力。

---

① 康有为：《闻菽园欲为政变小说部诗以速之》，见《清议报》第63册，1900年11月12日。

② 寅半生：《小说闲评·叙》，见《游戏世界》1906年4月第一卷第一期。

走出传统的动力探寻：严复的《天演论》与赫胥黎的《进化论与伦理学》

众所周知，严复是按照“信、达、雅”的标准来对赫胥黎的《进化论与伦理学》进行著译、加工的，所谓“信”是指“译文取明深义，故词句之间，时有所附益，不斤斤于字比句次，而意义则不倍本文”[①]。但是考诸严复著译的《天演论》，发现“意义之不倍本文”的说法有些靠不住，其中的情形比较复杂，因此很有将其与英文原文对照，予以辨异的必要。

一、文本比较上的差异

从文本比较的角度，我们可以发现严复的《天演论》与赫胥黎的《进化论与伦理学》存在着明显的差异，这突出表现在著译者即严复自己的声音的加入，这种加入是通过以下几种方式来实现的。首先是将原作的第一人称的讲述改变为第三人称的讲述，以便于对原文的观点进行评述。这就使《天演论》这个文本

① 严复：《严复集》第5册，北京：中华书局，1986年，第1321页。

里包含了三种声音：一是严复自己的声音，二是他所赞同的斯宾塞的声音，三是赫胥黎对"进化伦理"予以质疑的声音。《天演论》的开头是这样的："赫胥黎独处一室之中，背山而面野，槛外诸境，历历如在机下。乃悬想二千年前，当罗马大将恺撒未到时，此间有何景物。计唯有天造草昧，人功未施……"[①]而赫胥黎的原文是这样开头的："It may be safely assumed that two thousand years ago, before Caesar set foot in southern Britain, the whole countryside visible from the widows of the room in which I write, was in what is called the 'state of nature'."[②]（原文大意：可以保险地说，两千年前，当恺撒尚未将足迹踏上不列颠南部的时候，从我现在写作的窗口向外看到的原野，是处于一种所谓的"自然状态"。）这种人称的改变实际上改变了原文的讲述基调，将一种"我"的主观讲述变成了一种客观讲述，使《天演论》的文本倾向于讲述一种带有普遍性的客观规律而不是主要表述讲述者个人的关于进化与伦理的见解。

其次，严复在译文中大量加入了赫胥黎原文所没有的内容，删去了赫胥黎原作中的一些重要内容，假借赫胥黎对"进化伦理"进行质疑的两次演讲，来传播斯宾塞的社会进化思想。这种斯宾塞和赫胥黎的对立，严复虽在按语中有所辨析，但他在译文中也未加说明地直接加入原文所没有的内容，有用斯宾塞来解释赫胥黎的倾向。如导言一，用斯宾塞的话来强调"物竞天择论"，"斯宾塞曰：天择者存其最宜者也。夫物既争存矣，而天又从其争之后而择之，一争一择而变化之事业矣"[③]。查诸原文，赫胥黎非但没有引用斯宾塞的话，而且就"进化"加了一个特别的注解，认为进化不仅指"progressive development"（前进发展），而且也应包括"indefinite persistence in the same condition and with retrogressive modification"[④]（同一条件下无限期的持续和倒退的变化）。这种自然科学意义上的"进化论"显然不适于社会进化论者的"进化"观念，所以被严复省略，而且也删去了正文中关于这方面的强调："The word 'evolution' now generally applied to the cosmic progress, has had a singular history, and is used in various senses. Taken in its popular signification it means progressive development, that is gradual

① 严复：《严复集》第5册，北京：中华书局，1986年，第1323页。

② ［英］赫胥黎：*Evolution and Ethics*，伦敦：MACMILLAN AND CO. AND NEW YORK，1903年，第1页。

③ 严复：《严复集》第5册，北京：中华书局，1986年，第1324页。

④ ［英］赫胥黎：*Evolution and Ethics*，伦敦：MACMILLAN AND CO. AND NEW YORK，1903年，第4页。

change from a condition of relative uniformity to one of relative complexity; but its connotation has been widened to include the phenomena of retrogressive metamorphosis, that is, of progress from a condition of relative complexity to one of relative uniformity."[①](原文大意:"进化"这个词现在一般被用来指宇宙过程,它已有了一段独具的历史并在多重意义上被运用。就它最普遍的意义而言,它意味着一种向前的发展,即逐渐地从一种相对的单一状态转向一种相对的复杂状态。但是它的内涵已经扩大到包括进化的变异现象,它是指从一种相对的复杂状态向单一状态的变化。)

严复表述自己观点的第三种方式是在原文之外加按语,直接评论原文的观点,或赞成或反对,主要是以斯宾塞来匡正赫胥黎,以此比较集中地阐释社会进化论的思想,并借此表述他对中国现状的忧虑和思考,以期为中国社会的变革提供思想动力。他改变了原文的结构方式,将赫胥黎的两次演讲(1893年,1894年)合为一体,分为上下卷,并且打乱了原文的章节层次,以导言的方式将原文划分为不同段落,每段落前加上点明主旨的小标题,以醒目的方式传达出了社会进化论的要旨。

赫胥黎的《进化论与伦理学》是他在牛津大学罗曼尼斯讲座上的两次讲演稿。罗曼尼斯(Romanes)乃是赫胥黎的朋友,死于盛年。他死后设立的"罗曼尼斯讲座"明确规定讲演者不得涉及宗教和政治问题,但谈进化论与伦理学又很难完全回避这方面的内容,所以赫胥黎风趣地称他这两次讲座是"在鸡蛋上面跳舞"。赫胥黎的这两次演讲非常生动活泼、幽默风趣。他是一个坚定的自然科学意义上的进化论者,在讲演中,他从眼前的自然景物出发,以诗一般的语言简明扼要地阐释了自然进化论的思想,但他并不是一位社会进化论者。他以科学家的睿智来谈宇宙进化和人类社会进化的差异和对立,对盛极一时的"进化伦理"提出质疑,多以平和的、商榷的口吻说话,殊少武断色彩。他对不同于自然进化的人类伦理价值的维护在今天看来仍有发人深思之处。与赫胥黎的平和、从容、诙谐风趣恰成对照的是严复的焦灼、峻急、忧心忡忡,急于要宣布"物竞天择,适者生存"为天演之公例,进化论成为究天人之际,统摄一切的形而上

① [英]赫胥黎:*Evolution and Ethics*,伦敦:MACMILLAN AND CO.AND NEW YORK,1903年,第6页。

学。如果说赫胥黎着意要将自然科学与人文科学区别开来，将自然进化与人类伦理区别开来，严复则是竭力要使之复归于一，以进化论作为伦理基础，倡导一种具有竞争性的，富有生机和活力的新的立足于自然进化论的伦理观念，以改造国民的精神，使之能够勇敢面对时代的挑战，投身于列国竞存之中，在世界民族之林中占有一席之地。这种对民族生存急务的关注使他与作为较为纯粹的科学家的赫胥黎区别开来。

严复对进化论的理解还明显地受制于他对此的“前理解”，这种“前理解”使进化论迅速地中国化，成为国人所能普遍接受的由天道推及人道的“天演论”。严复是在用《易经》、《老子》、“宋明理学”的语言、概念、术语、知识结构来同化、改造西方的进化论的。在他的心目中，“科学”尚不是西方意义上的科学，而是“格物、穷理、致极”，“天演论”不只是自然规律，而且还是普遍的伦理原则和历史哲学的价值源泉。这与西方式的为科学而科学，以求真为唯一目的，以对事物的追根究源为目标，不断推翻旧说，另立新说，永不终止地进行探索的科学真义是大相径庭的。令他感到亲近的实际上是斯宾塞的社会达尔文主义，斯宾塞创立了一个完整统一的体系，用自然进化法则来解释一切事物的发展，这种贯天、地、人于一体的宏大自足的形而上学体系与中国传统的格致之学有更多的相通之处。所以钱基博的《现代文学史》将《天演论》归为现代人写的“易学”著作，也不为无因。

严复之所以要以著译的方式来介绍赫胥黎著作的一个重要原因还在于便于人们的理解、接受。当时国人对接受西学全无基础，因此需要做一些必要的变动和改造。这种变动和改造主要表现为以下几种情形：一是“意义不倍本文’的附益，是为接受方便所作的改写，如以中国的“造人”神话来替代西方的“造人”神话来说明问题。二是省略了一些在他看来赫胥黎演讲中的闲笔，如关于“蚕豆架”的故事等。严复要国人接受进化论，首先须打破当时读书人心中一种很深的偏见，即认为中国道德文化天下第一，西学只是形而下的“象数之学”比较发达。他要告诉人们，西方也有深邃精密的形而上学。这种形上之学只有用当时合乎“雅”的要求的美文来传达，才能行之久远，所以他的译文音调铿锵，文采斐然，成为传诵一时的美文，像鲁迅和徐寿裳都能大段背诵《天演论》。严复的译文更接近于一种创作，他往往抓住原文中的一点，不及其余，信马由缰地发挥开去，所以与原文对照起来，非常困难，差异很大。严复自己也意识到这种翻译方式的缺陷，所以他说“学我者病”，要后人不要仿效，而且他自己除了译《天演论》，译别的著作也没有贯彻这种“信、达、雅”的原则。这说明译《天演论》时的“信、达、雅”无法成为一种普遍的翻译标准，它是严复出于特定的目的、特有的要求并于底本有特别的契合时所做的选择。严复的《天演论》是在洋务派的“体用之学”已日渐丧失对社会变革的推动力的时候，提出的一种真正强大且具有持久的社会变革推动力的哲学思想，它让人们从“物竞天择”的“天演论”中确立人的行为规则，并使现代性的、乐观主义的人类持久进步的信仰，对几代人产生了深远的影响。

二、人类伦理与进化伦理的对立——赫胥黎对斯宾塞的质疑

由于在《天演论》中，赫胥黎是作为严复的一个主要被利用者而存在的，所以他对赫胥黎思想观点的介绍既不充分，也不全面，而且不无误解。严复在《天演论》中所阐发的斯宾塞的社会进化论主要可分为三个层面，第一个层面是阐明天演之公例即“以天演为体，物竞天择为用”的宇宙之道。“物竞者，物争直存也，以一物以与物争，或存或亡，必有其所以存。必其所得于天之分，自致一己之能，与其所遭值之时与地，及凡周身以外之物力，官其相谋相济者焉。夫而后独免于亡，而足以自立也。而自其效而观之，若是物特为天之所厚而择焉以存也者，夫是之谓天择。天择者，择于自然，虽择而莫之择，犹物竞之无所争，而实天下之至争也。”[①]由这种天之道推延到人之道，严复进而引出人类的行为准则，即人应该适应于这种物竞天择的天演之公例。因此他强调“变”，强调“异”，强调“择和争”，认为“无异、无择、无争，有一然者，非吾人今者所居世界也！”[②]“变”“异”“择”“争”都被他赋予了一种特有的正面的价值，“最宜者”（fittest）也就是“最好者”（best），即最强有力者，由此表现出一种“力本论”的倾向，其动机还是在于寻找一种民族富强之道。这是第二个层面。第三个层面是他接受了斯宾塞为进化设置的预设目的，使进化成为“由简入繁，由微生著，直线向前，日趋完善”的单向发展过程。这使他的进化论成为一种人类完善可期论和人类永

---

① 严复：《严复集》第5册，北京：中华书局，1986年，第1322页。

② 严复：《严复集》第5册，北京：中华书局，1986年，第1329页。

恒进步论。他认为斯宾塞"民群任天演之自然，则必日进善，不日趋恶，而郅治必有时后臻者，其竖义至坚，殆难破也"[①]这种合目的乐观进化论的信仰与宗教上对"千年王国"的期待有暗合之处。

与严复和斯宾塞不同，赫胥黎则强调"天行"和"人治"的区别，他把与"天行"相对的"人治"称为"园艺过程"，主宰两者进化的基本原则是对立的："Not only is the state of nature hostile to the state of the garden; but the principle of the horticultural process, by which the latter is created and maintained is antithetic to that of the cosmic process. The characteristic feature of the latter is the intense and unceasing competition of the struggle for existence. The characteristic of the former is the elimination of that struggle, by the removal of the conditions which give rise to it. The tendency of the cosmic process is to bring about the adjustment of the forms of plant life to the current conditions; the tendency of the horticultural process is the adjustment of the conditions to the reeds of the forms of plant life which the gardener desires to raise."[②][原文大意：自然状态不但与园艺状态是敌对的，而且，园艺过程的主导原则是创造和保持的，是宇宙过程的原则的对立面。后者(宇宙过程)的主要特征是剧烈的、无休止的为生存的斗争，而前者的特征则在于消除这种斗争通过改变环境使之得以提高。宇宙过程的倾向是使植物适应当前的环境，而园艺过程的倾向则是使环境适应植物生命的需要，按照园艺师的要求来培植它。]这种区别的最明显的例子就是花的培养，它不是任天演之自然，物竞天择的产物，而是按照园艺师的意愿，给予它最适宜的生存环境，才培养成功的。所以赫胥黎得出的结论是："Let' s understand, once for all that the ethical progress of society depends not on imitating to cosmic process, still less in running away from it, but in combating it."[③](原文大意：让我们这样理解，社会伦理进步并不依赖于对宇宙过程的模仿，而是脱离宇宙过程，与宇宙进程进行抗争。)赫胥黎认为"社会进步意味着对宇宙发展过程的每一步进行检验，换句话说，它可以被称为伦理过程"。

---

① 严复：《严复集》第5册，北京：中华书局，1986年，第1392页。

② [英]赫胥黎：*Evolution and Ethics*，伦敦：MACMILLAN AND CO.AND NEW YORK，1903年，第13页。

③ [英]赫胥黎：*Evolution and Ethics*，伦敦：MACMILLAN AND CO.AND NEW YORK，1903年，第83页。

与此相关,赫胥黎认为"进化伦理"中存在着这样一个普遍的谬误:"It (ethics of evolution) is the notion that because on the whole animals and plants have advanced in perfect of organization by means of the struggle for existence and the consequent 'survival of the fittest' therefore men in society as ethical beings must look to the same process to help them towards perfection. I suspect that this fallacy has arisen out of the phrase 'survival of the fittest', fittest has a connotation of 'best', and about best, there hangs a moral flavor."[①](原文大意:进化伦理是这样一种看法,那就是因为所有的动植物都经过生存竞争,成为最适者,而进化成为一种完善的有机体,那么社会中的人,作为一种伦理存在的人,也必须指望通过同样的进程来达到完善。我怀疑这个谬误是从"适者生存"这个短语的不幸的含糊中生发出来的。"最适者"有了一种"最好者"的含义,而关于"最好者",这就暗含了一种道德味道。)赫胥黎还举了个例子来说明这个问题:假如我们这个半球再次变冷,那么最能适应的生物将是苔藓和硅藻,它们是否能被称为"最强""最好"的物种呢?

赫胥黎还对斯宾塞的无限持久进步论提出了质疑,他认为"以天演言之,善固演也,恶亦未尝非演",所以天演必日进善而不日趋恶的说法是靠不住的。这与后来章太炎的"俱分进化论"有相通之处。因为善亦进化,恶亦进化,善恶如影随形,所以至善无恶之境不可能得以实现。

赫胥黎明确提出:"The theory of evolution encourages no millennial anticipation. If, for millions of years, our globle has taken the upward road, yet sometime, the summit will be reached and the downward route will be commenced."[②](原文大意:进化论并不鼓励一种千年预期,如果在几百万年内,我们的地球已走完了上行的路,那么终点到达后,下行的路将要开始。)所以,赫胥黎是在对斯宾塞的无限持久进步说进行质疑的基础上强调人的进化与宇宙进化的差异。

人的进化是一种伦理的进化,正像人类把狼的兄弟驯养成忠实的牧羊犬那样,通过改良人身上所残存的兽性来使人类得以进化。而严复所言的"以人持天"是建立在斯宾塞式"天行""进步"观念之上的,是要借人力以行"天道",是

---

① [英]赫胥黎:*Evolution and Ethics*,伦敦:MACMILLAN AND CO.AND NEW YORK,1903 年,第 80 页。

② [英]赫胥黎:*Evolution and Ethics*,伦敦:MACMILLAN AND CO.AND NEW YORK,1903 年,第 85 页。

要凭借人的主观意志来达到“天演”的预设目的，所以它是对赫胥黎思想的一种误读，这种误读产生于他对斯宾塞社会进化论的前理解。在《天演论》最后几段，严复表现出一种赫胥黎所没有的激昂奋进的乐观情绪，“诚使继今以往，用其智力，奋其志愿，由于真实之途，行以和同之力，不数千年，虽臻郅治可也”[①]。这与赫胥黎既不乐观也不悲观的理智、审慎态度大异其趣。

综观严复对赫胥黎的辩驳主要可分为以下几点：一是以近代西方的功利主义伦理观反对赫胥黎对源于宗教的传统德性的维护和信奉，对“不切实际的个人主义”的批判。严复在按语中说：“赫胥黎保群之论，可谓辨矣。然其谓群道由人心善相感而立，则有倒果为因之病，又不可不知也。”[②]他对利己主义进行了一番辨析：“自营一言，古今所讳，诚哉其足讳也。虽然世变不同，自营亦异。大抵东西古人之说，皆以功利为与道义相反，若薰莸之必不同器。而今人则谓生学之理，舍自营无以为存。……功利何足病，问所以致之之道何如耳，故西人谓此开明自营。”[③]虽然赫胥黎并未完全排斥人的这种“自营”的本能，并承认它在人的经济生活中所起的作用，然而他基本上把这种自营的本能视作人类有待进化的一种蛮性。他对于“狂热个人主义”的批评对于尚处于前现代社会的严复来说尚缺乏一种切肤的痛感：“It's from the neglect of these plain consideration, that the fanatical individualism of our time attempts to apply the analogy of cosmic nature to society. Once more one have a misapplication of the stoical injunction to follow nature; the duties of individual to the state are forgotten, and his tendencies to self-assertion are dignified by the nature of rights.”[④]（原文大意：正是由于忽略了这些朴素的思考，我们时代的不切实际的个人主义想把类似于宇宙的本性运用到社会，一旦我们误用了斯多噶主义的指令去服从自然，个人对国家的义务将被忘却，他的自我维护的倾向将以权利的名义而得到张扬。）赫胥黎所最为关心的是：“If the imitation of it (cosmic nature) by man is inconsistent with the first principles of ethics, what becomes of this surprising theory?”[⑤]（如果人对这种宇宙本性的

---

① 严复：《严复集》第5册，北京：中华书局，1986年，第1397页。
② 严复：《严复集》第5册，北京：中华书局，1986年，第1347页。
③ 严复：《严复集》第5册，北京：中华书局，1986年，第1395页。
④ ［英］赫胥黎：*Evolution and Ethics*，伦敦：MACMILLAN AND CO. AND NEW YORK，1903年，第82页。
⑤ ［英］赫胥黎：*Evolution and Ethics*，伦敦：MACMILLAN AND CO. AND NEW YORK，1903年，第83页。

模仿与伦理的首要原则相冲突,这个奇怪的理论会变成什么?)

二是严复在按语中对赫胥黎"以物竞为乱源,而人治终穷于过庶"的观点予以辩驳。"此其持论,所以与斯宾塞氏大相径庭,而谓太平为无是物也。斯宾塞则谓事迟速不可知,而人道必成于郅治。"[①]显然,严复是把生存竞争和适者生存视为生物全体进化的原动力的,只不过他注重的不是个体的适者生存而是民族的适者生存。严复首先强调了竞争的不可避免,其次则点明了由竞争的"乱"才能达到太平的"治"这样一种在他看来的必由之路。严复更为关注的是民族生存的急务,更为忧虑的是"落后就要挨打"的现实,所以他强调说:"今者天下非一家也,五洲之民非一种也。物竞之水深火热,时平则隐于通商庀工之中,世变则发于战伐纵横之际。是中天择之郊,所眷而存者之何?群道所因以进退者奚若?国家将安所恃而有立于物竞之余?"[②]社会达尔文主义所描绘的人类永无休止的争斗、弱肉强食的图景,更合乎他眼见亲历的事实,这是他接受进化论的现实依据,以及他与远离时代政治纷争的学者赫胥黎的区别所在。

严复译著的《天演论》的出现,对近现代中国产生了深远而持久的影响,并由此形成了一种占据主导地位的进步主义的现代思想传统,它为传统中国向现代中国的转换起到了巨大的思想推动作用,功不可没。但斯宾塞式的社会进化论毕竟有它自己的思想局限和消极影响,比如它突出地表现为一种对"进化"的盲目乐观信仰。1930年4月19日的《申报》上曾刊登过这样一则报道:国民政府立法院院长胡汉民邀请社会名流召开了一个"解决姓、婚姻家庭"问题的讨论会。在会上,蔡元培、蒋梦麟、吴稚晖、李石曾等诸位先生都一致认为"姓、婚姻家庭"这类东西随着社会进化不久都会被统统废除。蒋梦麟先生认为:"五十年内结婚是需要的,五十年后,那时性病已截止,那么不结婚也不成问题了。"这些开明派的社会名流的"奇谈怪论"引起了专门从事社会学研究的学者潘光旦的激烈反应。潘光旦专门著文批驳他们进化观念的陈腐:"一是把社会演化当成一种完全自动的过程,似乎是完全超出人力范围以外,人类自觉的努力,至多只能督促这种过程来得快些,可以早早达到一个理想的境界。这个理想的境界又从何而来的呢?说也奇怪,就是督促的人自己所假设,而又不认其为假设的。

① 严复:《严复集》第5册,北京:中华书局,1986年,第1350页。
② 严复:《严复集》第5册,北京:中华书局,1986年,第1350页。

这种观念讲到社会的变迁，说它后面有一个‘进步的活原则’（The vital principal of Betterment），所谓‘活原则者’，实在是一种‘活鬼’‘活怪’在那里摆布。”[①]其次，他们进化观的陈庸不但是 18 世纪下半和 19 世纪上半的“进步”，并且是 19 世纪下半叶所流行的一种“定向演化观”或称“独系演化观”。他们认为社会进化过程是可以用一条不可逆的上升直线来表示的，按照他们所设定的阶梯逐级实现，这也只能说是一种一厢情愿的假设。从这则时代逸事中，我们可以窥见当年社会进化论影响下人们的“冒进”心态之一斑，“时间神话”“创新崇拜”“历史决定论的宿命观念”都可以从中推演出来。时至世纪末的今天，我们终于可以回过头去重新返观当年赫胥黎留下的思想遗产。

① 潘光旦：《潘光旦文集》第二册，北京：北京大学出版社，1990 年，第 414 页。

《天演论》的回声：进化伦理给传统心灵带来的冲击和震撼

《天演论》给人们的心灵带来的最大影响在于它改变了人们自我确证的方式。传统的人可以说是一种体悟者和守护者，注重的是对于世界的感知和体悟，对世界抱有一种敬畏和惊奇的神秘化的态度；而现在的人则开始持一种观察、研究者和创造者的态度，将自己从世界中剥离出来，将世界作为一个客观对象来看待并加以主观的改造。正如“大跃进”新民歌所谓“地球是个红玛瑙，我爱怎雕就怎雕”，人成为世界的征服者和创造者，其价值主要表现为一种“力”的体现，而不是“德”的完满，这代表着一个迥异于传统的文化拐点的出现。陈独秀说“新文化运动要注重创造的精神。创造就是进化，世界上不断的进化只是不断的创造，离开创造就没有进化了”[①]，意义也正在于此。它是通过对传统世界观的脱魅而建立起来的一个主客二元对立的理性主义的世界观。由此延伸出来的以创造为特征的个人自我确证方

① 陈独秀：《陈独秀著作选》第二卷，上海：上海人民出版社，1993年，第128页。

式，开启了人类中心主义激进化的现代性历程。

严格来说，严复并非在中国介绍达尔文的进化论的第一人，在此之前，1871年华蘅芳和美国传教士玛高温就曾在《地学浅释》中简单介绍过进化论。之后的美国传教士丁韪良也在1884年出版的《西学考略》一书中提到了拉马克和达尔文的进化学说。[①] 然而这些在自然科学范围内介绍进化论的方式，对中国社会影响甚微。严复将进化论赋予政治道德意味，以“力本论”颠覆传统的“理本论”、“德本论”，它才真正在中国社会发挥巨大影响。

1895年，严复在天津《直报》上发表政论文章《原强》，首次介绍了达尔文的进化论。1898年，他的《天演论》，才在中国引发了一场思想风暴。这自然与时局危殆，思想界急需一种救亡的哲学有关。《天演论》一出，可以说洛阳纸贵，流传速度之快是令人惊讶的，很快流传遍了整个知识界。有人还自己出钱来翻印，热心地向世人推荐这种保种救亡之学。严复显然深谙相信“半部《论语》治天下”的中国读书人的心理，他说达尔文的书，在欧美两洲，几乎家置一编，妇孺皆知，其学说最要有二，一曰物竞，一曰天择。这显然有些夸大其词，事实上是进化论的传播在西方社会一直遇到来自宗教的顽强抵制，直到20世纪20年代，美国还发生了因在中学讲授进化论而被告上法庭的“猴子审判案”。西方人更多的是将进化论视为一种科学假说，并未将其视为不言自明的公理，更不具有宗教经典式的意义。严复显然是利用中国人虔信经典的心理，来传播这种在他看来可以救亡保种的真理。严复在《天演论》出版之前，就已把译稿给梁启超等人看过。所以，《天演论》正式出版虽在1898年，但其物竞天择的理论在此以前早已在思想界传开。

首先，这种影响面是非常之广的：《天演论》从翻译到正式出版，经过三年时间。这三年，即1895年到1898年，是中国近代史上很不平常的三年，甲午战败，割地赔款，这对于中国人来说可以说是奇耻大辱，败于西方似尚情有可原，败于同属东方的蕞尔小国日本，则无法忍受。而日本之所以能打败中国，则在于其明治维新，因此中国的希望就在于效法日本进行维新变法。如此，中国在甲午年的战败，成为洋务派失败的佐证，中国必须以更激进的态度来进行彻底的变

① 陈蓉霞：《进化论在近代中国社会早期传播的文化背景研究》，华东师范大学硕士论文，2001年。

革，这成为多数人的共识。这时候《天演论》出来了，自然引起社会强烈的震动。加之《天演论》思想新颖，文笔古雅，所以连老一辈的吴汝纶看到《天演论》译稿后，也赞不绝口，认为自中国翻译西书以来，无此宏制。他在激赏之余，竟亲笔把《天演论》全文一字不漏地抄录下来，藏在枕中，视为难得的秘籍。在吴汝纶看来，《天演论》就是西方的《春秋》《易传》，西学精髓尽在于此矣。梁启超读到《天演论》译稿，未待其出版，便已根据《天演论》大做文章；其师康有为虽以南海圣人自居，在看了《天演论》译稿以后，也不得不承认从未见过如此巨著，称严复此著"为中国西学第一者也"。

此书对年轻学子的影响更大，当时正在南京读书的鲁迅初读《天演论》，也爱不释手，一位守旧长辈反对他看这种新书，鲁迅完全不予理睬，"仍然自己不觉得有什么不对，一有闲空，就照例地吃侉饼、花生米、辣椒，看《天演论》"[①]。实际上鲁迅、许寿裳等人对《天演论》都已熟悉到了能够大段背诵的程度，后来到日本留学时还以比赛背诵《天演论》取乐，那时严复及其《天演论》已经有些过时了。胡适 1904 年到上海求学，次年入澄衷学堂，他的老师杨千里"思想很新"，教他国文。他曾经在胡适的作文本上题了"言论自由"四个字。这在清朝末年，还是比较罕见的。而最罕见的，还是杨先生教国文居然用《天演论》做教科书，"有一次，他教我们班上买吴汝纶删节的严复译本《天演论》来做读本，这是我第一次读《天演论》，高兴的很。他出的作文题目也很特别，有一次的题目是'物竞天择，适者生存，试申其义'。……这种题目自然不是我们十几岁小孩子能发挥的，但读《天演论》，做'物竞天择'的文章，都可以代表那个时代的风气"[②]。

当时的胡适自然对《天演论》的理解程度有限，他们对自然科学的进化论也并无兴趣。他们感兴趣的只是"物竞天择，优胜劣败""适者生存，不适者淘汰"一类的口号和公式。看到世界上列强纷争，"人为刀俎，我为鱼肉"的现实，他们更觉得这个天演公式简直是当头棒喝，受了绝大的刺激。于是，在他们同学中的第一个反应，便是改名字，有人改名孙竞存，有人改名杨天择。胡适也改了名字：

---

① 鲁迅：《鲁迅全集》第二卷，北京：人民文学出版社，1956 年，第 263 页。
② 胡适：《四十自述》，上海：亚东图书馆，1939 年，第 49 页。

我在学堂里的名字是胡洪骍。有一天的早晨，我请我二哥代我想一个表字。二哥一面洗脸，一面说，“就用‘物竞天择，适者生存’的‘适’字，好不好？”我很高兴，就用“适之”二字。（二哥字绍之，三哥字振之。）后来我发表文字，偶然用“胡适”作笔名，直到考试留美官费时（1910）我才正式用“胡适”的名字。①

“胡适”这个名字，成为《天演论》留给他的一个最大的“纪念品”。

《天演论》造成的影响可以说是复杂多元的：正如蔡元培在《五十年来中国之哲学》中所说：“自此书（指严复的译著《天演论》）出后，‘物竞’、‘争存’、‘优胜劣败’等词，成为人人的口头禅。”“优胜劣败”的思想的确像野火一样，在中国蔓延开来，唤起了中国人生存的危机感和警醒意识。但是也应看到《天演论》产生的作用是复杂的，这与其思想观念的片面和简单化有关系。首先，它可能导致的是对于西方的误读，即认为西方社会奉行的伦理道德、行为规范，就只是“进化论”那种“生存竞争”之类的道德准则，并把这种反道德的道德作为可资借鉴的强国之道，这就会摧毁自己的道德基础。因此本文开篇所引的那段话“自十九世纪物竞天择说兴，而利己主义、强权主义、军国主义之相继迭起，于是金权、兵权乃借此时期愈益猖獗，非复法律、道德所能遏制”并非无病呻吟，是有它的现实经验基础的。由于国际政治处于一种无政府状态，所以强权即公理，具有极大的真实性，因此对外强调一种实力政治，是有必要的；但是对内则不适合提倡这样一种弱肉强食的道德，否则只能恶化国人生存的道德环境，鼓励了一种反道德的倾向，实不足以救亡，反而会祸国。其次，弱肉强食论会导致一种面对危机的过激反应，引发一种冒进思想和极端行为的发生，面对危机的非理性的张皇过度，并不足以应对危机，一种从容应对的心境和理性审慎的态度，才更是化解危机所必需的。当时有人的回忆中曾讲述过这样一个在《天演论》影响下发生的故事：周作人在南京读书时曾发现有一个同学，每天晚上都要背着包袱绕桌急走，问其故，答曰：在练习逃难。可见一种理论所可能产生的效果是

① 胡适：《四十自述》，上海：亚东图书馆，1939年，第50页。

非常复杂且多样的,《天演论》所引发的可能是国人意识到民族国家的生存危机,因而合群自救,形成民族国家主义的社会思潮,也可是只想自保,先救出自己再说,因而强化那种难民式的自私利己心态,甚或为自己的生存不择手段,损人利己。清末民初的利己主义、强权主义、军国主义的相继迭起,与物竞天择说的盛行以及所导致的传统信仰的衰微不无关联。

进化论改变了人们的世界观、人生观和历史观,使人们意识到其所处的世界是个不再会轮回循环的世界,人们所能拥有的只能是历史性、一次性的生存,因此个体生命弥足珍贵,能够衡量人生价值和体现人生意义的依据也只能来自现世,而不能再像古人那样寄希望于来世的公道。如此,超验世界的隐遁,既给人们的选择提供了莫大的自由——所谓上帝死了,也就什么都可以被允许了,也给人们的生存带来莫大的困惑,那就是每个人都须自己为自己的生存负责,自主选择自己的生存方式。面对这种现代的人生观,青年时代的周作人曾留下过这样的困惑和感慨:"世有轮回,吾愿其慰,今生不得志可待来生,来生又可待来生,如掷五琼,屡幺必一六。而今已矣,偶尔为人,忽焉而生,忽焉而死,成败利钝一而不再,欲图再厉,岂可得乎。然此特悲观之言,尚未身历日暮途穷之境者也,必惊弓之鸟又更当何如。"以这样的眼光去看世人,他的感触是:"世人吾昔觉其可恶,今则见其可悲。茫茫大陆,荆蕙不齐,孰为猿鹤,孰为沙虫,要之皆可怜儿也。"[①]除了悲观,这种人生观也会激励出一种乐观主义的激进、反叛情怀。查周作人日记,1903 年 11 月 17 日,他口占一诗云:"焚书未尽秦皇死,复壁犹存哲士悲。降士惟知珍腐鼠,穷经毕竟负须麋。文章自古无真理,典籍于今多丐词。学界茫茫谁革命,仰天长啸酒酣时。"诗后又加了这样的说明:"今世之人,珍经史如珍拱璧,此余所最不解者也;其他不具论,即以四书五经言之,其足以销磨涅伏者,不可胜数,又且为专制之法,为独夫作俑,真堪痛恨。至于浮词虚语,以并名学家所谓丐词者,尚其最小者耳,余尝恨秦皇不再,并非过论,同志之士,想亦为然。当不见斥为丧心病狂,即斥为丧心病狂,亦余所不辞者也。"[②]其诗粪土儒家的圣贤经传,恨秦始皇当年焚书坑儒未尽,颇有法家的专断杀伐之气,所以周作人后来开玩笑说,自己如果做了皇帝,也会杀人。但激进的周作

---

① 张菊香、张铁荣:《周作人年谱》,天津:天津人民出版社,2000 年,第 47 页。

② 张菊香、张铁荣:《周作人年谱》,天津:天津人民出版社,2000 年,第 48 页。

人也仍然无法摆脱虚无的侵袭和纠缠，如在《秋草园日记甲》序中所云：

世界之有我也已20年矣，然廿年以前无我，廿年以后亦必已无我也，则我之为我亦仅如轻尘栖弱草，弹指终归寂灭耳，与此而尚欲借驹隙之光阴，涉笔于米盐之琐屑，亦愚甚矣。然而七情所感，哀乐无端，拉杂纪之，以当雪泥鸿爪，亦未始非蜉蝣世界之一消遣法也。[①]

《天演论》的横空出世改变了一个时代知识界的风气，使得清末民初的思想文化界迅速成为进化论的天下，这当然不能不说是《天演论》之功，但是这种成功也就适应了时代趋势的结果，是时代选择了严复和他的《天演论》。与《天演论》同年问世的还有张之洞的《劝学篇》，身为清朝封疆大吏的张之洞看到甲午战争之后的中国，新学旧学间的冲突日渐尖锐，所以撰写了《劝学篇》，力主一条新学旧学两不偏废的循序渐进之路。他在序言中写道："图救时者言新学，虑害道者守旧学，莫衷于一。旧者因噎而食废，新者歧多而羊亡。旧者不知通，新者不知本。不知通则无应敌制变之术，不知本则有非薄名教之心。夫如是则旧者愈病新，新者愈厌旧，交相为愈，而恢诡倾危乱名改作之流，遂杂出其说以荡众心。学者摇摇，中无所主；邪说暴行，横流天下。"[②]只有既"知通"又"知本"，中国才能幡然有为。此书上呈给光绪帝，光绪帝颇为赞许，认为该书"持论平正通达，于学术人心大有裨益"。他命令军机处将该书所备副本四十部颁发各省督抚学政各一部，"广为刊布，实力劝导"。但这部由官方推荐的正论，实则对于知识界影响有限，甚至招来了对当政者的更大的反感。周作人日记中记载了当时读这部书后的感想："稍看劝学篇，即弃去。该书剽窃唾余，毫无足取；且其立意，甚主专制，斥民权自由平等之说，生成奴隶根性。此书一出，独夫之心，日益骄固，可恨也。"[③]在受《天演论》影响的年轻学子那里，这种"平正通达"之论显然已失去了任何吸引力，《天演论》与《劝学篇》相比显然掌握了一种现代特有的权力，即费孝通所言的"时势权力"，这种"时势权力"对于人心的影响比"实

① 张菊香、张铁荣：《周作人年谱》，天津：天津人民出版社，2000年，第48页。
② 〔清〕张之洞：《劝学篇》，两湖书院1898年刊印本。
③ 张菊香、张铁荣：《周作人年谱》，天津：天津人民出版社，2000年，第48页。

存权力”更大，甚至倡导者越是身份低微越能获得大众认可，因为它更适合非圣人的平民时代的需要。一种理论的盛行与其自身的圆通完满并无太大关系，关键看其是否适应了其时代的人心的需求，并成为时代精神的体现。《天演论》的出现实际上意味着一次文化领域的兵不血刃的政变，从此传统文化丧失了其在文化上的主导性和控制权，近代变革开始由政治领域向社会文化领域挺进。

一、“父子冲突”与代际文化冲突的激化

接受了《天演论》的中国人开始放弃传统的天理人欲之辨、善恶正邪之分的评判事物的标准，而以新旧中西、进步落后的标准来判断一切。知识者心态也由厚古薄今彻底反转为厚今薄古，形成一种崇信新生事物的心理，并由此将中国社会划分成新旧对立的两大阵营，新与旧的对立开始成为社会的主要矛盾。这种崇新心理无疑有利于推动社会各个领域的变革，文学领域也不例外，梁启超倡导的诗界革命、文界革命、小说界革命——晚清三大文学革命都是在这种心理影响下产生的，一经提出就应者云集，响应者甚众，正表明其切合了这种时代的需要。进化论的精神及时肯定现代人的创造，以新胜过旧的逻辑将新置于经典之上，甚至将新神圣化、经典化，如梁启超在《饮冰室诗话》第一则开宗明义就说道：“我生爱朋友，又爱文学，每于师友之诗文辞，芳馨悱恻，辄讽诵之，以印于脑。自忖于古人之诗，能成诵者寥寥，而近人诗则数倍之，殆所谓丰于昵者耶。”也就是开始以个人的兴趣偏好作为评判文学的标准，而不是某种普遍的客观的标准。由此标准出发，他做了这样的评论：“古诗《孔雀东南飞》一篇，千七百余字，号称古今第一长篇诗。诗虽奇绝，亦只儿女子语，于世运无影响也。中国结习，薄今爱古，无论学问文章事业，皆以古人为不可企及。余生平最恶闻此言。窃谓自今以往，其进步之远轶前代，固不待蓍龟，即并世人物，亦何遽让于古所云哉。生平论诗，最倾倒黄公度，恨未能写其全集，顷南洋某报，录其旧作一章，乃皇皇二千余言，真可谓空前之奇构矣。荷、莎、弥、田诸家之作，余未能读，不敢妄下比，若在震旦，吾敢谓有诗以来所未有也。以文名名之，吾欲题为印度近史，欲题为佛教小史，欲题为地球宗教论，欲题为宗教政治关系说，然是固诗也，非文也。有诗如此，中国文学界足以豪矣。因亟录之，以飨诗界革命军

之青年。”（按：诗为《锡兰岛卧佛》）[①]

梁启超此番诗论，难免有过于个人化、功利化之嫌，现在人还能首肯的大概已不多见。但从这种评论方式中我们可以看到在进化论鼓舞下的一代人睥睨一切、横绝千古，努力去开创属于他们自己的历史的气魄和胸襟。

进化论所延伸出的新旧二分的价值观在接受过程中演变为新的必胜过旧的，青年人必胜过老年人的通俗化的公式，对于中国固有的文化传递方式构成颠覆。按照米德的分法，前现代的文化传递方式是一种前喻方式，也就是文化是由前人传递给后人的，这样老年人就成为文化传播中的权威，年轻人是接受者和被教育者。而现代社会文化更新的速度加快，老一代不再具有垄断文化的专利，而且老一代所拥有的文化传统在现代冲击下贬值，不再能适应时代的需要，因此现代的文化传播方式开始向并喻方式转换，也就是向同一代人中的先行者学习，或者是同代人之间互相学习，这样父辈的文化权威就不复存在，甚至会因为其落伍过时而成为青年人讥讽嘲笑的对象，青年人对固有文化的尊重和认同也产生危机，由此引发代际文化冲突的加剧，使得在同一文化传统之内尚可沟通的代沟变得不可沟通，代与代之间失去了共同语言，家庭、社会发生断裂。新旧之间、中西之间、传统与现代之间的矛盾弥漫于父子之间、师生之间、长幼之间，加深了家庭成员和社会成员之间的隔膜和对抗。郭沫若在他的《少年时代》中曾提到过他的大哥：

> 助成了我们家塾革命的还有一个重大的人物，那就是我们的大哥，郭橙坞。他是十三岁便进了学的人，天资当然是很不弱的。不过他几次秋闱都没有及第，在最后一科失败之后，他突然成为了启蒙运动的急先锋。成都是一省的都会，接受外来的影响自然较早；他在成都所接受的影响直接传达到我们乡里来。放足会是他首先提倡的，我们家里人在乡中解放得最早，就是五十多岁的我们的母亲，那时候也把脚解放了。女子素来是不读书的，我们的妹子和侄女也都跟着沈先生读起书来。这些不消说都是他的主张。乡里的蒙学堂也是由他提倡的，我们虽然没有直接参加，但间接地

① 周岚、常弘编：《饮冰室诗话》，长春：时代文艺出版社，1998年，第4—5页。

受了很大的影响。[1]

这样一位大哥自然可以说是当时新党的代表了,他赴日留学,还要带郭沫若同去,因为郭沫若太小父母不同意才作罢。在留学前夕,兄弟之间有一次闲聊,被父亲无意中听到,爆发了一次戏剧性的冲突:

话头无心之间又转到放脚问题来。大哥又问我是喜欢大脚还是喜欢小脚。

我说:"我自然喜欢大脚了。"

他满高兴的不免提高了一段声音来说:"好的,大脚是文明,小脚是野蛮。"

——"混账东西!"

突然一声怒骂从父亲的床上爆发了出来。

——"你这东西才文明啦,你把你的祖先八代都骂成蛮子去了。"

这真是晴天里一声霹雷。大哥是出乎意外的,我也是出乎意外的。我看见那快满三十岁的大哥哭了起来。

郭沫若在传记中感慨道:"父亲并不是怎样顽固的父亲,但是时代终究是两个时代。单是对于'野蛮'两个字的解释,轻重之间便有天渊的悬殊。"[2]新旧不只是时间上的差异,更具有价值道德评判的意味,这显然会使两代人的关系变得尖锐对立起来。这种将新旧冲突价值化、道德化的方式使中国的现代化转型一开始就具有了文化冲突的特性,这种发轫于文化冲突的变革显然不会止于政治革命和社会革命,而将会进一步向文化领域延伸,最终导致一场深刻的文化领域的革命。

二、"突变论"与追赶"时代"的急迫心态

"进化论"在达尔文那里尚无突变之说,只是一种渐进,逐步地进化,但在急

① 《郭沫若全集·文学编》第11卷,北京:人民文学出版社,1992年,第47页。
② 《郭沫若全集·文学编》第11卷,北京:人民文学出版社,1992年,第50—51页。

迫地要求进步的中国人这里心仪的、呼唤的则是一种"突变论"，虽然同样是以进化论为指导，但是孙中山却强调"突驾"说，重视"跃进"，这反映在他的社会观上，就是以暴力革命推翻专制政府，进而实现"天下为公"；而且这场革命要毕其功于一役，将资本主义革命和社会主义一并完成，避免资本主义弊端，直接实现社会主义。这种"突驾"说主张社会历史的发展可以跨越其中一个阶段而跃进到更高的阶段，由此，他发表长篇演说，号召"流血革命"，驳斥保皇党谬论，预言中国将出现前所未有的大进步，可以迅速"突驾日本"，赶上和超过西方。

孙中山 1905 年在日本东京的讲演中首先叙述了他的革命主张和过程，指出中国革命形势的发展"大有一日千里之势"，"中国土地人口为各国所不及"，如国人发奋自雄，不难"突驾日本"，"并举西人之文明而尽有之"。最后，孙中山满怀激情地指出："吾侪生在中国，实为幸福。各国贤豪皆羡慕此英雄用武之地，而不可得。我们生在中国，正是英雄用武之时，反都是沉沉默默，让异族儿据我上游，而不知利用此一大好山河，鼓吹民族主义，建一头等民主大共和国以执全球的牛耳，实为可叹！"[①]

孙中山的演说给当时在日本留学的林伯渠留下深刻印象，他印象最深刻的是：举了一个例子，说明他为什么赞成民主共和，反对君主立宪。他说："铁路是好东西，但怎样成功的呢？英国开初试用木轨，用马拖车；后改铁轨，仍用畜力；最后，终于蒸汽机车实验成功了。政治的进步也与此相同，由皇帝专制，到君主立宪，终于民主共和。我们现在一开始就懂得了这个道理，为什么还要用畜力拖车呢！这岂不是最愚蠢的事吗！"[②]听了孙中山的演说，林伯渠"觉得很对"，心中豁然开朗，一下子就解决了他长期以来蒙混不清的问题。他感到孙中山有一种宏伟的气魄，视野广阔，比同时代的人站得更高，看得更远。他当时听陈天华称赞孙中山是"英雄中的英雄"[③]，果然并非虚语。他拥护孙中山要救中国就必须革清朝君主专制的命的主张，决心追随孙中山从事革命，并要求参加他领导的革命组织。[④]

---

① 孙中山：《孙中山全集》第 1 卷，北京：中华书局，1981 年，第 279 页。

② 孙中山：《孙中山全集》第 1 卷，北京：中华书局，1981 年，第 279 页。

③ 章士钊在《三十三年落花梦》（即宫崎滔天《孙中山传》）的译序中颂扬孙中山是"近今谈革命者之始祖，实行革命者之北辰"。

④ 林伯渠与陈瑾昆教授谈话：《林老谈辛亥革命》，1946 年 6 月 15 日。

林伯渠的反应显然在中国知识分子中具有代表性,中国是一个大国,有着五千年的历史和文明,有着相传已久的“天下主义”情怀,中国的现代化不只是一个顺应、赶上潮流的问题,还有一个超越的问题,一种重新获得大国地位并在文明上领先世界的愿望和要求。然而20世纪初的情形似乎是天时地利人和都不在中国一方,当时的世界是西方绝对主宰的世界,非西方世界除了中国和日本尚未被西方控制和征服,其他地方都已被西方强国瓜分殆尽。在这种情况下,中国现实的选择似乎应该是韬光养晦、静观时变、徐图恢复,而突驾躐等、一蹴而就、冒险犯难、轻率躁动的结果可能是连现实的局面都无法维持,从而被列强所乘,被彻底瓜分。这是大部分虽然主张变革但是心态上偏于保守的忧国之士的态度。但是这种态度对于秉承儒家道德理想主义精神的青年人没有太大的吸引力,因为他们素来就有一种对“理”的信仰,只不过现在是将传统的“天理”转变成为近代的“公理”,所以从公理推出的具有理想主义性质的“突驾说”,才可满足这种精神信仰上的需要。其次,他们认为事在人为,凡事只要努力去做,就一定能成功。原本用于道德领域的意志主义被照搬到社会政治领域,由此就形成了中国近现代以来的唯意志主义的变革心态,以追求最为理想的社会为目标,而无视社会发展的客观规律。这种凭着激情和狂热来创造历史的冲动对20世纪的中国历史影响深远。

在“突驾论”影响下的社会革命者心目中的社会进化被大大提速,他们眼中的世界成为一个“时时更新,刻刻进化”的世界,所以时不我待,只能时刻追赶这种进化,才能不被时代淘汰,因此他们要接受学习的是时代最新也是最好的社会变革潮流,而当时世界流行的也正是以批判西方资本主义为宗旨的无政府主义和社会主义思潮,因此这种思潮也被作为最最好的思潮被引进中国并获得广泛的接受。19世纪末20世纪初发轫于西方世界的改良运动在中国也迅速得到回应,无政府主义的影响迅速扩大,像蔡元培、刘师培、吴稚晖、李石曾等人都成为中国第一代无政府主义者,在思想文化界居于领先位置。如此时时更新、刻刻进化的世界观固然使中国人不惮于接受西方最激进、最时尚的社会思潮,且以此为傲,但它所造成的后果是追赶者迅速为后来者所超越,大家仿佛进入了一场令人精疲力竭的马拉松比赛,政治界、思想文化界的领袖人物像走马灯似的迅速转换,因而无法形成一个相对稳定的权威,一种变革所需要的暂安之局都成为奢望。人们将这场马拉松比赛中的落败者视为是一种自然淘汰，其落败自身就说明了其所主张的一无是处，无须再严肃对待其所主张的一切，由此造成的是弥漫于整个社会的一种浮躁心态。章太炎1918年在重庆讲演时说："六七年来所见国中人物，皆暴起一时，小成即堕。""乃民党之有政治思想者，亦皆不察习惯，只欲以己意施行。譬之推舟于陆，动而窒碍。斯皆不具历史知识，故自致败亡也。……近世所谓伟人亦然，成败利钝，绝无把握，时或投机制胜，则侥幸而成伟人之名；逮其败挫，名又去之。故一国人物，未有可保五年之人，而中坚主干之位遂虚矣。"[①]如此下去，只能造成"一国无长可依赖之人"的局面。衡诸甲午以来思想文化界的变迁更能说明这一点：康梁独领风骚不久，就被孙中山、章太炎取代，"五四"即起，章太炎又被边缘化，而代之以"新青年"群体，"新青年"不久则又落伍，而又代之以"苏化"浪潮。像历史上颇有戏剧性的一幕是当年的"北大之父"、"五四"的灵魂人物蔡元培到了1927年就已被视为"老糊涂"，到了1931年的"一二·九"运动更被当作国民党政府的"走狗"，而被学生詈骂、围殴。与此同时，一个人的成名也可以变得很迅速、很容易，如不到20岁的浙江第一师范的学生施存统就因为写了一篇《非孝》的文章，而闻名天下，很受年轻人的尊崇。丁玲就曾是他的崇拜者之一。施蛰存有这么一段回忆：在上海大学读书时的丁玲"还有意识形态上的'傲气'。她自负是一个彻底解放了的女青年，从她的谈话中可以知道，她在1923年的上海大学，崇拜的是施存统。施存统是因为发表了一篇《非孝》的文章，而被浙江第一师范开除的。他提倡'非孝'，被守旧分子认为是'大逆不道'。而青年人却认为是最激进的反封建。施存统因鼓动'非孝'而暴得大名，来当了上海大学的'教授'。在那时候，施存统的社会名望高于瞿秋白，所以丁玲'常常去他那里玩'，而瞿秋白在丁玲的认识里，还只是'觉得还是可以与之聊天的'"[②]。

由于崇新排旧，崇尚变化、排斥秩序，崇尚热情、排斥理性等特质，20世纪进化论影响下的现代文化成为一种典型的青年文化。它具有青年人的种种可贵之处，也自然带有诸多属于青年人的不可避免的局限。19世纪的俄国与中国颇有相似之处，急于进步的知识分子也产生了一种唯恐被视为落伍的进步包袱，

---

① 马勇编：《章太炎讲演集》，石家庄：河北人民出版社，2004年，第73页。

② 丁言昭编选：《别了，莎菲》，北京：人民文学出版社，2001年。

因此只要以进步面目出现的一切主张，都被人不假思索地赞同，即使内心不以为然，也不敢出言批评，唯恐受到保守、落后等为专制辩护的谴责，而被进步知识界排斥、抛弃。陀思妥耶夫斯基将这种心理称为“桎梏性的进步遐想”，它揭示出人们是如何在成为桎梏的“进步”面前丧失价值判断力的；衡诸中国，也是如此，进步被当成一种新的不可抗拒的宿命，人们所能做的只是去顺应这种宿命而已，推动乃至顺应时代潮流成为人们的一种新的生存信仰，如鲁迅在写给好友许寿裳关于教子的私信中这样说道：“汉文当废去，盖人存则文必废，文存则人必亡，在此时代已无幸存之道。但我辈以及孺子生当此时，须以若干经历牺牲于此，实为可惜。仆意君教诗英，但以养成适应时代之思想为第一义，文体似不必十分抉择，且此刻诵习未必于将来大有效力，只须思想能自由，则将来无论大潮如何，必能与为沆瀣矣。”[①]这种与时代大潮“与为沆瀣”的态度只能使挣脱了对传统的盲信的人重新陷入到对时代的盲信，其真正的理性自决能力仍是值得忧虑的。总之，过分专注、刻意地去追求某种社会政治道德目标而罔顾其他，就会导致人的生存的异化，过于急迫、偏执地去追求所谓彻底、纯粹、单一的“现代”，也会给人们带来一种无妄之灾，遭受本可以避免的伤害和损失，这是在后发国家的现代化进程中尤须警觉的问题。

---

① 鲁迅：《鲁迅书信》1，北京：人民文学出版社，2006 年，第 41 页。

公理至上与浪漫主义的文学政治

——晚清政治小说新论

严复曾将历史分为“人心所构之史”和“人身所作之史”，小说即被视为这种“人心所构之史”，而且“今日人心之所构，即为他日人身之所作”。由此，“人心之史”成为“人身之作”的原因和前提，可知当时人们认为文学之于历史的重要性并不亚于实际的政治运动。晚清时期大量出现的“新小说”是中国社会由传统向现代转型的风向标，文学担负起了一个时代先行者的角色。“新小说”可分为两派，即“政治小说”和“社会小说”。“政治小说”是这个时期人们宣传政治理想、表达政治诉求的重要载体，它与时代政治有密切的联系，或者说它本身就是时代政治的一种突出表现形式，政治的文学化与文学的政治化成为中国文学由传统步入现代的一个突出表征。庚子之变后人们在社会心态上发生的巨大变化，在晚清“新小说”中得到了充分体现。本文以晚清时期的“政治小说”为考察对象，力图从社会心态变异的角度探讨晚清社会文化变迁的深层根源，重点探讨晚清文学中的政治自由诉求与社会群体的公理至上主义心态的关联。

1900年的庚子之变是清末民初社会变迁的分水岭，慈禧太后在守旧派彻底失败之后，也不得不倡言改革了，由此开启了历史上所谓的“晚清新政时期”。由清廷启动的这场自上而下的改革运动，酿成了一种朝野上下“咸与维新”的时代风气，由此维新、变革、改造社会等等成为时代的主导话题，求新、求变成为时代的主旋律，由此引发了社会心态的重大变化。首先是儒家文化的独尊地位由于清廷开始倡导西学而受到冷落，更由于科举制度的废除，而遭受沉重打击。庚子之前讲西学的人除了为数不多的“康党”，并不多见，而庚子之后则风气大变，士人阶层几乎全都卷入到如火如荼的兴西学热潮中，连旧学大家如桐城派古文学家吴汝纶也做出这种预言：“此后必应改习西学，中学浩如烟海之书行当废去。”[①]朴学大师孙诒让也对自己所治的旧学做出这样的反省：“救焚拯溺，贵于开悟国民，讲习科学。不佞曩昔所业，固愧刍狗已陈，屠龙勿用。”[②]由此，自命代表“西政之本源”的政治法律书籍成为时代的畅销书，与此相应的是“法政学堂”等新学堂遍地开花，成为新的“官员养成所”。但这些并没能缓解失去了传统晋身之阶的士人心中的焦虑和惶恐。诚如时人所言：“庚子重创而后，上下震动。于是朝廷下维新之诏以图自强。士大夫惶恐奔走，欲副朝廷需才孔亟之意。莫不问新学。虽然，甲以问诸乙，乙以问诸丙，丙还问诸甲，相顾错愕，皆不知新学之于意何云。于时联袂城市，徜徉以求苟合，见夫大书特书曰‘时务新书’者，即麇集蚁聚，争购尤恐不及。而多财善贾之流，翻刻旧籍以立新名，编纂陈简以树诡号，学人昧然得鱼目以为骊珠也。朝披夕吟，手指口述，喜相告语，新学在是矣，新学在是矣！”[③]在这种急功近利心态下所接受的新学，显然会大失其原味。与此相应的是对西学的推崇引发的是新的政治趋向的形成，仿行西方，进行立宪，成为社会的一种普遍要求。《东方杂志》这样报道：“上自勋戚大臣，下逮校舍学子，靡不曰立宪立宪，一唱百和，异口同声。”[④]在这种趋势之下，守旧派已成为大众所不齿的人物，许珏因为上书反对立宪，招致的反应是“朝野哗然，以为阻挠立宪，非愚则狂”[⑤]。

---

① 郭立志：《桐城吴先生年谱》卷二，转引自《辛亥革命与近代中国》上，北京：中华书局，1994年，第296页。

② 郭立志：《桐城吴先生年谱》卷二，转引自《辛亥革命与近代中国》上，北京：中华书局，1994年，第296页。

③ 冯自由：《政治学·序言》，上海：上海广智书社，1902年。

④ 《东方杂志》第8期，1905年。

⑤ 许珏：《复庵集》卷十，见《辛亥革命与近代中国》上，北京：中华书局，1994年，第304页。

西学的兴盛培养起新一代读书人对理性的崇拜，即相信只有公理才具有判断一切的权威性，而公理也就是来自西方的物竞天择、天赋人权、自由平等这类出自现代性意识形态的真理，这种空前“崇理”的风气对于推动革命是大有助力的。孙中山先生对庚子前后人们心态的变化感触颇深：“当初之失败也，（庚子之前）举国舆论莫不目予辈为乱臣贼子，大逆不道。咒诅谩骂之声不绝于耳；吾人足迹所到，凡认识者，几视为毒蛇猛兽，而莫敢与人交游也。唯庚子失败之后，则鲜闻一般人之恶声相加，而有识之士且多为吾人扼腕叹息，恨其事之不成矣。前后相较，差若天渊，吾人睹此情形，中心快慰，不可言状，知国人迷梦已有渐醒之兆。”①

受这种“崇理”思潮影响最大的当推新式学堂里的青年学生，这与遍及学校的革命党的宣传教育是分不开的。革命党人杨毓麟当时在北京译学馆教国文：“学生课卷有稍合革命主义者，虽文词草率，辄奖励之，有颂扬君后而抬头书写者，必勒抹而痛斥之。”②一位守旧派忧心忡忡地留下了这样的记录：“自从平等自由革命排满之说倡行，少年后学从风而靡，……其毒乃遍于学校，裂纲毁纪，视为当然，相习成风。”他举例说：“有一人尝食于我者数载，平居固甚驯谨也。入军校数月，以假日来见，则革命排满，信口谰言，责之以严词，夷然答曰：‘公无独责我也。全校皆如是，公亦无独责我校也，各校皆如是。使弗与之党，将不可一日容。势之所趋，非一二人能自立异也。’”③费孝通在分析中国乡土社会时曾提出除了实存的权力，还存在一种“时势权力”。在变革时代，这种“时势权力”与“实存权力”相比毫不逊色，甚至更有力量，因为它掌握了人心的指向。“实存权力”可以管束人的身体，但管束不了人心。人心所向决定着历史前进的方向。在公理信仰者看来，公理是一种不以人的主观意志为转移的客观规律，是历史的必然发展趋势。它之所以不可抗拒，是因为它是放之四海而皆准的公理，正如邹容所说：“革命者，天演之公例也；革命者，世界之公理也；革命者，争存争亡过渡时代之要义也；革命者，顺乎天而应乎人者也；革命者，去腐败而存良善者也；革命者，由野蛮而进文明者也；革命者，除奴隶而为主人者也。是故一人一

① 孙中山：《孙中山全集》第六卷，北京：中华书局，1981 年，第 235 页。
② 《杨笃生先生蹈海记》，见《蔡元培全集》第 2 卷，北京：中华书局，1984 年，第 118 页。
③ 转引自《辛亥革命与近代中国》上，北京：中华书局，1994 年，第 312 页。

思想也，十人十思想也，百千万人百千万思想也，亿兆京垓人亿兆京垓思想也，人人虽各有思想也，即人人无不同此思想也。”[①]由此这种崇拜公理的进步主义信仰成为时代的强势主导话语。这种时代强势话语是为要求变革的不同政治派别所共享的，康梁君主立宪派和孙中山同盟会之间的不同并不在于对这种公理的见解上有所不同，而在于实现公理的方式途径以及对实现成本、代价的考虑等不同而已。这种对于天演之公例、世界公理的信仰构成了时代文学政治话语的核心。

晚清“新小说”发源于梁启超1902年11月在日本横滨创刊的《新小说》杂志，梁启超不仅意识到了小说对于改良群治的重要性，而且身体力行亲自创作了新小说的开山之作《新中国未来记》。其主要目的是要借小说来“发表政见，商榷国计”。这部小说的影响主要不在于它是对新中国的未来的畅想曲，而在于它对清王朝的统治合法性的彻底消解：梁启超在小说中将专制政体视为“一件悖逆的罪恶”，因为“任他甚么饮博奸淫件件俱精的强盗，甚么欺人孤儿寡妇狐媚取天下的奸贼，甚么不知五伦不识文字的夷狄贱族，只要使得着几斤力，磨得利几张刀，将这百姓像斩草一样杀得个狗血淋漓，自己一屁股蹲在那张黄色的独夫椅上头，便算是应天行运圣德神功太祖高皇帝了！”这种对于传统政体合法性的彻底否定，正是来自理性主义的一种彻底性。只是出于一种代价、成本的考量，梁启超后来才主张一种“无血的破坏”，但公理主义信仰使他不可能真正排斥革命，他只是一个策略意义上的“政治保守派”，并非西方意义上那种致力于思考建立保障自由的秩序的经验主义的改革者。

晚清“新小说”的公理崇拜除了受法国大革命的影响，还深受中国传统的大同主义的影响，康有为的《大同书》在理念上的彻底性是令现代人都自叹弗如的，他对于新社会的构想是一种唯理主义的演绎式思维，《大同书》可以说是一个把理性进行到底的范例。但现实中的康有为还是把应然和实然区分开来的，所以他的《大同书》虽早就写出，但一直不愿公之于世，因为担心此书一出导致的结果将会是血流成河，他没有完全取消理念与现实的分野，因此只能成为一个理论和实践两分的改革者。他认为“理想乃是将来的缩影，而实际必须符合

---

① 郅志：《中国启蒙思想文库·陈天华·邹容集》，沈阳：辽宁人民出版社，1994年，第182—183页。

目前的境遇”[1]。这也是他迅速为时代抛弃的原因。

公理主义在革命时代起着类似于革命的“发动机”的关键作用，它煽动起人们的热情和梦想，呼唤人们主动参与到历史创造之中。所谓“英雄造时势，时势铸英雄”，它迅速地推动了晚清士风的转变，即由“名士”向“志士”的转变，使得创造历史的英雄主义成为时代的主调。实则吸引晚清理性主义者的并不是理性自身，而是从对理性的信仰中生发出来的激情和创造新世界，使自己留名千古、铜像巍巍的使命感。这种激情化的理性崇拜和英雄主义的使命感使他们排斥对其信仰的理性本身进行任何理性的反思，因此沉浸在自己的信仰之中，除了信仰再不考虑其他，并拒绝任何批评，把所有反对他的人都视为必须剪除的敌人。由此它不仅违背了理性必须从正反双向进行才能发展存在的本质，而且取消了对理性的任何限制，走向一种唯理主义。这种公理崇拜可以说催生出了现代中国第一代可称之为“理念人”的现代知识分子，但这种“理念人”只是将传统静态的天理代之以进化的公理而已，尚未领会真正的理性思考的真谛。公理至上填补了传统信仰退位留下的空缺，满足了现代人追求政治自由的需要，但由于这一需要完全排斥其他的需要，则可能会导致一种新的绝对主义的公式化的思维方式。政体、国体在传统专制时代都是不容置喙的问题，到了清末新政时期，则成为人人都可以置喙的热门话题。人人都可以自由设计选择政体、国体，这种政治上的开放、自由可以说是空前的，传统束缚至此已完全失效。旅生的《痴人说梦记》开篇就是写现代的读书人首先要做的就是打破常规：书中的宁孙谋是康有为的化身，他首先要做的是“要做一部书，人皆晓得十三经要读的，殊不知道经书早被秦朝一把火烧尽了，其余多半是后人伪造。我想出许多证据，在肚子里尚未写出，趁着日长无事，要做成这部书，免得那些迂儒，谈三皇，说五帝，弄得浑身束缚，一样事都做不成功。……我做这部书的意思，是要先将读书人第一个照例的念头打断，你道好不好？”他的朋友听到他的这番高论，都佩服得五体投地。挣脱了常例束缚的读书人，或主君主立宪，或主革命暴动，或主海外殖民——在与世隔绝的孤岛上建立理想国。政治选择的不同也决定了小说想象模式的差异：君主立宪派的《新中国未来记》，在虚拟的倒叙式叙

---

[1] 傅军龙等：《晚清文化地图》，北京：团结出版社，2006年，第361页。

述中仍在延续与革命派的激烈辩论，具有较强的现实针对性。《痴人说梦记》则可以说是无政府主义小说的代表，他们都钟情于在一个与世隔绝的孤岛上建立一个文明极致的模范新社会，其理想越高超、彻底，也就离现实越远，后来鲁哀鸣的《极乐地》等等也是如此。革命党小说则多在现实背景下展开理想，表现出一种写实和浪漫相结合的倾向，崇高的理想通过斩草除根式的革命彻底性表现出来，这可以《黄绣球》为代表。

源于理性主义的革命首先反对的是“枝节上的推求”，即零碎的、渐进的改革，而追求根本性的变革、理念上的彻底性。如《黄绣球》中用了两个比喻来表达这种彻底性：一个比较常见，即房子要倒了，是修理它还是拆掉它彻底重建。革命者的选择显然是后者，即不拆旧房子建不起新房子。另一个是花和蚂蚁的比喻。黄通理问两个儿子：“譬如一棵花，种在地上，花上爬了些蚂蚁，这便怎样？难道就把花掐了不成？”那大的说：“这与花何害？只要将蚂蚁除去便是。”小的则说：“不然，好好的一朵花，固然不能掐去，但是蚂蚁除了又有。就算这枝花上除去，它又爬到那枝花上去了，除之不尽，劳而无功，不如寻着蚂蚁的窠，或是掘了它的根，或是把种的花移种在好地上去，叫蚂蚁无从再爬，然后我们的花才能开得枝枝茂盛，年年发荣。”黄通理听他小儿子的话，十分中意，而对大儿子的回答则大不以为然。以喻体代本体，以理论代实际是唯理主义思维的一大特点，从其比喻自身来看它是合乎逻辑的，但建设一个新社会显然不像拆、建房子那么简单。花和蚂蚁的比喻也是如此，恶并不只来自外界，也来自人性自身，人的本性中就有非理性的、有缺陷的一面，完全理性化只能导致人性的异化。此处的“花和蚂蚁”本为一体，不是可以单独分开的。喻体和幻象在政治小说中的泛滥，正是时代政治文学化的一种突出表征。但现实政治是不可能靠一两个巧妙的比喻来解决问题的，理论毕竟不能代替实际。

据统计，晚清时期的同盟会会员中百分之九十以上是17—26岁的青年，因此革命文化带有典型的青年文化特征，而青年文化的特点就是富于热情、勇于冒险、涉世不深、理智薄弱，这使他们容易与激进的唯理主义产生共鸣。而且革命对于他们不只是抽象的理论，也有反抗父辈权威的自主要求和对于情爱自由的渴望，这就产生了个性解放以及情爱与革命的融合。像张肇桐的《自由结婚》可以说是20世纪“革命加恋爱”小说的鼻祖，绝世英雄黄祸和绝代佳人关关在革命中产生的美好恋情，对那个时代的青年具有特别的感召力。在晚清政治小说中革命禁欲主义和反禁欲主义是并存的，像《女娲石》中既有极端禁欲的女子革命团体“花血党”，也有不忌酒色，不惜身体，专在花天酒地中演说文明因缘的“春融党”。小说中犯了酒色两戒的凤葵就被打发到了“春融党”去从事革命。在情欲问题上，它的禁欲和纵欲都是非传统式的，开始将人的自然欲望看作一种正常的要求，取舍态度端赖革命的需要，与世俗传统道德无关。

以女性为中心人物的政治小说在晚清文坛上也堪称一枝独秀，与以男性为中心的政治小说不同，以女性为中心的政治小说并不热衷于在小说中进行政治论战，它更多地表现出女性对于自由的渴望，她们在政治和道德上的激进比男性走得更远，更为情绪化也更具文学感召力。女性反抗的思想基础也来自理性主义，梁启超办的《新小说》杂志上登载的岭南羽衣女士的《东欧女豪杰》可视为最早的号召女性革命的小说。该小说的作者据考证是罗普，一位男性作者，康有为的弟子，此小说是最早属意女子革命的小说之一。该小说也是首先从公理的角度表达了对专制政体的愤恨和不平：“野蛮专制国上头拥着一个沐猴而冠的，任他称皇称帝，说什么‘天下一人’，又说什么‘神圣不可侵犯’。照公理而论，单有这个，世界上已是大不平等。”书中就此作了这样的眉批：“怨毒之于人甚矣哉！凡专制国民，爱国心与破坏思想，两者不得不相缘并起，亦如自由国民爱国心与平和思想相缘也，可不鉴诸？”唯理主义是排斥任何妥协和交易的，所以主人公不赞成工人用罢工的手段来争取自己的利益，她认为罢工的结果总是做工的吃亏，必须从根本上争取改变专制政体，消灭贫富悬殊的“不公平的规矩”才行。书中眉批道：“俄国虚无思想，是由德国黑智尔（黑格尔）、麦喀士（马克思）、法国仙士门（圣西门）诸大智孕育而来，日人所谓社会主义也，其条理与礼运大同之义颇近，将来普及世界必矣。”这些都可以见出其唯理主义信仰的本色。唯理主义也是一种反妥协的完美主义，所以君主立宪显然是不对其胃口的，所以小说还指出：“虚无党是主张共产主义，全从柏拉图的共和理想生出来。”之所以可以接受这种君主立宪，是因为“大抵民党的意思，总是不想太过激烈，反为酿成大变，因此都让了一步，只求和那政府立了几条各各自治的宪法，就可以上下相安无事，把那国家的生机发达起来”。小说还指出：“立宪的制度，虽是有益平民，若在利益上算计起来，那政府已经占了便宜不知多少。”书中眉批道:“做君主的不肯立宪,予民以权,正是第一等不受抬举的贱骨头。”

要达到这种完美主义的目标显然靠渐进改良是行不通的,只能靠彻底的破坏,所以小说中人物认为改革靠的就是暴动和暗杀。“若不用破坏手段,把从来旧制,一切打破,断难造出世界真正的文明。因此,我们欲鼓舞天下的最多数的,与那最少数的相争,专望求得平等自由之乐,最先则求之以泪,泪尽而仍不能得,则当求之以血。至于实行法子,或刚或柔,或明或暗,或和平或急激,总是临机应变,因势而施,前者仆,后者继,天地悠悠,务必达其目的而后已。”由此这种以目的为手段辩护的伦理就成为一种典型的信念伦理:只要忠实于信念,就可以不择手段。苏菲亚以监狱为学校,终于参透了“那八风不动的道理”:“我们只求自己心安理得,……只有自己从那公理上认定了一个安心的境界,横竖要向着他走,不求到了,不肯干休,这就是求仁得仁的道理。”于此可以看到20世纪的伦理政治化倾向已经开始萌发。

这位伪托女性的作者特别呼唤妇女投身于革命中来:“可恨我国二百兆同胞姊妹,无人有此学识,有此心事,有此魄力;又不但女子为然,那号称男子的,也是卑湿重迟、文弱不振,甘做外国人的奴隶,忍受异族的凭陵,视国耻如鸿毛,弃人权若敝屣,屈首民贼,摇尾势家,重受压抑而不辞,不知自由为何物。倘使若辈得闻俄国女子任侠之风,能不愧死么?”将革命与否诉诸人的思想觉悟和荣耻之感,这对于骄傲自负、渴盼荣誉的青年人具有特别的效力,也合于文化先行的逻辑。当时无政府主义革命者刘师培在世纪之初就制定了一个由种族革命到政治革命再到经济革命的无限革命路线:“地球上邦国环立,然自有人类以来,无一事合于真公。……自民族主义明,然后受制于异族者,人人皆以为辱;自民均之论昌,然后受制于暴君者,人人均以为耻;自社会主义明,然后受制于富民者,人人均以为羞。”[①]因此,靠着这种思想上的次第觉悟推动行动上的不断革命,就成为顺理成章的事情。主义竞争、制度攀比是唯理主义政治必然出现的现象,它显然带有非历史的唯意志主义色彩。它所讲求的只是理念上的彻底性、完美性,并不考虑被改造者的意愿和客观因素的制约,具有一种“万物皆备于我”的建构主义的豪迈气质。

① 刘师培:《天义报·启》,见高军等编《无政府主义在中国》,长沙:湖南人民出版社,1984年,第217页。

自标为“闺秀救国小说”的《女娲石》更能代表接受这种理性启蒙之后的女性渴求平等的政治文化诉求，所选定的方式也是暴动和暗杀，特别是暗杀，由女性来行使，更具隐蔽性也更容易成功，又有俄国女虚无党人暗杀成功的先例，所以女革命党在革命兴起之初就占有不可或缺的一席之地。而且《女娲石》中的女革命党还形成了其独具一格的做女革命党的清规戒律，那就是由小说中的女子革命团体花血党所拟定的“灭四贼”和“三守”的信条：一、灭内贼，“我国伦理，最重家庭。有了一些三纲五常，便压制得妇女丝毫不能自由，所以我党中人要绝夫妇之爱，割儿女之情。这名叫灭内贼”。二、灭外贼，“‘外’字是对世界上国际种族讲的。我党第一要斩尽奴根，最忌的是媚外，最重的是自尊独立。这名叫灭外贼”。三、灭上贼，“‘上’字是指人类地位讲的。我国最尊敬的是君父，敬的是君父，便是独夫民贼，专制暴虐，也要服服帖帖，做个死奴忠鬼，这是我党中最切齿的。所以我党中人，遇着民贼独夫，不共戴天，定要赢个他死我生方罢。这名叫灭上贼”。最独特的是第四条“灭下贼”，“这‘下’字是指人身部位讲的。人生有了个生殖器，便是胶胶粘粘，处处都现出个情字，容易把个爱国身体堕落情窟，冷却为国的念头。所以我党中人，务要绝情遏欲，不近浊物雄物。这便名灭下贼”。除了“灭四贼”，还有“三守”：“第一，世界暗权明势，都归我妇女掌中。守着这天然权力，是我女子分内事。第二，世界上男子是附属品，女子是主人翁，守着这天然主人资格，是我女子分内事。第三，女子是文明先觉，一切文化都从女子开创，守着这天然先觉资格，是我女子分内事。”这种女子革命显然只是一种单纯的秩序颠倒，以一种不平等取代了另一种不平等。

除了颠倒男尊女卑秩序的女性中心主义诉求，《女娲石》的现代化想象也是来自理性至上的科学主义，这与蔡元培的无政府主义乌托邦小说《新年梦》都有相通性。小说中的女革命党领袖秦夫人革命之外兼搞科学发明，发明了“吃饭机”“电马”等现代科技产品；另一个女子革命团体白十字社会员楚湘云则发明了“洗脑机”，可以对人的脑子进行“加工洗涤，使其拨乱反正”。这种发明显然是应革命时代的需要而产生的，革命就是要改造人性，使其适应建立在理性基础上的新社会的需要。“洗脑机”的这一戏剧性的隐喻可以视为 20 世纪启蒙主义改造人性和国民性这一主题的源头。

另一篇女革命党小说《女狱花》的激进更甚于前者：沙雪梅愤慨于当时“男

尊女卑人权缺”的现实,读了斯宾塞的《女权篇》,立志要改变现状。她的丈夫秦赐贵是个迂腐的秀才,自从沙雪梅嫁了过来,即叫她涂脂粉、戴耳环、缠小足,连外出走走,也要管起来。沙雪梅申言,“我又不是你买来的奴才,一切举动受你限制”,而丈夫竟诬其有了奸夫。沙雪梅大怒,骂其为“男贼”,一拳将秦赐贵打死。她又在牢里向众女犯发表演说:“世上无知的女儿,到了十几岁的时候,就想要嫁男人,以为嫁了有多少好处。咳！你不晓得这男人,正是我们千世冤家万世仇。只可以杀,不可以嫁的。”她把女性一切痛苦皆归之为“男贼”的压迫,说:“男贼既待我们如此,我们又何必同他客气呢?我劝众位同心立誓:从此后,手执钢刀九十九,杀尽男贼方罢手。”甚至说:“难道杀了一个男贼就罢了么?欲我将你们男贼的头,堆成第二个泰山,将你们男贼的血,造成第二条黄河。”“白马非马”,沙雪梅仇恨的应该不是具体意义上的“男人”,而是抽象意义上的“男人”,一种男尊女卑制度的维护者。她认为只有先把这个制度推翻,然后才谈得上男欢女爱。所以她说:“夫妇专制时代,正是女子黑暗地狱。做女子的,应该拼着脑血、颈血、心血,与时代大战起来。一战胜后,自然是光明世界了。俗语道:吃得苦中苦,方为人上人。我们今日,正当用着铁血主义,不可以疏懈的。”这是从公理推导出来的平等逻辑向社会家庭领域、夫妻关系的延伸。唯理主义革命往往罔顾政治、社会、文化革命的次序,主张从身边做起,先搞家庭革命,父子、夫妻之间的革命,这种主张在当时并不少见。当时就有“家庭立宪”的口号提出,要先进行伦理革命。小说中另一位号“佛婢”的许平权,比沙雪梅要平和一些,在得知她要组织杀男贼党后,这样劝告:“这样的革命,妹妹想来,恐做不成功的。”雪梅道:“何以做不成功?”平权道:“凡流血革命,施之于不同国土、不同宗教、不同语言、不同种族,——无爱情的人,很是容易。女子与男人,同国土、同宗教、同言语、同种族,爱情最深,革命安能成呢?”这种劝告是从人情常识出发来考虑的,显然与唯理主义的抽象性、普适性话语不同。但它对于痴迷于自己的理念罔顾其他理念的人来说并不起作用。对于这两人的争论,小说作者也莫衷一是:沙雪梅的观点虽然不合人情,但似乎为“激烈革命”所必需;而许平权所言虽合乎情理,显然无助于革命。小说最后两人的结局安排得也很有意思:沙雪梅联络“欲将二千年来被男人夺去的权利夺了转来”的诸位女豪杰,组织革命,终因大事不成,自焚而死。而许平权游学东瀛,结识有志青年黄宗祥,归国后振兴女学，宣传“若要权利，先贵独立”的道理，说明“我们今日，不必去夺男人的权利，只是讲求我们的独立；若我们能独立，那男子不得不将权还我们了”，劝说大家“从此后将恨男子强权的心思，变为恨自己无能的心思，将修饰边幅的时候，变为研究学问的时候，恐须眉男子，将要崇拜我们了，安敢强权呢？”过了十数年，女学大盛，女子状态已很文明，男子亦大半敬爱女子。许平权忆及与黄宗祥“女界振兴之日，为你我完姻之日”的立约，想到“我若不婚嫁，国中普通女人，必误会我不悦男子，将来愈传愈误，必人人欲为沙雪梅，欲为文洞仁，大伤天地生成之道，安可为区区一身的习惯，为二万万女人的祸根么？”遂与黄宗祥完婚。显然作者还是认同一种平和的女权主义的。但她认同“改革之事，须有激烈党之破坏，方有平和党之建立”的逻辑，所以对沙雪梅的激烈偏颇，仍给以充分的肯定。这就表明即使是平和派也是把激烈革命视为建设理想社会的必要前提和必由之路。之所以选择这条道路，显然与晚清时期改革之路不畅，社会民族、阶级诸矛盾的空前激化有关。

公理至上话语在扫荡既往束缚方面是所向披靡的，且在推动历史前进上起到积极作用。但它以公理代天理的绝对主义信仰也会给人们带来新的压抑。当时已有人对此提出质疑，同样是革命先驱的章太炎就专门写过《俱分进化论》和《四惑论》，对虔信“进化”的社会变革者的乐观信仰提出质疑：“若云进化终极，必能达于尽美醇善之区，则随举一事无不可以反唇相稽。”[①]因为善进化，恶亦随之进化，所以达到至善无恶之境是不可能的，因此他提出“进化之实不可非，而进化之用无所取”[②]的俱分进化论。针对占据其时代主导位置的公理至上话语，他这样说道：“昔人以为神圣不可干者，曰名分。今人以为神圣不可干者，一曰公理，二曰进化，三曰惟物，四曰自然。有如其实而强施者，有非其实而谬托者。要之，皆眩惑失情，不由诚谛。……骤言公理，若无害矣。然宋世言天理，其极至于锢情灭性，蒸民常业，几一切废弃之。而今之言公理者，于男女饮食之事，放任无遮独此所以为异。若其以世界为本根，以陵藉个人之自主，其束缚人亦与言天理者相若。”[③]他从个人和人性的角度指出了这种唯理主义的现代

① 章太炎：《革故鼎新的哲理——章太炎文选》，上海：上海远东出版社，1996年，第150页。
② 章太炎：《革故鼎新的哲理——章太炎文选》，上海：上海远东出版社，1996年，第150页。
③ 章太炎：《革故鼎新的哲理——章太炎文选》，上海：上海远东出版社，1996年，第299页。

性诉求的不合理性。托克维尔在反思法国大革命时指出：革命时代盛行的是一种“抽象的文学政治”，革命者力图“用简单而基本的、从理性与自然法中汲取的法则来取代统治当代社会的复杂的传统习惯”[①]，这种文学化的政治思维形成和传播的原因在于：在缺乏自由政治制度的国度里，普通人身受旧制度种种弊端之苦，但看不到医治具体社会病的药方，因此很容易形成非此即彼的思维，“要么全盘忍受，要么全盘摧毁国家政体”[②]，结果，全体法国人都“抛弃了现实社会，沉湎于虚构社会。人们对现实状况毫无兴趣，他们想的是将来可能如何，他们终于在精神上生活在作家建造起来的那个理想国里了”[③]。中国的情况与法国大革命的情形相似，革命主体是海外政治流亡者、新军士兵、青年学生等社会边缘群体，他们信念坚定、富于热情、勇于牺牲，但容易将政治浪漫化，理论脱离现实，带有明显的唯意志主义色彩。这种理论和实践明显脱节的浪漫主义气质，也会给中国社会由传统向现代的顺利转型带来始料不及的曲折和艰难。

① ［法］托克维尔著，冯棠译：《旧制度与大革命》，北京：商务印书馆，1992 年，第 175 页。
② ［法］托克维尔著，冯棠译：《旧制度与大革命》，北京：商务印书馆，1992 年，第 177 页。
③ ［法］托克维尔著，冯棠译：《旧制度与大革命》，北京：商务印书馆，1992 年，第 181 页。

开明的保守派：谴责小说作家群的文化性格考察

在以传统精英眼光写就的现代文学史著作中，谴责小说是被轻视、没有地位的。钱基博 1932 年出版的《现代中国文学史》，在下编“新文学”中，只讲了以康梁为代表的“新民体”，以严复和章士钊为代表的“逻辑文”和以胡适等为代表的“白话文”等，而对在晚清社会曾产生广泛影响的谴责小说只字未提。谴责小说被纳入文学正统，始于胡适的《文学改良刍议》。出于贬抑旧文学、强调白话文创作的正宗地位的需要，胡适充分肯定了晚清的“新小说”家，认为：“吾每谓今日之文学，其足与世界‘第一流’文学比较而无愧色者，独有白话小说（我佛山人，南亭亭长，洪都百炼生三人而已）一项。此无他故，以此种小说皆不事摹仿古人（三人皆得力于《儒林外史》《水浒》《石头记》，然非摹仿之作也），而惟实写今日社会之情状，故能成真正文学。其他学这个，学那个之诗古文家，皆无文学之价值也。今之有志文学者，宜知所从事矣。”[①]当胡适后来要建构一种他认为真正“现代”的“新文学”时，开始更多地强调晚清新小说的缺陷，说：“近人的小说材料，只有三种：一种是官场，一种是妓女，一种是不官而官，非妓而妓的中等社会(留学生女学生之可做小说材料者，亦附此类)，除此之外，别无材料。最下流的，竟至登告白征求这种材料。做小说竟须登告白征求材料，便是宣告文学家破产的铁证。”[②]接着从结构布局、描写方法等方面指出晚清小说诸多不足。鲁迅的《中国小说史略》将谴责小说首先纳入小说史的写作中来，他的《中国小说史略》对晚清颇为兴盛的政治小说只字未提，而对谴责小说则辟了专章，显然有把前者看成宣传，而把后者看成创作的价值判断。但鲁迅拿“纯文学”的标准来衡量谴责小说，则得出一个谴责小说文学价值偏低的结论，如认为他们是“搜罗”和“联缀”“话柄”以成“类书”，“虽命意在于匡世，似与讽刺小说同伦，而辞气浮露，笔无藏锋，甚且过甚其辞，以合时人嗜好，则其度量技术之相去亦远矣，故别谓之谴责小说”。[③]

的确，与吴敬梓耗费半生心力、惨淡经营、寄托深远的小说杰作《儒林外史》相比，为李伯元赢得大名的《官场现形记》只能说是一个急就章，它是在报纸上连载的长篇小说，李伯元只用了一年左右的时间就把它写完，并在报纸上连载完毕。此书的写作正当清廷倡导“改弦更张，以祛积弊”的时候，对官僚体制弊端的揭露和反省成为社会热点，所以说它也可以说是开了其后注重社会功利性、围绕社会热点写作的文学的先河。这种社会热点写作需要的是对于社会心理的准确把握和迅速反应，并不需要多少作家深刻独到的体验和见解。李伯元在写作《官场现形记》时，还在同时写作两部同类的小说，其材料都来自一种现成的社会传闻和官场逸事、笑话等等，带有很强的新闻性与趣味性。这种写作方式之所以能成为一时的文学风尚，与文学从游离于历史之外到主动服务于历史的自我角色转换有关，也就是文学力图与政治联姻，借重政治来吸引读者，提升自己的地位，达到文学与历史的统一。李伯元的《官场现形记》与一般以人物塑造为中心的小说不同，它是以描摹环境(即晚清“官场”这一政治场域)为中心而不是以塑造人物为中心写就的小说，这部小说所写的重心在于“官场”这一

① 胡适：《文学改良刍议》，见《文学运动史料选》第一册，上海：上海教育出版社，1979年，第14页。
② 胡适：《建设的文学革命论》，见《文学运动史料选》第一册，上海：上海教育出版社，1979年，第78页。
③ 鲁迅：《中国小说史略》，北京：人民文学出版社，1973年，第252页。

典型环境，而不是在于塑造典型人物。因此如以某种普遍性的艺术的标准来衡量之，显然会有些隔膜，正如鲁迅所说："官场伎俩，本小异大同，汇为长编，即千篇一律。"[①]这些的确都是谴责小说客观存在的不足之处，但从文学转换的角度来考察，这些不足正是其急于配合时代所要付出的代价。从文学史的角度来看，《官场现形记》是中国第一部以"小说之题材，写官场之鬼蜮"对官僚体制进行全面批判的小说，它事实上已经在悄然进行着将传统的"贵族""山林""隐逸""庙堂"文学，向"平民""社会""人生""写实主义"的文学转换的现代性变革，而这正是"五四"时期的陈独秀所提出的"文学革命论"所标举的五四新文学的目标。在李伯元这里，"写什么"要比"怎么写"重要得多，在社会急剧变革的时代，人们迫切地希望通过文学来认识现实并改造现实，所以题材问题的重要性在整个20世纪文学中都显得非常重要，发展到后来甚至出现过"题材决定论"，选什么题材是可以直接决定一个作品的价值高低的。满足社会对文学的直接需求，也可以说是"现代性"文学的一个特点，文学自然可以不考虑这种直接需求甚至抗拒这种直接需求，但它仍然会对文学发展形成深层的制约。

与传统的以清官和贪官、忠臣与奸臣的二元对立为结构的小说不同，谴责小说的"现代性"特征表现在它开始超越现行的体制文化，对其加以客观的审视和批判。在集中揭露衙门黑暗的小说《活地狱》中，李伯元的这种体制批判的指向更为明确，作者在开篇即言："我不敢说天下没有好官，我敢断定天下没有好衙门。"[②]正是腐败的官场体制，造成了官员们的腐败，官员的个人品质的高低无法改变这种腐败的现状，由此才凸显出政治变革的必要。《官场现形记》虽然存在着堆砌材料以广其篇幅的倾向，但它是力图以大量的事例描写证明官场腐败的根源，从而通过现象揭示出官场腐败的本质：当官吏们无法以正常的官俸维持日常生活所需时，腐败就成为官员们的必然生活方式。小说开头就写了两位穷京官急于索贿的窘态和丑态。像吴赞善这样当穷京官的人，好容易熬到三年放了一次差，就指望着借此机会多收几个财主门生，好把旧账还清，再拖新账。他打听到赵温家是土财主，又是暴发户，想着他的贽见礼至少也有二三百两，可没想到赵温是个吝啬鬼，只给了二两银子的贽见礼，顿时把他气得不可开交，但

① 鲁迅：《中国小说史略》，北京：人民文学出版社，1973年，第252页。
② 李伯元：《活地狱·楔子》，见《李伯元全集》第三卷，南京：江苏古籍出版社，1997年，第1页。

最后还是收下了那二两银子。另一位京官徐都老爷也同样表现出一副穷酸样：钱典史求人给上司写疏通信，他的盟弟胡理找到了徐都老爷，说明来意，并说有五十金为寿，好歹求他赏一封信。徐都老爷一开始不愿写，但转念一想，家里正愁没钱买米，跟班的又要付工钱，太太还闹着赎当头，正在那里发急，没有法子想，可巧有了此事，不如且拿它来应应急。遂即含笑应允，约胡理明早来拿信。徐都老爷还亲自把胡理送到大门口，说了一声“费心”，又叮咛了几句，方才进去。但徐都老爷把信写好之后，胡理倒吊起了他的胃口，老不来取信送银子，后来好不容易来了，又只肯给一半钱。但徐都老爷也无可奈何，正所谓人穷志短，马瘦毛长。

求官既然要花钱，当上官之后自然就要先捞回本来，所以“千里为官只为钱”就成了官员们心照不宣的信条，上司公开出卖差缺，成为司空见惯的事情。而且官员们深知权力不用过期作废，所以绰号叫“荷包”的江西盐道何藩台得知自己不久就要回任，就抓紧时机卖官，并定出价码：“以一千元起码，只能委个中等差事；顶好的缺，总有二万银子。谁有银子谁做，却是公平交易，丝毫没有偏枯。”在卖官上倒要努力做到“银子面前人人平等”。

李伯元的《官场现形记》因为有意要集官场丑态之大成，所以小说里没有写到一个好官，相比之下，比他更为熟谙官场内幕的张春帆的《宦海》，开篇讲的便是一个好官在这样的官场中所必然遭遇的悲剧命运：清末广东赌风甚劲，新任藩台金翼一心从严禁赌，不惜亲自到赌场抓赌。不料护场之人竟开枪拒捕，好不容易捉住首犯，竟又被半路掉包。金翼一心要严惩罪犯，而他的儿子却为人利诱，接受了别人的贿赂，来为罪犯充当说客，金翼将儿子打了个半死，而金翼本人却被告发，告他儿子收了人家一万两银子的贿赂，自己亲笔写了一张收据，上面还偷偷盖了金翼的藩台印信。金翼看了呈词，当时就气得口吐鲜血。他拒绝了中丞大人的好意，要回去把儿子用家法处死，并要求将行贿人一并治罪。结果他回家后儿子早躲出去了，他气得在屋里擂桌大骂，气到极处，热血上冲，结果喷血而亡。

像金翼这样的官，大概也并不少见，只不过人们普遍已对“清官救世”失去了信心，所以文学作品中贪官才会成为主角，“无官不贪”才会成为人们的共识。在这种共识背后，直指王朝统治的合法性危机。清王朝是否能通过变法维新而度过这种合法性危机，显然是李伯元所无法预测的。他既无法预测未来，所以结束全书的方式只能是随意性的截断和中止，因为官场丑态是无法穷尽的，只能暂时告一段落而已。在小说终了他写道："——是为《官场现形记》，前半部终。"之所以说是前半部，是因为此书既是为"救世"而写，就应该既揭露弊病又指明方向、提供解决办法，但是李伯元扬长避短，托词有一部完整的教科书，"前半部是专门指责他们做官的坏处，好叫他们读了知过必改；后半部方是教导他们做官的法子"。但是后半部在校对中被烧了，只剩下了前半部，于是就成了"光有这前半部，不像教科书，倒像个《封神榜》《西游记》，妖魔鬼怪，一齐都有"的状态。

虽然对官场文化进行了彻底的否定，但谴责小说家对于当时的"晚清新政"还是抱有希望的，并没有走向一种整全主义的政治、社会、文化变革立场。面对时代的乱象，他们强调的还是一种个人的"诚心正意"，这种传统的道德理想主义立场与新文学所接受的来自西方的普世主义的历史理念是有很大距离的。现代历史观念主导下的新文学不只是要如实地描写现实，还被要求在现实的发展中去表现现实，它将内在的本质和偶然的现象区分开来，要求文学揭示出现实的本质和必然的历史趋势，而这正是谴责小说所无法达到的。谴责小说以其对社会现实的关注和描写介入到历史创造的进程，但它对于来自西方的历史之为历史的目的性、完整性、必然性、本质规律等等还非常陌生，自然也就无法在对现实的描写中搭起连接过去、现实与未来之间的桥梁。这可能是其被后来者视为浅薄、浮泛的重要原因。与从人类公理出发建构现代社会的唯理主义者不同，他们的立足点还只是常识、常情，并无高瞻远瞩、一以贯之的理想，所以它也无法担负起新文学在传统信仰崩溃后重建生活的价值和意义的使命，而只能给人留下一种在污浊的现实中转圈子的印象，但这对它来说也未必尽是缺点，因为价值判断与客观事实相比总是容易被超越的，即使是不满于谴责小说的胡适也认为，《官场现形记》"替中国制度史留下绝好的材料"[①]，而这也正是现实主义文学的真正价值所在。

与流亡海外的梁启超在政治变革失败后转而要进行深入的社会变革和文

① 胡适：《论中国近世文学》，海口：海南出版社，1994年，第80页。

化变革的思路不同，谴责小说家仍然将改良吏治视为改革的第一步，因为他们是从现实可行性出发来考虑问题的："上帝可怜中国贫弱到这步田地，一心想救救中国。然而中国四万万多人，一时那能够统通救得？因此便想到了一个提纲挈领的法子，说：中国一向是专制政体，普天下的百姓都是怕官的，只要官怎么，百姓就怎么，所谓上行下效。为此拿定了主意，想把这些做官的先陶熔到一个程度，好等他们出去，整躬率物，出身加民。又想：中国的官，大大小小，何止几千百个；至于他们的坏处，很像是一个先生教出来的，因此就悟出一个新法子来：模仿学堂里先生教学生的法子，编几本教科书教导他们；并且仿照世界各国普遍的教法，从初等小学堂一层一层上去，由是而高等小学堂、中学堂、高等学堂。等到高等卒业之后，然后再放他们出去做官，自然都是好官。二十年之后，天下还愁不太平吗？"（《官场现形记》第六十回）张春帆的《宦海》则讲得更明白："再说起近日官场中人的情形来，更是夤缘钻刺，无所不为，卑鄙龌龊，无所不至。在下做书的一只秃笔，也说不尽许多，只觉得东也听见人说，我们中国的教育不能普及，所以百姓的人格不高；西也听见人说，国民的程度不合，所以中国不能立宪。这些话儿虽然不错，却还是只知其一，不知其二的议论。百姓的人格不高、程度不合，受害的还只在一人一家，与大局没有什么关系；要是做官的人程度不合，人格不高，那就小而一邑一乡，大而一省一国，都要受他的祸害。至于百姓是受制于人的，程度不合，还有做官的人去引导他、劝化他。做官的人是治人的，程度不合，还有哪个去和他讲话呢？放着一班做官的人，不先去考察他们的程度，却只嫌着百姓们的程度不合，岂不是舍本逐末吗？"[①]他们认为问题的关键不在于国民的"程度"问题，而在于官吏的"程度"问题，改造官吏还是可以做到的，而"改造国民性"则陈义过高，缺乏现实可行性。而且什么样的"程度"才算合格？什么样的"国民"才算合乎理想？改造人性对于任何务实的改革者来说都是一个伪问题，现代西洋文明也只是在俯顺人性而已，并不是人性改造的结果，将一种前无古人后无来者的普世主义的"新文明"作为衡量中国国民的标杆、进入"现代"的门槛，在他们看来是匪夷所思的事情。

陈寅恪直到20世纪40年代还要一直辨明的是，晚清的维新派实有两类，不

---

① 张春帆：《宦海》，上海：上海古籍出版社，1997年，第3页。

可混一而论："咸丰之世，先祖亦应进士举，居京师。亲见圆明园干霄之火，痛哭南归。其后治军治民，盖知中国旧法之不可不变。后交湘阴郭筠仙侍郎嵩焘，极相倾服，许为孤忠闳识。先君亦从郭公论文论学，而郭公者，亦颂美西法，当时士大夫目为汉奸国贼，群欲得杀之而甘心者也。至南海康先生治今文公羊之学，附会孔子改制以言变法。其与历验世务欲借镜西国以变神州旧法者，本自不同。故先祖先君见义乌朱鼎甫先生一新《无邪堂答问》驳斥南海公羊春秋之说，深以为然。据是可知余家之主变法。其思想源流之所在矣。"[①]历验世务借镜西方的改革派实际上拥有的是一种因时因地制宜的经验主义的改革思路，与康有为从人类公理推导出来的唯理化的改革思路，显然是有很大区别的。表现于文学中，也就有了"务实派"与"理念派"的区别，与在海外呼吁维新与变革的改良派和革命派不同，在国内社会政治环境中写作的谴责小说家大都认同这种经验派、务实派的改革思路。

与李伯元穷形尽相地描绘官场丑态而对正面的解救之道表现出困惑有异，吴趼人更喜欢在揭露现实的同时提出他的正面主张，即在接纳"新文明"的同时需要恢复旧道德。他的创作的主观色彩要较李伯元更为鲜明、突出，他在中国不得不引进西方"新文明"以图富强的时代仍然强调不可丧失自己文化主体性、不可抛弃中国自身的文化传统。在《二十年目睹之怪现状》中，他在保国保种之外特别强调"保教"的重要性：吴伯述与小说中的主人公九死一生在谈到中国对面临的被瓜分的恐惧时有这样一段对话："早上姻伯说的瓜分之后，连屁也不能放一个，这是甚么道理？"伯述叹道："现在的世界，不能死守着中国的古籍做榜样的了。你不过看了《廿四史》上，五胡大闹时，他们到了中国，都变成中国样子，归了中国教化；就是本朝，也不是中国人，然而入关三百年来，一律都归了中国教化了；甚至于此刻的旗人，有许多并不懂得满洲话的了，所以大家都相忘了。此刻外国人灭人的国，还是这样吗？此时还没有瓜分，他已经遍地的设立教堂，传起教来，他倒想先把他的教传遍了中国呢；那么瓜分以后的情形，你就可想了。"在近代中国面临"三千年未有之绝大变局"之时，他所要苦心维护的是中国之为中国的文化根基，亦即中国人的"文化认同"，他忧虑的是西方强势文

① 陈寅恪：《陈寅恪学术文化随笔》，北京：中国青年出版社，1996 年，第 53 页。

化对中国的犁庭扫院、彻底西化，而这恰恰是后来的西化论者全力提倡的。在对《自由结婚》一书所作的评语中，他曾这样表白："余与译者论时事，每格格不相入，盖译者主输入新文明，余则主恢复旧道德也。吾国旧道德，本完全无缺，不过散见各书，有出于经者，有出于子者，未汇成专书，以供研究耳。诚能读破万卷，何求弗得。中古贱儒，附会圣经，著书立说，偏重臣子之节，而专制之毒愈结而愈深；晚近士偏重功利之学，道德一涂，置焉而弗讲，遂渐沦丧。而恰当此欧风东渐之际，后生小子，于祖国古书，曾无一斑之见，而先慑于强国，谓为其文明所致，于是见异思迁，尽忘其本。呜呼，抑何妄也；不宁惟是，彼之于祖国古书，曾无一斑之见者，其于他人精华之籍所得几何，从可知矣。舍我之本有而取诸他人，不问精粗美恶，一律提倡，输进之精者美者庶犹可，奈之何并粗恶而进也？"[①]这种文化保守主义的立场使得吴趼人在其时代不得不左右开弓，既批判旧派人物的抱残守缺、顽固守旧，不肯作必要的改革以应对外来的挑战，又忧心新派人物的哗众取宠、欺世盗名，假"新文化"之名以遂私欲，自毁根基，导致天下大乱。

吴趼人的《二十年目睹之怪现状》在小说艺术上的意义在于它的第一人称叙事，即通过叙事者个人的身份来亲证他所目睹的乱世景象，这种"将万马千军统归一人操纵"的结构显然要优于一般谴责小说。而且这种个性化叙述也拉近了读者与作者的距离，取得了梁启超所说的"能令读者深入个中"的艺术效果。但吴趼人高涨的社会责任感又使他不能专心于这种艺术上的新尝试，所以小说后半部又不限于叙事者个人的知闻，要对社会进行全方位的扫描，并对其做出严厉的道德审判。于是社会功利性又压倒了艺术上的探索性。

《二十年目睹之怪现状》颇类于西方的所谓"成长小说"，也就是通过一个不谙世事的少年人的眼光、经历来写社会的内幕和人心的险恶。小说开头叙事人解释他的名字"九死一生"的由来时讲："只因我出来应世的二十年中，回头想来，所遇见的只有三种东西：第一种是蛇虫鼠蚁；第二种是豺狼虎豹；第三种是魑魅魍魉。二十年之久，在此中过来，未曾被第一种所蚀，未曾被第二种所啖，未曾被第三种所攫，居然被我都避了过去，还不算是九死一生么？所以我这个

① 魏绍昌编：《吴趼人研究资料》，上海：上海古籍出版社，1980年，第338页。

名字，也是我自家的纪念。”吴趼人所写的“怪现状”之“怪”来自一种名与实、应然与实然之间的悖离，亦即社会的意识形态与客观现实之间的巨大反差，它展示的是一种社会文化危机的病症。如他是相信伦理亲情的，所谓“守常经不使疏逾戚”，但他信赖的嫡亲的伯父在他的父亲死后竟趁机把孤儿寡母应得的遗产变法吞没了；族长借口修祠堂，给他打了假电报骗他回家，硬派他家出一百两银子。这种阴险骗诈之术竟施之于家庭骨肉之间，当然在虔信传统的伦理亲情之道的人看来是咄咄怪事。再如小说中写一个候补知县竟然在轮船上偷客人的衣物，一个流娼为了做诰命夫人出钱为嫖客捐了个道台，一个候补道台为了巴结制台竟将夫人送上门去受辱等等，都是写官场上的廉耻丧尽，卑鄙龌龊以至极点。作者写这些，还是强调要把罪恶当成罪恶，把羞耻当成羞耻，然后才能“知耻而后勇”，改弦更张，徐图振兴。这种返古开新的道德理想主义信念与龚自珍的“何敢自矜医国手，药方还贩古时丹”主张是一脉相承的。但是这种以传统道德来医治社会弊病的主张在其时代却正遭遇到强有力的挑战，那就是从西方传来的以个人为本位的个人主义伦理和以集体为本位的集体主义伦理，也就是说儒家伦理在现代再次遭遇挟西潮而来的“杨墨”两派的夹击。梁启超在1902年就提出：“孔学之不适于新世界者多矣，而更提倡保之，是北行南辕也……欲以数年之功著一大书揭孔教之缺点……以抉破罗网，造出新思想自任。”[①]至晚清的无政府主义更是提出：“孔丘砌专制政府之基，以荼毒吾同胞者，二千余年矣，欲求中国之进步幸福，必先以孔丘之革命。”[②]甚至更为激烈者提出：“杀尽孔孟教之徒，使人人各现其真性，无复有伪道德者之迹。”[③]

来自西方的激烈变革思潮把批判的矛头直指家庭和私有制，认为不把这两者连根拔掉，中国的文明、进步都无从谈起，而家庭和私有制正是中国传统文化得以立足的基础，对于抱持旧信仰的人来说，这种新伦理显然是匪夷所思，逆情悖理的。所以《广陵潮》的作者李涵秋在中学教书时，有个学生受时代思潮的影响，写了一篇文章来反孝道，中有“不知父母为何物也”之语，李涵秋随手作了这样的批语：汝父阳物也，汝母阴物也，阴阳会合就生出了你这个怪物。显然谴责

---

① 丁文江、赵丰田编：《梁启超年谱长编》，上海：上海人民出版社，1983年，第278页。

② 绝圣：《排孔征言》，《新世纪》第52期，1908年6月20日。

③ 燕客：《无政府主义》序，见葛懋春编《无政府主义思想资料选》（上），北京：北京大学出版社，1984年，第23页。

小说家群所能接受的变革限度在于政治和社会领域的有限的变革，对于进一步的整体性的彻底的文化变革，则不能接受。但以谴责小说家为代表的这种务实、保守的“中年文化”是挡不住热情、单纯的“青年文化”的凌厉攻势的，这就使他们很快就成为时代的落伍者。吴趼人后来写的《新石头记》《上海游骖录》以及李伯元的《文明小史》、蘧园的《负曝闲谈》、陆士谔的《新上海》等，则是谴责小说家日趋社会文化边缘的标志，他们的创作倾向也由早期的呼吁变革而转向以传统来批判现代，转向对“现代性”所带来的文化危机的关注。

在谴责小说家中，刘鹗大概属于最年长者，他 1857 年生，比李伯元大十岁，比吴趼人大九岁。而且与其说刘鹗是个文人，不如说他是一个实干家，他亲身参与过治理黄河，庚子之变后又自告奋勇地入京办赈，因为向俄军买下太仓储米以维持粮食平粜，而被判定为“汉奸”，被流放到新疆乌鲁木齐。他的维新思想的特点不是要谋一步到位式的激进变革，而是要于剧烈动荡的时代中谋一“暂安之局”，以办实业求得国力的增强、经济的发展，民富国强可以说是他的中心理想。在给朋友的信中他这样写道：“今日国之大病，在民失其养。各国以盘剥为宗，朝廷以朘削为事，民不堪矣。民困则思乱，迩者又有康、梁之徒出而鼓荡之，天下殆哉岌岌乎！颇不自揣，欲以渺渺之身，潜移而默运之。……圣功大纲，不外教养两途，公以教天下为己任，弟以养天下为己任，各竭心力，互相扶掖为之。”[①]

刘鹗是在 20 世纪初就主张“三教合一”，倡导“道义之事功化”的功利主义者。他“太谷学派”的背景和实干家的气质，使得《老残游记》在同类小说中显得卓尔不群。他反对宋儒的拘泥苛酷，欣赏古人的“发乎情止乎礼”，强调做官第一要通世故，第二要“有济于民”，这样的话非历验世务、务实通达的人不能为之。然而刘鹗在现实中也只能是到处碰壁而已，所以该书也可以说是刘鹗的感慨身世之作。正如小说自序所言：“吾人生今之时，有身世之感情，有家国之感情，有社会之感情，有种教之感情。其感情愈深者，其哭泣愈痛：此鸿都百炼生所以有《老残游记》之作也。棋局已残，吾人将老，欲不哭泣也得乎？吾知海内千芳，人间万艳，必有与吾同哭同悲者焉！”[②]他在小说中借黄龙子之口对北拳南

① 刘德隆等：《刘鹗及〈老残游记〉资料》，成都：四川人民出版社，1985 年，第 299—300 页。
② 〔清〕刘鹗：《老残游记》，西安：三秦出版社，1996 年，第 2—3 页。

革作了这样的分析：

北拳之乱，起于戊子，成于甲午，至庚子，子午一冲而爆发，其兴也勃然，其灭也忽然，北方之强也。其信从者，上自宫闱，下至将相而止，主义为“压汉”。南革之乱，起于戊戌，成于甲辰，至庚戌，辰戌一冲而爆发，然其兴也渐进，其灭也潜消，南方之强也。其信从者，下自士大夫，上亦至将相而止，主义为“逐满”。此二乱党，皆所以酿劫运，亦皆所以开文明也。北拳之乱，所以渐渐逼出甲辰之变法；南革之乱，所以逼出甲寅之变法。甲寅之后，文明大著，中外之猜嫌，满、汉之疑忌，尽皆销灭。……甲寅以后为文明华敷之世，虽灿烂可观，尚不足与他国齐趋并驾。直至甲子，为文明结实之世，可以自立矣。然后由欧洲新文明进而复我三皇五帝旧文明，进于大同之世矣。然此事尚远，非三五十年事也。

这番议论很可以见出晚清时代“老新党”的胸襟、抱负，“保国、保种、保教”、民富国强是他们共同的理想，他们在文化立场上是坚持民族本位的立场，对西方存有戒心，相信中国能够在固有文化基础上通过改良，达至新的文明之境。故而他认为“北拳”尚不足惧，而“南革”更为可怕。

他用周易“革卦”对时事做了这样一番阐释：

坎水是阳水，所以就成个“水火既济”，吉卦；兑水是阴水，所以成了个“泽火革”，凶卦。坎水阳德，从悲天悯人上起的，所以成了个既济之象；兑水阴德，从馈懑嫉妒上起的，所以成了个革象。你看，《彖辞》上说道：“泽火革，二女同居，其志不相得。”你想，人家有一妻一妾，互相嫉妒，这个人家会兴旺吗？初起总想独据一个丈夫，及至不行，则破败主义就出来了，因爱丈夫而争，既争之后，虽损伤丈夫也不顾了；再争，则破丈夫之家也不顾了；再争，则断送自己性命也不顾了：这叫做妒妇之性质。圣人只用“二女同居，志不相得”两句，把这南革诸公的小像直画出来，比那照像照的还要清爽。

他对“南革”人物施以道德上的诛心之论，认为其本性在于嫉恨，而其动机在于权力之争：

> 那些南革的首领，起初都是官商人物，并都是聪明出众的人才。因为所秉的是妇女阴水嫉妒性质，只知有己，不知有人，所以在世界上就不甚行得开了。由愤懑生嫉妒，由嫉妒生破坏。这破坏岂是一人做得的事呢！于是同类相呼，"水流湿，火就燥"，渐渐的越聚越多，勾连上些人家的败类子弟，一发做得如火如荼。其已得举人、进士、翰林、部曹等官的呢，就谈朝廷革命；其读书不成，无着子弟，就学两句爱皮西提衣或阿衣乌爱窝，便谈家庭革命。一谈了革命，就可以不受天理国法人情的拘束，岂不大痛快呢？可知太痛快了不是好事：吃得痛快，伤食；饮得痛快，病酒。今者，不管天理，不畏国法，不近人情，放肆做去，这种痛快，不有人灾，必有鬼祸，能得长久吗？

所以"南革"在老残这儿因为起源于一种由愤懑生嫉妒的破坏欲而不具有有利国家的正当性和合法性。小说中的玙姑问黄龙子："我也常听父亲说起，现在玉帝失权，阿修罗当道。然则这北拳南革都是阿修罗部下的妖魔鬼怪了？"黄龙子道："那是自然，圣贤仙佛，谁肯做这些事呢？"另一位人物子平又问道："上帝何以也会失权？"黄龙子道："名为'失权'，其实只是'让权'，并'让权'二字，还是假名；要论其实在，只可以叫做'伏权'。譬如秋冬的肃杀，难道真是杀吗？只是将生气伏一伏，蓄点力量，做来年的生长。道家说道：'天地不仁，以万物为刍狗；圣人不仁，以百姓为刍狗。'又云：'取已陈之刍狗而卧其下，必眯。'春夏所生之物，当秋冬都是已陈之刍狗了，不得不洗刷一番：我所以说是'势力尊者'的作用。上自三十三天，下至七十二地，人非人等，共总只有两派：一派讲公利的，就是上帝部下的圣贤仙佛；一派讲私利的，就是阿修罗部下的鬼怪妖魔。"

在他的心目中，天道具有高于人道的超验性，这种对天道的信仰，使他具有了一种评点世事的超验性。有人这样问黄龙子："南革既是破败了天理国法人情，何以还有人信服他呢？"黄龙子道："你当天理国法人情是到南革的时代才破败吗？久已亡失的了！《西游记》是部传道的书，满纸寓言。他说那乌鸡国王现坐着的是个假王，真王却在八角琉璃井内。现在的天理国法人情就是坐在乌鸡国金銮殿上的个假王，所以要借着南革的力量，把这假王打死，然后慢慢地从八角琉璃井内把真王请出来。等到真天理国法人情出来，天下就太平了。”

这种传统天道主义信仰自身蕴藏的“革命性”在此就爆发出来了，成为一种基督教式的“儒家千年王国”信念，参与到历史变革之中。它将晚清的危机和乱局视为实现其终极的道德理想的契机，最终由天下大乱开出天下大治，直至世界大同。所以他并不是反对一切变革，在他看来变革关键的是要分辨“救世者”的真假：“这真假是怎样个分别呢？”黄龙子道：“《西游记》上说着呢：叫太子问母后，便知道了。母后说道：‘三年之前温又暖，三年之后冷如冰。’这‘冷’‘暖’二字便是真假的凭据。其讲公利的人，全是一片爱人的心，所以发出来是口暖气；其讲私利的人，全是一片恨人的心，所以发出来是口冷气。”

他进一步论证道：

“北拳以有鬼神为作用，南革以无鬼神为作用。说有鬼神，就可以装妖作怪，鼓惑乡愚，其志不过如此而已。若说无鬼神，其作用就很多了：第一条，说无鬼就可以不敬祖宗，为他家庭革命的根原；说无神则无阴谴，无天刑，一切违背天理的事都可以做得，又可以掀动破败子弟的兴头。他却必须住在租界或外国，以骋他反背国法的手段；必须痛诋人说有鬼神的，以骋他反背天理的手段；必须说叛臣贼子是豪杰，忠臣良吏为奴性，以骋他反背人情的手段。大都皆有辩才，以文其说。就如那妒妇破坏人家，他却也有一番堂堂正正的道理说出来，可知道家也却被他破了。南革诸君的议论也有惊采绝艳的处所，可知道世道却被他搅坏了。”

大概由于这段言论太过精彩，所以李伯元的《文明小史》竟将其全部收入，归为己有，以致这段文字的原版权属谁成为一个悬案，但从其本质而言可视为来自传统对现代的审视和回应。可见刘鹗对时事国运的看法在晚清士人当中颇得共鸣，它代表的是以传统因应时局之变、将正心诚意与经世致用结合起来、开明与保守并举的改良主义路向。

谴责小说家的思想大都不出这类咸同之际“老新党”的范畴，他们的主张在20世纪中国的现代化历程中也大都成为被淘汰的选择，其后时代潮流的走向可以说是与他们的期待相距甚远的：中国现代化的过程成为一个中国文化不断否定自身的“甩包袱”的过程，首先抛开的就是“保教”，随之出现为“中国人”还是

“世界人”的二元对立,再到呼吁文化上的“全盘西化”等等。如此,谴责小说以传统批判现代的做法就显得太不合时宜而成为时代的反动了。然而这并不能证明他们当年的思考和努力是毫无价值、毫无意义的,中国的现代化必须超越传统与现代的绝对对立思维,保持自身文化的连续性和自主性,则是我们身处全球化浪潮汹涌澎拜的今天,仍然需要面对的问题。

人心之变与文学之变

——从《孽海花》和《广陵潮》看清末士人心态的变迁

要了解近代以来中国社会的变迁,首先要了解中国的传统社会是怎么样的。一般来说它是建立在儒家思想传统之上的一种礼俗社会,这个礼俗社会的文化核心来自秦汉以来天人合一的宇宙观和“三纲五常”的价值观的结合。这种社会形态既经奠定就一直延续下来,两三千年来没有根本性的变化,可以说它具有一种超稳定性。但进入近代之后,面对强势的西方文化的冲击,这种超稳定形态已难以延续,正如李鸿章预言,近代中国面临的将是一个“三千年未有之大变局”,由此引发的社会动荡将是剧烈而深远的。文学处此社会剧烈变动时代,其内涵、外延以及在文化中的地位、价值和意义都发生了一系列的改变和重估。作为时代的、人的思想情感的主要载体,文学成为社会变动的先声。通过文学,我们可以进入人们的心灵世界,了解处于剧烈变动时代的人们是如何因应这场前所未有的时代变局的。

一

在清末民初文学中有意识地、自觉地来反映整体性社会变迁风貌的小说可以曾朴的《孽海花》和李涵秋的《广陵潮》为代表。《孽海花》主要表现上层的政治社会的历史变迁，而《广陵潮》则集中表现民间社会的历史变迁。所以要了解晚清政治文化，不能不了解《孽海花》中所写的同光名士；而要了解晚清民间社会，也不可不看李涵秋的《广陵潮》。

传统中国是作为一个天朝大国而存在的，它所奉行的是一种以文化为中心的“天下主义”，而不是近代西方国家的“民族主义”“国家主义”。在传统中国人看来，中国不是作为一个国家而是作为一种“文明”而存在的，而且它还是世界唯一的“文明”，可以通过怀远柔人的方式来使万邦归顺。这样的一种“中国”与西方列强遭遇后的情形是可想而知的。《剑桥中国晚清史》在回顾了 1840 年鸦片战争之后西方列强对中国的一再的侵略、蚕食之后这样说道：

> 中国在十九世纪的经历成了一出完全的悲剧，成了一次确是巨大的、史无前例的崩溃和衰落过程。这场悲剧是如此缓慢、无情而又彻底，因而它就愈加痛苦。旧秩序为自卫而战，它缓慢地退却，但始终处于劣势；灾难接踵而至，一次比一次厉害，直到中国对外国人的妄自尊大、北京皇帝的中央集权、占统治地位的儒家正统观念，以及由士大夫所组成的统治上层等事物，一个接一个被破坏或被摧毁为止。①

因此中国 19 世纪中叶至 20 世纪的历史就成为传统中国社会颓败瓦解的历史。

传统中国社会的上等阶层是士绅阶层，它主要是由士子文人组成的。士子文人在中国国家和社会体制中的地位是举足轻重的，它主要包括那些有功名的读书人和还乡之后的官员。费孝通在他的《中国绅士》一书中认为：传统中国的政治结构最显著的特点乃在于政治权力与伦理权力相分离。而代表着这种伦理权力的正是这些士绅阶层，在中国的传统政治模式之中，政治权力并不具有

---

① 费正清：《剑桥中国晚清史》上卷，北京：中国社会科学出版社，1985 年，第 4 页。

最高的正当性，它与更高的以延续道统为目的的伦理权力并不完全重合。在中国传统权力结构中，顶端是中央政府，而底部则是地方政府，地方政府的领导便是乡绅阶层。中央的命令往往只能下达到地方政府，而具体的落实和执行都由地方政府负责。乡绅阶层由此而获得了对中央政府权威进行限制的能力。中国传统社会生活可分为朝野两个层面，也就是政治社会和民间社会两个层面。民间社会具有明显的自治性，士绅阶层成为民间社会的骨干，以伦理来教化民众，从而形成了一种双层统治，并有效地抑制了中央权威的肆无忌惮。但费孝通指出，进入现代社会之后，这种双重结构随着保甲制度的建立而毁灭了，中央政府的力量开始进入民间，增强了其对社会的控制能力。这也是现代化需要一个强大的中央政府的客观需要所决定的。

在中国小说史上，《孽海花》被列为四大谴责小说之一，但其总的性质并不属于谴责小说，它可以说是中国作家在西方小说的影响下写成的第一部自觉的社会历史小说。小说作者曾朴，生于1872年，卒于1935年。他19岁即考中秀才，次年中举，可谓少年得志，名震乡里。转年即赴京应试，却因试卷墨污而名落孙山。随即捐官内阁中书，留京供职。越2年，爆发了甲午海战，中国一败涂地，被迫与日本签订了丧权辱国的《马关条约》。消息传来，国人震惊。曾朴怀忧国忧民之志，难耐内阁中书的闲散空旷，立志进入外交界，以实现“为国宣劳”的人生理想，为此而入同文馆学习法文。至1896年，负责外交事务的总理衙门招考章京，曾朴虽以“异才”而闻名京师，却因不为内阁衙门保举而不得应试资格。其壮志难酬，悲愤至极，拂袖出京而去。次年，至上海创办实业，适逢谭嗣同、林旭等维新志士聚集沪上，谋划变法革新，曾朴为之所动，与谭、林诸君朝夕相聚，筹谋新政。1898年，应康有为、梁启超相召，谭、林等北上京师。曾朴则因父亲丧葬琐事尚未料理清楚而滞留沪上。不久，变法失败，谭、林诸君殉难。曾朴闻讯不胜惊恐，迅即由沪返乡。后来再回上海，转入出版业，创办“小说林社”，出版中外小说。从他自身的经历来看，他就属于他的描写对象中的一员，而他小说中的人物多是与他关系密切的父执、师长，所以他在写到这些人物的时候，多有恕辞。与大多处于体制之外的谴责小说家不同，曾朴可以说是一位曾处于体制之内的“老新党”，他是以一种同情了解的态度来写他笔下的同光名士的。但由于该书是他和金松岑两人合作之书，如完全由思想激进的革命党人金松岑来完成此书,写成一部带有强烈的谴责色彩的政治批判小说也是完全可能的,这也是时代的风气所向。但曾朴在政治态度上是相对保守的,而且其文学写作的兴趣不在政治,而在历史和人情世态,所以这决定了《孽海花》不像谴责小说那样去追逐社会热点、宣泄社会愤懑,而是以一种史家的眼光,来写社会三十余年的士林兴衰变化。

《孽海花》的成书过程比较复杂,第一、二回发表于1904年留日青年在东京创办的《江苏》杂志第8期,作者是金松岑。金氏以爱自由者为笔名刊发两回之后,又写成四回,遂以六回书稿寄送好友曾朴商酌。曾朴以为题材尚好,只是格局过于狭隘,建议作大的修改,使之"尽量容纳30年来的历史"。金氏以为写小说非己所长,则顺水推舟,任由曾朴去修改、续写。曾朴遂埋首案头3月余,得二十回(含对金氏六回彻底改写)。1905年由日本翔鸾社分两集出版发行。至1930年,续写至三十五回,其中前二十回于1928年由真善美书店再版,依然分作两集。后十五回则由《真善美》杂志陆续刊发。1931年将此十五回的前十回结集,由真善美书店出版,是为第3集。曾朴曾这样谈到他写作该书的构想:"这书主干的意义,只为我看着这30年,是我中国由旧到新的一个大转关,一方面文化的推移,一方面政治的变动,可惊可喜的现象,都在这时期内飞也似的进行。我就想把这些现象,合拢了它的侧影或远景和相联系的一些细节事,收摄在我笔头的摄影机上,叫它自然地一幕一幕地展现,印象上不啻目击了大事的全景一般。"[1]但曾朴对历史的理解仍带有史传文学的性质,尚缺乏来自抽象的历史哲学的支撑。所以他对于历史因果关系的解释还停留在一种经验、人情的推断上。如作者认为"这书写政治,写到清室的亡,全注重德宗和太后的失和,所以写皇家的婚姻史,写鱼阳伯、余敏的买官,东西宫争权的事,都是后来戊戌政变、庚子拳乱的根源"[2]。这种从帝后之争来理解历史的方式,仍带有就事论事的性质。西方的现代历史意识是中国文化中所缺乏的。黑格尔认为,历史不是杂乱无章的人事堆砌,而是服从于某种法则的规律性演进,主宰历史规律的是在世界历史范围内运动着的绝对精神,绝对精神即是普遍的理性。这就决定了历史的世界性,他以世界各地区各民族的相互联系和相互作用为前提,把孤

① 〔清〕曾朴:《孽海花·附录》,西安:三秦出版社,1996年,第339页。
② 〔清〕曾朴:《孽海花·附录》,西安:三秦出版社,1996年,第339页。

立分散的历史现象建构为一个从东方向西方的世界性的总体行程。《历史哲学》的最后部分考察了法国大革命和世界历史的关系，解释"这个革命怎样变作世界历史"，认为"这件大事依照它的内容是'世界历史'性的"，"它的原则差不多灌输到了一切现代国家"。[①] 这种宏阔的历史意识显然是曾朴所不具备的，但金松岑开篇关于奴乐岛和自由花的寓言，则显示出了这种启蒙主义历史观的萌芽。

《孽海花》虽有意把30年的主要历史内容都写进小说，但真正具有文学价值的并非历史本身，而在于历史在人心中所掀起的波澜，即人们是如何以心灵来回应这种历史变迁的。小说转入历史叙事的第一个场景就是同治五年的戊辰会试，小说写道：

> 斯时正是大清朝同治五年，大乱敉平，普天同庆，共道大清国万年有道之长。……却好戊辰会试的年成又到了，本来一般读书人，虽在离乱兵燹，八股八韵，朝考卷白折子的功夫，是不肯丢掉，况当歌舞河山、拜扬神圣的时候呢！果然，公车士子，云集辇毂，会试已毕，出了金榜。不第的自然垂头丧气，襆被出都，过了芦沟桥，渡了桑干河，少不得洒下几点穷愁之泪；那中试的进士，却是欣欣向荣，拜老师，会同年，团拜请酒，应酬得发昏。……我想列位国民，没有看过登科记，不晓得状元的出色价值。这是地球各国，只有独一无二之中国方始有的，而且积三年出一个，要累代阴功积德，一生见色不乱，京中人情熟透，文章颂扬得体，方才合配。这叫做群仙领袖，天子门生，一种富贵聪明，那苏东坡、李太白还要退避三舍，何况英国的培根、法国的卢骚呢？

这就是中国传统读书人的典型的生存状态，科举是他们生活的中心，由科举入仕是他们唯一的生活目标。然而时代毕竟不同了，士大夫阶层已开始懂得实务的重要，而且要学习西学了。

---

① [德]黑格尔著，王造时译：《历史哲学》，北京：生活·读书·新知三联书店，1956年，第494—499页。

景亭对考中头名的金雯青说:“现在是五洲万国交通时代,从前多少词章考据的学问,是不尽可以用世的。昔孔子翻百二十国之宝书,我看现在读书,最好能通外国语言文字,晓得他所以富强的缘故,一切声、光、化、电的学问,轮船、枪炮的制造,一件件都要学他,那才算得个经济!”雯青点头。景亭又道:“你现在清华高贵,算得中国第一流人物。若能周知四国,通达时务,岂不更上一层呢!我现在认得一位徐雪岑先生,是学贯天人、中西合撰的大儒。一个令郎,字忠华,年纪与你不相上下,并不考究应试学问,天天是讲着西学哩!”席间,众人议论风生,都是说着西国政治艺学。雯青在旁默听,茫无把握,暗暗惭愧,想道:“我虽中个状元,自以为名满天下,哪晓得到了此地,听着许多海外学问,真是梦想没有到哩!从今看来,那科名鼎甲是靠不住的,总要学些西法,识些洋务,派入总理衙门当一个差,才能够有出息哩!”

小说中写到当时文人的雅叙(聚)园、含英社、读瀛会、卧云园、强学会、苏报社,都是那个时代独特的文化影像记录。小说中所写到的形形色色的同光名士,也为我们了解历史提供了一个独特的窗口。如最早的新党——龚定庵的儿子龚孝琪就是当时的一位奇人,传说他给洋人引路烧了圆明园,动机却是为了给他的老太爷报仇,因为龚定庵是因和王妃有私情而被清王爷毒死的。写到晚清著名的清流党人庄仑樵之所以与达官贵人格格不入,原因还是在于他的穷愁愤懑。庄仑樵在京城做京官穷得连饭都吃不饱,因此发恨道:“这瘟官做他干吗?我看如今那些京里的尚侍、外省的督抚,有多大能耐呢?不过头儿尖些、手儿长些、心儿黑些,便一个个高车大马、鼎烹肉食起来!我那一点儿不如人?就穷到如此!没顿饱饭吃,天也太不平了!”越想越恨。忽然想起前两天听人说过的高官纳贿卖缺等事,于是“胸中一团饥火,夹着一股愤气,直冲上喉咙里来,就想趁着现在官阶可以上折子的当儿,把这些事情统做一个折子,着实参他们一本,出出恶气,又显得我不畏强御的胆力;便算因此革了官,那直声震天下,就不怕没人送饭来吃了,强如现在庸庸碌碌的干瘪死”。庄仑樵几个奏折递上去果然一举成名,搞得高官人人畏惧,一时清流党名声大震,“朝一个封奏,晚一个密折,闹得鸡犬不宁,烟云缭绕,总算得言路大开,直臣遍地,好一派圣明景象”。

但等真的受到重用,被派到福建前线担负重任,就暴露出了他这种“文学侍从之臣”的本相:“仑樵自到福建以后,还是眼睛插在额角上,摆着红京官、大名士的双料架子,把督抚不放在眼里。他忘其所以,大权独揽,只弄些小聪明,闹些空意气。结果在中法海战中大败而归,使得朝廷大怒,不久就把他革职充发了。”

传统的科举制度培养的是一种人文知识分子,其理想人格形态是一种“内圣外王”式的全能型的完人,这种“完人”在历史上也不多见,像三国时的诸葛亮,明代的王阳明和近代的曾国藩等庶几近之,它要求一个人既是一个杰出的政治家、道德家乃至军事家,同时又是一个出色的文人、学者、诗人。这种全能型的人物与现代社会的专业分殊趋势是不相容的。韦伯认为现代人的最大特征是职业属性,现代化的过程是职业化、专业化、官僚化、理性化的过程。但儒家“君子不器”、轻视专业技能的文化特性是无法适应现代社会的需要的。中国的科举取士制度导致的是一种文治主义的兴盛,一般士大夫只知道咬文嚼字,埋首经典,吟风弄月,寄情自然,一谈到军事,便觉得粗鄙野蛮;一谈到实务,便觉得是庸俗的小道,结果导致的是文人的百无一用,缺乏实际的行政能力和相应的知识水平。他们以一种文人、诗人、道德家的方式来治理国家,实行的是一种无为而治的统治方式,以“不扰民”为治理的最佳境界。这显然也无法适应现代社会的需要。《孽海花》可以说是比较集中地揭示了这种文治主义政治的末路,小说主人公金雯青的命运也正说明这一点:金雯青也想搞点实学,花大价钱买了俄国人伪造的中俄划界地图,刊印出版,结果被人奏了一本,丢了官职;又因为爱妾与人私通,最后郁郁而终。

美国著名中国研究学者列文森曾用“词汇”和“语言”的比喻来说明外来文化对中国的影响程度。历史上佛教对儒家思想的冲击,只是“词汇”意义上的变化,而非“语言”意义上的变化,但19世纪以后西方冲击对中国近代思想和近代社会所产生的影响,已不是“词汇”的变化,而是“语言”的变化;不是量的变化,而是质的变化。列文森说,“佛教的发源地印度没有对中国整个社会产生过冲击,它与中国的接触仅限于思想方面”[①];19世纪以来,西方对中国的冲击是全面的社会冲击,并不限于思想。列文森说,“只要一个社会在根本上没有被另一个

① [美]列文森著,郑大华、任菁译:《儒教中国及其现代命运》,北京:中国社会科学出版社,2000年,第143页。

社会所改变,那么,外国思想就会作为附加的词汇,在国内思想的背景下被利用”,但“当由外国势力的侵入而引起的社会瓦解开始后(这种情况在中国,而不是在西方发生过,而且在中国也只发生在19世纪和19世纪之后),外国思想便开始取代本国思想”。[①] 近代中国对西方的回应由“师夷长技以制夷”而发展到“全盘西化”主张,正说明来自西方的冲击强烈和深入,终于引发了中国社会全方位的深刻变化。

《孽海花》的特点在于作者文化趣味的半新半旧,一方面有才子佳人的风月,一方面又卷入波澜起伏的政治风云。作者主要还是从人情、常识、感性经验来叙述历史的,具有野史的趣味性和传奇性。作家的历史意识尚不足以支撑其完成一个宏观的、纵深性的创作意图,他的“名士气”和文学倾向使他无法专注于一个高度理念化的社会政治命题,所以《孽海花》就呈现出某种分裂,即由金松岑所定下的严肃的政治主题到曾朴手中逐渐变化成一种以同光名士为中心的士林小说。而以赛金花这样的名妓为道具串联小说的结构方式,也使得小说更贴近日常生活和士大夫的内心情感世界,从而造成对前定政治主题的疏离。但这种疏离也可以说是对《孽海花》作为小说的一种成全,因为名士的风流韵事从来都是表现人情、趣味的小说写作的要素。曾朴和金松岑实际上是性质不同的两种人:金松岑作为一个革命党人对赛金花这样的名妓与同光人物的风流韵事并无多少个人兴趣,而且他对赛金花这样的名妓颇为轻蔑(赛金花死后,有好事者请金松岑为赛的墓碑题字,而金的回答则是“我岂能为老鸨谀墓!”),金对所谓的同光名士也颇为反感,如果一直由他来写这部小说,这部小说会成为一部谴责腐败、鼓动革命的政治小说,而不会成为一部文学畅销书。而曾朴则是一个有浓厚文学兴趣和西方文学素养,同时又颇有浪漫主义气质的作家,他后来专门写过《鲁男子》这样的言情小说。他是抱着为一代名士作传,忠实记录历史的心态来写《孽海花》的,他的父执和他自己都属于这个群体。这诸多因素结合起来,才使得《孽海花》成为一部既新又旧、既有时代性又有传统性、既有批判和反省又不无艳羡和同情的内蕴复杂的文学名著。这使之与其时代保持一种同步性,而不是超越其时代。

① [美]列文森著,郑大华、任菁译:《儒教中国及其现代命运》,北京:中国社会科学出版社,2000年,第141页。

二

中国的传统社会具有极强的惰性，这种“惰性”表现在一个人“从孩提时代起，他就被教以要严守家庭关系准则，尤其要讲孝道。三纲的经典教义是有权威的，它要求子女孝顺父母、妻子顺从丈夫、臣民忠于君主。但是在个体家庭内部，这种身份的等级关系只是亲属关系体系的组成部分，亲属体系向外延伸，成为把大多数家庭都联系在一起的具有共同血缘关系的集体或宗族”[①]。这种中国传统民间社会在时代冲击下的变化在李涵秋的小说《广陵潮》中得到了生动的体现。

李涵秋（1873—1923），江苏扬州人，是一位出色的社会小说家。他的《广陵潮》原名《过渡镜》，从1909年开始连载，至1919年才完成全书。历史背景是从英人侵犯广东，经上书变法、百日维新、洪宪帝制、张勋复辟，直写到“五四”前的抵制日货、国民演讲大会。胡适在《建设的文学革命论》中曾给予较高的评价：“民国成立时，南方的几位小说家都已死了（指李伯元与吴趼人——引者），小说界忽然又寂寞起来。这时代的小说只有李涵秋的《广陵潮》还可读。”李涵秋自述：“我这《广陵潮》小说是稗官体例，也没有工夫记叙他们革命历史，我只好就社会上的状态夹叙出他们些事迹。”小说带有较强的自传性，主人公云麟是扬州的一个出身寒素的读书人，又是一个情种，小说以他的情史为主要内容，主要写他与三个女性的情爱经历：他的第一个恋人是与他青梅竹马的表妹伍淑仪，因为女方父母作梗，未能如愿，但仍藕断丝连。第二个女人是他的太太柳氏，虽然相貌一般，但是端庄明礼。第三个女人是“冰姿侠骨”的青楼名妓红珠。两人之间的爱情颇具才子佳人的传奇性。小说以扬州为背景，以云麟与伍淑仪、柳氏、红珠的恋爱婚姻为主线，详尽描述了清末民初时期扬州云、伍、田、柳四家人盛衰荣辱、悲欢离合的故事，反映了扬州、南京、武汉、上海等地几十年间社会人生的大变化；辛亥革命、洪宪丑剧、张勋复辟以及白话文运动等这些清末民初的大事在书中都有所反映。它使当时中下层社会的民间风情、闾巷习俗跃然纸上，开了社会言情小说的先河，其后各种以“潮”为题的小说很多，可以说都受了该书的影响。

---

① 费正清：《剑桥中国晚清史》上卷，北京：中国社会科学出版社，1992年，第14页。

李涵秋对扬州风土人情有深入了解，他以自己的所见所闻，真实反映了近现代的中国内地城镇生活的面貌，小说带有浓郁的地域文化色彩，又具有较强的典型性，可以说代表着传统中国社会的一般性特点。所以该书被称为清末民初民俗风情的一块“活化石”。张恨水在《广陵潮·序》中说：“我们若肯研究三十年前的社会，在这里一定可以获得许多材料。”

与现代小说相比，《广陵潮》的独特之处在于它的原发的、自然的民间立场和民间视角：这是一种被动的、承受型的、非自觉的个人视角，小说表现的传统民间文化的特性可以说是一种植物性的，而非动物性的文化。这种文化具有较强的稳定性，它像植物一样将根扎进土地，安土重迁、守常厌变，随着四季枯荣循环，具有一种封闭性、延续性。外部社会对其的影响十分有限，它是一种自治性的礼俗社会，天高皇帝远，对政治漠不关心，注重的是天长地久的日常的伦理生活。小城里的居民彼此熟悉，几辈子都是世交、邻里，因此关系也都较为紧密、融洽。鸦片战争对他们的触动仅限于一种莫名所以的刀光之灾，小说一开始就从近代史上的大事鸦片战争写起，但这场成为中国近代史开端的战争对于小城人来说只是“天上又出现了扫帚星，同咸丰六年的扫帚星一样，眼见又要有刀兵了。于是一传十十传百，弄得家家大惊小怪。此时空地上，还站了有几百人。这个星果然真怪，不信你看屋外头，都照得亮亮的。秦氏这才止住了抖，说：‘由他去罢，等杀得来再说，我可禁不起冻了。’彼此才都安睡不提”。对即将来临的战事的反应，市民也只是逃难而已，“有一种富厚人家，便打算避兵，迁居入乡，凡有女儿，已经许给人家的，都催着人家来娶”。

小城人的婚姻都是严格地按照媒妁之言、父母之命来决定，个人毫无决定权，因此酿成了很多爱情悲剧。如小说中的晋芳，爱上了箍桶店主的女儿小翠，因为门第悬殊，自然不可能得到父母认可，而且他早已订婚。在他被逼成婚之际，就上演了一场爱情悲剧：小翠想出来一个怪主意，要用刀子把两人的肚皮割开，然后缝在一起。她等晋芳睡着就在晋芳肚皮上划了个二寸多长的大口子，当然即使划开，也断无两人联合之理。只是两人身上各多了一条纪念痕迹而已。即使是这样的山盟海誓的恋情，也会随着情势淡化，年轻人闹腾一阵之后，也就就范了，按照父母设定的常规生活。

作为一种礼俗社会，各行有各行的规矩，是不能乱来、不能过分的。所谓

“盗亦有道”，小说中写到帮会人物王老三因为调戏划船女子瑞花，受到辱骂，因此图谋报复，在瑞花新婚之夜，把一条蛇放进了她的马桶里。次日早晨瑞花上马桶时，蛇钻进了瑞花的身体里，导致瑞花死亡。结果第二天他的弟兄就来找他。王老三一听，说：“原来如此，师父是要丢我了，我已知道我的罪该矣。”把后事交代之后，就从容自尽。这里自有一种以命抵命的民间正义在自行发挥作用，毋须官方的介入。

在这种礼俗社会里，读书人显然起着重要的卫道士的作用：云麟的老师何其甫就是这样一位迂腐刻板的老儒，但他已得不到普遍的尊重，并在年轻人那里成为被嘲笑的对象。云麟对老师的道学气颇为反感，小说也有很多揭穿何其甫“伪道学”的笔墨，作家所认同的显然是一种不拘形迹、浪漫多情的“名士”文化，对于正统的儒家礼教采取的是一种戏谑、调侃的态度。儒家礼教的卫道者在时代冲击下已日渐稀少，年轻人普遍开始背叛这种正统立场，特别是在科举制度废除之后，传统礼教更是显出后继乏人之势。

中国传统文化是一种伦理本位的文化，它是在伦理关系中来对人进行界定的，它不站在个人本位的立场上说话，这就使个人掩盖在其伦理身份之下，无法以个人的面目现身说话，这自然会对个人的情感欲望造成无视和压抑。现代性的文化首先是一种个人本位的文化，也就是在“为君、为道、为父母活着”之外，确立为自己活着的基点。这种个人本位的文化既源于理性，所谓“我思故我在”，也源于感性，所谓“我感故我在”。感性自我将个人的情感、欲望作为存在的基础，较之理性主体显得更具直接的冲击力，这种个人感情欲望的释放对伦理本位社会的颠覆是非常剧烈的：在李涵秋的《广陵潮》里，革命者首先反抗的对象并非专制政府，而是专制家长。如富玉鸾，热情仗义，听到云麟与淑仪的恋情，坚决要和淑仪解除婚约，但其寡母卜书贞坚不应允，做母亲的狠狠地教训过儿子几次，但儿子已不似以往驯服。下面这段母子对峙很有戏剧性：

> 玉鸾听他母亲喊他，怏怏归来，也不到上房去问安，一径跑入书房，……随手在书架上抽下一本红皮洋书，揭开首页一看，正是那卢梭《民约论》，便只管望下看起来。看到得意地方，颠头晃脑，津津有味。母亲等得不耐烦，便自己跑至书房冷笑道：“鸾儿你近来入了甚么魔道？连咱都不

放在眼里。咱特特来请你,你可知咱是你的母亲。”

玉鸾听见这话,忙搁下书本,板着面孔也不回答。卜书贞怒道:“咱同你讲话,你听见不曾?”玉鸾冷笑道:“母亲,你也不用使你这家庭专制的手段,如今世界是开通了,论咱们私恩呢,咱不妨尊敬你一声母亲。若说同为国民一分子,这你便是咱的女同胞。”卜书贞怒道:“照这样讲,你该称呼咱姐姐。”玉鸾笑道:“这话又错了,同胞并不是一定说的姊妹。譬如姊妹算得同胞,母亲也算得同胞。推而上之,祖母曾祖母也算得同胞。等而下之,女儿孙女儿也算得同胞。”

卜书贞听到此,不觉怒焰直冲上顶门,拍案大叫说:“畜生,你真是反了。你们替我将这畜生捆起来,让我活活处死他。”此时左右仆妇家人到也不少,谁也不敢依着卜书贞的话去捆玉鸾。只管劝卜书贞息怒。卜书贞不觉失声长叹说:“天呀,不料咱半世守贞,指望畜生替我支持这个门户,不料畜生转变了一个人,我更有何望,畜生畜生……”说到此气得昏倒在地。玉鸾先前见他母亲为他气倒,众人扶掖着进去,知道光景不好,不觉流下满脸眼泪来。此时又跑入房里呆呆的望着。卜书贞一眼见玉鸾,连连挥手,似乎叫他出去。玉鸾叹道:“中国女教不讲,像这样如何能保全种族,可知我们文明神胄,是要天演淘汰的了。”说着仍然含泪出了房门。

晚清家长的绝对权威此时已开始受到严重挑战,特别在面对恋爱婚姻这种个人幸福问题时,青年人情感上的苦闷与革命的要求就自然结合在了一起,并且其解放要求得到了来自西方“文明生活”榜样的鼓励,变得更加难以阻挡,青年人自然会变得不再那么驯服。

“四海有同胞,家庭无伦理”是晚清社会批评新派人物的一句老话,虽然绝对一点,但也并非空穴来风:时代将家庭与社会对立起来,走向社会势必要背叛家庭,而株守家庭则意味着对自己应尽的社会责任的放弃,于是20世纪中国传统与现代的拉锯战便首先在此间展开,最终外部世界的吸引力还是更大一些,青年人纷纷走出家庭、走向社会乃至投身革命。家庭对于青年人的控制力、吸引力受到严重的削弱,家庭伦理自然也无法一成不变。

小说中写得极精彩的一幕就是清廷退位之后,扬州的一伙腐儒在明伦堂演出的一场殉清自尽的闹剧，“假道学”何其甫又是其中的主角。结果他与妻子告别时被妻子扯着不放，后来好不容易才挣脱。等这帮人聚齐准备集体上吊时，又冲过来一个泼妇讨债、搅局，结果不了了之。对于这场闹剧，云麟的妻子柳氏有一番精彩的评论：“一部廿四史，每逢国家鼎革，原自有一班实心眼的死忠臣，做出一番轰轰烈烈的事迹，其实他们各人也有各人用心，明知人生在世，数十寒暑，终有一死，却好遇着这机会，遂以为可以不白白死了，借此博得青史一个虚名。如今时局却又不然了，政体改革，既无所谓新君，揖让相承，并未摧残故主，朝廷衮衮诸公，苟可以替国民造一番幸福，责任甚大，却不在乎借一死聊以塞责。而且殉节这件事，正容不得一个转念。你那位老师矫揉造作，唯恐人不知道他这孤忠，质诸此心，已不堪问。即没有那个妇人来破坏他们，他们也决不会死，亏你还蝎蝎螫螫，枉替他们流许多眼泪。我只笑你不见事不真，用情不当，你仔细去想想，我这话说的可是不是?”从中可以看出世俗文化中的人情化倾向对于不合时代需要的传统伦理的消解。

台湾学者王尔敏在研究了香港处士翁仕朝的生平志行后说：“村里儒生抱道守器，坚执经义，谨守礼仪形式规则，决不轻易改变。虽世势转变，亦甚难迁就他人，因是不免执迂。至其日常生活依循圣贤行径，自是端方正直，无处不依经说，却不免强抑本性，近似作伪。迂与伪本来即为一切儒生本色(刘师培早有此见)，至乡里村儒则更加甚。但是如果不迂、不伪，实更成为偷苟油滑之徒，民国朝野充斥此类流品。随风摇摆，绝不执迂，男盗女娼，毫无饰伪，中国文化势将荡然覆亡。世人向以三家村村夫子之孤陋寡闻，抱残守缺而轻藐之，无人究心于其行径。殊不知彼等虽仕途无缘，似已百无一用，但多数拘谨自爱，乐天知命，安分守己，虽不得志，多能独善其身，以淑世任事为怀，以承担民间风教为己任，实乡曲之导师、地方之柱石，一方文家重镇。其影响之普遍深远，并不下于大圣大贤。”[①]这类底层“迂执”村儒的消失，才意味着中国传统文化真正的衰亡。当人们普遍以“宁为真小人，不作伪君子”自傲时，一种“无可无不可”的犬儒主义的风气就会流行起来，从而加速传统社会的溃败和解体，而由此出现的道德荒漠化现象，又使现代社会的重建流失了必要的土壤。

---

① 王尔敏：《近代文化生态及其变迁》，南昌：百花洲文艺出版社，2002年，第59页。

新党、志士、洋场习气的嘲讽者

——清末民初文学中政与教的脱纽与都市文人写作的反乌托邦倾向

中国文学由传统向现代的转换，是以晚清"新小说"的兴盛为标志的，而"新小说"实可分为两派，即以海外改良派和革命派为主写作的"政治小说"和寄居在国内大的通商口岸的职业文人写作的"谴责小说"。谴责小说的兴起与"清末新政"时期朝野上下咸与维新的时代氛围有关。从更为宏阔的历史视角来看，谴责小说的意义不仅在于其对时代的种种社会现象的批判，而且在于它打破了人们对政治与政治人物的迷信和神化，全面展现了清末民初时期传统与现代、乡土社会与口岸都市之间文化心理层面的冲突和对撞，在此过程中，传统的政统和道统合一的模式被瓦解颠覆，由此，非道德的政治和非宗教的道德开始产生，这些正是现代性文化的突出表征。

一

进入20世纪之后，中国社会由传统向现代的转型开始加速，沿海与内地、城市与乡村的差距日渐拉大，由于社会财富迅速向都市城镇转移，农村日趋贫困、凋敝。从文化传承上来说，晚清科举制废除之后，传统知识精英断绝，现代西化的"新学"所培养出的知识分子已不再能在乡村起到传统儒生的社会整合功能，乡土村落文化日渐枯竭，农村与城市之间产生隔绝和敌意。相对于变化迅猛的外部世界，作为内地的"乡土中国"显然就成了停滞不变的原点，当外部世界在"时时更新、刻刻进化"的时代精神主导下从"不得不变"到"主动求变"，掀起一浪高过一浪的社会变革浪潮之时，"乡土中国"的表现明显滞后，一个世纪以来变化甚微而且极为缓慢。这种变与不变的"现代"与"传统"、"城市"与"乡村"之别，在五四新文学中往往是以愚昧与文明、进步与落后之间的对立、冲突模式来展现的。这种启蒙主义的"新文学"成为时代主导性文学，"乡土中国"在其中只是被言说的对象，它们自身基本上是沉默的，无法发出自己的声音。它们的"本质"是由启蒙者赋予的，其生存的价值和意义也是由启蒙话语给定的，对于被启蒙对象来说，这样一种启蒙显然具有一种异己性和外在性。这种缺乏对话的单向的启蒙，显然影响到了新文学表现乡土生活的丰富性与深度。

与新文学的启蒙倾向不同，现代俗文学上承晚清以来的谴责小说的传统，始终固守着对都市和现代的嘲讽批判性态度。接近世俗生活的非政治化的写作姿态，使他们偏向于以大众认同的道德共识来衡量城市生活，以人情常识、实用理性来评判时事、评点人生。价值标准的单一和落伍，使他们笔下的城市呈现出某种哈哈镜式的夸张。但这种夸张并非空穴来风，也具有相当的生活基础。晚清的新小说作为传统向现代过渡的文学，其在政治上多持一种认同维新的开明派立场，而在道德文化上则多持一种保守主义的立场。这种选择也是晚清乱世政统与道统脱节之后的结果。

晚清作家群是中国第一代脱离科举制度之后出现的职业文人，作为体制外的边缘知识分子，他们大都集中在沿海口岸城市，以办报、卖文为生。他们身在租界、都市，但思想和情感仍属于传统的和乡土的，他们笔下的城市就是通过这种传统和乡土的眼光呈现的。以传统和乡土之眼描画城市的堕落，是他们小说书写的重点。晚清时期的都市主要是指上海，特别是上海的"十里洋场"成为传统和乡土对立面出现的都市象征。据资料介绍，十里洋场特指旧上海的租界或租界的繁华景象。1845 年英租界在上海县城以北的洋泾浜（今延安东路）北岸建立,1848 年美租界在苏州河北岸的虹口建立,1849 年法租界也在上海县城与洋泾浜之间的土地上建立。这些租界是为避免“华洋杂居”容易发生华洋冲突而划出和建立的洋人居住区,因当时称洋人为“夷”,所以华人称租界为“夷场”。1862 年,署上海知县王宗濂晓谕百姓,今后对外国人不得称“夷人”,违令者严办,于是改称“夷场”为“洋场”。

上海“十里洋场”作为时尚聚集之地,在这些小说中既是作为天堂也是作为地狱的双重形象存在的。陆士谔的《新上海》,开篇即言:“各种新事业新笑话都是上海人发起,说他文明,便是文明,人做不出的上海人都能做出,上海人的文明比文明还要文明;说他野蛮,便是野蛮,人做不到的上海人都能做到,上海人的野蛮比野蛮还要野蛮,并且在别处,‘文明’‘野蛮’都是决然相反的,文明不野蛮,野蛮弗文明,上海人则不然,野蛮的人霎时间可化为文明的人,文明的人霎时间可变得野蛮。不极文明的人不会做极野蛮的事情。”文明与野蛮在晚清人这里已有所变化:传统的文明含义主要指道德水准的高低,现代的文明含义则主要指物质文明的高低以及与其相应的制度文明的高低,道德水准已不是其中的重要指标。以“新事业新笑话”为代表的文明显然已接近现代意义上的文明。都市生活与乡土生活是两种截然不同的生活方式,正如费孝通先生所言:“乡土社会是富于地方性的。……乡土社会在地方性的限制下成了生于斯死于斯的社会。常态的生活是终老是乡。假如在一个村子里的人都是这样的话,在任何人的关系上也就发生了一种特色,每个孩子都是在人家眼中看着长大的,在孩子眼里周围的人也是从小就看惯的,这是一个熟悉的社会,没有陌生人的社会。”[①]从社会学上讲,这是一种并没有具体目的,只是因为在一起生长而发生的社会,而都市生活则是一种为了要完成一件任务而结合的社会。前者可以称为礼俗社会,后者可以称为一种法理社会。熟人社会不需要法律,靠的是礼俗。都市生活是个陌生人组成的社会,各人不知道各人的底细,所以得讲个明白,还要怕口说无凭,画个押、签个字,这样才发生了法律。如此在乡土社会里产生重要作用的礼俗人情就被淡化而被非人情化的法律、规则、公平交换的利益原则取代。

---

① 费孝通:《乡土中国 生育制度》,北京:北京大学出版社,1998 年,第 9 页。

网蛛生(平襟亚)的《人海潮》是一篇讽刺混迹上海的市侩文人的小说,未央生原是个绍兴的小书贾,初到上海去混世界,上厕所时忘了带手纸,拉完屎之后就在那里等着。对面也有一个人没带手纸,“两个人你摈着我先走,我摈着你先走,大家死要面子,谁也不肯坍台给谁看”。两个人在那里对峙了两个钟头。这时来了一个急着上厕所的人,没有地方,只好在那里候着。这时未央生心想:“上海地方,租赁房屋,有个规矩,便是挖费。往往急于找间店面,非拿出二三千银子不可,现在他屎在屁眼里,大有急不及待之势,我何妨乘人之急,要他一笔挖费呢?”忖定了,开言道:“朋友你要我让你吗? 你快拿挖费来。”那人怔了怔道:“什么叫做挖费呀?”未央生慢吞吞道:“你枉为上海跑跑,难道挖费都不懂吗? 便是我给你优先权的酬劳。”那人笑道:“岂有此理,一个坑架子,先占据了便要什么挖费,亏你说得出。”未央生道:“你不出挖费,随你等到几时,我只不让你,你奈我何?”那人只管摇头不依,外面又来了三四个人,未央生道:“好了,你不出挖费,我让给他人了。”那人发急道:“你要多少挖费呢?”未央生道:“一张草纸,一根大英牌。”那人笑道:“哦,你原来没有草纸,站不起身来,还要闹什么挖费不挖费,爽爽快快,要我送你一张草纸是不是?”未央生道:“说穿了就难为情,我和你陌陌生生,怎好向你讨一张草纸,只有这样摈着要你挖费,那时候你给了我,就算我应享的权利,不算白拿你。天下万样事情都如此的。你快给我吧。”那人笑了笑道:“否则我就不给你,因为我自己急不及待。好在停回,也好摈着要人挖费的。”说着,看看手里,只有一张草纸,给了他,又恐自己受累。忖了忖道,我把身边包钞票的一张桑皮纸给他吧。忖着,伸手袋里,抽出一张破桑皮纸来给未央生道:“挖费拿去,大英牌不依你了。”未央生道:“大英牌是附带条件,说说罢了。”正说时,心里突的一跳,慌忙形式上揩了揩,便是奔出虹庙弄,跳上黄包车,伸只指头,向南一指,飞也似的奔去了。未央生为何跑得这么快,因为他发现纸里夹着钱,怕那人发现,再要回去。

首先,从这场“草纸闹剧”中我们可以看到,旧的礼俗社会的规则在洋场这样的地方已不适用,传统伦理的存在需有其发挥作用的条件,即熟人社会,乡里乡亲,环境约束着人必须按礼俗行事,否则就无法立足。一旦脱离了这个熟人环境,也就失去了这种道德约束,所以容易造成人的无所顾忌,造成一种道德真空局面。香港电影中的黑社会老大也这样训诫他的手下:“出来混总是要还的！”什么意思呢？就是说做事要留有余地，在外面混可以不择手段，但回到乡土、面对子孙和列祖列宗则不同，因此要预留后路。其次，从小说中，我们可以发现一种合于商业社会需要的新的伦理规范开始在都市产生，像未央生要“挖费”表现出的一种不欠人情的非道德态度，因为人情在这种陌生人社会已不像在乡土社会那样有用。再次，在都市一种公平交易的权利意识已比较普遍，未央生认为向人讨草纸这样的小事，也应用这种公平交换原则来解决，这种不求人、不欠人的态度是维系人的自尊和独立所需要的，“天下万样事情都如此的”，这也是一种商业社会的平等意识的体现，虽然它建立在臭名昭著的金钱万能的基础之上。这种都市新道德与传统以宗教礼俗为基础的道德显然已有很大不同。

晚清时期的都市俗小说多是以上海为背景写成的，主要内容也多是写上海滩所出现的坑蒙拐骗、道德沦丧以及五花八门的罪恶，其中尤以写青楼妓女和嫖客的故事为著名，像海上漱石生（孙玉生）的《海上繁华梦》、漱六山房（张春帆）的《九尾龟》、海上说梦人（朱瘦菊）的《歇浦潮》等等。在这类小说中，传统名士的情爱梦想与青楼妓院的丑陋现实发生了碰撞，最后出现的即是这样一种“溢恶之作”。它可以说是传统士大夫的情爱乌托邦世俗化之后产生的反面乌托邦。

在乡土世界的眼中，上海是一个危险的所在，正如李伯元《文明小史》中的贾老太太所言：“上海不是好地方。”“少年子弟一到上海，没有不学坏的。而且那里浑账女人极多，化了钱不算，还要上当。”贾老太太的担心，应该说是不无依据的。像与包天笑同年考中秀才的才子欧阳钜元的命运就是一个典型的例子。包天笑晚年回忆：“此君早慧，十五岁就进学，他不是苏州人，曾为苏人攻其冒籍，后有人怜其才，为之调停，旋至上海，成一小说家，笔名茂苑惜秋生，李伯元延之入《繁华报》。有人谓：《官场现形记》后半部全出其手。闻罹恶疾，不幸早夭，年未及三十岁也。”[①]洋场生活的堕落与都市生活摆脱了传统宗法社会的道德约束有关，逃脱了家庭管束的年轻人，无法抵挡来自外界声色犬马的诱惑，容易走向堕落；而城市盛行的“新学”，自由、平等、权利云云，也都是站在人的“欲

① 〔清〕包天笑：《钏影楼回忆录》，太原：山西古籍出版社，1999年，第179页。

望”一边说话，而不是束缚节制人的欲望的，享乐主义者可以轻易地打着新学的旗号寻欢作乐，放纵情欲。正如《文明小史》中的吸鸦片者所言：“论理呢，我们这新学家就抽不得这种烟，因为这烟原是害人的。起先兄弟也想戒掉，后来想到为人在世，总得有点自由之乐，我的吃烟，就是我的自由权，虽父母亦不能干预的。”至于摆酒叫局，也有西学依据：“英雄儿女，本是化分不开的情肠，文明国何尝没有这样的事？不然，那《茶花女》小说为什么做呢？”

洋场文化相对于传统与乡土文化来说是一种异化和变态，作为一种带有殖民地性质的文化，“洋场恶少”和“白脸小开”往往把自己当作“高等华人”——他们在洋人面前是唯唯诺诺的奴才，在外地人面前却又俨然是趾高气扬的主子，把内地人都看成乡下人、土包子。这是一种浅薄、势利、奴性十足的“事大主义”，对这种崇洋媚外的丑态，吴趼人在《新石头记》中专门写了一首英文诗来嘲骂之，翻译出来就是“凡是洋人你都顶礼膜拜，你是多么的虔诚可爱。这是你得到面包与金钱的途径，你的家庭也因此安乐自在。但有一件事谁也没有猜到，你的同胞正在受到你的伤害。”这在晚清时期殖民地拜金主义风气浓重的上海不失为一种清醒、正直的声音，它也是抵制现代物欲泛滥、崇洋媚外的洋场习气的一种不可或缺的道义制衡力。

二

以往研究者提到近代新小说的兴盛往往单纯强调梁启超“小说界革命”的号召作用，对催发新小说繁荣的国内社会政治气候有所忽略。正因为当时社会舆论一边倒地倡导变法维新，所以清末的维新浪潮也呈现出一种泥沙俱下的状态，不乏借维新以牟利，假新学以哗众取宠、沽名钓誉者，所以当人人竞谈新学时，正隐藏着新学的危机。清末的谴责小说作家群，由开始的谴责官场、呼唤改良吏治到后来的日趋保守，将谴责的矛头转向大大小小、真真假假的新党、志士，都与这种新学、新党自身所表现出来的严重的弊病、危机有关。我们从吴趼人、李伯元、欧阳钜元、陆士谔、惺庵、亚东破佛等作家的小说中都可以发现这一点。这使得以“传统”批判“现代”、以“乡土”贬斥“洋场”的开明的保守派的小说写作成为晚清市民小说写作中的一个比较普遍化的倾向。市民小说写作不同于政治小说之处在于，同为脱离传统政治体制之外的士人群体，政治小说力图于现实政治体制之外再造一个政治中心以取代之,而市民小说则甘于其边缘地位,以旁观者的身份来对新旧政治进行道德上的监督和批判,它更倾向于一种对时代政治和政治人物的在野者的"庶民之议"。

新党是晚清时期出现的一种新型政治人物,新党之新不只表现在政治主张上的新,也特别表现在道德观念上的"新",对于其政治上的新,市民小说家因不谙新学大多不敢妄评,但对于道德上的"新",则不敢苟同,纷纷抨击,这种道德上的"新",也恰恰是社会大众所难以接受的。如"新党"将政治上的立宪原则引入家庭关系,首先要倡导"家庭立宪",也就是反抗家长的权威,与父长讲平等,这固然是年轻人要求个性解放的表现,但在传统伦理看来,则是不通人情之举,他们将此视为新党"不理于人口",逆情悖理的证据。如李伯元《文明小史》中讲家庭革命的刘齐礼被捕后,叙述者以一种幸灾乐祸的口吻写道,他"只能与别的囚犯平等,再不能听他自由了"(第四十二回)。另一位新党余小琴也这样对他父亲说:"论名分我和你是父子,论权限我和你是平等。"书中自在山人对此评曰:"此种口吻,可谓闻所未闻。"(第五十六回)作家尊重的新党人物是既新又旧之人,他对新党的比较高的评语就是"聂慕政虽是维新,天性独厚,大异于家庭谈革命,父子平权一流"(第三十七回,自在山民评语)。并为他安排了去参加最严肃、最壮烈的暗杀卖国官僚的行为,使他的形象比那些只会讲大话的维新人士高出了许多。他们尊重的新党是务实、无私、具有牺牲精神,不是拿"新"来做幌子,沽名钓誉的"新党",所以他们要刻意区别"真新党"和"假新党"。

欧阳钜元的《负曝闲谈》也是属于专门搔这类新党的痒痒肉的小说,出身贫寒,名利熏心、一心想考中个功名的殷必佑在得知朝廷要考策论之后,实如"打了个闷雷",不知策论为何物。在看了几本新书之后终于有点明白了,懂得有什么"三千年历史""五大洲全球"那些字面。有时与人谈论,便要举其一二,夸耀于他。比他下一肩的那些秀才,便送了他一个外号,叫"维新党"。殷必佑想道:"'维新党'三字,是个好名目,我不妨担在身上!"自此人家叫他做维新党,他亦自居为维新党。动不动说人守旧,说人顽固,人家如何答应他呢?自然而然要闹出口舌来。自居维新,别人便成了落后守旧,如此轻易地就占据了意识形态上的高地,这也是人们争相去做新党的一个原因。

清末的上海租界因为有外国保护,成为从事政治活动的新党人物的大本营，在欧阳钜元眼中，他们办报的办报，译书的译书，“没本钱没本事的全靠着维新党的幌子，到处煽骗，弄着几文的，便高车驷马，阔得发昏。弄不了几文的，便筚路蓝缕，穷得淌尿。他们自己给自己起了一个名目，叫做‘运动员’”。这里的“运动员”与现在的含义不同，不是指体育运动员，而是指奔走于官场的“运动员”，社会运动的鼓动家。《负曝闲谈》对于由这种新党转化而来的志士也有绘形绘色的描写：“却说上海那些维新党，看看外国一日强似一日，中国一日弱似一日，不由他不脑气掣动，血脉偾张，拼着下些预备工夫，要在天演物竞的界上立个基础，又为着中国政府事事压制，动不动便说他们是乱党，是莠民，请教列位，这些在新空气里涵养过来的人，如何肯受这般恶气？有的著书立说，指斥政府，唾骂官场，又靠着上海租界外人保护之权，无论什么人，奈何他们不得，因此他们的胆量渐渐的大了，气焰渐渐的高了，又在一个花园里设了一个演说坛，每逢礼拜，总要到那演说坛里去演说。”小说的评点者徐一士对这段描写做了些背景介绍：

> 后半回形容上海名士，阅者必当疑为过于刻薄，不知皆当日实情也。盖报馆实有转移风气之力，当日报馆提倡词章，故上海遍地名士，年来报馆提倡民气，故上海又遍地志士。昔日驵侩皆名士，今日屠沽皆志士，报馆实有转移风气之力，而所转移者乃如此，乃如此！盖“志士”代“名士”而兴，亦是上海史料。有真名士，即有恶劣混充之名士；有真志士，即有恶劣混充之志士。真者常少，混充者常多，以致闹得乌烟瘴气，留下许多笑柄，此亦所谓“道高一尺魔千丈”。[①]

黄子文就是这样一个典型的假新党，他口口声声要拯救四万万同胞，但对自己的寡母却颇为无情：他母亲生活无着到上海找他，他对他母亲说：“一个人总要自立，你苦苦的来寻我做什么？”他娘正没好气，对他道：“来寻你做什么？寻你要吃！寻你要穿！”子文道：“既然要吃要穿，更不可不自立！”他娘道：“你张口自立，闭口自立，怎样才叫做自立？”子文道：“自立是全靠自己不依仗人家的

① 〔清〕李伯元等：《负曝闲谈·文明小史》，北京：中国文联出版公司，1996年，第72页。

意思。”他娘道：“我这样大一把年纪了，天上没有掉下来，地上没有长出来，难道还叫我去当婊子不成。”子文道：“胡说，胡说！谁叫你当婊子！我只是要叫你读书。读书就是自立的根基。这里头什么都有。”他把他母亲推荐到了强种女学堂，因为他母亲是文盲，年纪又大了，被退了回来。最后没有办法，才拿出些钱来，把他母亲打发回乡下老家。这就有些夸大、失实了。谴责小说作者评价人物的标准不是政治，而是道德。并且不认为道德有新旧之别，所以对这些自以为居于政治上的优势地位的新党，很不欣赏，并对其道德堕落比较敏感，不惜以夸大笔墨嘲讽、挖苦之。当时还有人专门作了嘲“志士”诗，说他们是“四海有同胞，家族无伦理”。也就是说他们借口“家庭革命”而不孝父母，开口必言“四万万同胞”，有悖于儒家建立在血缘亲情基础上的“亲亲、仁民、爱物”“爱有等差”的原则。晚清新党、志士更为认同墨子的兼爱精神，因为它可以做到“视人之国，若视其国；视人之家，若视其家；视人之身，若视其身”（《墨子·兼爱中》）。兼爱使人无私，可以跳出一己一家的私利，为公益献身，所以它更适合革命时代的道德需要。但这对于处在世俗生活情境中的人来说，则难以理解。

与旧文人相似，新党的看家本领也只是能作些新式的八股而已，如黄志文为别人所译的《自由原理》一书作序曰：“自由者，如人日用起居之物，不可一日而废者也。故法以自由遂推倒拿破仑之虞政，美以自由遂赞成华盛顿之大功。我中国二千余年，四万万众，其不讲自由也，如山谷之闭塞，如河道之湮淤，所谓黄帝子孙的种种同胞，皆沉埋于黑暗世界之下。呜呼！人心愦愦，世道昏昏！‘不自由，毋宁死！’此欧洲各国上中下三等社会人之口头禅也，我中国安有如此之一日哉？是书为日本博藤太谷原著，闻发自由之理，如经有纬，如丝有纶，志士黄君子文及某某二君，以六十日之局促，成三万言之丰富，实擎天之一柱，照夜之一灯也！但使人人读之而勃发其自由之理想，我中国前途其有望乎！”这是晚清时代精英学自法国大革命的“宏大叙事”，他们动辄以天下为己任，将自由平等作为口头禅，以救世者的姿态来教化民众，成为一种“职业革命家”。这种在晚清应运而生、大量出现的新党、志士难免会招致循规蹈矩的普通大众反感。

对于这种当时已呈泛滥之势的“志士现象”，社会颇有一些谴责之声。梁启超《新民丛报》上曾发表一篇文章《青年之堕落》，就是对此而发的：“以吾所闻，上海之号称维新志士者，每日殆必有一两段笑话接于吾耳，其伤风俗败道德之事，殆不忍悉数也。此辈当其初闻一二新论时，志高气盛。未尝不以世界上有关系之人自命。乃不转瞬而顿如两人者，未必其性之恶，习使然也。后生小子，未尝一见世事，未尝知行乐之具，畴昔或束缚于父兄不能自由，或窘制于金钱无从挥霍，及一旦至上海，加以现时风潮骤盛，书局如鲫，彼后生小子者，读日文未及三日，即率尔操觚，从事于译事，日译数千言以易数金，欣欣自得。而所谓游学生之归国者，复荡弃一切闲检，以煽其焰而扬其波，且为之说辞曰：是豪杰之本色也，办事不得不如是，联络同志不得不如是，一浸假而忘其本来，相与沮溺矣。……以我所闻，去年岁杪，而此辈恶少年以迫于花债而逃遁者已共五六辈矣。……自作自受，何足怜惜，然使内地人士将以谈'维新'为忌讳，以'志士'二字为一极不美之名词，其为罪于一国又何可胜道也！……"[①]

梁启超在1902年的《新民丛报》上发表有《论公德》一篇文章，说中国"偏于私德，而公德殆阙如"，因此当极力倡导公德，不宜专尚私德。不料数年之后，"志士"披猖，借口公德，将私德完全抛在了脑后，打着救国救民的旗号无所不为，所以他又于1903年写了《论私德》，大声疾呼，提倡"正本""慎独"的私德，以补救"志士"行为不端之弊。文中曰："五年以来，海外之新思想，随列强侵略之势力以入中国，始为一二人倡之，继焉千百人和之。彼其倡之者，固非必尽蔑旧学也，以旧学之简单而不适应于时势也，而思所以补助之，且广陈众义，促思想自由之发达，以求学者之自择。而不意此久经腐败之社会，遂非文明学说所遽能移植。于是自由之说入，不以之增幸福，而以之破秩序；平等之说入，不以之荷义务，而以之蔑制裁；竞争之说入，不以之敌外界，而以之散内团；权利之说入，不以之图公益，而以之文私见；破坏之说入，不以之箴膏肓，而以之灭国粹。"[②]他已经意识到单纯的"拿来主义"可能会起到事与愿违、适得其反的作用，西学传入中国，往往先破坏掉了中国自身的优秀资源，失去了文化上的免疫力，因此，非但无法从中获利，反而会得其弊。汤因比也讲这种不同文化间盲目的引进，会导致一种文化上的溶血症。

吴趼人的《上海游骖录》被普遍看作一部"反动"作品，这种单一的政治定性并无助于我们理解吴趼人真正关注的问题所在，吴趼人在这部小说中将谴责

① 转引自徐一士：《负曝闲谈评点》，北京：中国文联出版公司，1996年，第112页。
② 转引自徐一士：《负曝闲谈评点》，北京：中国文联出版公司，1996年，第112页。

的对象锁定为新党志士,是因为他认为"只有道德昌明之后,不为外界摇动,然后输入文明,方可有利无害",也就是说你必须有健康的胃,才能不忌生冷荤素,将吃下的东西都吸收转化为自己所需要的营养。

其实从现代性的政治经济文化分离的原则来看,"新党"的真假并不重要,政治上的新党并不意味着其在道德上也必须是端谨、高洁之士。单纯地依据道德标准去批判政治,并不见得能说到点子上。内圣和外王、政治和道德毕竟是两回事。传统思维中的政治与道德是完全合一的东西,然而现代社会的趋势却是政治与道德分途。政治是政治,道德是道德,两者无法统一也不必统一,清末的谴责小说可以说是不自觉地打开了政治与道德分化的大门:谴责小说家自觉地站在了一切政治势力的对立面,不管是旧的实存权力,还是新的时势权力,都逃不过他们道德监控的眼睛,也就是说他将道德权威从政治权威那里夺了过来,戳穿了政治的画皮,消除了对政治的神化,将道德判断的权力操在自己手里。从其本人来说他们对传统贤人政治仍抱有希望,仍希望从政者能够正心诚意,走修齐治平的道路,重新实现政治与道德的统一。但其客观效果则是扫除了民众对于政治和政治人物的迷信。谴责小说对于新党的批评大多是希望他们能够幡然悔悟,痛改前非,如最典型的一篇小说是嗟予的《新党现形记》。书叙一位做过新党留学生革命家的少年,被人称作"志士""英雄",自我感觉甚好。忽其母由四川寻来,劝他一同回去,说做人无论新旧,总要至诚,脚踏实地;又取出一方古镜,要其自照,不料此镜竟将名心利心、贪鄙卑陋和盘托出。少年面红耳赤,汗流浃背。少年又携了镜子去照那班新党朋友。这些人大率外强中干、口是心非,说不尽的丑态。少年此时跺脚道:"这几年全在禽兽堆里鬼混!"

用唯理想、纯道德、非历史的绝对标准去衡量一切显然是有失偏颇的。牟宗三在《论凡存在即合理》一文中写道:"讲历史最忌的有两种态度:一是顺俗趋末的现象观,这必流于无是非,即有是非,亦是零碎的而无总持,颠倒的而不中肯。二是不负责任的乌托邦,如说中国自禅让井田废,便全流于黑暗,又如说中国人以前不知道民主,不知道科学,不知道男女平权,这都是不负责任的乌托邦,不知道历史的艰苦。"

政治虽然无法实现完全道德化的要求,但这并不意味着政治不需要来自道德的监督。对此,阿克顿说过一段很有名的话:"权力导致腐败,绝对权力导致绝对腐败!”阿克顿此处所言的权力并非特指君主的专制权力,也包括其他一切形式出现的权力,如历史趋势的权力、人民的权力等等。不管什么权力,只要它失去制衡,成为“绝对的权力”,都会倾向于残暴、腐败和不义。在阿克顿看来,政治生活中最可怕的局面,莫过于“道德与宗教不分,政治与道德不分;在宗教、道德、政治诸方面,只有一个立法者和一个权威”。[①] 他通过对历史的省察,认识到人间所能享有的无论宗教自由还是世俗自由,皆是权力平衡的产物。“只要某个单一的明确目标成为国家的最高目的,无论该目标是某个阶级的优势地位、国家的安全或权力、最大多数人的最大幸福,还是对一个抽象观念的支持,此时国家走向专制就是不可避免的了。”[②]由此可知,现代社会应该真正警惕的事情便是对任何权力的神话和迷信,不管它是旧的权力还是新的权力,谴责小说以嘲讽、调侃乃至有些过分奚落、挖苦、夸大其词,表达了一种混沌芜杂、泥沙俱下的庶民之议,起到了制衡绝对权力的历史作用。

---

① 转引自冯克利《阿克顿:一个史家的信仰与智慧》,《读书》2001 年第 1 期。

② 转引自冯克利《阿克顿:一个史家的信仰与智慧》,《读书》2001 年第 1 期。

“浪漫爱”的兴起与唯情主义乌托邦

清末民初“浪漫爱”的兴起是一种现代性的文化现象，它与传统的瓦解、现代个人化的出现相伴而生，是人性解放特别是人的感性解放的突出表征。浪漫爱带有“以情求道”的倾向，它追求的是爱的唯一性、永恒性、纯粹性和至善、至美性，它在现代作为一种人的自我价值在他人处得以确证的重要方式，超出性爱本身，具有了超越凡俗的精神意义。正如俄国哲学家索洛维约夫所说：“爱情只在深刻的、神秘的直观世界中才能产生，才能存在。生儿育女不是爱情本身的事。”[①]浪漫爱与世俗化的爱情指向不同，关注的是“人性中的至神至圣”（歌德语）。清末民初言情小说的兴起可视为这种现代浪漫爱的滥觞，其中《红楼梦》和《茶花女》的相遇，为这种浪漫爱的兴起提供了极大的助力。这种人的感性解放的潮流与要求对社会进行合理再造的革命相互激荡，成为创造现代历史文化的巨大推动力。陈西滢在他的《西

① [保]瓦西列夫著，赵永穆、范国恩、陈行慧译：《情爱论》，北京：生活·读书·新知三联书店，1998年，第6页。

滢闲话》中曾说起过“某名士的戏言：中国的革命实际是由两部书引发的，一部是《茶花女》，一部是《迦茵小传》”[①]。可见，“革命”与“恋爱”之间的纠葛之深、之久，是不容忽视的，值得深入探讨的。

《红楼梦》是明清以来以情抗礼的唯情论人性解放文学的巅峰之作，它对于身处传统社会末期，渴望从礼教的重压下探出头来以求喘息的青年人的影响之大是无须多言的。只不过贾宝玉式的浪漫反叛只能停留于大观园以内，尚无走向十字街头的契机和可能。而晚清王纲解纽、西风东渐时代的到来，为这种浪漫爱的兴起提供了适宜的环境和土壤。特别是西方浪漫主义爱情小说的传入，为这种浪漫爱提供了新的奥援，《茶花女》《迦茵小传》成为《红楼梦》之外的唯情论浪漫爱的追求者的“圣经”，以此形成了其时代言情小说大盛的浪潮。林译《巴黎茶花女遗事》出版于 1899 年，该书出版后很快风行海内，严复的“可怜一卷《茶花女》，断尽支那荡子肠”[②]诗句，可以说是对当时《茶花女》哄动一时的生动写照。首先，该书的意义在于首次使中国人领略到了西方爱情小说的魅力，知道西方也有不亚于中国《红楼梦》的小说杰作，从而对西方文化频增好感，开始发现西方不只是船坚炮利，其文学艺术也成就非凡，因此对只有“中国人才是文明人”的文化自负有了反省。其次该书使中国读者对西方爱情之神圣崇高有了直观感受，对西方出现的婚姻自主、恋爱自由充满了憧憬和向往。包天笑在其回忆录中写到当时的读者反应：该书“哄动一时。有人谓外国人亦有用情之专如此的吗？以为外国人都是薄情的，于是乃有人称之为‘外国红楼梦’”。[③] 该书看待“爱情”的神圣、严肃态度对于中国士人是一种撼动，这种圣洁的浪漫爱情观念对于处于青春期、传统信仰瓦解后找不到精神寄托的年轻人影响尤大，因此“爱情至上”即成为青年人的替代宗教，正如何海鸣所言：“人生不能作拿破仑，便当作贾宝玉。”（《求幸福斋随笔》）“革命与爱情”由此成为青年人的两大精神寄托。《茶花女》唤起的是对中国社会现实人生的批判与鄙夷，一时模仿《茶花女》的写作方式也层出不穷，《茶花女》中的男女主人公成为青年人尊崇的偶像。由此该书就成为清末民初言情小说潮的滥觞。严复和夏曾佑推崇小

① 〔清〕陈西滢：《西滢闲话》，北京：东方出版社，1995 年，第 55 页。
② 严复：《甲辰出都呈同里诸公》，《严复集》（二），北京：中华书局，1986 年，第 365 页。
③ 〔清〕包天笑：《钏影楼回忆录》，香港：大华出版社，1971 年，第 171 页。

说作用的话语“说部之兴，其入人之深，行世之远，几几出于经史上。而天下之人心风俗，遂不免为说部之所持”，似乎也于此得到了印证。

《迦茵小传》是另一部对清末士人有较大影响的爱情小说，作者是英国作家哈葛德，该书在西方并不是太有名。它描写了平民女子迦茵与贵族子弟亨利邂逅而一见钟情，迦茵鄙视追求她的小财主洛克，也不屈服于其姨妈的各种压力，与亨利深深相爱。最后，为了成全亨利与爱玛的婚事，迦茵毅然以牺牲自己的感情和生命来换取亨利的幸福。与《茶花女》相似，该书着重表现的也是爱情的崇高和奉献精神。杨紫麟对该小说进行了节译、改造，包天笑加以润色，以蟠溪子的署名出版。林琴南也对此书很感兴趣，但认为没有全部译出是一个遗憾，所以他于1904年与人合作将该书全部译出，并出版。没想到全译本反而遭到了激烈的批评：1907年《游戏世界》第十一期刊出署名寅半生的《读〈迦茵小传〉两译本书后》一文，认为蟠溪子译本中的迦茵“为人清洁娟好，不染污浊，甘牺牲生命以成人之美，实情界中之天仙”，而林琴南译本中的迦茵“为人淫贱卑鄙，不知廉耻，弃人生义务而自殉所欢，实情界中之蟊贼”。原因在于蟠溪子为迦茵“讳其短而显其长”，使人们崇敬；而林琴南则“暴其行而贡其丑”，使人们鄙夷之。林译本中有迦茵未婚先孕的情节，更为当时读者所不能接受：“未嫁之女儿遽有私孕，其人为足重乎？不足重乎！”担心这样的描写传入中国，“贞操可以立破矣！”“西人临文不讳，然为中国社会计”，正宜删去为是。由此可知，中国对西方爱情小说的接受是建立在一种一尘不染的浪漫想象之上，林译本打破了这种刚刚建立起来的浪漫主义的西方想象，所以才会招来攻击。本土禁欲主义的道德与西方超肉欲的纯情之爱于此时结成了同盟。《迦茵小传》也引起了人们普遍的情感共鸣，如夏曾佑卧病中读到此书，题词曰：“会得言情头已白，捻髭想见独沈吟。”[①]郭沫若在《少年时代》的自传中回忆第一次读《迦茵小传》后的感受，称“那女主人公的迦茵是怎样的引起了我深厚的同情，诱出了我大量的眼泪哟！我很爱怜她，我也很羡慕她的爱人亨利。当我读到亨利上古塔去替她取鸦雏，从古塔的顶上坠下，她伸着两手接受着他的时候，就好像我自己是从凌云山上的古塔顶坠下来了的一样。我想假使有这样爱我的美好的迦茵姑娘，我就从凌

① ［清］夏曾佑：《积雨卧病读琴南〈迦茵小传〉有感》，见《迦茵小传》，北京：商务印书馆，1981年，第2页。

云山的塔顶坠下，我就为她而死，也很甘心”[①]。对浪漫爱的向往与改造社会的冲动在清末小说中是一个不可分割的整体，呼唤革命的小说《自由结婚》的作者张肇桐将这一点说得最明白。他将“结婚自由”同“政治自由”“言论自由”相比较，认为“只有结婚自由，没有一个人不欢喜，没有一个人不情愿替他死的”，“愿我自由的男男女女，爱一切自由如结婚一般，我祖国就不怕无自由之日了”。革命如果不能唤醒潜藏在人性深层的本能和欲望，其推动力是十分有限的，爱情不自由、婚姻不自主成为青年人投身社会改造的一大动因，这也是为什么在文学中革命总是与恋爱掺杂在一起无法分开的原因。“浪漫爱”之所以风行于现代而成为现代人的信仰替代品，与人所固有的追求超越现实、超越自我的天性有关，中国传统文学中有许多感人至深的爱情传奇，晚清西潮涌入之后，人们发现西方文学中浪漫主义的爱情更让人为之心动神往，因为它是更纯粹、更平等、更反功利、更具个性化的爱情。近代文学史上讲到晚清言情派小说一般以吴趼人的《恨海》和符霖的《禽海石》为开端，但就其对情的理解，他们实可分属两派：一派可谓之“性其情”派，此“性”是“天命之谓性”的“性”，也就是伦理之性，其以这种伦理之性来统情，所以性也就是理，性是情之根据，故情生于性。这种情主要指的就是忠孝节义之类的伦理感情，吴即属于此派。一派是“情其性”派，以情来统理，情为本源，情高于“性”，使伦理之性从属于人的自然的情感欲望，这就接近于西方现代的自然人性论的立场，符即属于此派。吴趼人的《恨海》开篇即言：“我素常立过一个议论，说人之有情，系与生俱生，未解人事以前便有了情。大抵婴儿一啼一笑都是情，并不是那俗人说的‘情窦初开’那个‘情’字。要知俗人说的情，单知道儿女私情是情；我说那与生俱来的情，是说先天种在心里，将来长大，没有一处用不着这个‘情’字，但看他如何施展罢了。对于君国施展起来便是忠，对于父母施展起来便是孝，对于子女施展起来便是慈，对于朋友施展起来便是义。可见忠孝大节，无不是从情字生出来的。至于那儿女之情，只可叫做痴。更有那不必用情，不应用情，他却滥用其情的，那个只可叫做魔。还有一说，前人说的那守节之妇，心如槁木死灰，如枯井之无澜，绝不动情的了。我说并不然。他那绝不动情之处，正是第一情长之处。俗人但知儿女之情是

① 郭沫若：《少年时代》，北京：人民文学出版社，1979年，第126页。

情,未免把这个情字看的太轻了。并且有许多写情小说,竟然不是写情,是在那里写魔,写了魔还要说是写情,真是笔端罪过。”可见他之言情主要言的是一种伦理之情,倡导的是合乎伦理的感情和对不伦之情的制约,他是在情与痴、与魔的区分和对立中来言情。其后包天笑的《一缕麻》等也都属于此类,都是主张以理统情的。而符霖则不同,他开篇也讲情:“余以为造物之所以造成此世界者,只是一‘情’字。……故凡生存于此世界者,莫不有情。儿女之情,情之小焉者也。特是人为万物之灵,自人之一部分观之,则凡颠倒生死于情之一字者,实足为造物者之代表。是以善言情者,要必曲绘夫儿女悲欢离合之情,以泄造物者之秘奥而不厌其烦。兹编为言情小说,可与天下有情人共读之。读之而能勃然动其爱同种、爱祖国之思想者,其即能本区区儿女之情而扩而充之者也。”这可称为“情其性”派,他取消了情与魔、与痴的区分和对立,使情具有了本源意义,带有唯情主义倾向,是以情来统理的。所以他们与传统伦理的冲突在所难免,如符霖小说中的主人公就将其爱情惨剧的根源归之于被“周朝的孟夫子害的”。因为“他说:世界上男婚女嫁,都要凭着父母之命,媒妁之言。否则,父母国人皆贱之!……自从有了孟夫子这几句话,世界上一般好端端的男女,只为这件事被父母专制政体所压伏,弄得一百个当中倒有九十九个成了怨偶。不论是男是女,因此送了性命到枉死城中去的,这两千余年以来,何止恒河沙数!”鸳鸯蝴蝶派小说的言情主要是从这种“情其性”派而来的,它与西方浪漫主义爱情可以顺理成章地对接起来。

近代文学史上实现这种中西唯情论对接的关键人物是苏曼殊,他虽然以一个出家人的身份出现,但却是一位著名的“情僧”,其小说中的人物抱持一种“以情求道”的信念,试图于“爱中求得涅槃”,但其结局往往是悲剧性的,“负人负己,无有是处”。所以《断鸿零雁记》主人公最终难免感叹:“嗟乎,系于情者,难平忧愁,历古皆然。”他作为“三界具足之僧,永不容与女子共住”,所以必须力遏情澜,但他终难免为情所动,只能挣扎于情理交战之中。他所心仪的情是一种圣洁之情,所以对于道德有极高的要求,他在《绛纱记》中借人物之口这样说道:“吾国今日女子殆无节操,犹之吾国殆无国体之可言,此亦由于黄鱼学堂(上海人谓之“大脚妇”)之害,女必贞,而后自由。昔者王凝之妻因逆旅主人之牵其臂,遂引斧自断其臂,今之女子何如?”所以其小说中的女性虽留学英伦,学贯中西，但仍会割臂疗其父。《碎簪记》中的主人公也在感叹："方今时移俗易，长妇姹女，皆竞侈邪，心醉自由之风，其实假自由之名而行越货，亦犹男子借爱国主义而谋利禄。自由之女，爱国之士，曾游女、市侩之不若，诚不知彼辈性矣果安在也！"苏曼殊所向往的是一种清静淳朴、纯任自然的乌托邦，如《绛纱记》中主人公海中落难，到一无名小岛，被一老人救起，"余问老人：'此何地？'老人摇手答曰：'先世避乱，率村人来此海边。弄艇投竿，悄然自乐，老夫亦不知是何地。'余复问老人姓氏。老人曰：'吾名并年岁亦亡之，何有于姓？但有妻子。日出而作，日入而息耳。'老人瞥见余怀中有时表，问是何物。余答以示时刻者，因语以一日计四时，每时六十分，每分六十秒。老人正色曰：'将恶许用之，客速投于海中，不然者，争端起矣。'"显然这是一个作家刻意描画出的桃花源、乌托邦，他以这种出世的、非人间的乌托邦道德来批判人世的堕落，其标准较之传统更为严苛。传统是"即世间而出世间"的，他则更倾向于一种出世的道德，所以它既有超越传统的一面，又有对抗世俗化的现代性的理想主义特性。苏曼殊之投身革命是以"出世的精神从事入世的事业"，也就是以乌托邦的精神来改造现实，使其合乎理想。这也正是一种现代性精神的体现。

苏曼殊的小说对于其时代的青年有极大影响，而辛亥革命的主体力量是青年，在青年文化中，爱情自然会占据核心位置，这也是民初言情小说兴盛的一个不可忽略的大背景。由风云一时的革命者转为缠绵悱恻的言情小说家，其间的角色转换并不像局外人想象的那样不可思议：情场失意便去革命，革命失意便来言情，龚自珍"设想英雄末路里，温柔不住住何乡"的诗句，在何海鸣看来"虽伤心语亦得意语，盖终有乡之可住也"。由两性关系产生出来的爱情之能成为文学艺术的核心内容、重大主题，并非自然而然，而是与社会结构的变迁有关，特别是与中国近代以来的家庭伦理关系的变化有关。中国传统家庭伦理是以父子人伦为主轴，以孝为核心的，所以忠孝节义是其文化的重心所在，齐家成为治国的基础。而近代以来大家庭的瓦解，小家庭的出现，使夫妇关系开始成为伦理主轴，夫妇之爱成为婚姻家庭存在的情感基础，相应地，爱情也就成为人们的主要情感体验，同时成为文学表现的核心内容。只不过人们对爱情的理解有一个由浪漫趋于现实的发展过程，清末民初的言情小说即处于这种爱情发展的初期，它表现为一种唯情主义的神格化的爱情。这与现代性的文化进程也是相适应的,即由传统的神本论的“以神(圣人)化人”文化向人本主义的“以人为神(圣人)”文化的转变,对人的崇拜取代了对神(圣人)的崇拜,这需要将人提高到神(圣人)的高度才能实现,所以后发国家、政治先行的现代性文化往往首先表现为人的神化的形态。如徐枕亚的《玉梨魂》即强化、纯化了这种神格化的爱情,使他们的恋情成为一种冰清玉洁的精神之恋,发乎情止乎礼的典范。此小说带有自传成分,但作者也做了较大的艺术加工、虚构,以使之成为一个可以让人普遍接受的爱情传奇,至于这段纯情传奇之后的本事,显然不像小说中所描写的那样圣洁。从现已发现的徐枕亚当年的日记中我们已经知道了更多并不那么“纯情”的记录,所以我们无须把小说理解得太实,以此来批评作家不够彻底、没有勇气摆脱礼教的束缚云云。该小说的着力点在于表现感情受到阻碍时所激发出的精神升华,同时又揭示出了一种处于情理之间无法两全的困难处境;失去了阻碍的感情也就失去了其神圣性的光环,一种现实化了的“伉俪福”式的世俗爱情,并非作家所渴慕、向往的那种爱情。所以此小说既有社会悲剧的成分,也不无一种造化弄人、人生无常的感伤。

在反礼教方面态度更为鲜明的是吴双热的《孽冤镜》,作家在该书《自序》中说:“《孽冤镜》胡为乎作哉? 予无他,欲普救普天下之多情儿女耳;欲为普天下之多情儿女,向其父母之前乞怜请命耳;欲鼓吹真确的自由结婚,从而淘汰情世界种种之痛苦,消释男女间种种之罪恶耳。”[①]但他并不是道德虚无论者,他认为:“自由婚之真谛,须根乎道德,依乎规则,乐而不淫,发乎情而止乎义。”[②]该小说主要表现的是父母包办婚姻给儿女带来的苦果,父母把婚姻当成一种权钱交易,而完全无视当事人的感受和要求,这种家庭专制自然是不合理的,至于实现了婚姻自主之后是否就能像作家所描述的那样得到“内无怨女,外无旷夫”的“自由之美果”,则另当别论。小说中男主角王可青的父亲嫌贫爱富、专横跋扈、冷酷无情,即使按照传统的义利之辨来评判他也绝非一个合格的父亲,这篇小说与其说是在颠覆礼教,不如说是在揭露礼教为物欲所绑架造成的异化。这就涉及鸳鸯蝴蝶派小说家看待传统道德的态度。作为共和、民主制度的信奉者,

---

① 吴双热:《孽冤镜·自序》,见陈平原、夏晓虹编《二十世纪中国小说理论资料》第一卷,北京:北京大学出版社,1997年,第490页。

② 吴双热:《孽冤镜·自序》,见陈平原、夏晓虹编《二十世纪中国小说理论资料》第一卷,北京:北京大学出版社,1997年,第491页。

道德素来是他们关注的中心问题，因为共和主义并不是以自身为终极目的的，而是认为好的制度源于好的道德，政治的合法性来自一种宗教性的善良本性和道德心灵，必须接受民众普遍信奉的、共有的善恶、是非标准的检验。所以它与民众、与传统保持着一种连续性，并不吁求将现有的一切打碎重来，以“伦理之自然化道义之事功化”（周作人语）为标准推出一种断裂性的“新道德”，而是着眼于新旧之间的“陈情”和对话，在既有的伦理格局中促进其向人性化的方向转换，反对一方拥有绝对权力来牟取私利。这与胡适《终身大事》中女主角因爱情受阻就坐上汽车、一走了之的娜拉方式显然大异其趣。李定夷的《霣玉怨》在提倡婚姻自由的同时也并不一概反对父母之命，其小说中人物认为：“人生婚姻，为毕生幸福所寄，在理应父母之言是听，然亦可参以己意也。”女主角史霞卿似乎深受严复翻译的《群己权界论》的影响，严复把约翰·密尔的《论自由》译为《群己权界论》正有矫俗的意思，自由并非随心所欲，自由的要义在于群与己的分界，女主人公史霞卿就对卢梭式浪漫主义的自由观念进行了批评：“谓‘自由为天赋人权，无论何若，父母尊长概勿得干涉之。若有干涉者，即为侵犯我之自由，我可仇视之也。’吁，是何言欤？自由真理，必本法律。自由在法律之中，固不容人之干涉；自由在法律之外，必戕害他人之自由，人人咸得而干涉之，何况父母尊长乎！”这与“五四”时期鲁迅《伤逝》中子君的名言“我是我自己的，他们谁也没有干涉的权利”显然也有很大的不同，其所强调的是人的社会性存在的属性，她把权利看作一种法律保障的结果，而非先在的前提，这就促使其在社会之中而不是之外来争取权利，所以其注重以协商和对话、妥协和退让的方式来解决矛盾。

“五四”时期将浪漫爱真正付诸实践的是主张“虚空破碎、大地平沉”的宇宙革命的朱谦之和杨没累，朱是北大学生，曾因倡导激进的虚无主义革命而入狱，他的一个著名的爱情传奇便是他与北大才女杨没累长达多年的精神之恋、无性婚姻。1925 年朱谦之和杨没累爱情炽烈，开始在西子湖畔同居，但杨没累认为：“性欲的婚媾，这件事于男子方面害处还少，于女子简直是一种杀人之利剑了！所以要维持我俩‘爱’的长生，便当永远免除那性欲的婚媾！”而思想激进的朱谦之对此是满口答应，完全尊重爱人的意愿。两人在风景如画的西湖边一心要过“不谈政治”“不落闹攘套中”的“真情生活”，这种生活表面上似乎“完全失却本来英勇的气概,颓唐消沉,高吟风花雪月”,但朱谦之认为:“人生的最终目的,只有爱情。我有爱情,便足以自豪……生天地间,还有什么呢?”杨没累是一位音乐家和音乐学者,两人一起研究音乐、谈诗论文,成就了“五四”时期的一个具有传奇性的爱情佳话。杨没累因肺病于 1928 年 4 月病逝于杭州,死时 31 岁,葬于西湖烟霞洞,有《没累文存》传世,他们的情书集《荷心》1927 年出版,成为那个纯情时代的精神见证。“五四”时期与这种乌托邦的纯情的浪漫爱形成冲突的是张竞生的立足于性爱快乐之上的浪漫主义人生哲学,但在当时大部分青年学生还是站在了纯情的浪漫爱的一边,反对张竞生对爱情附加的条件、限制,这从 1923 年发生的关于“爱情定则”争论中可以看出。该讨论的起源是北大教授谭熙鸿与学生陈淑君的相爱与结婚。但在此以前陈淑君与广东的沈原培曾谈婚论嫁,沈得知陈结婚后赶到北京,在报章上发文痛斥谭、陈的无行和负义。后陈虽发文声明与沈并无婚约,但社会舆论仍对谭、陈口诛笔伐,不肯罢休。于是谭留法时的学友、倡导“美的人生观”的北大哲学系教授张竞生就在《晨报副刊》发表《爱情的定则与陈淑君女士事研究》一文,为谭、陈辩护。在文中张竞生推出了他的爱情定则:他首先强调爱情是有条件的。这些条件包括感情、人格、状貌、才能、名誉、财产等项——“凡用爱或被爱的人,……条件愈完全的,爱情愈浓厚。条件全无的,断不能得多少爱情的发生。其次爱情是可比较的。男女的结合,不独以纯粹的爱情为主要,而以组合这个爱情的条件多少浓薄为标准。其三爱情是可变迁的。因为有比较自然有选择,有选择自然是有希望善益求善的念头,所以爱情是变迁的,不是固定的。……假使在许多用爱中,被爱的暂时择得一人,而后来又遇见一个比此人更好的,难保不舍前人而择后了。其四夫妻为朋友的一种。……所不同的,夫妻是比密切更密切,他们的爱情比浓厚的友情更加浓厚。”如此,离婚也就成为寻常之事。[①] 张对爱情的理解显然与纯情主义乌托邦相左,所以受到了激烈的反对,反方提出这样的质问:“爱情若因条件而变迁,古今中外,何以有殉情的男女呢!恋爱者若因变故而死去,世界上条件完备的人很多,何不寻,而出于死?”[②]而张竞生一方的回答则是:

① 余华林:《恋爱自由与双重爱情标准——民国时期关于“爱情定则”论争的历史透视》,《石家庄学院学报》2005 年第 2 期。

② 裴锡豫:《爱情定则的讨论之一十一》,《晨报副刊》1923 年 6 月 9 日。

"提倡爱情是不变的人，应该注意：这岂不是恢复旧礼教的'从一而终'吗？如果能证明不是，那就罢了，如果不能，我们又怎样可轻视或指摘从前的守寡制呢？除非我们承认守寡是对的。"他们认为否定爱情是有条件的一方"大半是代表旧礼教说话"[①]。最后一种爱情选择的折中性标准得到大多数人的认同，即认为"爱情的选择和变迁在婚前是正当的也是合理的，但是一旦已有婚约或已结婚，就不应该再进行选择"。讨论参加者多为北京大学、朝阳大学等校的学生，值得一提的是许广平也参加了当时的论争，并站在张竞生等的对立面。这场讨论将信奉"天长地久、独一无二"的浪漫爱的乌托邦从天上拉到了人间，其在实践中可能出现的问题就凸显出来，对爱情的神化会遭遇到来自社会现实和人性自身的挑战。这颇似希腊神话中那位伊卡洛斯，他和父亲用蜡和羽毛做成的翅膀飞上了天空，但因为不听劝阻，飞得离太阳太近，结果蜡被太阳熔化，堕海而亡。从这场争论中，我们可以看到当浪漫爱从感情向欲望延伸时，原本统一的信仰开始四分五裂，这与现代性的精神超越方式开始向多元化、个体化和内在化方向发展的趋势有关，选择什么样的信仰只能取决于个人的自决，再无复归于一、一劳永逸的解决方案。

郑逸梅在他的《梅庵谈荟》中曾这样谈及民国初年的鸳鸯蝴蝶派："新文化家所诋之鸳鸯蝴蝶派，徐枕亚、吴双热其代表也。实则时代不同，好尚异致，本不能一笔抹煞，而以陈腐斥之。夫昔日之所谓新，今日视之故为旧，然则今日之所谓新，安知其不有再新者起而代之乎。"[②]新与旧的确具有相对性，五四新文学反对、否定鸳鸯蝴蝶派显然还有更深层的理由。但就清末民初的文坛来看，鸳鸯蝴蝶派小说显然也是其时代文学精神的代表，有它不同于传统的新意存在。如果我们把晚清的政治小说视为追求公理的启蒙现代性的先声，那么我们也同样必须把鸳鸯蝴蝶派小说视为追求人的感性解放的审美现代性的前兆，因为两者之间虽有冲突，但也具有内在的同生、共在关系。相对于传统，它们代表的都是一种"新"的追求，对合理的社会的追求和对感性快乐、幸福生活的追求。由此说来，在20世纪文学中大行其道的"革命+恋爱"模式在清末民初已初露端倪，革命高涨之时，恋爱依附于革命之中，感性的解放本就应该是革命的题中应

① 记者："爱情定则的讨论"，《晨报副刊》1923年5月18日。
② 郑逸梅：《梅庵谈荟》，哈尔滨：黑龙江人民出版社，1985年，第24页。

有之义,或者说革命承诺了这种感性的解放。鸳鸯蝴蝶派小说正是在民初初现但终未竟其功的大背景下产生的,被共和革命所唤起的人们在混乱纷扰中感到国事已不可为,转而以爱情来填补心灵的空缺,由此引发了时代的言情高潮。鸳鸯蝴蝶派“铁三角”的大家徐枕亚、吴双热、李定夷都是清末民初革命报刊《民权报》的编辑,反袁革命的积极参与者;另一位重要作家何海鸣更是充满激情的共和革命者,参加过武昌起义,并曾在二次革命中亲任都督,坚守南京,从而青史留名。革命与言情对他们来说并不矛盾,只是一体两面而已。可以说鸳鸯蝴蝶派小说是一种在共和语境下的追求个人感性解放的文学潮流,其反封建、追求自由解放的方式与后起的新文学不同,这与他们所处时代的共和语境有关。因此,以后来“五四”所代表的“现代性”观念以及北伐所代表的“国民革命”标准将其界定为“封建余孽”和“封建文艺”,显然有些过于简单化,忽略了其小说中存在的“新”的时代内涵。

民初言情小说是其所处时代一种共和主义文化精神的体现,共和、宪政、民主是现代三大政治思潮,也是现代政体立足其上、互为支撑的基础。共和主义有其悠久的传统,远可以追溯到古典的罗马共和国,近则以美国联邦党人的公民共和主义为代表。一般来说,共和首先是专制的对立面,其基本精神就是孙中山先生所倡导的“天下为公”“五族共和”的精神。鲁迅《药》中的反清革命者说,“这大清的天下是我们大家的”,表现的也正是这种共和精神,它强调国家权力是公有物,要求政权有极大的包容性、共享性,政府必须是公平公正中立的,不支持某种特定的价值立场。民初可以说是共和主义氛围较为浓厚的一个时期,用章太炎的话说就是,“革命军兴、革命党消”,全民“咸与维新”,在认同共和的基础上,平等参与国家事务。共和主义推崇的处理矛盾的方式是“和”。“和”即平和,求同存异,通过交流、沟通达成基本共识,对所有公民一视同仁、平等对待。由此共和原则引申出信仰自由、言论自由、结社自由等现代观念。这种精神表现于文化上就是一种“兼容并包”“和而不同”的精神,它不鼓励其信奉者以一种价值立场歧视、排斥其他价值立场,从而造成某种同质性的局面。西方共和主义在后来为更激进的自由主义、民主主义所掩盖,但在当今世界又呈复兴之势,显然共和主义在应对多元化的世界时有其特有的优势,当然它也有其自身的弱点。由此,共和主义的文化立场在民初实际上意味着一种无支配主义，也就是国家权力从文化领域退出，由文化自行其是。民国初年，政治上的乱局也使得统治者无力干涉文学、文化领域，由此，民初的文学进入了一个比较自由的发展阶段，可以说民初这种特有的时代文化语境、氛围促进了鸳鸯蝴蝶派小说的繁荣。正如范烟桥在1927年出版的《中国小说史》中所说："中华民国建立，于中国历史上为新局面，一切文化，一切思想，俱有甚大之变动。最要之一点，即响时小说，受种种束缚，不能自由发表其意志与言论，光复后，即无专制之桎梏，文学已任民众尽量发展，无丝毫之干涉与压迫。故小说在此十五年内，非常发达，最近之十五年，谓为中国小说史全盛时期之沸点，亦无不可。"①

在考察鸳鸯蝴蝶派小说时还有一个不容忽视的背景，那就是它是在晚清十年新政后出现的。其时科举制早已废除，新学堂已经普及，立宪、共和、民主、革命早已在青年人中蔚然成风，儒教作为信仰的地位已经动摇，青年人已开始走出传统寻找新的信仰。但抛开传统信仰的人，并不意味着失去其追求超越的宗教性冲动，如此，"革命与恋爱"就成为这种后传统的超越性信仰的替代。西美尔曾谈到人的宗教性冲动："宗教冲动是一种特殊的精神冲动，它是人的精神天性中渴望献身于更高存在的超验冲动——超越自身的经验存在、超越自我的个体性。"②革命是为了创造一个全新的合理的世界，这种开天辟地的事业的神圣性，是足以让人为之流血牺牲的；而爱情呢，也同样如此，它使人的情感升华，使人乐于为所爱者奉献一切乃至生命，也同样可以达至某种神圣性。中国传统文学中也有让人生死相许的爱情，晚清西潮涌入之后，人们发现西方文学中浪漫主义的爱情更让人心动神往，因为它是更纯粹的、更平等的、更反功利的、更浪漫的爱情。《茶花女》的原作者小仲马也有意将小说中的爱情予以神圣化："我只信奉一个原则：没有受到过'善'的教育的女子，天主几乎总是向她们指出两条道路，让她们能殊途同归地走到他的跟前：一条是痛苦，一条是爱情。这两条路走起来都十分艰难。那些女人在上面走得两脚流血，两手破裂；但与此同时，她们把罪孽的盛装留在沿途的荆棘上，赤条条地抵达旅途的尽头，而这样全身赤裸地来到天主跟前，是用不着脸红的。"③通过爱情而至至善从而获得神性进

① 芮和师等编：《鸳鸯蝴蝶派文学资料》，福州：福建人民出版社，1984年，第245页。
② 转引自《现代性与末世论》，桂林：广西师范大学出版社，2006年，第185页。
③ ［法］小仲马著，李玉民译：《茶花女》，上海：上海社科出版社，2004年，第18—19页。

入永恒，这就是一条宗教性的爱情救赎之路，它满足了非宗教的人的宗教性的心灵需要。

从理念上讲，鸳鸯蝴蝶派作家的爱情婚姻主张大都是比较彻底的，但因为小说的接受需要构建起一个作者与读者之间容易沟通的平台，这就不是可以由单方决定的，而必须是一种主体间性的结果。所以其小说的叙述人不能不顾及当时大多数读者的立场和态度，而表现为某种调和性。比如对于婚姻制度，何海鸣曾直言不讳地表达过这样的看法："世间上最苦恼事、最无趣味事莫甚于夫妇之制也。"[①]所以他看重的是不受婚姻制度约束的精神性的恋情。他还作过这样的调侃："有狂生焉，发三大宏愿，一不娶妻而多娶妾，二勿生子，三不及三十岁即死，自是快语，惜太过耳。予亦有宏愿，愿当今小说家将我名字嵌入一言情小说内，得与一纸上之佳人成为眷属，虽其间备受挫折亦无悔，予且借大文豪笔下超生之力得饱受艳福。阿弥陀佛！予愿折十年阳寿焉。"[②]这已颇有点唐璜的味道，很容易招致道德的批评，所以小说愈要表现得情趣高洁，愈是走向了一种唯情主义的情爱乌托邦，如他的《倡门红泪》就是这方面的代表作。鸳鸯蝴蝶派的小说大多言情而不至于色，一方面是由其唯美、浪漫的精神气质决定的，另一方面是因时代环境也不容许。当时即使在上海租界里，涉及色情的小说也是会受到严禁的，像朱天目的《情海归槎记》因为"艳冶过甚"，结果租界当局将刊发此小说的报社老板抓到警局里关了一夜，后来审判、罚款后才放了出来。所以鸳鸯蝴蝶派小说基本上是作为逃避虚无、厌倦、无聊的精神逸乐而存在的，并非沉溺于肉欲不可自拔。就其所关注的生活领域来说，寻求快乐与奋发进取并非尖锐对立，只是在合适的时间、场合做合适的事情而已，所谓"该玩时玩，该工作时工作"。从鸳鸯蝴蝶派小说中，我们已经可以看到传统一体化社会的分化趋势，即政治、经济和文化各行其是，具有了相对独立性，不再有一种统一的精神价值能将其统一起来。传统已从前现代的指导生活的"一以贯之"的位置上退下，人们的精神信仰状况也变得多元化、个体化和内在化，不再具有一种客观的、统一性的信仰。

鸳鸯蝴蝶派小说既有新的时代内涵，同时又是旧的文学的终结。从某种意

---

① 何海鸣：《求幸福斋随笔》，上海：上海书店出版社，1997年，第24页。
② 何海鸣：《求幸福斋随笔》，上海：上海书店出版社，1997年，第24页。

义上，鸳鸯蝴蝶派小说可以说是有千年历史的文言文骈体小说的告别性演出，这种以“雅言”和骈四俪六的豪华体式写就的小说在得到了昙花一现式的充分展示后，退出了文坛。在这种退出的背后，是一种现代文化重心的转移。从鸳鸯蝴蝶派作家群的年龄来看，他们与五四新文学的发起者陈独秀、鲁迅、周作人、胡适等基本上属于同一代人，但走的道路迥异，新文学的发起者大都出洋留学，成为中国最早的一批西化知识分子；而他们则属于本土派，虽在科举制废除后，大都进过新学堂，但主要受的还是传统文化的熏陶。随着中国社会西化程度的加深，他们所持有的文化资本的地位不断下降，已无力为变动的社会提供一种指向未来的文化目标。与科举时代相比，他们好像被废黜的王储，所学已不能为世所重，从政最多做个记室参军，所以转而为自娱、娱人，卖文为生，逐渐下沉为市民通俗文学。他们的小说有很大的炫耀才学的成分，而当时的社会也还比较推崇这种才学，所以在辛亥革命成功后，柳亚子被坚邀至南京临时大总统府，原因只是在于他的骈文写得好，邀请他的雷铁厓说：“倘然偌大的临时大总统府，找不出一个骈文家来，不是使钟阜蒙羞，石城含垢吗？”[①]晚清时代年轻人的国文教材主要是《文选》，另外像清代三大尺牍——《小仓山房尺牍》《雪鸿轩尺牍》《秋水轩尺牍》也是那个时代的流行读物，特别是许葭村的《秋水轩尺牍》文笔华丽生辉、雅致动人，对青年人影响较深，鸳鸯蝴蝶派小说基本上是在这样一种文化氛围、情调中养成的，它有其特定的自古相传的体悟人生、表达情感的方式。待到以胡适为代表的西化知识分子出现，“既不伤春，也不悲秋”，以“科学”来统性情，由存在的体悟者转为世界的创造者，鸳鸯蝴蝶派小说也就走到了尽头。20世纪的中国仍是一个相当严峻的时代，文学还需进一步担负起其改造人生的严肃的历史使命，所以鸳鸯蝴蝶派的被否定、批判是必然的事情，但是现代性内部的这种差异和张力却会一直存在，新的“名士气”和“道学气”还会相互消长，并成为文学发展的基本动力。

---

① ［美］柳无忌编：《南社纪略》，上海：上海人民出版社，1983年，第38—39页。

由“天地境界”到“功利境界”

——从曾、李之别看近代中国的士风转移与文学之变

晚清时期诗、文、小说三界都爆发了革命，加速了中国文学固有面貌的改变。古典时期所崇尚的圆熟简练、静穆悠远的文风迅速为一种激越亢奋、铺张扬厉的文风所取代，这是时代冲击下人的心性结构改变之后呈现出来的结果，古典诗文的那种“沉潜于古人者深，而神明于矩矱者熟”[①]、以“究心泽古”为正脉的诗风，因背乎时代趋势开始走向衰落，取而代之的是一种主我、主情、主动、带有功利化和世俗化倾向的“布衣”诗歌和白话文学。这场对文学史影响深远的古今之变是如何发生的，是需要我们深入探究的问题。把握文学、文化的“现代性”变化可以有多重视角，既往的研究比较重视对社会政治经济这些客观结构的分析，笔者则尝试从历史当事者的心态、体验结构入手来探究这种古今之变，因为这种心态、体验结构的变化比社会政治经济制度的变化对文学的影响更为直接和内在。心态、体验结构属于世

① ［清］吴闿生：《晚清四十家诗抄》，杭州：浙江古籍出版社，2006年，第16页。

界的价值秩序之主体方面，一旦其转型，世界之客观价值秩序也就会随之发生变动。纵观中国近现代的历史，担当历史领军人物的心态、精神气质的变化对历史文化发展的方向、方式的影响是显而易见的，从精神直观的角度而言，“现代性”意味着的就是“深层的‘价值秩序’的位移和重构，现代的精神气质体现了一种现代性的价值秩序的成形，改变了生活中的具体的价值评价”[①]。笔者试图从清末影响力巨大的两位人物曾国藩和李鸿章入手考察清末两代士人知识阶层的心性结构、精神气质的变化，将曾作为变化的起点、传统的末代绝响，将李作为变化的先兆、功利主义文化的初级形态，在此基础上阐明晚清士人心态、精神气质的变化与近代文学文化转型的关系。

一

德国哲学家马克斯·舍勒以精神直观的方式发现人的心灵是存在着一种客观价值秩序的，他认为这种客观价值秩序可按由低到高的等级分为五个层次：感官价值、实用价值、生命价值、精神价值和神圣价值。进入现代之后，这种心灵的客观价值秩序发生了颠倒和位移，位居其下的感官价值、实用价值和生命价值上升为主导价值，精神价值、神圣价值在人们的生活中开始下降，退居次要地位。舍勒认为这种价值秩序的颠倒和位移最终引发了现代人的精神和价值危机问题。

这种对客观价值秩序的强调与舍勒对人的基本定位有关，他认为，人既是生物或生命的存在，又是精神的存在，所以人是居于上帝和动物之间的存在者；神和兽都没有羞耻感，人有羞耻感，而羞耻感正是人之为人的特性。马克斯·舍勒用“位格”一词来指称处于精神活动中的人，通过对位格的分析来展示人的精神世界。由此，位格指的是“不同种类的本质行为的具体的、自身本质的存在统一，它自在地(因而不是为我们的)先行于所有本质的行为差异(尤其是先行于外感知和内感知、外欲求和内欲求、外感受和内感受以及爱、恨等等的差异)。位格的存在为所有本质不同的行为‘奠基’”[②]。位格不是指个性化的具体的人

① 刘小枫：《现代性社会理论绪论》，上海：上海三联书店，1998 年，第 16 页。

② ［德］舍勒著，倪梁康译：《伦理学中的形式主义与质料的价值伦理学》(下卷)，北京：生活·读书·新知三联书店，2004 年，第 471 页。

格,而是指高于个体人格之上的某种价值秩序,它突出表现为不同人的人生境界的差异。位格的差异促成了人不同的价值偏好和偏恶法则,由此造就不同的人生境界。

舍勒所发现的这种客观价值等级秩序在中国传统文化中也有充分的体现。孟子讲"人之所以异于禽兽者几希,庶民去之,君子存之"(《孟子·离娄下》),也是将人定位于"神"与"兽"之间的存在,这种"神性"在中国传统语境中指的就是人之为人的"灵明"之性、"天命"之性。冯友兰也曾将中国人的人生境界做了由低到高的区分,他认为:"人与其他动物不同,在于当他做什么事时,他知道自己在做的是什么事,并且自己意识到,是在做这件事。正是这种理解和自我意识使人感到他正在做的事情的意义。人的各种行动带来了人生的各种意义;这些意义的总体构成了我所称的'人生境界'。……尽管人和人之间有种种差别,我们仍可以把各种生命活动范围归结为四等。由最低的说起,这四等是:一本天然的'自然境界',讲求实际利害的'功利境界','正其义,不谋其利'的'道德境界',超越世俗、自同于大全的'天地境界'。"①

冯友兰所讲的四种人生境界中的前两种都是人的自然状态,后两种是人应有的生命状态,"前两个境界可以说是来自天然,后两种境界则是人自己的心灵所创造的。自然境界是最低级的存在,功利境界比自然境界稍高一点,更高是道德境界,最高是天地境界。这样排列是因为,自然境界的人生不需要对人生有任何理解和自我意识;功利境界和道德境界需要有一点对人生的理解和自我意识;天地境界需要的人生理解和自我意识则最高。道德境界所讲求的是道德价值,天地境界所讲求的则是超越道德的价值。……人在道德境界中生活的衡量标准是'贤',它的含义是'道德完美'。人在天地境界里生活,则是追求'成圣'。哲学就是启发人追求'成圣'"②。一个人对宇宙和人生的觉悟和了解不同,决定了人的不同的生存境界。

从这种"位格"和"境界"出发去考察近代人的生存形态,我们可以发现在曾国藩这一代传统士人的精神世界中,是存在着一种超验性维度的,这种超验性在西方表现为一种"神性",而在中国则表现为一种"天道",它与人世俗的生

① 冯友兰:《冯友兰文集》第六卷,长春:长春出版社,2008年,第220页。
② 冯友兰:《冯友兰文集》第六卷,长春:长春出版社,2008年,第221页。

存构成一种紧张和对立。舍勒将这类人形象地描述为“寻神者”，即用神性来丈量自身、规范自身的人。而在中文语境之中，它指的是一种对天道的遵循，类似于老子所说的“挈矩之道”，法之于天，称为挈；则之于地，称为矩。孔子讲“从心所欲而不逾矩”指的也正是这种“挈矩之道”中的自由，儒家以天为主宰，天在天为天道，在地内在于人为人道，人道或人性来源于天道或天性，天道、天性透过人道、人性得以体现和彰显，既然天、理、道超越于人之上又内在于人，所以人应该与天合其德，取法于天道以指导自己的立身处世，由此形成“赞天地之化育”“与天地参”的自觉的“天人合一”的伦理体系。

儒家讲“天人合一”并非泛泛而谈，而是要通过“天人交战”来以人从天的，正如唐代李翱在《复性书》中所云：“性者，天之命也。圣人得之而不惑者也。情者，性之动也，百姓溺之而不能知其本者也。”[①]所以，要成为圣人，就必须能够“以性统情”，“人之所以为圣人者，性也；人之所以惑其性者，情也。喜、怒、哀、惧、爱、恶、欲七者，皆情之所为也。情既昏，性斯匿矣”[②]。所以，中国传统文化是一种主静的文化，因为“人生而静，天之性也。感于物而动，性之欲也”（《乐记》）。周敦颐说：“无欲故静，无欲则静虚动直，静虚则明，明则通，动直则公，公则溥。”（《通书》）主静被视为是立人极之本，人极即“诚”，“诚”是“纯粹至善”的“五常之木，百行之源，是道德的至高之境，只有通过主静、无欲，才能达到这一境界”。朱熹也强调：“圣人定之以中正仁义而主静，所以主静者，以其本静，静极而动，静极复静，静也者，物之终始也，万物使动，终乎静，故圣人主静。”[③]由此可知，“主静”为天人之间构建了一个桥梁，静在动先，静极而动，才能动必中节，故而这种对于静的强调，将人定位于（天道）存在的倾听者、感悟者和守护者，而不是存在的主宰者和征服者。如此，由“主静”而达致的“天道”作为一个超验的维度成为终极的善恶判断标准，对由个人“躯壳起念的”情感好恶和功利诉求形成了约束。具体到曾国藩身上，他对于天人合一的追求主要表现为“以志帅气”和“以静制动”，所谓修身养性，也就是使人性归宗于天性，以“天命之性”来矫正“气质之性”，在自然人性之上树立起一种宗教性的内在的纪律和规

---

① 转引自李民：《中庸精义》，长春：吉林大学出版社，2007年，第165页。

② 转引自李民：《中庸精义》，长春：吉林大学出版社，2007年，第165页。

③ 黄清源编：《中国传统思想——静道》，台北：文而出版社，1996年，第2页。

范、理想和目标。

曾国藩可以说是在中国传统社会文化生态中成就的最后一个内圣外王、道成肉身的“完人”，他在立功、立德、立言上都成就非凡，而他之所以能如此的根本在于其主静的功夫。他原字伯涵，二十岁时取“涤其旧染之污，以后种种譬如今日生”的意思，改号涤生。他从青年时代开始立志进行这种人格上的修炼，好友唐鉴告诉他“束检身心，读书明理，当以《朱子全书》为宗，最是静字功夫要紧，大程夫子是后代圣人，也是静字功夫足。王文成亦是静字有功夫，所以他能不动心，若不静，省身也不密，见理也不明，都是浮的，总是要静”，他自己也意识到“不圣则狂，不上达则下达，殆矣哉！”[①]他以“不为圣贤，便为禽兽”的决绝在日记中进行不断的自省、自咎，自我鞭策，以求自我提升。如在道光二十二年日记中言：“自新以来，两月余渐渐疏散，不严肃，不谨言，不改过，仍故我矣。树堂于昨初一重立功课，新换一个人，何我遂甘堕落耶？从此立课程，新换为人，毋为禽兽！”[②]这种自我鞭策到了一种非常严苛的程度，如壬寅年十一月初八日记中就因为早上赖床而把自己骂为“真禽兽”：“醒早沾恋，明知大恶而姑蹈之，平旦之气安在？真禽兽矣！要此日课册何用？无日课岂能堕坏更甚乎？”这是一种自我教化的功夫，追求的是一种高出实然的应然之境。

从曾国藩平生所学来看，他并不独宗程朱，他更重视邵雍、周敦颐、张载、欧阳修、韩愈乃至司马迁等，对春秋诸子之说也持开放态度，如咸丰十一年他在日记中写道：“立身之道，以禹墨之勤俭兼老庄之虚静，庶于修己治人之术两得之矣。”还说：“周末诸子各有极至之诣。若游心能如老庄之虚静，治身能如墨翟之勤俭，齐民能如管商之严整，而又持之以不自是之心，偏者裁之，缺者补之，则诸子皆可师也，不可弃也。”他没有一般程朱理学偏狭的“道学头巾气”，也不满足于道德境界的生存，而更向往一种“与天地参”的“天地境界”，究心于一种燮理阴阳的中庸之道、天人之学。

曾国藩对人生有一种悟境，他曾说过：“古今亿万年，无有穷期，人生其间，数十寒暑，仅须臾耳！阚大地数万里，不可纪极，人于其中，寝处游息，昼则一室耳，夜仅一榻耳！古人书籍，近人著述，浩如烟海，人生目光之所能及者，不过九

① 转引自萧一山：《曾国藩传》，北京：东方出版社，2009年，第42页。
② 转引自萧一山：《曾国藩传》，北京：东方出版社，2009年，第45页。

牛之一毛耳！事变万端，美名百途，人生之力之所能办者，不过太仓一粟耳！”（壬戌二月日记）这种对个体生命的有限性的认识使他更为热切地转向对天道的追寻，将人生的价值和意义寄托于与天道的合而为一之上。他曾说过，“李少荃（鸿章）拼命做官，俞荫甫（樾）拼命著书，余皆不为也”，可见他于学问和事功之外别有怀抱，那就是儒家的“希圣希贤”、内圣外王之学。曾国藩从 1842 年（道光二十二年）三十二岁时开始致力于程朱之学，每日必做日课，被称为“修身十二款”。他认为古人修身有四端可效：“慎独则心泰，主敬则身强，求仁则人悦，思诚则神钦”。他相信“人生有穷达，知命而无忧”。修身的最高境界是“慎独”，即“举头三尺有神明”，一种不需要外在束缚、监督的宗教性的道德自律。他率部攻破南京之后，曾有部将劝他反清自立。他当时写下了一副对联作为回答：“倚天照海花无数，流水高山心自知。”此联系集苏轼和王安石的诗句而成，但从中很能看出曾本人所独具的胸襟和志趣，这是一种同天、事天、乐天的天地境界，非一般生活于功利、道德境界中人所可及，上联表现出一种与天合一的“天地好生之德”，下联表现出一种“推天道以明人事”的睿智和通达。所以后来民国时期王闿运看到这副对联后感慨道：“涤丈襟怀，今日之前，我只知一半，今而后，乃全知。”并自书一联曰：“花鸟总知春浩荡，江山为助意纵横。”并说：“吾不敢着墨文正联上，以重污文正。另书此，纪文正之大，且以志吾过。”[①]王闿运是曾国藩的湖南同乡，一辈子致力于所谓的“帝王之学”，想用纵横之术来辅助识时务之人成帝王之业，他在湘军成立之初，便对曾国藩说：“鹿死谁手，尚未可料，明公岂有意乎？”曾国藩未予理睬，后再入曾府，仍劝曾“彼可取而代之”。但曾沉默无语，只以食指蘸杯中茶汁，在茶几上写了个“妄”字。

从文章气象上看，曾国藩把立德、立功、立言融于一体，也开辟了新的文学境界，所谓“士先器识而后学问”“器大者声必闳，志高者意必远”。“风格即人”，他的为人之道与为文之道是高度统一的，他的文章便是其独特人格的感性显现。他内外兼修的人生追求自然显现于他的文章写作之中，使他的写作具有单纯书斋文人所没有的恢宏气象，由此成为桐城派“中兴盟主”。姚鼐、唐鉴都认为学问只有义理、考据、词章三门，曾则认为还应加上一门“经济”之学，“经济

① 萧一山：《清代通史》第 3 卷，上海：华东师范大学出版社，2006 年，第 608 页。

者在孔门为政事之科，前代典礼政书及今世掌故皆是也”（《劝学篇示直隶士子》）。也就是说他除了传统士人的人文道德关怀之外，已意识到政治经济军事等实用之学的重要性，表现于文章上他也显然超出了桐城派的个人视野和枯淡趣味，在谨严有度、自然质朴之外别有一种雄奇瑰玮、阔大光明气象。对桐城派所推崇的归有光，曾国藩认为其文不施雕凿、“有刻画而足以昭物情”，有可取之处，但其“置身不高，闻见不广，情志不阔，不免识其小而晦其大”。“彼所为抑扬吞吐、情韵不匮者，苟裁之以义，或皆可以不陈。浮芥舟以纵送于蹄涔之水，不复忆天下有曰海涛者乎？神乎？味乎？徒词费也。”[①]曾国藩把“置身高明之地，闻见广而情志阔”视为为文的关键，显然是一种高于“小乘”的“大乘”精神的体现，曾国藩处于乱世之中，光是“气清体洁”已远远不够，时代需要他有更大的担当和抱负。

颇为难得的是曾国藩于鞍马劳顿之中不忘读书论文，并最终形成了颇具创见的古文“四象八态”之说，这种超出个人的趣味偏好，将审美感受、诗文鉴赏提升到一种“元学”高度来定位、分析的理论，确有其独到之处。吴汝纶在《记〈古文四象〉后》做过这样的评说：“自吾乡姚姬传氏以阴阳论文，至公而言益奇，剖析益精，于是有四象之说，又于四类中各析为二类，则由四而八焉。盖文之变不可穷也如是。至乃聚二千年之作，一一称量而审定之，以为某篇属太阳，某篇属太阴，此则前古未有，真天下瑰伟大观也。”[②]曾将姚鼐论文的阳刚、阴柔二端，分为太阳、少阴、少阳、太阴四象，分别以气势、情韵、趣味、识度属之，而气势有喷薄、跌宕之分，情韵有沉雄、凄恻之分，趣味有诙诡、闲适之分，识度有闳阔、含蓄之分。这种将审美现象理论化的努力使其足可成为批评史上的一家之言，而这也与其“主静”的功夫有关。因为审美属于感性之学，是很难加以理性化的归纳的，“文之精微，父不能喻之子，兄不能喻之弟，但以俟知者知耳，此扬雄氏所以有待于后世之子云也”[③]。而曾氏论文则得益于宋代邵雍“推天道以明人事”的“先天学”的启发，太阳、少阴、少阳、太阴四象也来自邵雍，邵雍认为万物皆由“太极”演化而成，是按照“先天象数”的图式展开的，他将这种先天象数归之于

① 曾国藩：《晚清文选》卷上，北京：中国社会科学出版社，2002年，第113页。
② 〔清〕吴汝纶：《记〈古文四象〉后》，〔清〕曾国藩：《古文四象》，上海：中国书店，2010年，第1页。
③ 〔清〕吴汝纶：《记〈古文四象〉后》，〔清〕曾国藩：《古文四象》，上海：中国书店，2010年，第1页。

心，认为“先天学心法也，故图皆自中起，万化万事皆生乎心也”。此心既是个人之心，也是宇宙之心。人是宇宙间“物之至者”，灵于万物，所以能够领悟天心，达到物我一体之境。所以要达到这一境界，首先要懂得“以物观物”，因为“以物观物”则明，“以我观物”则暗，只有跳出个人的主观好恶，才能做到廓然大公，与天合一。人所以灵于万物，最根本的在于人能知天地万物之理，说“夫所以谓之观物者，非以目观之也，非观之以目，而观之以心也，非观之以心，而观之以理也”。他还强调“反观”，要求既不蔽于物，也不蔽于我。只有这样才“能以一心观万心、一身观万身、一物观万物、一世观万世”[①]。这实际上也就是强调涵养的功夫，从涵养着手，在情意上打破人我的界限，从而进入智慧的境界。哲学家冯契认为，以我观之，得到的是“意见”；以物观之，得到的是“知识”；以道观之，得到的是“智慧”。[②] 曾氏的四象八态理论所作的首先是跳出个人的审美偏好，将人类主观的审美情态客观化，又以精神直观的方式，体验领会诸相变化的根本，由此就对人类复杂的审美现象作出了具体而又精微的阐释。这是以道观之的结果，现代性主要表现为主观性的“我见的扩大”（蔡元培语）和客观性的知识的独尊，而以道观之的智慧则呈退隐之势，就审美而言，意见和知识显然不能真正把握审美的奥秘，更无从将人导向一种“诗意的栖居”，所以超越意见和知识的以道观之的智慧对于人的生存仍是不可或缺的。但我们也要看到曾国藩并没有超出其时代，有其固有的历史的、阶级、文化的局限性，他的“天地境界”的达成有赖于传统道统、政统、学统合一的社会文化的生态环境，一旦这种生态环境被近代强势的西方文化打破，曾及其所代表的一切也就成为一种不可再现的末日绝响。

二

曾国藩之后的士人能进入他这种“人生境界”的已非常罕见，而且近代以来立功、立德与立言之间的分裂已不可逆转，这是因为传统将它们统合在一起的道的消解的缘故。功、德、言开始形成各自独立的规则：功属于做事的范畴，它

---

① 〔宋〕周敦颐、〔宋〕邵雍《“濂学”“象数学”教育思想与教育论著选读》第2辑，第8卷，第213页，北京：中国环境科学出版社；北京：学苑音像出版社，2006。

② 冯契：《智慧》，《哲学评论》第十卷第五期，1947年。

主要遵循的是一种功利性的效率原则；言则主要成为一种对客观性的知识的追求，有其自身的规范；而德则主要成为一种个人性的品德、操守，失去了外王的可能，只能求之于己之心安而已。像曾国藩那样在政、学两界都处于中心位置且具有士林号召力的人物已经消失，比如他的门人、晚清重臣李鸿章，虽也是翰林出身，在事功方面不让其师，但在修身立德方面已相去甚远，这一点李鸿章自己也有所认识，他一生最推崇曾国藩，但总是自愧不如，他在晚年曾说："我老师道德功业自不待言，即文章学问，亦自卓绝一世：然读书写字，至老不倦，我却愧一分传受不得，自悔盛年不学，全恃一股虚骄之气，任意胡弄，其实没有根底。"[①]曾国藩在延揽幕僚时，尤其喜欢好德上进的朴厚之人，且本人有育人之心，所以其幕府人才辈出，入幕者在其中得到了很好的熏陶和磨炼。而李鸿章则不然，他取人偏重才干，"喜用小人之有才者"，"文章道德，尚在其次"，而且"好以利禄驱众"，喜用同乡，所以其幕府弥漫着一种势利、谄媚之气，在他那里居幕的幕僚非但难有所长进，反而可能日趋卑俗。在曾和李处都当过多年幕僚的吴汝纶曾作过这样的比较："吾壮时佐曾文正幕，四十以后佐李文忠幕，遭际亦幸矣，然佐曾公时，日有进益，而佐李公幕十余年，则故我依然。"原因何在？就是因为曾国藩能够持己所学，陶铸群英，并且集思广益、诚恳待人，"于是人争自翟磨"，而李鸿章则独断专行，"每办一事，必出己意，曰：吾欲云云。合其意者用之，不合其意者摈之，无讨论，无切磋，于是人争揣摩其意，无越范围者"。[②] 与曾的以诚相待、持身刚正相反，李鸿章对上习于奉迎取巧，对下习于操纵利用。他对僚属姑息纵容，"一切小过，悉宽纵勿问"，又专恃利禄作"牢笼术"，认为："天下熙熙攘攘，皆为利耳，我无利于人，谁肯助我？"而且他总是"时时以不肖之心待人"，为了预防僚属"胁谋为主帅害"，就要弄权术、两面三刀，"在僚属中制造矛盾，使他们失和，借以从中渔利，达到操纵控驭的目的"。[③] 因此他自所用多属申韩之术，儒只剩下了招牌，他需要的僚属只是可供驱使的奴才，而不是平等互进的朋友和同道。故而时人抨击说："少荃首坏幕府之风，以媚福济者媚曾公，而幕府坏，军务坏，天下坏！"[④]民间也有"湘军多书生，淮军多无赖"的说法，由此可见为

---

① 〔清〕吴永：《庚子西狩丛谈》，长沙：岳麓书社，1985年，第111页。
② 李志茗：《规模·能量·影响——李鸿章幕府与曾国藩幕府之比较》，《社会科学》2002年第1期。
③ 李志茗：《规模·能量·影响——李鸿章幕府与曾国藩幕府之比较》，《社会科学》2002年第1期。
④ 〔清〕王闿运：《湘绮楼日记》第3册，上海：商务印书馆，1927年，第57页。

首者的个人品格对其所统领的群体风气影响之大，这种影响进而会由士林向整个社会蔓延，由此在“士为四民之首”的社会引发社会风气的整体性变化。

从现代性的价值位移的角度考察，这种由曾到李的文化精神、气质的变化是颇具典型意义的，因为它代表的是一种价值等级秩序的变动，即功利性价值开始由低等价值上升取代原本高居其上的道德价值和神圣价值。这种取代有其必然性，那就是支撑神圣价值的“天道”信仰此时开始陷入崩溃瓦解状态，来自西方的现代性功利主义文化对儒家的德性论形成了巨大的冲击，功利主义开始成为时代占据主导地位的文化思潮。梁启超在 1905 年说：“夫功利主义，在今日蔚成大观，昌之为一学说，学者非惟不羞称，且以为名高矣。”[①]所谓功利主义也就是一种将趋乐避苦视为人生终极之目的的主义，它认为事无所谓善恶，趋大乐，避大苦者，谓之是，谓之善，否则谓之非，谓之恶。这就导致了从寻找“神性”(天道)的人到立足“自然人性”的人的现代性变化，在西方它意味着人的生存价值和意义由彼岸世界向此岸世界的转移，而在中国也同样意味着由“天命之性”向“气质之性”的转换，由以性统情的“复性论”向以情统性的“情本论”的转换。推动这种转换的重要动力就是救亡的功利诉求和物质万能的世界观。杜亚泉曾对这种物质主义所造成的精神虚无倾向做过这样的分析：“盖物质主义深入人心以来，宇宙无神，人间无灵，惟物质力之万能是认，复以惨酷无情之竞争淘汰说，鼓吹其间，……一切人生之目的如何，宇宙之美观如何，均无暇问及，惟以如何而得保其生存，如何而得免于淘汰，为处世之紧急问题。质言之，即如何而使我为优者胜也，使人为劣者败者而已。如此世界，有优劣而无善恶，有胜败而无是非。”[②]

与堪为士林精神领袖的曾国藩不同，李鸿章只是一个事务性的干才，他于其师，也可以说是孔子讲的“其知可及也，而其愚不可及也”(《论语·公冶长》)。他所欠缺的是曾所具有的那种谦德，多的是一种自命不凡的骄矜之气，他既无主静的涵养也无“希圣希贤”的主观意图。当年在曾国藩幕府中时，曾也对李进行过精心而严厉的调教，如有这样一则关于李鸿章的逸闻：曾每日黎明，必召幕僚会食，李不欲往，以头痛辞，顷之差弁络绎而来，顷之巡捕又来，曰：“必

① 梁启超：《新民说》，《梁启超全集》第 2 册，北京：北京出版社，1999 年，第 722 页。
② 杜亚泉：《杜亚泉文存》，上海：上海教育出版社，2003 年，第 36—37 页。

待幕僚到齐乃食。"李不得已，披衣而赴。文正终食无语，食毕舍箸正色谓李曰："少荃既入我幕，我有言相告：此处所尚，唯有一诚字而已。"言讫各散，李悚然久之。这显然是曾国藩素来深知李鸿章"才气不羁，故欲折之使就范也"。李鸿章日后回忆说老师此举确实使他养成了能够早起的习惯，但他仍是就事论事而已，从内心深处显然还是将此视为小节。再如《庚子西狩丛谈》上记有一则逸闻，说李鸿章接替曾国藩执掌北洋军政事务时，曾问这位昔日的幕僚，今后如何与洋人打交道？李答："门生也没有什么主意。我想，不管怎样，我只同他打痞子腔。"曾听后，以五指捋须，良久不语，后说："呵，痞子腔，我不懂如何打法，你试打与我听听。"李自知失言，连忙说："门生信口乱说，还望老师指点。"曾这才正色说："依我看，还是一个'诚'字。诚能动物，我想洋人亦同此人情。圣人言忠信可行于蛮貊，这断不会有错的。"[①]李鸿章自己也说从此事获得很大教益，知道与洋人打交道也要以诚为本，但他显然无意亦步亦趋，从他处理天津教案和后来办洋务、外交的经历来看，他还是用了不少纵横捭阖的手段，来处理这些其师都摆不平的麻烦事。问题在于他在处理教案问题上的成功和曾的失败，似乎证明了他的这种灵活变通、纵横捭阖的功利主义似乎更能切合时代的需要。也就是说近代中国所陷入的强邻环伺、朝不保夕的危局已经使人将"诚"与"迂腐"画上了等号，对于整日与"虎豹"打交道的李鸿章来说，为脱难济困，也只能穷于应付、随机应变而已，在封闭、单一文化环境下形成的传统道德文化赖以发挥其功效的场域和环境至此都已发生了巨大的变化，传统士人的文化自信、从容心态都已无从谈起，这也是功利主义伦理在后来大行其道的客观原因。社会心态的转换自有其不以人的主观意志为转移的客观必然性，不是人的主观意志可以决定的。因此对李鸿章也不能停留在单纯的道德评判上，还应有更为宽广的视野。从西方社会的现代性演变来看，道德与政治的分离是一个不可阻挡的趋势，李鸿章也可以说是不期然地成了现代非道德政治的滥觞，他自己也深知自己如此行事的无奈，在晚年也作过这样的自嘲："我办了一辈子的事，练兵也，海军也，都是纸糊的老虎。何尝能实在放手办理？不过勉强涂饰，虚有其表，不揭破犹可敷衍一时。如一间破屋，由裱糊匠东补西贴，居然成一净室，虽明知为

① 〔清〕吴永：《庚子西狩丛谈》，北京：中华书局，2009 年，第 123 页。

纸片糊裱，然究竟决不定里面是何等材料，即有小小风雨，打成几个窟笼，随时补葺，亦可支吾对付。乃必欲爽手扯破，又未预备何种修葺材料，何种改造方式，自然真相破露，不可收拾，但裱糊匠又何术能负其责？"[①]这种"裱糊匠"的事业自然使他只能在功利境界中行事，被外部之事牵着走，修身养性、"希圣希贤"都无从谈起，且已无心至此。李鸿章的优长在于他的务实和勇于任事，他最讨厌的就是书生不切实际的空谈，曾说过："言官制度，最足坏事，故前明之亡，即亡于言官。此辈皆少年新进，毫不更事，亦不考究事实得失、国家利害，但随便寻个题目，信口开河，畅发一篇议论，借此以出露头角，而国家大事，已为之阻挠不少。"[②]他曾这样说过同为封疆大吏的张之洞："香涛做官数十年，犹是书生之见耳！"从中可见他的价值偏好所在。

与曾国藩的成圣追求不同，李鸿章追求的只是成为令人仰视的英雄和拥有足可傲人的荣耀，他可以说是有英雄主义情怀之人，青年时代就留下这样的诗句："男儿只手把吴钩，意气高于百尺楼。一万年来谁著史？三千里外觅封侯。"对荣耀利禄的追求可以说是其人生最大的动力之一，所谓"诗酒未除名士习，公卿须称少年时"，所谓"倘无驷马高车日，誓不重回故里车"，等等，确如其师所言："李少荃拼命做官"。他在谤满天下之时，仍恋栈不去，被人看作"笑骂由人笑骂，好官我自为之"的样板。梁启超在《李鸿章传》中讲"敬李之才，惜李之识，而悲李之遇也"，可视为一种公论。李的长处在于不避艰困、勇于任事，他临终还留下这样令人读来荡气回肠的遗作："劳劳车马未离鞍，临事方知一死难。三百年来伤国步，八千里外吊民残。秋风宝剑孤臣泪，落日旌旗大将坛。海内尘氛犹未靖，诸君莫做等闲看。"至死他"双目犹炯炯不瞑"，这位"誉满天下、谤满天下"的清末名臣至死都无法摆脱这种现实急务的压迫，以后的数代中国人也无从摆脱。传统"主静"的天道文化不得不让位于救亡图存的功利主义，以应对现实的急务，以免于亡国灭种的威胁，李鸿章也就构成了这种文化转型最初的标本，所以其英雄情怀、功利追求、务实眼光等也都与这种救亡图存的时代急务密不可分，这种时代急务也推动了士林风气由"醇儒""名士"向"志士""英雄"转变，人们判断善恶是非的标准也由"天道""彼岸"向"人间""我见"的方向发

① 〔清〕吴永：《庚子西狩丛谈》，北京：中华书局，2009年，第121页。
② 梁启超：《李鸿章传》，上海：东方出版社，2009年，175页。

展，传统的宗教性道德开始被世俗的功利性道德和源于个人好恶的情感性道德取代，文学也开始由宗经、弘道向主我、主情、英雄化、功利化的方向转换。

人的精神气质的变化主要来自价值观的变化，而时代的整体精神气质的变化也推动了作为最高文化综合体的文学风貌的变化。真正推开近代文学、文化之门的是其后以圣人自居的狂者康有为和以疯自傲的章太炎，他们代表的是近代人在知、情、意方面的全方位的解放，而谈曾、李是为了给这种近代的人性解放提供一个原点，看近代是从何处出发、起步的，这对于从现代性之外来把握现代中国文化的现代性变化是很有必要的。

清末民初后科举时代的新型知识层与文化心性的代际转换

1900 年的义和团运动，不但是政治史上的一个重大事件，而且在文化史上也是一个具有标志性的事件，它以义和团的惨烈失败、朝廷出逃陕西、首都北京被八国联军攻陷的方式，证明“义民”之不足恃，画符念咒的“国粹”之无用，从而为近代文化上的西进东退掀起了一个高潮，并在科举制废除后促成了与传统士人阶层不同的新型知识阶层的出现。由于李鸿章的纵横捭阖、巧舌如簧，最终将责任全部归诸“暴民”和少数顽固派大臣，朝廷成了可怜的“受害者”，作为侵略者的八国联军成为帮助朝廷靖乱的“义军”，这给慈禧太后留足了面子，但大家都已心照不宣的是中国已失去了将外来“夷狄”及其所代表的西方文化拒之门外，然后关起门来过自己的日子的任何可能，所能做的只是敞开一切有形无形的门户，藩篱尽撤、以洋为师，完全接受由西方所制定的现代文明世界的规则、秩序，因此庚子之变后的西太后一改既往“悉照旧制”的排外保守态度，在 1901 年开始宣布实施新政，改革旧制、学习西方，拜洋人为师。这场改革首先就是改革科举,先是恢复经济特科,科举考试开始由八股改为策论,如“拿破仑论”成为科举题目;1903 年清政府又颁布了《钦定学堂章程》,在全国大办学堂,由此出现了科举和学堂的双轨制状态,但科举对读书人的吸引力更大,妨碍了学堂的推进和发展,于是更进一步,1905 年袁世凯、张之洞、端方等地方大员会奏《请废科举折》,提出:“臣等默观大局,孰察时趋,觉现在威迫情形,更甚昨日,竭力振作,实同一刻千金。而科举一日不停,士人皆有侥幸得第之心,以分其砥砺实修之志。民间更相率观望,私立学堂者绝少,又断非公家财力所能普及,学堂绝无大兴之望。纵使科举立停,学堂遍设,亦必须十数年后人才始盛。如再迟十年甫停科举,学堂有迁延之势,人才非急切可成,又必须二十余年后,始得多士之用。强邻环视,岂能我待。”恳请朝廷“宸衷独断,雷厉风行,立沛纶音,停罢科举”。[①]清廷如其所请很快颁布上谕曰:“方今时局多艰,储才为急,朝廷以提倡科学为急务,屡降明谕,饬令各督抚广设学堂,将俾全国之人咸趋实学,以备任使,用意至为深厚。……兹据该督等奏称,科举不停,民间相率观望,推广学堂必先停科举等语,所陈不为无见。著即自丙午科为始,所有乡、会试一律停止,各省岁科考试亦即停止。”[②]如此,在推广学校,“提倡科学”,早出、快出实用型人才以补救时艰这一急务推动下,在中国历史上延续了 1300 多年的科举制度最终被废除,“学”与“仕”的直接关联就此切断,作为“四民”之首的士人阶层趋于瓦解,读书人开始转变成现代新型知识者,其知识结构、知识空间、社会身份等较以往都发生了巨大变化,作为传统文化主要载体的士人阶层的消亡也使得社会的文化权力发生转移,政治权力作为实存的权力与作为时势权力的文化权力分离,文化颠覆政治成为常态,对现实社会政治文化的批判性话语成为知识阶层彰显其自身存在价值的主要方式。考察这种文化、文学上的古今之变,分析近代崛起的新型知识者的价值立场、文化心理习性模式以及精神气质方面与传统相比发生的变化,是本篇关注的重点。

一

废除科举给清末一百多万读书人所带来的惶恐、震动以及幻灭感和失落感

① 丁守和等编:《中国历代奏议大典》,哈尔滨:哈尔滨出版社,1994 年,第 838 页。
② 璩鑫圭、唐良炎编:《中国近代教育史资料汇编》,上海:上海教育出版社,1991 年,第 533 页。

是非常巨大的,美国学者吉尔伯特·罗兹曼在其主编的《中国的现代化》一书中指出:“科举制度在中国传统社会结构中居于中心地位,是维系儒家意识形态和儒家价值体系之正统地位的根本手段。”[①]科举制度的废除使读书人摆脱了对清王朝的人身依附,但也打破了传统读书人“朝为田舍郎,暮登天子堂”的千年梦想,堵死了出身寒门的读书人的社会上升通道,使社会生态环境更趋恶化。现代社会结构与传统社会结构的区别在于前者是一种金字塔式的等级结构,后者则倾向于一种平面结构,现代社会中的人犹如投入一场漫无尽头的马拉松比赛,这是一种没有止境的追赶与超越的文化,总有一些人被甩出社会结构之外,淘汰出场,成为找不到自己生存位置的边缘人,并因此成为置身于社会之外的颠覆性力量。科举制度废除后,读书人开始分流,大部分进入文化教育界,一部分进入工商领域,还有一部分加入新军,少数激进者则成为职业革命家,他们在推翻旧王朝的革命中都发挥了重要作用。

科举制度的废除,意味着清王朝抛掉了传统文化所赋予其统治文化合法性的权力,政治权力与文化权力之间的冲突日趋尖锐,最终使得政治权力完全失去了来自文化权力的支持。科举制的废除给清朝当权者带来一系列始料未及的问题,突出表现为其后相当长一段时期内中国选官制度的紊乱和社会道德风气的败坏。讨官跑官、任人唯亲、植党营私等弊病因失去了任何道德性、制度性的约束变得公开化、合法化。正如1907年江苏补用知县陈澹然上书所说:“自破格用人,不求实验,大臣一语,立致公卿,在朝廷本以求贤,而权门遂多植党。”[②]同时由于工商业的兴起,原本处于“四民”之末的商人地位陡升,使得传统贵义贱利的价值观日渐被见利忘义的风尚取代,社会道德环境进一步恶化,社会矛盾冲突激烈。科举制之弊主要在于其内容,而不在于其形式,不能因为西方没有科举制,就骤然认为其在中国也成了必须迅速淘汰之物。科举制在当时社会条件下所发挥的重要的社会整合功能还是不可替代的,取消了科举制,就好比在新楼尚未建成时就已将旧楼拆除,人们只能置身于空地之上,一切又仿佛回到了无序竞争的丛林状态,这是目光短浅、急功近利的改革者常犯的顾此失彼的毛病,其改革结果往往是事与愿违、为一时之方便,而为明日的总体性的

① [美]吉尔伯特·罗兹曼编:《中国的现代化》,南京:江苏人民出版社,1988年,第433页。
② 韦庆远等:《清末宪政史》,北京:中国人民大学出版社,1993年,第216页。

大崩解埋下伏笔。

清末新政也掀起了文化上西进东退的高潮，儒家文化的独尊地位由于清廷开始倡导西学而受到冷落，更由于科举制度的废除，而遭受沉重打击。李叔同曾抄录了一首当时流行的歌谣来讽刺庚子之变后社会兴起的一种普遍崇洋之风："天子重红毛，洋文教尔曹。万般皆上品，唯有读书糟。"[①]在这种急功近利心态下所接受的新学，显然会大失其原味，而且真正的教育都具有一种超功利性，其培养的目标应是以人自身为目的，而不是让人成为自身之外的某种被物化的工具。

新学堂不同于传统私塾的地方在于它学习的内容有极大的改变，开设了很多新的课程科目，既包括经典和中国历史的传统课程，也包括外语、数理化等近代科学知识。传统经典虽未被抛弃，但已被大大淡化，失去了其作为文化灵魂的意义，正如周锡瑞所说："上流阶层不再以他的对古代经典的精通纯熟和高等文化的礼仪节度见称，而将要以它的专门化知识及其运用的功利主义的标准来规范。"[②]新式学堂教育产生的结果是，学生在学堂所接受的教育和阅读的流行书籍使其开始认同一种现代理性话语文化或一种批判性的话语文化，其特点是强调话语自身的根据性，与外在的权威无关，或表现为一种自我权威化倾向，而其在家庭里接受的则是一种传统的权威主义的纲常伦理，要求的是一种恭敬和顺从；新式话语主要是一种与情景无涉式的客观性、批判性话语，它与传统的人情化的协和性文化相迥异，因此掌握了这种话语的新型知识者与家庭、社会、传统的疏离、对立越来越强烈，特别是在其自以为掌握了父辈所不懂得的知识真理之后。以《民约论》为代表的激进的个人主义的权利政治思想和无政府主义思潮在清末已有广泛传播，信仰者不但据此提出政治民主的要求，还提出了"家庭立宪"的口号，"非孝"成为时代的一种时尚，社会言情作家李涵秋讲过这么一个故事：他在中学教书时，一个学生写了篇作文，中有"不知父母为何物也"之语，李涵秋顺手批道："汝父阳物也，汝母阴物也，阴阳汇合就生出了你这么个怪物。"其他如张国焘因领导工运被北洋军阀逮捕，其父张嘉铭听说后急忙跑到北京跑关系营救，张出狱后其父到其住处看他，他开头第一句话就是"张嘉铭，你

---

① 李叔同：《李叔同集》，天津：天津人民出版社，2006年，第180页。

② ［美］周锡瑞著，杨慎之译：《改良与革命——辛亥革命在两湖》，北京：中华书局，1982年，第128页。

来干什么！”[①]其父听到儿子对自己直呼其名，怒不可遏，就打了他一巴掌，做儿子的随后还击，结果父子两人打在一起，直到被房东拉开。张父气不过，随之登报宣布与他脱离父子关系。这种种事例表明，代际之间的关系在清末民初急剧恶化，代与代之间已形成难以沟通的鸿沟，而文化传承方式也开始由前喻方式向并喻方式转换，父母之于儿女的权威性、影响力、控制力已大大减弱，青年人开始为盛行的社会思潮所左右，形成与父辈完全不同的价值观、伦理观和人生观。同时，学校的学潮此起彼伏、连绵不断，表明学生与学校当局和教师的关系也趋于紧张。

当时出现了一个吊诡的现象，那就是大兴学堂后培养的学生反而成为清政府恐惧、防范的对象，据孙宝暄《忘山庐日记》：“前有二表侄，来都投效，皆江南武备学堂毕业生也。铁帅不敢留，曰防其为革命党；又闻是浙人，愈不敢用。嗟嗟，广立学校，教育人材，所以备用也；今于学之既成者，又惮焉而不敢用，设学将何为乎？学部殆可裁去矣！”[②]而清政府的担心并非多余，因为当时学生的革命倾向已成主流，一位守旧的学生监护人曾忧心忡忡地留下了这样的记录：“自从平等自由革命排满之说倡行，少年后学从风而靡，……其毒乃遍于学校，裂纲毁纪，视为当然，相习成风。”他举例说：“有一人尝食于我者数载，平居固甚驯谨也。入军校数月，以假日来见，则革命排满，信口谰言，责之以严词，夷然答曰：‘公无独责我也。全校皆如是，公亦无独责我校也，各校皆如是。使弗与之党，将不可一日容。势之所趋，非一二人能自立异也。’”[③]《天演论》所蕴含的新的必胜过旧的、年轻人必胜过老年人的价值判断，促成了青年文化的崛起，人们陷于天演、进化乃至“废国灭产绝婚姻”之类的漫无边际的进步遐想之中，反对新事物、批评年轻人已成为触犯时忌之事，不假思索地站在年轻人一边已成为时代政治正确的表现。据统计，清末同盟会会员中90%以上是17—26岁的青年，革命成功后担任督军之类高官的革命党人也都在30岁左右，青年人在社会中的地位和影响力空前提高和增强，这也促成了整个社会文化向青年倾斜的趋势。

清末对思想界影响最大的有两本书，一本是严复译著的《天演论》，一本是

---

① 晓农：《早期的偏激》，《党史博览》1999年第2期。

② ［清］孙宝瑄：《忘山庐日记》，上海：上海古籍出版社，1983年，第1057页。

③ 转引自：《辛亥革命与近代中国》上，北京：中华书局，1994年，第312页。

杨廷栋翻译的《民约论》，两者共同构成了新兴知识层的话语基础。《天演论》一出，使得洋务派的中体西用论失去了听众，它将自然界的“物竞天择，适者生存”推延到了人类社会，将其变成了凌驾于一切之上的至高之理，由此延伸出一种力本论的信仰和历史进步主义的观念。人们之所以迅速地、心悦诚服地接受天演论，首先是因为它所标明的道理更切合于经验的现实。童保喧在保定军校读书期间，于 1908 年日记中这样写道：“二十日起居功课如常。晚接家信第十号，内容言家乡近事。夜与陈君、林君谈天演，谓天道常变而天演不变云云。家信言及燃叔一细事，迹近于欺贫凌弱，及谈天演而始恍然矣。人不自立，不容于天演界，而人之欺我凌我，则我必思所以复之，舍自立末，由竞而进，即天演之所发见也，夫欺贫凌弱非独人然，即我亦无不然；非独人然、我然，即大而国家、种族，小而昆虫草木亦无不然。我先贫而后人欺，我先弱而后人凌。是欺、是凌，无关于我，无尤乎人，天演为之也。”[①]现实中普遍存在的理不胜力的事实使其倾向于将这种无理之“理”视为至理。虽然这确有催人自强的激励性，所谓“可怜之人必有可恨之处”，但从本质上和内在逻辑上来说它属于一种谴责、轻蔑弱者和受害者的反道德主义的意识形态，谁也无法保证自己永远处于强者的位置，接受这种强者哲学，一旦沦为弱者那就意味他须甘心领受来自强者的高高在上的“烦腻，疑心，憎恶”，所谓“愿赌服输”，甚至自动放弃反抗甚至抗议欺凌的权利，这显然带有反文明、反人道的性质，它与中国传统所标举的“君子尊贤而容众，嘉善而矜不能”(《论语 · 子张第十九》)是全然相悖的。其次是其相信靠着天演竞争会自然达到一种理想之境，也就是说力本论会成为推动历史前进的动力。童保喧是蒋介石在保定军校时的同学、辛亥志士、民国陆军上将，1917 年去世。他的 1908 年日记中有送蒋赴日留学的记载：“十三日　晴　送蒋志清、项朋二同学东渡。二君吾同乡同学也，蒋君系宁波奉化人，号虞卿。项君温州岳清人志生，俱于去年夏由省咨送来保，去年腊月，陆军部在本堂遴选轻年生七十名，部送日本东京振华学校肄业，二君与选焉。诸同乡饯于庆珏饭庄，因作诗以赠之：为民为国不为名，万里一帆君远征。武士道传三尺剑，大和魂造一代英。脑囊盛尽东洋月，口角自吞北斗星。贼血濡衣功建日，花开旧圃笑文明。漫天

---

① 宁海县政协教文卫体和文史资料委员会编：《童保喧日记》，宁波：宁波出版社，2006 年，第 7 页。

云雾待谁开，惟在少年一二才。东岛环潮春色早，中邦接陆日光回。钱塘浪满瀛洲近，辽勃帆圆苍（沧）海来。花放文明留意采，好扶祖国上竞台。”[①]从中可看到清末年轻军人群体的志向、报复、铁血情怀。他们已经抛开了传统治乱循环的历史观，而转向一种历史进步主义的信仰："然世界越文明则人类越要自由与平等，专制而立宪，立宪而共和，此人民对于国家之平等自由之进步也。茫茫大陆，来日方长，吾安知之。然人类日趋于平等自由，将来国家制度必不止于共和，更有以进之，此可预决也。现今无政府党之进步其在是乎？”[②]也就是说历史会随着人的思想理念、道德觉悟的进步而不断进步，日趋完善，如此推动历史进步就成为现代人所要追求的至高的善，传统德性相较于此已无关紧要。王国维当时就有中国之变将"始于共和，终于共产"的预感，也就是说按照这种主观唯意志主义的历史进步逻辑，不断革命、趋于至善是其唯一选择。

从知识群体的思想动态、情感变化来说，1903 年的癸卯年无疑是关键的一年，这在当时就得到了公认，该年被普遍认为是"大江以南知识界的大觉醒"之年。这一年发生的大事之多令人有目不暇接之感：邹容的《革命军》、陈天华的《猛回头》《警世钟》、赵必振译日本福田准造的《近世社会主义》、张继编译的《无政府主义》等相继出版，而被晚清人称为"革命老祖"的卢梭的《民约论》早在 1898 年就有节译，1902 年全本在上海出版，很快成为流行于青年人之间的畅销书。这些可以唤起风暴的革命书籍的流行，显然使知识界思想、情感大变，普遍"翘然于旧政治、旧学术、旧思想之非，人人争从事于新知识、新学术，迄今而自由民主之论飘沸宇内，莫能禁遏"[③]。这一年发生的富有戏剧性的一幕还有章太炎、邹容等的"苏报案"，倡导革命的章太炎、邹容虽然被判入狱服刑，但清政府已脸面丧尽，革命派最终获得了道义上的胜利。总之，1903 年的癸卯年是"革命"开始深入人心之年，也可以说是社会心态意义上的"革命元年"。

费孝通在分析中国乡土社会时曾提出除了实存的权力，还存在一种"时势权力"。在变革时代，这种"时势权力"与实存权力相比毫不逊色，甚至更有力量，因为它掌握了人心的指向。实存权力可以管束人的身体，但管束不了人心。

---

① 宁海县政协教文卫体和文史资料委员会编：《童保喧日记》，宁波：宁波出版社，2006 年，第 4—5 页。
② 宁海县政协教文卫体和文史资料委员会编：《童保喧日记》，宁波：宁波出版社，2006 年，第 33 页。
③ 杜士珍：《论德育与中国传统之关系》，《新世纪学报》，1903 年 7 月 15 日。

人心所向决定着历史前进的方向。在公理信仰者看来,公理是一种不以人的主观意志为转移的客观规律,是历史的必然发展趋势。它之所以不可抗拒,是因为它是放之四海而皆准的公理,由此这种崇拜公理的进步主义信仰成为时代的强势主导话语。至"五四"时期又进而演变成据于科学和逻辑的"真理"信仰,一种追求绝对的客观性的文化彻底取代了传统伦理人情文化,成为现代性话语的基础。

二

社会历史文化的变化、演进主要是以一种代际更替的方式进行的,"代"既是一种生物学的事实,又是一种外在的、具有强制力的和普遍的社会事实,它是一种发生在社会集体层面上的客观现象,代际之间不但在行为方式上,而且在思维方式和感觉方式上都会形成某种共同特征,从而使其成为一代人共有的标识。"代"是"社会"这种人群共同体存在的基础,文化的传承与发展都是以代际继替的方式进行的,社会的进步也只能以"死"或者说以人类社会的不断更新为前提,因此代际继替成为历史进步的动力。卡尔·曼海姆指出,没有世代继替的"代",也就没有我们这个不断变化和发展的社会。传统时代的代际关系是相对平稳的,因为它是一种以文化的遗传型特征为主导的文化,所谓三娘教子型的文化,而现代由于社会生活的急剧变化,长辈的经验、智慧似乎也不再能适应这种时代的变化,由此代际之间的文化传承就出现了问题,儿辈开始更多地向同辈和社会学习,并形成与父辈相左的价值观、人生观和处世态度,由此代际之间的冲突加大,甚至形成无法沟通的鸿沟,即"代沟",所以代沟现象的出现是一种典型的现代性现象,与现代剧烈的社会动荡所造成的文化断裂有关。既往研究社会变迁,往往从阶级角度介入,重视的是一种客观性的社会经济结构的变化,而代的研究,则偏重于对处于历史变革中的人的主体性的考察,考察一代人之所以做出那种历史选择、形成那种人生态度的内在的文化心理因素。

简要而言,传统文化是一种具有"三省""四毋""四与之德"的文化。所谓"三省"即孔子所言的"吾日三省吾身";"四毋"即孔子说的"毋意、毋必、毋固、毋我";"四与",即《易传·文言》所言"大人者,与天地合其德,与日月合其明,与四时合其序,与鬼神合其吉凶"。所以天人合一是将"小己的生命与宇宙大生命为一”①，从而“立人道以弘天道”②。这是一种将宗教、道德和哲学融为一体的心性之学，一种关于现实人生之生活实践的学问。它不仅是通贯天地人生的心性理论，而且是通过在现实人生中的践履和身心状态的真实体悟，以自诚为基础的成己、成人、成物，从而赞天地之化育、提升人的生命境界的学问，与以理性评判一切的现代批判性话语相比，其特点在于其是一种存心养性的自讼之学，即通过自己的检束身心以达到天人合德之境。所以它是中国传统德性理论的基础。而现代社会的特点则表现为：由于现代社会结构的公共化转型，现代人更多地生活在“公共生活领域”而非“私人生活领域”，因此传统的针对个体自身美德修养和亲缘人际伦理的德性理论开始为某种基于社会“公共理性”基础上的普适型社会规范伦理所取代，由此现代性普遍理性主义规范伦理开始成为一种主导性的伦理标准，传统美德伦理逐渐衰落，以至于再谈修身养性已成为一种迂腐的标志。而规范伦理自身又不足以单独支撑社会伦理生活，因为正义的制度安排或正义的基本原则对于那些根本不具备基本正义美德的个体来说，没有任何约束力，反而为他们的跨越道德底线的无耻提供了借口，所以梁启超在大力提倡公德之后又转向大力提倡私德，并为自己的顾此失彼而忏悔。总之，现代性将“以人从天”以天道为轴心运转的文化转化成一种“个人主义的人间本位”的文化，这堪称是一个文化演进史上的哥白尼式的变革，其所取得的进步与所存在的问题，都是需要我们去持续关注、思考的。新与旧的关系并非类同于一种有你无我的“抢椅子”的游戏，而是并存、共在的关系，各有各的适用领域。现代性的政教分离并非以政灭教，而是让其各自都得到自由的生长空间。

具体考察承担这一重大的时代文化转变的人物，可以发现他们大多属于出生于19世纪80年代至20世纪初年之间，这也是科举制的存废对其影响最大的一代人，其共同特性主要有：一、他们是最早接触西学的一代中国读书人，他们虽具有较为深厚的传统文化功底，但与他们托古言变的前辈不同③，西学已成为其学识中的一个重要组成部分，并成为其立身、谋生的重要文化资本；二、他们大多曾出洋留学，或去日本，或去欧美，具有了一种比较文化视野，具有较强的

① 胡晓明编：《大海与众沤——熊十力集》，上海：上海文艺出版社，1998年，第384页。
② 胡晓明编：《大海与众沤——熊十力集》，上海：上海文艺出版社，1998年，第410页。
③ 参见拙文《“打通后壁”的精神探险——康有为、章太炎与近代知识层的代际心态转换》，《烟台大学学报》2013年第4期。

批判性和独立性;三、他们大多秉承了传统士大夫以天下为己任的道德理想主义精神,将公共事务视为责无旁贷的分内之事,并倾向于把政治、社会问题视为道德问题,具有一种不顾一切代价追求终极之理和彻底解决之道的哲人革命家气质,倾向于以理念来重塑现实,成为现代社会的未冕的立法者。在五四新文化运动的领军人物中,陈独秀年纪最长,1879 年出生,1896 年考中秀才,1897 年入杭州求是书院学习,开始接触西学,考过一次举人未中,从此放弃科举。1901 年因宣传革命亡命日本,入东京高等师范学校速成科学习,1907 年第三次赴日留学,入东京正则英语学校,后转入早稻田大学;鲁迅生于 1881 年,1898 年考入江南水师学堂,次年转入江南陆师学堂附设矿物铁路学堂,1902 年公派赴日留学,1898 年曾考过秀才,因不擅写八股文未中;周作人 1885 年出生,1898 年也考过秀才未中,1901 年入江南水师学堂,1906 年公派赴日留学;胡适生于 1891 年,1905 年到上海进新式学堂读书,1910 年考取官费生赴美留学;钱玄同生于 1887 年,1906 年赴日留学。被胡适称为"中国思想界的清道夫""四川只手打孔家店的老英雄"的吴虞年纪较长,1872 年出生,早岁肄业于成都尊经学院,戊戌维新时始求新学,1905 年赴日求学,1907 年回国,1910 年,因与父亲争夺家产发生冲突,被当地舆论斥为"非理非法"逆子,逐出四川教育界。没有关于他功名的记录。新文化阵营中的老一辈如蔡元培、吴稚晖,他们都有清朝的功名,蔡是翰林、进士,吴是举人,他们是最早转向,对传统杀回马枪的人物,也是"五四"这代人的启蒙者。新文学著名作家中有科举功名者极少,剧作家宋春舫算是一个例外,他出生于 1892 年,1905 年十三岁就考中秀才,后入上海圣约翰大学学习,并留学瑞士。当时科举竞争非常激烈,秀才不易中,举人更难,据 1895 年考试情况统计,16 000 举人应考,进士录取名额只有 350 人,考举人则是 90 000 人应考,中举的只有 1 400 人。所以科举这个独木桥是很难走通的,很多人穷其一生连秀才也中不了,一辈子是个老童生的情况并不罕见,好在其无年龄限制,只要愿考可以一直考下去。但一个人为应试所学的子曰诗云、八股文对其现实生计毫无帮助,空抱儒家修齐治平的理想却极少能得到一展抱负的机缘,显然也是一种对人才的极大浪费。所以及时地像鲁迅式的"走异路",倒不失为顺应时代的、识时务的明智之举。

关于传统读书人的生存状态,黄炎培的自述中有些有趣的记录。黄炎培出生于1878年，他的科举之路比较顺遂，1899年21岁时在松江府以第一名取中秀才。1901年入南洋公学，受教于中文总教习蔡元培。1902年24岁时又中江南乡试举人，他考举人的时候已不考八股文，改考策论，题目是“如何收回治外法权”，黄炎培在上海读书专门研究过《万国公法》，所以能信笔直书，答得极好，而那些只知读“四书五经”的人当然只能名落孙山了。黄炎培在《八十年来》一书中曾提到他少年时常见到的“文丐”，这是鲁迅“孔乙己”们的前辈，从中也可看到落魄的读书人在传统社会中的特殊待遇：“特别使我忘不了的，是一种文丐。一条街道，一个文人，衣尽管破，必须长衫，手里拿一把折扇，一面漫步，一面摇摇摆摆地朗读诗文，边读边走，长长的街，一来一往，再来再往，到三来三往，伸着手依次向街旁商店或人家很文雅地接受薄薄的馈赠。积少成多，大约这一天生活来源有着了。更使我忘不了的，在孟家书塾里，某天，来了一个上边所说那样的文人，一进门很客气地问老师姓名，老师答‘乔文如’。索纸笔，立刻写一首诗。我还记得头两句：‘落拓江湖恨见迟，温文儒雅是我师’。把老师别号‘文如’俩字写进去了（虽然“如”换了“儒”）。乔老师大大称赞。荫余祖父出见，请他一顿酒饭，送了轻微的一笔钱而去。”[①]而黄炎培自己也因为“（古书）读书多，在第二次被控革命党时，清朝官吏认为读这些书，决不是革命党，获释”[②]。社会上对于“读书人”“圣人之徒”的尊重、敬畏是普遍存在的，不然被判了重罪“斩监候”的周介孚也不敢在狱中还顶撞官员、拿着门闩追打向他索贿的狱吏，这是因为他有“进士”“翰林院庶吉士”的功名，仍是人们眼中的“清华正客”。读书人之所以能享受这种特权待遇，在于他的所学代表的是一种神圣价值，他所习得的话语是一种“神赐之物”，他具有一种沟通天人的“通灵者身份”，所以他才具有“四民”之首的地位；而现代性的祛魅首先祛除的就是他的这种神秘性、权威性，所以科举制取消也就意味着一种理性化的、不再涉及终极价值的、实用的、中性的知识开始上升，而“屠龙无用”的传统学问、德性之学开始下降，所以到了鲁迅小说《孔乙己》的时代，落魄的读书人可以自傲的只剩下几句谁也不懂的“子曰诗云”以及“茴香豆的茴字有四样写法”这些被人看作无用、多余的知识，人们对圣人之学、圣人之徒都失去了信仰和尊敬，孔乙己辈就只能收获

① 黄炎培：《八十年来》，北京：中国文史资料出版社，1982年，第19页。
② 黄炎培：《八十年来》，北京：中国文史资料出版社，1982年，第19页。

来自实用和势利的市民社会的嘲笑和戏弄了。

现代性的自由、民主、平等、博爱的启蒙德性和传统的仁、义、理、智、信的常识德性之间的冲突对立、无法兼容成为近代以来中国社会的一个触目的问题，并且成为引发代际之间矛盾冲突的主因。现代性的伦理道义论的特点在于它持一种价值中立态度，不支持任何一种特定的价值立场，将政治权力与宗教信仰剥离，而宗教所代表的终极价值、传统德性在失去了来自政治权力的支撑之后，必须具备一种自生存的能力，而这恰恰是儒学传统的软肋，从汉代董仲舒以来，儒学就是靠着朝廷的独尊儒术发展延续的，特别是隋唐之后的科举制巩固了儒学作为传统中国的主导意识形态和核心价值的地位，一旦与政治权力脱离，传统儒学信仰就陷入了四面楚歌之境，所谓“儒门淡泊，收拾不住”，以至于在它的母国落入了“连土高三寸的讲坛”都不可得的窘境，在20世纪这个漫长的革命年代，它还须一再地为它与“封建专制”的说不清道不明的瓜葛担责、抵罪，如60年代左右出生的一代人的少年时代就是在“三字经，坏坏坏，流毒千年把人害”的歌谣中度过的。对于儒学及其所代表的传统德性在现代所陷入的窘境，清末士人早有预感，国学大师俞樾在1907年离世前的弥留之际留下了颇为神秘的九首七言绝句，说是今后二百年国家和世界大势的预言。其第一首是总论：“历代成败与兴衰，祸有根苗福有基；不过循环一甲子，酿成大地遍疮痍。”第二首、第三首讲的就是他所预感到的辛亥革命、五四新文化运动和第一次世界大战：“无端横议起平民，从此人间事事新；三五纲常收拾起，一齐都做自由人。才说平权便自由，谁知世界起戈矛；弱者之肉强者食，膏血成河满地流。”[①]陈寅恪1928年在应俞越曾孙俞平伯之请为该组诗作跋时说：“当时中智之不惴惴然睹大祸之将届，况先生为一代儒林宗硕，湛思而通识之人，值其气机触会，探演微隐以示来者，宜所言多中，复何奇之有焉！”[②]“一个甲子”之年正是“文化大革命”发起的第二年，1967年，如有人此时想起此诗，当别有一番感触。无独有偶，孙保瑄在《忘山庐日记》中也有这样的记录：“昨闻雨老云：天象家言：凡彗星扫文昌尽，主五十年晦盲否塞，天下无文。记唐末某年，曾一见。同治十二年（公元1873年），又一见。现今尚不满五十年，犹在无文期内。盖所谓无文者，非无

① 转引自刘克敌等著：《章太炎与章门弟子》，郑州：大象出版社，2010年，第36—37页。

② 陈寅恪：《俞曲园先生病中呓语跋》，见《寒柳堂集》，北京：生活·读书·新知三联书店，2001年，第146页。

文字之谓也，不明伦理，不知人道，淆然纷乱，偶有谈及修身立品之学，辄诋为迂腐。今之风尚正与是相合，其为晦盲否塞也极矣。天运如是，谁能同之？再越十五年后，或有畿乎？"[①]凡此种种，都是持文化保守主义态度的士人阶层对于其所处时代的预测和回应，他们这种保守的价值立场和"通神"式的言说方式已为现代性的科学理性话语所冲击、扫荡，所以其对青年一代几乎没产生什么影响，偶或见到，也会一笑置之。而且危机也意味着机遇，所以面对危机也有一种较为乐观的态度，如生于1874年的孙保瑄在其1908年的日记中有这样的记录："今者，国家之危如累卵，天下人莫不战兢耸惧，而我辈视之，正绝好一生机萌动社会，当视为可喜，不必忧也。二我首肯余言。"[②]置身于这个山立海飞、天地翻覆的时代，知识层的出处进退之道显然与传统相比有了很大变化，鲁迅在1916年致许寿裳关于教子的信中曾透露一二："汉文当废去，盖人存则文必废，文存则人必亡，在此时代已无幸存之道。但我辈以及孺子生当此时，须以若干经历牺牲于此，实为可惜。仆意君教诗英，但以养成适应时代之思想为第一义，文体似不必十分抉择，且此刻诵习未必于将来大有效力，只须思想能自由，则将来无论大潮如何，必能与为沆瀣矣。"[③]以"适应时代之思想为第一义"，至少可以使人先活下来，免得做无谓的牺牲。但它也意味着个人之于"时趋"之间失去了进行择取、判断的自由，唯一能做的只能是与之沆瀣一气，否则就只能成为"带着花岗岩做的脑袋去见上帝"的反动派了。这种始于自由终于服从的现代个性解放之旅显然具有其吊诡性，其勇于对传统说不而怯于对时代说不的两极性恰说明其距离真正的思想自由、人格独立还有一定的距离。现代性以规范伦理取代德性伦理，导致的是人的"空心化"倾向，其将人贬低到了一种生物——蔬菜的位置，因此其所追求的人的解放也正潜伏着步入人的物化的陷阱的危险。

严复曾将历史分为"人心所构之史"和"人身所作之史"，文学即被视为这种"人心所构之史"，而且"今日人心之所构，即为他日人身之所作"，由此"人心之史"成为"人身之作"的原因和前提，可知当时人们认为文学之于历史的重要性并不亚于实际的政治运动。清末文学的兴盛是一种突出的现代性文化现象，

---

① ［清］孙宝瑄：《忘山庐日记》，上海：上海古籍出版社，1983年，第1059页。
② ［清］孙宝瑄：《忘山庐日记》，上海：上海古籍出版社，1983年，第1058页。
③ 鲁迅：《鲁迅书信集》上卷，北京：人民文学出版社，1976年，第20页。

文学作为一种特殊的文化创造行为，其根本价值在于它要创造出一种适应人的发展需要的社会文化秩序，以审美的方式构建起一种由人的心灵所外化的文化场域。变革时代的文化突出地表现为政治的文学化与文学的政治化，也就是说它具有一种托克维尔所称的"抽象的文学政治时代"的典型特征[①]，文学特别是小说由传统时代的边缘、民间文化进而为中心、精英文化，作家被推向了"民族魂""人生导师"的神圣位置，为历史的进步做出了巨大贡献，但是现代性是一个未完成的设计，当下的现实距"五四"人所期待的人们"幸福的度日，合理的做人"还有一段相当的距离，而且对"究竟是什么人""什么是人的幸福""什么是人的苦难""什么是人在宇宙应处的位置""理性在人的生存中的作用及其边界在哪儿""灵与肉的关系究竟应如何理解""'天堂与地狱的结婚'式的人的全神化会带来一种什么样的结果"等，都是需要我们去重新思考、"接着讲"而非"按着讲"的课题。在"中国问题"的解决上已见成效，人们普遍富裕，但却陷入了"有钱也睡不着觉"信仰危机的今天，"人心问题"的重要性已不容回避。

① 此处可参见拙著《决绝与眷恋——清末民初社会心态与文学转型》中的相关论述，上海：复旦大学出版社，2010年。

时间意识：现代性与中国文学的古今之变

人类对于时间的本质、属性、结构以及时间与人的关系问题的追问是在追问一个无解的难题，正如世界著名作家博尔赫斯所言："我想时间是一个根本之谜。其他东西也许是神秘的。空间并不重要。你可以想象一个没有空间的宇宙，比如，一个音乐的宇宙。当然，我们是听者。不过，说到时间，你有一个如何给它下定义的问题。我记得圣奥古斯丁说过'何谓时间？若无人问我，我知之，若有人问我，我则愚而无所知。'我想时间的问题是一个真正的问题。时间问题把自我问题包含在其中，因为说到底，何谓自我？自我即过去，现在，还有对于即将来临的时间、对于未来的预期。所以这两个不解之谜，正是哲学的基本内容，而我们很高兴它们永无解开之时，因此我们就能永远解下去。"[①]正是这种对时间和自我问题的好奇与追问推动着他的创作，他在一篇题为"时间的新反驳"的文章里，在描述了使时间成为一

① ［美］巴恩斯通编，西川译：《博尔赫斯八十忆旧》，北京：作家出版社，2004年，第134页。

种错觉的观点之后，断言：“否定时间的连续，否定自我，否定天体宇宙，表面上是冒险，实际上是慰藉。时间是组成我的物质。时间是冲着我顺流而下的河流，但我就是河流；时间是毁灭我的虎，但我就是虎；时间是焚烧我的火，但我就是火。不幸，世界是真实的；不幸，我是博尔赫斯。”[①]博尔赫斯在其小说《沙之书》中曾想象出一个拥有无限时空的世界，在其中时间既无开端也无结束，向两端无限延伸，但这样的世界带给主人公的感受是始而新奇，终而厌恶：“我觉得它是一切烦恼的根源，是一件诋毁和败坏现实的下流东西。我想把它付之一炬，但怕一本无限的书烧起来也无休无止，使整个地球乌烟瘴气。”在小说开头，作家引用了英国17世纪玄学派诗人乔治·赫伯特的诗句“你沙制的绳索”，显然具有点题的意味，即该作表达的仍是作家持之以恒的对于时间问题的追问，所谓“沙制的绳索”，盖指人赋予世界的人为时间秩序——有始有终的线性时间线索的脆弱、易断，犹如沙做的绳索一样若有若无、若断若续。这本《沙之书》作为一本神秘的“圣书”与基督教《圣经》中有始有终的时间观具有某种对应关系，但它的“页码是无穷尽的。没有首页，也没有末页”。而且其页码也不是按照数字顺序排列，你这次打开书看到的东西，下次再也无法找到。这是一个完全无序的、无因果的、变幻无常的、不可理喻的世界，人生活在这样的世界正像迷失于广袤无垠的沙漠一样，会陷入茫然无措，不知身在何处的境地。所以主人公为了消除其带来的困扰和不安，最后只好把书藏到了图书馆的群书之中，用一种被追赶的、鸵鸟式的自欺方式来消除这样一种无限可能的世界图景带来的眩晕，因为“隐藏一片树叶的最好的地点是树林”。同样，20世纪80年代中期的先锋小说家余华的实验小说也是从对常识、流俗时间的怀疑与颠覆开始的，他认为时间构成了世界的结构，“世界是所发生的一切，这所发生的一切的框架便是时间。因此时间代表了一个过去的完整世界。当然这里的时间已经不再是现实意义上的时间，它没有固定的顺序关系。它应该是纷繁复杂的过去世界的随意性很强的规律。当我们把这个过去世界的一些事实，通过时间的重新排列，如果能够同时排列出几种新的顺序关系（这是不成问题的），那么就将出现几种不同的新意义。这样的排列显然是由记忆来完成的，因此我将这种排列称

① ［阿根廷］豪·路·博尔赫斯：《博尔赫斯全集·散文卷》上，杭州：浙江文艺出版社，1999年。

为记忆的逻辑。所以说，时间的意义在于它随时都可以重新结构世界，也就是说世界在时间的每一次重新结构之后，都将出现新的姿态"[①]。因此，时间意识的变化是引发世界观、人生观乃至整个文化、文学变化的根源，本文试图对中国清末民初以来时间意识的嬗变做一个考察，借此探索中国文学的现代转型的文化心理根源，并以此发掘现代人的心灵变迁，展示在现代时空意识中所呈现出的世界对中国人意味着什么，他们又是如何通过文学想象来重新进行自我定位，以应对这个变化了的世界的。

一

一般来说，对时间的研究和思考以两条线索展开，一种类似于空间形式组织起来的时间观念，一种近乎以内在心理体验为基础的时间观念。前者偏于客观和外在，而后者偏于主观和内在。从自然科学的意义上来看待时间属于前一种，所谓"时"是对物质运动过程的描述，所谓"间"是指人为的划分。在亚里士多德那里，时间是通过空间来呈现的，所谓"时间就是变化了的数"。这种对时间的理解至20世纪的柏格森时得到彻底的改变，他创造性地将"空间时间"和"真实时间"区别开来，从而使时间得以摆脱对空间的依赖而呈现出其持续绵延的本质，最能体现时间这种绵延本质的是人的意识。因此，所谓"真实时间"也就成了一种心理时间，一种无须遵循客观时间的规则，也不依赖钟表测度的人的内在生命体验的时间。在这种"真实时间"经验中，过去、现在、未来可以相互叠加，历史、梦幻、现实可以相互交织，时间与个体生命体验达到了同步和一致，由此促成了"个人时间""心理时间"对"历史时间"和"客观时间"的疏离、对抗和挑战、重组，影响所及使心理时间、梦幻时间成为世界现代文学艺术中的主导时间。20世纪爱因斯坦的相对论和量子力学的出现，更打破了古典的趋于凝固的绝对、客观的时空观念，为重新理解时空问题敞开了大门，爱因斯坦认为：我们的宇宙由时间和空间构成，时间与空间一起组成四维时空，构成宇宙的基本结构。他所理解的时空关系，是在空间的架构上在普通三维空间的长、宽、高三条轴外又加了一条时间轴，也就是说时间会影响到空间，两者并非毫不相干。

① 洪治纲：《余华研究资料》，天津：天津人民出版社，2007年，第56页。

而量子力学与经典力学的不同在于：在经典力学里一个物理系统的位置和动量，可以同时被无限精确地确定和预测。在理论上，测量过程对物理系统本身并不会造成任何影响，并可以无限精确地进行。而在量子力学中则不然，测量过程本身会对系统造成影响。量子力学认为物质是由快速振动的量子组成的，量子的运动方式和形态具有波粒二象性，也就是它们既是一个个的粒子，又是一团函数波，在没有被观测的时候它们是没有精确的运动方向和轨迹的，只能以概率的形式分布在它的函数范围内，同时存在于各个点上。当有意识观测量子的时候，量子才会表现出粒子的形状而具有确定的位置。这种对量子的认识也就彻底颠覆了古典的以牛顿为代表的绝对时空观。

与爱因斯坦相似，在时间问题上引发巨大变革的哲学家是马丁·海德格尔，他同样颠覆了传统形而上学的时间观念，激发了人们对于存在与时间问题的新的思考。海德格尔认为只有从时间性出发才可能在生存论上对此在产生整体的和本真的理解，时间性构成了此在的原始的存在意义。此在的生存结构以时间性为其统一的结构，它把过去、现在和将来的时间统一在一个先验的视域当中。而此视域呈现的可能性，则是由“先行到死”的“死亡意识”来提交的。海德格尔关于时间的理论，强调了人与时间的内在联系。时间不再，是外在于具体的生存着的人，现成自在地存在着的，它不再是主体所去寻求的客体，它首先和必然地与存在相关，此在所由出发之域就是时间，把时间作为理解存在的视野，是海氏存在论意义上时间观的一大特点。

人们对时间的感知和认识总是立足于自己的时间经验之上的，时间经验可分为两类[①]：一类是作为一种对事件的度量，可称为一种标度时间，这是一种客观时间；另一类则是与人的心理体验或日常生活紧密相关的，如对逝者如斯、人生短暂等时间流变的感悟等，它可以称为一种侧重于人的内心对时间的感知的主观时间经验。时间之所以与文学关系密切，是因为时间与人的生命体验密切相关，甚至可以说生命即时间，而文学所主要表达的也正是人对于生命的感悟和理解。人对于人终有一死的体悟，将人与其他生物区别开来，所以时间意识也就成为人之为人的一个重要标志，正如弗雷泽所说：“人只是表面上看起来是

① 吴国盛：《时间的观念》，北京：北京大学出版社，2006 年。

一种理性动物，实际上，他是有死亡意识从而有时间意识的生物。”[①]其他生物虽然也生活在时间中，但只是凭本能生存，没有对生命的价值和意义的追问，所以也就不会相应地产生死亡意识和生命的有限感。只有人类能够意识到时间并从而唤起人的生存的自觉。

人的时间意识在进入现代社会后得到了进一步的强化，现代性与一种特定的时间意识密切相关，正如福柯所说，现代性突出地表现为一种对时间的偏执，“19 世纪最重要的着魔（obsession），一如我们所知，乃是历史”[②]。自然时间的历史化，成为推动“现代”成为“现代”的内在动力，它突出表现为一种社会现代性的追求，一种立足于理性主义基础上的单向、线性、不可逆的历史时间观念，与传统循环论时间观的圆形想象不同，在这种现代性想象中，时间就如射出的飞矢一样一往无前，社会的进步也是如此，不断前行，臻于至善。由此，“新世纪”“新天地”“未来的召唤”“历史的要求”“进化的铁律”等时代信仰开始取代永恒不变的上帝或天道，被人们奉为圭臬，成为衡量和决定人们的善恶是非、思想行为的规则和标准。进化论及其演化出的进步主义的时间观认为人可以改变未来，由此未来成为建构人们的“历史”意识的最为关键但永不在场的要件，由此，现代性突出表现为一种态度，一种把个人、群体与当下和未来连接在一起的生存态度，正由于这种当下与未来的连接、自然时间的历史化，个人、民族的生存才被赋予了目的、价值和意义。莱茵哈德·科塞勒克（Reinhart Koselleck）把“历史时间”出现的根源归之于“过往经验”和“未来期待”之间的断裂，人们开始期待一个不同的未来，而非期望过上祖先曾经经历过的生活。过去与未来就此被线性地连接起来，但后者与前者却并不相同甚至完全相反，只有实现了与过去的一切的彻底决裂，才能完全实现未来的目标。由此，现实就成为留恋过去（永恒）的保守论者与瞩望未来的进步论者激烈争斗的战场：前者可以说是文明退化论者，即认为人类文明是由黄金时代向白银时代、英雄时代和黑铁时代的不断堕落和退化，与佛教所说的“末法时代”相似；后者则是从尚未实现的未来、终点来看世界的末世论者，他们所看到的现实是当下与未来之间的巨大反差，只有未来才能拯救现在，进步主义的历史观赋予了他们一种“黑暗终结者”式的坚

---

① “Introduction”, *The Voice of Times*, The University of Massachusetts Press, 1981.

② 包亚明主编：《后现代性与地理学的政治》，上海：上海教育出版社，2001 年，第 18 页。

信,他们相信自己身处一个光明与黑暗进行最后决战的紧要关头,面临的是一个前所未有的“大事因缘”,因此投身于这种推动历史车轮进步的神圣的事业开始取代对传统天道的信奉,而使个体生命的价值和意义得到实现和升华。由此,自然、客观时间开始向社会、历史时间转换,个体生命的轻重之分、泰山鸿毛之别开始由历史的天平掌控、估定,正如1907年徐锡麟、秋瑾、陈伯平等反清革命志士牺牲后,在法国出版的革命刊物《新世纪》杂志在刊登他们遗像时的冠名,分别是“新世纪中国开幕大人物徐伯生”“中国五千年未有之女豪杰山阴秋竞雄君瑾”“二十世纪中国开幕大人物陈先生伯平”,这种前所未有的将过去、现在、未来连接在一起的宏大历史意识,成为现代文学中的宏大叙事的来源。向超越过去的未来挺进的时代为这些把握先机、在历史中去创造历史的英雄提供了脚本和舞台,也赋予他们奋斗、牺牲的价值和意义。由此,效法自然、从天而颂的天道宇宙观开始为人所主宰的历史进程所取代,人类开始自编自演自己的戏剧,按照自己的意愿和目标在历史中创造历史,由此属于人自身的“真正的时间”开始了。

通过对时间意识的考察来揭示现代性观念的生成与演化是将该问题引向深入的一个途径。现代性首先表现为一种现时的观念,也就是要唤起人们对其生活的时代的正视,波德莱尔将浪漫主义者眼中的“失望现时”转变成一种“英雄现时”,并由此使现代性成为一个具有普遍意义的概念。现代性的时间意识依赖于人的主体性的确立,伊夫·瓦岱认为:“亨利·梅绍尼克将现代性变成了既与主体的历史性又与意义的无限性相关的现时特质,也就是强调现代性既不存在于事物之中,也不存在于技术创新和历史断裂(否定过去或不惜一切代价去追求创新)之中,而是‘存在于创造主体和主体的目光之中’,它是‘主观性的历史表现模式’,是‘存在于我们自身的主体’,具有现代特征的东西,指的是那些在一系列不确定的现时中出现的东西:这就使时间发生变化,使时间成为主体的时间。正如波德莱尔所说:‘几乎我们所有的独特性都来自时间打在我们感觉上的烙印。’”[①]如此,当现代性没有一个客观的参照对象,只有一个主体时,“我们就会理解我们为什么不能像谈论一个自我封闭的概念一样去谈论现代

---

① [法]伊夫·瓦岱著,田庆生译:《文学与现代性》,北京:北京大学出版社,2001年,第41—42页。

性，也不能像谈论一种具有某些明显特征的价值观或某个具有明确时间标志的时代那样去谈论它。这就是现代性这一术语之所以在我们不仅要把被视为具有现代特色的不同现实，尤其是要把理解一系列不同现时的特殊方式称为'现代性表现'时需要以复数的形式出现的原因。如果说，现代性存在于主体的目光之中，那么，理所当然，有多少种现代性就有多少种目光"[①]。也就是说对现代性的认定不能简单地求之于外，更重要的是要求之于内，它既与客观世界有关，更依赖于人的主观体验。阿拉贡在1929年为现代性所作的定义是，现代性是"一种表现某些事物情感时事的时间职能，这些事物的特性并不在于它们所表现出的创新之处本身，它们的有效性归因于它们的表现价值最近才被发现这一事实"[②]。伊夫·瓦岱激赏这种把现代性视为一种"时间职能"的看法，认为"没有比这更好的说法了。从定义上而言，现代性的价值表现在它与时间的关系上。它首先是一种新的时间意识，一种新的感受和思考时间价值的方式。为什么是新的方式呢？正是在这一点上，我们就现代性一词所区分的两个主要含义相互发生联系：一个是波德莱尔赋予它的含义（"短暂的、易失的东西"……也就是说不断变化的现时，它必然要给作品打上自己的烙印），另一个是现代社会的历史范畴上的'现代性'。正是这个社会的新面貌（自文艺复兴末期以来逐渐在西方形成）、它与旧世界和传统社会之间的决定性差异、它在其特有的动力作用下不断发生的变化，正是这些事实上在文化历史上前所未有的特点引发了一种更加敏锐的时间意识——一种使人对进步进行思考的发展的时间意识，也是一种对每个被迅速发展的历史运动所左右的时刻所表现出的独特性的意识。……我们正是通过对这种现代时间意识的不同表现方式（正如它在造型艺术，尤其是文学作品中所体现的那样）进行分析，才能更好地理解现代性这个概念所包含的那总是捉摸不定的内容"[③]。既往我们对现代性的理解往往偏于客观性的方面，往往将西方现代性设想为一系列的硬性指标，来核查自己是否达到了这种外在的标准，这显然忽视了现代性的主观性因素的作用。作为文学艺术中的现代性，它更多地为主体的不断超越的意志所左右，正如诗人兰波所言：

---

① ［法］伊夫·瓦岱著，田庆生译：《文学与现代性》，北京：北京大学出版社，2001年，第42页。
② ［法］伊夫·瓦岱著，田庆生译：《文学与现代性》，北京：北京大学出版社，2001年，第42页。
③ ［法］伊夫·瓦岱著，田庆生译：《文学与现代性》，北京：北京大学出版社，2001年，第42—43页。

“必须绝对的现代!”作为一种时间职能,它在“新”与“好”之间画上等号,使其合二为一,以新奇、超前攻城略地,更新人对世界的感知,占据时代艺术的制高点。

二

一般来说,我们可以从三个向度来理解时间,第一个向度是物理时间,第二个向度是心理时间,第三个向度是人文社会时间,如此可以把时间的自然客观性、主观内在性和社会文化性结合起来,在深入把握时间本质、属性的同时,反顾人类自身的生存状态。时间观念由人类在实践中创造出来,它又会反过来成为支配人类活动的一种观念的力量。所以在社会化的时间中又存在着一种权力关系,使人们无法摆脱其支配和主宰。一般来说自然科学对时间的研究都属于自然时间范畴,心理学、文学、艺术等对时间的理解可以归为心理时间的范畴,社会学和历史学、文化研究等对时间的考察可以归为人文社会时间的范畴。三种时间是相互渗透、无法分离的,其中社会时间尤为重要,因为其“作为人的协同节律和共同规则,一方面体现为人们自然形成的生活节律,一方面体现为人们自觉遵守的共同规范”[①]。有论者认为自然时间主要体现一种“物之关系”,心理时间主要体现一种“物人关系”,而人文社会时间主要代表一种人与人之间的关系,这对于深入理解时间问题的复杂性不无裨益。[②]

进入近代之后,关于时间的这三个向度都开始发生变化。近代以来,中国人的时空观的巨变首先经历的是一种自然时空观的变化,凡尔纳的《八十天环游地球记》作为1900年首先被译为中文的西方科幻小说,代表着一种鲜明的现代性的时空观念,即时空分离、压缩意识,它突破了传统社会的时空是与具体和特定的社会行动的地点相关联的概念,使时空分离并重新组合,使时间与空间在全球范围内得到统一协调。用八十天时间环游地球这种时空经验,对于栖息在自己的狭小生活时空中的人是不可想象的,这种时间对空间的征服也正是一种现代性的体现。而中国人自己所创作的第一部科幻小说、荒江钓叟的《月球殖民地》于1904年发表,主人公漫游亚、欧、美、非四大洲,都未能寻到得以安身

① 汪天文:《时间理解的三个向度》,《深圳大学学报》2004年第2期。
② 汪天文:《时间理解的三个向度》,《深圳大学学报》2004年第2期。

的乐土，恰好得遇来地球游历的月球人，于是决定乘气球前往文明程度更高的月球。这种自然时空视野的展开，也代表着现代性的征服自然的意向和信心。再就是社会时间的变化，不同于传统循环时间观的单向线性时间观与现代进步主义的历史时间观念的确立，表明追求无限进步的浮士德时间观占据了现代文学的主导地位，其源头可追溯至1891年传入中国的贝拉米的乌托邦小说《回头看：2000—1887》，该书用过去将来时倒叙未来的时间叙事模式成为大多近代中国乌托邦小说的摹本；严复的《天演论》则从自然进化论推导出社会进步观念，由此将人类历史纳入线性历史进步序列之中，中西方的空间性差异开始转换成时间性的历史阶段差异。政治文化上的西化诉求代表的是吉登斯所言的社会关系的超地域的抽离化倾向，它所呈现出的是现代性的普世性一面。近代作家的历史意识大多属于初萌阶段，在以描摹世相为主的谴责小说中，那种具有现代救赎意义上的历史时间意识尚未确立，因为人们对未来会如何尚无定见，对于未来，人们多是如李伯元所言“大雨要下、太阳要出”而已，带有某种听天由命的宿命论色彩。至于像吴趼人那样坚信未来中国会像其在《新石头记》中想象的“孔道”国家那样保持固有儒家文化的连续性者，已属另类，在庚子之变后的崇洋、西化潮流中，难免迂腐之讥。那种强烈地意识到自己处在重大历史的拐点和开端，自觉地创造历史的时间意识主要是在“五四”时期确立的，即鲁迅所说的开创中国历史上从未有过的人的时代的自觉意识，这是现代性意义上的时间开始了的标志；小说中的现代性叙事主要表现为一种将一切人类历史视为一部历史，在连贯意义上将过去和将来统一起来的元叙事，这种叙事经历了启蒙主义的个人——人类叙事和理想主义政治的集体叙事的过程，发展出一种社会决定论的全因果式的现实主义小说，一种将个人生活时间纳入普遍历史时间中来叙述的模式。对现代文学中占据主导性的历史进步主义的时间叙事形成补充的是审美现代性的当下、刹那主义和注重表达个人内在感性体验的心理时间观。至新感觉派等都市文学兴起，空间性开始压倒时间性，而出现一种去深度化的、将时间空间化的平面模式，这与都市化景观社会出现密切相关，在其后的文学中现实主义的历史时间观开始遇到挑战，时空体验趋向于个人化、内在化、心理化，由此表现出小说叙述时间的空间化倾向。时空体验与人的自我意识、生命意识、历史观、价值观的形成密切相关，它也成为文学表现的核心内容。

现代文学是相对于古典文学来确定其现代属性的,如此,从时间意识的角度考察现代文学的发生情境就很有必要。近代中国时间意识的古今之别突出表现为由儒家慎终追远的道体循环论的时间观,向现代瞩目于未来的时间观以及专注于当下的时间观的转换。传统的儒、道、释的时间观在这种现代时间观冲击下开始瓦解,而表现出从道的永恒本体向历史生成转变的趋势。儒家的时间观表现为一种以"天地之化"为宇宙道体的循环论的时间观,而"天地之大德曰生""生生之谓易"《周易·系辞传》,所谓道也就是指生生日新的大化之流,正如朱熹对孔子"子在川上曰:逝者如斯夫!不舍昼夜"一语的阐释为"天地之化,往者过,来者续,无一息之停,乃道体之本然也。然其可指而易见者,莫如川流,故于此发以示人"[①],或如董仲舒在《举贤良对策》中所言"道之大原出于天,天不变,道亦不变"。曰:由此,道是超越时间的流变的,时间对道并无本质性影响,由此"太阳之下并无新事",而人生的意义就在于顺应天道,达至天人合一。由天之道推至人之道,就形成了儒家以人类世代生存为导向的血亲、继嗣的时间观,它以孝悌为基础,将人的血缘递嬗神圣化为"天理"之外现,由此建构起一种人类普遍的伦理准则。这种由孝悌构成的时间连续性将宇宙时间和人文时间连接在了一起,构成了一种世代延续的道统时间观。它在现代遭到的最大冲击来自人的自我的发现、个人意识的觉醒,正如郁达夫所言,"五四运动最大的成功,第一要算'个人'的发现,从前的人是为君而存在,为道而存在,为父母而存在的,现在的人总晓得为自我而存在了。我若无,何有乎君,道之不适于我者,还算什么道,父母是我的父母,若没有我,则社会、国家、宗族哪里会有?"[②]郁达夫的观点明显受到了斯蒂纳唯我主义哲学的影响,比较趋于极端,但即使是一贯站在"为中国文化说话"立场上的梁漱溟,也曾经尖锐地指出,"中国文化最大之偏失,就在个人永不被发现这一点上。一个人简直没有站在自己立场说话机会,多少感情要求被压抑,被抹杀"[③]。由此可知,个人的发现已成为时代文化的一种普遍趋势。这种反孝道、反传统的文化从清末即已开始发源,康有为在《大同书》中就提出只有去掉"九界",即国界、级界、种界、形界、家界、产界、乱

① 〔宋〕朱熹:《论语集注》,《四书五经》上册,天津:天津古籍书店(影印),1988年,第38页。
② 郁达夫编选:《中国新文学大系·散文二集序》,上海:良友图书印刷公司,1935年。
③ 梁漱溟:《梁漱溟学术论著自选集》,北京:北京师范学院出版社,1992年,第383页。

界、类界、苦界，就可以使人类乃至众生到达美好的“大同”世界。蔡元培于1904年发表的乌托邦小说《新年梦》中已提出取消婚姻、姓氏、家庭的“数字人”“配偶室”“幼稚园”的设想。到“五四”时张申府更进一步地提出了“废国、灭产、绝婚姻”的理想，他在《新青年》发表了《个人不负罪恶责任》等文章，认为“社会是万恶之成就者。人性是罪恶之教唆者。吾们只有：革社会之命；调理人之性”[①]。由个人之不负罪恶责任，就可推导出“私德”在现代之无足轻重，重要的是改造社会、重塑人性，才是治本之方。由此他转向对理想社会的探求，结论是“对于社会主义自然要绝对的信奉……社会主义资本主义之间，更没有第三者……现在摆在眼前的，已只有共产主义与资本帝国主义两条路”，“吾想创造的少年中国，乃是无产阶级的少年中国”。[②] 由此可知，在现代性的文化进程中，传统慎终追远的继嗣时间如何转换成历史进步时间，而历史进步时间又如何重塑了人的自我认同，从而为人提供一种新的人生目标，造就一种新的人生态度，形成新的自我意识，由此产生出一种带有“超未来”色彩的理想主义的时间观，这种时间观也是未来指向的，但它与现实完全决裂，不再是与过去和现实保持连续性的将来，而是一种横空出世式的“新天地”的到来，这种跨越鸿沟式的历史化的乌托邦追求为现代中国的转型增加了巨大的变数和不可预测性。这本身也正是现代性的一种体现，因为现代性的本质也正在于“运动加不确定性”。

与历史主义的理性化的时间观不同，“五四”时期还出现了以朱谦之为代表的更为激进的虚无主义的时间观，他所追求的是个人的绝对自由和根本解决，由此他从政治革命、社会革命直推至宇宙革命，比无政府主义更进一步，他认为与国家、政府相比，天地才是最大之强权。消灭天地，政府与国家等强权便无枝可依，自然就消亡了。所以他呼唤“虚空粉碎、大地平沉”的虚无主义革命，“几时革到无天无地，无人无物，这才是归宿”。[③] 他认为宇宙是从我心变现出来的，“情”为宇宙本体，“宇宙就是‘情’之化为理知者，因情化自身为客观、相对，有限的东西才为宇宙的森罗万象而现，故宇宙的存在，是因理知作背后的护持力，而理知这个东西，则不外分别彼此，其自身就是罪恶，和情根本相违，所以我们

---

① 张申府：《新青年》第9卷第6号，1922年7月。

② 张申府：《新青年》第9卷第6号，1922年7月。

③ 朱谦之：《朱谦之文集》第一卷，福州：福建教育出版社，2002年，第391页。

的宇宙,不是真情的本体,实为一种占有冲动的世界。而我们所能作的,也只是要脱离这虚伪的世界,到达那本原的究竟的真实的本体去”[1]。他认为现在宇宙正处在“自有到无”的进程当中,要回归本体“无”,只有进行宇宙革命,才能从根本上解决。所以他倡导一种“真我本位的人生观,就是我道主义,所以真正的革命者,都是肯定自我,而含有主张情热与破坏的无道德的性格,然这无道德,却是有道德的最大者,故只是一个真我,而真伪分明,只要在我确以为是,就要实实落落,依着他做去。真便存,伪便去,该爱时便爱,该憎时便自然憎他,憎呵!爱呵!都纯粹是一种真情的流露,也是真我的表现,由此可见我就是情,情就是我,因为情我同一,所以人生观上要实现真我,正是宇宙论说的‘复情’罢了”。“我只知最有价值的是‘真我’,无论什么信仰,什么神,什么道德的义务,一切限制‘真我’的自由,阻碍‘真我’的前路的,革命者为着真理的向上努力,都要打破他,征服他了。”[2]他的“真我”本体论具有超宇宙、反宇宙、主宰宇宙的指向,因为“我比宇宙还大,宁可为我而牺牲宇宙”,“只有宇宙投身于我当中,我不决在宇宙中实现”,[3]这种宇宙万有都挡不住我的“我道主义”显然是一种彻底的自我中心主义的主张,但这正是时代个性解放精神的一种极致性表达。他的宇宙革命理论发表之后,在青年知识界得到了热烈的呼应,袁家骅、郭沫若、郑伯奇、郑振铎分别为之写序、赋诗,以表赞成,这是一种现代性的主客对立哲学的浪漫化表达,也就是确立自我和人类的绝对主体性、至高无上性,自我之外的一切都从属于我的存在,正如郭沫若在《自然与艺术》一文中的宣告:“二十世纪是文艺再生的时候,是文艺从科学解放的时候,是文艺从自然解放的时候;是艺术家赋予自然以生命,使自然再生的时候……艺术家不应该做自然的孙子,也不应该做自然的儿子,是应该做自然的老子!”[4]与老子的“复归于道”不同,朱谦之强调他的“新虚无主义”,它“不但如老子所说将精神真如出斯世,还要举宇宙的存在物而悉灭尽之”[5],它不但要自有而无,还要自无而有,毁灭一切,重新再造一切。由此,朱谦之的时间观可称为一种自我本位的真情流注的时间观,表现为时为情

---

① 朱谦之:《朱谦之文集》第一卷,福州:福建教育出版社,2002年,第397页。
② 朱谦之:《朱谦之文集》第一卷,福州:福建教育出版社,2002年,第382—383页。
③ 朱谦之:《朱谦之文集》第一卷,福州:福建教育出版社,2002年,第381页。
④ 郭沫若,黄淳浩校:《〈文艺论集〉汇校本》,长沙:湖南人民出版社,1984年,第129页。
⑤ 朱谦之:《朱谦之文集》第一卷,福州:福建教育出版社,2002年,第396页。

之感，空为情之应，“时间的意义就是现在”[①]，时间与人的生命具有内在的关联，其时间导向则是当下体验。这种时间观可视为清末以来的唯情论文学、哲学思潮的一种发展，清末言情派突破“理（性）”对“情”的束缚，转向“情”对“理（性）”的统领，都表现出一种自我本我的时间观对伦理本位的时间观的叛离，正如符霖《禽海石》把主人公的情爱悲剧归之于“周朝的孟夫子害的”。在唯情论者那里，所有时空体验都被情感渗透、主导，所以小说结构也表现为一种心理情感结构，主人公对时间的感知也是情感化的体验，典型的如郁达夫的心理情绪结构小说。情本位者的时间体验是主观的、内在的、指向当下的，集中表达的是哀乐好恶，时间体验由此被染上了鲜明的情感色彩，如曹禺《北京人》中主人公愫方所言，“我们活着就是这么一大段既凄凉又甜蜜的日子啊！叫你想想忍不住要哭，想想又忍不住要笑啊”，这种真情流注的时间体验，也正是情本论者生命的价值和意义所在。

传统道家的时间观的特点是将道作为超越时空等一切的无限本体，正如《道德经》所言，“人法地，地法天，天法道，道法自然”，道家所要做的则是“观天之道，执天之行，尽矣”[②]。对道的体悟并将其贯彻力行，成为其哲学核心。而要体道，则需要致虚极，守静笃，与道合一，其极致之境则是“宇宙在乎手，万化生乎身”[③]，即时空可自由掌控于手，万化萃乎一身，直至道成肉身。道家学说对中国古典的山林隐逸文学影响甚大，由此营造出一个超越于现实之上的审美逍遥之境。隐逸特别强调虚静的功夫，因为“静故了群动，空故纳万境”（苏轼《送参廖师》），只有“不撄人心”，才能感悟“天心”。而新文学则将这种人与天齐的自然时空引向社会时空，陈独秀的《文学革命论》明确提出“推倒迂晦的艰涩的山林文学建设明了的通俗的社会文学”[④]。由此传统“心应林鸟、情感林泉”隐逸逍遥的山林文学开始为“上与大陆争进化，下与动物争生存”[⑤]的竞存、抗争的文学所取代，人与自然的亲和性、精神性联系也为一种对立性、功利性的态度所取代，这也正是现代性世俗化本质的体现。

---

① 朱谦之：《朱谦之文集》第三卷，福州：福建教育出版社，2002年，第131页。
② 任法融：《黄帝阴符经、黄石公素书释义》，西安：三秦出版社，1999年，第44页。
③ 任法融：《黄帝阴符经、黄石公素书释义》，西安：三秦出版社，1999年，第52页。
④ 陈独秀：《新青年》第2卷第6号，1917年2月1日。
⑤ 白葭：《〈十五小豪杰〉序》，见舒芜等编选《近代文论选》上册，北京：人民文学出版社，1959年，第238页。

佛教的根本在于其缘起性空观,所谓“缘起”,就是说世上万物都是因缘和合所生,由此因缘和合所生起的是假有,本性是空;如果自性不空,则不能有,所以说“真空生妙有”。佛教唯识宗将第八识“阿赖耶识”视为宇宙万有之本,因其能含藏生长万有之种子,故亦称种子识、藏识;而眼、耳、鼻、舌、身、意以及末那(我识)七识都是由根本识即阿赖耶识变现而出,所以被称为“转识”,靠它们是把握不住宇宙间真实本体即真如本相的,而真如本相是“不生不灭,不增不减,不垢不净”(《心经》)的,所以它是超越于时空的变化的永恒本体,故而佛教注重的是“万古长空,一朝风月”的当下共时性。《金刚经》中也强调:“过去心不可得,现在心不可得,未来心不可得。”佛教把指向过去和面朝未来的人生态度都视为一种颠倒幻想,它讲的是“当下即是”“日日是好日”,强调的是向内的“自净其意”才是解脱之道,而非外求,将希望寄托于未来外在的变化。这种面向“净土”的彼岸的时间观显然与现代性的将人间改造成“净土”的理想主义信念迥然异趣,所以它在现代受到冲击是可以想见的,现代性采取的认识世界的方式恰恰是佛家所视为虚妄的眼、耳、鼻、舌、身、意、我这前七识,即以自我身体性的存在为基础的主观体验和以物观物的客观知识,在其中超越个人主观意见和客观知识之上的“道体”“真如”已被视为无稽的“玄学”,失去立身之地;或者说人们开始只信赖“现量”和“比量”,而对“圣言量”失去了兴趣。

总之,在走出了儒、道、释的永恒本体论的时间观之后,现代性主要发展出两种时间体认模式:一种是在过去、现在、未来组成的时间维度中以指向未来为导向的时间体认模式,也就是说它强调的是“现在是未来的现在”,未来决定了现在的选择,赋予现在以价值和意义,这是一种理想主义的时间观,现代文学的主流代表着这样一种时间观,它是一种致力于推动社会进步的时间观;另一种是活在当下的时间体认模式,它与过去、未来都失去了从属关系,既无意做过去的嗣子,也无意做未来的先驱,时间在它那里表现为一种内在的当下的心理体验,只有先后顺序,而无与过去和未来的有机关联,如朱自清所提出过的“刹那主义”的人生观,就是这样一种带有审美主义的现代性倾向。两种时间意识构成了一种对立互补性。

天人关系与中国文学的现代转变

天人关系是中国传统文化中的核心问题。“天”在中国古代文化中有多种含义，按照冯友兰的概括，“天有五义：曰物质之天，即与地相对之天。曰主宰之天，即所谓皇天上帝，有人格的天，帝。曰命运之天，乃指人生中吾人所无奈何者，如孟子所谓‘若夫成功则天也’之天是也。曰自然之天，乃指自然之运行，如《荀子·天论篇》所说之天是也。曰义理之天，乃谓宇宙之最高原理，如《中庸》所说‘天命之为性’之天是也”[①]，概而言之，可分为自然之天、神灵之天和伦理之天。在天人合一的文化传统中，天高于人的观念得到普遍认同，不管是人与天调的自然顺应，还是唯天惠民的天的崇拜，抑或尽心知性的圣人天德，天作为人的存在主宰的中心地位非常稳固、不可动摇，对天道、天理的信仰浸润延伸为中国人的普遍信仰。近代以来，这种传统信仰在西方强势文化的冲击下陷入崩溃、瓦解境地，天人合一走向天人分

① 冯友兰：《中国哲学史》上册，北京：中华书局，1961年，第55页。

离和以人制天。天人关系的现代翻转改变了人与世界的关系及人对世界的基本态度，引发人的世界观、人生观及伦理价值观念的变化，并由此改变了人的心性结构、精神气质和情感模式，进而使作为时代敏感触角的文学发生了前所未有的巨变。文学作为一种综合性的价值系统，是人类以感情为基础的判断活动，是非善恶美丑等价值感情的变化历来是文学表达的基本内容。在价值变革剧烈的近代中国，文学更是充当了价值重估的先锋，成为对待世界、人生的新态度、新立场、新观念、新主张的发源地。天人关系的翻转及其所引发的一系列变化，改变了中国人的生命感觉和呈现于其眼中的世界图景，从而刷新了中国文学的整体面貌。中国文学的现代转变与天人关系的翻转这一文化价值核心的变化密不可分。

一

从太平天国至“五四”时期是中国社会由传统向现代的急剧转型期，也是文学风尚、形态的迅猛变化期，无论是儒家的雅正诗乐，还是道家的清通绝逸，都受到了“以叫嚣为气盛，以粗豪为雄骏，以新词为奥衍，以俚语为雅饬”[①]的时代新风尚的冲击，那种“沉潜于古人者深，而神明于矩矱者熟”[②]的尚古守成、中规中矩的古典诗学取向，迅速转变为一种崇新薄古、主我、主情的文学风尚。这与时代冲击下人的心态、气质的变化直接相关，而人的心态、气质的变化，与近代以来天人关系的变化密切相联。

传统的天人观念是由神、自然和人三种因素共同构成的组合体，现代性的理性主义精神使“神”与“天”的神圣性脱魅，由此产生了现代意义上的“自然”观念。从人类群体的角度而言，人性的解放主要指的是人对自然物质世界的主宰和支配；从个体的人的角度而言，前现代的建立在“天人合一”基础上的伦理观、价值观、人生观对人的制约和影响更为直接和内在，所以，对先在于个人的社会伦理观念、文化习俗的化身——“伦理之天”的挑战与颠覆，就成为个人力图挣脱束缚、走向解放的第一步。

儒家的“天”，主要并非指“自然之天”，而是“伦理之天”，它从古代先民宗

① 汪辟疆：《光宣以来诗坛旁记》，沈阳：辽宁教育出版社，1998年，第47页。
② 吴闿生：《晚清四十家诗钞》，杭州：浙江古籍出版社，2006年，第16页。

教之天中分离转化而来，具有儒家人文主义的性质。古代推崇的圣人是所谓“通天地人三才者”，人是处于天地之间的存在，与天合德，天道为最高主宰，由此决定了人之于天的依从性，正如张载《西铭》所言：“乾称父，坤称母，予兹藐焉，乃混然中处。故天地之塞，吾其体；天地之帅，吾其性。民，吾同胞，物，吾与也。”[①]“予兹藐焉”的定位，说明人是在一个比人更大的宇宙秩序中确立自身的，“天人合一”指的是人道向天道的皈依，以人道弘扬天道。由此“天人合一”构成了人的生存的超越维度，而同天、乐天、事天、知天的天地境界成为人生的最高境界，“效法天地以立人极”是儒家的终极人生目标，孟子所谓“尽其心者知其性也，知其性则知天矣。存其心，养其性，所以事天也”，强调的正是这种高出现实经验之上的超验之维。

作为人之生存的超越维度，天人合一并非轻易可以达到的目标，而是要通过“下学而上达”“天人交战”才能实现的一种理想境界。中国古代所谓“圣人”，是能做到“以性统情”的人，正如唐代李翱在《复性书》中所强调的能以“天命”统领情感的人。而“人生而静，天之性也。感于物而动，性之欲也”（《乐记》），“主静”被视为立人极之本。人极即“诚”，“诚”是道德的至高之境。“主静”为天人之间构建了一个桥梁，对静的推崇，使人成为存在的倾听、感悟和守望者，而非宰制、征服者。“天”作为一种超验的维度，对由个人“意”“必”“固”“我”产生的主观好恶和功利诉求进行矫正和约束。近代中西汇合而成的自然人性论颠覆了传统“伦理之天”对人性的规约和束缚，感性与个性开始取得统治地位，与孔子的“毋意、毋必、毋固、毋我”背道而驰，这种变化对文化、文学的影响巨大。

近代“伦理之天”的瓦解与传入中国的西方自然科学对“天”的伦理意义的消解有关。1894 年任出使英国、法国、意大利、比利时四国公使参赞的宋育仁，已敏感地意识到西方科学化的自然观念对中国固有名教的威胁。出于保教心理，他认为，西学的用意“尤在破中国守先之言，为以彼教易名教之助”，由西方自然观出发，“天为无物，地与五星同为地球俱由吸力相引，则天尊地卑之说为诬，肇造天地之主可信。乾坤不成两大，阴阳无分贵贱，日月星不为三光，五星

① 张载：《西铭》，见任继愈主编《中华传世文选　古文渊鉴》下册，长春：吉林人民出版社，1998 年，第 977 页。

不配五行，七曜拟不于伦，上祀诬而无理，六经皆虚言，圣人为妄作。据此为本，则人身无上下，推之则家无上下，国无上下，从发源处抉去天尊地卑，则一切平等，男女均有自主之权，妇不统于夫，子不制于父，族姓无别，人伦无处立根，举宪天法地，顺阴阳、陈五行诸大义一扫而空”[①]。同样是在中西对比的基础上，康有为得出中国之弱在“教之不善，经之无用”的结论，所以，他试图建立强大的、建制化的“孔教”，以应对来自西方宗教的冲击，并以近代西方的“公同平等”之理，推导出其大同世界的乌托邦，其源于天赋人权的“去家界为天民”的观念拔除了儒家尊尊亲亲伦理产生的基础。甲午之后，“一切旧学皆成钝锢”，几成维新人士的共识，即使一向并不激进的郑孝胥也在其《哀五十》诗里写下这一诗句：“读尽旧史不称意，意有新世容吾侪。”[②]“旧史”与“新世”、“中学”与“西学”之间的对峙日趋激烈，失去了天道宇宙观支持的传统伦理的瓦解已成无可挽回之势，而严复从“物竞天择，适者生存”“择种留良”的自然进化论延伸而来的进化伦理学，更是对传统“伦理之天”的崩解起到了摧枯拉朽的作用。作为人性解放的追求者，近代人首先面对的，便是“伦理之天”对人的自然感性欲望的规范、束缚和压抑。

近代“伦理之天”的瓦解，其中一个重要表现是人的生存态度、精神气质由“静”向“动”的转变，《天演论》对此影响巨大，严复所倡导的竞争留良说将以主静、谦让、恭顺为美德的礼乐文化引向以竞争为至道的亢奋、激昂状态，由此引发了社会心理和审美风尚的变化。梁启超的《二十世纪太平洋歌》可视为这种时代心理变化的代表。

在某种意义上可以说，对传统伦理之天的叛离是中国现代性的开端。现代性要求确立人在天地间的主体性、主动性，满足人的感性需求，将世俗性的福乐世界的实现作为历史的目的，将“天堂”的实现由彼岸移向此岸，由此推动了现代性乌托邦的历史化进程。道德评价系统也开始由关注人的内在道德品质的德性论转向关注人的外在行为是否合乎普遍标准的规范论。规范论肯定了人在道德上的自主和自由，但在人的内在品质问题上保持沉默，伦理标准导向外在和他律，不再关注人的德性的内在根源。这可能导致一种人的心灵的空洞化

---

① 宋育仁：《采风记》，光绪丁酉（1897 年）刻于成都，第 11 页。

② 郑孝胥著，黄珅、杨晓波点校：《海藏楼诗集》，上海：上海古籍出版社，2003 年，第 186 页。

的结果，但对“公德”“规范”的倡导，适应了时代的需要。近代信念伦理、功利主义伦理对传统追求自我道德完善的修心养性之道的取代，也是现代性变革的一个内容。

天人关系的翻转除了唤起“以人制天”的理性自觉，还引发了人的感性解放的大潮。在时代“救亡”“竞存”的政治目标之外，吸引着新旧交替时代青年人的还有强烈的感性解放的诉求。政治黑暗、社会污浊和婚姻不自主是近代文学的三大主题，对青年人来说，婚恋自由似乎更为切己和重要，而婚恋自主的要求，因其对固有的家庭社会伦理秩序形成极大的冲击和挑战，正是传统伦理重点防范的对象。在王纲解纽的时代，人的情感欲望的解放开始形成不可遏止之势。这在文学上的突出表现是以情抗理的唯情论的兴盛，它是晚明以来文学上人性解放思潮的延续和发展，只不过晚明唯情论基本上尚未冲破伦理之天的覆盖，近代唯情论则在西方启蒙思想影响下开始突破这种伦理束缚。一般而言，近代言情小说以吴趼人的《恨海》和符霖的《禽海石》为开端，但二者对“情”的理解和定位并不一致，而是相互对立。吴趼人可称为“性其情”派，主张以性统情，性即理，性为情之根据，情生于性。《恨海》严格区分了“情”“痴”“魔”，他所指的情主要是理性化的伦理感情，而非自然的情感欲望，他所倡导的是合乎伦理的感情和对不伦之情的制约。在他看来，伦理对情感的规范、制约、引导作用不可或缺，这正是一种儒家传统的人生态度。其他如包天笑的《一缕麻》等也属此类，均主张以理统情。符霖可谓“情其性”派，强调以情统理，“情”是造就世界的本源，是人之为人的根本。他取消了吴趼人所谓的情与魔、痴的区分和对立，使情具有了先于理的正当性、合理性。近代言情小说的主流主要源自这种“情其性”派，它将情的解放直接导向了社会变革。在消除了“天”这一超验维度后，人的超越性追求的方向开始由合乎天道转向人间生活的自由、幸福和公正，因此，变革时代的“革命”和“爱情”成为青年人追求超验人生价值意义的替代方式。

清末言情小说中涌动着的是近代人感性解放的大潮。苏曼殊感伤惆怅、以情证道的“和尚恋爱”和徐枕亚生死相依、缠绵悱恻的“寡妇之爱”，表现的都是为传统伦理所排斥的“不伦之情”。这种冲破了伦理束缚的感情激流彻底摆脱了“性”对“情”的规范和羁绊，现代性的情感主义的伦理观开始盛行，由此，缘情而发具有了天然的合理性。对这一从明代就已出现的以情抗理的人性解放大潮，王夫之曾评价道，“视情皆善，则人极不立矣”[①]，他强调的仍是以性正情，以求得情理和谐。他说：“道心微而不易见，人之不以人心为吾俱生之本者鲜矣。故普天下人只识得个情，不识得性，却于情上用工夫，则愈为之而愈妄。性有自质，情无自质……无自质则无恒体……无质无恒，则亦可云无性矣。甚矣，其逐妄而益狂也！”[②]情本论者以情为性，以情感代伦理，以个体人格代圣贤人格，其中潜伏着滑向伦理虚无主义的危险。虽然清末言情派的目的实际上是通过将情与欲完全对立的方式来张扬一种柏拉图式的精神恋情，但这种不自然的情与欲的对立在现实中缺乏足够的支持。作家企图通过对人的精神性的强调显示出人性高于自然的特异属性，但这种超越方式显然带有一种唯灵主义的虚幻性。

天人关系翻转的重要意义还在于其对人的自然情欲的去罪化，人作为自然生物存在的属性被凸显出来，人性一变而为人先天的本能、情感、欲望，人的非道德的自然属性被突出地强调。这是传统以人从天的伦理本位文化所无法接受的。朱一新曾对康有为有如此诘问——若人之性真同于犬牛之性，则人与动物的区别不复存在，古圣之道就失去意义：“故曰‘天命之谓性，率性之谓道，修道之谓教’。若人性本恶，则亦何理之可穷，何道之可修，何性之可率？而天之所以与我者，惟是凶恶顽嚚之物，吾当蔑性之不遑，怨天之不暇，仲尼何必复知天命，文王何必纯亦不已，而与此专生恶物之天合德矣。且《系辞》所谓穷理者，将穷极凶恶而后可以尽性知命乎，有是理乎？”[③]

传统伦理道德被认为是对人的自然天性的压抑和扭曲，儒家的修身内省传统被弃置，现代人开始向外而不是向内逐求，以成为物竞天择中的强者，并试图从儒家修齐治平的传统正途之外寻找人生寄托的方式。这一方面是由于外在政治社会环境使得实现儒家内圣外王人生抱负的可能性变得越来越小，另一方面是个性意识的增强使得人们更关注自身的遭际命运。如魏子安的《花月痕》是下启清末狭邪小说及鸳鸯蝴蝶派小说的言情名作，作为正途失意人的纯情传奇，它在清末士人中得到强烈的情感共鸣。其书开篇即为情辩护：“情之所钟，

① 王夫之：《读四书大全说》卷十，《船山全书》第六卷，长沙：岳麓书社，1996年，第1072页。
② 王夫之：《读四书大全说》卷十，《船山全书》第六卷，长沙：岳麓书社，1996年，第1066页。
③ 朱一新：《翼教丛编》，上海：上海书店，2002年，第13页。

端在我辈……乾坤清气间留一二情种，上既不能策名于朝，下又不获食力于家，徒抱一往情深之致，奔走天涯。所闻之事，皆非其心所愿闻而又不能不闻，所见之人，皆非其心所愿见而又不能不见，恶乎用其情！”在社会规定的正途中无法满足、无可寄托的情感如何抒发、宣泄，这显然是一个需要正视的问题。书中人物对学究的以理灭情之言嗤之以鼻：“先生，你怎的不记得上文有‘饮食男女，人之大欲存焉’一句呢！大抵人之良心，其发见最真者，莫如男女分上。”[①]伦理之天的瓦解消解了天理和人欲之间的对立，从而完成了对人的自然情欲的去罪化，由此为“五四人的文学”时代的到来铺平了道路，周作人“我们相信人的一切生活本能，都是美的善的，应得完全满足”[②]的观念至“五四”很快成为不言自明的公理。正是在这个意义上，周作人将五四新文学与明朝“性灵派”对接起来，文学开始由“从天而颂”转向个人性情的自由抒发。

这种从“载道”传统之外另寻文学艺术之所宗的思想在王国维及周氏兄弟等人那里已有明确表达。王国维认为，“美术之务，在描写人生之痛苦与其解脱之道，而使吾侪冯生之徒，于此桎梏之世界中，离此生活之欲之争斗，而得其暂时之平和，此一切美术之目的也”[③]，因此，他倡导的是一种非功利化的文学“游戏论”，试图以此消解伦理责任对文学的辖制。周作人则说得更为明确和坚决，他认为儒者因其“道学头巾气”已失去与言文学的资格：“文章一科，后当别为孤宗，不为他物所统。又当摈儒者于门外，俾不得复煽惑言，因缘为害。”[④]文学应表现人生、为人生且从属于人生的观念，开始将文学从追求“天人和谐”转向“天人分离”和“争天拒俗”的天人对立。

二

相对于解构伦理之天所遇到的阻力，对神秘之天、主宰之天的解构似乎更为顺利，它与中国主流文化“敬鬼神而远之”的特性有关。传统“神灵之天”作为万物的主宰，代表的是一套独立于人的神圣秩序、法则和尺度。但近代以来，以

---

① 魏秀仁：《花月痕》，北京：人民文学出版社，1982年，第1—2页。
② 周作人：《人的文学》，《新青年》1918年第5卷第6号。
③ 王国维：《红楼梦评论》，见姚淦铭、王燕主编《王国维文集》上部，北京：中国文史出版社，2007年，第6页。
④ 周作人：《论文章之意义暨其使命及中国近时论文之失》，见钟叔和编《周作人文类编·本色》，长沙：湖南文艺出版社，1998年，第29—30页。

神性的自然秩序为基础的对天道的信仰遭到质疑乃至抛弃，主导政治社会的更多的是人的意志。这表明人的自然意志对神性的自然秩序的胜利。人无须再听天由命，可以按照自己的意志去主动地“抗命”“造命”。天与人的分离，虽去除了“天”所赋予人的灵性光环，但同时又是对人的地位的提升，人可以直接面对宇宙，作为一个认知主体站在自然的对面，揭示其奥秘，以实现对自然的驾驭、操纵和征服。在此过程中，传统自然和神、人之间的三角关系瓦解了，神被驱逐出去，而“科学成为人和自然的竞力游戏，它是一种全新的认知形式，无生命的枯燥的机器一般的自然被带过来遭到人的严厉审判”[①]。从此，似乎再无任何神秘莫测、无法计算的力量起作用，人自认为可以通过技术和计算掌控一切，统治和宰制自然和人自身。这种转换所带给人的乐观主义展望非常诱人，即使是亡国灭种威胁下的中国人，也燃起了对科技推动的新文明的巨大热情，并将其视为解决一切中国问题的根本之道。它唤起了人对自身力量的自信，古人说“谋事在人，成事在天”，而有了近乎无所不能的科学之后，成事也仿佛完全取决于人，人的主观努力成为成败的关键。对人自身能力的崇拜，也使人成为须为自身命运负责的无限责任主体。中国现代文学可以说是这种看待人生世界的根本态度、方式的转变所带来的一个结果。

陈独秀在《敬告青年》一文中说道：“吾国自通海以来，自悲观者言之，失地偿金，国力索矣；自乐观者言之，倘无甲午庚子两次之福音，至今犹在八股垂发时代。居今日而言锁国闭关之策，匪独力所不能，亦且势所不利。万邦并立，动辄相关，无论其国若何富强，亦不能漠视外情，自为风气。”[②]他认为甲午、庚子之辱给中国带来的是新生的希望，由此，他对青年提出六大希望：自主、进步、进取、世界化、实利、科学。这是在新旧对立中建构起来的新青年的理想标准，也是对现代性主体的要求。另一位五四新文化运动的旗手胡适在《沁园春·誓诗》中也表现出迥异于传统的决绝之心与豪迈之气：“更不伤春，更不悲秋，以此誓诗。任花开也好，花飞也好，月圆固好，日落何悲？我闻之曰，‘从天而颂，孰与制天而用之？’更安用，为苍天歌哭，作彼奴为！文章革命何疑！且准备搴旗作健儿。要前空千古，下开百世，收他臭腐，还我神奇。为大中华，造新文学，此

① 汪民安：《现代性》，桂林：广西师范大学出版社，2005年，第76页。
② 陈独秀：《敬告青年》，《青年杂志》第一卷第一号，1915年9月15日。

业吾曹欲让谁？诗材料，有簇新世界，供我驱驰。”[①]此作颇有针对性。首先，它是要破除传统天人一体的宇宙观，走向天人分离、人与自然的对立，人不但无须再与天地自然相契合，而且要成为其主宰者、管理者。所以，胡适对传统文人的“触绪生悲，因时兴感”极为厌恶，新文学运动第一个要扫荡的对象就是充满这种旧文学情调的鸳鸯蝴蝶派小说，因为二者在价值观念、审美心理上完全对立，睹月伤心、看花流泪、自哀自怜、多愁善感的传统才子气与锐意进取、横厉无前的“新青年”相去甚远。其次，它代表着自主创造历史的自信、豪迈之情及对历史进步的信念，而只有掌握新思想、新文化的先觉者才能担负起创造新天地、新社会、新文学、新文化的重任。

在文化精神气质变化的背后，是价值等级秩序的变动。“天道”信仰受到西方功利主义文化的强劲冲击，功利主义思潮开始占据主导地位。人们的信仰追求开始由至大至公的“天道”向现世的“人间福乐”转变，文学也开始由传统的载道、言志向以我为主的扩张、抒情、英雄化、功利化的方向转换。

陈独秀把对科学的尊崇扩展为一种科学主义的信仰，科学是其所要构建的覆盖一切的时代新信仰的基础。这种承诺可以解决一切问题的整全性的新信仰，对处于传统向现代转换中的寻路者来说尤其具有吸引力。在对科学的信仰上，胡适与陈独秀可以说并无本质的区别，这从他对吴稚晖的颂扬中可见端倪。吴稚晖可以说是中国最为彻底的科学主义信仰者，作为一个无神论的无政府主义者，他以其漆黑一团的宇宙观和人欲横流的人生观闻名于世，他对人的理解是完全物质化的，他认为物质是宇宙现实唯一的和最终的组成，“人便是外面只剩两只脚，却得到了两只手，内面有三斤二两脑髓，五千零四十八根脑筋，比较占有多额神经系质的动物”[②]。在胡适看来，“他（吴稚晖）老先生五年的思想和讨论的结果，给我们这样一个‘新信仰的宇宙观及人生观’。他老先生很谦逊地避去‘科学的’尊号，只叫他做‘柴积上，日黄中的老头儿’的新信仰。他这个新信仰正是张君劢先生所谓‘机械主义’，正是梁任公先生所谓‘纯物质的纯机械的人生观’。他一笔勾销了上帝，抹煞了灵魂，戳穿了‘人为万物之灵’的玄秘。

---

① 杨犁编：《胡适文萃》，北京：作家出版社，1991年，第601页。

② 吴稚晖：《一个新信仰的宇宙观及人生观》，见张君劢、丁文江等著《科学与人生观》，济南：山东人民出版社，1997年，第354页。

这才是真正的挑战”[①]。胡适如此表述他自己的科学人生观：“根据于生物学及社会学的知识，叫人知道个人——‘小我’——是要死灭的，而人类——‘大我’——是不死的，不朽的；叫人知道‘为全种万世而生活’就是宗教，就是最高的宗教；而那些替个人谋死后的‘天堂’‘净土’的宗教，乃是自私自利的宗教。这种新人生观是建筑在二三百年的科学常识之上的一个大假设，我们也许可以给他加上‘科学的人生观’的尊号。但为避免无谓的争论起见，我主张叫他做‘自然主义的人生观’。”[②]在这种献身于人类未来的自然主义人生观的背后，隐含着对人性可臻无限完善的信念，相信只要纯任自然，消除对人的自由的任何限制，人性就会自然进化到一种尽美尽善之境。另一位新文学运动的代表人物周作人受西方文学特别是古希腊文学文化影响较大，对人的理解带有更多的自然人性论和现代功利主义色彩，他一生倡导“伦理之自然化、道义之事功化”，这有其打破传统中国的“思想的强制和性道德的残酷”的人性解放意义，但以“自然”取代“伦理”，以“事功”取代“道义”，不免有落入虚无主义的危险。科学主义把伦理的基础奠定在科学的认知之上，但从这种科学认识论的观念无法推出“人应该相亲相爱”的伦理要求。自然人性论力辩人的自然本性的正当合理性，主张从人的实然层面看待人性，但由于否认了内在于人性的德性的根源，解放了的人性反而可能陷入一种随波逐流的失根状态。

蔡元培曾说，所谓现代，表现为人的“我见的扩大”，它代表的是对自我的“意、必、固、我”的坚执之情，是对传统中庸调和、温柔敦厚诗教的叛离，用鲁迅《摩罗诗力说》中的话来说就是，只有“撄人心”才是文学的目的，传统文学之病就在于不撄人心，即使人心趋于静而非趋于动。他们信奉的是一种“是非审之于己、毁誉听之于人、得失委之于数”的人生态度。传统之天作为人的生存超验维度的意义已不存在，而代之以个人的乾纲独断。人不再从人兽之别的角度强调人高于自然的文明属性，而是从主客之别彰显人的主体性和独特性，从个体生存的角度寻找自身存在的价值和意义，这是现代性不同于传统的立足点的变化，对文学的变革影响深远。

天人关系的翻转催生出一种人本主义的主客二分文化，在文学中主要表现

---

① 胡适：《〈科学与人生观〉序》，见张君劢、丁文江等著《科学与人生观》，济南：山东人民出版社，1997年，第20页。
② 胡适：《〈科学与人生观〉序》，见张君劢、丁文江等著《科学与人生观》，济南：山东人民出版社，1997年，第24页。

为两种倾向：唯理论的客观性文学和唯我论的主观性文学。前者立足于以物观物的客观性立场，后者立足于个人的情感、意愿、感受、体验，现代文化成为由主观意见和客观知识主导的世界。文学的纯客观倾向在新文学中开始得到发展，即以对象化的方式对客体进行客观的观察和描写，以科学眼光看待世界，由此导致一种客观主义的写作倾向，其背后隐含着唯理论的科学主义信仰。茅盾即提倡这种文学写作中的科学化态度，他在《自然主义与中国现代小说》一文中认为，缺乏"客观的态度"和自觉的社会目的，是中国无论新派还是旧派小说的病根所在。他推崇西方自然主义的小说，认为这种经过了近代科学洗礼的自然主义不仅在描写上表现出其独具的客观性，而且在题材、思想上可以给人带来新的启示，作家应该像科学家研究自然一样来研究人类社会。这种对客观化的强调表现出茅盾看待现实的社会科学家的态度、气质。晚清小说多叙述而少描写，其原因主要在于缺乏客观性的观察功夫。客观性的观察功夫需要一种科学化的看待世界的眼光和态度，由此，才可使现代性心理意识中的世界图景得以呈现。

近代以来，人的生存向度由希圣、希贤的内向性完善转变为向竞争、逐求的外向性扩展，关注的对象发生了极大的变化，影响到文学，则突出表现为文学的人间化、世俗化，天意、天谴、神魔、灵怪开始从人的世界中退出，现实生存的急务同时成为文学的急务。中国近代文学兴起于中西文化交汇的大背景，人心胸的扩大、知识的拓展更新以及救世主义的理想追求，为文学写作提供了前所未有的广阔空间，正如沈惟贤所说："然今学界日新，志士发愤，咸欲纵观欧、亚大势，考其政教代兴之机，富强竞争之界；即黉塾之师，用以发明事理，启牖来学，亦于是乎汲汲焉。"[①]文学成为传播新知、推动社会变革的重要载体。以小说为例，内容题材之新成为新小说区别于旧小说的一大标志。在小说类型上，则于传统的志人、志怪、讲史三大类之外，增加了富有时代色彩的政治小说、科学小说、侦探小说和教育小说，可以说把文学的表现对象由天地人神共在的世界转向了人所主导的现实世界、面向未来的世界。近代文学与济世救民的政治目标结合，使文学的重要性得到了空前的强调，文学成了"其最高尚、最尊荣、最特别

① 沈惟贤：《〈万国演义〉序》，见舒芜等编选《近代文论选》上册，北京：人民文学出版社，1999年，第256页。

之名词”[①]，而西方的强大与进步被认为与其文学上的成就直接相关。正是因为看到了文学的强大政治宣传功能，梁启超在《论小说与群治之关系》中将小说之新当成一切之新的首选和急务。胡适“为大中华造新文学”的理想抱负同样是这种功利性文学立场的反映，文学被视为“世界进化之母”。西方文学中所表现出的独立、进取、冒险、奋斗之精神对中国人的现代人生观的确立起到了示范作用，正如白葭所言：“读是书者，须知是书之旨趣何在，灵魂何存。曰：有独立之性质，有冒险之精神，而又有自治之能力是也……吸彼欧、美之灵魂，淬我国民之心志，则陈琳之檄，杜老之诗，读之有不病魔退舍，睡狮勃醒者乎！其弱其强，其存其亡，不在彼墨守之故旧，而在我可爱之青年。愿我国自命为将来之主人翁者，起舞迎之，熏香读之。”[②]此与陈独秀所倡导的新青年的精神一脉相承。传统“心应林鸟、情感林泉”隐逸逍遥的山林文学开始为“上与大陆争进化，下与动物争生存”[③]的竞存、抗争的文学所取代，这是时代精神的体现。

因此，在对“传统之天”解魅之后，现代性还表现为对人的改造社会的行动神圣化的“复魅”趋势，现代文学中的英雄主义气质即由此而来。如清末陈景韩的《侠客谈：刀余生传》写一个做了“匪首”的“革命党”刀余生的自我立法，其立法原则正来自“物竞天择，适者生存”的进化伦理，他直接将自然界的法则延伸到人类社会，将自然环境的最适应者（Fittest）等同于人类伦理的至善（Best），并“替天行道”、代自然执法，认定“与其听天演之淘汰，不如用我人力之淘汰”[④]，表现出真理在握、乾纲独断的态度。陈独秀在倡导文学革命时同样表现出英雄主义气质：“必以吾辈所主张者为绝对之是，而不容他人之匡正也。”[⑤]鲁迅《狂人日记》的深广忧愤即来自对现代“人的真理”的发现所产生的自信。现代性的拯救之道是以人正天，建立起一个实现“真公”的世界，由此，是非善恶的仲裁权由“天”和来世转移到“人”和现世，而谁有资格来做这种出于“真公”的裁决？那就是使造物主都为之羞惭、伏藏、变色的“叛逆的猛士”：“叛逆的猛士出于人间；他屹立着，洞见一切已改和现有的废墟和荒坟，记得一切深广和久远的苦痛，正

---

① 陶曾佑：《论文学之势力及其关系》，见舒芜等编选《近代文论选》上册，北京：人民文学出版社，1999年，第246页。
② 白葭：《〈十五小豪杰〉序》，见舒芜等编选《近代文论选》上册，北京：人民文学出版社，1999年，第238页。
③ 白葭：《〈十五小豪杰〉序》，见舒芜等编选《近代文论选》上册，北京：人民文学出版社，1999年，第238页。
④ 冷血：《侠客谈》，《新新小说》1904年第1卷第1号。
⑤ 胡适、陈独秀：《通信》，《新青年》1917年第3卷第3号。

视一切重叠淤积的凝血，深知一切已死、方生、将生和未生。他看透了造化的把戏；他将要起来使人类苏生，或者使人类灭尽，这些造物主的良民们。”[①]现代社会的先觉者不再是蛰居于书斋的沉思冥想者，而是要走向十字街头，唤起改造社会和人生的风暴，所以，对行动的重视高过一切，文学的功利化要求也与此相关，文学被界定为“改造人生的利器”。鲁迅之所以被视为“现代中国的圣人”，正是因为他是朝向这种无限的自由之境挺进的现代精神的体现者。现代文化一方面是对不以人的意志为转移的客观性的追求，另一方面是以现代个人主义的自我扩张精神为动力。现代文学体现了这种向外和向内的充分扩展，这将为传统协同性文化所制约的人的主观性和客观性的追求解放出来，由此实现了中国文学由传统向现代的转换。

与将现代性视为历史阶段的看法不同，福柯强调的是现代性之为现代性所特有的精神气质：“我不知道我们是否可以把现代性想象为一种态度而不是一个历史的时期。所谓‘态度’，我指的是与当代现实相联系的模式；一种由特定人民所做的志愿的选择；最后，一种思想和感觉的方式，也是一种行为和举止的方式，在一个和相同的时刻，这种方式标志着一种归属的关系并把它表述为一种任务。无疑，它有点像希腊人所称的社会的精神气质（ethos）。”[②]作为一种精神气质即思考、感觉乃至行为方式的现代性，在中国近现代文学中有充分的体现。在传统宗教性文化中，世界由神圣秩序主导，一切苦难、不幸、悲惨产生的原因被认为是源于人对神圣秩序的背叛，而其拯救方式是以神性的尺度丈量自身，向神性和天道回归。现代性的态度则认为这种公正的宗教性的神圣秩序并不存在，人们感到自己置身于一个异己、冷漠的世界之中，人与宇宙、人与社会乃至人与自我都处于一种隔绝、敌对的状态，因此产生出强烈的从世界中挣脱出来的渴望。现代性的拯救主要以社会现代性的理想和审美现代性的梦幻方式展开，前者将希望寄托于历史的进步，后者则寄托于一种审美的超越，在与现实生活世界的疏离、对抗中发现真实的自我和真正切己的状态。

天人关系的近代翻转推动了社会的发展和文化的进步，但也导致人的文化心灵的分裂、人与世界的整体性和家园感的丧失。熊十力将传统的天人合一文

---

① 鲁迅：《鲁迅全集》第二卷，北京：人民文学出版社，2005 年，第 226—227 页。
② 福柯：《什么是启蒙？》，见汪晖、陈燕谷主编《文化与公共性》，北京：生活 · 读书 · 新知三联书店，1998 年，第 430 页。

化称为具有“四与之德”的文化。所谓“四与”,即《易传·文言》所言“大人者,与天地合其德,与日月合其明,与四时合其序,与鬼神合其吉凶”。天人合一是将“小己的生命与宇宙大生命为一”[①],从而“立人道以弘天道”[②]。这种文化曾带给人与世界统一的总体性和家园感,如同卢卡奇对古希腊文化的描绘:“世界广阔无垠,却又像自己的家园一样,因为在心灵里燃烧着的火,像群星一样有同一本性。世界与自我、光与火,他们明显有异,却又绝不会永远相互感到陌生,因为火是每一星光的心灵,而每一种火都披上星光的霓裳。这样,心灵的每一行动都变得充满意义,在这二元性中又都是圆满的。”[③]古典时代诗人的自我定位是存在的倾听者、感悟者,而非独立于世的观察者和主宰者,传统文化将诗文视为“理性情,善伦物,感鬼神,设教邦国,应对诸侯”[④]、贯通天人之际的修身养性方式。道是文学的本源,文学是道的显现。感悟天道需要的是心灵的空与静,所谓“静故了群动,空故纳万境”(苏轼《送参廖师》),所以儒、道、释都强调虚静的功夫,向往一种“万物静观皆自得,四时佳兴与人同”(程颢《偶成》)的人与世界的和合境界。而受到西方主客二分世界观的影响,这种整一性被打破,现代文化呈现出主体与客体、个人与社会、内在世界与外在世界、真实生活与日常生活等一系列的断裂,将人与世界组合为有机整体的总体性视域消失了。科学无法整合这一系列的断裂,因为它只能提供事实和材料,不能提供意义与价值。

为解决由于超验性维度和总体性视域的失落所导致的心灵与世界、现实与超验、个人与社会之间的割裂问题,艺术和审美开始被视为救治现代性之碎片化世界的良方,如席勒认为:“只有审美趣味才能把和谐带入社会,因为它在个体身上建立起和谐。一切其他形式的意向都会分裂人,因为它们不是完全建立在人本质中的感性部分之上,就是完全建立在人本质中的精神部分之上,唯独美的意象使人成为整体,因为两种天性为此必须和谐一致。”[⑤]审美高于政治和道德法律的意义在于,“在力的可怕王国和法则的神圣王国之间,审美的创造活动不知不觉地建立起第三个王国,即游戏和假象的王国。在这个王国里,审美

---

① 熊十力著,胡晓明编:《大海与众沤——熊十力集》,上海:上海文艺出版社,1998年,第384页。
② 熊十力著,胡晓明编:《大海与众沤——熊十力集》,上海:上海文艺出版社,1998年,第410页。
③ [匈]卢卡奇著,燕宏远、李怀涛译:《小说理论》,北京:商务印书馆,2012年,第20页。
④ 沈德潜:《说诗晬语》,见钱钢等著《中国诗学》第3卷,上海:东方出版中心,1999年,第414页。
⑤ [德]席勒著,冯至、范大灿译:《审美教育书简》,北京:北京大学出版社,1985年,第152页。

的创造冲动给人卸去了一切关系的枷锁，使人摆脱了一切被称为强制的东西，不论这些强制是物质的还是道德的"[①]。这种审美救世论在近代中国得到了热烈的响应，如蔡元培就曾提出"以美育代宗教"[②]的主张，认为美育较之宗教更为进步，更能满足人性发展的内在需要。现代性情境下的艺术审美文化成为把"心灵"与"生活"、主体和客体诗意、和谐地统一起来的重要方式，这是现代文学产生的文化哲学环境。造成文学变化的根源主要不在文学自身，而在人的这种生存方式和文化模式的重大变化。

三

在神灵和伦理之天作为一种超验维度被解构之后，人的超验冲动并未消失，只是目标、方向发生了变化，由人对"天"的仰望转向人间，成为对杰出者、成功者、强者的羡慕、模仿与追赶，这与西方文化的情形相似。勒内·基拉尔认为，虽然现代人的觉醒杀死了"上帝"，但人的超验冲动并未消失，而是从以往的"垂直超验"方式变成了"偏斜超验"方式，由"模仿耶稣基督变成了模仿身边的人"。[③]"垂直超验"的"超验冲动"和"自我欲求"相统一，"偏斜超验"则具有某种悖论——以"他者"为上帝使模仿者感到屈辱和自卑，进而对想要成为的他者产生爱怨交织的矛盾情感。这是一种"彼可取而代之"式的超越方式，对他者的崇拜往往并不是因为被崇拜者自身独有的品性，这主要是一种对物与力而非对德和才的崇拜。基拉尔指出：现代小说除主人公（主体）和欲望目标（客体）外还存在"介体"，由此构成三角关系，形成现代小说最内在甚至是唯一的结构形式，介体在其中发挥关键性的作用，影响甚至决定着主人公的选择："一旦介体发生影响，主体对现实事物的感觉就丧失了，判断力就麻木了。"[④]因此，在西方文学中，追求现代的历程在很大程度上表现为一种模仿他者的欲望历程。

在近代中国，由于面临亡国灭种的危险，最重要的任务是"强国保种"，在世界现代性的生存竞争中成为西方式的强者、成功者，这就使得救亡图存成为中国现代文学的主要追求目标。现代中国文学主要是在"西化-现代化"这一总体

---

① ［德］席勒著，冯至、范大灿译：《审美教育书简》，北京：北京大学出版社，1985年，第151页。
② 蔡元培：《以美育代宗教说：在北京神州学会演讲》，《新青年》1917年第3卷第6号。
③ ［法］勒内·基拉尔著，罗芃译：《浪漫的谎言和小说的真实》，北京：生活·读书·新知三联书店，1998年，第62页。
④ ［法］勒内·基拉尔著，罗芃译：《浪漫的谎言和小说的真实》，北京：生活·读书·新知三联书店，1998年，第3页。

目标推动下不断前行的，在此过程中，“欲望介体”不断更迭、变换。如最早是俾斯麦、麦哲伦、伋顿曲一类人物，他们作为生存竞争中的强者、胜出者、开疆拓土的英雄而被推崇；“新文明论”者眼中的“西方”则是被一厢情愿地理想化的“华胥国”；革命者眼中的伟人是卢梭、拿破仑以及被称为“摩罗诗人”的拜伦、雪莱、裴多菲等。到“五四”时期，思想、文化变革的重要性得到空前强调，在其背后推波助澜的是“尼采热”“易卜生热”等倡导价值重估的文化救世主义潮流。这种不断改变、寻找超越目标的方式，正是以“偏斜超验”模式为主导的现代性文化的特性所在。在中国社会由传统向现代的转型过程中，文学担负了非常重要的角色，它是在传统中国遇到总体性危机的情境下，以现代性的文化共识重新整合社会、凝聚人心推动社会变革的重要力量。这种力图“毕其功于一役”，将“政治革命”“社会重建”和“文化革新”熔于一炉的整体性追求，是现代中国文学不同于西方文学的一大特性。[①]

天人关系仍是文学表现的一个重要内容，不过“天”的语义已发生了明显的变化，它更多的是指人与自然及宇宙万物的关系。这在现代文学中主要有两种典型的表现形态。第一种可以郭沫若的《女神》为代表，这是一种从泛神论延伸而来的自我神化的表现形态，它突出表现为一种人凌驾于自然之上的姿态。郭沫若在《自然与艺术》一文中这样宣告：“20世纪是文艺再生的时候，是文艺从科学解放的时候，是文艺从自然解放的时候；是艺术家赋予自然以生命，使自然再生的时候……艺术家不应该做自然的孙子，也不应该做自然的儿子，是应该做自然的老子。”[②]与古典天人合一之境所达到的忘我、忘物、忘神的空灵自在迥异，《女神》中的自然是一个动与力的世界，自然是人性的扩张、人与宇宙的合而为一，如《梅花树下醉歌》中“我赞美我自己，我赞美这自我表现的全宇宙的本体”[③]，体现了一个使客体完全消融于主体之中的世界，对人的主体性的张扬达到了极致，天与人之间的分别、对应和张力关系消解了。就郭沫若个人的兴趣、爱好而言，他对古典艺术之美颇有体味，也创作过《星空》《春蚕》等静美之作，但

---

① 既有的现代文学研究以个性解放为中心的启蒙主义范式和以政治革命为中心的新民主主义范式已对这种特性作了较为全面、有力的阐明，此不赘述。这里侧重从人与世界的关系和人对世界的态度的层面来把握近现代文学的变化，在与西方文学发展轨迹对照的基础上，揭示现代中国文学在把握世界的基本思维模式发生变化之后所呈现出的文化特性和审美特性，从而对现代人的生存处境和生存状态有所呈现和揭示。

② 郭沫若著，黄淳浩校：《〈文艺论集〉汇校本》，长沙：湖南人民出版社，1984年，第129页。

③ 郭沫若：《梅花树下醉歌》，《女神》，北京：人民文学出版社，2000年，第89页。

其能代表人性解放的时代精神的作品并不在此。这种将人的意志提升到宇宙的意志，从而支配一切的态度，如果发展到“地球是个红玛瑙，我爱怎雕就怎雕”的程度，就会威胁到人类自身的生存。第二种可以鲁迅为代表，这是一种表现人与异己的世界对立、对抗的形态，是人与其所置身的世界剧烈冲突的体现。在“比沙漠更可怕的人世”中生存，人与现实世界的冲突是人的一种基本、常态的体验，所以，鲁迅笔下的自然往往与主人公处于一种冷漠、紧张和对立的关系中，典型的如《药》中那只不为人世哀乐所动的“铁铸一般站着”的乌鸦，《故乡》里没有一点活气的“萧索的荒村”，《白光》里那将陈士成引向死亡的“注下寒冷的光波”的“铁的月亮的影”，《在酒楼上》中那在雪中开得明艳似火、“愤怒而且傲慢”的山茶花，等等，都表现为人与物关系上的对立和紧张。最为夸张的当数《新秋杂识·三》中“野菊性官下，鸣蛩在悬肘”[①]的大煞风景，鲁迅直言：“我就从来没有见过秋花为了我在悲哀，忽然变了颜色；只要有风，大海是总在呼啸的，不管我爱闹还是爱静。”[②]他所认同的是“以科学为术，合理为神，功利为鹄”[③]的近世文明，刻意与自然拉开距离，拒绝人与自然的依从、契合、共情，以强化人之于物的主体性。人与自然关系的实质在于人与人的关系、人与世界的关系，这在其散文诗《野草·秋夜》中有集中的体现：《秋夜》中的“夜空”与“我”及园中的一切呈现出敌对态度：“这上面的夜的天空，奇怪而高，我生平没有见过这样奇怪而高的天空……然而现在却非常之蓝，闪闪地睒着几十个星星的眼，冷眼。他的口角上现出微笑，似乎自以为大有深意，而将繁霜洒在我的园里的野花草上。”[④]冷漠，敌意，“我”仇视它，它也对“我”报之以仇视的“天空”，正是从天人合一的亲和关系中走出的觉醒者眼中人与世界的缩影。而置身于这一处境中的人唯一可取的态度，就是以敌视对待敌视，以仇恨回报仇恨，正如园中敢于刺向青天的枣树：“他们简直落尽了叶子……而最直最长的几枝，却已默默地铁似的直刺着奇怪而高的天空，使天空闪闪地鬼睒眼；直刺着天空中圆满的月亮，使月亮窘得发白。”[⑤]面对人的挑战的“天空”似乎也开始畏惧人世：“鬼睒眼

① 鲁迅：《新秋杂识》(三)，《鲁迅全集》第五卷，北京：人民文学出版社，2005年，第320页。
② 鲁迅：《新秋杂识》(三)，《鲁迅全集》第五卷，北京：人民文学出版社，2005年，第319页。
③ 鲁迅：《摩罗诗力说》，《鲁迅全集》第一卷，北京：人民文学出版社，2005年，第74页。
④ 鲁迅：《秋夜》，《鲁迅全集》第二卷，北京：人民文学出版社，2005年，第166页。
⑤ 鲁迅：《秋夜》，《鲁迅全集》第二卷，北京：人民文学出版社，2005年，第166~167页。

的天空越加非常之蓝，不安了，仿佛想离去人间，避开枣树，只将月亮剩下。然而月亮也暗暗地躲到东边去了。而一无所有的干子却仍然默默地铁似的直刺着奇怪而高的天空，一意要制他的死命，不管他各式各样地映着许多蛊惑的眼睛。”[①]而代表这一挑战“天空”的反抗精神的精灵就是那“夜游的恶鸟”，鸱枭的叫声，即鲁迅所呼唤的“真的恶声”。然而，“我”也同时感到挑战“天空”的无望和自不量力，“我”所能得到的，可能只是来自天空的嘲笑：“我忽而听到夜半的笑声，吃吃地，似乎不愿意惊动睡着的人，然而四围的空气都应和着笑。”[②]虽是力量对比悬殊、无望的抗争，但“我”仍要对那些飞蛾投火般为追求光明而死的“苍翠精致的英雄们”表达“我”的敬佩和祭悼。人与自然、社会的对立，人间世界的沙漠化，是构成鲁迅生存体验的核心内容。人的愿望与世界的非理性的沉默所产生的荒诞感，是西方存在主义所表达的主要内容，典型的如萨特的《恶心》。鲁迅的不同之处在于，他更强调来自宇宙世界的敌意而非漠然，因此，鲁迅式的反抗更具有普罗米修斯式的悲剧英雄气质。鲁迅虽也向往《好的故事》的美丽幽雅之境，但他自己在结尾就拆散了这种经不起“凝视”的幻境。他在对外部世界的客观审视中，表现其作为精神上的“异乡人”“外来者”与世界的龃龉和对抗，其自然描写带有浓厚的象征意味。除此之外，还有茅盾式的取法于自然主义的客观描写，更具有以物观物的科学主义色彩。

在“天道”瓦解之后，作为个体的人如何确立自我、找到人生的价值和意义，是现代文化关注的一个核心问题。在传统建立在天人合一基础上的“四与之德”消散之后，共同的文化基准点和指向性阙如，世界的物质化、碎片化使人只能通过个人的心灵去感知世界、体味世界。走出传统的现代人心灵的迷茫和焦虑在周作人的早年日记中有充分流露：“世有轮回，吾愿其慰，今生不得志可待来生，来生又可待来生，如掷五琼，屡幺必一六。而今已矣，偶尔为人，忽焉而生，忽焉而死，成败利钝一而不再，欲图再厉，其可得乎。然此特悲观之言，尚未身历日暮途穷之境者也，彼惊弓之鸟又更当何如。”[③]在来源于天的是非善恶的绝对标准已失，独自面对只能选择一次的人生时，作家已没有什么关于生活的

---

① 鲁迅：《秋夜》，《鲁迅全集》第二卷，北京：人民文学出版社，2005年，第167页。

② 鲁迅：《秋夜》，《鲁迅全集》第二卷，北京：人民文学出版社，2005年，第167页。

③ 周作人：《旧日记抄》，见张均编《周作人代表作选》，上海：全球书店，1938年，第155页。

经验和劝诫可以传达，他自己就是失乡迷路的寻路者，所有的也只是对人生的困惑而已。

现代人确证自我的方式有两种：一种表现为向外的对事功、荣誉的追求，追求来自社会的承认和肯定，如成为造福后世的铜像巍巍的英雄；另一种则将社会身份视为虚假自我，从而返回内心，认为唯一真实的是个人独一无二的心理体验。这两种方式在现代文学中交互出现，一般而言，第一种方式在辛亥革命之前占据主导，第二种方式在五四新文学中开始得到发展，自我的发现意味着非社会化的自我开始成为自我的基点。

大致来说，清末至民初的文学史有两次大的兴替：一是晚清小说革命所带来的“新小说”取代了古体诗文，成为文坛的主角，文学视域由关注天人之际转向专注人间生活，特别是政治领域如时代的政治诉求、对社会现实的谴责和批判成为文学的主要内容；二是“五四”借新文化运动之势，以“新文学”取代世俗化的言情小说、黑幕小说，由此，“纯文学”开始成为主流。纯文学的旨趣在于对天人分离的现代性情境下的生之意义和世界本相的探索和表达，代表了文学走向个人化、内心化的趋势。与此相应，从叙事角度来看，近代小说经历了由代表一般性的公共看法的叙述人（说书人）向个性化、戏剧化的叙述人的转换，即由全知作者叙述向有限视角叙述的转换。这是一个由外向内，由群体向个人、由“拟话本”向“私密写作”的演进过程，建立在人同此心、心同此理的文化共识基础上的“故事”，转向以表达个人对世界的理解和把握为主旨的“小说”，作为个体之人的作家的主体性开始凸显，一改以往的“匿名”状态，而具有独一无二的重要性，更有浪漫主义的诗人自居于“上帝”与“神”的位置，成为“未冕的世界立法者”，宗教性文化的衰落和人本主义文学文化的兴盛成为一个典型的文化景观。

从文类角度考察，现代文学不同于传统文学的一个突出现象是出现巴赫金所说的“文学小说化”趋势，适于表现人的内在自我成长过程的小说开始成为文学中最重要的文类，其开放性表现为“不断改变自身已形成的一切形式”。[①] 现代意义上的“小说”的出现是一种典型的现代性现象。小说被称为世俗化时代

① ［俄］巴赫金著，白春仁、晓河译：《小说理论》，《巴赫金全集》第三卷，石家庄：河北教育出版社，1998 年，第 544 页。

的史诗,在神性的文化被人性的文化取代之后,小说通过描写人的日常生活,来表现人的内在成长。由此,黑格尔将小说称为"近代市民阶级的史诗",他将古典史诗与现代小说做了对比,认为史诗表现了主客体之间的统一性,而小说却显示了主客体的分裂和主体的孤独,揭示了人和世界之间的距离,并要以"已安排成为具有散文性质现实世界为先行条件……小说最常用的而且也适合于它的一种冲突就是心的诗和对立的外在情况和偶然事故的散文之间的冲突。"[①]卢卡奇则认为,现代性的最大问题是"总体文化"的失落,这使得现代人必须独自面对一个没有意义的世界,通过心灵为世界赋形,以此为上帝退隐后的世界寻找意义。所以,在他看来,小说主人公的追求是对已经失去的史诗意义的追求:"小说是上帝所遗弃的世界的史诗,小说英雄的心理状态是魔力,小说的客观性是男性成熟的洞见,即意义绝不会完全充满现实,但是,这种现实没有意义就将瓦解成无本质的虚无:所有这一切说明的都是同一件事情。"[②]现代小说的特点就在于,其内在形式是"成问题"的个人的自我完成,其外在形式则是传记。这就将小说与传统的故事区别开来:故事讲述的是"自然的历史",而小说讲述的则是"人为的历史"。按照本雅明对传统的故事和现代小说的区分,"小说的诞生地是孤独的个人……去证明人生的深刻的困惑"。[③] 小说是现代所独有的文类,它所关注的焦点是,心灵能否通过对形式的找寻实现自己真正的生命?如何能活在一个让人摆脱异化而自由自在的世界?这是在失去了传统所给定的真理之后,人生必须去探索和解决的根本问题,传统宗教性真理的瓦解失效是现代小说产生的前提。

就中国而言,在传统天道信仰瓦解之后,人如何通过自己的活动赋予人生、世界以意义,成为推动现代小说乃至现代文学兴盛的内在根源。现代意义上的西方小说的开端,一般被认为是《堂吉诃德》《鲁滨逊漂流记》等,这些作品即是从"成问题的个人"发端,以对人生、世界存在的意义问题的关注和思考为中心,带有现代存在寓言的性质。中国的情形有所不同。近代中国迫在眉睫的问题是救亡图存的社会政治问题,所以小说的兴起首先面对的是社会问题而非人生

---

① [德]黑格尔著,朱光潜译:《美学》第三卷下册,北京:商务印书馆,1996年,第167页。
② [匈]卢卡奇著,燕宏远、李怀涛译:《小说理论》,北京:商务印书馆,2012年,第79页。
③ [德]瓦尔特·本雅明著,陈永国、马海良编:《本雅明文选》,北京:中国社会科学出版社,1999年,第295页。

问题。近代小说的变革从梁启超关于小说是“改良群治的利器”的政治功利主义文学观开始，当时谴责小说的兴盛，可以被视为小说现代化的初起阶段，小说写作的内容由传统的神魔、人情转向社会现实生活，以对现实的谴责和批判来推动社会变革。谴责小说和现代报刊同时兴起，其发表形式依附于报刊，作家往往同时就是报人，如李伯元、吴趼人等。他们写小说的一个重要原因是为了增加报纸的销量。因此，谴责小说与新闻时事报道有混同之势，小说与新闻之间的内在区别尚未得到充分认识，这影响到小说自身的发展。谴责小说热衷于表现一种“恶的无限性”，这使其满足于对外在的官场黑幕、丑态的展示，缺乏对内在自我的观照。新闻主要告诉人们发生了什么事，而小说关心的则是这些事发生的背后和内在的东西，它需要有对生活本质和意义的洞见，若小说与现实失去距离，则将导致小说为现实所吞没。谴责小说之所以尚未进化为“现代小说”，主要原因在于，其作家群的价值立场基本上是“以传统批判现代”，以源于传统的应然来批判现实的实然，缺乏支撑现代人世界观的理性主义、个体主义、主体性的观念，以及现代的历史观。《孽海花》虽有写“史诗”的意图，但仍脱不掉集艳情和传奇于一体的稗史情调；《老残游记》的作者刘鹗虽有“以养天下为己任”的补天之愿，但其个人的终极关怀仍是道家的逍遥出世，而非现代的个人主义。因此，此时期的文学仍表现出亦新亦旧的过渡期特性。

相比之下，五四新文学则表现出彻底的以现代批判传统，以对传统的自觉叛离、决裂来表现其现代性追求的特点，出现了与现实社会和固有传统对立的“狂人”“疯子”“零余者”“多余人”这类“成问题的个人”形象，由此与西方文学相通，成为现代意义上的纯文学，只不过由于近代中国面临的是一种总体性的危机，首先“成问题”的是“国家”，其次是“社会”，最后才是“个人”问题。因此，中国近现代文学主要应对的是民族、国家、社会危机，到五四新文学则开始由社会政治道德层面上升到形而上的人生问题，正如郁达夫所言：“五四运动的最大的成功，第一要算‘个人’的发现。从前的人，是为君而存在，为道而存在，为父母而存在的，现在的人才晓得为自己而存在了。”[①]周作人则只将“个人”和“人类”这两端看成是真实的，而其间如家庭、社会、国家、民族的存在都是无意义

---

① 郁达夫：《中国新文学大系·散文二集·导言》，《中国新文学大系》（散文二集），上海：良友图书印刷公司，1935年，第5页。

的。这些观点不无偏颇，但为他们摆脱现实问题的纠缠，抽象地思考、探寻现代性情境下存在的终极价值和意义问题提供了途径，由此催生出聚焦于人性解放的抽象理想主义小说和表达个人幻灭感之追求的心理情绪小说。

五四新文学主要代表的是一种对现代性的正面追求，其文化特性表现为主客体关系的确立和强化，人与外部世界的关系以启蒙者与被启蒙者、个人与社会、人与自我及人与自然环境的主客对立的方式呈现出来，将世界对象化这一认识世界的方式，成为新文学得以产生的内在机制。浪漫主义文学包容天地的自我扩张，极大地推动了人性的解放，它继承了中国文学的入世传统，对人性的觉醒和解放、历史的进步起到了广泛的示范、动员作用，这一点功不可没，但文学与历史合一的单一指向会对文学的自主性、多元性产生制约。因此，到"新文学"的第二个十年，以周作人、废名等为代表的唯美颓废主义的文学倾向开始出现，由个人主义的入世的自我扩张转向追求人生的艺术化、情趣化，将美作为人生寄托和精神慰藉。他们不再置身于世界之外来看待世界，而是与世界万物融合，人与世界万物的关系不再是对象性的，而是相通相融、共处互动的关系。废名着意表达的是源自佛道的"人生如梦，而梦是真实"的人生观，他的《桥》可以说铺就了一条打通生死、连接有无之间区隔的心灵之桥。这是对现代性主客二元对立的超越，但并非对传统天人合一的简单回归，而是对主客二元关系存在的必要性有了充分的理解和认识，只不过将其限制在工具性的领域，以免除其物化思维对人的心灵的侵蚀。沈从文的小说延续了这种天人和谐的牧歌化倾向，致力于对人和自然生命中的神性的表达，可视为与社会现代性相对应的审美现代性的代表。

总之，中国传统之"天道"的消解从根本上改变了中国人的生命感觉和世界图景，带来全新的感知世界的方式。文学在此一时期完成了由从天到从人的根本指向性的转变，从而实现了文学的现代转型。在"改男造女态全新"的现代性历史文化进程中，文学在"新人"塑造方面走在了时代的前列，呼唤、设计、催生"新人"，甚至成为近现代文学的主要使命。文学对创造"新人"形象的热衷可被视为对消失了的"德性"和"超越性"的替代和补充，它表现为一种不同于传统神人信仰的人本主义的精神信念，但这种人类中心主义的思维模式有其内在的矛盾，其面对世界的自负和谵妄将给人自身带来巨大的风险。近代以来天人关系的变化，一方面给人带来了极大的解放，由此生发出人与自然、人与社会、人与自我关系等一系列改变，催化出一种不同于传统的现代“新人”，另一方面也给现代社会带来一些新的问题和危机，突出表现为传统德性的丧失、物质主义的盛行、人类超越性维度的改变，以及自然生态环境的恶化等。因此，在现代性所设定的主客关系之外重新思考天人关系等问题，显得颇有必要。近代中国对现代性的追求、对传统的颠覆，意义重大而深远，但其偏颇和盲区也很明显。现代性不是包医百病的良方和趋于完美的终点，而是一个需要我们不断修正、完善、续写的未竟事业，而对文学、文化的古今之变的考察可以为我们检测、思考现代性问题提供重要的参照。

清末民初乌托邦文学综论

“乌托邦”一词源于16世纪英国人托马斯·莫尔的创造，他将希腊语的eutopia（“福地乐土”之意）和outopia（“乌有之乡”之意）组合在一起，构造出一个新词“utopia”，来指代他所设想出来的完美国度及其所代表的理想社会制度，由此乌托邦的含义也就具有了两重性：一是指它的完美性，一是指其作为“乌有之乡”的非现实性。乌托邦的出现与西方中世纪之后人本主义思潮的兴起有关，人们开始不再以“上帝之城”作为自己的理想寄托，而是基于人本主义的理想来虚构一个以“人”而不是以“神”为主导的完美国度。所以乌托邦的出现是西方现代理想主义的文化精神的一种重要体现。乌托邦作为人类思想意识中最美好的社会，代表的是人对于社会理性的、应然的诉求，这种诉求与世界非理性的沉默与实然的现实相遇就会产生尖锐的冲突。在这种冲突面前，古典的乌托邦主义者大多会退回书斋，以精神上的自由替代现实中的不自由；而近现代乌托邦主义者则倾向于选择走向街头，把现实中的不自由改造成自由。于是，近代乌托邦在很大程度上就成了理想主义者改造社会的蓝图和规划。所以近代的乌托邦也被研究者称为是一种“拟乌托邦”，即以乌托邦预言未来的方式，表达社会改造的理想。由此近代的乌托邦也就出现了泛化的趋势，并且它也不再只是“空想”的代名词，也可指称一种可以实现但尚未实现的现实。近代乌托邦开始介入到现实中，成为鼓舞人们为之奋斗的目标。中国近代的乌托邦大多即属于这样一种性质的乌托邦，它集中承载的是人们力图超越现实、实现理想的愿望和期待。中国近代乌托邦文学与现实的关系更为密切，因为近代中国现实问题的严重性已使人们无法回避，即使是远景式的未来展望也与现实密切相关，而倾向于“毕其功于一役”。近代中国处于一个重大的历史转折点上，人们对未来可能发生的一切既充满憧憬也满怀疑虑，这就成为了以预言未来为己任的乌托邦文学繁荣的土壤。乌托邦文学主要以小说或思想札记的形式出现，近现代中国曾出现了为数可观的乌托邦文本，而对此的研究则相当薄弱，即使有人提及往往也是将之视为非文学理念的演绎，以凌空高蹈和非现实简单地否定掉了。其实，乌托邦文学作为一种文学现象和精神文化现象，对于现代文学史的影响不可低估。它是五四新文化运动和五四新文学产生的直接源头，是中国现代性文化、文学的开路先锋，它所代表的精神、心态、观念深刻地影响到了 20 世纪中国历史、文化、文学的走向。因此，将其排除在外的文学史是不完整的文学史；对其轻慢、贬损的文学研究也难免会留下对文学“得其形而遗其神”的缺憾。该文拟对清末民初的乌托邦小说作一整体性梳理和概括，在文学与社会的互动关系中考察近现代文学中的乌托邦精神、心态，以及它对近现代中国史和文学、文化的深刻影响。

一

中国乌托邦文学的兴盛期可以说是从庚子之变后开始的，到 1919 年五四运动之后告一段落。在这近 20 年的时间里，出现了大量译自国外和中国人自创的社会乌托邦小说、科幻乌托邦小说。据不完全统计，这类小说的总数有 400 余篇，译、著约各占一半。前期的社会乌托邦和科幻乌托邦小说有杂糅之势，到后期逐渐分化，科幻小说自成一家，成为现代文学中一个独立门类；而社会乌托邦小说则在“五四”之后（1919 年）开始衰落，这与新世界的“曙光”显现，一种科学的阐释社会发展的理论的传入有关。马克思科学社会主义思想的传入,苏联的成立——世界"第一个社会主义国家"的出现等,使得关于未来社会发展的趋向等似乎已少悬念,因此对于未来社会的想象和预测有所减少。

近代乌托邦文学作为一种预测、表现社会变化和发展的文学形式,它的出现与中国特有的历史文化语境是不可剥离的。乌托邦主要涉及的是一个世界"应该如何"的问题,而这种应然的要求会与实然的现实产生尖锐的冲突,由此推动人们在一个虚拟的环境中以反现实的方式表达其世界"应该如何"的理想。这种实然与应然之间的对照、对立,使人们对未来产生一种强烈的希望,从而推动人们去追求一种更合乎理想的生存状态。所以乌托邦的意义不在于其构想是否能完全实现,而在于它对改变现实提供了一种强大的动力。正如马克思·韦伯所说:"人们必须一再为不可能的东西而奋斗,否则他就不可能达到可能的东西了。"[①]卡尔·曼海姆也曾说过:如果摒弃了乌托邦,"人类将会失去其塑造历史的意志,从而也会失去理解历史的能力"[②]。前现代的乌托邦是一个非历史的概念,它主要是让人思考而不是让人行动的。而近代以来的乌托邦则与历史结缘,就是在现实的空间展开并预言其随时间推移而能够实现,如此这样,历史就成为一个不断进步、日臻理想化的过程,乌托邦也就具有了推动人们按人类的理想和意愿去创造历史的变革性意义。

近代西方乌托邦的兴起与工业革命、启蒙运动和法国大革命这三大重塑世界的历史动力密切相关,科学乌托邦、理性主义的社会乌托邦和人道主义的乌托邦之产生,与这些推动和改变世界的基本动力有某种对应关系。近代中国乌托邦的兴起除了这些来自科学、理性、人道的动力,还有其自身的动力,那就是一个近代衰败、困顿的中国所持有的多难兴邦、贞下起元、后来居上的信念和再造文明、重获民族新生的渴望。因此中国社会的现代化变革即使不是一个在西方冲击下的简单的应激反应,也是一个顺应、追赶乃至超越世界潮流,主动应变、创造新文明的过程。甲午战争之后,中国人的生存危机感普遍被激活,维新变法开始成为士人阶层的普遍共识;这种危机感由政治渗透到文化层面,人们开始猛然意识到中国传统的"老例"已无法再适用于现代世界,因而产生一种强

---

① Max Weber, *The Sociology of Religion*, Boston: Beacon Press, 1963, p.144.

② [德]卡尔·曼海姆著,艾彦译:《意识形态与乌托邦》,北京:华夏出版社,2001年,第302—303页。

烈的寻找“新文明”的冲动。庚子之变后，中国由传统社会向现代社会的转型迅猛加速，1900年逃往西安的慈禧太后也迫于时势，不得不开始变法，由此开启了一场由清廷主导的自上而下的维新运动。清末新政酿成了一种朝野上下“咸与维新”的时代风气，求新、求变、学习西方开始成为一种时尚趋赴，由此也唤起了人们的参政热情；日俄战争的结果促进了中国的“立宪运动”，也催生了宪政乌托邦小说的大量出现。而清末排满革命思潮的兴起，产生了一批深受卢梭和法国大革命影响的“革命乌托邦”小说；同时西方科幻小说的进入，引发了中国科幻乌托邦小说创作的热潮。

近代中国文学与西方乌托邦小说的结缘，可以说肇始于美国作家爱德华·贝拉米1888年出版的乌托邦小说《回顾》(*Looking Backward*)。该书面世3年后即被在华英国传教士李提摩太改编介绍到中国，先是刊登在1891年12月至1892年4月的《万国公报》上，名曰《回头看纪略》。1894年，它又以《百年一觉》之名，由上海广学会出版。此书在晚清时期流传甚广，它曾陈列在光绪帝的案头，从康有为的《大同书》、谭嗣同的《仁学》和梁启超的《新中国未来记》等近代重要著述中都可看出该书的影子。《回顾》是近代西方乌托邦小说的代表作，与16世纪初出现的乌托邦不同，它已具有了一些新的时代特点，所以它又被研究者称为“拟乌托邦”，因为其描绘的理想世界“能给予人以即将取得成功的感觉。他们实事求是地对待人们，并采用人所熟悉的方法。完满地实现他们的理想似乎指日可待。这是一个完全可以实现的过程，从不久以前和当今社会发展出来的过程”[①]。这种面向未来的前瞻性和介入现实社会改造的入世性，对于处于重大历史转折点、被未知和不确定性谜团包围着的中国人来说具有极强的吸引力。

从文化心理动机来看，乌托邦的出现首先与中国人在近代所遭遇的巨大的挫折感有关，它首先表现为一种穷则思变的文化突围。甲午战争之后，旧秩序、旧文化的衰败已成为一个不得不正视的现实，人们开始走出“传统”来寻找解决中国问题的出路，即使像政治态度偏向保守的郑孝胥也在《五十自寿诗》里写下这样的诗句：“读尽旧史不如意，意有新世容我侪。”康有为的中西比较结论是中

① [美]乔·奥·赫茨勒著，张兆麟等译：《乌托邦思想史》，北京：商务印书馆，1990年，第219页。

国之弱在“教之不善，经之无用”，因之倡导将儒学宗教化，建立“孔教”以对抗西方基督教，故提出“保国保种保教”的主张。但其弟子梁启超1897年后在要不要保教问题上，就已陷入“依违未定”[①]的境地，他在写给严复的信中对严复提出的“教不可保，而亦不必保”观点不但认同，而且赞曰“不意数千年闷葫芦，被此老一言揭破”[②]，但只是出于现实的、功利性的考虑，才认为保教仍不可抛弃。对于“传统”的态度，激进的革命党人则更为激烈和刚爽：如蒋智由《有感》诗云：“凄凉读尽支那史，几个男儿非马牛！”这种颠覆传统的价值翻转，在晚清时已经出现，如1902年发表在《新民丛报》第5号上的寓言小说《虞初今语·人肉楼》，是一篇不太显眼但值得重视的小说，可以说它是五四时期文学控诉“礼教吃人”的先声。[③] 所以，近代以来中国人的西化情结，不只缘于被动的枪炮的教训，更有发现了一个非中国的、从未出现过的“新文明”乌托邦的狂喜和激动。

由此可见，对新文明世界的强烈向往，推动着近代中国人走出传统去寻找人类文明的“新大陆”，这可以说是乌托邦文学兴起的一个内在的重要动力。对于晚清人来说，这种“新文明”是借鉴于西方而又超出西方的，因为现实中帝国主义、资本主义的西方和《虞初今语·人肉楼》想象的“华胥国”实有不小的距离，西方宣称的和实际上的作为也有抵牾之处。随着中国人对西方的了解越来越深入（包括亲临其地的耳闻目睹），现实西方作为一种浪漫乌托邦的想象开始褪色，向往“新文明”的中国人发现“新文明”在现实世界中还没有“道成肉身”、真正实现。正如萧然郁生在小说《乌托邦游记》中所产生的困惑：“我从前游过全世界，……那各处的有名地方，文明的不过一个文明的面子，总道自己是文明的国民，看着别人都是野蛮，我暗暗地去侦探他们，哪知这文明国民，所作为的都是野蛮，不过能够行他的诈伪手段，强硬手段，就从此得了个文明的名声。总之能够侵夺别人欺侮别人的，都是文明；被人家侵夺，被人家欺侮的，都是野蛮，我看了心里十分不平。”[④]正因为在现实世界找不到货真价实的文明国，所以“我想游乌托邦的心愈热，志愈决”，如此只好去梦里找寻真正的文明国了。这种文明国的构想必须符合中国人固有的对于文明的理解，并不是简单的西化。近代

① 丁文江、赵丰田编：《梁启超年谱长编》，上海：上海人民出版社，1983年，第280页。
② 王栻主编：《严复集》第5册，北京：中华书局，1986年，第361页。
③ 详见拙文《无政府主义与中国现代文学的现代性的起源》，《华东师范大学学报》（社会科学版）1999年第2期。
④ 于润琦主编：《清末民初小说书系·科学卷》，北京：中国文联出版公司，1997年，第74—75页。

是一个西方占据绝对强势的世界，但在中国人眼里这也是个弱肉强食、无公理可言的世界，"世上有文明国，但没有文明世界"（杨度语）是饱受列强欺凌、求告无门的中国人的一种突出感受。所以建起一个公正、有效的世界秩序，成为在野蛮竞争世界中处于劣势的中国人的一个强烈愿望。因此，1899 年和 1907 年由沙皇尼古拉二世倡议召开的两次国际和平会议，引起了晚清人的普遍关注，此时的乌托邦小说大都更进一步将建立一个维护世界秩序的"万国军""万国公法裁判所"，乃至于成立一个实体性的、维护公正的世界联合政府，作为自己的共同理想，这表达了近代中国人对于世界和平进步的强烈期望。本来，对于文明的理解，中西方各有侧重：中国的文明主要指的是"文治教化"，偏于精神道德层面；而西方的文明最早指的就是一个"全然的物质过程"[1]，后来从物质世界向精神世界扩展，仍主要表现为一种物质占据决定性的文明。而物质却往往是中国文化所轻视、排斥的对象，这就构成了中国人在面对西方文明时的矛盾态度。中国近代的乌托邦虽然不再无视物质的重要性，但注重的仍是止于至善的道德理想之实现。

再者，乌托邦文学是中国近代启蒙主义文学的重要表现形式。梁启超倡导的"新小说"主要指的是"政治小说"，写作这种"政治小说"之目的非常明确，就是通过小说的形式对民众进行政治启蒙，唤醒民众的政治参与意识，实现宪政，推动社会变革。"革命派"的乌托邦文学也是要通过文学宣传排满革命，进行革命动员。因此，乌托邦文学成为清末民初启蒙主义文化政治的战场，时代激烈的思想、文化、政治主张论争大都在乌托邦文学中得到了充分展示。鲁迅在《破恶声论》中曾提到两种典型的时代思潮，即国家主义和世界主义，他说："聚今人之所张主，理而察之……一曰汝其为国民，一曰汝其为世界人。前者慑以不如是则亡中国，后者慑以不如是则畔（叛）文明。"[2]可为一例。近年来，有海外研究者将中国近现代文学称为是一种"民族国家叙事"，海内也有人靡然从之，实则这只是一种想当然的推论。在国家主义与世界主义、立国与立人问题上，晚清知识界曾进行过激烈的论证，但占据上风的却往往是世界主义者和无政府主义者，这不但是因为他们的理论较新，而且还因为他们具有更强的现实超越性。

---

① Terry Eagleton, *The Idea of Culture*, Blackwell Publishers, 2000, p.1.

② 鲁迅：《鲁迅全集》第八卷，北京：人民文学出版社，2005 年，第 28 页。

所以单从建立现代民族国家的角度来把握近现代文学，显然是不够的，而且会有乖于近现代思想文化史的实际。晚清时期"立国""新民"是一个比较切近的政治目标，这对于近代志存高远、注目于人类生存和发展远景的中国思想文化界的知识分子来说，是一个"卑之无甚高论"的话题，如针对梁启超的民族国家主义，章太炎曾大唱反调："国家之事业，是最鄙贱者，非最神圣者也。"[①]一切国家学说均是："谬乱无伦之说的炫耀，直与崇信上帝同其混悖。"[②]他称国家只是一种"虚幻"，只有个人才是"实有"，因此更关心的还是作为个体的人的境遇、命运，而这与新文明的想象、构建密切相关。晚清启蒙主义思潮的丰富性、多元性和深刻性影响到中国近现代变革的广度和深度，它是一个由政治到社会再到文化层层推进、步步深入的变革过程。乌托邦主要承载的正是这样一个全面而彻底的变革理想。

二

由于清末民初的乌托邦文学数量众多、内容繁杂，概括起来比较困难，我尝试着将这个时期的乌托邦文学以其内容的性质及与现实关系的远近，分为远景式、中景式和近景式三种类型加以分析。所谓远景式，主要表现为一种哲学层面的探索，其旨趣超出一般社会政治道德层面，而关注社会进步的普遍原理以及人类可能达到的最高理想形态。它具有对于世界人类的终极关怀和一种形而上的思辨性，所以这种乌托邦文本具有极强的不限于一时一地、国家民族的文化超越性。这类乌托邦文本我选择康有为的《大同书》、蔡元培的《新年梦》和吴趼人的《新石头记》为代表。乌托邦所面对的现实主要不是日常生活的现实，而是观念层面的现实，所以它的超越性也主要表现在对观念现实的超越性意向上。

康有为《大同书》中的畅想大同是一个破除"九界"的过程，而这种建立在差别和区分基础上的"九界"，也就是人类观念现实的体现，现有世间法的基础。对"九界"的破除得以实现的方式康氏称之为"天游"——一种心灵的自由的高空飞行。所以《大同书》虽以思想论著的形式出现，但也具有浓厚、鲜明、个性化

① 章太炎：《国家论》，《章太炎全集》第四卷，上海：上海人民出版社，1985 年，第 457 页。
② 章太炎：《国家论》，《章太炎全集》第四卷，上海：上海人民出版社，1985 年，第 459 页。

的文学色彩。据其自述："吾为天游,想象诸极乐之世界,想象诸极苦之世界,乐者吾乐之,苦者吾救亡,吾为诸天之物,吾宁舍世界天界绝类逃伦而独乐哉!"[①]这种"天游记"也就是他的"灵魂笔记"。康有为假"天游"而得悟的大同之道显然有对佛学的借鉴,但其又是对佛的出世法的一种颠倒,将极乐世界由空间悬隔的"西天"移至虽则遥远但仍可期待的未来。康有为的大同之道并不复杂深奥,而是有明确的理路可寻,因为其对大同社会的全部想象、设计都来自对消除一切等级和差别的"平等公同"原理的推演,正如他在《实理公法全书》中所言:"实理明而公法定,间有不能定者,则以有益于人道者为断,然二者均合众人之见定之。"[②]这是一种典型的建构论唯理主义的乌托邦社会设计,对于理性的单一过度依赖显然超出了理性自身的限度和能力。《大同书》对于人的定位是一种现代个人主义,他将人径直称为"天民",强调"凡人皆天生,不论男女,人人皆有天与之体,即有自立之权"[③]。"人人皆天生,故不曰国民而曰天民;人人既是天生,则直隶于天,人人皆独立而平等"[④],这种"天民"意识显然与卢梭式的天赋人权观念有关。与"国民"观念不同,"天民"代表着一种将人从其所属的社会关系中剥离出来的趋势,个体不再依赖于家庭、社会、国家而存在,不再从与君、道、父母、家族的关系中界定自我,而是作为一个个体获得"直隶于天"的独立身份,这种个人意识就与西方"原子个人主义"观念产生了呼应,成为其构造大同社会乌托邦的逻辑起点。在将人从其社会性存在中剥离后,人的自然性就会凸显出来,因此满足人的自然需要就成为人的唯一需要,去苦求乐是人的天性,因此满足人的天性就能使人得到幸福,如此就必然导向了一种道德上的快乐主义。这种对人性的理解与西方启蒙主义的自然人性论如出一辙,要保障这种人的需要得到充分满足,别无他途,只有扫除"九界",在彻底"平等公同"的原则上建立一种大同社会制度。这个"大同之世"须有四禁:一禁懒惰,二禁独尊,三禁竞争,四禁堕胎。如此,人就由社会全面监护起来,由社会来保障其得到快乐和满足。在康有为构想的那个高度同质化的大同世界里,崇尚"六根清净",连人的毛发样式都作了统一规定。人的生存需要在其中都得到了满足,但人失去了

---

① 康有为:《大同书》,上海:上海古籍出版社,2005年,第4页。
② 姜义华等选注:《康有为文选》,天津:百花文艺出版社,2006年,第10页。
③ 康有为:《大同书》,上海:上海古籍出版社,2005年,第123页。
④ 康有为:《孟子微》卷一,台北:台湾商务印书馆,1988年,第6页。

自由选择的权利。这样的乌托邦终难逃脱柏拉图《理想国》中记录的格劳孔对诸如此类的乌托邦给予的"猪的城邦"的讥讽。如此的乌托邦，也未见得是天堂，相反倒可能是地狱。所以鲁迅在《野草·影的告别》中说过："有我所不乐意在你们将来的黄金世界里，我不愿去。"[①]这也是后来乌托邦会在文学史上变异为反面乌托邦的原因。

乌托邦设计者的唯理主义诉求往往使他无视人的非理性特性，这就造成了其乌托邦设计与现实人性间的抵牾与龃龉，要坚持乌托邦的立场，就要改造人性，以使其符合乌托邦的需要。于是对于自然和人性的改造往往成为乌托邦实践的首要任务。但正如威尔士所言："我们要在一个（到处都是天有不测风云，人有旦夕祸福）变幻莫测、祸福难料，到处都存在与人（为敌）作对的病痛、猛兽和害虫的世界上创建我们的乌托邦。而我们所要对付的人也和我们一样，有同样的激情、同样的（反复）喜怒无常的情绪和欲望。"[②]这种来自自然和人性的不如意、不驯服和非理性，显然会给乌托邦的实现带来巨大的困难。

尽管如此，《大同书》的诞生，代表着近代人的一个思想大解放，足以掀起一场文化观念上的大风暴，使覆盖在传统中国之上的千年鳞甲被统统掀去，一切盘根错节、自以为"天不变，道亦不变"的固有观念被连根拔起，飘浮空中。人类既有的一切文明都是建立在社会差别和社会分工之上的，要实现"大同"意味着首先要把现存的一切铲平，康有为知道这种危险，所以并不鼓励弟子在当下的"据乱世"就宣扬"大同"，他告诫梁启超等如此做的结果，会造成"陷天下于洪水猛兽"。[③] 他认为达至大同之世的方式、路径只能是"曲折以将之，次第以成之"。他曾强调："盖理论乃是将来的缩影，而实际必须符合目前的境遇。"[④]对此，其弟子梁启超这样分析："先生教学者常言'思必出位，所以穷天地之变，行必素位，所以应人事之常'。是故其思想恒穷于极大极远，其行事恒践乎极小极近。"[⑤]这种把思想和实践做明确区分的做法，还带有一种古典乌托邦之风，该书写成后康有为也长时间地置之书斋，密不示人。但《大同书》在近代思想文化史

---

① 鲁迅：《鲁迅全集》第二卷，北京：人民文学出版社，2005年，第169页。

② H.G.Wells, *A Modern Utopia*, London: Penguin Classics, 2006, P.6.

③ 转引自钱基博：《现代中国文学史》，上海：上海书店出版社，2004年，第250页。

④ 傅军龙等：《晚清文化地图》，北京：团结出版社，2006年，第361页。

⑤ 梁启超：《南海康先生传》，《清议报》第100册，日本横滨，1901年12月。

上的价值是不可低估的，这主要表现在其“天民”观念、对人的情欲的肯定以及“三世说”的历史进化观等，确立了一种趋向现代性的价值体系和文化理想，它把握住了社会发展的大趋势，起到了推动社会文化变革的作用。《大同书》的意义也不只在于社会政治层面，还在于审美层面，或者说它开辟了将政治审美化的先河。“大同”之道在康有为并不是终点，只是世间法之极，他认为大同之后，盛行的会是神仙和佛学，“仙佛之后则为天游之学矣”[①]，那才是一种真正的极乐之境，一种自由的审美王国。他的《大同书》将专属于文学的自由的、创造的精神带进了政治领域，以冲击僵硬的制度现实，这种审美的政治化和政治的审美化也是现代性进入历史后的一个重要征兆。

与康有为不同，蔡元培的《新年梦》构想未来的思想资源已主要来自 19 世纪末 20 世纪初盛行的西方世界改良主义思潮，其中包括社会主义、无政府主义等对西方资本主义现代性进行批判的社会思潮。《新年梦》既有对现实的回应，也有对人类社会发展远景的展望，它可以说是充分展现了一个理性主义、科学主义者对于未来社会的合理化设计。小说中的主人公“中国一民”，是其时代尚未出现的“新人”形象。他是“中国人”，又是一个“世界公民”。他本是江南富家子弟，但自幼性情古怪，在读书之外喜学为“圣人之徒”所不齿的“工艺”。他 16 岁离家，放弃家产，自食其力，到通商口岸勤工俭学，学会英、德、法三国语言文字，后来游学欧美。因为最爱和平和自由，所以他先到美国，后到法国。又因为德国的“专门学问”最高，所以他又到德国的高等工业学校，出于研究哲学的兴趣，毕业后他几乎遍游世界，然后回到中国。走遍世界的“中国一民”认为现代世界之弊在于国与国、家与家之间的对抗，耗掉了许多的人力、物力，导致“人类的力量还不能胜自然”，所以最迫切的是“让那没有成国的好好造起一个国来才好，中国人有家没国，还天天说自己是中国人，真是厚脸皮吓”。“中国一民”认为造个“新中国”也不难，只要“各人把靡费在家里面的力量充了公就好了”。他在现实中处处碰壁，就在梦中展开了他的 20 世纪新中国、新世界的设计。先是“立国”，再是“立人”，最终将文明的事业做到极顶。小说中颇有一些在时人看来惊世骇俗的未来设想：“那时候人没有什么姓名，都用号数编的。没有君臣

① 康有为：《大同书》，上海：上海古籍出版社，2005 年，第 292 页。

的名目,办事倒狠(很)有条理,没有推诿的摩(模)糊的。没有父子的名目,小的倒统统有人教他,老的统统有人养他;病的统统有人医他;没有夫妇的名目,两个人合意了,光明正大地在公园里订定,应着时候到配偶室去,并没有男子嫖娼、妇人偷汉这种暗昧事情。"[①]那时,法律废除了,裁判所也取消了,又"造了一种新字,又有拼音,一学就会,又用着言文一致的文体著书印报……"[②]中国率先实现了这种新文明,又将其传到俄国、美国、印度、澳洲,直至全世界。于是大家商量开个会,把国家都消灭了,立了一个"胜自然会",人类再无互相争斗的事情,"要排驭空气到星球上去殖民……"[③]这个世界大同到来的日子蔡元培把它定在下一个甲辰年,即 1964 年,这是一个为期 60 年(一个甲子)的改造中国和世界的乌托邦宏伟构想。

《新年梦》的未来设计主要来源于一种科学的合理主义,他将社会设想为一个机械装置,而人则是构成此机械的零件,因此可以保证社会这个装置能高效运转,是其乌托邦构想的核心。而要使社会能高效运转,就要清除一切不合理的配置,减少一切不必要的损耗,所以秉科学理性的需要,他把一切影响社会高效运转的东西都删除了,如家庭、婚姻、姓氏、私有制等。他也主要是将人作为一种生物种类来看待的,因此只要满足了人的自然欲望,那些烦琐虚文,妨碍人类进化的习俗、道德也就失去了意义。祛除这些东西,可使人轻装上阵、全身心地投入"以人类胜自然"的伟业中去。所以这种乌托邦实现的第一步就是要将个人从传统和家族中解放出来,以投身于社会。家庭、婚姻、私有制是既往文明得以产生的生殖细胞,现在它已成为"新文明"实现的阻碍,因此,实现"新文明"的第一步必须从反传统礼教、家族宗法制度起步。

《新年梦》作为"乌托邦"一样的存在,打通了理想与现实间的区隔,理想只是尚未实现但指日可待的现实,需要做的只是将理想付诸实践,于此,"乌托邦"开始进入一个与现实主义结合、渗透的密不可分的新阶段。蔡元培的乌托邦看似激进,但他并非一个主张"毕其功于一役"的躁进主义者,他认为乌托邦的实现,最终要靠人类知识和道德水平的提高。因而他强调:"必有一介不苟取之

① 聂振斌选注:《蔡元培文选》,天津:百花文艺出版社,2006 年,第 25—26 页。
② 聂振斌选注:《蔡元培文选》,天津:百花文艺出版社,2006 年,第 26 页。
③ 聂振斌选注:《蔡元培文选》,天津:百花文艺出版社,2006 年,第 26 页。

义，而后可以言共产；必有坐怀不乱之操，而后可以言废婚姻。”[①]他所担忧的是“废财产”“废婚姻”的主张一出，会先造成一种未治先乱的结果。

与前两者不同，吴趼人的《新石头记》代表着一种近代中国文化守成主义的乌托邦，他将儒家的道德理想与现代科技相结合，展示出一个具有文化延续性的繁荣富强的未来中国形象。该书以《红楼梦》续书的面目出现，但贾宝玉已不再是“情种”，而成为一位忧心国事、试图补天、上下求索的救亡“志士”，时代危局催成了这种转换。该书的前半部分写的是在晚清转生后的宝玉在现实中感到的失望和沮丧，后半部分转入对乌托邦之乡“自由村”的描写；通过正与反、理想与现实的对照，庄谐并出、立场鲜明地表明自己的道德态度和价值理想。吴趼人可以说是晚清较具代表性的“开明的保守派”，他所认同的“自由村”不是西化论者想象的“西方式”自由村，那种自由村是“性质污浊”的刘学笙、柏耀廉（留学生、不要脸的谐音）和向往“野蛮自由”的薛蟠去的地方，而宝玉去的则是讲“文明自由”的地方，只有像宝玉这样“性质晶莹”的人才能通过性质检测准许入内。“自由”在小说中有文野之分：“大抵越是文明自由，越是秩序整饬；越是野蛮自由，越是破坏秩序。界乎文野之间的人，以为一经得了自由，便如登天堂。不知真正能自由的国民，必要人人能有了自治的能力，能守社会上的规则，能明法律上的界线，才可以说自由。那野蛮自由，动不动说家庭革命，首先把伦常捐弃个干净，更把先贤先哲的遗训，叱为野蛮。这等人，我们敝境人是绝不敢瞻仰的。”[②]

与晚清“新党”多倾向于通过输入西学来救国的观念不同，吴趼人是以“恢复旧道德”为其志向的。他在《上海游骖录》“附识”中说：“今日之社会，诚岌岌可危，固非急图恢复我固有之道德，不足以维持之，非徒言输入文明，即可改良革新者也。”[③]他对新旧人物都有激烈的批判，这种批判带有一种向先秦儒学回归的趋向：“吾国旧道德，本完全无缺，不过散见各书，有出于经者，有出于子者，未汇成专书，以供研究耳。诚能读破万卷，何求弗得。中古贱儒，附会圣经，著书立说，偏重臣子之节，而专制之毒愈结而愈深；晚近士偏重功利之学，道德一

---

① 高平叔：《蔡元培年谱长编》（上），北京：人民教育出版社，1996年，第278页。
② 〔清〕吴趼人：《吴趼人全集》第六卷，哈尔滨：北方文艺出版社，1998年，第182页。
③ 〔清〕吴趼人：《吴趼人全集》第三卷，哈尔滨：北方文艺出版社，1998年，第491页。

涂，置焉而弗讲，遂渐沦丧。而恰当此欧风东渐之际，后生小子，于祖国古书，曾无一斑之见，而先慑于强国，谓为其文明所致，于是见异思迁，尽忘其本。呜呼，抑何妄也；不宁惟是，彼之于祖国古书，曾无一斑之见者，其于他人精华之籍所得几何，从可知矣。舍我之本有而取诸他人，不问精粗美恶，一律提倡，输进之精者美者庶犹可，奈之何并粗恶而进也？”[①]他认为是“中古贱儒”和“功利之学”歪曲掩盖了儒学的真意，所以倡导一种反奴性、反功利的儒学，并将此视为挽救中国文明的唯一选择。

与主张以“破坏”为先导的新派人士不同，吴趼人更看重的是一种社会发展所必需的暂安之局，强调的是转型期社会岌岌可危的道德秩序，他认为晚清处于多事之秋的中国如果想转危为安，靠的只能是中国传统的道德礼教，只有每个人都束身自爱、克己奉公，中国才有复兴的希望。他是一个开明的保守派，并不完全拒绝西方文化，只是强调：“且夫输进文明云者，无非必欲拒绝而禁遏之也。第当善为审择云尔。以余观之，彼之文明，彼自以为文明耳，而认其为文明与否，其权在我。对于一琐事之微，尚当审辩其是非而论定之，引此关于全国之学术思想者，顾乃作一犬吠影，群犬吠声之举动乎？况风俗礼教对于社会习惯性质，有密切关系，必欲尽毁我之所有以从人，公等或优为之，全社会未必尽能为也。”[②]

因此，吴趼人所设想的文明国“自由村”是在遵循“孔道”的基础上建成的，是通过道德教育来使人进于文明。他不赞成康有为将孔子宗教化、神秘化的做法，他认为：“中国向来只有一个孔子，没什么教。孔子也不曾自命为教主。只惜后人传受孔子的道德未能普及，所以未能就算文明罢了。”[③]如果说中国人有宗教的话，道德就是中国人的宗教。在这样的“自由村”里，男女平等，女子都可以接受教育。传统“男女之大防”在自由村已经消除，原因是：“大约文明未进化之时，淫乱之风，在所不免。所以圣人定礼以为防闲。……至于文明进化的时候，人人都有‘道德’两个字充满了心腹，那里还用得着这些呢？”[④]

自由村没有党派，不搞竞争，轮流执政，如此是否会阻碍社会进步？对此，自由村的人这样回答：“那是不相干的人不要好的话。处处要有人和他比较，才

① 魏绍昌编：《吴趼人研究资料》，上海：上海古籍出版社，1980 年，第 338 页。
② 魏绍昌编：《吴趼人研究资料》，上海：上海古籍出版社，1980 年，第 234 页。
③ 〔清〕吴趼人：《吴趼人全集》第六卷，哈尔滨：北方文艺出版社，1998 年，第 227 页。
④ 〔清〕吴趼人：《吴趼人全集》第六卷，哈尔滨：北方文艺出版社，1998 年，第 289 页。

肯用心。"自由村也讲竞争，但讲的是国人万众一心与外国列强的竞争。它对于西方政治制度中的多党竞争颇有不屑："可笑近来的人，开口便说同胞，闭口也说同胞，却在同胞当中分出多少党派，互相政击，甚至互相诟骂。……靠了这种党派，要求竞争进步，不过多两个小人罢了！有什么进步呢？"[①]如此过分依赖道德的作用，那么民主制度设计就成为多余之物了，既然人人都是圣人或可以成为圣人，何劳竞争？又何须对为政者的制衡、防范？以这种前现代的天真态度和道德乌托邦的乐观信仰显然很难理解西方基于人性恶的现代民主制度设计。近代中国人从民主中看到的只是混乱、野蛮、结党营私、道德沦丧，因此缺乏一种对于民主制度发自内心的文化信仰，这也是民主制度在中国难以扎根的重要原因。自由村民殷国富，夜不闭户，路不拾遗。但这样的文明世界竟是采用了"文明专制"的政体，因为在他看来，不管是什么政体，也不管是什么人当政，只要"实行得两句《大学》就够了"。[②] 那就是："民之所好，好之；民之所恶，恶之。"行文至此，不禁让人为吴趼人捏一把冷汗，如此的道德乌托邦大约只有在由"神"组成的国度才有可能存在，而在人类社会则鲜能实现，这与人自身的有限性有关。这种与人性相突出的、理想化的信仰，使他们把理想与现实、应然与实然搅合在一起而无法分开。因此，也难以形成一种建立在对话和妥协基础上的共识和切实可行的制度。鉴于这种道德乌托邦的信念，自由村人相信"德育普及，宪政可废"。因此在德育发达之后，自由村又恢复了专制政体，因为人们对政治已毫无兴趣，不如让退位的皇帝代管，乐得清闲。当然，吴趼人并不否认在当时晚清中国实行宪政的必要，因为"那没有德育的国度，暴官污吏，布满国中，却非争立宪不可"。[③] 自由村重视科学发明，科技水平在世界领先。其中有一种叫仁术，即蒙汉药水，打仗时洒一点到敌营里，就可以把敌人全数生擒活捉过来，不伤一命。如此就可以不动刀兵，教成一个文明世界了。在小说的最后宝玉做了一个梦，梦到万国和平会在自由村召开，中国皇帝东方文明被世界各国公举为会长，当即宣告世界各国家民族一律平等，"不得以彼为异族、异种，恃我强盛，任意欺凌！故自此次开会之后，当消灭强权主义，实行和平主义"。[④]

---

① 〔清〕吴趼人：《吴趼人全集》第六卷，哈尔滨：北方文艺出版社，1998年，第280页。
② 〔清〕吴趼人：《吴趼人全集》第六卷，哈尔滨：北方文艺出版社，1998年，第208页。
③ 〔清〕吴趼人：《吴趼人全集》第六卷，哈尔滨：北方文艺出版社，1998年，第209页。
④ 〔清〕吴趼人：《吴趼人全集》第六卷，哈尔滨：北方文艺出版社，1998年，第322页。

近代中国衰败落后、苦难深重，陷入一种“事事不如人”的窘境之中，民族自信心受到极大摧残，自卑心理严重，吴趼人对于庚子之变之后遍布社会的崇洋心理极为反感，随时讥讽“吾恶夫今之喜言欧洲文明、欧洲文明者，动指吾祖国为野蛮也，故居此一叩之”。[①] 他的《新石头记》在此时出现可以说是一部独树一帜的民族励志之作，其强烈的民族文化自信，奋发向上的乐观、坚定、从容的心态，也是民族振兴所不可或缺的。作为一种乌托邦的社会制度设计，它可能是失之天真、不切实际的失败之作，但作为一种价值理想，它自有其存在的理由。乌托邦的意义也正在于此：它告诉人们不能单纯以成败论英雄，一时成败在于力，千秋胜负在于理，正是因为人有超越现实的精神信仰，所以他才能在屡败中，仍不失其固有的尊严和高贵。《新石头记》触及到传统文化如何参与到现代性建构、实现政与教的分离、完成自身转换的重要课题，这在今天仍需继续进行探讨。与康有为、蔡元培的乌托邦构想不同，吴趼人的“自由村”，是现实中国的一个进步和延伸，其乌托邦构想根植于中国文化的深处，所以它与普通大众具有一种文化亲和力，代表了一种非精英化的市民大众的乌托邦想象。

所谓中景式的政治层面的乌托邦，是一种人类走出宗教、传统主宰导引后，进入意识形态时代之后的产物。意识形态在这里是一个中性概念[②]，它主要是指一种观念的集合，表现为一组用来解释社会“应当如何”运作的观念与原则，并且提供了某种社会秩序的蓝图。意识形态具有一种强大的社会再造功能，不同的意识形态都试图按照各自的原则观念来塑造社会。所以，价值观念之争成为一个典型的现代性想象，它代表着人类走出基于宗教、传统的共识，进入一个主观化的“我见”时代，对于社会的理解走向多元化、个人化的趋势。在文学中，这种价值观念之争主要表现为一种主义竞争、观念交战现象。所以，这类乌托邦小说也可以说是时代激烈的政治、思想、文化论战在文学中的折射。政治家借小说来发表政见，而作家又通过政见来打动读者，政治与文学的互动催生了近代小说的繁荣和兴盛。但政治家写小说感情毕竟不太专一，所以往往不能终篇，而且写作中也往往忘了是在写小说，只热心于发表政见，多是顾了政治忘了

---

① 〔清〕吴趼人：《吴趼人全集》第九卷，哈尔滨：北方文艺出版社，2001年，第120页。

② 卡尔·曼海姆在《意识形态与乌托邦》中进一步对意识形态和乌托邦作了区分，认为意识形态总是在保持事物的当前状态，而乌托邦则是要改变现存秩序。乌托邦“只能是那样一些超越现实的取向，当它们转化为行动时，倾向于局部或全部地打破当时占优势的事物的秩序”。见艾彦译该书第228页。

文学；而职业作家谈政治则往往过于浪漫化、情绪化，缺乏学理性和操作性。但是，作为一种时代心灵情感的记录，乌托邦小说对于我们理解历史是非常重要的。近代小说的兴盛表明社会心态已由传统的静默幼稚、无为自保，向纷繁亢奋、激昂慷慨的方向发展。在这些倾向多元的乌托邦小说背后，凸显出的是中国社会转型的复杂性和曲折性。一般来说，一个社会要顺利完成如此重大的社会转型，需要来自两方面看似相反、实则相成力量的共同作用，没有创新力的推动，社会只会陷于停滞；但只有前者，藩篱尽撤、秩序解体，社会进步也无从落实。所以激进和保守这两种看似截然对立的双方，实则也具有互补性，各具有一定程度上的合理性。晚清作家通过小说提出种种救亡主张和救世方案，其所追求的社会目标是各有侧重的：有的侧重于民族国家的独立富强，是为民族国家主义；有的侧重于个人的自由、人性的解放，是为自由主义和个性解放思潮；有的追求建成一个公正平等、各尽其能、各取所需的大同社会，是为空想社会主义思潮；有的则追求建成一个人心淳朴、道德高尚而又文明进步的君子国，是为道德乌托邦主义等。这些主张之间是有冲突的，而且主张者大都带有极强的排他性，声称只有自己的主张才能"毕其功于一役"，一举解决所有的问题。但其又有普遍的共性，那就是实现社会、道德和人性的统一，这三者在现实中的分离恰恰刺激了人们渴求将其统一的愿望。但对于人性、道德和理想社会的不同理解，又使他们争执不下。这个时期的社会乌托邦小说以其价值取向与政治立场的不同，主要有开明保守派的宪政乌托邦小说、激进革命派的排满乌托邦小说和无政府主义的乌托邦小说。宪政派的乌托邦带有"宪政崇拜"色彩，如梁启超《新中国未来记》，将"宪政期成党"作为中国复兴的主导力量，但在通过改良还是革命来实现宪政的方式上，作者似乎也难以取舍，小说的重心是辩论革命和非革命两种方式手段的利弊，两个主人公谁也无法完全说服对方，这种对改良和革命所作的"复调"式表达，也正体现了梁启超本人的内心矛盾。陆士谔的《新中国》憧憬的是中国实现宪政后出现的繁荣景象。他认为"风水是会轮流转"的，西方的强盛和东方的萎靡都不是永远不变的，事在人为，中国的复兴是可以确定无疑的。春飒的《未来世界》则没有把未来理想化，而是对未来表现出某种忧虑，他从当下的情势就推断出未来可能出现的偏向和问题，并试图以一种"中道"来进行极端和保守间的调和，特别是调和围绕爱情和婚姻出现的极端展开。激进革命派的乌托邦小说大都带有法国大革命影响的痕迹,如陈天华的《狮子吼》、怀仁的《卢梭魂》等,其特点在于天赋人权的个人意识和民族自主的权利意识之觉醒,希望以革命的方式来实现人民的公意,所以他们把卢梭称为"世界革命的老祖",把中国古代的农民起义英雄视为革命的灵魂。值得注意的是,表现妇女革命、追求男女平等的乌托邦小说在晚清独树一帜,也产生了较大的影响,如王妙如的《女狱花》、海天独啸子的《女娲石》、颐琐的《黄绣球》等,都将男女平等视为现代社会变革的题中应有之义。无政府主义乌托邦小说主要有鲁哀鸣的《极乐地》等,《极乐地》发表于 1912 年辛亥革命后,主要表达的是辛亥革命后无政府主义革命者的愤激失望情绪,以及他们对无政府主义极乐地的向往。该小说的主题可归结为一句话:中国必须在民族革命后继续革命,通过不断革命来实现彻底的自由解放。所以小说中的主人公"白眼老叟"在民国初建就再举义旗,高呼"推倒不良政府,组织共产事业,废掉金银铜钱"的口号,率领 20 多万人发动武装暴动,三次打败"中华民国政府"派来镇压的军队。但终因内讧失败,他与妻子哀氏一起浮海漂流到一个海外岛国。这个岛上的居民原是秦末陈余的后代,他们的祖先见刘邦做了皇帝,便全家跑到这里。这个岛国 700 年前已废了金钱,于是"文明大进,物理昌明",一片太平繁荣景象。岛上也取消了政府、军队、宗教、家庭和私人财产,并把金银铜钱堆积在罪恶岭成为无用之物,最多是用它来修桥和造厕所等。总之,政治乌托邦小说多出于时代活跃的政治精英阶层,它代表着一种体制外以知识分子为主体的新兴政治力量的形成,在后发型现代化国家中他们是时代的先觉者,往往是推动社会变革最为活跃的力量。

所谓近景式的乌托邦,则是一种对所面临时代的亡国灭种的危局所触发的心理、情感层面的反应,它可以说是一种应对危机的本能反应,表达的是一种非常情势之下大众的激扬、愤慨、恐惧、焦虑的心理情感内容。这类小说往往以预言的形式,极言亡国的痛楚和悲惨,以期唤起人们的救亡意识。他们往往没有什么明确的政治见解,只有一种宁死不当亡国奴的朴素的爱国热情和民族自尊心。晚清时期的中国是个情感激扬的时代,这类小说也是激昂慷慨的人心、民气的表现,与大众的心理情感是息息相通的。这类小说较有代表性的如托名日本女士中江笃济的《瓜分惨祸预言记》、化名"亡国遗民之一"的《多少头颅》、守白的《冷国复仇记》等。这些小说以波兰、高丽之亡给中国发出警报，希望能唤起国人铁血救国的热情，试图让人们在一种虚拟的灾难中体会亡国灭种的悲惨，从而奋起救国。这类小说多带有明显的种族主义、国家主义色彩，具有情感鼓动性较强、理性色彩淡薄的特点。另外，科幻小说的兴起也多与时代的焦虑有关，人们希望借小说来排解心中积郁，在梦中实现心中的渴望。如碧荷馆主人的《新纪元》表现的是中国强盛后一场以科技制胜的黄白种人间的大决战，而其源起则是由以黄帝纪年取代耶稣纪年引发的，一种代意识形态而起的文化冲突；何向的《狮子血》，又名《支那哥伦布》，则虚构了中国哥伦布式的“英雄”到非洲历险、殖民的故事；荒江钓叟的《月球殖民记》则在对地球上的人类失望之余，将希望转到月球之上等等，都是一种在现实中失望、压抑情绪通过想象的释放。外国科幻小说的引入对于中国人格理想的改变也起了推动作用，如梁启超翻译的《十五小豪杰》预示着一种不同于传统道德偏至性人格的冒险犯难、独挑重担、创新进取的少年文化的兴起；工科出身的周树人（鲁迅）以章回小说改写的《月界旅行》和《地底旅行》不但向中国读者展示了将科学和人情交织起来的幻想，还将一种“科学怪人”形象引入中国，这是一种在现代世界科学主义时代独领风骚的“新人”形象。可见，晚清乌托邦小说与“五四”新文学具有一种更为直接的承继关系。

三

乌托邦之所以会和文学结下不解之缘，是因为两者都有同一个来源，那就是人所具有的倾向于超越现实的自由心灵。在认定“希望”就是人类本质的哲学家布洛赫看来，有两种不同类型的乌托邦：一是没有奠基于真正的可能性之上的“抽象的乌托邦”，或称之为“静态的乌托邦”“非辩证的乌托邦”；二是建立在真实的可能性之上的“具体的乌托邦”。前者只是一种主观愿望，而后者则由于同客观实在的可能性相关联而成为一种有希望的“希望”。布洛赫把马克思的科学社会主义也归之为这种有希望的希望。这种希望并不是人们外在地加给社会生活的东西，而是历史和社会生活本身所固有的内在维度，是人类的本质体现。乌托邦也就是这样一种渴望超越现实的人类本质的具体体现。

那么，近代乌托邦文学的兴起给近现代文学、文化带来了什么？它是如何潜移默化地改变了现代人的世界观、人生观、心性结构、价值观念等都是值得深入探讨的问题。简言之,它首先造就了社会的一种普遍的乌托邦心态,将人们的目光由“向后看”引向了“向前看”,于是跳出传统的历史循环论,确立“人”的面向未来的生存态度和基于“进化论”的历史进步主义信念。对于乌托邦心态,卡尔·曼海姆下过这样一个定义:“当一种心灵状态与它在其中发生的那种实在状态不相称的时候,它就是一种乌托邦心态。”[①]然而并不是所有与直接存在的情境不相称的都是乌托邦心态,所以他进一步强调:“只有那些具有超越现实的取向的心态才是乌托邦心态,而当这些乌托邦心态贯彻到行为举止之中的时候,他们就会或者部分,或者全部地破坏当时处于主导地位事物的秩序。”[②]乌托邦心态加深了人们与现实之间的矛盾,推动人们否定现实、批判现实并投入到现实的改造中去。乌托邦正是这种时代心态的集中反映,它与社会交互作用,共同推动社会由传统向现代的转型。

乌托邦瓦解了传统的时空观念,改变了人们体验世界的基本方式。在传统文化中,没有将过去和现在断然二分的观念,而现代性的时间观念则是通过过去与现在的差异来界定现在的。也就是说,现在的特征在于它与过去的断裂,由此就将一种传统的继嗣型的文化转变成一种创新性的文化。而“天不变道亦不变”的循环论,也没有给予“未来”以主宰“过去”和“现在”的特权,只有在进步主义的时间观念中,“未来”才成为评判“过去”和“现在”的价值标准和来源。在乌托邦的时间观念中,“过去”和“现在”都失去了独立存在的意义,它们的存在从属于“未来”的需要,“未来”成为一切价值和意义的来源。具体到文学领域,乌托邦的典型生存态度便是“相信未来”或“生活在别处”,前者是时间性的乌托邦,后者是空间性的乌托邦,前者催生了一种立足现实的理想主义,后者则推动了审美主义的浪漫想象。它带给文学的是除了“过去的现实”和“现在的现实”之外的对“第三种现实”[③]的发现。所谓“第三种现实”也就是作家可以应然的、未来的、理想的眼光去描写尚未实现的现实,通过想象把未来现实化,由此

---

① [德]卡尔·曼海姆著,艾彦译:《意识形态和乌托邦》,北京:华夏出版社,2001年,第228页。

② [德]卡尔·曼海姆著,艾彦译:《意识形态和乌托邦》,北京:华夏出版社,2001年,第228页。

③ 第三种现实的提法来自高尔基,高尔基在十月革命之前就写出了他的表现无产阶级革命的小说《母亲》,可以说是表现了尚未实现的现实的代表作。他认为文学家需要表现除了“过去的现实和现在的现实”之外的“第三种现实——未来的现实”。“我们现在应该设法把这第三种现实列入我们的日常现象,应该描写它。”参见林焕平编:《高尔基论文学》,南宁:广西人民出版社,1980年。

唤起人们对新生活的向往和渴望。这是一种把“未来”化为当下来体验的现代性的审美态度。如梁启超的《新中国未来记》、陆士谔的《新中国》等都是开篇先以倒叙的方式描写一段未来的“现实”，然后从未来回溯“现在”，告诉人们如何才能从现实走向如此这般的“未来”。旅生的《痴人说梦记》、鲁哀鸣的《极乐地》则是在历史乌托邦受挫后，逃向与世隔绝的孤岛的空间乌托邦类型。乌托邦给文学带来的负面影响就是现实的中空化，现实完全依附于理想，根据理想的意愿而呈现出其应有的面目，这就导致了文学文化高度的同质化，文学以愿望代替现实，以理念取代对生活本身的观察和分析，现实从文学中逐步流失，剩下的只是作家主观的理想和热情以及由此营造出的审美幻境。现当代文学中长期难以克服的概念化、雷同化、功利化倾向都与此有关。这也是文学由传统的“无用”转变为近代的“大用”过程中出现的自性迷失、矫枉过正的症状。

晚清乌托邦文学表现为“公理至上”精神和英雄主义的救世情怀的结合，时代呼唤着一种能回狂澜于既倒、扶大厦之将倾的非凡人物，所以乌托邦小说一方面表现出高度理念化的特点，另一方面表现为一种创世纪的英雄主义美学风格。如蔡元培的《新年梦》、梁启超的《新中国未来记》都是在借小说这种形式来谈思想、论时世、讲政治，由此形成的文学观就是一种功利主义的文学观，其核心是如何实现文学与政治的统一，文学如何寓教于乐，以形象化、有趣味的形式起到政治上的宣教作用。陈天华的《狮子吼》，以及号召女性革命的小说《东欧女豪杰》《女娲石》《女狱花》《黄绣球》等都可以说是这种英雄主义美学的代表作。此两者奠定了中国近现代的文学的基本格调，并影响了其后文学的两种基本的创作方法，即现实主义和浪漫主义。20世纪中国文学语境中的现实主义创作方法并非强调依赖现实，而是强调主观战斗精神与客观现实的贴身肉搏，它是一种立足于现实的理想主义，通过献身未来而获得存在的意义。同样的，浪漫主义的主流也非逃避现实、不问世事，而是自我扩张、反抗现实。所以，后来这二者的合流也是势有必至、理所当然的。总之，乌托邦精神对于文学的渗透，使其开创了一种理想主义、英雄主义的美学形态，它通过一种尖锐的两极对立方式来展现理想与现实的激烈对抗，它以一种普罗米修斯式的黑暗终结者的英雄气质和浮士德式的永不止步的探索精神，开启了中国文学的现代性进程，刷新了中国文学的面貌。如清末民初的乌托邦对五四新文学的产生具有一种先导性，五四新文化运动的领导者陈独秀、蔡元培都是清末时期活跃的革命家，他们的思想主张在此时期已基本形成，并在民国建立之后由政治革命转向思想变革，成为五四新文化运动的领袖。五四新文学的奠基者鲁迅、周作人都是在这一时期开始他们的文学活动，并在这一时期活跃的思想文化背景下成熟起来，逐渐形成他们各具特色的文学、文化主张。鲁迅在这个时期不但翻译了一些重要的外国文学作品，而且写下了《摩罗诗力说》《文化偏至论》和《破恶声论》，初步展示了其作为一个独持我见、不合众嚣的独立思想者的风采。与简单地以“文野之分”来宣扬西化的无政府主义者不同，青年鲁迅则提出了“外之既不后于世界之思潮，内之仍弗失固有之血脉，取今复古，别立新宗”[①]以及独具特色的“掊物质而张灵明，任个人而排众数”的“立人”主张，从而表现出对现代性的超越和批判。此一时期的鲁迅从外国文学中悟到了“写实主义”的真谛：近乎“无事的悲剧”才是最大的悲剧，这使他成为了五四新文学批判现实主义的奠基人。但这种现实主义则是从属于改造国民性这一更高的目的。周作人在日留学期间已表现出其对于文学的审美自主性的自觉，他在日本留学时 1907 年就翻译了缺乏明显的社会功利性、带有浓厚的浪漫想象色彩的《红星佚史》，并在序言中对梁启超所倡导的“小说界革命”的功利主义对文学的理解表示质疑，从中西文学对比中强调了文学之为文学的特性：“泰西诗多私制，主美，故能出自由之意，舒其文心，而中国则以典章视诗，演至说部，亦立劝惩为臬极，文章与教训漫无畛畦，画最隘之界，使勿驰其神智，否者或群逼拶之，所意不同，成果斯异。”[②]这种对文学的见解构成了五四新文学中“纯文学”产生的理论基础。但是周作人也有其乌托邦的追求，他与民初“新村主义”的关系也是众所周知的。以往，我们忽略了乌托邦小说对于中国现代新文学生成的内涵和意义，这是值得认真探讨和加以总结的一笔宝贵的财富，因为我们可以从像鲁迅、周作人等不少中国现代作家身上，看到乌托邦思想广泛、深刻和内在的继承和影响。

马克思·韦伯把人类历史上的权威分为传统型、非凡型和法制型三种控制模式。所谓“非凡型”即指“卡里斯玛权威”模式（Charisma），这是一种非凡时期出现的非凡人物，主要指一种决定历史发展方向、开天辟地的宗教政治领袖。

---

① 鲁迅：《文化偏至论》，见《鲁迅杂文全集》，郑州：河南人民出版社，1994 年，第 19 页。
② 转引自倪墨炎：《中国的隐士和叛徒周作人》，上海：上海文艺出版社，1990 年，第 35 页。

这种非凡型控制的能量是非常巨大的，但也具有不稳定性和难以持久性，所以马克斯·韦伯认为其有转向更为常态的传统型或更为稳定的法制型的趋势和必要："当非凡成为一个群体的（长）持久构建，……其力量让位于传统或让位于理性，也就成为一种必然。这一非凡的式微一般表示了个人行为重要性的式微。"[①]清末民初的乌托邦小说是出于重大历史拐点的"时势造英雄，英雄铸时势"时代心态文化的体现，因此，对它的分析和评价也就不能脱离这一特定的历史文化语境。但当代小说继承了这种刻意追求文学的理想化、英雄化的传统，甚至将塑造完美的英雄人物视为文学的唯一、根本任务，这就会使文学中的英雄脱离现实的人性，成为虽然金碧辉煌但无活人气息的土偶木梗。这种现象的产生一方面出于政治对文学的征召，另一方面也出于文学对政治的趋附，以达到文学之外的目的。文学的自主性在这种征召和趋附间无从建立，自然会造成文学园地草盛苗稀的结果。所以文学的回归自身从"反英雄化"开始，自有其必要性。这也是社会文化由非凡文化向常态文化转变的必然趋势。

乌托邦对于文学的进入改变了传统文学的性质和内涵，极大地提升了小说这一文体在近现代文学中的地位，并为文学参与"未来"的创造提供了一个重要的结合点。它使得小说这种在传统文学中以传达人的世俗生活经验为主、消遣娱乐的低等文类，转变成一种表达现代人的理想、抱负、精神追求的载体，被人们当作现代的"经史子集"来阅读，由此促进了近代以来小说及与其相关的小说文化的兴盛，于是小说成为"学术固赖以进步，社会亦赖以文明，个人固赖以卫生，国家亦赖以发达"的导火索、发光线和"二十世纪之中心点"[②]。而文学写作者也因此成为其时代的"文人英雄"，文学对于社会生活的影响力得到了最大程度的发挥，这种文学自觉担负起改造世界的精神与乌托邦小说的理想是分不开的。这种文学的现代性变异也给现代文化带来了浓厚的文学气质。托克维尔在反思法国大革命时指出：革命时代盛行的是一种"抽象的文学政治"，革命者力图"用简单而基本的、从理性与自然法中汲取的法则来取代统治当代社会的复杂的传统习惯"。[③] 这种文学化的政治思维之所以得以形成和传播，其原因在

---

① Eisenstadt, *Max Weber on Charisma and Institution Building*, Chicago, The University of Chicago Press, 1968, p.28.
② 陶曾佑：《论小说之势力及其影响》，舒芜等编《近代文论选》上册，北京：人民文学出版社，1999年，第251页。
③ [法]托克维尔著，冯棠译：《旧制度与大革命》，北京：商务印书馆，1992年，第175页。

于:在缺乏自由政治制度的国度里,普通人身受旧制度种种弊端之苦,但看不到医治具体社会病的药方,因此很容易形成非此即彼的思维,那就是:“要么全盘忍受,要么全盘摧毁国家政体。”[①]结果,全体法国人都“抛弃了现实社会,沉湎于虚构社会。人们对现实状况毫无兴趣,他们想的是将来可能如何,他们终于在精神上生活在作家建造起来的那个理想国里了”。[②] 中国的情况与法国大革命的情形相似,文学政治的兴盛对于现代化的社会动员是非常有效的,但也容易将政治浪漫化、激情化,以主观愿望取代客观现实,从而导致一种唯意志主义倾向的产生。清末民初的无政府主义小说可以说是这种浪漫主义的文学化政治的突出代表,这种抽象的文学政治也会给中国社会由传统向现代的过渡、转型带来新的波折和艰难。因此,对于晚清民初乌托邦小说,我们应该采取辩证的立场和慎重的态度,既要看到其合理性和有价值之处,将之作为文学、文化思想建设的重要资源,又要看到其危险性和危害性,避免走入弯路和产生不必要的挫折。

总之,乌托邦及内在的乌托邦精神改变了中国文学的固有基因,使得文学史上以遗传性占据主导地位的文学,转换成为以变异性占据主导地位的文学,文学从语言到内容和形式都发生了彻底的改观,在这种变化的背后是人的知识情感意志的全面解放和成长,这种解放和成长与乌托邦的推动力是不可分割的。但是,乌托邦的偏执和泛滥,也会产生严重的副作用乃至造成灾难性的后果,它在近现代文学中是有突出表现的,这是我们应该引以为戒的。但是,乌托邦的退隐,也未必是人类生存的福音,正如卡尔·曼海姆所说:“乌托邦的消失会导致某种静态的事态——就这种事态而言,人本身会变得与物没有什么不同。”[③]所以这里存在着一个两难的悖论:“过去”“现在”和“未来”三者对于人类的生存都具有重要意义,是不可以完全地割裂的,重要的是在三者之间寻找一个好的融会点,在继承与创新中达到一种新的、合理的平衡。这也正是我们研究清末民初乌托邦小说的前提、价值和意义之所在。

---

① [法]托克维尔著,冯棠译:《旧制度与大革命》,北京:商务印书馆,1992年,第177页。
② [法]托克维尔著,冯棠译:《旧制度与大革命》,北京:商务印书馆,1992年,第181页。
③ [德]卡尔·曼海姆著,艾彦译:《意识形态和乌托邦》,北京:华夏出版社,2001年,第302页。

清末民初小说中现代性的起源、形态与文化特性

清末民初文学属于目前通称的近代文学的范畴，而研究界关于近代文学的划分，主要是从政治角度着眼的，即以1840年鸦片战争为起点，1919年五四运动为终点，其性质是反帝、反封建的民主主义革命文学，具有妥协性和不彻底性等；到了“五四”之后，文学具有了彻底的反帝、反封建的新民主主义革命的性质，才成为真正意义上的现代文学。这种划分方式自有其政治史上的有效性，但对于文学史研究来说是不够的，因为要阐明文学的古今之变需要一种更为抽象、宏观的传统与现代的对照视野，因此通常意义上的“近代性”只是这种文化转型意义上的“现代性”概念的题中应有之义，“近代”和“现代”，有阶段之分但无根本性质之别。本文倾向于将进入文学的急剧变革期之后的甲午以来的文学与五四新文学联系起来做整体性的考察，以阐明两者之间的不可分割性，并特别注重从近代“小说”的兴盛这一最具现代性的文学现象出发，考察中国从“一统垂裳”“居天下之中”的“天朝”进入“列国并立”的民族—国家时代，作为国民精神及心

理、情感、意志的重要载体，承载着实现“富国强兵”和追求“新文明”双重使命的近代文学所发生的现代性变化。

一

论及中国近代文学的现代性起源有两大背景不可忽略：一是上海等不同于传统城市的现代通商口岸、贸易中心城市的出现。上海从1843年开埠，在不到20年的时间内迅速成长为“远东第一都市”，外国商品和外资纷纷进入，大量移民也因战事等原因，涌入租界避难、谋生，形成华洋杂居的格局，促成了不同于传统和内地的“洋场文化”的形成。1862年上海居住人口高峰时曾达到300万人之巨，庞大的市民阶层以及初兴的市民文化使得当时的上海隐然成为与作为“政治中心”的北京分庭抗礼的“社会中心”。现代都市的出现催生现代市民意识的形成，这种市民意识既表现出较强的公共与参与意识、平等与自主意识、商品与市场意识，也表现出重物质、讲实用、趋新崇洋、享乐休闲的世俗化的价值取向。从文化构成上来说，它表现为一种新旧杂糅、中西杂糅的融合状态；从文化特性上来说则表现为一种实用理性，他们以一种务实主义的心态来应对现代性带来的“拔根”和异化状态，道德的人与非道德的社会成为他们无从摆脱的生存情境，这种累积性的、日常生活经验层面上的现代性体验成为近代通俗文学所表现的重要内容，作为时代的负荷者，他们的现代性体验更多地带有被动性的特点。

二是近代文学的变革与甲午之后社会群体心态发生的一系列的剧烈震荡直接相关，这种一系列的震荡使得文学进入了一个走向现代的急剧变革期，文学不管在写什么还是在怎么写方面都开始脱离传统，也明显区别于甲午之前50余年的近代文学。1894年的中日甲午战争直接引发了近代中国第一次的整体性的社会心态的震荡，正如梁启超所说：“唤起吾国四千年之大梦，实自甲午一役始也。”[①]随之而来的维新变法唤醒了士人阶层广泛的公共参与意识；而《天演论》的流行，则终结了读书人的传统继嗣者心态，树立起一种面向未来的进步主义信念，由此推动社会形成一种崇新风气和厚今薄古的时代风气，为晚清时期

① 梁启超：《戊戌政变记》附录一《改革起原》，北京：中华书局，1954年，第123页。

文学的诗、文、小说的三界革命提供了文化心理环境。

第二次大的社会心理震荡在辛亥革命前后发生，集中表现于癸卯年（1903年）“革命排满”思潮的狂飙突起。据时人记载，当时长江以南的知识界“翘然于旧政治、旧学术、旧思想之非，人人争从事于新知识、新学术，迄今而自由民主之论飘沸宇内，莫能禁遏，固不得谓智育之无进步矣”[①]，卢梭的“天赋人权”“主权在民”和“法国大革命”的理念开始在新兴知识分子中得到普遍认同，新兴知识群体与清政府的对立开始公开化、激烈化，成为社会群体心态意义上的“革命元年”。此一时期的社会心理震荡表现于文学便是政治小说的兴盛，小说成为人们表达政见、宣泄政治热情的重要方式。

第三次大的社会心理震荡则表现为民国初年五四新文化运动的兴起。它集中表现为对既往的政治理想、变革方式的幻灭、失望，文化观念的变革被视为变革的根本之道被推向前台，变革者希望通过与传统全然决裂的“新文化”“新青年”来彻底重建社会。“五四”代表着近代文化由一种以中国为本位的立场向以世界为本位的立场的转换，现代性的普世价值成为衡量一切的价值标准，它集中表现为一种将个人从其所属的家庭、社会、民族、国家中抽离出来的倾向，它是一种由“个人”直达“人类”的直通车，认为其间的中转站都是虚妄而多余的，这也就为五四新文学力图建立起一种与“世界文学”接轨的同质化的现代性文学提供了理论支撑。

从梁启超1902年倡导的“小说界革命”到1915年陈独秀开启的新文化运动，是一个能动的、步步深入的文学变革过程，因此将其联系在一起做一个整体性的综合考察，对于理解中国文学的古今之变是很有必要的，它可以避免政治性的分期所造成的对文学史的不自然的割裂，从而对现代性的文学变革过程有一个完整的把握。现代市民文化是自觉改造社会的政治、文化现代性兴起的深层背景，与理念化的现代性形态不同，它立足于以“饮食男女”为主要内容的日常生活之上，日常生活是通过习俗、常识、惯例、传统来加以组织调节的，属于一种不自觉的活动领域，因而日常生活感受也就更多地表现出一种被动性的特征。对这种都市日常生活况味的体验和书写是对自觉、能动的现代性文学形态

① 杜士珍：《论德育与中国传统之关系》，《新世纪学报》1903年7月15日。

的重要补充。

“现代性”这一概念目前在学术界陷入一种众说纷纭的混乱状态，与我们缺乏对这一概念的知识学的距离有关。如果从一种更为客观、中立的学术性的立场来认识这一概念，就可以避免因主观态度之争引发的混乱。文化人类学家乔治·巴朗蒂耶曾给现代性下过这样一个简明而较少争议的定义：“现代性就是运动加上不确定性。”[①]他认为现代社会与传统社会的最大差别就在于文化的绝对基准点的消失，传统社会的“方位基点为使人们摆脱混沌无边的现实，生活在一个井然有序的世界提供了一个方位参照体系”[②]。中国传统社会的方位基准点可以说是根据“天地”“阴阳”“五行”建构起来的天人合一的宇宙观和以三纲六纪为中心建立起来的伦理观，但这些在西学传入后都开始遭到空前的挑战和颠覆，所以近代中国的现代性就是在这样一种整体性的政治、道德、精神危机的背景下出现的，但是危机也带来机遇，西方现代性文化也唤起了近代中国人超越传统去实现一种现代“新文明”的抱负和热情，由此一种信念式的、以黑暗终结者的态度出现的理想主义的现代性成为近现代文学中的主流。

近代小说的兴盛是与近代中国新闻业的兴起几乎同步的文化现象，其起始大致可以以1872年《申报》的创刊为标志，该报虽由英商美查创办，但他聘用了中国举人蒋芷湘为总主笔，报纸以一般中国百姓为读者对象，所以成为近代中国报业的鼻祖。近代报刊的兴盛为近代文学特别是近代小说的兴盛提供了功能强大的现代传播方式，同时也推动了小说在质与量上的改变。小说这一文学形式取代诗歌成为最为重要的文类是文学进入现代的一个重要标志，小说文体与现代性有内在的关联，现代性意味着世俗化时代的到来，而小说被公认为“世俗化时代的史诗”，它的兴盛代表着一个众声喧哗时代的到来，一个不再由宗教和传统经典主导的世俗文化时代的出现，它表现为对传统儒家文化的一元独尊地位的动摇，“道术将为天下裂”的多元主义文化格局的产生。这在中西方的文学发展历程中都是相似的，在西方它表现为“惟一的神的真理解体了。变成数百个被人们共同分享的相对真理。就这样，诞生了现代的世界和小说，以及与

① ［法］伊夫·瓦岱著，田庆生译：《文学与现代性》，北京：北京大学出版社，2001年，第26页。
② ［法］伊夫·瓦岱著，田庆生译：《文学与现代性》，北京：北京大学出版社，2001年，第26页。

它同时的它的形象与模式"①。米兰·昆德拉认为现代性的精神意味着把整体的世界理解为一个有待解决的问题,"它对世界提出疑问,不是为了满足这个或那个实际需要,而是因为'人被认识的激情抓住了'"②。人开始抛开传统和宗教所给定的真理,去探索人的具体的生活,以个人的眼见亲历为基础去重新认识、揭示生活世界的真实,这成为文学现代性的基本动机和起源。

现代性与传统相比意味着一系列的巨变:从其本源上来说它首先表现为一种扩张性的自由市场经济秩序的创立,由此产生的"商品拜物教"导致社会出现一种非人情化的"物化"倾向。近代小说的现代性首先就表现为对这种现代商品拜物教所导致的非人情化的"物化意识"的感受和体验。如要寻找近代文学中的现代性起源,从以《海上花列传》为代表的晚清"狭邪小说"说起是确有见地的,因为在此之前的文学,尚沉湎于传统伦理中心主义文化氛围之中,而到了晚清的"狭邪小说",人们才发现这种别具一格的洋场规则。近年来已有一些学者如范伯群、栾梅健等提出将韩邦庆在其主笔的通俗刊物《海上奇书》上连载《花国春秋》(后改名为《海上花列传》)的1892年,作为文学现代性的起源时间。有鉴于此,还需要进一步说明的是这种现代性的特性何在,它与本土文化的关系以及它在现代中国的文学格局中所处的位置。首先韩邦庆所表现的是漂浮于洋场之上以青楼女性为中心的娱乐休闲生活,这在当时还是一种具有特殊性的地方生活经验,而且他用方言"吴语"写作,本身也意味着将该作限定在吴文化圈内阅读,其中自有其"自我作古"以求"生面别开"的自信,但也表现出其自甘边缘文化的从属心态。上海洋场的"现代性",有一种偏于物质主义的殖民地文化的现代性,洋场文化的主导者是洋人及其所代表的西方文化,而租界中的华人最初只是被熏染的被动者,直到1870年前后,生活在租界的华人还往往讳言自己是"上海人","即使是与外商共事的'华友'也多少为自己的生计感到自惭。他们在上海租界谋生,但这个地方似乎是一个有失身之嫌的陷阱"③。韩邦庆虽长期旅居上海,但对上海的洋场文化仍保持着一定的距离。据史料记载他是秀才出身,但屡次考举人不第。曾当过幕僚,终因性格不合而至上海为

① [法]米兰·昆德拉:《小说的艺术》,北京:生活·读书·新知三联书店,1992年,第1页。
② [法]米兰·昆德拉:《小说的艺术》,北京:生活·读书·新知三联书店,1992年,第1页。
③ 马长林:《租界里的上海》,上海:上海社会科学院出版社,2003年,第89页。

《申报》撰述文稿,1892 年,他创办了中国第一份小说期刊《海上奇书》,由申报馆代售,成为近代中国第一代职业作家。但就其个人而言,他是一个典型的传统落拓名士,为人淡于功名,潇洒绝俗。他虽然家境寒素,但从不视钱如命;弹琴赋诗,自怡自得;他少年时就染上鸦片瘾,又耽迷女色,经常出入青楼,将所得笔资尽情挥霍,因此而入不敷出,捉襟见肘。上海为他放浪形骸的名士生涯提供了暂时驻足之地,但他内心深处仍是传统的,他之于"现代"只是惊鸿一瞥,而使他感到身心自在的还是"一笠园"这样的避世之所,所以该书呈现出一种半新半旧的中间状态。他的敏锐在于他率先捕捉到了物化社会所带给人的异化和失根状态,《海上花列传》的开篇即讲述作者的一个梦境,写他在梦中看到一大片浩渺苍茫、无边无际的花海。花把海水都盖住了,"不料那花虽然枝叶扶疏,却都是没有根蒂的。花底下即是海水,被海水冲激起来,那花也只得随波逐流,听其所止"。这个"无根之花"的隐喻既是现代性作为一种"拔根"文化所带给人的普遍体验。韩邦庆只是逸出了传统将青楼做情场,在欢场寻找浪漫情爱、红颜知己的文化模式,平淡自然地把受到洋场商业文化习染的商品化、职业化的上海欢场中的现实情形如实描写出来而已。其次,从其创作意图来说,他也仍是从传统的道德训诫立意的,即此书是他作为"过来人"的"现身说法",目的是通过此书唤醒人们的风月之梦和浪漫幻想。该书的文学价值在于其抑制了叙述者个人的主观立场和道德判断,将生活自身推向了前台,使生活得以自我呈现,从而也就具有了较强的客观性以及由此而生的认识功能,从而破除人们对于欢场通常具有的先入之见和主观幻想,告诉人们现实和你想象的不一样,现实更为复杂,这就使该书具有了与现代现实主义创作方法相通的写实品格,所以鲁迅对其也作了高度评价,说它既不"溢美",也不"溢恶","平淡而近自然"。此一时期的"狭邪小说",虽然直接感受到了欧风美雨的冲击,敏锐捕捉到了在这种现代性冲击下人们心灵的变化,但仍是含有被动性的、不自觉的、直观的把握,是带着"传统"的眼镜所看到的"现代",所以将其视为现代性的文学的真正的开始,显得有些勉强。它更像是一个结束而不是一种开端,它所代表的传统名士的流风遗韵也很快在历史的推进中消散殆尽、趋于没落。近代文学的现代性显然有赖于更具自觉、能动性的形态来别立新宗、打开局面。

二

所谓能动性的现代性态度表现为面对现代冲击的一种自觉的应对之道，它对于现代既有迎也有拒，其总的倾向表现为对现代性的顺应、驾驭乃至超越，并赋予现代性以具有超越性的精神目标，使得对现代的追求成为一种精神朝圣之旅，带有不同程度的乌托邦色彩。一般而言，从政治上来讲现代性意味着民主政治和世俗化的民族国家的建立；从人的内在观念来说它表现为对理性的尊崇和自我的发现。蔡元培将现代称为“我见的扩大”的时代，预示出现代将是一个个人本位主义的文化时代。这种政治、文化上的现代性追求是现代政治小说兴起的主要动力。与传统大一统文化不同，现代社会的经济、政治和道德、文化呈现出分化之势，各有其自己的轴心原则。但是中国现代性的追求者基于传统“圣人造世”的一元论思维方式形成的“前理解”，天然倾向于一种理一万殊式的唯理主义的现代性传统，即将现代社会视为现代性理念推演、实现的结果，由此产生了一种影响时代甚巨的公理至上心态。王韬在1867年与牛津大学学生讨论中西学术时就曾断言：“夫天道无私，终归乎一。”中西之道，都会同归于大同。他认为：“今日欧洲诸国日臻强盛，智慧之士造火轮舟车以通同洲异洲诸国，东西两半球足迹几无不遍，穷岛异民几无不至，合一之机，将兆于此。夫民既由分而合，则道亦将由异而同。”[①]他认同人生而平等，主张男女并重，并对传统道德提出异议：“世以仁义礼智信为五德，吾以为德唯一而已，智是也。有智则仁非伪、义非激、礼非诈、信非愚。盖刚毅木讷近仁，仁之偏也。”[②]这种以“智”来一统道德的倾向与“五四”时期周作人的“道义之事功化”并无二致。至于康有为的《大同书》，初名即为《人类公理》，他将“公同平等”视为人类的公法，其地位如同“几何公理”，从此出发便可推演出人类大同之道。从“平等”理念的彻底性来说，《大同书》显然是无法逾越的，所以就唯理主义的思维方式而言，器物、制度、文化都是由一以贯之的“理”来主导的，并不是三者各有其道，分别发展。所以这也就派生出一种文化整体论和文化决定论的观念，即文化是一个有机的整体，要变就必须全变。而精神文化决定器物和制度，所以精神文化的变

---

① 王韬：《原道》，《弢园文录外编》卷一。

② 王韬：《智说》，《弢园文录外编》卷七。

革是一切变革的根本和关键。这种借思想文化解决问题的思维方式在清末就已非常流行,在晚清时期它主要是以现代公理取代传统“天理”的形式出现的。

晚清政治小说是在“公理至上”“英雄造世”和乌托邦精神共同推动下产生的激进主义的社会改造文学,若追溯其源头,应从西方传教士傅兰雅和李提摩太提倡以小说改良社会说起。袁进等学者已经指出梁启超1902年提出的“小说界革命”是直接受到了1895年傅兰雅在《万国公报》上发出的《求著时新小说启》的启发,而1891年英国传教士李提摩太翻译的美国小说家爱德华·贝拉米(Edward Bellamy)的乌托邦政治小说《回顾:2000—1887》以《回头看纪略》为名在《万国公报》连载,对晚清朝野上下都产生了深刻影响,并为晚清出现的众多政治乌托邦小说提供了摹本。

政治小说追求的是一种建立在合理性化基础上的理想社会,带有浓厚的唯理性主义和唯意志主义色彩。它确立起不同于传统循环论的一种进步主义的时间意识,认为世界在时时更新、刻刻进化,日臻完美,止于至善。这是一种新的感受和思考时间价值的方式,在这种进步主义的时间观念中,“未来”成为评判“过去”和“现在”的价值标准和来源,“过去”和“现在”都失去了独立存在的意义,“昨天和明天之间没有今天”,今天成为昨天和明天争夺的战场。具体到文学领域,这是一种理想主义的“相信未来”生存态度,它是一种立足现实的社会改造的理想主义,它带给文学的是除“过去的现实”和“现在的现实”之外的对“第三种现实”(高尔基语)的发现。所谓“第三种现实”也就是作家可以应然的、未来的、理想的眼光去描写尚未实现的现实,通过想象把未来现实化,由此,唤起人们对新世界、新生活的向往和渴望,这是一种把“未来”化为当下来体验的审美方式,如梁启超的《新中国未来记》、陆士谔的《新中国》等都是开篇先以倒叙的方式描写一段未来的“现实”,然后从未来回溯到“现在”,告诉人们如何才能从现实走向如此这般的“未来”。旅生的《痴人说梦记》、鲁哀鸣的《极乐地》等则是在历史乌托邦受挫后,逃向与世隔绝的孤岛的空间乌托邦类型。

政治小说一方面表现出高度理念化的特点,另一方面表现为一种浪漫主义的英雄化倾向。如蔡元培的《新年梦》、梁启超的《新中国未来记》都是这类理念化的乌托邦小说的代表;而陈天华的《狮子吼》及号召女性革命的小说《东欧女豪杰》《女娲石》《女狱花》《黄绣球》等都可以说是这种彰显人的主观意志力量的英雄主义美学的代表作。此两者奠定了中国近现代文学的基本格调，即它是一种出于推动社会变革需要而产生的理想主义和现实主义相结合的审美倾向。

如从思想观念变革的彻底性来考察，清末民初政治小说较之五四文学并不逊色：清末无政府主义者就提出过“三纲革命”和“无父”“无君”“无法”“无天”的“四无主义”，主张个人的绝对自由，彻底地反帝反封建自是其题中应有之义；清末小说对于家族制度和礼教的弊害早有揭露，曾提出过“家庭立宪”“家庭革命”的口号。在挣脱传统道德观念的束缚上，已走得很远，如《女娲石》中既有奉行革命禁欲主义道德的“花血党”，也有带有道德虚无主义倾向的“春融党”，其伦理原则就是现代信念伦理和革命功利主义，其中已完全不见了传统道德的束缚。从 1902 年发表在《新民丛刊》上的寓言小说《虞初新语·人肉楼》中也可以看到，清末“新文明派”已开始超出民族、国家的立场，而从现代性的“普世公理”来批判现实、评判历史，其得出的结论就是中国是“吃人”的野蛮国，几千年来的“忠臣义士”的文化也不过是无谓的“被吃的”文化。这可以视为是鲁迅《狂人日记》的先声。就对传统文化的批判和愤慨而言，鲁哀鸣发表于 1912 年的长篇小说《极乐地》可为代表，作者宣称“圣人是万世之贼，当初那些所谓圣人，立了些坏法子，叫什么三纲五常，什么三从四德，这皆是愚人圈套”。因此，主人公主张把那些“四书”“五经”和那些臭烂文章都烧尽，因为那里面都是“放狗屁”。从其小说人物的名字中就可以看出作者彻底的反传统立场，他们是江无政、孙无家、周无国、高无伦、张排圣等。这种反传统的激烈程度在“五四”时期也无出其右者。

政治小说鲜明的两极对立思维使其发展出一种爱憎分明的、排他性、独断性的叙事态度，文本作者和叙述者往往合而为一，成为一种不由分说、不容置疑的公理言说者，如陈景韩的《侠客谈：刀余生传》，写一个做了“匪首”的“革命党”刀余生。他对掳获的俘虏有这样的死刑标准：

> 鸦片烟鬼杀！小脚妇杀！年过五十者杀！残疾者杀！抱传染病者杀！身体肥大者杀！侏儒者杀！躯干斜曲者杀！骨柴瘦无力者杀！面雪白无血色者杀！目斜视或近视者杀！……

其立法依据是：

> 世界至今日，竞争愈激烈，淘汰亦愈甚，外来之种族，力量强我数十倍。听其天然之淘汰，势必不尽灭不止。我故用此杀人之法以救人，与其淘汰于人，不如我先自为淘汰，与其听天演之淘汰，不如用我人力之淘汰。[①]

这种乾纲独断、清坚决绝的精神气质也一直延续到“五四”，陈独秀在倡导文学革命时采用的也是同样的态度：“必以吾辈所主张者为绝对之是，而不容他人之匡正也。”[②]清末民初的政治小说与五四新文化运动和“新文学”有着直接的不可割断的联系，新文化运动的领军人物陈独秀、鲁迅、周作人、胡适等都是在清末民初时期开始文学活动并已形成了其基本的价值观和文化立场，他们都是辛亥革命程度不同的参与者，在政治革命一再受挫之后，他们将关注点由政治转向文化，将“伦理的觉悟”视为是最根本的觉悟，试图从文化变革入手实现政治革命未能实现的理想，由此就进入了新文化运动的时代。陈独秀对法国大革命理念的信仰、鲁迅对个人和“灵明”的重视、周作人对于希腊文化的钟情和对于审美自主性的思考等都形成于他们的青年时代，并在“五四”时期得到了进一步的发展。所以如果切断近代和现代的连续性，显然不利于对其思想形成的过程、语境、发展趋势的完整把握。

被鲁迅称为“谴责小说”的晚清小说一般属于“社会小说”的范畴，它虽然也受到了梁启超“小说界革命”的启发，但它与政治小说明显不属于同一文化类型，首先从思维方式来说，他们并不具有前者的唯理主义特征，而更多地表现出道德批判和重视日常生活的常识的特性，他们大多属于政治上的改良派和文化上的保守派。该作家群大多属于科举制度末期下沉到市民阶层的文人名士，他们是第一代与市场经济结缘的职业作家，与政治小说“不究版权，欢迎翻印”的态度迥异，他们是靠写小说、办报为生的，所以从市民阶层的爱憎出发对时世嬉笑怒骂、激浊扬清成为他们的事业。其文化价值立场可大致定位为“开明的保守派”，所谓“开明”表现在他们也有强烈改良社会的要求，反对传统的深闭固拒

---

① 冷血：《侠客谈》，《新新小说》第1年第1号，1904年。

② 胡适、陈独秀：《通信》，《新青年》第3卷第3号，1917年5月。

和奴性政治，但是他们又对激进主义的政治、文化变革持反对态度，他们希望社会在一种具有连续性的暂安之局中逐步进化到一种良性状态，反对突变式的"跨越"和乌托邦式的托命未来。他们提出"拥护新政治、维护旧道德"（包天笑语）的口号，实则更倾向于认为"道德"无新旧之分，只有真伪之别。所以他们并不在一种断裂的情境中追求绝对的"现代"，而是展开"传统"与"现代"之间的互动，既以"现代"批判"传统"，也以"传统"批判"现代"，他们的道德批判属于传统文化规范之内的批判，一种带有道德原教旨主义色彩批判，所以吴趼人力图回到先秦儒学的立场来批判后世的"奴性儒学"。他们的写作表现出一种左右开弓的倾向，初期主要集中于对大小官吏的批判，后期则主要转向了对形形色色的"新党"的讽刺和抨击。最能体现"谴责小说"的道德批判精神的作家是吴趼人，他是以"保国保种保教"为目标的市民知识者的典型，他坚持用"好与坏"而不是"进步和反动"这样的现代性评判标准来评判社会。"好与坏"的标准主要来自传统的实用理性，这种价值立场对后来的通俗文学有着持久的影响，并在某种程度上成为唯理主义现代性的解毒剂。其次，谴责小说的出现也代表着传统政道合一文化的分解，主要表现为政治和道德的分解，谴责小说家用传统道德来批判时代政治，将政治和道德剥离开来，将官场视为完全卑污的存在，所以李伯元的《官场现形记》一出，朝廷官员的声誉一落千丈，比"强盗""小偷"还要声名狼藉，这对于"以吏为师"的传统社会结构显然有着极大解构作用，无形中达到了对于政治的现代性的祛魅效果。谴责小说是受动和能动的现代性态度的结合，所谓受动表现为它并不具备现代性的"历史意识"和创世者的抱负，而是怀着一种"太阳要出，大雨要下"的旷达心态来接受生活的必不可免的变化，但也并不放弃自己的一定之规，这种变与常的结合正是市民阶层的人生哲学的体现。

清末民初小说中还有一个重要的派别即社会言情小说，1906 年可以说是言情小说的高潮年，符霖的《禽海石》写的是一对年轻人的爱情悲剧，主人公将造成悲剧的成因归结到"孟夫子那父母之命、媒妁之言的老话"，从而拉开了近代以情抗礼的青年人追求感性解放的序幕，民国初年被称为"鸳鸯蝴蝶派"的言情小说，可视为是这种感性解放的继续。在既往研究范型中它是作为五四新文学的批判对象而存在的，但它也自有其独立的文学价值和意义。首先它是在民国初年共和主义的政治文化氛围中产生的,咸与维新的时代语境使其倾向于以对话沟通、交流互动的方式来化解、填补新与旧之间的鸿沟,他们对自由与秩序的理解比较接近于西方古典自由主义的真意。他们大多是辛亥革命的热情参与者,“不为拿破仑,便为贾宝玉”(何海鸣语)的时代箴言使其在政治革命受挫后转向唯情主义的乌托邦,“唯理”和“唯情”本是现代性的两级,“唯情”催发的是一种将情感作为道德基础的浪漫主义伦理观。其次言情小说所表现的伤春悲秋、造化弄人、人世无常的传统情怀与“五四”“以科学统性情”的态度判然有别,与“五四”人的理念化和以主客对立的方式来看待世界不同,他们是以在世界之中的方式来感受世界的,尚没有走出世界之外将其当成一个对象化的存在来看待,所以他们还保留更多的传统韵味。鸳鸯蝴蝶派作家群的成员多是 20 岁出头的青年,他们多是清末中体西用的“癸卯学制”下培养出来的第一代中学生,其文学修养、趣味完全是古典的,这使他们的写作成为了文言文骈体小说的告别性演出。在这种文体更迭的背后,是一种文化重心由中向西的转移,五四新文化运动的发起者陈独秀、鲁迅、周作人、胡适都稍年长于鸳鸯蝴蝶派作家,更重要的是他们受的教育、走的道路不同,他们大都曾出洋留学,成为中国最早的一批西化知识分子,“西体中用”时代的到来为他们建构与现代西方文化接轨的“新文化”“新文学”提供了契机和条件。

总之,现代性自身是一个充满了内在矛盾的动态过程,既不可能一蹴而就,也不可能定于一尊,因此,从现代性自身的特性而不是我们对现代性的主观愿望、理解出发去看待现代性,是非常有必要的,它可以使我们对现代中国百余年来的历史和文学的理解更为趋向于理性和客观。

打破“后壁”的精神历险

——康有为、章太炎与近代知识层的心态转换

考察近代文化、文学的发生，不能不从康有为、章太炎这两个开山人物说起，但要理清其起点和来源，有必要对其思想、人格成长过程做一综合性的考察，揭示其与上一代和下一代人物相比所发生的代际心态变化。这种代际差异，不只是一个自然、精神现象，更是一个社会历史现象。变革时代剧烈的新旧冲突往往是以代际冲突的方式呈现的，文化、文学变革也是通过数代人的价值观和心态体验的代际分化、转变完成的。因此代际关系在此研究中具有重要意义，它是除阶级、阶层、种族和性别关系之外另一重要但尚未引起充分重视的社会关系，特别是在揭示具体的社会变革所带来的人的心灵的变化过程中具有重要意义。

一般来说，中国文学、文化的古今之变主要是通过三个“历史社会世代”完成的，第一世代是出生于 19 世纪初经历了近代第一次大内战太平天国运动的士人知识层，他们代表的是儒学传统在近代回光返照似的终结形态，近代之变是以对他们所代

表的传统价值的疏离、反叛为起点的。其文学话语特征仍主要表现为一种天人贯通的价值观,他们虽开始提出维新变革要求,但主要还是在传统的圈子之内生发的,如其溢出内圣外王、天人合一的框架之外,就进而发展成为了近代功利主义,从曾国藩到李鸿章的变化即可看出这一点。[①] 第二世代则主要由中日甲午战争的震荡形成,他们由天人贯通转向天人分离,开始确立其现代性的人与世界的主客体关系。近代文化建构主义的代表人物有康有为等公理信仰者;而解构主义的代表人物则为倡导"依自不依他"的章太炎,带有文化相对主义、多元主义倾向。与上一代相比,他们在精神气质上有明显变化,如康有为以圣人自居,以"狂"著称;章太炎则以"疯"闻名,倡"大独"人格。近代人的思想解放代表的是传统宗教性信仰式微之后意识形态时代的到来,近代文学文化的兴盛,政治小说、谴责小说、言情小说和南社派诗作的汹涌而出,代表的就是这样一种人性解放的政治文化诉求。第三世代的知识者是在庚子之变后"传统"完败的清末新政背景下成长的一代人,他们是五四新文化运动的发起者和响应者,以"西体中用"奠定了中国现代文化的基本格局。本文主要考察的是第二世代也就是以康有为和章太炎为代表的士人群体的心态变化,着重考察的是他们以什么方式、形态及依托何种思想文化资源跃出天不变道亦不变的传统藩篱,走上一种以"变"为唯一不变之特征的现代变革之路的。

一

康有为的老师是被称为晚清醇儒的朱次琦,朱次琦(1807—1881),字稚圭,广东南海九江乡人,世称"九江先生"。朱次琦早年汲汲于仕途,41 岁才中进士,曾任山西襄陵县知县。不久就辞官归故里,从此以讲学为生。他为政的时间虽然只有 190 天,却政声卓著,美誉有加,极为时人及后世称颂。朱次琦学养深厚,著述等身,晚年却又自焚其书稿,不为后世立言。回到南海九江后,他开书院讲学达 20 余年,简竹居、康有为就是他的高足。他一生博学,治学严谨,主张"读书务大义,励志圣贤,由体达学",他对学生非常严格,常对其学生说:"处子耿介,守身如玉,谷暗兰薰,芳菲自远。"朱次琦论学强调融会贯通。在当时普

① 参见拙文《由"天地境界"到"功利境界"——从曾、李之别看近代中国的士风转移与文学之变》,《天津师范大学学报》2012 年第 3 期。

遍讲“一经一史、文章一家、经济一门”的情况下，朱次琦既反对清中叶汉学考据的琐碎和门户之见，也反对宋明心学的空疏玄谈，主张扫去汉学和宋学的门户之见，一切归宗于孔子。朱次琦的学问又被称为“九江实学”，他注重修身立德和经世致用的结合，他的学问还是以程朱理学为根本，所以康有为称乃师的学问是“以躬行为宗，以无欲为尚”[①]，在修身方面朱次琦达到了“不欺暗室”的慎独之境，所以他虽身处偏远，却获得了海内外名流的一致推重。

康有为1876年乡试落榜后，到礼山草堂拜读在朱次琦门下。此前，他曾跟随过六七位老师，直至他来到朱次琦门下，他才深感找到了真正的导师。“乃洗心绝欲，一意归依”，康有为之于朱次琦，是从其入而不从其出，他与朱次琦的思想、为人、学术见解、志趣抱负相去甚远，这在他于朱门求学时就已有所表现。如，有一次，朱次琦带弟子过西江瞻仰苏东坡当年南贬谪遇风泊舟处的古迹，唯独有为不愿同往。同学问他，他说：“逆流之舟，何用瞻仰？我要看的是王荆公的改制台。”[②]这表明大胆变革、独持己见、勇于抗俗的王安石才是他心中真正的偶像，王安石的“天变不足畏，祖宗不足法，人言不足恤”更能代表他的精神追求，亦因此同学们都认为他执拗、乖张，送给他一个“拗康”的绰号。

另外一次激烈的师生冲突是师徒对于韩愈的评价相反，这次冲突最终导致了康有为的离开。朱次琦非常推崇韩愈的文章，尤其是他的代表作《原道》。而康有为则认为韩愈道术浅薄，所著文章“皆空疏无有”。他认为：“言道当如庄荀，言治当如管韩，即《素问》言医，亦成一体，若如昌黎不过文工于抑扬演灏，但能言耳，于道无与，即《原道》亦极肤浅，而浪有大名，千年来文家颉颃作气势自负，实无有知道者。”这种功利主义的观点显然是作为儒者的朱次琦无法接受的，而同学们也都觉得康有为太狂妄，讥他为“狂生”。然而正是这种“拗与狂”使他成为撞开藩篱、开启近代之门的先驱，康有为的悟道走的是一种“自圣”的路子，他曾自述：“静坐时忽见天地万物皆我一体，大放光明，自以为圣人，则欣喜而笑，忽思苍生困苦，则闷然而哭，忽思有亲不事，何学为，则即束装归庐先墓上。同门见歌哭无常，以为狂而有心疾矣。”康有为将这段时期的自己称为：“此《楞严》所谓飞魔入心，求道迫切，未有归依之时。”康有为的“理学政学之基础，

① 钱基博：《现代中国文学史》，上海：上海书店出版社，2004年，第243页。
② 朱杰民：《岭南名儒朱九江》，广州：广东人民出版社，2005年，第56页。

皆得诸九江”，故“生平言学，必推次琦”，然而他自己的立身之学则是“以圣贤为必可期，以天下为必可为”的自圣之道，他在朱门“粗闻大道之传，决以圣人为可学而尽弃旧学，自此始也”[①]。

这种自圣之道与束检身心、“动止有法，进退有度”的朱次琦显然大相径庭，康有为的自圣之道实际上代表着一种现代个性解放精神，而且这种个性解放以“自以为圣”的方式出现，实际上代表着一种现代性的人神化倾向，它与理学的重“天理人欲之辨”的方式显然大异其趣。儒家传统里的“圣人”不是可以自居的，连孔子到老还说“若圣与仁则吾岂敢？抑为之不厌，诲人不倦，则可谓云尔已矣”(《论语·述而》之三十五)。也就是说：“圣人”是在一个永恒的修养身心的过程中得以显现、完成的，自居为圣，出言就是“真理”，只是一种自我的无限膨胀而已。中国思想史对人性的看法素来有“性其情”派和“情其性”派两种对立看法，前者可称为“道德人性论者”，后者则成为“自然人性论”的前驱，朱熹对陆象山的“心学”曾有这样的评价：“陆子静之学，看他千般百般病，只不知气禀之杂，把许多粗恶底气，都把做心之妙理，合当凭地自然做将去……，才说得几句，便无大无小，无父无兄，只我胸中流出底是天理。”(《朱子语类》卷一二四)将自我视为天理的来源，自然也就没有内省的必要了。康有为也正是将“心学”这一传统扩张到了极致，既然“人欲即天理”，所以在他的身上就见不到孔子所言的“能见其过而内自讼者”的必要，而看到的只是一种“圣我一体”的“人神”化倾向，而这却在某种程度上适应了非常时期的时代需要，因为救亡图存的时代重任显然不是既往封闭系统中、太平光景下的循规蹈矩的“恂恂儒者”所能担负的，它需要的是一种敢于“推倒一世之智勇，开拓万古之心胸”的文化创世者，康有为可以说是适逢其盛，成为近代文化的开山人物，而“自圣化”则给予康有为以强大的心理自信，使其可以摆脱羁绊，纵横驰骋。

中日甲午战争之后，传统文化的衰败已成为一个不得不正视的现实，人们开始尝试从“常道”之外来寻找解决中国问题的出路，即使像政治态度较为保守的郑孝胥也在《五十自寿诗》里写下这样的诗句：“读尽旧史不如意，意有新世容我侪。”康有为救亡图存的中西比较的结论是中国之弱在“教之不善，经之无

① 梁启超：《康南海传》，《清议报全编》卷八。

用”，因之他认为应采取的对策就是将儒学宗教化，建立“孔教”以对抗西方强大的基督教，以实现“保国保种保教”的目标。康有为在《大同书》中畅想的大同是一个破除“九界”的过程，而这种建立在差别和区分基础上的“九界”，也就是人类的生活现实，现有世间法的基础。对“九界”的破除得以实现的方式康氏称之为“天游”，即一种心灵的自由飞行。所以《大同书》虽以思想论著的形式出现，但也具有浓厚、鲜明、个性化的文学色彩。据其自述：“吾为天游，想象诸极乐之世界，想象诸极苦之世界，乐者吾乐之，苦者吾救亡，吾为诸天之物，吾宁舍世界天界绝类逃伦而独乐哉！”[①]康有为假“天游”而得悟的大同之道显然有对佛学的借鉴，但其又是对佛的出世法的一种颠倒，将极乐世界由空间悬隔的“西天”移至虽则遥远但仍可期待的未来。康有为的大同之道并不复杂深奥，而是有明确的理路可寻，因为其对大同社会的全部想象、设计都来自对消除一切等级和差别的“平等公同”原理的推演，正如他在《实理公法全书》中所言：“实理明而公法定，间有不能定者，则以有益于人道者为断，然二者均合众人之见定之。”[②]这是一种典型的建构论唯理主义的乌托邦社会设计，其特点在于强不公以为公，强不平以为平，一切以应然的公理为标准，将现实中的一切抹掉之后予以理性化的重建。他眼中的人是单数的、同质的、抽象化的人，与现实中的、具体的、复数化的人无关。而《大同书》是其“圣人纵仁义之欲”推出的救世方案，带有一劳永逸地终结一切人世苦难以永享福乐的性质。传统之“仁”，是需要用“礼”来体现的，所谓“仁礼不二”，但康有为将“礼”这种世间法全部扫除，并将人类文明得以产生的基本细胞家庭、婚姻、私有制等视为有待清除的进步之阻碍，这显然带有一种拔苗助长的虚妄性。而且他将儒家典籍《礼运大同篇》所言的“大同”，诠释为“公有制”意义上的大同，也违背了其原意，古之“大同”，也只是有公道、公正之意，并无康有为渲染的公有制意味。所以，当康有为的“仁义”推到极致之时，他也就涨破了儒学的固有框架，使其趋于崩溃瓦解。故而即使当时支持维新变法的人物如陈宝箴、郭嵩焘等人也对康有为的《孔子改制考》等不以为然，思想保守者更是无法容忍，如当时朱一新在给康有为的信中这样说道：“凡事不可打通后壁。老庄释氏皆打通后壁之书也。愚者既不解，智者则易溺其心志，

① 康有为：《大同书》，上海：上海古籍出版社，2005年，第4页。
② 姜义华等：《康有为文选》，天津：百花文艺出版社，2006年，第10页。

势不至败弃五常不止，岂老庄释氏初意之所及哉？然吾夫子则固计及之矣，以故有'不语'，有'罕言'，有'不可得而闻'。凡所以为世计者，至深且远。今君所云云，毋亦有当'罕言'者乎？"[①]这与古希腊人对秘传知识和民众知识、隐秘教诲与显白教诲的区分颇有相通之处。

《大同书》中的康有为表现出一种创世者扭转乾坤、移星换斗的精神气质，它带有鲜明的审美主义文学政治色彩，这在现代并非单一现象，英国诗人雪莱在《保卫诗歌》一文中声称："诗人是这个世界上不被承认的立法者。"《大同书》中的康有为也正是这样一位不被承认的世界立法者，其立法依据来自他所坚信的现代公理，公理由人来发现又超出人之上，具有一种不以人的主观意志为转移的客观性，只有能掌握公理之人，才可以合乎理性地建构一个合理社会，从而使人幸福地度日、合理地做人。以其功利主义、趋乐避苦的快乐主义的伦理观，他为人制定了幸福、快乐的标准普遍模式，并将其称为"世间法"的极致。但是他似乎忽略了"不同的快乐和幸福在很大程度上是不可通约的，不存在任何可用来衡量它们质量和数量的尺度。因此，诉诸于快乐标准并不能告诉我去喝饮料还是去游泳，诉诸于幸福标准也不能做出当修士还是当战士的决定"[②]。所以鲁迅在《野草·影的告别》中说过："有我所不乐意在你们将来的黄金世界里，我不愿去。"[③]这也是后来乌托邦会在文学史上变异为反面乌托邦的原因。美国诗歌评论家帕里尼也说"我并不是很希望由诗人来为世界制定法律或规则，……在很大程度上，诗人投身公共领域的表现都会非常糟糕"[④]。诗人的世界是智慧和感情的内在世界，他所从事的是一种以个人自由意志为主导的创造性活动，而政治则是管理众人之事，必须建立在他人的同意之上，武断性的抹掉一切、重构一切施之公共领域往往会造成灾难性、悲剧性的后果。

康有为的《新学伪经考》和《孔子改制考》将传统的今文经学推向极端，以现实政治要求统帅一切，也因此使其走向终结。《新学伪经考》断言东汉以来的经学是刘歆所伪造的。刘歆篡改经学以服务于王莽新朝，故称新学，所以后人所称汉学为新学，即伪经，而非孔子之典籍。由此他就抽取了当时占据学界主

---

① 钱基博：《现代中国文学史》，上海：上海书店出版社，2004年，第381页。

② [美]A.麦金泰尔：《德性之后》，北京：中国社会科学出版社，1995年，第82页。

③ 鲁迅：《鲁迅全集》第二卷，北京：人民文学出版社，2005年，第169页。

④ 转引自康慨译：《诗歌为何很重要？令存在更为深切？》，《东方日报》2008年7月3日。

导位置的汉学（即乾嘉学派）、宋学（即程朱理学）的基础，从而起到摧枯拉朽、为维新变法开路的作用，再就是在传统领域进行价值重估，以“六经注我”的精神使学术服务于救亡图存的现实政治需要。《孔子改制考》则更是将孔子以前的历史，认定为是孔子为了改制目的而假托的宣传品，孔子是一个伟大的社会改革家，并非述而不作，孔子创立儒家学派，提出一套他自己创造的政治制度，编撰儒家经典，作为托古改制依据的夏、商、周三代理想的社会制度，也不过是孔子的古为今用，这就强化了“圣人造世”、思想文化决定论的理念，由此也使孔子获得了不虞之誉和不虞之毁，而其目的则在于通过抬升孔子确立自己的当代圣人的权威地位。

从康有为的个性气质、行事风格上来看，他也表现出极强的自我中心主义和唯意志主义色彩，将个人主观能动性发挥到极致，正如其弟子梁启超所述：“有为以好博、好异之故，往往不惜抹杀证据或曲解证据，以犯科学家之大忌，此其所短也。有为之为人也，万事纯任主观，自信力极强，而持之极毅。其对于客观的事实，或竟蔑视，或必欲强之以从我。其在事业上也有然，其在学问上也亦有然。其所以自成家数崛起一时者以此，其所以不能立健实之基础者亦以此。”[①]康有为与其弟子之间的的关系也带来极强的威权色彩，梁启超追随其数十年，仍痛切感到：“大抵与师论事，无论何人决不能自申其说。师平昔事无大小，举措乖方之处，不一而足，弟子亦不能心悦诚服，无如何也。”[②]

康有为出现的意义首先在于他对现代强势的西方予以了独特的、积极的回应，他认为中国之所以败于西方，就在于其缺乏像西方基督教一样强大的宗教信仰，他的解决之道就是将公理至上和儒学宗教化后结合在一起，成立孔教会，建立起新的政教合一的信仰，树立起至高的、不容置疑的精神权威。由此破除偶像的结果是造就了自我的偶像化，而自我的偶像化意味着自我的消失，也就是说康氏之学以传统眼光衡量也只是一种“为人之学，而非为己之学”。孔子《论语》中说“古之学者为己，今之学者为人”，程颐的解释是：“为己，欲得之于己也，为人欲见之于人也；古之学者为己，其终止于成物；今之学者为人，其终至

① 梁启超：《清代学术概论》，石家庄：河北教育出版社，1996年，第189页。
② 李华兴、吴嘉勋编：《梁启超选集》，上海：上海人民出版社，1984年，第624页。

于丧已。”[①]康有为的公理至上最后也难免重蹈以理杀人的旧辙。其次，康有为可以说开辟了近代以来将时代政治神圣化、宗教化的先河，也就是人生的价值和意义不再来自神而是来自人，人之终极幸福不再求之于彼岸，而是求之于此岸，乌托邦开始了其介入历史的进程，尽管康有为将大同世界设置在极为遥远的未来，但“大同之世”仍成为康有为等历史进步主义者坚信的历史前进的最终目标，由此“相信未来”也就成为变革时代人们普遍持有的信念。

二

另一位近代文化的开山人物则是章太炎，他的老师俞樾（1821—1907），字荫甫，自号曲园居士，是清末著名学者、文学家、经学家、古文字学家。俞樾是清道光三十年（1850年）进士，曾任翰林院编修。后放任河南学政，因“试题割裂经义”被罢官。后移居苏州，潜心学术达40余载。治学以经学为主，旁及诸子学、史学、训诂学，乃至戏曲、诗词、小说、书法等，可谓博大精深。海内及日本、朝鲜等国向他求学者甚众，尊之为朴学大师。俞樾是一位持身谨严、循规蹈矩的宁静的学者，一生以学术为志业，学识渊博，撰述众多，其中《群经平议》《诸子平议》《古书疑义举例》等，成为乾嘉学派后期的代表著作，也得到乃师曾国藩的赞赏。章太炎作为学者是俞樾学术的杰出继承者，但在政治态度和为人处世上则大不同于乃师。“复谒先生，先生遂曰：‘闻尔游台湾。尔好隐，不事科举。好隐，则为梁鸿、韩康可也。今入异域，背父母陵墓，不孝；讼言索虏之祸毒敷诸夏，与人书指斥乘舆，不忠。不忠不孝，非人类也，小子鸣鼓而攻之，可也！’”据章太炎说：“盖先生与人交，辞气凌厉，未有如此甚者。”[②]章太炎与其师俞樾的分歧主要在于现代民族主义意识的有无问题，而章太炎从觉醒了的种族意识出发来看其师的过激反应，显然觉得其因为食过清朝的廪禄，所以要“悬悬蔽遮其恶”，忘记了私恩之上的民族大义。但这主要是一种个人政治选择不同的问题，章太炎对其师的人格、学问始终是非常崇敬的，甚至有人揣测章太炎之所以大张旗鼓地宣布“谢本师”，也只是为了使其师免受其连累而已。

章太炎堪称晚清最有名的“疯癫之士”，而且他已将“疯癫”正名，形成了一

---

① 罗庸：《鸭池十讲》，沈阳：辽宁教育出版社，1997年，第11页。
② 郑振铎：《晚清文选》卷下，北京：中国社会科学出版社，2002年，第380页。

套独有的“疯癫”理论：1906年他在上海坐牢日满、东渡日本时，曾在留学生界及同盟会的欢迎席上说了这样的话：“大概人生在世，被他人说个疯癫，断然不肯承认，除那笑傲山水诗豪画伯的一流人，又作别论，其余总是一样。独有兄弟却承认我是疯癫，我是有神经病，而且听见说我疯癫，说我有神经病的话，倒反格外高兴。甚么缘故呢？大凡非常的议论，不是神经病的人断不能想，就能想亦不敢说。遇着艰难困苦的时候，不是神经病的人断不能百折不回，孤行己意。所以古来有大学问成大事业的人，必得有神经病，才能做到。”[①]这种彻底藐视世俗的孤行独往的精神也是突破传统束缚，以求得个人心灵的彻底解放所必需的。

在对待学问的态度上，章太炎与康有为是颇为异趣的，他对于学问首重的是求是，而非致用，他在答王鹤鸣信中这样写道：“康有为善附会，媚以拨乱之说，又外窃颜李为名高，海内始彬彬向风，其实自欺。诚欲致用，不如椽史识形名者多矣。学者在辨名实，知情伪，虽致用不尚，虽无用不足卑。古之学者学为君也，今之学者学为匠也。为君者南面之术，观世文质而已。为匠者必有规矩绳墨，模形惟肖，审谛如帝，用弥天地，而不求是则绝之。”[②]也就是他赋予了学术以自身的价值和意义，使其免于为他力所裹挟，而失去其独立性。但他的求真并非是摆脱了价值理性的为求真而求真，而仍从属于无用之用的道德关怀之下。

章太炎不但是一位学问家、革命家，更是一位思想家，他“以朴学立根基，以玄学致广大”，是近代思想文化史上足以与康有为并驾齐驱的人物，两人之间具有极强的可比性和互补性。如果说康有为代表的是一种唯理性建构主义现代性，而章太炎则代表的是一种立足于个体经验和生活常识的解构主义者。这从章太炎质疑、颠覆进步主义者的“人类可臻无限完善论”等现代信条中可以看得很清晰，章太炎的《俱分进化论》彻底解构了想依靠社会进化而达到至善无恶社会的虚妄，因为善与恶是齐头并进的，两者如影随形，道高一尺魔高一丈，绝不会出现一方独盛的局面，所以“进化之实不可非，进化之用无所取”[③]，所以借着

---

① 汤志钧：《章太炎政论选集》上册，北京：中华书局，1977年，第270页
② 章炳麟：《章太炎全集》第四卷，上海：上海人民出版社，1985年，第151页。
③ 章炳麟：《章太炎全集》第四卷，上海：上海人民出版社，1985年，第387页。

“进化”的名义去追求道德乌托邦的实现,最后肯定会落空。不止于此,他的《四惑论》更将质疑的矛头指向了在其时代已被视为新的天条的现代观念,“昔人以为神圣不可干者,曰名分。今人以为神圣不可干者,一曰公理,二曰进化,三曰惟物,四曰自然。有如其实而强施者,有非其实而谬托者。要之,皆眩惑失情,不由诚谛”[①]。认为时人“所持公理,皆以己意律人,非人类所公认。人类所公认者,不可以个人故,陵轹社会;不可以社会故,陵轹个人。若如公理之说,无益于社会者,悉为背违公理。……而公理之惨刻少恩,尤有过于天理”[②]。这种将人自身当作目的而非手段的对于个体存在的独立自主性的守护是难能可贵的,因为这种具体的个人及其自由意志在康有为的《大同书》中是微不足道的,他是站在人类之外来抽象地看待人类并为其设计终极幸福方案的。

如果说康有为以他的如几何公理式的公同平等的人类公理撼动了一切实有的“世间法”的基础,由此开启了以现代批判传统的先河,那么章太炎则以佛学唯识论和庄子齐物论揭穿了唯理主义的不合理性,他认为:“物之所安,没有陋与不陋的分别。……大概善恶是非的见,还容易消去了;文明野蛮的见,最不容易消去。无论进化政治家的话,都钻在这个洞窟子里,就是现在一派无政府党,还看得物质文明是一件重要的事,何况世界许多野心家。所以一般舆论,不论东洋西洋,没有一个不把文明野蛮的见横在心里。学者著书,还要增长这种意见,以至怀着兽心作的强国,有意要并吞弱国,不说贪他的土地,利他的产物,反说那国本来野蛮。我今灭了那国,正是使那国的人民,获享文明幸福。”[③]作为一个文化民族主义者,他倡导的是“用国粹激动种性,增进爱国的热肠”[④]。所谓“国粹”包括三项:语言文字、典章制度、人物事迹。国粹即一个国家的“国性”之体现,如“国性”既失,则其国虽存犹忘。所以他的提倡国粹“不是要人尊信孔教,只是要人爱惜我们汉种的历史”。他认为一个中国人如不知道中国的历史,便“不晓得中国的长处,见得别无可爱,就把爱国爱种的心,一日衰薄一日。若他晓得,我想就是全无心肝的人,那爱国爱种的心,必定风发泉涌,不可遏抑

① 章炳麟:《章太炎全集》第四卷,上海:上海人民出版社,1985年,第443页。
② 章炳麟:《章太炎全集》第四卷,上海:上海人民出版社,1985年,第448—449页。
③ 姜玢编:《革故鼎新的哲学——章太炎文选》,上海:上海远东出版社,1996年,第408—409页。
④ 刘琅主编:《精读章太炎》,厦门:鹭江出版社,2007年,第273页。

的”[1]。出于“用宗教发起信心，增进国民道德”的考虑，清末时期的章太炎对儒家学说的独尊地位予以颠覆，他认为“儒家之病”，病在“以富贵利禄为心”，“其教弟子也，惟欲成就吏材”。“儒家者流，热中趋利，故未有不兼纵横者”，“儒家不兼纵横，则不能取富贵”。孔子所想有一个“官”在，有一个“富贵利禄”在。“孔子之教，惟在趋时，其行义从时而变，故曰：‘言不必信，行不必果。’”[2]他认为儒家之困在于其缺乏一种来自宗教的绝对性、超越性的精神信仰。在他看来中国衰落的根源在于道德的败坏，而救治这种道德败坏的良方就是将佛教唯识宗的“种子”说，引进道德学说，以破“我、法”二执，由此“不执一己为我，因以众生为我。……故一切以利益众生为念”，因“民德之堕废，皆以我见缠缚”，一切“人我”“法我”，都是幻化出来的假象，只有破此二执，才能泯灭生死界限，抛弃物欲，“排除生死，旁若无人，布衣麻鞋，论行独往，政党猥贱之操，下作惴夫奋矜之气，以此揭橥，庶于中国前途有益”[3]。他认为：“非说无生，则不能去畏死心；非破我所，则不能去拜金心；非谈平等，则不能去奴隶心；非示众生皆佛，则不能去退屈心；非举三轮清净，则不能去德色心。”[4]只有佛教唯识论，才能成就这种至高的道德。总之，其基本精神用一句话来表述就是“以出世的精神，从事入世的事业”，这使其启蒙、革命学说带上了道德朝圣的性质，他对于精神信仰力量的极度推重，也带有一种唯意志主义的色彩，这与现代性的政治与道德分化的世俗化趋势显然是迥然异趣的。

章太炎的“自贵其心”“依自不依他”的“真如”个人主义对近代知识层的个人意识的觉醒起到了极大的推动作用，他以佛学法相唯识宗为基础，将圆成实自性作为立说基础。此圆满成就之真实性，作为一切有为法体之根本，亦即是真如。而要达到这种真如之境，唯有破除我执、法执，断尽由此产生的种种烦恼，方能实现。我执有两种：一者常人所指为我，此为俱生我执，属于依他起自性者；第二种我执，属遍计所执之我，是由意识周遍计度刻画而成，是意识对事物进行普遍的分别计较而将其产物执着为实有而导致的结果。章太炎认为：僧法派之神我，费希特之自我，叔本华之我的意志，皆为因邪见而起的分别我执，

① 刘琅主编：《精读章太炎》，厦门：鹭江出版社，2007年，第275页。
② 章太炎：《章太炎政论选集》上册，北京：中华书局，1977年，第289页。
③ 章炳麟：《章太炎全集》第四卷，上海：上海人民出版社，1985年，第375页。
④ 姜玢编：《革故鼎新的哲理——章太炎文选》，上海：上海远东出版社，1996年，212页。

属于遍计所执自性，都是属于“幻我”。只有把对这类幻我的执着拉向对自心的崇信，通过对自心的提升和超越，才能达到与真如合而为一之境，而发现真我。由此这种对真我的追求为超越私我和现实世界提供了一个超验性的维度，可以使章太炎以这种真如之我质疑一切时代信条，开近代思想史上以唯识论和齐物论的“传统”批判现代唯理主义和价值一元论的先河。只有这种源于真如的真我才可以发挥出“以勇猛无畏治怯懦心，以头陀净行治浮华心，以唯我独尊去猥贱心，以力戒诳语治诈伪心”[①]的神力。这种超出一切个人利害、打破一切偶像权威的使人自信自尊的“大独人格”，对清末人冲破藩篱的心灵解放居功厥伟，它转变了士林的精神风尚，促进了人的个性解放。近代人“是非审之于己，毁誉听之于人，得失委之于数”的一往无前、勇猛无畏、自信自尊、清坚决绝的精神气质，与这种对于自贵其心的自信密不可分。

由于将“求是”作为学术的指归，所以章太炎和其弟子们的关系较之康有为更为平等、自由、和谐，其弟子可以本着“吾爱吾师，吾更爱真理”的精神，自由地发表与其师不同的观点，如鲁迅就不同意乃师对于文学的过于宽泛的理解，曾与之当面商榷；而钱玄同后来更是放弃了古文经学的立场转向今文经学，但这些并不妨碍他们师生之间的深厚情感。总之章太炎为其弟子思想学术的自由发展提供了足够的空间，正是由于受到了乃师自由开明的学风和自主独立的精神人格的熏陶，所以章门弟子人才辈出，像钱玄同、鲁迅、周作人等在其后的五四新文化运动中走上了前台，成为了新思潮的领军人物。可以说章太炎开辟了近代一种独立自主、自由开放的思想文化传统，这种传统对于现代文化自由的健康发展是至为重要的。

① 章太炎：《章太炎政论选集》上册，北京：中华书局，1977 年，第 395 页。

清末民初无政府主义小说与中国现代文学的现代性开端

郁达夫曾经说过："五四运动最大的成功，第一要算'个人'的发现。从前的人，是为君而存在，为道而存在，为父母而存在，现在的才晓得为自我而存在了。我若无何有乎君，道之不适于我还算什么道？父母是我的父母，若没有我，则社会、国家、宗族等那里会有？"[①]若以这种"个人"的发现作为现代文学具有了现代性的重要标志之一，那么这种"个人"的发现，并不始于"五四"而应将源头回溯至20世纪初的无政府主义思潮，因为早在1907年，无政府主义者已提出了"无父、无君、无法、无天"[②]的"四无主义"的无政府个人主义原则。如果将"彻底地反帝、反封建"视为现代文学与"近代文学"的区别性特征，也同样要追溯到本世纪初的无政府主义思潮，因为无政府主义以个人自由为指归，既反封建主义，又反帝国主义，率先倡导平等、自由、男女均权、进步主义、世界主义等现代价值观念，可以说正是无政府主义提供了

① 郁达夫：《中国新文学大章·散文二集·导言》，上海：良友图书公司，1935年，第5页。
② 高军等：《无政府主义在中国》，长沙：湖南人民出版社，1984年，第217页。

这些现代价值观念的原点。无政府主义主要是作为一种社会政治思潮出现的,单纯地宣传无政府主义的文学创作数量不多,也很少受到重视,但为理清20世纪中国文学"现代性"的起源,对之加以考察是很有必要的。

现代意义上的启蒙主义的兴起,以无政府主义等为代表的"文化西化论者"的出现为标志。其特点在于他们以价值重估的精神,完全颠覆了中国传统的"文明"与"野蛮"的概念,从而建立起以西方为"文明"而东方为"蒙昧"的价值判断。从而以"文明与愚昧的冲突",开始现代文明的启蒙。这种现代启蒙的意义自然是非常重大的,它代表着中国文化在西方外来冲击下的一种自我更新、自我转换的能力,不经过这样一种现代化的启蒙,就不可能完成中国社会由传统到现代的转换。但由于这种启蒙是在一种社会失序、心理紧张、文化危机的情形下进行的,救亡图存的急切功利性使这种启蒙带有一种时代性的偏颇。具体表现在它对中国传统彻底否定的同时,树立起西方文化的权威,将"西化"等同于现代化,从而出现了将"西方"理想化的倾向。其理性之剑只指向自身而未指向"西方"。

本文打算先分析3篇在20世纪初出现的带有无政府主义倾向的小说,以见出无政府主义文学创作在20世纪初所独见的激进、前卫性质。第一篇是发表在《新民丛报》上的《虞初今语・人肉楼》,时间是1902年。这篇小说出现在梁启超主办的带有改良主义色彩的《新民丛报》上显得有些非同一般,因为它所持有的明显是一种激进主义的民族革命社会革命的观念。小说的主人公叫天冶子,生长在华胥国,这个华胥国是"不知所谓君臣,不识所谓治乱"的"世界中自然一极乐国也"。天冶子带一童子于一国游玩,被这国中的人抓住并"亟欲肢解之"。他连忙辩说:"予人也,非禽也。"抓他的老翁说:"汝知此地否,此地名为须陀,吾祖自扪焦来居于此,已数百年,专以食人为事,不意此地有数亿人,愈食愈多,食之不尽,顾未尝得一清洁白晰如汝者,他日,我如此必尝异味矣。"天冶子随后被带到一处酒楼,楼上悬额为"人肉楼",其中一位老妪啖人肉最多,十余年间啖须陀人数百万,她旁边有数十人,"专执剖割之役以供奉老妪"。因天冶子人种特殊,所以有人建议先将他"养于一室,待其驯性,察其举动,乃可烹之"。天冶子被关进一室,其地广大无垠,蓄人无数,其中人皮、人眼、人耳、人心、人手足、人脑等各为一堆。"其中,最上品者,乃为人脑,故最为可啖。"而且烹人也分先后，瞎者、聋者、傻者等都排后面，“其目炯炯而其心昭昭者又最多言语者则先之，不特先之，而又多之，故今所余，炯炯、昭昭者无几也”。就在天冶子将要被烹的时候，他带的小童子逃脱并跑回华胥国报信，结果华胥帝举大兵飘忽飞来，声讨其罪曰：“吾种不同须陀种，非易烹也，岂有野蛮烹文明者乎！”遂肆意杀戮，结果使须陀人与扪焦人皆受戕贼。须陀人到这时方才醒悟，“知扪焦人专食我种，也并起而逐之”。结局是“闻老妪走于荒野为村夫所执杀云云”。这篇小说带有明显的政治影射性质，老妪即西太后，扪焦人即满族人，须陀人即汉族人，华胥国即梦中之国、理想之邦，显然是以西方为背景想象的一乌托邦国家。不知君臣、不识治乱，显然是指近代西方的民主共和国体，自然一极乐国，喻其文化的合乎人性、合乎自然。“天冶子”有自然之子的寓意。这种对西方的想象与谭嗣同“纲常惨以喀斯德（caste），国力盛于巴利门（parliament）”的对西方的理解是完全相通的。现代中国人学习西方不只是缘于枪炮的教训，更由于从文化上发现一个新天地的惊喜和激动。当然他们心目中的西方带有一种理想化的性质，很大程度上是主观臆造之物，是作为传统中国的对立面“华胥国”“乌托邦”而存在的。

这篇小说的意义首先在于它不同于一般倡导革命的小说，着重于满汉之间的民族对立，而在这之上加上了文明与愚昧的对立，而这正是此后的“五四”人的启蒙主义文学的一个基本问题。华胥国“不知君臣、不识治乱”，是“世界中自然一极乐国”，显然寄寓着作者一种不同于传统专制社会的乌托邦的社会理想，这样一个高度文明的国家与“以人为食”的扪焦人的冲突，就成为一种文明与愚昧的冲突，人与非人的冲突。而这种文明、愚昧之辨，人与非人之别正是“天赋自由、平等”的现代人意识觉醒的产物。其次，它不只是对清朝统治者的吃人罪恶的揭露，而且是对数千年来中国封建专制文化的抨击。小说中写到天冶子在囚室里看到“食人品分数千，又分新旧，一一标识，最古者为比干心，为鄂侯脯，其次为子胥目，为方孝孺……”由此可知，小说对吃人者的指控已不限于清朝统治者，而是指向沿袭已久的专制主义文化。这种对“吃人”的主题的拓展，显然是鲁迅《狂人日记》所揭示的“礼教吃人”思想的先声。将传统社会里推崇的“忠臣贤相”统统视为“吃人”制度下无谓的牺牲者，这非已完成由传统向现代的“人”的观念的转换者不能为之。而正是无政府主义者以绝对的“自由平等”

为号召,成为20世纪思想、文化领域反传统的急先锋。这是较早的一篇以"自然人"的理想批判中国传统专制社会的小说,作者显已具备了新文化启蒙者所倡导的"现代人"的观念,它与鲁迅的《狂人日记》有明显相通之处。但它作为小说,还没有完成一种美学意义上的现代性转换,它沿袭了传统笔记小说的文体,《虞初志》为记载山泽之间的奇闻逸事的志怪、志异之作,"虞"即是西周始置的掌管山泽的官员,显然作者以《虞初今语》为题是一种旧瓶装新酒的策略,这增加了它的隐晦和婉转,但也阻碍了它的创作意图的传达,旧的文体束缚了作者新的思想。而《狂人日记》作为中国新文学的开篇之作的意义,应主要地在于其"格式的特别和忧愤的深广",而不是像有些论者所强调的它是第一篇彻底反封建的小说。因为《狂人日记》不仅具有思想观念上的现代性,更在于它还具有了一种形式上的现代性,一种审美意义上的文学现代性,对一种来自西方的新文体形式的运用、试验。同是写"吃人",《虞初今语·人肉楼》类似于一种站在局外人立场所做的"奇闻录",而《狂人日记》则呈现出现代小说所特有的"心理化"倾向,非中介的直接呈现"狂人"的内心世界,彻底打破了前者听"故事"时的超然心境,给读者提供了一种全新的强烈的审美感觉经验。这种现代文体的采用与作者的深广忧愤合二为一,所以《狂人日记》可以当之无愧地成为新文学的开山之作。

如果说20世纪文学中"人"的现代观念的出现在《虞初今语·人肉楼》中只是初萌,那么到了蔡元培的《新年梦》,这种现代人的理想已充分展开。《新年梦》写于1904年,也是一篇带有明显的无政府主义色彩的小说。小说中的主人公自号"中国一民",这称得上是一位中国文学史上未曾出现过的"世纪新人"形象。他是"中国人",但又是"世界人",他已具有"世界公民"的现代人类意识。他本是江南富家子弟,但自幼性情古怪,读书之外,喜学为"圣人之徒"所不齿的工艺,木工、铁工无所不学,一学就会。16岁离家,放弃遗产,自食其力,到通商口岸勤工俭学,学会英、德、法三国文字,后来游学欧美。因为他最爱和平自由,所以先到美国,后到法国。又因为"专门学问"德国最高,所以又到德国进入高等工业学校,自己又出于兴趣研究哲学,毕业后又几乎遍游世界,然后回到中国。走遍世界的"中国一民"认为现代的世界之弊在于国与国、家与家之间的对抗,耗掉了许多的人力、物力,所以导致"人类的力量还不能胜自然",因此,世界大同还很遥远，所以最迫切的是“让那没有成国的好好造起一个国来才好，中国人有家没国，还天天说自己是中国人，真是厚脸皮吓”。“中国一民”认为造个“新中国”也不难，只要“各人把靡费在家里面的力量充了公就好了”。他在现实中处处碰壁，实现不了这个使中国人由“家人”到“国人”再到“世界人”的理想，就在梦中展开了他的 20 世纪新中国、新世界的设计。先是“立国”，再是“立人”，将文明的事业做到极顶。小说中颇有一些在当时人看来颇为惊世骇俗的设想，如在讲到未来文明社会的道德风俗时，他有这样的描绘：“那时候人没有什么姓名，都用号数编的，没有君臣的名目，办事倒很有条理，没有推诿的、马虎的，没有父子的名目，小的统统有人教他，老的统统有人养他；病的统统有人医他；没有夫妇的名目，两个人合意了，光明正大地在公园里订婚，应着时候到配偶室去，并没有男子嫖娼、妇人偷汉这种暗昧事情。”法律废除了，裁判所也取消了，“那时候造了一种新字，又有拼音，一学就会，又用着言文一致的文体”。最后这种达到顶峰的新文明又从中国传到俄国、美国、印度、澳洲，直至全世界。大家商量开一个会，把国家都消灭了，把那个已无用了的万国公法裁判所、世界军也废掉了，立了一个“胜自然会”，人类再无互相争斗的事情，“要排驭空气到星球上去殖民……”这个世界大同之日到来的日子蔡元培先生把它定在下一个甲辰年，即 1964 年，其时的中国正处于“文革”的前夜，这是一个为时 60 年（一个甲子）的世纪初的进步主义者改造中国和世界的乌托邦的宏伟构想。

蔡先生的这篇小说发表在 1904 年，但其在社会上真正产生广泛影响或者说遇到广大响应者则是在 10 年之后的新文化运动。“五四”时期“非孝”的反家族主义、“新村运动”、“白话文运动”、“世界语运动”等，都可在蔡先生的这篇乌托邦小说中找到先兆。蔡先生的理想国设计的原则主要有两个：一个在于他对于“人”的信仰，或可称之为一种“现代人化宗教”（胡适语），一个在于他的科学主义，他的理想设计依据的是一种科学主义的合理原则，如关于“数字人”“配偶室”等的设想。这种现代合理主义旨在征服自然和把理性从神话的镣铐下解放出来，它最初是作为“神话”的解毒剂出现的，但它最终却可能变成一种新的神话：使一切自然的东西服从于专横独断的主体并最后服从于盲目的、客体的东西，自然的东西而达到顶峰。这种理性主义的设计极有可能转化成一种专断主义的恐惧，而这正表明今天的人们对这种现代性的整体主义决定论色彩予以反省的必要。

我们要分析的第三篇无政府主义小说是鲁哀鸣发表于1912年的一部白话长篇小说《极乐地》。这部小说写于辛亥革命之后,主要表达的是辛亥革命后无政府主义革命者的愤激失望情绪以及对无政府主义的理想国、极乐地的向往。该小说的主题可归结为一句话,即中国必须在民族革命之后进行继续革命,通过不断革命来达至乌托邦的至境。小说中的主人公叫白眼老叟,他看到昔日的民族革命同志"革命成功,富贵得到手,入则娇妻美妾,出则高车驷马,食则山珍海味,居则深宫华室。国民、贫民非他所问,他所问的就是哪有公款,哪有好看姑娘,某处的名妓来了没有?"革命的结果只是旧官上面添新官,旧税上面添新税,因此认定政治肮脏,一入政界,人便跌进罪恶深渊。因此,他再举义旗,高呼"推倒不良政府,组织共产事业,废掉金银铜钱"的口号,率领20多万人发动武装暴动,3次打败"中华民国政府"派来镇压的军队。但终因内讧失败,与妻子哀氏一起浮海漂流到了一个海外岛国。这个岛上的居民原是陈余的后代,他们的祖先见刘邦做了皇帝,"朝廷揽极大的权柄,要人生就生,要人死就死,人民没有一点权力,政府看人民如同奴隶、牛马一般",便全家跑到这里。这个岛国700年前已废了金钱,于是"文明大进,物理昌明",一片太平繁荣景象。岛上也取消了政府、军队、宗教、家庭和私人财产,并把金银铜钱堆积在罪恶岭当无用之物,最多用它来修桥和造厕所。总之这是一个无政府的乐园,老有所终,少有所养,人们互亲互爱,其乐融融,人们最为热心的事情已变成是科学和发明,以人为战胜自然。

这位"道不行,乘桴浮于海"的无政府主义圣徒对中国的传统文化进行了激烈的、彻底的抨击。小说中的人物被分别命名为"江无政、孙无家、周无国、高无伦、张排圣、郑斥贤、曹无君、金无父、魏无妻、秦逆俗"等,向一切传统纲常伦理宣战。作者认为"圣人是万世之贼,当初那些所谓圣人,立了些坏法子,叫什么三纲五常,什么三从四德,这皆是愚人圈套"。因此,主人公主张把那些"四书""五经"和那些臭烂文章都烧尽,因为那里面都是"放狗屁"。他借白眼老叟妻子哀氏之口说:"凡是世上的书,都是愚民术,尽量引着人做奴才,天赋人一个自由、自主的权,叫这些书束缚着不能申张,非但我们不可以看,还应当为那千古被它愚的人痛哭。""自古以来的英雄豪杰、圣贤侠士,我没有一句话可以赞美他，唯送他一个谥号，叫做可怜虫。”“那史书上也没有古人的真面目……”因此当白眼老叟在极乐岛上听说旧书都被烧毁、孔庙当了厕所，夫妻俩都拍手称快。另外小说还宣传了男女平等思想，并对妇女缠足表示了极大的义愤：“做母亲的伤残女儿的两足，刑罚终身，天下宁有这种妖怪慈母耶！这种母亲就是女儿的大冤家、大仇人，这缠足之苦，穿耳之辱，何时可报！”这种对传统礼教、文化的切齿诅咒之声，不时激荡于整个20世纪，其中缘由发人深省。《极乐地》反传统之激烈程度，“五四”时期也无出其右者，若将现代“反传统”的先驱只是上溯到“只手打倒孔家店”的吴虞，显然有乖史实，因为《极乐地》不但曾在《国风报》上连载，而且后来还出了单行本，在当时就产生过一定影响。再如将鲁迅《阿Q正传》等小说的意义仅仅估定在对辛亥革命的不彻底性的反思上，也不足以说明鲁迅小说的深刻独到性之所在，像《极乐地》对辛亥革命的“批判”已经到了相当彻底的程度。

美国学者弗莱德里克·R.卡尔说过：“无论表指艺术还是政治，‘现代’都是一个革命的指令，是表示赞成或反对的激烈口号，它与各种矛盾、竞争的观念密不可分。”[①]这种“现代”吁求在世纪初前现代的内忧外患的中国，又加上了“不现代”就要被开除“球籍”的恐惧，因此这种极度焦虑的情绪就引发了一种“宗教性”的现代性，所谓“宗教性的现代性”即是为现代化的变革鸣锣开道，进行社会动员，并赋予现代性以至善至美、超凡入圣的价值，将之视为可解决一切问题的最终方式、灵丹妙药。追求“现代”成为一种面向无限的精神朝圣运动，它超越了资本主义这一具体的文明阶段（从西方现代的资产阶级生活方式中是找不到这种神圣性的），而导向一种道德理想主义的极境。这在世纪初的无政府主义者身上表现得非常突出，它表现为一种把握住历史发展的先机，能动地创造历史的使命感。他们通过否定过去来捕捉现代，现代成为相对于“黑暗的过去”的“光明”，“过去”成为单一的被利用的负面的参照系统，为现代人现代化变革提供理由和依据。传统和现代之间发生了彻底的断裂，“现代”成为一种为未来生存，向未来敞开的时代，它以未来的标准要求现在，否定过去。这就决定了这种“宗教性”的现代性激进主义色彩。1907年，吴稚晖、李石曾主办的《新世纪》杂

---

① ［美］弗莱德里克·R.卡尔著，陈永国、付景小译：《现代与现代主义》，长春：吉林教育出版社，1995年，第5页。

志(在巴黎),呼唤一种"新世纪"意识,"新世纪"的开端就是"新世界"的开端,他们将20世纪的开始视为一场大戏的开幕,将在反清革命中献身的徐锡麟、秋谨、陈伯平烈士的遗照印在杂志上,称为"新世纪中国开幕之大人物""中国五千年未有之女豪杰",而将西太后画成半裸状骑在光绪帝脖子上,称为"帝贼后娼"。"偏激"对他们来说不具贬义,无政府主义的先驱刘师培就曾专门撰文写过《偏激颂》。这种"偏激"也是进行革命动员的策略,按照吴稚晖的说法,一旦"无政府主义满街走",那么民族革命也就不在话下。

世纪初的无政府主义影响20世纪甚巨的几大观念中应首推他们的进步主义信仰,他们相信世界是在"时时更新、刻刻进化"的,人类进步的潮流滚滚向前,不可阻挡,顺之则昌,逆之则亡,因此"反动""保守"成为时代最大的敌人。这种进步主义具体表现为一种创新崇拜,新旧不是时间判断,而是一种价值判断。他们标榜"无政府主义"作为"二十世纪之新主义"是对过去时代的一切主义的超越,(新世纪)首有专文将新世纪革命与旧世纪革命做比较,以见出其"革命""主义"之进化。新旧过渡时代的革命目标是"倾覆旧政府,建立新政府,此胜于彼",而"新世纪"则是"扫除一切政府,纯正自由"。前者的革命产生出"党魁、院绅","甘言运动",后者的革命则"废官""止禄","无有私利"。前者的革命者"牺牲利禄,饥渴名誉,铜像峨峨",后者的革命者则"弃名、绝誉,专尚公理"。这样一种陈义甚高的主义自然较之过去的主义更有吸引力。再则无政府主义较之前此出现的现代性设计如"物质救国论""富国强兵论""民族国家主义"等都具理论上的优势,它承诺可以解决全部中国问题甚至世界人类问题。甚至与"三民主义"相比,它也具有它的理论优势,这表现在它可以以一个主义包容"三民主义",而"三民主义"却难以包容无政府主义,无政府主义是一种要"毕其功于一役",通过无限革命,直接建成无政府共产主义。中国无政府主义的盛行是对政治糜烂的清末民初专制主义的心理反弹,进而排斥一切制度约束,走向一种空想的、唯意志主义的理想主义。直到一种进步的更具有实践能力的马克思主义的出现,才扼制了它的传播势头。由于它自身缺乏真正的社会实践能力,所以中国的无政府主义政治运动在20世纪30年代已难以为继,所以它转向了文化思想界的活动。20世纪30年代的无政府主义者华林已提出无政府主义的"文艺中心主义",要以"感情消灭一切阶级",这正表明了它在社会政治领域的失败和思想文化领域的延续。

无政府影响现代文学的另一个重要观念是它的“个人本位主义”。无政府主义者倡导反传统的“三纲革命”“五常革命”及“无父,无君,无法,无天”的“四无主义”,推动了中国文化由道德本位向个人本位的现代转型。“五四”时期的中学生施存统以一篇《非孝》而闻名全国,就是受了无政府主义的启迪,而黄凌霜则明确强调:“无政府主义是个人主义的好朋友。”“五四”反传统的个性解放运动与无政府主义思想的影响密切相关。像郁达夫就非常推崇无政府个人主义的鼻祖斯蒂纳的“唯我主义”,强调:自我就是一切,一切都是自我。“Max Simer 的哲学实是近代彻底唯我主义的源泉,更是尼采超人主义的师傅。”[①]由此引发的个人的发现,就是否定个人之与君道、父、母的从属关系,将人从一切社会本质规定中解放出来,以个人主义的价值标准对传统进行价值重估,并成就一种个人主义的生活方式。无政府个人主义在本世纪由传统向现代的文化转型中代表着一种离心的、分裂的力量,他们所张扬的个人解放,更多地带有一种感性意味,是一种情感的、欲望的解放。吴稚晖的个人主义强调个人的绝对自由:“无治人与被治者,谓之无政府。”[②]褚民谊则强调,只有“人不役人而不役于人,人不倚人而不倚于人,人不害人而不害于人”[③]才是真正的自由、平等、博爱。他们充分肯定人的自然本能欲望,指出“男女交情,本为生理之情欲,与饥食渴饮同一绝不足奇之条件”,因此与道德廉耻无关。“爱情之生,其惟男女相悦”,“欲人群进化,爱情普及,必自废婚姻始,必自男女杂交始”。父与子之间“有长幼之遗传,无尊卑之义理”。夫妻之间“就理论言之,若夫得杀妻,则妻亦得杀夫……若夫得嫖,则妻亦得嫖”。[④] 这种将自然人性论推至极点的个人主义,带有浓厚的反文明色彩。其实人类生存,既需要“进化”,也需要“秩序”,倘“秩序”无存,樊篱尽撤,“进化”也就走向了它的反面。任何文明都建立在对人的感情欲望的不同程度的压抑之上。自然人性论者张扬人的“身体”的无辜和优先性原则,正代表着一种“身体主义”的反现代的审美现代性。我们从张爱玲的《五四遗事》中,可以看到对这种“爱情至上,自由结合”的机智反讽,它突出表现

---

① 郁达夫:《自我狂者须的儿纳》,《郁达夫文集》卷五,广州:花城出版社,1982 年,第 82 页。

② 吴稚晖:《吴稚晖先生文粹》,上海:全民书局,1928 年,第 284 页。

③ 《无政府主义思想资料选》上册,北京:北京大学出版社,1984 年,第 184 页。

④ 《三纲革命》,《新世纪》第 11 期,巴黎,1907 年。

为一种被克尔凯格尔称为的"美学主义的生活方式"。

无政府主义可主要分为三个流派:斯蒂纳的无政府个人主义、克鲁泡特金的无政府共产主义和薄鲁东的无政府工团主义。后两者的影响后来明显超过前者,后两者都带有更易为国人所接受的民粹主义倾向。它们强调社会正义与社会平等,对资本主义持一种激烈的批判态度,倡导"人民主权论",反对精英主义和个人主义。刘师培在20世纪之初就制定了一个由种族革命到政治革命再到经济革命的无限革命路线。他认为:"地球上邦国环立,然自有人类以来,无一事合于真公。……自民族主义明,然后受制于异族者,人人皆以为辱;自民均之论昌,然后受制于暴君者,人人均以为耻;自社会主义明,然后受制于富民者,人人均以为羞。"[①]因此这种思想上的次第觉悟就会引发行动上的不断革命。这种对"真公"的追求,使他形成了一种非历史主义的道德批判立场,这种批判立场与世纪之交的西方反资本主义的思想潮流一脉相承,身在东方的无政府主义者同西欧"阿斯科那"村的无政府主义、世界改良运动遥相呼应,使得中国无政府主义的现代性设计一开始就带有了反现代资本主义的色彩。民粹主义使得知识分子以民众的代言人自居,形成一种"人民"崇拜,这使得他们在投身实际的革命活动之前,已对自己的个人意识、精英倾向进行了先期的克服和自我批判,这种民粹主义对中国20世纪的文化、文学影响之大是无须多言的,单就文学史来说从"文学革命"到"革命文学"再到"工农兵文学"的嬗变、更替中就可以看到它的演进轨迹。

总之,之所以要谈论文学史很少论及的无政府主义的文学创作,一是想说明五四新文化、新文学运动不是突然而至,有它更早的源头;二是想探明20世纪初的现代性话语产生的语境和特质,在中国文化、文学走完它的百年历程之时,对之进行一次世纪末的回顾,以完成一种由"宗教性"的现代性向"反省性"的现代性的精神转换。

① 高军等编:《无政府主义在中国》,长沙:湖南人民出版社,1984年。

清末报刊与文学的共生性繁荣与世界的“图像化”

近现代文学不同于古典文学的一个重要差异在于其传播媒介的变化,即以传统出版传播为主的方式向现代报刊传播为主的方式的转变,这种转变带来的优势突出表现为印刷品价格的低廉,以通俗小说为例,据相关研究,明代万历年间出的一套《封神演义》售价为纹银二两,而“万历时期的米价,平均约为每石七钱二分七厘,这样一本《封神演义》约值 2.75 石米,竟相当于一名知县月俸的三分之一强”[①]。这种高价位一直持续到清代中期,也就是说要购买这类无关紧要、消遣性的“闲书”不是一般家庭能够轻松支付的,而用西方引进的印刷机大批量印刷的《申报》价格则只有“每份 8 文钱,外地 10 文钱”,图书价格也大幅降低,使报刊书籍开始成为一种大众消费品。现代印刷技术为文化知识的生产、普及、走入大众提供了巨大的推动作用。美国学者爱森斯坦·伊丽莎白认为印刷机的出现对欧洲人的生活带来了迅

① 潘建国:《明清时期通俗小说的读者与传播方式》,《复旦学报》2001 年第 1 期。

速而深远的变化："在15世纪末和16世纪，印刷术的扩散撕裂了西欧的社会生活结构，并用新的方式将它重新组合，从而形成了近现代模式的雏形。印刷材料的使用促成了社会、文化、家庭和工业的变革，从而推动了文艺复兴、宗教改革和科学革命。"[①]报纸作为印刷机制造出来的一大新型产品，兼具新闻和娱乐功能，这使其成为传播新思想、新知识，推动社会和政治变革的一大利器。由此，报纸的兴盛也就推动了文学的兴盛，二者具有一种共生关系，二者相互需要，报纸需要文学来吸引读者，而文学需要报纸来为其插上翅膀，报纸取代文学的传统传播模式担负起了催生现代文学的"孵化器"的作用，非牟利的文学也由此开始具有了可直接流通、交换的商业价值，从而推动了稿费制度的出现，催生出现代的职业作家群体；报刊与文学的结缘也使文学走出了个人狭小的周遭经验世界，关注更为开阔的外部世界，营造出一种超出于个人直接经验之上的共有的现实，从而推动了人与世界的关系及生存态度的变化。报纸和文学在整体性的现代性社会改造进程中担负起了举足轻重的作用，海德格尔将"世界成为图像"和"人成为主体"视为代表现代性本质的两大进程，也就是说，现代性就体现为人之于世界的主客体关系的确立，它意味着人不再是在"世界"之中，而跃出于世界之外，将自我之外的一切界定为客体，从而确立起自己的主体性，人就此成为客体化、物质化世界的认识者、主宰者、改造者，要实现如此重大的文化转换，没有现代报刊传媒的出现和与其共生的文学、文化的繁荣是不可想象的。

一

若要谈论文学转型的原因，从根本上来说还是在于人与世界关系的变化，人看待世界的方式、态度的变化，改变了世界呈现于人眼前的方式和形态，如此，"人心之变"也就成了"世界之变"重要推动力。

如果从精神气象、审美气质上而言，古典小说与现代小说的差异可以清乾隆年间出现的夏敬渠的《野叟曝言》和刘鹗的《老残游记》为代表。《野叟曝言》类似于欧洲中世纪的"骑士传奇"小说，该小说以明代成化、弘治两朝为背景，以传奇笔法书写作为道学家、通才、名士的文白一生的英雄传奇，小说以"奋""武"

① ［美］埃德温·埃默里、迈克尔·埃默里著，展江译：《美国新闻史》，北京：中国人民大学出版社，2009年，第4页。

“揆”“文”“天”“下”“无”“双”“正”“士”“熔”“经”“铸”“史”“人”“间”“第”“一”“奇”“书”二十字为内容,分为二十卷。小说开篇就对主人公作了如此介绍:“这人是铮铮铁汉,落落奇才,吟遍江山,胸罗星斗。说他不求宦达,却是见理如漆雕;说他不会风流,却是多情如宋玉。挥毫作赋,则颉颃相如;抵掌谈兵,则伯仲诸葛。力能扛鼎,退然如不胜衣;勇可屠龙,凛然若将陨谷。旁通历数,下视一行;间涉岐黄,肩随仲景。以朋友为性命,奉名教若神明,真是极有血性的真儒,不识炎凉的名士。他平生有一段大本领,是止崇正学,不信异端;有一副大手眼,是解人所不能解,言人所不能言。”如此的文素臣纵横天下,做出一系列惊天动地的壮举:除暴安良、扶危济困、英雄救美、平定叛乱;妙手回春,治愈皇帝的沉疴;东破日本,北平蒙古,南服印度,使拜佛之国皆崇儒术;等等。文素臣最后两妻四妾,位极人臣,子孙繁衍,皆得高官厚禄。小说结尾写除夕之夜,文素臣四世同做一梦,意谓素臣当列于圣贤行列,地位当不在韩昌黎之下。文素臣形象虽有落第文人炫耀才学、自恋自大、做白日梦之嫌,但也是传统时代正统读书人、“道学家”理想和抱负的极致体现,是儒家文化修齐治平、内圣外王理想的化身,作为一个慨然以澄清天下为己任的入世主义的文化英雄,他具有一种“万物皆备于我”的参天地、赞化育、内圣外王一体、上天下地同流的恢宏气象和牢不可破的文化自信,而这正是进入以西方文化为主导的现代世界之后中国文学首先被消解掉的精神气场。出现于晚清刘鹗《老残游记》中的老残虽与文素臣一样行走天下、纵横江湖、扶危济困,但其精神气质、情怀抱负与前者已大相径庭,他虽然才智出众,为人钦敬,但不愿为官,只愿帮忙,以置身官场之外的江湖郎中的身份出现;与捍卫“正学”、力排佛老、道学头巾气逼人的文素臣不同,他主张的是“三教合流”,而且最厌恶的就是不通人情、不明时事却以道学自居,刚愎自用、残民以逞的“清廉得格登登”的“清官”,他的“清官比贪官更可恶”的高论虽有点惊世骇俗,但也正代表着进入衰世、面临三千年未有的变局,来自传统内部的一种反省、批判精神,刘鹗已经意识到光靠“诚心正意”“修身齐家”之类的古丹已无法救治身染沉疴的“黄大户”,世界并不是光靠道德高调就能治理的,必须讲究实学、发展经济,以养民为本,富而后教,所以他不惜冒“汉奸”之名,去做洋人的买办。当然有这种超前思维的人,往往会遭遇一种悲剧性的命运,所以他的《老残游记》又是一部忧患之书、伤感之书,正如其在小说自叙所言："棋局已残，吾人将老，欲不哭泣也，得乎？"又如"四海变秋气，一室难为春"（龚自珍诗），刘鹗虽同样秉承了以天下为己任的救世理想，他已充分意识到实现这种理想的阻力与艰难，他对于自己作为先行者的悲剧命运的体认与文素臣的那种自负与乐观、自得与自恋已不可同日而语。就人与世界的关系而言，古今也发生了明显的变化，由一种如鱼得水式的契合与互信转向疏离、对抗，一种遗世独立的观察者、剖析者、批判者开始出现，代表着世界已成为一个在其审视者和改造者眼中才会出现的对象化、问题化的世界，"世界的图景化"催生出来的认识世界、改造世界的要求开始成为文学的最为重要的驱动力，剖析、批判、否定现实的"写实主义"开始成为文学的主流。

谈论中国现代文学、文化的开端一般来说有以下几种观点：一是从 1840 年鸦片战争开始的，认为西方的入侵打开了中国的大门，由此开始了一个新的历史时期，它的问题在于鸦片战争只是一个影响有限的局部战争，对整个国家的撼动有限，真正撼动国人心灵的是 1860 年的"庚申之变"，即第二次鸦片战争，英法联军攻陷北京、火烧圆明园，咸丰帝仓皇逃往热河。陈寅恪对此有这么一个记述："咸丰之世，先祖（陈保箴）亦应进士举，居京师。亲见圆明园干霄之火，痛哭南归。其后治军治民，益知中国旧法之不可不变。"[①]由此催生出像郭嵩焘、陈保箴这样的试图借镜西法、进行变法维新的渐进主义的改革者。近代中国人"心念"的普遍性变化可从 19 世纪 60—70 年代说起，如果更为具体的话，我认为 1872 年这个时间节点比较关键，这一年发生了不少具有象征性的历史事件，主要有 1872 年徐家汇观象台设立，这是一座由法国天主教耶稣会传教士建立的现代科学意义上的观象台，这是一座集气象、天文、地磁等于一体的观象台。该台主要对南海作出气象观察，并进行地磁记录以及提供报时服务，1879 年它成功发布了中国第一个台风警报，曾被誉为"远东气象第一台"。除实际用途之外，它的象征意义也很大，那就是天——"自然"不但是可以认识的，而且可以掌握其规律，趋利避害，为人所用。由此"天有不测风云"的老话开始被颠覆，"风云"的可测性开始为人们所接受；进而"天"的传统含义开始被重写、改造，传统之"天"至少包含有自然之天、神灵之天和伦理之天三个层面，而现代性的理性

① 陈寅恪：《读吴其昌撰〈梁启超传〉书后》，《陈寅恪集·寒柳堂集》，北京：生活·读书·新知三联书店，2001 年，第 167 页。

主义只留下了“自然之天”作为研究对象，将“神秘之天”和“伦理之天”予以祛魅，剥夺了其存在的合理性。至此，“天道”信仰、传统伦理观念也就被掏空了赖以立足的基础，摇摇欲坠，由此引发了“三千年未有的”持续性的崩解。本年度出现的第二个重大事件就是《申报》的创办，该报于 1872 年 4 月 30 日由英国商人美查同伍华特、普莱亚、麦洛基合资创办，它是一份以盈利为主要目的的商业报纸，它虽然由洋人出资，但它是第一份“学了中国人口气”、中国人做主笔并写给中国人看的报纸，《申报》的首任主笔蒋芷湘，被聘任时已是举人，1877 年又考中进士，也属士林中人。与当时外国人在中国办的一般报纸相比，《申报》的独特性还在于它是一份纯粹的商业性报纸，在宗教和政治问题上保持中立，这使它与当时传教士所办的宗教性报纸，如 1886 年英国人在天津创办的《时报》和 1901 年日本人创办的带有政治目的的《顺天时报》区别开来。《时报》的主笔是英国著名的传教士李提摩太，而《顺天时报》则是日本外务省在华办的中文报纸，这种宗教和官方背景显然会影响其办报立场的公正性和独立性，而《申报》不同，投资者只是为了牟利而办报纸，那么增加报纸销路则成为他的主要目的，因此也就成了它的“上帝”，考虑读者的需要、满足读者的意愿成为其办报原则，如此他就为中国主笔提供了充分的自主权。而针对市民阶层的读者定位，也使它具有了某种非政治化的包容性。

在由传统的基于文化信仰的共同性形成的宗教共同体向现代的世俗社会的转变中，报纸具有其不可替代的作用，它将人们的眼光由过去“三代”的“美好世界”转向了现实的世界，《申报》创办的目的就是要做“华人之耳目”[①]，报纸可以打破一己见闻的局限，将人的耳目扩大，以千里眼、顺风耳的方式将世界上所发生的一切汇集到案前，从而使人可以更充分地把握、了解其所置身于其中的世界，其所要起到的社会作用是“开人之智慧、广人之见闻、揭上下蒙蔽之情、通内外隔阂之弊”，所以它的内容无所不包，“凡国家之政治、风俗之变迁、中外交涉、商贾贸易之弊端、与夫一切可惊可愕可喜之事，是所以新人听闻者，靡不毕载”，如此，它也就为改良社会提供了一个公共平台。信息传播方式由这种传统的“街谈巷议”“道听途说”的自然方式向现代的专业化、商品化、公益化方式的

---

① 《申报》1872 年 12 月 13 日。

转换,因应的正是现代世俗社会的需要,资本主义的现代性意味着人的合作领域的扩大,资本的扩张将人类由狭小、封闭、区域性的熟人社会带入到了广阔、开放、普世性的陌生人对陌生人的契约社会,而报纸从根底上讲,也来自这种资本扩张的冲动。这种现代性的冲动以资本的性格重塑了世界,改变了人们对于世界的认识和态度。美国社会学家阿尔弗莱德·舒茨将我们身处其中的社会世界根据行动者亲疏距离和行动者对它的控制能力划分为四个领域:"(1)面对面的世界;(2)间接经验的当代社会世界;(3)未来世界;(4)已经发生的过去世界。"[①]所谓面对面的世界就是我们的周遭世界,直接经验可及的世界,它是一个范围有限的狭小世界;其次就是间接经验的当代社会世界,也就是我们通过他人间接经验了解的世界,而现代新闻报纸的兴起填补、扩大的恰恰就是这个间接世界,它将及时性地报道世界作为自己的职责,从而使人们对我们身处其中的共同世界有了充分的感知,并将其纳入到自己的思虑之中,由此报纸作为一种现代性的发明,将人从受传统主导的过去世界和受个人经历制约的身边世界中解放出来,将人引向了一个广阔的社会世界。德国社会学家马克思·舍勒认为由现代传媒推动的现代社会世界的兴起,使人们得以与同时代的匿名者"互相思考、互相盼望、互相爱慕、互相痛恨",而"这种'互相'正是群体灵魂和群体精神这两个范畴的基础"。人与上帝或天道的垂直交流方式为他人导向的交流方式取代,近代中国由天下主义的传统帝国向现代民族国家的转换,也正需要这种想象的政治共同体作为国家民族认同的基础,报纸在此历史过程中发挥了不可替代的作用。清末报刊上的流行语"四万万同胞""睡狮"等都与民族国家意识的建构密切相关,"同胞"一词原是指一母所生的兄弟姐妹,梁启超从日本作家东海散士(柴四郎)的政治小说《佳人奇遇记》借来,引入中国,将其作为一国之民的称谓,他在《清议报》的创刊号上这样呼吁:"呜呼!此正我国民竭忠尽虑,扶持国体之时也,是以联合同志,共兴《清议报》为国民之耳目,作维新之喉舌。呜呼!我支那四万万同胞之国民,当共监之。""睡狮"一词也与梁启超密切相关,他从曾纪泽那里听到这个将中国比喻为"先睡后醒之巨物"的说法,写入文章,将其推广开来,借以表达中国必将从昏睡中醒来,复兴崛起,腾飞于世界

---

① 转引自何雪松:《迈向日常生活世界的现象学社会学——舒茨引论》,《华东理工大学学报》2000年第1期。

的信心。现代性表现为一种“以时间消灭空间”(马克思语)的无限发展的趋势，建立在现代科技基础上的传播媒介在消灭空间上可以说是厥功至伟，举例来说，出生于云南昆明的缪云台在自传中曾有过这样一个记忆：“我于7岁(1900年)开始进私塾读书。那年正值八国联军进攻北京，当时虽然我的年纪还小，但也从大人那里听说太后和皇帝逃离北京的事情。记得有这样一件有趣的事：有一天，我放学回家时，看见街上过着一队人马，士兵们身着号褂，抬着大旗，胸前还缀有一个‘勇’字，前面吹着号，后面敲着锣，队伍虽不大，但也使我感到有点浩浩荡荡的气象。……这支浩浩荡荡的队伍是跟随蔡老将军去陕西勤王的，那时离开八国联军进北京已差不多快半年了，这位老将军才从西南这个边陲地方去勤王，可见当时交通之阻滞，通信之不便。”[①]可见，在传统中国，要形成这种现代意义上的民族国家的技术条件也是欠缺的。而现代传媒的兴起则弥补了这种缺陷，英国社会学家吉登斯这样说道，报纸使“某个边远乡村的居民对当时所发生事件的知晓程度，超过了一百年前的首相。阅读某份报纸的村民自己就同时关心着发生在智利的革命、东非的丛林战争、中国北方的屠杀和发生在俄国的饥荒”；而“如果不是普天盖地而来的‘新闻’所传达的共享知识，现代性制度的全球性扩张本来是不可能的”。[②] 舒茨所讲的第三个世界未来世界和第四个世界已经发生的过去世界的重要性在进入现实社会之后发生了颠倒，也就是说，现代性的面向未来的生存态度取代了传统以过去为导向的生存方向，开始占据主导位置。清末大量的乌托邦和科幻小说的出现正表明了这一点，传统的“慎终追远”“彝伦攸序”“好古敏求”“回向三代”以求“复古更化”的文化理想开始为面向未来的对现实世界的理想主义的改造所取代。

二

现代报纸的出现并不以报道新闻为唯一使命，它还要全方位地满足读者的文化需要，以吸引更多的读者，由此报纸开设文艺副刊也就成为比较普遍的举措，像《申报》在创办不久就开设了文艺副刊《瀛寰琐纪》，并连载由《申报》主笔蒋芷湘用笔名“蠡勺居士”翻译的西方小说《昕夕闲谈》，可见其一开始就意识

---

① 缪云台：《缪云台回忆录》，北京：中国文史出版社，1991年，第1—2页。
② [英]吉登斯著，田禾译：《现代性的后果》，北京：译林出版社，2000年，第67—68页。

到了文学所特有的寓教于乐的特性，会使其在现代化的社会动员中起到事半功倍之效。从本质上讲，新闻报纸与文学的“联姻”，表现为一种实然的世界与应然的世界的结合，新闻关注的是客观事实，而文学关注的则是对事实的价值判断，进入现代之后，事实与价值开始出现分化，价值判断不能扭曲事实，而事实又不能决定价值判断，由此事实与价值之间就出现了裂缝，而文学就是游弋于这个缝隙之间的产物，它一方面以新发现的事实动摇僵化了的价值判断，同时又赋予客观的事实以主观性的价值和意义，这也就是现代纯文学的真意所在，它以个人性的方式表达他对世界的感受和体验，并赋予世界价值和意义。正如米兰·昆德拉所言：“‘认识’开始成为小说唯一的道德。”[①]现代性精神意味着在上帝死了之后，把整体的世界理解为一个有待解决的问题时代的来临，文学对世界提出疑问，不是为了满足某种实际需要，而是出于一种纯粹的认识的激情，由此在传统宗教性的真理退席之后，人们开始从个人性的感受、体验出发去重新理解现实、寻找意义，这也就成为文学现代性的基本动机和起源。而在清末文学中，比较充分地表现出这种认识世界的纯文学旨趣的作品是韩邦庆的《海上花列传》，纯文学的所谓“纯”即不为非文学的需要来利用文学，是“自适其适”而非“适人之适”，即以审美的、认识的需要而不是政治的、道德的需要作为创作的主宰。

韩邦庆的《海上花列传》与近代报刊的关系非常密切，光绪十八年（1892年）初，韩邦庆自办《海上奇书》杂志，随《申报》发送，成为中国第一部小说期刊。该刊内容大部分为韩邦庆个人的作品，如自撰的文言小说和吴语小说《海上花列传》长篇连载，这开创了报刊连载长篇章回小说，且每回自成起讫的先例。在清末诸多小说中，《海上花列传》堪称是一部别出心裁之作，其独特性首先表现在与后来的“谴责小说”不同，没有明显的社会功利性，不属于社会热点性写作，这也是其在文学史上长期被忽视的原因之一，他没有用牺牲文学寿命的方式来追求短期的轰动效应。其二，与其同时代的众多“狭邪小说”相比，他不但在小说创作技术上高出一筹，而且在创作心态上更表现出一种“平常心”，由此进入了一种“平淡而近自然”的创作境界。这一点将他与同时代的孙家振

① ［英］伍尔芙等：《窥探魔桶内的秘密：20世纪文学大师创作随笔》，广州：广东经济出版社，2000年，第272页。

专门为“警醒世人痴梦”而作的《海上繁华梦》相比就特别明显，他是在将个人道德义愤、先入之见等搁置起来之后，才得以让洋场生活以其自身的面貌呈现出来的，也就是说在自我与他者之间，他没有让自我吞噬他者，而是给予了他者自我表现的空间，从而使洋场生活的异质性得以充分展现。所以他的这部《海上花列传》虽然也是为“劝戒”而作，但是他首先要做的是“尽形尽象”呈现现实，使人如临其境，这才是作家首先要尽的责任，读者在读完此书后可以自行判断“自当厌弃嫉恶之不暇矣”。由此他也就跳出了狭邪小说“溢美”或“溢恶”的一般模式，将强烈的情感和个人的成见、道德优越感以及老生常谈的陈词滥调撇在一边，将自己置于一个观察者、接纳者而非谴责者、裁决者的位置，这样小说的认识功能才能充分发挥出来，让生活固有的多面性、复杂性自行呈现，而这也正是《海上花列传》的主要价值所在。《海上花列传》选取洋场租界的“长三书寓”高级妓院里的男女情爱纠葛作为表现对象，也表现出作家对现代情境下两性亲密关系即将发生巨变的敏感，租界妓院是当时唯一可以允许男女进行公开社交的场所，租借外清政府是禁止官吏嫖妓的，所以洋场妓院就成为“情种”们追逐情爱的特区、催生浪漫之爱的福地，然而一旦他们陷身其中，又会感到一种新的幻灭，在这里虽然摆脱了宗法社会的控制，但又增加了金钱的羁绊，爱情又开始面临被商品化的威胁。在这个情场上谁要是过分认真就往往会受伤害，像赵二宝之于史三公子、周双玉之于朱淑人等；但它也产生了陶玉甫与李漱芳这样的生死相依的爱情佳话，更多的还是处于像王莲生和沈小红式的情中有利、利中有情、欲说还休、欲罢不能的状态，他们是现代性的五味杂陈的“自由恋爱”滋味的第一代品尝者，虽并不尽如人意，但其毕竟给予了男女两性自主选择相爱的权利，为“大观园”里的情爱乌托邦提供了现实的可能，韩邦庆以“过来人”的身份谈情说爱，有助于消解人们对爱情所抱有的浪漫幻想。

其三，《海上花列传》在结构上采用了穿插藏闪之法，也是出于对描写对象的忠实，描写手法的重要性开始超出了讲述，讲述着重的是讲述者对人物事件的理解和评价，而描写则具有一种不动声色的客观性。该作的中心主题可以用一句话来表达，那就是“遭遇现代性”，小说以乡下人赵朴斋一闯进光怪陆离的十里洋场，就被撞了个四仰八叉，弄脏了大褂为开端，而撞倒赵朴斋的正是小说的作者“花也怜侬”，由此作者也就成为小说中人物事件的见证人，自然地进入了作品之中,但小说讲述的并不是他的个人经历,小说真正的主角不再是某人某事,而是光怪陆离的“洋场”以及“洋场”中人的众生相。要表现这样一个完全不同于传统中国的“奇异空间”的众生相,就需要有新的艺术形式,而小说结构上的穿插藏闪之法,显然比单一人物的线性叙事更适应表现这种空间性和众生相,它表明了在现代性叙事中时间开始与空间分庭抗礼,讲述故事的重要性开始受到展示场景空间的重要性的挑战,而这也正是世界被“图像化”理解的现代性特征。洋场作为一个奇异的空间的确有其文化异质性,典型如小说中第二十三章写一个官员姚季莼的太太气势汹汹地打到妓女卫霞仙的门上,指责其勾引了她丈夫,结果卫霞仙毫不畏惧,反而理直气壮地对她说:“老实跟你说了罢,二少爷在你府上,那是你丈夫,到了此地来,就是我们的客人了。你有本事,你拿丈夫看牢了,为什么放他到堂子里来玩,在此地堂子里,你再要想拉了去,你去问声看,上海租界上可有这种规矩? 这时候不要说二少爷没来,就来了,你可敢骂他一声,打他一下? 你欺负你丈夫,不关我们事;要欺负我们的客人,你当心点! 二少爷哩怕你,我们是不认得你这位奶奶哩!”作为租界的合法经营者,她受到租界法律的保护,因此可以无视传统宗法社会的身份等级制度。韩邦庆的敏锐性就在于他率先捕捉住了这种外来“新文明”的特质,写出了由传统的礼俗社会一步跨入到现代法理社会中人的生存方式的变化。《海上花列传》的开篇即讲述作者的一个梦境,写他在梦中看到一大片浩渺苍茫、无边无际的花海。这个“无根之花”的隐喻既是现代性作为一种“拔根”文化所带给人的普遍处境,人开始脱离家庭、宗族、乡土、地域、礼俗的掌控,四处流动、自谋生计,由此进入了一个陌生人对陌生人的生存环境,要维持这样一个陌生人社会的有序运转,就不能再单纯依赖人情这样的私人性道德和传统习俗,而要依赖公共伦理和六亲不认的法律制度。“洋场生活”正代表着这样一个不同于传统中国的一个新型社会的出现。

其四,韩邦庆在该小说的语言上也做了大胆的探索,他自觉地以一种“自我作古”以求“别开生面”的创新意识而采用吴方言写作,使得该小说成为中国第一部方言小说。全书由文言和苏白写成,其中对话皆用吴语(苏州话),固然使得人物形象的鲜明生动性得到极大的提高,在其背后也隐藏着一种作为新文明的发源地的洋场文化隐然与传统正统文化分庭抗礼的文化自信,正如陆士谔在他的小说《新上海》中所言："各种新事业、新笑话都是上海人发起，说他文明，便是文明，人做不出的上海人都能做出，上海人的文明比文明还要文明；说他野蛮，便是野蛮，人做不到上海人都能做到，上海人的野蛮比野蛮还要野蛮，并且在别处，'文明''野蛮'都是决然相反的，文明不野蛮，野蛮弗文明，上海人则不然，野蛮的人霎时间可化为文明的人，文明的人霎时间可变为野蛮。不极文明的人不会做极野蛮的事情。"[①]上海人的这种创新性、多面性、矛盾性、复杂性也正代表了现代性文化的特性。

① 陆士谔：《新上海》，上海：上海古籍出版社，1997年，第1页。

在新旧对峙的背后：从林纾看“五四人”与“晚清人”的代际文化心态差异

美国学者玛格丽特·米德在她的人类学著作《代沟》一书中，将人类的文化传递方式分为三种：一是后喻文化形态，二是并喻文化形态，三是前喻文化形态。所谓后喻文化形态，也就是文化传递是由父辈向子辈传授文化，子辈向父辈学习的方式，这在传统社会里是占据主导地位的文化传递方式。所谓并喻文化形态，则是指同辈人之间的相互学习，这在传统被剥夺了权威性的现代社会，成为文化传递的一种主要方式。所谓前喻文化形态，则是父辈向子辈学习的方式，社会发展的加速，新知识、新事物层出不穷，前喻文化形态也会成为文化传递的一种重要方式。“五四”发生于传统中国向现代中国的急剧转换时期，从文化传递方式上来考察，也正是由后喻文化形态向并喻文化形态的急剧转型时期。“旧中国”的一切由于其在现实中的“事事不如人”的窘困，而失去了来自子辈的拥戴与认同，于是“别求新声于异域”的新文化运动应运而生，以“非孝”“反传统”为标志，改变了以往的纵向的文化传递方式，由此就产生了“别立新宗”、以青年人为主体的新文化运动。这种新文化运动是以当时广泛传播并被人们普遍接受的进化论延伸出的激进的社会进化论思想为基础的，其通俗性表达即“新的胜过旧的，青年人胜过老年人”，由此这种“青年文化”彻底摆脱了来自传统的羁绊，以一种摧枯拉朽、锐不可当之势，占据了思想文化界的主导位置，其攻势之凌厉，远非维护传统的前辈可以抵御。而且其维新派的前辈在晚清时代也已大多服膺于这种“进化主义”的信仰，成为这种“青年文化”的同情者和支持者，或虽不赞成，但也持一种漠然置之的旁观态度，不愿与这种风头正健的时代潮流正面交锋。不多的反对者主要来自林纾、章士钊以及主要以西学背景的“学衡派”。他们与“新青年派”相比明显处于劣势，且各自立场不尽相同，不可能像“新青年”那样形成联合之势。本文主要分析作为“老新党”的林纾和“新青年派”的矛盾和争执，以见出其在被派定的“新”“旧”名目之下包蕴着的丰富的文化意蕴和代际心态差异，重点揭示作为“传统主义者”的林纾是如何回应来自“新青年派”的激进的“现代性”诉求的，并探究这种传统对现代的批判中可能包含着的合理性因素。

一、传统主义的“常识”与全能主义的“理性”

清廷退位之后，年过六旬、虽不赞成革命但一直力主维新的林纾也曾对新建的民国颇具认同：“仆生平弗仕，不算为满洲遗民，将来自食其力，扶杖为共和之老民足矣。”[①]“共和”既建，他认为重要的就是发展，所以在写给同乡的信中，他提出了几点希望：“仆所望吾乡同胞，第一节以和衷不问党派为上着。弊政已除，新政伊始。能兴实业则财源不溃，能振军旅则外侮不生，能广教育则人才辈出。此三事为纾日夜祷天，所求其必遂者也。”[②]这也是当时大多数经历了辛亥革命的动荡之后的“老新党”的典型心态，他们主张“革命军兴，革命党消”（章太炎语），国民咸与维新，党派之争是无谓的，谁来主政并不重要，重要的是尽快恢复秩序，进行政治、经济、文化的建设，尽快实现富国强兵的目标。

这种注重“尽人事”“办实事”来救国的思路与其时代激进的革命党人的思路、主张显然是不一致的，辛亥革命在革命党人眼中远远未能达到其预期目标，

① 吴家琼：《林琴南生平及其思想》，《福建文史资料》第5辑，福州：福建人民出版社，1981年，第98页。
② 吴家琼：《林琴南生平及其思想》，《福建文史资料》第5辑，福州：福建人民出版社，1981年，第99页。

所以他们中的最激进者在民国初建就已经在批判辛亥革命的不彻底性，倡导发起更为彻底的、真正的革命，来完成“革命”的神圣目标，我们从1913年无政府主义革命者鲁哀鸣的乌托邦小说《极乐地》中，就可以充分感受到这种要求“继续革命”的激进主义诉求。民国以来政治腐败、混乱纷争的现实不但使激进的革命党人失望，也使得渴望天下太平、百姓安居乐业的“老新党们”为之痛心疾首，既往曾经推动政治革命的乌托邦理想此时已经衰竭，民国建立以来的三次“革命”——护法、护国至段祺瑞的“马厂誓师，再造共和”，政治革命的理想主义色彩次第减退，最后几成闹剧，使得政治在民众眼中成为一种无谓的权力之争。所以在五四新文化运动兴起之前，林纾早已决定“绝口不论时事”，对于一切政治、文化上的“新花样”充满了厌倦之意。

如何恢复“政治革命”的神圣性，重树“新学”及“新派人物”的权威乃至重造生活的价值和意义体系，都是立场坚定、锐意进取的“新派人物”要维持其“常新”地位必须面对的问题。所以陈独秀办《青年杂志》，也就是要寻找新的更高的革命目标，将晚清以来的政治革命、社会革命进一步引向文化价值领域的革命。而胡适的《文学改良刍议》则为此提供了现实可能性，由此“文学革命”成为这种文化价值领域革命的突破口。

1917年胡适的《文学改良刍议》发表不久，林纾在上海《民国日报》上发表《论古文之不当废》。胡适该文的平和、商榷态度，使得林纾的态度也很诚恳，他以西方人讲究维新但古老的拉丁文并未废除为例，对胡适的主张提出异议：“知腊丁之不可废，则班马韩柳亦有其不宜废者。吾识其理，乃不能道其所以然，此则嗜古者之痼也。”这段话使林纾在此后一再受到胡适等“新青年”的嘲笑，认为自己都讲不出道理来的事情，还要坚持，是一种可笑的非理性的表征，且新青年们所主张者岂唯白话文矣，而是其所认定的通过思想、文化变革以救世的根本之道，即以“西化”为目标的新文化运动。如此林纾仅凭其“嗜古者”的个人趣味，显然无法与之抗衡。林纾的态度与严复及其大多数同代人对此的态度是一致的，严复对此的看法是：“北京大学陈、胡诸教员主张文白合一，在京久已闻之，彼之为此，意谓西国然也。不知西国为此，乃以语言合之文字，而彼则反是，以文字合之语言。……设用白话，则高者不过《水浒》《红楼》；下者将同戏曲中黄皮之脚本。就令以此教育，易于普及，而遗弃周鼎，宝此康匏，正无如退化何耳。须知此事，全属天演，革命时代学说万千，然而施之人间，优者自存，劣者自败，虽千陈独秀，万胡适、钱玄同，岂能劫持其柄，则亦如春鸟秋虫，听其自鸣自止可耳。林琴南辈与之较论，亦可笑也。”[①]严复“以人逆天”之心已大为减弱，采取一种任天演之自然的态度，对时事冷眼旁观。然而林纾素称激烈的性情使他无法保持沉默，而且他之所以出马应战，主要还因为“新青年派”对他的直接叫板，钱玄同和刘半农搞的专以他为“潜在读者”的双簧戏，使他更深地卷入了这场力量对比悬殊的新旧大论战之中。

从刘半农批驳“王敬轩”的回信中，可以看到“老新党”已成为“新青年”冷嘲热讽的对象，钱玄同托名王敬轩戏拟的正是一种晚清以来“老新党”的典型心态：他们是最早开始向西方学习的一代知识分子。所以信的开头先讲自己“在辛丑壬寅之际，有感于朝政不纲，强邻虎视，以为非采用西法，不足以救亡。所以负笈扶桑，就梅谦博士讲习法政之学”。他们对于西学并不像徐桐、刚毅之辈持本能的反感、抗拒立场，他们是开明的传统主义者，而且是把西学引入中国的人。像严复、林纾的译著在社会上影响极大，成为晚清以来“新学”的代表；但他们又是“传统”的维护者，他们的存在已成为更激进的文化思潮传播开来的阻碍。这种半新不旧的“老新党”在清末新学培养出的青年人眼中已成为过气人物，他们在经历了晚清民初以来的天翻地覆的剧变之后，对“革命”带来的动荡、混乱深感失望，竭力谋求的是一种社会发展所需要的“暂安之局”，而不是“彻底革命”，这使他们对维系社会安定的传统资源更为看重，大都表现出一种回归传统的消极态度。这种选择使得他们在青年人心目中的形象大损，成为昏庸、倒退的证明。

与林纾等“老新党”从“党争”“实业”和“教育”等具体问题入手经验主义地看待中国问题的思路不同，“新青年”关注的不是这类现实的、具体的、零碎的问题，而是这些具体问题背后的根本原因，对这种根本原因的探寻，使他们成为一种观念主义者。他们是凭着为其特有的观念做出对现实的反应的，“新青年派”的“反传统”“西化”主张源于其一些基本的理论预设：首先是一种全能主义的文化决定论，即将中国积弱积贫、政治革命、社会革命无济于事的最终原因归之

① 严复：《严复学术文化随笔》，北京：中国青年出版社，1991年，第284页。

于文化、传统问题。认为不与传统进行彻底的决裂或从文化上进行全盘西化，任何维新、改良、革命都无从谈起。对于这种新的价值一元论的“根本解决之道”林纾并不陌生，因为他已看惯了晚清以来“新思潮”的兴衰更迭，而开始质疑其有效性。目睹新一代改革志士的全盘西化、文化救国的宏论，曾经“趋新”的林纾以“老夫看惯海潮生”的心态终于忍不住发出了这样的感叹：“晚清之未造，慨世者恒曰：去科举，停资格，废八股，斩豚尾，复天足，逐满人，扑专制，整军备，则中国必强。今百凡皆遂矣，强又安在？于是更进一解，必覆孔孟、铲伦常为快。呜呼！因童子之羸困，不求良医，乃罪则其二亲之有隐疾，逐之，而童子可以日就肥泽，有是理耶！”要识破这类全能主义神话的虚妄并不困难：童子之病与父母有关的可能性固然存在，可以而且应该去追查其家族的遗传基因，但也先要考察该童子所患是否属于遗传病，以便对症下药。如果只是流感、肺痨之疾，也要归罪于其祖宗，岂不谬哉？所以全盘西化式的文化全能主义之谬，林纾是凭着他的个人经验就能对其提出质疑的，但这并不足以解构观念主义的一元论信仰，因为这种一元论信仰是从“未来”吸取力量的，一句“从来如此，变就对吗”，就足以让这种来自过去、传统的怀疑闭口，而且它的合理性依据来自其所发明的一种历史理性的推演，一种高出于生活之上的逻辑原则。而林纾缺乏的正是这样一种观念、逻辑的力量，他对于自己的立场只是“知其然不知其所以然”，他只是凭着他的感情、经验、常识、偏好、趣味来维护他的观点，不但驳倒不了对方，反而使自己受到对方的嘲笑。观念主义者对于深层结构、本质、先验理性、客观规律等的信仰，去主动创造合目的性的历史，由此其便获得变革时代的一种特别强大的特殊权利，即“时势权利”（费孝通语）。这种“时势权利”从某种意义上讲，比当时握有“实存权利”的北洋军阀还要强大。“新青年们”对于自己主张的合理性论证，就是他们的主张具有“历史的依据”，代表着“时代的需要”，所以胡适的文学观就叫“文学的历史进化观念”。由此，他们表现出一种强烈地去主动创造历史的使命感。所谓“为大中华造新文学，此功吾曹欲让谁”，就其文化特性而言，他们属于哈耶克所说的那种建构理性主义者，蔑视和贬低一切非理性的或者未被理性充分理解的事物，将理性尊为审判一切的唯一标准。认为凭着理性就可以人为地设计一切，建成一个理想社会。对于这种唯理主义的观念体系营造者的心理动因，亚当·斯密曾经说过：“体系之建构，普遍系起源于那些熟悉一艺，而对于其他毫无所知者之苦心构作。那些借着他们所熟知的现象来说明他们甚以为奇的现象。因此，在别的作家看来不过是几个聪明的比喻的东西，他们则当作是一切事物变化之大关键。"文化诚然会对社会发展产生其固有的影响，但并非唯一的决定性的根源，更非包医百病的万应灵药。且"文化"一词，含义复杂，正如哈耶克所言："所谓'历史文化'一词，如果有意义，系指由主、客、内、外、自然与人交互作用而在时空中形成的一组可经验的复合事实。这些因素缺一不可。'历史文化'主义者却单单把 ethos(气质、精神)凸提出来视作历史文化之'基本'。这种想法，多少系出自'体系癖'。"[①]"新青年派"不但对"文化""精神"这类概念确信不疑，更进一步要以其所理解的"文明"的"西方文化精神"来改造、替代中国的"愚昧"的"文化精神"，这使林纾这样的"老新党"于情于理都无法接受。这一方面源于其为"中国文化所化"的文化感情，另一方面他们也不像"新青年派"那样相信一种超国族、地域、划时代的"新文化"已经出现，足以使中国人安身立命，并且毕其功于一役，使中国人成为在各个方面领先世界的文明人类。

再者，"新青年派"的主张来自一种积极追求"现代"的"内卷性"的现代性要求，其在解释中国未能完成现代性转换的原因时将其主要归于自身的内在的原因，也就是现代化是否能实现是由"被内在于社会本身的种种因素所单独决定"[②]。这样就将需要解决问题的范围缩小了，将中国问题孤立化、简单化了，将现代性问题转换为了伦理、文学(国民性)问题。落后国家之所以不能进入现代的原因就成为其固有的传统的态度与文化行为作风顽强地不肯退出历史舞台，因而导致了现代化的失败。这将掩盖其他导致西方资本主义发展的重要动因：如历史机遇、全球化的市场经济结构中的位置，对殖民地的盘剥等等。由此这种现代性理论就成了一种以推动现代化为特定目的的"文化心理学"，即致力于研究推进现代化的文化心理结构。这样就出现了"全盘西化"的文化主张和对于自身的文化传统的"国民性批判"。之所以要"全盘"，是因为他们认为文化是不可分的，要接纳就只能全盘接受，进行彻底的文化换血。他们强调一种价值优先原则，认为器物、制度、文化都是由这种普世性的现代性的价值观念推导出

① [英]哈耶克著，殷海光译评：《论思想国有》，沈阳：辽宁教育出版社，1998 年，第 34 页。
② 汤林森：《文化帝国主义》，上海：上海人民出版社，1999 年，第 270 页。

来的产物,因此“伦理”的觉悟被视为是决定性的“最后的觉悟”。如此,将现代性过程简化成为一个以文化变革为纲,纲举目张的过程。这种推断只是一种似是而非的推断,历史并非如此简单。物质文化、制度文化、伦理价值观念这三者的分离而不是合而为一,恰恰可以说是西方“现代性”的精义所在,三者之间的关系是相对独立的,各自都有其自身的运作规则,也都是为了调和各种相互矛盾的利益需要而逐步成形的,并不是单纯的由价值所决定并反推至其他领域的决定论过程。美国1925年还出现中学教师因为在课堂上宣讲“人是猴子变的”进化论,而被告上法庭,成为著名的“Monkey Trial”(猴子审判案),即一个现代西方政教分离的明显的例证。“现代性”既表现为对人的欲望、本能、创造力的解放,也表现为对其的约束和限制,政治、经济、文化上的多元、分立,就是为了防止某一方的“权威化”,造成对他者的压制。在精神信仰层面,其特别强调的也是多元化,其原因正如伏尔泰所说:“如果在英国仅允许有一种宗教,政府很可能会变得专横;如果只有两种宗教,人民就会互相割断对方的喉咙;但是,当有大量的宗教时,大家都能幸福地生活、和睦相处。”[①]不管是信奉传统主义一元论的林纾,还是追求新的价值一元论的“文治主义”的“新青年”,对于这种现代性的多元性以及其内部的矛盾冲突性,都缺乏充分的了解和体认,他们更多的是看到了这种多元性带来的混乱和纷争,而意识不到这种多元性正是韦伯所讲的“现代性的宿命”,在此前提下,才能建立起一个相互制衡的现代政治、经济、文化秩序。清朝覆灭、民国建立,已为这种政治和文化的分离提供了可能,只不过出于传统的一元论的根性,新旧双方都无法安于政治与文化脱离的现实,无法改变以统一的文化价值来组织社会的思维方式,所以,超越文化价值冲突之上的中立性的政治制度也无从确立。而政治的中立性是文化多元性的屏障,失去了这种屏障,文化多元性则会失去制衡,泛滥成灾,演变成一种无休止的信仰争斗。

二、“两个世界”“不同信仰”的对立

“五四”人与林纾的对立是生活于两个世界、不同信仰之间的对立,林纾生

① [美]L.S.斯塔夫里阿诺斯著,吴象婴、梁赤民译:《全球通史》,上海:上海社会科学出版社,1999年,第333页。

活的世界是由传统渗透、主导的现实世界，他从未设想到另外的世界去生活的可能。而“五四”人心仪的则是一个与传统和现实完全不同的新的世界——一个理想世界。“五四”人的文化价值统一性的诉求主要表现为一种新的文化信仰，一种人类历史从未出现过的“新世纪的曙光”。这种新世纪的理想是建立在现代“欧洲文化”基础之上的，“新青年派”所理解的“欧洲文化”根据蔡元培的解释就是现代西方科学和文学艺术。以科学来代替伦理，以美育来代替宗教，由此建立起一个完全与传统决裂的新的社会，这种新社会的理想在蔡元培 1903 年写的小说《新年梦》里就已经有了充分的表述，它是一种科学主义的无政府主义信仰，与此同类的也都是一种追求绝对的自由、公正、平等、正义的至善主义理想。他们认为现代人的理性、知识和技术等已经为建成这样一个充分合理性的社会提供了可能。再凭着社会改造者的道德热情和牺牲精神，就可以很快实现这个目标。所以蔡元培把他的理想社会的实现之日定在一个“甲子”之后，即下一个甲辰年(1964 年)。而这种理想社会在林纾看来只是一种“趋怪走奇”的偏激主义，要实现其目地，林纾说：“则惟穆罕默德左执刀而右传教，始可如其愿望。”显然，林纾是低估了这种至善主义的社会感召力，从世界 20 世纪的历史来看，这种诉诸人的道德良知的创造新世界的理想都曾经俘获了绝大多数的进步知识分子的心，使他们成为激进的社会改造主义者。林纾凭着他仅仅诉诸过去的常识的经验的批评，显然是缺乏说服力的，其在当时意识形态竞争的时代处于劣势是不言而喻的。

作为传统主义者的林纾关注的是如何避免最大的恶，而不是追求至高的善，所以他竭力维护的已不是进入民国之后已经明显过时的“三纲”，而是作为人的常德的“五常”。从传统主义角度来看，这是一种由积极性的人生态度向消极性的人生态度的过渡。而“新青年派”关注的则是最高的善的实现，且为此目的可以采取一切可能的手段。包括演“双簧戏”、故作惊世之语，像“人过四十就该枪毙”云云，其所信奉的就转化成一种信念、意图伦理。综观林纾与“新青年派”的最激烈的争执是林纾对于传统伦理即“五常伦理”的维护，所谓“五常”，即仁、义、礼、智、信，它是根植于中国传统社会文化土壤中的一种道德礼俗，在林纾看来这是一种人之为人的道德底线。西方也自有它相沿已久的来自宗教传统的为人处世之道，并没有因为进入“现代”而被抛弃。林纾翻译了那么多西方小说，对此自有了解："外国不知孔孟，然崇仁、仗义、矢信、尚智、守礼，五常之道，未尝悖也，而又济之以勇。弟不解西文，积十九年之笔述，成译著一百二十三种，实未见中有违忤五常之语，何时贤乃有此叛亲灭伦之论，此其得诸西人乎？抑别有所授矣！"的确，林纾翻译的多属西方18、19世纪的文学，其时英国等国家尚处于"维多利亚时期"式的禁欲主义的文化氛围中，伦理道德观念素称保守。在林纾翻译的小说中，唯一引起道德纠纷的是《迦茵小传》，此书虽系一纯情小说，但因为女主人公未婚先孕，林纾如实译出，招来中国读者不少骂声。西方的伦理变革自19世纪末至20世纪才见勃兴之势，林纾自然无从得见。而"新青年派"的伦理革命除了来自无政府主义"三纲革命"的启迪，还别有所本，即中国历史上的离经叛道者孔融等人的反礼教思想，谓"父母为自感情欲，与己无恩"。林纾意识不到这种反"常德"的现代伦理的合理性，对于这种"常德"的败坏所带来的后果充满了忧虑，这是因为他于人的传统生活方式之上没有更高的诉求。而"新青年派"追求的正是对这种传统生活方式的超越，要达到此目的，就首先需要将人们从传统道德束缚中解放出来。但在西方，现代个人主义、功利主义伦理终不能完全取传统宗教伦理而代之的事实，也证明所谓现代伦理实是一种传统伦理与现代个人主义、功利主义伦理观念冲突、融合的产物，道德"现代化"的过程并非简单地以新代旧，而是复合、重叠，构成一种富有张力的多元性的存在。中国传统的占据主导位置的"儒家伦理"在进入现代之后必须经过重新整合才能适应变化了的时代，于此，其以往所竭力攻讦的自保自利的杨子为我之说和利他主义的墨子兼爱之说，随着西方个人主义和宗教、人道主义、社会主义的传入，都被重新发现，动摇着儒家伦理一家独尊的局面，如何调和这种多元伦理之间的冲突，是现代伦理建构者应该面对的问题。林纾作为一个道德保守主义者，还无能力对此做出理性、深入的思考。传统儒家伦理因为"从来不站在个人的立场上说话"（梁漱溟语），所以易于导致单方面的服从而形成对个人的压制。所以"新青年派"从自我本位和利他主义出发，颠覆儒家伦理，也自有其合理性。但问题在于这两种倾向都有失之偏执之处，如失去儒家伦理对其的制衡，有可能导致一种牺牲"常德"以服从于某种特定目标的功利化倾向。利他主义的兼爱之说正如《圣经》所言，"我来是叫人与父亲生疏，女儿与母亲生疏，媳妇与婆婆生疏。人的仇敌就是自己家里的人。爱父母过于爱我的，不配作我的门徒；爱儿女过于爱我的，不配作我的门徒”(《马太福音》第十章)，这是对儒家血亲伦理的一种颠覆。兼爱之说，强调四海之内皆“兄弟”，但这必须有一种外在超越的宗教性的信仰来做支撑，否则的话，其结果可能是先疏远了自己的“兄弟”，把他视为和他人一样的“众人”。如此“兄弟之爱”也无从落实。更为重大的危险来自现代世俗运动的神圣化，它将一种国家政治伦理直接加诸个人，那时的家庭和血亲伦理将不再是“自由”的阻碍，而成为保持人性的最后一道防线。至于杨朱之弊，更为明显，它直接导致的是对人的社会责任的放弃。“新青年派”将传统专制主义的意识形态视为儒学的全部，无视作为生活化、批判性的儒学精神的存在，不加辨析地对其全盘否定，希望建立一种立足于科学主义和自然人化宗教基础之上的人生观和道德观，无视人的非理性的存在特性，显然就会与传统伦理的维护者发生剧烈冲突。

林纾作为一名文化遗老，他对自己的定位是很低调的，也就是“自谓无益于民国，而亦未尝有害”[①]。他只是本着自己的文化本能来维护他所认为的人之为人的常道。与“新青年派”渴盼更为彻底的“革命”的心态不同，他渴盼的是一种暂安之局，在传统的框架内谋发展，而这与“新青年”的要求产生了矛盾。宽容和理解是青年文化最为缺少的品质，所以他们对林纾之类“老新党”的嘲讽是非常尖刻、过度的，如嘲笑其“无知”，说他不解“文学”，而且也不通“国学”。因为他不通外语，所以文学译著择稿不严，谬误太多，搞得原著“精神全失，面目全非”，连“半点文学的意味也没有”。另外，将陀思妥耶夫斯基译成“陀思”，将梅谦次郎称为“梅谦”，将“人”这一象形字说成是会意字等，都成了出于嘲笑“老新党”的目的而自造的笑柄。当然“新青年”如此做的目的是在文学、文化上的一切“以西洋为据”的“别立新宗”，所以他们将“老新党”的“能笃于旧学者才能兼采新知”转换成了“非富于新知，断断没有研究旧学的资格”。由此树立起西化的知识分子的文化权威。林纾相信传统会随着时代变化而变化，但变化的是“事”，而不是“体”，不适应时代的“事”，自会“不革而自革”，但传统的精神却是与时不悖、历久常新的。所以科学不用古文，古文亦无碍科学。这种观点也应该说是有其一定道理的。正如怀特海所说：“从某种意义上讲，宗教与科学之间

---

① 转引自张俊才：《林纾评传》，天津：南开大学出版社，1992 年，第 254 页。

的冲突只是一种无伤大雅的事，可是人们把它强调得过分了。”“五四”的科学主义信仰，将两者的冲突绝对化了。对传统与现代的关系，哈耶克曾有过说明：他认为传统架设了本能通往理性的桥梁。理性本身不可能创造进化，相反，是人类适应环境的进化过程创造了理性。因此，一切“渐进”都必须在传统的基础上积累；如果抛弃传统，无论多么合乎理性的“建构主义者”都不可能成功。

林纾在给刘半农的信末讽刺王敬轩辈是晚清遗老，说它不如将日期写为“宣统十年”还爽快些！这就牵涉到晚年林纾的政治态度问题，也是需要加以说明的。林纾终其一生，痛恨政坛黑暗，在晚清也从未入仕，但他一生都是个讲求维新的改良党，对锐意革新但郁郁而终的光绪皇帝情有独钟，至死不渝。晚年以遗老自居，更是与对民国的极度失望有关。林纾后来混迹于前清遗老中，并非对专制主义制度情有独钟，相反他始终是赞成立宪制度的。只是共和之后，由于“革命”的持续效应，一切固有的社会、政治、文化秩序相继解体、全面崩盘，才使他对民国现状滋生恶感：“共和实在好，人伦道德一起扫，入手去了孔先生，五教扑地四维倒。四维五教不必言，但促造反尤专门。问君造反为何事？似诉平生不得志。重兵一拥巨资来，岂止广东许崇智。得了幸时犹怒嗔，托言举事为国民。国民为汝穷到骨，东南财力全竭枯。当面撒谎吹牛皮，浑天黑地无是非。议员造反亦无罪，引据法律施黄雌。稍持国法即专制，大呼总统要皇帝。全以捣乱为自由，男女混杂声缪缪。男也说自由，女也说自由，青天白日卖风流。如此瞎闹何时休，怕有瓜分在后头。”这也是保守的、注重秩序的儒家知识分子面对社会陷入的无政府状态的自然反应。虽然如此，但林纾对袁世凯称帝、筹安会、张勋复辟等一系列传统主义的政治活动都未参与，他是一个非政治性的文人。在文化观念上，也并不是那么不知变通的，如男女自由恋爱，他是赞同的，只是强调要“律之以礼”，只要自由，不要责任。而且他也是一个勇于认错之人，为其小说《荆生》《妖梦》中的“过激骂詈之言”郑重地在报纸上道歉，表示今后“当敬听尊谕，以和平出之”。且林纾的所谓“忠于故主”，并非简单的“忠君”，而是如梁巨川 1918 年有感于国事糜烂，愤而自沉时所言：

> 我身值清朝之末，故云殉清；其实非以清朝为本位，而以幼年所学为本位。……幼年所闻以对于世道有责任为主义，此主义深印于吾脑中，即以

此主义为本位，故不容不殉。

殉清又何言非本位？曰义者，天地间不可歇绝之物，所以保全自身之人格。培补社会之元气，当引为自身当行之事，非国外势之牵迫而为也……诸君试思今日世局因何故而败坏至于此极。正由朝三暮四，反复无常，既卖旧君，复卖良友，又卖主帅，背弃平时之要约，假托爱国之美名，受金钱收买，受私人嗾使。买刺客以坏长城，因个人而破大局，转移无定，面目靦然。由此推行，势将全国人不知信义为何物，无一毫拥护公理之心，则人既不成为人，国焉能成为国……此鄙人所以自不量力，明知大势难救，而捐此区区，聊为国性一线之存也。

正因为此，所以梁氏的自沉不仅得到了老派人物的颂扬，也得到了来自新派人物的不同程度的理解，如徐志摩就专门写了《论自杀》一文，认为"我先前这样想，现在还是这样想。归根一句话，人的行为是不可以一概而论的；有的，例如梁巨川先生的自杀，甚至蔡先生的不合作，是精神性的行为，它的起源与所能发生的效果，决不是我们常识所能测量，更不是什么社会的或是科学的评价标准所能批判的。在我们一班信仰（你可以说迷信）精神生命的痴人，在我们还有寸土可守的日子，决不能让实利主义的重量完全压倒人的性灵的表现，更不能容忍某时代迷信（在中世是宗教，现代是科学）的黑影完全淹没了宇宙间不变的价值"[①]。

总之，面对这场林纾与"新青年派"的冲突，重要的不是表态和站队、分出是非曲直的问题，而是如何确立一个可以使双方论争、共存的公共空间问题，这个公共空间是论战双方得以存在的基础，对此基础的破坏意味着使双方都失去立足之地。当时论战双方显然都没有意识到这种确保公平讨论的公共空间的重要性，而是急于实现"公义"，彻底剥夺对方说话的权利，这就可能导致某一思想独尊局面的再现，进而危及到多元文化的存在，"一统江湖"的雄心不仅存在于旧派人物心中，也同样存在于新派人物心中，而这才是对"现代"最大的威胁。

不管是传统对现代的批判，还是现代对传统的批判，对于现代人的生存来

① 徐志摩：《徐志摩文集》，太原：北岳文艺出版社，2003年，第51页。

说都是必要的、有意义的，也是不可或缺的。五四“新青年派”与林纾的冲突表现出了一种现代的“并喻”文化传递方式的确立，但“后喻文化”传递方式并不会也不能就此废止，一代人的见识和能力是非常有限的；而传统则代表着人的世代生存经验。单靠一代人是不足以创造历史的，其结果还需受到历史自身的检验。只有传统型的后喻文化不足以产生变革的动力，但只有并喻和前喻文化，则可能会危及社会本身的存在。“五四”独重“老青年”和“新青年”，至“文革”则偏师借重的是十五六岁的“革命小将”。“文革”就是由“三娘教子”向“子教三娘”的文化传递方式转换的一个例证，这使其成为一个典型的现代性事件。

近现代文学中的民族国家叙事与文化认同

李鸿章在清末就已经预感到20世纪的中国将要遇到的是“三千年未有之绝大变局”。这种“绝大变局”的出现一方面来自西方列强外来的胁迫，一方面来自自身的主动求变。具体到民族国家意识上，则表现为自以为居于“天下之中的天朝观念”的倾覆和现代世界背景中新的国家民族意识的确立。与西方进入现代的方式不同，西方国家进入现代的第一步是要摆脱中世纪的宗教大一统统治，获得其作为民族国家的独立地位。而中国则无相同问题，中国近现代民族国家危机的发生源于西方列强的侵略、扩张，换句话说，中国要实现“现代”的第一步就是要应对西方“现代”之后的结果，非如此即不足以保证自身的生存和发展。所以中国的现代之路一开始就带上了某种不同于西方的独特性。近有论者强调：中国近现代文学的本质特性就是一种“民族国家叙事”，这较之李泽厚的“救亡和启蒙的二重变奏”说的概括，有其独到之处。因为他看到了中国近现代文学中“启蒙”和“救亡”的不可分割性。但对这种整体概括之下隐藏着的内在的冲突性、复杂性、多元性却也不能熟视无睹，满足于某种“一言以蔽之”式的概括，就会掩盖历史自身的复杂性。本文力图要做的就是揭示出这种“民族国家叙事”之下存在着的话语多元性。

一、作为“私爱之本位而博爱之极点”的“民族国家主义”叙事

在19世纪和20世纪之交的午夜(1899年腊月晦日)，因变法失败流亡海外的梁启超，正航行在由日本到美国去的太平洋上。此时的梁启超并没有因为理想受挫、飘零海外而变得伤感颓唐，相反，此时的他却是非同寻常的踌躇满志、慷慨激昂。他在轮船上狂饮浩歌，写下了一首长达1300多字的《二十世纪太平洋歌》，从社会进化论的立场来描绘眼下国族竞存、争斗的现实，揭示出一幅“物竞天择”“优胜劣败吾莫强”的世界景象。其中，既表现出一种对近代西方开疆拓土的“民族英雄”的崇拜：如西方殖民主义的先驱麦哲伦、伎顿曲都成了他笔下的时代风流人物，“鼎鼎数子只手擎大地，电光一掣剑气磅礴太平洋”。同时又表达了面对亡国灭种之危的焦虑：“嗟乎，今日民族帝国主义正跋扈，俎肉者弱肉食者强”“唯余东方老大帝国一块肉，可取不取毋乃殃”。然而面临如此危局，诗人并未绝望，因为他相信自己已寻到了救国良方：“吾闻海国民族思想高尚以活泼，吾与我同胞兮御风以翔，吾欲我同袍兮破浪以飏。”所以全诗于一种乐观情绪中结束：“酒罢诗罢但见朝天一鸟鸣朝阳。”在此后的《少年中国说》《新民说》和《新中国未来记》等一系列著作中梁启超全力张扬他的“民族国家主义”，并使这种主义成为20世纪中国最有影响的主义之一。

按照梁启超的理解，当时的世界正处于民族国家主义与民族帝国主义相嬗之时代。当时西方的国家思想有两种：“一曰平权派，卢梭之徒为民约论者代表之；二曰强权派，斯宾塞之徒为进化论者代表之。平权派之言曰：人权者出于天授者也，故人人皆有自主之权，人人皆平等。国家者，由人民之合意结契约而成立者也，故人民当有无限之权，而政府不可不顺从民意。是即民族主义之原动力也。其为效也，能增个人强立之气，以助人群之进步；及其弊也，陷于无政府党，以坏国家之秩序。强权派之言曰：天下无天授之之权利，唯有强者之权力而已，故众生有天然之不平等，自主之权当以血汗而获得之；国家者，由竞争淘汰不得已而合群以对外敌者也，故政府当有无限之权而人民不可不服从其义务。

是即新帝国主义之原动力也。其为效也,能确立法治之主格以保团体之利益;及其弊也,陷于侵略主义蹂躏世界之和平。”[①]梁启超的民族国家主义的提出正是为了应对这种民族帝国主义对外扩张趋势,他认为在这样一个时代:既不可“墨守十八世纪以前之思想,欲以与公理相抗衡,卵石之势,不足道矣”,[②]也不可超前,“贸然以19世纪之思想为措治之极则,为欧洲各国既行之而效焉,而遂欲以政府万能之说,移植于中国,则吾国将永无成国之日矣”[③]。他认为应该采取的是一种民为贵、社稷次之、君为轻的国家思想,民族主义就是这样一种“国家恃人民而成立的思想,宁牺牲凡百之利益以为人民”[④]。而他所理解的“帝国主义”则是“人民恃国家而存立,故宁牺牲凡百之利益以为国家,强干而弱枝,重团体而轻国人”[⑤]。这方面他举的例子是沙皇俄国、德国对内独裁、对外扩张的专制主义,而正是这种民族帝国主义是中国民族生存的最大威胁。

梁启超的思想可以说是开了近代中国民族主义的“唯实、尚力政治”的先河,处身于这样一种将“强权视为不是公理的公理”的生存威胁之中,他已经放弃“公理会战胜一切”的信条。针对当时盛行的世界主义、大同主义,他特别强调“对于世界而知有国家”。他认定由于竞争的存在,国家就不可能消亡,假如真的实现了大同,“不转瞬而必复以它事起竞争于天国,而彼时则以返为部民之竞争,而非复国民之竞争,是率天下人而复归于野蛮也”[⑥]。因此他认为“世界主义”应属于一种“心界之美”,而不是“历史之美”,“国也者,私爱之本位而博爱之极点,不及焉者野蛮也,过焉者亦野蛮也”[⑦]。梁启超的这种民族国家主义可以说代表着一种在现代世界生存所应具备的常识理性,它是一种务实主义的政治态度,它不为某种高超的理论、主义所吸引,畅想世界大同、公理战胜,而是着眼于当下的弱肉强食的生存现实。其后20世纪20年代的国家主义、20世纪30年代的民族主义文学以及20世纪40年代的“战国策派”,大致都未出这种梁启超式的民族国家主义的范畴。他们对外倡导一种唯实政治、尚力政治,对内则

---

① 梁启超:《梁启超选集》,上海:上海人民出版社,1984年,第189页。
② 梁启超:《梁启超选集》,上海:上海人民出版社,1984年,第192页。
③ 梁启超:《梁启超选集》,上海:上海人民出版社,1984年,第192页。
④ 梁启超:《梁启超选集》,上海:上海人民出版社,1984年,第192页。
⑤ 梁启超:《梁启超选集》,上海:上海人民出版社,1984年,第192页。
⑥ 梁启超:《梁启超选集》,上海:上海人民出版社,1984年,第219页。
⑦ 梁启超:《梁启超选集》,上海:上海人民出版社,1984年,第220页。

强调国家至上、民族之上。他们与现代文化中的世界主义、国际主义倾向构成了或隐或显的对抗。表现于文学创作中,20 世纪 20 年代则有“醒狮派”“大江社”等带有强烈的民族国家主义情绪的抒情和呐喊;20 世纪 30 年代则有老舍的寓言体小说《猫城记》和带有某种国民党官方背景的“民族主义派”的文学等;20 世纪 40 年代则有“战国策派”林同济等人的文化主张和创作。这种民族国家主义文学都是诉诸一种强烈的国家、民族情感,力图唤起人们的救亡意识,增强民族的凝聚力,消弭内争,一致对外。他们对其时代的个人主义、家族主义、部落主义、阶级主义的思潮和影响都持否定态度,他们的思想、主张带有浓厚的功利主义色彩。

从社会进化的角度立论,民族国家主义对于中国固有文化的定位是一种落后于时代的“部民文化”,尚没有进入现代国家主义阶段。因此,“新民”就成为救国的第一要务。在《二十世纪太平洋歌》中,梁启超就已把中国纳入到世界文明进步的序列中来考察,认为中国面临着由河岸文明、内海文明到大洋文明的跨越。所以在他那里,“文明”的内涵与传统相比已发生了根本性的变化。《新民说》对于中国固有文化的态度就是要“采补其所本无而新之”,用现代西方的民族国家主义精神来改造中国文化。他强调中国文化传统中所无的现代国家意识、权利思想、进取、冒险精神等,力图造就足以与西方强国从精神上抗衡的新的国民,来达到救亡图存的目标。以后的民族国家主义者的思想,也都未出梁启超的“新民”范围,包括老舍对英国国民的“国家主义精神”的褒扬,“战国策派”提出的从“无兵的文化向有兵的文化”、从“个人的狂飙到民族的狂飙”的转化等。总之,民族国家主义就是这样一种唯实主义的无特定“主义”的主义,倡导什么“主义”都不重要,只要能不妨碍达到“富国强兵”的目的就行。他们从内心深处对除民族国家而外的任何“主义”都持怀疑态度。在文化问题上,他们也是持这样一种实用态度,有利于“新民”、救亡者则保存之,无利于民族现实生存者,则要改变、革除之。正是这种对当时世界盛行的“强权”逻辑的无奈接受和自身强烈的民族救亡愿望,构成了对现代中国人的文化认同的第一次大的冲击。中国也就随之不得不结束其传统的天下主义的“静”的文明,而走向现代民族国家竞存的动荡时代。

随着国家民族历史不可避免地融入世界历史的发展趋势,民族国家主义开始更多地表现出其在政治上的保守性。晚年的梁启超对于“北伐”特别是“联苏”，持坚决的反对立场，他说：“我根本不相信一个国民的政治活动可以和别个国民合作，尤其不相信今日的中国有联某国某国之可能或必要。”[①]这表明，在现代历史进程中，这种民族国家主义将由于其历史视野的狭窄和政治主张的空洞，而变得不合时宜、失去听众，由以前的中心话语而退居为边缘话语。

从文学史上来看，老舍的创作可以说是比较有代表性的民族国家主义意义上的民族国家叙事。老舍的创作从一开始就带有明显、自发的民族国家主义倾向。他到英国游历的经历反而激发了他的民族国家意识。从最初的《赵子曰》《二马》到《猫城记》《牛天赐传》《四世同堂》等，他就是立足于民族国家本位立场上进行“国民性批判”，以唤醒人们的现代“国民意识”和爱国热情。具体分析一下老舍写于九一八事变后的《猫城记》，可以发现老舍的民族国家主义的特点：他强调个人自强，民族、国家至上，对国家尽职尽责。他认为：“一个中国人如能像英国人那样做国民便是最高的理想了，个人的私事，如恋爱，如孝悌都可以不管，只要能有益于国家，什么都可以放在一旁。”[②]所以对于时局，他认为应当消除党争、派争一致对外。《猫城记》借一位来自“伟大、光明、自由的中国”的国民，(作家理想中的中国)来对现实中的中国“猫国”进行了激烈的批评。他认为“猫国”必亡，原因不在于外患而在于内忧，而内忧主要是指猫人的“糊涂”：“糊涂是我们的要命伤，经济、政治、教育、军事等不良足亡国，但是大家糊涂，足以亡种，因为世界上没有人以人对待糊涂像畜类的人的。”所谓“糊涂”，也就是猫人只知道有个人、有家庭、有阶级、有政党，而唯独不知道有民族、有国家，所以失去了民族国家的凝聚力。这成为猫国必亡的根源。这是老舍站在一种朴素自发的民族国家立场上，对亡国灭种在即的时局开出的药方。

然而作为一种政治上的“主义”，民族国家主义有其明显的缺陷。它欠缺一个高于民族、国家之上的价值关怀，而将“民族、国家”自身当成是唯一的、至高的目标和奋斗纲领显然是不够的，甚至会造成某种严重的后患。特别是在一个动荡混乱、现实政治极端黑暗肮脏的时代，民族国家主义者处于一种无可措手的状态，找不到其可以寄托政治理想的对象，更不可能实现其政治理想。

---

① 梁启超：《梁启超选集》，上海：上海人民出版社，1984年，第864页。

② 《老舍研究资料》，北京：人民文学出版社，1987年，第533页。

老舍一向声称他无党无派，谁能使中国富强，他就拥护谁，跟谁走。他是一个民族国家本位意义上的爱国者，但这种民族国家本位并不能使他免于政治动荡给他带来的屈辱和伤害。作为一个缺乏特定的政治主张的平民爱国者，老舍一生饱尝了处身于动荡时世的酸楚、无奈和悲凉。与鲁迅改造国民性的思想不同，鲁迅是以“立人”为最终目标的，是带有个人本位倾向的启蒙主义；而老舍的改造国民性则是以培养国民的现代国家精神为指归的。他片面地强调个人对国家民族的责任和义务，甚至把个人意识的觉醒看作是妨碍国家强大的离心力和主要障碍。他对于西方国民的两重性缺乏认识：就他最推崇的英国来说，社会的自我和个人的自我之间也存在着一种紧张的关系，这种紧张的关系对近代民族国家的形成不是有害的，而是必要的。只要前者不要后者，并不足以形成一个现代意义上的民族国家。

二、个人与国家之间——“自我”的发现与“民族寓言”

以“文明与愚昧的冲突”取代传统的“华夷之辨”，以理想化的“西方”作为现代“文明”的普世标准取代民族国家主义，以个人来对抗群体等，是20世纪初的西化的“文明论”者的基本价值取向。这方面的代表人物有信奉无政府主义者的蔡元培、刘师培、吴稚晖等人。集中代表着这种“文明论者”的价值取向的文本主要有《虞初新语·人肉楼》、蔡元培的政治乌托邦小说《新年梦》、鲁哀鸣的《极乐地》等。这种思潮的特点是以“唯我主义”来颠覆以“三纲五常”为基础的中国传统礼教，以“民主与科学”重建现代性的文化信仰，其主导潮流进而发展为一种具有世界主义或国际主义关怀的整体性的改造中国的道路。“民族国家”在这种全面改造社会的现代性设想中只是实现“世界大同”的一个中介，而非其终极目标。“民族国家”的存在在其看来是一种“必经阶段”和当前的“必要之恶”而已，它尚有一种超越民族国家的更高的价值关怀。

“五四”启蒙主义文学的现代性突出表现为对于中国传统价值观念的颠覆和一种新的“人”的观念的确立，其文化价值取向是个人主义的和世界主义的，但推动“启蒙”的主要目的仍是“救亡”。所以，它在政治主张上与民族国家主义倾向是冲突的，但其民族性立场仍是鲜明的，现实功利性态度是非常强烈的。所以，鲁迅的《狂人日记》被詹姆逊称作是一种“民族寓言”，是言之有理的，它正表明在第三世界国家现代文学中现代性与民族性、个人性与集团性是密不可分的。它所表现的"自我"、所张扬的"个性"仍主要是一种社会道德层面的个性和自我,而不似西方文学中的自我则是非社会化的个人生存体验。它与梁启超的区别在于,它是在"个人"与"国家"的张力关系中来建构民族、国家认同的。而在梁启超那里,这两者间的张力关系是不存在的,反复强调的只是国家对于个人单方面的要求。

在五四个人主义的启蒙叙事中个人与国家之间的关系经常以一种对抗性的面目出现。"人"的觉醒,使人们超出了民族、国家的视野局限,从世界、人类、文明、历史、社会进步等角度来思考民族、国家问题。这种思维方式在1903年出现的《虞初新语·人肉楼》中已经初露端倪,它所标举的"文明"标准代表着一种新型的现代性想象的起源,即由以"国族"为中心的想象转向以"人"为中心的想象,进而发展到"爱人比爱国更重要"、做"世界人"还是做"中国人"等问题,它代表着一种以个人为本位的现代人类意识、文明意识的觉醒。这种个人本位的"自我"发现,从历史的眼光来看,为现代民族国家的形成提供了重要的基础。因为现代意义上的国民是摆脱了传统的人身依附关系的非身份化的个体,这种非身份化的个体是现代国家的合法性基础,因此平等观念、个人意识都是成为现代国民必具的特性,非如此不足以称之现代国民。郁达夫在《中国新文学大系·散文二集》的导言中说:"五四运动最大的成功就在于个人的发现,从前的人是为君为道为父母而活着的,而现在的人则是为自己而活着了。"不将个人从君、从道、从父母那里解放、挣脱出来,不足以成为现代意义上的国民;也只有这种解放了的"个人",才能义无反顾地投身于现代性的社会改造运动,为"现代性"目标的实现提供人力资源。这种自我本位意识与民族国家意识的结合揭示出了现代民族国家不同于传统国家的国民与国家的关系,在这种现代国家里,国家是由每个个体化的公民组成的,他与国家之间没有人身依附关系。因此国家的存在就在于保护个人利益不受侵犯,每个公民都平等地享有应有的权利。与此相应的是公民也都负有对民族国家应尽的义务,由此就形成了个人与国家之间的紧张关系,这种紧张关系对现代民族国家的形成是所必需的。

由于19世纪末20世纪初的西方唯我主义、无政府主义等激进的时代思潮的影响,"五四"人对于世界和人类、历史和文明等的理解都带有某种盲目乐观色彩和乌托邦主义倾向。正如李大钊所说:“我们现在所要求的是个性解放自由的我,和一个人人相爱的世界,介在我与世界中间的家国、阶级、族界,都是进化的阻障,应该逐渐废除。”[①]无政府主义将国家和个人完全对立起来,将国家视为是万恶之源的思想,对“五四”人有相当影响,“五四”知识分子大都心仪“世界主义”,“民族国家主义”在他们眼中已带有“狭隘”“保守”乃至“反动”的色彩。郁达夫在他的《艺术与国家》一文中更是将几乎所有人间的罪恶都归之于国家的存在:“我们生来个个都是自由的,国家偏要造出监狱来幽囚我们。我们生来都是没有污点,可以从心所欲,顺着我们的意志作为的,国家偏要造出法律来,禁止我们的行动……”[②]这种绝对主义的个人主义诉求只能导致它的信奉者在现实中的处处碰壁而已。

随着“自我”的发现和人的个性意识的觉醒,作为国民的个人对于国家的理想、要求以及对现实政治的失望和诅咒,在现代文学中开始占据上风,梁启超式的民族国家主义的政治热情,开始让位给与“老中华”传统彻底决裂的文化反叛精神,通过“死”才能“生”的“凤凰”正是这种典型的“五四”时期的民族国家想象。而在现实生活情境中,主要表现的则是作为“弱国子民”的“爱”“怨”交织的企盼和感伤,这方面最典型的是郁达夫和以他为代表的感伤主义文学潮流。

“五四”时期“自我”的觉醒所唤起的感伤主义的文学潮流,对于梁启超式的民族国家主义的英雄叙事具有某种消解性,但其出现的合理性是毋庸置疑的,即使是一贯站在“为中国文化说话”立场上的梁漱溟,也曾经尖锐地指出,“中国文化最大之偏失,就在个人永不被发现这一点上,一个人简直没有站在自己立场上说话机会,多少情感要求被压抑”[③]。自我的发现唤起了人的觉醒,而人的觉醒的历史现实境遇又加深了这种觉醒了的个人的伤感、怨尤情绪,这就使得感伤主义文学成为时代所盛行的一种典型的文学现象。“五四”感伤主义文学所产生的文化心理动因与中国传统的感伤文学不同,而具有了一种现代性的文化特征:首先,现代性文化的“合理性化”倾向与外部社会现实的冲突式主人公感伤主义情绪产生的首要原因。个人的觉醒将个人自主、人格独立以及理

---

① 李大钊:《李大钊文集》,北京:红旗出版社,1997 年,第 221 页。

② 《郁达夫研究资料》,天津:天津人民出版社,1981 年。

③ 《梁漱溟学术论著自选集》,北京:北京师范大学出版社,1992 年,第 383 页。

想的生存方式等问题推向前台，对现代人来说，这属于生而为人的不可被剥夺的天赋人权。但是依此理念行事的结果却是在现实中处处碰壁。觉醒者把坚守自我、成为个人作为人生的基本原则，按照郁达夫的说法“All or Nothing”（译为：宁为玉碎，不为瓦全），决不向社会低头，但如此做的结果是被排除到社会的边缘，成为零余者、多余人。其次，这种感伤主义的背后潜藏着这样一种个人本位的现代文化逻辑，即民族、国家、社会环境、文化传统等应该为个人的不自由、不幸、受难等负责。这种现代性的个人自由理念具有强烈的人性解放意义，当这种理念与现实冲突之时，当个人命运与国家的命运扭结在一起，难以分割之时，它就突出表现为一种“爱”“怨”交织的人文主义的感伤情绪。其民族国家认同往往是通过一种负面的、受难的方式完成的。正如郁达夫《沉沦》中的主人公将他的跳海自杀归结为“祖国”所害，使他在日本受尽了作为弱国子民的屈辱一样，觉醒了的个人既有对祖国的深沉爱意，又有对现实的彻底失望，并因而产生一种很强的怨尤情绪，这种怨尤情绪就导致对现实的一切的一种激烈的怨憎、否定态度，它是一种以应然性取代现实性的理想主义的生存态度。正是由于出生在这样的中国、这样的时代、这样的家庭、这样的文化传统中，才给个人招致了这样的不幸。所以唯一的解决之道就是彻底地反抗一切对人性的压抑和扭曲。王蒙在他的20世纪末的“审父之作”《活动变人形》中对倪吾诚的心理做了这样的剖析：四处碰壁的倪吾诚直到晚年还将自己的一切不如意都归结在自己不幸生在了贫瘠、愚昧、落后、保守的陶村、孟官屯、中国，而他又“不幸”出洋留学见识了西方文明，才知道什么是人的生活，但他又热爱中国，不得不在中国生活，所以只能一辈子处于身心分离之中。这种生非其时、生非其地，似乎成为他为自己失败的一生所作的最后辩护，但是，每个人都是出生在某种特定的文化和某个特定的国度中的，他是无法从其所属的家庭、社会、国家、文化中完全剥离出来，而作为一个抽象的人生活并获得其应有的权利的。自我的觉醒和世界主义的价值取向使“五四”人走出了单纯的救亡图存式的民族国家主义，开创了现代文学中的一个重要传统，即以个人为本位的人文主义的文学传统，但当亡国灭种在即的时候，它又会表现出向民族国家主义的某种程度上的回归。

三、文化民族主义者的文化追怀与国族认同

与梁启超的带有浓厚的现实政治功利色彩的民族国家主义不同，与之相对

的另一种民族主义则可称为文化民族主义，如章太炎在清末就撰《五无论》，针对梁启超的“民族国家主义”唱出了反调：“国家之事业，是最鄙贱者，非最神圣者。”文化民族主义主要表现为在西方强势文化冲击下对民族自身的文化身份的认同和坚持，从20世纪初“用国粹激动种性”的国粹派到“五四”时期的《学衡》派再到新儒家以及40年代的“战时文化重建”运动以及无名氏的《无名书》六卷等都贯穿着这样一种文化民族主义的精神特征，它带有一种与现代西方强势文化对抗的性质。

民族文化传统对于现代民族国家建立的意义仍是不可忽视的，在这一点上，带有“文化保守主义”色彩的严复，考察了现代民族国家形成的要素，认为为一个国家所独有的“国性”在国家建立中是必不可少的。他认为中国的国性就是以儒家为代表的中国传统文化，它也是现代民族国家建立中的一个必不可少的要素：“大凡一国之存立，必以其国性为之基。国性国各不同，而皆成于特别之教化，往往经数千年之渐摩浸渍，而后大著。但使国性长存，则虽被他种之制服，其国其天下尚非真亡。”[①]章太炎也同样强调“国性”的重要，他说“孔子之《春秋》，要在于述行事以存国性”[②]。“夫国无论文野，要能守其国性，则可以不殆，……”[③]国性在，即使亡了国也会复兴，国性若失，不亡犹亡。所以他在晚年还在告诫人们，“不要光谈主义，而忘了民族”[④]。这也是超然于现实政治之上的文化民族主义者在现代民族国家建构中所具有的一种独特眼光。

从现代文学史上来看，代表着鲜明的文化民族主义倾向的诗人当推20世纪二三十年代的闻一多。闻一多被朱自清称为是抗战之前“唯一有意大声歌咏爱国的诗人”。他的爱国不只是政治性的，更是文化性的。苏雪林也称他的诗中有一个“东方的灵魂”，诗中的一切都是完全彻底的东方化的，他是一位当时并不多见的在“西化”思潮占据主流的时代，以全部身心投入到中国文化的讴歌、吟唱中的诗人，这与他留学美国亲身感受到西方文化的弊端以及作为中国人寓居国外所感到的屈辱有关。创作初期的闻一多也是一个带有“新民”色彩的民族国家主义者，他认同郭沫若在《女神》中所讴歌的西方“动的文明”，在

---

① 严复：《严复集》，北京：中华书局，1986年，第330页。
② 章太炎：《现代中国思想家》，台北：台湾巨人出版社，1978年，第307页。
③ 章太炎：《现代中国思想家》，台北：台湾巨人出版社，1978年，第307页。
④ 章太炎：《现代中国思想家》，台北：台湾巨人出版社，1978年，第307页。

《西岸》中也通过东西方的对照，表达了到西方去寻找光明的愿望。但赴美之后，他的文化立场开始发生变化，由趋新崇洋转向“镇日痛诋西方文明”[①]。他开始褒扬东方文明的独特价值，认为它是一种精神性的而非物质性的文明，“东方人以和平安舒之生活为人生之成功”[②]，与西方竞争的文明迥然异趣，东方文明代表着一种和谐、雅致的文明。他为这种文明在现代的命运感到忧虑，对中国走西方式的道路表示异议，对时代的拜金主义、“崇强国、侮胜民”进行抨击。在《长城下之哀歌》中，他对于时人一说到中国就说“地大物博”等资源表示不屑，对把西方当作追赶目标表示愤慨：“你们夸道东方的日耳曼，你们夸道又一个黄种的英伦——哈哈！夸道四千年文明神圣，俯首帖耳地躲入狗党狐群！啊！新的中华吗？假的中华哟！同胞啊！你们才是自欺欺人！”所以他呼唤中华民族的列祖列宗起来作证，问背弃了祖宗文明的中国人还算不算中国人。“神圣的祖宗啊！事到如今，我常怨你们筑起着各种城寨，把城内文化的种子关起了，不许他们自由飘播到城外，早些将礼义的花儿开遍四邻，如今反叫野蛮的荆棘进城来。”

这时的闻一多是从一个唯美的诗人的角度来看待中国文化的，他认为“东方的文化是绝对美的，是韵雅的”[③]，而西方的近代精神“同我国的文化根本上是背道而驰的”，因此主张“恢复我们对旧文学的信仰”[④]。他是从文化、审美的角度来体认中国文化的，他笔下的中国是由东方的“诗魂”陶元亮、“诗仙”李白所代表的中国，是有着“四千年华胄的名花”所代表的中国。这种有着悠远的历史、逸雅的神韵的中国文化，成为诗人对抗西方物质文明的精神依托。在他的笔下，高度发达的西方近代文明的代表——美国呈现出这样一种面貌：“啊！那里是苍鹰的领土——那鸷悍的鹰王啊，他的锐利的指爪，已撕破了自然的面目，建筑起财力的窝巢。那里只有铜筋铁骨的机械，喝醉了弱者的鲜血，吐出些罪恶的黑烟，涂污我太空，闭息了日月，教你飞来不知方向，息去又没地藏身啊！”总之这种对中国文明——“静的文明”的赞颂是有其“反现代”的精神价值和审美意义的。至于闻一多后来的诗歌转向和自我否定，也不会降低他这些作品的

---

① 闻一多：《闻一多全集》第12卷，武汉：湖北人民出版社，1993年，第68页。
② 闻一多：《闻一多全集》第12卷，武汉：湖北人民出版社，1993年，第52页。
③ 闻一多：《闻一多全集》第12卷，武汉：湖北人民出版社，1993年，第123页。
④ 闻一多：《闻一多全集》第2卷，武汉：湖北人民出版社，1993年，第121页。

价值，因为这属于两个层面的问题。作为非功利性的唯美诗人的闻一多与作为政治改革者的闻一多在价值尺度上肯定会有变化，这是完全可以理解的，它类似于一种“可爱”与“可用”之间发生的矛盾和冲突。

如果说上述的以建立现代民族国家为目标的民族国家叙事构成了近现代文学的核心叙事，那么在此民族国家建构的宏大叙事之外，还存在着一种边缘话语，它们甚少意识形态色彩，关注的是一种生活世界中的中国，一种民族生活的自足、自在状态。他们偶一为之的民族国家抒怀也不同于主流叙事，如张爱玲的《中国的日夜》、沈从文营造出的“牧歌中国”等，这是一种个人感怀，是直接从日常生活中生发出来的民族国家认同。它们疏离于近现代文学中的核心话语，属于另一种审美个人主义的话语系统。

第二辑　现代篇

20世纪上半期文学史上民族主义理论的语境考察和语义分析

要探讨中国20世纪上半期文学史上的“民族主义”问题，首先要将“民族意识”与“民族主义”做一区别。“民族意识”是一种普遍存在于本时期文学史中的民族生存救亡意识。它与“世界主义”等文化价值取向并不构成直接对立关系。“民族主义”则是一种民族至上主义，它是在与“世界主义”等相对立的政治文化语境中发展起来的一种民族本位主义。本文所要做的是将本时期文学史上出现的民族主义理论纳入到其所产生的特定的社会政治、文化语境中，去考察其产生、发展、变化的过程及原因，对本时期文学史上出现的民族主义理论做一历时性的研究。不仅在政治的、阶级对立的语境中对之进行考察，而且更注重分析其在世界主义和民族主义对立的文化语境中所具有的特定的语意指向，以求对本时期文学史上出现的民族主义理论有一个全面的把握。

一、“外竞”与“内存”——20世纪初的两种民族主义思潮

近代中国内忧外患的民族生存危机的现实是民族主义思潮产生的特定背景。在此背景下，出现了两种具有代表性的民族主义思潮。一种以梁启超为代表，其民族主义的主张及理论主要见诸他写于1902年至1906年的《新民说》。《新民说》中的民族主义主要是作为一种民族国家救亡的政治文化策略而提出的。梁启超认为：“自十六世纪以来，欧洲所以发达，世界所以进步，皆以民族主义所磅礴冲激而成。……此主义之发达既极，驯至十九世纪之末，乃更进而为民族帝国主义。民族帝国主义者何？其国民之实力，充于内而不得不溢于外，于是汲汲欲求扩张权力于他地以我为尾闾，故今日欲抵挡列强之民族帝国主义，以挽浩劫百拯生灵，惟有我行我民族主义之一策，而欲实行民族主义于中国，合新民未由。”[①]而“新民”的目的在于让国民树立国家至上的观念，要求国民能达到“对于一身而知有国家”“对于朝廷而知有国家”“对于外族而知有国家”“对于世界而知有国家”的要求，可见他的民族主义的确切内涵即国家至上主义，而促使他提出这种国家主义的思想基础是社会达尔文主义的世界观。社会达尔文主义所提供给他的是一种人类群体陷入一场殊死的生存竞争的世界意象，在这样一个世界里只有强权没有公理，要想生存，只有使自己强大起来，以适应这个弱肉强食的世界。梁启超曾引普鲁士首相俾斯麦的话说：“天下所可恃者，黑铁而已，赤血而已。”[②]人类生存竞争的残酷性需要这种“铁血主义”“力本论”。梁启超在倡导他的民族国家主义时有一个主要的批驳对象，那就是在20世纪初也曾盛行一时的世界主义思潮。这个思潮的代表人物是李石曾、吴稚晖等，他们创办刊物，倡导无政府主义，号召进行“三纲革命”“孔丘革命”“祖宗革命”，推崇个体的人的绝对自由，以实现无政府、无国家的世界大同为奋斗目标。这种乌托邦主义的理想在当时的知识分子中产生过一定影响。章太炎也曾提出过“五无说”，并说：“国家之事业，是最鄙贱者，非最神圣者。”康有为也有他的《大同书》。虽则他们也自知所提出的是一个缥缈遥远的目标，但都表现出他们对国家主义的超越性。梁启超则在《新民说》对世界主义做了如下批评：

---

① 梁启超：《梁启超全集》第三卷，北京：北京出版社，1999年，第657页。
② 梁启超：《梁启超全集》第三卷，北京：北京出版社，1999年，第709页。

"宗教家之论，动言无国，言大同，言一切众生。所谓博爱主义，世界主义抑岂不至德而深仁者也，果可期乎？此其事或付之万数千年后，吾不敢知，若今日将安取之？夫竞争者，文明之母也，竞争之一日停，则文明进步立止。"梁启超信奉的显然是一种"唯实政治"，他的以"力"为核心的进化论的价值观与世界主义者以个人自由为核心的价值观形成了鲜明的对立。总之，梁启超的民族主义实质上是一种着眼于"外竞"的"大力国主义"，他缺乏的是一种着眼于内争的民权意识。他的"新民"设计缺乏存在于西方国民中的那种社会的自我和个人的自我之间的紧张关系，而这种紧张关系对近代民主国家国民的形成起着重要作用。梁启超的国民设计只具有单一的国家至上的集体主义价值取向，他的民族主义主要是作为一种政治策略提出的，可以说是一种政治民族主义，其目的是要利用国民的民族主义的情感力量来达到一种使国家富强的政治目标。梁启超的政治活动和文学活动正是围绕着这种政治目标展开的。

章太炎的民族主义思想与梁启超的截然不同。首先，他的民族主义是一种在中国进行种族革命的主张，他提出"华夷之辨大于君臣之义"[①]，所以他号召被压迫的汉民族起来革命，推翻清政府，复兴华夏。他的民族主义显然不同于梁启超的国家主义，他所要争的是汉民族的独立、自由和生存权。其次，章太炎的民族主义在面对西方政治文化的侵犯时采取的是一种文化民族主义的立场。他的具体主张是："用国粹激动种性，增进爱国热肠。"[②]以章太炎为代表的国粹派不仅擅长借经史为革命酿造激情，而且更关注中国传统文化的命运，他们把民族文化的危机视作是更本质、更深刻的危机，他们倡导国粹的目的在于"保种、爱国、兴家"。民族传统文化即"国粹"是作为其民族主义的内聚力在发挥作用的，所以章太炎等国粹派的民族主义带有明显的民族文化复古主义倾向。这种文化民族主义与梁启超政治民族主义的区别在于：梁启超把西方近代"争于力"的战国规则引进中国，想以其人之道还治其人之身，在中国推行一种国家至上主义；而章太炎的民族主义则是一种继承了中国传统的天下主义精神的文化民族主义，他关心的不只是本民族的生存，他还关心世界的、人类的命运。它不带有急近的政治功利性，而是作为一种文化信仰而存在的。这个时期，鲁迅的

---

① 章太炎：《辛亥革命前十年间时论选集》上卷，北京：生活·读书·新知三联书店，1960年，第278页。
② 章太炎：《光绪壬寅政艺丛书》政学编卷五，台北：文海出版社，1966年，第278页。

民族主义思想显然受了章太炎的影响,但与章太炎等国粹派的区别在于他只是把倡导“国粹”视为一种进行民族革命的策略而不是像国粹派将其视为信仰。鲁迅在《随感录·三十五》中写道:“从清朝末年,直到现在,常常听人说‘保存国粹’一句话。……志士说保存国粹,是兴复旧物的意思。”[①]所以清朝被推翻,进入民国后,他认为就没有再提倡国粹的必要了。在日本留学时的鲁迅,虽受章太炎的影响不乏文化复古主义的热情,但他与章太炎之间毕竟存在着由年龄、阅历、文化选择的差异所构成的代沟。这首先表现在他的民族主义对西方近代的“适者生存”的战国规则的认同,在这一点上他与梁启超的民族主义拥有同一个前提。但是他走的是与梁启超的民族国家主义相反的路子,即对于个体的人的强调,以“立人”来救国,以“立人”来兴邦,“立人”成为立国的前提,“立人”成为并列于国家民族之间的价值核心。那么鲁迅的民族主义理想是怎样的呢?他认为应该是“内既弗失固有之血脉,而外又不后于世界之思潮”的,以现代性为标志的开放性、独立性民族形象。由此可见青年鲁迅试图调和民族主义和世界主义的对立的努力。鲁迅从其独特的“立人”的文化民族主义立场出发,对当时流行的思潮进行了批判和剖析,这也是其文化民族主义产生的特定语境:“聚今人之所主张,理而察之,假名之曰类,则其为类之大较二:‘一曰汝其为国民,一曰汝其为世界人。前者慑以不如是则亡中国,后者慑以不如是则畔文明。’”[②]两者的缺陷都在于灭裂人的个性,使人丧失自我。那么这种“任个人而排众数”的民族主义的内凝力何在?用鲁迅的话来表达,它是一种“灵台无计逃神矢”的无从选择的血缘文化的规定性,一种个人之于民族的天然的感情认同和归属感。其外指性则表现为它以世界人的标准来要求中国人,以一种解放了的个人来使中国世界化,使中国这个特殊性向一般性转变,所以他的民族主义带有更多的世界主义的成分。鲁迅的民族主义秉承了近代西方的浪漫主义精神。罗素曾这样描述浪漫主义与西方民族主义的联系:“在革命后的年代,他们(指浪漫主义者)通过民族主义逐渐进到政治里,他们感到每个民族都有一个团体魂。在十九世纪上半期,民族主义是最有声势的革命原则,大部分浪漫主义者都热

① 鲁迅:《鲁迅全集》第一卷,北京:人民文学出版社,2005年,第321页。
② 鲁迅:《鲁迅全集》第八卷,北京:人民文学出版社,2005年,第28页。

烈支持它。”[①]《摩罗诗力说》表明了鲁迅与浪漫主义的密切联系，像“心声”“内曜”等都有其浪漫主义的源头，而“立人”之说则受启发于尼采的“超人”哲学，由此可知，鲁迅的民族主义具有极强的文化包容性。

二、“中国人”与“世界人”——“五四”时期的国家主义与世界主义

第一次世界大战民主阵营的胜利增强了中国人的“公理战胜强权”的信念。李大钊曾这样写道：“这回大战，有两个结果，一个是政治的，一个是社会的，政治的结果是‘大……主义’的失败，民主主义的胜利。……‘大……主义’就是专制的隐语，就是仗着自己的强力蹂躏他人、欺压他人的主义。有了这种主义，人类社会就不安宁了，大家为抵抗这种强暴势力的横行，乃靠着互助的精神，提倡一种平等自由的道理。这些道理表现在政治上，叫作民主主义，恰与‘大……主义’相反，民主主义的胜利，就是庶民的胜利。”[②]总之，一战中专制主义、军国主义的失败，使相信战国规则的社会生物进化论者得到了一个反证，而民主阵营的胜利则开始使人们对民主、科学、人道等西方近代价值观念产生进一步认同，并将其作为使中国人思想意识现代化的中心内容，这使得世界主义的倾向有进一步发展。鲁迅在《热风》中这样说：“许多人所怕的，是‘中国人’这名目要消灭，我所怕的，是中国人要从‘世界人’中被挤出。我以为‘中国人’这名目，决不会消灭；只要人种还在，总是中国人。譬如埃及人及犹太人，无论他们还有国粹没有，现在总叫他埃及人、犹太人，未尝改了称呼。可见，保存名目，全不必劳力费心。”[③]鲁迅所担心的是“中国人”要从“世界人”中被挤出，那么当务之急，也就是要实现中国人的世界化。在“中国人”的观念与“世界人”的观念发生冲突的时候，鲁迅显然是将“世界人”的观念推到了首位，甚至强调到了忽略一个民族其所应具有的自身文化特性的程度。发生于 1919 年的五四运动是将爱国者和思想、文化革新者集合在一起发出的合唱，反帝运动告一段落之后，就出现了分化：与世界主义相对抗的国家主义思潮开始兴起。国家主义主张国家至上、民族至上，它主要是作为一种政治思潮出现的。它的宗旨是“本国家主义精神。

---

① [英]罗素著，何北武、李约瑟译：《西方哲学史》上卷，北京：商务印书馆，1963 年，第 216 页。

② 转引自《中国现代文学史料摘编》上册，北京：北京出版社，1985 年，第 23 页。

③ 鲁迅：《鲁迅全集》，北京：人民文学出版社，2005 年，第一卷第 323 页。

采全民革命手段，以外抗强权，力争中华民族之独立与自由，内除国贼，建立全民福利国家”[①]。“五四”时期影响较大的知识分子团体“中国少年学会”即带有浓厚的国家主义色彩，发表过大量新文学作品的《学灯》副刊也倾向于国家主义。国家主义的兴起在特定环境中是对当时兴盛的个性意识、阶级意识的对抗，国家主义在文化思想上主张：“消极地纠正个人主义、家族主义、部落主义、阶级主义，积极地建设组织化、纪律化、科学化、民主化的现代国家精神。”[②]它与梁启超在《新民说》中倡导的民族国家主义颇有相承之处。国家主义在青年学生中产生过较大的影响，它以“强国梦”的理想激动了弱国子民的心，具有极大的号召力。《醒狮》杂志作为他们的机关刊物曾这样表述其刊物命名的用意：“国人因对外之屡败，而怀疑民族本身，不觉自疑为劣等，而应受天演之淘汰。国人有鉴于此，因是特标醒狮主义。”20 世纪二三十年代文学中有比较明显的国家主义色彩的诗人、作家是闻一多和老舍。闻一多对“五四”浪漫主义文学中个性意识的反拨，及其诗作中鲜明的民族主义倾向是不难发现的，典型的如《我是中国人》等，更不必说他还曾参与组织过一个国家主义派的团体“大江社”。而老舍的创作也始终存在着一种民族、国家至上的观念。他写于 20 世纪 30 年代的寓言体小说《猫城记》可以说是一部较典型的国家主义文本，其中对“马祖大仙”和“红绳军”的讽刺，对个人利己主义、颓废派的批判都表明了他的民族国家主义的态度。书中以死来唤醒国人觉悟的“大鹰”，正是作家所推崇的民族主义英雄。

三、对 20 世纪 30 年代“民族主义文艺运动”的再考察

1930 年出现的“民族主义文艺运动”，一向被认为是一场由国民党官方操纵的、旨在抵制左翼文艺运动的法西斯主义的文艺运动，做出这种判断的依据是当年鲁迅、瞿秋白、茅盾对他们的批判和指控。今天看来这种批判与指控有一种当时局内人难以摆脱的简单化倾向，对“民族主义文艺运动”的评价有欠公允之处。首先，我们需把这次文艺运动的产生纳入到它特有的历史背景中去，也就是了解其理论话语产生的语境。我们就会发现，“民族主义文艺运动”并不

---

① 转引自《中国现代政治思想评要》，北京：华夏出版社，1996 年，第 805 页。

② 转引自《中国现代政治思想评要》，北京：华夏出版社，1996 年，第 103 页。

只是统治者排斥文坛异己的策略，也是当时日益激化的民族矛盾在文学中的反映。20世纪二三十年代的中国是民族矛盾与阶级矛盾冲突都非常剧烈的年代，1925年五卅惨案的发生，就激化了中国与帝国主义的矛盾。1931年的九一八事变和1932年就发生在上海的"一·二八"事变，更使中日民族矛盾冲突到了一触即发的地步。"民族主义文艺"的提倡者沙亚所写的《第二次世界大战爆发前的中国文学》，正表明这种文学主张的产生与二战前夜的民族生存危机感是有直接关系的，所以它的提出有其客观的社会基础，不乏合理性，并且它所倡导的民族主义情感与当时统治者"攘外必先安内"的既定国策也有冲突之处。这从其对"一二·九"抗日救亡运动的态度上就可看出它与当时政府当权者的距离。与此同时，20世纪30年代中国社会的阶级矛盾也处于一种极端激化状态。1927年的"四一二"反革命政变，使阶级矛盾显现为公开对峙，共产党走上了武装革命的道路，成为在世界共产党组织中除苏联之外唯一拥有军队的共产党组织。从世界文化背景来看，20世纪30年代是世界范围内的"红色三十年代"，马克思主义的文化影响达到鼎盛时期，国际共运也高潮迭起。这种潮流影响到中国，也就出现了声势浩大的左翼文化运动。中国的左联与国际共运有密切联系，有时甚至直接接受共产国际的指令。左翼文化的无产阶级国际主义价值取向使其倾向于将民族问题分解、转化为阶级问题，因而认为"世界上没有单纯的社会组织，所以被压迫民族本身内也一定包含着至少两个在斗争的阶级——统治阶级与被压迫的工农大众。这种状况下，民族主义往往变成了统治阶级欺骗工农的手段，什么革命意义都没有了。……至于在中国，民族文学的口号完完全全是反动的口号"[①]，鲁迅也在答文艺新闻社记者问时如此说明日本占领东三省的意义："这在一方面是日本帝国主义在'膺惩'他的仆役——中国军阀，也就是'膺惩'中国民众，因为中国民众又是军阀的奴隶；在另一方面，是进攻苏联的开头，是要使世界的劳苦群众永受奴隶的苦楚的方针的第一步。"[②]然而鲁迅关于日本进攻苏联的预言并未言中，他犯了"远视"的毛病，忽略了迫在眉睫的中国的民族危机。左联虽也曾在九一八事变后连续发表了《告国际无产阶级及劳动民众的文化组织书》和《告无产阶级革命作家及一切爱好文艺的青年》的公告

① 转引自《中国现代文学史料摘编》下册，北京：北京出版社，1985年，第103页。
② 鲁迅：《鲁迅全集》第四卷，北京：人民文学出版社，2005年，第318页。

信,但都是诉诸共产国际社会,并没有意识到民族矛盾将要上升为中国社会的主要矛盾,这表明左联有严重脱离中国现实的教条主义倾向。直到 1936 年,周扬又将在苏联提倡的"国际文学"口号直接拿到中国,并断言以后的文学只有两派即"国防文学"和"汉奸文学",其他各种复杂派别都要被消灭了,这就引发了他与鲁迅提出的"民族革命战争的大众文学"的激烈论争。总之,左联的历史功绩不容低估,但它所存在的极左的教条主义的倾向也很明显,他们只看到了民族主义与国际主义的对应,没有看到在特定情况下两者的统一,因此把民族主义文学运动单纯地看作国民党官方企图剿灭左翼文化的政治行动,而对日益迫近的民族生存危机和民众中日益高涨的民族主义情绪估计不足,这构成了它的历史局限性。其次,"民族主义文艺运动"是一个倾向性比较复杂的文艺运动,提倡者之间的观点不尽统一,并进行过争辩。总的来说,它大致可分为两个层面:第一个层面是一种政治民族主义,以潘公展、傅彦长、林振铺、王通权,何遒黄等人的观点为代表。这些人大都有国民党的官方政治背景,他们提倡"民族主义"或"三民主义"文艺具有较直接的政治目的,即抑制左翼文学等其他文学派别。他们强调三民主义文学的排他性(林振铺),强调文学的宣传性、通俗性和政治功利性(王通权),意在通过民族主义文学的提倡建立起一种主宰文坛的"民族中心意识"(傅彦长)(以上所列观点均见诸吴原编《民族文艺论文集》),形成一种直接服务于政治的文化专制主义。"民族主义文艺运动"宣言中也提出"民族主义文艺的充分发展,一方面依赖于政治上的民族意识的确立,另一方面也直接影响于政治上的民族主义的确立"①。总之,这种民族主义就是梁启超民族国家主义观点的继续,它以民族、国家的生存为由让人们付出个性独立、思想自由的代价。所以它在当时多元文化并存的环境中,不仅遭到了来自左联的无产阶级国际主义的批判,而且也受到了自由主义者如梁实秋的抵制和反对。但"民族主义文艺运动"还有另一个层面,即文化民族主义的层面。这个层面以周子亚、忆初、许尚由、程景颐、马星野等人的观点为代表。他们一方面强调文学要具有民族意识、个性意识,阶级意识要向民族意识转换;另一方面又强调文学之为文学的特性,反对将民族主义文学政治工具化。他们将民族主义与国家

① 转引自《民族文艺论文集》,杭州:正中书局,1934 年,第 136 页。

主义做了明确的区分，认为“由于血统、生活、语言、宗教以及风俗习惯等方式相同，而形成民族；由于武力的克服，而造成国家”。民族主义的最后目的，是使“人类趋于和平大同的境遇”。“而国家主义则是拿国家来欺骗民众，使他们都做富国强兵的梦，而结果只是徒然地牺牲。”[①]他们痛感20世纪30年代文学中民族意识的淡薄，因而提出民族主义文学应从民族学、社会心理学和民间文艺中吸取营养，表现一种中国的民族文化精神，这都不乏合理之处。另外，如杨民威的《中国的建筑与民族主义》等文章，也是值得肯定的民族化探索。总之，它可以视作对20世纪30年代过于西化的文化倾向的反拨。最后，评价“民族主义文艺运动”应将民族主义文学提倡者与创作者做一个适当的区别。从事所谓“民族主义文学”写作的作者黄震遐、万国安都是信奉“铁血主义”的青年军人，他们缺乏基本的民族文化意识，只是被一种非理性的偏狭的民族主义情绪所推动的写作者。法西斯主义对他们有一定的吸引力。蒋介石虽曾将三民主义的民族主义与法西斯主义做了明确区别，但他也将法西斯主义视为“进化阶段中统治最有致能者”[②]，他看中的是德国国社党统治力量的强大、令行禁止、绝对独裁。黄震遐的《黄人之血》和万国安的《国门之战》都带有一种偏狭的仇外的极端民族主义情绪，但应该看到他们的民族主义本质上仍是弱者的自卑而转变成的自狂、自卫，而非侵略者的那种法西斯主义的扩张。他们所宣扬的那种尚武的嗜血的残暴，与中国传统的民族文化精神相去甚远、背道而驰。如万国安小说中写的行刑者斧劈俄国间谍的复仇的快感，实在是一种悖逆人性的描写。这种无根的民族主义文学在中国的命运也就可想而知了。梁漱溟先生曾这样说过：“历史上中国的发展是作为一个世界来发展的，而不是作为一个国家。”[③]中国的传统文化是一种天下主义的文化，它不是国家至上、种族至上主义，而是文化至上主义，它关心的是天下、人类的问题。所以中国的知识分子对世界主义的文化倾向比较容易接受，这只是他们“天下”的概念有所扩大而已。中国不像欧洲国家那样有一个在混战中民族立国的阶段，也不像日本长期以来养成一种自觉的强烈的民族生存至上的意识，只是在近代民族生存受到直接威胁的情形

① 转引自《民族文艺论文集》，杭州：正中书局，1934年，第69页。
② 蒋介石：《蒋先生在国民会议上的讲话》，《国民会议实录》，1931年，第660页。
③ 梁漱溟：《梁漱溟学术论著自选集》，北京：首都师范大学出版社，第332页。

下，才由"天下主义"退居"民族主义"，"以谋公益而御他族"，以民族意识来对抗西方的民族扩张主义，所以就出现了民族主义的思潮。然而民族主义须与民权主义、民生主义并举，构成一个有机体。"民族主义文学"的提倡者，只倡民族主义不及民权主义、民生主义，甚至损害民权主义、民生主义，那就会走上一种民族国家专制主义。

四、"争于力"的世界——20世纪40年代战国策派对中国文化的民族国家主义改造

抗战时期是中国民族意识空前高涨的时期，日寇的入侵激发了中国人的民族主义情感，也使民族意识成为超出于个性意识、阶级意识之上的中心意识，但它并不是能够单独存在的。从世界反法西斯主义的眼光来看，中国的抗日战争还是人道的、民主的、文明的阵营同野蛮的、专制的法西斯主义阵营的决战。因而其民族主义的价值指向应与民主主义、世界主义倾向是同一的。与之相反的是，抗战时期汉奸们的"大东亚主义"民族观，却以抹杀、化解"民族主义"为特征。汉奸组织"新民会"的头子缪斌是这样建构他的汉奸理论的："'有德此有土'，站在新民立场上讲民族主义的话，那就不是国家的民族主义，而是天下的民族主义。天下之民只有教化不同，没有类别不同，车同轨、书同文，用文化使天下之民化为一民，使天下之土化为一土。"[①]这显然是一种为侵略者张目的"大东亚共荣圈"的中国版。周作人提出的所谓"道义之事功化"的口号也只是为自己的附逆所做的辩解和开脱，其欺骗性、荒谬性毋庸多言。民族意识的强化，促使抗战文艺界开始进一步探讨使中国新文学民族化的问题，并由此展开了"民族形式"问题的讨论。向林冰提出"民间形式"是民族形式的中心源泉，将五四新文学视作一种"畸形发展的都市的产物"。因为中国社会的变革动力在人民大众中，所以"如果脱离了中国社会变革动力的理解，如果抹杀了主导契机和从属契机的差别，则必然在文艺运动的政治实践上导出偏向来"[②]——显然这种极端的民族化立场已与文学的世界化、现代化构成了对立，所以它受到了大多数人的反对。但利用民众喜闻乐见的形式进行文学创作，以求使其切实地服务于

---

① 转引自《中国现代政治思想评要》，北京：华夏出版社，1996年，第668页。

② 转引自《中国现代文学史料摘编》下册，北京：北京出版社，1985年，第103页。

当下进行的抗日民族战争，确乎是一种时代的需要，也是对新文学过于欧化倾向的反拨。与上述民族主义倾向相异的，是 20 世纪 40 年代出现的战国策派的极端民族主义立场。首先，战国策派以一种非道德化的态度将二战时期界定为一种“争于力”的战国时代。“国与国之间，只有强权，没有是非。”由此，一个民族、国家如要生存，就必须适应这种残酷的生存竞争，否则就只能灭亡。因此，他们信奉一种“唯实政治”和“尚力政治”，因而形成一种与世界主义对立的民族国家主义立场。这种立场与 20 世纪初梁启超的立场一脉相承，它是一种“一报还一报”式的应激型的民族主义。其次，他们受斯宾格勒等文化形态史学研究的影响，试图在中国引进与建立一种“文化形态史学”，并由此推导出“战国时代重演论”，为中国由“大一统文化”向“战国文化”的转变开出药方。斯宾格勒的文化形态史学打破了西方史学传统的欧洲中心主义和直线进化观，重视对不同文化形态的个性研究，这投合了战国策派意图建立民族主义文化形态史学的需要。他们通过对中国文化形态的考察，提出了以下几个主要观点：一、中国文化如要适应战国时代的需要，首先要完成从“无兵的文化”向“兵的文化”的转变，即“我们的观点是恢复战国以上文武并至的文化”，打破“大一统时代”偏重文德的畸形文化。二、张扬“强力意志”和“英雄崇拜”，以完成从“个人的狂飙到民族的狂飙”的转变，他们受尼采的唯意志论的哲学影响较大，弘扬倡导一种个人英雄主义精神。三、建立“民族至上、国家至上”的观念，强调个人对民族、国家的绝对服从，并由此出发对“五四”以来的个性主义文化进行了批判。

总之，战国策派的主张作为战时的文化构想，也有其合理的因素。如他们对国家实力的强调，对传统文化消极面的剖析和批判，在今天也不失其参考价值。但其局限性也相当明显：首先，他们昧于世界大势，看不到“历史向世界历史转换”的主导潮流，以非道德、非理性、非历史的眼光来看待 20 世纪 40 年代的侵略与反侵略，民主与专制的战争一味陷入对非理性的“力”的崇拜之中，对历史的发展做了错误的判断。其次，乍看战国策派的文化主张在某些方面与青年鲁迅的思想有某些相似之处，实则两者有极大差异。鲁迅主“文化偏至”，倡“立人”学说，旨在养成“独持我见，不合众嚣”的个人，他将此视为立国之本，而战国策派的个人则是“国之爪牙”，它要求的是个人对国家民族的绝对忠诚，这只能导向一种带有国家主义色彩的个人英雄主义，如陈铨《野玫瑰》中的主人公。所以战国策派反民主的倾向在客观上适应了国民党压制民主的统治需要，因此，它一出笼就受到了来自民主进步的文化界的批判。

综上所述，我们可以看到20世纪上半期中国文学的主流是包含了世界主义在内的民族复兴文学，将它称为有鲜明民族意识的世界主义文学也许更合适，它代表着中国文学走向世界化、现代化的趋势。与此相应的是，与世界主义文化价值取向相反的、极端的民族主义文学主张一出现，就会受到主流进步文化界的批判与抵制。从20世纪初梁启超的民族国家主义到20世纪20年代的国家主义思潮，再到20世纪30年代的民族主义文学，直至战国策派的民族文学，命运都是如此，这表明纯粹的、极端的民族主义主张在中国缺乏它们生长的土壤。因此，对中国20世纪文学的世界化、现代化趋势应有明确的认识。美国后现代主义文化批评家杰姆逊将鲁迅的小说单纯解读为一种“民族寓言”，就包含了对鲁迅小说中鲜明的世界主义倾向的忽视。再者，在评价本时期文学史上出现的民族主义思潮时，应尽量做到客观公正一点，首先要将其与宣传“种族优越感”具侵略扩张性的“法西斯主义”做必要的区别。中国的民族主义是一种自卫、应激型的民族主义，它的走向极端会导致一种专制主义，会导致以民族国家的名义对个人权利的剥夺和压制，这是应予警惕的民族主义的负面效应。但民族主义作为国家与社会共同体的凝聚力的功能意义也非常重要，特别是一种开明的民族主义、文化的民族主义，是为本民族的生存发展所必需的，它可以对“民族文化虚无论”者的过于“西化”倾向起到反拨作用，消除过于膨胀的个人主义所造成的国民与国家的疏离。但也应该避免因急于同西方文化分庭抗礼而导致的狂热、盲目的民族主义情绪。在个人自由精神匮乏的情况下，民族主义的负面效应就会失控，就会暴露无遗，所以这都是需要谨慎提防的问题。

中国现代文学的“三分格局”与文学的现代性进程

中国现代文学史上的“雅”与“俗”之辨，并非是一个单纯的美学范畴的问题，还是一个历史和文化范畴的问题。在由传统向现代转型的文化整合时代，崇“雅”抑“俗”背后的文化价值取向是怎样的？特别是在“五四”以后追求现代的文化文学潮流中，“雅”与“俗”的内涵与传统相比有了哪些根本性的变化？身处不同的历史文化语境中的人们关于“雅”“俗”判断的不言自明的“默会共识”是什么？这些都是值得深入考察的问题。本文试图将中国现代文学中“三分格局”的形成，放在“现代性”这一历史、文化语境中来考察，着重要揭示的是文化的“现代性”指向是如何深刻地影响了文学的发展，并推动文学的现代化转换的。

一、五四新文学的理念和“雅”与“俗”的颠覆与再造

“五四”时期文学革命所确立的新文学理念，是在一系列非此即彼的二元对立中进行论证的：雅与俗的对立、新与旧的对立、人与非人的对立、东西文化的对立等，彼此纠结，难以分开。

在中国传统文化中，“雅”有两个源头：一是来自儒家传统，以“六经”为宗，以“仁”统摄六艺，强调“文以载道”，高度重视文艺的道德教化功能；一是来自道家传统，强调“雅”就是清通绝逸、潇洒出尘，是与世俗社会相对立的一种异于凡俗的超脱之美，一种纯艺术的精神体现。除此之外的出自民间的世俗俚曲和以娱乐消遣为旨趣的志怪传奇等也就归之为“俗”了。在传统文化中，这种“雅”“俗”之辨相对来说是比较静态的，具有一定的确定性。进入现代之后，“雅”与“俗”的具体内涵则发生了根本性变化，对传统的价值重估，引发了对“雅”的传统内涵的彻底颠覆，由此产生的是一种现代性语境中的三分天下的文化格局，即“严肃文学”“纯文学”和“通俗文学”三种文学形态的并存状态。其中“严肃文学”在此文学格局中所担负的角色和发挥的文化功能正是以前“儒”所担负的，它将儒家对现实伦理和社会生活基本问题的关注继承下来，以“现代性”的社会政治道德理想取代儒家的基本价值观念，表现出一种来自西方启蒙文化的政治道德理想主义诉求。它是以“为人生”“而且要改良这人生”[①]作为其文学纲领的，可以说是一种自觉地投身于对社会的现代性改造的“文以载道”的文学。“纯文学”在此三分文学格局中所担负的角色，则与道家反世俗的超越姿态有某种相通之处，具有一种为艺术而艺术的唯美气质，一种崇尚心灵自由的创造精神。与传统相比，其更关键的现代性转换是这种个性自由精神由传统的宗教境界向凡俗的现实境界的转换，它代表的是现代性文化中的个人独立、自由创造的新的人文主义价值诉求。而现代“俗文学”的产生背景，则由原来的市井、乡土、民间转向西化的、以殖民地畸形繁荣为表征的现代都市，都市市民、世俗生活成为其产生的主要来源和消费市场；它具有都市流行文化的性质，是一种现代早期的消费文化。三方都在现代性文化大背景下出现，彼此之间时有冲突，如“严肃文学”就被崇尚“纯文学”的作家说成是“道学头巾气”十足，“纯文学”的浪漫、唯美、个性张扬之风在“严肃文学”看来有着太多虚浮的“才子气”，而在“五四”时期，这两派尚未分化，他们都是在“人的文学”的旗帜下，共同扫荡他们所排斥的“俗文学”所主张的娱乐中心、犬儒心态和小市民习气的。

20世纪“严肃文学”的起点应从梁启超发起的“小说界革命”说起。在此

---

① 鲁迅：《我怎么做起小说来》，《南腔北调集》，南京：译林出版社，2014年，第87页。

时，小说是作为一种最佳的通俗教育工具而被维新者提上议事日程的："欲改良群治，必自小说革命始；欲新民，必自新小说始。"[①]只不过在他们那里"有用"（以不可思议之力支配人道）和"最好"（藏之名山的审美艺术价值）还没有画上等号，虽然他们提出"小说为文学最上乘"的口号，但他们心目中"雅"文学的标准仍然是"古典"的、"纯艺术"的，而并未像"五四"时期的人们那样对于现代审美价值予以认同和接受。例如，梁启超就对其个人创作的永久性价值做了极为低调的评估："吾辈之为文，岂其欲藏之名山，俟诸百世之后也？应于时势，发其胸中所欲言。然时势逝而不留者也，转瞬之间，悉为刍狗。况今日天下大局日接日急，如转巨石于危崖，变异之速，匪翼可喻。今日一年之变，率视前此一世纪犹或过之。古今之为文，只能以被之报章，供一岁数月之道铎而已，过其时，则以覆瓿焉可以。"[②]虽然看到时代历史对于文学的主宰性作用，但梁启超并未将此视为是文学的"本质"，也就是说，他认为在文学的政治、历史价值之外，还有某种超时代、超历史的审美标准，所谓"藏之名山"的意义也正在于此。

而到了"五四"文学革命时期，文学的时代性、历史性使命则被强调到了空前的程度。胡适直接将文学与历史合二为一，从而倡导他的"历史的文学观念"。他的文学进化观的主要论点就是："文学乃是人类生活状态的一种记载，人类生活随时代变迁，故文学也随时代变迁，故一代有一代的文学。"[③]正是这种文学与时代、历史的联姻，使得"新文学"具有了前所未有的使命感和历史意义。"严肃文学"的所谓"严肃性"也正体现于此，"新文学"的产生是由于对"新社会""新时代"的呼唤而被推上历史前台的。"五四"之所以能完成梁启超们所未能完成的文学革命，在于一种深层的价值观念、审美意识的变革。"新文学"作为一种"人的文学"的规范的确立，其取舍标准是非常严苛的，周作人几乎把所有的传统文学都否定掉了，都斥之为"非人的文学"。那么"新文学"应该是什么样的呢？按照周作人的说法是："用这人道主义为本（个人主义的人间本位主义）对于人生诸问题，加以记录研究的文字，便谓之人的文学。"[④]这是从文化价值理念层面对新文学提出的要求。由此"新文学"所担负的历史使命就是要"辟

---

① 梁启超：《论小说与群治之关系》，《二十世纪中国小说理论资料》第一卷，北京：北京大学出版社，1997年，第50页。
② 梁启超：《饮冰室文集》原序，《梁启超年谱长编》，上海：上海人民出版社，2009年，第193页。
③ 胡适：《文学进化观念与戏剧改良》，《胡适文萃》，北京：作家出版社，1991年，第49页。
④ 周作人：《人的文学》，《中国新文学大系·建设理论集》影印本，上海：上海文艺出版社，2003年，第196页。

人荒”,周作人就此发出惊世骇俗的议论:中国人“生了四千余年,现在却还讲人的意义,从新要发见‘人’,要‘辟人荒’也是可笑的事。但老了再学,总比不学该胜一筹罢”[①]。这种现代的“新人理想”是从未来汲取诗情的,“人的启蒙”是为了建成人类历史上从未有过的“第三种时代”:人的时代,这种“人”是以与现实中的人和世俗生活的对立和超越来确证自身的。

作为宗教性礼教文化的对立面,现代性文化的总体趋势突出地表现为一种脱离传统之后的世俗化倾向,即由传统的“天下意识”进入到以世俗化民族国家的建构为中心来进行现代文化整合。其主要特征在于,它们都是立足于现世的、此岸的、世俗化生活的基础上来进行价值意义的建构的,而不是像传统宗教性文化那样立足于“天理”“来世”或“彼岸”。要救亡图存造就一个合理的“新社会”,需要的也正是这种现代“世俗化”的信仰和道德。正如美国汉学家亚瑟莱特说:“对于中国和其亚洲邻国而言,民族主义以及能给人以物质上,而不是精神上自救指望的另一种‘世俗信仰’,才是今日之大趋势。”[②]五四新文化运动可以说是提供了这种推进中国文化精神现代化的“世俗信仰”,它是一种立足于将现代化的社会理想变为现实的宏大理想,其现实超越性体现为从“入世”的事业,即对现实社会的理想主义改造中,实现崇高的精神追求。从神学的观点看,这种精神超越方式可称为“世俗运动”的神圣化。

五四新文学提倡者对于自然状态的混乱无序的现代文化现象,采取的是一种批判性重造的态度。“新文学”不同于其时代的“旧文学”之处,也正在于它强烈的社会关怀和鲜明的道德立场,如周作人论中国旧戏之当废的理由:“第一,我们从世界戏曲发达上看来,不能不说中国戏是野蛮。……旧戏应废的第二个理由,是有害于世道人心。”[③]来自首倡者的强烈的社会政治道德关怀,使“新文学”将文学的认识和教育功能置于文学的首位,而排斥文学的消遣娱乐性、贬抑文学的“纯艺术性”,这也是它被称作“严肃文学”的原因所在。这种“破旧立新”“尚雅鄙俗”的文化倾向使其担负起了在传统向现代转型之际进行价值、道德重建的使命。从文学研究会时期对鸳鸯蝴蝶派和“黑幕小说”的批判,就可以

① 周作人:《人的文学》,《中国新文学大系·建设理论集》影印本,上海:上海文艺出版社,2003年,第194页。
② 转引自[美]克里斯蒂安·乔基姆著,王平等译:《中国的宗教精神》,北京:中国华侨出版公司,1991年,第83页。
③ 周作人:《论中国旧戏之应废》,《中国新文学大系·文学论争集》影印本,上海:上海文艺出版社,2003年,第419页。

看到其对这种“俗”文学的批判并不局限于文学自身，而是对民国初年由政治黑暗而导致的人心萎靡、庸俗、卑琐、犬儒气十足的社会文化现实的一种激烈反应，它是由“新民”进而到“新人”的现代性社会改造工程的进一步发展。文学研究会强调的是“将文艺当作高兴时的游戏或失意时的消遣的时候，现在已经过去了。我们相信文学也是一种工作，而且又是于人很切要的一种工作。治文学的人，也当以这事为他一生的事业，正同务农一样”[①]。显然这里的“为人生”是要服务于人生的应然状态，而非人生的现存状态的，它追求的目标是人生的合理化。所以“为人生”的文学并不是一般性地表现现实的人生，而是要服务于其改良人生的最终目的。所以茅盾后来又做了进一步的说明：“文学家所欲表现的人生，决不是一人一家的人生，乃是一社会一民族的人生。不过描写全社会的病根而欲以文学小说或剧本的形式出之，便不得不请出几个人来做代表。”[②]周作人的选择也是非常明确的，在《新文学的要求》一文中，他从历史的角度对历来的文学主张进行考察，并将其归纳成两派：一是人生派，一是艺术派。他认为这两派在文学发展上各有存在的理由，但想从文艺上得到精神粮食的人却不能不决定趋向，所以他选取了“为人生”的艺术派。因为他认为：“背负过去的历史，生在现今的境地，自然与唯美及快乐主义不能多有同情。这感情上的原因，能使理性的批判更为坚实，所以我们相信人生的文学，实在是现今中国唯一的需要。”[③]

“严肃文学”与“纯文学”的冲突主要是以“新文学”内部文学研究会和创造社之间的冲突来体现的。这表现在文学研究会的出发点是社会，创造社的出发点是自我，一是理性主义的社会改造，一是个性张扬的自我表现。前者强调的是一种理性的进步，后者强调的是一种人性的自由。具体到文学的功利性上，前者是一种推动社会变革的直接功利性，后者则是一种强调文学的“无用之大用”的淑世的审美主义。但初创时期的“新文学”的划分标准主要还是“新旧之分”，因而事实上形成了不同于旧文学的新的文学同盟，“新文学”既以“为人生而艺术”的“人生派”为主导，也包括了所谓“为艺术而艺术”的浪漫派、唯美派、

① 茅盾：《〈中国新文学大系·小说一集·导言〉》，上海：上海文艺出版社，1935年，第3页。

② 佩韦（茅盾）：《现在文学家的责任是什么？》，原载1920年1月10日《东方杂志》第17卷第1号，见《中国文学史资料全编·现代卷·鸳鸯蝴蝶派文学资料》下，北京：知识产权出版社，2010年，第651页。

③ 周作人：《新文学的要求》，《中国新文学大系·文学论争集》影印本，上海：上海文艺出版社，2003年，第142页。

象征派等，它们是作为中国传统文学、俗文学的对立面而出现的，主要受西方近现代文学影响的“新文学”。这种“新文学”正表现为世界范围内的两种激进的现代性的社会政治文化和反叛性的审美文化的纠结。

对于文学的“现代性”追求并不限于20世纪中国的一时一地，而是一种世界性的文学现象。拉美作家奥克塔维奥·帕斯(Octavio Paz)在20世纪末回顾、反省世界文学所走过的“现代性”历程时这样说过：

> 现在我们正经历从一产生就构成现代的这两种思想的崩解，它们就是：把时间看作向着日益美好的未来直线地持续延伸的观点和将变化作为时间持续的首要形式的观念。这两种思想都已化作我们关于历史的走向进步的观念；社会在不停地变化，有时是以暴力的方式，而每一次变化都是一种前进。典型的时间已不再是过去及其虚幻的黄金时代，而时间以外的时间，天使与魔鬼、良知与罪孽的永恒都已让位于对进步的崇拜。希望之地属于未来。在政治活动的范畴，变化表现为革命思想，在文学艺术领域，则表现为新艺术概念，它建立在与最后的过去决裂的基础之上。今天，未来已不再是一种吸引力，使其得以维持并获得证实的时间概念正渐渐消失。……现代艺术是作为对法国大革命的回答而产生的——既是回声也是反驳——从而开创了现代派的先河：它的命运已经与革命思想融为一体。[①]

衡诸20世纪中国文学中的现代性，其基本内涵也不外乎这两个方面：社会现代性和审美现代性。这种“现代性”的两翼表现在具体的创作实践中，便催生了一种新理念、新格调的“新文学”的出现，其与“俗文学”的根本性区别在于：它代表的是一种现代知识分子的精英文化，是一种政治和艺术上的“理念人”“主义人”的文化，而后者代表的是市民文化，可称之为一种“世俗人”“家常生活中人”的文化。与“新文学”相比，它们明显缺乏一种“追求现代”的自觉，而是更注重满足读者的兴趣和需要，更倚重于市民阶层的常识、常情以及个人的直接

① [墨]奥克塔维奥·帕斯著，赵振江译：《批评的激情》，昆明：云南人民出版社，1995年，第4页。

经验来进行写作。

从宽泛的意义上讲，现代文学作为一种出现在“现代”的文学现象，它所表现的就是自觉或不自觉地处身于“现代”的人的复杂多样的生活经验、生存体验。而五四新文化运动及其所发起的文学革命，作为对现存状态的不满、批判和超越，将“现代”塑造成一个具有明确规范性的观念，这种“现代”就成为一种信念化、理想化的“现代”，这种“现代”就构成了一种属于未来的理想，一种神圣化的目标。它通过对世俗化日常生活的批判来确证自身，表现出把一种把被动的“原生现实状态”导向“理想状态”的努力，它从形而下和形而上两重层面上重建现代人的生存价值和意义，以此填充传统瓦解后的价值匮乏和意义空缺。所以不管是倡导“启蒙”和“革命”的改造主义的社会现实主义文学，还是倡导“为艺术而艺术”的“纯文学”，都代表着一种拒绝认同生活现存状态的主动创造性，所以“新文学”精神就突出地代表着人们能动地创造历史、创造艺术的追求“现代”的进取心。而“俗文学”所缺乏的恰恰是这种整体性的改造社会的理想和“为艺术而艺术”的审美主义信念，它的核心目的在于消遣和娱乐，是根据世俗现实生活中的读者需要来进行写作的。

与“新文学”相对的“俗文学”之所以被排除于“新文学”之外，主要在于它缺乏一种理念上的推动“现代”的自觉和摇摆于新旧之间的不彻底的人生观、文学观，即以鸳鸯蝴蝶派为例，它不乏一些新的、现代的文学质素，与西方浪漫传奇文学也有较密切的关系，关键在于它主要表达的是一种处于新旧交替时代的人的一种心灵情感上的矛盾和困惑，一种价值、道德立场上的模棱两可。他们缺乏一种“一边倒”的决绝与自信，更缺乏一种能动地创造历史、改造社会的使命感和乐观精神；他们往往疏离应然原则，转而注重实然的生活经验。以包天笑的《补过》为例：小说中的大学生爱上了不识字的杂货店主的女儿，始乱终弃；然而他最终又感到愧疚，又返回寻找被他抛弃的情人，并最终结合。若该小说停笔于此，也可以说是有托尔斯泰《复活》的影子，可以归之为表现人性的忏悔与回归的“新文学”。然而作者又接着写两人结婚之后，家庭生活极不融洽，这个女子没有文化，缺乏教养，粗鄙不堪，令男主人公非常苦恼。所以小说最后点题，说他“补了一个过，又留下一堆恨”。作者关注的是一种理念与现实之间的冲突，是根据生活经验去消解匡正某种时代理念，自然就缺乏一种鼓舞人去改造现状的力量。鸳鸯蝴蝶派在道德立场上大都是比较保守的,包天笑曾这样概括他的创作宗旨:“提倡新政制,保守旧道德。”[①]所谓“旧道德”主要是一种追求个人的道德完善的私人性宗教性道德,并且他们相信,只要每个人都能做到道德上的完善,一切问题也就能迎刃而解。这是一种传统的伦理中心主义的态度,所以苏曼殊会说“女必贞,而后自由”[②]。这种道德态度往往使他们对新旧人物都持一种嘲讽态度,其价值观念处于一种新旧杂糅的矛盾混合状态。他们所感受到的现实是一种直接经验化的浅近的现实,而不像“新文学”的那种理念化的整体性现实。

二、“别一世界”的文学与“此一世界”的文学

“新文学”的这种理念在 1927 年“革命文学”之后又进一步发展为“前进文学”,这是“严肃文学”的进一步发展,代表着主导文学由“启蒙”到“革命”的转换。与此同时,审美个人主义的“纯文学”话语则因其在“大革命时代”的无为和消极而被逐出文坛的中心地带,从而与“俗文学”比邻而居。“严肃文学”政治功利性更为强化、明确化,进一步走上社会政治革命写作之路,并因此在左联时期把对于文学上的“自由人”、“第三种人”、唯美派、颓废派、隐逸派的批判作为文学内部斗争的焦点。他们的“文学”观念也因此发生变化,把政治上的“前进性”看作文学的首要标准。正如鲁迅在论及白莽诗歌时所说:“这《孩儿塔》的出世并非要和现在一般的诗人争一日之长,是有别一种意义在。这是东方的微光,是林中的响箭,是冬末的萌芽,是进军的第一步,是对于前驱者的爱的大纛,也是对于摧残者的憎的丰碑。一切所谓圆熟简练、静穆悠远之作,都无须来作比方,因为这诗属于别一世界。”[③]而属于“此一世界”的文学,其作为“文学”存在的价值和意义是不可与此同日而语的。也就是说,社会变革的“时代”所召唤的已不是通常意义上的文学,而是政治革命、“阶级斗争”意义上的“集团主义”的文学,一种为未来的世界而奋斗的文学,它是属于与“此一世界”的现实完全不同的“别一世界”的文学;它以对“此一世界”的断然拒绝来显示其作为文学的

① 包天笑:《钏影楼回忆录》,香港:大华出版社,1971 年,第 391 页。

② 苏曼殊:《绛纱记》,《苏曼殊文集》,广州:花城出版社,1991 年,第 170 页。

③ 鲁迅:《白莽作〈孩儿塔〉序》,见《鲁迅杂文全集》,郑州:河南人民出版社,2000 年,第 861 页。

超越现实的意义，这种超越主要是一种政治超越，是一种政治理想的直接的审美化表现。所以它的文学评判的标准也随之走向政治标准第一、艺术标准第二，是否具有政治倾向上的“前进性”开始上升为“严肃文学”的首要标准。抗战的爆发推动着“严肃文学”进一步向政治功利化方向发展，正如夏衍所强调的，在抗战阶段，“‘文艺’的定义和观感都改变了，文艺再不是少数文人和文化人自赏的东西，而变成了组织和教育大众的工具。同意这新的定义的人正在有效地发扬这工具的功能，不同意这定义的‘艺术至上主义者’在大众眼中也判定了是汉奸的一种了”[①]。由此萌生的要求是实现“新文学”内容的“革命化”和形式的“民族化”“大众化”与“普及化”，以求更好地服务于时代政治革命的需要。这种政治对文学的需要由国统区关于“民族形式”问题的论争和解放区文艺界的“整风”等得到了充分体现。由此，“新民主主义革命”的内容和民族形式、民族风格成为“严肃文学”发展的方向。这是时代的革命内容与通俗的民间艺术形式的结合。“严肃文学”的这种整体性的政治功利化倾向，也引起了其自身内部的分化。事实上，在“严肃文学”内部一直存在着功利性和文学性之间的冲突，以胡风等为代表的“七月派”力图将“五四”个性意识嫁接到集体意识中去，在注重社会功利性的同时又强调文学自身的特性，由此在“民族形式”问题、“论主观”问题、“现实主义”问题等诸多方面与完全政治功利化的文学趋势发生了分歧。由于历史的原因，20 世纪 40 年代的“严肃文学”分成了两个部分：国统区的从“五四”延伸下来的民主主义的进步文学和解放区的已完成文学的政治化转型的革命文学。他们的共同特征在于它们都属于批判现实、为“明天”而斗争和呐喊的理想主义的文学。

与这种具有强烈的社会现实批判性的“严肃文学”相比，“纯文学”有着另外一种文学超越方式。因为它关注的是“艺术目的上的纯正”，“以满足人的审美需要为目的”[②]，所以它与社会政治现实的冲突就不是重要的、直接的。它的立足点在于个人性、审美性和自由性。以 20 世纪 30 年代的“京派”作家和 20 世纪 40 年代沈从文、冯至、穆旦等为代表的这种“纯文学”的精神在此文学环境中仍有进一步的深化和发展。判断他们的文学价值的标准就是看他们是否营

---

① 郭沫若、夏衍：《抗战以来文艺的展望》，《抗战文艺论集》，上海：上海书店，1939 年，第 31 页。
② 钱谷融：《中国现代言情小说大系 · 总序》，上海：华东师范大学出版社，1993 年。

造出了一个属于他个人独特的审美文学世界,正如沈从文自己所说:“我只想造希腊小庙……这神庙供奉的是人性。”[①]可以说这种“纯文学”的精神代表着另一种现代性的原则,它是以个体性的自由和独立为内涵的现代人文精神的体现。

与此同时,“纯文学”的形态也出现了一种值得注意的新动向,那就是在“严肃文学”进一步政治化的同时,“纯文学”的写作出现了一种向“俗文学”的旨趣与运作方式靠拢的立场下移的趋势,由此出现了一些“新文学”的畅销书作家,以徐讦、无名氏为代表的“新浪漫派”文学,以及张爱玲等人的创作都可归为此类。“新浪漫派”的独特之处在于它有一种鲜明的个人性的超越于世俗的精神向度,这是一种立足于个人的浪漫主义之“梦”,而不是像“严肃文学”那样来自一种社会政治信仰。“新浪漫派”一方面沉浸于世俗生活情趣中无法割舍,另一方面又以一种个人性的浪漫之梦超越灰暗的现实。他们处于一种雅与俗的中间地带,一方面相对于严肃的社会改造文学,他们自认“凡庸”,另一方面他们又无法完全沉湎于世俗生活,而表现出一种对世俗的个人性的内在超越,不管是“新感觉派”的穆时英、刘呐鸥,还是张爱玲、苏青等都表现出一种凡人化心态和非英雄化的倾向。这种倾向也可以说是对“严肃文学”的高昂的理想主义情怀的一种反拨和补充。抗战时期,特别是在沦陷区,曾出现了这种“凡人化”文学兴盛的小气候。张爱玲在平淡无奇的日常生活场景中寻到一种诗情和感动:“我真快乐我是走在中国的太阳底下……不知为什么。快乐的时候,无线电的声音,街上的颜色,仿佛我也都有份,即使忧愁沉淀下去也是中国的泥沙。总之,到底是中国。”[②]由此,很少写诗的她写了一首《中国的日夜》,题目很像是主导文学“宏大叙事”一类,但这“宏大”却是从人伦日用之常的生活场景中生发出来的。把“我真高兴晒着太阳去买回来沉重累赘的一日三餐”,和“我的青春、我的人民”的抒情放在一起,正表现出了她的“从柴米油盐、肥皂、水与太阳中去找寻实际的人生”[③]的文学旨趣。这是为张爱玲所独造的“俗中之雅”,它是一种由人类的时代生存经验所感悟到的人类生活的变中之常,一种飞扬之下的安稳和永恒。徐讦和无名氏的精神超越同样与“凡俗社会”之间有一种血肉联系,他

① 沈从文:《习作选集代序》,《沈从文选集》第五卷,成都:四川人民出版社,1983年,第228页。
② 张爱玲:《中国的日夜》,《张爱玲人生小品》,杭州:浙江文艺出版社,1992年,第198页。
③ 张爱玲:《中国的日夜》,《张爱玲人生小品》,杭州:浙江文艺出版社,1992年,第128页。

们持的是一种“即世间而又出世间”的人生态度，是在“此一世界”中的超越，而不是向“别一世界”的超越。所以面对主导文学的理想主义的救世承诺和英雄主义情结，徐讦反而唱出了他的“凡人之歌”，表现出一种非理想主义的悲观和非世俗主义的浪漫。而无名氏则让他的《无名书》中的主人公在经历了“天路历程”式的精神历险后，重返人间的幸福的爱情生活，并将人间情爱提高到空前的高度：“没有真正的大地爱情，就没有真正的世间法和永恒道体。在一切宇宙生命中，人本身就是宇宙最深刻的风景。”①这正表现出其“即世间而出世间”之文学的超越特性。

与“严肃文学”不同的属于“此一世界”的“俗文学”，在20世纪三四十年代的发展趋势表现为“维新”和“守常”并重。所谓“维新性”，表现为其在思想观念上开始向“严肃文学”靠拢，加强了文学的社会性内容，认同文学社会功利性，立足于作家经验化的现实，表现出了一种现实批判精神；在形式上，也大多抛开了章回体而采用了“新文学体”，文体形式基本上实现现代化的转型。所谓“守常性”则表现在它仍一贯性地体现着市民阶层的审美情趣，仍以娱乐、消遣为中心，按照读者市场的需求来创作。所以20世纪40年代虽然出现了如张恨水的《八十一梦》这类的社会批判小说，但同时仍然存在着以消遣为目的的南北武侠小说的兴盛和繁荣。

总之，在现代文学史上，“严肃文学”“纯文学”和“俗文学”三者之间既对立又互补，既相互排斥又相互融合。三者的互动，共同推进了中国现代文学的现代化进程。

---

① 无名氏：《创世纪大菩提》，香港：新闻天地社印行，1983年。

“新文学”的选择

——“五四文学的历史进化”观念的得与失

翻开一本20世纪文学史后面附的文学年表，你就会发现中西文学所呈现的不同风貌，即以波及全世界的第二次世界大战时期而言，美国自1941年珍珠港事件爆发宣布参战开始至1945年战争结束止，文学年表上列出的重要作品有福克纳(William Faulkner)的《去吧摩西》(1941年)、T.S.艾略特(Thomas Stearns Eliot)的《四个四重奏》(1943年)、贝娄(Saul Bellow)的《挂起来的人》(1944年)、斯泰因(Gertrude Stein)的《我所目睹的战争》(1945年)和赖特(Richard Wright)的《黑孩子》(1945年)等，我们从中几乎看不到正在进行的战争与文学的直接关联。美国文学以二战为背景的作品大量出现，大概在10年之后，文学自有其不同于历史的一条独立的发展路线。而在中国抗战文学年表上，我们所看到的几乎是抗战史的缩影：从1938年抗协成立不久就有对梁实秋“与抗战无关论”的批判；1940年有关于民族形式的讨论；同年有战国策派的出现及对战国策派的批判；1941年国民党成立“中央文化运动委员会”，张道藩提出“六不，五要”的文艺政策；1942 年有延安的文艺整风运动；等等。文艺作品也绝大部分都取材于正在进行的抗战。出现这种情形的原因非常复杂，首先它与中国介入战争的深度、广度有关，抗战是民族求生存的神圣的战争，作家作为民族的一员自觉地投身战争，以笔为枪服务于抗战似乎是理所当然的事。但在情况与中国相似的英国却没有这种大规模的服务于战争的文学创作出现。这大概与中西文学的传统特别是中西作家所持的不同的文学观念有关。中国作家的这一文学服务于时代的观念因抗战这一特殊历史情境而得到强化，但其源头却应该追溯到“五四”乃至“五四”以前逐步形成的绝对的历史主宰文学的他律论的文学观念。它将文学完全纳入历史之中，以适应时代的要求为目标，而忽视了文学除了具有历史性还具有超历史的一面，因而对文学非时间性的审美特性缺乏足够的认识。这种建立在进化论基础之上的文学的历史观念既为新文学的诞生起到了摧枯拉朽的开道作用，但也使新文学具有了一种与生俱来的先天不足，这在以后的文学发展中日趋明显。中国新文学既得益于这种文学观念所带来的恩惠，但也承受着这种文学观念所带来的匮乏，因而就很有必要对立足于进化论基础上的这种文学观念予以一番清理和反思。

一、“一时代有一时代文学”的“历史的文学”观

首先，五四新文学的首倡者给人的一个突出感觉是他们具有一种能动地创造历史的使命感。他们的主张是建立在一种把握住历史发展方向的历史先见之上，因此他们的要求就成了一种历史的要求。波普(Karl Popper)曾这样说过：“历史决定论的这些倾向吸引着感到应该有所作为的人，尤其是感到应该干预人类事务并拒绝承认现有事态不可避免的那些人。”[①]新文学的首倡者都是不满于已然的现实，而想创造一种新的合乎理想的现实的历史变革者，这就给他们的历史要求带上了一种反自然主义的主观意志色彩。胡适对旧文学的发难即源于一种“为大中华，造新文学，此业吾曹欲让谁”[②]的使命感。要完成新文学取代旧文学的革命，胡适首先要做的论证是文学不能不“变”，所以他的文学进化观的第一层意思就是讲：“文学乃是人类生活状态的一种记载，人类生活随时

① [英]卡尔·波普著，杜汝楫、邱仁宗译：《历史决定论的贫困》，北京：华夏出版社，1987 年，第 6 页。
② 胡适：《沁园春·誓诗》，《留美学生年报》春季第 1 号，1917 年 3 月。

代而变迁,故一代有一代的文学。"[①]由此可知,胡适首先做的是将文学做"脱魅"处理,将文学视作一种社会文化存在而非审美存在。这样将文学等同于历史之后,就去除了文学所具有的"人学"特性及所具有的"永恒""普遍"之类非时间性的审美特性,而得出文学随时代一同全盘进化的结论。而文学史不同于历史的特性就在于它具有共时性的特征,正如T.S.艾略特所说:"从荷马开始的全部欧洲文学,以及在这个大范围中他自己国家的全部文学,构成一个同时存在的整体,组成一个同时存在的体系。"[②]逝去的作家仍作为一种活的灵魂存在,没有文学史就没有文学,文学并不因时代变迁而全失其艺术魅力,这正是文学不同于历史之处。文学和人的心灵相似,生活在现代的我"不仅生活在对直接的过去发生反作用的现在(如进化论者所假定的那样),而且同时生活在三种时间里:通过记忆生活在过去,生活在现在,以及通过预测、计划和希望生活在未来。在任何时刻,我都可以回到我自己的遥远的过去或人类的极为遥远的过去"[③]。也就是说作家的创作是不受时代限制的,他可以"思接千载,视通万里"。当然这不否认文学具有它的历时性特征,但共时性应该是文学区别于其他社会文化领域的特性,社会政治经济领域的变化是历时性的,不断积累的,而文学有的却是对一种原始问题的依赖。如"爱与死"这类母题是古今文学所共有的主题,只是不同时代的人对其有不同的理解和表现。所以,将文学史等同于社会史就会使文学的审美特性受到忽视和伤害。其次,强调文学的时代特性,实际上也就是假设有一个代表着这个时代的中心意识的存在,它把社会看作一个结构严密的整体,由某种内部原则来束扎成形。"这种单一的'内在精神'都制约着从道德、艺术、政治体制到哲学的全部形式;要不就是,社会的各个方面,直接或间接地,都由主导的经济模式所决定,不论它是封建领主和农奴构成的等级关系,还是正规的、由金钱买卖调节的自由商品交换制度。"[④]文学只有表现出了这种蜘蛛网式的社会联系就可以说它真实反映了这个时代。但这种单一的整体的时代精神只是一种虚构,并不见得是真实的存在。"五四"时期的思想、文化领域

① 胡适:《文学进化观念与戏剧改良》,《新青年》第5卷第4号,1918年10月15日。

② [美]T.S.艾略特著,李赋宁译注:《艾略特文学论文集》,南昌:百花洲文艺出版社,1994年,第2页。

③ [美]R.韦勒克(R·Welleck)著,丁泓、余徽译:《批评的诸种概念》,成都:四川文艺出版社,1988年,第57页。

④ [美]丹尼尔·贝尔(Daniel Bell)著,赵一凡等译:《资本主义文化矛盾》,北京:生活·读书·新知三联书店,1989年,第55页。

和政治经济领域基本脱离，自行其是，基本上走的是一条“文化偏至”的道路，有着为政治经济原因所不能决定的它自己的发展方向。有的论著囿于社会决定论的模式，先罗列出一套近代中国社会的特征，然后以此来图解20世纪范围内的中国文学。但这样一种凌驾于文学史之上的简单化的社会观念并不足以说明文学区别于其他领域的独特性。鲁迅说过：“非有天马行空似的大精神即无大艺术的产生。”[①]文学创作追求的是一种自我表达、自我满足、个性化、独创性、反制度化的自由精神，所以将社会决定论不能简单地拿来界定文学的“近代性”或“现代性”或“后现代性”，社会性质并不能直接拿来说明文学的性质，文学史之区别于历史的一个突出特征在于它标志的是人的存在的历史维度，而非历史本身。

胡适所讲的文学进化观念的第二层意思是“每一类文学不是三年两载就可以发达完备的，须是从极低微的起源，慢慢地，渐渐地进化到完全发达的地位”[②]。他指出中国戏剧由歌舞一变而为戏优，再变而为杂戏，三变成为结构大致完成的元杂剧。韵文的进化图式为：“三百篇变而为骚，一大革命也。又变而五言七言，二大革命也。赋变而为无韵之骈文，古诗变而为律诗，三大革命也。诗之变而为词，四大革命也。词之变而为曲，为剧本，五大革命也。”[③]这样依次类推，白话文就成为文学进化的最高阶级，白话文之前的文学就是“死的、笨的、无生气的”，只有新文学才是“活的文学运动”。显然这并不符合文学发展的历史，因为并不存在同生物学上的物种相当的文学类型，而进化论正是以物种为其基础的，而且真正的“新”，必须是有历史、有渊源的“新”，不能割断文学创新与文学传统的关系。

胡适文学进化观念倒也是针对旧文学的形式主义、僵化保守的积弊所提出的富于建设性的意见。如对已失去意义的文学“遗形物”的看法以及文学在某个阶段须依赖外来文学的刺激才能发展，都对新文学的建设起到了正面作用。总之，胡适是一位相信进化论的实证主义哲学家，他认为文学是社会历史的产物，研究文学的目的是通过它来研究社会，其方式是用社会历史的一般状态来

---

① 鲁迅：《〈苦闷的象征〉引言》，转引自厨川白村：《苦闷的象征出了象牙之塔》，北京：人民文学出版社，1988年，第4页。

② 胡适：《文学进化观念与戏剧改良》，《胡适文萃》，北京：作家出版社，1991年，第50页。

③ 胡适：《〈尝试集〉自序》，《胡适文集》(9)，北京：北京大学出版社，1998年，第74页。

实证文学。胡适的文学研究实际上是一种社会历史研究，他研究《红楼梦》只是对曹雪芹的身世考证，而不涉及审美感情的评判和介入。就他对《红楼梦》的私见，他认为《红楼梦》不是一部好小说，因为里面“没有一个 plot（结构）”[①]。胡适的文学改良思想带有鲜明的工具理性的特点。他首先从语言、形式入手证明了白话文之取代文言文、新形式之取代旧形式的历史合理性，并且身体力行地写出了新文学史上的第一部新诗集《尝试集》，为新文学的创作提供了具体的可操作性。《尝试集》的创作原则就是“有什么话说什么话”，“赤裸裸地表现出情感来”就行了，这从对文学的审美认识上来说显然是一种退化。宋代的严羽早就说过：“夫诗有别材，非关书也，诗有别趣，非关理也。……所谓不涉理路，不落言荃者上也。诗者吟咏性情也。盛唐诸人，惟在兴趣，羚羊挂角，无迹可求，故其妙处，透彻玲珑，不可凑泊，如空中之音，相中之色，水中之月，镜中之象，言有尽而意无穷。”[②]这种见解虽有些玄虚，正可以回救将诗做了“脱魅”处理的胡适之弊。

如果说胡适代表的主要是一种启蒙时代的实用理性，那么陈独秀、李大钊等则代表着一种价值理性。他们持有一种乐观的社会进步信念，坚信理性的进步会给人带来幸福完美的生活。吴于廑曾这样强调理性的重要性：“以人的理性为求得真理的准则，人依其理性以认识自然，也依其理性以改革社会。发扬理性，就是推进历史；蒙蔽理性，就是阻塞进步。”[③]陈独秀将文明历史分为古代、近代、现代，将东西文化差异视为是时代的、历史的差异，根据进步原则判定“孰为新鲜活泼，孰为陈腐朽败”，因之提出“欲脱蒙昧时代，羞为浅化之民也，则急起直追，当以科学与人权并重”[④]的新文化主张。周作人、鲁迅则提出“现代人”的观念，认为在“五四”时期的任务中首先要做的是“开辟人荒”。这种反传统的思想启蒙为转型期的中国提供了现代价值的源点，虽不无偏颇，但功不可没，从社会发展的角度是应该完全肯定的，但从思想、学理的角度讲，都有欠妥之处，因而表现出一种时代的局限，特别是他们论证新文学取代旧文学的方式，是将旧文学完全等同于专制意识形态，认为非对之进行全盘否定，不足以建立新文

---

① 转引自唐德刚著：《史学与文学》，上海：华东师范大学出版社，1999 年，第 263 页。

② 严羽：《沧浪诗话》，北京：中华书局，1985 年，第 6—7 页。

③ 吴于廑：《吉本的历史批判与理性主义思潮》，《社会科学战线》1982 年第 1 期，第 135 页。

④ 胡适：《敬告青年》，《胡适文存》卷一，上海：亚东图书馆，1927 年，第 9 页。

学。这就割断了新文学与旧文学的传承关系。周作人将传统文学几乎全部归为“非人”的文学，包括《水浒传》《聊斋志异》等。“这几类全是妨碍人性的成长，破坏人类的平和的东西，统应该排斥。这宗著作，在民族心理研究上，原都极有价值。在文艺批评上，也有几种可以容许，但在主义上，一切都该排斥。倘若懂得道理，识力已定的人，自然不妨去看，如能研究批评，便于世间更为有益，我们也极欢迎。”[①]这显然是一种立足于人性绝对自由的价值取向之上的文化虚无主义观念。如果以是否“吃人”为文化判断标准的话，那么，传统文化是“吃人的”，“德先生”“赛先生”又何尝不吃人？这牵扯到一种无压抑的文明是否曾经存在和可能存在的问题，这种文化虚无主义显然不是一种有远见的、富有建设性的文化态度。这一派在文化建构中依据的是一种价值理性，一种人类文化的应然状态，他们对历史提出了一种道德化的要求，并力图在社会进化中实现这种道德目标，所以他们将思想观念的新旧和正确与否视为判断文学价值的最高标准。是否表现出了历史发展的必然趋势？是否表现出了“时代精神”成为一种基本衡量标准？这实际上是以非文学的标准来批评文学。“五四”时期为这种批评方式埋下了伏笔，到了20世纪30年代，太阳社就有人出来宣告“阿Q的死亡”是不是“前进作家”成为一个作家能否被文坛主流认可的标准。20世纪40年代进而有“政治标准第一，艺术标准第二”的提法，我们虽对此不可无“了解之同情”，但也不能不指出它对文学发展造成了极为不利的影响。

总之，文学既不是完全他律的，也不是完全自律的，自律和他律是一种互补的关系。单纯地强调某一方，往往不能正确解释文学发展的规律，所以于历史主义的文学观念之后又出现了一种文本主义的观念来对前者的偏颇予以匡正。第一，历史主义地看待文学，往往过于强调文学与政治、经济等因素的决定性关系，它注重了文学与社会意识形态的共性，忽视了文学之为文学的个性，这就为庸俗社会学在文学领域的泛滥埋下了伏笔。“文学史”也是一种历史，但它天然地接近于“野史”，而不是“正史”，它对“正史”往往取一种拾遗补阙、揭发伏藏或质疑颠覆的态度。第二，文学的“进化”非如胡适所说的那样直接简单，文学发展中有“变”也有不变，文学进化绝非一个由鸡蛋变成鸡的直线上升过程。文

① 周作人：《人的文学》，《新青年》第5卷第6号，1918年12月。转引自胡适编：《中国新文学大系·理论建设集》，上海：良友图书印刷公司，1935年，第197页。

学的演进除了社会文化因素,还有其自主的规律。决定文学发展的还有形式、技巧、话语结构等内在因素。第三,传统的意识形态和经济基础之间还应该有一个人的心理结构的层面。人的心理结构在特定历史发展阶段对于一切理论、学说和行为方式具有能动的选择、重构作用,借此避免一种潜在的危险即文学在要与整体信奉的社会意识保持一致的要求下失去抵抗力,没有个人的话语,只有时代的合唱。同样"自由也不尽是对必然的认识",因为这"必然"往往也不过是人们提出的一个假说,人应该有质疑种种必然论的权利。历史决定论往往与宿命论有说不清的关联,在于他们相信有一个不依人的意志为转移的历史先见。五四新文学的首倡者普遍注意到了文学与社会生活的依存关系,但普遍忽视了文学之为文学的"文学性"的问题,这就使得在以后的文学发展中逐步丧失了对这种依存关系的自我反思能力。第四,五四新文化运动中营造新的意识形态的热情远远超过了对知识的追求,启蒙哲学的"爱智""理性至上""价值重估""怀疑一切"的特性迅速地转化为一种"主义选择"的意识形态革命。这就使得以后的文坛也迅速成为意识形态交战的战场。作家也被划分为具有不同的意识形态倾向的有形无形的宗派,像20世纪40年代的文坛,就可分为以国民党文人为主的张道藩派,以进步文化人为主的郭沫若派,另外还有胡风派、周扬派等。纯个体的自发的写作方式渐渐不为文坛所容纳,像无名氏(卜乃夫)这样的作家就受到来自左右双方的夹击,很难被认可。在台湾的文学史家周锦的笔下,无名氏的得意之作(《北极风情画》《塔里的女人》)被说成是"20世纪40年代写得最为恶劣的作品",而进步的文化界在当时也对无名氏的创作倾向进行过批判。总之,这种擂台式的文坛大概是西方不曾有的,它与中国具有的泛政治化的国情有关。文学写作在西方是一种自发的、个人的行为,作家也可能不无政治热情,不乏民族意识,但他们会付诸行动,甚至喋血杀场,而不是"以笔代枪",这大概与西方的文学传统及作家所持的个人化的文学观念有关。

二、来自反对者的不同声音

新文学的首倡者坚信的社会进步观念首先来自达尔文的进化论。他们所接受的进化论主要凭借严复所翻译的《天演论》。《天演论》译自赫胥黎(Thomas Henry Huxley)的《进化论与伦理学》,严复对之进行加工,发展成一种以人持天、救亡图存的适合中国需要的社会达尔文主义哲学。这种加工表现为严复对“物竞天择、适者生存”的生物进化原则的偏爱和对人类进步主要表现为一种伦理进步的漠视之上，他批驳了适合中国需要的赫胥黎关于人的进化不同于自然进化的观点，“以救斯宾塞任天为治之末流……且于自强保种之事，反复三致意焉”[①]。而严复之所以不同意赫胥黎将人类进化过程视作不同于自然界的伦理进化过程，而认同斯宾塞（Herbert Spencer）任天为治的社会进化论，是基于他眼见耳闻、亲身经历的 19 世纪和 20 世纪人类生存竞争的残酷现实。“强权即公理”“贫弱就会受制于人”的“力本论”是人类生存的反道德的“厚黑学”，他于这种激烈的生存竞争中看不到道德对此的制约，要生存，就只能投入这种残酷的竞争，在竞争中取胜的才配生存。这种学说对中国伦理本位的文化自然形成了极大的冲击，唤起了民族生存的忧患意识，适应了社会变革的需要。但其实际效果却并不如此单纯。据时人记载：“自 19 世纪物竞天择说兴，而利己主义、重金主义、强权主义、军国主义相继迭起。于是，金权、兵权乃借此学说，席此时机，愈益猖獗，非复法律、道德所能遏制。”[②]进化论首先唤起的是人的物欲和“强力崇拜”，而摧垮的是道德、法律的堤防。鲁迅在清末对“辁才小慧之徒”“竞言武事”的讥讽及“掊物质而张灵明”[③]的主张都是对这种时风的批判。第一次世界大战之后，德国“大力国”主义的失败，又使人们产生了对“公理战胜”的信仰，人们开始接受以进步和理性为中心的历史进步观念，一种社会不断向前进步的阶梯式进步观。陈独秀、李大钊是这种观念的代表，而胡适则更多地带有前期进化论者的特点，他曾与陈独秀展开争论，否定有“帝国主义”阶段的存在。他不相信社会“独系演进论”的观念。这种乐观主义的社会进步论者在当时就遇到了来自各方面的质疑。冯友兰曾如是评说进化论：“生物学中之演化论，谓天演竞争，适者生存，颇有人即以此之故，谓宇宙之物，日在进步之中。中国近译演化为进化，愈滋误会。其实所谓演化，如所谓革命，乃指一种程序，其所生结果，为进步亦可为退步，本不定也。且所谓适者，乃适于环境。然适于环境者未必即真好；不适于环境者未必即真不好。所谓‘阳春白雪’，在庸

---

① 严复：《〈天演论〉自序》，《严复集》第五册，北京：中华书局，1986 年，第 1321 页。
② 高劳（杜亚泉）：《金权与兵权》，《东方杂志》第 15 卷第 5 号，1918 年 5 月。
③ 鲁迅：《文化偏至论》，《河南》第 7 号，1908 年 8 月。

俗耳中，不能与下里巴人之曲争胜；然吾人不能因此即谓后者之果真优于前者。故吾人即以人的标准批评宇宙诸物之变动，亦未见有何证据能使吾人决其变动之必为进步的也。”[①]“进化”本身并不具有价值，新的也并不天然就高于旧的，未来也并不天然就胜过现在。进化论者所信奉的“时间神话”及“创新崇拜”在当时已受到质疑。抨击这种进步主义最为尖锐的是潘光旦，直言其所迷信的是一种“进步鬼”的东西。他们认为人类社会的进步是可以用一根直线来代表的，并按照他们所设定的阶段逐步实现。这只能是一厢情愿的假设，因为人类进化绝不是如此简单的事情。

五四新文化倡导者所提出的文学革命主张在当时就受到了来自不同文化立场的责难。这种反对的声音大致可分为两类。一类来自如林纾、辜鸿铭等人，都是为“旧文化所化之人”，以一种遗老的态度拼死卫道，对新文学及其代表的现代价值持彻底反对态度，这是一种缺乏建设性的、趋于没落的声音，姑且勿论。另一类如章士钊和“学衡派”的人物的情况就不太一样。章士钊从文化传承、新旧关系和文化运动这种大众参与方式三个方面对《新青年》的全盘西化、历史的文学进化观和文学的平民化进行了质疑，也能言之成理，道出了文化、文学演化的复杂性，是值得认真对待的，并不能靠以人定罪、“骂倒”了事。“学衡派”的观点与“文学革命”的理论就更构成一种互补性。首先“学衡派”对“新青年派”所倡导的现代社会的基本价值观念是肯定的。他们认为新文化运动“要求自由，而致意于文化之普及，借促国民之自觉，而推翻压倒国民之制度……确有不可磨灭之价值”[②]。但“学衡派”的新文化观则建立在对西方近现代实证主义、浪漫主义文化进行批判性的反拨的白璧德（Irving Babbitt）的新人文主义的立场之上，致力于捍卫阐发传统文化中具有普遍永恒性的人文价值，这就与五四“新青年派”形成了对立的关系。新人文主义认为实证主义（科学主义）和浪漫主义“专务物质及感情之扩张之趋势也”，“人类无穷进步之说，即出于此”，此二者“将旧传之规矩，尽行推翻，而不知凡个人及社会之能有组织，能得生存，其间所以管理制裁之道，决不可少。故今者既已将身外之规矩推翻，则必须求内

① 冯友兰：《人生乃宇宙中之一种事》，《觉解人生》，杭州：浙江人民出版社，1996年，第3页。
② 刘伯明：《共和国民之精神》，《学衡》第10期，1922年10月。

心之规矩以补其缺也”[①]。显然这是一种对西方启蒙文化进行批判性反思的文化立场，它在前现代的中国社会似乎有些超前，但“五四”启蒙运动的兴起却使它具有了一种现实的针对性，它与人们所笃信的启蒙哲学、历史进步观念和个性解放主义形成了戏剧性的对抗。如果新文化的倡导者和“学衡派”都不将对方视为势不两立的对手，而能从对方的观点吸取一些合理因素，实现对新文化的共建，也许对以后的文化发展更为有利。他们的观点可视为一种来自后工业社会的警示：“然须知中国在力求进步时，万不宜效欧西之将盆中小儿随浴水而倾弃之，简言之，虽可力攻（旧文学）形式主义之非，同时必须审慎，保存其伟大之旧文明之精魂也。”[②]在文学观念上，他们也倾向于视文学为一个独立的体系，有其自身的发展规律，而反对文学的历史进化观念：“夫历代文学之流变，原仅一‘文学之时代发展’，安可胶执进化之说，牵强附会，谓为‘文学的历史进化’。质言之，文学之历史流变，非文学之递嬗进化，乃文学之推衍发展，非文学之器物的时代革新，乃文学之领土的随时扩大。非文学为适应其时代环境，而新陈代谢，变化上进，乃文学之因缘其历史环境，而推陈出新，积厚外伸也。”[③]这种观点显然较之文学进化论更能说明文学的一般发展规律。俄国形式主义的文学史观认为文学形式演变的动力在于文学自身，“艺术作品是在和其他艺术作品的联系中并借助于这些作品的组合而被感觉的，不仅是模仿的作品，而是一切艺术作品都是和某种原型对照和对立而创造的，新的形式的出现，并不是为了表达一种新的内容，而是为了代替已经失去审美特质的旧形式”。他们认为文学发展的过程就是一种不断打破陈旧的，自动化了的，不能引起人们的感受、注意的旧形式的一个不断陌生化的过程。这种观点也有将文学发展简单化的倾向，特别是忽略了社会与文学发展之间的一种辩证的张力关系。但它强调文学发展自律的一面，可以补完整他律论者之缺。在具体的文学创作原则上，“学衡派”排斥浪漫主义的个性表现说，而强调一种艺术的方式、形式的意味：“文学之价值不贵其能表情达意，而贵其能以艺术之方式表情达意耳。胡适之所谓‘有什么话说什么话’，‘赤裸裸地表现出情感来’，盖人知有真实之情感，而不知须

① 吴宓：《白璧德之人文主义》，《国故新知论——学衡派文化论著辑要》，北京：广播电视出版社，1995年，第3—4页。
② 胡先骕：《白璧德中西人文教育说》，《学衡》第2期，1922年2月。
③ 易峻：《评文学革命与文学专制》，《学衡》第79期，1933年7月。

有艺术之方式也！”[①]这种反浪漫主义的文学态度即源于白璧德的文学观念。白璧德一生与“浪漫主义”进行了无休止的斗争，他的贡献不在于他为自己的追随者建立了一套文学批评纲领，而在于使他的追随者注意到“艺术”领域的主观主义思潮的延续性问题和发展问题。他的批评观念直接影响了T.S.艾略特和Y.温特斯（Y.Winters）的理论建树，并与后来美国的文本主义的“新批评”派有直接的影响关系。韦勒克曾这样评价新人文主义的继承者温特斯对浪漫主义的批评：“温特斯将爱默生（Emerson）、惠特曼（Whitman）、霍桑（Hawthorne）和其他许多美国作家当作‘蒙昧主义者’来批判，其中确实含有严酷的真理和清醒合理的观点。”[②]

另外，如“学衡派”的“文化番达主义”（Vandalism）之忧，似也不无道理，并非只是“狼来了”的杞人之忧。所谓“文化番达主义”即一种文化毁灭主义，一种反智主义。“文化之亡，或由外力，或由内铄。”“文化之遭内铄迁革而其方向错误者，亦可以致亡……亦足以破灭固有之文化而无所利，其为弊害，初不逊于蛮族铁骑之凭陵扫荡。”[③]“五四”先驱者以“要我们保存国粹，也须国粹能保存我们”（鲁迅），将国粹与救亡绝对对立起来，这在“救亡”是第一义的时代，是一种清醒的务实主义态度，但从长远的文化建设而言是不利的。“保人还是保文化（国粹）”之构成如此尖锐的冲突，是与20世纪初中国在世界中所处的特殊环境有关系的，无视“弱肉强食，适者生存”的冷酷现实，中国无以自存，但自存是否要以捐弃否定全部固有文化为代价则是值得商榷的，这也是当时政治民族主义同文化民族主义的区别所在。关键在于这种二元对立是不是一种“虚假的”二元对立？是不是人在面临这个问题时都必须做出“非此即彼”的选择？而这种选择又会导致“非此即彼”的结果。“五四”先驱者将思想文化的变革视作解决一切问题的根本思路，使他们强化了这种二元对立，给这种二元对立带来了一种整体主义的独断论色彩。它的推动社会变革的价值和意义是不容忽视的，但它也给了人们一个不切实际的承诺。

“新青年派”与“学衡派”更激烈的冲突还在于文言和白话之争，一方要“上

---

① 易峻：《评文学革命与文学专制》，《学衡》第79期，1933年7月。

② 转引自［俄］E.A.楚尔加诺娃等著，王长春等译：《当代国外文艺学：流派·趋向·问题》，上海：上海译文出版社，1993年，第127页。

③ 李思纯：《论文化》，《学衡》第22期，1923年10月。

下四方寻求，得到一种最黑，最黑，最黑的咒文，先来诅咒一切反对白话、妨害白话者”[①]；一方则将废文言而取白话，甚至将汉字拉丁化的做法斥为“丧心病狂”。这种对立显然也带有整体主义独断论色彩。完全用白话作诗的诗人很快就感觉到了这种白话工具本身的“笨拙”（俞平伯），而新文学的大家们也没有苛求自己完全用白话写作。至于汉字拉丁化的问题，则是一个科学问题，要经过实证性的研究才能得出结论。语言心理学家的一篇《汉字易学、易记证》的论文也许比思想家、文学家们的诸多言论都要来得实在和有说服力。

总之，在新文学即将走完它的百年历程的今天，我们对当初对立双方的争执都应有一个较为全面的认识。一元价值观向人们许诺只要实现了某种价值，其他价值也就迟早都会实现，它相信所有美好的价值都是能够统一的。而价值多元论并不像人们以为的那样是许诺人们能够并行不悖地同时实现多个价值，恰恰相反，它强调的是多种价值之间的彼此冲突、相互抵牾、难以调和，因此实现某一价值几乎总是会有损于其他价值，而并非带动促进其他价值。因此价值一元论虽因提出了一个解决一切问题的良方使人们一开始感到希望，但最终会失望；价值多元论虽让人一开始就感到扫兴和失望，但它也让人摆脱了整体主义派的乌托邦的迷妄，以务实的态度来逐步解决诸多价值之间的矛盾冲突。“文学的历史进化观念”为中国文学由传统向现代的转换起到了推动作用，但艾恺（Guy Salvatore Alitto）的一句话对沉浸于追求现代的狂热中的我们大概不无启示：“现代化是一个古典意义的悲剧，它带来的每一个利益都要求人类付出对他们仍有价值的其他东西作为代价。……现代化及与其同时存在的反现代化批判，将以这个二重性的模式永远地持续到将来。”[②]也就是说，在传统和现代之间的选择，都是一种有缺憾的选择。因此，意识到单项选择的缺憾性，走出那种趋于一极的乌托邦心态是很有必要的。传统与现代之间的关系犹如一枚硬币的两面，两者将持续共存，而不是一面将另一面吞没、取代。

① 鲁迅：《二十四孝图》，《鲁迅散文·诗全集》，郑州：河南人民出版社，1994 年，第 105 页。
② ［美］艾恺：《世界范围内的反现代化思潮——论文化守成主义》，贵阳：贵州人民出版社，1991 年，第 231、235 页。

“五四”人的精神趋向

——抽象化的文学政治与理性的激情化

由思想文化领域的知识阶层发起的社会改造运动主要是从理性主义的抽象原则出发的,而社会改造又是需要激情来推动的,由此理性的激情化就为现代文学文化的兴盛提供了助力。“五四”具有一种抽象的文学政治的性质,它从抽象的理性法则出发,力图在政治上同一切现实的政治势力绝缘、切割在文化上与固有的传统决裂,以理性作为文化建构的唯一原则。这是一种以具有普世性的理性主义的世界观和处世态度取代特殊主义、地缘主义的传统文化的努力。他们的文化信念带有明显的现代末世论色彩,着眼于从终极的理想状态来看待现实,将自己定位为一个完全不同于以往的、即将和必然到来的全新世界的开路者。这种理性信仰的激情化为这场文化变革带来了乌托邦的理想色彩。

现代中国的政治变革运动多是以文学变革为先导的,“五四”也不例外,其社会政治文化变革诉求都带有浓厚鲜明的“文学政治”色彩。这种激情化的理性崇拜并非一个孤立的现象,它与法国大革命时期的文化具有极大的相通性。托克维尔在其《旧制度与大革命》一书中有专章论述法国大革命时期的“文人何以变为国家的首要政治家，其后果如何”的问题，他认为法国文人虽然从不介入日常政治，但“终日谈论社会的起源和社会的原始形式问题，谈论公民的原始权利和政府的原始权利，人与人之间自然的和人为的相互关系，习俗的错误或习俗的合法性，谈论到法律的诸原则本身”[①]。虽然他们之间观点有异，但他们看待政治的“起跑点却是一致的：他们都认为，应该用简单而基本的、从理性与自然法中汲取的法则来取代统治当代社会的复杂的传统习惯”。托克维尔想要探究的是这些并不新鲜的思想是怎么占据所有作家的头脑的。“为什么不像往常那样只停留在几个哲学家头脑里，却一直深入到大众中，使他们政治热情经久不衰，以致关于社会性质的普遍而抽象的理论竟成了有闲者日常聊天的话题，连妇女与农民的想象力都被激发起来了呢？”他所得到的结论是：18 世纪的哲学家们普遍形成的那些观念与他们时代作为社会基础的观念格格不入，这种被排除于日常政治之外的知识分子，目睹重重的社会弊病，却找不到革除这种弊病的政治药方，于是他们陷入了一种“要么全盘忍受，要么全盘摧毁国家政体”的两极化心态之中，因此“很容易就对旧事物和传统感到厌恶，自然而然地趋向于各自以理性为唯一依据，勾画出崭新的蓝图去重建当代社会”[②]。

缺乏正常政治参与渠道的法国人所能享有的一项自由就是“能够差不多毫无限制地进行哲学思辨，论述社会的起源、政府的本质和人类的原始权利”。而这就将人们的政治热情引向了文学：“所有身受日常立法妨碍的人不久便爱上了这种文学政治。对文学政治的爱好一直深入到那些由于天性或社会地位而远离抽象思辨的人心中。……这样，每种公众激情都乔装成哲学；政治生活被强烈地推入文学之中，作家控制了舆论的领导，一时间占据了在自由国家里通常由政党领袖占有的位置。再没人能够与作家争夺这个地位。”[③]

辛亥革命之后的中国进入了一个“兵权”和“金权”炽盛的时代，知识分子的边缘化趋势进一步加剧，但以“兼济天下”为已任的传统士大夫的理想抱负并

---

① ［法］托克维尔：《旧制度与大革命》，北京：商务印书馆，1997 年，第 176 页。
② ［法］托克维尔：《旧制度与大革命》，北京：商务印书馆，1997 年，第 176 页。
③ ［法］托克维尔：《旧制度与大革命》，北京：商务印书馆，1997 年，第 176 页。

没有因为入仕渠道的变化而衰减，而且其作为新思想、新信仰的倡导者的社会影响力也并没因被政治权力边缘化而衰减，相反历史上的文治主义传统对于超越现实政治之上的知识分子反而有一种更高的期待，希望他们成为真正的社会道义的担当者，开出理想主义的政治新局面。由此民国初年现实政治的乱象和逆动反而成了五四新文化运动发生的契机。“五四”以理性主义的启蒙为号召，但从其自身逻辑上来说与“救亡”并不冲突，因为“救亡”已成为启蒙的题中应有之义，它所救者已非单纯的民族、国家之亡，而是不容于以西方为标志的现代文明之亡，是要使中国免于被开除“球籍”“人籍”的危险，它将这种危险视为比民族国家之亡的危险更为严重的危险。因此它以一种文化救世论的方式出现，号召将现有的一切推倒重来，用具有普遍性的理性主义文化取代固有的特殊主义、地缘主义的文化，尊理性为唯一依据，来重建一个合乎理性的社会。这种对理性的尊崇使“五四”人成为一种典型的现代理念化知识分子，他们具有一种源自抽象理性的超越性和彻底性。这表现在政治态度上，就是力图同一切现实的政治权争、势力集团绝缘、切割，以一种超党派、超政治的姿态从事理想主义的文化批判、社会改造，借此使民初已失去理想色彩的政治重获其纯粹性、理想性、神圣性。这种理性至上的信仰表现形式即为理性的激情化，它将理性、意志、激情融为一体，催生一种理想主义的社会改造运动，由此推动现代文化由“思”到“信”的转换，填补传统信仰衰微后留下的信仰空白，它不止于追求理性主义的信仰自由，而且要建构起新信仰即以理性为主导的公民信仰来取代传统宗教性信仰，这也就使其具有了由怀疑论的解构走向新信仰的确立的历史必然性。

一

推动辛亥革命发生的思想文化是多元的，主要是民族主义和民主主义、共和主义和无政府主义等思潮。民国建立后，除民族主义目标基本实现外，其他更高的目标都基本搁浅。章太炎在辛亥革命后倡“革命军兴，革命党消”，全社会咸与维新，希望将历史引向共和立国的道路；章士钊倡“毁党、造党”，主张将革命党改造成西方议会制度下的政党来参与政治，推行宪政民主。但这对于激进的民主主义革命者来说是缺乏说服力的，也是无法接受的，因此号召继续革命的呼声在辛亥之后从未消歇，如最为激进的无政府主义革命者鲁哀鸣在 1912 年发表的小说《极乐地》里就写到主人公白眼老叟在民国建立后再举义旗，与民国军队开战，战败流亡海外，最终找到了无政府主义的极乐地。清末无政府主义在《天义报》和《新世纪》中宣传的科学主义、个人主义、彻底反传统主张实际上是"五四"的重要思想来源，只不过它是由清末的政治"前卫"观念转化为新文化运动的普及化的"常识"而已。

同样，五四新文化运动的领军人物陈独秀也是辛亥革命时期激进的民主主义革命者，只不过进入民国之后他彻底放弃了对于宪政民主的幻想，而成为更为坚定的追求直接民主的人民民主主义者。他在 1916 年《青年杂志》上发表的《吾人最后之觉悟》一文说："三年以来，吾人于共和国体之下，备受专制政治之苦。"由此他否定了民国政府存在的合法性，认为"共和立宪而不出于多数国民之自觉与自动，皆伪共和也，伪立宪也，政治之装饰品也，与欧美共和立宪绝非一物"。在《今日之教育方针》一文中他将当时政坛上的实权人物旧官僚、政客与军人视为"三等流氓""三害"，也就是说只有真正实现了主权在民，才能说是实现了真正的民主，政党政治、代议制都无法实现这种真正的民主，因此也都缺乏真正的合法性。这种来自卢梭和法国大革命的直接民主诉求，显然不同于英美的自由民主主义立场。在《爱国心与自觉心》中陈独秀对近代盛行的国家至上主义予以了颠覆和消解，认为"国家者，保障人民之权利，谋益人民之幸福也。不此之物，其国也存之无所荣，亡之无所惜"[①]。国家必须为个人幸福负责，否则不能称其为国家，个人也无须承认此国家。这些"个人本位、权力优先"之言是在民初知识者笔下常见的愤激之词，我们从胡适、周作人、郁达夫等人那里都可以找到这类话并感受到这种愤懑情绪。产生这种情绪的原因除由个人之于国家的无力、无奈而产生的怨恨疏离情绪之外，"五四""自我"的发现，个人本位主义意识的觉醒也是一大原因，它促成了"五四"启蒙主义文学叙事中的基本模式，即觉醒的、进步的、能动的个人与沉睡的、停滞的、被动的国家之间的对立。在这样一种关系之中，正如鲍吾刚(Wolfgang Bauer)所说："在一个看来不快乐、不公平的世界里，幸福只存在于对现实的颠覆中。"[②]既然个人的正当诉求得不

---

① 陈独秀：《陈独秀文章选编》，北京：生活·读书·新知三联书店，1984 年，第 13 页。

② [德]鲍吾刚著，严蓓雯等译：《中国人的幸福观》，南京：江苏人民出版社，2009 年，第 20 页。

到应有的回应和实现，那么打破现状、重起炉灶、彻底变革也就成为别无选择之举。

对于这样的现状，陈独秀开出的药方就是绕开现实政治的烂摊子，而走文化先行之路，通过引进西方近代文明来改造人心，进而改造社会。他所理解的西方近代文明包括以下几个方面："近代文明之特征，最足以变古之道，而使人心社会焕然一新者，厥有三事：一曰人权说，一曰生物进化论，一曰社会主义是也。"这种近代文明构成了他所主张的新文化的蓝本："要问新文化运动是什么，先要问'新文化'是什么；要问新文化是什么，先要问'文化'是什么。……文化底内容，是包含着科学、宗教、道德、文学、美术、音乐等运动。"在这些文化内容之中，他首重的是"科学"，并将其所理解的科学视为其他文化内容的基础——他认为："科学有广狭二义：狭义的是指自然科学而言，广义的是指社会科学而言。社会科学是拿自然科学的方法用在一切社会人事的学问上，像社会学、伦理学、历史学、法律学、经济学等，凡用自然科学方法来研究、说明的都算是科学；这乃是科学最大的效用。我们中国人向来不认识自然科学以外的学问，也有科学的权威；向来不认识自然科学以外的学问，也要受科学的洗礼；向来不认识西洋除自然科学外没有别种应该输入我们东洋的文化；向来不认识中国底学问有应受科学洗礼的必要。我们要改去从前的错误，不但应该提倡自然科学，并且研究、说明一切学问（国故也包括在内），都应该严守科学方法，才免得昏天黑地、乌烟瘴气的妄想、胡说。"[①]由此可知，他所主张的新文化是以科学为主导的文化，科学之外的文化也需经过科学的洗礼、检验之后才有存在的权利。这种主张本身显然带有唯科学主义色彩。

陈独秀倡导新文化运动也表现出对文化本身突出的信仰，他认为文化对社会政治经济等领域起决定性的作用，这种作用在他说来不无神通广大色彩：如"新文化运动影响到军事上，最好能令战争止住，其次也要叫他做新文化运动的朋友不是敌人。新文化运动影响到产业上，应该令劳动者觉悟到他们自己的地位，令资本家要把劳动者当作同类的人看待，不要当作机器、牛马、奴隶看待。新文化运动影响到政治上，是要创造新的政治理想，不要受现实政治底羁绊。

① 陈独秀：《新文化运动是什么》，《新青年》第七卷第五号，1920年4月1日。

譬如中国底现实政治，什么护法，什么统一，都是一班没有饭吃的无聊政客在那里造谣生事，和人民生活、政治理想都无关系，不过是各派的政客拥着各派的军人争权夺利，好像狗争骨头一般了。他们争夺的是狗的运动，新文化运动是人的运动；我们只应该拿人的运动来轰散那狗的运动，不应该抛弃我们人的运动去加入他们狗的运动”。[①]

这就放大了文化之于政治经济等领域的作用，带有价值一元论倾向，英国学者伯纳德·科瑞克曾对这类“非政治”的文化政治论者做过这样的评论：说他们“想享用政治的一切果实，却不需支付其代价或正视其艰辛。他喜欢颂赞这些果实，而不愿理会树本身；他想摘取每一颗果实——自由、代议政府、政府的清廉、经济的繁荣、义务教育等等——然后禁止这些果实再与政治有接触”[②]。五四新文化提倡者浪漫主义的政治观及对现实政治的恶感和隔膜也是他们试图在政治方式之外来解决政治问题的一大原因。他们不愿去正视人性的幽暗和历史的艰难，更青睐于一种把人的主观情感意志当作世界本原和发展动力的唯意志主义。

从倡导科学和人权的立场出发，陈独秀对于中国传统的核心儒教的态度是彻底否定的。在《宪法与孔教》一文中，他认为：“欲建设西洋式之新国家，组织西洋式之新社会，以求适今世之生存，则根本问题，不可不首先输入西洋式社会国家之基础，所谓平等人权之新信仰，对于与此新社会、新国家、新信仰不可相容之孔教，不可不有彻底之觉悟，勇猛之决心，否则不塞不流，不止不行。”[③]陈独秀以现代性的信仰自由原则批判独尊孔教，显然是有其依据的，将孔教立为国教确与政教分离的原则冲突，但这并不影响其作为一种文化信仰在现代存在的合法性，并不能剥夺其作为众多信仰中的一家存在的权利。“五四”人大多不承认儒家为“宗教”，而将其单纯地视为“君人南面之术”，一种专制主义意识形态。这显然是忽视了儒教在中国人的生活中的多面性，尤其是忽略了其作为一种宗教性信仰的超验性的一面。从根本上讲，陈独秀否定儒教的深层理据在于他相信现代社会根本不需要宗教，宗教是现代性的对立面，彻底“现代”意味着彻底

---

① 陈独秀：《新文化运动是什么》，《新青年》第七卷第五号，1920年4月1日。

② Bernard Crick, *In Defence of Politics*, Continuum International Publishing Group, 2005, p.123.

③ 陈独秀：《新青年》第二卷第三号，1916年11月1日。

消除宗教的影响。这也是一种其来有自的道理，它来源于法国大革命的由理性（文化）造国家、由国家造社会的唯理主义的思维方式和社会变革模式，而这种模式在法国也基本上是一种失败的尝试，因为成功的宪政国家是将社会视为国家存在的基础，而文化的源头则来自社会和国家。政教分离并非以政治取缔宗教，而是让宗教摆脱政治的羁绊得到更自由的发展。由此可知，宗教与现代社会的关系并不是像陈独秀认定的那么简单。

陈独秀推崇科学的原因在于他发现了传统、宗教在与“革命”争夺青年，这里还有个小插曲：他的《青年杂志》刚出了第一期，就被上海宗教界要求改名，因为当地基督教团体办的一个刊物叫《上海青年》，按照当时的版权法，重名就是违法，所以他们要求陈独秀必须为杂志改名，否则起诉他。陈独秀虽然非常恼火，但还是改了名，叫《新青年》。这个不起眼的事件足可以让陈独秀意识到宗教势力的强大和可恶，宗教和传统所培养的那种服从性人格正是“革命”的阻碍，革命需要的是一种自主、独立、“横厉无前”的豪杰、英雄人格，所以扫除传统和宗教对青年的束缚成为当务之急，而科学在陈独秀眼中正是宗教和传统的天敌，因此倡导科学、打破迷信是解放青年的不二法门。所以科学成为他所要构建的时代新信仰的基础。这种新信仰对于处于传统向现代转换中的寻路者来说尤其具有吸引力，曾经深刻地影响过“五四”一代人的俄国民主主义革命者、社会主义的先驱赫尔岑曾这样描绘过近代以科学和人权为基础的新信仰在他心中所激起的波澜：“那是些伟大的词句，包含着人与人之间新关系的整个世界——一个健康的世界，精神的世界，美的世界，符合自然道德的世界，因而也是道德上纯洁的世界。许多人嘲笑妇女的自由，嘲笑对肉体权利的承认，给这些话加上肮脏的、庸俗的含义；我们的修士式淫欲观念惧怕肉体，惧怕妇女。善男信女们明白，对肉欲的净化尊重，就是基督教的丧钟；生的宗教代替了死的宗教，美的宗教代替了禁欲主义的、斋戒祈祷的宗教。被钉上十字架的肉体重又复活了，它不再为自己感到羞耻。人达到了和谐的统一，终于明白，他是一个整体，不是由两种互相制约的不同金属制成的钟摆，于是与他结合在一起的敌人消失了。”[①]这种立足自然人性论的科学主义的看待人和世界的新视野，为人的

① ［俄］赫尔岑著，项星耀译：《往事与随想》上册，北京：人民文学出版社，1993年，第174页。

全面解放、终极幸福提供了可能，带来了希望。因此它作为一种现代意识形态对人的吸引力是非常巨大的。只有这种能够唤起人们去创造历史的激情化的观念，才能对历史产生深刻的影响，因此勒庞说："在列举能够对群众心理产生影响的因素时，根本就没有必要提到理性，除非是为了指出它的影响的消极价值。"[①]理性往往是激情的触媒，而最后为激情所融化。

在五四新文化运动的领袖人物中，陈独秀无疑最具有一种法国大革命中雅各宾主义的精神气质，按照柏克的定义：所谓"雅各宾主义""是一种清除人们头脑中偏见的尝试（迄今已取得了很大的成功），目的在于将所有的权力和权威都交给对人们的头脑进行启蒙的人手中。出于这一目的，雅各宾分子决意摧毁这个世界旧社会的整个构架和组织，按照他们的模式再造社会"[②]。据于经验和常识的柏克认为雅各宾派是一种偏执的哲学家，"由于他们超然于任何利益之外（如果利益单独发挥作用，会使他们更易受控制得多），所以他们被各种没有希望的轻率的愤怒冲昏了头脑，以至于为了他们最微不足道的经验而牺牲整个人类……"[③]柏克与唯理论者的分歧是无法避免的，但陈独秀式的唯理论的雅各宾气质使他们在"五四"平添了一种真理在手的刚爽、明快乃至自负、武断是显而易见的。这种拒绝讨论、沟通的简单而极端的观念却因为它切合大众心理期待而起到理性探讨所起不到的作用。它推动了整个民族为平等、自由、民主这些抽象的原则和权利做不懈的追求，其对于历史的影响力是不可低估的。

陈独秀的文化主张虽然从学理的角度衡量不无偏颇和简单化色彩，但时代需要一种更为彻底的强有力的政治理想以推动进一步的社会改造的需要，因此，同是老革命党、个人信仰无政府主义的蔡元培慧眼识荆，三顾茅庐，邀请陈独秀出山。陈独秀本非学问中人，蔡元培为他虚构了东京"日本大学"毕业的学历、安徽公学教务长之类的履历，将其任命为北京大学的文科学长，陈独秀也将《新青年》迁往北京出版。由此激进主义的政治精英实现了与进步主义知识精英的结合，实现了文化领域的激进主义的现代联盟。

---

① ［法］古斯塔夫·勒庞著，冯克利译：《乌合之众——大众心理研究》，北京：中央编译出版社，2000年，第92页。
② ［英］埃德蒙·柏克著，蒋庆、王瑞昌、王天成译：《自由与传统》，北京：商务印书馆，2001年，第178页。
③ ［英］埃德蒙·柏克著，蒋庆、王瑞昌、王天成译：《自由与传统》，北京：商务印书馆，2001年，第179页。

二

作为“新文化”和“新文学”另一位重要领军人物的胡适可以说与陈独秀一样都是科学主义者,只不过他偏向于一种经验主义的科学论者,而陈独秀则属于唯理主义的科学论者,在对科学的信仰上,两者并无明显区别。这从胡适对中国最为彻底的科学主义信仰者吴稚晖的颂扬中可看到端倪:吴稚晖是以他的漆黑一团的宇宙观和人欲横流的人生观闻名于世的无神论的无政府主义者,他对于人的理解是完全物质化的。他认为:物质是宇宙现实的唯一的和最终的组成,思想和意识都是其副产品,物质以外无现实。他强调“精神不过从物质凑合而生也。用清水一百一十磅,胶质六十磅,蛋白质四磅三两,纤维质四磅五两,油质十二两,会逢其适,凑合而成一百四十七磅之我。即以我之名义,盲从此物理世界之规则,随便混闹一阵。闹到如何地步,即以我之清水油胶等质各自分离而后止。究竟善恶是何一物,至善是何一点,真相是何一相,我可不管”[①]。

胡适认为:“他(吴稚晖)老先生五年的思想和讨论的结果,给我们这样一个‘新信仰的宇宙观及人生观’。他老先生很谦逊地避去‘科学的’尊号,只叫他做‘柴积上,日黄中的老头儿’的新信仰。他这个新信仰正是张君劢先生所谓‘机械主义’,正是梁任公先生所谓‘纯物质的纯机械的人生观’。他一笔勾销了上帝,抹杀了灵魂,戳穿了‘人为万物之灵’的玄秘。这才是真正的挑战。”[②]

胡适是这样来表述他自己的科学主义人生观的:“根据于生物学及社会学的知识,叫人知道个人—小我—是要死灭的,而人类—大我—是不死的,不朽的;叫人知道‘为全种万世而生活’就是宗教,就是最高的宗教;而那些替个人谋死后的‘天堂’‘净土’的宗教,乃是自私自利的宗教。这种新人生观是建筑在二三百年的科学常识之上的一个大假设,我们也许可以给他加上‘科学的人生观’的尊号。但为避免无谓的争论起见,我主张叫他做‘自然主义的人生观’。”[③]在这种献身于人类未来的自然主义人生观的背后是一种人性可臻无限完善论的信念,也就是相信只要纯任自然,消除对人的自由的任何限制,人性就会自然进

---

① 转引自郭颖颐:《中国现代思想中的唯科学主义》,南京:江苏人民出版社,1995年,第33页。
② 张君劢等:《科学与人生观》,济南:山东人民出版社,1997年,第20页。
③ 张君劢等:《科学与人生观》,济南:山东人民出版社,1997年,第23—24页。

化到一种尽美纯善之境。对于这种乐观主义的人性进化论者，章太炎在清末曾提出异议，他在《俱分进化论》中指出：善亦进化，恶亦进化，善恶如影随形，所以尽美至善之境永远也不可能达到。他对人性持一种比较悲观的态度，认为人如果仅仅顺其自然之性，结果只能是“纵情则为奔驹，执德则如朽索，趋利则如坠石，善道则如悬丝”[①]。古人讲“积善如堆土，勤垒善苗难生；纵恶如挽弓，屡摘恶果无伤”，讲的也是这个善难培、恶难去的道理，社会的道德进步不是靠着简单的人性解放就可以自然实现，实际出现的情况可能相反，即解放的结果导致的只能是人的“兽性的扩张”和善性的沉沦，所以他们认同的仍是克己从善、天人交战的路子，但这路子只能适用于具有内省能力的个人和私人性道德，并不适用于群体。群体主义的道德与私人性道德的立足点不同，它往往表现为一种为共同目标而献身的无私无畏的道德，这是一种“事业联盟性”的道德，更适应于现代性的群体主义的社会改造运动的需要。这种“新道德”将道德乌托邦的实现寄托于外在的群体和制度之上，而废弃传统的个人修身进德之路，这也就消除了源于个人的道德自主性，而使其伦理观带有鲜明的他律论色彩。

胡适青年时代一度认同过培根的“无后”说：“天下最大事功为公众而作者，必皆出于不婚或无子之人，其人虽不婚无后，然实已以社会为妻为子矣。……吾人行见最伟大之事功皆出于无子之人耳，其人虽不以形体传后，然其心思精神则已传矣。故惟无后者，乃最能传后者也。”[②]他将“无后论”与叔孙豹三不朽论融为一体：“立德，立功，立言，皆所谓无后之后也。释迦、孔子、老子、耶稣皆不赖子孙传后。华盛顿无子，而美人尊为国父，则举国皆其子孙也。李白、杜甫、裴伦、邓耐生其著作皆足传后。有后无后，何所损益乎？”[③]他还引征大量近代单身伟人之例，如笛卡儿、帕斯卡尔、斯宾诺莎、康德、霍布斯、洛克、斯宾塞、牛顿、亚当·斯密、伏尔泰等。这种以社会为本位的信仰，是对传统“不孝有三，无后为大”发源于血亲情理之上的传统道德的拔根之举。

“五四”时期的胡适尤为推崇易卜生主义，认为其“最可代表十九世纪欧洲的个人主义的精华”。1918 年 6 月，《新青年》辟“易卜生号”（第四卷第六号）并

---

① 章太炎：《革命道德说》，《章太炎全集》第四册，上海：上海人民出版社，1985 年，第 284 页。

② 胡适：《胡适留学日记》上，合肥：安徽教育出版社，1999 年，第 372 页。

③ 胡适：《胡适日记全编》，合肥：安徽教育出版社，2001 年，第 485 页。

发表了胡适的《易卜生主义》。在该文中胡适将个性的自由发展归为人类的终极目的,在他看来,社会是由个人组成的,个人应该从社会中救出自己,“而解放和发展个性,是社会发展的基础。发展个人的个性须具备两个条件:一是须使个人有自由意志,二是须使个人负责任。自由独立的人格是社会进步的基础。自治的社会,共和的国家,只是个人有自由选择之权,还要个人对于自己所行所为都负责任。……社会国家没有自由独立的人格,如同酒里少了酒曲,面包里少了酵,人身上少了脑筋:那种社会国家决没有改良进步的希望”。这在青年知识分子产生了广泛影响,推动了“五四”时期个人从家庭社会、民族国家的束缚中解放出来,投身新世界的思想解放运动。1919 年 2 月,在《易卜生主义》发表半年之后,胡适在《不朽——我的宗教》一文中做了进一步的说明:“我这个‘小我’不是独立存在的,是和无量数小我有直接或间接的交互关系的,是和社会的全体和世界的全体都有互为影响的关系的,是和社会世界的过去和未来都有因果关系的。……这种种过去的‘小我’,和种种现在的‘小我’,和种种将来无穷的‘小我’,一代传一代,一点加一滴,一线相传连绵不断;一水奔流滔滔不绝,——这便是一个‘大我’。‘小我’是会消灭的,‘大我’是永远不灭的。‘小我’是有死的,‘大我’是永远不死、永远不朽的。‘小我’虽然会死,但是每一个‘小我’的一切作为,一切功德罪恶,一切语言行事,无论大小,无论是非,无论善恶,一一都永远留存在那个‘大我’之中。那个‘大我’,便是古往今来一切‘小我’的纪功碑、彰善祠、罪状判决书,孝子慈孙、百世不能改的恶谥法。”[①]这种由人类、世界、社会构成的“大我”带有一种抽象的、悬空的超验性,它是一个可望而不可即的目标,但正是这个可望而不可即的目标推动着人们从传统社会的社群主义伦理中挣脱出来,将人对家庭、宗族、民族国家等小共同体的忠诚转移到对人类、世界、理想社会这样的至上之物的尊崇之上,从而唤起一种为世界大同、人类幸福、社会进步而献出一切的道德神圣感。

从新文化运动兴起的过程来看,章门弟子的加盟显然对其起到了极大的推动作用。鲁迅在《新青年》创办之初就已经注意到该刊物,但一开始对其兴趣并不大,据周作人回忆:“在与金心异谈论之前,鲁迅早知道了《新青年》的了,可是

---

① 胡适:《不朽——我的宗教》,《新青年》第六卷第二号。

他并不怎么看得起它。那年四月我到北京，鲁迅就拿几本《新青年》给我看，说这是许寿裳告诉的，近来有这么一种杂志，颇多谬论，大可一驳，所以买了来的。但是我们翻看了一回之后，也看不出什么特别的谬处，所以也随即搁下了。那时《新青年》还是用文言文，虽然渐渐你吹我唱的在谈文学革命，其中有一篇文章还是用文言所写，在那里骂封建的、贵族的古文。总结的说一句，对于《新青年》总是很冷淡的，即使并不如许寿裳的觉得它谬，但是在夏夜那一夕谈之后，鲁迅忽然积极起来，这是什么缘故呢？鲁迅对于文学革命即是改写白话文的问题当时无甚兴趣，可是对于思想革命却看得极重，这是他从想办《新生》那时代所有的愿望，现在经钱君来旧事重提，好像是埋着的火药线上点了火，便立即爆发起来了。这旗帜是打倒吃人的礼教！钱君也是主张文学革命的，可是他的最大的志愿如他自己所说，乃是'打倒纲伦斩毒蛇'，这与鲁迅的意思正是一致的，所以简单的一场话便发生了效力了。"[①]从近代思想的谱系来说，唯一可和陈独秀的激进主义现代性话语进行对话乃至抗辩的是章太炎，他在清末已和吴稚晖等无政府主义者进行过论争，但此时他年纪已长，兴趣也发生转移，能继承其学问的有黄侃等弟子，但能继承其思想的弟子则鲜有。鲁迅在清末可以说能理解并接受其部分思想，这在《文化偏至论》和《破恶声论》中可以看出些端倪，但鲁迅对乃师源于佛学和庄子的智慧并无深入理解，所以对乃师质疑现代进步主义信条的《俱分进化论》和《四惑论》缺乏同情，且可能将其当作其师不合时代潮流的奇谈怪论，并不严肃看待。"五四"时期的钱玄同甚至抛开了乃师所重的古文经学的求是传统，公开宣布转向"今文经学"的致用之学，又有今文家转向疑古，认为："六经固非姬旦政典，亦非孔子的托古著作，六经的大部分固无信史价值，亦无哲理和政论价值。"[②]许寿裳起初认为《新青年》颇多谬论，说明他还是以当年《民报社》时代章门弟子的眼光来看《新青年》的，而鲁迅这时的心理、思想已变，原因主要在于民初袁世凯称帝和张勋复辟的刺激使他感到已彻底的无"古"可复，中国的唯一希望就是彻底欧化。所以他觉得自己虽与《新青年》诸君意见并不完全一致，但其大目标还是可以认同的，所以选择写作如其所望的"遵命文学"，这可以视作时代对其人生道路的导引。

---

① 周作人：《鲁迅的故家》，石家庄：河北教育出版社，2002 年，第 355—356 页。

② 钱玄同：《答顾颉刚先生书》，《古史辨》第 1 册中编，上海：上海古籍出版社，1982 年。

民国初张勋复辟的逆动对“五四”人的刺激是非常之大的,之所以大在于它是对“五四”人赖以立身的唯理论的历史进步观的反动,它可以说是一种哲学与意识形态意义上的反动,所以其对作为理念人的现代知识阶层刺激尤大,正如钱玄同所说:“若玄同者,于新学问、新知识一点也没有……发昏做梦者整整十八年。自洪宪纪元始如一个响霹雳震醒迷梦,始知国粹之万不可保存,粪之万不可不排泄。”[①]钱玄同当时的“激进”是高出同侪之上的,例如他说他也很爱国,但他的爱国必须建立在中国合乎他的理想、愿望的前提之下,否则他宁愿“卖国”:“我也很爱国,但我所爱的中国,恐怕也和大同世界一样,实际上尚未有此物。这便是‘欧化的中国’这句话(老实人若要误解,尽管请误解,我可不高兴负解释的责任)。至于有些人要‘歌颂’要‘夸’的那个中国,我不但不爱它,老实说,我对于它极想做一个‘卖国贼’。卖给谁呢?卖给遗老(广义的)。他们爱磕头,请安,打供,除眼镜,拖辫子,裹小脚,拜祖宗,拜菩萨,拜孔丘,拜关羽,求仙,学佛,静坐,扶乩,做古文,用‘夏历’,说‘中国道德为世界之冠’,说‘科学足以杀人’……爽性划出一块龌龊土来,好像‘皇宫’那样,请他们攒聚到那边咬干屎橛去;腾出这边来,用‘外国药水’消了毒,由头脑清晰的人来根本改造,另建‘欧化的中国’,岂不干脆!讲到救国,我极愿意——也只愿意——‘救救该子’,救救那‘没有吃过人的孩子’而已,其他则不敢闻命。”[②]周作人虽也是章门弟子中一员,但其受西方文学特别是古希腊文学文化影响较大,其对于人的理解带有更多的自然人性论和现代功利主义色彩,他一生倡导“伦理之自然化,道义之事功化”,自然有其打破传统中国的“思想的强制和性道德的残酷”的人性解放意义,但如将其逻辑推到极致,以“自然”取代“伦理”,以“事功”取代“道义”,显然会导向一种现代虚无主义。科学主义的伦理观把伦理的基础奠定在科学的认知之上,然而由科学上的“是怎样”仍无法推导出伦理上的“应怎样”,正如从进化论的“人是从猿猴变的”事实无法推出“人应该相亲相爱”的伦理要求一样。因此现代性的道德论证仍是一个没有解决的问题。

总之,“五四”人的文化主张带有明显的现代末世论色彩,他们倾向于从终极的理想状态来看待现在和过去,强化未来与现在和过去对立和断裂,将现在

---

① 钱玄同:《保护眼珠与换回人眼》,《新青年》第五卷第六号,1918年。
② 钱玄同:《钱玄同文集》第二卷,北京:中国人民大学出版社,1999年,第128—129页。

理解为光明与黑暗的最后的决战时刻，一个完全不同于以往的全新的世界即将和必然到来。由此他们也就成为为这必将到来的“大事因缘”开路呐喊者。这种由非现实的未来和远方支撑的信念，显然带有乌托邦的他律论的理想化色彩。一旦诗意消退，人们发现未来成谜、远方成空时，对这种着眼、执着于未来的价值理想的质疑和动摇就会汹涌而至。如何在乌托邦和现实之间探索一条现代中国人的安所遂生之道，也就成为需要我们“接着讲”而非“照着讲”的问题。

超越“物质”的精神偏至

——现代文学中非物质主义的精神指向

美国哲学家理查德·罗蒂(Richard McKay Rorty)2004年7月6日在南开大学的学术演讲中将“救赎真理的衰落和文学文化的兴起”视为一个重要的现代性现象。在前现代社会,给人们提供人生的价值和意义支持的是宗教信仰,正如《圣经》中耶稣说:“我就是道路、真理、生命;若不借着我,没有人能到(天)父那里去。”[①]作为宗教信仰的颠覆者,“现代性”文化表现为以一种人本主义对抗神本主义的文化,它赋予每个人去探询真理的权利,肯定意志自由和个人本位。这就引发了人的思想、情感的大解放,而文学正是这种个人思想、情感大解放的最自由的表现天地。如此,作为人的解放的先驱者的思想、情感、人生追求、意义探询就取代了传统时代宗教在人心中的地位,成为人们尊崇的对象,成为一种宗教的替代品,进而成为世俗化时代的“宗教”。在这样的时代,以往被宗教贬斥的“哲学家”“诗人”成为人间的

① 《约翰福音》第十四章,转引自胡祖馨编译:《人生启示录:哲人与哲语》,台北:常春树书坊,1983年,第136页。

立法者，这是一个典型的"现代性"现象。衡诸20世纪以来的现代中国，由于中国固有的传统文化在欧风美雨的冲击下陷于全面崩溃、瓦解的状态，所以个人解放的浪潮就来得更为迅猛。中国文化传统自身就是一种"人皆可以为尧舜"的文化，所以现代个人解放的先驱者就顺理成章地成为"新的尧舜""现代中国的孔夫子"，成为新的人生价值意义的提供者和体现者。他们的文学性写作也就取代传统经典而成为一种"现代人生指南"，由此也就加强、加深了中国现代文学注重价值变革的精神至上倾向，并催生了中国现代文学文化的兴盛和社会地位的崇高：将"五四"以来的现代文学放在西方文学和中国自身的文学传统中来考察，现代中国作家对历史进程的影响及其在社会中的地位几乎可以说是超越中外、后无来者的。这使得中国现代文学成为一种典型的"非常态"的文学，它的价值和意义不再局限于文学本身，而在于它所倡导的精神文化价值和对于现实的社会历史进程的推动作用。现代文学将自身化成了现代中国历史的一个重要组成部分，并给社会政治经济等诸领域的变革带上了"泛文学"的色彩。这也正是需要我们加以重点考察的"现代性"的文学文化现象。

一、"掊物质而张灵明"——超越"物质"的精神之路

一般说来，资本主义文化是一种物质为先的文化，追求物质富裕、经济发展是资本主义产生的最原始、最重要的动力。它的政治、经济、文化制度都是在这种追求物质的原动力之上逐步发展起来的。这种发展，既有人们的主观设计成分，也是一种社会自然演进的结果，所以"现代"与"前现代"之间并没有一个可以截然区分的界限。从世界资本主义的发展来看，英国可以说是这种资本主义文明的著先鞭者，其他国家与英国相比，可以说都是"后发展国家"。一个值得注意的现象是，对于资本主义这种现代文化的"现代性"的研究，却不是从英国开始的，而是从当时的后发展国家德国、法国等国家开始的，这说明了什么？这说明有待于实现"现代化"的国家对探询"现代"之为"现代"的原因更感兴趣，也更具有探究此问题的现实迫切性。研究"现代"是为了赶超"现代"，以推动本国的现代化转换。国家就像人一样也是喜欢模仿"成功人士"的，后起者的"现代性"探寻中不无急于"现代"的焦虑以及出于民族、国家自尊而力图在精神文化上超越"现代化"的物质文明的心理动机。但他们所找到的答案往往是过于

简单化的,因为一个国家的现代化过于复杂,有很多不可重复的机遇、条件在里面,正像成功的理由连“成功人士”自己也往往不能了然一样。这种面对西方“现代化”的焦虑以及力图赶超“现代”的心理,在面临着内忧外患的中国这样的后发展国家表现得就更为突出。由此,在晚清时期就出现了种种相互抵牾的“救国”之道,其中“精神派”和“物质派”的冲突就是一种比较典型的冲突,并从晚清一直延续下来。中国现代化的起步可以说是从洋务运动开始的,洋务派所认知的西方现代文明就是船坚炮利、物质为先的文化,这是一种最直观的对西方文化的理解。由“封疆大吏”推动的中国的洋务运动,其社会动员动力是非常有限的,并很快受到了严重的挫折。由“甲午之役”引发的面对“现代”的精神焦虑,在全社会开始蔓延开来,激进的士人精英阶层开始要求“物质”背后的制度变革。戊戌变法的失败,堵死了主张激进改革的士人精英进入权力中枢的通道。于是流亡海外的维新派开始把改造社会的途径转向思想、文化变革,希望通过面对大众的思想革命来打通现代化的道路。由此“文化变革”开始成为中国现代化变革的重要课题,这也为远离权力中心的知识分子提供了用武之地,他们担负起了进行现代思想文化革命的使命,期望通过这种价值层面的革命带动政治经济及一切其他社会层面的革命,进而到由内到外的、由精神到物质的革命。鲁迅所主张的“文化偏至论”主张也正是这种思想变革为先的思路的延续。这种“文化偏至”的思路与“物质救国”的思路显然是迥然异趣的,两者虽然都主张中国的大变和快变,但一是着眼于物质的因素、实力的增强,一是主张精神的先进与个性自由的扩展和发挥。“物质派”成为后起的“精神派”的主要批判对象。近代以来的“维新派”“革命党”等虽然都很重视“心”的作用,但真正明确提出来“掊物质而张灵明,任个人而排众数”[①]的主张,将精神与物质对立起来的,大概应以鲁迅为代表。我们可以以鲁迅为代表来考察晚清时期这种“精神”超越“物质”的观点是如何形成的,其立论的依据、背景何在。首先,鲁迅的“文化偏至论”主张的提出,是建立在对“现代性”的物质主义文化的批判立场上的,物质主义、富国强兵主义、社会达尔文主义、科学主义以及主张西化的反传统的无政府主义构成了晚清时期他这种主张提出的特有语境。之所以要批

① 鲁迅:《文化偏至论》,《河南》第7号,1908年8月。引自《鲁迅全集》第1卷,北京:人民文学出版社,2005年,第47页。

驳这些主张是因为他认为这些主张近视、浅薄、势利而又武断："中国既以自尊大昭闻天下，善诋諆者，或谓之顽固；且将抱守残阙，以底于灭亡。近世人士，稍稍耳新学之语，则亦引以为愧，翻然思变，言非同西方之理弗道，事非合西方之术弗行，掊击旧物，惟恐不力，曰将以革前缪而图富强也。"[①]此时的鲁迅基本上是一位受章太炎影响的文化民族主义者，他不但对洋务派的物质主义主张嗤之以鼻，而且对"科学派"的无政府主义"西化派"也颇为不屑，认为他们的主张都没有触及到中国的根本问题，而且他们接受的是一种已经"过时"了的19世纪的欧洲文明，而20世纪的西方"新文明"要超越的便是这种19世纪的"物质主义""科学主义"。他援引19世纪末西方反资本主义的思潮来证明一个不同于物质主义的资本主义的"新文明"即将出现："然则十九世纪末思想之为变也，其原安在，其实若何，其力之及于将来也又奚若？曰言其本质，即以矫十九世纪文明而起者耳。盖五十年来，人智弥进，渐乃返观前此，得其通弊，察其黮暗，于是浡焉兴作，会为大潮，以反动破坏充其精神，以获新生为其希望，专向旧有之文明，而加之掊击扫荡焉。全欧人士，为之栗然震惊者有之，芒然自失者有之，其力之烈，盖深入于人之灵府矣。然其根柢，乃远在十九世纪初叶神思一派；递夫后叶，受感化于其时现实之精神，已而更立新形，起以抗前时之现时，即所谓神思宗之至新者也。若夫影响，则眇眇来世，肊测殊难，特知此派之兴，决非突见而靡人心，亦不至突灭而归乌有，据地极固，函义甚深。以是为二十世纪文化始基，虽云早计，然其为将来新思想之朕兆，亦新生活之先驱，则按诸史实所昭垂，可不俟繁言而解者已。"[②]他认为西方物质主义文明的弊病已暴露无遗："盖唯物之倾向，固以现实为权舆，浸润人心，久而不止。故在十九世纪，爰为大潮，据地极坚，且被来叶，一若生活本根，舍此将莫有在者。不知纵令物质文明，即现实生活之大本，而崇奉逾度，倾向偏趋，外此诸端，悉弃置而不顾，则按其究竟，必将缘偏颇之恶因，失文明之神旨，先以消耗，终以灭亡，历世精神，不百年而具尽矣。递夫十九世纪后叶，而其弊果益昭，诸凡事物，无不质化，灵明日以亏蚀，旨趣流于平庸，人惟客观之物质世界是趋，而主观之内面精神，乃舍置不之一省。

---

① 鲁迅：《文化偏至论》，《河南》第7号，1908年8月。引自《鲁迅全集》第1卷，北京：人民文学出版社，2005年，第45页。

② 鲁迅：《文化偏至论》，《河南》第7号，1908年8月。引自《鲁迅全集》第1卷，北京：人民文学出版社，2005年，第50—51页。

重其外,放其内,取其质,遗其神,林林众生,物欲来蔽,社会憔悴,进步以停,于是一切诈伪罪恶,蔑弗乘之而萌,使性灵之光,愈益就于黯淡:十九世纪文明一面之通弊,盖如此矣。”①

这种“反现代”的对现代物质主义文明的批判与传统士大夫“耻于言利”、超越世俗的精神也是相通的,鲁迅对“时风”的批判也正是从自诩为“志士”的维新人物的“力本论”的文明观和名为“救国”实则“自私”“好利”着眼的。他秉承了儒生的“忧道不忧贫”的超越精神,希望能够靠着唤醒国魂来济世救民。这正是他的“寄意寒星荃不察,我以我血荐轩辕”②的精神、情怀的体现。他把“人心”问题视为一切变革的根本,这种思维方式本身可以说是与传统共享的。儒家素来注重“人心”,把“人心”视为人格实现和历史秩序的主宰,孔子说:“仁,远乎哉?我欲仁,斯仁至矣。”③又说:“欲仁而得仁。”④孟子在阐发孔子的“仁”时便说:“仁,人心也。”⑤儒学的这种突出人的心智功能的思想倾向,实际上已经成为一种民族文化心理积淀,不自觉地存在于中国人的内心深处。由此看来“精神派”对西方物质主义的批判从某种意义上来说也是中国的固有人文主义文化的延续。与一般的立足于“物质”和“科学”、追求富强的“现代性”理想不同,鲁迅格外强调和重视人的个性的自由发展,反对其时代的“民族国家主义者”将“民族、国家”视为最高的信仰,也反对将“现代化”的物质主义文明视为一种最高的文明形式,因为它们都构成了对人的个性的压抑和摧残:“聚今人之所张主,理而察之,假名之曰类,则其为类之大较二:一曰汝其为国民,一曰汝其为世界人。前者慑以不如是则亡中国,后者慑以不如是则畔文明。寻其立意,虽都无条贯主的,而皆灭人之自我,使之混然不敢自别异,泯于大群,如掩诸色以晦黑,假不随驸,乃即以大群为鞭箠,攻击迫拶,俾之靡骋。”⑥

这种倾向表明鲁迅与当时主流派的“现代化”主张发生了分歧,他所维护的现代性的核心价值是个人和自由以及超越物质的精神信仰和超越现实的自由

---

① 鲁迅:《文化偏至论》,《河南》第7号,1908年8月。引自《鲁迅全集》第1卷,北京:人民文学出版社,2005年,第54页。

② 鲁迅:《自题小像》,《朝花夕拾》,武汉:长江文艺出版社,2013年,第147页。

③ 《论语·述而篇》,引自钱穆《论语新解》,北京:生活·读书·新知三联书店,2002年,第191页。

④ 《论语·尧曰篇》,引自钱穆《论语新解》,北京:生活·读书·新知三联书店,2002年,第509页。

⑤ 《孟子·告子章句上》,引自杨伯峻《孟子译注》,北京:中华书局,1988年,第267页。

⑥ 鲁迅:《破恶声论》,《河南》第8号,1908年12月。引自《鲁迅全集》第8卷,北京:人民文学出版社,2005年,第28页。

创造，这使其思想有了浪漫主义的“反现代”的审美现代性色彩。这种审美现代性是对现代性的理性主义倾向的反拨，更接近于前现代的宗教传统。所以这个时期的鲁迅对于作为人类精神超越性之源的宗教颇有了解之同情，而不同意无政府科学主义者简单地以“迷信”之名来否定宗教，他认为：“宗教由来，本向上之民所自建，纵对象有多一虚实之别，而足充人心向上之需要则同然。顾瞻百昌，审谛万物，若无不有灵觉妙义焉，此即诗歌也，即美妙也，今世冥通神秘之士之所归也，而中国已于四千载前有之矣；斥此谓之迷，则正信为物将奈何矣。盖浇季士夫，精神窒塞，惟肤薄之功利是尚，躯壳虽存，灵觉且失。于是昧人生有趣神秘之事，天物罗列，不关其心，自惟为稻粱折腰；则执己律人，以他人有信仰为大怪，举丧师辱国之罪，悉以归之，造作譬言，必尽颠其隐依乃快。不悟墟社稷毁家庙者，征之历史，正多无信仰之士人，而乡曲小民无与。伪士当去，迷信可存，今日之急也。”[①]这种分歧也是现代性文化内部人文主义与科学主义冲突的一种体现。

从扬精神而贬物质这一点上来看，鲁迅可以说是与前现代的传统文化的思维方式有相通之处，但其所信之“道”、所立之“心”，则已迥异于传统，特别是中国的儒家传统。他是主张彻底的个人本位的，将“立人”视为中国问题和人生问题的最终解决之道，他理想中的社会应该是一种“自由人的共同体”，在这里任何对于个人、个性的压抑都是不可忍受的，纵使是自诩为“民主”的、“文明”的、“国家”的对个人的压抑，也不例外。这比较近于一种无政府个人主义的社会理想。他所追求的不是如刘师培所强调的无政府主义的“真公”——绝对平均主义，而是斯蒂纳（M. Stimer）、尼采（Nietzsche）式个人的绝对自由。他所说的“立人”，其要义就在于每个个体都获得绝对意义上的自由，从而能够“声发自心，朕归于我”[②]，做到真正的自主，这种理想显然带有浓厚的精英主义色彩，适用于个人自我完善的哲学未必适用于社会，被哲人视为理所当然的生活方式也未必适应大多数的民众。这也是早期的鲁迅在短暂兴奋之后陷入十年沉默的原因之一。

---

① 鲁迅：《破恶声论》，《河南》第8号，1908年12月。引自《鲁迅全集》第8卷，北京：人民文学出版社，2005年，第30页。

② 鲁迅：《破恶声论》，《河南》第8号，1908年12月。引自《鲁迅全集》第8卷，北京：人民文学出版社，2005年，第26页。

对于何为理想的人性的思考，使鲁迅接近了尼采的“超人”哲学，从而形成自己的“新人”理想。鲁迅所谓的“新人”主要在两点上是超出常人的：一个是健全的生命本能，即把传统的文野之分颠倒过来，野性、强悍、自然、赤裸裸的本色等为文明社会所不容的都被赋予正面价值；另一个是，“新人”并不以这种本能的生活为满足，还具有超越的精神追求。他是一个洞察了宇宙、人生的真谛的哲人，有出而救世的宏愿：他“洞见一切已改和现有的废墟和荒坟，记得一切深广和久远的苦痛，正视一切重叠淤积的凝血，深知一切已死、方生、将生和未生。他看透了造化的把戏；他将要起来使人类苏生，或者使人类灭尽，这些造物主的良民们”[①]。这种“救世”理想可以称为一种“精神”救世主义，也就是通过对人性的根本改造，将造物主的“良民”变成“叛军”，从而再造“新人”，以拯救人类。这种“真的人”的出现代表着陀思妥耶夫斯基所讲的由“神人”到“人神”的现代性转换已经在中国出现。

鲁迅的精神偏至主张可以说是现代性的价值合理性趋势的强化和发展，他是从思想变革入手，通过“重估一切价值”，使人摆脱来自家庭、国家、礼教、习俗等的束缚，通过完全地解放自己来解放社会。这种价值变革的合理性是毋庸多言的，现代化的历史进程已经全面地改变了传统的家庭、社会、男女关系等，使人们得到了更多的自由和解放。但这种自由和解放的获得和维持并不是单纯的所谓“我欲仁，斯仁至矣”的结果，也就是说原因和结果之间是不对称的。社会的发展是多方面的一种合力作用，其中物质、经济进步起着关键性作用。鲁迅后来也强调“物质”“经济”的重要性，但是他对于经济问题的解决思路仍然是政治性的从人的主观愿望和理想来立论的，并非从经济的自身规律来考虑经济问题，这仍是精神决定论思维方式的一种延续。总之，现代文学中的精神至上趋势导致了一种泛政治化、泛道德化、泛审美化的结果，使得现代社会应该相对独立的政治、经济、文化领域被串联在了一起，并由精神来决定其他，造成一种“纲举目张”的关系。这与现代化的政治、经济、文化领域应有的独立、分离趋势，是分道扬镳的。这种理想显然带有专注于精神价值的意志主义色彩。

---

① 鲁迅：《淡淡的血痕中》，《语丝》1926年第75期。引自《鲁迅全集》第2卷，北京：人民文学出版社，2005年，第226—227页。

二、“鹰和蛇”的寓言——“精神朝圣者”与荒漠化的“灰色人生”

高尔基(Maksim Gorky)曾以“鹰”和“蛇”来喻指现代理想主义的人生观和世俗主义的人生观,作家赞美了代表理想主义人生态度的鹰,嘲笑了听天由命、安于现状的蛇。蛇对鹰的飞上蓝天的渴望颇为不解,它在尝试了飞行之后发了这样的一番议论:“可笑的鸟儿呀,他们不懂得地上的好处,待在地上就发愁,拼命想飞到天空中去,到炎热的天空中去追求生活。天上不过空空洞洞,那里光明倒是很光明的,但是没有吃的东西,没有支持活的东西的立脚点。嗨,为什么要高傲呢？为什么埋怨呢？为什么要拿高傲来掩饰自己的狂热的愿望呢？自己不能生活下去,为什么要埋怨呢？……让那些不喜欢地上的,靠欺骗去生活吧。我是懂得真理的,他们的口号,我不会相信了。我是大地的造物,我还是靠大地生活吧。”[①]这种鹰与蛇的不同生存态度可以说是代表着历史大变革时代的两种典型心态,是“人神”冲突的一种现代表现形式。对于世俗化资本主义物质文明的批判实际上早在18世纪的卢梭(Jean-Jacques Rousseau)就开始了。富于超越精神的知识分子批判资产阶级狭隘、自私,只关心挣钱;而知识分子关心的则是人的生存的终极价值和意义,当然是要贬斥物质而高扬精神,由此就引发了启蒙主义以来的超越“现代性”的精神拯救运动,这种“拯救”不是靠传统的宗教,而是靠一种乌托邦的历史化,即在历史进程中实现人类的乌托邦理想,从而开辟人类历史上从未有过的真正合乎理想的时代,这就需要与传统决裂,从头开始创造一个新世界,这是一个以具有超越性的哲学、美学精神为指导的“乌托邦思想”的社会化过程,文学在此进程中担负起进行广泛的社会动员的使命。鹰的精神正是这种时代文学精神的集中体现,而蛇的选择则代表着一种世俗主义的人生哲学。鹰的选择合理性是毋庸多言的,但蛇的选择也有其自然的合理性。

内在于人性深处的人对物质的追求是不能完全否定的,现代社会的发展在很大程度上来自人的自利之心的推动。经济学家艾伯特·奥·赫希曼(Albert Otto Hirschman)回顾了17、18世纪的欧洲思潮,阐明了这一时期一个复杂的观

---

① [苏联]高尔基著,巴金等译:《高尔基散文》,杭州:浙江文艺出版社,2001年,第6页。

念转变,那就是在前现代社会被当作罪恶来谴责的人对物质利益的追求,在现代被赋予了新的意义,即人对利益的追求可以被用来控制人类难以驾驭的破坏性的欲望,因为赚钱和商业与人类的其他欲望比起来是一种较为温和、无害的欲望。正像约翰逊博士(Dr.Johnson)所说:“几乎没有比使一个人忙于赚钱更无害的方法。”[①]他们之所以提出这样的观点,源于一种对人性的低调的看法。如休谟(David Hume)所说:“绝大多数情况下,人类只能用一种罪恶来消除另一种罪恶;假若那样,人类应当倾向于选择对社会危害最小的解决方式。”[②]斯宾诺莎(Baruch de Spinoza)也反对空想社会主义思想家对人性的理想化的理解,认为他们不是按人的真实存在来想象人,而是随心所欲地想象人,他批评了那些乐于厌恶和嘲笑人的情感和行为的人,他声称“我将要考察人类的行为和欲望,像我考察线条、平面和体积一样”[③]。这种对于人性的复杂性的正视,延伸出哲学和政治不同的看待人的方式。像维科(Giambattista Vico)在《新科学》一书中所讲的那样:“哲学按照人应该有的样子看人,要把人变成能对很少数一部分人效劳,这部分人就是想在柏拉图的理想国里生活而不愿回到罗马创建者罗慕路渣滓洞里去。立法按照人本来的样子来看人,以便使人在人类社会中施展长处。”[④]

“精神派”的主张显然与对人性的理想化想象有关,所以鲁迅会强调“首在立人,人立而后凡事举”[⑤]。“国人之自觉至,个性张,沙聚之邦,由是转为人国。人国既建,乃始雄厉无前,屹然独见于天下,更何有于肤浅凡庸之事物哉?”[⑥]而人性的低调论者对此则持怀疑态度,认为即使给了人们以自由,他们也未必会使一切地方的生活变得幸福和伟大,要维持这种信念,必须建立起一种与现实人性冲突的理想化的信仰。但这种对于人性突出的信仰在理想主义的时代已

---

① 转引自[美]艾伯特·奥·赫希曼著,李新华、朱进东译:《欲望和利益——资本主义走向胜利前的政治争论》,上海:上海文艺出版社,2003 年,第 53 页。

② 转引自[美]艾伯特·奥·赫希曼著,李新华、朱进东译:《欲望和利益——资本主义走向胜利前的政治争论》,上海:上海文艺出版社,2003 年,第 21 页。

③ 转引自[美]艾伯特·奥·赫希曼著,李新华、朱进东译:《欲望和利益——资本主义走向胜利前的政治争论》,上海:上海文艺出版社,2003 年,第 8 页。

④ 转引自[美]艾伯特·奥·赫希曼著,李新华、朱进东译:《欲望和利益——资本主义走向胜利前的政治争论》,上海:上海文艺出版社,2003 年,第 8 页。

⑤ 鲁迅:《文化偏至论》,《河南》第 7 号,1908 年 8 月。引自《鲁迅全集》第 1 卷,北京:人民文学出版社,2005 年,第 58 页。

⑥ 鲁迅:《文化偏至论》,《河南》第 7 号,1908 年 8 月。引自《鲁迅全集》第 1 卷,北京:人民文学出版社,2005 年,第 57 页。

成为人的一种基本信念,即一种“人性可臻无限完善论”的信念。如果失去了这种信念,就会直接动摇知识分子的启蒙理想。这种动摇和矛盾在鲁迅身上表现得最为突出,但他最终还是选择了其不可为而为之的绝望抗争之路,这也正是他与一般启蒙者相比的深刻独到之处。

与“精神派”文化价值变革的强烈诉求不同,进入民国之后的“老新党”林纾也有他的比较平实的救国设想。他认为“共和”既建,重要的就是发展了,所以在写给同乡的信中,他提出了三点希望:“仆所望吾乡同胞,第一节以和衷不闹党派为上着。弊政已除,新政伊始,能兴实业则财源不溃,能振军旅则外侮不生,能广教育则人才辈出。此三事为纾日夜祷天,所求其必遂者也!”[①]这种注重“尽人事”“办实事”的思路显然是晚清以来的物质派改良思想的延续,与注重思想革命,“以伦理的觉悟为最后觉悟”的新青年派自然会发生冲突,由此引发“五四”时期激进主义的精神派与改良主义的渐进派的激烈交锋。从此,遭到迎头痛击的“物质派”退出思想文化的前台,“精神派”开始取得思想文化界的主导地位。

“精神派”的社会批判立场来自一种从进化论延伸出来的进步主义的社会信仰,这种信仰使他们拒绝站在“进化”之外来客观地理性思考“进化”,而是要直接投身“进化”之中,使自已成为进化过程中的“中间物”。由此,“新的应该欢天喜地地向前走,这便是壮,旧的也应该欢天喜地地向前走去,这便是死;个个如此走去,便是进化的路”[②]。如此新旧之分也就自然取代了是非之辨。这种信仰对于社会进步的推动作用是不可低估的,但是将理性信仰化,回避对其自身进行理性反思,这与理性的本质是有冲突的。正如朱利安·班达(Julien Benda)所说:“它要求人们不再使用理智的观点,而要融进作为纯粹‘生命的冲动’和纯粹创造的活动这一进化过程中,并且排除一切可能改变其纯粹性的反思活动。”[③]这样他所倡导的就不是理性的原则,而是行动的原则,它更多地带有唐吉诃德的性质而不是哈姆雷特的性质。

---

① 吴家琼:《林琴南生平及其思想》,中国人民政治协商会议福建省委员会文史资料委员会编《福建文史资料》第5辑,福州:福建人民出版社,1981年,第99页。

② 鲁迅:《随感录四十九》,《新青年》第六卷第二号。引自《鲁迅全集》第1卷,北京:人民文学出版社,2005年,第355页。

③ [法]朱利安·班达著,佘碧平译:《知识分子的背叛》,上海:上海世纪出版集团,2005年,第29页。

所谓“中间物”意识本身就带有拒绝对其进行确定性考察的倾向，因为它强调的是自身的不断流动的不确定性。正如斯宾诺莎所说：“圆是一回事，关于圆的观念则是另一回事，它既不是圆心也不是圆周。”[①]事物本身的流动性并不是可以对其放弃理性判断的理由，我们只有站在河中的突出的岩石上才能考察河流的变化，投身于河流中，与河流一起流动，获得的是一种流动的快乐，但不是一种理性的思考。对历史发展的“动力论”“必然趋势”的信仰可能付出的代价是个人丧失对这种“时代潮流”的理性反思能力。正如斯拉沃热·齐泽克(Slavoj Zizek)的分析：这是一种“本我和超我以牺牲‘自我’为代价达成的违反常理的和谐”[②]。

“精神派”对于现实人生、社会的批判，是以一种俯瞰的姿态进行的，它注重的是结果，而不是过程；强调的是价值判断，而不是细节呈现和具体的人生况味。所以叶圣陶以寥寥千字就写尽了一个农妇的人生，点睛之笔是“伊是一条牛——一样地不该有自己的主见——如今用不着了，便该卖掉”(《这也是一个人》)。《潘先生在难中》讽刺挖苦的是人在难中的人之常态、人之常情，既是批判现实，也是潜在地以一种超我的眼光审视、解剖自己。现代的“精神派”犹如古代荒漠里的朝圣者，但是他们已不必真的进入荒漠，因为环绕他们的日常生活世界已经成为他们眼中的荒漠。按照齐格蒙·鲍曼(Zygmunt Bauman)的分析：这种荒漠意识是“产生没有任何束缚，赤裸、原始、无底线的自由的温室和天堂”[③]。凭着这种荒漠意识，朝圣者摆脱了一切尘世的束缚，直接与真理相对，因而体验到一种畅通无阻的自我。荒漠里的朝圣者靠着他们留在沙漠里的脚印，指示出一条道路，一条通向真理和生命的道路，正如鲁迅所说：“其实地上本没有路，走的人多了，也便成了路。”(《故乡》)路本身就是朝圣者生命的价值和意义的最终体现。朝圣者存在的世界是有条件的，它必须是一个向着善的目标有序运动的可预期的世界，以使他们走过的足迹能被保持下来，但是荒漠的特性就在于它的易变性、流动性，一阵风吹过就会掩盖了他们的足迹。这种荒漠里的寻路者所遇到的最大挑战就在荒漠自身。

---

① [法]朱利安·班达著，佘碧平译：《知识分子的背叛》，上海：上海世纪出版集团，2005年，第26页。

② [斯洛文尼亚]斯拉沃热·齐泽克著，胡大平等译：《快感大转移——妇女和因果性六论》，南京：江苏人民出版社，2004年，第20页。

③ [英]齐格蒙·鲍曼著，郁建兴等译：《生活在碎片之中——论后现代道德》，上海：学林出版社，2002年，第90页。

“精神派”和“物质派”的抵牾从深层来说代表着一种浪漫主义与理性主义的冲突，这可以说是现代性的一种内在的分裂，是真与善、实然与应然、智性与德性、工具理性与价值理性之间的难以避免的冲突。从20世纪开始，人类进入第二个轴心时代，这一时代的动力来自科学、技术的突破。这更需要一种脚踏实地、一尺一寸地“贴地步行”的“蛇”的精神。但是只讲物质，贬斥精神，也会给人们的社会生活带来新的危害。

总之，“精神派”对于文学的影响扩大了文学对于历史的影响力，但也导致了一种泛文学化的结果，使得人们对于政治、道德、经济的理解都精神化、浪漫化了，显然会有它的负面影响。同时文学的高度历史化，又使文学丧失了自身的存在特性，导致文学的非个人化，削弱了文学把握原生态的真实、反思时代的能力，这也是需要我们引以为戒的。

“狂人”形象的文化源流与五四新文学的精神气质

五四新文学是以鲁迅《狂人日记》这样的非常态人物和非常态叙事作为开端的，由此这种现代“狂人”出现也就成为新文学标示其自身文学文化特性的突出标志。这种现代“狂人”与既往中国历史文化中的“狂人”具有怎样的区别与联系？他带给中国文化以什么样的新特质？五四新文学区别于前此清末民初文学的深层差异何在？……这些都是需要我们去探究的问题。关于鲁迅笔下“狂人”的政治、道德内涵、文化启蒙意义，学界已多有论述，本文的侧重点是将“狂人”这一文化形象纳入到既往的历史、文化流变中来考察，探究文学上的“狂人”形象的源流及文化意蕴，分析“狂人”作为五四新文学的“开山人物”，赋予新文学和现代文化的独特的精神特征和文化气质。笔者认为新文学区别于前此文学的深层差异即在于此。近年来学界流行的“没有晚清，何来五四”的说法是一种强调了晚清文学与五四文学的连续性，而忽略了其间明显的断裂性的模糊的判断，从深层来看，近代文学与五四现代文学之间的确存在着明显的断裂和差异，它突出表现为一种基本的文化气质的转变，这种变化具有一种突变、质变的性质。《狂人日记》的重要性在于它于文化鼎革之际通过传统自然人性论与西方浪漫主义文学的结缘重新激活了疯癫与文明这一古老命题，五四文学的“现代性”在很大程度上即意味着立足于自然人性论的这种道德浪漫主义态度的复兴。五四新文学以唯我论和唯理论的文学形态出现，将为协同性文化所压抑的人的主观性和客观性追求解放出来，为中国文学的发展提供了别开生面的价值和意义。

一、“性其情”与“情其性”——道德人性论与自然人性论的对立

据孙伏园回忆，刘半农曾赠送鲁迅一副联语：“托尼学说，魏晋文章。”上联把鲁迅和托尔斯泰（Lev Tolstoy）拉在一起，有点似是而非，因为鲁迅明显与托尔斯泰的宗教性人道主义并非同类（至于尼采和鲁迅的关系则是众所周知的），但下联“魏晋文章”说得非常准确、到位。鲁迅在“竹林七贤”特别是阮籍、嵇康那里是得到了某种精神共鸣的，这种精神共鸣的基础即在于其所共同拥有的“越名教而任自然”与“非汤武而薄周孔”、立足于自然人性论的反礼教精神，它表现在政治理想上就会发展出一种与传统君主中心论对抗的“无君论”，这种“无君论”可以说是中国原发的无政府主义思想的源头。对嵇阮“老庄”之学和传统“无君论”的认同与共鸣可以说构成了鲁迅邂逅西方以卢梭（Jean-Jacques Rousseau）为代表的自然人性论哲学时的重要前识，两者内在的相通性使其一拍即合，达致了中西自然人性论思想的有机结合。也就是说，通过嵇康、阮籍，鲁迅与西方自然人性论特别是卢梭的浪漫主义哲学产生了共鸣，由此形成他自己的基于自然人性论的文明批判立场。

“自然人性论”和“道德人性论”的差异在中国文化中由来已久，主要表现为崇尚“自然无为”，以人向自然的回归为旨趣的自然人性论和将礼教道德视为人的本质的道德人性论之间的分歧。传统中国对于人性的看法大致可分为两派，一派可称为“性其情”派，另一派可称为“情其性”派。所谓“性其情”派，强调以性统情，而“性”则来自“天命之谓性”，“性即理”，理是对于自然人性的超越与升华。所谓“情其性”派，主张以情统性，一切纯为自发自主的自然情感。前者基本上可归为一种道德人性论者，后者则可归为自然人性论者。所谓“道

德”的本意指的是“道者通物之名，德者得理之称”[①]（《礼记正义》）。道德源于天理，它是通过礼来体现的，然而过分拘泥于礼却往往会造成德的异化，由此出现《老子·第三十八章》中的情形：“失道而后德，失德而后仁，失仁而后义，失义而后礼。夫礼者，忠信之薄而乱之首。”[②]这可以说是一种礼的异化，失其内涵，徒留形式。如何摆脱这种道德的异化，老庄开出的路是抛弃文明回归自然之路，而儒家坚持的则是在入世中通过礼乐教化来实现天道理想。所以虽然孔子在《论语·八佾篇·第十八章》中也认为：“事君尽礼，人以为谄也。”[③]但人存在的社会性决定人只能在人世间来实现其天道理想，因此也就无法放弃以礼来求道的教化天下的方式，所谓“一日克己复礼，天下归仁焉”[④]，也就是强调仁礼不二，礼的实现也就是仁的实现。由此孔子与老子说的人的求道顺序是相反的，即由礼到义、由义到仁、由仁到德、由德到道，而不可能直接由道一以代之，取消德、仁、义、礼的中介，那就可能陷入每个人都以自己所认为的“道”才是“道”的“道术为天下裂”混沌状态，导致社会整体秩序的瓦解。老庄以超世间的方式去追求至善之路，有缘木求鱼之嫌，因为道德完善只有在社会中实现才有意义。道家回归自然的至德论理想，其意义并非是追求一种正面的理想，而是否定主义的看待现实，保持现实与非现实之间的张力，以一种减负的方式使人获得心灵的自由，由此得到一种逍遥出世的解脱。其性质可以说是一种“负的哲学”，一种去社会化的损减之道。这种“负的哲学”的形成机制类似于“打鬼借钟馗”，其并不是因为钟馗自身原因而喜欢钟馗，而是因为钟馗能使自己所憎恶的牛鬼蛇神闻风丧胆，所以将形貌狰狞的钟馗奉为偶像，由此钟馗的存在意义缺乏自足性，其是被作为一种“打鬼”的工具和策略来运用的。鲁迅也说过这样的话：“S 城人的脸早经看熟，如此而已，连心肝也似乎有些了然。总得寻别一类人们去，去寻为 S 城人所诟病的人们，无论其为畜生或魔鬼。”[⑤]这种对“畜生或魔鬼”的认同意义也在于此，即作者只是为了与其所厌恶的 S 城人作对，才认同另类、

---

① 〔汉〕郑玄注：《礼记正义》，引自《十三经注疏》整理委员会《礼记正义》上册，北京：北京大学出版社，1999 年，第 15 页。

② 〔春秋〕老聃：《老子·第三十八章》，引自冯达甫《老子译注》，上海：上海古籍出版社，1991 年，第 90 页。

③ 《论语·八佾篇》，引自钱穆《论语新解》，北京：生活·读书·新知三联书店，2002 年，第 72 页。

④ 《论语·颜渊篇》，引自钱穆《论语新解》，北京：生活·读书·新知三联书店，2002 年，第 302 页。

⑤ 鲁迅：《琐记》，《莽原》第 1 卷第 22 期，1926 年 11 月 25 日。引自《鲁迅全集》第二卷，北京：人民文学出版社，2005 年，第 303 页。

利用另类。这种认同本身即带有某种佯狂性的自虐虚无色彩，所以看似逍遥自得的名士并不希望其后代和亲属步他们的后尘。关于这一点，鲁迅在他的文章里也曾有如此的剖析：

> 凡人们的言论，思想，行为，倘若自己以为不错的，就愿意天下的别人，自己的朋友都这样做。但嵇康、阮籍不这样，不愿意别人来模仿他。'竹林七贤'中有阮咸，是阮籍的侄子，一样的饮酒。阮籍的儿子阮浑也愿加入时，阮籍却道不必加入，吾家已有阿咸在，够了。……这是，因为他们生于乱世，不得已，才有这样的行为，并非他们的本态。[①]

鲁迅最为佩服而精神气质上也最为接近的故乡人物可以说是嵇康。嵇康性格狂放激愤，对现实的统治者司马氏采取强烈不合作态度，最终也因此被司马氏杀害。嵇康在《幽愤诗》中曾自述其孤傲性情的由来：其父早逝，"母兄鞠育，有慈无威。……凭宠自放，抗心希古，任其所尚。托好老庄，贱物贵身，志在守朴，养素全真"[②]。他反对名教的态度较之阮籍更为激烈，所以敢于"非汤武而薄周孔"[③]，"越名教而任自然"[④]。他认为社会上之所以存在虚伪和欺诈，都是因为纲常名教及其教育所产生的，所以纲常名教及其教育是产生社会罪恶与破坏"自然"的根源。"昔洪荒之世，大朴未亏，君无文于上，民无竞于下，物全理顺，莫不自得，饱则安寝，饥则求食，怡然鼓腹，不知为至德之世也。若此，则安知仁义之端，礼律之文？"[⑤]源于这样一种道家"回归自然"的理想，嵇康对于礼教的存在进行了激烈的抨击，这种对"至德之世"的向往与他对现实的憎恶和反感是同步增长的。

除了嵇康，鲁迅欣赏的另一位人物就是阮籍，而阮籍的《大人先生传》则类似于魏晋时代的《狂人日记》。《大人先生传》开篇即推出一位与世俗庸碌小人

---

① 鲁迅：《魏晋风度及文章与药与酒之关系》，《北新》第二卷第二号，1927年11月16日。引自《鲁迅全集》第三卷，北京：人民文学出版社，2005年，第536—537页。

② 〔晋〕嵇康：《幽愤诗》，引自顾农著《文选论丛》，扬州：广陵书社，2007年，第197页。

③ 〔晋〕嵇康：《与山巨源绝交书》，引自裴晋南、李漱卿编著《汉魏六朝文译释》，哈尔滨：黑龙江人民出版社，1983年，第219页。

④ 〔晋〕嵇康：《释私论》，引自武秀成译注《嵇康诗文选译（修订版）》，南京：凤凰出版社，2011年，第191页。

⑤ 〔晋〕嵇康：《难自然好学论》，引自殷翔、郭全芝注《嵇康集注》，合肥：黄山书社，1986年，第265—266页。

或尼采所谓的“末人”相对应的、得老庄精神真传的世外高人，作者尊称其为“大人先生”，由这位超然世外的大人先生俯视“小人国”里所推崇的圣贤君子，都成为不入眼的俗人、奴才。阮籍也以虚拟的“双簧信”式的方式列出“正人君子”们对大人先生的批评，并对“正人君子”们进行了辛辣鄙夷的嘲讽，阮籍把他们称为“裈中之虱”。大人先生对自以为是、自命非凡的“正人君子”说：“汝君子之处区内，亦何异夫虱之处裈中乎？悲乎！而乃自以为远祸近福，坚无穷已；亦观夫阳乌游于尘外而鹪鹩戏于蓬芠，小大固不相及，汝又何以为若君子闻于余乎？”[①]这种嘲讽已不只针对某种沽名钓誉的伪善者，也是对文明社会本身的拒绝。

当然，这种讽刺挖苦再尖刻也并不足以使真正的“正人君子”们改弦易辙，看《论语·微子篇·第十八章》中的楚狂接舆、长沮、桀溺、荷蓧丈人都对孔子等进行过规劝讽刺，孔子也早就对此做出过回答：“鸟兽不可与同群，吾非斯人之徒与而谁与？天下有道，丘不与易也。”[②]被嘲讽的子路经乃师点拨后又专门原路折回去告诉老丈的是：“不仕无义，长幼之节，不可废也。君臣之义，如之何其废之？欲洁其身而乱大伦。君子之仕也，行其义也。道之不行，已知之矣。”[③]显然，自然人性论与道德人性论之间的对立，不是一个孰是孰非的问题，而是一个各有千秋、各具怀抱的问题。在文化鼎革之际，总是先有反文明的自然论者开路，而当文化重建之时，文明论者又会成为主流。如此周而复始，两者分别承担起追求自由与追求秩序的责任，从而具有一种相互依存的互补性，两者之间的张力是文化的传承与发展所必需的动力。鲁迅一生专喜与社会上的新旧“正人君子”为敌，他对“正人君子”之流的鄙夷与不屑，与魏晋时代的嵇康、阮籍如出一辙，于此可以看到鲁迅与这种中古名士精神上的延续性。

二、由“自然无为”到“自然有为”——入世的个体与道德浪漫主义

近代出现的一种比较吊诡的文化现象是出世者的入世化与入世者的出世化的逆向流动，本是出世的哲学成为入世者的精神动力，“以出世的精神从事入

① ［晋］阮籍：《大小先生传》，引自汪耀明《汉魏六朝文选解》，上海：复旦大学出版社，2009 年，第 158 页。
② 《论语·微子篇》，引自钱穆《论语新解》，北京：生活·读书·新知三联书店，2002 年，第 471 页。
③ 《论语·微子篇》，引自钱穆《论语新解》，北京：生活·读书·新知三联书店，2002 年，第 473 页。

世的事业”成为时代救世者的口号，而本是入世的哲学却转向了神秘化、心性化。以出世的价值观来进行现实世界的改造，其所造成的结果往往具有悲剧性，因为其理想主义的反世俗性，往往将人性自身推向其对立面，往往因为陈义过高而矫枉过正。所以其存在意义并不在于其能提供一种被大众普遍接受的人生观、价值观，而是在于让人意识到流行价值观的有限性、虚伪性。

《晋书·阮籍传》曾述阮籍丧母之后不遵传统礼制和醉卧邻家少妇之侧等故事，显然阮籍与礼法之士的分歧在于衡量道德的标准是在于个人内心真挚、自发的情感还是在于“礼”的形式，他是宁愿以“举声一号，吐血数升”[①]来表达其真挚的“孝心”，而不屑于遵循俗礼的。也正因为他有这种异乎常人的表达孝心的方式，所以他得到了“外坦荡而内淳至”[②]的评语，从而避过了来自礼俗社会的进一步的非议。但假如一个人像加缪(Albert Camus)《局外人》中的主人公那样对母亲去世漠然无感，既做不出阮籍那样的惊人之举又不肯依从俗礼，那就只能加剧他的“局外人”之感。阮籍并无意成为众人模仿的对象，而“礼”的存在并不会因为这种阮籍式的挑战而被抛弃，因为礼的意义就在于它为纾解人的七情六欲提供了一种公用的标准形式，与名士文人追求独异的志趣不同，礼是讲求普遍性、排除个体性、追求标准化、反对独创性的，因为只有这样它才具有普遍适用性。阮籍的意义在于他揭示出礼所造成的对人的个人自然情感的扭曲和压抑，揭示了以礼代情之弊，这也是鲁迅认同嵇阮的原因所在。

从鲁迅的创作中，可以看出很多其与阮籍的这种精神联系，如：《孤独者》中的魏连殳在祖母下葬前逾出常礼、出人意料地狼似的长号、痛哭；《在酒楼上》吕纬甫将并不相关的邻家女孩喜欢剪绒花的小事记在心上，跑了好几个城市才终于买到、带回，然而女孩已被冷酷的人情世态吞噬。这与阮籍在“母丧”和“兵家女”上的态度与行事颇有神似之处。此外，鲁迅对弟媳羽太信子的态度显然不像礼教所规定的那样严格，他会不避嫌疑地与其直接通信、聊天，而他与女弟子喝酒高兴时“以拳击其掌”的率性、随意，与阮籍的与嫂话别、醉卧邻家少妇之侧等都有可比性。也就是说，他如阮籍一样把心灵的纯洁、情感的自然流露当作道德的最高标准，而把礼教视为供俗人信奉的伪善之举。这种以情抗礼、以情

① 〔唐〕房玄龄等撰：《阮籍传》，《晋书》第5册，北京：中华书局，1996年，第1361页。
② 〔唐〕房玄龄等撰：《阮籍传》，《晋书》第5册，北京：中华书局，1996年，第1361页。

代礼的倾向进入现代之后汇成了一股唯情主义的人性解放的大潮，对礼的颠覆和摒弃也是题中应有之义，这也可以说是嵇阮以来的反礼教传统的延续，而且其又从西方浪漫主义文化那里得到了巨大的支持，于是渐近自然、“本我”的“超我”化就日渐成为现代性文学、文化的主流。

老庄式的“自然无为”的至德之世乌托邦与孔子“汲汲鲁中叟，弥缝使之醇”[①]的道德努力显然是迥然异趣的，这也可以说是划出了道德上的浪漫主义和现实主义的分野。老庄“至德主义”的文化批判后来发展出一种政治上的“无君论”，以东晋鲍敬言的《无君论》和唐末五代时期无能子的思想为代表。鲍敬言认为君主制度的本质是强凌弱、智诈愚的暴力征服的结果，并非是什么神秘的“天授”：“夫强者凌弱，则弱者服之矣；智者诈愚，则愚者事之矣。服之，故君臣之道起焉；事之，故力寡之民制焉。”[②]而无能子的激愤也使他写出了比《狂人日记》更为惊世骇俗之作，其中他甚至对人成为人都进行了否定，认为“自然而虫之，不自然而人之”[③]，也就是说人应该向虫回归，因为虫比人更合乎自然。由此，这位唐代狂人之“狂”已经进入到对语言中的名实关系的解构，与儒家“正名”说恰成对照，他在千年之前就敏锐地揭示出了语言名与实、能知与所指关系的任意性，从而以“乱名”颠覆固定的名实关系，表现出解构一切文化强权，进而消解一切既存秩序的狂态、狂气。[④]

“疯颠与文明”是人类文明进程中一个永恒的主题，理性与非理性的冲突也贯穿于人类的整个文明史，鲁迅《狂人日记》的重要性在于它于文化鼎革之际通过传统自然人性论与西方浪漫主义文化的结缘重新激活了这一命题，为在一种现代性语境中全新层面上进行文化重组打开了通道。而所谓“现代性”的态度在很大程度上意味着立足于自然人性论的道德浪漫主义态度的复兴。这种立足于自然人性论的“道德理想主义”在西方是以卢梭为代表的，被视为浪漫主义之父的卢梭(Rousseau)在《论人类不平等的起源和基础》一书中认为：“人天生是善良的，是各种制度使人变恶了。”[⑤]因此“文明是道德的沦丧，理性是感性的

---

① ［晋］陶渊明：《饮酒二十首·其二十》，引自逯钦立校注《陶渊明集》，北京：中华书局，1979年，第99页。

② ［晋］葛洪：《抱朴子外篇》卷四十八《诘鲍》，引自杨明照《抱朴子外篇笺注》下册，北京：中华书局，1997年，第493页。

③ ［唐］无能子：《无能子·圣过》，引自王明《无能子校注》，北京：中华书局，1981年，第3页。

④ ［唐］无能子：《无能子·圣过》，引自王明《无能子校注》，北京：中华书局，1981年，第44—45页。

⑤ ［法］卢梭著，张作成编译：《论人类不平等的起源和基础》，转引自［英］罗素著《西方哲学史》，北京：北京出版社，2007年，第144页。

压抑，进步是人与自然的背离，历史的正线上升，必伴有负线的倒退、负线的堕落”[①]。因此，他推崇一种“高贵的野蛮人”，呼唤回到自然状态，认为唯此才能实现人类的至善理想。卢梭自然人性论与中国传统自然人性论的最大的区别在于它将老庄的“自然无为”转变成了“自然有为”，将出世的逍遥转变为入世的自我扩张，投身于现实的改造使其符合理想的应然要求，由此也就使其由一种审美哲学进而成为政治哲学。

卢梭的学说与他的性情、气质、命运、遭际在浪漫主义的文化批判者中具有极强的典型性，他的自我中心、唯情主义、特立独行以及由自卑导致的高度的敏感和自尊等，都是他声名大震然而四处碰壁的原因，但他却以他的失败和受难为后世提供了一种忠实于自我的生活方式，为久被传统压抑的个人情感打开了通道。

卢梭在中国近现代知识分子心目中一直享有极为崇高的地位，在清末时他被视为世界性的“革命老祖”，“五四”时被视为人性解放的先驱。1927 年前后，受美国白璧德(Irving Babbitt)新人文主义影响的梁实秋撰文对卢梭及其所代表的浪漫主义倾向进行了批判。此举立即激起了新文学领军人物鲁迅和郁达夫的激烈反应，他们写了数篇文章为卢梭辩护，两人都引用了美国作家阿通·辛克莱(Upton Sinclair)的话来表达对卢梭的认同与维护：“无论在哪一个卢梭的批评家，都有首先应该解决的唯一的问题。为什么你和他吵闹的？要为他的到达点的那自由，平等，调协开路吗，还是因为畏惧卢梭所发向世界上的新思想和新感情的激流呢？使对于他取了为父之劳的个人主义运动的全体怀疑，将我们带到子女服从父母，奴隶服从主人，妻子服从丈夫，臣民服从教皇和皇帝，大学生毫不发生疑问，而佩服教授的讲义的善良的古代去，乃是你的目的吗？”[②]可见对卢梭的态度实际上触及到大变革时代的“政治正确”问题，要与这种时代潮流作对，显然是有些不识时务的，浪漫主义在现代中国的文学、文化、政治、道德乃至经济领域的大行于世，已成为一种人心所向、“定业”难移，不是任何个人与思潮能够阻挡的。

---

① 转引自徐圻《价值与认知　关于人和自然问题的哲学追索》，贵阳：贵州教育出版社，1996 年，第 143 页。

② 鲁迅：《卢梭和胃口》，《语丝》第四卷第四期，1928 年 1 月 7 日。引自《鲁迅全集》第三卷，北京：人民文学出版社，2005 年，第 578 页。

三、近现代“狂人”的变异——对协同性的突破与对客观性的追求

与现代“自我”的发现相伴随的是现代文化对于反世俗、异于常人的“狂人”“疯子”这类人物的发现和推崇，它是一种社会转型期文化危机的征候，代表的是一种常态的颓败、常识的破裂，人们开始将目光投注于一种世外的反常态的生存，倾向于聆听“狂士”的“狂言疯语”所带来的非常启示，所谓“思必出位，所以应天地之变”[①]，脱离常规、颠覆常识成为一种新的风尚。这种脱轨、脱序、“跳出三界外，不在五行中”的矜奇立异、特立独行，正是转型期求新、求变、思想文化活跃的表征。

近代士人风气的改变与近代中国文化由因循、守成进入变革、创新的时代有关，社会风气由“重贤”转为“重才”，“不拘一格降人才”的呼唤推动了士人阶层的个性解放潮流。溯其源头可从明朝王阳明的“心学”、李贽的“童心说”说起，到清代龚自珍形成一个张扬个性的高潮。龚自珍是近代士风转换中的一个关键人物，他恃才傲物，狂放不羁，崇尚今文经学，密切关注现实，鼓吹变革，其思想极富叛逆性，对于现实政治的批评往往肆无忌惮，人目为“狂怪”，其诗文凌厉剽悍、“亦狂亦侠”、哀艳雄奇，影响甚广。他的思想品格已开始溢出传统之外来发现自我、张扬个性，已经成为具有独立性和开放性的现代公共知识分子。

近代内忧外患的时局推动着士风由名士到志士的转换，吴趼人的《新石头记》中的贾宝玉由原著蔑视“功名利禄”的“翩翩浊世之佳公子”“情圣”，一变而为探访“自由村”、忧国忧民的志士，从中就可看出这种士风转换的端倪。孙希孟的《轰天雷》则在纪实的基础上塑造了另一位狂士形象——荀北山，他的发自良知的呼声打破了戊戌变法失败后国内万马齐喑的局面，表现出向“违千夫之诺诺，作一士之谔谔”[②]传统古道的回归。该小说的本事来源于光绪二十五(1899)年，常熟名士沈北山冒死上疏奏请西太后归政光绪，杀荣禄、刚毅、李莲英三凶。这在当时万马齐喑的沉闷氛围中，不啻于一个轰天雷，喊出了常人压在心头不敢吐露的心声。而小说中的荀北山之所以敢言人之不敢言，按照小说

---

① 梁启超：《南海康先生传》，《清议报》第100册，1901年12月21日。引自《饮冰室文集点校》第三集，昆明：云南教育出版社，2001年，第1958页。

② 冯友兰：《国立西南联合大学纪念碑碑文》，转引自张胜友、栗博莉主编《文化的力量　中国现当代卷》，北京：红旗出版社，2014年，第96页。

的叙述则在于他的疯癫性格和长期郁郁不得志导致的破釜沉舟的绝望一搏。此文一出，他一下由一个默默无闻的小人物成为万人瞩目的英雄。而这种英雄之举在他的朋友看来，也只是破釜沉舟的求名之举，所谓“此身无长物，未死是名心”。当时士大夫的出路除了做官的正途，也就剩下成为“名士”，荀北山前路不通，就只好走后路了。而此时现代传媒报纸的出现为他的出名更创造了有利条件，使他一朝成名天下知，成为轰动朝野的英雄。

该小说的叙述者并不站在荀北山的立场上来叙事，而是与主人公刻意保持一定的距离，尽量采用世俗眼光、常人心理、他人视角来讲述这个反常的故事，因此也就使得故事显得更为自然、客观，更容易为一般读者所接受。书中荀北山的冒死上书实际上乃是儒家文化中的“拼死卫道”传统的延续，他所捍卫的是道之于势的超越性，他之所以成为万人瞩目的英雄，是因为当时的士林与他共享一些基本的文化价值共识。而这种共识再往前发展，就逐渐瓦解，清末体制外的读书人开始建立起一个独立的公共空间，反清革命浪潮的兴起，推动了现代独立的批判知识分子群体的出现。

晚清最有名的“疯癫之士”当推章太炎，而且他已将“疯癫”正名，形成了一套独有的“疯癫”理论。1906年他在上海坐牢日满、东渡日本时，曾在留学生界及同盟会的欢迎席上说了这样的话：“大概人生在世，被他人说个疯癫，断然不肯承认，除那笑傲山水诗豪画伯的一流人，又作别论，其余总是一样。独有兄弟却承认我是疯癫，我是有神经病，而且听见说我疯癫，说我有神经病的话，倒反格外高兴。为什么缘故呢？大凡非常可怪的议论，不是神经病的人，断不能想，就能想也不敢说。……遇着艰难困苦的时候，不是神经病人，断不能百折不回，孤行己意。所以古来有大学问成大事业的人，必得有神经病才能做到。”[①]他列举了琐格拉底（Socrates，今译“苏格拉底”）、路索（Rousseau，今译“卢梭”）、摩罕默德（Mu□ammad，今译“穆罕默德”）、熊廷弼、左宗棠、德毕士马克（Bismarck，今译“俾斯麦”），说“那六人才典功业，都是神经病里流出来的”[②]。这种对“疯癫”的推崇一直延续到“五四”时期，鲁迅的《狂人日记》成为整个新文学的开山

① 章太炎：《东京留学生欢迎会演说辞》，《民报》第6号，1906年7月25日。引自汤志钧编《章太炎政论选集》上册，北京：中华书局，1977年，第270页。

② 章太炎：《东京留学生欢迎会演说辞》，《民报》第6号，1906年7月25日。引自汤志钧编《章太炎政论选集》上册，北京：中华书局，1977年，第271页。

之作，此小说前边有一文言文的小序，讲狂人“已早愈，赴某地候补矣！”[①]正是章太炎“所谓富贵利禄已现形，神经病就好了”的例证，这说明“新文学”与章太炎的联系比我们已经认识到的还要密切。

鲁迅的《狂人日记》发表后引发了很大的反响，傅斯年曾发表过这样的读后感：“狂人，狂人！耶稣、苏格拉底在古代，托尔斯泰、尼采在近代，世人何尝不称他做狂人呢？但是过了些时，何以无数的非狂人跟着狂人走呢？文化的进步，都由于有若干狂人，不问能不能，不管大家愿不愿，一个人去辟不经人迹的路。……我们应当敬从的是疯子，最当亲爱的是孩子。疯子是我们的老师，孩子是我们的朋友。我们带着孩子，跟着疯子走——走向光明去。”[②]关于“疯子”的主题进入到了假“疯颠”开创新文明、赖“英哲大士”以救世的克里斯马英雄时代，这是“五四”之后的一个发展，它与尼采发出的“超人”时代即将到来的预言有关。

近代以来文学对“疯癫”的推重意蕴非常丰富，它集中表现为一种对超乎社会的“诚与真”的追求。鲁迅清末时翻译的安德烈耶夫(Andrejewitsch)的小说《谩》写的便是一位病态的追求真实的疯子，因为执着地要得到真实，不惜要用刀斧从恋人的脑中、心中掏出真话，结果成为杀人犯。小说认为人生即是一个“大谩”，所以追求真实的结果往往只能落空，由此可见鲁迅早期对“诚与真”问题的特别关注。冯雪峰的散文《发疯》可以说是对鲁迅《狂人日记》中的狂人精神的最好的诠释和发挥，其中写道：“(疯子)的确有点不近人情，因为他太爱追求社会的真实，太爱和社会的真实碰击，而且太爱拿出自己的真诚，用了自己的生命去碰击。于是就看见了完全的真实；然而又始终以为还不够真实。疯子发疯的唯一理由，是以他自己的真实，恰恰碰触着社会的真实。”[③]如此“疯子”的意义在于它是在为人类“发疯”，它要以此去穿透社会习俗的阻障，深入人类意识的不毛之地，去发现被遮蔽的真实，以求在这种客观真实的基础上重建文明，由此它就提供了一种新的意义建构的方式，那就是对不以人的主观意志为转移的

---

① 鲁迅：《狂人日记》，《新青年》第四卷第五号，1918年5月。引自《鲁迅全集》第一卷，北京：人民文学出版社，2005年，第444页。

② 傅斯年：《一段疯话》，《新潮》第一卷第四号，1919年4月1日。引自傅斯年《中国人的品德》，北京：金城出版社，2014年，第14页。

③ 冯雪峰：《发疯》，《雪峰文集》第3卷，北京：人民文学出版社，1983年，第127页。

客观性真理的追求，而这正是五四新文学以科学主义的信仰表现出来的最为鲜明的文化气质。

理查德·罗蒂（Richard Rorty）曾说过人类有两种愿望：一种是追求协同性的愿望，一种是追求客观性的愿望。“当某人寻求协同性时，他并不关心某一社会的实践与在该社会之外的事物之间的关系。当他寻求客观性时，他使自己脱离了周围实际的人，不把自己看作某个其他实在的或想象的团体中的一员，而是使自己和不与任何个别人有关涉的事物联系起来。以追求真理概念为中心的西方文化传统（从希腊哲学家一直延续到启蒙时代），是企图由协同性转向客观性以使人类生存具有意义的最明显的例子。因其本身之故，不因它会对某个人或某个的或想象社会有好处而应予追求的真理观，是这一传统的中心主题。”[①]如果说儒家是一种据于人性、人情之上的协同性的文化，固守的是一种基于社会同意的人同此心、心同此理，而道家则表现出一种基于天道和自然的客观性倾向，那么五四新文学则表现为接受了西方自然人性论和科学主义熏染之后产生的一种现代客观性追求。正如A.N.怀特海（Alfred North Whitehead）所言：“所谓现代思想的新面貌，就是对于一般原则与无情而不以人意为转移的事实之间的关系发生了强烈的兴趣。”[②]《狂人日记》中的狂人道出狂言的底气在于他坚信“凡事总须研究，才会明白”[③]的理性精神以及“要晓得将来容不得吃人的人，活在世上”[④]的坚定信念，这种信念对他来说是来自一个不以人的主观意志为转移、与自然规律一样坚定不移的客观真理、历史铁律。这种外在于社会的客观性的追求与人情社会的冲突是显而易见的，鲁迅在《随感录六十六》中这样说道：“想到人类的灭亡是一件大寂寞大悲哀的事；然而若干人们的灭亡，却并非寂寞悲哀的事。……昨天，我对我的朋友L说，‘一个人死了，在死者自身和他的眷属是悲惨的事，但在一村一镇的人看起来不算什么；就是一省一国一种……’L很不高兴，说，‘这是Natur（自然）的话，不是人们的话。你应该小心

---

① [美]理查德·罗蒂著，李幼蒸译：《哲学与自然之镜》，北京：生活·读书·新知三联书店，1987年，第437页。

② [英]A. N. 怀特海著，何钦译：《科学与近代世界》，北京：商务印书馆，1959年，第3页。

③ 鲁迅：《狂人日记》，《新青年》第四卷第五号，1918年5月。引自《鲁迅全集》第一卷，北京：人民文学出版社，2005年，第447页。

④ 鲁迅：《狂人日记》，引自《鲁迅全集》第一卷，北京：人民文学出版社，2005年，第453页。

些'。我想,他的话也不错。"[①]这种试图超越社会群体好恶乃至人类主观愿望之上的客观性眼光,是"五四"人所独具的新视野,它也给中国文学带来了前所未有的清坚决绝之气,使他们具有了一种超越人间的视域和追求客观真理的勇气。废名从知堂老人一句平淡的话——"科学其实也很道德",而悟到了周作人的"道境",认为"知堂先生之修身齐家,直是以自然为怀,虽欲赞叹而之不可得也"[②]。周作人的这种"道境"与他所钟情的古希腊的客观性文化息息相关。"五四"对左拉自然主义创作方法的提倡也非出自偶然,因为自然主义正是这种追求客观性的科学理性的集中体现。然而,一味地追求客观性真理,最终也可能削足适履,将人完全置于客观性的支配下,而违背其追求自主的初衷。法国大革命中的"撕下假面运动"就展示出了这种追求真实的信念伦理步入歧途的迷悟。由协同性的追求产生的是一种基于群体共识的、人情化的、受社会群体主观视野和伦理规范制约的淑世型文化,由客观性的追求产生的是一种追求至善、由客观真理主导的勘世性文化,两者实则是一种对立而又互补的关系。清末民初文学异于五四新文学的一个突出的差异就是这种由淑世型到勘世型的文化气质的转变,它以唯我论和唯理论的文学形态出现,将为协同性文化所压抑的人的主观性和客观性追求解放出来,为中国文学的发展提供了别开生面的价值和意义。

---

① 鲁迅:《随感录六十六 生命的路》,《新青年》第六卷第六号,1919年11月。引自《鲁迅全集》第一卷,北京:人民文学出版社,2005年,第386、387页。

② 废名:《知堂先生》,引自萧南编《在家和尚周作人》,成都:四川文艺出版社,1995年,第5页。

两种伟大与两种激情
——“现代性”历史文化语境中的鲁迅与陀思妥耶夫斯基

疯子是乌托邦的发明家，未来社会的制造者……我们带着孩子，跟着疯子走——走向光明去。

——傅斯年《一段疯话》，载《新潮》第一卷第四号

现代化是一个古典意义的悲剧，它带来的每一个利益都要求人类付出对他们仍有价值的其他东西作为代价。……现代化及与其同时存在的反现代化批判，将以这个二重性的模式永远地持续到将来。

——艾恺《世界范围内的反现代化思潮》

鲁迅说过使他看不下去的有两个人的书，一个是但丁（Dante Alighieri），一个是陀思妥耶夫斯基（Fyodor Dostoyevsky）。但他认为这二位都是堪称“伟大”的作家。在谈到陀思妥耶夫斯基的时候，他曾说过这么几句话，他认为陀氏很“伟大”，但“就因为伟

大的缘故，但我自己却常常想废书不观”[①]。笔者认为这是一个很有意思的问题，从中可以反推出很多东西出来。鲁迅很喜欢读尼采(Friedrich Nietzsche)的书，据人回忆，《查拉图斯特拉如是说》是鲁迅的案头常备之书，时常拿起来翻阅。书对于人的塑造作用是非常大的，从一个人所爱看的书往往能看出他是一个什么样的人。人会择书，书也会择人，一个能形成自己独特思想和艺术风格的作家一辈子可能看过很多书，但真正能对他产生决定性影响的书往往是有限的几部，这是他的“当家的书”，是形成他人生信念、价值取向和审美偏好的书，而从他不喜欢的、内心排斥的书中也同样可以透露出很多信息。鲁迅和陀氏所处的社会转型期的历史文化语境的相似性，使得他们之间具有很强的可以相互阐释的互文关系；而两人创作中的诸多方面的差异和对立，又充分体现着作为像中国和俄罗斯这样的后发展国家的文化“现代性”问题的典型性和复杂性。

一

就鲁迅和陀思妥耶夫斯基相比，差异的确是太大了，虽然有很多论者强调了鲁迅对“启蒙”的怀疑以及其思想矛盾、复杂的一面，但鲁迅毕竟是以“启蒙者”立足于世的，没有“启蒙”信念的支撑，鲁迅也许什么都不会做，靠抄碑帖、读佛经来打发一生，那样的鲁迅就不会是现在的鲁迅。与鲁迅不同，一度激进过的陀氏，则把启蒙主义者理性化的整体社会改造工程称为神话中的“建巴比伦高塔”的问题，正如他借小说中人物之口所说：“建筑这个高塔正是不靠上帝，不为了从地上上升到天堂，而是为了把天堂搬到地面。”[②]陀氏思考的中心就是对这个唯理主义的整体性社会改造工程的质疑，他担忧的是，也许这种要把人间建成天堂的努力，将会把人间变成地狱。而这种忧虑恰恰是作为启蒙者的鲁迅虽有所察觉但力图消除的疑问。鲁迅对于作为作家的陀氏，主要称赞的是他能“将人的灵魂的深，显示于人的”，“是在高的意义上的写实主义者”[③]。然仅止于此似有些语焉不详，尚不足以揭示陀氏创作在近代俄国社会历史转型中所具有的某种异乎寻常的特殊性。处于“传统”与“现代”激撞的动荡时代，陀氏扮演的

---

① 鲁迅：《陀思妥夫斯基的事》，《鲁迅杂文全集》，郑州：河南人民出版社，1994年，第830页。

② [俄]陀思妥耶夫斯基著，耿济之译：《卡拉马佐夫兄弟》(上)，北京：人民文学出版社，1981年，第20页。

③ 鲁迅：《〈穷人〉小引》，《鲁迅杂文全集》，郑州：河南人民出版社，1994年，第932页。

不是激进时代的推波助澜的时代弄潮儿，而是激进时代的某种普遍信条的质疑者和反对者。他一生反对得最激烈的便是人们对于“现代”的某种媚俗心态，他将其称为一种“桎梏性的进步遐想”。“现代”期盼者所虔信的理性主义的“进步”信仰，几乎被他视为一切信仰中最有待于批判的信仰。他对于按照理性和科学的原则就能建成完美社会的怀疑与否定，对于使“杀人”“暴力”成为天经地义的虚无主义伦理的揭示和追问，都触及到影响现代人类生存的某些根本问题。这种对时代主导趋势“进步”潮流持反对态度的质疑者的姿态、保守主义的态度，必使作为“时代”的先驱，现代文明的推动者、开拓者的鲁迅感到有些隔膜。鲁迅也不是完全没有触及到陀氏所关心的问题，留日时代的青年鲁迅对于其时代流行的各种社会改造思潮都进行了独立的思考和批驳。如：《文化偏至论》对洋务派的“辁才小慧之徒”的物质救国论的批判，对“众治”对个人的压制可能“尤胜于暴君”的忧虑；《破恶声论》对无政府主义的目光短浅的科学主义人生观的嘲讽；等等。他当时的受业老师章太炎就针对严复《天演论》中所张扬的进步主义的乐观信念写过《俱分进化论》，认为“善亦进化，恶亦进化……双方并进，如影之随形”[①]，所以“至善无恶”之时代永不会实现。针对梁启超大力倡导的“民族国家主义”，章氏也曾在《国家论》中予以批驳“国家之事业，是最鄙贱者，非最神圣者”[②]，等等。鲁迅虽不会完全接受乃师的观点，但也明显受过一定的熏陶。其最大的影响还应该说是章太炎作为一个究元穷无、独立不倚的自由思想家对于青年人所具有的那种强大的人格影响。此时的鲁迅在文化立场上持的是一种“外之既不后于世界之思潮，内之仍弗失固有之血脉”[③]的“苏古辍新”式的文化主张，这与当时无政府主义者所倡导的激烈的全盘反传统思想恰成对照。留日时期的鲁迅和“五四”时期的鲁迅相比，发生了一个非常大的变化，这种变化首先是自我定位上的变化，即由原来的独持己见、不合众嚣、带有某种现实超越性的个人，转向关注时代现实的社会改革者，亲身投入到当下的社会改革运动中去，并以能够写某种意义上的“遵命文学”而感到自慰或自豪，

① 章太炎：《俱分进化论》，《民报》第7号，1906年9月5日。转引自张枬、王忍之编《辛亥革命前十年间时论选集》第2卷上册，北京：生活·读书·新知三联书店，1963年，第483页。

② 章太炎：《国家论》，《民报》第17号，1907年10月25日。转引自张枬、王忍之编《辛亥革命前十年间时论选集》第2卷下册，北京：生活·读书·新知三联书店，1963年，第778页。

③ 鲁迅：《文化偏至论》，《河南》第7号，1908年8月。转引自《鲁迅杂文全集》，郑州：河南人民出版社，1994年，第19页。

因为毕竟将一己的哀乐融入了“群”的哀乐,为实际的社会改造尽了绵薄之力。近来的研究者往往将鲁迅关于“遵命”的表白视为一种自谦,往往要费笔墨来为鲁迅辩解,说他并没有放弃自己的独立思考云云。实际上这是两个层面的问题,即鲁迅于个人性的、自由的文化批判之上找到了一个更高的指归,那就是“五四”时代已具某种组织性且已具相当规模的启蒙主义的社会改造运动。启蒙主义运动的“主义”立场开始成为他对个人的思想、言语进行自律的一种话语规则,与这种“主义”“信念”相谐和的思想得到发展,占据上风,而不谐和的思想、个人性的感受则得到了抑制,被自己视为“毒气”“冷气”,进行自我克服。其次,这种变化也使鲁迅的思想由带有自发性、随机性的矛盾、多义、复杂状态走向明朗化、单向化,他竭力驱赶内心深处的怀疑、忧虑,为无望的现实增添一些亮色;即使是在最充分的表现着鲁迅的彷徨心态的《野草》中也可以看出这种走向明朗化、单向化的基本走向,他对“启蒙”信念的怀疑不是对启蒙主义的价值立场自身的怀疑,而是对其是否能够实现或即使实现是否能达到它最初的预期和承诺的怀疑。处于这样一种状态中有两种可能,一种是抛开一切,走向犬儒化,还有一种就是进一步激烈化,走向一种安那其(anarchism,即无政府主义)个人主义式的极端否定和宿命式反抗。这两种倾向在鲁迅身上都有体现,但他显然倾向于后者,这使他成为彻底否定的现代批判精神的化身,而这也正是“现代性”文化精神的一种突出表现形式。鲁迅的这种心路走向恰恰与陀氏是相反的。

青年时代的陀氏是傅立叶(Joseph Fourier)式的空想社会主义的崇信者,受别林斯基(Bellinsky)的民主主义、社会主义思想影响极深。他积极参加了当时进步的社会团体彼特拉谢夫斯基(M. B. HezpameBcKnfi)小组的活动,并因此被沙皇政府判处死刑。只是在临刑前的最后时刻才戏剧性地被赦免,改为服酷役四年,以后再罚为士兵。苦役期满后的陀氏,社会空想幻灭,宗教情绪日益增强,思想由明朗、单纯转向复杂、矛盾,正像他在《卡拉马佐夫兄弟》中的人物所说:“在我们这样的时代,要求人们有明确性,是很奇怪的。”在《地下室手记》中,主人公这样表达他成熟的四十年来的信念:“是啊,十九世纪的人,应该是,并且在道德上必须多半是一个意志薄弱的人,而性格刚强的人,活动家,则多半是浅薄的人。”他对于小市民的那种愚钝自满的“一贯性”极度轻蔑,因为它们冷淡无情,灵魂粗暴,他们既不需要健康的良心,也不需要病态的良心。因为想要良心痛苦,就先得有良心才行。但对于陀氏所热衷表现的病态的良心、分裂的人格,时人大多并不理解。托尔斯泰(Leo Tolstoy)曾经写信给尼·斯特拉霍夫(Nikolai Strahov),认为对“陀思妥耶夫斯基抱持似是而非的、不正确的态度”是错误的,不应该“夸大他的意义,按照死板公式来加以夸大,把一个在善与恶的激烈斗争过程中死去的人抬高为先知和圣徒。他使人感动,饶有兴味,可是给一个浑身都是矛盾斗争的人立纪念碑,拿来教育后代,是不行的”[①]。对于道德态度明朗化的理想主义者托尔斯泰来说,陀氏的复杂和矛盾是无法被接受的,但正是这种矛盾和复杂性使陀氏写出了世界文学史上独具一格的“复调小说”;它体现着陀氏的一种直面时代的冲击,接受现代文化挑战的思想开放性和探索性。他所采取的方式是将“现代性”的某种伦理原则推到极致,从而使其自我暴露出它的虚妄和谬误。如《罪与罚》中的拉斯柯尔尼克夫所信服的就是尼采式的“超人伦理”,一种拿破仑式的征服者气质。这种征服者伦理的独特之处在于他是在一种“施恩与人”的动机与名目下进行的,他认为世界应该为不平凡的人所统治的,为了实现这种统治可以准许放手干一切事情,包括犯罪和除掉无辜者。陀氏将此视为别一种形式的“个人放纵”,一种带有典型的现代救世主义特征的“个人放纵”。在陀氏此书的原稿中有这样一段关于主人公的笔记:“在小说里,通过他的形象,表现过分的骄傲、狂妄和对这个社会的蔑视。他的思想:支配这个社会(画掉了下面一句:以便造福社会)。专横是他的特征 。”[②]这种超人主义的信念伦理的特点在于,他使人除他的信念之外再也看不见别的什么了。信念成为一切,而真正的生活却被抛在了一边。在其后的一系列小说中,陀氏都继续了对这种“现代性”信念伦理的否定,而将希望寄托在一种宗教性的个人道德的完善上。在社会由传统向现代转型之际,他既反对个人主义的自我中心,也质疑社会改革者的火与剑的救世热情,由此他就站在了一种激烈的“反现代”的立场上,对现代性所带来的人的生存危机特别是道德危机表现出了高度警觉,并发出了为其所处的“时代”所不乐闻的独立的声音。

形成鲁迅激进的反传统现代性态度的根源在于他立足于社会进化论的进

---

① [苏]叶尔米洛夫著,满涛译:《陀思妥耶夫斯基论》,上海:上海译文出版社,1985年,第19页。
② [苏]叶尔米洛夫著,满涛译:《陀思妥耶夫斯基论》,上海:上海译文出版社,1985年,第171页。

步主义信仰。青年鲁迅也是相信“人立而后凡事举……沙聚之邦,由是转为人国”[①]的,成为一种大规模的社会文化运动的“五四”使他看到这种转变的契机,看到了“立人”可以得到实现的前景,这使他义无反顾地投入到启蒙的时代浪潮中去,而抛开内心深处的怀疑和悲观,为启蒙摇旗呐喊。启蒙与救亡在鲁迅这里不是相冲突的,而是相统一的,启蒙被视为一种治本之方,也就是说正是救亡的急迫性才导致了激进化的启蒙出现。这种救亡的急迫性从一则时代轶事中可以窥出端倪:鲁迅在南京读书时曾发现有一个同学每天晚上都要背着包袱绕桌急走,问其故,答曰:在练习逃难。当时鲁迅很佩服这位同学,以其为不多见的时代的警醒者。正是因为有这样迫在眉睫的不仅威胁到国族而且威胁到个人的生存危机,才造就了这样的鲁迅。生活于20世纪初期的中国,鲁迅似乎连陀氏的那种冷眼旁观的余裕也不具备了。因此可以说,“五四”启蒙主义的救世激情造就了鲁迅,而超越于启蒙、革命这样的政治解决方式,关注于人的灵魂拯救的激情造就了陀思妥耶夫斯基。虽然有这样巨大的不同,鲁迅对于陀氏还是有一种深刻的同情之了解,所以他虽不赞成陀氏,但还是说了这样的话:“但是,陀思妥夫斯基式的忍从,终于也并不只成了说教或抗议就完结。因为这是当(应为‘挡’,引者注)不住的忍从,太伟大的忍从的缘故。人们也只好带着罪业,一直闯进但丁的天国,在这里这才大家合唱着,再来修炼天人的功德了。只有中庸的人,固然并无堕入地狱的危险,但也恐怕进不了天国的罢。”[②]他们两个的文化思想分歧在于鲁迅受近现代西方人本主义思想的影响,将生命的意义界定为对生命自身的发挥极致,否定在此之外还有什么目标。而陀氏则相信人的本然生命之外另有一个神圣的目标,以超验的“神”性来作为丈量人生存的价值尺度。鲁迅不能接受陀氏式的忍从——对于横逆之来的真正的忍从。“因为在中国,没有俄国的基督。在中国,君临的是‘礼’,不是神。百分之百的忍从,在未嫁就死了订婚的丈夫,艰苦的一直硬活到八十岁的所谓节妇身上,也许偶然可以发见吧,但在一般的人们,却没有。忍从的形式,是有的,然而陀思妥夫斯基似的掘下去,我以为恐怕也还是虚伪。因为压迫者指为被压迫者的不德之一的

① 鲁迅:《文化偏至论》,《鲁迅杂文全集》,郑州:河南人民出版社,1994年,第19页。

② 鲁迅:《陀思妥夫斯基的事》,《鲁迅杂文全集》,郑州:河南人民出版社,1994年,第830页。

这虚伪，对于同类，是恶，而对于压迫者，却是道德的。”[①]鲁迅这段话的确道出了鲁迅与陀氏的一大分歧，即鲁迅是执着于现世的一种世界，希望在现世就把一切账结清，主张“拳来拳去、刀来刀挡”。“用更粗的棍子对打”，“一个都不饶恕”，这是一种立足于现实而寄希望于未来的社会改革者的态度，支撑他的现实奋斗的意义来自一种历史主义的理性信仰，所以，鲁迅接着用上等人和下等人的道德对立化解了陀氏宗教式忍从的意义，但鲁迅并不是完全无视这种宗教性道德的意义，他于市侩主义的中庸态度之外也关注到人之为人的良知和信仰的问题。鲁迅也曾意识到某种超验价值存在的意义，他虽然没有畅想过天国，但却时常谈论阎王、地狱和鬼魂。他研究过《玉历钞》这类民间宗教的读物，对于无常鬼的不徇私情和“那怕你铜墙铁壁、那怕你皇亲国戚”颇有好感，人世实现不了的公正在地狱就能实现，这也是一种超验的价值寄托。只是鲁迅对此并不认真，只是姑妄言之而已，他是执着于现世的生存的，是呼唤立意在反抗、指归在行动的精神界之斗士的出现的，这是一种“是非审之于己、毁誉听之于人”的率性任情的人生态度，而陀氏则认为正是人们对自由的滥用才导致了人类的罪与罚。自由使人带有神性但并不使人成为“超人”或“神化”，而是为了最终完成的世界。

鲁迅的人生哲学与陀氏的人生哲学恰成对照，有着全面的深刻的反传统思想的鲁迅对于人生的正面主张却是异常简单的，那就是人生在世一要生存，二要发展，倘有阻碍这二者的都可以统统踏倒在地。这与其说是一种正面的人生主张，不如说是一种出于“解放”个人的需要而提出的一种时代对策。它明显是不周全的，至少它没有注意到发展与持存、个人与社会的相互依存关系，对于发展如何可能以及发展可能带来的问题等都无暇顾及、存而不论，或者予以简单化的解决，将其委之于某种不可抗拒的“进化的铁律”。陀氏要质疑的恰恰正是这样一种“解放主义”的人生哲学的究竟，他要问的是这种视“满足自己、高于国家、高于道德、高于宗教，也高于社会”[②]的个人本位主义会把人引向何方？为了生存人们会起来反对精神的崇高价值，但一旦有了可以充饥的面包，人们就会萌发出强烈的精神需要，所以人类存在的秘密在陀氏看来并不在于“活着”，而

---

① 鲁迅：《陀思妥夫斯基的事》，《鲁迅杂文全集》，郑州：河南人民出版社，1994 年，第 830 页。

② 转引自[德]赖因哈德·劳特著，沈真等译：《陀思妥耶夫斯基哲学：系统论述》，北京：东方出版社，1996 年，第 278 页。

在于“为什么活着”,一种人的生存的终极的价值和意义问题。鲁迅也同样强调人的生存的精神价值,但这种精神价值如果不至于落空,就需对人自身有一种坚定的信仰,即相信人类会沿着社会进化论者所描绘出的前景走向一个日趋完善的目标,而这在陀氏看来恰恰是难以证明的一大问题。支持鲁迅的启蒙信念的是进步论者所描绘的刻刻进化、日日更新的历史图景,鲁迅把推动时代和适应“时代要求”看成这种生存哲学的具体实践方式,如此,时代潮流、历史趋势就成为“现代”的一种最大信仰。由此出发,就可以捐弃一切来保证这种历史趋势的实现。从此点入手,鲁迅很多激烈偏颇之处都可以得到说明,如鲁迅关于不读中国书的劝导即是一例。他将看中国书与做人、行动对立起来,认为少看中国书其结果不过是不能作文而已。但现在的青年最要紧的是行,不是言。只要是活人,不能作文算不了什么大不了的事呢。在给许寿裳的关于教子的私人信件(1919 年致许寿裳信)里他还有这样一番对未来的估计:“汉文终当废去,盖人存则文必废,文存则人当亡,在此时代,已无幸存之道。但我辈以及孺子生当此时,须以若干精力牺牲于此,实为可惜。仆意君教诗英,但以养成适应时代之思想为第一谊,文体似不必十分抉择,且此刻诵习,未必于将来大有效力,只须思想能自由,则将来无论大潮如何,必能与为沆瀣矣。”[①]在 20 世纪这样一个前所未有的文化整合时代,发出这样、那样对传统的苛评、酷评,都是可以理解的,也是为文化转型所必需的。历史上的李卓吾、王夫之都曾发出过诸如此类的否定性的苛评,问题在于当这种“苛评”成为压倒一切、裹挟一切的时代潮流的时候,所有对它的质疑、反思甚至是保持沉默的自由都已不可能,为人类生活所必需的常识都会随之荡然无存。

二

鲁迅小说主题的一个基本对立产生于启蒙者和启蒙对象之间。他在《头发的故事》中曾引俄国无政府主义作家阿尔志拔绥夫(M. Artsybashev)的话说:“你们将黄金时代的出现预约给这些人们的子孙了,但有什么给这些人们自己呢?……你们嘴里既然并无毒牙,何以偏要在额上帖起‘蝮蛇’两个大字,引乞

① 鲁迅:《致许寿裳》(1919 年),《鲁迅全集》第 11 卷,北京:人民文学出版社,2005 年,第 369 页。

丐来打杀？”[①]鲁迅重写了耶稣被钉十字架的故事，但从这里诞生的不是基督教的神人——三位一体的基督，而是拯救人类的人之子——一种神圣化的醒过来的“人”的信仰。这种醒过来的“人”就是《野草》中的那种叛逆的猛士，“他看透了造化的把戏；他将要起来使人类苏生，或者使人类灭尽”[②]。这种拯救人类的激情使得鲁迅对待不觉悟者的态度是：“苟奴隶立其前，必衷悲而疾视，衷悲所以哀其不幸，疾视所以怒其不争。”[③]这种哀和悲、愤怒和疾视都是世界和他的期待之间的巨大反差造成的，他改造世界的努力是将世界转向启蒙者的信仰——一种现实的造福于人类的伟大信仰。这与陀氏笔下的人物的态度恰恰相反，《卡拉马佐夫兄弟》中的阿辽沙对待人生的态度是：生活着，一切都看见却不加任何责备。他不愿意做人们的裁判官，不愿意责备，也决不去责备人家。这是他把别人的罪孽都当成自己的罪孽的缘故。在这部小说里陀氏特别区分了两种人类之爱：幻想的爱和积极的爱。书中有一个人说过这样一段话：“我爱人类，但是自己觉得奇怪的是我对全人类爱得越深，对单独的人，也就是说一个个个别的人就爱得越少。他说，我在幻想中屡次产生为人类服务的的热望，也许真的会为了人类走上十字架，如果忽然有这个需要的话，然而经验证明，我不能同任何一个人在一间屋里住上两天。他刚刚和我接近一点，他的个性就立即妨碍我的自爱，束缚我的自由。我会在一昼夜之间甚至恨起最好的人来：恨这人，为了吃饭太慢，恨那人，为了他伤风，不断地擤鼻涕。他说，只要人们稍微碰我一下，我就会成为他们的仇敌。然而事情常常是我对于个别的人越恨得深，那么我的对于整个人类的爱就越见炽烈。”[④]而“积极的爱”则是种无条件、无区别、不求回报的爱，即并不因为爱而提出自己的权利要求，而是要通过对整个生活的屈从，终于能够达到完全的自由，也就是摆脱自己的自由。这是一种宗教性的爱的体现。

启蒙者的信仰是一种要求在社会历史进程中得以实现的理想主义信仰，它必须是以一种社会政治运动的方式来进行的，所以它需要被爱者接受它所信仰

---

① 鲁迅：《头发的故事》，《鲁迅全集》第1卷，北京：人民文学出版社，2005年，第488页。

② 鲁迅：《淡淡的血痕中》，《鲁迅全集》第2卷，北京：人民文学出版社，2005年，第227页。

③ 鲁迅：《摩罗诗力说》，《河南》第2、3号，1908年2月、3月。转引自《鲁迅全集》第1卷，北京：人民文学出版社，2005年，第82页。

④ ［俄］陀思妥耶夫斯基著，耿济之译：《卡拉马佐夫兄弟》（上），北京：人民文学出版社，1981年，第75—76页。

的真理，并投身到这种理想主义的社会改造运动中，推动这种理想的实现。鲁迅一生身处中国历史上最为动荡的时期，他曾亲见多少青年志士抱着救国救民的宏志，以生命殉了自己的理想。一想到这些人的命运，鲁迅就有些坐立不安了："他们都在社会的冷笑恶骂迫害倾陷中度过了一生；现在他们的坟墓也早在忘却里渐渐平塌下去了。我不堪纪念这些事。"[①]这种社会的"忘恩负义"甚至"恩将仇报"，可以说是构成了鲁迅创作心理中的一大情结。爱者与被爱者、拯救者与被拯救者之间的难以沟通相互隔膜甚至相互敌视，是鲁迅感到最为痛心的事，因为这直接抹杀了牺牲、奉献的价值和意义。有一个细节曾在他的小说中反复出现，那就是一个还不懂事的孩子，拿着芦柴棒，对着愿为他牺牲一切的人喊："杀！"这是对于启蒙者的"救救孩子"的信念的致命一击，因为他无法回避如果孩子中没有坏根苗，大起来怎么会有坏花朵的问题。而如果承认这一点，那就意味着"不吃人"的时代也许永远不会到来。面对这些问题鲁迅走的是固守启蒙并将启蒙激进化的路向，即只有固守启蒙的立场才能解决启蒙产生的问题，只有投身到现实的改造社会人生的斗争中去，才可能真正地使人们获得解放和幸福，舍此之外，别无他途。陀氏式的个人道德完善只是一种于事无补的自我欺骗而已。

而陀氏则是于启蒙主义的社会改造的路向之外来思考这些问题的。在《卡拉马佐夫兄弟》中，他否定了"大审判官"依靠"世界上仅有的三种力量……奇迹、秘密和权威，抛弃妨碍他的基督，用火与剑来建立全人类幸福的理想"。在陀氏的作品中则充满着不同于鲁迅的另一种对立。首先，它是一种西方近现代启蒙、革命等"现代性"文化与俄罗斯本土、传统的宗教文化的对立，正如小说《少年》中的人物所说："日内瓦思想是一种与基督无关的美德……是一切现代文明的思想。因为你现在向往的正是轰轰烈烈的生活，要点燃什么东西，粉碎什么东西，要站在整个俄国之上，像雷雨前的乌云似的急驰而过，使大家又害怕又钦佩，自己却躲到北美合众国去。"[②]陀氏认为这种唤起风暴的文化将使俄罗斯陷入未可知的灾难和恐怖之中，因此"现代"所带来的宗教、道德的危机，在他看来是威胁人的生存的最大隐忧。其次，它表现为一种"温柔的人"和"冷酷的人"之间的对立，一种饱经苦难然而毫无怨尤的逆来顺受的受难者与清醒理智、

① 鲁迅：《头发的故事》，《鲁迅全集》第1卷，北京：人民文学出版社，2005年，第485页。
② [俄]陀思妥耶夫斯基著，文颖译：《少年》，北京：人民文学出版社，1993年，第268—269页。

坚定无情、自作主张、不择手段的反抗者和解放者的对立。这在索尼亚和拉斯柯尔尼克夫(《罪与罚》)、伊凡和阿辽沙(《卡拉马佐夫兄弟》)等之间的对立中可以清楚地看到这一点。同时,它也是下等人与上等人,愚人、卑贱者与能人、精明者之间的对立,像《白痴》中的"白痴"——梅斯金,就是俄国宗教文化传统中的"圣愚"的化身。总之,这种对立是陀氏立足于俄国本土的、传统的、宗教的文化资源,对西方的、现代性的理性主义文化冲击的一种抗拒和防御。同样面对人类的、民族的苦难,与占据时代主导地位的进步主义者不同,他认为苦难的根源不在于外在的社会制度等因素,而在于人的内心深处的恶的泛滥,所以人世的罪恶并不会因社会制度的改变而绝迹,相反,改革者目的与手段的脱节,恰恰就是一种"恶的放纵"的表现,它会给人世带来更大的灾难。与前者所信仰的社会历史主义的理想不同,陀氏信仰的是一种内在的超验的乌托邦,他从每个人内心深处(包括救世者)寻找恶的根源,从而进行灵魂的拯救。

中国现代文化诞生于救亡图存之际,这使其往往强调"中国问题"的独特性并将这种独特问题的解决放在首位,即使是探讨形而上的问题,也往往须承诺它是解决一切特别是当下社会人生问题的济世良方。这种功利性的吁求,往往将"中国问题"与"人生问题"对立起来,分出轻重缓急或给予简单化的一揽子解决方案,这就阻止了对关涉到终极关怀的"人生问题"进行深入探讨的契机。中国"新文学"中已经很难出现像写出《五无论》的章太炎似的那种超出现实功利性、具有究元决疑的思想家气质的作家、诗人,他们的生存主要集中于一种现实功利境界中,对于鲁迅所注意到的、陀氏所关注的"天人"之际的问题已经很少予以关心了。这一方面是救亡的急务使他们无暇顾及这类玄远的命题,另一方面是现代性文化自身的内在功利性所致。但历史的吊诡之处却是鲁迅精神的继承者巴金,一再提到在"文革"末期靠读那本鲁迅读不下去的《神曲》(而不是他青年时代最爱读的、奉为圭臬的《法国大革命史》一类的书),支撑着他度过了一生中"最黑暗的日子"。这种《神曲》的精神,也同样成为他抗拒现实的横逆的精神资源,这大概是"五四"先驱者所始料未及的。鲁迅作为一个伟大的启蒙主义者遗留下来的问题还是远远没有解决的,有志于继承鲁迅的人们面临的问题将不是如何"照着讲"的问题,而是如何"接着讲"的问题,这就使他不得不对世界和中国在 20 世纪所经历过的一切进行深切的反思。

总之,鲁迅和陀氏都是近现代世界文学史上堪称“伟大”的作家,鲁迅的伟大是已经为历史所证明的,他在中国文化由“传统”向“现代”的新旧转化中发挥了移星换斗式的推动作用。他的存在,使得一切企图回归前现代传统的“原教旨主义”者具有了一个强大的天敌;而他明知“‘黑暗与虚无’乃是‘实有’,却偏要向这些做绝望的抗战”[①]的自由抗争精神,前所未有地提升了现代中国人的精神境界,拓展了现代人类生存的精神疆域,这使他成为第一个具有世界意义的中国现代作家。而陀氏的伟大则完全是另一种类型,他的伟大在于将深远的宗教性的道德关怀带入到现代社会政治之中,而又将现代人的个性意识、自由精神带入到宗教文化传统之中,对一路凯歌东进的西方现代性文化所可能带来的人的生存的深层危机有深刻的洞察,并立足于俄罗斯深厚的宗教文化传统之中,对其做出了积极的回应。他超出于时代的普遍信条之上,对于新旧社会转换时期人的心灵的陷阱和歧途、冲突和矛盾做了淋漓尽致的揭示。这种对于时代的独特思考和发现,使得陀氏超越了其时代的“五十个仆人共同写作的”那种“一犬吠形,百犬吠声”的平庸、雷同状态,深化了俄罗斯文学中的伟大的道德传统,对于世界文化做出了独到的贡献。“现代性”与“反现代性”之间的关系并不只有矛盾、对抗的一面,还有互补、共存的一面,重要的是要跳出特定时代那种价值一元论的绝对主义的思维方式,直面历史发展中的两难处境,意识到多元价值间的冲突的不可避免性,而放弃那种独断主义的价值诉求。后发展国家的“现代性”追求往往表现出强烈的唯意志主义色彩,往往将“现代”视为解决一切问题的灵丹妙药,这种盲目乐观主义的虚妄是毋庸多言的。陀氏的“反现代”批判对社会的变革也有着明显的负面作用,他的理想的虚妄正如马丁·路德(Martin Luther)所说:“世界是不可能只靠念珠来统治的”,单靠一种宗教性的乌托邦主义的救世激情,并不能真正地实现他所向往的“人类的黄金时代”理想承诺。

20世纪是个盛行过诸多的理想,而又使诸多理想受挫、蒙尘的世纪。因此,在经历了这个世纪的一系列的剧变之后,走出人类自我设置的精神误区,立足于人自身,以一种反思性的态度对所经历过的一切进行重新思考就显得更有必要、更为迫切了。

---

① 鲁迅:《两地书·四》(1925年3月18日),《鲁迅全集》第11卷,北京:人民文学出版社,2005年,第21页。

自我·生命·文学

——郁达夫与现代文学中的“生命意识”

郁达夫作为中国五四新文化运动的杰出作家，在现代文学史上占有其独特而重要的地位。这种独特性和重要性表现在他是“五四”时期“人的文学”的一个重要分支——“生命文学”的突出代表，是人性解放文学的强有力的提倡者和实践者。郁达夫的创作从人的个体生存出发，“以惊人的取材和大胆的描写”如疾雷闪电一般突破了封建礼教所设置的人性禁区，深入到生命的最基本层，也叫出了源于人性深处的痛苦和悲哀。他以敏锐的感受力、真挚的情感和惊世骇俗的自我暴露精神，展示出一个被扭曲、被损害、在痛苦中挣扎的灵魂，揭开了一种久被遮蔽、未被表现过的人性真实即作为“本我”的自然生命层面的真实，从而起到了唤醒人性、为人性辩护的作用。

郁达夫所谓“生命的文学”就是个体的、感性的、反异化的、呼唤人的自然生命形态的文学，它是在西方20世纪末非理性主义哲学的影响下，在中国产生的一种表现自我生命意识的觉醒和反抗的新文学。这种文学将人的本质归结为一种非理性的生命冲动,从而要求每个人忠实于这种生命的冲动,去发现、创造自己真实的自我;同时认为文学是自我生命的纯粹的、自由的、审美的表现,人生和艺术是合二为一的,对生命的表现是文学唯一的目的和最高的使命。这种“生命的文学”带有极鲜明的自我解放色彩,是对人性异化社会的反抗,其宗旨就是将受到社会压抑和礼教束缚的病态僵化的人生,还原为具有独立个性和鲜活生命力的自然审美的人生。这种倡导人性解放的文学,也正适应了“五四”时代要求个性自由的反封建时代精神的需要。

郁达夫对于自我内心生活的剖析、体验和大胆表现,揭示了“孤独个体”生存的真实境况,既具有认识人生的哲学上的意义,又具有探测人的灵魂的心理分析学上的价值。其反世俗、追求个体自由的现代生活方式,体现着与异化社会相对立的个人主体意识和个体感性生命的觉醒。这种觉醒正是中华民族步入现代文明、求得人性解放所必须经历的精神变革。鲁迅曾高度评价“五四”时期单纯、幼稚的要求个性解放的文学是“血的蒸气,醒过来的人的真的声音”[①]。这用来说明郁达夫及其创作无疑也是非常恰切的,尤其是对人的情感和本能的挖掘、体验和表现,使郁达夫的创作超出了社会伦理道德层次,转而进入到一个更深的人性境界,即展示出人的内在生命真实的境界,从而使其创作具有更普遍、更长久的价值。

郁达夫的思想和创作都是复杂的,本文将着重于从西方 20 世纪末非理性主义哲学对他的影响入手,来探索其异于中国传统文学和其他新文学作家的、为他所独创的“生命文学”的特色。郁达夫是从西方获得其关于“自我生命意识”觉醒的现代意识,并根据自己对中国社会环境的真实感触而从事其文学创作的,这使得他具有异于西方的中国特色;但其主体精神仍与西方文学一脉相承,即都是探索个体生存价值和意义的文学。也正是从这个意义上讲,郁达夫作为“五四”文学的一个突出代表已开始走向世界,成为世界文学的一个有机部分。

截至目前,对郁达夫的研究多是从社会政治标准和伦理道德标准对其进行价值判断的,这自有其意义在。但不论从伦理上说他是颓废的、色情的,还是从

---

① 鲁迅:《随感录四十》,《鲁迅全集》,北京:人民文学出版社,1957 年,第 397 页。

政治上说他是积极的、进步的，都有些偏离郁达夫的本意。因为他是要以生命的本来面目去表现生命，重在表现人性之真，以求得人性的解放。要真正理解郁达夫、恰如其分地评价郁达夫，就应从其本人努力的指向入手。这就是本文尝试取生命视角的理由，也许能够取得从政治角度和伦理角度所难以取得的意外效果，而这正是我们所企望的。

基于西方现代观念的影响和“五四”呼唤个性解放的时代精神，郁达夫主张“文学是生命的表现”，要求作家本着内心本真的生命欲求做真实自我的表现，以鲜活的、源于人的感性生命冲动去冲击腐朽僵化的礼教规范，用自己的全部生命去唤醒个人的觉醒、人性的解放。这就给郁达夫的创作带来以下两个鲜明特色：一是与社会对立的源于感性生命的强烈自我意识，一是对动荡、不安、骚动的内在生命真实的表现。以本真的、属我的生命感受、身体欲望去撞击理性的栅栏，是郁达夫创作的特色。这种绝望的抗争也构成了他创作中浓厚的生命悲剧色彩，下文将对此加以具体论述。

一、生命体验与自我意识

郁达夫的“生命文学观”在其创作中最突出的表现就是自我的张扬。自我是生命体验的主体，生命的存在以个体为单位，生命的体验也只能以个体方式进行。作为生命表现的文学即是作家自我的表现和创造，自我意识的觉醒也即个体生命意识的觉醒。这种觉醒导向两个指向：一是与社会对立的个人主体意识的觉醒，表现为一种忠实于自我的生存方式的确立，要求自我价值在社会中的实现；一是要求自我情感本能的解放，反抗外部社会对自我感性生命的压抑。两者在郁达夫的创作中都有突出的表现，正是对自我的张扬，使郁达夫成为“五四”时期个性主义文学的突出代表，具有不可取代的地位。

发现自我，创造自我，原是西方20世纪末哲学文学思潮的一个中心主题，非理性主义哲学带有浓厚的唯我色彩，如尼采（Friedrich Wilhelm Nietzsche）就曾说过，做人的唯一目的，“就是成为你自己”[①]；柏格森（Henri Bergson）也说过“唯一实在的东西是那活生生的，在发展中的自我”[②]，并且认为唯一实存的并能

① ［德］尼采著，周国平译：《作为教育家的叔本华》，《悲剧的诞生》，北京：作家出版社，2012年，第87页。

② ［法］柏格森著，吴士栋译：《时间与自由意志》，北京：商务印书馆，1958年，第120页。

为人所真实感知的就是“自我”。这里的“自我”不是社会加于个人的外在属性,而是自我内心有待于发现和创造的、本能欲望和精神追求上的“自我”,一种非理性的主观心理体验,一种属于内在生命层次的本真的“自我”。郁达夫对西方世纪末张扬“自我”的哲学思潮是很欣赏的,他曾用极富倾向性的语言向人介绍并宣传了德国哲学家马科斯·斯蒂纳(Max Stirner)的自我哲学,斯蒂纳的哲学在一定程度上代表了郁达夫的自我主张。斯蒂纳作为尼采哲学的先驱,将自我强调到空前的高度:“自我就是一切,一切就是自我。”郁达夫特别点明这种思想对“五四”青年的影响:“个性强烈的我们现代的青年,哪一个没有这种自我扩张的信念?”[①]斯蒂纳还提出忠实于自我 this body(这个人)的个性生存方式,也对郁达夫影响很大。郁达夫曾这样评价五四新文化运动的意义:“五四运动的最大的成功,第一要算‘个人’的发现,从前的人,是为君而存在,为道而存在,为父母而存在的,现在的人才晓得为自我而存在了。”[②]他认为只有忠实于自我的生存才能算是人的生存,并自述他“我的最近的努力,还是在完成自己;做文士也好,做官也好,做什么都好,主要的总觉是在自己的完成”[③]。立足自我、探求个体人生的价值和意义,是郁达夫思想创作的一个突出特色。

这样一种对生命的认识,加深了郁达夫对中国这块现实土地的体认。眼见并亲历的绝望现实、自我审视的剖析和忏悔、本能和欲望被压抑的痛苦,是其生命文学创作的源泉。他执着地去追求个体生存的价值和意义,但冰冷的现实使其一切努力终归落空。既不愿同流合污又不甘自我堕落,个体生命总是处于压抑与抗争、追求和失望、升华与沉沦的尖锐冲突之中,一切的悲凉、苦闷、虚幻的情绪由此而生。作家用自己的生命体验,为其系列小说创造了一个郁达夫的自我形象,或如众称的“零余者”形象。他在不同的小说中出现,不论他是叫“于质夫”还是叫什么别的,都是那么落落寡合、四处碰壁,好像脚下没有一块土地是属于他的,没有一个地方是可以使他安居的乐土。他总是处于精神上的无家可归状态和生活上的贫困潦倒之境。而造成他与社会格格不入的原因究竟何在

① 郁达夫:《自我狂者须的儿纳》,见《郁达夫文集》第五卷《文论》,广州:花城出版社,香港:生活·读书·新知三联书店香港分店,1982 年,第 141 页。

② 郁达夫:《〈中国新文学大系 散文二集〉导言》,见《郁达夫文集》第六卷《文论》,广州:花城出版社,香港:生活·读书·新知三联书店香港分店,1983 年,第 261 页。

③ 郁达夫:《写作的经验》,见《郁达夫文集》第七卷《文论·序跋》,广州:花城出版社,香港:生活·读书·新知三联书店香港分店,1983 年,第 29 页。

呢？郁达夫在《戏剧论》中这样说过："倾陷争夺，不害人不足以自安，不利己不足以自存，是近代社会的铁则。我们生在这样的社会里，要是不曾想到自己的个性，便好安然地过去，如从前的臣为君死，子为父亡的时代一样，但是我们若一想到自己，又一想到自己周围的重重铁锁，我们的希望，是实在一点也没有；我们所以要生到这世界上来的理由，实在也完全讲不出来。"[①]个性的觉醒恰恰是他痛苦的根源。《沉沦》里的主人公对物质主义、争权夺利、庸俗浅薄的社会不满，使他向往一种理想的诗意的人生；然而现实世界给他的只有深深的孤独，所以只能在终古常新的大自然中得到安慰，并将对情爱的追求视为人生的唯一寄托；而身在异国的情爱追求的幻灭最终导致了他的自杀，这正表现出冷酷现实对于人的从肉体到心灵的双重扼杀。《南迁》里的主人公也是一个天性纯洁、富有理想、对人生社会都有自己独立见解的青年，然而世情的凉薄，也只能使他成为一个无为的理想主义者，其追求也都化为泡影。在郁达夫的创作中，社会异化力量作为一种无明确对象的虚化的压抑，不具体体现在某个代表身上，而是表现为一种笼罩于主人公上空的沉闷窒息的氛围，是一种无处不在的压迫。作为从传统中刚刚挣脱出来的青年，他们更感到生存负担的沉重，正如《胃病》里的主人公所说："社会呀！道德呀！资本家呀！我们少年人都被你们压死了。"[②]所以他要生存、发展，首先就要反抗这一切，砸碎一切偶像，重估一切价值，以求得自我解放。

中国的传统礼教在读书人中素来提倡拼死卫道，把维护纲常礼教当成是人生的最大目的，这就造成了一种内化于个人内心的社会意识，一种道德超我。而个性觉醒者则往往脱离社会规定的传统轨道，与旧的价值发生离异，力求发现内心真实的自我并力图实现自我。郁达夫作品中的主人公突出表现在与旧的传统观念的疏离，从而成为当时社会的异己分子，一个不为常人所理解的孤独者，一个狂狷不羁的颓废派，一个自我价值得不到社会承认的"零余者"。在《青烟》里，主人公曾分析自己忧郁的根源，他既否定了中国传统知识分子那种生不逢时、回天无力的传统，又否定了国家主义者的感伤："国家亡了有什么？

① 郁达夫：《戏剧论》，见《郁达夫文集》第五卷《文论》，广州：花城出版社，香港：生活·读书·新知三联书店香港分店，1982年，第55页。

② 郁达夫：《胃病》，见《郁达夫文集》第一卷《小说》，广州：花城出版社，香港：生活·读书·新知三联书店香港分店，1982年，第111页。

外国人来管理我们，不是更好吗？”[①]从而最终把原因仍归结到社会对个人的压抑、自我灵魂的毁灭和生存的无价值、无意义上面，他从自我毁灭的角度向黑暗社会发出控诉，突出地表现出“五四”青年对个体生存价值和意义的探寻所导致的浓重的苦闷和彷徨感。正如郁达夫所说：“所以在迷梦觉醒了的现在，知道信仰是虚伪，服从是不公，恋爱是牢狱的我们，实在是悲惨得很，可怜得很的。在这样的状态之下，究竟谁能免得了虚无，谁能免得了忧郁呢？”[②]而这正是个性觉醒者在当时中国生存的典型感受。

郁达夫许多作品中的主人公看似消沉、颓废、放荡无羁、酗酒嫖妓、无所不为，然而这些都是表象，郁达夫对于人生始终是严肃的，正如他自己所说：“九九八十一，总该把我自家的颜色来辨一辨清，做人不是做梦。”[③]他的消沉颓废，正是对自我灵魂泯灭痛苦的心理补偿；其对理想的热烈向往，正是通过这种变态的方式来加以表现的。正如聂绀弩所写：“我将狂笑我将哭，哭始欣然笑惨然”[④]，中国古代文人不乏这样狂狷傲世的先例，远如魏晋的“竹林七贤”，近如清朝的“扬州八怪”，郁达夫的性格与这种古代名士是有某种渊源关系的，但二者并不相同：古代名士的狂狷多是忘情于人世的“僵尸的达观”，是对于现实人生的回避，或是无缘补天、生不逢时的自怜；而郁达夫的理想则不再是出于“致君尧舜上，再使风俗淳”（杜甫《奉赠韦左丞丈二十二韵》）的封建士大夫意识，而是个体对社会现实悲剧性的抗争和感伤的批判，是对于自我实现、人格独立的追求，《蜃楼》中主人公的独白即典型地说明了这一点。主人公从人生的战场上败退下来，在西湖边养病，回顾平生经历，深感一事无成并且连“生的真正的意味都还没有尝到过”，自己的一生只是一出毫无意义的悲剧，而悲剧的根源则是“第一不对的，是既作了中国人，而偏又去受了些不彻底的欧洲世纪末的教育。将新酒盛入了旧皮囊，结果就是新旧两者的同归于尽。世纪末的思想家

---

① 郁达夫：《青烟》，见《郁达夫文集》第一卷《小说》，广州：花城出版社，香港：生活·读书·新知三联书店香港分店，1982年，第231页。

② 郁达夫：《戏剧论》，见《郁达夫文集》第五卷《文论》，广州：花城出版社，香港：生活·读书·新知三联书店香港分店，1982年，第55页。

③ 郁达夫：《街灯》，见《郁达夫文集》第一卷《小说》，广州：花城出版社，香港：生活·读书·新知三联书店香港分店，1982年，第357页。

④ 聂绀弩：《改〈野草〉七题为七律》之一《题词》：“野草浅根花不繁，朝遭践踏暮芟删。我将狂笑我将哭，哭始欣然笑惨然。明暗死生来去际，友仇人兽爱憎间。实时沉默空开口，天地有如此夜寒。”见聂绀弩《散宜生诗》，北京：人民文学出版社，1982年，第235页。

说：——你先要发见你自己，自己发现了之后，就应该忠实地守住这自我，彻底地主张下去，扩充下去。环境若要来阻挠你，你就应该直冲上前，同他拼一个你死我活，All or Nothing！不能妥协，不能含糊，这才是人的生活”[①]。当然这种自我扩张的结果，只能使主人公感到万事皆空的虚无。但我们也可以由此得出结论：郁达夫生命的文学并非游戏人生的文字，而是负有严肃人生使命的文学；郁达夫作品中的零余者们也远非真的于世无补的百无聊赖者，而是一个有理想、有抱负而不能实现，只能以消极厌世来鸣自己存在的社会叛逆者。从这类人身上也同样可以依稀看到打破中国这个“绝无窗户而万难破毁的铁屋子”的希望。

此外，自我解放的一个重要内容还在于人的本能和情感的解放。礼教的禁欲主义、抑情主义的控制，使传统中国社会成为冷酷无情的荒漠；封建礼教毒害下的人们对名利的追求、对纲常的信奉，直接压抑扼杀了其作为人的本能和情感特性。郁达夫自我意识觉醒所催发的自我解放要求，突出表现在对人之感性生命情欲的肯定和对人与人之间的情爱、理解、同情等人类美好情感的呼唤。郁达夫创作中的性苦闷、爱饥渴及对抑情主义的抨击、对平民阶级的同情，都是以个人为本位的人本主义伦理反抗封建极权主义伦理的表现。尤其是他对情爱的追求，与“五四”时期要求婚姻自主、爱情自由的小说具有同样的甚至更为深远的个性解放的意义。

二、情欲本能与感性解放

郁达夫文学创作的一个惊人之处，即在于他对人的情欲本能的大胆表现。它客观地展示了本能与文明的冲突，表现了情欲的冲动与压抑、发泄与净化等个体生命内在的不安、痛苦、反抗的动态内容，冲破了传统礼教所设置的人性禁区，在现代文学史上具有开拓性的意义。

郁达夫创作中的情欲表现与西方20世纪末以个体生命的意、情、欲为中心的非理性主义哲学思潮和精神分析学有密切联系。这种对人的情感、本能等内在生命形态予以重新发现的现代思潮，使文学不再局限于表现人与外部社会的冲突，而开始挖掘人的情欲本能、潜意识对人的行为的影响。郁达夫尤重对于

① 郁达夫：《蜃楼》，见《郁达夫文集》第二卷《小说》，广州：花城出版社，香港：生活·读书·新知三联书店香港分店，1982年，第198页。

人的情欲苦闷的表现,并认为这种苦闷才是最内在的绝对的苦闷。郁达夫曾说过:"个人对社会的反抗,是人的意志对于外部生活的反抗。这一重意志转而向内,则变成个人的灵魂与肉体的斗争,或人与神秘的威力(死)的斗争,从这些内心的斗争里发生的苦闷,才是绝对的苦闷哩!"[①]作为生命表现的文学所要表达的正是这种"绝对的苦闷"。因为"个人对社会的斗争,是有尽期的。……唯有个人内心的斗争——情欲与理性,本能和道德的斗争——则人类存在一天,斗争也继续一天,就是个人肉体消亡的时候,也不能入于休战的状态的"[②]。从人的情欲本能这种生命的最基本层次出发,对人的深层意识加以揭示和展现,是郁达夫文学创作的一个重要方面。

郁达夫说过:"种种的情欲中间,最强而有力直接摇动我们的内部生命的,是爱欲之情。诸本能之中,对我们的生命最危险而同时又最重要的,是性的本能。"[③]情欲本能作为人的感性生命的主要内容,表现为生命自身灵与肉、压抑与反压抑的冲突。弗洛伊德(Sigmund Freud)把人的心理结构划分为本我、自我和超我三个层次。本我属于无意识领域,是人的原始的本能的欲望,它不知道"任何价值、任何善恶、任何道德"[④],支配本我的是使本能需求得到满足的快乐原则;自我是居于本我和超我之间协调控制、改变本我以符合超我;超我则是现世道德和社会文化对个体的外在约束而内投于自我,从而变成个体的良心,以产生负罪感和内疚感,使人适应于社会。情欲力量的一个最基本的趋向就是生存趋向,它包括两个因素:一是性本能;一是爱欲,即自我肯定、自我持存的欲望。郁达夫一些作品主人公追求的核心即是性本能和爱欲的结合,是灵与肉的一致;而两者的矛盾冲突,就造成了主人公悲剧性的结局,即性和爱的分离。

郁达夫的创作通过对自我内心生活的剖析,向人们展示了灵与肉冲突的三种形态:第一种是灵和肉的分离,肉压倒了灵,本能占上风,并导致了主人公的盲目和变态;第二种形态是表现灵胜于肉的形态,即爱欲压倒了性欲,主人公痴

---

① 郁达夫:《戏剧论》,见《郁达夫文集》第五卷《文论》,广州:花城出版社,香港:生活·读书·新知三联书店香港分店,1982年,第57页。

② 郁达夫:《戏剧论》,见《郁达夫文集》第五卷《文论》,广州:花城出版社,香港:生活·读书·新知三联书店香港分店,1982年,第57页。

③ 郁达夫:《戏剧论》,见《郁达夫文集》第五卷《文论》,广州:花城出版社,香港:生活·读书·新知三联书店香港分店,1982年,第57页。

④ [奥地利]弗洛伊德著,黄勇、薛民译:《精神分析引论新编》,转引自[美]赫伯特·马尔库塞著,黄勇、薛民译:《爱欲与文明》,上海:上海译文出版社,1987年,第17页。

情地去追求纯情的爱而不求回报，表现出爱情至上的倾向；第三种形态表现灵和肉的一致、情欲的升华，通过主人公对欲望的克制升华，进入一种无冲突的和谐境界，从而消除对本能的压抑，将本能冲动转化为一种丧失其性特征的中性能量，表现出一种超越本能的更高的精神境界。

郁达夫前期小说的一个重要主题是性苦闷。这苦闷实际包括两方面的内容：首先是本我的冲动和超我的压抑所产生的内疚和负罪感；其次是灵和肉的分离，肉压倒了灵，情欲占上风，导致主人公的颓废和变态。在《沉沦》里，作者即首先揭示了性欲本能的力量，主人公“本来是一个非常爱高尚爱洁净的人，然而一到了这邪念发生的时候，他的智力也无用了，他的良心也麻痹了，他从小服膺的‘身体发肤’‘不敢毁伤’的圣训，也不能顾全了。”他犯戒之后的自责也是非常严厉的，“他切齿的痛骂自己，畜生、狗贼、卑怯的人！”[①]深刻再现出社会道德化身的超我对本我的压抑，而对这种性压抑心理的揭示，在当时无疑有着极大的叛逆意义，表现了禁欲主义文化所造成的人的心灵上的创伤；而“性”的问题对于个体生命无疑是非常重要又不可回避的问题。主人公同时也是情爱的追求者，“所要求的就是异性的爱情”，这种爱情是一种灵与肉的统一，他祈求上帝：“你若能赐我一个伊甸园内的‘伊扶’，使她的肉体和心灵全归我有，我就心满意足了。”[②]然而现实并不能使他心满意足，性欲的冲动使其产生自渎、窥浴的变态行为，而这些行为又受到自我良心的谴责，使他痛恶自我的堕落与意志力的薄弱。这种冲突进一步强化，主人公便走进妓院去寻求肉的发泄，以金钱来换取性的满足，而灵的失落又使他产生放纵后的严厉自责，终于他不堪这重重的心理重负，跳海自尽。单纯的性冲动是盲目的，是一种本能的发泄，其结果将是空虚和枯竭，使人丧失人生指归。《茫茫夜》里的于质夫受这种本能欲望的驱使，以针刺颊，做出种种变态的举动，还表现出同性恋的倾向，最后走进妓院去寻求刺激，“肉”的欲求在此完全压倒了灵的要求。然而即便是在妓院里，他也仍在寻找灵的闪光，即相互理解的爱的情感的交流。妓女海棠粗俗鄙陋，使他失望，但他却与她产生同病相怜之感。逛妓院的行为也遭到了他的自我谴责，

---

① 郁达夫：《沉沦》，见《郁达夫文集》第一卷《小说》，广州：花城出版社，香港：生活·读书·新知三联书店香港分店，1982年，第33页。

② 郁达夫：《沉沦》，见《郁达夫文集》第一卷《小说》，广州：花城出版社，香港：生活·读书·新知三联书店香港分店，1982年，第25页。

在走出妓院后,他对朋友说:“我已经成了个 living corpse(行尸走肉)了。”[1]这种悲剧说明,灵和肉分离,性欲若不能上升为爱欲,则达不到使自我得以保存发展的目的,而只能使个体灵魂为动物性的本能所支配而毁灭,从而丧失了人之为人的超越性精神追求。

情欲作为人的自然本能是应该予以正视的,中国传统社会对情欲的主要看法以现代眼光来看都有点不太正常,认为其“毒如鸩”,应以“天理禁灭之”,或认为其“甘如饴”,应该放纵享乐。孰知人欲和天理都属于人性的范畴,都代表着一种人的内在的需求,只不过这种需求是分层次的:低层次的需求即人的自然需求,属于生理层面;其次是人的社会需求,属于心理层面;最高层面则是人的“灵性”追求,即人作为万物之灵将自然与精神合一的超越性追求。重要的是让这三种需求并育而不相害,并不是简单的消除或否定某一需求。所以禁欲主义和纵欲主义都是对人性的误解和扭曲,郁达夫小说中人物性心理的变态正是人性在一种与它相对立的社会文化环境里所发生的特殊反应。对该现象的真实表现在“五四”时期无疑有着冲击传统礼教过于严苛的禁欲主义的积极意义;但从根本上来说,灵与肉、情与理的冲突是一种源于人性深处的永久的冲突,它是没有了局也找不到根本解决之道的。而郁达夫作品的意义就在于他把这种永久的人性困境诚实而充分地揭示出来了。正是这一点使得他与守旧者的麻木与求新者的廉价乐观区别开来,更使他的小说中的人性表现具有了相当的深度。

除了表现这种肉压倒灵的状态,郁达夫的小说还表现了灵胜于肉的状态,即爱欲超越本能,表现出纯情的倾向,主人公痴情地追求纯洁的爱而不求报答。作者把对情爱的追求视为人生最高的价值和意义,把爱的实现当作自我超越有限生命、步入永恒的唯一方式。这与郁达夫所受西方浪漫主义思潮的影响有关。20 世纪末的西方新浪漫主义诗人歌咏的一个重要主题即为“爱”,他们认为,对个体有限生命来说,只有爱才能使人获得超越时空的永恒自由;爱一个人,并从这个人身上感到自我的延伸,便是爱的自我实现。郁达夫所引以为知音的诗人欧内斯特·道生(Earnest Dowson)等人都是这种情爱主题的歌吟者;

---

① 郁达夫:《茫茫夜》,见《郁达夫文集》第一卷《小说》,广州:花城出版社,香港:生活·读书·新知三联书店香港分店,1982 年,第 146 页。

青年时代的郁达夫也是这样一种意义上的情爱的执着追求者，这在其创作中有鲜明表现。《银灰色的死》里面，主人公追求不求回报的爱情，直到他所钟爱的酒馆女侍与别人订婚，他仍痴情地去爱；把自己的书卖了去给酒馆女侍买结婚礼物，最后精神恍惚，怀着对爱的渴望，在寒风中追念一个回忆中的女性，病困潦倒，倒在月光里死去。作者写道："银灰色的月光，把世界的物体都净化了。"[①]这指的便是主人公这种纯洁的、伤感的爱净化了唯物的、浮薄的、污浊的俗世。这种超出于肉欲之上的纯情的爱，正是作者所追求的爱和美的理想之所在。然而，主人公这种对爱的情感和渴求，实际上已经超出了现实情爱的成败得失，进入到一种无限的境界；它无法也不能由唤起它的对象来满足，其情爱追求的背后是个体对于有限生命的精神超越，是对个体人生的终极意义的追寻；也因此，这种情爱追求的失败也是被注定的。

郁达夫的前期小说主人公多以死亡为结局，我认为这种处理并非如某些论者所说是主人公的"神经质"所致，作者在这里是通过死亡这个生命的极限来强调：人的生存是不能没有意义的，爱就是人生中的最重要的意义，没有爱的人生则与死无异，由此唤起人的爱的意志，摆脱生存的虚空感。小说《南迁》着力表现了主人公与日本少女O之间不可遏抑的爱慕之情，郁达夫把其中一章命名为"亲与力"，这是歌德一部小说的名字，写的是夫妻婚变的故事，着重表现的是主宰于两性之间的那种冲破一切束缚、无条件去爱的、互相之间纯情的吸引力。郁达夫笔下的伊人无条件地爱上了患肺病的日本少女O，虽然现实条件不允许他们自由相爱，但两个人仍是同病相怜、心心相印、难舍难分；主人公把自己比作屠格涅夫小说中的人物罗亭，罗亭即是热衷追求情爱的幻想家，然而一遇到现实就自动退缩了。托尔斯泰曾说屠格涅夫及其作品中的人物"并不在恋爱，他只是喜欢恋爱"，尖锐地点出了这种精神之爱的不现实的虚幻性。

总之，对这种纯情之爱的追求，在"五四"时期是有其进步意义的：对爱的礼赞，是对传统礼教抑情灭欲的反叛，但由于推衍到死，则又陷入情爱至上、流露出世纪末文学的消极、颓废色彩。本质上，这代表了一种现代性文化的困境，即割断了与传统的精神联系的"现代人""新青年"所寻找到的只能是"浪漫情爱"

① 郁达夫：《银灰色的死》，见《郁达夫文集》第一卷《小说》，广州：花城出版社，香港：生活·读书·新知三联书店香港分店，1982年，第14页。

这种人生信仰的代用品，其虚幻、飘忽、不确定性，将使信仰者陷入周而复始的幻灭空虚之中；而这种源于本能而又超出本能的爱欲，由于缺乏现实的根基，虚幻缥缈，其浪漫光环在现实中的消失是可以想见的。

在郁达夫的小说有关灵与肉的冲突中，无论是偏重于欲的满足和还是偏重于欲的升华的结果，往往都归于失败，小说也大多以悲剧形式结束，灵与肉的矛盾并未获得解决。然而在郁达夫的中后期小说中，他一改主人公情欲受压抑和不安、骚动、焦虑的心态，一变而为平和、淡泊、和谐、温馨。郁达夫谓之寻求到了欲望的非压抑的净化升华之道，达到了灵与肉相一致的境界。《春风沉醉的晚上》中，落魄贫困的主人公在贫民窟里与一个善良的女工为邻，在消除了一段误会之后，两人的感情达到了一个新的高潮；这时主人公的情欲萌发了，然而"我当那种感情起来的时候，曾把眼睛闭上了几秒钟，等听了理性的命令以后，才把眼睁开了开来，我觉得我的周围，忽而比前几秒钟更光明了。"[①]这光明即是指本能欲望的升华，由性欲上升到了爱欲。《迟桂花》中的情欲升华则表现出一种欢快明丽的格调，主人公同一位纯洁可爱、天真未泯的农村少妇一同登山，当主人公刚对少妇产生了一丝情欲念头的时候，这位少妇则以她的天真无邪使他打消了自己的欲念，他于是庆幸"幸亏是你的那颗纯洁的心，那颗同高山上的深雪似的心，却救我出了这个险"，两人决定以兄妹相称，发誓要永久地结作"最亲爱最纯洁的兄妹"[②]。故事中自然风景的秀丽清新和女主人公情感的纯真烂漫，使得这篇小说成为郁达夫创作中难得的温馨和谐之作。在这里主人公的内心仍存在着灵与肉的冲突，但已不是不可调和的了，而是通过对欲望的克制与升华，达到灵与肉的一致，进入一种和谐、自如的境界。主人公"从心所欲而不逾矩"，比之前两种矛盾冲突剧烈的状态，是上升到了一个新的层次。作家似乎在寻找一种新的适合于现实原则的文明规范，以取代旧的道德至上的过度压抑人的性本能的文化；作家既肯定人的本能冲动的合理性，又意识到放任本能冲动的盲目性和毁灭性；因此以一种合乎人性的理性原则将本能予以转化，使之变为一种丧失冲动力的中性能量，以达到一种更高的精神境界。然而，这种欲望

---

① 郁达夫：《春风沉醉的晚上》，见《郁达夫文集》第一卷《小说》，广州：花城出版社，香港：生活·读书·新知三联书店香港分店，1982 年，第 250 页。

② 郁达夫：《迟桂花》，见《郁达夫文集》第二卷《小说》，广州：花城出版社，香港：生活·读书·新知三联书店香港分店，1982 年，第 342—343 页。

的升华也一并削弱了其作为生命解放之文学的冲击力和爆发力,并最终表现出一种回避现实冲突的隐逸色彩。想来,这也与郁达夫步入中年、日趋平和安逸的心境有关吧。

三、现代感伤主义自我的“客体”化

海德格尔将“世界的图像化”视为现代性的本质,也就是强调当人成为主体之后,世界就成为人所注视的图像,一种对象化的客观性的存在。同样,自我的镜像化与世界的图像化是现代性的双向运动,人的揽镜自照,对于自我的凝视、关注、分析、反省,使自我得以被凸现出来,成为现代性意义上的主体,同时也成为被认识和被评判的客体,由此自我的建构与呈现就成为现代性的一个重要内容。郁达夫的“自叙传”小说在中国现代自我的建构与呈现过程中具有独特而又重要的意义,他将文学作为镜子,主要用来观察自己、打量自己、想象自己、改造自己,突破了长久以来自我关注所带有的传统禁忌,获得了一种直面自我的权利。他将这种自我的镜像作为“真实的自我”“透明的自我”“揭下面具的自我”,由此开始了他发现自我、坚守自我、创造自我的文学之旅。虽然这种对真实自我的追求也带有某种浪漫主义的乌托邦性质,但他也开了文学正视人的非道德化的自我的风气,使文学进入了一个不再以情欲的存在为耻的时代。他以“我感故我在”的姿态展示了现代自我的感性生命体验,并致力于探索一种灵肉协调的人性化伦理,对这种肯定人的感官快乐的个人伦理的探索,是郁达夫对于现代文学的一个独特贡献。与将国家的富强和历史的进步作为核心的现代性宏大叙事不同,郁达夫的创作基本可以说是一种微观叙事、一种“私小说”,它是以个人的境遇、个人情感欲望体验、自我心境为基点的叙事。

郁达夫可以说是现代作家中的一个并不多见的感性快乐主义者,他把人生的快乐和幸福作为衡量人生意义的重要指标,他并不掩饰自己的感性欲望,对他而言,没有感性的快乐,其他的快乐和幸福都是靠不住的。相对于理性,他更信任人的感官,而这也正是现代性作为一种以为人提供更多的福乐为目的的世俗文化特性。前现代的人出于对死亡和神的恐惧,以一种彼岸世界的伦理来约束此岸世界,将此岸世界贬低为一个幻象,这就导致了感官快乐存在的价值和意义的贬低和否定。但正如尼采(Friedrich Nietzsche)所言:感官不会说谎,“只是在我们对它们的证据进行加工时,才在其中放入了谎言(Lüge),例如统一的谎言,物性、实体、持续的谎言——'理性'是我们篡改感官证据的根源"[①]。"我们用它们的证词所制造的东西,才把谎言放了进去,譬如统一性的谎言,物性、实体和持存的谎言……'理性'是我们伪造感官证词的根源。"[②]在上帝死了、传统的形而上学破产之后,感性的世界开始取代彼岸世界而成为真正的存在之物,因此如何在这个上帝和天理退位的世界,以人本主义伦理掌控自己的七情六欲,使自己得到身心的愉悦和安适,就成为一个重要的问题。对这种肯定人的感官快乐的个人伦理的探索,是他区别于张资平式的情色小说的严肃性所在。

从政治倾向上来说,"五四"时期的郁达夫明显受到克鲁泡特金等人的无政府主义的影响,在给当时流落北平、走投无路的文学青年沈从文的公开信中,郁达夫这样写道:"你现在不是只愁没有地方住没有地方吃饭而又苦于没有勇气自杀么？你的没有能力做土匪,没有能力拉洋车,是我今天早晨在你公寓里第一眼看见你的时候,已经晓得的。但是有一件事情,我想你还能胜任的,要干的时候一定是干得到的。这是什么事情呢？啊啊,我真不愿意说出来——我并不是怕人家对我提起诉讼,说我在嗾使你做贼,啊呀,不愿意说倒说出来了,做贼,做贼,不错,我所说的这件事情,就是叫你去偷窃呀！无论什么人的无论什么东西,只教你偷得着,尽管偷罢！偷到了,不被发觉,那么就可以把这你偷自他,他抢自第三人的,在现在社会里称为赃物,在将来进步了的社会里,当然是要分归你有的东西,拿到当铺——我虽然不能为你介绍职业,但是像这样的当铺却可以为你介绍几家——里去换钱用。万一发觉了呢？也没有什么。……因为这样的活在世上,实在是没有什么意思。"[③]这种看似玩世不恭的愤世之语实则有其严肃性,正如爱利赛·邵可侣(Élisée Reclus)在给克鲁泡特金的《面包略取》(《面包与自由》首次以法文出版的原书名)所作的序中所说:"然而人类财富的取回,简言之,即充公,只能由无政府的共产主义来完成:应该消灭政府,撕碎它的法律,摒弃它的道德,不理它的办事人,只顾依着自己的发意力,并且照着自

① 转引自余慧元:《尼采——一个快乐主义者的悲剧观》,《华南师范大学学报》,2008年第1期,第40—46页。
② [德]尼采著,李超杰译:《偶像的黄昏:或怎样用锤子从事哲学》,北京:商务印书馆,2009年,第23页。
③ 郁达夫:《给一位文学青年的公开状》,《郁达夫文集》第三卷《散文》,广州:花城出版社,香港:生活·读书·新知三联书店香港分店,1982年,第120—121页。

己的亲和力、自己的利益、自己的理想和所进行的事业的性质来从事工作。”①“五四”时期郁达夫的基本思想即来自以维护个人的绝对自由和生活权利为原则的无政府主义，《艺术与国家》即是他的无政府主义文学思想的集中表述。

“五四”时期个人本位主义的“自我”的发现，使人们超出了民族、国家等的视野局限，直接将个体与人类联系起来，正如周作人所说：“许多重大问题，经了近代的科学的大洗礼，理论上都能得到了解决。如种族国家这些区别，从前当作天经地义的，现在知道都不过是一种偶像。所以现代觉醒的新人的主见，大抵是如此：‘我只承认大的方面有人类，小的方面有我，是真实的’。”②这种自我的觉醒对晚清以来民族国家本位主义的观念构成了冲击，但从客观意义上来讲它又是对现代民族国家观念的必要的补充，因为个人与国家之间的张力关系对现代民族国家的形成具有不可缺少的平衡作用。但是“五四”时期的个人主义观念由于受到西方 19 世纪末 20 世纪初的唯我主义、无政府主义等激进的时代思潮的影响，他们对于世界和人类、历史和文明等的理解都带有某种乌托邦色彩，也就是倾向于彻底消除民族国家存在的必要性，正如郁达夫在他的《艺术与国家》一文中更是将几乎所有人间的罪恶都归之于国家的存在：“我们生来个个都是自由的，国家偏要造出监狱来幽囚我们。我们生来都是没有污点，可以从心所欲，顺着我们的意志作为的，国家偏要造出法律来，禁止我们的行动。”③这种绝对的个人自由诉求就产生了使个人与国家的冲突走向极端化的趋势。

随着“自我”的发现和人的个性意识的觉醒，作为国民的个人对于国家的理想、要求以及对现实政治的失望和诅咒，在现代文学中开始占据上风，由此催生出“五四”时期由“自我”的觉醒所唤起的个人感伤主义的文学潮流，这种潮流对于梁启超式的民族国家主义的英雄叙事具有某种消解性，但其出现的合理性是毋庸置疑的，自我的发现唤起了人的觉醒，而人的觉醒的历史现实境遇又加深了这种觉醒了的个人的伤感、怨尤情绪，这就使得感伤主义文学成为时代所盛行的一种典型的文学现象。“五四”感伤主义文学所产生的文化心理动因与中国传统的感伤文学不同，而具有了一种现代性的文化特征：首先，现代性文化

---

① ［法］邵可侣著，巴金译：《爱利赛·邵可侣序》，克鲁泡特金著《面包与自由》，北京：商务印书馆，1982 年，第 2 页。

② 周作人：《新文学的要求》，止庵编《周作人讲演集》，石家庄：河北人民出版社，2004 年，第 26—27 页。

③ 郁达夫：《艺术与国家》，《郁达夫文集》第五卷《文论》，广州：花城出版社，香港：生活·读书·新知三联书店香港分店，1982 年，第 149 页。

的“合理性化”倾向与外部社会现实的冲突式主人公感伤主义情绪产生的首要原因。个人的觉醒将个人自主、人格独立以及理想的生存方式等问题推向前台，对现代人来说，这属于生而为“人”的不可被剥夺的天赋人权。这种应然主义的理念与实然的现实就产生了无法调和的矛盾。其次，这种感伤主义的背后潜藏着这样一种个人本位的现代文化逻辑，即民族国家等应该为个人的不自由、不幸福、受难等负责，“国家”成为一切个人不幸的主要指控对象，这在前现代并非如此，是一个典型的现代性现象，那就是在现代国家取代上帝成为人的生存的至高价值之后，国家就成为其国民爱恨情仇的集结对象。这种世俗性的现代国家的出现代表的是从神权政治到人权政治的过渡，它直接导致了“人在宇宙中的位置”之改变，即人的存在主要不再是属于神的、属于天的，而是属于国家的，国家成为人的生存的价值和意义的给定者，也因此必须担负起使其国民得到幸福和尊严的责任。这种由天地人神的立体空间向国家这一平面价值空间的转换，使得国家必须直接面对其国民，负起形而下和形而上的双重职责。国家的合法性来自国民的拥护，而国民之所以拥护国家，建立在国家是否能满足其需要和期待之上。而20世纪初的中国处于国弱民贫、军阀混战、国不成国之时，自然会导致国人的失望。郁达夫受卢梭的影响，不是把个人权利视为受实然约束的产物，一种社会历史文化发展的结果，而是将其视为生而为人的应然的天赋的权利，这自然又加深了他对国家的怨尤。

我们还需要考察的是一种什么样的信念给予了郁达夫展示一种非道德的“自我”的自信？首先，这与现代人性解放的观念有关，现代人性解放首先肯定的就是人的本能、欲望存在的合理性，与传统讲求“天理人欲之辨”不同，现代则“视人欲即天理”，正如周作人在《人的文学》中所说：“我们相信人的一切生活本能，都是美的善的，应得完全满足。”[①]这样表现年轻人性的要求、生的苦闷就具有了道德上的正当性。其次，他直接受到了卢梭《忏悔录》的启示，以真挚的情感、“自叙传”的方式来展示不加掩饰的、赤裸裸的自我本相，由此获得了来自浪漫主义的唯情伦理的支持。郁达夫可以说是卢梭的忠实信徒。卢梭在其《忏悔录》的开头即这样写道：

---

① 周作人：《人的文学》，《新青年》第5卷第6号，1918年12月。

我现在要做一项既无先例、将来也不会有人仿效的艰巨工作。我要把一个人的真实面目赤裸裸地揭露在世人面前。这个人就是我。

只有我是这样的人。我深知自己的内心，也了解别人。我生来便和我所见到的任何人都不同；甚至于我敢自信全世界也找不到一个生来像我这样的人。虽然我不比别人好，至少和他们不一样。大自然塑造了我，然后把模子打碎了，打碎了模子究竟好不好，只有读了我这本书以后才能评定。[①]

独一无二的自我和真挚自发的情感，为浪漫主义的自我表现提供了信仰上、道义上的基础，使他们有勇气“以高贵的野蛮人”的姿态，迎接来自社会的冷嘲热骂、诽谤攻击。因为其“自我”是与“上帝”直接相通的，其情感来自自己内在的“良心”，而“良心”被其视为上帝与人的真正的中介，正如卢梭所说：“良心呀！良心！你是圣洁的本能，永不消逝的天国的声音。是你，……使人形同上帝！”[②]卢梭的“上帝”使这样的自我具有了超世俗的“神性”，这种浪漫主义的自我观与自然神论的情感至上主义关系起来，就赋予了中国现代浪漫主义的自我表现以追求人性的完全解放为目标的神圣性和严肃性。

美国学者布兰察德（William H. Blanchard）对卢梭在世界现代文化史上的影响做了这样的评价：“卢梭是第一批强调生活方式在文化变革中的重要性的政治改革家之一，他很清楚社会中细微的心理影响会引导和左右人们的意识。他感到有必要从他开始，逃开社会的、政治的以及心理的限制，他试图将所有人为的衣着和举止的形式都予以粉碎，将自己直接地、赤裸裸地暴露给他人，通过对真实的自我和自己的真实需要的发现，来更清楚地了解社会和政治的需要。”[③]

卢梭将“真实的自我和自己的真实需要”作为构建他的政治和审美学说的立足点，对超出于个人之上的“天理”等构成了根本性的颠覆。这种以情感为基点、以应然为出发点构建的浪漫主义文化在郁达夫那里表现为一种赤裸裸的人的感性欲望的伸张，他要求一种建立在真实自我需要基础上的人性化的伦理，

---

① ［法］卢梭著，黎星译：《忏悔录》第一部，北京：人民文学出版社，1980年，第1页。

② ［法］卢梭著，李平沤译：《爱弥尔——论教育》，北京：商务印书馆，1978年，第417页。

③ ［美］威廉·H.布兰察德著，戴长征译：《革命道德：关于革命者的精神分析》，北京：中央编译出版社，2004年，第23页。

并要求社会按照个人的需要来满足人的天赋人权。由此，它表现为一种现代性的权利意识由政治层面向生活层面和文化心理层面的延伸和深化。

总之，郁达夫的创作以本能和情感为中心，探索了个体内在的微观的人生，它与马克思主义者从社会政治、经济的角度来探索人性的角度不同，它是对人性、人情、人的生命之理的重新估价和重新发现。它对于人性的解放、对于中国文化冲破旧的枷锁获得再生，都具有不可忽视的作用。

郁达夫的创作可以说是“五四”时期人的文学的杰作。它突破了中国封建时代那种“仁者无忧，勇者无惧”的漠视人的情感本能需要的传统文化模式，他所表现的都是个体人生“忧”与“惧”的情感和心理常态，是对个体存在的焦虑、痛苦、迷茫心境的真切表现。它避免了狭隘肤浅的理性主义和物质主义的局限，而对个体人生的价值和意义表现出深远的忧虑，这使其创作带有了永久的人性的光芒。人的解放从根本意义上讲就是人的情感的解放，虽然这种忠实于个体生命的文学在中国步履维艰、颇遭非难，但它终究是被压抑数千年的人性的喷涌和迸发，是在无声的中国发出的叛逆的灵魂的绝叫。这就使郁达夫及其创作同鲁迅的创作一样，成为“五四”人性解放文学的经典之作，从而具有了恒久的艺术生命力。

巴金的安那其主义信仰与“反现代”的“现代性”

巴金是现代中国文学史上并不多见的以创作高调地宣传自己的政治信仰的作家。他的笔名的来源就与他的信仰有关：1928年8月，巴金在法国写成了第一部小说《灭亡》，第一次使用了“巴金”这个名字。他在拉封丹中学的中国同学巴恩波不久前投水自杀，为纪念他采用了“巴”字，而“金”字，是因为他刚译完克鲁泡特金的著作。这就是“巴金”笔名的由来。“让每个人都有住房，每个口都有饱饭，每个心都得到温暖”[①]，是巴金心里始终珍藏着的美好愿望。巴金15岁就读了克鲁泡特金的《告少年》和波兰廖抗夫的剧本《夜未央》，这两本书影响了他一生。他说：

> 从《告少年》里我得到了爱人类爱世界的理想，得到了一个小孩子的幻梦，相信万人享乐的社会就会和明天的太

① 巴金：《巴金文集》第七卷，北京：人民文学出版社，1961年，第264页。

阳同升起来,一切的罪恶都会马上消灭。在《夜未央》里,我看到了在另一个国度里一代青年为人民争自由谋幸福的战争之大悲剧,我第一次找到了我的梦景中的英雄,我找到了我的终身事业,而这事业又是与我在仆人轿夫身上发见的原始的正义的信仰相合的。[①]

如此,巴金 17 岁就以"安那其主义者"自称,并决心为这种信仰献出生命,他说:

我只有一个现在,我只有一条简单的路,我只有一个单纯的信仰。……只有这信仰是生了根的,我永远不能把它去掉或者改变。甚至在梦里我忘了自己、忘了过去的时候,这信仰还像太白星那样地放射光芒。[②]

他曾和世界无政府主义领袖高德曼、凡宰地等人通信,高德曼(Emma Goldman)被他称作"我的精神上的母亲"[③]。

她是第一个使我窥见了安那其主义的美丽的人。当我在《实社自由录》和《新青年》上面开始读着她的主义的论文的时候,我的感动,我的喜悦,我的热情,我真正找不出话来形容。只有后来我读到 Roussanoff 的《拉甫洛夫传》,才偶然找到了相当的话语:"我们把这本读得又破又旧的小书(这里是指拉甫洛夫的《历史书简》)放在床头,每晚上拿出来读。一面读,一面拿眼泪来润湿它。一种热诚占有了我们,使我们的灵魂里面充满了一种愿为崇高的理想而生活,而死亡的渴望。我们的幼稚的心何等快乐地跳动着,同时我们的大师的影像又十分伟大地出现于我们的眼前。这位大师虽是我们所不认识的,然而他在精神上却是和我们非常接近,他呼唤我们前去为理想奋斗"。[④]

---

① 巴金:《我的写作生涯》,天津:百花文艺出版社,2006 年,第 44—46 页。
② 巴金:《巴金文集》第十卷,北京:人民文学出版社,1961 年,第 250 页。
③ 巴金:《巴金自传》,南京:江苏文艺出版社,1995 年,第 77 页。
④ 巴金:《巴金自传》,南京:江苏文艺出版社,1995 年,第 77 页。

第一次世界大战的爆发，使人们对“国家本位主义”的弊害有了较为充分的认识，因此反对一切国家和政府，极端维护个人自由的无政府主义获得了广泛传播的机会。这也是无政府主义在20世纪初的中国流行的一个重要原因。1927年巴金翻译的第一本著作就是克鲁泡特金的《面包略取》，法国著名无政府主义者邵可侣在该书序中对其要义做了这样的介绍：“对于本书的题名：《面包略取》，我们应该加以最广义的解释，因为‘人不单是靠着面包生活’。在某个时代那些仁爱勇敢的人企图使他们的社会正义之理想成为现实，那时候我们的欲望也并不是只限于夺回面包，甚至夺回酒和盐之类；同时我们还以为应该夺回安乐生活所必需的或者单是对安乐有益的一切东西；应该使我们能够保证万人的需要与享乐都得以完全满足。只要我们还没有做到这样的‘略取’（夺回），只要‘在我们中间还有穷人存在’，那么把现在这个像一群关在斗兽场里的猛兽似的彼此嫉恨互相残害的人类集合体称做‘社会’，实在是一个刻薄的讽刺。”也就是无政府主义认为现实社会的存在是人类的耻辱，根本就不能称之为人类的社会，因此应该毫不怜惜地将其彻底摧毁重建。对如何重建的途径也做了说明，即“然而人类财富的取回，简言之，即充公，只能由无政府面包与自由的共产主义来完成：应该消灭政府，撕碎它的法律，摒弃它的道德，不理它的办事人，只顾依着自己的发意力，并且照着自己的亲和力、自己的利益、自己的理想和所进行的事业的性质来从事工作”[①]。也就是说无政府主义者致力于将在人类历史上“自然”形成的社会制度一举摧毁，重建一个完全合乎理性的“人为”的社会。这是一种以科学家的态度来设计未来社会蓝图的建构主义立场。这种思潮的兴起与现实社会的极不合理的痼疾有关，也是现代人的“科学崇拜”心态的反映。

巴金青年时代即积极参加中国无政府主义的活动，主要是通过写作来进行无政府主义的宣传。中国无政府主义的活动在“五四”前后曾一度极为活跃，代表人物有刘师复等人，刘师复曾参加反清革命，1907年受同盟会派遣到广州谋刺水师提督李准，不慎受伤，失去左手，并被捕入狱。出狱后于1910年在香港组织暗杀团，试图以个人恐怖行动警醒社会，推动革命。1912年5月，暗杀团解

① ［俄］克鲁泡特金著，巴金译：《面包与自由》，北京：商务印书馆，1982年，第3—4页。

散,他在广州组织了“晦鸣学舍”,发刊《晦鸣录》,在国内宣传无政府主义。同年7月,他与黄涓生、华林、袁振英、区声白、黄凌霜组织“晦鸣学舍”的外围组织“心社”。刘师复认为,要实现无政府主义,要破坏“一切伪道德恶制度”,实行一种带有禁欲主义色彩的新道德:他们制定了《心社社约十二条》来进行道德的自我砥砺:一、不食肉,二、不饮酒,三、不吸烟,四、不用仆役,五、不坐轿及人力车,六、不婚姻,七、不称族姓,八、不入政党,九、不做官吏,十、不做议员,十一、不做海陆军,十二、不奉宗教。1915年3月刘师复病逝于上海,葬于西湖岸边,碑文使用的是世界语,以表达其对无政府主义的世界大同的向往与期盼。

刘师复的主要思想表现为反对一切强权,主张个人的绝对自由。他认为强权违背人类互助的本性,扼杀人类的自由。国家起源于强权,是强权的象征,是万恶之源,要使人类获得自由,必须废除国家和铲除一切强权。他的理想是建立无政府共产主义社会,人人自由,人人自治,以独立的精神,行互助的准则,一切生产要件均为社会所有,没有偷盗、抢劫和杀人放火,也没有自私自利,唯有劳动与互助。这种各尽所能、各取所需的社会理想对其时代的社会改革者具有极大的吸引力。刘师复希望通过平民大革命的道路消灭国家、建立无政府共产主义的制度。刘师复实现无政府主义的路径是分为两步:第一步是通过报章、书籍、演说、学校等传播无政府主义,使多数人明了将来社会组织的美善;也就是说,他对于人类的理性有极强的信仰,相信人们会在理性的基础上达成共识,共同推动理想社会的到来,所以他极重视思想启蒙的作用。第二步是实行总同盟罢工,推翻强权政府,建立无政府共产主义社会。刘师复对无政府主义革命者的道德要求是极高的,要求他们以出世的精神从事入世的事业,清心寡欲、看淡名利,通过一种将个人与信仰合一的道德提升、精神净化,来抵制世俗社会的恶习和虚伪道德。

刘师复作为中国无政府主义的精神领袖显然对巴金有深刻影响,晚年巴金还深情写道:“刘师复的墓在杭州烟霞洞附近。三十年代我到杭州去过几次,也到烟霞洞去。刘师复的墓碑上写的是世界语……后来我也去烟霞洞,就找不到刘师复的墓了。”[①]无政府主义者的精神主要来自俄国革命时期的民粹主义的

---

① 唐金海、张晓云:《巴金访问荟萃(1979—1987)》,《新文学史料》,1988年第3期,第13页。

"虚无党"，巴金曾这样讲述他眼中的俄国革命党人："他们富于自己牺牲的精神；他们完全轻视自己身体的快乐；他们不重视自己的生命；为了理想，为了救济他人的困苦，他们抛弃了一切，甚至爱情和婚姻。"[①]这种无私无畏的为理想献身的精神对革命时代的青年人是有巨大的感召力的。无政府主义坚信每个人都有至关重要的道德自律的义务，"任何道德上合法的政府在逻辑上是不可能的"[②]。但这种完全靠着道德自律建立起来的社会带有浓厚乌托邦色彩，是不可能在现实中存在的。

无政府主义作为一种激进的反现代的现代性思潮，其特点在于它力图以一种建立在理性基础上的普世主义的价值观克服传统主义、特殊主义、巫祝主义的前现代的价值观，在此基础上实现世界大同。由此，它是站在抽象的世界、人类、普世价值的立场上来说话的，反对家族、国家的立场。因此，1933 年在回答《东方杂志》关于对"未来世界"的梦想时，巴金的回答是："中国是没有未来的。"[③]也就是说中国问题的解决决定于世界问题的解决，也即世界大同的到来。而阻碍这种大同世界的到来的障碍首先是传统家庭伦理，其次是民族、国家观念，这都是传统主义、特殊主义、巫祝主义的表现，是他的普世理想的对立面。抗战爆发后的巴金积极投入反法西斯主义的抗日救亡运动中去，开始淡化他的无政府主义色彩，是因为他看到法西斯主义比传统主义等更具有毁灭人类的危险性。

从巴金的早期创作中我们可以看到为理想奋斗牺牲的无政府主义青年革命者的影子，如他的处女作《灭亡》，写的就是一位以身殉道的青年革命者。《灭亡》以"五省联军总司令"孙传芳统治下的上海为背景，描写革命青年杜大心对黑暗社会的强烈憎恨和个人反抗。在《灭亡》中，巴金赞美而又惋惜殉道者杜大心，他虽然得了严重的肺结核病，却能忍住极大的痛苦为反抗专制制度而拼命工作，他对自己个人的前途虽失去了希望，对黑暗压迫下的人类前途也感到绝望，然而他还是要尽力奋斗。虽然他也被人爱过，但那种绝望、虚无而又要拼死抗争的心态最终使他丧失了爱情，甘愿消耗生命以殉事业，求取良心的安宁。

---

① 巴金：《巴金全集》第二十一卷，北京：人民文学出版社，1993 年，第 123 页。
② [美]罗伯特·沃尔夫：《为无政府主义辩护》，南京：凤凰传媒、江苏人民出版社，2006 年，第 1 页。
③ 巴金：《新年的梦想 1933 · 小说家巴金》，《东方杂志》，1933 年第 1 期，第 286 页。

杜大心富于正义感和献身精神，又狂热而脆弱，加上错误理论的引导，在狂想、盲目、幼稚的斗争中无谓地牺牲了自己。作品实际上是把杜大心作为一个悲剧英雄来处理的，作品感人至深的并不是宣扬了什么主义，而是那种绝望而又抗争的献身精神。“五四”以来的新文学作品大都充溢着伤感情调，很少英雄至上的气象，巴金的《灭亡》终于让读者有了自己的英雄，尽管是一个在暗夜里绝望呼叫的英雄。这一英雄的产生，显然是对那些在革命受挫处于低潮时期而思想情绪又陷于苦闷彷徨的青年的一种鼓励和鞭策。在《雨》的序中，他这样写道：

> 我似乎生下来就带了阴郁性，这阴郁性几乎毁了我一生的幸福。……我的对人类的爱鼓舞着我，使我有勇气、有力量挣扎。所以在夜深人静时黯淡灯光下鼓舞我写作的并不是那悲苦的心情，而是对人类的爱。我的对人类的爱是不会死的。事实上只要人类不灭亡，则对人类的爱也不会消灭，那么我的文学生命也是不会断绝的吧。[①]

《雾》《雨》《电》作为爱情三部曲，主要是探索一种现代青年的理想人格问题，他主张的是一种大胆、果决、沉着、冷峻、献身的理想人格，对优柔寡断和粗暴、浮躁的个性持批评态度。

在《家》三部曲中，他塑造出了觉慧这个“大胆的叛徒”时代形象。《家》所立足的观念在于个人主体性的确立是得到人生幸福的先决条件。他曾这样谈到《家》的创作动机：

> 我在一篇小说里曾经写过：那十几年的生活是一个多么可怕的梦魇！我读着线装书，坐在礼教的监牢里，眼看着许多人在那里面挣扎，受苦，没有青春，没有幸福，永远做不必要的牺牲品，最后终于得着灭亡的命运。还不说我自己所受到的痛苦！……那十几年里面我已经用眼泪埋葬了不少的尸首，那些都是不必要的牺牲者，完全是被陈腐的封建道德、传统观念和两三个人的一时的任性杀死的。我离开旧家庭，就像摔掉一个可怕的阴

① 巴金：《巴金全集》第六卷，北京：人民文学出版社，1988年，第100页。

影，我没有一点留恋。……[1]

他断言：

旧家庭是渐渐地沉落在灭亡的命运里面了。我看见它一天一天地往崩溃的路上走。这是必然的趋势，是被经济关系和社会环境决定了的。这便是我的信念（这个你一定了解，你自己似乎就有过这样的信念）。它使我更有勇气来宣告一个不合理的制度的死刑。我要向一个垂死的制度叫出我的 Jaccuse（我控诉）。我不能忘记甚至在崩溃的途中它还会捕获更多的“食物”：牺牲品。

所以我要写一部《家》来作为一代青年的呼吁。我要为过去那无数的无名的牺牲者“喊冤”！我要从恶魔的爪牙下救出那些失掉了青春的青年。这个工作虽是我所不能胜任的，但是我不愿意逃避我的责任。[2]

小说从风雪中那阴风凄凄的黑洞似的公馆写起，到觉慧逃出藩篱、如鸟脱笼似的离家收结，结构非常完整。小说末尾这样写觉慧的心理活动：

一种新的感情渐渐地抓住了他，他不知道究竟是快乐还是悲伤。但是他清清楚楚地知道他离开家了。他的眼前是连接不断的绿水。这水只是不停地向前面流去，它会把他载到一个未知的大城市去。在那里新的一切正在生长。那里有一个新的运动，有广大的群众，还有他的几个通过信而未见面的热情的年轻朋友。

这水，这可祝福的水啊，它会把他从住了十八年的家带到未知的城市和未知的人群中间去。他这样想着，前面的幻景迷了他的眼睛，使他再没有时间去悲惜被他抛在后面的过去十八年的生活了。他最后一次把眼睛掉向后面看，他轻轻地说了一声“再见”，仍旧回过头去看永远向前流去没

---

① 巴金：《巴金全集》第一卷，北京：人民文学出版社，1986 年，第 441 页。
② 巴金：《巴金全集》第一卷，北京：人民文学出版社，1986 年，第 442 页。

有一刻停留的绿水了。[1]

江水、激流、未知的城市和未知的人群、未知的世界对被困在家中的少年显然具有极大的吸引力,这也是这部小说之所以得到那个时代的少男少女喜爱的重要原因,他把握住了少年人相信"生活在远方"的心理特征。小说是将"离家"作为真正的时间开始的标志,这是一种现代性的"历史进步主义"的时间观念的诞生,他与在家之日混沌度日的自然时间不同,他开始投入到了"顺之者昌逆之者亡"的历史激流之中,由此自己也将得到一种参与创造历史的荣光。

《家》的成功还在于他对于以觉新为代表的作揖主义的悲剧性的揭示。觉新是个挣扎于新旧之间的矛盾性的人物,他接受了新式的教育,想要上大学。但是他作为高家的长房长孙又不得不担负起对家族的责任,在高老太爷说要抱重孙时,他放弃了他的大学梦和他深爱的梅,去娶了个没见过面的女子——瑞珏,从而造成了爱情的悲剧。他痛恨使他吃尽苦头受尽磨难的旧家庭,却不敢与之决裂,还努力维护大家庭的面子;他被宣传新思想的"五四"报刊激动得热血沸腾,但却不敢像弟弟们那样起来斗争;他奉行作揖主义和不抵抗主义,但只能换到一时的苟安,但最终使自己和亲人成了旧家庭的牺牲品。觉新的性格和命运在新旧转型的时代具有极为普遍的代表性,而对其处世哲学、人生道路的否定更强化了觉慧选择的正确性。

觉慧和觉新实则代表了两种爱的类型,觉新代表的是一种对于人类、世界、新生活、新社会的抽象之爱,它超越于具体的现实世界之上,通过对现实世界的否定来表达自己抽象的感情,像觉慧对鸣凤的爱即具有这种抽象性特征。觉慧爱的不是具体的人而是某种理念,所以两人之间的爱是不对等的,正像书中所写:"他一旦走到外面进入到新的环境,跟新朋友接触,他的眼界就放宽了。他觉得在他的面前还有一个广大的世界,在那里他的青春的热血可以找到发泄的地方,在那里才有值得他献身的工作"[2],对新生活、新世界的热情远远超过具体的、真实的爱情。而觉新所代表的则是一种具体的、真实的爱,他从身边的人爱起,明明娶的并非所爱,但也不愿伤害无辜的妻子。他以自己的牺牲、忍辱负重

① 巴金:《巴金全集》第一卷,北京:人民文学出版社,1986年,第428页。
② 巴金:《巴金全集》第一卷,北京:人民文学出版社,1986年,第234页。

来帮助弟弟走向新生。巴金晚年回忆说,他的两位哥哥不仅是他爱得最深也是最关心他的人,巴金人生的改变来源于五四运动。在这期间为巴金买《新青年》和新书报的,就是他的大哥李尧枚,而且他还是巴金出外读书与赴法留学费用的全部提供者,同时也是鼓励他走上文学之路的重要影响人。可见觉慧能够义无反顾地大胆出走,与家庭决裂,还是因为有爱他的哥哥在家里做他的后盾,才不致流落街头。但觉新的牺牲似乎并未让他的弟弟能对他的选择抱有一种同情的了解,以至于在一种理想主义的情感逻辑中他成了几乎完全被否定的反面典型。这种浪漫主义的情感叙事显然隐藏了促使事件发生的某些现实中的关键因素,因而强化了其乌托邦的特性。“大胆哲学”“青春崇拜”、决裂意识以及一种现代人特有的追赶时代的“进步要求”是推动这种乌托邦激情的重要动力,它是一种强有力的现代社会改造动员,对推动人们走出家庭、传统的束缚,实现人的知情意的解放,投身现实的社会改造活动,起到了不可低估的作用。

巴金的系列小说《神》《鬼》《人》表现出他对于现代人的精神信仰问题的关注。其中,《人》描写“我”旅居东京之时,适逢日本当局要把“满洲国”皇帝的傀儡戏搬到这里来演,无辜地受到侦探的搜查、审讯和监禁。“我”在监狱中认识了一个热心阅读西方哲学文学著作的人,他因薪金微薄,无力购书,在偷书时被捕,他不屑在神鬼世界中求“公道”,反复宣称“我们都是人,记着,我是一个人”[①]。这就透露了在一个不愿在神鬼世界中寻找安慰的人的心中,即便身处逆境,也会以人终归是“人”而感到自豪。在写于 1937 年的一篇随笔中,巴金表达了对他的一个信神的朋友的悲哀和怜悯。在他看来,“无神论的思想在今天已经是很平常的了。这个世界里没有神存在的事实,稍有知识的人都明白……”他对那些信神的年轻人大声喊道:“起来,更努力地从事你们的工作! 显出比神的更伟大的力量来。”这也表明了巴金本人的鲜明的人本主义的世俗化倾向。

巴金的理想是纯真而神圣的:“我的心里怀着一个愿望,这是没有人知道的,我愿每个人都有住房,每张口都有饱饭,每个人心里都得到温暖。我想揩干每个人的眼泪,不再让任何人拉掉别人的一根头发。”[②]然而这种完美而抽象的理想与现实社会生活是相互隔绝的,要实现这种理想,就需要从根本上根据理

---

① 巴金:《巴金全集》第一卷,北京:人民文学出版社,1986 年,第 423 页。

② 巴金:《巴金全集》第十二卷,北京:人民文学出版社,1986 年,第 452 页。

想的需要对社会进行彻底的重构，用强力将其推行到社会，而这则会走向法国大革命之路，正如罗伯斯庇尔所言："没有美德，恐怖就是有害的；没有恐怖，美德就显得无力。恐怖是迅速的、严厉的、坚决的正义，从而它是美德的体现。"[①]然而这种美德与恐怖的联姻，就会导致美德自身的异化，因为美德是只能靠自律而不是他律才能存在的，被强迫的美德也就不成其为美德，所有的只是对惩罚的恐惧。

沈从文在1935年年底出版的《文学季刊》上公开发表了一篇《给某作家》的长信对巴金进行劝告。他认为巴金太为两件事扰乱心灵："一件是太偏爱读法国革命史，一件是你太容易受身边一点现象耗费感情了。前者增加你的迷信，后者增加你的痛苦，两件事，混在一起，就增加你活在这个世界上感觉方面的孤独……说不定你还会感觉到世界上只有你孤单、痛苦，爱人类而又憎人类。……你感情太热，理性与感情对立时，却被感情常常占了胜利。"他希望巴金能"使自己灵魂在人事中有种'调和'，把哀乐爱憎看得清楚一些，能分析它，也能节制它。雷电的一击，声音光明皆炫目吓人，但随即也就完事了。一盏长明灯或许更能持久些，对人类更合用些。生命人格，如雷如电自然极其美丽炫目，但你若想过对于人类有益是一种义务，你得作灯。"[②]这种劝告自然是不无道理的，但是应该看到巴金所表达的正是其时代所推崇的情感，他的成功也正表现在他是这种时代情感的强有力的表现者。在这种情感背后隐藏着的是现代与传统在世界观和人的生存的体验结构上的重大转变，传统的人是靠着良心活着的，所以他并不抽象地关注如何改造社会的问题，而是如何改变自我的问题，像清末武训这位行乞兴学的义丐常挂在口头上的一句话是"人靠良心树靠根，个人各凭自家心"，人即使能都成为尧舜，那也是靠他自己的修为，而不是外力的作用。曹禺的父亲也曾告诫过儿子曹禺：人凭着良心活着就行了，不要动辄谈改造社会。而现代性的理性崇拜催生出一种缺乏人性基础的"抽象规范主义"，并以此去衡量一切，认为掌握了理性的人就能比上帝更伟大，可以在理性的基础上建立起一个人间天国，事实证明其结果往往是悲剧性的，正如英国威斯敏教堂地下室里一块墓碑上面所写的话：

---

① ［法］罗伯斯庇尔著，赵涵舆译：《革命法制与审判》，北京：商务印书馆，1986年，第176页。
② 沈从文：《给某作家》，《沈从文选集》第5卷，成都：四川人民出版社，1983年，第44—48页。

> 在我年轻的时候我曾梦想改变这个世界，可当我成熟以后我发现，我不能够改变这个世界；于是我将目光缩短一些，那我就改变我的国家吧！可当我到了暮年的时候我发现，我根本没有能力改变的我国家；于是我最大的愿望仅仅是改变我的家庭，可是这个也是不可能的；当我在床上行将就木的时候，我突然意识到、如果当初我仅仅是从改变自己开始也许我就能改变我的家庭，在家人的帮助鼓励下，也许我就能为我的国家做一点事情，然后谁知道呢！说不定我能改变世界。

儒家以“德之不修，学之不讲”为“苦”强调的是修身进德，道家以“苦心劳形，以危其真”为“苦”强调的是顺应自然，佛家以“于外著境，自性不明”为“苦”强调的是破除我执，其共通之处在于其都是一种落脚于个人、自我之上的“为己之学”而非“为人之学”，也就是将人生视为是一座连贯生死的桥梁，告诫人们要“走过去，不要在桥上筑屋”。但现代理性主义忘记了人的终有一死的生物有限性，发展出一种去人性化的“物化主义”的文化，由此所设计出的乌托邦，最终也只能成为柏拉图朋友格劳孔对他的《理想国》的评价：“猪的城邦。”传统的“心性之学”与“治平之学”是交互为用，不可分离的，而现代两者相互脱节，作为实践之学的“治平之学”演变成与人的心性修养无关的“技术之学”“专家之学”，催生出一种非人性化的政治，而对其的矫正又走向另一种极端，即理想主义的道德政治。

总之，巴金所代表的正是一种将政治道德化的文化潮流，它对于现代政治的马基雅维利式的非道德化甚至是反道德化政治是一种批判和反拨，具有一种反现代的现代性倾向，其存在的意义并不在于这种理想是否能在现实中实现，而在于它提示人们理想与现实的差距，从而鼓舞人们去不断地改造现实。缺失了这种理想，人们就只能全然地接受实然，失去改良现实的希望和动力。但这种道德化政治固有的浪漫主义倾向，也是需要人们加以反省、警觉的。

《猫城记》和《鬼土日记》：不同“主义”视野中的不同“中国病象”

老舍是公认的中国现代文学史上一位非常重要的作家，他被称为现代文学史上“市民生活的批判者和表现者”[①]、“京味小说”的创始人、有着多方面才能的杰出的“人民艺术家”。但这种“重要性”在老舍登上文坛后的相当长一段时间里并没有得到认可，因为他描写的是小市民的生活，创作风格上又以幽默、诙谐著称，所以当时的文坛主流往往把他看作是一位不太严肃、不够进步、几近“庸俗”的小市民作家，像鲁迅在给朋友的一封信里提到老舍时，称之为“老舍之流”，显示出当时的主流文学对其并不认可，并非一位当时文坛所推重的与时俱进的“前进作家”。在时代的左翼文化氛围之下，老舍被进步青年视为一位时代落伍者，是可想而知的。当然更落伍的表现就是他在“九一八”之后，所写的寓言小说《猫城记》。这篇小说抛开了他一贯的平和与幽默，很充分地展示出老舍性格中的另一面，那就是刚强、骂世的

① 赵园：《老舍——北京市民社会的表现者与批判者》，《文学评论》，1982年第2期，第35页。

一面，愤慨、激烈的一面，忧国如焚的一面。虽然直接干预现实政治，非老舍所长，但是他自己后来也对《猫城记》的写作进行过自我批判，说《猫城记》的写作表明他"有块多么平凡的脑子"[①]，但《猫城记》毕竟是最能体现老舍的真实思想和个人性情的一部作品。

老舍终其一生可以说是一位典型的"民族国家本位"意义上的爱国者，他不但以创作而且以行动证明了这一点。抗战爆发，老舍抛妻别子，只身奔赴大后方投身抗战。1942年日寇发动所谓"一号战役"，国民党丧师失地、一溃千里，战时首都重庆处于日军直接威胁之下，当时国民政府曾有迁都西昌之议。处此危局，老舍曾发誓：如果重庆失陷，他将跳嘉陵江殉国，决不做亡国奴，也不再跟着国民党当局流亡。由此可知，老舍性格中除了幽默、诙谐之外，还有刚烈、激昂的一面。与"五四"以个人为本位的"立人"理想和世界主义的人类关怀不同，老舍比较认同的是梁启超《新民说》时期的"民族国家主义"，这种民族国家主义的特点在于它将民族、国家确定为"私爱之本位而博爱之极点"，这给他的"国民性批判"带来了一些鲜明的个性化特色。老舍的创作从一开始就带有自发的、强烈的民族国家主义倾向。他青年时代到英国执教的经历激发了他的民族国家本位意识。从最初的《赵子曰》《二马》到《猫城记》《牛天赐传》《四世同堂》等，他都是立足于民族国家本位立场上进行"国民性批判"，以期唤醒国人的现代"国民意识"和爱国热肠。具体分析一下老舍写于"九一八"事变后的《猫城记》，可以发现老舍的"国民性批判"的特点，即他强调个人自强，民族、国家至上，对国家尽职尽责。他认为："一个中国人如能像英国人那样做国民便是最高的理想了，个人的私事，如恋爱，如孝悌都可以不管，只要能有益于国家，什么都可以放在一旁。"[②]所以对于20世纪30年代的时局，他认为应当消除党争、派争，一致对外。《猫城记》借一位来自"伟大、光明、自由的中国（作家理想中的中国）"[③]的国民，来对现实中的中国"猫国"进行了激烈的批评。他认为"猫国"必亡，原因不在于外患而在于内忧，而内忧主要是指猫人的"糊涂"："糊涂是我们的要命伤，经济、政治、教育、军事等不良足亡国，但是大家糊涂，足以亡种，因为

---

① 老舍：《我怎样写〈猫城记〉》，《我怎样写小说》，南京：译林出版社，2012年，第26页。

② 曾光灿、吴怀斌：《老舍研究资料》（上），北京：十月文艺出版社，1985年，第533页。

③ 老舍：《猫城记·离婚》，《老舍小说全集》第3卷，武汉：长江文艺出版社，1993年，第169页。

世界上没有人以人对待糊涂像畜类的人的。”[①]所谓“糊涂”，也就是“猫人”只知道有个人、有家庭、有阶级、有政党，而唯独不知道有民族、有国家，所以失去了民族国家的凝聚力。这成为“猫国”必亡的根源。这是老舍站在一种朴素自发的民族国家立场上，对亡国灭种在即的时局开出的药方。

由此可以看出，老舍的启蒙和国民性批判、文化批判都是以养成现代“国民意识”为中心的，中国传统文化是一种“天下主义”文化，缺乏的正是这种民族国家主义时代的国族竞存意识，中国要在世界上立足，首先要具备的就应该是这种现代国家意识。从此出发，他批判老中华的儿女们的“腐烂了的文明”，对热衷于个性解放、个性自由的新青年，也给与了温和的嘲讽，他称之为“轻搔新人物的痒痒肉”[②]，是因为他担心这种个人中心主义会成为现代民族国家建构中的离心力。《猫城记》可以说是老舍这种民族国家主义思想情感的最集中、最强烈的体现。至于他对传统文化的态度则是比较矛盾的，一方面他看到了这种文化变革的必要性和急迫性，另一方面他又不像“五四”人那样对传统进行整体的绝对的否定，他对于传统的利弊是进行具体的分析的，而且注意到传统的现代性转换，注意到在抗战中传统价值所开出的“古树上的花朵”，他从内心深处对中国传统文化特别是儒家文化的基本价值是持认同态度的。

老舍的《猫城记》可以说是一部“恶托邦”之作，该小说融合了科幻、寓言诸要素，通过描写缺失国家集体观念的“猫国”一步步走向灭亡的过程，表现了作者对中国命运的担忧以及对中国文化的全面反思。《猫城记》在老舍的创作中可谓风格独具。老舍在《〈猫城记〉自序》中称《猫城记》“写得很不错”，但是“还有一点点不满意”，因为“不很幽默”。作家不能将他所熟悉的“幽默的写法”坚持下去，其因如下：

在日益紧迫的现实危机面前，老舍的创作心态、写作风格开始发生转变。1931 年“九一八”事变爆发，1932 年，日军进攻上海，“一·二八”事件发生。一向擅长书写文化问题的老舍，在长篇小说《大明湖》中写到了“五卅惨案”[③]，《猫城记》则是他对中国社会现实的一次纵深思考。他回忆《猫城记》创作的动机，

---

① 老舍：《猫城记·离婚》，《老舍小说全集》第 3 卷，武汉：长江文艺出版社，1993 年，第 153 页。

② 老舍：《我怎样写〈赵子曰〉》，《我怎样写小说》，南京：译林出版社，2012 年，第 8 页。

③ 老舍：《我怎样写〈大明湖〉》，《老舍研究资料》（上），北京：十月文艺出版社，1985 年，第 541 页。

"头一个就是对国事的失望，军事与外交的种种的失败，使一个有些感情而没有多大见解的人，像我，容易由愤恨而失望"①。在愤恨和失望中，老舍描绘了一个"恶托邦"，将中国社会上各种丑恶现象，导致亡国灭种的国民劣根性，淋漓尽致地描写出来，以此来规劝国民，希望他们振作精神，迷途知返。郝长海指出"他要通过对社会的全面揭露和否定，使国人感到震惊，催国人猛醒。这正如闻一多的《死水》一样，是作家炽热的爱国主义情感的一种至极的表现"②。

"猫国"是中国的假托，"猫人"即是中国人的化身，因此老舍说"猫人的糊涂与聪明是相等的。我爱他们，惭愧！我到底只能讽刺他们了！"③在小说中，隐含作者和叙述者的感情是高度统一的，他们都对国民怀着"哀其不幸、怒其不争"的悲悯。只有将主人公的种种行为与作者的感情、"猫国"所喻指的对象相联系起来，才能充分理解小说的内容。

《猫城记》中的主人公"我"原本是地球来的外国人，可是随着小说情节的展开，主人公的心理定位越来越向"猫国"倾斜，他时时为"猫人"的遭遇感到不平，又千方百计为"猫国"免于灭亡寻找一线希望。在对"猫国"彻底失望以后，主人公悲愤地慨叹道："我不知道哪位上帝造了这么群劣货，既没有蜂蚁那样的本能，又没有人类的智慧，造他们的上帝大概是有意开玩笑。"主人公的失望情绪正是由于他对"猫国"爱得深沉。在"猫国"亡国灭种的时刻，主人公赶往"猫城"，去见证这灭亡的一刻，他说"那是我的家"，"要形容一切我所见的，我的眼得哭瞎了"④。

《猫城记》以其独特的艺术特色从诞生之初就引发了争议。⑤ 1934 年，李长之发表评论说："说到文艺，我不承认《猫城记》是好的文艺。我觉得它是一篇通俗日报上的社论，或者更恰当一点，它不过是还算有点兴味的化装讲演。即此为止，它不算没成功。"⑥

李长之触及了对于《猫城记》的艺术评价标准问题，不无偏颇，但也有其道理。

---

① 老舍：《我怎样写〈猫城记〉》，《老舍研究资料》（上），北京：十月文艺出版社，1985 年，第 545 页。
② 郝长海：《关于〈猫城记〉之研究》，《老舍与二十世纪》，天津：天津人民出版社，2000 年，第 289 页。
③ 老舍：《我怎样写〈猫城记〉》，《老舍研究资料》（上），北京：十月文艺出版社，1985 年，第 547 页。
④ 老舍：《猫城记》，《老舍文集》第七卷，北京：人民文学出版社，1984 年，第 464—468 页。
⑤ 《猫城记》出版于 1933 年 8 月。
⑥ 李长之：《评老舍的〈猫城记〉》，《老舍评说七十年》，北京：中国华侨出版社，2005 年，第 237 页。

乌托邦文学作品有其独特的艺术形式。李长之“不承认《猫城记》是好的文艺”,以为它更像社论,大概与《猫城记》中大量的抽象议论有关。老舍舍弃一贯擅长的细腻的具象描写,转而通过抽象的议论表现“猫国”的政治文化各方面的情况,这与《猫城记》所采用的独特的小说形式有关。据施蛰存回忆,老舍在给他的信中提到《猫城记》的创作受到赫胥黎《美丽新世界》的影响。老舍也在《我怎样写〈猫城记〉》文中提到威尔斯的《月亮上的第一个人》和斯威夫特的《格列佛游记》。而这些乌托邦小说的主题就是通过人物的言行描绘一个虚构社会的社会制度各方面,以此来质疑、批判、否定现实社会的不足。《猫城记》借鉴了这一手法。

另一方面,《猫城记》确有不足之处。作家的感情过于激烈,造成《猫城记》的讽喻过于直观,减弱了这部寓托作品的暗示力量。原因如前所述,在国难当头的时刻,作家没有时间将收集来的艺术素材加以沉淀和回味,也控制不住炽热的感情,他只能将之化为简单明了的文化批判。作家对此也早有认识,他说:

> 《猫城记》根本应当幽默,因为它是篇讽刺文章:讽刺与幽默在分析时有显然的不同,但在应用上永远不能严格的分隔开。越是毒辣的讽刺,越当写得活动有趣,把假托的人与事全要精细的描写出,有声有色,有骨有肉,看起来头头是道,活像有此等人与此等事;把讽刺埋伏在这个底下,而后才文情并茂,骂人才骂到家。……我没有这样厉害的手与脑,而又舍去我较有把握的幽默,《猫城记》就没法不趴在地上,像只折了翅的鸟儿。[①]

诚如老舍在序言中所言:《猫城记》是一个噩梦。小说从一个悲惨的事故开始,主人公的飞机毁了,他的朋友死了,回去的希望也没有了。自然,如果他们到达的地方是火星,那么这次冒险也算是成功的。可是主人公并不能肯定这星球就是火星,也就无从证明朋友的死到底有没有价值。在付出如此惨痛的代价之后,主人公被猫人所俘虏,见到一个行将灭亡的文明。

在主人公看来,“猫国”是一个“灰色的国”:

---

① 老舍:《我怎样写〈猫城记〉》,《老舍研究资料》(上),北京:十月文艺出版社,1985年,第544—545页。

我看见一片灰的天空。不是阴天，这是一种灰色的空气。阳光不能算不强，因为我觉得很热；但是它的热力并不与光亮作正比，热自管热，并没有夺目的光华。我似乎能摸到四围的厚重，热，密，沉闷的灰气。也不是有尘土，远处的东西看得很清楚，决不像有风沙。阳光好像在这灰中折减了，而后散匀，所以处处是灰的，处处还有亮，一种银灰的宇宙。[①]

平原也是灰的，“没有树，没有房子，没有田地，平，平；平得讨厌。地上有草，都是擦着地皮长着，叶子很大，可是没有竖立的梗子”[②]。

在“猫国”，到处都是讨厌的绿蝇，到处都是污浊的臭气。“猫人”就生活在这样恶劣的自然环境中。

“猫国”的社会环境也一样糟糕。农民不种田，学校不教书，政府也不治理国家，到处都是抢劫，凶杀，淫乱，倾轧。

据说，在古代，“猫国”的文明曾经是世界一流的。“猫国”有两万多年的文明，在一万五千年前，“猫国”就有了书籍；一万二千年前，“猫国”的陶器是世界上最精美的。但是随着岁月的流逝，“猫国”的文明不但没有进步，反而还倒退了。早在八千年前，“猫国”的陶业就彻底断绝了。在古代，“猫国”和外国打过仗，而且打胜过。如今，“猫国”的国民见到外国人就抱头而逃。以前，他们是种地收粮的；现在，没有“猫人”从事劳动。

使“猫国”发展到这种地步的一个重要原因就是迷叶。迷叶是外国人带来的一种毒品，极易上瘾，少量迷叶可以让人迷醉，过量则致人死亡。迷叶的麻醉效果很强，它可以让人忘却饥渴，使人将丑陋的景象当成美景，将臭气当成香味。它使人忘却所有的痛苦和不适，安于一切难以忍受的现状。

举国“猫人”都为迷叶而发狂。迷叶成为“国食”，“作政治需要迷叶，不然便见不到皇帝。作军官需要迷树，它是军饷。作诗必定要迷叶，它能使人白天做梦”。在迷叶面前，“法律不过是几行刻在石头上的字”，抢劫成为合法的行为，杀人也可以用迷叶脱罪。总之，在“猫国”，“迷叶是万能的，有了它便可以横

① 老舍：《猫城记》，《老舍文集》第七卷，北京：人民文学出版社，1984 年，第 312 页。
② 老舍：《猫城记》，《老舍文集》第七卷，北京：人民文学出版社，1984 年，第 312 页。

行一世”[①]。

迷叶固然是由外国人带来的,但是却是“猫人”自己使迷叶成为生活必需品。小说中,大蝎竭力地劝说主人公吃迷叶,他的理由是:不吃迷叶就得去打水,而打水是多么麻烦的事!不吃迷叶就得吃别的食物,别的食物不但贵,而且不好吃。空气有毒,不吃迷叶就会死。这些荒谬的言论只能表明,“猫国”的国民是多么愚昧无知。他们不但麻醉了自己,还想让所有人都一同沉浸在迷叶的麻醉效果之中。

吃迷叶的“猫人”已经无可救药,那么,不吃迷叶的“猫人”就是清醒的有希望的国民吗?事实并非如此。公使一家倒是不吃迷叶,可是他们本身的思想就是腐朽的。公使是个狠心好色的人,一生娶了八个小妾,其中有一个还是幼童时就被公使娶进家门。八个小妾既是公使的玩物,同时也是互相加害的凶手。她们都想当公使太太,一旦她们之中有人生了小孩儿,孩子必然会被另外的七个人害死。公使太太明明知道所有的事情,却从不加以干涉。她为死去的公使看管这群小妾,只是为了将来能在皇帝面前表明维护礼制的功劳,求得一点赏赐。

“猫国”所面临的最直接的危险就是外国的侵略。外国人有计划地蚕食了“猫国”。他们首先用迷叶来麻醉“猫人”的精神,其次联合了所有的国家,侵吞“猫国”的财富及文物。当外国人彼此发生矛盾时,他们便转而惩罚“猫国”国民。最后,矮子兵占领了“猫国”,消灭了所有的“猫人”。显然,这一侵略行为是经过各国同意的,他们都认为“猫国”的存在就是“火星上人类的羞耻”[②]。

迷叶、国民的愚昧无知以及外国的侵略共同毁灭了“猫国”的文明。

在《猫城记》中,老舍将社会批判和他所熟悉的文化批判结合起来,表现了“猫国”社会的方方面面。

政治方面,“猫国”是一个被部分殖民的古老帝国。京城内设有租界“外国城”,外国人的权力极大,“不经外国人的主持,他们的皇帝连迷叶也吃不到嘴”。土地则掌握在地主手中。“猫国”也闹过革命,他们的政党称为“哄”,参加革命的是“到过外国的,学校读书的,流氓,地痞,识几个字的军人”,他们将革命当成

① 老舍:《猫城记》,《老舍文集》第七卷,北京:人民文学出版社,1984年,第332页。
② 老舍:《猫城记》,《老舍文集》第七卷,北京:人民文学出版社,1984年,第366页。

一种职业。皇帝则通过收买革命者成为“万哄之主”。真正推翻过皇帝的只有政党“大家夫斯基”，可是这一派的政客也是无知的，他们不懂经济，不懂政治，“除了杀人，只是大家瞪眼”。革命的结果是，“大家夫斯基”的首领成了新的皇帝。[①]

军事方面，“猫国”的士兵最怕的就是外国人，有句谚语道“外国人咳嗽一声，吓倒‘猫国’五百兵”。上阵时“猫兵”以稳慢见长，逃跑时速度却很快。对内，他们不保护国民的财产，“兵们不替任何人保护任何东西是人人知道的”。可是按照规定，地主收迷叶的时候一定要请兵士来看守，因为“不调他们来作不负责任的保护是公然侮辱将士”[②]。摘迷叶的过程中，地主总会打死一两个“猫兵”，但如果地主没有请外国人来威吓士兵，那么士兵也会杀掉地主，抢走迷叶。他们的武器是木棍，专门用来敲打平民。在被外国人打败后，他们决心复仇，但他们复仇的对象却是阻止他们投降的小蝎。另一方面，这群可恨的兵也有其可怜之处，他们除了当兵，没有别的谋生途径，他们还是上层统治阶级所压榨的对象，二百年来的革命让他们越来越穷。

“猫国”的语言由四五百字构成，“形容词与副词不多，名词也不富裕。代名词是不大用的，根本没有关系代名词。一种极儿气的语言”[③]。这种语言当然不能准确地表达所有事物。他们也有文字，是一种很不好认的烦琐字体。普通的“猫人”只能认识十来个文字。“猫语”让人联想到《时间旅行机》中埃洛依人的语言。

威尔斯的《时间旅行机》描写了埃洛依人这一退化的人种。他们的语言也很简单，“几乎全是由具体的名词和动词构成的”，没有几个抽象名词，也很少用形象化的语言，句子通常由两个词构成。[④]

与简单的语言形成对应的是埃洛依人低下的智力水平和原始的社会形态。埃洛依人没有社会组织，他们只会玩耍、享受，危险到来时也不会反抗。正是低下的智力使他们沦为地底民族莫洛克人的食物。“猫人”的智力水平比埃洛依

---

① 老舍：《猫城记》，《老舍文集》第七卷，北京：人民文学出版社，1984年，第424—428页。

② 老舍：《猫城记》，《老舍文集》第七卷，北京：人民文学出版社，1984年，第346—347页。

③ 老舍：《猫城记》，《老舍文集》第七卷，北京：人民文学出版社，1984年，第330页。

④ ［英］H. G. 威尔斯著，杨稼民、范与中译：《时间旅行机》，《威尔斯科学幻想小说选》（上），南京：江苏科学技术出版社，1980年，第41页。

人高一些,因为他们懂得利用政治、玩弄手段,不过正是这种小聪明加速了“猫国”的灭亡。

“猫国”的文学水平也很低下。“猫国”的诗就是“把一些好听的名词堆在一处,不用有任何简单的思想”。主人公认识的第一个“猫人”大蝎就是一位地主兼诗人,他写了一首诗,内容如下:“宝贝叶宝贝花宝贝山宝贝猫宝贝肚子……”而不用“宝贝肚子”就已经是“猫国”诗艺的巨大进步了。[①]

关于学术,“猫国”学者感兴趣的无非是迷叶和女人。老派学者争抢的是学术第一的名头,他们从不研究实际的学问。天文学家研究的是天文与人生祸福的关系,字学家认为字学是唯一的学问,历史学家则要复兴古代刑法中剥皮的一项。而青年学者只会卖弄新名词,模仿时髦的打扮,出卖古代的文物。

教育方面,“猫国”的教育分为两类。一类是旧式的教育,富人聘请家庭教师在家中念书。小蝎幼年时,家里就请了五位“和木头一样的先生”教导他““猫国”的一切学问”,小蝎的乳母则是个妓女,教他“一切关于男女的知识”[②]。这样的旧式教育显然是腐朽不堪的。另一类是新式教育。新式教育取法于国外,已经实行了二百余年,终于发展到荒唐的地步。每个新式学府都号称大学,学生第一天入学就给予毕业资格。因此“猫国”中大学生的数量最多,却个个都是文盲。教育费被政府全部占用,校长和教员靠倒卖学校财产过日子。学生在学校宰杀教员,毕业后又来当教员被杀。

上述“猫国”社会的各种丑恶现象都可以从“猫国”国民性中找到原因。

“猫人”的国民性中,第一个就是天性残忍。“猫人”生来就是残忍的,他们对待示弱的人就像猫戏老鼠一样,“不光明的把人捉住,然后不看人家的举动如何,总得给人家一种极残酷的肉体上的虐待”[③]。“猫人”对国人残忍。当地主的压迫村民,杀害“猫兵”,“猫兵”对围观的群众也是肆意打骂。“猫国”人甚至对自己都很残忍。地主大蝎被抢时,他根本就不在乎自己被打得鼻青脸肿,所惦记的只有财产安全与否。“猫国”的女性得知中国废除了缠足的风俗,居然感到十分的惋惜,她们也想将脚折断,用脚尖走路呢。

---

① 老舍:《猫城记》,《老舍文集》第七卷,北京:人民文学出版社,1984年,第330页。
② 老舍:《猫城记》,《老舍文集》第七卷,北京:人民文学出版社,1984年,第390页。
③ 老舍:《猫城记》,《老舍文集》第七卷,北京:人民文学出版社,1984年,第315页。

第二个是冷漠，无同情心，麻木不仁。小说中大蝎打死了一个士兵，主人公要求大蝎给士兵的家属一些抚恤金，然而“猫人”没有帮忙的习惯，周围的士兵竟没有一个来告诉他们受害人的地址。公使太太的房子倒塌了，九个女子被埋在废墟里，也没有一个“猫人”来帮忙救人。大鹰为了国民牺牲了自己，可是只换来了众人的围观，人们不在乎他的身份，也不问他牺牲的原因，人群中只听见一片无意义的感叹：“脸上的毛很长。眼睛闭上了。只有头，没身子，可惜！”[①]

第三是愚昧。看热闹是“猫人”的恶习，他们什么事情都要围观，为此挤死人命也在所不惜，而这种围观恰恰是完全无意义的。

第四是自私自利，毫无爱国之心。“猫人”没有朋友的观念，他们总是占别人的便宜。公使太太的房子倒了，周围的“猫人”不但不来帮忙，还要捡几块砖头回去。学校里闹学潮，学生就乘机将学校的财产带回家去。国难当头的时候，“猫国”的政客还在争权夺利，他们应酬，召妓女，对国事毫不关心。最离奇的是，当外国兵打进来的时候，“猫国”人居然抢着前去投降，他们还以为早投降的人会有官做。

第五是怯懦。他们怕外国人，主人公抓住过一个“猫人”，那人竟然被吓死了。他们怕水，尽管河里有船，可是没有“猫人”敢乘坐。下雨天他们绝不出门，哪怕房屋被雨水冲垮。他们唯一不怕的就是挨打，“猫人”挨打的时候脸上会现出媚笑，仿佛天生就是为了挨打而准备的。

第六是对时间的浪费。在最紧急的事态面前，“猫人”也仍然是磨磨蹭蹭的。“猫人”的规矩是：“如果约定的时间是中午，就晚上来，要是晚上，就天亮来，有时过两天来也行。”[②]

第七是互相猜疑，互相残杀。“猫人”所推崇的“自由”就是欺侮别人，不合作，捣乱，背约毁誓也是自由的一部分。[③] 所以“猫人”从不相信别人。只要有几个“猫人”在一起，他们就会互相杀害。火星上最后的两个“猫人”，就是被关在笼子里，彼此斗殴至死的。外国人使“猫国”灭亡，可是毁灭“猫人”种族的却是“猫人”自己。

---

① 老舍：《猫城记》，《老舍文集》第七卷，北京：人民文学出版社，1984 年，第 443 页。
② 老舍：《猫城记》，《老舍文集》第七卷，北京：人民文学出版社，1984 年，第 430 页。
③ 老舍：《猫城记》，《老舍文集》第七卷，北京：人民文学出版社，1984 年，第 331—333 页。

第八是不讲究卫生。他们很会烹饪,可是所用的材料却脏得像毒药。居住方面,"猫国"的房子就是四面泥墙围着一团臭气,没有窗户,没有门,到处都是苍蝇、污秽。一旦爆发传染病,"猫人"就有灭绝的危险。

"猫人"还有敷衍苟且、封闭自守、阴险狡诈、迷信迟钝、自欺欺人等等特点。

"猫国"最后的希望是大鹰和小蝎,他们是"猫国"仅存的两个"明白人",他们认为,"猫国"国民最大的毛病是糊涂,这导致了"猫人"的无知,无人格。而"国民失去人格,国家也就失去了国格"①,最终就导致"猫国"的毁灭。

《猫城记》中存在着两个虚构的世界。其一是作为"恶托邦"的"猫国",而在"猫国"的背后,还有一个"乌托邦"——"伟大的光明的自由的中国"——的存在。

虽然叙述者一直在找寻救国的良方,但"恶托邦""猫国"最终仍不免于灭亡。主人公曾寄希望于士兵,认为"假如有个好的领袖",禁止他们吃迷叶,那么"这群人也可以很有用的"。在低劣的国民性中发掘到民众的忍耐性,认为他们如果有好的领导,将是"最和平、最守法"的公民。他对"猫国"的青年抱以希望,因为青年是"诊断"猫国"病症"的脉门。他又对青年学者抱以希望,因为这些青年学者快乐活泼,能做出有益于社会国家的事业。但是他的希望一一破灭了,"猫国"的"明白人"只有大鹰和小蝎,他们先后为了国家献出自己的生命,但是在国家灭亡的过程中并没有产生一点作用。

主人公无法返回的"乌托邦中国",那个光明自由的国度,作为现实"猫国"的遥远参照物时时出现在叙述者的感叹中。有意思的是,叙述者关于"乌托邦中国"的叙述,恰恰是不可靠的。

在叙述者看来,他的故乡中国,是"光明的中国,伟大的中国,没有残暴,没有毒刑,没有鹰吃死尸"。他深深地爱着他的祖国。当他觉得再也没有返乡希望的时候,他悲叹道:"我将永远不能享受合理的人生了;就是我能在火星上保存着生命,恐怕连享受也是痛苦吧!?"②

但是,叙述者并没有进一步对"乌托邦中国"加以描述。读者无法得知"乌托邦中国"的具体信息,也就无从确认叙述者对中国的赞誉可靠与否。作为猫

① 老舍:《猫城记》,《老舍文集》第七卷,北京:人民文学出版社,1984年,第367页。
② 老舍:《猫城记》,《老舍文集》第七卷,北京:人民文学出版社,1984年,第316页。

城的“未来式”出现的“乌托邦中国”因其叙述的不确定性成为一个缺乏自信的梦想。

另一个耐人寻味的细节是，在小说中，第一个来火星探险的是中国人，但他是遇到法国的飞机才能重返地球。作家也许在有意无意地暗示，“乌托邦中国”的返归之路需要借助西方国家的拯救。

《猫城记》是一个亡国的寓言，是一次对文明灭绝危机的预演。而在国难当头的时刻，老舍没有办法将《猫城记》作为单纯的文学作品来处理。正如老舍在《猫城记》中写道：

> 亡国不是悲剧的舒解苦闷，亡国不是诗人的正义之拟喻，它是事实，是铁样的历史，怎能纯以一些带感情的话解说事实呢！我不是读着一本书，我是听着灭亡的足音！[①]

老舍评判时代生活的价值标准与时代盛行的进步主义的价值标准有所不同，更多地带有立足于经验事实之上的实用性、民间性、传统性特色。陈寅恪在20世纪40年代“悲往事、思来者”的“忧伤苦痛”之际，对“戊戌维新”之后的五十年来的中国腐败政治下过这样的断语：“盖验以人心之厚薄，民生之荣悴，则知五十年来，如车轮之逆转，似有合于退化论之说者。”[②]陈寅恪的这种历史理解具有一种源于常识的质朴，超越了流行观念的拘执，从自身的感受、经验、常识来对历史做出独立的判断的，所以它是一种不同于时代主流的既来自传统又与民间相通的历史理解。老舍也是如此，他和他笔下的小人物和时代落伍者一样都是从“民生”和“人心”这样的关乎生活自身的标准来评价时代生活的，而他所持的国家本位主义立场也是他与其时代的个人主义和阶级主义的时代潮流发生冲突，由此促使他在20世纪30年代写出这篇比较激烈的“骂世之作”，他是将“利己主义”“个人主义”“小集团主义”当成国之大患加以抨击的。

与老舍不同的是张天翼的《鬼土日记》，这篇讽刺小说也是以现实中国为原型写成的，但其聚焦点与老舍不同，它主要是用左翼文化、阶级论视野写成的一

---

① 老舍：《猫城记》，《老舍文集》第七卷，北京：人民文学出版社，1984年，第460—461页。

② 陈寅恪：《读吴其昌撰〈梁启超传〉书后》，《大学活页文选》第5辑，上海：华东师范大学出版社，1988年第30页 。

部小说，其所批判的主要对象是现代中国都市中资本主义的拜金化倾向及其所引发的道德的堕落、人性的异化。文学史家阿英在一九三五年所写的一篇文章中曾介绍说："几年以前，我们有过一部鬼话小说，叫做《鬼土日记》作者是张天翼。在书里，他借用鬼话，把中国社会里的一些丑恶，着实的讽刺了一番"[①]。该书曾被国民党当局以"普罗文艺"罪名禁毁，但其在当时的影响力颇大，可以说它与老舍的《猫城记》堪称双璧，都是以幻梦倒影的方式影射现实中国，区别在于驱使老舍写《猫城记》是他的忧心如焚的"国家至上"的救亡热情，而催生张天翼写《鬼土日记》则是一种超越现实和资本主义现代性的普罗革命的理想，它与世界性的左翼文学具有同步关系，也因此产生了国际影响，1972 年被苏联翻译出版俄语本，并得到著名汉学家费德林的肯定。

该书与中国古典的神魔小说形式相近，都是以虚拟的"鬼土"经历、地狱情形来反射现实。该书由上海正午书局 1931 年 7 月初版，印数一千册，正文前冠有《献辞》，作者申明此书献给"闲情逸致的爷们"的只是"不中听的声音"[②]。其后是作者假托日记主人韩上谦所写《关于〈鬼土日记〉的一封信》，其中强调说：

> 鬼土社会和阳世社会虽然看去似乎是不同，但不同的只是表面，只是形式，而其实这两个社会的一切一切，无论人，无论事，都是建立在同一原则之上的。这两个社会是一样的，没有什么差别。[③]

书中的主人公是位混迹于文坛的作家，偶尔学会了"走险"，也就是可以进入阴界，并平安返回。这天他决定一试，进入阴间一游。

进入"鬼土"的第一步是需要戴鼻套，原来这儿的人也像阳界的人一样，有许多禁忌，阳界遮盖下体而阴界则遮盖鼻子，因此"鬼土"的人都须戴着鼻套上街，否则就会显得失礼。肖君的解释是"在这里，鼻子不许给人看见的，尤其是男女间。除开医生，没有人谈到鼻子的事，否则是下流人，如果万不得已要说的时候，用"上处"两字代。小孩子也得知道忌讳鼻子，否则会遭大人的打骂；生下

① 阿英：《中国维新运动期的一部鬼话小说》，《文艺画报》第 1 卷第 4 期，1935 年 4 月。
② 张天翼：《〈鬼土日记〉献辞》，《张天翼讽世喜剧小说》，北京：华侨出版社，1999 年，第 3—4 页。
③ 张天翼：《关于〈鬼土日记〉的一封信》，《张天翼讽世喜剧小说》，北京：华侨出版社，1999 年，第 5 页。

的孩子在满月的一天就给他鼻子戴上套。

而且鬼界也分为三六九等，等级分明："地狱虽没有十八层，却有两层。我们这层叫高层，住着有钱人，绅士，学者，即上流人。下面那层叫低层，住着粗人，工人，农人，即下流人。执政者和官员自然是住在高层，总之这层是住着一切的支配者的。怪不得刚才看见的人和房屋那么讲究。"[①]

关于职业的问题，鬼土也很别具一格，朋友问他：

> "韩爷要选个什么'家'做做才好？"
>
> 我说："我自己一点也不知道要怎样才合适。你是什么家？"
>
> "文学专家。跟我来往的大半是些文学家，"仲讷正拿起一支烟卷划了火柴不即去点烟，继续说着，"我看你也做文学专家罢，不过尚须拣个派数才对。司马爷你以为怎样？……糟糕！"
>
> "不过我好像没有一点文学上的修养哩。"我也当作一件事对他说。
>
> "修养，倒不必客气。总之想不想做，想做我便给你来办登录手续。"
>
> 登录，司马先生片子上有过这字样，但想完全明白它："登录？"
>
> "登录，教育部的登录。就是这里的作家都要先在教育部登录，有了执照之后方可发表作品。登录的时候要验看大学文凭，受考试，认为合格后，才可以给他发表权。非大学毕业生，则要一位著名的文学专家，或者一位'平民'证明他是天才，也可以取到执照。"
>
> "平民？"
>
> 萧仲讷笑了："原来你连这也没明白。平民者，是专指我们这里的大企业家而说的。"[②]

作家须领执照，"平民"即企业家，"鬼土"的社会分层是带有前现代的国家分配制色彩，又带有现代性的功能性分工意味。传统的社会分层主要是由出身决定的，而现代社会的分成模式则是功能性的，即人们在分层等级体系中最终占据的地位是他们自己取得的，靠的是他们的工作以及在特定制度中运用他们

① 张天翼：《鬼土日记》，《张天翼讽世喜剧小说》，北京：华侨出版社，1999年，第8—10页。
② 张天翼：《鬼土日记》，《张天翼讽世喜剧小说》，北京：华侨出版社，1999年，第14—15页。

的能力去实现特定的功能。不管是对传统的还是现代的社会分层方式,小说都抱以嘲讽的态度。这种嘲讽代表的正是左翼作家对一种真正的平等和公正的追求。

鬼土中的诗人、艺术家在作家的笔下呈现出光怪陆离的怪象,如著名颓废艺术家司马吸毒先生和极度象征派诗人黑灵灵,都是一种自虐、颓废的文人典型,对上海滩文人的讽刺是小说的一个重要方面。小说中写到的鬼土人的是非善恶标准也是颠倒的,主人公找到了一部小说,写的是:

> 国内的棉纱因国外跌价,销不出,国内的大棉纱厂都停办,呈现一个大危机,于是平民某(棉纱的大企业家)向各处去对上流人下流人呼吁,因此激发各种人的爱国本能,都毁家纾难,恢复棉纱厂,而这位平民为了国家之故,宁可将出口的货跌价,跌到贴本,于是才复原以前的盛况,而这位平民因积劳而死,全国人,即使有劣根性的下流人,也都哭泣这位伟大的平民的逝去。……他写那些各种人爱国心的激动写得很细的,写那平民是非常之伟大,或是因这一点而能得奖金吧。[①]

前现代的等级制、血统论仍是其社会分层的依据,显然与现代人的自由平等的价值观相悖。

关于"鬼土"的政治体制,则是西方宪政民主制度的翻版,也在作家的嘲笑之列,如日记中所言有两个政党,一个叫坐社,一个叫蹲社:"这两个政党虽然名字不同,议员也分成两个壁垒,可是政纲都一样的,都以平民政治为原则。"

> "那为什么分做两派呢?"
>
> "是这样,政纲同一,但日常生活的方式总有点区别的。……我问你,你出恭还是坐着出恭还是蹲着出恭?"
>
> "蹲着的,怎么?"
>
> 亲爱的萧爷笑了起来:"那你应当拥护蹲社。蹲社者是主张国人都蹲

---

① 张天翼:《鬼土日记》,《张天翼讽世喜剧小说》,北京:华侨出版社,1999年,第18页。

着出恭，合卫生，而坐社主张全国人坐着出恭，合卫生。如今的大统领是蹲社的总裁，他一上任，便将全国的厕所改造做蹲式，将来坐社组阁，便又会将厕所改为坐式。”

过一会他说：“韩爷你别诧异，这里跟阳世是一点差别也没有的。”①

至于鬼土中的高官出场的情形更让人啼笑皆非：十二点差十分的时候，一个巡警跑到客厅里，立正高叫：

“报告！陆乐劳平民已到。”

于是谈着的，笑着的，突然都寂静下来。有人拂去衣上的烟灰，有的整理整理领结，长着头发的便将头发摩摩平。全体都严肃，庄重，有礼貌的样子，用了急促但仍不失为上流人的那种步子，走到大门口。

萧爷家的听差忙铺毯子，毯子狭长，由大门口直到客厅，毯子上有几个大字：“陆平民万岁”。陆乐劳就一面笑着一面踏着这毯子走到客厅。

“嗳，”陆平民说，“我们都是平等的，我不过是一个平民，不发这样铺张，哈哈哈。”

“这只是表示我们对国家柱石的一点敬意。”萧爷说。②

看来，鬼土语言的倒置、失范、腐败已到了惊人的程度，名不正则言不顺，所谓正名，也就是求实的过程，名既乱，实也就无从立足，于是乱名也就成为文化解体的表征，人们都生活于真伪难辨的梦乡之中，于是怪象丛生也就理所当然。假为真时真亦假，无为有时有还无，没有人能够说出实话，以严肃认真的态度来看待世界，世界的崩溃也就不远了。

至于鬼土中的学者也是非同寻常，如刚去世的学界泰斗文教授学问就无所不包，著述等身，然都是些粗制滥造的伪学问，这种百科全书似的“通才”代表的正是“伪科学”的特性。

至于鬼土中男女的婚恋方式则也颇有可观之处，与时下的媒体婚恋节目相

---

① 张天翼：《鬼土日记》，《张天翼讽世喜剧小说》，北京：华侨出版社，1999 年，第 20—22 页。

② 张天翼：《鬼土日记》，《张天翼讽世喜剧小说》，北京：华侨出版社，1999 年，第 25—27 页。

似，其作为预言的准确性令人咂舌，如其中人物的征婚条件是完全由经济因素所决定的，女性的商品化已成为为人普遍所接受的时代潮流。

鬼土总统选举乃是举国盛事，热闹非凡；鬼土政要陆平民的兴趣爱好中体西用，兼容并蓄，并注意与世界接轨。

小说中写到鬼土的恐惧对象是阳世的“拉国”，显然指的是当时的苏联，鬼土报纸上写道：

阳世之拉国，自下流人杀尽上流人后，已成下流人之大本营，凡各国之罪犯，皆亡命于此，竟成一罪豪。……该国人（全体皆为下流人，上流人已死尽）有吃人肉之习，街头巷尾，时有厮杀之声，胜者即以刀割败者，切其肉而生啖之。……初生之婴儿，为菜中之上品，即亲生之子女，亦必烹而食之，否则以犯法论。……可怖哉，自有生民以来，未有如是之残酷者也。……国内坟墓，挖掘一空。盖国人喜以死人骨骼打汤，如吾人之于牛尾汤然。……而尤可怖者，厥惟国旗之制法。每逢纪念日，各界须悬挂国旗，制法，用利刃杀死三人，涂血于布上，即成。但血易褪色，故悬挂一次即废，第二次纪念日，又制新者，杀人无算。……[1]

正是以苏联为正面的参照，小说才写出了作为鬼土的中国和资本主义世界的颠倒景象。

小说最后“鬼土”显要陆乐劳和潘洛破了产，因为他们所发的股票一钱不值了。银行团是他们的债主，组织了清理委员会清理他们的一切产业。银行团开始标卖陆、潘所有不动产，但结果仍是权贵们的轮流坐庄。

主人公回到阳世后的感想是：

回想刚旅行到鬼土去时有许多事看不惯，如今觉得那种看不惯是种幼稚，因为没懂得鬼土一切事的原则之故。善哉萧爷之言曰：“鬼土跟阳世的一切，原则上是相同的。”鬼土里当然还有许多事我不懂得，可是看来总不

① 张天翼：《鬼土日记》，《张天翼讽世喜剧小说》，北京：华侨出版社，1999年，第42—43页。

会有什么不顺眼的了。再说一句：萧爷的话是不错的。这是了解了以后的断言。[①]

“鬼土”政治的灵魂是私有制和拜金主义，“鬼土”制度得以维系的秘密则在于严上下之防，保障上等人对下等人的绝对统治。这种洞见的形成来自作家的阶级分析法和对于真公的追求以及人人平等的政治理念。所以他的讽刺对象具有超出中国现实的普遍性，是对于半殖民地半封建社会以及资本主义社会的本质的揭示和洞察。如此深刻地本质揭示和涉笔成趣、嬉笑怒骂的讽刺风格，使这部小说堪称代表左翼文学创作实绩的代表作。它的成功正在于它的审美超越性，因为摆脱了具体的政治功利性，为它的讽刺艺术提供了更大的自由发挥的空间。该作在当时左翼文学界也是褒贬不一的：阿英是肯定其着实讽刺中国社会里的一些丑恶；胡风对小说“能够使人笑的漫画手法”[②]也持肯定态度；但冯乃超的评论则认为作者讽刺的“是空想的纯粹资本主义社会，这首先失掉了他的讽刺文学的价值”[③]；瞿秋白也认为“《鬼土日记》即有点使我们失望”，他从题材方面、幻想的合理性问题等方面对作者提出了建设性的批评，希望作家“与其画鬼神世界，不如画禽兽世界”[④]。这些考虑多是从政治斗争上精准打击这种现实主义的要求出发的，它与艺术自身的规律并不相符，讽刺艺术是需要比较大的审美距离的，它可带给读者更多的审美接受空间，所以“鬼神世界”的审美效果比“禽兽世界”的审美效果更强烈。然而从整体风格上来说，老舍的《猫城记》是忧愤、悲怆的，而《鬼土日记》则失之调侃、浮滑，其对于“现代”的批判有些还来自“自身”的偏见，对现实的讽刺流露出某种虚无化倾向。

---

① 张天翼：《鬼土日记》，《张天翼讽世喜剧小说》，北京：华侨出版社，1999 年，第 110 页。
② 胡风：《张天翼论》，《胡风选集》第 1 卷，成都：四川人民出版社，1996 年，第 133 页。
③ 李易水（冯乃超）：《新人张天翼的作品》，《北斗》创刊号，1931 年 9 月。
④ 盆龙（瞿秋白）：《画狗罢》，《北斗》创刊号，1931 年 9 月。

"京派"作家萧乾创作中的审美距离与艺术自觉

萧乾作为20世纪30年代现身文坛的"文学奇才",一开始创作就表现出一种可贵的艺术自觉,即特别关注到小说的审美价值和创作的内在规律。这突出表现在他对小说叙述视角的精心选择上,通过这种匠心独运的叙述视角来保持作家在表现生活时所必需的审美心理距离,以求能够全面、真切地再现生活。这种创作追求使其小说与当时文坛盛行的浪漫主义的主情创作区别开来,形成一种独特的审美品格。

萧乾小说的创作倾向与当时京派小说共同的艺术追求是一致的。萧乾曾受到沈从文、凌叔华等作家一定的影响,这些京派作家大都具有比较强的文体意识和写实精神,注重对现实人生的审美体察和客观表现。他们的创作一般避免作家主观情感的直接抒发,采取的是一种与现实生活保持一段距离的冷静、克制、客观的创作态度,以对人情世态的真切描摹,来寄寓作家的情感。这给他们的创作带来含蓄、蕴藉,耐人寻味的艺术风格。萧乾认同了京派作家的这种创作追求,他在肯定包括郁达夫在内的新文艺曙光期创作的价值的同时，也对当时文坛风行一时的浪漫主义的滥情风气颇持异议。他认为当时作家“除了一部分滴着‘爱莫能助’的同情泪，在黯淡的角落里写着人道主义的小说外，文艺界成为了一个繁荣的鸟市，一个疯癫院。烦闷了的，就扯开喉咙啸号一阵，害歇斯底里症的就发出响朗的笑，穷的就跳着脚嚷出自己的需要，那有着性的烦闷的，就在大庭广众之下脱下净光”[①]。作为对这种浪漫主义末流的、粗浅直露的、非艺术的创作风气的反拨，萧乾在创作中力避这种顾影自怜的滥情因素对创作的侵袭，并有意识地把作家过于张扬的自我从前台移到后台，让人物能够独立地表现自己，从而避免作家过多地直接介入作品所可能导致的对事实真相、全貌的遮掩，扭曲和片面性的理解。正如当时刘西渭所评论的“他用力来体味全部的人生，不是倾心于一个现象，便抹杀掉另一个的存在，最后得出一个不公正的结论”[②]。力求全面地去体察现实人生，不做简单的道德价值判断，不从现成的观念出发去演绎生活，这在当时是十分难得的，而且也是艺术家所应持的态度。

萧乾在创作中比较明确地意识到“艺术之崇高处恰在于心理距离的支持”[③]。这就犹如欣赏一幅油画，必须选择合适的距离和角度，过近或过远都不能达到全面真切地欣赏画面的目的。这种心理距离在小说创作中就体现为作者、叙述者、其他人物、读者四者之间的距离。现代小说修辞学认为：在这四者之间，尤为重要的是小说世界中隐含的作者，亦即小说中作者潜在的替身或称作家的第二自我。任何小说中都有作者的存在，较之于传统小说中作者直接出头露面的简单形式，现代小说中作者的介入更为复杂、隐蔽和精巧。介入的方式变了，但作者并未在小说的大千世界里销声匿迹，而是成为隐含的作者。这种隐含的作者和小说中的叙述人是两个不同的概念，两者之间的关系可以是重合的，也可以是对立的或疏离的。就一般浪漫主义抒情小说而言，其作品中的作者和叙述者基本上是合二为一的，如郁达夫的小说中抒情主人公的情感、心态，是非好恶，都是作家自我的表现，不管其小说中的叙述人是叫“于质夫”还是别的，都可以说是作家的夫子自道。而萧乾小说作者和叙述人的关系就比较复

---

① 萧乾：《理想与出路》，《废邮存底·答辩》，上海：文化生活出版社，1937年，第81页。
② 刘西渭：《篱下集——萧乾先生作》，《咀华集》，上海：文化生活出版社，1936年，第95页。
③ 萧乾：《给自己的信》，《创作四试》，上海：文化生活出版社，1948年，第318页。

杂了,它往往是出于作家经过精心设计之后以求达到某种叙述效果的考虑。萧乾短篇小说中的叙述人也将有半数是以第一人称“我”来叙述的,但这个“我”并不等同于作家的自我,而是与作家的“我”是有疏离甚或是对立的关系的“我”。如《邮票》《花子与老黄》等即属此类,当然作家采取这种叙述方式并不是像当代新潮作家那样去有意识地追求复杂的反讽效果,只是为了叙述的真切感,但这种疏离和对立也给小说带来了一种新颖的艺术张力,萧乾小说有很多选取的是一种有限全知视角,叙述者就是小说中的主人公,作家通过这个主人公的感知、认识来展开小说内容。主人公与作者、其他人物、读者之间都存在着程度不同的态度上的差异、距离,萧乾的童年视解小说和讽刺小说就属于这样一种设计。另外一种视角角度是比较独特的,姑且称之为一种旁观者视角,作家借一种世俗的眼光去写一种非世俗的人物,在叙述者和人物之间,或主人公和其他人物之间,存在着一种分歧和差异,而作家自己的态度是隐而不露的,如《印子车的命运》等小说。

视角的选择与距离的营造具有直接关系,叙述者或称角心人物同小说中的潜作者、其他人物、读者之间的态度上的差异构成了不同性质的距离类型。英国文学批评家 W.C.布斯认为小说中的这种距离类型主要以下几种:价值的距离、理智的距离、情感的距离、道德的距离、时间的距离等。这种距离在阅读过程中是动态而富于变化的,一般来说,反差越大,审美效果越强。具体考察萧乾小说中的距离性质,大致可分为三种情形,一种是童年视角小说,主要表现为儿童世界与成人世界心态上的差异和对立。一种是戏剧式的模仿讽刺小说,表现为主人公与其他人物、潜作者、读者在情感道德上的对立、分歧。再一种是写“市井畸人”的小说,表现世俗态度同主人公特立独行的人的生存态度之间的隔膜与对立。另外,萧乾的一些象征性的小说如《蚕》等,不在本文的讨论范围之内,故从略。

萧乾童年视角小说带有比较强的自传色彩,大都是作家成人之后返顾童年辛酸经历时的回忆。作家将这些作品定名为“伤感篇”,这与作者小时悲惨的人生经历有关。萧乾是遗腹子,生下来就没见过父亲。母亲寄人篱下,含辛茹苦将他抚养长大。十几岁的时候,母亲又撒手人寰,使他成为一个无依无靠的孤儿。有着如此惨痛的人生经历的作家,在回首往事时,往往会流露出抑制不住的凄凉、伤感之气，但作家并没有采用那种第一人称直接抒情方式，着力表现童年生活的艰辛、痛苦，而是假之以天真无邪、混沌未开、不明世事的童年视角来感知外部世界的世态炎凉。在作家和小说中儿童主人公之间，萧乾着意保持了一段心理距离，以确保童年视角的独立性，注意避免自己成年人的心态情绪影响到儿童的情感，价值判断。作家致力于追求对儿童心态的还原，以一种富有童趣的方式来讲述故事。如《篱下》这篇小说开头第一句话就把人引入一种天真未凿的儿童心灵世界中去："住姨家和住姥姥家有什么不同呢？姥姥死了，当然只好住姨家。环哥认为妈妈路上的嘱咐是多余的。"[①]以此类推，环哥也对母子被父亲抛弃，不得不寄人篱下的窘况一无所知，只是感到了一种进了城，到了姨夫家的新鲜和有趣。在很短的一段时间里，环哥接二连三地给母亲惹祸而不自知，这包括带野了表弟、惹哭了表妹，又自作主张地打了姨夫留着给上司送礼的红枣，朝院里的花上撒尿等。总之，环哥认为是非常自然、心安理得的一切行为、举止，在姨夫眼里都成了他作为乡下孩子粗野、没有教养的证据。环哥在无意中给母亲带来了无穷的烦恼，使得母亲一再地把他骂作"无心的烧猪"。最后，母子俩终于被姨夫礼送出境。小说中的故事就发生在这种童心世界和成人世界的空隙和裂缝之间，环哥的异于成人的情感趣味，是非好恶，和姨夫的虚假、伪善，母亲的如履薄冰、惴惴不安的心态之间，存在着潜在的对立和冲突；环哥的粗蛮、村野气又和表弟妹的文弱、规矩形成了喜剧性的对照，使得小说充满了来自不同方面的张力，显得生气勃勃，结结实实，这是采取别的方式不能达到的艺术效果。这是一篇令人伤感的故事，但写得有点超然，这是作家考虑到了小说的适宜的视角和距离的结果。萧乾曾说过："我写《篱下》或《矮檐》那样的故事时，心里还有点心酸，但我不甘心把那辛酸滋味铺在纸上，而咬牙要用事实砌起，使其总和是辛酸。我极力想摆脱自怜的心情，把力量放在意象、人物上，如果他们失败了，其原因必由于一点做作，扭捏，一种写着亲切的回忆又不甘心把'我'放进去的踌躇。"[②]但这样做的报酬也是丰厚的，他回避了自怜和感伤，让人看到了儿童生活的感人的生动和天真的美丽。

《落日》和《矮檐》带有更浓厚的自传性，写的都是作家童年时代的亲身经

① 萧乾：《篱下》，《篱下集》，上海：商务印书馆，1936年，第1页。
② 萧乾：《伤感篇·前言》，《创作四试》，上海：文化生活出版社，1948年，第77—78页。

历。这些小说中也充满着儿童世界和成人世界的对抗和冲突。"落日"是对于一个孤儿丧失母亲而言的,无父而又丧母,这对孩子来说无异是将处身于不见太阳的冰冷中了。在《落日》中,外部世界的漠然和孩子心中的焦灼构成了强烈的对比;洋人的高傲不屑,师傅们的强蛮、霸道和孩子急于想拿到工钱回家去看望垂危的母亲的渴望形成了一种尖锐的对抗关系,终于使得母亲没能吃上孩子用自己的工钱给她买的水果,就咽下了最后一口气。《矮檐》写的是童年时代那段母子相依为命的生活经历,但作家并没有因为那段生活的艰辛,而忽略了童年生活中的温馨和诗意。小说对乐子的心态展示是活灵活现的,使小说显得童趣盎然。如:乐子抱怨妈妈为什么不把他早生一阵,好见到他出生以前就死去的爸爸;他在婶婶家的花猫尾巴上绑布条,结果招来婶婶的痛骂;他在禅院前和门口的铁狮子比哪个眼大;等等。对童年生活的回忆饱含着作家对母爱的深情追忆和对自己幼时顽劣的忏悔。另一篇小说《一只受了伤的小猎犬》仍是对儿时生活片断的回忆,只不过是小说中的叙述人与前面几篇不同。作家选取的叙述人是小说中主人公的一个儿时伙伴,一位现在生活舒适的青年绅士。小说中的"我"对家熊的态度是与父亲相对立的。父亲眼中的"痞蛋",在我看来则是一位活泼、可爱的少年以及后来为国捐躯的爱国志士。小说中家熊因为好奇追逐自行车被撞的故事也是对儿童好动、活泼天性的辩护。作者和小说叙述人的情感、态度是相一致的,都是以对儿童天性的理解、同情、辩护为基调的。萧乾的儿童生活小说是有感伤性的,但作家并不想在作品中传播忧郁。他所着力表现的是在艰难困苦的生活中,儿童的没有被扭曲的天性,没有被玷污的纯真。这使人想起乔治桑的名言"少年是神圣的"。作家通过对童心世界和成人世界的对比,突出了儿童心灵的纯净和美丽。这种童年小说也使读者得到了新颖的审美感受,并可从中体味到作家对纯净自然的人间真情的呼唤。

萧乾小说中距离营造的第二种类型是叙述者和潜作者、潜读者以及小说中其他人物在情感、价值、道德上的对立。比较有代表性的是《栗子》《邮票》等小说。在这些小说中,作家选取的叙述者是一个与自己信念态度相反的叙述者,这个叙述者甚至也或多或少地远离了读者的准则,造成读者同作品中人物情感和道德判断上的差异,由此来启迪读者的思考而不是情感的投入。《栗子》是以一个不问国事、优游于世的大学生中的"纨绔子弟"的视角来展开的。孙家稳,在“一二·九”抗日救亡热潮中，置身事外，相反，他的女友菁表现得非常积极，与他产生了隔阂。小说从孙因爱情失意而产生的怨毒情绪开始，写他在夜色中独自徘徊，怨恨使他忍不住要把曾带给他温暖和欢愉的炒栗子捏个粉碎，但他又难以忘却旧情，到处去找菁纠缠、哀劝。这都理所当然地受到了冰冷的拒绝。最后，菁勇敢地出现在游行的行列中，并被警察打伤了眼睛，住进了医院。孙又恳求他刚刚惩罚过学生的当军官的父亲去医院看望他未来的儿媳妇。老军人的横蛮跋扈、市侩卑劣在医院又得到充分的表现，终于导致了菁对孙的彻底决裂。小说是以孙的心理、情绪变化为线索贯穿始终的，展示的是一个反动军官的儿子，一个失意的恋人，一个不知亡国之痛的纨绔子所看到、所理解的“一二·九”爱国运动。读者对孙的态度也有一个逐步发展直到对立的动态变化的过程，最后通过对其心态、行为的充分展示，达到了讽刺谴责这一人物的效果。这种视角的选择较之正面表现“一二·九”运动，可以说有两个好处显示出作家的独出匠心：一是他充分考虑到了与小说的接受者即阅读对象的对话。当时的小说读者大多属于学生和市民阶层，而当时市民学生阶层中相当多一部分尚没有意识到国破家亡的危机感，还沉湎于苟安的生活中。孙家稳这样的人物就有一定的代表性，对他的谴责，会起到使大多数人警醒的作用。作家选择这样一个情变的故事来寄寓一个爱国主题，也是出于对大众阅读兴趣的考虑。二是他选取这种视角也是出于对小说中的审美价值的关注。如果从正面角度加以表现的话，所写出的小说很可能是一篇慷慨激昂的爱国宣言式的作品。那么，这种写法首先不会为当局所允许，而且在艺术上也会丧失了人物形象的生动性和心理描写的深度感。作家和人物之间的距离给了作家以描摹人物的自由，也就便于全面真实地写出“一二·九”给人们带来的心灵震撼，便于保全艺术的自足性和审美价值，但同时又达到了社会宣传的目的。萧乾曾说过：“如果作家无社会良心，硬逼出来的呼声号响犹空，如果有良心，便抑制也无用。我是说可不可以让艺术与社会良心自己去找妥协、求水平、结姻缘。”[①]《栗子》这篇小说就基本达到了作家的社会良知和艺术要求的融合统一。当然，这篇小说也不是完善无缺的，这主要表现在小说的立意比较单一，倾向外露，主人公的表演也嫌过分，戏

---

① 萧乾：《战斗篇·前言》，《创作四试》，上海：文化生活出版社，1948年，第151页。

剧性成分较重,近于一种漫画式的描摹。另一篇小说《邮票》也属于以宣传救亡为主题的小说。小说中的“我”是一个贪玩的少年,整天滑冰、打球,高高兴兴。而另一个从东北来的大个子同学则整天愁眉苦脸,像是打了闷头官司似的一脸苦相。两人的结交是因为“我”又迷上集邮,而大个子偏巧有新成立的伪满洲国的邮票。“我”由对大个子的不理解、隔膜,到逐渐理解并且钦佩,大个子原来是因为国事而郁郁寡欢,最后大个子离开学校到东北去参加了抗日游击队。小说由一个贪玩的、快乐的少年来讲述一个沉郁、严峻,充满着亡国之痛和救亡使命的童年志士的故事,使小说显得既对比鲜明又生动自然。小说中的“我”将伪满洲国的邮票当作珍品来收藏,虽然可悲,但也合乎少年人的心理情趣。以上两篇小说表现的都是一个单纯、明确的爱国主题,作家主要是要通过小说达到一个讽刺、谴责、宣传的目的。他的另一篇小说《皈依》则对生活中比较复杂、矛盾、有歧义的方面做了全面的表现。《皈依》写了一家中的三口人对于教会的矛盾态度。小女孩妞妞所看到的教会是新鲜、文雅、富有吸引力的一个新天地,与家中的沉闷、乏味、被漠视的生活状态相比显得更有趣。老太太则根据老经验担心入教会被义和团砍了脑袋,她也反对妞妞整天在外面疯跑,不在家里帮她干活。妞妞的有“反帝”意识的哥哥则意识到了教会的欺骗性,因此坚决阻止妞妞入教,把她从受洗礼的仪式中拉了出来。由妞妞的态度可以看到教会对贫民孩子的诱惑,老太太的态度是出于一种朴素的民族感情和怕事胆小心理,哥哥的态度则是因为在学校听了教师们的反帝宣传后所形成的认识。作家当然是倾向于后者的,但并没有因此抹杀掉另外的存在。小说通过三个人态度的差异、冲突,比较全面地表现了教会在贫民生活中掀起的波澜,这种主题意图的表达是倾向单一的叙述所难以胜任的。

萧乾小说叙述的第三种类型应该说是一种旁观者或称公众的视角,小说的叙述态度更多地代表着一种世俗的公众的态度,这种态度与小说所描写的特立独行的主人公是相隔膜甚或是相对立的。这种视角设计的本身即隐含着个体与社会对立的意味,它的最早出现是在鲁迅的小说中,《药》《孤独者》等,它承担着一个反世俗的文化批判的主题。萧乾小说中的这些人物大多是城市生活中的一种畸人,在世俗的眼光中,他们多少显得有点独特、古怪,因而为社会所不理解、不接受。他们也与社会格格不入,而又要强、执着,不知变通,具有儿童似的单纯。他们的命运往往是悲剧性的,但造成这命运的原因往往出于他们自己的选择,其独特的个性导致了他们最后的结局。作家的兴趣就在于揭示人物性格的特性以及这些人物在择善固执中所表现出独立的、个性化的生存方式。作家只是揭示现象,而无意去探寻原因,所以,他的这类作品与其说是一种社会批判小说,不如说是一种"畸人传",表现的是为社会所挤压到边缘上的孤独者、畸零人的挣扎和跋涉。作家放弃了对这些人物进行简单的社会道德、价值评判,而是超乎其上地表现了在原生态的生活中的个体存在的真实。《印子东的命运》里的秃刘与老舍先生笔下的"个人主义的末路鬼"祥子颇有相似之处,但仔细考察两者仍有不同。老舍有意揭示的是造成祥子悲剧的社会根源,祥子的三起三落都是社会恶势力的迫害直接造成的。小说中由作家直接出面做了不少的评论解说,老舍的目的也正在于社会批判、道德批判,秃刘的悲剧则既有社会原因,更与他自己执拗、要强的个性有直接关系。他的"牛脖子"脾气、他的傲骨,使他成天像个孤魂,连一块拉车的伙计对他也持排斥态度。他倔强、要强、宁折不弯,跟家人赌气去当了兵,跟连里弟兄斗嘴动了刺刀,拉车又惹翻了一同拉车的车夫。他是孤傲的,又是自尊自强的,并不认为自己拉车就低人一等:"我要不把自己当牛马,谁敢叫我做牛马?这年头谁不是靠力气吃饭!"[①]他的从来不甘落在人后的脾气终于给他带来祸端,结果被人骗到城外,打断了腿,车也被收回,连他的弟弟也不理解他,好像所有的人都在和他作对,秃刘最后走上了末路。小说中对于秃刘只有烧饼铺老掌柜的一句评价:"好好的一条汉子,好好的一条汉子,就是有点儿牛脖子。"[②]这种带有公众之见的评价实际上也是作家在叙述这个人物的故事时的一个基调,作家是在这种世俗眼光和非世俗人物的对立中突出了个体与社会的隔膜与疏离。作家只是写出事实,而不加以褒贬评判,这就给读者留下了分析、评判的余地,使小说具有了进行多种阐释和理解的可能性。《邓山东》中的主人公则是一个具有侠义性格的人物,有着直爽的心肠。他不畏权势,甘愿替学生挨打,是一个心地纯正、乐观大度的儿童似的成年人。《小蒋》里的主人公是个送牛奶的小伙伴,倔强而又天真,愤世嫉俗。在人世间寻不到友谊却对奶羊充满了温情和爱心,他恪尽职守却因顶撞了洋大人,

① 萧乾:《印子东的命运》,《篱下集》,上海:商务印书馆,1936年,第89页。
② 萧乾:《印子东的命运》,《篱下集》,上海:商务印书馆,1936年,第96页。

被诬为偷奶,遭到解雇;临走时,他要求拿羊来抵工钱,却遭到了嘲笑和侮辱。《花子和老黄》是借一个孩子的眼光写忠仆老黄的故事。小说从孩子对老黄的捉弄,母亲对老黄的薄性,老黄对主人的忠诚几方面来表现一个善良、单纯、愚忠,有思不图报,而又孤独、贫困终于被主人驱逐的人的悲剧命运。小说对这些畸人悲剧命运的表现,也流露着作家的一种人道主义的温情,特别是他对与社会格格不入、为社会所抛弃、带着心灵创伤的孤独者、畸零人,给予了他的同情和理解。同时这些小说也对读者的习以为常的世俗偏见、庸人哲学提出了疑问和挑战,启发人们对小说中人物的命运进行更深入的思考。这使这些人物形象的出现,不仅具有直接批判现实的意义,而且具有不为任何理论所囿的活生生的人性上的价值和意义。这是一个"不带地图的旅人"对人生的感悟、体验的结晶,是一种非观念的智慧,是超出于概念化之上的对人生的一种直观的艺术化的把握和理解。

小说中的距离控制和视角选择,是小说创作中的一项重要技艺,它也成为考察作家是否具有艺术自觉、是否成熟的一个重要标志。早在 20 世纪初,爱德华·布伯等就提出了"审美距离说",认为只有心理上有了距离,才能对眼前的对象做出审美反应,所以人的审美态度应该与现实态度区别开来,从而使艺术具有其一定的自主性、独立性。审美距离的远近、叙述角度的选择对于作家来说是非常重要、颇费斟酌的事情。距离过远,就会显得不可信,带有人为、荒唐色彩;过近就带有过多的主观性、功利性,那就无法作为艺术来欣赏了。萧乾小说的写作实践可以说是在这方面做了一些有益的尝试,有成功也有不足。他的童年小说大都是成功的,避免了过多的感情宣泄,富有童趣;而社会批判小说则显得戏剧化太强,带有简单化的人为痕迹。而且所谓审美距离问题,并不是一个简单的技术问题,它与作家的自我定位、人生态度、价值立场等都是密切相关的。萧乾在这方面的探索和试验还是初步的并非完全自觉的,但与他同时代的大多数作家相比,他在文坛起步之初就已经表现出了他的一些独特之处,他在小说创作艺术上的探索和实验,是值得重视和研究的。

周作人与古希腊、罗马文学

周作人是五四新文化运动中的重要人物，他的《人的文学》等文章成为五四新文学的纲领性文献，他的“人学”观念包含了“五四”启蒙主义的核心内容，因此，对其加以具体的分析是很有必要的。

首先，周作人的人的观念是一种自然人性论的观念：“我们所说的人，不是世间所谓‘天地之性最贵’，或‘圆顿方趾’的人。乃是说，‘从动物进化的人类’。其中有两个要点，(一)‘从动物’进化的，(二)从动物‘进化’的。”“我们承认人是一种生物，他的生活现象，与别的动物并无不同。所以我们相信人的一切生活本能，都是美的善的，应得完全满足。凡是违反人性不自然的习惯制度，都应排斥改正。”“但我们又承认人是一种从动物进化的生物。他的内面生活，比他动物更为复杂高深，而且逐渐向上，有能改造生活的力量。所以我们相信人类以动物的生活为生存的基础，而其内面生活，却渐与动物相远，终能达到高尚和平的境地。凡兽性的余留，与古代礼法可以阻碍人性向上的发展者,也都应排斥改正。”①这种对人的自然属性的充分肯定,与传统的从人禽之辨立论的道德本位的人性观迥异其趣,充分表现出其人性解放的价值取向。

其次,他所立足的“人道主义”,“并非世间所谓‘悲天悯人’或‘博施济众’的慈善主义,乃是一种个人主义的人间本位主义。”这理由有二:第一,人在人类中正如森林中的一株树木。森林盛了,各树也都茂盛。但要森林盛,却仍非靠各树各自茂盛不可。第二,个人爱人类,就只为人类中有了我,与我相关的缘故。墨子说“兼爱”的理由,因为“己亦在人中”,便是最透彻的话。上文所谓利己而又利他,利他即是利己,正是这个意思。所以我说的人道主义,是从个人做起。要讲人道,爱人类,便须先使自己有人的资格,占用人的位置。耶稣说:“爱邻如己。”如不先知自爱,怎能“如己”地爱别人呢? 至于无我的爱,纯粹的利他,我以为是不可能的。人为了所爱的人,或所信的主义,能够有献身的行为。若是割肉饲鹰,投身给饿虎吃,那是超人间的道德,不是人所能为的了。②

个人成为人的生存的价值和意义的来源和归宿,这样他就开通了由个人直达人类的直通车,取消了存在于两者之间的家庭、乡土、民族、国家之类的中间站,个人即代表人类,个体的生存占据第一义的位置,由此,他倡导一种“利己而又利他,利他即是利己”的伦理观,排斥任何“超人间的道德”。

在《新文学的要求》一文中,他又再一次强调:“人生的文学是怎么样的呢?据我的意见,可以分作两项说明:一,这文学是人性的,不是兽性的,也不是神性的。二,这文学是人类的,也是个人的,却不是种族的,国家的,乡土及家族的。”③

周作人的这种人学观和文学观对于“五四”人的解放有极大的推动作用,但其对人的理解也存在理想化和抽象化的问题。他是根据理想的人性而非现实的人性来推论的,因此他的“灵肉一致”“利己而又利他”一与现实接触就充分暴露出其虚幻性;“兽性”和“神性”都内在于“人性”之中,将此两者铲除之后,所谓人性就成为无源之水、无本之木,只剩下了空洞的概念。将人从其所属于

---

① 周作人:《人的文学》,北京大学中文系中国现代文学教研室等编《文学运动史料选》,上海:上海教育出版社,1979年,第102页。

② 周作人:《人的文学》,北京大学中文系中国现代文学教研室等编《文学运动史料选》,上海:上海教育出版社,1979年,第104页。

③ 周作人:《新文学的要求》,止庵编《周作人讲演集》,石家庄:河北人民出版社,2004年,第24页。

的社会关系中剥离出来的结果，也使人成为一个被架空的概念，这种抽象的人也就失去了其作为人的丰富的内涵。

“五四”时期的周作人是一位热心于“新村运动”的乌托邦主义者，他曾说过：“新村的目的，是在于过正当的人的生活。其中有两条重要的根本上的思想：第一，各人应各尽劳动的义务，无代价的取得健康生活上必要的衣食住；第二，一切的人都是一样的人；尽了对于人类的义务，却又完全发展自己个性。”[①]这种新村主义显然是出于一种典型的唯理主义的乌托邦设计。海耶克曾对方法论上的“真个人主义”和“假个人主义”做了区分。他指出，“真个人主义”是与“社会主义”“集体主义”相对立而存在的。它的知识传统始于洛克、休谟，而在亚当·斯密、柏克等的著作中成形，在19世纪，其主要代表人物是托克维尔和阿克顿。而“假个人主义”则源于笛卡儿的唯理主义，其知识传统为法国百科全书的撰稿人、卢梭、重农学派等人。这种假“个人主义”预设一些孤立或自足的个人之存在，逻辑上反而趋归于与个人主义相反的方向：社会主义或集体主义。他认为“凡是把个人看作起点而以为他会以他所特有的意志用一正式的契约就可联合别人组成社会的那些哲学家们，绝不可能相信自然产生的社会效果”[②]，就是“假个人主义”。“假个人主义”相信理性万能，人类事物的成功都是个人理性作用的结果，而真个人主义则对个人理性持审慎态度，承认个人理性与心智的有限性和易错性。现代性制度的确立与发展在很大程度上依赖于众多个人的自发、自由的试验，而不是某几位思想家的精密计划和设计。现代型社会的基础是一群谦卑的个人，而不是自以为真理在手的昂首天外的社会改革家。周作人的立足于人学观的文学观显然带有唯理主义的色彩，他后来对此有所反省，因此减弱了“五四”时代的浮躁凌厉之气，开始去耕种“自己的园地”，对于现代个人主义文学的发展做出了他自己的独到贡献。

周作人在五四新文化运动中还具有一个比较特殊而重要的地位，他比较超脱于现实的社会功利性，力求从文化的根本层面上给予“新文化”以正面的建树，那就是他对源于希腊文化的现代人文主义理性精神的输入与揄扬。这种文化努力在新文化运动诸人中是不多见的。在《北大的支路》一文中他这样写道：

---

① 周作人：《新村的精神》，止庵编《周作人讲演集》，石家庄：河北人民出版社，2004年，第16页。

② James Bonar, *Philosophy and political economy in some of their historical relations*, New York: Macmillan, 1893, pp.85.

我们“于普通的学问以外，有几方面的文化还当特别注重研究，即是希腊、印度、亚剌伯与日本，大家谈及西方文明，无论是骂是捧，大抵只凭工业革命以后的欧美一两国的现状以立论，总不免是笼统，为得明了真相起见，对于普通称为文明之源的古希腊非详细考察不可，况且它的文学哲学自有其独特的价值，据愚见说来其思想更有与中国很相接近的地方，总是值得萤雪十载去钻研他的”[①]。周作人这种对西方现代文明源头的重视和考察，在20世纪的中国实无出其右者，这当然与他自己通古希腊文有关。从周作人这一脉来看，五四新文化运动的确带有某种“西方文艺复兴”的精神，而不只具有浮泛激越、急于事功的社会政治层面的内容。周作人可以说是现代作家中不多见的具有“希腊情结”的作家，特别是到了晚年，翻译希腊文学、罗马经典成为他唯一能做的最重要的事业。其翻译已不是一般的迻译与引进，而是他一生志业的一个必不可少的组成部分。当时代已不能使他像以往那样以自己的言说，即通过对现实社会文化批判的方式来张扬他的主张的时候，他通过翻译希腊语的文学经典来固守自己的信念，坚持自己的文化理想，力图为中国引入一种真正异质性的文化，来推动它的更新与转换。这种努力是应该予以重视的。

1957年3月，时年七十二岁的周作人作诗二首，赠周甲甫。诗云：

> 打架妖精未是憨，任他游戏与心安。
> 摩登伽女如相遇，玉体横陈取次看。
> 万紫千红都是许，繁枝密叶已交加。
> 老僧已是沾泥絮，秉烛还看未摘花。

“打架妖精”，指的是性爱。“摩登伽女”出于佛典：《楞严经》里讲如来的弟子阿难遭遇大魔法，一名叫摩登伽的女子使用咒语，将阿难捉住按到了淫床之上，并施予淫行，即将毁坏阿难的持戒之体。如来知道阿难遭了摩登伽的魔法后宣说神咒，并命文殊菩萨持此咒去护卫阿难。随之，摩登伽女的魔咒被灭。周作人自己讲他不信也不懂佛法，此处也只是借用佛典，说明其一贯的新伦理

① 周作人：《过去的工作》，钟叔河编《周作人文选》（1945—1966），广州：广州出版社，1995年，第120—121页。

主张而已。周作人一生好谈性爱，诗中描述了身为“沾泥之絮”且已年逾古稀的他，还在秉烛夜读日本色情禁书《未摘花》的喜剧性情景。这并非是知堂老人的“老不正经”，而是大有深意的，与他一生最大的梦想之一“伦理的自然化”有关。对于性爱，周作人反复强调的就是要效仿、学习自然，所以他一再地申说：“我不相信世上有一部经典，可以千百年来当人类的教训的，只有记载生物的生活现象的 Biology（生物学）才可供我们参考，定人类行为的标准。”[①]这种据于自然人性论的信仰，对于促成中国文化由传统到现代的转换是起过巨大的推动作用的，但正如被严复所修正、改造过的赫胥黎的《进化论和伦理学》所言，“天行”（自然状态）和“人治”（人类社会伦理）是有区别的，赫胥黎把与“天行”相对的“人治”称为是“园艺过程”，主宰两者进化的基本原则是不同的。这种区别最明显的例子就是“花”的培养，它不是任天演之自然、物竞天择的产物，而是按照园艺师的意愿，给予它最适宜的生存环境，才培养成功的。最美好的东西往往是最脆弱的东西，是需要人们的精心呵护才能繁盛起来，所以“最适者”并不能与“最好者”画等号，人类的道德准则也不能直接从自然界推演。面对进化伦理的挑战，赫胥黎所最为关心的是：“如果，人对这种宇宙本性的模仿与伦理的首要原则相冲突，这个奇怪的理论会变成什么？”[②]一味地强调顺应自然的伦理，显然会从一种极端走向另一种极端，即认为任何伦理道德的约束都是反自然的，因而也就是多余的和不必要的。

“自然的”就是“好”的、“善”的这个价值判断显然是有问题的，但抽象地来评论其是非正误并不重要，周作人主张的合理性是依赖于其话语语境中的对立面而存在的，即传统中国有“思想的专制和性道德的残酷”这一现实。他的所有议论基本上都是对这一现实的反应。因此对周作人的主张及其对希腊、罗马文学的评介和翻译活动也应纳入到具体的历史语境中来考察。

古希腊文学对周作人的影响是非常深远的，对他的思想形成、价值取向、审美偏好等都有深刻的影响，甚至可以说古希腊文学成为他进行文学、文化批评的评价标准的主要来源。这从他 1917 年做北大教授时的讲义《欧洲文学史》中可以看出。这本书并非一般地研究欧洲文学史学者的高头讲章，而是一本主观

① 周作人：《祖先崇拜》，钟叔河编《周作人文选》（1898—1929），广州：广州出版社，1995 年，第 52—53 页。

② 耿传明：《现代性的文学进程——二十世纪中国文学的动力与趋向考察》，北京：中国文史出版社，2003 年，第 23 页。

性极强的文化批判者的夫子自道,其中“思想”远远压倒了所谓“学问”,主观好恶压倒了客观的描述。

《欧洲文学史》约十万字,分三卷,第一卷“希腊”,第二卷“罗马”,第三卷是“中古与文艺复兴”与“十七、十八世纪”的文学。他以希腊文学为标准来衡量后世文学,认为希腊精神大抵不出三端:(一)现世主义;(二)尚美精神;(三)中和原则。罗马崇实,与希腊尚美异趣;希伯来精神倡出世思想,以天国为寄托,与希腊精神之重视现世尤相违逆,故罗马为希腊之反动,希伯来为希腊之罪人。文艺复兴乃起于人性自然,故重现世,又合尚美,是希腊精神之回归。十七八世纪思想巨子寄情人道,故此期文化笼罩理性之光辉,得中和之致而不偏枯。周的文学史,对希腊讲得比较翔实,对罗马之后则根据自己的好恶随意取舍。对于中世纪,详细讲的是“骑士文学”与“浪游之歌”。他认为“骑士文学”起于信仰,终于尚美,实为希腊精神之回归埋下伏笔;“浪游之歌”乐生享美,关爱现世,则是突破希伯来信仰之里程碑。文艺复兴以来,讲得最多的是卢梭、歌德二家,因为这二人都是倡人性自然之义的代表人物,卢梭“契约论”重在个人自由与社会政治的调和,歌德的“浮士德”意在生生不息、追求不止,此两者皆为希腊精神之发扬。《欧洲文学史》可以说是一本典型的以文学史形式出现的自然人性论的教科书。

周作人的思想核心,就是主张人性自然,对于人的本能欲望应当揄扬而不当抑制,但个人又恒生人类群体之中,个人人性之揄扬须以不损害他者为前提,故人之天然能欲需有节制。所以他又倡导“中和之德”,认为“希腊民族,以中和之德著称。对于自然恒久之性能,有仞知而无讳饰,能节制而无遏逆,使之发泄得间,乃不至横决”。这显然也是一种对希腊文化的主观化的理解,而没有注意到希腊文化中日神精神与酒神精神的冲突。他所推崇的中和之德更近于强调理智与情感和谐的新人文主义。周作人的《欧洲文学史》把欧洲文学的千年进程概括为希腊精神之丧失与回归的循环发展过程,显然有将文学史简单化的倾向。但周作人并无意做那种学究式的学问,而是要“六经注我”,输入希腊的人间主义文化,来进行中国的“人的启蒙”,所以其价值、意义也只能在中国启蒙主义文学的框架中予以评定。

周作人翻译的古希腊、罗马文学著作主要有这么几种:(一)《红星佚史》

(由后人根据荷马史诗编写),1906年译,1907年由商务印书馆出版。(二)《希腊拟曲》,1932年译,1934年由商务印书馆出版。(三)阿波罗多洛斯《希腊神话》,1937—1938年译。(四)《希腊的神与英雄》,1947年在狱中第一次翻译,因稿子焚毁,1949年重译,1950年由上海文化生活出版社出版,是巴金亲自校勘的。(五)《希腊女诗人萨波》,1951年由上海出版公司出版。(六)《伊索寓言》,1955年由人民文学出版社出版。(七)《欧里庇得斯悲剧集》(与罗念生合译,周译占大半),1957年出版。(八)《卢奇安对话集》,1991年由人民文学出版社出版。还有些"散译",如谛阿克列多思的《牧歌》、希罗多德《历史》的部分、阿里斯托芬的《财神》,以及近人哈理孙的研究著作《希腊神话》的部分、佛来若(佛雷则)的《希腊神话比较研究》等。

周作人的译著往往要加上详细的注释,有些讲解评述的成分在里面,所以往往被出版社压缩,这使他感到"十分惆怅",竟觉得连译作本身都"没多大意思""没有什么可喜的"。他的第一部古希腊主题的译著《红星佚史》出版时,他与鲁迅做的注释被删掉了,他就发誓下次不再做"这样出力不讨好的事情",然而虽有此教训,却还是忍不住要做。可见他之译书,就像金圣叹评《水浒传》等一样,是要讲清来龙去脉,发表自己的意见的,把这些删去,也就直接地损害了译书的目的。周作人1908年在日本学希腊语,原意是要译出像佛经译文一样古雅的《圣经》译文来,可后来思想的变迁,使他对译《圣经》不感兴趣了,但又觉得白学了希腊语,"仿佛感着一种惆怅,觉得似乎应该做一点什么翻译,不要使这三年功课白费了才好",最终译出《希腊拟曲》。虽然"起因于庄重的《福音书》,经过了二十年以上的光阴,末了出来的乃是一卷很不庄重的异教的杂剧,这可以算是一个很奇怪的因缘了"①。这本《希腊拟曲》1931—1932年译成,售给胡适主持的中华教育文化基金董事会编译委员会,内里有些秽亵文字,他跟胡适说要用"角先生"这类的词来翻译《希腊拟曲》,胡适很通达,"笑着答应了"。全书四万字,以千字十元的高价得了四百元。这段因缘的确有点传奇性,其中隐含着周作人的一个重要转变,即由"头巾气"转向"名士气",由对宗教的兴趣转向了对世俗的兴趣。希腊文化于此战胜了希伯来文化,成为周作人思想的主

① 周作人:《希腊拟曲·序》,《财神·希腊拟曲》,北京:中国对外翻译出版公司,1998年,第83—84页。

色调。在中西相遇之初,康有为认为西方之所以强盛,在于其有强大的宗教,而中国则无,所以要把儒学宗教化才能抗衡西方。到周作人这里已完全放弃了这种似乎是“开历史倒车”的想法,开始搭上顺行的列车,走向与自己更为情投意合的希腊文化。但他仍不是以一个一般意义上的文学阅读者的心态去读古希腊文学的,这使他将希腊文学视为了一种抗衡宗教的“美的宗教”,其中不无某种心态错位的因素。

古希腊文化是西方文明三大源头之一(另两个来源是罗马自然法和希伯来宗教),西方精神生活和社会生活形式的胚芽差不多都能在古希腊时期找到,因此了解希腊文化对了解西方文化具有特别的重要性。那么,希腊文化的精神是什么呢?首先,应该说是它的理性追求,正如莫里斯·克莱因所说:“对于希腊人来说,维护理性的纯粹性,比什么都重要。这种精神,从来不曾在其他文化中出现。”古希腊哲学家德谟克利特曾说:“我宁愿(在几何学上)发现一项证明,而不要波斯的王座。”在希腊的科学、哲学等著作中,都洋溢着这样一种清明、独立的理性精神。这种理性精神的深入就是彻底地反思和怀疑,一种纯粹的求真意志的发扬,正是在此精神推动下孕育出了西方的科学。周作人有鉴于此,所以特别推崇古希腊人为求知而求知的理性精神。他引英国学者部丘教授的话说:“自从有史以来,知这件事在希腊人看来似乎它本身就是一件好物事,不问它的所有的结果。他们有一种眼光锐利的、超越利益的好奇心,要知道大自然的事实,人的行为与工作,希腊人与外邦人的事情,别国的法律与制度。他们有那旅人的心,永远注意着观察记录一切人类的发明与发现。”周作人认为“这样为知识而求知识的态度甚可尊重,为纯粹的学问之根源,差不多为古希腊所特有,而在中国又正是缺少,我们读了更特别觉得是有意义的事”[①]。

另外,周作人还重视古希腊人的“爱美”,颇有以审美代宗教的人间主义倾向。他引哈理孙女士的话说:“希腊民族不是受祭司支配而是受诗人支配的,照诗人这字的原义,这确是所谓造作者,即艺术家的民族。他们不能容忍宗教中之恐怖与恶分子,把他渐益净化,造成特殊的美的神话,这是他们民族的一种成就,也是给予后世的一个恩惠。”[②]周作人之成为一个审美救世主义者,与他对宗

① 周作人:《希腊之余光》,钟叔河编《周作人文选》(1937—1944),广州:广州出版社,1995年,第531页。
② 周作人:《希腊之余光》,钟叔河编《周作人文选》(1937—1944),广州:广州出版社,1995年,第534页。

教的厌恶、对道学的反感、对精神自由的崇尚及对纯粹理性的推崇有关。

古希腊给现代人最深刻的印象还在于它强烈的自由意识。希腊人最先于其他民族争取到了自由民的身份，并特别重视个体的精神自由。最著名的犬儒学派人士安提西尼的弟子狄奥根尼，据传说住在一个木桶里，所拥有的全部财产包括木桶、斗篷、一支棍子和一个面包袋。有一次亚历山大大帝访问他，问他需要什么，并保证会兑现他的愿望。狄奥根尼回答道："我希望你闪到一边去，不要遮住我的阳光。"亚历山大大帝后来说道："我若不是亚历山大，我愿是狄奥根尼。"自由观念的深入人心，使得尊重个体、发展个体成为神圣不可动摇的信念。这种希腊文化所代表的个人意识、世俗精神与希伯来文化所代表的宗教精神的融合，共同构成了西方文化，使得西方文化既表现出一致性，又具有内在的冲突性、矛盾性。而周作人独重个人主义、世俗主义、审美主义的希腊文化，显然对西方文化的深层结构缺乏深入的了解。特别是他对希伯来宗教的全盘否定态度，使他对西方文化的介绍会失之片面，马克斯·韦伯的《清教伦理与资本主义精神》重点论述的就是源于希伯来文化的宗教精神对于西方资本主义的产生所发挥的作用。

希腊文化的流弊主要表现在，作为一种世俗化导向的人间主义文化，它似乎欠缺一种足够有效的精神防御机制，来抵御个人享乐主义对其文明的冲击与侵蚀，所以基督教的禁欲主义文化会将其取而代之。但物极必反，希腊文化在经历了中世纪禁欲主义宗教的压抑之后开始复兴，文化的"现代性"即表现为人的欲望的造反，对禁欲主义宗教的反叛。中国文化的"现代性"也不例外，也是对于以天理规范人欲的"道学气"的反动。周作人便是其中的一个突出代表。周作人从不讳言他写作的道德教训的意味，但这是一种"反道学"的解放主义的道德说教。1948 年他在狱中和胡逸民唱和，诗云："我非隐居士，岩阿事幽讨。私意重事功，空言非所宝。最喜禹与稷，尊崇过孔老。荼苦固当然，花开亦复好。所重在秋实，此意长在抱。于人苟有益，荣辱焉足道。廿年事笔墨，闻道苦不早……"[①]显然他的翻译活动，也是这种反道学的解放主义文化努力的一部分，从这个意义上说，他甚至把自己对希腊文学的翻译看得比他的创作更为

---

① 据谷林：《周作人杂诗佚篇》，《文汇读书周报》，2003 年 8 月 29 日。

重要。

除了译阿里斯托芬的喜剧《财神》和《伊索寓言》是他“为公家译书”，自己并不喜欢，周作人喜欢的译作还有《希腊女诗人萨波》。把希腊女诗人萨波介绍到中国来，是周氏近三十年的心愿，到 1949 年终于编译出来，可算是他刚出狱后的愉快事。萨波是古希腊一位著名的女诗人，中世纪时她的诗被认为有伤风化而遭焚毁，因此她的诗没有一篇完整流传下来，现只存有零散片段。周作人的译本几乎囊括了所有能找到的萨波诗作，是了解这位女诗人的很好的参考书。这与翻译《希腊拟曲》一样，是他自己喜欢做的事情。他一生的同情对象主要就是妇人和小儿，特别是像萨波这样的为宗教和道学所厌恶的女诗人。

周作人最为看重的译作是他晚年翻译的《路吉阿诺斯对话集》，该书于 1965 年译竣，当时未能出版。译完此书，周作人觉得他此生该做的事情已经做完。他在遗嘱中特别提及该书：“余一生文字无足称道，唯暮年所译希腊对话是五十年来的心愿，识者当自知之。”[①]大概也是自觉该书虽然译出，但在当时的氛围下出版无望，所以要着重提示后人注意。此书总共二十篇，五十余万言。每篇起首，译者均撰有引言，阐述题旨；书末附《关于路吉阿诺斯》，报告著者生平。它是周作人的精心之作，也是他晚年的唯一寄托。他对于古希腊文化有一种“宗教性”的感情，所以对此书也有特别的强调。而在不具备这种“希腊情结”的人看来，此书似乎并无特别之处。

周作人在《愉快的工作》一文中这样介绍路吉阿诺斯：“他是二世纪古罗马的叙里亚人而用希腊文写作者，用了学习得来的外国语，写出喜剧似的对话，而其精神则是‘疾虚妄’，正与他同时代的王仲任一东一西遥遥相对。因此他的对话角色大都是那些神话传说里的人物，阐发神道命运之不足信，富贵权势之不足恃，而归结于平凡生活最为适宜，此所以他的著作至今犹有生命，正与王君的《论衡》即在今日还值得一读。”[②]至于他的名字，也有译为琉善或卢奇安的；周氏本诸“名从主人”的原则，依希腊语发音译作路吉阿诺斯。显然周作人是将他作为一个思想家型的哲人来看待的，重视的是他“非圣无法”的思想文化意义。

该书前附有对作家的介绍——《关于路吉阿诺斯》，此人是罗马帝国的一个

① 张菊香、张铁荣编著：《周作人年谱》，天津：天津人民出版社，2000 年，第 919 页。
② 周作人：《愉快的工作》，钟叔河编《周作人文选》（1945—1966），广州：广州出版社，1995 年，第 556 页。

叙利亚人，大概生活于一千八百年前。他曾经学过石像雕刻，但因为练习时用力过猛，敲断了大理石，被他的师傅也是他的舅父拿棍子教训了一顿。从此他就不学雕刻了，改学哲学和做"辩士"。他的著作是一种带有戏剧性的讽刺对话，其中有对宗教、哲学、迷信、习俗、权力、人类欲望、财富等的讽刺，是有类于中国东方朔式的一个滑稽多智的人物。他"因为揭发伪先知的缘故，因此身后很受到诽谤，在十世纪时苏伊达斯所编的大辞典里，说路吉阿诺斯末年是被群犬咬死的，算是他一生非圣无法的报应"[①]。但这大概是出于厌恶他的基督徒们的虚构。

周作人在日本留学期间就接触到了路吉阿诺斯的作品，并知道路氏对于文艺复兴时期的作家拉伯雷和英国18世纪的著名讽刺作家斯威夫特都产生过影响。后来他费周折托国外的朋友找到了路氏的文集，才得以把它翻译出来。

从该书来看，周作人对之赞同的首先是路基阿诺斯将神人化的态度：该书的第一篇就是"诸神对话"。希腊文化的神都是凡人化的，虽是神异，但也颇为近情，有着人的种种弱点和缺陷。作者站在人的立场上来调侃神：普洛墨修斯（普罗米修斯）与宙斯聊天，被锁住的普罗米修斯哀求宙斯把他放了，宙斯不愿，普罗米修斯就说给他回报，可以告诉他关于他的预言。宙斯不信，普罗米修斯就说："假如我告诉你现在为着什么奔跑，那么你就会相信我的其他预言吗？"宙斯："为什么不呢？"普："为了忒提斯，想同她配合。"宙斯："这你是对的，但是以后怎么样呢？因为据我想，你说的是真话。"普："宙斯，不是和涅柔斯的女儿发生关系。因为若是她因你受了孕，那小子就要做出同样的事来（指取代宙斯的王位）……"[②]神既好色又并非全知全能，能给别人以神示，却不能知道自己的事情，这就与常人无异。再往下有宙斯和赫拉的对话，则跟凡人夫妻的争吵别无二致。宙斯爱上了一个娈童，把他带上天庭，倍极宠爱，赫拉因此吃醋，夫妻争吵起来。凡此种种，都是神的人化。

其次是路氏所表现出的一种现实主义的人生态度：书的第三篇是"死人对话"，所谓死人，也即是会死的英雄，所谓半神。写到马其顿的亚历山大王和犬

---

① 周作人：《关于路吉阿诺斯》，路吉阿诺斯著，周作人译《路吉阿诺斯对话集》，北京：中国对外翻译出版公司，2003年，第775页。

② 路吉阿诺斯著，周作人译：《路吉阿诺斯对话集》，北京：中国对外翻译出版公司，2003年，第14页。

儒哲学的大家墨尼波斯、狄俄革涅斯等，带有社会风俗描写的意味。这段对话表现出一般希腊人的一种现世主义的人生观念，他们虽然相信有死后的生活，但是既然没有了肉体，所以生活也是空虚的。所以阿喀琉斯感叹："在冥中为王不如在人世做无产的人的奴隶。"[①]人在死亡面前一切平等，没有贵贱贫富之分，可能还有贤愚之别，但这已足以发人深省了。而且作者还更进一步，不问英雄美人，他都一律以枯骨对待，即使是著名的美人海伦也不例外，这就有点《红楼梦》里的"风月宝鉴"的味道了。

第四篇是借妓女的对话来讽刺社会的。周作人在引言中对于妓女生活发了这样的感慨："'人生衣食真难事，不及鸳鸯处处飞'，这也是一联极好的反语，又如古人说，饮食男女人之大欲存焉，但是民生贫苦难得两全，卖淫寓饮食于男女之中，所以可称是理想的办法。著者原意写这样的对话是意在讽刺，叫人当喜剧去看，却不意在这些文章上碰到了彻骨的悲剧，这大概是他自己所没有料到的吧。"[②]此篇中还写到了女性同性恋的事情，妓女勒埃那被一位有钱的妇人包养，这位妇人说："我生来是个女人，和你们都一样，但是我有男子的思想和欲望和其他一切……"可见该书在性爱伦理上也有相当的超前性、挑战性。

此外，该书还表现出鲜明的反世俗的犬儒主义人生态度，这种态度带有一种唯理主义色彩，是对于人情常态的挑衅和颠覆，如第十四篇中的"关于丧事"，是专门挖苦人们对于鬼神的祭祀的，很可见作者犬儒学派的本色。该篇讽刺的是民间对于人死后的俗信以及行事。周作人介绍说这是一种所谓骂倒之词(diatribe)，为犬儒派哲学者所喜欢用的，他们见了人们有些不合情理的愚蠢行为，往往不留情面地痛加呵斥，声音很大，因此赢得"狗"的尊号。一位英国学者对此评论道："这不必否认，他有点缺乏情感，在他分析的性情上是无足怪的，却也并不怎么愉快。他所有的是一种坚硬而漂亮的智慧，但没有情分。他坦然地使用他的解剖刀，有时候真带些野蛮的快乐。在关于丧事这一篇里，他无慈悲地把家族感情上的幕都撕碎了。"但周作人认为，"我们怎么能恨他，因为他是那么明智地，而且又是那么好意地这样做"[③]。把人们遭遇死亡时亲人们的痛苦、悲

---

① 路吉阿诺斯著，周作人译：《路吉阿诺斯对话集》，北京：中国对外翻译出版公司，2003年，第131页。
② 路吉阿诺斯著，周作人译：《路吉阿诺斯对话集》，北京：中国对外翻译出版公司，2003年，第236页。
③ 路吉阿诺斯著，周作人译：《路吉阿诺斯对话集》，北京：中国对外翻译出版公司，2003年，第617页。

哀以及送葬的仪式都当成好笑的、无益的事情加以嘲笑,明显带有反礼俗的彻底性,但这种"明智"的确带有"野蛮"的味道。周作人等"五四"一代的哲人们也带有点希腊"犬儒学派"的气质,如说"父母对子女无恩""母亲死了,对儿子也许会更好""人过四十就该枪毙"等。周作人对外人提到母亲往往称之为"鲁迅的母亲";在兄长去世后,母亲说以后就要全靠他了,而他的回答则是:"我苦哉！我苦哉!"这种种不通人情的反应很可见周作人自己的犬儒主义性情。

吉尔伯特·默雷著《古希腊文学史》谈及路吉阿诺斯时说:"他博学多才,观察敏锐,在一切事物面前显得谈笑风生,颇有幽默感;他过于渴求诚实,过于吹毛求疵,过于矜持;对自己生活的时代来说,他不能随波逐流。"[①]路吉阿诺斯的思想与行事明显带有古希腊"犬儒学派"的特色,该学派(又译作"昔尼克学派")是古希腊小苏格拉底学派之一,由苏格拉底的学生安提西尼(Antisthenes)创立。该学说提倡回归自然,把名利看作身外之物,要求人们克己无求,独善其身。该学派的创立者安提西尼是苏格拉底的一个学生,在晚年对哲学丧失信心,放弃了上层阶级的生活模式,过着简朴的生活,并希望希腊回复到原始社会,而不受各种习俗和规定的限制。上文提到的狄奥根尼即是该学派的著名人物。犬儒学派的主要教条是,人要摆脱世俗的利益而追求唯一值得拥有的善。"按自然生活",即是"按理性生活"。"按理性生活"成为一条当然的道德诫命,它构成了人类德性生活的全部与本质。它是一种极端理性主义的伦理学。犬儒学派对之后的斯多噶主义(Stotic)产生了深远的影响。到现代,"犬儒主义"这一词在西方则带有贬义,意指对人类真诚的不信任、愤世嫉俗、虚无主义、非道德化的态度和行为。

罗素对这种犬儒学派和斯多噶主义伦理学做过这样的评述:"在斯多葛派的道德观里便表现着一种冷酷无情。不仅坏的感情遭到摒斥,而且一切的感情都是遭到摒斥的。圣贤并不会有同情心的感觉:当妻子或孩子死亡时,他便想着这件事情可不要成为对他自己德行的障碍,因此他并不深深感到痛苦。友谊——那曾为伊壁鸠鲁所如此高度地称颂过的友谊——当然也很好,但是它可绝不能走到使你的朋友的不幸足以破坏你自己神圣的安宁的地步。至于公共

---

① [英]吉尔伯特·默雷著,孙席珍、蒋炳贤、郭智石译:《古希腊文学史》,上海:上海译文出版社,2007年,第299页。

生活,则参与公共生活可能是你的责任,因为它为正义、坚忍等提供了机会;但是你却绝不可以被一种施惠于人类的愿望所驱使,因为你所能施的恩惠——例如和平,或者供应更充分的粮食,等等——并不是真正的恩惠;而且无论如何,除了你自己的德行而外,其他的一切都是与你无关的。斯多葛派并不是为了要行善所以才有德的,而是为了要有德所以才行善。斯多葛派不曾有过爱邻如己的观念,因为爱除了在一种表面的意义上而外,是斯多葛派的道德观里面所没有的。"[①]

这种斯多噶主义对西方近现代以来的历史和文化产生了重要影响,成为现代性文化的一个重要来源,罗素说:

> 像十六、十七、十八世纪所出现的那种天赋人权的学说也是斯多葛派学说的复活,尽管有着许多重要的修正。是斯多葛派区别了 jusnaturale(自然法)与 jus gentium(民族法)。自然法是从那种被认为是存在于一切普遍知识的背后的最初原则里面得出来的。斯多葛派认为,一切人天生都是平等的。马尔库斯·奥勒留在他的《沉思集》一书里拥护"一种能使一切人都有同一法律的政体,一种能依据平等的权利与平等的言论自由而治国的政体,一种最能尊敬被统治者的自由的君主政府"。这是一种在罗马帝国不可能彻底实现的理想,但是它却影响了立法,特别是改善了妇女与奴隶的地位。基督教在接受斯多葛派的许多东西的同时,也接受过来了斯多葛派学说中的这一部分。最后到了十七世纪,向专制主义进行有效斗争的时机终于到来了,于是斯多葛派关于自然法与天赋平等的学说就披上了基督教的外衣,并且获得了在古代甚至于是一个皇帝也不能赋给它的那种实际的力量。[②]

周作人对自己最知心的弟子废名说过这样一句话:"科学其实也很道德。"令废名若有所悟,说"仿佛这一句平易的话说的是知堂先生的道境"[③],确是不刊

① [英]罗素著,何兆武、李约瑟译:《西方哲学史》,北京:商务印书馆,1976年,第323—324页。
② [英]罗素著,何兆武、李约瑟译:《西方哲学史》,北京:商务印书馆,1976年,第341—342页。
③ 废名:《知堂先生》,《人间世》第13期,1934年10月5日。

之论。周作人唯理主义的伦理观与犬儒主义当有某种深层的关联，他晚年倾全力翻译《路吉阿诺斯对话集》的深层用意也正在于此。究竟是文明摧残了人性还是人的本能吞噬了文明，这是一个还会持续争论下去的问题。周作人译的《路吉阿诺斯对话集》在 1991 年以《卢奇安对话集》为名由人民文学出版社出版，但并没引起人们的普遍关注。这表明不再浪漫和理想化的 20 世纪后期的人们对于人性和文明的看法已不再像 20 世纪初的人那样趋向于单纯和一致，属于周作人的那个时代已经结束了。

周作人一生是以非常自觉的努力，去从事以“新道德”取代“旧道德”的启蒙工作的，这是“现代性”的社会工程的一个主要组成部分，其工作的成败与现代性自身的成败也密切相关，也就是说这种现代道德的建构过程最足以显示出“现代性”文化的两难处境。周作人曾这样来表述他的这一番改造中国“旧道德”的苦心：

> 看自己的文章，假如这里边有一点好处，我想只可以说在于未能平淡闲适处，即其文字多是道德的。在《雨天的书》序二中云：“我平素最讨厌的是道学家(或照新式称为法利赛人)，岂知这正因为自己是一个道德家的缘故；我想破坏他们的伪道德不道德的道德，其实却同时非意识地想建设起自己所信的新的道德来。”我的道德观恐怕还当说是儒家的，但左右的道与法两家也都结合在内，外面又加了些现代科学常识，如生物学人类学以及性的心理；而这末一点在我较为重要。古人有面壁悟道的，或是看蛇斗懂得写字的道理，我却从“妖精打架”上想出道德来，恐不免为傻大姐所窃笑罢。不过好笑的人尽管去好笑，我的意见实实在在以我所知为模本，故自与他人不能苟同。至于文章自己承认未能写得好，朋友们称之曰平淡或闲适而赐以称许或嘲骂，原是随意，但都不很对，盖不佞以为自己的文章的好处或不好处全不在此也。[1]

周作人的道德观显然是一种现代性的建立在知识和理性之上的道德观，带

① 周作人：《自己的文》，钟叔河编《周作人文选》(1930—1936)，广州：广州出版社，1995 年，第 562 页。

有合理性化、科学主义的倾向。进入现代以来,这种理性主义文化在政治领域推动了民主制度的建立,在经济领域促进了市场经济的发展,唯独在伦理、道德领域遭受了严重的挫折,成为现代性文化中最具争议的一个问题。被视为"社群主义者"的美国哲学家、伦理学家麦金太尔(Alasdair MacIntyre)在其《德性之后》《谁之正义? 谁之合理性?》等系列论著中深入论述了人类自进入现代以来,理性主义、工业革命给人类社会带来物质生活进步的同时,也造成了人类道德的巨大挫折,使得人类的道德生活和道德哲学处于深刻的危机之中。对于导致这种状况的深层原因,麦金太尔的一个基本见解是:道德理论是随着社会生活本身的变化而变化的,任何一种道德理论都有其深刻的社会学根基。他指出:"不论什么道德哲学的主张,如果不搞清楚其体现于社会时的形态,就不可能充分理解它。"[①]但就社会现实根源而言,人们通常把冲破身份、等级和出身等封建传统对个人的制约的藩篱和现代自我的出现看作历史的进步。而麦氏则认为,这种脱离社会规定性的"自我",即不具有任何必然的社会内容和必然的社会身份的自我,恰恰是当代道德问题最深刻的根源所在,因为在社会道德的意义上,人们在庆贺自己获得历史性胜利的同时,却把人类传统道德的社会根基也一概铲除了。这正是现代性的困境的突出表现。将个人从一切社会关系中解放出来的道德观恰恰是周作人及"五四"一代人所要追求、实现的"新道德"的核心内容。这种伦理观的困难在于:个人是否能够成为道德的基础? 一个用于个人的原则如何能够成为社会的一个普遍原则? 现代西方自由主义的代表人物约翰·罗尔斯(John Rowls)认为:"假定一个人类社团的调节原则只是个人选择原则的扩大是没有道理的。"[②]罗素(Bertrand Russell)也曾这样评述现代个人主义的人类之爱:"自我主义起初让人们指望从别人得到一种父母般的温情;但是,他们一旦发现别人有别人的自我,感到愤慨,求温情的欲望落了空,便转成为憎恶和凶恶。人不是孤独不群的动物,只要社会生活一天还存在,自我实现就不能算伦理的最高原则。"[③]依据这种个人主义的伦理在调节现实道德生活中个人与群体的矛盾冲突方面遇到极大的困难,周作人后来的附逆可以说是一个使个

---

① [美]A.麦金太尔著,龚群、戴扬毅等译:《德性之后》,北京:中国社会科学出版社,1995年,第6页。

② [美]约翰·罗尔斯著,何怀宏、何包钢、廖申百译:《正义论》,北京:中国社会科学出版社,1988年,第16页。

③ [英]罗素著,何兆武、李约瑟译:《西方哲学史》,北京:商务印书馆,1976年,第224—225页。

人价值高出于一切价值之上的典型的例子。

这种伦理观存在的另一个突出的问题在于它无法解释社会存在的必要性，它的全部理论建构都立足于一种原子个人主义的假设之上。而事实是这种脱离了社会的、抽象私人性的自我和个体不能独立自存，人的个体性实质上并不能与其共在性完全绝缘。

周作人在表述他的正面的道德理想时就是他的两个梦想："伦理的自然化"和"道义的事功化"，前者的立足点在于一种"人性可臻无限进步"的理性信仰。这种理想显然有浓厚的乌托邦色彩，从历史和现实中难以找到支持这种乐观的依据。正如鲁道夫·奥伊肯（Rudolf Eucken）所说："倘若我们轻率地谈论人性的伟大和个体的杰出，断言只要给一个自由的领域，他们必然使一切地方的生活变得幸福和伟大，我们便由此表现了对人的一种突出的信仰，一种在所有信仰中最有待于批判的信仰。"[1]弗洛伊德曾经指出任何文明的产生都是以对人的自然、欲望、本能的压抑为前提的，也就是说没有压抑，便没有文明，问题只是在于必要的压抑和不必要的压抑之间的程度差异问题。至于"道义之事功化"，则是一种典型的功利主义的道德观，其进步性是有目共睹的，但其缺陷也显而易见。

① ［德］鲁道夫·奥伊肯著，万以译：《生活的意义与价值》，上海：上海译文出版社，1997年，第40页。

周作人20世纪三四十年代旧体诗发微

周作人从1894年入三味书屋读书时开始接触旧体诗，1901年入江南水师学堂后开始学写旧体诗，并且在青年时代曾有一些旧体诗作。五四新文化运动之后，作为新文学的倡导者，开始写白话诗，很少再写作旧体诗。但从1934年起周作人又开始了他的旧体诗写作，那就是他的《五十自寿诗》两首。他将这类诗称为“打油诗”，以区别于一般意义上的旧体诗。但他强调这种“打油诗”虽名“打油”，“内容却并不是游戏，文字似乎诙谐，意思原甚正经，这正如寒山子的诗，它是一种通俗的偈，用意本与许多造作伽陀的尊者别无殊异，只在形式上所用乃是别一手法耳。”[①]可见这些“打油诗”的重要性丝毫也不亚于他的其他创作，它是周作人20世纪30年代开始的人生、艺术转向的伴生物，是步入中年之后的周作人表露个人心迹、抒发人生感喟的一种重要方式。这些旧体诗的存在，为我们窥测这一时期经历了一系

① 周作人：《苦茶庵打油诗》，《老虎桥杂诗》，石家庄：河北教育出版社，2002年，第87页。

列重大人生变故的周作人的内心世界提供了一个窗口。这些“打油诗”主要包括三个方面：一是对功利化的文学观的疏离与超越，转向一种将人生艺术化的审美主义；二是以此表达一种“古老的忧惧”，一种置身于乱世的忧患、悲悯意识；三是其附逆后的心迹流露，一种“不辨解”的辩解。从中可以看到消解一切的虚无主义心态是导致其附逆的重要思想根源。

一、从“屈原世界”的逃离

《五十自寿诗》是周作人人生态度和文学写作发生变化的一个重要转折点，这种转折可以说是周作人与时代文学主潮的疏离，并且由此走向一个属于他自己的人生艺术道路。所谓“时代文学主潮”，也就是以感时忧国的屈原精神为主导，具有强烈而又鲜明的政治、道德指向性的文学，这种积极入世的文学在此时的周作人看来已失去了文学的意味，其病在于一是夸大了文学的社会作用，相信做文章说话像画符念咒一样，“会有一个霹雳打死妖怪的结果”[①]。另一个就是“打架”和争论会对文章的美有极大的伤害——“不管是动手动口或是动笔，都容易现出自己的丑态来，如不是卑怯下劣，至少有一副野蛮神气”[②]，所以他的主张是：“我想写好文章第一须得不积极。不管他们卫道卫文的事，只看看天，想想人的命运，再来乱谈，或者可以好一点”[③]。他的这两首诗可以说是对他的这种文学思想的一个极好的表达，虽然这两首诗一经发表，就遭到左翼进步群体的猛烈攻击，但这正从反面说明了它触及了当时文坛的症结所在。且看其中第一首：

前世出家今在家，不将袍子换袈裟。
街头终日听谈鬼，窗下通年学画蛇。
老去无端玩骨董，闲来随分种胡麻。
旁人若问其中意，且到寒斋吃苦茶。

---

① 周作人：《关于写文章》，《雨中的人生》，长沙：湖南文艺出版社，1991年，第396页。
② 同上。
③ 同上，第397页。

首句是从关于他的出生是老和尚转世的传说开始。周作人喜欢讲自己是“老和尚转世”,里面包含的意思是极丰富的。这首先就意味着他不是那种“头生人”即第一次“作人”的人,意即他具有一种“世代生存体验”,不会像“头生人”那样因为只具有此生此世的当代生存体验,而容易乐观和轻信,以为自己是独一无二,可以开辟历史的新纪元。这当然是一种比喻,深究下去就是历史循环论与历史进步论的不同。出家与在家的双重身份为他看待人世提供了双重视角,使他可以“即世间而出世间”:即可入乎其中,又可出乎其外,既保持了对人世的审视的距离——这是美感产生的必要条件,同时又置身于人世之中,不沾人间烟火。这也就是不将袍子换袈裟的便利所在。下句“谈鬼”,与他对“鬼”的独特理解有关。他曾在文章中说过:“我不信人死为鬼,却相信鬼后有人,我不懂什么是二气之良能,但鬼为生人喜惧愿望之投射则当不误也。”[①]也就是说他认识“鬼”是认识人的工作中的一个必不可少的组成部分,谈鬼因为不涉人世纷争,所以可以谈得更为从容、随意。另外,“鬼”在中国传统哲学中指的是一种“造化之迹”(程伊川),也就是指过去的事物,既往之历史。谈鬼,也就是在谈历史的经验和教训。而画蛇,一般谓写草书,我认为似还与“画蛇添足”这一典故有关。他曾写过一篇文章申言“教训之无用”,而他的志业所在仍是“伦理自然化、道义之事功化”,虽是无用,画蛇添足、多此一举,但仍要去做。这也可视为一种知其不可而为之的努力。下面玩古董和种胡麻,都有从自己趣味出发,耕种自己的园地的意思。抄古书、以故鉴今,是作为文人、学者的周作人的主业。而讲求生活的艺术、追求新的自由和新的节制,则是周作人的现代人文主义立场的体现。种胡麻固然是“打油”之所需,但也还有更深的寓意:宋梅尧臣有《种胡麻》一诗,其中有“胡麻养气血,种以督儿曹”之语,可见“打油”也是有益身心之事,古人讲“心有常闲”的必要,西哲也讲“闲暇是文明之母”,可见闲适的重要。最后苦茶之语与《诗经》中“谁谓荼苦,其甘如荠”有关,有“忙里偷闲、苦中作乐”之意。再看其中的第二首:

半是儒家半释家,光头更不著袈裟。

---

① 周作人:《鬼的生长》,《雨中的人生》,长沙:湖南文艺出版社,1991年,第37页。

中年意趣窗前草，外道生涯洞里蛇。
徒羡低头咬大蒜，未妨拍桌拾芝麻。
谈狐说鬼寻常事，只欠工夫吃讲茶。

首句仍是在讲自己是儒家的入世和佛家的出世兼而有之之意。下句窗前草则是一典故，源出于周敦颐“周茂叔窗前草不除。问之，云：与自家意思一般”[①]。即通过窗前小草“观天地生物气象”、体宇宙生生之意。南宋翁森也有“读书之乐乐何如，绿满窗前草不除”的诗句，该句是说自己人到中年开始变得达观、随意、兼容并蓄，不再急于排斥异己以卫道。而外道指的是自己所持的是佛家之外的异说。洞里蛇，则是指要像洞中冬眠之蛇一样的冷静、低调，排斥情热，崇尚理性。至于咬大蒜、拾芝麻讲的是人的各有所爱，各行其是。末句讲自己要以谈狐说鬼为常事，没有时间去“吃讲茶”——卷入无谓的争执。

周作人的这种重理性、讲趣味、超然、闲适、着意于生活之艺术的文学倾向显然是有其独特的文化审美价值。沈从文说知堂的散文“充满人情温暖的爱，理性明莹虚廓，如秋天，如秋水，于事不隔”[②]，自有其见地。沈从文认为知堂的小品文是田园诗人的抒情，而鲁迅代表的则是艰苦斗士的苦战，两人“同样是看明白了‘人生’，同源而异流，一取退隐态度，只在消极态度上追究人生，大有自得其乐意味；一取迎战态度，冷嘲热讽，短兵相接，在积极态度上正视人生，也俨然自得其乐”[③]。应该说这两种倾向都有其同等的存在价值的，不可从自己的偏好出发去做厚此薄彼的武断的评判。

周作人也有如他自己所言的“浮躁凌厉”的时期，这从他早年写的一首诗中可以看出，查周作人日记，清光绪壬寅1902年11月17日，他曾口占一诗云：

焚书未尽秦皇死，复壁犹存哲士悲。
降士惟知珍腐鼠，穷经毕竟负须麋。

---

① 〔宋〕程颐、程颢：《二程遗书》，上海：上海古籍出版社，2000年，第112页。

② 沈从文：《从周作人鲁迅作品学习抒情》，中国社会科学院文学研究所鲁迅研究室编《1913—1983鲁迅研究学术论著资料汇编》第三卷，北京：中国文联出版公司，1987年，第174页。

③ 沈从文：《从周作人鲁迅作品学习抒情》，中国社会科学院文学研究所鲁迅研究室编《1913—1983鲁迅研究学术论著资料汇编》第三卷，北京：中国文联出版公司，1987年，第177、178页。

文章自古无真理，典籍于今多丐词。
学界茫茫谁革命，仰天长啸酒酣时。

又云“今世之人，珍经史如珍拱璧，此余所最不解者也；其他不具论，即以四书五经言之，其足以销磨涅伏者，不可胜数，又且为专制之法，为独夫作俑，真堪痛恨。至于浮词虚语，以并名学家所谓丐词者，尚其最小者耳，余尝恨秦皇不再，并非过论，同志之士，想亦为然。当不见斥为丧心病狂，即斥为丧心病狂，亦余所不辞者也。”[①]诗人惋惜秦始皇的焚书坑儒不够彻底，颇有一种杀伐决断之气，所以他后来开玩笑说，自己如果做了皇帝，也会杀人的。

与周作人的这种反传统觉悟共生的还有源于个体生存的浓重的虚无感。这在那个激烈的政治变革时代倒是不多见的，因为其时代的觉悟者大多心许国家、民族、主义，而无暇专注于自我的生存感受，但周作人不同，他在《秋草园日记甲》序中写道：

“世界之有我也已二十年矣，然廿年以前无我，廿年以后亦必已无我也，则我之为我亦仅如轻尘栖弱草，弹指终归寂灭耳，与此而尚欲借驹隙之光阴，涉笔于米盐之琐屑，亦愚甚矣。然而七情所感，哀乐无端，拉杂纪之，以当雪泥鸿爪，亦未始非蜉蝣世界之一消遣法也。”[②]

周作人在 1904 年日俄战争时期也曾焕发过一时的爱国、救世热情。他曾在杂志《女子世界》第五期，发表过七律二首，署“会稽萍云女士”，其一云：

迅急风潮催大梦，主人沉醉两昏昏。
三千年代文明国，百万同胞盂密魂。
黄鹤徒传风鹤警，黑奴犹是帝王孙。
凄凉读尽兴亡史，东亚名邦有几存？[③]

但周作人的本性是少情热而重理性的，所以他的政治热情并没有维持太

① 鲁迅博物馆藏：《周作人日记》（影印本）上册，郑州：大象出版社，1996 年，第 362 页。
② 周作人：《〈秋草园日记〉序》，《周作人散文全集》（1898—1917），桂林：广西师范大学出版社，第 22 页。
③ 周作人：《偶感》，《女子世界》第 5 期，1904 年 5 月。

久。他对民族国家的态度到留日和“五四”时期更是发生了较大的改变，他开始只将个人和人类看成是真实的，而把两者之间的家庭、国族都当成是虚妄的。他属意于世界大同，要把国族之别像省县之别一样消解掉，认为这些都是虚妄有害的偏狭之见。“中国”之是否应该或能够存在在他已成为一个问题，这与其无政府主义的世界大同立场有关。这种态度在无政府主义者那里也很普遍，比如巴金在1933年回答《东方杂志》关于对“未来世界”的梦想时，就说“中国是没有未来的”①。也就是相信中国问题的解决取决于世界问题的解决。

二、“古老的忧惧”

周作人晚年在他的《知堂回想录》中对他的打油诗还做过这样的说明：

> 这些以诗论当然全不成，但里边的意总是确实的，所以如只取其述怀，当作文章看，亦未始不可，只是意稍隐曲而已。我的打油诗本来写得很是拙直，只要第一不当做游戏话，意思极容易看得出，大约就只有忧与惧耳。孔子说，仁者不忧，勇者不惧。吾侪小人诚不足与语仁勇，唯忧生悯乱，正是人情之常，而能惧思之人亦复为君子所取，然则知忧惧或与知惭愧相类，未始非人生入德之门乎。②

他所特别强调的是其诗中所表达的那种“水能载舟，亦能覆舟”的古老的忧惧。他在1942年写的打油诗《野老生涯是种园》中表达的也是同样的忧惧：

> 野老生涯是种园，闲衔烟管立黄昏。
> 豆花未落瓜生蔓，怅惘山南大水云。③

同时写的还有一首：

---

① 《新年的梦想》，《东方杂志》第30卷第1号，1933年1月16日。
② 周作人：《小河与新村》（中），《知堂回想录》，合肥：安徽教育出版社，2008年，第267—268页。
③ 周作人：《苦茶庵打油诗》，《老虎桥杂诗》，石家庄：河北教育出版社，2002年，第91页。

大风吹倒坟头树，杉叶松毛着地铺。

惆怅跳山山下路，秋光还似旧时无。[①]

他在诗后作了这样的注解："'夏日南方赤云弥漫，主有水患，称曰大水云。'这里夏天六月有大水云的时候，什么瓜才生蔓，什么豆花未落，这些都不成题，只是说瓜豆尚未成熟，大水即是洪水的预兆就来了，种园的人只表示他的忧虑而已。这是一九四二年所作，再过五六年北京就解放了，原来大革命的到来极是自然顺利，俗语所谓'瓜熟蒂落'。这又比作妇人的生产，说这没有像想象的那么难，那么这些忧惧都是徒然的了。不过这乃是知识阶级的通病，他们忧生悯乱，叫喊一起，但是古今情形不同，昔人的忧惧后来成为事实。的确成为一场灾难，现在却是因此得到解救，正如经过一次手术，反而病去身轻了。"[②]

这两首诗产生的具体背景盖与发生于1941年12月的珍珠港事件有关。这是第二次世界大战的转折点，加速了日本军国主义的灭亡，也使踏上了日本军国主义这条贼船的周作人颇有末日降临之感。但从宏观上来说，它仍可以说是与他历来所持有的忧惧是相接续的。这种忧惧主要是由旧的世界的必不可免的崩溃预感所引发的。与其同时代的很多时代弄潮儿不同，周作人从未像年轻时的黄侃那样有过"大乱者救中国之妙药也"[③]的想法。因为乱就会动荡，可能毁掉一切，导致玉石俱焚、生灵涂炭、"人或为鱼鳖"的结局。这样的常识理性他从未放弃过，所以他不大相信"大乱造成大治"之类的乐观主义信条。但是时代的乱源他是清醒地意识到的，"世道必变"也已成为一种时代的共识。但他希望这不可避免的"变"，能和缓地进行，避免更大的破坏和牺牲。所以当时无政府新村主义的和平的新生活试验对他有相当大的吸引力。在《知堂回想录》中他全面地介绍了他与日本新村主义者的一段因缘。既然新时代必将到来，那么"对于这将来的时代，不先预备，必然要起革命。怕惧革命的人，除了努力使人渐渐实行人的生活以外，别无方法"[④]。新村的运动便在提倡实行这"人的生活"，顺了必然的潮流，建立新社会的基础，以免将来的大革命，省去一次无用的

① 周作人：《苦茶庵打油诗》，《老虎桥杂诗》，石家庄：河北教育出版社，2002年，第91页。
② 周作人：《小河与新村》（中），《知堂回想录》，合肥：安徽教育出版社，2008年，第269页。
③ 黄侃：《大乱者救中国之妙药也》，《大江报》，1911年7月26日。
④ 周作人：《小河与新村》（下），《知堂回想录》，合肥：安徽教育出版社，2008年，第270页。

破坏损失。但是怎样才是人的生活呢？用他自己的话来说，“各人先尽了人生必要的劳动的义务，再将其余的时间，做各人自己的事”[①]。这就是“各尽所能，各取所需”的社会主义的理想。但他觉得这种理想社会可以和平地获得，这是他的主张特别的地方。

1927年周作人在读了法国学者吕滂著的《群众心理》之后，发过这样的感想：（此书）“中国已有译本，虽然我未曾见，我所读的第一次是日文本，还在十七八年前，现在读的乃是英译本。无论人家怎样地骂他是反革命，但他所说的话都是真实，他把群众这偶像的面幕和衣服都揭去了，拿真相来给人看，这实在是很可感谢虽然是不常被感谢的工作。群众还是现在最时新的偶像，什么自己所要做的事都是应民众之要求，等于古时之奉天承运，就是真心做社会改造的人也无不有一种单纯的对于群众的信仰，仿佛以民众为理性与正义的权化，而所做的事业也就是必得神佑的十字军。这是多么谬误呀！”[②]显然他一直对群氓主义的“暴力革命”是持怀疑、恐惧态度的，更倾心于“和平主义”的调和疏导、平稳过渡。

周作人所有的这种古老的忧惧在鲁迅那儿也有所体现。五四运动不久，鲁迅在给学生宋崇义的信中就这样说过：“比年以来，国内不靖，影响及于学界，纷扰已经一年。世之守旧者，以为此事实为乱源；而维新者则又赞扬甚至。全国学生，或被称为祸萌，或被誉为志士；然由仆观之，则于中国实无何种影响，仅是一时之现象而已；谓之志士固过誉，谓之乱萌，亦甚冤也。……中国一切旧物，无论如何，定必崩溃；倘能采用新说，助其变迁，则改革较有秩序，其祸必不如天然崩溃之烈。而社会守旧，新党又行不顾言，一盘散沙，无法粘连，将来除无可收拾外，殆无他道也。今之论者，又惧俄国思潮传染中国，足以肇乱，此亦似是而非之谈，乱则有之，传染思潮则未必。中国人无感染性，他国思潮，甚难移殖；将来之乱，亦仍是中国式之乱，非俄国式之乱也。而中国式之乱，能否较善于他式，则非浅见之所能测矣。要而言之，旧状无以维持，殆无可疑；而其转变也，既非官吏所希望之现状，亦非新学家所鼓吹之新式：但有一塌糊涂而已。中国学共和不像，谈者多以为共和于中国不宜；其实以前之专制，何尝相宜？专制之

① 周作人：《小河与新村》（下），《知堂回想录》，合肥：安徽教育出版社，2008年，第270页。
② 周作人：《北沟沿通信》，《谈虎集》，石家庄：河北教育出版社，2002年，第274页。

时，亦无忠臣，亦非强国也。”[①]相距十余年后，1934年鲁迅在致曹聚仁的信中仍这样谈道：“多伤感情调，乃知识分子之常，我亦大有此病，或此生终不能改；杨邨人却无之，此公实是一无赖子，无真情，亦无真相也。……（早年学医）今幸放弃，免于杀人，而不幸又成文氓，或不免被杀。倘当崩溃之际，竟尚幸存，当乞红背心扫上海马路耳。”[②]可见鲁迅这种对于“崩溃”的预感是始终存在的。他的晚年心境有时也是颇为黯淡和悲观，如从“老归大泽菰蒲尽，梦坠空云齿发寒”的诗句中也依稀可辨出他对于自己不能见容于未来的预感。只不过鲁迅有一种共工式的天塌地陷也要追求公义的刚勇和决绝，而知堂则无之，所以他走上了一种隐逸式的自我救赎的道路。

20世纪60年代初写《知堂回想录》时的周作人还是比较轻松、乐观的，他说他没想到“原来大革命的到来极是自然顺利，俗语所谓‘瓜熟蒂落’。这又比作妇人的生产，说这没有像想像的那么难，那么这些忧惧都是徒然的了。不过这乃是知识阶级的通病，他们忧生悯乱，叫喊一起，但是古今情形不同，昔人的忧惧后来成为事实，的确成为一场灾难，现在却是因此得到解救，正如经过一次手术，反而病去身轻了。”[③]帕斯捷尔纳克的《日瓦戈医生》中的主人公在俄国十月革命后发出的赞叹与知堂老人惊人的相似：“多么了不起的手术！巧妙的一刀，一下子就把多少年发臭的烂疮切除了！……这种无所畏惧，讲求彻底的精神，是我们固有的民族精神。这是来自普希金那种毫无杂念的光明磊落和托尔斯泰那种一丝不苟的精神。……这新的发现一下子就闯入正常生活之流的深处，全不管生活的流向。这一切不是从头开始，而是从中间开始……只有最伟大的事业才这样不讲求方式和时间。”[④]但生活自身显然不像这些具有时代热情的人生改造主义者们所设想的那么简单。日瓦戈在经历了革命后颠沛流离的动荡之后有了这样的反省：“改造生活谈何容易！有些人虽然也饱经风霜，但却从来不了解生活，从来没感受到生活气息与精神的人，也会侈谈改造生活。在他们眼中，生活不过是一团粗糙的原始材料，需要他们去加工。然而生活向来不是材料或物体。如果您想要知道的话，生活自身乃是一个不断更新，永远进行自

① 鲁迅：《致朱崇义》，《鲁迅全集.11》，北京：人民文学出版社，2005年，第382—383页。
② 鲁迅：《致曹聚仁》，《鲁迅全集.13》，北京：人民文学出版社，2005年，第87页。
③ 周作人：《小河与新村》（中），《知堂回想录》，合肥：安徽教育出版社，2008年，第269页。
④ [苏]帕斯捷尔纳克著，力冈、冀刚译：《日瓦戈医生》，桂林：漓江出版社，1986年，第236—237页。

我完善的因素，它不断进行自我改造和自我转化，它比我或您的那些蹩脚理论高明得多。"[1]因此日瓦戈开始回归他作为诗人的自我，不再去侈谈人类的最终目标和他们自身的解放，而是回归他的作为诗人的本分，专注于"生命的谜、死亡的谜、天才的美、质朴的美"。日瓦戈的精神历程与20世纪30年代知堂的转向颇有可比之处，都是由日趋白热化的文坛争斗中退却，试图去耕种自己的园地，从事自己的本业。只不过写回想录时的知堂自以为多余的忧惧实际并不多余，革命的能量在他写作此书的时代还远未释放，更为猛烈的爆发还在后头。

三、"出世者"的"救世"与"不辩解"的"辩解"

周作人抗战时期的附逆是现代文学史上的一大公案，对此，他一直持的是"一说就俗"的不辩解说。但实际上他一直在试图以各种方式进行辩解，他的旧体诗就是进行这种辩解的一个重要方式。其主要的自我辩护方式是强调他是"以出世的态度，来从事入世的事业"，所谓"斜阳流水太有情"，不能忘情于沦陷区民众的倒悬之苦，所以才毅然出山，牺牲自己的清誉，出而维持残局。他讲自己从民国28年（1939年，即附逆之日）开始，就算是出家了，他的"僧腊"（佛教年龄从受戒出家算起）之日就从此算起，从此之后，人间的俗情、俗理、法律、道义都已被他超越，不再适用于他。这种自以为是的超然和傲慢在其旧体诗中有充分的表现，其中以1940年写的一首诗较为典型：

日中偶作寒山梦，梦见寒山喝一声，
居士若知翻着袜，老僧何处作营生。[2]

在诗中他居然自夸获得了比真的和尚更高的觉解，高得连得道高僧都望尘莫及、无以为生了。"翻着袜"是一典故，见黄山谷《山谷题跋》云："王梵志诗云：'梵志翻着袜，人皆道是错。乍可刺你眼，不可隐我脚。'"[3]"乍可"，宁愿的意思，"隐我脚"，就是伤我脚。也就是反穿袜子你们都觉得不对，但我觉得舒

① ［苏］帕斯捷尔纳克著，力冈、冀刚译：《日瓦戈医生》，桂林：漓江出版社，1986年，第410—411页。
② 周作人：《苦茶庵打油诗》，《老虎桥杂诗》，石家庄：河北教育出版社，2002年，第90页。
③ 黄庭坚：《山谷题跋》，上海：上海远东出版社，1999年，第176页。

服，宁可刺了你的眼，也不能伤了我的脚。这种将证道和附逆混为一谈的孤行已意、蔑视一切的做法，显然是一种佛家正要戒绝的“我慢”，他的这种外道生涯与佛家的真意无涉。周作人的附逆最直接的原因应该是经济上的拮据，他不愿因为国难而过“紧日子”或“苦日子”，而这正是国家危难之时大多数中国人所必须承受的生活。他无法忍受那种“买得一条油炸鬼，惜无白粥下微盐”的清贫生活，于是开始动摇。确切来说周作人的“下水”并不能简单地从1939年1月12日算起，他所接受的第一个伪职并不是此时接受的伪北大图书馆长职务，而是在此之前的1938年2月所接受的伪教育部编审委员会的名誉编审职务。此职务是伪教育总办汤尔和以伪教育部的编审委员会的会长名义聘任的，每月给100元车马费。周在接受这个职务后曾于1938年3月7日、8日、26日多次去伪教育部参加相关会议，这可以说是周作人出任伪职的开始。也就是他在此之前已经开始接受这种不清白的补助了，钱玄同也是汤尔和的老朋友，就没有接受这种资助，可见这种钱是不能随便拿的。

其次，周作人的附逆也与动荡时代特有的无序政治格局有关，这样的时代亨廷顿称之为“普力夺社会”。在这种社会里，“秦失其鹿，天下共逐之”，政治已陷入完全失序状态。这种乱世政治带有浓厚的江湖英雄主义色彩，他们相信“英雄造实势”，而英雄可以不受任何世间法的约束，只要自己看准了就敢于孤注一掷地赌上一把，“成败委之于天、毁誉听之于人、是非审之于己”，也可能成为他们这种恣睢人生的信条。身处乱世的周作人也会有进行政治投机的念头。从周作人的附逆之中也可以看到这种浪漫政治、个人英雄主义的自我膨胀的影子，如他在附逆后写的两首诗：

其一

粥饭钟鱼非本色，劈柴挑担亦随缘。
有时掷钵飞空去，东郭门头看月圆。[①]

粥饭钟鱼、劈柴挑担是表明他的在家和尚的随俗生活，后两句则不得了，是

① 周作人：《苦茶庵打油诗》，《老虎桥杂诗》，石家庄：河北教育出版社，2002年，第88页。

写这位在家和尚的非常之举："掷钵"是一典故，黄山有掷钵峰，相传昔日有孽龙在此居住，常出为人害，山洪暴发之祸更是它的杰作。有神僧掷钵将它罩住，从此害绝，而峰及禅院遂以掷钵出名了。明陈恭《黄峰三十六咏》钵盂峰云："尊者西来救世浓，婆心曾不计餐饔，钵盂一掷高峰后，麻水从无说毒龙。"如此说来，周作人这位"在家和尚"的出山，是为了降妖捉怪，拯救世人，以求得花好月圆的太平时世了。

其二

禹迹寺前春草生，沈园遗迹欠分明。
偶然拄杖桥头望，流水斜阳太有情。[①]

诗后有这样的注："匏瓜厂主人（指沈尹默）承赐和诗，末一联云，斜阳流水干卿事，未免人间太有情。匏瓜厂指点得很不错。但如致废名信中说过，觉得有此怅惘，故对于人世未能恝置，此虽亦是一种苦，目下却尚不忍即舍去也。己卯秋日和六松老人韵七律末二句云，高歌未必能当哭，夜色苍凉未忍眠，亦只是此意，和韵难恰好，今不具录。"[②]显然还是在强调自己是出于悲悯，未能完全忘情于人世，才以出世之人为入世之事。这与他将汤尔和和汪精卫的叛国投敌说成是"救民苦难""菩萨行"是一脉相承的。

此时另一首诗也很可见周作人的这种自我神圣化倾向：

当日披裘理钓丝，浮名赢得故人知，
忽然悟彻无生忍，垂老街头作饼师。[③]

"无生忍"语出佛典，忍者，安忍也。理本为不生不灭，所以是超出生死之外的。所谓"饼师"，指的是平民出身的"公羊学"——今文经学。不同于关注于训诂考证的旧文经学，今文经学更关心经学的微言大义，并援经议政。周作人由

---

① 周作人：《苦茶庵打油诗》，《老虎桥杂诗》，石家庄：河北教育出版社，2002年，第90页。
② 同上。
③ 周作人：《苦茶庵打油诗补遗》，《老虎桥杂诗》，石家庄：河北教育出版社，2002年，第98页。

隐逸出世，转而在日军的刺刀下老而为吏，对牛弹琴地大谈"国家治乱之源，生民根本之计"，显然有点黑色幽默的味道。

日本战败后因为"汉奸"罪名（实际上更为正规的说法应是"叛国罪"）系狱的周作人并不认罪，仍在继续辩解：在被押送南京受审的飞机上，周作人还写了1942年的旧作一首示倪超凡：

> 年年乞巧徒成拙，乌鹊填桥事大难。
> 犹是世尊悲悯意，不如市井闹盂兰。[①]

这时候，最合周作人心境的还是下面这首他写于1939年的《偶作用六松堂韵》：

> 正似群鱼脱故渊，世间濡沫剧堪怜。
> 四方引领失归路，何处藏身托愿船？[②]

在押解前后还有诗两首：

其一

> 羼提未足檀施薄，日暮途穷究可哀。
> 誓愿不随形寿尽，但凭一苇渡江来。

其二

> 东望游江白日斜，故国虽好已无家。
> 贪痴灭尽余嗔在，卖却黄牛入若耶。[③]

这些诗作我在拙著《周作人的最后22年》中都做过较为详细的分析、阐释，

① 周作人：《苦茶庵打油诗》，《老虎桥杂诗》，石家庄：河北教育出版社，2002年，第90—91页。
② 吴德铎：《知堂佚诗一首》，《文心雕同》，上海：学林出版社，1991年，第175—176页。
③ 张菊香、张铁荣编著：《周作人年谱》，天津：天津人民出版社，2000年，第707页。

此处不再赘述。总之,周作人通过这些诗还是在重申其“出山”之志,在于不循俗理、俗情,“勇入地狱”,“解民倒悬”的“本意”而已等等。

从周作人的诗作可以看出,他在附逆之后一直是用一种心理防御机制来保持心理上的平衡。精神分析学家对于这种人的心理防御机制有过深入的考察,认为当人们在心理冲突、挫折和应激后会产生焦虑和痛苦,为了减少或避免这种焦虑和痛苦,人们在心理上产生了一些自我保护的方式,而心理防御机制便是这些方式中最主要的一种。心理防御机制就是以某种心理的方式或手段,把自己与现实的关系做出某些改变,使自己较容易接受,不至于引起心理上太大的焦虑,以致自我崩溃。周作人的方式就是把自己设定为一个无辜的受害者,正像乌台诗案中的苏东坡一样:“墨梅画出凭人看,笔下神情费估量。恰似乌台诗狱里,东坡风貌不寻常。”但这往往也是徒劳无益的,他人自会根据自己的良知和常识做出评判。

应该说周作人并非全无作为中国人的自然原发的民族国家情感,他写于附逆前的两首诗还是表现出了一种深沉的亡国、亡家之痛的:“燕山柳色太凄迷,话到家园一泪垂,长向行人供炒栗,伤心最是李和儿。家祭年年总是虚,乃翁心愿竟何如。故园未毁不归去,怕出偏门过鲁墟。”[①]但这种家国情感在他那里得不到来自理性、信念的支撑,所以很快就让位于现实功利考量和虚无主义的悲观。周作人之走上附逆,与他的虚无主义的思想背景有关,这种虚无主义使他越过了一些作为民族国家时代的国民本不应越过的关口,最终走向不归之路:第一个关口就是他完全无视二战时期“民主阵营和法西斯阵营”的对立和区别,他认为“作美国人的汉奸和作日本的汉奸没有区别”[②],这种政治上的虚无主义显然无助于他做出正确的抉择。第二个关口是他认定中国之亡于日本,是一个无法改变的命运、不能不接受的现实,那么,早一点做“顺民”与晚一点作“顺民”、自愿还是被迫之间,并无根本的区别,他不过是比大多数人早行一步而已。这是他把抗战当成了晚明历史的重演所产生的误判。这种误判正来自其由来已久的民族失败主义情绪。他的同道、好友钱稻孙就曾对想用化名在伪北大谋职的同事发出这样的质问:“你还相信他们(国民党政府)能回来吗?!”此可称之

---

① 周作人:《苦茶庵打油诗》,《老虎桥杂诗》,石家庄:河北教育出版社,2002年,第88页。
② 李霁野:《关于周作人的几件事》,《文艺报》1992年7月4日。

为一种历史虚无主义结果。第三个关口是人的生存终极价值层面上的虚无主义，这种虚无主义具有双刃剑的性质。一方面使他摆脱了传统的羁绊，消解了忠奸、善恶、是非、正邪之间的区别和对立，但另一方面也使他落入了否定一切价值的泥沼之中，带有了游戏人生的色彩。所谓“身后是非谁管得”，只顾当下就行。这种价值虚无主义从他早年的日记中已初露端倪，如甲辰十二月廿四日附记云：

世有轮回，吾愿其慰，今生不得志可待来生，来生又可待来生，如掷五琼（骰也），屡幺必一六，而今已矣。偶尔为人，忽焉而生，忽焉而死，成败利钝，一而不再，欲图再厉，岂可得乎？然此特悲观之言，尚未身历日暮途穷之境者也，必惊弓之鸟又更当何如？[①]

乙巳二月初七日附记四则之二云：

残忍，天下之极恶事也！

世人吾昔觉其可恶，今则见其可悲。茫茫大陆，荊蕙不齐，孰为猿鹤，殊为沙虫，要之皆可怜儿也。[②]

对于周作人在附逆期间的作为，周作人的晚辈、又曾是他在伪北大的同事的诗人朱英诞作为“现场证人”有过这样的观感：他说此时周作人所信不过是“把生活弄得好些也是好事”，所以在当了伪督办有钱之后，马上就在住宅“大兴土木，首先，白杨树（俗呼鬼拍手）伐去，——即此一点所谓苦雨斋确乎是喜雨斋，少年维特的烦恼果然变成了少年维特的喜悦了！呜呼。岂老是‘两截身物’，毫无疑义。”[③]

周作人《老虎桥杂诗》中的不少诗作颇为悖谬。如写给同僚、最后一任伪华北政府教育督办、物理学家文元谟的诗中有：“莫将原子平天下，珍重余年好看

---

① 鲁迅博物馆藏：《周作人日记》（影印本）上册，郑州：大象出版社，1996 年，第 404 页。
② 鲁迅博物馆藏：《周作人日记》（影印本）上册，郑州：大象出版社，1996 年，第 409 页。
③ 朱英诞：《梅花依旧——一个“大时代的小人物”的自传》，《新文学史料》，2007 年第 4 期，第 34—52 页。

潮”[①]这样的诗句；追悼伪浙江省长傅筑隐的诗中也有“千古孤臣酬一剑，伤心岂独有鸱夷”[②]之语。最露骨的是在梅思平、林柏生、丁默邨等汉奸被枪决后写的兔死狐悲之作：“当世不闻原庾信，今朝又报杀陈琳。后园痛哭悲凉甚，领取偷儿一片心。”注曰“林石泉同室有外役余九信，闻石泉死耗，在园中大哭，余年十九岁，以盗窃判徒刑三月。十月十四日。”[③]悼丁默邨的一首更为荒谬：“英雄一死寻常耳，午月终凶事或诬。赢得众生齐拊掌，投身应悔饲耶呼。越十六日而丁默村卒，在小暑前三日也。耶呼者，人形之劣等动物，见于斯威夫忒之《格里佛游记》中。三十六年七月六日。”[④]这些诗仍然是在重复汉奸附逆是在以身饲虎、舍身救国的滥调。“耶呼”即《格利佛游记》中杜撰的一种怪物，现通译作“雅虎”，成了一家著名网站的名字。如此，周作人就将自己装扮成了敢于冒天下之大不韪去“扶哭叛徒的吊客”，“孤勇可嘉”，实则也只是自欺欺人而已。

其他还有其将傅斯年的追随抗战说成是“带着人肉干”去实现道义的“义民”(见《骑驴》)，重申他一生志业的《我非隐居士》等，限于篇幅，不再做具体分析。总之，周作人对于国民政府的惩治“汉奸”极为怨恨，不肯认罪，其中不无一些具体的原因，如国民政府对于抗战时曾附逆的汉奸没有做到“一视同仁”，握有军队、尚有利用价值的仍受重用，处理的多是些无用之人；另外大概还觉得法院量刑不公，没有对他实行“将功抵罪”、判得太重等。

总之，周作人旧体诗中那种一意外求、绝不内省、认错、攀比怨恨、自我中心的态度是极为突出、贯穿始终的，他的这种排他性的、自恋主义的自我意识与现代性所引发的虚无主义思潮是分不开的，因为他除了自我之外一无所有。作为一个失路而又在不停地寻路的人，周作人成为这种现代性的虚无主义的精神危机的载体和样本，他所倡导的“伦理之自然化、道义之事功化”，并无助于他在人生的关键时刻做出正确的抉择，而他又刻意地将文化问题与政治、法律问题混为一谈，以文化上的所谓“进步”性来为他在政治、法律上的失足辩护，这就带有点强词夺理的“破脚骨”的精神了。

---

① 周作人：《炮局杂诗》，《老虎桥杂诗》，石家庄：河北教育出版社，2002年，第9页。
② 周作人：《忠舍杂诗》，《老虎桥杂诗》，石家庄：河北教育出版社，2002年，第17页。
③ 周作人：《忠舍杂诗》，《老虎桥杂诗》，石家庄：河北教育出版社，2002年，第17页。
④ 周作人：《忠舍杂诗》，《老虎桥杂诗》，石家庄：河北教育出版社，2002年，第17页。

周作人附逆与“现代性”的伦理困境

1945年12月6日,周作人在家中因为“汉奸罪”被捕,郑振铎在其被捕不久后的1946年1月12日的《周报》上发表了《惜周作人》一文,开头就说:“在抗战的整整十四个年头里,中国文艺界最大的损失是周作人附逆。”[①]在郑振铎看来,郑孝胥、陈桂等人的当汉奸,毫不足惜,因为他们属于“过去一个时代的人物,他们本来是已经不在我们的阵伍中”。而“周作人却和他们不同了。周作人是在五四时代长成起来的。他倡导‘人的文学’,译过不少的俄国小说,他的对于希腊文学的素养也是近人所罕及的;他的诗和散文,都曾有过很大的影响。……他确在新文学上尽过很大的力量。虽然他后来已经是显得落伍了,但他始终是代表着中国文坛上的另一派。假如我们说,五四以来的中国文学有什么成就,无疑的,我们应该说,鲁迅先生和他是两个颠扑不破的巨石重镇;没有了他们,新文学史上便要黯然失光”[②]。应

① 郑振铎:《惜周作人》,《周作人印象》,上海:学林出版社,1997年,第140页。
② 郑振铎:《惜周作人》,《周作人印象》,上海:学林出版社,1997年,第141页。

该说,郑振铎的看法是代表着不少文化人对于周氏附逆的看法的,这里面有一个值得深究的问题,那就是周作人所代表的这一脉“新文化”与其人生、政治选择的关系。这种深究并不是一种倒果为因式的考察,因为周作人附逆的原因是比较复杂的,单纯强调思想文化因素会落入某种简单决定论的窠臼,但通过思想文化考察,检测周氏的“文化体质”,看看是哪些因素导致他降低或失去了对“附逆”“作奸”的抵抗力和免疫力,似乎也并不为过。

一、“为秦桧翻案”与“唯理主义”的伦理观

周作人在南京接受审判的时候,《中央日报》上曾发表过一篇杂文——《“秦桧”下狱,天理昭然》,对周作人的人品和文品都有辛辣的讽刺与抨击。可见周作人战前为秦桧翻案,是严重触犯众怒的事情,并且似乎为他日后的“附逆”下了注脚。

1935年10月和1936年9月在举国上下的一片“主战”声中,周作人连着写了两篇文章来为秦桧翻案、辩护,他对老百姓以“油炸桧”的方式表达对“汉奸”的厌恶和仇恨的做法,表示欠妥,认为这是“蛮性的遗留”,不够理性,也不合历史事实。在《再谈油炸鬼》中,他谈得更明确:

> 第一,秦桧原不是好人,但他只是一个权奸,与严嵩一样,(还不及魏忠贤罢?)而世间特别骂他媾和,这却不是他的大罪。……第二,秦桧主和,保留得半壁江山,总比做金人的奴皇帝的刘豫张邦昌为佳,而世人独骂秦桧,则因其杀岳飞也。张浚杀曲端也正是同样冤屈,而世人独骂秦桧之杀岳飞,则因有《精忠岳传》之宣传也。国人的喜怒全凭几本小说戏文为定,岂非天下的大笑话,人人骂曹操捧关羽亦其一例。[1]

周作人写此文章还在抗战之前,所以我们尽管可以不同意他的观点,但也不能剥夺他说话的权利,也不能完全否认其所言在某种程度上的合理性。他在此时还是依据一种思想自由原则和“改造国民性”的一贯主张来说话的,反对

① 周作人:《再谈油炸鬼》,钟叔河编《周作人文选》(1930—1936),广州:广州出版社,1995年,第366页。

“思想奴隶统一化”正是他的志趣所在，所以对此也不能全盘否定。此时的周作人为秦桧翻案，明知是会触犯众怒，但他仍然这样去做，倒显出他追求“纯粹知性”的犬儒主义的哲人气质。但也正是在此，表现出周作人的这种唯理性化的伦理观的缺失和迷误：单靠理性是不能建立起一种为民族生存所必需的伦理观的，一个民族的生存和延续除了欲望和理性之外显然还需要诸如文化认同、精神信仰之类的内容。这种民族精神、文化信仰是在历史中自然形成的，是先于理性的存在，但它却构成了一个民族的内在的凝聚力。从历史光荣中寻找文化认同的基础，是世界民族国家的通例，中国自然也不会例外。所以在抗战这样的非常情境下，一个民族的内在的文化凝聚力就显得重要起来，它属于理性所不及的另外一个领域。唯理主义追求的是一种“知性的纯粹性”，而社会政治领域则是一个常识、习俗和道德信仰占主导地位的世界。周作人试图以犬儒哲人的态度去改造政治和社会生活，显然会与之发生冲突。而且周作人此时大谈“理性”，显然有他的言外之意。正如西哲所言：重要的不是话语讲述的年代，而是讲述话语的年代。但如果将其所言放置到特定的历史语境中来考察，其潜台词无非是“主和”“反战”，强调“战难和亦不易”等，与汪精卫等人的“低调俱乐部”的声音倒比较一致。周作人此时刻了一个图章：“江南水师学堂出身”，素来以文人自居的周作人要来“言武”，实是极不寻常之举。抗战之前他就对郑振铎说过这样的话：“和日本作战是不可能的。人家有海军。没有打，人家已经登岸来了。我们的门户是洞开的，如何能够抵抗人家？”①所以，他认定中国如与日本开战，必定亡国无疑，还不如言和，也许还能苟延民族性命于一脉。

但是这种精明务实的理性算计却为中国的广大民众所无法接受，因为人并不只是欲望和理性的动物，他还有一种强烈要求获得他者认可的愿望、一种感受自尊的精神的需要。美国学者福山（Francis Fukuyama）在《历史的终结与最后的人》的“代序”中就说，“假使人们只有欲望和理性，就会满足于生活在佛朗哥当政的西班牙、军人统治下的韩国或巴西等市场导向的专制主义国家”②。即使当亡国奴可以衣食无忧，人们也不会安于亡国奴的生活，而宁愿拿生命去换取有尊严的生活，这种超越自我生存的本能的行为，显然是会令只讲欲望和理

① 郑振铎：《惜周作人》，《周作人印象》，上海：学林出版社，1997年，第141页。
② 福山：《历史的终结及最后之人》，北京：中国社会科学出版社，2003年，第9页。

性的精明、务实的“唯理主义者”感到不可理喻。

从深层来说，周作人的“附逆”与他对中国文化全盘否定性的基本看法有关。很难想象一个对自己的民族国家、固有传统极为反感，认为一无可取的人会成为一个民族主义者，因为民族主义的情感也需有所依附的。“五四”时期周作人等人对中国文化主流的反叛和否定客观上为中国文化的复兴和再造提供了契机，但也挫伤了民族的文化自信心。他的反崇高的、世俗化的、个人主义的伦理观以及世界主义的理想，都无助于他在这个紧迫的历史关头做出一种正确的选择。一个民族总是从自己民族的文化传统中吸取精神力量，进而形成自己的民族国家认同的。而周作人的世界主义立场，则使他只承认“大的方面有人类，小的方面有我，是真实的”[①]，从而消解民族国家现实存在的合理性，他认为中国的文化传统几乎一无可取，“我们看中国的国民性里，除了尊王攘夷，换一个名称便是复古排外的思想以外，实在没有什么特别可以保存的地方”[②]。“尊王攘夷”的道学气是他最为厌恶的东西，认为是一种“祖宗崇拜”的蛮性的遗留。他最推崇的是反传统的王充、李贽、俞理初，最讨厌的则是韩愈一类的“道学家”：

> 我对于韩退之整个的觉得不喜欢，器识文章都无可取，他可以算是古今读书人的模型，而中国的事情有许多却就坏在这班读书人手里。他们只会做文章，谈道统，虚骄顽固，而又鄙陋势利，虽然不能成大奸雄闹大乱子，而营营扰扰最是害事。[③]

一个人思想显然会与他行为有关，与周作人对韩愈等道学家的厌恶不同，抗战时期的陈寅恪则钦敬韩愈，因为他认为韩愈的身上鲜明地体现着一种民族气节和民族文化意识。陈寅恪在《论韩愈》中论及韩愈排斥佛教，标题即为“呵抵释迦，申明夷夏之大防”。当时释迦受到朝野顶礼膜拜，唯韩愈呵抵之，斥责之，即使落得个“夕贬潮阳路八千”的惩罚也毫无悔意，在韩愈的身上表现出一

① 周作人：《新文学的要求》，《周作人文选》(1898—1929)，广州：广州出版社，1995 年，第 76 页。
② 周作人：《罗素与国粹》，《周作人文选》(1898—1929)，广州：广州出版社，1995 年，第 84 页。
③ 周作人：《谈韩退之与桐城派》，《周作人文选》(1930—1936)，广州：广州出版社，1995 年，第 233 页。

种面临外来文化冲击时,苦心维护"本来民族之地位"的动机。也恰恰是这类带有道学"方巾气"的人物,在民族生存的危机关头,表现出一种"壁立千仞,只争一线"的民族精神和气节来。周作人完全拒斥诸如此类具有刚性和正气、富含"钙质"的精神食品,也就极易患上一种文化上的"软骨症",他后来的附逆也就不那么不可理解了。

周作人"附逆"看似意外,实则有它的前因后果。我更倾向于将"附逆"看作中国文化由传统向现代转型过程中文化心理的失调造成的悲剧。他的"附逆",是一个值得重视的文化上的"现代性"事件。周作人的人生歧路,与民族自信心的丧失、个人主义信仰的绝对化、唯理主义价值观的偏至,以及超越国族的不切实际的幻想,都不无关联。"世界人"的幻想以及"无征不信"的价值虚无主义,使周作人固然破解了对于"传统"的妄信,但也陷入了一种民族悲观和失败主义的情绪中难以自拔。

现代中国面对西方的冲击,陷入文化认同与政治认同的双重危机中。面对危局,近代以来汲汲于救亡的启蒙主义思想家梁启超首先呼唤的是一种"民族国家主义",他认为"世界主义"属于一种"心界之美",而不是"历史之美",因此他强调"国也者,私爱之本位而博爱之极点,不及焉者野蛮也,过焉者亦野蛮也"[①]。梁启超的这种现代启蒙显然有重国族、轻个人的倾向,所以"五四"反其道而行之,倡导"自我的发现",但如将这种自我本位推向极致,势必会造成对民族国家观念的消解。周作人在"五四"时期就是一位信仰个人本位的"世界主义者",他力图超越民族国家意识,而以个人、文明、世界大同的立场说话。这种主张最大的问题正如也曾一度信仰过无政府个人主义的章太炎所言:"不恩民族,不赖国家,兴替存亡无所问。""舍今日之急图,责方来之空券,非愚则诬。"[②]章太炎在信奉无政府主义时也曾激烈地抨击国家的存在:认为"国家之事业,是最鄙贱者,非最神圣者也"。一切国家学说均是:"谬乱无伦之说的炫耀,直与崇信上帝同其混悖。"他称国家只是一种"虚幻",只有个人才是"实有","讲爱国,悉是迷妄","讲建国,悉是悖乱","讲救国,悉是猥贱"[③]。周作人早年大概受过乃师

① 梁启超:《新民说》,《梁启超选集》,上海:上海人民出版社,1984年,第220页。
② 章太炎:《规〈新世纪〉》,《民报》第24期,1908年。
③ 章太炎:《五无论》,《民报》第16期,1907年。

无政府主义思想的影响，而对章太炎后来的转向和自省则大不以为然。周作人乌托邦的世界主义理想和避世的个人主义倾向淡化了他的民族国家认同感，也减弱了他对于民族国家的责任意识，这对他日后的行为当不无影响。

周作人所从事的“人的启蒙”，固然有其重要的文化意义，特别是在面对传统中国的“思想的强制和性道德的残酷”的时候。但这种“现代”启蒙也只能在民族国家这一不言自明的框架下进行，才有意义，超出此框架，则可能走向一种新的迷途。汉奸团体“新民会”为日本侵华作的辩护，就是援引的中国传统的“有德斯有土”的王道理想，依此逻辑，帝国主义者就可以以现代“文明国”自居，对“落后”国家进行讨伐和征服，其荒谬之处自不待多言。

自由主义的伦理学论证样式是一种以“人的权利”为核心概念、以制定社会公共道德规则（公正与秩序）为理论宗旨的现代性伦理学样式。权利、规则成了道德生活的首要概念，与此相应的是人的德性的被忽略和轻视。但无论道德规则多么周全，如果人们不具备良好的道德品格或美德，也不可能对人的行为发生作用，更不用说成为人的道德行为规范了。正如西哲所言，“只有对于拥有正义美德的人来说，才可能了解如何去运用法则”[①]。自由主义对于传统美德的消解和“反崇高”“反英雄化”的世俗化倾向显然是无助于人的德性的养成的。

二、“人的启蒙”与“伦理的自然化”

周作人作为一个启蒙主义者，其基本立场来自一种“现代性”的“自然人性论”的信仰，由此推演出他的一个重要的梦想：即“伦理的自然化”，具体表现为对于人的自然欲望和本能的美化和崇高化。认为只要满足了人的自然欲望和本能，一切问题都会迎刃而解，但这种对于人性的理解显然带有浪漫主义的幻想色彩。正如鲁道夫·奥伊肯（Rudolf Eucken）所说：“倘若我们轻率地谈论人性的伟大和个体的杰出，断言只要给一个自由的领域，他们必然使一切地方的生活变得幸福和伟大，我们便由此表现了对人的一种突出的信仰，一种在所有信仰中最有待于批判的信仰。”[②]这样一种“人性可臻无限进步论”的信仰，无法把人性中的幽暗的一面整合到其对人的认识之中，因此它与常识和现实都不无

① Alasdair MacIntyre, *After Virtue* (second edition), Notre Dame: University of Notre Dame Press, 1982, p.152.
② ［德］鲁道夫·奥伊肯著，万以译：《生活的意义与价值》，上海：上海译文出版社，1997 年，第 40 页。

抵触。实则人之为人的“人性”——人的主体意志和道德行为，并不是从人的自然欲望本能中生长出来的，而是建立在理性主宰、支配自然情欲的能力和力量之上的。周作人的源于自然人性的伦理观，化解了这种灵与肉、理性与感性、义与利之间的紧张对立关系，将道德的基础建立在人情之上，所谓“王道不外乎人情”，也就无法处理现实中的随时、随处可见的情理冲突问题，也就是说他无法找到做出高出于个人本能欲望之上的选择的理由和根据。明清之际的思想家王船山讲“视情皆善，则人极不立”。也就是担忧如果将“人欲”径直看作“天理”，则人的生存的最高的价值标准就无从建立，任何高于个人的欲望和本能的精神价值也就无处立足。周作人一味地“反英雄”、“反崇高”、世俗化的结果，结果只能是“苟全性命于乱世”，并进而“附逆”，陷入更深的奴役状态而已。对于最为看重“自由”的周作人来说，陷入这样的一种历史吊诡之中，是一种尤为可悲的事情。

周作人是有着很明确的自觉，去从事于以“新道德”取代“旧道德”的工作的，这种工作是“现代性”的社会工程的一个主要组成部分，其工作的成败与现代性自身的成败也密切相关，也就是说这种现代道德的建构过程最足以显示出“现代性”文化的两难处境。周作人曾这样来表述他的这一番改造中国“旧道德”的苦心：

看自己的文章，假如这里边有一点好处，我想只可以说在于未能平淡闲适处，即其文字多是道德的。在《雨天的书》序二中云：

“我平素最讨厌的是道学家（或照新式称为法利赛人），岂知这正因为自己是一个道德家的缘故。我想破坏他们的伪道德不道德的道德，其实却同时非意识地想建设起自己所信的新的道德来。”我的道德观恐怕还当说是儒家的，但左右的道与法两家也都接合在内，外面又加了些现代科学常识，如生物学人类学以及性的心理，而这末一点在我较为重要。古人有面壁悟道的，或是看蛇斗懂得写字的道理，我却从“妖精打架”上想出道德来，恐不免为傻大姐所窃笑罢。不过好笑的人尽管去好笑，我的意见实实在在以我所知为基本，故自与他人不能苟同。至于文章自己承认未能写得好，朋友们称之曰平淡或闲适而赐以称许或嘲骂，原是随意，但都不很对，盖不佞以为自己的文章的好处或不好处全不在此也。[1]

周作人的道德观显然是一种反传统的建立在欲望和理性之上的道德观，带有合理性化、科学主义的倾向。进入现代以来，这种理性主义文化在政治领域推动了民主制度的建立，在经济领域促进了市场经济的发展，唯独在伦理、道德领域遭受了严重的挫折，成为现代性文化中最具争议的一个问题。“个人”是否能够成为道德的基础？一个用于个人的原则如何能够成为社会的一个普遍原则？这都是需要探讨的问题。现代西方自由主义的代表人物约翰·罗尔斯（John Rowls）认为：“假定一个人类社团的调节原则只是个人选择原则的扩大是没有道理的。”[2]罗素（Bertrand Russell）曾这样评述现代个人主义的人类之爱：“自我主义起初让人们指望从别人得到一种父母般的温情；但是，他们一旦发现别人有别人的自我，感到愤慨，求温情的欲望落了空，便转成为憎恶和凶恶。人不是孤独不群的动物，只要社会生活一天还存在，自我实现就不能算伦理的最高原则。”[3]这种个人主义的伦理在调节现实道德生活中个人与群体的矛盾冲突方面遇到极大的困难，周作人的附逆也可以说是一个使个人价值、理性考量置于一切价值之上的典型的例子。

“伦理的自然化”是周作人前期的核心思想，他认为：

我们承认人是一种生物。他的生活现象，与别的动物并无不同。所以我们相信人的一切生活本能，都是美的善的，应得完全满足。凡是违反人性不自然的习惯制度，都应排斥改正。但我们又承认人是一种从动物进化的生物。他的内面生活，比他动物更为复杂高深，而且逐渐向上，有能够改造生活的力量。所以我们相信人类以动物的生活为生存的基础，而其内面生活，却渐与动物相远，终能达到高上和平的境地。凡兽性的余留，与古代礼法可以阻碍人性向上的发展者，也都应排斥改正。这两个要点，换一句

---

① 周作人：《自己的文章》，《周作人文选》（1930—1936），广州：广州出版社，1995年，第562页。
② ［美］约翰·罗尔斯著，何怀宏、何包钢、廖申百译：《正义论》，北京：中国社会科学出版社，1988年，第16页。
③ ［英］罗素著，何兆武、李约瑟译：《西方哲学史》，北京：商务印书馆，1976年，第224—225页。

话说,便是人的灵肉二重的生活。[①]

显然周作人是要从人的自然本能出发导向一种“无压抑文明”的,但问题在于这种“无压抑”的文明是否存在、如何可能的问题,这也是一个典型的现代性问题。应该说周作人的这种“伦理自然化”,在面对传统中国的“思想的强制和性道德的残酷”的文化现实时,是有它的充分的合理性的,它无疑具有冲击僵化的纲常礼教的积极意义,但这种冲击如走上一种藩篱尽撤、个人生存至上的虚无主义,就有些矫枉过正了。关于这个问题,近来学界已有所注意,张光芒的《道德形而上主义与百年中国新文学》认为,“‘五四’新旧道德之争在逻辑上有了一个严重的失误,那就是以道德实用主义(新)来反对道德形而上主义(旧),而前者作为道德形而下的层面来冲击后者时,不但缺乏颠覆性力量,也是不得要领的”[②]。这种分析用来说明现代文化的世俗化倾向是可以的,问题在于他的所谓“道德形而上主义”抽空了历史和价值内涵,将一种个人的道德自主性缺位的政治伦理凌驾于世俗人道主义伦理之上,来说明其“优越效能”,就近乎虚妄了。他所描述的那种“道德形而上主义”的功效,只是一种作用于负有特别使命的“选民”、服务于具体的意识形态需要并不具有个人性和普世性的“他人的道德”。它如走向极致,是一种较之世俗人道主义更为虚妄的道德歧途。

尽管这种源于自然人性论的世俗主义伦理,遇到种种的困难,但是也应看到整个现代世界的趋势,是在使人的纯此世的生存及其根据自足化,道德从根本上与宗教、传统、习俗脱离,走向一种个人主义的分离性道德。所以周作人的伦理诉求只是现代性逻辑的内在扩展而已,它是现代性文化内部自身的困境,正如海德格尔曾经说过:在“现代性”下“伦理是不可能的”[③],现代性的终极理想是要造成一个普世无差异的世界,但它最终造成的可能是人性的低俗,而不是提升,由此,这种“普世无差异”的局面的到来,究竟是人类的“福音”还是“困境”,就成为一个富有争议的问题。

---

① 周作人:《人的文学》,北京大学中文系中国现代文学教研室等编《文学运动史料选》,上海:上海教育出版社,1979年,第102—103页。

② 张光芒:《道德形而上主义与百年中国新文学》,《当代作家评论》,2002年第3期,第123—133页。

③ 转引自甘阳:《政治哲人施特劳斯:古典保守主义政治哲学的复兴》,[德]列奥·施特劳斯著,彭刚译《自然权利与历史》,北京:生活·读书·新知三联书店,2003年,第15页。

周作人诚然是“汉奸”，但这种政治定性与他的大多数作品是没有直接关联的，正如海德格尔和庞德都与纳粹有染，但人们并不会因此否定和轻视他们的哲学和诗歌一样，所以我们对周作人也没有对其进行封杀的理由。如果将周作人思想与其行为分开，我们会发现周作人是在探索现代伦理方面走得最远的一位，他对于个人本位的固守，对于道义之事功化，伦理之自然化的吁求，换一个背景，放在当下来讲，倒颇合消费时代大众的审美心理欲求，这大概也是周作人在中国重新走红的原因。也正因为此，周作人的这种“现代性”文化现象，恰恰需要我们进行深入的反省和思考，但并不需要做出非此即彼的选择和判断。

三、“道义之事功化”与功利主义的道德观

“道义之事功化”，是周作人一生追求的另一个重要的梦想。它的确具有其“反道学”、强调“事功”的启蒙意义，但是单讲“事功”，甚至拿“事功”去消解一切价值，显然是虚妄的，是在为他的失节、附逆辩护。周作人强调“事功”可以说是强调现代性文化中的工具理性，但是在工具理性之外还应该有一种价值理性的关怀。如果将价值理性弃置不顾，让工具理性一方偏至，其结果就只能成为马克斯·韦伯(Max Webber)所说的那种现代人的“理想状态”：“没有精神的专家，没有心灵的享乐人，这样的凡骨竟自负已登上人类从未达到的文明阶段。”[①]按照柏拉图的说法，人的心灵是由理性、欲望和精神三部分构成的，三者缺一不可，周作人单纯地讲理性和欲望，贬斥精神，显然会造成自身文化心理上的失调，由此走上“生存第一”的苟活之路。

“道义之事功化”，是周作人20世纪40年代谈论的道德思想的核心。若是抽象地来看“反道学”、强调事功，自然有其思想价值，确和现代性文化中的功利主义倾向相合，具有反传统的僵化道德的意义。问题仍然在于是在什么语境中谈，由谁来谈，有否言外之意，会起到什么效果等的问题。周作人在此时倡导“道义之事功化”自然出于他反道学气的一贯思想，但作为附逆者来贬斥道义，大谈事功，显然隐藏着自我美化、将自己行为合理化的私心。因此他引了明代的“遗民”傅青主来作为自己的同调，显然是有点谬托知己：

---

① 杭之：《一苇集》，北京：生活·读书·新知三联书店，1991年，第40页。

"《甲申殉难录》某公诗曰，愧无半策匡时难，只有一死报君恩。天醉曰，没中用人死亦不济事。然则怕死者是欤？天醉曰，要他勿怕死是要他拼命做事，不是要他一死便了事。"这里说的直截痛快，意思已是十分明白了。我所说的道义之事功化，大抵也就是这个意思，要以道义为宗旨，去求到功利上的实现，以名誉生命为资材，去博得国家人民的福利，此为知识阶级最高之任务。此外如闭目静坐，高谈性理，或扬眉吐气，空说道德者，固全不足取，即握管著述，思以文字留赠后人，作启蒙发馈之用，其用心虽佳，抑亦不急之务，与傅君所谓驴鸣狗吠相去一间耳。[①]

古人言事功，显然是在一种不言自明的原则之下来言事功的，若是超出了此原则，事功也就变了味。他所推重的傅青主"讲事功"，显然不会超出"夷狄之辨"。而周作人此时所言的"事功"显然已经失去了这种原则性。其实，周作人附逆之后更多的是运用佛典来为自己的行为辩护，他自称从民国28年（1939年，即附逆之日）开始，就算是"出家"了，他的"僧腊"（佛教年龄从受戒出家算起）之日就从此算起。从此之后，人间的荣辱都已与他无关、被他超越、对他失去了制约力、影响力。他是"以出世的态度，来从事入世的事业"，所谓"斜阳流水太有情"，不能忘情于沦陷区民众的倒悬之苦，所以才毅然出山，牺牲自己的清誉，做了"汉奸"，出而维持残局。假借佛教的"虚空"观念，周作人似乎为消解自己附逆后的道德愧疚找到了合理性的渠道。

但周作人毕竟是生活于中国的社会现实中的，孟子讲"人之异于禽兽者几希！"这点"几希"，在特定的历史关头就足以划开"汉奸"和一个合格的中国人之间的分野了。顾炎武等明代遗民"壁立千仞"，争的也就是这么一线而已。但周作人竭力模糊的也就是这一线之差：

我很喜欢《孟子》里的一句话，即是，人之所以异于禽兽者几希。这一句话想来也为道学家所称道，可是解说截不相同。他们以为人禽之辨只在一点儿上，但是二者之间距离极远，人若逾此一线堕入禽界，有如从三十三

---

① 周作人：《道义之事功化》，《知堂乙酉文编》，石家庄：河北教育出版社，2002年，第72—73页。

天落到十八层地狱，这远才真叫得是远。我也承认人禽之辨只在一点儿上，不过二者之间距离却很近，仿佛是窗户里外只隔着一张纸，实在乃是近似远也。[①]

不知道是周作人在嘲弄中国文化和民众信仰，还是中国文化和中国民众嘲弄了这位嘲弄者，反正周作人还有二十二年的余生活着，以便他在耻辱中品味、体会两者之间的远与近，这是周作人的可悲之处，也是他的可悯之处。这使他的“附逆”不只是他个人的事，而且成为中国文化中的一个让人咀嚼不尽的现代性事件。

米兰·昆德拉在评论塞万提斯的《唐吉诃德》时说：“当上帝慢慢离开它的那个领导宇宙及其价值秩序，分离善恶并赋予万物以意义的地位时，唐吉诃德走出他的家，他再也认不出世界了。世界没有了最高法官，突然显现出一种可怕的模糊；唯一的神的真理解体了，变成数百个被人们共同分享的相对真理。”[②]由此造成的结果是传统信仰的衰微和文学文化的兴盛，知识分子成为世俗的“上帝”，担负起为人间立法的使命，此责任不可谓不大，因此也就更不能不谨言慎行，要知道自己言行的边际和分野以及“哲人”与“民众”、“政治”与“哲学”的区别；只知道有自己，不知道有他人和民族；耽溺于立言以鸣高，而排斥常识、常理和常情。周作人虽然如他的弟子废名所说置身于“理智的深山里”，但仅凭冰冷的理智，毕竟无法应对复杂的现实，并且也无助于他在最为紧要的人生关口，做出正确的选择。

回顾周作人附逆的悲剧，可以让我们能够切近地思考仍在困扰着现代知识分子的一系列问题：诸如现代与传统、正道与歧途、根本与权变、自利与利他、生命与信仰等。周作人曾经把自己称作在废墟上“寻路的人”。他找到的是一条什么样的道路？看到了什么？又失去了什么？他为什么从一个倡导“新文化”的理想主义者，变成了一个众所唾弃的“文化汉奸”？这都是些值得继续探讨的问题，是我们回顾20世纪中国历史时，需要解开的硬结。

---

① 周作人：《梦想之一》，钟叔河编《周作人文选》(1937—1944)，广州：广州出版社，1995年，第168—169页。

② ［法］米兰·昆德拉著，孟湄译：《小说的艺术》，北京：生活·读书·新知三联书店，1992年，第4—5页。

大动荡时代的“个人性”话语与“时代”话语

——三四十年代文坛中的“新浪漫派”

一

三四十年代的文学较之“五四”时期已有较大的变化，新文学的阵营开始分化，一方面是文学的趋向政治化，一方面是对于这种政治化写作趋势的反拨，前者以左翼文学和抗战时期的进步文学为代表，后者以“京派”文学、“新感觉派”以及抗战时期的“新浪漫派”等为代表。这里主要以新浪漫派为例说明其时代所出现的个人性写作与时代写作的区别。徐讦和无名氏都是置身于其时代的现实主义文学主潮之外的作家，他们力求超越于时代主题之上来营造他们的个人话语，在创作方法上和内在精神气质上都倾向于浪漫、唯美主义，其创作都具有极强的个人性、主观性和梦幻、唯美色彩。不同之处在于徐讦的创作尚接近于经典意义上的浪漫主义哲理、情爱小说，以富于传奇性的故事情节为依托传达他的浪漫哲思，情爱理念，以及对人性的冥想和沉思。而无名氏则于浪漫主义的底色之上又涂抹了几许西方世纪初未来主义、表现主义的色调，在文体风格上表现出强烈的先锋意识和实验精神，同时又为一种“为人类寻找新信仰”的新理想主义精神所激励，力求超越于时代纷争之上，拓辟一种人生的“最高境界”，探寻一种人生的“永恒真理”。在40年代文坛上，无名氏是一位具有强烈的叛逆性的文体实验者，他自创了一种新的小说文体：“诗化哲理小说”，以一种狂飙突进式的激情，“重、拙、大”的风格追求，营造出一种“榛枯弗剪”的深山大泽气象，来表现动态的宇宙、骚动着的生命之流的涌动。他由此创造了一种现代文学史上罕见的铺张扬厉、繁复华丽而又诡谲怪异、成败互现的“巴罗克式”的小说语言风格。这是大动荡时代人的精神处于极度亢奋、狂放、骚动、焦灼状态的一种反映。徐讦和无名氏的不同也正在于此，徐讦的精神状态始终是“以理节情”的，带有一种古典式的优雅和沉静；而无名氏则终于由耽美、主情走向挑战时代潮流，进行新的文化建构的理想主义，他具有较为鲜明的浪漫主义英雄气质。这种内在精神、气质上的差异使他们以后的创作，从思想内蕴到文体、风格都有极大的差异，但尽管如此，在40年代文坛上他们都固守着同一个原则，即建立在个人主义和自由主义基础之上的个人化写作原则，都是在“浪漫主义”已成为“时代的反动”的情形下又创作出了一种带有新的时代特色的“浪漫主义文学”，以自由主义的浪漫精神对其时代作出回应。而且这种回应具有深刻的趋同性，即他们最终都由浪漫、唯美主义走向了宗教、信仰问题。对人的生存的终极价值的关怀，使他们超出具体的时代问题的困扰而关注到人类生存的永恒问题，这种深刻的人文关怀在20世纪中国文学史上是不多见的，这也是他们创作的共性所在。

此外，之所以把他们的创作命名为“新浪漫派”还主要是相对于“五四”时期的浪漫派文学而言的。他们的小说出现在现实主义已取得了在文坛的支配位置、浪漫主义在“革命文学”兴起后已成为逆时代潮流而动的“反动的文学”倾向的30年代。其非写实的、自我表现的、主观化的创作倾向就须承受前者所不曾感受到的时代压力。与“五四”时期启蒙主义的浪漫主义个性解放倾向不同，他们的浪漫主义的内涵也有明显的变化。“五四”浪漫主义表达的主要是一种社会政治意义上的个性解放要求，其基本主题是反抗社会传统压抑、追求个人自主、感性解放，表现性苦闷、要求情爱自由，带有一种强烈的自我扩张倾向。总的来说“五四”浪漫主义表达的还是社会世俗层面上的情感，其情感指归没有逾越个性反抗、社会改造层面，仍属于一种“人的文学”母题下的启蒙话语。而徐讦和无名氏的“新浪漫派”则不同，它开始向非社会化的个人内心世界倾斜；向唯美化、精神化的方向发展。也就是说它发展了成仿吾在郁达夫的小说《沉沦》中没有找到的“灵”的欲求，开始超越社会世俗层面而关注个体灵魂的归宿问题。在新的一统性的权威主导文化兴起，个人的生活空间受到挤压而日渐萎缩的三四十年代，他们必须为人的存在的个体性原则辩护；必须在急进的现实功利性原则压倒一切的时候还能顾及个人的生活情趣、浪漫情调；必须面对时代的整体主义的价值吁求而作出符合个人意愿的回应与选择，也就是说争取一种不受外界干扰的个人选择的自由；必须为被理性化功利化现实所辖制的人心提供一个返本归初之道，让在“白昼”的喧嚣中过于紧张、疲惫的人心在“夜”的寂静和神秘中得到一种“涅槃”式的解脱和觉悟。因之在文学创作中他们必须为个人性、想象、梦幻以及个人感觉的歧异性等争得合法地位。如果说“五四”启蒙主义对传统的理性化批判代表着正面的对现代性的理性化的追求，那么这种理性化的现代性在“新浪漫派”这里则遇到了反拨和质疑，它所抗拒的对象已主要是一种来自新文化的启蒙理性主义的压抑。这可以说是它被称为“新浪漫派”所具有的新的文化内涵。新浪漫派这种“反现代的现代性”可以说是与现代性同时出现的，它既具认同传统的“反现代”的精神指向，同时又是一种新的“现代性”原则的表达。它一方面与前现代的宗教精神、神秘主义相沟通；另一方面它又承续了启蒙主义的思想资源，推进审美个体主义的原则：即个体之不可重复、独一无二的浪漫理念，要建立起一种个人本位的现代文化，为现代人的个体化生存提供一种安身立命的信仰，它由此构成了一种与启蒙主义的理性化倾向相对立的多元的，融天、地、人、神于一体的思想体系，并以这样一种审美主义的现代性原则瓦解理性主义的现代性原则。徐讦由早期的追寻“神秘”到后期的皈依宗教，无名氏由对“生命”的困惑到对“天道”的追问以及对“天人合一”境界的神秘体验，都表现出他们对理性主义的现代性原则的抗拒。

研究界有一种很流行的观点：即从无名氏的《无名书》所张扬的“生命哲学”着眼，将其与柏格森（Henri Bergson）的“生命哲学”等同起来，从而将无名氏界定为信仰西方式的“非理性主义”的“现代主义”作家，这是对无名氏的《无名书》的某种程度上的误读。产生这种“误读”的根源在于没有看到无名氏的“生命哲学”的另一个源头。即中国传统的以生存为根基和中心、以人生来发明天命的“生命哲学”，它属于一种“参天地赞化育”“天人合一”的“道问学”的中国哲学传统。这在《无名书》的后三卷中表现得就非常充分了。柏格森的“生命哲学”则是一种强调非理性的生命原欲，以此来取代以理性和概念为核心的理性主义哲学的非理性主义哲学。它既是对理性主义的反动，同时也是对西方宗教神学传统的背离，是人的生存的彼岸目标消失之后，力求建立起以人的本能的自然欲望为中心的现代审美主义哲学。不可否认的是无名氏受到过柏格森生命哲学的影响，特别是在《无名书》的前三卷主人公印蒂的“生命追寻”尚停留在追求“生命”自身的强度、广度、深度之上，尚未找到一个超越性的精神向度的时候。但到了后三卷特别是《无名书》的最后一卷《创世纪大菩提》，印蒂已经找到了将盲目、骚动的“生命之流”熔铸进生命的“最高理想”的形式。这个时候你就会清楚无名氏所信仰的究竟是一种什么样的“生命哲学”，他已经实现了对现代欲望中心主义的超越。当然前所谈到的“误识”的产生有其客观的原因，那就是《无名书》在40年代只出版了前三卷而后三卷在80年代才在港台得以出版，大陆的研究者很少看到后三卷《无名书》，所以只能根据半部《无名书》来进行研究，所以有些误识是不奇怪的。我想强调的是无名氏是一位具有典型的浪漫主义精神、气质的作家。将《无名书》中的主人公与穆时英的*Pierrot*（小丑）、《女人·尼采主义者和骆驼》中的主人公加以对照，你就会发现“印蒂”这类具有“唐吉诃德”性格的人物正是“新感觉”派作家怀疑、嘲讽的对象。而印蒂则鲜明地具有一种浪漫主义者自我肯定、自我坚持的精神特征。“新浪漫派”的总的精神倾向是瞩目于未来的乐观主义倾向，它以一种文化乌托邦神话取代一种政治乌托邦神话；以一种“审美救世主义”取代“革命救世主义”；所以它虽然带有“反现代性”的倾向，但仍表现为对现代性的积极建构态度。所以将徐讦和无名氏的创作称为“新浪漫派”，是能够体现他们的精神实质的，而且这个称呼保持了它在40年代出现时的时代感和历史感。较单从创作方法上着眼将其称为“后期浪漫派”为佳。而“新鸳鸯蝴蝶派”或“新才子佳人派”，则是一个望文生义的带有贬损性的称呼，“新浪漫派”与完全世俗化的“才子佳人”文学有明显的区别，这类名称不足以代表其创作的旨趣。

从三四十年代的文学格局来看，笔者认为新浪漫派文学已经形成了一个以

“个人性”为起点、为中心的“审美主义”的话语系统,而与此相对应的大变革时代的“时代主导话语”则属于另一个以“社会革命、民族救亡”为中心的话语系统。

徐讦和无名氏是在20世纪30年代末40年代初逐步形成其与流行的主导时代话语相对立的个人性话语的。与左翼文学和抗战文学这种占据主导位置的时代话语不同,他们的创作表现为个人化的对“爱和美”的浪漫主义文学主题的偏爱;对超越于现实之上的人性和宇宙的冥想和沉思。为此徐讦反对从“五四”以来的新文学“为人生且要改造人生”的“道学头巾气”;无名氏则追求一种“最高形式的生命理想”。与将人生的价值和意义寄托于现实的社会改造运动的革命时代的主导性的人生价值取向不同,他们关注的是人在宇宙中的位置,人的生存的终极的价值和意义的问题。这恰是在一个实用主义、功利主义、虚无主义盛行的时代被遗忘的问题。与自觉地意识到自己在创造历史的时代先觉者不同,他们不是把握了历史的先见,因而致力于新世界的创造的变革时代的“时代中心意识”的追逐者和表现者,他们的创作表现出一种超时代、超功利的,关注宇宙和人生的永恒真理的神秘主义倾向。与之相对立的时代主导话语,是构成一个时代的历史特征的社会政治道德话语,它在其时代的诸多话语体系中占据主导位置,被认为是体现着“时代”的要求,代表着历史发展的必然趋势。20世纪上半期的占据主导地位的时代话语,是一种激进化的启蒙、革命话语,它有对“现代性”进行批判的一面,即“反现代”的一面,但它更是启蒙理想的激进化,一种正面的现代性追求。它通过不断革命、无限革命的方式,以期最终实现社会改造者的政治乌托邦主义理想。

具体来说新浪漫派的个人话语与时代主导话语的差异在于,他们的“梦之国”不是落脚于世俗的土地上,不是落脚于某种具体的社会政治理想之上,而是落脚于人性的圆全、人的生存境界的提升上。它不以满足人的物质欲望为满足,它还要发展人的精神世界使之趋向一个崇高的目标和深厚完美的境界。由此它也就突破了现实主义文学的源远流长、根深蒂固的“感时忧国”、求治求善的文学传统,而去寻求一种提升人生境界的,超功利、超道德的“天人相通”的至高境界。他们不将政治解决视为解决一切人生问题的唯一途径或最终办法,甚至根本怀疑政治解决的有效性、真实性。相反,他们想于此之外寻找一种文化解决的途径。通过一种对理想的人性的不断觉醒的内在超越之路,来臻至人性的圆满之境。所以无名氏把政治真理称为是“蜉蝣真理”,“在早上发生,晚上死亡”。这种对于时代政治主导话语的质疑,实则标识着新浪漫派看待人类生存、进行社会批判的一种超历史的视角,而“时代”话语则立足于一种直线向前不可重复的线性进步观念,突出表现为一种“时间崇拜”“创新崇拜”。与进步主义的主流话语相反,新浪漫派力图从历史主义的决定论束缚中挣脱出来,让人们意识到现实的政治解放行动的有限性。“解放”只能把人从特定的集团、阶级、国家或特权中解脱出来,而“拯救”则涉及人的整个的生命意义的获救,所谓“神若不在,一切皆无”(柏拉图语)。没有超验的价值依托,人世的善恶就丧失了评判的标准,这里所谓“神”即指代着一种神秘永恒的宇宙生命,它超越于有限的个体生命之上,赋予人以生命的价值和意义。所以新浪漫派有一种很浓重的寻求灵魂拯救的超验主义倾向。他们自觉地担负起了新旧转型时代文化价值重建的使命,想通过人的生存价值的重建,人类共同信仰的达成,来实现一种使人类得以安身立命、永久和平共处的理想。所以徐讦宣扬的是基督教的博爱、牺牲精神;无名氏则要于“恺撒的道路”之外,指出“基督的道路”;在“国家主义”目标之外提出他的“星球主义”;在“肉体主义”之外,标举“永恒本体”;从而表现出一种对于人生问题究元决疑的玄学派的思想家的气质。从这个意义上来说他们是在现代理性主义冲击下“神性退隐”之后,致力于恢复世界的“神性”和生命的神圣,以一种诗性的把握世界的方式来取代将人与世界对立起来的功利主义态度,并且无名氏在写《无名书》时发了这样的宏愿:即调和儒、耶、释三教,以为未来人类重建一种新信仰。

新浪漫派的这种个人性话语与时代主导话语的关系是一种对话乃至对抗的关系。他们属于近现代思想史上一个喜欢与主流话语唱反调的文化传统。他们与前现代的文化传统往往有着深层的联系,而抗拒和怀疑现代的理性至上、整体主义的独断论倾向。他们的思考不停止于任何现实的目标和功利的目的之上,如果说近代以来中国现代性话语的核心目标是建立现代民族国家,那么章太炎在清末就针对梁启超的“民族国家主义”唱出了反调:“国家之事业,是最鄙贱者,非最神圣者。”[①]针对建立在进化论基础之上的乐观主义的进步主义

① 章太炎:《国家论》,《民报》第17号,1907年10月25日。

信仰,章太炎也提出了他的“俱分进化论”,对人类可臻至善无恶的信仰,提出质疑。他认为:善也进化,恶也进化,所以善恶如影随形,不可分离,所以不可能达到至善无恶之境。另外,他还有许多迂阔、悖谬、不合时宜的思想、议论,充分显示出身为“以自己的思想作主宰”的思想家的风采。1923年的“科玄大论战”,凸现出科学主义的理性化人生设计与具有人文主义的价值关怀的“玄学论者”的冲突,这可以说是现代工具理性和价值理性的首次正面交锋,当时这种冲突从哲学层面主要表现为自由意志与决定论的孰是孰非。科学主义者在论争中似乎占了上风,吴稚晖更以他的“漆黑一团的宇宙观”和“人欲横流的人生观”博得一片喝彩。然而我们不应该无视马克斯·韦伯(Max Webber)对这种科学主义的“现代人”设计的辛辣的讽刺和挖苦:“没有精神的专家,没有心灵的享乐人,这样的凡骨竟自负已登上人类从未达到的文明阶段。”[①]科学并不能解决人的生存价值和意义问题。而新儒家的出现则于“全盘西化”的激进的现代性诉求之外,意识到中西之间的冲突不只是强弱、贫富的冲突而且是基本的人类价值的对峙。因此救亡的途径并不只有“西化”一途,首先应克服的是认为自身文化的内在源泉已经枯竭,非斩断传统否则不足以与言现代化的西洋崇拜心理。他们主要关注的是中国固有文化的现代化转换问题以及现代中国人的精神归宿问题。所以他们要站在民族文化本位的立场上“为中国文化说话”,倡导一种打破线性进步观念的文化相对主义观念,反对将一切社会现实问题都归罪于传统文化。到40年代,随着斯宾格勒(Oswald Spengler)的《西方的没落》和汤因比(Arnold J. Toynbee)的《历史研究》的走红,大后方的文化界出现了“东方文艺复兴”旗号下的“中国文化重建运动”。冯友兰、贺麟等人的对传统文化的再阐释,“战国策派”宣扬的文化形态学等,这一切都构成了无名氏创作《无名书》的思想文化背景。从《无名书》表现出的理想、抱负、精神气质而言,它与冯友兰的《贞元六书》颇有相通、可比之处,都有着“多难兴邦”的期待,都有着“为万世开太平”的高远理想,也都有着民族文化本位主义的自信。只不过《无名书》视野更为宏阔,它不拘于“儒学”一家,而要融合“三教”,以“儒”为主体熔铸成一个未来人类的新信仰。

① [德]马克斯·韦伯著,张汉裕译:《基督新教的伦理与资本主义的精神》,台北:协志工业丛书出版股份有限公司,1960年。

总之，新浪漫派文学与个人自由主义、文化守成主义具有较密切的关系，大致说来徐訏更多地依托于西方自由主义和基督教传统；而无名氏则与民族文化本位主义思潮有更多关联，他力图接续的是被“五四”所脱魅的中国传统的“道问学”和“心性学”的传统，并对之进行改造和与其他文化的融通，使之适应于现代社会并具有人类普遍价值。

二

新浪漫派与时代话语的关系反映着现代性自身的内在矛盾，即理性化的人生设计与个人自由之间的矛盾；绝对主义一元论的价值诉求与“价值多神是现代的宿命”之间的矛盾；他们的“反现代性”不是对“进步”的抵制，他们对“现代”实有着更高的企盼，但这种企盼却是通过对理性主义的“现代生活设计”的抗拒来实现的。他们抗拒的是现代生活的平面化、单一化、功利化、实用化的趋势，所要维护的是人的生存的个体性原则以及“神性退隐”之后的一种“诗意地栖居于大地之上”的生活方式。他们心目中的“现代”不是一个单一绝对的理念的实现，而是一种多极角逐、多元并存的局面的出现所带给人的生存的自由、宽松感。浪漫主义的救世主义仍构成了他们的精神核心，所以他们没有现代主义文学中那种常见的颓废、怀疑和虚无主义，也不会用反讽的态度来看待时代的纷争，因为他们本身就是时代纷争中的一方，并且坚信自己是站在超出于政治党争之上的立场上，出于公心，代表公理和正义说话。他们的创作与现代主义文学相比，有着更多的入世色彩。特别是《无名书》已远非单纯的文学文本，主人公的思想探索、哲理思辨已成为该书的主体内容，任何文学上的主义、流派都难以将其全部涵盖。它融宗教哲学的思辨精神与百科全书式的广博于一体，展示出一个社会大动荡的时代，一个文化守护者和建设者在瓦砾和废墟上进行文化重构的宏大气象。

文学是时代的见证，但这并不意味着诗人作家只是其时代的记录者，文学对时代的见证，应该指文学以其自身的方式对时代进行个人化的感受和阐释。它并不以表证或再现这个世界的方方面面为己任，而是以话语创造的方式来扰乱对这个时代的某种确定性理解。这就牵涉到作家如何理解其所处的时代，以及它对文学的本质和功能作如何的理解：是机械主义地看待文学，对时代作历史性的文学图解;还是将时代、历史视作是一种人的存在的维度,揭示特定时代的人的生存状态?这实则代表着在文学的现代性转换中,对文学的两种不同理解。新文学借以打倒旧文学的"文学的历史进化观念"为时代主流文学所强调、发展,最终形成文学服务于时代、从属于时代的文学观。所以主流文学的现实主义思潮是以揭示历史发展的必然趋势、推动历史前进为己任的。在这一点上新浪漫派与主流文学的文学观念是有分歧的。徐讦针对评论者批评他"在理念的世界里产生人物……缺乏时代与现实的阳光",作过这样的辩解:"最想逃避现实的思想与情感,正是对现实最有反应的思想与情感。"[①]未来派、现代派的趋势所及都是远离生活的姿态,"可是按之实际,正是反映真实人生的另一面"[②]。显然他是针对人类的精神现实,而不是外在现实作出自己的反应的。无名氏在《金色的蛇夜》中对"时代"的回答,则更为直截了当:"尽管时代像狗带子样永远套在我,我却从不重视它。……我掷开时代,正像一个决斗者掷下手套。从前,对于我,时代和永生结合在一片,现在,分裂了,时代是时代,永生是永生。从此,我单独泅泳于永生河流。"[③]对于什么才能代表时代,无名氏也自有他的看法:"是的,他们必须反映时代,但代表时代的并不只是伦敦唐宁街十号的演说,东京佐佐木广场上的秋季兵操,或者巴黎凡尔赛宫里的嘘声或掌声,另有一些永恒的事物在。"[④]《无名书》中的印蒂所要追寻的,就不是浮光掠影、瞬息万变的时代幻象,而是"那容得下最长测锤的最深海湾"[⑤],万千幻象之后的最高实在。

当时代与"永恒"分离的时候,亦即"神性退隐"之后,徐讦和无名氏显然关注的是被遗忘的神性和永恒。这种对永恒的追寻也带有二十世纪的时代色彩。二十世纪从整体上而言是一个理想主义的世纪,这种理想主义既来自政治乌托邦主义的激励,也来自一种宗教性的千年王国的观念。无名氏和徐讦的作品中也都有一个千年王国、大同世界的影子。徐讦的千年王国的构想接近于基督教,正像《吉普赛的诱惑》中所说:"我们生活在游戏之中。我们不依社会偶像的意志工作,我们只依上帝的理想而生活。我们是上帝的儿女,不是皇帝的奴

---

① 徐讦:《〈三边文学〉序》,《徐讦文集》第10卷《散文》,北京:生活·读书·新知三联书店,2012年,第81页。
② 徐讦:《〈三边文学〉序》,《徐讦文集》第10卷《散文》,北京:生活·读书·新知三联书店,2012年,第81页。
③ 无名氏:《金色的蛇夜》上册,上海文艺出版社,2001年,第35页。
④ 无名氏:《金色的蛇夜》上册,上海文艺出版社,2001年,第95页。
⑤ 无名氏:《金色的蛇夜》上册,上海文艺出版社,2001年,第95页。

隶。”[①]由此展开他的乌托邦的“艺术和诗”“爱和美”的畅想曲。无名氏的千年王国观念则更接近于儒家“天人合一”“内圣外王”“大同世界”的道德理想。《创世纪大菩提》中的印蒂在他的“地球农场”中就曾试图将他的道德理想付诸实践。这也说明新浪漫派也是二十世纪理想主义精神的一种表现形式。其与时代主导话语的对立是一种文化乌托邦的“人性之梦”与一种“政治乌托邦主义”的对立。这种政治乌托邦主义的理想与“人性之梦”的区别在于：理想是理性追求最高的善的产物，它以现实及现实中的历史作为批判的对象，然后设想出一个完满的模式作为现实必然要达到的未来的目标。它具有排他性、独断性、合目的性。而“人性之梦”则是在个人自由的精神状态中的对超验、对神性的领悟，它是一种个人坚持其彻底的差异性的姿态。它不受任何规范的束缚，具有当下性、直接性。它是一种诗和幻想的产物，是一种与现实对立的梦想和梦想化的现实，而不是在现实中求梦的实现、以建成人间天堂为己任的理想奋斗者。无名氏和徐讦都有一种“以梦为真”的追梦者的诗人气质。

其次，徐讦和无名氏的创作看似时代感比较淡薄，实则其创作也都是围绕着重大的时代命题而展开的，对现实的不同认识和理解，构成了其时代感的独特内涵。“五四”以来的启蒙救亡话语，将近代以来的中国人所遇到的问题归之为中国独有的问题；将中西文化的问题归之为时间差异的问题；将人性中的“恶”归之为某种阶级的属性；并将一切社会“不公”理解为社会“不义”，由此成就了一种全方位的社会政治文化革命话语，为解决中国问题提供了一个根本解决之道。这种文化、政治启蒙的功利性既推动了中国社会的现代化变革，但也限制了人们的视野，使其把中国社会的一切问题政治化、简单化、地域化，以为只要通过启蒙、通过革命，中国的一切问题都可以迎刃而解。这就好比把某种病因复杂的疑难杂症当成感冒发烧来看待一样，把这个病症说得越简单、明确，疗治者才能越有信心。而患者也才能信任医生。倘说不出是什么病，自然开不出药方，那便不能满足人们的期待。虽然像鲁迅这样的启蒙者未必没有意识到这种启蒙的承诺的虚幻性，但如果放弃了对文化启蒙、社会革命的信仰，仿佛就意味着放弃了中国在世界上生存的唯一希望。这种宗教性的对启蒙、革命的崇

① 徐讦：《吉卜赛的诱惑》，中国现代文学馆编《徐讦文集》，北京：华夏出版社，2000年，第112页。

拜态度,使一切都围绕着中国的现实问题而展开,鲜有能站在普遍的、共通的人性的立场上,突破现实功利性的考量,逾越国族的界限,揭示人类生存的共相和通病,关心人类生存所共同存在的困境危机和问题。无名氏和徐讦则是站在这种启蒙、革命话语之外,而具有某种堪称迂阔的世界感和人类感的作家。只强调中国的殊相而看不到人类的共相,也会走向一种画地为牢的自欺之道。所以,无名氏的《无名书》是要为未来人类寻找一种新信仰,徐讦的人性之梦显然也是逾越了种族、国界的人类的共同幻想。他们的这种超越性的追求并非与时代无关,而正是要揭示时代视野所不及的盲区和残缺。如徐讦写于30年代末的话剧《月亮》写一个侍女之所以不敢爱她真心所爱的对象——柔弱善良、平等待人的主人家的少爷,是因为怕人说她有虚荣心、贪物质的享受。而她之所以按照哥哥的意愿爱上一个男佣,则是因为"他不是少爷、没有地位……",这些社会的、阶级的考量在真正的爱情面前就露出了它的荒唐可笑。再如《生与死》中的剑晓成为一个被雇佣的杀手,只是他认为他有理由杀人:"他们用种种方法,不断地杀,杀了成千成万自己的人让自己享福。那么为什么我不能杀一两个人,救我可敬的朋友同我自己的妹妹?"[①]从这个剧中我们听到陀思妥耶夫斯基(Fyodor Dostoyevsky)《罪与罚》的遥远的东方回声——"没有上帝,一切都是允许的。"徐讦所发的这种感慨与其所处的时代的语境是分不开的。无名氏的《无名书》更是对血与火的时代动荡时世的回应。他要探索的时代问题是:现代知识者为什么无法拒绝来自"革命"的召唤?他们在一种什么样的历史情境中投身于历史?在动荡的时代诗人何为?是做暴风雨来临前的海燕,在空中欢呼"让暴风雨来得更猛烈些吧",还是做黄昏时起飞的鸱枭,发出为人们所厌闻的不祥之言?当时代令人窒息,到处充塞着一种阴郁、怨毒、狂躁、暴戾之气的时候,当血与火的劫难被视作是"新天地"到来的必经的洗礼、必付的代价的时候,作为人类良知化身的知识分子将何以自处?徐讦和无名氏,特别是无名氏,并没有也无法回避这个严峻的时代所提出的这些严峻的问题。他们的选择令人联想起那位在二战前夜预感到人类文明即将遭到大劫难时,决心要做欧洲最后一个知识分子的瓦尔特·本雅明(Walter Benjamin)。新浪漫派文学对其时代的独特应

① 徐讦:《生与死》,《徐讦文集》第16卷《戏剧》,北京:生活·读书·新知三联书店,2012年,第68页。

对和回答，应成为我们世纪末反省中国文化的现代性问题的重要文化资源。

在“现代性”问题视野中看20世纪40年代新浪漫派文学，意指将新浪漫派文学放置在现代性的概念架构中，来估量其在文学发展中的价值和意义，从而跳出以追求“现代”为总体目标的社会政治、文化批判的启蒙视角，将“对现代的追求”本身这一典型的现代性文化现象也作为一个反省考察的对象，在传统社会向现代社会转换的大背景下，在文学和社会的互动关系中，在个人言说和主义话语之间，来考察本世纪文学的发生、发展过程以及所存在的问题和出现的偏向，在对“现代性”问题的反省中，为今后的文学发展寻求一条更具包容性、更富生机和活力的生路。具体到本文的研究对象，“现代性”从“信念”到“问题”的理论视野转换，首先有助于揭示时代主导话语与个人性话语的关系。如“宗教性的现代性”是现代性初萌时期一个必不可免的阶段。特别是在后发展国家的中国，为现代性鸣锣开道，进行广泛的社会动员是必不可少的。应该反省的是，这种对现代性的极端性追求，在多大程度上危及现代性赖以立足的某种基本原则，从而避免对现代性的单向理解。其次，它有助于揭示新浪漫派在现代性的问题视野下所呈现出的特性。新浪漫派素来为正统的文学史著作所排斥，一是在其中难以发现为既往的研究者所重视的从启蒙、革命的立场上来判定的价值和意义；一是新浪漫派自身的特点所致。与积极地推动社会的进步、与时代同步前进的主流文学相比，它只是消极地维护个人的自由的生存原则，并以文化守成主义的姿态对激进的时代提出质疑。尤其是对重大的时代问题——即“社会公正”问题的回避，也使他们在其时代显得无足轻重，缺乏应具的影响力。新浪漫派的主观心理自恋倾向，也限制了他们与时代进行深入有效的沟通和交流。所以，他们难以写出陀思妥耶夫斯基式的，具有深厚的现实文化内蕴的，真正意义上的“复调小说”。而且他们小说中流露出的带有“精神贵族”色彩的，文化享乐主义的唯美、颓废倾向，也使他们远离了严峻的而又大有作为的时代的精神氛围，这使人们将他们与专门从事通俗写作、消遣文学的作家混淆起来，使其创作在其时代难以得到充分重视。倘若单纯从某一角度出发，对他们的创作给予言过其实的评价，也就违背了文学研究中应该具有的历史原则，对他们创作的估价应该是恰如其分的。

“夜”的神秘与“灵虚”之美

——20世纪三四十年代新浪漫派文学的黑夜情调

时代之贫困不光是因为上帝已死,而是因为终有一死者甚至连他们本身的终有一死也不能认识和承受了。终有一死的人还没有获得到达他自身本性的所有权。死亡遁入谜团之中,痛苦的秘密被掩藏起来了。

——海德格尔《诗人何为》

……我期待人静,我期待天黑,我期待灯灭,我期待混沌的宇宙复归它原来的死寂。……我生命在黑暗中曾经清楚,在这稀奇的光明中反而叫苦。……

——徐訏《黑暗》

一、“爱夜者”的心灵自白

一个有趣的现象是,徐訏和无名氏都是夜的钟情者、热爱者,在他们的作品中,不但往往把黑夜当作舞台,让神秘乖张的“鬼魂”“怪客”在这种罕有人际的时候登场,讲出他们在白天深埋在心底的情爱奇遇、断肠心史；特别是徐讦还有为数可观的直接以“夜”或“梦”为题的诗和散文，抒发、表达“夜”所引发的感怀和思绪。他们是现代文坛上别具一格的“爱夜者”，“夜”对于他们具有一种存在的本体论上的意义。

一般来说，在现代作家中，“爱夜者”似乎不乏其人。鲁迅在 20 世纪 30 年代就专门写过著名的《夜颂》，但鲁迅的“爱夜”与徐讦和无名氏的“爱夜”显然有着极大的不同，试就鲁迅的《夜颂》一文分析一下鲁迅是什么意义上的“爱夜者”：首先鲁迅的“爱夜”与他“疾虚妄”的性情有关。他认为在夜的黑暗中一切方才露出其本来的面目，夜里的人比白天的人更为真实。所以他说：“人的言行在白天和在深夜，在日下和在灯前，常常显然两样。夜是造化所织的幽玄的天衣，普覆一切人，使他们温暖、安心，不知不觉得自己渐渐脱去人造的面具和衣裳，赤条条的裹在这无边无际的黑絮似的大块里。”[①]在夜里能看到在白天看不到的人的真实的一面。要看清夜中的一切，鲁迅强调：“要有听夜的耳朵和看夜的眼睛，自在暗中看一切暗。”[②]显然鲁迅之于暗夜是强调了夜的遮蔽中的暴露，而且夜中所暴露的一切才是不加掩饰的本相，而且这种本相更多的具有明确的社会学上的意义：即指人世间的罪恶和黑暗。这种黑暗罪恶不因日出而消隐，只不过在白天被精心地掩盖了起来。所以相对于白天来说，“只有夜还算是诚实的”[③]。重要的是要识破其在白天的伪装。可见作为社会批评家的鲁迅的“爱夜”只不过是白天的职责的延续，他的“爱夜”正如战士之爱他的仇敌和对手一样，他的“爱夜”代表着一种敢于直面黑暗、与黑暗肉搏的胆识和勇气。所以《夜颂》第一句就是：“爱夜的人也不但是孤独者、有闲者、怕光明者。”[④]实际上这已经开门见山地道明了他不是真正意义上的夜的企盼者、沉溺者，而是夜的战斗者和夜的终结者。这也就是说鲁迅这位“爱夜者”是为了将黑夜转换成白天的光明的向往者、追求者。他的“爱夜”并不是真的爱夜的静寂和漆黑，只是爱的是那种独战黑夜的情调。这在鲁迅的小说《明天》中早有流露：“一切都沉寂下去了，只有黑夜为想变成明天而独自在寂寞里奔驰。”[⑤]

---

① 鲁迅（署名“游光”）：《夜颂》，《准风月谈》，北京：人民文学出版社，2006 年，第 5 页。
② 鲁迅（署名“游光”）：《夜颂》，《准风月谈》，北京：人民文学出版社，2006 年，第 5 页。
③ 鲁迅（署名“游光”）：《夜颂》，《准风月谈》，北京：人民文学出版社，2006 年，第 6 页。
④ 鲁迅（署名“游光”）：《夜颂》，《准风月谈》，北京：人民文学出版社，2006 年，第 5 页。
⑤ 鲁迅：《明天》，《呐喊》，北京：人民文学出版社，1979 年，第 36 页。

这里对鲁迅的“爱夜”心态的分析是就一般意义上的鲁迅，特别是30年代的鲁迅而言的（鲁迅也曾难以抵御那浓似墨汁的漆黑之夜的诱惑而萌发出世的遐思，如厦门时期的鲁迅），鲁迅独战黑暗的精神是30年代进步文坛追求光明的时代趋势的代表。30年代文学中的理想较之20年代已更为具体而明确，文坛进入一个世界范围内的所谓“红色三十年代”时期。这在中国也并不例外，30年代出现的社会分析小说就集中于对当时的经济制度的批判。再者，自由主义等面对中国30年代急剧激化的社会矛盾的软弱无力，也使人们寄希望于一种更为彻底更为全面的社会变革。这种种原因就使得这个时期的文学的主流成为为光明的到来而呼喊、奋斗的文学，他们将现实的黑暗看作黎明来临前最后的黑暗，以“光明就在前头”的信念投入对黑暗的诅咒和抗争之中，不仅付出了真诚的呐喊，而且付出了血的代价。甚至并非激进作家的曹禺，也写出了他的名剧《日出》，诅咒那个“损不足以奉有余”的黑暗世道，并且为那些“黑夜里的生物”发出了死期将近、日出在即的预言。然而在追求光明的时代潮流之外，也还有一些边缘作家的存在，他们是真正的“爱夜者”，这个“夜”与政治、道德意义上的黑暗、罪恶无涉，是与白昼对称的月夜，与喧嚣相对称的静寂，与理性相对称的神秘，与现实相对称的梦幻……徐讦和无名氏即属于这一类爱夜者，他们与主流文学的真正差异不在于社会政治倾向上的对立，而在于一种文化心态上的差异或者说一种人生境界上的区别。

徐讦也写过一篇散文《夜》，他所瞩目于夜的也首先是它的寂静和漆黑，一种夜对于万物的遮蔽：“一个有耳朵的动物对于寂静的体验，似乎还有赖于耳朵，那么假如什么也没有的话，恐怕不会有寂静的感觉的。在深夜，当一个声音打破寂静的空气，有时就陪衬先前的寂静的境界，而那种似乎存在、似乎空虚的声音怕才是真正的寂静。假如说夜是藏着什么神秘的话，那么这种神秘就藏在寂静与黑暗之中。所以如果有探问这个神秘，那末就应当穿过这寂静与漆黑。”[①]正是因为白天的喧闹，才衬出了夜晚的寂静，正是因为白天的明朗，才衬出了夜晚的漆黑。而这种对夜的寂静和漆黑的冥想遐思，正代表着一种从实有之境到虚无之境的转换。对虚无之境的体认，正是对存在本源的追问，这里的

① 徐讦：《夜》，《徐讦文集》第9卷，上海：三联书店，2012年，第444页。

“虚无”既是什么都没有的“Nothing”，又是包容一切的“Everything”，所谓“冲漠无朕、万象森然”[①]之境。夜与“悟道”素来有直接的关系，王阳明曾经说过：“夜来天地混沌、形色俱泯，人亦耳目无所睹闻，众窍俱翕，亦即良知收敛一时。良知在夜气发的方是本体，以其无物欲之杂也。”[②]这是讲夜有助于人证得清净无碍的心之本体，这与海德格尔所说的大地在夜色中的遮蔽与敞开是相通的。与那些暗夜里的战士、光明的企盼者不同，徐訏的“夜”具有一种存在的本体论上的意义，是一种存在之敞开的灵虚之境。徐訏所要享受品味的正是这种夜的纯净和灵虚，所以他的“爱夜”不是像前者那样将白天的入世情怀带入夜中，视夜为白天的延续，而是要感受夜所带给人的独特启示——一种出世之感、灵虚之美，所以他说：

> 既然白天时我们享受着光明与热闹，那么为什么我们在夜里不能享受这份漆黑与寂静中所蓄的神秘呢？但是这境界在近代的都市中是难得的，叫卖声、汽车声、赌博声、无线电的声音以及红绿的灯光都扰乱着这自然的夜。只有在乡村中、山林里、无风、无雨、无星、无月的辰光，更深人静、鸟儿入睡，那时你最好躺下，把灯熄灭，于是灵魂束缚都解除了，与大自然合而为一。这样，你就深入到夜的神秘怀抱里，享受到一个自由空旷的世界。这是一种享受，这是一种幸福，能享受这种幸福的人，在这忙碌的世界中是很少的。真正苦行的僧侣是一种在青草上或者蒲团上打坐，从白天的世界跳入夜里探求一些与世无争的幸福，此外田园诗人也常有这样的获得，至于每日为名利忙碌的人群，他永远体验不到这一份享受。除非在他失败时候，身败名裂、众叛亲离，那么也许会在夜里投身于这份茫茫的怀中获得了一些彻悟的安慰。[③]

这里徐訏把对夜的感受、体味变成了一次精神的沐浴，从中体悟到一种物我合一、浑然一体、无执无欲的宗教境界，一种圆寂、涅槃境界。下面有一段话

① 朱高正：《近思录通解》，上海：华东师范大学出版社，第323页。
② 〔明〕王阳明：《传习录校释》，长沙：岳麓书社，2012年，第156—157页。
③ 徐訏：《夜》，《徐訏文集》第9卷，上海：三联书店，2012年，第445页。

将这种境界说得更为明白:“在这光亮与漆黑的对比之中,象征着生与死的意义的,听觉、视觉全在一瞬间完全绝灭,且不管灵魂的有无,生命已经融化在漆黑的寂静与寂静的漆黑中去了。”[①]这正是对海德格尔所言的“人的终有一死的本质”的体认,虽然这一点在神性退隐之后的现代已变得隐而不彰。所以徐讦的“爱夜”颇近于弗洛姆(Erich Fromm)所称的“涅槃原则”,意指把能量减少到所有能量冲动的终点的倾向。弗洛姆正确地修正了弗洛伊德关于“死本能”的解释,将“涅槃原则”和“破坏欲”区别开来,认为“两者性质截然不同,根本不能被归结于同一种死本能”[②]。与“破坏欲”相区别的这种“死本能”实际上指一种欲望的消解、意志的放弃状态,从而回归到一种无执、无我的精神状态,它更突出地表现为一种宗教、审美的境界,一种叔本华所推崇的源于佛教的“无执”境界。

通过“死”来达至“生”的觉解,由此形成徐讦一种宗教式的人生感悟:

> 看人世是悲剧或者是喜剧似乎都不必,人在生时尽量生活,到死时释然就死,我想是一个最好的态度;但是在生时,有几分想到自己是会死的,在死时,想到自己是活过的,那就一定会有更好的态度,也更会了解什么是生,什么是死。[③]

所以他对于另一类“虚假”的“爱夜”的人颇有不屑之色:

> 为夜长而秉烛夜游的诗人,只觉得人生的短促,应当尽量享受,是一种在夜里还留恋那白天欢娱的人。一个较伟大的心境,似乎应当是觉得在短促的人世里,对于一切的人生都会自然的尽情的体验和享受,年青时享受青年的幸福,年老时享受老年的幸福……我们还是过一点合时的生活,干一点合时的工作,度一点合时的享受吧。[④]

同样,白天有白天的快乐,晚上有晚上的情调和美,所以徐讦不想“再在这

---

① 徐讦:《夜》,《徐讦文集》,上海:三联书店,2012年,第445页。
② [美]埃里希·弗洛姆:《弗洛伊德思想的贡献与局限》,长沙:湖南人民出版社,1986年,第131页。
③ 徐讦:《夜》,《徐讦文集》,上海:三联书店,2012年,第446页。
④ 徐讦:《夜》,《徐讦文集》,上海:三联书店,2012年,第444—445页。

神秘的夜里用耳眼享受这寂静与漆黑”，而“愿将这整个的身心在神秘之中漂流”①。

“夜”之于徐訏，不只是品味它的寂静和漆黑，而且“夜”已成为徐訏诗情，灵感的源泉。“夜”使诗人回到了只属于他们自己的内心世界，天地混沌、形色俱泯的夜恰恰是灵性敞开，诗情萌发之时即所谓“童心来复梦中身”是也。他的大量诗作都是与“夜”有关的，如《梦》《今夜的梦》《梦境》《夜尾》《夜醒》《夜感》《茫茫夜》《黑暗》等，都是诗人独对黑夜的抒情。对“夜”的迷恋和钟情，造就了诗人独特的生存方式，也就是一种“以梦为真”的唯美、浪漫的生活方式。这种生活方式在一个“革命的时代”就难免消极、颓废、无为之讥了。他对此曾做过这样的辩解：

有人怪我懒惰/有人说我罪过/青春在梦中消逝/岁月在悔中蹉跎/还有人在我窗前走过/说我昨宵酒醉/红蜡烛点到天明/把古今的名画都烧毁/其实我一夜未归/在海滩上面独坐/静守那东岸的星/在五更时渡过天河/那么你要说我常痴/或者说我已疯/其实我只是糊涂/把生命交给了梦。(《梦》1941年)②

徐訏还写过一篇谈“懒惰”的诗歌，为自己的“懒惰”辩护，认为懒惰者有两个美德，一是淡泊，二是和平。表现出一种有所不为的狷介之气。在迎接光明的时代大合唱中，徐訏反而唱出了《黑暗》这样与时代不协调的“夜歌”：

我像一个先天的聋子与瞎子/在半生的途中/有一天豁然开朗/面对着光明响亮的世界叫苦/对过去黑暗死寂的日子怀疑/对未来希奇的生命糊涂/我在这里期待/像枯树期待绿/像顽石期待青苔/像久旱期待雨/像春风期待花开/我期待人静/我期待天黑/我期待灯灭/我期待混沌的宇宙/复归它原来的死寂/我数着年份，我数着月份/我数着钟点，我数着秒与分/但天依然发着光/人依旧虎狼般猖狂/夜里满地还是黄色的灯/于是我期待梦与

① 徐訏：《夜》，《徐訏文集》，上海：三联书店，2012年，第446页。

② 徐訏：《夜》，《徐訏文集》第14卷，上海：三联书店，2012年，第84页。

幻/期待疯子一句话/期待婴儿一个傻笑/因为在那个世界里/我可以化一只小鸟/一只蝴蝶,越那海的茫茫/天的苍苍,以及山岭的蹊跷/在世界所遗忘的一角/把我过去的生命忘掉/但我先要采云霞铺路/采星星照你脚步/因为我苦,我要你来证明/我生命在黑暗中曾经清楚,在这稀奇的光明中反而叫苦。[①]

这是一个在大变革时代里徘徊于明暗之间的孤独的个人主义者的命运。一方面不满于夜的死寂与沉静,一方面又害怕被光明所吞没。在鲁迅的《影的告别》中,我们也听到了这样的心理独白:“我不过一个影,要别你而沉没于黑暗里了。然而黑暗又会吞并我,然而光明又会使我消失。”[②]然而鲁迅《影的告别》最后一句是:“我独自远行,不但没有你,并且再没有别的影在黑暗里。只有我被黑暗吞没,那世界全属于我自己。”[③]也就是说这个“影子”决定要做这个世界里的最后一个“影子”,一个与黑暗纠缠、苦斗,以身饲虎,割肉贸鸽的“黑暗终结者”,所以这与徐訏的心态又有明显的差异了,他表现的是一个“爱夜者”在刺目的光明突然显现时的恐惧和眩晕,一种找不到自己的恐慌。面对眼前的这个“光明响亮的世界”“未来稀奇的生命”,我失去了自我,失去了灵魂,我在阳光的照射下,无处安身,无可遁逃,于是我只好祈祷夜的来临,梦幻的来临,在漆黑和寂静里安妥我的灵魂。古人讲“一阴一阳之谓道”,阴阳是一种相互对立,又相互统一的关系,所以不管是纯阴无阳,还是纯阳无阴,都是不祥,都会导致“单盛成灾”。夜与昼的关系也是这种阴与阳的关系的一种体现。美国精神分析学家默里·斯坦因曾将良知分为“日性良知”和“月性良知”[④],“日性良知”埋藏在人类社会中,“月性良知”则延伸至整个宇宙。前者类似于弗洛伊德所说的超我,后者类似于本我。前者是人类生活必需的社会法则,后者则体现着人的天性,两者是冲突的,但也是互补的。

那么“夜”与“昼”在审美上究竟具有什么样的意义呢?白天是世界的敞开,夜是对世界的遮蔽,正是因为夜的遮蔽,才敞开了人的想象,使之甚至比白天可

① 徐訏:《徐訏文集》第13卷,上海:三联书店,2012年,第486—487页。
② 鲁迅:《影的告别》,《野草》,北京:人民文学出版社,2001年,第4页。
③ 鲁迅:《影的告别》,《野草》,北京:人民文学出版社,2001年,第5页。
④ Murray Stein, *Solar Conscience Lunar Conscience*, Wilmette IIlinois, Chiron Pulication, P1.

视可辨的审美对象更丰富而精彩，因为它可以完全不受白天那些清晰可辨的审美对象的规定和限制。因此，日本美学家今道友信甚至认为，艺术的美必须在夜晚之中，才彻底呈现，他说："在夜晚那颤动的烛光中，佛陀或基督脸上那固定的皱纹显现出游移的样子，晃动的影子使雕塑的面部现出了生机。只有在这样一种氛围里，佛陀和基督才犹如活着一般，微笑着和我们交谈。女子雕像上固定的衣褶也会在黑夜的飘逸和来自烛光的暗影中栩栩如生。"[①]夜晚是艺术生成、拓展和提供审美体验的时候，因为在白昼人们是以几何透视的方式测量对象，但测量不是欣赏，欣赏需要一定的空白和模糊，才能有精神的注入和精神的拓展，才能进入审美层次。

在海德格尔那里，"太阳"代表着揭示一切，算计一切的历史理性，同时还象征着一种空间意义上的"世界"。太阳不仅照亮此一事物，它同时还照亮此物与彼物之间的联系。由此，大地上的万事万物就被纳入与大地相对的领域"世界"。"世界"是阳光在大地之上的一件得意之作，它使大地上的一切都敞开了，成为一个日常喧闹的世界，一个被实用、功利理性所主宰的世界。而夜的宁静、朦胧和神秘则解放了人的想象力和感受力，让人发现白天所没有的另一种真实。于太阳的炽热和强光之外，另辟一个清凉幽邃的世界，一种月光下的诗意，一种黑暗中的神秘。徐讦和无名氏所钟情的也正是这样一种"太阳"——白天的世界之外的"月亮"——暗夜的灵虚之境。那么夜与昼在"新浪漫派"这里又有些怎样具体的时代的内涵呢？根据其话语产生的语境和其基本价值取向来看，"新浪漫派"的文学话语是一种与追求光明的、倡导革命的、关注社会的、表现时代的主导文学话语不同的一种个人话语。时代主导话语可称之为一种"白天的话语"，它是一种真理之光的照耀下诞生的文学，它使一切都明晰化，功利化了，成为一种理性的、意志的、否定和批判性的文学话语。而"新浪漫派"则可称为一种夜的话语，它是个人的、情感的、梦幻的、神秘的文学话语，表达的是一种月光下的诗意和黑夜中的遐想。在其时代语境中，"白天"的文学具有一种趋光的热情和乐观，热烈地拥抱所是，激烈地抨击所非，显示的是一种觉悟者、解放者、奋斗者姿态；而"夜"的文学则是一种逃脱了强光之后的静谧和悠然，一种

① ［日］今道友信：《夜晚对于审美经验的意义》，《美术史论》，1991 年，第 4 期。

执着于爱，沉迷于美的对于非现实境界的迷恋，以及一种旁观者、做梦者、出世者看待人生和世界的态度。“夜和昼”虽然是对立的，但也是互补的，正如理性和非理性的结合，才构成了人的完整的本质一样。

进而言之，“新浪漫派”对“夜”的钟情和体味，正是一种对于世界和人的存在中的“幽玄意识”的表达和强调，所谓“幽玄意识”也就是世界不透明的意识、人的有限性的意识。这种意识表现在对于存在的理解中，就是强调存在就是阴暗、不可知的“阴”和显明、可知的“阳”之间持续的交互作用，它是一切创造得以展开的场所。对于时代的主导话语而言，世界和人的不透明性、有限性都已不再存在，它表现出一种高亢昂扬的乐观主义精神，相信已掌握了历史发展的必然规律，因而表现出一种能动的创造历史的信念和使命感。它代表着的是“现代性”文化中的“理性主义”精神，对社会进行一种合理化的设计和改造。在蔡元培的理性主义乌托邦小说《新年梦》中，人只是一种生物意义上的存在，满足其一切生理需求就可以了，不必再问其他，所以，最后人的姓名的存在也无必要，改用了数目字对人编号，没有家庭、没有私有财产，也就最终消除了一切社会罪恶，剩下的就是彻底征服自然，让自然服务于人了。而“新浪漫派”所强调的恰恰就是世界、存在的不可知性和人的存在的有限性。“夜”也正是这种世界、存在的不可知性的代表，而“死亡”正是在提醒他作为人的存在的有限性。相对于人的生物性的存在，他更关注于人的精神性的存在，属灵的特性，人的存在的精神维度。所以相对于理性主义者所描绘的泾渭分明的客观世界，他强调的是世界的神秘和幽暗以及世界与人共在的诗意和和谐；相对于对社会平等和公正的关注、进行彻底的社会改造的理想，他们更关心的是个体的自由、心灵的归宿以及人作为存在的“守护者”而不是作为“征服者”的“诗意的栖居”。

二、叙述“革命与爱情”的正反文本

徐讦的成名作《鬼恋》是他旅居巴黎时写成的，发表于 1937 年 1 月的《宇宙风》杂志上，这篇小说也是他的创作特质、审美特性的集中显现。从某种意义上来说，这篇远离 30 年代特有的时代氛围的小说，恰恰又可以说是对其时代主导文学的审美倾向、情感模式的对话和回应。笔者有意将其与当时的主导文学的代表作——丁玲的《韦护》进行比较，从而辨别丁玲这位被称为“时代女儿”的

"革命+恋爱"小说，与徐訏这位"夜的歌者"的奇情、幻美小说的差异何在。

首先，从小说的叙述时态来看，丁玲的小说叙述时态是一种现在进行时，小说第一句是："韦护穿一件蓝布工人服，从一个仅能容身的小门里昂然的踏了出来，那本来缺乏血色的脸上，这时却仍保留着淡淡的一层兴奋后的绯红，实在是因为争辩得太久了，又因为天气太闷，所以呼吸急促得很。"[①]小说一开始就把人带进了一种特定时代、当下现实社会的繁忙和争执之中。而徐訏的《鬼恋》则是一种回忆式的叙述，开头第一句是："说起来该是十来年前了，有一天我去访一个新从欧洲回来的朋友，他从埃及带来一些纸烟，是一种很名贵的我在中国从未听见过的叫做 Era，我吸觉得比平常我们吸到的埃及烟要淡醇而迷人，他看我喜欢，于是就送我两匣。"[②]

《韦护》的叙述者是一位贴近时代的现实关注者，小说中的故事是当下进行着的，作家善于捕捉时代的新动向，她所选中的人物也都带有极鲜明的时代特征：主人公韦护是一位刚从苏联回来的革命者，女主人公丽嘉、姗姗等也都是感受着时代的苦闷，在急切地寻找出路的青年知识女性。作者写韦护与丽嘉的爱情故事始终是将其放在经纬交错的现实社会关系网络中，韦护一出场就给人一种非常忙碌而又烦躁的印象。忙碌是因为工作，组织分配的革命工作，烦躁则是因为他需要处理和应对一些人事上的纠葛。与同志的激烈的争辩也是他工作的一部分。他不得不与"什么事都和他作对的仲清在一间房子里办公"[③]。他虽是一个担负着领导时代前进使命的先行者，但还保留着一种"名士"的遗毒，需要一个安静舒适的居住环境，喜欢文学和艺术等，这都与他现在的身份不相符，而颇遭同志非议的地方。而他和丽嘉恋爱、同居，首先遇到的也是来自同志的责难，将他们的居室称为"堕落的、奢靡的销金窟"[④]，对他加以歧视和排斥。他也感到他与丽嘉的共同生活，使他既不能忠实于信仰，也不能忠实于爱情，终于决定离开丽嘉到广东工作。丽嘉在他走后，也幡然悔悟，要振作起来"好好做点事业"。整个小说基本上来自于真人实事，即革命先驱瞿秋白烈士和王剑虹的爱情经历。小说表现的也是一个时代性很强的主题：即革命信仰与个人爱情

---

① 丁玲：《韦护》，《丁玲全集》第1卷，石家庄：河北人民出版社，2001年，第3页。

② 徐訏：《鬼恋》，《徐訏代表作·鬼恋》，北京：华夏出版社，2008年，第3页。

③ 丁玲：《韦护》，《丁玲全集》第1卷，石家庄：河北人民出版社，2001年，第17页。

④ 丁玲：《韦护》，《丁玲全集》第1卷，石家庄：河北人民出版社，2001年，第100页。

生活的矛盾以及青年人的出路问题。所以《韦护》中的故事是在一种现实的社会政治背景下展开的,虽然作者碍于白色恐怖下的现实,正面写到主人公的革命活动的不多,作了虚化处理。

但徐讦的《鬼恋》与丁玲的《韦护》则完全属于两类不同的文学。《鬼恋》是以回忆的口吻开始讲述的,时态是过去时,讲述的是十多年前的事,而现在是什么时间,却没有点明,也就是说具体的“时间性”,在这篇小说中是不重要的。而且小说的整个叙述语调是舒缓的、恬静的,从谈一种“埃及烟”入手展开了叙述,给人以悠远、冲淡之感。小说中主人公的出场发生在杳无人迹的冬夜三更时分,月光凄艳、清绝,这时一个全身黑衣的女子出现,脸色凄白似雪,并自称是鬼,这景象足以把人骇倒。与韦护所陷身于的现实的忙碌和烦躁状态相反,不管是“我”还是“鬼”都脱身于一切现实纠葛之外,其社会性、现实性都被三更时分、亘古如斯的月夜所净化,只剩下了一人一“鬼”、一男一女这样的纯净、神秘的恋人关系。而“我”所爱“鬼”者,正是她的那种人世罕见的出世的美,所谓:“我感到你是超人世的,没有烟火气;你动的时候有仙一般的活跃飘逸,静的时候有佛一般的庄严。”[①]他是将她作为一种“夜之精灵”来爱的,一种宗教般的灵的爱幕。而且这种爱慕最多止于一吻,不涉肉欲。而韦护和丽嘉则不同了,它是一种现实生活中的男女情爱,是以性的结合为目标的。《鬼恋》中的“鬼”脸凄白似雪,是一种拒人于千里之外的冷艳;而《韦护》中写到丽嘉的肌肤,则带有一点官能炫惑的味道:“丽嘉又无言的将身翻过去了,大脚边的肉,露出了一大块,有着细细的红点隐现着,莹洁得真像羊脂、真像玉了。”[②]《韦护》的故事取材于真人实事,王剑虹是丁玲在上海大学时的同学,瞿秋白是他们的老师。而《鬼恋》则全为虚构,而且徐讦讲这种虚构不能与现实的人事有丝毫关联,否则就会妨碍这种虚构的纯粹性。“只有完全不想到那些见到过或听到过的实在人物,这种虚构的人物,才能被唤出”。其意盖谓:未经过“梦”化处理的现实,只能妨碍梦的真实。一位美国学者曾经说过:“好小说”与“坏小说”的一个有趣的区别在于,它是“夜晚的真梦”还是“白日的痴梦”(露出编造痕迹的伪梦)。徐讦强调小说的这种纯粹虚构性,与他认为美应具有超现实特性有关,这种“美”只能在

① 徐讦:《徐讦文集》第4卷,上海:三联书店,2012年,第179页。
② 丁玲:《韦护》,《丁玲全集》第1卷,石家庄:河北人民出版社,第16页。

作家所营造的“虚幻之境”中才能召唤出来，作家的使命就是要创造出这样一个超出于现实的、独特的、诗意化的审美空间。这种对“空间性”的重视使它与《韦护》所依托的“时间性”区别开来。

《鬼恋》的主题、格调与夜的氛围都是和谐无间的，它与《韦护》的区别首先是一种“时代之歌”与“静夜箫声”这种艺术格调、氛围上的区别。徐讦诗云“拣一个清幽的月夜，我要告诉你诗”[①]（徐讦《吉普赛的诱惑·献辞》），可见唯美的“诗”与“月夜”是不可分的。其次，《鬼恋》可以说恰好是《韦护》的一个“反题”。《鬼恋》看似虚无缥缈，与时代无涉，实则也正是对时代情绪的一种回应。徐讦的“超现实幻想”，正如所谓“日有所思，夜有所梦”，也是现实激起的回响。《韦护》和《鬼恋》关注的都是政治与情爱，《韦护》中的主人公挣扎于革命与恋爱的矛盾冲突之中，“一面站在我不可动摇的工作上，一面站在我生命的自然需要上”[②]。而他在遭遇爱情之前“已接受了另一种人生观念的铁律”，最后这种已成为铁律的人生观念占了上风，所以促成了他的最后出走。事业、工作、理想，可以说是使他走出沉迷的性爱的支柱、脱难于沉沦的方舟。而在《鬼恋》中表现的恰恰是这种支撑主人公的人生选择的“信仰支柱”的断裂和“诺亚方舟”的倾覆所造成的结果。“鬼”在听到了“我”的爱的表白之后，坦承她的心曲：“自然，我以前也是人……而且我是一个最入世的人，还爱过一个比你要入世万倍的人。”“我们做革命工作，秘密地干，吃过许多许多的苦，也走过许多许多的路。”[③]她光暗杀人就有十八次之多，曾从枪林里逃越，车马缝里逃越，轮船上、荒野上、牢狱中逃越，她的出世之美恰恰来自最入世的磨炼。然而，“一次次的失败，卖友的卖友，告密的告密，做官的做官，捕的捕，死的死，同志中只剩下了我孤苦的一身”[④]。她历遍了这人世，尝遍了这人生，认识了这人心，所以才要决心做鬼，完全逃离人世的一切束缚。这个人物的产生自不必有任何现实的原型，但这样的人和事在那个大革命的时代却并不少见。在20世纪的中外革命史上有过多少这样的英雄传说？！“娶妻当娶索菲亚，嫁夫当嫁马志尼”，不说外国革命中的女豪杰，单是中国就有多少“鉴湖女侠”这样的“头颅掷处血斑斑”的女英烈。但

① 徐讦：《吉普赛的诱惑》，《徐讦文集》第4卷，上海：三联书店，2012年，第86页。
② 丁玲：《韦护》，《丁玲全集》第1卷，石家庄：河北人民出版社，2001年，第109页。
③ 徐讦：《鬼恋》，《徐讦文集》第4卷，上海：三联书店，2012年，第178—179页。
④ 徐讦：《鬼恋》，《徐讦文集》第4卷，上海：三联书店，2012年，第179页。

她们的孤注一掷、流血牺牲,都似乎如电光石火闪过,黑暗依然如旧,连她所要拯救的对象对她的行为也不能理解。这就使革命者自己陷入了这种“不人不鬼”的尴尬境地。“我”的世俗享乐主义的人生观对这样的“鬼”是缺乏说服力的。“鬼”之坚持要做“鬼”,自有其不得已的苦衷,做“鬼”使她看穿了人世纷争的无谓和虚幻,所以她的美是超凡拔尘的、出世的美,其境界是凡俗的人所无法企及的。之所以说《鬼恋》是《韦护》的“反题”,也就正在于它在《韦护》的社会的现实的政治的情境之外,提供了一个超现实、超社会、非政治、无是非的“出世景观”。小说叙述者对这样的“鬼”是抱有一种敬畏之心的,是有着一种理解之同情的,虽然他更倾向于世俗的享乐主义的人生观。所以对小说中这位“鬼”的理解,并不能止于某位论者所说的“天下最痛苦的事莫过于自己毁己,无怪乎徐讦满纸哀怨”[①],这就把“鬼”简单地当成了一个被动的社会受害者,这显然较小说中的境界要隔了一层、低了一级。徐讦从这种夜的情调出发,转向了一种诗性的乌托邦理想,它与现实的乌托邦理想是有区别的,因为它强调的正是它的虚幻的价值,而非它的现实性,它是一种审美主义的乌托邦,而不是一种施之人间,将它变为现实的理想。正如无名氏所说:“一切未来幻境的真价值并不在于它们可能实现或即将实现,而在它们的永不能实现。一切理想幻境之伟大,本在其具有一种伟大的审美境界。这是一种美学问题,不是哲学或科学的问题。”[②]

---

① 吴义勤:《漂泊的都市之魂·徐讦论》,苏州:苏州大学出版社,1993年,第4页。
② 无名氏:《淡水鱼的冥思》,广州:花城出版社,1995年,第34页。

一个审美主义者的时代关怀：徐讦 20 世纪 40 年代创作新探

1931—1945 年所进行的抗日战争是关系到中华民族生死存亡的一场神圣的战争。抗战成为那个时代“重”中之“重”，中国动员了全部的精神与物质力量来进行这场为民族求生存的神圣战争，文艺也成为这种为抗战进行精神动员的最重要的手段。何为“抗战文学”，并不是抗战十四年期间所出现的文学就可称为“抗战文学”，抗战文学有它特定的内涵，正像当时人们定义的那样：抗战文学应直接描写抗战与民主斗争：“要用铁的笔，蘸着鲜红的血，在大众心头着力刻画，使每一个人都怒吼、暴跳，这才是抗战的文艺。”[①]以此标准来衡量徐讦的抗战时期的创作，它显然不属于此种意义上的抗战文学，然而徐讦此时的创作又非与时代无关（而且这种联系并不像某些研究者所言只是一种表层的包装，而是一种深层的关联），正是在与时代若即若离的关系中，徐讦形成了他的把握时代和人生的独特方式。与其时代的

① 转引自苏光文：《抗战文学纪程》，重庆：西南师范大学出版社，1986 年，第 4 页。

占据文坛的主导地位的“时代写作”——“抗战文学”不同，徐訏的创作显然是一种“个人性”的写作。它与时代的关系不像“时代写作”那样直接、明确，而是将时代作为人的生存的一种纬度，从个人的角度对时代做出一种回应和对话。

徐訏的小说《风萧萧》之所以能在20世纪40年代的大后方流行一时，与当时时局的发展也有密切的关系。抗战初期由时局的危殆所形成的同心同德、众志成城的抗战文学局面在珍珠港事件爆发、美国参战之后，情形有些松动。美、苏的卷入战争特别是美国的对日宣战，直接影响着二战的进程，特别是对孤军奋战、独立抵抗日本侵略者达6年之久的中国军民以极大的精神上的鼓舞。世界反法西斯同盟的形成及其力量的壮大，使人们已可以预感到抗战的最后胜利必将属于中国。徐訏在《风萧萧》中曾这样描述珍珠港事件：“一件震动世界的大事发生了。……它波动了社会，还扰乱历史和地图，自从抗战以来，它重新估计了我们民族流血的意义。”[①]中国从此成为世界民主阵营中的一个重要力量，与英、美、苏并称抵抗法西斯的四大支柱。在这种国际形势下，中国人绷紧的神经开始松弛下来（这种“松弛”实缘于一种过于乐观的估计），在这种形势之下，国统区的大后方文学也开始进入一个多元共生的繁盛时期，所以形成了1943年的所谓“徐訏、无名氏年”（《风萧萧》在《扫荡报》连载引起轰动；《北极风情画》在《华北新闻》连载引起轰动），徐訏和无名氏就是在这种整体紧张的战争的“间歇”中，发表他们的代表作并一举成名的。

徐訏和无名氏小说的意义，主要在于它使在极端环境下被时代话语的海洋所吞没的个人性话语再一次浮出水面。他们的成功缘于其小说的精英性和通俗性的有机结合，二者的结合可以满足由“八股气”日重的主流文学所轻视的普通人的审美需求。他们的小说确有明显的媚俗成分，但将其与其时代流行的通常意义上的大后方的媚俗文学《间谍夫人》《青春梦》相比，还是有着相当大的区别的。这突出表现在其小说于趣味性、传奇性的情节框架下还有着对于人性、人生的价值和意义作形而上的哲学追问的深层结构，而纯粹的媚俗文学则沉湎于世俗趣味之中，往往除了“媚俗”之外，就一无所有了。

论及徐訏抗战时期的创作，大多数论者会强调其创作虽在抗战的时代背景

---

① 徐訏：《风萧萧》，北京：人民文学出版社，2008年，第133页。

下展开，但压倒一切的还是他的“爱”和“浪漫”。这给人一种印象仿佛徐訏是以不变应多变，“爱”和“浪漫”成为其与时代隔绝的一个孤立的领域。这种说法无助于对徐訏的小说进行更深入的理解。问题在于徐訏的“爱”“浪漫”究竟有什么具体的内涵，它究竟是对现实的回避还是与现实的潜在的对话？在其时代语境中，“爱”和“浪漫”意味着什么？

笔者认为：“爱”和“浪漫”正是徐訏对现实的一种深层的回应，它与其时代的现实生活是有着深层的关联的，甚至可以说是息息相关的。只不过这种关系不是一种摹本与现实的关系，而是一种刺激回应，正如作者自己所说：“最想逃避现实的思想和情感正是对现实最有感应的思想和情感。”[①]先看徐訏在40年代写的两个剧本《月亮》和《生与死》。《月亮》一剧中的“月亮”具有两重重叠的含义：“月亮”既是女主角的名字；也是与太阳相对的月亮，一种具有象征意义的自然存在。显然作为女主人公的“月亮”是自然界月亮的化身，一种月之精魂。自然中的月亮在剧中人的感觉中是与太阳相对立的另一个世界，深爱着“月亮”这位少女的大少爷闻天，对自然界的月亮有这样的感觉：“我对于月亮有很多想象，我觉得太阳是咸的，月亮是甜的，太阳是硬的，月亮是软的，太阳像是悲壮的军乐，月亮像是缠绵的情曲，太阳是压在我们头上，叫我们下沉下沉，月亮是浮在我们心上带我们上升，上升……”[②]自然之月在徐訏的审美世界中属于夜，属于诗，属于女性纯真、无我的、圣洁的爱，而太阳属于白天，属于理性，属于争斗，属于某种异己力量的威压，月亮的世界是一个爱的世界，而太阳的世界则是一个怨恨、争斗的世界。在“白天”的世界，人们带着一种复仇的心理寻找公道：张盛藻的母亲一直在寻找导致她家破落的、卷款私逃的仆人李勋治；女主人公“月亮”也迫于外在压力不敢爱其所爱。在月亮的世界里，人们则可以看到这种怨恨、争斗的化解，少女“月亮”也终于对着垂死的恋人坦白了她的真爱：“我的确不是少爷们爱培养的花朵，而是泥，是日光，我在支持这个垂死的花朵，我没有能力使他活，但我的确给他非常安详的死。”[③]她的哥哥是一个机械而固执的“阶级论者”，仇恨所有的上等人，让妹妹爱同是仆人的司机张盛藻。“月亮”听从

---

① 徐訏：《〈三边文学〉序》，《徐訏文集》第10卷，上海：三联书店，2012年，第81页。
② 徐訏：《月亮》，《徐訏文集》第16卷，上海：三联书店，2012年，第97页。
③ 徐訏：《月亮》，《徐訏文集》第16卷，上海：三联书店，2012年，第129页。

了，拒绝了大少爷的爱，但她真正爱的却是“能体会任何人的生活、心境”的善良病弱的大少爷。但是“每次，我意识到有点爱他的时候，我总提防着这或许是我的虚荣心作祟，是我贪物质的享受在作祟，我怕我存违背我哥哥的信念，盛藻的胜利是因为他不是少爷，没有地位……”[①]“月亮”爱的表白让闻天微笑着死去了，这给“月亮”极大的安慰，“他要死，但他含着笑死的，这笑是信仰，是坚固的信仰，是永生的信仰，好像教徒相信灵魂可以因此进天堂的信仰，好像我的话是天国的福音。有那么一个人，她有本事可以骗一个这样信仰的人吗?”当张母找到了她的仇人李勋治，李已破产，成了穷光蛋。两家的儿女又在游行中被日军打死，他们都成了一无所有的失败者和受难者。“复仇”也就失去了意义。他们只剩下了共同的敌人——日寇。《生与死》则集中探讨的是一种“爱”的哲学的反面——一种怨恨、复仇的哲学。剧中的剑晓为了筹一笔钱救被捕的朋友，被恶少雇佣去杀他的情敌。但剑晓杀错了，杀死了一个无辜的人。而且还有另一个人因为这个案子而无辜被拘捕，成为嫌疑犯。最后剑晓决定去投案自首，承担他认为应当承担的责任。他这样解释他的行为：

> “都不是为你们，是为我的思想与情感。因为我恨这个社会，恨这个社会上的不平等。我杀过人，在军队的时候，我杀人，我以为那次杀人以后，我们可以平等了。但是死的是我们这些兵士，结果世界还是那样。”“我是一个战场上剩下来的生命，死在我是没有什么的。在大流血以后，社会、国家对我们没有同情与怜惜。有钱的阔人还是这样残忍，穷人还是这样苦，没有满足我们一点点理想与希望。怜惜我的只是母亲与妹妹，还有守白一样的朋友，所以我愿意为母亲和妹妹冒险。现在想来这件事是错了，是懦弱的行为，但是可以慰藉的是我不是为自己。”“为爱，我去革命，从军打仗，为爱我被收买。我杀了人，现在为爱，我就去死。”[②]

这种对于罪与罚的追问使我们仿佛听到了陀斯妥耶夫斯基的东方回声。拉斯柯尔尼科夫的杀人是因为他认为令人生厌的女高利贷主不配活在人世上，

---

① 徐讦：《月亮》，《徐讦文集》第16卷，上海：三联书店，2012年，第129页。

② 徐讦：《生与死》，《徐讦文集》第16卷，上海：三联书店，2012年，第68—69页。

而这个世界是应该由少数“不平凡的人”来主宰的。为达此目的，即使流血作恶也在所不惜。而晓剑的杀人则缘于社会的不公和欺骗，由此产生一种怨毒、复仇情绪，认为社会既然如此不公正，那么我也就可以一意孤行了。这种想法最终使他走上了为钱杀人的道路。然而面对这种杀人的后果，他们都经历了良心的煎熬，最后作为人的良知复活了，认识到了自己选择的是一条背弃人性的不归之路，并为此作出了沉痛的忏悔，主动去承担自己的罪责并由此获得心灵的平安。在传统向现代转换之际，传统的崩溃势必会引发严重的道德、价值危机，所谓“上帝死了，那么一切都被允许了”。陀氏和徐訏小说中宗教性的“爱”母题的复活，正是对这种新旧转换之际文化失范、道德危机状态的回应。所以，徐訏的“爱”和“浪漫”也是有它的现实针对性的，在他看来“恶”并非完全由社会造成的，它也源于人性自身的残缺。因此单靠反社会的个人复仇和对社会这一外部环境的改造并不能真正消灭“恶”。所以他的“爱”的话语是由现代失去控制的“怨恨”话语引发出来的。这使他的思考转向了伦理学的问题，即如何解决在现代性文化情境中出现的真善美之间的矛盾冲突问题。这种思考在他的这一时期的代表作《风萧萧》中得到了进一步的深化和表现。

《风萧萧》中的“爱”和“浪漫”也是对时代而发的。小说开始时，主人公徐，在沦为孤岛的上海，从事一项学术研究工作，“这是关于道德学说、美学的一种研究，想从美与善寻同一个哲学的渊源作为一个根据去写一部书”[①]（这是一个常被研究者忽略的细节）。时局的不靖，使他无法安坐桌前进行纯理论的研究，但当他走出书斋投入时代生活的旋涡之中后，不是用理论而是用行动为这种善与美寻到了同一个哲学渊源，那就是“爱”，“接近上帝胸怀的爱”。如果不被本书奇巧的情节、斑斓的色相所迷惑的话，本书的内在意蕴则相当鲜明，那就是他用爱串联起了美与善，并让其在大时代焕发出了奇异的光彩。正是这种对“爱”的关注，造就了这部小说既有“风萧萧兮易水寒”的悲壮，又有以悲悯之眼看乱世的独特格调。

小说中的三位女性不只展示了三种美与善的境界，同时也体现着主人公对其时代的人的生存的一种忧患和思考。白苹的美是“海底的星光之美”，“百合

---

① 徐訏：《风萧萧》，广州：花城出版社，1996 年，第 5 页。

花”之美，是一种刚柔相济之美，贯彻于她的心胸的“有一种伟大的人情”。侠骨柔肠，是她的特点。她不希望徐卷入政治，被人利用，让徐潜心于学术研究；并在海伦将被日本军官强暴的情况下，急中生智，救出了海伦。在徐被梅瀛子指使，窃取她的军事密件之后，她开枪将徐击倒，但又恐系误杀，所以手下留情，留下了徐的一条命。总之，白苹的感情是一种基于人性和人道的感情，即使在你死我活的民族冲突之中，也未失其人性、人情之美，她有抗日志士的忠勇，但也不失宽厚待人的“仁爱”，这对于“间谍”身份的她是非常难得的。“间谍”以通常的标准来衡量，本就是以不择手段的“成功”为最高目的的“非道德”的角色，但她却保全了一种人性、人情之美。她也需要获取情报，但她反对利用、牺牲无辜者来达到目的。因此，她极力反对梅瀛子对海伦的利用。当然，白苹是以杀人为职业的间谍，即使她误杀了徐，也如踩死一只蚂蚁一样未必是什么大事，这毕竟是战争时代，个人生存较之民族生存自然是一件轻微的事情。

梅瀛子则属于另一种人生境界，她像“太阳一样容光逼人”。她的象征色是红色，代表着一种英气和豪迈。她没有白苹的那种人情味，她有的只是“如钢的意志”，她以成功为最高目的，为此可以不择手段地利用别人。她可以说是一个最典型最成功的间谍。她先利用白苹对徐的好感去偷白苹的文件；又利用纯真无邪的海伦去做工作上的跳板，一点不顾及丈夫和儿子都在战场上服务的海伦母亲的感情，导致海伦险些被日本军官强暴。她所持的是一种典型的功利主义的伦理观，虽然它在战争时代出现实有其不得不然的合理性，但这毕竟使人怀有一种戒惧之心。功利主义伦理以实用、成功为唯一最高标准，当它与人类生存的最基本的道德原则相冲突时，会出现一种什么样的结果？一般人在战时可以不做这种思考，但作为一个以伦理学研究为业的哲学家却不能不思考这个问题。当然在小说中，这个问题只是初露端倪，尚未发展到它的极端形式。但徐讦对这种现代盛行的功利主义伦理历来是持一种戒惧之心的。不管目的如何崇高，这种膨胀的意图、功利伦理对人类基本道德原则的侵犯终还是一件让人忧虑的事情。所以徐与梅瀛子就海伦的事曾进行过争论：“你自己的工作是可敬的，利用无知的孩子是可耻的。”“我的工作是动员合宜的人员。”“但是海伦是具有音乐的天才，有难舍的前途，为艺术、为文化，我们应当去摧残这样的萌芽吗？”①但梅反驳他说有比海伦更出色的人才正在战场上战斗，牺牲。……而对这样的梅瀛子，徐沉默了。

> 一尺外是这样美丽的梅瀛子，但只看到她的阴狠、残酷与伟大。是一种敬畏，一种卑视，一种阴幽的悲哀从我周围袭来，从我内心浮起。梅瀛子幻成魔影，白色的玫瑰幻成毒菌，整个的房间像是墓地。我窒息，我苦闷，有无数的哲学概念从头脑中浮起：爱与恨，生命与民族，战争与手段，美丽与丑恶，人类与残酷，伟大与崇高，以及空间与时间，天堂与地狱……这些概念融化成茧，我把自己束缚成蚕蛹。②

这是徐面对时代的困惑，也是人类的良知面对时代的困惑，徐讦把这个似乎“单纯”的时代复杂化了，中国现代作家中似乎没有第二个人在当时对这个时代做过如此复杂而又忧虑深远的思考。类似的思考实际上从更早的《犹太的慧星》中就开始了，主人公被一个女间谍所利用而来到了国外，因为女间谍对他动了真情，所以他免得一死，另一个不相干的人做了他的替死者。当他知道一切真相之后，特别是当她知道女间谍在另一次任务中也光荣献身的时候，他为女间谍的牺牲而感动，但他对这种献身的一种典型反应就是敬畏，敬畏实亦是面对这个“英雄时代”的一种无可言表的矛盾情感，一种“敬而不亲”的态度。

海伦的象征物是“灯光”，是“水莲”，是清纯出世、一尘不染的美。她有艺术天赋又有哲学乐趣，更重要的她与主人公徐一样都对人生同具一种精神之爱的信仰。她爱徐，但这种爱与情欲无关，也不以结婚为目的，正像她自己所说：

> 我的前途是爱，我的生命是爱。我爱音乐，并不以音乐为我的事业，这因为是我在爱；我爱哲学，并不想研究哲学，也因为我是在爱，即使我爱浮华，也只因我在爱，这“爱”才是我的目的，是我的前途，我的生命。③

---

① 徐讦：《风萧萧》，《徐讦全集》第1卷，上海：三联书店，2012年，第201页。
② 徐讦：《风萧萧》，《徐讦全集》第1卷，上海：三联书店，2012年，第203页。
③ 徐讦：《风萧萧》，《徐讦全集》第1卷，上海：三联书店，2012年，第433页。

小说在开篇时提到徐要寻找的美与道德的同一个哲学渊源，到结尾由海伦将其点明了，那就是："爱"是道德与美的基础、灵魂。无爱，道德和美即无处安身，这种爱是一种与上帝的胸怀相等的宗教性的爱，即使是在乱世，在刀光剑影之中，因爱的存在，也就有人性的存在，也就给冷酷、暴虐、充满密谋和陷阱的时代带来一种温情和暖意。徐最后离开海伦去内地参加抗战，他认为他的工作是战争的，民族的，而海伦的工作则是属于和平的，人世的，但"我的是暂时的，而你的是永久的"，海伦的爱是一种超越性的爱。然而当民族生存受到威胁的时候，作为民族的一分子，徐首先须致力的是民族之爱。所以他不避危险地投入战争之中，与白苹和梅瀛子一起为民族之爱而流血战斗，表现出一种"风萧萧兮易水寒"的悲壮情怀。但他知道他所致力的只是一个暂时的目标，而海伦的爱才是永久的信仰。他身处战争之中，向往的仍是和平的人性的未来。所以他写战争时，仍对战争具一种超越性的眼光，而不是把战时状态视为永久合理状态。他对梅瀛子利用海伦计谋的反感（梅让海伦与日军交际，而不顾可能发生的对海伦个人的伤害。梅的逻辑是：先要海伦痛苦，再要海伦痛恨，最后将海伦变成最坚强的武器）。也正在于此，徐讦在《时间的去处》中有这样一段诗句："念多少的血流染红土地/历史是弱肉强食的记载/且待风暴掀起狂涛/看那一颗灯光还可以存在？"[①]海伦这颗"爱"的灯光是否也会熄灭在接连不断的时代的狂风暴雨之中？徐讦的担忧不是没有理由的。由此可知，作家对于这种"爱"在20世纪的一浪高过一浪的时代风暴中的沦亡与缺席是早有隐忧的。

徐讦还有一篇取材于孤岛时期的小说《灯》，则是用一种"反英雄"化的方式剖析了一位战争受难者的内心世界。罗彤累于"我"有夺"妻"之恨，然而他却是为国民政府工作的间谍。"我"因为受罗牵连，被日军抓进牢里，被严刑拷打，但绝不吐露罗的下落，这并不是出于高贵性格或爱国热诚，而只是出于一种"没有理由的本能，一个奇怪的道德本能"[②]。它是一种类似于"良知"的东西，它属于一种宗教性道德而不是社会性道德。我成为"英雄"还是成为"罪人"，好像都具有某种偶然性，我成为"英雄"，只是凭着我作为人的良知行事而已。这是徐讦对人性的洞察幽微的地方。"抗战文学"强调的多是社会性因素，而徐讦则关注

① 徐讦：《时间的去处》，《徐讦文集》第14卷，上海：三联书店，2012年，第382页。
② 徐讦：《灯》，《徐讦文集》第7卷，上海：三联书店，2012年，第460页。

到了人的道德本能和利己本能交织的“综错可耻”的心理状态。

二

与浪漫主义的轻盈、飘逸相反，徐讦也有他的沉重的一面。但这种“沉重”与时代主导文学的“沉重”还是截然异趣的。抗战时期，徐讦还写出了一部反浪漫倾向的写实之作——《一家》这样的作品。他在后记中这样说道：

> 我是一个最热诚的人，也是一个最冷酷的人，我有时很兴奋，有时很消沉，我会在狂热中忘去自己，但也有最多的寂寞袭我心头。我爱生活，在凄苦的生活中我消磨我残缺的生命，我还爱梦想，在空幻的梦想中，我填补我生命的残缺。在这两种激撞之时，我会感到空虚。[①]

徐讦的这种写实之作就是产生于这种热诚和冷漠，兴奋和消沉，狂热和寂寞之间的产物，两者的冲撞，带给他的是一种空虚之感。这种“空虚”之感实则是面对现实的一种无奈悲观情绪。既怀有美妙的幻想，也深知现实的丑恶和无奈，却不得不仍在这样的现实中生存，因为他深知这是人的不可逃脱的命运。这是徐讦看待现实的一种基本态度。同是写中国传统的大家庭生活，《一家》显然与巴金的《家》迥然异趣，这种区别与作家的人生态度、现实观都有直接关系。朱光潜在20世纪30年代曾经说过，“我有两种看待人生的办法。在第一种方法里，我把我自己摆在前台，和世上一切人和物在一块玩把戏；在第二种方法里，我把我自己摆在后台，袖手看旁人在那里装腔作势。站在前台时，我把自己看得和旁人一样……并且和鸟兽虫鱼诸物也都一样”[②]，“生活自身就是方法，生活自身也就是目的”[③]。在后一种方法中则是对一切持旁观态度，“站在后台看人生。许多人把人生看作只有善恶分别的，所以他们的态度不是留恋，就是厌恶。我站在后台时，把人和物也一律看待……因此，是非善恶对我都无意义，我只觉得对着这些纷纷扰攘的人和物，好比看图画，好比看小说，件件都很有趣

---

① 徐讦：《后记》，《三思楼月书之一家》，上海：夜窗书屋，1941年，第139—140页。
② 朱光潜：《给青年的十二封信》，长沙：岳麓书社，2010年，第89页。
③ 朱光潜：《谈美》，上海：华东师范大学出版社，2014年，第80页。

味”[1]。这是一种超然静观的审美态度。如果把前者称为是“演戏”的态度，后者称为是“看戏”的态度，那么再另加上一种“导戏”的态度就比较完整了。“导戏”的态度恰恰是新文学的主流看待人生的态度，它根据对人生的理性化设计来评判人生，改造人生，它形成了推动社会变革的批判现实主义的文学思潮。而徐訏则不同，他的写实之作更借重“演戏”的态度，他的浪漫之作更偏于“看戏”的态度，两者是既矛盾又和谐，唯独与“导戏”的态度不能相容。所以说徐訏的态度是一种“即世间而出世间”的态度，既立足于世俗之上，但他又借梦来超越世俗，正因为以“演戏”的态度来体味人生，所以徐訏没有站到人生的现实之外去控诉这人生，而是将自己也融入这凡俗的人生之中，体会它的卑俗和渺小。他看到“家庭实在是最能使人陷于平凡、可怜、庸俗、微小的境界，它不但会将人们的视线变狭，有时候似乎会使人只有一点动物的本能——保自己的后代，留积一点过冬的粮食罢了”。

小说中，作家让老四像巴金小说中的觉慧一样走出家庭远走高飞了，但作者却接着表示了这样的隐忧：“但谁能相信他，在也许的一番事业以后，不囿于家庭的天地之中，又要保自己后代过冬的粮食呢？”[2]作者将一个三代同堂十二口人的大家庭置于抗战这个乱世的大动荡中。在离开了祖传的老宅之后，这个三代之家靠祖产生活，不事生产的大家庭很快就在繁华的大都市上海分化瓦解了。促使这个大家庭瓦解的原因除了时世的艰难之外，更在于其内部不可挽回的分崩离析之势。也就是说支撑这个大家庭的那种家族社会的精神、信念死亡了，个人都只为自己打算，所以它只能归于灭亡。五四新文学控诉大家庭的“吃人”，是有目共睹的事实，然而它开出的药方：个人解放，走出大家庭建立小家庭，也并没有改变人的根本生存处境。小说中大家庭的当家人二少爷和二少奶奶都是小家庭的热心信仰者，二少奶奶洋学生出身，当年嫁给二少爷的条件就是建立小家庭。然而，迫于经济压力，小家庭破产了，二少奶奶不得不回到大家庭里当媳妇，给朋友写信总是要控诉一番大家庭的罪恶。现在逃难到上海，二少奶奶和别人联合办了一所小学，挣到了钱，建立小家庭的时机成熟了，于是鼓

---

① 朱光潜：《谈美》，上海：华东师范大学出版社，2014年，第82页。

② 徐訏：《一家·后记》，《中国现代文学序跋丛书·小说卷》（1919—1949）下册，海口：海南人民出版社，1988年，第1066页。

动二少爷脱离大家庭，独立成家。然而这个小家庭仍与大家庭脱不了干系，老三卷款私逃，小家庭也得帮忙凑钱；老先生、老太太去世，也得由他们发丧，甚至老四远走内地投身抗战，也是卖了辆租来的自行车，由他们去赔钱；这无疑加剧了二少爷夫妇间的矛盾。总之，小家庭似乎比大家庭更自私、利己、冷酷、贪婪，大家庭至少还有个温情脉脉的面纱，而小家庭只讲赤裸裸的金钱，二少奶奶为远赴内地的寡嫂拿出三百元钱，还要偷偷地把两张一元票子换去两张十元票子，用这种昧心的钱领着全家去看电影，庆幸从此之后他们终于有了一个十全十美的小家庭。对这种如蝼蚁般的动物式的生活现实，徐訏是悲观的、无奈的。“五四”启蒙主义者把传统和家庭视为是社会进步、人性解放的两大障碍，在他们的现代性设想中，家庭是迟早要被取消的传统遗形物，徐訏也概莫能外于这种时代的社会改造主义的理想，但他与巴金等的不同在于他意识到现实与理想间的巨大鸿沟，所以不相信凭着人的主观理想、理性设计就能改变人类社会延续几千年的生活现实。所以他缺乏那种“导戏者”的乐观信念和奋斗精神，同时由此而生的沉重的使命感，他的沉重是一种悲观的沉重，是对于现实的一种无理想的叙述，是与浪漫之梦相对立的现实呈现，而不是理想主义的现实批判。

这种希望与绝望、梦幻与现实之间的交替与碰撞，使得徐訏情爱小说中的女性形象趋于两个极端，一是超凡拔俗浪漫主义的“美”的化身；一是表里不一庸俗势力的世俗女子。正像他在小说中借人物之口所言：“你千万不要在她们的情话、情书里的词句去研究她们所要的，这会使你越来越糊涂。你不要管她们所谈的是月亮也好，星星也好……你只要记住女人的心中一切都等于虚荣、金钱、肉欲与安全就行了。”[①]这种最浪漫的幻想和最绝望的现实在徐訏的小说中并存并达到了悖谬的统一。这使他成为一个具有清醒的现实感的浪漫主义者。就写实一面而言，他与张爱玲的小说旨趣较为接近，不同的是徐訏尚有“时赋凌云时倦飞”的逸兴，而张爱玲则罕有诸如此类的“飞翔之梦”。

① 徐訏：《无题》，《徐訏全集》第7卷，上海：三联书店，2012年，第321页。

“梦”和“理想”的歧途

——论无名氏的前期创作及其与时代主导文学的疏离

无名氏（1917—2002），本名卜宁、卜宝南，又名卜乃夫，现代小说家。香港著名报人卜少夫之弟。原籍江苏扬州，出生于南京。无名氏中学未毕业就只身去北京，旁听于北京大学，自学成名。20世纪30年代即从事写作，抗战时做过记者和教育部职员。1940年去西安独居华山一年；1944年去重庆，抗战胜利后到上海，后隐居杭州，从事写作。1943年，首次以“无名氏”为笔名发表小说《北极风情画》，轰动一时。《北极风情画》《塔里的女人》二书在海内外曾为中国新文学第一畅销书，历久不衰。其后续撰《一百万年以前》、修订《塔里的女人》等作，声名鹊起。1946年至1949年，创作“无名书”首卷《野兽、野兽、野兽》，次卷《海艳》及三卷《金色的蛇夜》上册；1950年到1960年续写“无名书”多册。其后期代表作为《无名书》，共七卷，二百六十余万字，分别为：《野兽、野兽、野兽》《海艳》《金色的蛇夜》《荒漠里的人》《死的岩层》《开花在星云之外》《创世纪大菩提》。实际成书后为六卷，《荒漠里的人》毁于战火。本论文主要论述的是其以《北极风情画》和《塔里的女人》为代表的前期创作。

一

无名氏20世纪30年代开始创作，成名于20世纪40年代，前期创作主要是在抗战时期的大后方写成的。但他的创作却有异于特定意义上的“时代写作”——“抗战文学”。何为“抗战文学”？并不是抗战十四年期间所出现的文学就可称为“抗战文学”，抗战文学有它特定的内涵，正像当时人们定义的那样：抗战文学应直接描写抗战与民主斗争：“要用铁的笔，蘸着鲜红的血，在大众心头，着力刻画，使每一个人都怒吼，暴跳，这才是抗战的文艺。”[①]无名氏的创作经历了一个与时代主导文学由亲和到疏离的过程，这种变化一方面给他带来了大量的读者，使他进入了战时为数不多的畅销书作者的行列；另一方面又给他招致了来自同时代的“进步文化阵营”和“保守文化阵营”的双向夹击。前者将其贬斥为一种“庸俗的”“新鸳鸯蝴蝶派”小说；后者则一直将其视为“抗战期间最恶劣的小说”[②]。种种反对声音出现的主要原因在于，他的作品既不合于抗战后期进步文化阵营“求民主的呼声”的主旋律，也不合于张道藩为文艺制定的“六不五要”[③]的国民党的官方文艺政策。无名氏以一种轻逸的姿态跃然于这种时代主旋律之上，从现代文学日益政治化的时代趋势中突围而出，重新回到一种审美个人主义的写作立场。“轻逸”在他表现为一种化实为虚式的看待人生和现实的独特视角，一种与社会政治视角不同的审美性的超然直观视角。如果说前者是一种“增负”式的对于人的社会性、政治性的强调，后者则是一种“减负式”的个人性的对于人生意义的体验和感悟。他力图逃避社会政治、伦理道德对于人的生活的归罪和裁决，为个体的非理性的生活辩护，强调人之生存的个体性原则。这种个体性原则是现代性文化立足的一个重要基础，其确立与浪漫主义文学倾向有直接关系。

汉娜·阿伦特（Hannah Arendt）曾这样谈到浪漫主义与个人性问题：“卢梭和浪漫主义者通过对社会的反叛发现了隐私性，这种反叛首先针对的是社会领

---

① 苏光文编著：《抗战文学纪程》，重庆：西南师范大学出版社，1986年，第247页。

② 周锦：《中国新文学史》，台北：逸群图书有限公司，1983年，第655页。

③ 张道藩：《我们所需要的文艺政策》，见周锦《中国新文学史》，台北：逸群图书有限公司，1983年，第563—579页。

域的那种欲将一切削平的要求,即我们今天所说的内在于每一个社会的顺从主义。"[①]所谓顺从主义即视社会如家庭,假设人们都是仅有一个观点、一种利益的家庭成员;代表这种共同利益和单一观点的是家长,他们据此进行统治,让大家同心同德地奔向某个目标,这是一种前现代的代表型公共领域。而现代公共领域则是"专供个人施展个性的,这是一个人证明自己的真实的和不可替代的价值的唯一场所"[②]。现代公共领域为个体提供了一个既可自我表现又可公平竞争的公共空间,然而这个"五四"以来初萌的公共领域,在面对抗战这种个体无可避免地被一统化的特殊情境下迅速萎缩,以至无名氏也不得不为其小说人物的消极选择(或"出家"、或"隐遁")做这样的自我辩解:"对于抗战,过去五六年,我也总算尽过一点个人责任了。看世界大局,盟军胜利,已是决定性的了。我为我的隐遁,感到歉疚。然而,像我这样的畸人畸行,世间极少,我的生灭,对社会只是沧海一粟。尽管如此,我仍为我的扮演闲云野鹤表示遗憾。在我们这个星球上,万事万物,不能全按道义的钢模子去浇铸,例外的怪事总免不了。"[③]然而,这种"用道义的钢模子去浇铸"一切的趋势是时代的主导趋势,在战争的大背景下,个人性情只能始终被压抑于地平线以下,并处于文学上的失语状态。而无名氏的"媚俗"之作,则让这种被压抑下去的个人性话语又浮出了水面。

关于文学中的爱情主题,现实主义作家和浪漫主义作家有着完全不同的兴趣和理解。自鲁迅《伤逝》一出,对新文学中浪漫主义的爱情描写可以说是个致命的打击。鲁迅写的是从云间坠落到地面上的爱情,他强调"爱"是必须有所附丽的;再超凡拔俗、再罗曼蒂克的爱情,最后也得落脚于丑陋的物质之上。这固然是独具只眼的现实主义者从缠绵悱恻、光怪陆离的爱情中发现的真理,然而爱情却并不会因其必须附丽于物质之上而失去其固有的神秘和浪漫、超脱和诗意。正如不能从每一朵玫瑰花下面都看到坟墓一样,人也应该可以有他做梦的权利,暂时离开地面想象自己像鸟一样在空中轻捷地飞翔的权利。爱情特别是浪漫主义的爱情是一个可以让人在梦想和现实交界处大做其梦的领域,爱情文

---

① [美]汉娜·阿伦特:《公共领域和私人领域》,汪晖、陈燕谷主编《文化与公共性》,北京:生活·读书·新知三联书店,第71页。

② [美]汉娜·阿伦特:《公共领域和私人领域》,汪晖、陈燕谷主编《文化与公共性》,北京:生活·读书·新知三联书店,第73页。

③ 无名氏:《塔里的女人》,上海:上海文艺出版社,2001年,第129页。

学中的极品往往是集中了人性的全部精粹，借爱情来透视人性的杰作；这种爱情之作也就超越了爱情本身而具有了深厚的人性底蕴，也就是说它是通过爱情来悟生死、达到对人生更高的觉悟的。这种努力在无名氏的成名作中非常明显。

与同被称为“新鸳鸯蝴蝶派”的徐訏相比，无名氏是一位入世较深、生活态度也更积极执着的一位作家。无名氏第一篇较为成熟的小说发表于1937年，名为《崩颓——素描尼采的最后画像》。从这篇小说所表现出的情感倾向来看，他此时的写作隶属于“五四”时期个性反抗的文学传统。虽然这种文学在“红色三十年代”已是强弩之末，被左翼文学挤向文坛边缘，但仍有莽原社高长虹一类的作家在坚持这种对社会的个人主义的批判立场，而无名氏和他们可以说是意趣相投的。小说所写的是尼采入疯人院丧失理智之前最后阶段的心理意识活动。在经历了大寂寞、大苦痛、大绝望的人生之后，尼采变得“酷爱黑暗，它里面泛滥着晔晔的芬芳，洋溢着天鹅绒似的温暖，辐射着幽秘的紫色火焰，他竦惶的但不可抗拒的拥抱它，每支血管幽咽着一泓甜静……”[①]这种对黑暗的酷爱实质上是一种对死亡宁静的渴望。他并不是一位出于天性的“爱黑暗者”，只不过是因为“光明于我何所有——我的时候还没有到来，未来的未来才是我的哪！”[②]在他所预言的虚无缥缈的超人时代到来之前，他只能永远待在这种精神的黑暗之中。这种孤独的先觉者的痛苦在“五四”一代人那里是深刻地体会到的，因此他对于时代与社会的沉闷和黑暗的诅咒也就能引发所有反抗者的情感共鸣。无名氏在这里集中渲染的也正是这种不被理解的先知者的愤怒：“他(尼采)从未这么气愤的憎恶过一切：这比北极还冷的社会，比金刚钻还顽固不化的‘学者’们，比驴子还愚蠢的知识分子……他喃喃恶詈着基督、瓦格纳、野蛮的德国文化界，欧洲的阴柔主义——然而，他感到空前绵延迤逦的寂寞。”[③]这说明在创作之初，无名氏是担负着新文学的“人的启蒙”的道义责任的，他所表达的理想与启蒙主义理想还是相通的。

然而，无名氏这种同尼采相通的个性反抗情绪很快因抗战的爆发而转向。

---

① 无名氏：《崩颓——素描尼采的最后画像》，《塔里·塔外·女人》，广州：花城出版社，1995年，第294页。
② 无名氏：《崩颓——素描尼采的最后画像》，《塔里·塔外·女人》，广州：花城出版社，1995年，第295页。
③ 无名氏：《崩颓——素描尼采的最后画像》，《塔里·塔外·女人》，广州：花城出版社，1995年，第295页。

抗战开始,无名氏正是21岁的青年,他热情地投身到抗战的激流之中,创作了一系列真正意义上的抗战文学。最典型的当数他的长篇散文诗《薤露——"八·一三"三周年谨献给全体死难将士之英灵》。这篇散文诗所表现出的对抗战烈士的感情极其真挚动人,同时也比较个性化。全文通过对烈士死亡之后的可怖景象的想象,从反面映射出生命的美好和人间的可爱,并从热爱生命的立场上反证出志愿地献出生命的死难将士的牺牲之伟大。"坚贞的中华之子,牺牲的象征呵! 你们是以牺牲为欢乐的源泉,所予的何其多,所取的何其少? ……为了祖国的青春,民族的青春,你们抛弃了自己的青春。世界是恁般美好,月光是恁般婵娟,海水是恁般绮丽,玫瑰是恁般芳香。你们都是年轻的,岂不知在绿幽幽的篱墙下,有软绵绵的温柔手臂在期待刚强的一握? 然而,你们拒绝了,为了祖国!"[①]该诗与"抗战时文"的区别就在于,无名氏是立足于一种个人本位的、人道主义的温情立场之上来看待"牺牲者"的,他没有把这些死难将士拔高或贬低到一种生就是为了死的、没有人的情感和属性的"兵蚁"的位置;他也没有停留在满足于以"杀身成仁"来概括的道义化的人生意义上;而是把他们当作和自己一样的人,一样年轻的生命来对待。在他们还没有享受到人生应有的快乐和幸福的时候生命就戛然终止了,这种非自然的死亡带给人的悲痛感无疑要比自然死亡要沉重得多,因而也就更具有一种生命悲剧的意味。从个人性的角度来进行时代抒情是此时无名氏创作的一个特点,他是在"时代写作"和浪漫主义诗情之间寻找和谐的。

他前期的小说《海边的故事》《日耳曼的忧郁》等都取材于社会现实生活,但却都超出现实层面,表达了一种浪漫主义的个人情感。他往往通过独特的个人情感经历来表达刻骨铭心的人生感受。《海边的故事》写的是一位抗日志士在东北的坐牢经历,但作家的兴趣显然不在于反映现实、塑造人物,而是写人对于自由的渴望,以及失去自由带给人的巨大痛苦。主人公李因宣传抗日被送进监狱受尽折磨,但他却顽强地忍受下来,从没掉过一滴泪;但当他被关了三年之后第一次被放出来到监狱门口去拔草时,他却被门外的美好的春天景色所震撼,扑倒在草地上,完全丧失了情感自制能力,他"像最虔诚的基督教徒看见灵

---

① 无名氏:《薤露——"八·一三"三周年谨献给全体死难将士之英灵》,《塔里·塔外·女人》,广州:花城出版社,1995年,第304页。

幻的耶和华站在云端似的，不能抗拒的匍匐到青草上面，吻着青青的草与草下面的泥土，这是人间的泥土，而我不过是一个被抛弃在撒哈拉沙漠上的囚徒……我狂吻着，我狂吻着，眼泪不由自已地冲泻出来，潺潺如清泉，冲泻出来，不断冲泻出来……我哀伤得眩晕过去。"[①]因此被狱卒痛打了一顿，骂他装病不做工，将他又关进了牢里。他在牢里写了一首歌颂春天的长诗，这首长诗被发现送到了管理囚徒的科长那里；他准备好接受最严厉的惩罚，但这位伪满官吏竟也为这首长诗所感动了，他眼圈发红对李说："得，我这一遭不处分你，以后你可得特别留意，别再写这一类玩意儿，你该明白，一个囚徒是没有春天的，是的，囚徒没有春天，没有春天！"[②]小说通过讲述这样一个硬汉子的情感隐私（30多年来的唯一一次流泪经历）来揭示自由对于人的可贵，知道了这一点之后，人们也就可以理解中华民族抗战的神圣意义，个人自由和民族自由在无名氏这里是完全统一的。

但随后无名氏的创作既没有继续走向主导文学，也没有走向路翎式的将个人主义嫁接到集体主义的道路，而是走向了一种审美个人主义的写作立场，从而表现出与"时代写作"的疏离。抗战进入相持阶段之后，"时代写作"开始由抗战之初的统一逐渐走向分化之势：如解放区文学开始着重阶级意识的表达，《白毛女》即于此时问世；大后方则主要表现为"一种求民主的呼声"，典型如郭沫若《屈原》中的"雷电颂"；国民党则加强了对文学的收束和管制，企图使文学控制在其官方意识形态之下。要之，"时代写作"的意义来源都是一种社会历史理想，即通过对社会历史的改造以使之达到一种理想状态；它所影响于文学的就是一种真诚的求治、求善的现实主义的创作精神的形成。而无名氏所追求的则是一种审美个人主义的人性之梦，这种"梦"和"理想"的差异是无名氏与"时代写作"的最内在的差异。"理想"是理性追求最高的善的产物，它设想出一个完满的模式作为现实必然要实现的目标，它具有排他性、现实性、普遍性、合目的性等特点；而"梦"则是个人在自由的精神状态中对人生"真谛"的感悟，它具有差异性、感受性、当下性等特点，而无名氏创作的成败得失及其文学声名的浮沉

---

① 无名氏：《海边的故事》，《中国抗日战争时期大后方文学书系》第3编《小说》第1集，重庆：重庆出版社，1989年，第303页。

② 无名氏：《海边的故事》，《中国抗日战争时期大后方文学书系》第3编《小说》第1集，重庆：重庆出版社，1989年，第304页。

毁誉,都与此差异密切相关。

二

《北极风情画》和《塔里的女人》(以下简称为"《北》"和"《塔》")使无名氏一举成名,它也标志着无名氏创作的一大变化。他开始与"时代"疏离,与"主导文学"疏离,确立其创作的一种审美主义的个人性原则。《北》和《塔》虽还是在现实的时代背景下展开的,但作家开始力求摆脱"时代"的重负,淡化社会政治道德色彩而凸现浪漫感性色彩,浓墨重彩地创造出一种超凡拔俗的浪漫主义人性图画。这也透露出作家本人在人生和文学的价值立场上的变化,他开始反思文学中何为"重"? 何为"轻"? 从时代对文学的要求来看,当然社会为重,个人为轻,政治道德要求要高出个人和文学的审美要求;但从文学的角度来看,作家最应该表现的是他对人生的刻骨铭心的独特感受以及他对人性的独特理解、独到发现,而不是头绪万端而又瞬息万变的现实问题。因此超出具体现实问题的羁绊,游心于精神上的自由之境的"轻逸",就具有了重要的意义。"一想到若干万年以后,一切现实将是一片虚妄。但刹那现实中的美的沉醉与享受,却不是虚妄。也许,真正的永生正在这里。但我所指的永生,最纯粹的美的欣赏,而不是醇酒美人。"[①]无名氏发现了在文学的即时性和文学的永生性之间存在着的断裂:当把人完全看成是时代的附庸,使个人被沉重、必然、价值等占据,并因此丧失了其个人的、属我的感觉时,他也就成为一个失去自我的"时代"容器。而"永生"的意思并不是"不死的",而是属我的、美好的、独特的人生感受和体验,它可以超出具体的时空所限,唤起几代人的共鸣。

无名氏的《北》和《塔》所表现的,就是一种超现实的精神价值的实现,一种对于人生真意的反刍和追问。由此他从一种"时代写作"的集体主义行列中抽身而退,开始以一种"个人"姿态现身。这两部小说与"时代写作"的疏离主要表现在:

其一,与主导文学热情参与、介入社会生活的努力相反,无名氏抛开了"时代"加诸人的"沉重",而去登山远眺、仰望星空。这两篇小说的场景都选在远离

① 无名氏:《西湖冥思·插云手札》,《淡水鱼冥思》,广州:花城出版社,1995年,第78页。

尘嚣的华山之巅，“我”因患“脑疲症”到华山静养，陶醉于华山的奇丽景色之中，由“社会人”变成了“自然人”，摒除了一切俗虑，“脑疲症”也就不治而愈。华山隐居因此成为“我”的悟道契机，这种悟道是通过从种种复杂的社会纠葛中跃身而出，消除了身心之累来实现的。华山是个世外桃源，当时正是“抗日”时期，而华山的老道士却把“抗日”听成“炕热”，根本不问世事。“轻逸”的获得通过的正是一种“减负”方式，它使主人公暂时忘掉了其社会身份，重新回归一种本然的自我。

与时代主导文学强调文学的现实功利性相反，无名氏为小说安排的叙述者或主人公都已从功利境界脱身而出。《北》与《塔》的情节模式都是一样的：“我”在华山遇到两位“怪客”“高人”，他们的乖异、古怪引起“我”浓厚的兴趣，最后在“我”的恳切请求下，他们终于向我讲述了他们的断肠心曲、绝对隐私。这些“怪客”“高人”都是历尽人间沧桑的“断肠人”或“失败者”，是情感和良心的负疚者。这种“失败”和“负疚”却使他们可以超脱地反省过去的一切，平静地反观他们的人生。而正是这种对人生的远距离的审视，使得他们超出了现实的羁绊。

无名氏在提到这两位“怪客”“高人”的时候，曾反复用一个比喻，即把他们比作“一个饱经沧海的舟子”，正如古勒律吉名作《古舟子咏》中的老船夫，“在他心灵中，一定蕴藏着丰富的人生宝矿”[①]，而“我”则是这个宝矿的开采者。在《塔里的女人》中，当“我”听到“高人”在月光下演奏《卡伐底那》(*Cavatina*)曲子时，想到的也是“他仿佛一个饱经忧患的衰老舟子，经过各式各样的大海变幻，风暴的袭击，困苦与挣扎。到了晚年，在最后一刹那，睁着疲倦的老花眼，用一种猝发的奇迹式的热情，又伤感又赞叹地唱出他一生经历：把他平生的感情与智慧都结晶于这最后的声音。”[②]而“我”也深为这曲子所打动，从中“我深味着黄昏的境界，又哀愁又神秘，我领略无穷的启示：它叫我懂得人生，理解感情，洞透生命中那些最宝贵最耐寻味的部分。”[③]问题在于：叙述者何以对这种饱经沧桑的老者、怪人、出世者如此感兴趣？老人固然是经验和智慧的象征，但叙述者

① 无名氏：《北极风情画》，上海：上海文艺出版社，2001 年，第 23 页。
② 无名氏：《塔里的女人》，上海：上海文艺出版社，2001 年，第 7 页。
③ 无名氏：《塔里的女人》，上海：上海文艺出版社，2001 年，第 7 页。

更关心的是他们那种“过来人”所勘破的“人生本相”。在老者那里人生已不是所要完成的事功、所要得到的结果，而是已经走过的历程。“事功”“结果”需由现实来证明，而“过程”只须自己来体味。注重“事功”“结果”的是“英雄”，是“强人”，他们征服现实并让现实来证明他们的价值，它是以权力、金钱、成就、声名等来衡量的；而小说中的怪客、老者则已不需要这一切，看轻这一切，他们已从世俗之累、情欲之累中挣脱出来，达到了一种“无执”的心灵平静。所以这个引子对于整个小说是非常重要的，它使一个单纯的爱情事件带有了感悟人生的意味。

其二，《北》和《塔》写的都是爱情悲剧，但这种爱情悲剧具有不同于“时代写作”的特点，它主要是一种命运悲剧、性格悲剧，而不像同期主流文学所注重的对悲剧社会性根源的揭示。这种悲剧的形成来自一种神秘的阻力，它不是人力能与之抗衡的。虽然无名氏先后四次对《北》进行修改，每一次都加强了一些造成悲剧的社会性因素，但仍没有改变它作为一个命运悲剧的特质。小说的素材来自无名氏的朋友韩国光复军参谋长李范的一次情感经历，在经过无名氏的加工改造后，这个故事就带有了独特的无名氏色彩。他是在一种浓重的人生悲怆感的氛围中讲述这个故事的，这种人生悲怆感来自一种历经命运的捉弄，意识到人生的难以圆全、难以完满，因而产生的一种“天凉好个秋”的悲凉无奈情绪。小说女主人公奥蕾利娅在他们生离死别时所写的诗中表达的也正是这种情绪。这种超离了怨天尤人情感之后的平静和无奈，构成了这篇小说叙述的基调。

与其时代常见的“革命加恋爱”小说模式不同，吸引无名氏的往往是爱情自身的神奇性。小说中的男主人林之爱上奥蕾利娅首先是震惊于她惊人的美貌，无名氏用诗的语言极力描述了女主人公之美。无名氏是一位对女性容貌特别敏感的作家，在这一点上，他不顾及读者对他可能产生的“重貌不重人”的指责，因为在这种对于容貌美的强烈关注的背后，还有他的一整套的“哲学”，无名氏将之称为一种“胴体现象学”。在这种“现象学”看来，人的肉体是一种符号，一种“浸透了宇宙和星球意味的符号”，它并不是对本质的遮盖，恰恰自身就反映着本质。这就与“相面术”的思维方式有些相似，但它关心的不是相貌上表现出的人的福祸寿夭的征兆，而是人的天性和灵魂，这是一种对于人性的非理性的直观把握。他从外貌上就可以看出女主人公是一个至性至情的女子，一个具有极大的灵魂深度和情感强度的女子。如果没有这样一种原初印象，爱情就难以发生。在此之后吸引他的才是女主人公的智慧、情愫、气质、格调等。林和奥蕾利娅的爱情是在现实背景下发生的，有它的社会性的因素，这些社会性因素阻碍着他们的爱情，但正是这种阻碍却产生出一场置之绝地而后生的惊天动地的爱情。无名氏着力表现的也正是这种爱情的神秘性、盲目性、超社会性使一切不可能都成为可能的特性。小说开始之初，林对于爱情和幸福的看法是带有一种及时行乐、游戏人生的味道的；而他所采取的"于连"式的进攻策略，也使这场爱情一开始就偏离了不食人间烟火的纯真爱情的轨道。但这也正是无名氏的大胆之处，他可以在小说的高潮处来一个逆转，让一切务实的、功利的、个人的考虑隐隐消褪，让爱情的强光穿云而出，超越世俗，甚至超越生命来达到它的极致。当与这种爱情遭遇之后，林和奥蕾利娅都已不再能主宰自己的命运，而只能听从于爱的召唤，将自己奉献于爱的祭坛之上，成为爱的牺牲。所以，小说最后的结局是一个殉情自杀，一个虽生犹死，这也正点明了爱情的不可抗拒的神秘特性。

如果说《北》所讲述的还是身处时代激流中的革命者的爱情悲剧，《塔》所塑造的主人公则是一个动荡时代的边缘人、与"时代"气氛极不和谐的唯美主义者，该作的主题也就集中表现为唯美主义的爱情之梦及其在现实中的坠落。主人公罗圣提是以一种唯美主义的态度来看待人生的：他认为生命里的欢笑与快乐，就是每一刹那的微妙沉醉；他倾心于生命的瞬间快意和沉醉，人生的目的就在于生命本身；他不是为实现某种预言，完成某种使命来生活的，他注重的是人生的当下状态。他可说是一个耽美者或柏拉图式的精神之恋者，在他优雅的生活姿态背后隐藏着对于真正生活的逃避。这样一种生活态度自然与严峻的时代极不协调，但罗圣提预先为自己作了这样的辩解："也许不少正人君子会认为：这种生活观念太虚浮，沾享乐色彩。可是，或者他们用岩石性的神经，面对美的感受，或者他们虚伪的掩饰自己的实际享受，或者他们否定现实生活中美的成分，否则，他们就无法抹煞这一观念在痛苦的人生中的补偿价值。"[①]罗圣提

① 无名氏：《塔里的女人》，上海：上海文艺出版社，2001年，第14页。

的唯美主义不是“颓加荡”的醇酒美人，而是追求一种尘世中的灵的享受，他对女人的兴趣，“与其说是生物学的，不如说是美学的，许多男人珍视女人的肉体，和官能满足，把它看成一件大事，甚至是爱情的最高结晶。如果这种理论能圆满成立，那么街头野狗最懂得爱情了”[①]。

在罗圣提的眼中，他爱把女子看成大自然的一部分，是自然生命，他宁愿花开在园里，鸟飞在天上，也“不愿看花儿开在我手上，鸟走在我肩上”[②]。他很少带冲动意味地欣赏女子的肉体，他认为一个女人的形体美，只有和性灵美融合在一起时才值得注意。他观赏一个女人的形体，与品鉴希腊雕刻维纳斯神像一样，并无多大区别；他的品味的着眼点在于美学情调，基于这种态度，他认为男女关系也是一种美学，一种艺术。男女的接触正像琴手与琴弦，接触得越微妙，越自然，越艺术，发出来的音籁愈动听，愈和谐。这种审美态度实则是一种将万物予以对象化的审视的态度，这种态度将一个活生生的人的存在变成了一个美的幻象，实则是对审美对象的非人化和异化。在这种非功利的、超肉欲的审美态度背后，隐藏着的是一种对于真正生活的恐惧和逃避，正由于此，所以它与现实相遇时的悲剧性结局也是无法避免的。

其三，《北》和《塔》探询人生价值和意义的方式和“时代写作”是迥异其趣的。时代主流文学的人生理想是将个人的人生价值的实现与某种社会目标的实现统一在一起的，所以它的确立是必须建立在对个人异己性因素予以克服的前提下的。而无名氏对于人生意义的探寻方式则是个人性的、差异性的、回味和体验性的。《北》的最后，林在讲完他的人生故事后这样谈到他对人生的感悟：“在生活里面，你常常可以碰到一种不可抗拒的神秘阻力。这种阻力，你年轻时，还不见得怎样沉重，有时候，只要你咬一咬牙关，摇一摇头，说一个‘不’字，它似乎就退开了。但是，随着你的年龄增加，额上皱纹加深，它一天一天变得强大起来。到了最后，你连摇头说个‘不’字的勇气都没有了。不，不是没有勇气，是没有兴趣。年轻时，你觉得这种摇头是可赞美的。中年后，你感到这是可笑的。终于，你承认它是一种坚不可拔的存在。……愈是认真追求幸福的人，愈不容易得到幸福。倒是并不怎样追求它的人，它却时而在他的身边轻团

① 无名氏：《塔里的女人》，上海：上海文艺出版社，2001 年，第 27 页。
② 无名氏：《塔里的女人》，上海：上海文艺出版社，2001 年，第 27 页。

团转！而且，真当幸福在你身边时，你不一定知道，等到你知道时，它常常已消失了。”①

这种感悟与佛教的除“我执”是相通的。“我”刻意的主观的幸福追求与外部世界的非理性的无情冷漠、变化无常构成对立；世界并不是为“我”所设置的，相反我为世界所造就和播弄。所以，“幸福”只能求之于内，而难求之于外，并且“幸福”追求本身就接近虚妄，《百喻经》中说：“诸佛说言：三界无安，皆是大苦；凡夫倒惑，横生乐想。”如“幸福”者，“求时甚苦；既获得已，守护亦苦；后还失之，忧念复苦。于三时中，都无有乐”②。何“幸福”之有？然而作为一个浪漫、唯美主义者的无名氏并没有就此否定人生，他仍然从这种人世无常中发现了至可珍贵的“美”，他说：“解脱者也能欣赏尘世一切……他所要享受的，只是它们的刹那，而不是它们的永久。……只有站在‘永生’的观点，才能极透彻的了解刹那的美。”③这实际上就是告诉人们尘世中的“永久”就是刹那间的体验和感受，一种偶在的生命个体所能把握的属我的、美好的精神感受。

《塔》主要表现的是一种唯美哲学与道德理性之间的冲突，这是一种内在的心灵的冲突。罗圣提以一种唯美的、非欲望的态度来对待爱情，而这种“高尚”对黎薇却极不公平，她成了罗圣提唯美恋爱观的牺牲品，她是全身心地投入了这场爱情的，相对于男主角罗圣提，黎薇在爱情上表现得更为热情和勇敢。这位高傲的女子不爱人则已，一旦爱上，便如火山爆发一样强烈。罗愿意接受这种爱，但却无法摆脱种种现实的“俗虑”：他是一个有妇之夫，他有他的相当的社会地位和优裕的经济收入，他不愿毁掉这一切。更重要的是他要反问自己有什么权利接受黎薇的牺牲？为什么自己不能为家庭、为社会、为传统、为黎薇的前途来牺牲自己？这种既不愿伤害妻子、也不愿伤害黎薇的道德忧虑，使他一手安排了黎薇的恋爱、婚姻，想给黎薇找到幸福，结果反而酿成黎薇的生活悲剧。

与“五四”以来新文学处理这种爱情悲剧的态度不同，无名氏并没有简单认同爱情至上、个人自由的启蒙主义的解决方式，而是深刻感受到了爱与美和道德理性之间存在的势如水火的两难处境。而他从不相信，那些根本性的人生困

---

① 无名氏：《北极风情画》，上海：上海文艺出版社，2001年，第170页。
② 史念林注：《百喻经·四十四 欲食半饼喻》，北京：华夏出版社，2005年，第60页。
③ 无名氏：《蝴蝶沉思·第四辑（一九四六年）》，见《淡水鱼冥思》，广州：花城出版社，1995年，第154页。

境真的会有某种现实可行的解决方式。爱与美的幻灭使罗圣提心灰意冷,而对于道德完善的绝望则终于使他接近了宗教。讲道德的人是凭知识、理性去谈论“善恶”,而信宗教的人则根据“实在”“幻相”去把握人生世界,从而达到与宇宙自然的合而为一。所以罗圣提“变卖一切,隐遁华山,准备把残余的生命交给大自然。我本来自大自然,此刻再交还它,实在千该万该。也只有在它身边,我才能获得一点慰藉”①。在以道德态度来生存却仍无法解决人生的痛苦和矛盾时,他走向了对世俗人生的超越。这完全是一种个人性的选择,作家对此也只能表示遗憾、叹惋而已。

无名氏并没有陶醉于《北》和《塔》的“成功”,他对这两部小说都不太满意,而更推重后来的《无名书稿》六卷。这可称为他的中期创作(1981 年赴港之后可称为其晚期创作)。在《无名书稿》中,他超越了这种浪漫、唯美主义之梦,与“时代”进行了更为广泛的对话,从中可以看到他基于个人性的文化立场对时代命题所做的独特担当和思考。“轻逸”和“沉重”、“时代”和“永生”,在《无名书稿》中得到了一种新的层面上的个性化的统一。

① 无名氏:《塔里的女人》,上海:上海文艺出版社,2001 年,第 129 页。

超越“时代”与“永恒”之间的断裂
——《无名书》对作为超验之维的宇宙精神的探寻

无名氏的《无名书》产生于世界范围内战火连绵、急剧动荡的年代——20世纪40年代。在他的眼中，这是一个天崩地解、海立山飞的时代：“时代在疯狂地砸碎一切，破坏一切”；人类有可能倒退到“一百多万年前”：人类文明面临着一场浩劫，一切都在崩溃都在瓦解都在坍塌，这不只是一个民族面对生存危机的时代，更是一个人类文明面临灭顶之灾的时代。在这样一个变幻莫测的时代，无名氏所要寻找的却是一种不变的“永恒”，一种形相幻灭背后的“最高实在”。于是他走上了一条探寻人类文明源头的精神还乡之路。这种对于超历史的“永恒”价值的追寻，正是《无名书》的独特之处，它提供给无名氏看待时代的独特的视角。该视角使他得以从高处俯瞰人世间的争斗和流血，以悲悯之眼看乱世，并力图找出终结这种人类纷争的最终解决之道。卷帙浩繁的六卷本《无名书》的独特价值就在于：无名氏摆脱掉了急近的时代问题的迫压，转而去思考时代危机所造成的普遍性的文化与哲学危机，从更为宏阔的文化视野来思考民族乃至人类生存的重大命题。

《无名书》是一部理念化色彩极重的作品，与一般的现实主义文学不同，它是作者凌驾于生活世界之上的高空飞行和心灵历险。因此我分析这部作品的方式是首先注重对该作思想脉络的宏观整体把握。我倾向于将《无名书》纳入其所产生的具体时代语境中去考察，并认为《无名书》的主要意义在于小说主人公走过了一条独特的探索宇宙和人生的心路历程：在此历程中，主人公与其时代极具代表性的观念、情感、心理和精神现实进行了一种激烈的抗辩式的回应和对话，从而表现出他对于"时代问题"和"人生问题"的独到关注与理解。总体而言，《无名书》中的主人公印蒂主要经历了三个精神探索阶段，下文开始一一分析。

一、热与冷：唯理主义的社会改造理念与生命原始冲动

在《无名书》的开端，主人公印蒂尚是一位热情而虔诚的社会改造主义者。他义无反顾地投身于北伐时期的大革命之中。这时他的生命信仰是："生命只是一种改造，改造这个人类。改造这个世界。改造这个国家。改造这个社会。改造。不断的改造。永久的改造。世界需要改造。中国需要改造。时代需要改造。"[①]这种改造主义来自一种对历史理性的信仰，拥有对"正义""平等""民主"等现代启蒙理念的执着追求，及对"神圣暴力"的崇拜，均源出于法国大革命传统。这种对社会的现代理性化设计立足于一种唯理主义的人类中心主义立场，并带有将人类"此世运动神圣化"的狂热冲动。无名氏化解这种理性神话的方式就是将自然世界、宇宙意识重新带回到人的生活，重新让人思考人在宇宙中的位置及人之生存的终极价值问题。

《野兽、野兽、野兽》从天地玄黄、宇宙洪荒讲起，开头就是："啊！好一片奇！好一片幻！好一片诡！好一片艳！这无量数的奇迹！这五彩缤纷的波谲！这摇漾多姿的斑斓！"[②]星球和人类的漫长历史在叙述中一闪而过，"在时间大海上，历史搭着浮桥，人站在桥上看朦胧海景"[③]。将人置于宇宙之中、将历史置于

---

① 无名氏：《野兽、野兽、野兽》，广州：花城出版社，1995 年，第 24 页。
② 无名氏：《野兽、野兽、野兽》，广州：花城出版社，1995 年，第 1 页。
③ 无名氏：《野兽、野兽、野兽》，广州：花城出版社，1995 年，第 11 页。

时间大海之上，成为无名氏思考人生、透视时代的一个基本视角。该视角的独特性在于它摆脱了人类以自我为中心的自恋视角，不再把人看成“万物的尺度”以及把自然当成漆黑一团的物质，而是把宇宙万物和人视成一个不可分割的整体，从超越时间、现象、世俗功利的“界外视点”去看世界，超越人类的有限性而达至宇宙的无限性。人类开始以理性主义的态度看待历史是近代启蒙之后的事，其结果是导致人与宇宙的疏远和人的自我膨胀：“他们在哭笑、杀戮和抱吻中，渐渐忘记桥下大海，以及海上曾卷刮过的无数万万万次的暴风。”①人类开始自居为宇宙的主宰，进行一意孤行的意志冒险。于是海德格尔所说的“人类生存的暗夜”来临了。

无言的宇宙的出场，预示出《无名书》潜在的价值取向就是追求人与宇宙精神的合一，从而印蒂的使命就是以生命来发明天命。正如《庄子·大宗师》所言：“畸人者，畸于人而侔天。”②印蒂也正是这样一个乖异于常人而追求与天同一的现代“畸人”。《无名书》所表现出的人文主义，是应对20世纪挑战的人文主义，它吸收了宗教的某些要素，它所表现的对宇宙、自然的态度与以色列宗教哲学家马丁·布伯（Martin Buber）对自然的态度颇有相通之处。著名的人文主义理论家阿伦·布洛克（Alan Bullock）说：“在我看来，人文主义的价值观不仅同尼布尔的基督教现实主义、施维策尔的‘尊重生命’和布伯尔的‘我和你’这三种非常不同的宗教哲学是完全相容的，而且是它们的必要成分。”③布伯尔的“我—你”关系恰恰正是无名氏在《无名书》中所表达所寻找的人与人、人与宇宙之间应具有的关系，他在探索永恒及人与宇宙的关系时，也一再强调“我”和宇宙的相遇、相通，强调一种宗教式的情感态度，所以他说：“精于纯粹哲学思辨而不兼宗教信仰的人，可能不得善终，尼采自己就是个例子。因此，思想是一种可怕的火，有时必须戴上宗教信仰的铁手套，穿上宗教信仰的铁盔甲，方能玩这火。”④对于无限的宇宙的谦卑敬畏态度，也就是一种“我—你”关系的体现。

《无名书》中印蒂的悟道，主要资源首先来自他所谓的“东方自然主义”，在这方面，他的父亲印修静以一种生物学家的客观态度和老庄式的超脱、达观的

① 无名氏：《野兽、野兽、野兽》，广州：花城出版社，1995年，第11页。
② 《庄子内篇·大宗师》，见陆永品著《庄子通释》，北京：经济管理出版社，2004年，第96页。
③ 阿伦·布洛克著，董东山译：《西方人文主义传统》，北京：生活·读书·新知三联书店，1997年，第248页。
④ 无名氏：《蝴蝶沉思》第三辑（一九四五年），见《淡水鱼冥思》，广州：花城出版社，1995年，第135页。

生命意识对其进行了最初的精神启蒙。印修静借不断变换颜色的瘠盭的眼睛告诉沉醉于改造狂热中的印蒂:他现在狂热迷恋的一切,只是时代大情调和他自己小情调的融合;它是浮动的、变化的,印蒂还没能“突入那较深沉较不变较永恒的存在精素”[①],还没能找到那永恒的真理和智能。被时代狂热和浪漫情调所主宰的印蒂这时尚不能理解父亲所说的一切。他纵身投入到时代激流之中,作为政治革命运动的积极参与者去实现其“改造一切”的理想。他据以改造这个世界的理想来自一种将时代和永生结合在一起、创造千秋伟业的神圣冲动,它给予人们以永恒的正义、平等、自由的承诺。这个理想的实现方式是以暴力手段对社会进行全盘彻底改造。印蒂是一个智与情兼胜的角色,他是以全部的生命和炽热的情感去拥抱改造一切的真理和理想的,他迷恋的是一种“圣正义”“神圣的流血”“神圣的暴力”。因此每一个牺牲仿佛都向光明接近了一步;每一次杀戮都为最后的胜利提供了保证。诗人林郁亲吻牺牲在战场上的小号手的带血的脸,他称其为“这是黑暗吻明天……一个黑暗的人吻被血和创伤包裹的明天……”[②]。然而“四一二”大屠杀将这个尚未来到的明天砸成了碎片。印蒂在时代的血雨腥风之中开始产生深深的怀疑,然而一种根深蒂固的崇拜苦难殉道者的情怀又将印蒂推向了一种宗教式的神圣体验:“是的,痛苦!痛苦——然而,这是生命最高贵的颜色……痛苦是一串串悲壮的梯子,只有借它,我们才能爬上生命的最高峰。只有从最痛苦的黑暗深渊底,才能升起强烈的欢乐大太阳。”[③]这种痛苦与理想之间具体的明确的指代关系,使莫名的痛苦得到了理想的命名,因之被神圣化,并具有了一种宗教式的意义。如是《野兽、野兽、野兽》破解了大动荡时代的两个“秘密”:一个是其呼唤风暴的追求至善的唯理主义的社会理想;一个是狂热的对于“血与火”的生命强力的崇拜。两者的结合构成了一种深刻、内在、强大的主宰现代历史的理念、情感和心理动力。

知识分子究竟为何会倾心于这种理想?为何无法拒绝其召唤?这是《无名书》直面大变革时代所要回答的一个首要问题,它也是一个典型的现代性问题。其原因非常复杂,它与现代性的基本构成有关。笛卡尔式极权主义理性,法国

---

① 无名氏:《野兽、野兽、野兽》,广州:花城出版社,1995年,第31页。
② 无名氏:《野兽、野兽、野兽》,广州:花城出版社,1995年,第127页。
③ 无名氏:《野兽、野兽、野兽》,广州:花城出版社,1995年,第177页。

大革命的情感狂热，俄国的民粹主义的“人民崇拜”等，均作为激进主义的现代性思想资源，直接动摇并摧毁着前现代的传统，从而导致了人的理性和情感的失控，这是一个重大原因。希尔斯（Edward Shils）在《论传统》中曾这样说过：“历史上的暴政不管多么残酷，往往是受到限制和监察的。现今的暴政名义上具有良好的愿望，却受到一场把社会全面理性化之梦的激励。”[①]这种现象的出现正是源于一种对历史理性的信仰和宗教性道德的失效与缺席。无名氏也须面对“不可避免论”“代价论”之类的辩证法，但他没有被这种“不可避免的流血”论所说服，因为在宗教性道德看来：流血就是流血，血都是红的，没有红、黑之别。无名氏也不是没有看到在某种特定情势下杀人和战争的不可避免，但是他认为：“……战争和杀人，本是一种不得已，但有人则视之为当然。假如这种视杀人为当然的心理一天不废除，人类一天就不能和平。我们应视战争与杀人是实在万不得已，做这种事，正像毒蛇螫臂，壮士断腕一样，——在这一方面，就现出了宗教观点的伟大。”[②]无名氏并没有否定社会改造的正义性与合理性，他只是对这种社会改造主义的意图伦理成为至高无上的最高伦理，表示了他的忧虑和质疑。

二、醉与醒：浪漫主义的“爱与美”神话与“恶魔主义”感官享乐神话

《无名书》中的印蒂所要超越的第二个时代神话属于审美现代性的范畴。作为一种反现代的现代性，审美主义与时代主流话语处于一种时隐时现的对立关系。与主流话语的进步主义的历史理念不同，他们多持一种“历史循环论”“文明没落论”和“退化论”的观念，也就是说他们缺乏那种参与建造新世界的理想与热情，只能退回到个体内心世界之中，“苟全性命于乱世”，于艺术和美中得一点心灵的慰藉。因此在社会风云变幻中他们大多取一种守势和消极的姿态，典型的如周作人、废名等。而无名氏的《无名书》则表现得生力弥满、充满激情，是源于他的一种理想主义的道德关怀。他以此超越唯美/颓废主义，并走向他的以致万世太平为目标的“天人合一”的“星球哲学”的信仰。表现在作品中，其文字因此蕴含了一种积极的建构性的文化乌托邦主义精神。

---

① ［美］爱德华·希尔斯著，傅铿、吕乐译：《论传统》，上海：上海人民出版社，1991 年，第 401 页。
② 无名氏：《蝴蝶沉思》第三辑（一九四五年），见《淡水鱼冥思》，广州：花城出版社，1995 年，第 133 页。

无名氏说:“解脱者也能欣赏尘世一切,诸如恋爱、肉欲、热闹、繁华。但他欣赏时,是站在一极高的观点。他所要享受的,只是它们的刹那,而不是它们的永久。……换言之,只有站在‘永生’的观点,才能极透彻的了解刹那的美。”[①]明乎此后,我们就可以理解为什么无名氏让他的主人公在《海艳》里“情到极致”却突然掉头而去,从而“形成不可解的断崖”的原因了。印蒂是一位“求道者”,《无名书》也是一部探索人生内在超越之路的哲理文化小说,所以不能以现实生活逻辑来约束它。《海艳》着重表现的是印蒂对爱和美的刹那主义神话的超越。小说女主人公瞿萦,“这个菩提树型的透明女人”,代表的是“人间性”,她给予印蒂的是“光风霁月的欢乐,沉醉、诗与透明”。从南洋倦归的印蒂与瞿萦在夜晚的海轮上不期而遇,这个时候印蒂的心态已远离了以前的亢奋激昂,“我对街头上的响彻云霄的什么‘光明’、‘时代’、‘前进’、‘斗争’……一类名词,已经厌倦了。我不再需要粗砺的事物,我只需要一点和平、精致、梦幻。这几天,大海教育我,宇宙间尽有比革命和正义更动人的景物,更绝对的绝对,更完整的完整。只有在这种绝对完整中,我们才能呼吸到永恒美丽的谐和”[②]。印蒂到了杭州,徜徉于湖光山色之中,深深地为大自然的美所陶醉。他认为这种惬意闲适的生活是无可归罪的:“一切简单而光顺,梦里的人们是这样过去的。大地上的人,至少也应该有这样一段生活。把梦翻版一番,并不是罪过。”[③]然而当“爱到极致”“情到极致”“美到极致”的时候,印蒂却很快感觉到了这种情爱和美的虚幻。因此他在日记中写下了这样的感想:“形相幻美的火,只有依赖官能的煤块做材料,它才能放光。没有这些又黑又蠢的煤块,这片精致的火发不了光彩。因此,我们所谓沉醉,不外欺骗性形相与愚蠢官能的结合。”[④]

此时的印蒂正处于“见山甩山,见水甩水”的“破有执”的悟道阶段,但勘破色相之后,仍要以一种平常心重返人间,印蒂还要经过一个从“佛”返“儒”的转折。在《死的岩层》中,他的父亲在临死之前意识到自己的“生物主义”哲学的缺陷,他告诫儿子:“你对你萦表妹过于残忍点。记住,对于生活本质,我们不妨具

---

① 无名氏:《蝴蝶沉思》第四辑(一九四六年),见《淡水鱼冥思》,广州:花城出版社,1995年,第154页。
② 无名氏:《海艳》,广州:花城出版社,1995年,第39页。
③ 无名氏:《海艳》,广州:花城出版社,1995年,第136页。
④ 无名氏:《海艳》,广州:花城出版社,1995年,第479页。

有生物学家的冷静，但对于爱我们的人，我们不应该把她们当做昆虫标本看。”[①]印修静告诉儿子：“你是东方人，你终将找寻我们的祖先。他们的声音是最亲切的，路径也是最合我们脚步的。”[②]印蒂经历了“有中见无”的阶段，还要再回到“无中生有”的境界，才能完成他的悟道。所以印蒂还要再回到瞿萦身边，共享他们的大地爱情。

《海艳》中陶醉于风花雪月、浪漫爱情中的印蒂仍然脱不了来自“时代”“历史”的纠缠，印蒂与时代之间始终存在着一种紧张的张力关系。他不得不为自己的选择辩护，不得不回答来自“时代”的责难。这种时代责难首先诉之于一种至善主义的道义感召，其次诉之于一种历史真理的审判。这时印蒂“已经咀嚼透身边一切了，剩下来的就是良知和道义，他注定要去拥抱这种良知和道义，因为作者赋予他的使命就是尝遍人生、追寻人生的真谛，特别是在一个国难当头的艰难时世，印蒂不能放弃他之作为中国人的最基本的责任。这是他难以长久地沉溺于温柔乡中的具体时代原因。“时代”对印蒂的另一个重大责难就是“谁也逃不脱历史的审判”！它源于一种黑格尔式的先验史观和绝对真理。历史的道路被预先设定为朝着终极目的运行的既定路线，把握了历史发展规律就握有了绝对真理。这就消灭了一切偶然性，并彻底剥夺了个体选择的自由和权力，来服从这一非人格化的历史真理。印蒂既然脱离了向着历史真理进军的集体，他就不得不去独自寻找另外那种属于他自己的发现的扑朔迷离的真理。

从东北抗联败退回上海的印蒂消解“时代”与“历史”重负的途径是进行肉欲感官的享受与放纵。他一到上海就和几个失意的朋友投入到“颓加荡”式的堕落之中，并从中发现了“魔鬼主义”的人生真义。他说：“尽管时代像狗带子样永远套住我。我却从不重视它。……对于我，时代与永生结合成一片，现在，分裂了，时代是时代，永生是永生。从此，我单独泅泳于永生河流。……正因为追求它，我才遭遇今天的平凡暗潮。”“我再不要追求了，我只要贴切的活，毫不勉强自己的生活。有一天，我觉得不贴切，又有点虚妄了；我会再换一种样式，现实既是魔性的，我们便该干干脆脆，承认这个恶魔。”[③]

---

① 无名氏：《死的岩层》（上册），台北：文史哲出版社，2001年，第259页。
② 无名氏：《死的岩层》（上册），台北：文史哲出版社，2001年，第262页。
③ 无名氏：《金色的蛇夜》（上册），上海：上海文艺出版社，2001年，第35—37页。

对于“魔性”,印蒂有独到的理解,而且,他的堕落也是一种高度自觉的“堕落”,这与他对“最高实在”的追寻并不矛盾,而且是其中的必经阶段。他对此做过这样的辩解:“起先,我们狂恋正义,把人血当唯一的河,载一条华丽的梦之船。稍后,血把船打翻了……于是,你对血失望了,去找另一片纯粹土地:爱情、永恒的美。你终于得到了。但你真获得的那一天,也就是你发现自己有时在靠撒谎过日子的一天。……真实的生命和人间,比绣花的爱情要复杂得多,也深刻得多。只有这一次,你真正发觉到复杂了、深刻了,你决心要活在它们里面。这里面,也许有深渊、有腐烂、有恶臭,然而却绝不是高空的,而是真正地上的。……魔性从来比神性更深刻、更永恒。用双手两脚追求神性的人,必然用四手四脚追求魔性。”[①]

一切宗教、一切文明的起源都与一种“人性幽暗意识”有关,都须在神圣与世俗之间求得某种张力和平衡;印蒂的宗教性的“星球哲学”也不例外,要使人达到最高点就要知道作为人的最低点的下限。如果说在此之前,印蒂爱的是人性中力求超越的神性,那么他现在所爱的则是人性中的兽性。进步主义者的理想往往建立在一种对人性的盲目崇拜之上,然而正如奥伊肯(Rudolf Eucken)所说:“倘若我们轻率地谈论人性的伟大和个体的杰出,断言只要给一个自由的领域,他们必然使一切地方的生活变得幸福和伟大,我们便由此表现了对人的一种突出的信仰,一种在所有信仰中最有待于批判的信仰。”[②]进步主义者的解放人性的信仰建立在这种坚信人性可臻无限完善的信念之上,因而其在现实中的受挫是可想而知的事。这时的印蒂不再是抬头向上、瞻望未来,而是低头向下、进入当下的生存:“将来是一片空白。永生也只是一片暗夜磷质。只这一刻、这一分、一杯酒、一个女人、一块熏鱼,才是真理。满足我而又不损害他人的真理。”[③]他意识到了为一个理念而活着的虚妄,因此应当放弃理念活在衣食男女的世俗凡庸生活之中,享受人所应该享受的感性的快乐。这无疑是对主流文学的解放话语的宏大叙事的反叛,由宏伟的历史叙事转向世俗化的个人性叙事。印蒂将时代的意识形态真理称为是“蜉蝣真理”——早上出生,晚上死亡。而他

① 无名氏:《金色的蛇夜》(上册),上海:上海文艺出版社,2001年,第37—38页。
② [德]鲁道夫·奥伊肯著,万以译:《生活的意义与价值》,上海:上海译文出版社,1997年,第40页。
③ 无名氏:《金色的蛇夜》(上册),上海,上海文艺出版社,2001年,第37页。

所要追寻的不是朝生暮死的浮光掠影，而是深居其下的永恒因素。他是从“时代”深层的匮乏入手而思拯救时代的，他自然不会长久地拜倒在地狱之花“莎卡罗”的裙下，他注定还要前行，去进行新的灵魂历险。然而莎卡罗所代表的恶魔主义、虚无哲学也是印蒂悟道的必经阶段，从社会学的角度来看它代表的是现代性的社会世俗化趋势，莎卡罗是这种世俗化的极端形态，穷奢极欲的刹那主义、游戏人生的享乐主义是彼岸目标消失之后的人的一种必然处境。印蒂不是以压抑的方式求得自我的道德完善，而是将人性的阴暗面也整合进自我的整体当中。他追求的是一种人性的完整，而不是完美：“有些人只知道自己是人，忘记了他也是动物。其实，即使他最理性时，那个原始动物也依然暗暗跟踪他。正当他最自庆超凡入圣、太平无事时，它突然跳出来，咬他一口，而这正是最致命的一口。”[①]这种“整体人”的观念，使得他的道德思想有不同于传统之处，他不是靠“十诫”“戒律”“功过格”来修道的，他是靠一种不假外物“即性成佛”的内在超越方式来提升人的生命境界的。

三、闭与通：由主客体二元对立到天人合一的“星球哲学”

由“恶魔主义”出发，印蒂下一步就合乎逻辑地走向了宗教。他先是为天主教徒的虔诚奉献精神所打动，皈依了天主教，成为一位神父；后因教会丑闻意识到禁欲主义宗教的不合人情，遂脱离教会。回家探视父病期间，他为父亲那种东方式面临死亡的沉静达观所启发，开始接近佛教和东方哲学。他认为佛教特别是禅宗提供了一种“了生死”“打通生死关”的最佳方式。印修静的临终所言全然是一种得道者语，他说：“我没有遗嘱，因为我没有死。我只不过从‘人’这个生物转变成一些无机的和有机的化学元素，他们又渐渐转入另外一些动物与植物躯体中。……终于，我变成世界，幻作星球。我并没有死，我变得更无限、更巨大、更空灵了。我在生着另一种生，活着另一种活。”[②]他留给印蒂的唯一遗产是一块捡自埃及金字塔下的岩石，用它来提醒人和人类历史的有限性。经过“生死门庭”禅寺的苦修和“华山悟道”，印蒂终于打通了天人之界，创建了他的“星球哲学”信仰。印蒂的信仰是他以生命来印证天命的不断提升自我完善自

---

① 无名氏：《金色的蛇夜》(下册)，上海，上海文艺出版社，2001年，第66页。
② 无名氏：《死的岩层》(上册)，台北：文史哲出版社，2001年，第259页。

我的精神历程，是他长期艰难、孤独的思想探索的结晶。印蒂可谓是一位文学史上罕见的特立独行的思想者，在血与火的弱肉强食的时代，他于“凯撒的道路”之外，独标“基督的道路”；在民族主义、国家主义大行于世的时候，他不仅坚持“世界主义”而且提出“星球哲学”；在杀人放火被视为天经地义的时代信条的时候，他重返人类的宗教性道德的源头，探索为人类生存所必需的最基本的原则——这都是他不合时宜的地方，但也正是《无名书》今天还值得被人们记起和探讨的地方。印蒂注定要一人独行，在其时代“他不属于亚洲大陆任一核心血液循环系统，他不能从它们取得任何血液营养。他只能艰苦地替自己创造新的血液、新的营养”[①]。所以《无名书》的文学话语是那个大时代的主流时代话语之外的个人性话语，它与“时代”的关系始终是对立和紧张的。

印蒂的艰苦求索之路不仅源于求真意志的推动，更在于一种强烈的求善的意志，一种强大的情感力量的推动。他之所以要去探索永恒问题是因为：“这个问题一天不解决，我们现在的出血，将来可能要重复，时代的错误将挽着时代的错误。像波浪连着波浪。”[②]在一次次失望、受挫之后，支撑他继续下去的是一种超越于时代功利之上的人文主义的使命感和乐观信念。在星球哲学中，他将人放在整个宇宙的背景下来思考：“整个宇宙即是一切生命的最后源泉，而任何个体生命又是全部宇宙生命的一个分子，那么，宇宙生命整体对个体生命分子的影响和连锁关系，不只是一种真实，也是现实。更是合乎逻辑的。”[③]由此，印蒂大胆地宣告：“那些旧先知——从最古老的释迦牟尼到最现代的激进派，早已不可能再成为我们未来的恒久的光与热了。……我们必须找寻新的恒久、光热、新的太阳。”[④]抛开这些诗性的渲染，无名氏实则关心的是如何在现代文化结构中开出超验之维，而这正是由传统向现代转化的关键之所在。

《无名书》的最后一卷《创世纪大菩提》，写的是东西文化融合后的新境界和新世界的人生观。印蒂认为：“凡不先渗透宇宙，把它变成自己精神背景和自己生命一部分的人，就不能最永恒最绝对的容纳全人类。”[⑤]所以他针对时代盛

---

① 无名氏：《死的岩层》（下册），台北：文史哲出版社，2001年，第554页。
② 无名氏：《创世纪大菩提》，台北：远景出版社，1984年，第149页。
③ 无名氏：《创世纪大菩提》，台北：远景出版社，1984年，第160页。
④ 无名氏：《创世纪大菩提》，台北：远景出版社，1984年，第150页。
⑤ 无名氏：《创世纪大菩提》，台北：远景出版社，1984年，第160页。

行的“武力”和“金钱”的崇拜以及西方将人与自然、人与人对立起来的工具理性导致的后果，计划要写四套书：《欧洲文化批判丛书》《苏联文化批判丛书》和《中国文化批判丛书》《明日中国文化建设丛书》，对偏狭的时代流行思潮进行剖析，提出他自己的文化构建设想。他所依托的思想文化资源的主体来自东西文化精粹的融合，其基本内核并非他的“戛戛独造”，而是古已有之，其时代意义就在于它于传统文化的神圣性为“现代性”脱魅之后，重建文化传统的“神圣性”的努力；而它所破解的正是现代性文化最深的内核，即主客二元对立的唯物论。“神圣性”的丢失，意味着“意义与价值”世界的全面解体，而无名氏则是要通过对“神圣性”的护卫，重建人之生存的意义与价值世界。主客二元对立的思想态度自有它的有效性，但它也会造成现代文化中物的物性和人的人性的分裂和扭曲。与王阳明游南镇时关于岩中花树的思辨相似，《开花在星云之外·静观蓖麻子树》中，印蒂就进入了一种主客互渗、物我合一的境界，一棵阳光下的普通的蓖麻子树在印蒂的眼中已成为“含蕴一整个凤凰座大星球的运动，光、热、色素、美、幻觉。静观中，他自己变成一片绿、一片风、一阵明与暗；他是光、他是热、他是色素、他是美、他是幻觉，他的肉体是那最神秘的星球运动。”[①]印蒂即是以这种恭受天启的方式来悟道的。

总之，《无名书》是有意要融合儒、耶、释三家的智慧，而达成他的“新信仰”的，作为一个中国人，他更偏重于儒家和禅宗，他是从中国的“此在”出去发抒“存在”的感受的，是以中国式的终极关怀去探寻生命的真理的。至此最高境界儒、耶、释三教的相同之处就大于了它们的相异之处。无名氏的“新信仰”也正建立在三教的深层内在相通之处，不同的是，他顺应时代对传统文化和宗教的挑战，而意欲以“哲学代宗教”，扩大人文主义的内涵和包容力，吸取来自宗教的人文资源。这是无名氏力图在传统瓦解之后，守护一种为人类共同生存所必需的道德底线、重建人之生存的终极价值和意义的努力。显然，无名氏对时代所作的宗教性、审美性的批判之局限性是非常明显的，正如马丁·路德所言：“世界是无法靠念珠来进行统治的。”思想、文化、道德的作用总是有限的，《无名书》的“内圣”与“外王”之间也存在着难以逾越的鸿沟，这使得《无名书》带有浓厚

① 无名氏：《开花在星云以外》，香港：新闻天地社，1983年，第736页。

的文化乌托邦色彩,对主人公的“英雄化”处理也带有时代特有的理想化和浪漫化倾向;在对时代的认识和理解上,也难以摆脱作家的意识形态偏见。如何评价无名氏在 20 世纪 40 年代所做的这种文化哲学探索是一个见仁见智的问题,但《无名书》无疑是中国现代文学应对现代性文化危机过程中不可或缺的一个重要环节,因此从“现代性”的问题视野出发,对《无名书》进行全面、客观、深入的审视和评估,是很有必要的。

第三辑　当代篇

扎根乡土的革命叙事

——《红旗谱》与20世纪乡土中国的革命

在“十七年文学”中，“革命历史题材”是最重要的题材之一，代表着这个时期长篇小说的最高成就的“三红一创加一青”（《红日》《红岩》《红旗谱》《创业史》《青春之歌》），除《创业史》外，其他作品都取材于既往的革命斗争历史。这种现象固然与其时代长篇小说创作追求史诗性巨著的审美情结有关，但也应注意到表现革命历史，较之表现当代生活，为作家个人留下了较为宽广的创作空间，使他们可以从自己的切身经历出发，见证历史的进程，弘扬历史的精神，为历史发展的必然趋势提供多侧面、多角度的阐释。《红旗谱》也就是在这一方面显示了它的独特性和重要性。首先在对历史的表现方式上，它选取的是从下到上的方式，而不是通常所采取的从上到下的方式，也就是说它的重点表现物件不是放在革命组织者、领导者如贾湘农一类人身上，而是放在底层民众身上，放在具有浓郁的乡土气息和传奇色彩的中国反抗者、边缘人物朱老巩、朱老忠、李霜泗一类人身上。这就使得朱老忠给人留下的印象之深远远胜过了贾湘农等革命的组织者、领导者的形象,而成为该书的亮点,并使得《红旗谱》对革命历史的再现具有了一种植根乡土与民间传统的质朴与厚重。像朱老忠这样从自发反抗到自觉革命的农民形象,在“十七年文学”中也出现过,像《杜鹃山》里面的雷刚即是一例,但是雷刚是作为党代表柯湘的教育对象出现的,是党代表柯湘这一光辉形象的陪衬,一种归顺、教化的典型,而朱老忠和其“大闹柳树林”的父亲朱老巩等则是具有其自身审美自足性的传奇英雄。其次,梁斌写《红旗谱》,是从自身感受最深的政治历史事件入手的,他主要写了两个事件即“反割头税运动”和“保定二师学潮”,而具有吊诡意味的是这两个政治事件却可能使作家陷入尴尬之中,因为它们与当时的王明极左路线有某种关联,他的讴歌和颂扬与革命正史之间产生了某种不协调,或者说他的革命叙事不只是对正史的一种拾遗补缺,而且在一定程度上偏离了其时代革命正史的聚焦中心和叙述常规(正如当时召开冀中老干部座谈会时,有人说这部书是对被很少提及的20世纪20年代末30年代初的“北方革命历史的尊重”)。而这种偏离对于作家个人来说又是无法避免的,因为他是凭着自己对历史的亲身感受和体验、经历来进行写作的,而不是可以脱离个人经历的历史图解。作为一位左翼知识分子、1930年就投身进步文艺界的左联作家,梁斌与20世纪30年代的叶紫、柔石等被大革命所唤醒的那一代作家更为相近,与20世纪40年代解放区成长起来的经过延安整风的作家还是有一些代际差异的。这种差异主要表现在他具有一种原发的渊源有自的侠肝义胆、革命激情和道德自信,而且在他身上还流动着乡土中国的世代反叛者不畏强暴、敢于反抗、追求平等公正的血液,因此,他所讲述的“革命”,是带有某种革命群体的主观表现的性质,而不是概念化的符合现实政治需要的历史图解。这种讲述乡土中国的革命历史的激情和自信,可以说是《红旗谱》最独特的东西,实际上也构成了作家进行创作的原动力。

一、侠义与公正:乡村革命的民间精神资源

记得梁漱溟先生在论到中国人的文化性格时曾特别强调中国老百姓有一种突出的对“理”的信仰。他曾引过一句老百姓挂在口头上的俗话来说明这一点,那就是:“有理走遍天下,无理寸步难行!”这使得中国文化与西方以宗教为根柢的文化存在重大区别,所以他将中国文化定位为一种理性早启、文化早熟

的文化。这种对“理”的信仰在乡土民间文化中植根甚深，对塑造民间文化性格起到了重要作用。《红旗谱》开场时朱老巩“大闹柳树林”，便是忤逆权势、对“理”的信仰和维护。小说开头第一句话便先声夺人：“平地一声雷，震动锁井镇一带四十八村：‘狠心的恶霸冯兰池，他要砸掉古钟了！’”冯兰池伤天害理之举就是要砸掉作为证据的古钟，将四十八村的公产据为己有。于是就有了朱老巩挺身而出、不畏权势、舍生忘死、保卫四十八村公产的壮举。他虽然壮志未酬、赍志以殁，但他在村民心中特别是在他的儿子朱老忠心中，播下了仇恨的种子，并留下急公忘私和激于义愤、遇事敢为的性格遗传。朱老忠被逼离开家乡、闯荡江湖的经历，又使他具有了一般安土重迁、逆来顺受的乡民所没有的侠义色彩和游民性格，而这正成为他日后投向革命、成为一个为人类的解放事业而奋斗的无产阶级先锋队员的内在契机。

在中国民间，侠义文化的影响力是不可低估的，特别是燕赵之地是侠义文化的发祥地，侠义文化对地方民众文化性格的塑造影响深远。据司马迁的定义，侠是“救人于厄，振人于不赡”，“不既信，不(背)倍言”[①]的行仁义者。其特点是：“其言必行，行必果，已诺必诚，不爱其躯，赴士之厄困，既已存之死生矣，而不衿其能，羞伐其德”[②]，“以德报怨，厚德而薄望”[③]。总之，侠是一类急公好义、勇于牺牲、有原则、有正义感，能替天行道、纾解人间不平的人。侠的行为具有“利他性”，它的使命就是锄强扶弱，就是路见不平拔刀相助，就是路不平众人踩，就是“该出手时就出手”，是一种不对法律、官府抱什么幻想，凭一己之力去直接实现公义的带有原发的无政府主义色彩的文化传统。它与墨子的学说有较直接的关系。在中国几千年专制统治的社会中，民间社会的平民百姓处于一种因法律不完善、官官相护、有冤难伸、忍气吞声的弱者地位，所以对侠有一种强烈的期待。侠游走四方，见义勇为，除暴安良而不图回报的义举，使其在民间备受推崇，侠的性格和质量在民间文化特别是北方文化中普遍得到认同和颂扬。《红旗谱》的独特之处也就在于它将这种民间传统中追求公正和平等的侠义精神和不畏官、不畏势，只为“公理和正义”的民间信仰与现代革命追求自由、

---

① 〔汉〕司马迁：《太史公自序》，《史记》，北京：线装书局，2010年，第551页。
② 〔汉〕司马迁：《游侠列传》，《史记》，北京：线装书局，2010年，第518页。
③ 〔汉〕司马迁：《游侠列传》，《史记》，北京：线装书局，2010年，第519页。

平等和人类的解放的理想嫁接起来，使其在革命年代焕发出璀璨的光彩，实现了民间传统的现代性转换和融合。返本才能开新，只有立足于传统的东西才是最具有生命力的。这也是《红旗谱》所展现出的时代精神的深层内涵。《红旗谱》对革命的理解和表现不只是理论性的，更是情感化的。它实现了 20 世纪 30 年代的左翼文学未能完成的突破，即将革命不再当成是知识分子的罗曼蒂克幻想，而是当成乡土中国的传奇化的现实来加以表现和歌颂。

梁斌在 1933 年 6 月 19 日的《世界晚报》上发过一篇杂文《从蜂群说到中国社会》。他认为“有人把蜂群比作人类社会，有分工和合作。一点不错，人类社会中有农、工、商、学、兵等等，蜂群里有职蜂、将蜂、王蜂的分别。可是蜂群里没有阶级，没有放高利贷的，蜂王对于职蜂也没有什么勒索。”[①]在做过这种对比之后，他进一步分析说：“按现代中国社会来说，就没有蜂群的良好。‘朱门酒肉臭，路有冻死骨’是平常理，算不了什么，因为那是人家的私有财产。扔到河里喂了王八又与谁相干？但是，在蜂群社会中则不然，有的蜂要饿死了，别的蜂会从蜜囊吐出蜜来喂它。中国社会是你有了你吃，我有了我吃，而且受法律的保障，不许抢夺。”[②]

社会制度不良，私有制，有权势者的巧取豪夺，无权势者的有冤无处伸、孤苦无告，被青年梁斌视为是当时社会的最大问题。解决之道，就是通过革命，通过铲除私有制、消灭剥削者，来建立起一个与蜂群一样的自然、合理的社会。这种现代社会改造理想与传统的追求公义精神的融合，就构成了乡土中国革命的精神基础。

梁斌是一个出身贫寒的农家子弟，1927 年 14 岁上高小的时候就加入了共青团，1929 年参加了共产党领导的“反割头税运动”。对于梁斌来说，刻骨铭心的是他从小就亲身体验的农民的苦难：首先表现为处于社会、家庭最底层的农家妇女的苦难，这促使他写出了感人的乡村妇女形象；其次是受尽欺压、逆来顺受的农民的苦难，像老驴头、老套子这样老实、本分的顺民。但作家最敬佩、最受感动的是那些像朱老忠这样的“敢于从困难中站起来，敢于打破封建镣铐的”具有反抗性、叛逆性的农民，因为“这些人物，在他们的灵魂的深处，具有伟大的

---

① 梁斌：《从蜂群说到中国社会》，《梁斌文集》第五卷，天津：百花文艺出版社，1986 年，第 373 页。
② 梁斌：《从蜂群说到中国社会》，《梁斌文集》第五卷，天津：百花文艺出版社，1986 年，第 373—374 页。

深厚的人道主义。他们敢说敢笑,敢打敢骂,敢于在祖国土地上行走。在那个时代,在他们之间存在着真正人类的爱——夫妇之爱、母子之爱,在他们之间存在着伟大的友情——敦厚的友谊。当我发现了旧中国时代这些宝贵的东西,我不禁为之暗喜。这感动了我,使我留下了眼泪。我忍住了这种快乐的眼泪同他们交下朋友。有一句老话说'燕赵多慷慨悲歌之士',真的,从我的少年时代开始,就从故乡人民的精神面貌中窥到这种伟大的性格。于是,我把这种伟大的人民性格,尽量赋予我所敬爱的人们,形成他们之间的共性。事实上,灾难深重的中国人民,经过几千年的锻炼,曾出现不少这样的英雄人物。我不过是在故乡的土地上研究、塑造、歌颂了他们。"

与"五四"启蒙主义文学不同,《红旗谱》的农民不是精英主义的"国民性批判"眼光下的农民:愚昧、麻木,缺乏自我意识;与路翎所赞颂的那种人民身上的非理性的"原始生命强力"也迥然异趣。《红旗谱》歌颂的是北方反抗农民身上所表现出的天不怕、地不怕的反抗性格和人性、人情之美,以及深厚真挚的伦理感情和兄弟情谊。这是一种"古树上的花朵"(臧克家语),是深植在民族心灵深处的美好情感。这种差异的出现固然与不同的文化走向有关,但也是南北地域文化差异的表现。《红旗谱》所表现的北方农民的反抗性格和地域文化也具有密切的关系。

在《红旗谱》中,作家所要回答的首要问题就是"革命"产生的必然性。受欺压的农民并不是一开始就选择如此决绝的方式来寻找公正的:朱老巩大闹柳树林,起初也并不是要和冯老兰拼命,而是要和他"讲理",所以他会接受参加过义和团、在村里声名远扬、乐善好施、慷慨仗义的严大善人的调解,到小酒店去讲理,但是就在这空当,冯老兰极不光彩地派人把古钟砸了,严老尚居然和冯老兰沆瀣一气,共同策划了这场骗局。这表明民间社会中原来发挥着乡土中国的社会调节功能的受到普遍尊重的士绅阶层已不再值得信赖,民间已经不再有主持公正的权威力量的存在。那就只好去找官府了,所以接着就有朱老明串通村里二十八家穷人告状,告冯老兰转嫁捐税给穷人。官司头场打到县里,输了;又打到保定法院,又输了;第三场官司打到北京大理院,还是输了。天底下已没有给穷人主持公正的地方了。穷人不但输了官司,还几乎赔光了财产,所以严志和在小说开头时走投无路,要去闯关东。农民的冤屈就只能靠自己来伸张了,于是朱老忠制定了“一文一武”的复仇方针，告诫人们“出水才看两腿泥”，要进行一种长远的韧性的反抗。但最后的结果仍难如愿，一再受挫。在这种情况下，运涛找到了共产党的代表人物贾湘农，给他们带来了新的希望。但朱老忠们对革命的理解还是儒、墨式的，朱老忠之所以同意运涛去找贾湘农，是因为他想起父亲给他讲过的李恕谷的故事："老年间，离咱这里不远，蠡县边境，出了个李恕谷。李恕谷是个大儒，可是他不讲做官，净讲实际，不尚虚华。他还交往过白莲教，闹过反清复明哩。"朱老忠们毫不犹豫地接受革命，正因为有这样一种对革命的“前理解”、一种儒家的道德理想主义的千年王国企盼、一种墨家的摩顶放踵以利天下的侠义情怀将他们召唤到了这样一场改天换地、追求彻底公正的社会革命之中。

《红旗谱》所表现的乡土中国的革命的发生，与当时国民党统治的合法性危机有直接关系，从这个意义上来讲，这是一个典型的现代性的事件。晚清帝国被推翻之后，一向为老中华的儿女们所接受的那种心照不宣的世袭制的统治方式被终结了，人们开始接受一种来自现代的民主共和观念，那就是通过自由选举产生的政府才是合法政府的观念。但是，不管是袁世凯，还是北洋政府，还是蒋介石的国民政府，以此标准来衡量都存在着合法性的危机，特别是蒋介石是靠着“四一二屠杀”篡夺北伐成果而建立起来的专制统治，这使其从一诞生就伴随着尖锐的合法性危机问题，即使在其统治尚称稳定的20世纪30年代，其统治的合法性也未得到普遍认可，军阀割据、民间抗捐抗税风潮迭起，更有共产党所领导的武装暴动几乎遍及全国。而且，20世纪30年代是世界范围内的“红色时代”，苏联的影响空前扩大，既往的政治统治合法性的理论基础也在发生改变，那就是苏联模式所主张的人民主权论。正如朱老忠所听说的："苏联无产阶级掌政，打倒资本家和地主，穷苦人翻起身来……你要是扑到这个靠山，一辈子算是有前程了！"苏式模式的终极目标就是建成各尽所能、各取所需的公有制的共产主义，这与儒家的道德理想、大同世界有深层契合。由此，政治统治的合法性论证也就由一种现实的世俗性的考察标准，变为一种对超越现实的“真公”的追求，对“主义”的认同，对关于人类整体解放的远大目标的信仰，由此引发的无限革命将是波澜壮阔而未有穷期的。

二、“颓败”与“革命”：“时代浪潮”激荡下的乡村生活

晚清以来，被强行推入“现代”之门的中国，沿海与内地、城市与乡村的差异日渐拉大，由于社会财富迅速向都市、城镇转移，农村日趋贫困。从文化延续上来说，晚清科举制度废除之后，传统知识精英断绝，现代西化的“新学”所培养出的“洋学生”——现代知识分子已不再能在乡村发挥传统“儒生”的社会整合功能，调解乡土社会的矛盾和冲突的传统资源亏空、失效，社会矛盾日趋激化。在此背景下，20世纪波及世界的革命浪潮，在崩溃、颓败的乡村社会中找到了其生发的基础，得到了来自社会最底层、人数最多的乡村民众的支持和回应。

乡村民众为什么向往革命？“革命”是如何改变了农民的命运和生活？这是《红旗谱》着重表现的内容。很少写诗的梁斌在他的文集中只收入了两首诗歌，一首就是写高蠡暴动的英雄宋乐曙的，题目叫《宋乐曙之歌》。他是这样描写宋乐曙走向革命的过程的：作为贫农的儿子，祖父原是雇农。祖孙三代把汗珠抛在地主的田亩，饥饿使父亲失去最后的土地，从小就为地主扛活，过着牛马不如的生活。“艰难的岁月如长江滚滚，娇气幼女终年穿着破衣，老父老母忍受不了饥馑，英雄的宋乐曙仰天长叹，土里刨食的人们，子子孙孙忍受煎熬？”[①]改变这种命运的唯一方式就是革命，“有那一天他站在红旗的下面，体强力壮更有了出息。在飞行集会上大喊：‘中国共产党万岁！’示威游行他在队前抖着红旗，光头赤膊闯过枪林，人们都说他是百鸟群中的雄鸡”[②]。

革命为农民提供了改变自己受苦受难受欺压的命运的契机，给一潭死水的乡村生活带来了生机和活力、目标和希望。受苦受难而又富有反抗传统的农民才会那么毫不犹豫地投身革命、拥抱革命，甘心为革命献出自己的一切，乃至鲜血和生命。纯朴多情的乡村姑娘春兰敢把“革命”二字绣在胸襟上，在五里八乡公开展示，让小伙子们奔走相告：“看革命去！”江涛因为和春兰的爱情在村里受辱，被老驴头拿着铁锨追赶，只好逃出家乡。但他参加了北伐，当了连长之后，连老驴头也默许了他和春兰的婚事。江涛作为一个十几岁的乡村少年，在参加革命之后，迅速成长起来，在反割头税的大会上发表演说，成为群众领袖，并因

---

① 梁斌：《宋乐曙之歌》，《梁斌文集》第五卷，天津：百花文艺出版社，1986年，第431页。

② 梁斌：《宋乐曙之歌》，《梁斌文集》第五卷，天津：百花文艺出版社，1986年，第431页。

此得到了来自书香门第、大户人家的严萍的青睐："今天，他挺身站在千万人的面前，讲起话来如同霹雳闪电，一句句劈进人们的心脏。震动了人们的思想，系动千万人的眼神，滴溜、滴溜乱转。……她明白，在中国历史上，自古以来，草野里出了多少英雄！立在她眼前的青年人，兴许是一个未来的、了不起的大人物。一时心上热烘烘，额角上沁出汗珠来。"革命为农民改变世代受欺压的命运提供了现实的可能，这是它能够在乡村迅速得到回应的重要原因。时势造英雄，"革命"也造就了属于它的一代英雄，所以"革命"也成为进步知识分子的一种普遍性的志向和理想、前途和希望。

在小说中，"革命"是作为解决一切问题的根本办法、唯一途径来加以表现的。作家显然是从阶级对立的角度去描写乡土社会的现实的，而这种阶级对立在小说中是通过对乡土生活中的一些原本寻常的家族矛盾、邻里纠纷来加以表现的。阶级眼光赋予了这种家族矛盾、乡村纠纷以严肃性，从而使其具有了不可调和的绝对性。像"脯红鸟事件"写的是大贵、运涛、江涛这帮孩子在地里干活时，捉住了一只很名贵的野鸟，据说其价格可以值一头牛。地主冯老兰一生别无他好，就爱玩鸟，愿意出钱把鸟买下，但因为冯是他们家族的仇人，他们坚决不卖，要自己养着，最后这只名贵的鸟却让猫给吃了。因为此事冯老兰怀恨在心，所以串通招兵的，抓了大贵的壮丁，使两个家族之间在旧恨之上又加了新仇。第二部中写春兰和严萍到千里堤上放牛，而"千里堤是公产，千古以来是有则例的，任谁不敢动这堤上一草一木"。结果春兰被村里的巡堤员、冯老兰的走狗、秀才李德才抓住，要送她到村公所去。春兰不去，和李德才先是争执后来打了起来，结果吃了亏，牛鼻子也被李德才给拉豁了。最后，春兰的爹、一向老实巴交的老驴头也拿了菜刀要去给李德才讲理、拼命。李德才妻子死后，女儿被大贵妈收留，李德才在街上骂街、找人，结果把大贵妈激怒，指使身强力壮的大贵把李德才举起来，扔到了村里的池塘里，险些淹死。结果，李德才跑到大贵家门口来上吊。……这其中的是非曲直，论起来比较复杂，用传统眼光来看，朱家也并不完全占理、合法。所以朱老忠回来和大家商量解决问题的办法时，一开始也是众说纷纭。但是这时已参加了革命的朱老忠已是胸有成竹，比众人都高了一筹："依我看百不怎么的！""朱老忠扬起两只胳膊说：单等贾老师一来，咱把镰刀斧头一举，就抗日到底了！严志和听着，把手一拍，说：'好！日本鬼子来了，反了吧！’……”“革命”在革命者这里成为人间至法、人间至理，成为解决一切棘手问题的最为有效的办法。而且“革命”还赋予了可怜的被卖给地主家的小丫头“珍儿”一个光荣的任务，那就是里应外合，帮助革命。“革命”在乡村迅速转换成了一种准宗教性质的民间信仰，如大贵结婚时穷哥们要送喜幛，教书先生按老例要写的是“大德望忠翁令郎花烛之喜”，朱老明不同意，说：“不对头，大德望是个封建的意思，不如大革命好，你看大革命的时候，那个威势！”教书先生只得依了他，写成了“大革命忠翁令郎花烛之喜”。

至于“革命”的对立面乡土中国的乡绅地主，他们对于时代的反应是迟钝、滞后的。他们对时代走向黯然无知，还在按照传统的老例生存，“秋气不惊堂前燕，夕阳还恋路旁鸦”，抱残守缺，顽固不化。冯老兰作为从明朝就沿袭下来的大地主，依然保持着悭吝、贪婪、仗势欺人、为所欲为的乡村恶霸的根性，愈来愈孤立，愈来愈不得人心，最后只能是以身殉他的祖传家业。其子冯贵堂读过大学，学过法律，在军阀部队里当过军法官，后来选择的是一条改良道路，回到乡村，开店铺、办工厂、发展资本主义。但他的老父亲对他的新办法嗤之以鼻，百方掣肘，日渐高涨的乡村革命浪潮也使他的改良梦归于破灭。在其父冯老兰被农民军杀掉之后，他开始抛开改良主义，认为“善不能治之，恶能治之”，走上了以暴抗暴的殊死的阶级对抗的道路。

《红旗谱》写的两个中心事件——“反割头税运动”和“二师学潮”，从革命斗争史上来看并不显赫，且与王明路线有某种关联。但作家却用了浓墨重彩来着力表现，原因在于这两个事件在作家的情感、心灵当中留下了深刻的印记，他要忠实于历史，也要抒发自己的乡土情感。他认为为这些革命运动中舍生忘死的英雄树碑立传是应当应分的，是天经地义的。所谓“为王明树碑立传”“歌颂王明路线”的恶意中伤真不知从何说起？

《红旗谱》的写作源于作家的一种内心深处的感动，他产生了要将这段历史写入文学作品中的强烈冲动。这部小说的酝酿过程是很长的，它从短篇发展到中篇，又从中篇发展到长篇，有的人物在他的脑海中生活了不下一二十年。他在20世纪三四十年代写的《夜之交流》《三个布尔什维克的爸爸》，都可以说是《红旗谱》的前奏。但是单是为革命树碑立传，还不足以催生《红旗谱》，它还需要有更深层的情感、更丰富的内容和更个人化的追求，才能产生这样一部史诗性的巨作。此书的写作也经历了一个较大的修改过程，据说在初稿中，“朱老巩大闹柳树林”之事是在朱老忠的回叙中提到的一个简略的往事，在送给朋友传观时，孙犁曾提了一个重要的建议，那就是把此节扩大，让其成为全书的一个先声夺人的亮点。梁斌的叙述也是强调按照中国小说的传统习惯，似乎也应该有个楔子：

我写这部书，一开始就明确主题思想是写阶级斗争，因此前面的楔子也应该以阶级斗争概括全书，考虑了很长时间，最后决定把朱老忠回叙朱老巩大闹柳树林的那一段挑出来，搁在第一章。

但是作家也考虑到，“书是这么长，都是写的阶级斗争，主题思想是站得住的，但是要让读者从头到尾读下去，就得加强生活的部分，于是安排了运涛和春兰、江涛和严萍的爱情故事，扩展了生活的内容”。这就使得小说具有一种来自生活自身的丰富性。与十七年时期的其他作品相比，梁斌的思想中较少偏狭的政治观念和创作顾虑，他还是按照生活自身的逻辑来表现生活，而不是让某种政治理念来扭曲生活。如他设计严萍这个人物，本是打算“把她写成是对革命动摇的小资产阶级知识分子，写到后来，愈写愈觉得没有办法叫她动摇，因为我很爱这个人物，下意识地愿叫她走向革命，不愿叫她离开革命。所以写成了现在这个样子。作为一个青年，她向往革命，是时代的潮流”。

“革命”和“阶级斗争”是《红旗谱》的中心主题，但这个主题在小说中是作为时代生活的一个重要内容来表现的，并不是唯一的生活内容。革命总是在具体的时代、地域、文化传统中发生的，所以它还有着各自的特点。要真实、深入、全面地表现革命，就要把革命所具有的鲜明的民族气魄和民族特点等个性化的内容充分表现出来，这需要作家有一种独创性。在这方面，《红旗谱》作了非常出色的探索。梁斌认为要写出作品的民族气魄，首先是要“做到深入地反映一个地区的人民的生活。生活色彩浓厚，就会透露民族气魄”。为了加强地方色彩，作家特别注意到民俗风情的描写，他认为民族风情的描写是最能透露广大人民的历史生活的。他认为一部书深入地反映了一个地区的人民的生活，地方色彩浓厚了，民族的风格、气魄就容易形成。在这方面，作家的童年记忆、乡土感情就发挥了不可替代的作用。梁斌说过：

> 我自从十七八岁离开家乡，直到今天，我写的还是家乡的人物性格，家乡的事件，家乡的风土人情。大部分还是用家乡的语言来写。……家乡、童年和少年时代的生活，对于一个作家的影响实在太大了。直到现在，我写起作品来，还是向往儿童时代在家乡的情景：村边树林、苇塘荒冢、小桥流水、枣林瓜铺。家乡、童年和少年时代的生活像母亲的乳汁一般地哺育着我。丢掉家乡生活、儿童和少年时代的生活，是一个很大的损失。鲁迅先生小说里的人物，从阿Q到孔乙己到闰土，不是他从儿童时代就熟悉了吗？还有什么地方的人，能叫你这样终身难忘呢？

作家的目标就是要用语言和记忆重构起一个属于他自己的“世界”，这种记忆就不能只靠有意识的记忆，在很大程度上要靠无意识的记忆，包括情感的记忆、心灵的记忆，这样他所构建的世界就不是相对于它的客体，而是在世界之中物我交融的整体，所以作家对童年记忆等的挖掘和表现，不是在世界之外去打量这个世界，而是在世界之中去表现世界与我的互动。如果缺乏这种与所描写物件的融入与互动，作家“总觉得不够味”，不足以表达他的发自生命深处的真情实感。像朱老巩手持铡刀挺身护钟的壮举，朱老忠为穷哥们两肋插刀的侠肝义胆，严志和将泥土放进嘴里来品尝的对祖传宝地的深情，以及脯红鸟的传奇，春兰和江涛之间纯朴感人的爱情，等等，都成为小说中有着永久的文学质素的亮点。所以他写的是乡土中国与现代革命的互动，既写出了革命给乡民们带来的变化、希望和进步，或者说“革命”对农民意味着什么，也写出了历久弥新、感人至深的乡土情谊、良风美俗以及农民对土地的深厚感情、劳动的快乐、乡村生活的诗意和美、甜蜜的爱情、风俗的醇厚、自然风光的优美等等。它成为北方乡土中国的一幅集真、善、美于一身的动人图画，不但讴歌了革命，也歌颂了家乡的人性、人情之醇厚美好，淋漓尽致地表达了作家的乡土之爱，使小说于“革命”主题之外，还具有一种浓厚的乡土文化意蕴。所以，它不但表现出社会革命的意义，还具有一种审美乌托邦意蕴，故乡不只是他的出生之地，更是他的精神家园。小说中有这样一段给人印象深刻的表现农家子弟运涛、江涛与土地的感情的动人图画：

> 宝地上的泥土是黑色的，拿到鼻子上一嗅，有青苍的香味，这是长好庄稼的泥土，它从爷爷血液里生长出来，爷爷亲手耕种它、揉搓它、践踏着它，爷爷走了，把它留给孩子们，父亲耕种它，运涛耕种它，如今江涛又在耕种它了。……哥儿俩耪呀，耪呀，两条小胳膊抡着大锄，把腰一弯猫了个对头弯，小苗上的露珠沾在裤角上，溅到腿上，沾在脚上，他们觉得多么滋润！耪呀耪呀。药葫芦苗开着蓝色的小喇叭花，耪了去，水萍花秀出紫色的花穗，耪了去。把野草杂花都耪了去，光剩下紫根绿苗的大秩谷，长得又肥又壮。

这种对于土地的深情、对于乡土的热爱，显然在一般革命史小说中是罕见的，也正是这种植根乡土的特性，赋予了《红旗谱》以出于时代而又超出时代的独特的文学魅力。

三、出于时代的选择与超出时代的希望

《红旗谱》的文学价值主要在于它超越具体政治功利的乌托邦理想，它的独到之处表现在它所表现的革命具有一种内在的历史文化的连续性。作家没有断裂式地将革命与传统对立起来，而是寻找其内在的关联，解释革命产生的深层动力及推动革命的固有理想，他将自古以来人们对于至高的善、真正的公平和正义的追求融入到现实的革命历史之中，标示出一种超越古今的价值理想。《红旗谱》中的理想追求具有一种植根乡土的世俗性、务实性，它所呈现的历史图画是革命史和田园诗的融合，具有一种出于时代而又超出时代的独特的文学魅力。

21 世纪的中国，逐步进入了社会主义市场经济的时代，社会价值取向也开始发生深刻的变化，市场经济所固有的“拜金主义”特性，对过去百年来的以“启蒙”和“革命”为主调的现代价值信仰构成了极大的消解和冲击，信仰的真空、理想的失落、道德的解体，犬儒主义、虚无主义的盛行打破了前市场经济时代人们曾经抱有的“市场万能”的神话，人们开始越来越意识到精神信仰、道德理想对

于人的生存的不可或缺。在这种时代背景之下，当代文学研究界开始对新中国成立后“十七年文学”所代表的“革命文化”产生了新的兴趣，于是对“红色经典”的研究也开始成为现当代文学研究的新的热点，并有不少研究者对于其中表现出的价值理念、道德理想有了更多的了解和共鸣。但是，如何全面、深入地评价“十七年文学”中“红色经典”的文学价值和文化意义，仍是一个需要探讨的问题。在对于“红色经典”的再评价中，需要避免的是一种“All or nothing”（所有或者全无）的态度，因为两者都是出于一种情绪化的反应，带有简单化、绝对化的倾向。笔者认为应该对“红色经典”的文学史价值展开具体的深入的分析，将其创作中的时代意识形态因素与其所蕴藏的历久常新的乌托邦理想区别开来，揭示出其真正的文学生命力所在，并在新的社会文化背景之下探讨文学中的乌托邦精神对于人的生存的价值和意义。

德国著名的“希望”哲学的倡导者恩斯特·布洛赫（Ernst Bloch）认为：优秀的艺术作品“并不随时间的消逝而消逝；它只是在意识形态上属于它所根植于其中的社会时代，但在创造性方面则不属于后者。重要的艺术作品的经久不衰的魅力和伟大，显然是通过一种先在外观的完美和丰富的乌托邦意味而发挥作用。可以说，艺术的价值和魅力……总是存在于那些向终极预言敞开的窗口之中。”[①]有鉴于此，布洛赫一方面承认艺术的意识形态属性，承认艺术植根于特定时代的意识形态；另一方面，则认为构成艺术真正本质与永恒魅力的，并不是这种特定的意识形态性，而是超越意识形态而面向“终极预言”的乌托邦性。他进一步论述道，“即使是万世不朽的静态的艺术作品，也不完全受其短暂的存在基础和与这个基础相适应的意识形态限制”，“在这种情况下，显然有一种‘文化剩余物’在起作用，有某种东西在某个特定时代的意识形态之上和之下运动着。一旦该时代的社会基础和意识形态衰朽后，只有这个‘剩余物’在以后的各个时代生存下来，并作为被作用物而得到保留，它从本质上是乌托邦的，与它相一致的唯一的观念就是具体的乌托邦观念”。[②] 正是这种乌托邦性，使艺术作品能超越特定意识形态的局限而通向未来，具有久远的生命力。布洛赫把艺术看成一种对世界和人的内心的未来发展的可能性的超前显现或预先推测，一种能展示

① [美]梅·所罗门编，杜章智、王以铸等译：《马克思主义与美学》，北京：文化艺术出版社，1989年，第632页。
② [美]梅·所罗门编，杜章智、王以铸等译：《马克思主义与美学》，北京：文化艺术出版社，1989年，第633页。

未来本质的预言性幻想和想象。

《红旗谱》的文学魅力也正在于它超越特定时代的意识形态之上的乌托邦魅力。众所周知,《红旗谱》的主题就是表现阶级斗争,但作家不是从抽象的理念入手来图解这一时代主题的,而是从现实经验、具体生活感受入手来表达这一主题的,所以他所表现的革命具有一种内在的历史文化的连续性,他不是断裂式地将现代革命与历史传统对立起来,而是寻找其内在的关联,解释革命产生的深层动力及推动革命的固有理想,他将历代相传的人们对于至高的善、真正的公平和原始的正义的追求融入到现实的革命历史之中,从而实现了现代革命与民间反抗传统的对接,使现代革命具有了历史的纵深感。

《红旗谱》的开端就可以令人强烈地感受到来自历史深处的对于原始正义的追求。朱老巩大闹柳树林,追求的就是公正,不管是穷是富,都该讲理,都不能仗势欺人,损公肥私。这是一场在公与私、理与势、穷与富之间展开的力量悬殊的对决,能有勇气进行这种抗争的人是要面临巨大的牺牲的,因为现实社会无法保障善有善报,恶有恶报,更有可能的结果是“枪打出头鸟”,谁出头谁倒霉,所以当“朱老巩要为这座古钟,代表四十八村人们的愿望,出头拼命了”的消息传出后,他遇到了来自不少好心人的劝阻,但这种劝阻不是出于对“理”的疑虑,而是出于对“势”的考量,正如他的本家叔叔朱全富对他的劝告:“天爷!你捅那个马蜂窝干吗?你爹和你爷爷,几辈子都是窝着脖子活过来,躲还躲不及,能招是惹非?哪有摁着脑袋往火炕里钻的?”但朱老巩的回答是:“我知道他厉害,可是人活百岁也是死,不如早死早超生,左不过是这么回子事了,反正人死了眼珠子是老鸹的。”朱全富摇摇头说:“唉!别,别呀,好汉子不吃眼前亏,那么一来,你就交上没好运了!”朱老巩最后的回答是:“叔叔!要说别的我听你。说这个,我主意已定!”

一般升斗小民出于生存的需要、利害的考量,在严峻的现实面前往往都退缩了,忍气吞声,苟延残喘,但是朱老巩不同,他具有乡民所谓的“一根筋”的性格,坚信“有理走遍天下,无理寸步难行”,凭着这种对于理的信仰,他超越了个人的利害,敢于杀身求仁、舍生取义,这样的人虽然稀少但在历史上并不罕见,正如鲁迅在《中国人失掉自信力了吗》一文中所言:“我们从古以来,就有埋头苦干的人,有拚命硬干的人,有为民请命的人,有舍身求法的人,……虽是等于为帝王将相作家谱的所谓‘正史’，也往往掩不住他们的光耀，这就是中国的脊梁。这一类的人们，就是现在也何尝少呢？他们有确信，不自欺；他们在前仆后继的战斗，不过一面总在被摧残，被抹杀，消灭于黑暗中，不能为大家所知道罢了。说中国人失掉了自信力，用以指一部分人则可，倘若加于全体，那简直是诬蔑。要论中国人，必须不被搽在表面的自欺欺人的脂粉所诓骗，却看看他的筋骨和脊梁。自信力的有无，状元宰相的文章是不足为据的，要自己去看地底下。”[①]朱老巩及继承了其父这种天生的反抗性格和理想精神、侠义性格的朱老忠正是这类中国人的代表，它代表着一种改造现实使之趋向于理想和正义的乌托邦主义的道德力量；也正是因为他们的存在，才使人类走出了弱肉强食的丛林规则，走上文明的大道。“一时成败在于力，千秋胜负在于理”，没有对理的信仰，人就只能永远臣服于力的威权之下。

由此，朱老忠的复仇不只是单纯的报仇，而是要实现“应然之理”，实现社会的公平和正义。它与那种精英主义的启蒙和拯救不同，它自身便是民众的公义要求的直接体现，它所追求的道德理想也就是民众所普遍认同的道德理想，所以它是作为民众的写作，而不是高居于民众之上的为民众的写作。这种与民众的天然亲和性就使得《红旗谱》具有了一种发自民族传统内部的圆浑雄壮之气，它的别开生面的民族气概、民族风格就来自于此。

布洛赫在他的《乌托邦精神》中强调人是乌托邦的主体，是“尚未”实现的可能性的焦点。人与世界均处于永远向未来敞开的、“尚未”完成的过程中，人本质上不是生活在过去和现在，而是生活在未来。故而，哲学的任务不是描述现状，而是唤醒生活，催生一个尚处潜在状态，要靠人的首创精神才能出现的新世界。布洛赫完成于50年代中后期的两大卷巨著《希望原理》集中研究人的最深刻的“希望”的内容与形式。他从大量人类“希望”的表现中发现人类逐步走向完善的趋势与实质。他用“希望”一词来规定人。他认为人有许多激情，但“希望”激情是最富有人性的，仅是人所特有，它使人面向未来，面向尚未产生或尚未被意识到的东西，面向自由国土。他把“希望”看成“人生本质的结构”，人并非其现有诸属性的总和，而是在走向某种超越他自身的人；“人的本质不是既

① 鲁迅：《中国人失掉自信力了吗》，《鲁迅全集》第6卷，北京：人民文学出版社，1982年，第118页。

有固定的,而是开放的、尚未完成和规定了的”[①]。

《红旗谱》的写作也正是在乌托邦精神的指引下的希望之作,它的目的也不只是描述现状,而是唤起生活,作者所要表现的现实正如高尔基所说的是“第三种现实”。高尔基在十月革命之前就写出了他的表现无产阶级革命的小说《母亲》,可以说是一种表现尚未实现的现实的代表作。他认为文学家要表现“过去的现实和现在的现实”之外的“第三种现实——未来的现实”:“我们现在应该设法把这第三种现实列入我们的日常现象,应该描写它。”[②]这种“第三种现实”也就是作家可以应然的、未来的、理想的眼光去描写尚未实现的现实,通过想象把未来现实化,由此,唤起人们对新生活的向往和渴望。这是一种把“未来”化为当下来体验的现代性的审美态度,是一种根据未来来表现现实的创作态度。

在对人的理解方面,布洛赫的“希望哲学”也强调不应静止地以某种关系或属性的总和去规定人,而应把人看作向自身之外的某种目标的动态超越。他认为人具有朝着实现其自身的道路上走去的尚未完成的本质,具有向着他潜在地所是的东西转化的一种开放式结构。人的本性是同希望不可分割地联系在一起的。希望不是后天的某种附加物,而是植根于人性的一种先天性需要或结构。布洛赫认为:“人不仅是由现存关系的横向网络所规定的,而且也是由通向未来的垂直关系的纵向延伸所决定的。现存的人并不是最终的人,而只是局部的人、不完全的人,他的充分的、真正的人性仍然存在于前面,所以必须把人看作一张‘绷紧了的弓’或‘他自己的渴望之箭’”[③],“人总是不断地向前抛掷他自身,这一方面是基于超越于人而又内在于人的某种可能,另一方面又是追求一种超验的理想”[④]。

《红旗谱》的人物塑造在很大程度上也表现出了这种乌托邦美学的特征,在《红旗谱》的研究界历来存在这样一种观点,即用阶级分析的教条来证明《红旗谱》中的英雄人物塑造的非现实性、不合理性,如宋剑华的论文《〈红旗谱〉:非农民本色的革命传奇》[⑤],认为《红旗谱》以“农民阶级”和“无产阶级”的概念置换、

---

① 杨燕丽:《当代西方的艺术救世理论——布洛赫的乌托邦式美学初探》,《高等教育与学术研究》,2009年第2期。
② 林焕平:《高尔基论文学》,南宁:广西人民出版社,1980年,第103页。
③ 陈剑远:《社会科学方法辞典》,沈阳:辽宁人民出版社,1990年,第68页。
④ 陈剑远:《社会科学方法辞典》,沈阳:辽宁人民出版社,1990年,第68页。
⑤ 宋剑华:《〈红旗谱〉:非农民本色的革命传奇》,《福建论坛》(人文社会科学版),2009年第7期。

"地主阶级"和"资产阶级"的角色变异,"落后农民"和"社会精英"的身份错位,完成了用现代政治思维对革命史的解读,并认为该书的一大败笔是"阶级关系的模糊不清"等。这都源于一种现代"正名主义"的立场,即将人的社会属性凝固化,静止地以某种关系或属性的总和去规定人,而忽视了人是其非是的动态超越性。当代"正名主义"批评方式的经典之作是1959年郭开对杨沫《青春之歌》的批判,郭开以《党章》上的要求,认为小说中的主人公林道静"只是一个较进步的小资产阶级知识分子,可是作者给她冠以共产党员的光荣称号,结果严重地歪曲了共产党员的形象"[①]。如果以这种图解政治概念的方式去进行创作,《红旗谱》也就削足适履,成为又一部公式化、概念化之作。

《红旗谱》中朱老忠等英雄形象都具有其现实的基础,梁斌在战争年代亲眼看到过这样的农民英雄,他们坚定乐观、牺牲奉献的精神使他深受感动,这一直在推动着他一定要以艺术的形式记录下这种伟大的人性和伟大的时代。朱老忠的原型是一位为革命献出了三个孩子的英雄父亲,梁斌曾以《三个布尔什维克的父亲》为题写作过以这位老人为原型的中篇小说,这个中篇成为后来《红旗谱》的前奏。这说明梁斌小说中的乌托邦不是一种外在的附加物,而是内在与现实自身的成长。朱老忠不只受制于现存的横向关系,他也受指向未来的垂直关系的指引,因而表现出不断在现实中发展的趋向。

布洛赫曾言:希望是人类追求美好未来的人性的本能冲动,乌托邦是人类和宇宙自身运动走向完美境界的终极追求,它体现在基督教神学理想中,也体现在历代伟大的哲学思想中;"美好的东西从来不是全新的,……伟大人类解放运动的一切乌托邦式的向往,都源于《圣经》《出埃及记》有关救世主的几章。而构成希望、渴望和归家本能的'有'与'无'的临界点,一直都活跃在伟大的哲学中。它不仅活跃在柏拉图的生命本能中,而且也活跃在亚里士多德的物质是存在的可能性这一深刻概念中,它也活跃在莱布尼茨的倾向概念中。希望也直接地跃动在康德关于道德意识的主张中,它还活跃在黑格尔历史辩证法和绝对精神的运动之中。"[②]《红旗谱》所追求的道德理想和社会理想,不只存在于他所处的时代,也存在于中国历史悠久的文化传统之中,《红旗谱》的理想主义精神是

---

① 郭开:《略谈对林道静的描写中的缺点》,《中国青年》,1959年第2期。

② [德]恩斯特·布洛赫著,梦海译:《希望的原理》第1卷,上海:上海译文出版社,2012年,第17页。

对墨家的"兼爱"理想和传统见义勇为的"侠文化"的继承和发扬,它丰富了现代的革命理想主义,成为革命理想中的一个内在的有机组成部分。20世纪的中国革命所要追求的目标是一种终极的解放,正如毛泽东在《将革命进行到底》中所说:"几千年以来的封建压迫,100年以来的帝国主义压迫,将在我们的奋斗中彻底地推翻掉。"[①]这既是一种现代革命的政治理想,也是一种深藏于中国人内心深处"多少年、多少代"的理想和期盼,所以它是不可以被轻易割舍和全盘否定的,因此,如何将失落于"极左主义"意识形态和政治歧途中的道德理想剥离、拯救出来,使其重新成为引导人们超越现实的价值理想、精神信仰,就成为中国社会走向健康发展之路必须面对的问题。

梁斌在写完《红旗谱》后因为健康方面的原因,开始将主要精力放在绘画书法上,他所留下的众多激情洋溢、笔墨浓重的绘画书法作品也同样传达出梁斌的人生信念和艺术理想。在他晚年的一幅绘画《南柯梦改革开放》上有这样的一段长篇的题款,对自己60年的革命生涯进行了回顾:"昔日曾游泮水旁,少年泮上走玉莲,白发做完南柯梦,改革开放又一程。"其后回顾他"于12岁考入县立高小,隔壁是孔庙,课余之暇翻过红坨墙古庙,一座正殿,大成至圣先师之位。后院有池,水中有睡莲,甚有生意。正值大革命时期,即加入共青团,到大街示威游行,写标语,撒传单,检查英国货、日本货,高呼打倒英帝国主义、日本帝国主义,为上海工人领袖顾正红复仇。16岁参加反割头税,18岁参加二师学潮,九一八后参加抗日救国运动,19岁参加二师七六学潮,19岁到北京参加左联,在京津各报纸发表文章,20岁被捕,释放回家探父,尤其看我的母校孔庙和泮池,当我跑了十八里路到孔庙后门一看,泮池旁都是女孩子,我打听教育局局长宋卜舟、高小校长蒋冠五,校长刘显曾都不在了,拆了圣庙盖女子高小……自此,抗日战争南下,新区剿匪反霸,土改复查又干了一程,赶了一程'文化大革命',匆匆60年革命生涯,如大梦初醒,当前的一程是改革开放。"该幅画作以孔庙泮池中遇势盛开的荷花为素材,又佐以小花、小草、小鱼,烘托出一种明净、祥和之气。这泮池之莲的图画显然蕴含了丰富的文化象征意蕴,它也许是从少年时期就一直隐藏于作家内心深处的一个梦想,无形中昭示出作家一生所追求的

① 毛泽东:《毛泽东选集》第4卷,北京:人民出版社,1996年,第1380页。

趋于和谐的人生社会愿景。这种追求和谐的精神使他即使在必须以斗争求和谐的时代，也没有将斗争本身作为目的，而只是将其视为达成新的和谐的必要手段。在历史告别了那种"为革命而革命"的"南柯一梦"之后，作家终于看到了把这种梦想化为现实的历史契机。

梁斌是一个出身贫寒的农家子弟，1927 年 14 岁上高小的时候就加入了共青团，1929 年参加了共产党领导的"反割头税运动"。他的走向革命与由传统向现代转型期的中国乡土社会所陷入的困顿有关。晚清以来，被强行推入"现代"之门的中国，沿海与内地、城市与乡村的差异日渐拉大，由于社会财富迅速向都市转移，农村日趋贫困，传统的社会秩序也趋于瓦解。晚清科举制度废除之后，传统知识精英断绝，现代西化的"新学"所培养出的"洋学生"——现代知识分子已不再能在乡村发挥传统"儒生"整合乡土社会的矛盾和冲突的社会功能，社会矛盾日趋激化。费孝通在他的《中国绅士》一书中曾对出外求学的农村子弟不愿再回到家乡的现象做过这样的分析："今天的大学生在大学所受到的训练，通常不能使他们找到一种作为过渡手段的桥梁，以便把他们的知识应用于故乡。没有这种桥梁，现代知识只能无效地悬在空中。结果是农村不断地排除它的孩子，又不断地丧失了金钱和人才。"[①]在此背景下，农民要改变自己的命运就只能走向城市，或彻底颠覆固有的社会秩序，走向革命之路。革命为农民改变时代受欺压的命运提供了现实的可能，这是它能够在乡村迅速得到响应的重要原因。时势造英雄，"革命"也造就了属于它的一代英雄，所以"革命"虽残酷、血腥，充满了流血和牺牲，但它也是一种民众的狂欢节，因为它给农民提供了改变自身命运以及破败凋敝的农村现实的希望和可能。当时的青年学生特别是来自农村的乡村师范的学生投身革命已成为普遍现象，据当事人回忆，梁斌当时就读的保定二师，"全校 52 人，就有 48 个共青团员，一有活动，就不上课了。……吃着饭，就唱起《国际歌》来，隔一个门就是县公安局，当时就非逞这英雄不可，骑着墙冲着公安局唱《国际歌》。公安局里也有自己人，当时的国民党党部也是挂国民党的牌子干共产党的事。"所以当时的国民党当局虽然掌握着"实存权力"，但"时势权力"却掌握在革命者手里，革命者是社会正义力量的代

① 费孝通著，惠海鸣译：《中国绅士》，北京：中国社会科学出版社，2006 年，第 94 页。

表,主宰着人心的走向。

《红旗谱》所表现的农民的希望、理想都非常地具体、现实,主要是一种世俗化的、以生活的幸福和快乐为目标的愿望和理想,其中满足吃饱穿暖的基本生存所需是一项首要目标。如:终生贫苦的农民老套子梦寐以求的就是“大年初一那天,和一斤面,擀个大饼,把肉馅摁窝儿扣上,捏个大饺子。盖上锅盖煮个半天,煮熟了,抱着就吃”。贵他娘的理想是“扛长活的,能吃到白面,新春节下,也能吃顿过年的饺子,十冬腊月里能穿上棉衣裳,咱女人家,生孩子坐月子,也能吃套烧饼果子,喝碗红糖水了”。朱老忠鼓动村民参加暴动也是做这样的承诺:“你等着吧,暴动起来就有大囤的粮食,大垛的衣裳,任凭你要多少就要多少。”革命的首要目的就是要改善人们的生活,这种愿望并不能因其低俗,就可以漠视的。传统衡量一种制度好坏的标准主要有两条,一是“民生之荣悴”,一是“人心之厚薄”,《红旗谱》可以说延续了这一标准,他着重的不是表现“主义”“制度”本身的先进性,看中的是它实实在在地改善人们生活的成效。

梁斌20世纪30年代的创作也带有五四新文学的明显的欧化色彩,如《夜之交流》《父亲》等,虽也是写的“革命”,但语言、形式的欧化,使作家感到以这种语言形式来写革命总有点“生分”,“是洋味的,连语言都是洋味的”[①]。1942年,在远离延安的抗日根据地的梁斌读到了毛泽东《在延安文艺座谈会上的讲话》,这本书对他触动很大,他由此对自己既往的创作进行了反省,认为:“过去,我只接受了‘观察生活’,而在目前,在毛泽东同志写的这本书上,《在延安文艺座谈会上的讲话》提出‘深入生活,参加火热的斗争’含义不同了,观察只站在一边看,‘深入到生活里边去参加火热斗争’,参加工、农、兵的斗争,成为战斗的一员。在实际生活中,成为战斗的一员。这里存在着和实际相联系,和工农兵相结合,吸收工、农、兵的新鲜语言,才能写出新鲜多彩的文章。毛泽东同志提出的几个问题,是相互联系的。过去,我只是观察,观察实际,观察工、农、兵群众,我的思想规律、思想方法不能得到改造,我的立脚点不能转移过来。虽然参加了工作,参加了运动,而我并未和工、农、兵交朋友,我的感情没有起变化。我过去写东西,只是居高临下,概括的社会面小,我的文章不能升华。我把我自己写

---

① 欧阳山等:《沿着毛泽东思想的道路走来》,北京:文化艺术出版社,1989年,第70页。

的东西，把我的思想解剖了一遍，这使我动了激情，我接受了毛泽东同志的意见，我把这本书搂在怀里，久久而不能平静。‘我要深入生活，参加火热斗争！冀中广大人民群众在战斗中，我不应该躲到山里。’”[①]因此，《在延安文艺座谈会上的讲话》对于梁斌的影响，主要不是文学自身的政治“工具化”定位，而是作家应该直接投入到革命的中心工作、实际工作中去，在生活中去体验生活，这样才能写出真正能反映这个伟大时代的作品。这种完全投身于生活之中的生活态度就使他与一般为了创作而去深入生活的作家区别开来，梁斌其后担任的都是独当一面的实际工作，他担任过游击队的政委、县委宣传部长、县委副书记、土改工作队队长、报社社长等职务，这些实际工作使他对革命工作有了更为深入的感受和理解，也使他的“小我”和“大我”实现了高度的统一，个人主体性和集体的意志、情感融为一体，由此革命也就成为了他的“自我”表现。

《红旗谱》创作主体性即表现为这种扩大了的自我的集体要求和共同情感，他是以一种大我意义上的主人翁的心态进行创作的，因此可以毫不“生分”、毫不见外地表现他心以为是的思想情感，这就使他打破了由狭义的政治权力话语设定的文学藩篱和清规戒律，而保全了创作的自发性、主体性。作为一位左翼知识分子、1930年就投身进步文艺界的左联作家，梁斌与30年代叶紫、柔石等被“大革命”所唤醒的那一代作家更为相近，与40年代解放区成长起来的经过延安整风的作家是有一些代际差异的。这种差异主要表现在他具有一种原发的渊源有自的侠肝义胆、革命激情和道德自信，而且在他身上还流动着乡土中国的世代反叛者不畏强暴、敢于反抗、追求平等公正的血液，因此，可以说他不是在“为革命而写作”，而是“革命”在通过他做激情万丈的自我表现。“为”字对于他是多余的，他无心于迎合现实权力话语的需要，他是以一种理想主义的态度来讲述乡土中国的革命历史的。这种讲述革命历史的激情和自信，可以说是《红旗谱》最独特的东西，作为革命历史的参与者、创造者讲述历史，成为作家创作的原动力。

---

① 欧阳山等：《沿着毛泽东思想的道路走来》，北京：文化艺术出版社，1989年，第67、68页。

重读《桃源梦》

——善化乌托邦的瓦解与反面乌托邦的兴起

《桃源梦》是莫应丰创作的一部反乌托邦的长篇小说，1987年由人民文学出版社出版。该小说可以说是新时期文学中一部非常典型的反面乌托邦小说，其所消解的对象主要是道德乌托邦，完整展示了“天外天”以善为本的道德理想国由产生到崩溃的全过程。与传统空间乌托邦构造一个避世的桃花源不同，它所关注的是桃花源式的乌托邦的实践过程及所存在的问题。这是一种将乌托邦的逻辑推到极致在现实中所产生的逆转，也正反映着其作为现代反乌托邦小说的特质，即对桃花源式的传统乌托邦的告别，对道德理想主义的乌托邦的可行性、可取性的消解和质疑，对现代历史上的乌托邦政治实践的反思和批判。这种反乌托邦小说的出现与对“文革”所代表的“伦理社会主义”的反思和批判是密不可分的，所以它可以被视为一种具有明显的现实针对性的拟历史小说，即通过对一个与世隔绝之地建成的道德乌托邦王国兴衰历史的考古式的揭秘来表达其对于历史和人性的反乌托邦的思考。

小说发生的地点天外天，位于与世隔绝的大山深处，自给自足、自成一体。这也符合乌托邦小说的一般要求，也就是它具有一种遗世独立的空间的特异性。这种空间封闭性是乌托邦小说产生的一个重要条件，为其选择另一种不同于现实的生存方式提供可能性。小说从天外天被外界发现写起：1978 年在三省交界的大山区，三位林学家遇到了一位热心的文学编辑，极力怂恿他们去到天外天这个神秘的高山绝地探险。他们一行四人历尽艰险终于到达天外天，惊讶地发现这儿有人类生活的痕迹；接着他们发现了一个奇怪的活人，此人"皮肤黝黑，乱发披肩，驼背，眼神呆滞，年龄约在五十上下"[①]。他躺在木板房里一张铺满干草的床架上，身旁摆着一副完整的尸骨。问他话，他不回答，但可以看出，他是能够听懂的。人们邀请他下山，他没有表示拒绝，只是指着那副尸骨，做手势请大家帮忙把它埋了。这个怪人就是大劫难之后留下的最后一个天外天人三喊，他在下山半个多月后，经过治疗，恢复到接近于正常状态。"应文学编辑之请，他断断续续哼了一首很长的歌，那是一个部落史诗。他又讲了一些他自己的经历，听来令人毛骨悚然。唱讲完，他就死了，只留下关于一个奇特部落的不完整的传说，在当地人口头上变着样儿流传。"[②]这种倒叙的结构本身已表明了叙述者的立场和态度，即事实已经证明了这种乌托邦实验的失败。它是一种不可行也不可取的虚幻的梦想，小说是在以一种考古学的方式还原这段特别的历史。这段天外天的历史意味着一桩付出了血的代价之后证明此路不通的悲剧性的遗产和教训。这部小说以纪传体的方式写成，是一种拟历史的写作。小说所写的天外天的生活本身虽具传奇色彩，但作家的创作态度却具有一种现实主义的严肃性。

一、善道的起源——逃离浊世的乌托邦实践

《桃源梦》正文第一卷《世纪之初》讲述的是天外天善化的起源，第一卷题目是"被逼上绝境的人们"，说明他们是由于无法忍受现实生活中的暴戾、不公而走上避世之路的，其中的关键人物是龙居正，他是天外天的灵魂人物、精神领袖，后来成为天外天人的"活祖宗"。龙居正出生于 19 世纪 60 年代中期，是一

① 莫应丰：《桃源梦》，北京：人民文学出版社，1987 年，第 1 页。
② 莫应丰：《桃源梦》，北京：人民文学出版社，1987 年，第 2 页。

个晚生儿。他母亲声称,她临产前做了一个梦,梦见一条长着鸡冠的巨蛇,盘踞在她家门前的台阶下,发出类似母鸡的叫声。据老年人说,这个梦非同小可,那随梦出生的孩子必将成为人主,或登朝称帝,或据地为王。这与古代圣人、帝王出生时的异兆一样,他们来到人间是肩负着某种神秘的使命的,这类人物往往具有异秉,拥有一种天生的超凡的才能和魅力,正如马克斯·韦伯(Max Weber)所言的“克里奇马”(Charisma)领袖一样,具有一种振臂一呼、应者云集的神奇的号召力。由此,他也就具有一种君师合一的身份,一方面是世俗政治的绝对权威,另一方面又是神的意志的传达者,这种政治具有一种政治神学的性质。《桃源梦》的善化之邦带有一种避世色彩,主要表现为他们想在现实之外开辟一个善化的乐土,而他们对善的理解则带有主观性、理念化的色彩。善来自“仁”,但在传统儒学中仁与礼是密不可分的,所谓“仁礼不二”,也就是仁是由礼来体现的,礼表现为一种日常生活的习俗、传统,仁与礼的连接,使人不至于与社会生活脱节,走向对社会的否定。而《桃源梦》中的善化理念则表现为仁从现实生活中抽离而出、独立自在,成为一种本源性的天地万物一体之仁,然后由仁推衍出一切,道德习俗都是这种善道的溢出、显现,由此它就具有了一种唯理论的道德乌托邦的性质。

龙居正的不凡首先表现为他的天生的慈善性格,他有晕血症,不能见血,见血就晕倒。老年人对此的解释是:“这正好印证了这孩子不是凡人。大凡稳坐天下的皇帝,都有一副爱民如子的慈善心肠。皇帝不能见血,天下将出现长久太平。”①龙居正五岁时父母就被他克死了,他吃众人饭长大,这也表明其慈善秉性具有一种超血缘的博爱特质。这种超越血缘的博爱精神与墨子的兼爱思想是一脉相承的,所以龙居正的道德理想国的基本理念更接近于墨家的兼爱伦理而非儒家的血亲伦理、礼教道德。也就是说,他的善道理念不是源自社会生活中的习俗、传统,而是从“天地一体之仁”演绎而出的,所以它带有一种非历史的唯理主义的思维特性。

龙居正读书读的是《三字经》,因为当地只有一个仅能教《三字经》的先生。这位教书先生视龙居正非同小可,使尽全身解数,把《三字经》反复教了三遍。

① 莫应丰:《桃源梦》,北京:人民文学出版社,1987年,第3页。

在这位教书先生看来，“《三字经》虽浅，上至天文，下至地理，无所不包。只要真正读懂了《三字经》，走遍天下无难处”[①]。而龙居正生性聪颖，理解力和记忆力都很强，一本《三字经》背得滚瓜烂熟，并且从中悟出了不少为一般人所不懂的道理。龙居正的不凡从小就有所表现。他不吃肉，和天地鬼神、世间万物都能默契沟通、合而为一。有人因此说他是个怪人，他否定说：“其实不怪。只要你把天地间看透，人就能由着自己行事，上天入地都不难。人与牲畜，人鬼神，中间有一层隔膜。你把牲畜、鬼神当人看，这层隔膜就化掉了。天上地下，阴间阳间，过去和现在，都是能够打通的。”[②]对于他这些玄妙的道理，乡民很少有人能够理解，但是又不得不承认，他就是与众不同。因此乡民普遍认为“兴许老年人的话不错，他将来是有大出息的，不是帝王将相，也将是一方霸主，或者坐地升天，统帅七十二路尊神”[③]。

龙居正对《三字经》确有其独到深入的体会，他认为：《三字经》的第一句就是“人之初，性本善”。他从中似乎悟到了立国之本，所以“他十八岁那年就预言未来的天下将大行善道，回复人性之初。有人问他是什么道理，他说，如今世道之所以弃善扬恶，乃天不时，地不利，人不和。有朝一日，天时地利人和俱备，善道当自然是畅行无阻的。对于什么是善道，他也有解释，无非是重仁义，轻钱财，兴道德，废邪恶，抑豪强，扶弱小，阴阳和顺，人人温饱之类。这些都是很有诱惑力的，人们盼望那一天早些到来。也有人不信，认为那只是一种空想，自盘古开天地以来就不曾有过”[④]。这表明促使他进行这种乌托邦的社会实践主要是从一种“善”的理念出发的。与立足于现实、克己复礼、“汲汲鲁中叟，弥缝使其淳”现实主义的道德努力不同，他的善道理念带有一种基督教式的千年王国色彩，其特点在于与现实世界的断然决裂，彻底否定现实世界，将其视为是恶魔统治的黑暗时代，而他们担负的即是一种黑暗终结者的使命，他们将要建立起来的世界会是一个全然光明的世界。这个世界的出现依赖于一种天时地利人和的契机，而这个契机在乱世大一统王朝统治松弛之时更有可能出现，而天外天这个与世隔绝之地的存在也为这种理想国的出现提供了必要的地域条件；接

---

① 莫应丰：《桃源梦》，北京：人民文学出版社，1987年，第4页。
② 莫应丰：《桃源梦》，北京：人民文学出版社，1987年，第5页。
③ 莫应丰：《桃源梦》，北京：人民文学出版社，1987年，第5页。
④ 莫应丰：《桃源梦》，北京：人民文学出版社，1987年，第4页。

着就是人和的条件了。

龙居正的家乡是一个山高皇帝远的土匪横行的世界,它所奉行的是一种弱肉强食的丛林规则,这个世界与龙居正的期待相距甚远。龙居正迫于土匪牛步天的恐吓,也不得不入伙,在里面充当一个送信跑腿的角色;后来因为实在无法忍受牛步天的残暴肆虐,和一帮无路可走的乡民被逼上梁山,逃到了与世隔绝的天外天。土匪又追踪而至,他们又不得不开了杀戒,将来侵犯的土匪用石头砸了回去。在此过程中,他们也误杀了被土匪当作人质的两个孩子,这两个孩子后来被天外天人奉为"大善童子",成为他们信奉的天神。这样做一方面是出于宣扬善道必须以神道设教的需要,另一方面也是为了医治他们因误伤无辜而受到重伤的良心。龙居正自称接到了天书,发令让乡民找两块石头把大善童子的像雕出来,并告诉乡民:"大善童子是我们的主,我们都是他的奴才。……没有大善童子,就没有我们;忘记大善童子,就要遭大劫。"①这也是龙居正教化部族成员的重要方式,也就是通过一种巫祝仪式、鬼神祸福之说来促人向善。

在山上初步安定下来的乡民要建成一个善道之邦仍然要经历一种克服个人贪欲的过程。乡民在开荒种地时,就爆发了圈地之争,直至刀棒相见;龙居正为了调解纠纷,胳膊被一个乡民的柴刀砍断。他有意以此警戒乡民,故意拒绝治疗,因此成为独臂之人,他对妻子说:"用不着哭,我这条手臂是注定了要断的。只有这样,天外天才能行善道。行了善道,独臂会比双臂好。"②他妻子要去把药神爷找来给他上药,他不让,一再哀求:"你成全我的好事吧!接好了断臂,我要恨你。"妻子不懂,问他是什么道理。他只说:"日后你会懂的,现在不要问。我今天跟你讲的话,你也千万不要对人说。"③就这样他以一条断臂换来了天外天的和睦。《易·观》中言:"观天之神道,而四时不忒,圣人以神道设教,而天下服矣。"龙居正的教化方式也带有"民可使由之,不可使知之"的神秘主义色彩,这种教化民众的方式与祛魅化的现代理性主义的伦理观是大异其趣的。龙居正为了进一步教化乡民,又编制了意思在可解不可解之间的神秘预言《盘古经》,这就进一步加强了善道的影响力,使善道从一种世俗的伦理规范上升到天

① 莫应丰:《桃源梦》,北京:人民文学出版社,1987年,第50页。
② 莫应丰:《桃源梦》,北京:人民文学出版社,1987年,第69页。
③ 莫应丰:《桃源梦》,北京:人民文学出版社,1987年,第69页。

的意志,神秘的天理。

二、善道之邦中的人的生存状态和人格类型

小说第二卷《奇人列传》集中表现的便是这种善道之邦中的人的生存状态和人格类型。第一个奇人是"好人三喊","好人"是山外人对他的称呼,他出外砍柴失足掉下悬崖,流落于山外,成为山外人眼中的一个怪人,他为作恶多端的土匪头子被处死流泪,认定坏人也不能杀,"猴子偷苞谷也不能想杀就杀啊"[①]。他拒绝分辨敌我,对人一视同仁,这成为天外天不同于外部世界的一大特征。他乐于助人,老实忠厚,也正因为这样,他被一些人认为软弱可欺,但也正因为他的善良,他也赢得了山外姑娘珍珠的爱情。他同情被吊打的地主,拒绝接受分给他的土地,最后带着恋人又回到了天外天。三喊是天外天唯一去过外界而又返回的年轻人,他又带回了一个来自山外的妻子,所以他在小说中担负着一个重要角色,成为沟通山里和山外两个不同世界的交汇点。相对于山外人,他是一个敌我不分的糊涂"好人";相对于山里人,他则因为带回来一个吃肉的妻子而成为异端。小说最后只有他活了下来向世人讲述天外天的劫难,与他这种身份、处境、经历的独特性有关。

真正被天外天树为道德楷模的是栀妹善人,她的善举是找盐和用自己的乳汁喂母牛死了之后的小牛崽。龙居正这时已成为天外天人的活祖宗,他激赏栀妹的善举,封她为"善人",让她当众脱掉上衣为小牛喂奶,并作了这样的即兴演说:"善不善,一双眼,为善不光是对人,世间万物都要用善眼来看。善眼看人,人变善;善眼看土,土成金。善眼看恶人,恶人心有愧;善眼看自己,自己总心虚。善眼看牲畜,牲畜成儿女;善眼看私物,私物愿归公。善眼看病弱,病弱如手足;善眼看强人,强人矮一分。善眼看功德,功德不为大;善眼看罪孽,罪孽有可原。善眼看忤逆,忤逆能回转;善眼看善人,善人人上人。"[②]由此,这种善就具有了一种本体论意义,被提升到天地万物一体之善,也就超越了人类中心主义的局限,具有了一种与万物共在的属性。但它也存在着一种将人纯然神化的趋势,以神性完全取代人性,导致人神不分的状态,导致人性的扭曲和变形。受到

---

① 莫应丰:《桃源梦》,北京:人民文学出版社,1987年,第91页。
② 莫应丰:《桃源梦》,北京:人民文学出版社,1987年,第119页。

褒奖后的栀妹从此就成为和活祖宗一样吃百家饭、为百家做事的“公务员”，专门负责教大家学经，担负把善道一代代传递下去的重任。与外部世界偏重靠法律、制度、权力来调节人们之间的利益冲突的方式不同，它属于一种“靠念珠来统治”的精神统治，主要靠每个人约束自己的私欲，完全为对方着想，来一劳永逸地化解人与人之间的矛盾冲突。这也就成为一个以神性来克服人性的过程。其下的一女二男合传，就显得更为悖逆人性，一女即早啼，二男即她的结发丈夫狗贱公子和后来成为她的情人的石匠阿通。狗贱公子是一个侏儒，形貌丑陋、身体畸形但却受到天外天人特别的关爱，要什么给他什么，是全族人的宠儿，而这一切只是因为他的畸形、残缺，令人同情。小说中写道：“在天外天，无论他走到哪家，都拿最好的东西给他吃，无论他看中了哪个孩子的衣服，那件衣服就立刻归他了，无论他要哪个孩子给他当马骑，那孩子就心甘情愿地趴在地下；无论他与谁发生争吵或打架，受到责备的总是别人，而不会是他。”[①]他要结婚的时候，看上了长得很美丽的少女早啼，就向栀妹善人提出来要和早啼结婚。“天外天没有强迫的婚姻。这桩婚事并无什么阻碍，因为早啼从小就羡慕着狗贱，因为狗贱比谁都光彩和幸运。狗贱两岁时，就已经见过活祖宗了。他母亲有权利抱着他到活祖宗那里接受抚爱，而别人是没有这种权利的。”[②]正像栀妹善人在提亲时给早啼所讲的：“狗贱是全部族人的公子，你就是全部族人的公媳。公媳可好啊，大家都会来心疼你，就像心疼他们自己的孩子一样。你还记得从前那个呵呵奶奶吗？呵呵奶奶的丈夫是个白痴，很早就死了。呵呵奶奶嫁给他可享尽了福呢！家家都供养她，人人都尊敬她。小一辈的都是她的儿子，小两辈的都是她的孙子。她死的时候丧事办得热闹哟！连活祖宗都来给她送了葬呢！”[③]这活脱脱地揭示出天外天的价值取向的特异之处，也就是一个人不是靠着他自己的才能、品行而获得其社会地位，仅靠其自然残疾就得到了他人所得不到的特权，这显然不利于社会的公平竞争。在这样一种特异的价值取向、群体氛围影响下，早啼自然觉得能嫁给狗贱公子还是一种幸事。然而狗贱公子婚后的性骚扰、性虐待且缺乏真正的性能力，“不能人道”，就给早啼带来了极大的苦恼。

① 莫应丰：《桃源梦》，北京：人民文学出版社，1987年，第119页。
② 莫应丰：《桃源梦》，北京：人民文学出版社，1987年，第123页。
③ 莫应丰：《桃源梦》，北京：人民文学出版社，1987年，第125—126页。

她找到栀妹善人倾诉她的不幸，栀妹善人是这样开导她的："孩子，做个女人就是这样，只能随着男人来。我们女人本来就不能指望从男人身上得到什么开心，想得到开心是危险的。你不如把自己当作一块木头，任你男人去摆弄吧，他能摆弄出个什么来，你随他好了。人最要紧的是为别人着想，不能为了自己。他不是不为你着想的，他只能做到那一步，是没有办法的。你要时刻想到你是狗贱公子的爱妻，你的婚事是活祖宗亲自主持的，你结婚的时候，天外天的金山银山都搬进你家里去了，这是多大的荣耀啊！要对得起你的身份，要珍惜大家对你的器重，其他都是不要紧的。"[①]早啼经过这样的开导，心安了许多。但她毕竟是人，终于在遇到了石匠阿通时萌生出强烈的性的欲望，和阿通不顾死活地私通了。事情闹开之后，活祖宗对这样的事也两面为难，要惩罚早啼，又觉着早啼可怜："这个可怜的孩子！别人能得到的，她得不到。我们大意了，没有替她想想。大善童子会责怪我们呀！"[②]要惩罚阿通吧，阿通又要拼个鱼死网破，先破戒宰了只猫吃了，又说要把狗贱公子杀了，好让早啼可以再嫁别人。面对如此两难局面，活祖宗也只好听之任之，装聋作哑。此事发生之后，天外天通奸的事明显增多，搞了几十年的善化开始衰败。栀妹善人也感叹："看起来，我这个善人也难当下去了，七拉八扯，心都撕碎啦！唉——！"[③]人性是神性和兽性的综合体，只要神性不要兽性，会导致人性的扭曲和异化；而只有兽性而弃绝神性，也会使人不成其为人。善道乌托邦显然无视人之为人的自然属性，将人性神性化，由此引发出这种人性的悲剧。

第三个奇人浪子瓜青，显然是天外天的另类，一个生下来带着恶根的离经叛道者。浪子瓜青生下来就与众不同，他的屁股上有一块手掌印，连五个指头的痕迹都清清楚楚。活祖宗对此的解释是："这个孩子本来是不愿意生到天外天来的，他害怕接受善化，是大善童子在他屁股上拍了一巴掌，他才冷不防跌到这里来。活祖宗说，要好好注意着这个孩子，他心里有恶根，不能让它长出芽来，要不，将来就不好收拾了。"[④]果然如此，浪子瓜青从小就表现出他的叛逆性，他把大善童子的神像说成是石头，朝上面撒尿；还虐待老鼠，吃老鼠肉等等；后

① 莫应丰：《桃源梦》，北京：人民文学出版社，1987年，第131—132页。
② 莫应丰：《桃源梦》，北京：人民文学出版社，1987年，第147页。
③ 莫应丰：《桃源梦》，北京：人民文学出版社，1987年，第150页。
④ 莫应丰：《桃源梦》，北京：人民文学出版社，1987年，第151页。

来还做了假神像哄骗人去朝拜，冒充疯寡妇的丈夫与之同居等等。这样他自然被天外天人孤立起来，没人愿与他交往。活祖宗也拿他没有办法，反被他给气病了，最后村民激于义愤，要找他算账，但依照天外天善化的原则，对于任何不善的人，一不许打，二不许骂，更不能把他杀死，只能劝导。于是头生想出来一个行劝善礼的方式，即大家轮流昼夜不停对他进行说服教育，最后终于搞得他精神彻底崩溃，自己撞墙而死，这可谓是"以理杀人"的再现。天外天这样的劝导方式比打骂还要残酷，是一种精神性的虐杀。在天外天这样的独尊善道的价值一元论的地方，根本没有为异己留下任何生存的空间，所以，浪子瓜青这样的不适者、反对派、局外人、异教徒最后只能落得这样悲惨的结局。

另一个天外天的奇人是头生善人，他的特点在于他是一个善道之邦中的务实者和变通者，他追求的是解决问题的成效，而非原教旨主义的真诚。他善于处理单靠善道解决不了的棘手的具体的难题，具有变通行事的才能。在人猴之战中，他挺身而出，用火攻成功地打败了猴子，将它们赶下了山崖，但此役也造成了猴尸遍野的结果。因此在活祖宗看来，此事也只是功过参半，没有给他什么奖赏，这使他有些灰心失望，成了隐士，对公事不再那么热心。头生的处境正是这种智慧才能型的人物在道德偏至型的社会通常陷入的命运，善是第一位的，具有压倒一切的重要性，智慧才能是从属于善的，不能喧宾夺主。但在遇到难以解决的问题时，还是需头生出面应对，像处理牛人麻杆这样的事件。牛人麻杆是天外天的另一个奇人，小说中这样写道："这是一个智力既低下又有野心的人。他长的模样是头大身躯小，十几岁就成了驼背。那狭窄的胸廓，瘦如干柴的手臂，像是一个稻草人。"[①]麻杆对于善道，是忠诚之至，无与伦比的，但他也似乎陷入为善而善的怪圈，越过了善行应有的界限，靠奇行、怪招、惊人之举来耸人视听。如他还小的时候，看到别家的孩子患天花，关在屋里，防止扩散，他走进屋去，对那孩子说："你太苦了，分点给我吧！"[②]他于是染上了天花，后来留下一脸麻子。这种毫无意义的善行到了伤害自己生命的程度，显然已经异化变质，而且带有了利用善行来谋取名利的实用色彩。他长到二十一岁还没有结婚，不是大家不关心他，是他自己谦让，他总是说："部族里男的多，女的少，总要

① 莫应丰：《桃源梦》，北京：人民文学出版社，1987年，第185页。
② 莫应丰：《桃源梦》，北京：人民文学出版社，1987年，第185页。

有人打单身，就让我来打单身好了。”[①]参加栀妹善人的受封典礼，对他触动极大，从此成为栀妹善人这样为大家尊崇的善人成为他的人生目标。但是他回顾自己的过去，觉得所行善事已经不少了，而且都是一些苦善，比栀妹善人的献盐还要难得一些，却为什么没有引起活祖宗和大家的重视？看来还必须有更大的惊人之举。这种以求善来博名利的思想，显然会使他误入歧途。就在这时，他养的牛犊已长大，但没有公牛可以配对，母牛发情，焦躁不安，使他非常心疼。他想，怎么我不是一条牛呢？要是一条公牛多好！又想起，牛得不到配种，它死了以后，天外天就再也没有牛啦！那是多么不幸的事情！想着想着，他抱着牛脖子哭起来，忽然想起从前栀妹善人喂奶的事。它是吃人奶长大的，身上有一半人气。怪不得它跟人是那样友好和亲近哩！是的，它是一个人牛。既然人可以给它喂奶，为什么人不可以做它的丈夫呢？或许它还能怀孕，生下第二代来。想到这里，麻杆觉得心中豁然开朗，决心做一回惊天动地的大善事。这件事比栀妹善人给牛喂奶还要了不起呀！多好的机会！他做了一些必要的安排和准备，便把这件庄严的大事完成。事后，他觉得轻松愉快，得意扬扬，但大家发现之后，人人都咂舌指骂：“这个畜牲！这个畜牲！”而麻杆自己却很坦然，他对于被人撞见，非但不认为是坏事，还以为是运气来了。

麻杆的这种行为在道德偏至的社会并不罕见，像“割骨疗亲”“未嫁殉夫”一类的事在古代层出不穷，给朝廷表彰鼓励这种道德畸形密不可分，有人不惜为名利损害、牺牲自己的肉体、生命，这显然已背离了善行的本意。而且，善行不但应有底线还应该有上限，麻杆超出了这个上限，变得“人畜不分”、逆情悖理，所以大家认为他是伤风败俗。但他针对栀妹善人的责难，反问道：“那你当年给牛喂奶呢？”也让栀妹善人无法应对。最后还是靠头生想出个以怪制怪的招术，将错就错地封了他一个牛人麻杆的封号，与牛享受同等待遇，实际上是将他贬入畜类。据头生讲：“这样做的好处是：一、我们没有说他的善行不对，而且还给了他封号和特别待遇；二、他的生活实在是不值得羡慕，相反，会使人望而生畏，这就起到了惩戒的作用，谁也不会学他的样子。如果他认为封他为牛人是对他的侮辱，那他就是自己打自己的耳光，经不起一驳。”[②]对麻杆的这种处理

① 莫应丰：《桃源梦》，北京：人民文学出版社，1987年，第185页。
② 莫应丰：《桃源梦》，北京：人民文学出版社，1987年，第189页。

方式显然只是权宜之计，它暴露了天外天的善道意识形态自身的矛盾和内在的裂痕，表明其统治自身存在着无可化解的危机。

三、善道之邦的崩解及其所带来的启示

小说第三卷《绝域悲歌》写的是天外天这一善道之邦最后的崩解。先是三喊带着山外人珍珠回到天外天，可珍珠忍受不了天外天的素食生活，偷偷吃石梆肉解馋，被大家发现，引起公愤，后来她靠着脱光衣服、挨家挨户求情，才得到大家的谅解和接纳。大家虽然明着表现出对山外人的生活方式的不齿，但又喜欢向她打听天外天之外世界的情形，对外部世界开始产生好奇，由此一个完全封闭性的环境开始出现了漏洞。最后给天外天带来巨大灾难的直接原因是麻杆与之同居的母牛疯了，到处顶人，把天外天变成了坟墓。乡民为了自救，只好开了杀戒，亲手杀死了疯牛，有人又把杀死的牛的肉煮来吃了，由此形成了吃牛肉的狂潮。只有少数人抵挡得住了喷香的牛肉的诱惑，他们警告孩子："不要去学坏样子！今天吃牛肉，明天当土匪，吃人肉。这样的事，看了都有罪。"[①]他们依旧拿起早已啃腻了的红薯，维持着对信仰的忠贞，但这种人已明显减少。杀牛之后，接着出现的就是杀人。发疯了的牛人麻杆杀死了栀妹善人，还把她的头割下来，挑在梭标上，在大路上游行。短短几天，牛杀人、人杀牛、人杀人全都足足表演了一番。素食者和荤食者分裂成了两大阵营，展开了内战，素食者把罪恶的根源归于山外来的珍珠，逼迫牛人麻杆害死了珍珠，而珍珠的丈夫三喊为妻报仇，杀死了麻杆和头生善人……一场混战之后，天外天只剩下了三喊和一个疯寡妇，三喊一走近疯寡妇，她就要逃，因为她害怕三喊手上拿的竹梭标，而这件杀人武器正是他陷入绝对孤独的根源。最后疯寡妇也因为逃避三喊掉进悬崖摔死了。和三喊做伴的只剩下了猴子，他到山顶去寻找活祖宗，活祖宗也早已经因为没人送饭饿死了。

整个天外天最后就剩下了三喊一个人，陪伴他的是他妻子的白骨。小说是以三喊的梦结束的：

> 夜晚，三喊就躺在珍珠的白骨旁边，回忆着过去的甜美日子，安然入

---

① 莫应丰：《桃源梦》，北京：人民文学出版社，1987年，第240页。

睡。奇怪的是，每当他这样躺着，就必定出现美好的梦境，在一个阳光明丽，四季皆春的地方，他和珍珠相会了。珍珠穿着十分漂亮的衣服，柔婉的嗓音哼着《盘古经》。她脸上总是带着迷人的微笑，从来没有愁色。天外天所有死去的人都在那里和睦相处。人们经常洗澡，身上散发着香气。那里有一座盐山，挖之不尽，取之不竭；那里有各种甜蜜的水果，抬手便可以摘来；那里有吃不完的米饭，灶里总是烧着火，锅里总是香喷喷的；那里的人都吃肉，但肉是从地里长出来，不是屠杀牲畜得来的；那里的房子，有一条长廊连接着，无论在哪里都像是在自己的家；那里的人永远不老，也从来不生病；那里的孩子不争食；那里的姑娘爱着每一个男人……三喊迷醉在这个梦境中，不思下山，甜蜜地度过了二十几个冬春的夜晚。一到天亮，他就浑然不知世事，好像每时每刻都在酣睡中。①

这个让三喊沉湎其中不愿醒来的梦境实际是人类由来已久的道德期盼、道德梦想，它并不会因为天外天的善道实验的惨败而从此消亡，它代表的是一种人类渴望超越现实、超越自我、追求圆满完美之境的永恒的愿望。这种理想存在的意义在于使人意识到现实和人自身的弊端和局限，从而激发起人不断地改良世界、改进自身的行动和愿望。《桃源梦》作为反乌托邦小说带给人们的最大的启示在于对乌托邦的实践不可能真正地实现乌托邦，因为乌托邦的意义就在于其“永不在场”，一旦实现，也就意味着它的消亡。人是理性和非理性、神性和兽性、超越性和现实性的综合体，只有将两者结合起来，才能构成完整的人，单纯地强化人的理性、神性、超越性，就会导致人性的异化和扭曲；反之亦然。正是因为人性具有这样的内在的相互矛盾性，所以人只能生活于理想与现实抗衡的中间地带，想一劳永逸地终结矛盾、走向至善、追求圆满，往往是适得其反，想建天堂，却成地狱。这是人们从20世纪世界范围内的理想主义的社会改造中应该吸取的教训，人不可能靠着某种单纯的理念彻底重构社会，这种唯理论的建构主义应该成为人们反思的对象。

《桃源梦》出现于20世纪80年代中期，它代表着以人道主义为主潮的新时期

---

① 莫应丰：《桃源梦》，北京：人民文学出版社，1987年，第267页。

文学对于历史和现实的反思和批判。“文革”是新时期文学最重要的写作对象,对“文革”的反思和批判是新时期文学的最重要主题,不管是“文革”题材和非“文革”题材都逃不脱“文革”这一巨大的存在。但人们对“文革”的认识和理解也是分阶段的且多元化的,“文革”后的思想解放运动的基本主题也就是反思“文革”产生的根源及如何彻底地避免“文革”重演。80年代思想文化界迈出的第一步是反封建的思想革命,其代表人物是老一代的作家巴金,巴金的《随想录》呼吁重回“五四”,完成“五四”没有完成的反封建的思想革命,也就是说,他将“文革”产生的根源归于封建社会的思想意识的流毒,如个人崇拜、奴才意识等,因此“反封建”成为思想文化界的第一个浪潮。这个浪潮经过“马克思主义和异化问题”的大讨论,在80年代中后期,进一步走向“文化热”,掀起了进一步的反思否定传统文化、大力引进西方现代文化的高潮。莫应丰的《桃源梦》正是上承“反封建”、下启“文化热”之作,是新时期文学中一部罕见的具有思想深度的独创性作品。从社会文化转型的角度来看,这种反传统的诉求表现为由理想主义的禁欲文化向世俗化的、肯定人的自然属性、本能欲望的人本主义文化的转型,既往那种人神化的道德理想主义文化开始为一种个人本位的、竞争性的、求利致富的文化取代,素来被视为是“恶”的力量开始被视为是社会发展、历史进步的动力。这种对于传统价值的颠覆担负着为社会、文化、政治、经济的全方位转型铺路的角色,虽则这种转型本身也带有以极端性对抗极端性的色彩。具体到《桃源梦》中的道德乌托邦,有的论者即持一种极端化的态度来为“恶”张目,说小说中的“性善论者实质上是做恶者”,因为他们是在以善吃人。在他们眼中,“浪子瓜青是真正的圣人,他不能见容于以善为本的‘善化之邦’,证明了性善论是扼杀人类进步的桎梏。……瓜青被九十九天劝善礼活活逼死一节,充分说明了善道的惨无人道”[①]。他们的这种观点带有历史目的论的色彩,即认为自由解放了人的本能、欲望,消解了道德对人性的规范和束缚,人类自然会把任何一个地方变得更为美好、富足、自由、幸福,这显然是另一种一厢情愿、不切实际、叶公好龙的幻想。现代社会离不开道德的支持,只不过不需要那种乌托邦的道德理想主义而已,因此给予现代社会的道德及其功用一个恰如其分的定位就显得更为重要。

① 博客老榆树的日志:《读莫应丰的〈桃源梦〉有感》。

新时期民国史小说中的末代儒家形象

——兼论儒学传统与“宗教性道德”

以“反封建”为号召的五四新文学将“宰制性”儒学视为是儒学的本貌，将儒学与专制主义等同起来，而无暇顾及其与生活化的儒学和批判性的儒学的区别，所以现代文学史上绝少以陈寅恪所说的“同情之了解”的态度塑造出的现代儒家形象。至“文革”之后的新时期，也秉承了五四新文学的基本精神，所以也不可能出现这类人物。到20世纪80年代中后期，文学发展开始出现一种多元化的局面，主导文化的一家独尊已不复存在，文学正日趋进入一个异声同啸、多元共生的复调时代，作家对历史、人生的理解也趋向于个性化，表现出多元的文化选择和文化认同，由此文学中也就出现了不同以往的文学形象，现代儒家形象即是其中的一类。像《古船》(张炜)中的隋迎之和隋抱朴父子，《白鹿原》(陈忠实)中的朱先生和白嘉轩，以及《祖父在父亲心中》(方方)的“祖父”，《追月楼》(叶兆言)中的丁老先生等等，都是在现代史的背景上散放出某种奇特色彩的儒家人物。我们既往对现代史的了解往往限于国共双方的政治斗争史，而对历史的支流像带有浓厚儒家文化色彩的“村治、乡建运动”“士绅参政”等则语焉不详。但这些以儒家知识分子为主体掀起的乡建运动在20世纪30年代的中国也产生过广泛的影响。剑桥大学编写的《中华民国史》对河北的米鉴三父子、山东的王鸿一、梁漱溟、河南的彭禹廷等人的“村治”“乡建”活动都有较详细的记述，他们大部分都是以儒家文化为背景的地方士绅。所以，文学中现代儒家形象的出现也有其基本的历史依据。就这些作家对传统儒学、儒家的态度而言，大致可分为两类：一类是带有明显地向儒家文化认同的作家，他们具有鲜明的超自然、超历史的伦理绝对主义倾向，侧重于从人性的、道德的角度重新审视历史，与历史主义的伦理相对主义反向而行，这方面的代表作是张炜的《古船》和陈忠实的《白鹿原》。另一类则基本上是以一种外在于儒家的态度来记述现代史上的儒家文人，并特别关注儒家文化对个体人格塑造的意义，这一类可选择方方的《祖父在父亲心中》和叶兆言的《追月楼》为代表。这两个作家都是以受过新文化洗礼的眼光来打量历史的，他们对儒家文化并无认同，但他们之所以掀动这段尘封的历史也就说明历史中有让他们怦然心动的东西，这也正从反面证明了儒学并没有完全寿终正寝，仍有其当代的价值和意义。有一句流传甚广的歌叫“好人一生平安”，这正表明人们力求超越伦理主义与历史主义的矛盾冲突，而希求在一种宗教性道德中实现“福”与“善”的统一。这种儒学的“宗教性道德”的立足点如李泽厚所说是一种“人类总体”观念，它超越具体时代、具体社会而体现着人优于自然的道德尊严。当代中国这种“宗教性道德”的亏空缺失，导致了作家向儒家传统去寻找这种伦理资源，这大概是现代儒家形象产生的深层原因。

一

张炜和陈忠实的创作都带有比较浓厚的地方乡土色彩，与西方文化相比，他们更亲近于中国固有的传统文化，他们的创作之根都深植于其所立足的文化土壤之中。张炜所在的山东和陈忠实所在的陕西都是儒学传统根深蒂固的所在，他们自幼即浸染于这种融入乡风民俗之中的儒家传统里面，儒家传统对他们的创作一直有一种潜在的影响。张炜《古船》的意义首先就在于他对历史所做的道德审视，它开启了历史所留存于人们心中的苦难记忆，展示了为历史法则掩盖着的无辜受难者的悲惨命运，从而对在历史合理性掩盖下的人间罪恶予以了绝对的否定，而儒学则为这种超自然、超历史的道德批判提供了精神支撑。与那种认为“恶是推动历史前进的杠杆”的观点不同，张炜更看重历史与道德的统一，即儒家贤人政治的传统，他把推动历史前进的重担交给了人间至善的代表隋抱朴，也正表明了这种伦理绝对主义的态度。《古船》提供给20世纪文学史一个未曾出现过的人物——“一个坐着的巨人”，一个直面苦难的思考者，一个无辜负疚的忏悔者，一个人间至善的追求者。他的出现与儒家的内圣传统是有直接关系的，当然这也不排除张炜所受到的俄国作家列夫·托尔斯泰等人的深刻影响。隋抱朴的成长历程首先受到的就是传统儒学的影响，他的父亲隋迎之就是一个被儒学传统“人格化”了的人。他给幼年抱朴灌输的是“毋意、毋必、毋固、毋我”的儒家信条。也就是说，至善的实现是必须通过对自我私欲的克制来完成的。隋迎之本人也就是这样一种儒家道德理想的身体力行者。他是一位经营粉丝生意的资本家，可以说是广有资产、家道殷实，但他已不能安于这种富贵的生活。他在解放之前即已开始外出“还债”，如果说这不只是出于对即将来临的革命风暴的恐惧的话，那么儒家“不患寡而患不均”的教诲也是一个重要动因。他的“还债”已不是简单的积德行善，而是为这个贫富悬殊的社会承担一份责任，以此缓和玉石俱焚的风暴的冲击，至少做到自己良心上的安宁。他的大资本家出身的妻子茴子不理解他这样做的苦心，拍着桌子与他争吵，把自己的手指头都拍骨折了。隋迎之身为资本家，但他具有不同于一般资本家的儒家道德理想，这使他能够比较心平气和甚至比较自觉地接受新社会消灭剥削的理想。他的主动还债一开始还部分地得到新社会的容纳，得到了一个开明士绅的头衔，但随着斗争的升级和掌权者的挟嫌报复，他终于被揪出批斗。他并无怨言，只是又开始了新一轮的还债，最后死在还债的途中。他的儿子隋抱朴自觉地担负起了家族父辈的罪孽，开始了新的还债之旅，只是这种还债不再是有形的，而转化为内心的负罪和忏悔。抱朴反复告诫自己的是，“我是老隋家的人，是老隋家的一个有罪的人”，“老隋家前辈欠了人家的，这辈子再也不能欠任何人了”。抱朴的这种忏悔和赎罪的严苛程度绝不低于宗教的要求，他追求的是一种心灵的高度纯净感，一种完全无我的至善境界。他甚至把弟弟见素未见诸行动的复仇也看成是犯罪，因此他放弃了自己应该得到的生之快乐，而去做一个苦行、苦修的人。他所思考的问题已不再限于自己的家族、洼狸镇,而是整个人类的苦难。他所亲身经历、亲眼所见的洼狸镇土改以来40余年的厮杀争斗、血流成河的历史苦难,构成了他思考的起点,他是这段历史的无辜的负疚者,他看到了还乡团如何活埋了86岁的无辜的老人,也曾看到愤怒的复仇者如何用剪刀刺杀顶替父亲挨批斗的地主儿子。这层叠淤积的历史的血痕是不能也不应该只用历史必然性一笔勾销的,儒学为抱朴超历史的反思这种历史苦难提供了精神支点,他发出了撕心裂肺的呼喊:"谁来救救我?谁来救救人?"他终日独自坐在磨屋里冥思苦索:"人是什么?人应该怎样活着才算是个人?"他想不清这些问题是无法付诸行动的。一种"为万世开太平"的儒家道德理想主义的冲动在支撑着他的思考。他最终把洼狸镇苦难的根源归结为人心中的兽性的泛滥、人性的泯灭。他说:"我最恨那些厮咬别人的人,他们是兽,不是人!"孟子"人之异于禽兽者几希"[①]的感叹又回响在他心中。与西方近现代的自然人性论者不同,儒家把人之为人的优于自然的一面作为人性的主体,将人的理性意志与人的感性的、自然欲望对立起来,从中展现出人的本质和人的庄严。它甚至把人的优于自然的方面,提扬到本体论的高度,空前树立了人的伦理学主体的庄严伟大,这应该说是其异于西方文化的一个特色。抱朴把人的得救寄托于人的道德理性的觉醒之上,这是一种儒家式的人道主义。他给社会开出的药方是人道主义加科学技术,这与新儒家颇有相通之处。张炜也真实地写出了传统儒学所造成的人性的窒息,正如梁漱溟先生所言:"中国文化最大之偏失,就在个人永不被发现这一点上,一个人简直没有站在自己立场说话机会,多少情感要求被压抑。"[②]抱朴完全取消私欲的修行,使他成为一个身心俱病的"废人",他和村里的年轻人一样挣扎于自我的情欲与理性规范之间饱受煎熬。后来的抱朴认同的是老中医郭运的话:"造化之机,不可无生,也不可无制,无生则发育无由,无制则亢而为害。"这种"亢而为害"的典型就是小说中的四爷爷赵柄。他作恶无度,纵欲无度,连他自己都意识到"做过了",等待着惩罚,最后终于被含章刺伤,得到了应得的惩罚。但抱朴最警惕的却是自己的弟弟见素这一类人物,因为他足以使洼狸镇再开杀戒,再陷苦海。见素有着为极端的仇恨推动着的复

① 《孟子·离娄下》。
② 梁漱溟:《梁漱溟学术论著自选集》,北京:北京师范大学出版社,1992年,第383页。

仇心，为此他完全可能不择手段。见素还热衷于对财富的追逐，有意恢复老隋家失去了的荣耀和富贵。他是洼狸镇最早出去经商的人，又想从赵家手里夺回老隋家祖传的粉丝厂。作家让年纪轻轻的见素得了绝症，就是出于一种道德上的忧虑和恐惧，而把洼狸镇人的希望放在隋抱朴身上，让他最后出面掌管全镇人的公产粉丝厂，这正是儒家“贤人政治”的一种体现。张炜在1985年之后的小说中“由德趋道”，在新儒家的路上走得更远，这与贯穿于他创作始终的对当代人的道德状况的忧患有关，他从新儒家那里找到了补充这种伦理亏空的资源。他的独见与盲区、成就与不足，都与新儒家自身的缺陷有关。

陈忠实的《白鹿原》从清末民初写起，一直写到当代，时间跨度极长，内容极为庞杂，但最中心的事件当数朱先生和白嘉轩在民国年间以儒家理想教化乡村的道德实践。清末民初社会所发生的天崩地解、河立山飞的巨大变局不仅使得王权彻底崩溃，而且也使建立于其上的固有的文化价值观念面临解体的危机。儒家出身的地方士绅名流参政，正是在这样一种文化危机的背景下，力图挽回世道人心，以儒家伦理教化天下，维护乡土社会的道德秩序的努力。这种试图挽狂澜于既倒的保守主义的济世立场，使他们成为现代中国的最后一代儒家。《白鹿原》中的朱先生，正是这样一位名流宿儒。他是前清的举人，关学派的最后一代大师，是乡村地主白嘉轩眼中的圣人和导师，有着极高的社会声望。清廷退位之后，乡土中国陷于一片惶恐茫然之中。白嘉轩就有着诸多的疑问：“没有了皇帝的日子怎么过？皇粮还纳不纳？”……是朱先生给村民定出了以后过日子的章法，即白鹿原上的第一份“乡约”。《乡约》包括德业相劝、过失相规、礼俗相交等乡民生活的诸多方面，全面规定了乡民的为人处世之道。《乡约》成为村民妇孺必读的教科书，在乡村产生了极大的影响。“学为好人”是朱先生为村民也是为自己立下的一个人生目标。他本人就是儒家道德理想的身体力行者，他的教化乡村的思想基础也就是儒家政教合一的道德哲学。像朱先生这样的名流参政主要是来自儒家的“以天下为己任”的道义感召。新儒家的代表人物梁漱溟在20世纪30年代也曾纠合社会名流发出“我辈不出，如苍生何”的联合呼吁，将名流参政推向高潮。《白鹿原》中的朱先生也曾写下“砥柱人间是此峰”的诗句，以华山自比，要做动荡时代的中流砥柱。这个时代的名流参政的特点是倡导做大事不做大官，主要以在野之身从事带有理想色彩的社会改造活动。

这种方式在那个“世事如转轮”“城头变换大王旗”的时代，可以少受多变的政治形势的影响。清末的时候，朱先生曾再三谢绝巡抚的委任，因为他已看到清王朝气数已尽，自己加入进去，只能使自己也陷入泥沼之中。而他所要做的是“为天地立心，为生民立命，为先圣继绝学，为万世开太平”的济世大业，正是这种儒家理想主义的推动，使他在动荡的时代表现出“大智、大仁、大勇”的圣贤人格特征。他曾冒死劝退二十万清兵，解了西安之围，使省城免受屠城之灾；又在灾荒之年主动请缨，赈济灾民，活人无数；特别是威震古原的毁烟壮举，更是使人领略了他的圣贤之风。然而“青山遮不住，毕竟东流去”，朱先生毕竟是与历史的主流逆向而行的人物，注定要被时代的洪流吞没，完结其悲剧性的人生。

与鲁迅笔下那个迂执的讲理学的老先生鲁四老爷不同，《白鹿原》中的朱先生是位超凡拔俗的人物。他对纷坛的世事洞若观火，其人生境界已不限于功利、道德境界而上升为天地境界，也就是将人之理与天之理统一起来，达到一种知天、事天、乐天、同天的境界。冯友兰曾将这种天地境界视为人生最高境界，它来自对人生的最深的觉解。他已经觉解到人生的道德规律不仅是人道，而且是天道，从而充分展现其道德本性，“与天地、宇宙精神相往来，自如自在，进入一种无善无恶，至善至美的理世界”[①]。朱先生的料事如神、通达超脱，已非拘泥章句的俗儒可比，他是白鹿精魂的化身，天人合一的化身。他已经预知到死后的世事变迁，所以在墓中还留下了“天作孽，犹可违，人作孽，不可活”的预言，暗示着儒家天道沉沦后的人的命运。

《白鹿原》的核心内容是写以白嘉轩为代表的儒家的“德化人生观”与以鹿子霖为代表的世俗、功利人生观之间的角力和较量。人为什么要有道德，道德会给人生带来什么变化是小说所要表现的最为重要的问题。白嘉轩的德化人生观的觉醒来自朱先生和白鹿精灵的双重启示，是儒家“天道”在人间的显现。白鹿出现之后的祥瑞正说明了天道实现之后给人间带来的变化：“一只雪白的神鹿，柔若无骨，欢欢蹦蹦，舞之蹈之，从南山飘逸而出，在开阔的原野上恣意嬉戏。所过之处，万木繁荣，禾苗茁壮，五谷丰登，六畜兴旺，疫痳廓清，毒虫减绝，万家乐康，那是怎样美妙的人间盛世！这样的白鹿一旦在人刚解知人言的时候

① 转引自程学礼：《冯友兰传》，上海：上海文艺出版社，1993年，第212页。

进入心间，便永远也无法忘记。”遵循天道伦理来生活，虽然可能使人的自然的情感、欲望受到压抑，物质利益受到限制，但从整体和长远的角度来看，它保障了人和家族社会的可持续的发展和延续，赋予了人的生存的精神归宿感，正如《颜氏家训》所言：“《礼》云欲不可纵，志不可满宇宙可臻其极，情性不知其穷，唯在少欲知足，为立涯限尔。”[①]白嘉轩正因为服膺儒家礼法，所以才能把腰杆挺得笔直，讲仁义、重人伦、耕读传家，在村人面前树立起一种人格的典范。白家家世清白、勤劳持家、活得正直而宽厚；而鹿家则活得虚荣而功利、圆黠而狡猾，先祖靠着做勺勺客，甘于受辱而发家，成功后靠着报复侮辱过他的人来抵消其自卑感。鹿子霖也是靠诈力、心计来和白家竞争，最后把自己弄到一种走投无路、身败名裂的境地。

陈忠实之所以能写出《白鹿原》是因为他对于历史和人性具有了一种新的理解和思考，如果将其前期的创作《蓝袍先生》和《白鹿原》作比较，就可以明显地看出这一点。在写前者的时候，他对人性和历史的理解还集中于单向的、人性解放的、现代性话语体系中，所以对传统伦理存在的价值和意义还缺乏一种深入而全面的理解，如小说中在写到解放后的村民还固守传统的心态、不愿失信于人时，他认同的还是师范的王老师代表时代所做的劝解：“你，一个贫农，翻身了，扎实种你的地，把日子往好里过，顾那么多臭礼性做啥？”主人公的感慨也是：“眼前是渭河平原的壮丽的原野，坦坦荡荡，一望无际，一座座古代帝王、谋士、武将的大大小小的墓冢，散布在田地里，蒙着一层雪，他们长眠在地下宫殿里，少说也有千余年了，而他们创造的封建礼教却与他们宫廷里的污物一起排到宫墙外边来，渗进田地，渗进他的臣民的血液，一代一代传留下来，就造成了如我的父亲和田芳的父亲这样的礼义之民吗？”然而，虽然时代发生了变化，道德的具体规范也应该随之调整，但道德的精神实质并没有失效，仍有其存在的必要性，并且道德本身具有超越穷人、富人的普遍性，是适用于所有人的；一个人自觉地信守道德，给他带来的并非只是压抑、吃亏、苦难，也给他带来一种做人的自主性和尊严感。如果完全放弃了这种自律性的“良知”的指引，人就会成为一只断线的风筝，随风飘转，完全为他力所支配，失去做人的尊严和人生的方

① 靳丽华编著：《颜氏家训》，北京：中国华侨出版社，2012年，第276页。

向。《白鹿原》的成功依赖于他的一种对于人性的更具有包容性和同情心的完整的人文视域的形成，这不仅使他打破了传统与现代的隔阂，在一种历史文化的连续性中对现代中国的百年巨变做出了独到的阐释，而且将人们的视线转向现在和未来，为思考现代人的安所、遂生之路提供了一个更为广阔的平台。

所谓“完整的人文视域”，指的是他突破了现代性所主导的单一的“自然人性论”的观念，超越了现代启蒙主义世俗化的“以人为中心”的人类中心主义的人道主义观念，将“天道”这一超验的维度和传统的“道德人性论”重新激活，纳入到现代对人性的观察和思考之中。也就是说，只有把两者结合起来，才能建立起现代的完整的人文主义视野；单纯的“自然人性论”，即将人的自然属性视为人的本质观念，并不足以解释人的本质属性，因为它无法解释人的精神的来源，最终导致的是人的物化和本能化乃至虚无化；传统的“道德人性论”又将“人欲”与“天理”完全对立起来，对人的自然的情感、欲望持一种过于严苛的态度，最终也会导致一种人性的异化和扭曲。既往文学、文化的态度往往偏于一极，或者完全站在人的自然本能、欲望情感一面，将任何对于人的自然属性的压抑视为是“吃人”，走向一种无压抑的、人性彻底解放的乌托邦；或者走向一种存天理、灭人欲的道德严苛主义，如庄子所说“明于礼义而陋于知人心”，这同样会给人性带来极大的伤害。人具有自然和超自然的双重性，因此其是自然的和超自然的、灵和肉的一体两面的双重存在。单纯地强调和夸大某一方面，就会造成人性的内在的撕裂，使完整的人成为单向度的人，从而导致人性的泯灭。这种立足于人的整体性的新的人文视域将人的动物性和人的精神性以及人的灵性都纳入到了人性的范畴之中，由此也就形成了一种具有整体性的新的人的观念，以此去观察历史中的人性，也就呈现出了神性、兽性和介于两者之间的人性的冲突、对撞而又互融、互通的波谲云诡的动态场景，而这正是《白鹿原》的魅力和精彩所在。

这类文学作品中“末代儒家”的形象出现的意义大致有两点：一、它传达出了主流文化之外的异己的声音，它作为多元文化中的一元自有其存在的价值和意义。二、它开创了现当代文学史上超自然、超历史的反思历史的先例，对既往的历史做了人性的、道德的审视，表现出对人的生存的基本价值的关怀和探寻，特别是对人的道德状况的关注和忧虑更是它的一个独到之处。它是在当代伦理资源掘空的现实下，寻找道德的本源，重建道德理想主义的努力，对于拜金主义冲击下道德危机的现实尤其有意义。至于传统儒学能否经过创造性的转换，成为一种适合于现代和未来的文化，甚至以此来弥补西方现代文明的弊病和失误，则是有待进一步探讨的问题。

二

方方和叶兆言这两位作家与张炜和陈忠实不同，他们与西方文化的关系较前者要密切一些，也就是说他们的创作都更为关注着个体的人的存在状态，但在他们的笔下却不约而同地出现了杀身成仁、全节而终的现代儒家形象。是什么使得他们对这种陈年旧事、过气人物产生了兴趣呢？就方方而言，她关注的是一个当代知识分子的精神信仰问题。方方的《祖父在父亲心中》带有纪实性质，作家充满激性地描述了祖父作为一介书生在面对侵略者的刺刀时所表现出的大仁、大义和大勇，让人重新思考儒家杀身成仁的理想对于人的人格塑造的意义。作家的独到之处在于她不但写了祖父舍生取义的壮举，而且将父辈的萎缩、怯懦的一生与之对照，作家所要追问的是："何阖而晦？何开而明？再宿未旦，曜灵安藏"的原因何在？是因为有了什么才成就了祖父壮烈高扬的人生？又是因为失去了什么使父亲生活于惶恐自责之中？冯友兰曾比较过清末人与五四人的不同：清末人讲维新，但还是强调"中学为体，西学为用"，在学习西方时并没失去对自己固有文化的自信，所以他们没有"殖民地人的自卑心理"[①]。儒家文化是可以提供给他们生之意义的安身立命之本的。但这种文化自信在"五四"一代人那里消失了，他们逃离了上辈人所拥有的精神家园，信奉一种进化论延伸出来的进步信仰，将传统视为阻碍进化的万恶之源，他们一生都生活在唯恐落在时代后面的进步恐慌之中，成为了精神的漂泊者。小说中的祖父严厉、清高而又迂腐刻板，是桐城派的最后传人，俨然一副儒家圣人形象。他在日寇入侵，大难来临之际回到故里，其道德学问深为乡党倚重。他在全村老少的生命受到威胁之际，挺身而出，一方面是为了不辜负这种乡亲们的倚重和期许，另一方面也正是儒家"成仁取义"的理想对他发出的召唤。儒家倡导的"威武不

① 转引自程学礼：《冯友兰传》，上海：上海文艺出版社，1993 年，第 212 页。

能屈”的大丈夫气节使他在“霸道”的淫威面前大义凛然，愤然指斥：“日本侵略中国是不义的战争！”这带有书生气的指控是代表着人道、公理、正义对强权者的谴责和宣判，这是信奉“适者生存”的“力本论”者无从达到的境界，甚至连不可一世的侵略者也不能不对之肃然起敬，而他在带血的刺刀面前也保全了他为人的尊严。但父亲这一代人则有着完全不同的生活境遇，他们进入新社会后首先面临的是思想改造，在以后的极左时代，甚至非常谨小慎微，其社会角色已由祖父的“圣人贤者”向“臭老九”转变。父亲的最大悲剧在于他所苦心经营的一切都难以为社会所承认，甚至反而成为他的罪状。他自认有罪，还没等被揪出批斗，就已在家里练习“喷气式”，这种境遇势必造成他的自卑、怯懦和萎缩。祖父的那种“天生德于予”的自信在他身上已彻底无处觅踪，他一辈子学少用少，终难有所作为。他的一生正如他女儿所概括的那样：“他艰难行走的路，乃是一条不通向任何地方而直指死亡的路，他存在的意义是他行进时痛苦而扭曲的姿势。”失去了精神信仰的生存，也就是不能保全人的尊严，不能提供价值和意义的生存。

与方方相比，叶兆言的《追月楼》则写得较为冷静，但也不难从中读出作家的“发思古之幽情”。他写的也是一位生活在日寇沦陷区的全节取义的儒家遗老形象，但他注意还原的是这位丁老先生身上体现着的传统精华与糟粕并存的整体本相。丁老先生是一位儒家文化所陶冶出的民国时代的耆旧遗老，他点过前清的翰林，交往中颇有几位遗老遗少，但他又是一位老同盟会员，党国元老中又有他的至交。他无意于政治，以学问家名世，但“夷夏之别”的民族大义是根深蒂固的。所以在日军入城之前，他即表态：“不说国之兴亡匹夫有责，但亡国奴是不做的。”因此他对不成器的孙子居然有心逃难去做义民刮目相看，而对贤婿门生的“恐日症”“活命哲学”则嗤之以鼻。

丁老先生的立志守节，主要力量来自历史上的儒家贤人、义士的感召。他把日据时代看作历史上的明清之季，所以反清复明的义士顾炎武、黄宗羲、王船山都成为他倾心仰慕的人物。日军进城，丁老先生曾有壮语：“城破之日，就是我殉义之时！”所以他坚决不进难民区；后来虽没有就此殉义，但又立下大誓：“日寇一日不消，一日不下追月楼。”他将卧室更名为“不死不活庵”，仿顾炎武《日知录》体例写《不死不活庵日记》，记载日军暴行，借此表达遗民心迹。他临死之前还立下遗嘱，“王师一日不平定中原，胡虏一日不灭”，他丁老先生就不出丁家大门，死后就把他葬在自己家的小院子里。丁老先生的成仁取义走的正是这样一条“动心忍性希前哲”的内在超越之路，儒家道义支撑着丁老先生不畏强暴，在困境中保全了民族气节，这是它的价值所在，但从丁老先生的守节中我们也同样可以看到这种内倾性文化的局限。它满足于自我的内在超越、人格完成，只注意解决主体自身的矛盾，而将主体与外部环境的矛盾抛在一边。丁老先生的成仁取义最后只剩下了苦守名节这一唯一目的，他在垂死之际告诫子孙的仍是“圣达节、次守节，下失节”。“节”已成为他全部人生的价值意义之所系，这对于一个垂暮老人自然无可厚非，但如果作为一个普遍的道德要求人生目标就嫌狭窄、空洞了一些。

宋明理学喜谈义理名节，周作人曾反其道提出过“道义之事功化”，当然这不能成为他失节附逆的理由，但重道义、轻事功确是儒家发展到宋明理学时期的一个特点和不足，如此造成的结果就是一种道德偏至的文化人格。

康德说：“上帝的事业为善开始，人的事业从恶开始。”从善开始，是伦理绝对主义，是宗教性道德；从恶开始，是伦理相对主义，是社会性道德。但任何相对主义历史主义仍旧掩盖不住那以维系人类总体生存为根柢的“宗教性道德”的威严和崇高，正是它积淀了超越具体时代社会的人的文化心理结构，它是个体生命自己选择的终极关怀和安身立命，是个体追求的最高价值，提供给人生存的价值和意义。宗教性道德的缺席势必会造成人的精神的飘浮感、无根感，这大概正是当代作家对儒学或宗教发生兴趣、产生认同的深层原因，20 世纪 90 年代声势浩大的人文精神讨论也与此有关。当代作家对儒学的认识也趋于深化，如不再将宰制式儒学视为儒学之本貌，而将生活化和批判性儒学视为儒学的本源；不再像“五四”一代作家将儒学与现代化社会对立起来，而是着力于儒学向现代的创造性转换，接纳民主科学这类现代价值。正是这种认识上的变化，才导致了以“了解之同情”的态度塑造出的现代儒家形象。

由“德”趋“道”：张炜小说创作的主题演进

张炜20世纪80年代中期以前的小说有一个中心主题，即现实社会政治道德批判主题。这个时期，他的小说带有很强烈的社会参与意识，试图通过社会政治道德批判来干预现实，推动改革，即使像《古船》这样以反思历史为重心的小说也洋溢着作家参与社会改革的热情。他一反“恶”是推动历史前进的杠杆的功利主义历史观，把推动社会发展希望寄托在善的代表隋抱朴身上，并开出了“人道主义+科学技术”的济世药方。所以从宽泛意义上说，《古船》仍属“改革文学”之列。然而张炜此后的小说创作并没有沿此道路继续发展，而是开始出现一些明显的变化。人与自然的关系开始成为他的小说关注的重心，自然主题与道德主题的融合成为他小说创作的新趋势。他开始去追寻人类道德的本源，即将人对自然的态度视为衡量人的道德品质的最根本的标准。他认为人对自然的态度也就意味着人对人的态度。张炜认为人道主义应该超越以往狭隘的人类自我中心主义，因为“人要更好地、健康地存在，就必须与大自然的一切和谐相处。

一个人道主义者应该普爱众生，人道不仅用于人，人道应该是为人之道，是人类存在的基本原理和法则"[①]。对这种根本性的为人之道的思考，使张炜在《三想》《海边的风》《梦中苦辩》等一系列中短篇小说中，都一再强调人与自然万物和谐相处对于人的生存的重要意义。以自然的主人自居，毁坏自然、盘剥和榨取自然最终都会导致人性的畸变、生存的危机。

作为对工业文明所造成的种种弊端的反拨，张炜开始将目光转向前工业化时代的农业文明，对农业文明中人与自然的和谐关系以及其中蕴藏着的诗意和美投注了巨大的热情。这在他的长篇新作《九月寓言》《柏慧》中表现得最为突出。作家的文化态度已由对现代化工业文明的呼唤转向了对农业文明的价值观念、生活方式的倾心与固守。在中国迅速工业化的时代，他关心的问题已经转变为：在汹涌而来的商品大潮面前如何守住人的安身立命之本？如何卫护被铜臭侵袭的人心？道德的本源何在？怎样活着才能算得上是个人？对这些问题的思考决定了张炜新的文化选择。做出这种选择对张炜来说并不奇怪，因为他的全部创作也都根植于农业文明的基础之上；离开了这个基础，他就会陷入精神上无家可归的境地。人与自然的关系问题也可以说是张炜一贯关注的问题。他的前期小说在善恶二元对立的框架下也蕴藏着作家对自然的人性的思考。在他的前期小说中有一系列引人注目的乡村畸人形象：他们或者表现为外观上的畸形，或者被世人视为性情怪僻，都是亲近自然而与世俗社会保持着一段距离的畸人。像长着可笑的水蛇腰、性格执拗、文化不高却喜欢写诗、想事的老得，《黄沙》中憨厚、木讷的坷垃叔，《童眸》中快乐的光棍汉长乐和浪荡子胡头等。在他们身上没有多少世俗气息和利欲熏心的念头，他们活得辛苦、困窘但又自在、知足。他们是真正的大地之子、自然之子，与自然融为一体，体现着人类纯真的天性；他们都有着孩童似的纯洁无邪，是儿童们的忘年交；他们不会见风使舵，向权势者讨好、屈服，来换取残杯冷炙。所以他们只好离群索居，或在荒滩，或在海上，或在果园，固守着心灵的净土，过一种清苦而又自由充实的生活。他们大多形单影只，是世俗意义上的失败者，但他们都有着一种强大的精神力量。他们用大自然赋予他们的灵性抗击着物欲对人的心灵的侵袭和扭曲。

① 张炜：《美妙雨夜 · 后记》，上海：上海文艺出版社，1991年，第423页。

这些人物在张炜小说中的反复出现,并非是一个偶然的现象,他们体现着张炜关于人的一种理想。少年时代的张炜就曾将做一个果园看护人当作他至高的愿望,这一方面基于他亲近自然的天性,另一方面是因为他在这类人身上找到了道德的本质,真、善、美的本源。这类人物在张炜以后的小说中得到了进一步的发展,并且逐渐从配角发展到主角,取代了隋抱朴之类社会批判型人物形象。这表明作家的创作主题已由社会政治、道德、文化批判转向对人与自然的关系的关注,对在物欲冲击下日渐消亡的人的灵性的固守和维护,对处于主流意识形态边缘的民间文化的发现和重视。

《蘑菇七种》是标志着张炜小说变化的一篇重要作品。这篇小说的时代背景是“文革”时期,但它并没有采用描写“文革”的小说所特有的那种悲剧形式,而是一篇闹剧化的幽默诙谐的“文革”记事。小说中处于劣势的恰恰是“文革”中炙手可热的当权者和造反派,而胜利则属于民间高人、林中隐士老丁这一类人物。小说中自封为林场分场场长的老丁是一位无所不晓、无所不能、历经沧桑、神通广大的奇人。他把分场搞成了一个水泼不进、针插不入的“独立王国”,把前来整他黑材料的工作组搞得走投无路,狼狈逃窜。老丁虽然年事已高,但是气血旺盛,精力充沛,这主要是得自林中所特有自然精品蘑菇的滋养。老丁在年近六旬的时候,还能写出火辣辣的情书,正说明他欲望强烈,超过常人。与虎虎有生气的老丁相比,他的对立面则显得苍白孱弱、外强中干。不管是写告发信的小六,还是手握重权的总场场长申宝雄都不是老丁的对手,甚至包括驻在小村里的军代表和女书记都因被老丁抓住了把柄,而败在他手里。以老丁为代表的民间边缘文化的强大生命力和貌似强大、色厉内荏的“文革”政治文化形成了鲜明的对照。也可以说,老丁的那种纵性任情、豪放自如的生存方式与中国传统文化中那种参天地、赞化育、天人合一的精神是相通的,它达到了人的内在自然和外在自然融合统一的境界,所以这是富有生机、不可战胜的。从这篇小说中可以看到张炜对这种自然生存方式的认同和肯定。

《海边的风》是一篇寓言化的作品。作家在现实生活的图景中穿插了一个传奇的故事,在人间世界之外设立了一个海底世界做参照,集中表达了人们返归自然的愿望和自然对人的召唤。小说中的故事发生在“大跃进”的狂潮中,人们在“人定胜天”的口号鼓舞下疯狂地向大自然宣战,其结果是导致了灾荒和饥饿，最后能拯救他们的仍然是他们所背弃过的自然。在小说最后，饥饿的人们向海边拥去，正代表着大自然对人的拯救和召唤。小说中的老筋头又是一位大海化育出的奇人，他在人们背离大海的时候，甘愿做一位寂寞的大海守护人。在人们向海边拥去的时候，他又驾一叶小舟驶向大海深处去追寻海底的那个梦想的世界。在那个海底世界里，生命之间有着这样的约法："人与人，人与动物，人与植物，男人与女人，互相之间不可说谎，不可背弃，不可欺骗，不可侵犯。如果这样的事情发生了，那么飘飘下落的粉绒般的雪花沾到他的脸上手上，立刻化为乌黑的汤汁，渍入皮肤，永洗不掉。"这是一种超越了人间世界的天地境界的道德理想。小说中的传奇故事则寄寓着人类的一种永无止境的探索追求精神。壮男和小红孩逃离了有着教堂和蜂窝般高楼的城市，来到人烟稀少的大森林里安家。他们历尽磨难，小红孩最后还因为难产死在海上漂泊的小船上，但壮男并没有因此放弃漂泊和流浪。他当初逃离城市也并不仅仅因为情杀，也是因为他想不通："人一代代地拥挤在那个地方，理由是什么？"他发着狠地要去证明什么，证明什么他也不知道，他只是不愿意停下来，不愿过那种安稳的然而停滞的生活。所以他听从了内心深处生命的召唤，踏上了漂泊、流浪的不归之路。在自然世界的无限和神奇与人间世界的渺小和狭隘之间，他选择了前者。

在此后的一系列小说中，张炜一再地抨击人类自我中心主义的偏狭和僭妄，表述他众生平等的思想。在短篇小说《三想》里，作家这样写道："他的一切毛病，实在是与周围的世界割断了联系的缘故。"[①]人与自然的这种隔膜才最终导致了人的残酷。一只叫"哞哞"的母狼在失掉她的小狼之后，开始对人的至高无上产生怀疑："人的至高无上是他们自己决定了的，而这种决定的不合理性从根本上讲就在于他们忽视了太阳和土地。"[②]也就是说天下的一切生物都应该是平等的。这种思考与艾特玛托夫的长篇小说《断头台》中第一章"母狼的心愿"所表达的思想是完全相通的：当人自以为是万物的主宰而为所欲为时，他的残忍远远超过了狼。《梦中苦辩》更对人类缺乏同情心的残忍发出了愤怒的抗议和警告："屠杀吧！与大自然的一切生命对抗吧！仇视它们吧！这一切的后果

① 张炜：《三想》，见《张炜》，北京：人民文学出版社，1991年，第62页。
② 张炜：《三想》，见《张炜》，北京：人民文学出版社，1991年，第66页。

只能是更为可怕的报复。”[①]

张炜小说主题由“德”趋“道”的变化标志着作家所表述的一段心路历程。从他的前期小说看,他与趋向于现代化的时代主潮是同步的。在《古船》中,他开出的济世药方是“人道主义+科学技术”,认为只有将二者结合起来才能将中国推进到一个文明进步的现代化阶段。然而市场经济时代物质文明的偏至,使他意识到经济的发展、科学技术的进步并不能解决人的精神归属问题,反而使人深深地陷入了精神上无家可归的状态。张炜处在乡镇企业如雨后春笋般崛起的胶东地区,亲眼看到林立的烟囱染黑了乡村明净的天空,与农业文明共在的美好的诗意都即将或已经随风飘逝;人们变得精于算计,利欲熏心,远离了道德的本源。作为一个人类终极命运的关怀者、责任感和使命感都极强的作家,张炜不能不对人的精神衰亡的现实抱有深深的忧患,这种忧患使他自然而然地靠近了以海德格尔为代表的现代美学救世主义。海德格尔认为,现代人精神上无家可归状态的根源,就在于人把物作对象而来的对象化的意愿与要求。人在改造自然的过程中把物(在者)当作材料,人自身在这同时也就成为同一目的的“人材料”,这就导致了人的人性和物的“物性”(本真状态)的丧失。所以在人与自然的关系中,海德格尔一方面反对“此在对世界的优先地位导致把在者的一切加以恶劣的主观化”的倾向,另一方面又反对把客观世界作为对象世界,把主体的人作为物质的主人,把物质作为人认识和改造的对象。他认为这样就会把“存在者的存在着的存在在被称誉得已经太喧嚣了的‘客观性’中化为乌有”[②]。他在《形而上学导论》里认为:一切存在物之为存在物价值是完全相等的,我们应该把它们平等看待,更没有理由把所有存在物之任何一体,包括人,拈出来给予特别崇高的位置。他的基本观点是提醒人在经济目的的功利活动中,在人对物的实用态度中不可把在者的在(物的本性)忘得一干二净。当人把物当物时,人也就把自己当人;人给物以形式,也就给自身以形式;人使物从材料复归为物本身,人自己也就从“人材料”归于人自身。人与物的这种本真的关系只能是审美关系,当人不做“在者”的主人,而是作为在者的“看护者”的时候,人虽然使自己处于赤贫,但却得到一种“看护者的尊严”。这就是人之为人的人

① 张炜:《梦中苦辩》,见《张炜》,北京:人民文学出版社,1991年,第15页。
② [德]马丁·海德格尔著,孙周兴译:《存在与时间》,《海德格尔选集》上卷,上海:三联书店,1996年,第374页。

道的本真的尊严。

张炜的《融入野地》可以说是他返归自然和土地、还原物性和人性的宣言。“野地”作为都市的对立物代表着天道、自然，可以安妥人的心灵的家园。“融入”即意味着不再把野地当成异己的存在、人的对立面，而是把自己融入其中，化成与野地不可分割的一个部分。“化成一棵树，一生抓牢泥土”成为张炜最大的愿望。“融入野地”还意味着作家要抛开传统知与见的蒙蔽，去寻找一种新的知觉方式。这种新的知觉方式就是与自然沟通、交流的方式，作家要去寻找一种在大自然中通行四方的语言。这种语言只有在大地上劳作的人们才能掌握，因为只有劳动才能将人与自然沟通起来，将人与土地以及周围的生命结为一体；只有终生不脱离劳作的农民，才能听懂大自然的无言之言、无声之声，才能把握住土地的脉搏、自然生命的律动。世俗的词对自然来说只是一种“拙劣的外语”，因为它与自然是隔膜的，只是把自然当成了一种可堪利用的物质资源来看待。这种实利主义的语言就导致了物性的消隐和人性的迷失。这与海德格尔“语言是人的存在之家”的著名论点是相通的。海德格尔也认为，现代西方的语言已变成了形而上的语言，已经渗透了人对客体和世界的绝对统治和支配的愿望，渗透了人对自然和地球的利用和盘剥。一种理想的语言应该是能为人的存在提供居住之地的语言，一种保护自然的语言才能使人类一代代生存下去。

《九月寓言》可以说是张炜这种“融入野地”的艺术哲学的一次成功实践。这部小说的中心内容就是表现人与土地的原初关系以及这种关系在工业化时代所遇到的威胁和挑战。张炜认为，一个时代的精神归根结底是土地的精神，但这种土地的精神在实用主义的时代已经被人们遗忘得太久了，“在没有时间放眼远望，没有时间维护环境，也没有时间卫护人心的时代，我们的历史就成了一部不断被金钱毁掉的历史”[①]。关注土地的命运也就是关注人的命运，这的确是关系到人的生存之道的最根本的问题。

《九月寓言》写的是“文革”末期一个叫作“挺鲅”的小村落的日常生活。它的特殊之处在于它是以小村人所特有的那种野性的思维方式所构造出一个小说文本。在这部小说里不再有居高临下的俯视者和评判者，只有在中止了像善

① 张炜：《关于〈九月寓言〉答记者问》，《当代作家评论》1993 年第 1 期。

与恶、文明与愚昧这类价值判断后,才能真正地进入小说人物内心深处,去感知他们的痛苦和欢乐。在《融入野地》里,张炜这样说过:“这儿不需要一个独立于世的歌手,事实上也做不到,我竭尽全力只能仿个真,以获取在它们身侧同唱的资格。”《融入野地》的创作方式也就是与野地和野地之上的一切生命融为一体、共同创作。正如海德格尔把地球还原成大地、母亲一样,小村人之于土地也正是一种充满温情的母子关系。这种关系的最高体现就是地瓜,人就是地瓜,地瓜就是人,两者互相转换,密不可分。正如村里切地瓜干的老婆婆所说:“人哪,还不就是瓜干化成的力气、化成的血肉心计、化成的烦人毛病?不吃瓜干,庄稼人就绝了根啦!”[①]小村里有值得向外人夸耀的三样东西:黑煎饼、红小兵的酒,以及漂亮姑娘赶鹦。这三者都突出地体现着农业文明的自足和骄傲。黑煎饼这种粗粮细做的食品足以令小村人自豪,它是用小村人金祥九死一生的悲壮远征寻回来的鏊子摊制的,代表着小村人令人慨叹的坚忍不拔的生存意志。而红小兵用地瓜头酿造的酒则不只代表着小村人的才智和创造性,更体现着自然的造化神工,它是一种浓缩的幸福,一种对于温馨的乡土生活的陶醉。正如海德格尔从一双“农鞋”中看到了人与大地的归属关系一样,我们从红小兵的酒中也可以品味到“天、地、神、人”四位一体、和谐无间的世界的原汁原味。至于小村里的美丽、勇敢、活泼、健壮的赶鹦,则是一匹生机勃勃充满活力的宝驹,大地自然的女儿,与秃脑工程师娇小玲珑的四川女人、工区瘦小孱弱的女理发师相比,更可以看出她的来源于自然的青春气息和纯朴天性。她是小村的灵魂,她的存在给小村生活增添了特有的浪漫和诗意。

《九月寓言》是一部描写农民如何“过日子”的小说。它凸现了小村生活所特有的那种自在自足的生活方式。他们劳动、创造、繁衍在祖先留给他们的土地之上,在劳作、生育、打斗、偷情、聊天、拔火罐中辛苦而又快乐地度过充实的一生。他们生活的全部妙处就在于,他们率性任情地活着,像大地上的其他生命一样活生生地活着,在大自然赐予的阳光、雨露、土地之上劳动着、享受着精神与感官的应有的快乐,也生育着、繁衍着,尽着人的义务。用沈从文的话说,就是从容地各在那里尽着“生命之理”。这是一种天地境界的生存方式,与工业

---

① 张炜:《九月寓言》,上海:上海文艺出版社,1993年,第45页。

社会的生存方式不同，它不是在对对象化世界的征服、利用中把自己变成了榨取财富的工具，而是把延续、发展、光大生命自身作为生存的目的。他们不像工区的“工人拣鸡”那样把土地只看成是可以开采的矿产，所以自然的“物性”和人的“人性”在他们那里才得以最充分的显现。他们与自然的关系是一种血肉相连的情感关系、精神关系而不是简单的物质关系。小村姑娘肥曾这样动情地忆起九月：“难忘的九月啊，让人流泪流汗的九月，我的亲如爹娘的九月。”《九月寓言》就是这种乡土感情、乡土生存方式的寓言。

正如舍伍德·安德森在他的《小城畸人》里描写的一位女主人公，赤身裸体、扑向土地，亲吻着玉米以表达她找到了生命之源的狂喜一样，艾特玛托夫在《大地母亲》中也写过人和自然之间的对话。有人认为这种对话是非现实主义的描写，对此艾特玛托夫作了这样的解释：“全部原因在于，大地对托尔戈娜意味着什么？这是她的命运、她的劳动、她的爱情、她的神圣的信仰。大地不可能不回答她，尽管这样的对话有诗的假定性，这恰恰正是十分自然的。”[①]好像是相信原始的心灵更容易充分理解人类的基本秘密一样，张炜也着重表现了小村人与现代理性相对立的野性的心灵世界。这个心灵世界将天、地、神、人融为一体，带有有机的整体感，是一种对于世界诗性的把握和解释。在这部小说中，时间观念已让位给空间观念，附着于前者之上的理性主义、社会进步观念也被空间循环论所取代。所以在小说中，生者与死者，主体与客体，人与大自然之间出现了神秘的沟通和交流。如肥的父亲老转去世多年仍然魂魄不散，经常绕着小村转悠，龙眼妈还曾经遇见过他并让他帮忙把女儿嫁给龙眼。至于路上遇“黑煞”，喝毒药反而医好了病的事情，以万物有灵的神秘眼光去看也不是难以理喻的事情。小村的历史和神话是交融在一起的，这种神话性质的历史包含着他们对生活的理解和鲜明的道德情感倾向。像流浪汉金祥在忆苦时曾讲述过这么一个真事：老爷的发家是因为遇到了一个具有搬运神功的母猴精。老爷致富之后贪心不足，并且害怕猴精再把东西搬走，所以受了心肠歹毒的老祖宗的蛊惑，设计害死了自己的妻子、恩人猴精。这就是地主发家的奥秘。这种对地主的贪欲、绝情、不义的道德谴责显然与“文革”时代对于忆苦思甜的政治要求有很大

① [苏联]艾特玛托夫：《与土地和水共同创作》，黎皓智：《苏联当代文学史》，南昌：百花洲文艺出版社，1990年，第319页。

距离,它是经过了农民的心灵改造之后的"忆苦思甜",实际上要传达的是一种乡土社会的人生在世的道德原则。

从叙述基调上看,《九月寓言》与张炜以往的小说也有所不同,它是作家"穿越激烈之路,烧掉了愤懑"之后的一部痴情之作。作家将自我完全融入到叙述对象之中,同他们一起开始了对土地痴情的歌唱。作家特别注重选择了像金祥、闪婆、独眼义士这样饱经沧桑、历尽磨难、通达睿智的民间哲人来叙述小村历史。他们是小村生活的见证人和代言人,是小村文化内在的强大凝聚力,正如小说前面的题言"老年人的叙述既细腻又动听"。他们传奇性的人生阅历和口头创造构成了小村的历史和传统、光荣和梦想。小说里金祥为了给小村的人买回烙煎饼的鏊子,千里跋涉、饱尝艰辛,表现出了崇高的牺牲精神。独眼义士为了寻找失散了的意中人,流浪 30 年,在精神上和肉体上都受到巨大的创伤。闪婆和露筋为了爱情,出走野外,过起了流浪人那种风餐露宿、艰辛困苦的漂泊生活。这类传奇性的乡村故事展现出了人在苦难面前所激发出来的强大生命力,代表着一种人类生命的辉煌。正如福克纳曾经谆谆告诫作家的那样,占据作家创作室的"只应是人类心灵深处的亘古至今的真情实感,爱情、荣誉、同情、自豪、怜悯之心和牺牲精神,少了这些永恒的真情实感,任何故事必然是昙花一现,难以久存"[①]。《九月寓言》所表现出的正是这种在与贫困、饥馑、灾难、迫害的抗衡中所激发出来的乡村世界的真情实感,它闪烁着人性的崇高、坚毅和伟大,所以从这个意义上,《九月寓言》可以称得上是一部农业文化的悲壮史诗,其内在的生机活力不失为治疗现代人心灵偏枯的一剂良药。

张炜的长篇小说《柏慧》将他的认同什么和拒绝什么的文化态度表达得更为明晰、彻底。他把对农业文明的眷恋化为对登洲海角的最后一块葡萄园的固守,并将之比拟为徐福东渡式的文化逃亡、背水一战。他认为"善"就是站在穷人一边,而穷人的"朴素而无侵犯的贫穷",使他们成为大地的看护者,保全了人之为人的本真尊严。他之所以成为一个濒临灭绝的农业文明的守护者,是因为他是从属于一个真正劳动者的家族和血缘。由《柏慧》可知,张炜并不纯然是一个海德格尔意义上的美学救世者,而更像一位追求道德至善的托尔斯泰主义

① [美]威廉·福克纳著,李文俊等译:《受奖演说》,见《我弥留之际》,桂林:漓江出版社,1990 年,第 433 页。

者，他更注重文学的现实道德主义，具有更浓厚的道德忧患意识。

张炜《古船》之后的创作可以说发展到一个新的阶段，总的趋势是由对社会伦理关系道德状况的关注，进而到追寻道德的本源，以及人与大自然的并存、共在关系。张炜说："一个人道主义者也会广爱众生。人道不仅用于人，人道更加应该是为人之道，是人类存在的基本原理和法则。"[①]张炜这一时期的创作境界可以说是达到了伦理之天和自然之天的合二为一，这使他的创作具有了比以往更为宏阔、更为深远的视野。工业化时代人与自然的对立关系所导致的恶果——自然生态的破坏以及人性的畸形和残缺已经为人们所警惕，代之而起的应是人与自然和睦合一的关系。张炜这种创作主题的演进与苏联当代文学中道德—自然哲理流派的小说家艾特玛洛夫、阿斯塔菲耶夫等人的创作有直接影响关系，同时它也根植于中国古老的推崇"天人合一"的文化传统中。在当今消费主义文化盛行的时代，这种重建"天人合一"的道德理想主义的努力，无疑有其应有的价值和意义。张炜的这种文化选择明显地来源于前工业社会的农业文明的价值系统，但值得注意的是后工业社会的某些价值准则会与前工业社会的价值准则不谋而合，它们都表现出对工业文明时代的功利主义价值观的抗拒或反拨。所以从这个意义来说，张炜的文化选择在突飞猛进的中国工业化时代可以视为是一种超前的预警。随着时间的流逝，其关于道德和自然的忧虑更能引发人们的共鸣，正如张炜所说："最保守的作家反而可能成为最先锋的作家。"张炜后来的《葡萄园》《家族》《外省书》《能不忆蜀葵》等作品，基本上还是延续了这种创作趋势，从历史和现实中寻找作为人类良知化身的知识分子的精神血缘，与张承志的《心灵史》、北村的近作一样，他们的创作都代表着一种反抗消费主义的文化时尚的回归传统和宗教的精神至上倾向。

① 张炜：《美妙雨夜·后记》，上海：上海文艺出版社，1991年，第423页。

张炜与俄苏文学

在新时期文学研究中，欧美文学特别是现代主义后现代主义文学思潮对当代作家创作的影响一直受到普遍的重视，但对俄罗斯19世纪文学和苏联当代文学对中国当代文学的影响和联系则研究不多。张炜就是一位新时期受俄苏文学影响较大的具有代表性的青年作家。他创作个性的形成既根植于中国传统的文化土壤之中，也受到西方文学特别是俄苏文学的直接影响。他曾自述他所受影响最大的几个作家：屠格涅夫、托尔斯泰和苏联当代作家艾特玛托夫、阿斯塔菲耶夫，以及马尔克斯、福克纳和舍伍德·安德生等，其中多是俄苏作家。张炜清新隽永的抒情风格、鲜明的道德理想主义倾向和对人与自然的关系的关注、对人类未来生存的忧患意识，都与俄苏作家有一脉相通之处。简要地说，张炜前期创作受屠格涅夫《猎人笔记》影响较大，那种将自然人格化，物我相通的风景描绘，与张炜本人那种亲近自然的心态是非常契合的。《古船》时期的张炜与列夫·托尔斯泰深沉执着的道德探索和深广博大的人类爱哲学有一定的联系。张炜1986年以后的近作《海边的风》《九月寓言》等则受苏联当代文学中道德—自然哲理流派的小说家艾特玛托夫、阿斯塔菲耶夫的创作影响较大。这主要体现在人与自然关系的主题与道德主题的融合，对偏狭的人类中心主义的反拨，对农业文明所造成的人类心灵的偏枯、道德的沦落的关注和忧虑。张炜之借鉴俄苏文学，不只得其皮毛，而且得其神韵。他从俄苏文学中汲取的主要是俄苏作家那种崇高的人格力量、博大的人道情怀，以及对人类前途和命运的深沉关注。这种文学精神的影响使他对以“追寻自我”为主旨的现代主义文学精神相当隔膜，他的创作始终都是一种在群体主义价值观统领下有鲜明的道德理想主义倾向的创作。他的这种古典的近乎保守的文化态度，使他在新时期作家中显得有些别具一格，因此也更有进行深入研究的必要。

张炜是在20世纪80年代初走上文坛的，其时正值伤痕、反思文学方兴未艾之时，但与同时走上文坛的大多数青年作家不同，张炜没有加入到那个时代展示伤痕的政治批判主潮中去，而是首先以纯净、优美的乡村颂歌的形式出现的。这种对家乡芦青河岸边古朴、宁静的自然风光的描绘以及对人性中的善和美的歌唱，使他更接近于十七年时期以孙犁为代表的抒情现实主义文学。孙犁的创作风格受屠格涅夫影响较深，后来张炜读到屠氏的《猎人笔记》，更是爱不释手。他曾这样描述过他当时的激动心情：“《猎人笔记》是我读过的屠格涅夫最好的作品，他的有较大影响的《父与子》《罗亭》等长篇对我影响都不如这本书大，有一股奇怪的内力从书中生出来，一直左右着我。”[①]这种内力主要来自屠格涅夫对俄罗斯大自然的出神入化的描写。在俄国作家中，把俄罗斯大自然那么生动而又诗意盎然地呈现在读者面前的应以屠格涅夫为第一人。在这位大自然的诗人笔下，森林、草原不再是物质性的东西，而是与人一样的生机洋溢的生命体。他的风景描写打破了物与人之间的阻隔，使人可以从中体会到自然生命的律动、内在自然（人的心灵）与外在自然的高度和谐统一。对大自然的诗意描绘在《猎人笔记》中占了很大比重，俄罗斯那摇曳多姿的森林，辽阔丰润的草原，繁星闪烁的静夜，晨曦初露的清晨，婉转歌唱的群鸟，舒卷自如的白云，向人们展示了大自然的无穷魅力。在屠格涅夫的小说中，大自然已具有了其独立的审美

① 张炜：《问答录精选》，济南：山东友谊出版社（原山东友谊书社），1993年，第128页。

意义。它不再是简单的人物活动的背景,也不是作为简单的象征,而是作为独立于人之外的具有灵性的生命存在。它给沉溺于世俗生活中的人以巨大的启示,让他们在自然中得到精神的净化和升华。高尔基曾在他的自传体小说《在人间》中这样谈及屠格涅夫的作品:“这些书洗涤了我的身心,像剥皮一般给我剥去了穷苦艰辛的现实的印象。我知道了什么叫做好书,我感到自己对于好书的需要。”[①]同样,张炜从屠格涅夫那里得到的也主要是这种自然美的启示,他甚至把对自然的热爱强调到作为一个艺术家的必备素质:“无论如何,你应该是一个大自然的歌者。它孕育了你,使你会歌唱、描叙,你等于是它的一个器官,是感受到大自然的无穷魅力和神秘的一支竹笛、一把有生命的琴。我想,作为一个热爱艺术的人,无论具有怎样的倾向和色彩,他的趣味又如何,都应该深深地热爱自然,感受自然,敏感而多情——如果是这样的,他才可能是一个为艺术而献身的人。”[②]

张炜是抱着对乡土人情的热爱开始他的文学创作的。在他的小说中,对美的自然风光的描绘和对人性的善和美的展示是相互映衬,相辅相成的。正如屠格涅夫传统的继承者,苏联人和自然的文学鼻祖普里什文一样,他也善于在人和自然的和谐中挖掘和表现美。他的小说大部分篇目都是以某种富有特色的自然景物来命名的,如《山楂林》《紫色眉豆花》《夜莺》《玉米》《海边的雪》《美妙雨夜》等。他总是喜欢将人物置于不同色彩的自然景色中,景物描写往往成为揭示人物灵魂的点睛之笔。像《山楂林》里的农村少女排队穿着火红的衣衫在翠绿茂盛的山楂林里奔跑,是何等富有诗意;《紫色眉豆花》里的少女小疤像发着淡淡的清香的眉豆花一样散发着她的温馨和爱意;《夜莺》里姑娘胖手在丰收的夜晚躺在高高的麦秸垛上终于悟出了“美是生活”的真谛;《一潭清水》则提醒人们不要为了蝇头小利弄浑了心中的那一潭清水。在张炜的小说中,大自然不仅是被动地为人们所感知,它本身还可以作为生命的启示者出现。像《声音》的二兰子之所以能喊出自己的声音、意识到自我的价值是与她身处万木竟发、百草丰茂的大树林的自然环境分不开的,身残志不残的小罗锅也正是在大自然的启示下才有那种奋发进取的精神气质,所以这篇小说潜在的主角正是默

① [苏联]高尔基著,楼适夷译:《在人间》,北京:人民文学出版社,1995年,第199页。
② 张炜:《你的树》,《山东文学》1990年第9期。

默无言而又生机盎然的大自然。对大自然的热爱影响到张炜作为一个艺术家的个性气质，用他自己的话说那就是“羞涩和温柔”。张炜说：“作家必须是多情和善良的，具有内在的恬静和热烈。这是因为他懂得生命之间互相维护的重要，对一草一木，对一切的动物，都充满了爱怜之心。他常常把深深的情感寄托到周围的事物，为一株艳丽的花、一棵挺拔的树而激动。”[1]对自然生命的敏感和多情正是张炜创作的一大特点。

张炜清新、朴素、含蓄、优美艺术风格的形成与屠格涅夫的影响也是分不开的。屠格涅夫的风格是一种具有古典美气质的风格，它重视感觉的精细、情感的节制，力求恬静和优美，反对浮夸、笨重、过火、不自然、不健全的东西，和谐是其风格最重要的特点。屠格涅夫曾被王尔德称为“最精致的艺术家”，认为他在文体上的精美高于托尔斯泰等文学大师。张炜的小说也写得比较优美、精致、纯净而含蓄。他力避把那些粗暴的、不纯粹的东西带进艺术中去，极端推崇道德上和艺术上的纯洁感。张炜的一些描写两性感情的小说写得非常含蓄优美而富于节制，专注于对精神恋情的表现。像《美妙雨夜》和《满地落叶》中的故事都发生在原野和果园，一对男女不期而遇，却又惊奇地发现两个人的心灵是那么契合、相通，都有些相见恨晚。两个人都是那么善良、敏感，亲近自然，他们的相识都给对方留下了一种非常微妙、美好的情感体验。分别时，男主人公虽然感到了一丝惆怅，但更多的是一种欣慰和愉悦。这种介于爱情与友情之间的朦胧情感，被作家写得非常细腻、自然，没有半点的杂质。只有精神非常纯净的作家才能做到这一点，因为他写的是一种应然，而不是实然。

道德—自然哲理小说流派兴起于苏联科技革命后的20世纪70年代，从它的出现，可以明显地看到19世纪俄罗斯文学传统特别是托尔斯泰传统的继承和发扬。20世纪60年代文学中科技革命时期“当代英雄”日益暴露出其缺乏人情味和道德要求，科技文明的发展造成了生态平衡失调，农民脱离土地，人与自然隔绝进而丧失精神道德源泉等重大社会道德问题。现代文明与民族传统、农民与土地、人与自然的关系开始引起作家们普遍的关注，其中艾特玛托夫和阿斯塔菲耶夫是其中最具影响的作家。艾特玛托夫明确提出：“作家是他那个时

---

① 张炜：《散文精选·羞涩与温柔》，济南：山东友谊出版社，1993年，第100页。

代的良心……在任何社会制度中，良心都是人类每天必不可少的方向标。”[①]这与托翁所说的“美学是道德的反映”的艺术观是有继承关系的。艾特玛托夫的全部创作都是以描写草原、山区、森林、海洋为主，叙写与大自然共呼吸的有道德纯洁性的普通劳动者，正是他们在作家最艰难的时期哺育了他，鼓励了他，而作家则以深深的爱再现了他们。艾特玛托夫自己最满意的作品是《别了，古利萨雷》《白轮船》《花狗崖》和《一日长于百年》。在前两部作品中，他的构思是：“为了捍卫道德的纯洁性，必须与精神空虚、消费主义和物欲主义及其他不良现象作斗争。”[②]关于《花狗崖》，他说：“我写的不是惊险小说。我希望促使读者思考的是人的道德的主要价值、责任感，即一切能够使人称其为人的东西。”[③]而在《一日长于百年》中，作家凝聚了他的“全球性思维”，其实质在于使每个人都关心别人的命运，关心人类的命运，希望人类幸福。作家忧虑的是“人民生活水平和福利的增长，不总是同社会全体成员的精神成长成正比”[④]。他的最高理想是让后代会说：“我是地球人，这个星球上所有的人都是我的兄弟姐妹。”[⑤]阿斯塔菲耶夫的系列小说《鱼王》，则以深沉的笔触揭示了人的无尽的贪婪，人类对大自然的肆意破坏和掠夺，对各种野生动物、鱼类的违禁捕捉达到了丧失理性的地步。机械师伊格纳吉想独占鱼王（大自然的化身）而进行的殊死搏斗以及他在奄奄一息时对惩罚的恐惧，对过去罪恶的忏悔，对今后生活的赎罪决心，都深蕴着作家对人性蜕化的忧虑，为恢复人的完美而斗争的呼吁。

人和自然的关系历来是苏联文学中的一个主要题材，它源于叶赛宁—普里什文的传统。20世纪70年代的苏联小说使普里什文有了重大发展和变化，许多作家把保护自然题材与善恶斗争结合起来，与传统道德题材挂起钩来，其中艾的《白轮船》和阿的《鱼王》的主要情节都是善恶斗争，不过善恶的界线以对待自然的态度而定。人与自然的关系，不只是生态意义上的关系，说到底是人与人的关系即道德关系，对自然的态度成为衡量人的道德品质的标准。大自然所面对的主要敌人是人性中的恶，这是自然遭到破坏的一个根本原因。在艾的

① ［苏联］艾特玛托夫：《作家——时代的良心》，《苏联当代作家谈创作》，北京：北京师范大学出版社，1984年，第9页。
② 转引自倪蕊琴主编：《列夫·托尔斯泰比较研究》，上海：华东师范大学出版社，1989年，第190页。
③ 转引自倪蕊琴主编：《列夫·托尔斯泰比较研究》，上海：华东师范大学出版社，1989年，第190—191页。
④ 转引自倪蕊琴主编：《列夫·托尔斯泰比较研究》，上海：华东师范大学出版社，1989年，第191页。
⑤ ［苏联］艾特玛托夫：《地球人》，《当代苏联文学》1985年第5期。

《断头台·母狼的心愿》中，作家写的是人与狼的冲突，他把全部同情都给予了狼，就是说人已蜕化成比狼更凶狠的动物，而狼则是无邪的受害者。在张炜的小说中也出现了类似的主题，如《三想》里叫“咪咪”的母狼在失去她的小狼后对人的至高无上产生的怀疑，《梦中苦辩》则对杀狗者的残忍发出的抗议等等，都是表达了一种众生平等和谐共在的理想。《海边的风》则是一个关于人与自然关系的寓言，这也是同类的苏联小说家经常采用的文学形式。张炜的长篇小说《九月寓言》，被有的评论家誉为“神品”，它主要表现的是一种农民与土地的本源性的相互交融的关系，这自然是已经习惯于现代性的主客二元对立思维方式的人所不易体会的。小村人的夏种秋收、古朴单纯而又生机勃勃的生存方式体现着海德格尔所讲的天地人神共在的存在的原初结构。而现代人的趋势正在于对这种原初结构的背弃，导致的是存在的被遗忘。小村人在外人看来艰辛困顿的生活有着它顺乎自然、乐天知命的纯朴的诗意。他们对于生死相依的土地有一种母亲般的眷恋，正如小说中的少女肥对于夜色和土地的感叹：“踏不透的夜色，藏下一切的夜色，肥恨不得将自己融入其中。昏沉沉的大地啊，铅一样沉的大地啊，想吃了长睡不醒药的大地啊。”滋生万物的土地就是农民的最根本的信仰，他们的欢乐、悲伤也只能向土地倾诉才能得到精神上的抚慰。无独有偶，艾特玛托夫也曾在小说中写过俄罗斯农民向土地倾诉，《大地母亲》中的托尔戈娜在战争中失去了丈夫和三个儿子，她的痛苦也只能向大地倾诉：“我说大地，你把我们所有的安放在自己的胸怀上，如果你不给我们幸福，那么你为什么要做大地？而我们又何必要活在世上呢？我们是你的孩子，大地，给我们幸福吧，让我们成为幸福的人吧！”而大地也真的回答了她的祈求，它需要人们的友善和劳动：“我无穷无尽，我无边无际，我又厚又深，我对你们所有都完全足够。”有人曾非难作家的这种人与地的对话是非现实主义的，艾特玛托夫则作了以下的回答：“全部原因在于，大地对托尔戈娜意味着什么。这是她的命运，她的劳动，她的爱情，她的神圣的信仰，大地不可能不回答她，尽管这样的对话是有诗的假设性的，这恰恰正是十分自然的。”[①]要真正地理解农民，理解乡土生活的真意，不得不首先沉入到农民与土地的这种血肉相连、彼此难分的关系中，所以艾

① ［苏联］艾特玛托夫：《与土地和水共同创作》，转引自许贤绪《当代苏联小说史》，上海：上海外语教育出版社，1991年，第319页。

特玛托夫提出的口号是“与土地和水共同创作”，而张炜提出的口号则是“融入野地”，将自己化成一棵树，一生最大的愿望就是紧紧地抓牢泥土，只有这样才能使自己的精神得到一个“简单、真实和落定”。两个作家都用诗一般的语言表达了同样的志向，那就是结束人与自然的敌对和隔膜，重建人与自然的新型关系，并由这种人与自然的和谐来实现人间的和谐，作为存在的“守护者”而不是“征服者”共同生活在大地之上。

综观张炜与俄苏文学中的道德—自然哲理流派的创作，会发现它是一种前现代的人文精神在当代的延续和发展，其价值和意义是不可低估的，因为从传统反观现代性也是现代性文化中的应有之义。这种保守主义的文化态度在当今一意激进的时代面前尤具有它的反拨性，但其问题也是存在的，主要表现在时代性和人文传统的关系方面，这还是一个需要继续探索的问题，也就是由“照着讲”到“接着讲”的问题，并不是简单的一边倒的态度就能解决的，所以这涉及一个传统人文主义的现代转换与创新的问题。

“貌合神离”

——“新写实”异于“旧写实”的新意探源

“新写实”是几乎与先锋小说同时出现、并驾齐驱的20世纪80年代中后期的一个小说思潮。它与先锋小说一样，都是对“五四”以来的现实主义文学传统的疏离和反叛。不同之处在于，先锋小说较多地着眼于文体形式本身的反叛意义，而“新写实”则保持了和现实社会生活较为直接的参照关系，从而实现与读者的沟通，但在文化价值层面则疏离了现实主义文学启蒙、救亡、求治、求善的文学传统，或表现为对人的生存状态的关注，“对存在的勘探”，或表现为向世俗民间社会的价值观念的回归。既往的现实主义的文学成规成为它意欲超越、突破的对象，它力图以一个新的故事来取代旧的故事，发现和创造出一个新的现实来取代旧的现实，颠覆和瓦解既往现实主义文学笔下的意识形态化的观念现实，使文学能够贴近存在，与世界建立起一种更为本源的关系。用“新写实”这个概念来容括包括刘恒、刘震云、池莉、方方乃至王朔等众多作家的创作倾向显然有些含糊，“新写实”这个提法只是在区别其与以往的现实主义文学和先锋实验文学上有其意义，但并不足以说明其自身的特征和内涵。“新写实”和先锋文学、实验文学一样都是“八五新潮小说”之后的产物，从文化动因上来讲都是主导文化、精英文化和民间文化之间多元文化互动矛盾的体现。其共同的反叛对象是现实主义文学中高度意识形态化的政治道德化现实及理性主义的文化成规。支撑其反叛的文化立场有两种，一种是以对启蒙主义以来的理性主义传统进行消解和批判的西方近现代的非理性主义文化、后现代主义文化，另一种是一直被主导文化压抑着的民间文化、传统顺生论的哲学等等。

多元文化势头的出现，标志着理想主义的“少年中国”“青春中国”已步入了它的中年时代。“新写实”告诉人们，现实并不是少年人眼中的黑白分明的二色世界，它比人们所设想的要复杂丰富得多，社会进步也非“以人制天”的唯意志主义强力可致，而“生活在别处”的理想浪漫追求却往往使人忽视了当下此在的生存。启蒙主义的叙事把自己的合法性“建立在有待实现的未来，也即有待实现的理念上面”[①]，但它也不过是一些一厢情愿的设想，并不拥有任何历史必然性，也不真正具有合法化的能力。总之，变化了的社会推动着人们去重新认识自以为认识得很清楚的世界，这种认识的结果就是“新的现实”的呈现。

“新写实”异于“旧写实”的突出之处在于，既往的现实主义小说中的主人公是一个具有明确固定的社会典型特征和个体性格特征的现实现象。这些客观特征从总体上回答“他是谁”的问题。这是基于一种理性主义的对世界客体化、对象化、概念化的认识。现实主义文学将自己的创作活动解释为反映现实，塑造典型环境中的典型人物正表现出一种将世界充分理性化的冲动。它是一种“在世界之外的将世界对象化的思考”，而“新写实”小说中的主人公则重新确立了它与世界的本源关系，重要的不是主人公在世界上是什么，而是世界对主人公来说是什么和主人公对自己本身来说是什么。它是在世界之内的思考，正如海德格尔所说：“世界从来不是立于我们面前让我们观看的对象。只要世界作为诞生和死亡、祝福和诅咒从而使我们进入存在的道路，那么世界便从来不是相对于我们主体的对象。”[②]米兰·昆德拉用了一系列形象的比喻来说明这种人与世界的关系：“存在即在世界中。人与世界的关系不是主体对客体的关

---

① ［法］利奥塔著，谈瀛州译：《后现代性与公正游戏：利奥塔访谈、书信录》，上海：上海人民出版社，1997年，第236页。
② ［德］海德格尔著，彭富春译：《诗·语言·思》，北京：文化艺术出版社，1991年，第44页。

系，像眼睛面对一幅画那样，甚至不是像一个演员在舞台的一个布景下那样。人与世界的关联犹如蜗牛和它的壳：世界是人的一部分，它是他的维度，随着世界的变化，存在也变化。”[①]小说家关注的不应是外在于人的客观现实，而是“存在”，“存在是人的可能的场所，是一切人可以成为的，一切人所能够的”[②]。昆德拉由此区分了两类小说：一是审视人类存在的历史维度的小说，一是说明一个历史境况，描写一个特定时刻里的社会即一种小说化历史编纂的小说。而后者无非是用小说语言传译一种非小说认识的小说。所以小说家既不是历史学家，也不是预言家，他是存在的勘探者。而“新写实”之前的既往的现实主义小说则大多可归为昆德拉所讲的第二类，即小说化历史编纂的小说。它们所描写的往往只是社会的历史，人成为历史的道具，人被分门别类地制成了种种社会学典型的标本，使人看不到人与世界之间那种更为本真原初的关系，意识不到理性屏障之外的复杂丰富的世界。比较一下王愿坚的《粮食的故事》和刘恒的《狗日的粮食》就很有意思。同是写粮食和饥饿的故事，王愿坚以历史主义的态度讲述了一个在革命道德与父子之爱的人伦道德间做出抉择的舍子保粮的故事，塑造出一个感人至深的人物形象，借此再现出红军年代那段艰苦卓绝、公而忘私的革命斗争史。它是以一种小说化的手段传达出的历史，所以它的终点又回到对历史理性化的认识。这种对既成结论的演绎和证明成为既往现实主义小说的特点。然而刘恒的《狗日的粮食》则既不是为了单纯再现那段曾有过的饥荒的历史，也不是为了塑造某种社会学上的典型，他着重揭示的是主人公曹杏花与世界的本真的原初的关系。在饥饿者曹杏花眼里全部世界已简化为供活命的粮食，她与粮食的关系是密不可分的，有粮才有命，有粮才能养活一家老小，她常常为能不择手段地为家里弄来吃食而自傲，也因此被村民看作一个“能人”。而这个“能人”竟出人意料地将全家人得以维系性命的购粮证丢了，并且挨了一向对她俯首帖耳、窝囊成性的丈夫的一个巴掌，这就彻底动摇了她继续活下去的信心。她不能接受由一个“顾家的能人”到一个众所不齿的“败家的”这么一个角色转换，只好自己为自己判了死刑，服毒自杀。小说不仅写出了世界对主人公来说是什么，而且写出了对主人公来说自己本身是什么，呈现了主

① [法]米兰·昆德拉著，孟湄译：《小说的艺术》，北京：生活·读书·新知三联书店，1992年，第28页。
② [法]米兰·昆德拉著，孟湄译：《小说的艺术》，北京：生活·读书·新知三联书店，1992年，第42页。

人公与粮仓之间的恩怨交织的本真关系。它不是对既成结论的证明和维护，而是对既成结论的颠覆和瓦解。这是“新写实”小说的一个特点。它展示了某种特定情形下人的生存状况，人的存在的某种极端的可能性，历史构成了人存在的维度，但作家并无意于去反映那段特定的历史。如果说既往的写实之作关注的主要是部分的人，也就是理性的人，那么“新写实”关注的则是整体的人，特别是理性所不能容纳的人的非理性的存在特性。如《虚证》以一部拟侦探小说的方式推证郭普云自杀的原因：郭普云是一个人生的失败者，人到中年在爱情婚姻事业上都一事无成，但这又不足以成为他弃世的原因。对于他的死，医学鉴定下了一个简捷明快的结论，即“忧郁症导致精神错乱”，但这并不能挡住他死后人们做的种种甚至不无恶意的揣测，这一切揣测都因为幽明永隔而成为“虚证”。“求生”是一种非理性的本能，“求死”也是一种非理性的本能，对郭普云死因的推证涉及无边无际的人性世界，理性很难把它说清楚。《黑的雪》写一个被强制劳改过的青年。他好勇斗狠，野蛮强悍而又慷慨仗义，不近女色。他活得太认真，太把自己当人或者太不把自己当人，所以他活得就很累，很艰难。出于仗义，他窝藏了会给他带来麻烦的潜逃犯朋友；出于爱，他又认为自己没有资格向所爱者表白，直到他心中的偶像被崔永利之类的流氓大亨毁掉。他是一个物欲横流时代的落伍者，对人仍抱着一种过时的幻想，而正是这种幻想的存在使他从恶中见出了善，污浊中见到了纯真，这大概便是作家所谓“黑的雪”的本意。

“新写实”小说家所写的“新历史小说”往往表现出一种“反史诗化”的特性。比较一下巴金的《家》和刘恒的《苍河白日谣》，赵树理的《李家庄的变迁》和刘震云的《故乡天下黄花》，你可以看到两类作家在看待同一类历史生活时的巨大差异。启蒙运动的特性即“历史性”，按照福柯的看法：“普通性的历史性就是主观性和理性的历史性的后果。”[①]前者关注的即是这种由主观性和理性构造出的普遍性的历史，以揭示历史发展的必然趋势为己任。具体到巴金《家》的小说写作过程，表现为主人公控制作者，主人公对世界的认识和伦理立场对作者具有极大的权威性，因此，作者不能不用主人公的眼光去看对象性的世界，不能

① ［法］福柯著，严峰译：《权力的眼睛》，上海：上海人民出版社，1997年，第3页。

不完全从内部去体验主人公的生活事件。作者无意在主人公身外找到了一个令人信服的稳定的价值支点,他要着重揭示的正是主人公所要表达的人生哲理,他要努力唤起的是一种生活感情而不是审美感情,其结果是从纯粹的生活和伦理的行为——动作中去找出路。《家》的意义也正在于此,它是唤醒一代青年反叛封建家庭走向革命的启示录,《家》前面扉页上的题词正是作家所要宣扬的人生哲学:“我们不是愚人也不是畸人,我们要自己把自己的幸福夺过来。”正是在这种思想主导下,作家写出了这部控诉揭露封建大家庭的黑暗和罪恶的具有重要的思想史意义的名著。从文学的角度来衡量,由于在主人公之外还缺乏一个有力的支点,所以主人公觉慧还不是一个具有审美完成性的形象,即通过他人反映出的主人公的形象,作为一个艺术形象,他显得过于单薄了点。同是写封建大家庭中的叛臣逆子,刘恒的《苍河白日谣》则完全两样,它是在一个百年沧桑的大背景下,由外在于启蒙者的曹府的仆人“耳朵”的世俗化民间立场上来写曹府内部的反叛者——曹家二少爷的。与我们所熟悉的一往无前、热情大胆的“叛徒”觉慧不同,曹家的新派人物曹光汉不再是一个英气逼人的英雄和救世者,他在曹老太爷和曹老太太眼中是一个无能怯懦、想入非非、不成器、永远也长不大的孩子,在新婚妻子眼中是一个屈辱的性无能者,甚至在仆人眼里都是一个百无一用、软弱可欺的人物。他办火柴厂实业救国的理想形同儿戏,他在曹府陷入了无能、无助、无可奈何的境地。他无法适应这个社会,无法理解这个社会,更无从改造这个社会,最后只好铤而走险、自我毁灭了。曹光汉从法国带回来的洋技师大路,倒是一个生命力旺盛的孔武有力者,他与二少奶奶私通,结果生下了一个中西混血儿,但为老太爷所不容,终被扼杀。曹光汉是一个在他者的眼光注视下呈现出来的新派人物,是一个摆脱了新派人物的主观视野而具有审美完成性的人物,但也因之失去了《家》那样的对社会的批判能力,而陷于饱经世故的龙钟老态。赵树理的《李家庄的变迁》写中国北方一个小村庄十几年间的历史变迁,力图揭示出农民在共产党的启发引导下由自发的反抗走向自觉的斗争的历史之路。作家将李家庄“外来户”和“坐地户”、地主和农民的矛盾冲突予以了政治化、历史化的处理,并以村长劣绅李汝珍被愤怒的村民肢解、消灭,宣告了李家庄历史上一个新时代的开始。这是对李家庄十几年历史的“正史式”的叙述,而刘震云的《故乡天下黄花》则是一种“野史化”的叙述。同是写一个北方乡村几十年间的人世变迁，刘震云看到的是万变不离其宗的人的权力欲。小说从清末村长孙殿元被杀写起，一直写到“文革”结束，其间半个多世纪的小村历史都由李、孙两大家族对小村权力的角逐争斗构成。不管是当了中央军的李小武，还是当了八路军的孙屎根，都不能完全置身于这种权力争斗所造成的世代冤仇之外。这种家族间的世代冤仇所引发的杀戮和争斗，往往在正史中难以容纳，但对小村人来说这又是最为贴己的历史记忆。《温故一九四二》写的也是被正史所忽略、所掩盖的乡村野史，是一部由饥荒、死亡、杀戮、抗争于绝境中求生存的乡民的活命的历史，它已经彻底脱离了建立在历史理性之上的“宏伟叙事”而关注于历史所遗漏的、所不能容纳的乡村记忆，关注的是特定历史维度下人的存在状态。作家是将正史和野史对照着来写的，后者构成了对前者的消解和颠覆。方方的《祖父在父亲心中》很容易让人联想起冯友兰关于“清末人”和“五四人”的评论。祖父作为最后一代儒家文化的传人，还持有一种“天生德于予”的文化自信，这最终能使他在日寇“霸道”的淫威面前“威武不能屈”，大义凛然，杀身成仁。而父亲这一代知识分子则失去了前辈所有的那种足以安身立命的根本，他们信奉一种社会进步的神话，唯恐被时代抛弃，抛掉了一切被认为是阻碍进步的历史包袱，去轻身上阵追赶时代潮流，但他们反而在现实中变得进退失据，成为精神上的漂泊者，随波逐流，当然更感受不到生活的价值和意义。从这部小说可以看出作家由对历史的反思而引发的关于知识分子精神重建的思考。

总之，与热衷于改造社会的启蒙主义作家不同，“新写实”作家眼中的世界是一个无法救赎的世界，他们已经意识到启蒙主义信奉的“人类理性的进步”并不等同于“人类自由的进步”，任何源于理性的人生设计都不能无视人的非理性本质，特别是在经历了近一个世纪的改良人生、改造社会的实践之后，人们更有必要也更有理由对这种理性主义的改造予以必要的反思甚至质疑，它可以让人们对所处的现实认识得更为全面更为深入。这就造成了其写作的一个最突出的文化特征，那就是对生活现实的体认即“无理想的叙述”。

“新写实”小说中的另一类以池莉、王朔等为代表，他们代表着 20 世纪 80 年代中后期迅速兴起的市民文化。他们与刘恒等人的区别在于，他们对人的精神层面的生活全无兴趣，他们关注的是形而下的世俗生活。高尔基曾以“鹰”和

"蛇"来喻指理想主义的人生观和市侩主义的人生观，作家赞美了代表理想主义的人生态度的鹰，嘲笑了听天由命、安于现状的蛇，但蛇的生活方式也是人类生活不可或缺的一面，特别是对于刚从意识形态的迷宫中挣脱出来的中国人来说，活得务实一点、世故一点也是可以理解的。古人说"食色之谓性，率性之谓道"，这种古老的顺生哲学在物质挂帅的时代又找到了它适合的气候和土壤。它认为"活"的意义就在"活"本身，食和色的满足就是它的中心内容，"活"的意义就在人生世事中，要在这个人生世事中去寻找。正如池莉所说，在经历了一段艰难的历程之后，她"成熟了"，"只剩下了一个愿望，那就是好好活着，过日子"，这就于"五四"以来的改造人生的启蒙主义之外重新回到了世俗生活。

王朔代表着这种世俗生活中虚无主义的一面，他以亵渎神圣表明他与主流文化的距离，又以戏谑调侃表明他与精英文化的龃龉，他以"俗"得可爱的姿态赢得了众多的掌声，因为他成功地化解了一种理想主义、英雄主义的社会意识形态所施加给人的过分的压抑。比较一下刘心武的《班主任》和王朔的《顽主》，我们可以发现二者之间的戏剧性对抗：《班主任》要挽救的孩子宋宝琦在《顽主》里现身说法，对德育教师赵尧舜极尽挖苦讽刺之能事。《顽主》里的于观这样针锋相对地回过父亲的责骂："那你叫我说什么？非得让我说自个儿是混蛋、寄生虫？我怎么就那么不顺你的眼，我也没去杀人放火，上街游行，我乖乖地招谁、惹谁了？非得绷着块坚挺昂扬的样子才算好孩子？我不就庸俗点吗？"[①]宋宝琦在女人画像上画胡子与王朔小说人物里的名言"女人分两种：可以上床的与不可以上床的"相比，可说是小巫见大巫。《班主任》中划分"好学生"与"坏学生"的标准源于一种理想主义的社会设计，他是站在这个理想社会的立场上要求人达到社会的要求，按照社会铺定的轨道生存的社会本位论者，但在社会转型期，那种既往的理想主义、英雄主义的人生设计陷入了困境。《你不是一个俗人》中的胖厨师，本来生活得很好，但他最想做的事情却是做一个革命烈士。于是，三T公司的于观们想法满足了他的愿望。先是对他上刑"拷打"，然后拉到郊外"枪毙"。这种看似荒唐的情节实则也包含着深刻的社会内容，"文革"中的红卫兵不也是吟诵着"带镣长街行，告别众乡亲"的烈士诗篇投身到那场殊死

① 王朔：《顽主》，天津：天津人民出版社，2011年，第60页。

的激动人心的然而又是似而非的“革命”中去的吗？王朔的小说也经历了一个由戏谑调侃向“新写实”的转换，“谐谑化”时期专意于调侃，急迫于“传教”，要为“玩主”“俗人”的生活方式争一席之地，所以人物形象流于单薄和肤浅，有为调侃而调侃的油滑倾向。到《动物凶猛》转向写实，从中我们可以看到这个文化意义上的“俗人”“顽主”的由来。这篇小说取材于作家“文革”时的少年经验。“文革”时期的少年成长于“文革”强震之后的文明废墟之上，所有的一切文明规范、行为准则悉被打碎，他们成为逍遥自由的一代人。“屋顶上玩耍的孩子”可以说是对他们生存境况的一个很好的隐喻，但在这种逍遥和自由下仍潜伏着危险和骚动。他们打群架、逃学、捉弄老师，逃脱家长、学校的管教似乎进入了一个自由的天地，但“文化”的解缚反使他们更受本能的制约与支配，并未获得真正意义上的自由。正统文化权威的倾倒使他们接近了小传统的民间文化，行侠仗义的江湖义气等对他们有深刻的影响。王朔真实地写出了那个时代少年人的生存状态，本能的骚动、性意识的觉醒、带有时代烙印的传奇式的初恋，构成了这代人的“文革”记忆，一种非意识形态化下对“文革”的理解。

民间文化以日常生活所需为范畴而展开，因此是现实而功利、直接而朴质的。它不善于作形式的表达和哲理的思维，但它是与“人伦日用”直接联系在一起的，而正是这种人伦日用之常往往表现出一种人类永恒的困境。池莉的《烦恼人生》，其“烦恼”所指的并不是印家厚没房子、上班远、孩子入托难、夫妻交恶等生活难题的集结，而是一种类似于叔本华式的人生理念。人生犹如一个钟摆，总在痛苦和无聊之间荡来荡去。人生而有欲望，得不到满足就会感到痛苦，满足之后又会感到无聊，又会萌生新的欲望，所以人总是生活在欲望造成的烦恼之中，但池莉不是叔本华式的悲观主义者，她没有因此否定人生，而是由此肯定了烦恼人生是人的无可更改的宿命，从而主动地接受和认同了这种生存现实。批判现实主义者那种发现问题、解决问题“干预生活”的心态显然与池莉无缘，所以她只能选择一种“无理想的叙述”。

池莉的小说实际上也经历过一个转变，一个由“少女”式的对待世界的理想主义态度到“少妇”式的对待世界的务实主义态度的转变。她前期的小说《长夜》与后期的小说《不谈爱情》就形成了鲜明的对照：《长夜》里的杨维敏迫于外界的压力接受了没有爱情的婚姻，与之相对照的是勇敢地冲破阻力与所爱的人结合的龙琳琳。在分娩的痛苦时刻，龙琳琳虽因丈夫不在身边而感到孤独，但她精神上却是充实的、幸福的。而《不谈爱情》则集中揭示的是“爱情”的虚幻，庄建非与吉玲之间的恋爱、结婚、失和、重归于好都受着本能欲望和现实原则的支配。“爱情”在这些东西面前只能退避三舍。小说中值得注意的还有两个人物：一个是梅莹，她是庄建非性的启蒙者和人生导师，她使庄建非懂得了男女之间不仅仅只是性的关系，生活内容比性的关系要复杂得多。她以过来人的理智和见识对庄建非的适应现实起了引导作用。另一位则是庄建非的妹妹建亚，这位年过三十的独身女子还停留在她的少女性梦幻中，将自己幽闭在一个理想世界里，徒劳地寻找难以找到的爱情。她是作为小说中的一个反证形象存在的。

西蒙娜·波伏娃曾表述过这样一种女性的处境：“她们属于男性世界，却联合起来向这个世界挑战，她们把自己禁闭在自己的天地里，而这个天地却被另一个天地所包围。她们无处安顿自己。她们的温柔时常遭到拒绝，而她们的拒绝却时常被接受。如此一来，她们的态度近似少女，却比少女更难以维持，因为成年人不能再以白日梦打发日子了，她们必须生活在现实中。”[①]这种尴尬处境，使女性面临着两种选择：一种是固守女性自我立场，摇撼、反抗一切建立于男权文化之上的价值观念，追求女性的独立和自我实现，像伊蕾、陈染、林白等作家即属此类，是一种与男性文化对抗的“少女性”立场。另一种选择则是放弃这种与现实对抗的立场，向当下现实认同，以务实的态度生活，安心于社会所安排的角色，尽到为人妻母的责任，以固有的方式生活，放逐那些少女性的浪漫幻想。池莉的选择显然是后者。池莉写的另外一篇较有分量的小说是《你是一条河》，里面包含着极深厚的人生况味。在母亲和女儿的戏剧性的对抗中，作家不再关心母亲应该怎样做的问题（这是启蒙时代文学中的一个常见主题，鲁迅曾写过《我们现在怎样做父亲》，聂绀弩写过《怎样做母亲》），而是母亲在现实中不得不如此的苦衷。辣辣不是一个贞洁的女人，在丈夫活着的时候，就为着活命的粮食与米店老朱私通，并生下一对双胞胎；丈夫死后又与血库老朱有染。对待孩子，她也谈不上公正，她偏袒艳春，冷待冬儿，甚至实际上纵容了儿子社员的

① ［法］西蒙娜·波伏娃著，桑竹影、南姗译：《第二性——女人》，湖南：湖南文艺出版社，1986年，第384页。

偷窃。但她却可以说是一个基本尽职的母亲,她在极为艰难的情况下将七个孩子抚养成人。“活下来,养大孩子”对于她就是最高尚的目标,成为她作为母亲的宗教。这种“活命”哲学与冬儿从叔叔王贤良和书本上学来的东西那么地不相容、格格不入。你可以说它是粗鄙的、愚昧的,但它并没有违背“衣食足方可以知礼仪”的古训。在空前绝后的母女大战中女儿明显占了上风,冬儿对母亲的诸多劣行予以了痛快淋漓的揭露,直到把母亲的眼珠都气翻了。然而冬儿也因此受到了姐弟们的惩罚,吃了暗亏,并最终导致了她的离家远行,隐姓埋名,与家庭彻底断绝了关系。冬儿在自己做了母亲之后终于理解原谅了自己的母亲。这种原谅不是针对母亲的具体所作所为,而是对母亲这一角色有了更为深切的理解:它不像女儿心性那样的纯净透明的小溪,而是一条泥沙俱下的河流。鲁迅先生的《故乡》在评点“豆腐西施”之类的生命状态时,用了很少见到的“辛苦”和“恣睢”两个词,他不希望儿辈再如此生活,但社会改革者的“乌托邦”社会改造却使儿孙们陷入历史上前所未有的大劫难之中,这种理想主义的人生设计就不能不受到来自被设计者的反弹和质疑。中国的新文学自“五四”以来就提倡“平民的文学”“血和泪的文”直至“工农兵的文学”,但下层民众的生存状态却始终没有得到充分、真实地展现。这除了与出身于知识阶层的作家的经验范围有关,更主要的原因在于作家在面临这个混沌的圈外世界时的先入之见的遮蔽有关。正如画家绘画只能画他想得到的东西而不是画他看得到的东西一样,不合于作家先入之见的东西也难以进入他的作品。所以我们所看到的多是来自精英阶层的对平民的民粹主义的崇拜或干脆是一种对民众的政治意识形态化的图解,这种圆凿方枘的关系自然无法使平民世界得到较为本真的整体的呈现。“新写实”作家一方面进入了一个较为自由的创作心态,可以把带功利性的先入之见暂时搁置起来,另一方面市民文化的兴起也使他们找到了不同于主导文化和精英文化的属于自己的价值基点,所以他们表现平民生活就比旧写实有了较大的进展。

“新写实”存在的问题也就是我们这个时代在精神生活上所存在的问题。康德说过“上帝的事业从善开始,人的事业从恶开始”,经济挂帅时代的人的欲望的开启,使一切精神价值受到了极大的冲击,作家在时代变革面前也陷入了茫然失措困惑矛盾中,进入了一种无立场的写作状态或完全世俗化的写作状态。虽然“食色之为性”是一则古训，但“人并不只是为面包活着”也是西哲的古训，文学还应该有超越现实的精神指向和批判功能，还应该有节制生物本能、协调社会关系的功能，还应该于“恶的事业”之外建构“善的事业”，否则，就会陷入欲望的漩涡，迷失自身。

颠覆常识的艺术

——余华小说中的反讽描写及距离控制

反讽,作为一种表达方式和叙述语气在现代小说中得到了广泛应用,但其意义并不限于只是一种艺术手法,它实质上还体现着作家对世界、对人生的一种特定的态度和独到的理解。德国文论家许莱格尔曾经说过:“反讽是认识到这样一个事实:世界在本质上是诡论式的,一种模棱两可的态度才能抓住世界的矛盾整体性。”[①]余华也正是在这种认识到世界的非理性、歧义性和荒诞性的基础上来使用反讽这一艺术手法的。余华小说中的反讽从其本质上来讲代表着一种颠覆常识(日常经验、常情俗理)的文化挑战性,他是以一种个体感知到的精神真实来取代现实生活世界的真实,以对一些天经地义的公理、观念、信仰的颠覆来证明其虚伪和肤浅,从而揭示出一种并不可爱甚至近乎残酷的客观真实。反讽具有居高临下的性质,按照余华的比喻就犹如奴隶主坐在看台上观看角斗士斗牛,它要求作家对世界持

① [美]雷纳·韦勒克著,杨自伍译:《近代文学批评史》第一卷,上海:上海译文出版社,1997年。

一种“距离的客观的态度”，反对作者把他们的主观性与他所同情的人物或观点相认同，认为只有这样作家才能表现整个的世界而不是他们的主观性。余华小说中的反讽态度也代表着先锋派文学对人的理解，进入了一个告别理想主义、乐观主义之后的重视客观性的低调时期。它将浪漫主义的感伤，现实主义的社会批判激情，现代派在绝望中的抗争和呐喊都抛在身后，进入了一个与世事保持绝对距离，以对残酷的真实的揭示为创作鹄的的时期。反讽，成为余华的一种基本文化态度。

一、反讽，常识的危机

反讽的基本性质是对假象与真实之间的矛盾以及对这矛盾无所知：反讽者言在此而意在彼，表达的是一种矛盾的语义状态。在此基础之上，反讽又可分为言语反讽和情境反讽，其中情境反讽在余华小说中得到较多的应用。情境反讽又称为事件反讽，是指涉及事件的意外突变，例如事件发展的实际结果与主人公预料的恰恰相反，或者是让宿命因素来操纵事件的发展，从而达到挫败和嘲弄主人公的目的。余华对现实生活经验的颠覆是因为他要揭示一种更深刻的精神的真实。他认为“在人的精神世界里，一切常识提供的价值都开始摇摇欲坠，一切旧有的事物都将获得新的意义”，“人只有进入广阔的精神领域才能真正体会世界的无边无际”[①]。换一种话说，余华是要摆脱一切约定俗成的经验、理性、观念的偏见和固执，对生活进行“取蔽”处理，让客观世界以其原初的固有的状态呈现出来。这种常识同真实之间的对抗就为反讽的运用提供了用武之地。作家要展开两者之间的对抗，最巧妙的方式就是使持有常识观点的主人公在事件的发展中遭到贬损，以主人公的挫折来证明常识的局限。如《十八岁出门远行》中用少年主人公的受挫（莫名其妙地遭打和被遗弃、被欺骗）来证明他对外部世界认识的肤浅和虚妄。一个想成为匡扶正义的英雄的少年，结果竟受到荒唐的嘲笑，他所舍命维护的对象竟和盗贼为伍，并且还趁乱偷走了他的唯一财产。这种事件的意外突变就是有了反讽性。这样一个情节如果出现在现实主义作家的笔下，会成为作家抒发世风日下、人心不古的材料而发出道

① 余华：《虚伪的作品》，见《没有一条道路是重复的》，北京：作家出版社，2014年，第168—169页。

德谴责,但在余华的笔下,这种道德的痛苦发展成为一场荒唐的玩笑,这也就是反讽所造成的特殊效果。小说是从少年主人公的视角来叙述的,他与作家之间的距离(认识观念上的相左)就构成了反讽式的对峙,同样作家同读者之间也存在着这种对峙,所以它对读者的常规阅读期待也造成了颠覆效果。《西北风呼啸的中午》则带有一种卡夫卡式的荒诞与诡谲,小说中的主人公步步退让,以至最后不得不为不认识的人守灵,并去充当死者母亲的孝子。这看似荒诞不经,但却道出了一种心理体验的真实,即人生在世的一种不由自主、无可奈何的尴尬境遇。余华小说中的反讽还表现为一种悖论性。悖论按照大多数文论家的论述来看是一种特殊形式的反讽,是一种对世界的矛盾整体性的论述,它是作家对世界的一种诡论式的把握,对一种似非而是的状态的揭示。如《河边的错误》就是对理性、法律的绝对可靠性、公正性的质疑。人们习惯于从作案动机等逻辑推论来寻找罪犯,而疯子杀人是无动机的,这就把探案者引入了歧途。在证实疯子杀人之后,法律又对疯子无可奈何。最后在疯子接二连三地杀人的情况下,刑警队长以身试法,私自击毙了杀人犯疯子,而结果他自己为躲避法律的公正裁判,不得不装作疯子来度过余生。再如《死亡叙述》中的司机,第一次肇事,他驾车出逃,躲过了惩罚;第二次肇事由于良心的谴责,承担了罪责,却被死者家属殴打致死。余华小说中还有一类是对传统文学的叙事模式的颠覆性、滑稽性模仿,通过对历史中长期因袭的文化观念、固有模式的解构、颠覆来揭开瞒和骗之下掩盖着的骇人的真实。如《世事如烟》中对孝道的颠覆:90 多岁的算命先生先后克死自己的五个儿子来为自己增寿;另一位父亲卖掉自己的六个女儿以获利,他最小的女儿自杀后灵魂还被他讨价还价地出售,道出了逆天行事的旧道德的本质。《古典爱情》是对古代文学中浪漫主义的大团圆爱情故事的解构,作者不仅写出了大家闺秀在饥荒年被卖为"两脚羊"的惨剧,而且还使读者对佳人复活、"有情人终成眷属"的信念落空。《鲜血梅花》则是对武侠复仇小说的颠覆性重写,主人公为父报仇的义举化成了毫无勇毅、无所事事、漫无目标的漫游。再如小说《活着》,更是以苍凉、惨酷的真实打破了田园牧歌的神话,写出了中国农民困顿而又坚韧的生存状态,而《地主之死》则一扫阶级决定论的偏执,写出了特定情境中人的人生走向的复杂性的一面。凡此种种,都显示出了作家打破虚妄,重估价值的努力。

二、距离控制,野蛮而又残酷的幽默

反讽具有一种非个性的性质,缺乏反讽精神的作者总是把他们的主观性与他所同情的人物或观点相认同,而反讽要求作家与他作品中的人物应该持一种"距离的客观的态度"(弗赖语)。这种距离意识在余华小说中突出表现于对暴力和死亡这种野蛮残酷场景的非人格化的细致描写中。在这种描写中,作家同小说中主人公的关系确如看台上的奴隶主和角斗士奴隶一样,他是一种居高临下的描写,而且发出置身事外的调侃,这未免有野蛮残酷之嫌。美国的黑色幽默作家常开玩笑于不幸,把人的痛苦、灾难、死亡当作调侃的材料,这与他们在第二次世界大战中所目睹的血肉横飞、兽性泛滥的战争场面有关。余华没有像他们那样去刻意制造幽默的神经质冲动,但据说这个曾学过牙医的青年似乎也具有职业性的偏嗜,对那些人们避之不及而又应该"哀矜勿喜"的血腥残酷场面表现出某种痴迷并加以玩味,这在素来信奉"人性善"的礼仪之邦显得过于残忍了。但余华的兴趣却正在于通过对这种场景的客观细致的呈现来揭示人性中潜藏的残酷、丑恶的兽性的一面。在这些小说中,余华常常选取非常人的视角,以精神变态者(《一九八六年》)甚至是死者(《死亡叙述》)的视角来进行场景描写。这种施虐者和受虐者对待暴力的异于常人的态度和感受,使之不仅具有了一种感觉还原的客观效果,而且具有一种近乎残酷的变态的幽默感。在《一九八六年》中,作家令人毛骨惊然地细致描写了疯子在自己身上施以"五刑"的情景,让历史的残酷在疯子变态的行为中一一呈现在读者面前。疯子以一把破柴刀、半根断锯条对历史上这五种令人恐惧的刑罚的滑稽而又残酷的模仿,冲破了随着时间的流逝人们所新造的平和幸福的樊篱,起到了警世的作用。再如《古典爱情》中,宰杀佳人的厨子,不是将她一刀刺死,而是先断其四肢,是因为考虑到一刀刺死肉就不鲜了。这种虐待狂所暴露出的残暴是何等的怵目惊心,而对这种残暴的描写在那些平常的非礼勿视的谀世之作中是见不到的。在中国这种相信"人皆可以为圣贤"的国度里,人们不是不敢正视这种人性中的残酷,就是以自欺欺人的态度有意视而不见,充耳不闻。这种乐观的理想精神在与残酷的暴力遭遇后,就暴露出了它的肤浅和虚假。《现实一种》写兄弟间的仇杀,完全颠覆了以往文学中"兄弟怡怡"的神话,露出了疯狂虐杀的本性。一个婴儿的意外死亡引起了兄弟间的疯狂复仇，弟弟一脚踢死了侄子，哥哥又以残酷的方式虐杀了弟弟，自己最后也被枪决。在对这种残酷场面的描写中，作者是通过这种疯狂复仇者的视角进行的，因此它具有反讽式的调侃性。置身其间，人已经完全丧失了其做人的灵性和荣耀，剩下的只是兽性的荒唐和耻辱。在《细雨与呼喊》中，作家描述了一个人的死亡给他人造成的喜剧性反应：醉鬼孙广才失足掉进粪坑淹死，另一个醉鬼罗老头以为是一头死猪，费了很大功夫把他捞了起来。当看清死者是孙广才时，罗老头气得连连捶打孙广才的脸，破口大骂："孙广才啊孙广才，你这条老狗，死了还装猪相来骗我！"之后他一脚又把孙广才蹬回到粪坑里去。孙广才死于粪坑自然是其应得的归宿，而罗老头的反应又进一步加深了人们对这种丑恶卑俗的动物式生存的鄙夷。对于这种丑恶的人生，作家只是以一个看客的态度如实地写出，没有愤慨，没有怜悯，只有一种居高临下的冷嘲。而冷嘲自然也会有它的负面效应，正如鲁迅所说："它使读者觉得一切世事，一无可取也一无可为。"这就会把世事看得过于黑暗，陷入彻底悲观的沼泽里去了。与鲁迅描写病态人生时的"哀其不幸，怒其不争"的态度不同，余华的小说可以说是无理想的叙述，堵塞了人们可以通过现实的途径得到拯救的道路，因此也就放弃了那种绝望中的抗争精神。但冷嘲也是自有其价值的，它的深刻和诚实之处，是一切盲目乐观、肤浅谈世之作无法比拟的。因此他的小说又可以说是对以往乐观主义格调的文学的一次矫枉过正的反拨。余华的小说具有一种黑色幽默的精神，这与他既不满足于浪漫主义的过于主观的感伤和滥情，又不满足于现实主义的过分执着于现实（实用理性思维方式）有关。非人格化叙述给余华小说提供了一种超越性和客观性，而这正是产生幽默感的必备心态。柏格森（Bergson）曾经说过："通常伴随着笑的乃是一种不动情感的心理状态。笑的最大的敌人莫过于情感。我并不是说我们不能笑一个引起我们怜悯甚至爱慕的人，然而当我们笑他们的时候，必须在顷刻间忘却这份爱慕，扼制这份怜悯才行。"[1]余华的小说不只是要扼制情感，而是要在根本上驱逐情感的存在，如《死亡叙述》中他所采用的是以不可思议的死者视角来细致入微地描写死亡的过程。"那女人的锄头还没有拔出时，铁塔的四个刺已经砍入

① ［法］亨利·柏格森著，徐继曾译：《笑》，北京：北京十月文艺出版社，2005年，第3页。

了我的胸膛，中间的两个铁齿分别砍断了肺动脉和主动脉，动脉里的血哗的一下涌了出来，像是倒出去一盆洗脚水似的。……然后我才倒在地上，我仰脸躺在那里，我的鲜血往四周爬去。我的鲜血很像一棵百年老树隆出地面的根须。我死了。"[①]这种不动声色地带有调侃性的描述与正常人的情感反应是极不相融的，这种极端的反差对立，就构成了反讽的张力效果。这种叙述中流露出的幽默感也不是常态的幽默，而是变态的带有文化挑战性的幽默，它因突破了常规的文化禁忌而显得有些野蛮和残酷，而这野蛮和残酷又正是人们不能回避的真实。

三、逃离与调侃，抗拒绝望的独特取向

鲁迅《墓碣文》中那位抉心自食的死者曾有过这样一段惊心动魄的独白："于浩歌狂热之际中寒，于天上看见深渊，于一切眼中看见无所有，于无所希望中得救。"[②]这是在一切求索都归于失败，一切希望都遭到毁灭之后的一种绝望境地。这种绝望是鲁迅所要努力摆脱而又时常被其纠缠的"阴暗的思想"，对这种绝望境遇的深刻体察使得鲁迅在对抗绝望的抗争中总带有一种人生悲凉感，但是鲁迅毕竟对人类还抱有坚定的期望，所以他还是搁置了种种不祥的预言，而认为"绝望之为虚妄，正与希望相同"，始终没有动摇他改造人生的理想。在余华的小说中是见不到这种直面绝望的抗争的，他小说中的绝望是毫无亮色、无涯无际的，作家倾听到悲凉人世的呼喊，但并没有给人们提供任何改造现实的希望，现实的荒诞压倒了一切，人只有逃离或者顺从这种非理性的力量。如《四月三日事件》中的少年主人公感到了危机四伏，人人都想谋害他，最后只好爬上火车逃之夭夭。而鲁迅《狂人日记》中的狂人，身处吃人者的重围之中，还是要劝人们从此不再吃人，而且发出了"救救孩子"的痛心的呐喊。再如《西北风呼啸的中午》里主人公在外界的强力胁迫下表示了顺从，不由自主地被动地接受了别人给他指定的角色。《世事如烟》中的司机为了逃脱不祥的预言，小心谨慎地避开穿灰色衣服的女人，但那女人终究还是死于他的车轮在衣服上留下的印痕。而《难逃劫数》更是表达了一种悲观的宿命观念，其中的人物无可救

① 余华：《死亡叙述》，见《世事如烟》，北京：作家出版社，2012 年，第 24 页。
② 鲁迅：《墓碣文》，见《野草》，北京：人民文学出版社，1979 年，第 41 页。

药,在劫难逃。加缪在论述荒谬感时曾经说过:“荒诞产生于人的欲望和世界的非理性的沉默之间。”在余华的小说中非理性的世界以其绝对的支配性力量将人挤压到了边缘,甚至使之丧失了反抗的欲望,只剩下被动地本能地适应,这是一种更彻底的荒谬。余华虽然放弃了通过现实途径来改变人的现状的努力,把绝望当作一种先验的前提置于人的生存之中,但是余华小说中的人物在绝望的境遇中并没有失去他的幽默感乃至以恶作剧的方式来超越绝望的现实的能力。虽然这种抗拒是诉诸心灵的、梦幻的,但也给人物的生存增加了亮色和诗意。这突出地表现在他取材于童年视角的长篇小说《在细雨中呼喊》中,人们从中可以看到绝望中的调侃和乐趣以及童心的纯真和美丽。在这篇小说中,作家是以童心世界和现实世界的相左来扩大作品的张力的。孤独无依的少年对于成人世界的反抗以一种带有喜剧色彩的方式呈现出来,这是反讽手法的一种独特运用。儿童心理对于现实处境的错误体验产生了否定现实的幽默感,如少年孙光林不知道自己已被父母送给了别人,以为前往的地方是一次有趣的游玩。“在那条小路上,疾病缠身的祖父与我擦肩相遇,面对着他忧虑的眼光,我得意洋洋地对他说:‘我现在没工夫和你说话。’”小说中一个天真的孩子(是个孤儿),母亲因为做暗娼被公安局拘留,他却跑到公安局等了一夜要求领回被拘留的妈妈。他对公安局看门的老头说:“我是来领我妈妈回去的。”而这个自称有 9 岁的孩子事实上最多只有 7 岁。另外少年人还以恶作剧的方式展开与现实的对抗:孙光林的养父王立强有一只心爱的酒杯,曾经威胁孙光林,如果打碎了就要他的命。而当孙光林抓住了他和女人私通的把柄后,公然打破了酒杯,也没有招致惩罚。国庆被父亲遗弃后,还一直幻想父亲能再回到他身边,希望破灭后,他不惜以恶作剧的方式来唤起父亲的注意,和同伴一起去砸街上的路灯,希望会招致父亲的惩罚。但得到的回答是:“谁是你的父亲!”少年人对现实的反抗还表现为一种力量悬殊的对峙、一种缺乏自知的抗争,它表现出少年人的倔强孤立的个体存在意识。如国庆,这个十四五岁的少年到女友家里一本正经地探望岳父岳母。这里有一段非常精彩的国庆和女友父母的对白:“不要客气,这是女婿我的一点心意。”“你刚才说什么?谁是你的岳母。”“我们是自由恋爱的。”“你这流氓!”“现在是新社会不是旧社会!”国庆还对围观的人们说:“这一家的大人啊,封建思想太严重了。”这种滑稽的对抗就把少年人的纯真和成人的世故充分表现出来。就是这样，作者把童年生活中的痛苦和乐趣、希望和失望融合在一起，以童心的纯真无邪超越了成人的世故和阴暗，使人们在绝望中仍可以得到心灵的慰藉和升华，这也正是作品的意义所在。这种从绝望中寻找、体味幸福的游戏精神较之那种“从每一朵玫瑰花下都看出坟墓来”（尼采语）的悲观厌世，自然要显得较为乐观和坚强。正如作品中人物所言：“从童年起，我就被幸福和绝望这两个事实纠缠不清了。”即是指在整体绝望的空隙中，也可以产生希望，体味到幸福。这与废名所说的“我感不到人生如梦的真实，但感到梦的真实和美”[①]有相通之处。萧乾的小说《篱下》虽然取材于童年的辛酸生活，但也充满了童心的稚趣和幽默。同样余华的童年视角小说也没有被忧郁和感伤压倒，而是实现了童心对绝望的精神上的超越，这也可以说是在绝望中一种自我救赎的方式吧。

---

① 废名：《桥》，上海：上海书店出版社，1986 年，第 355 页。

余华小说中的后人道主义倾向及其对鲁迅启蒙话语的解构

余华无疑是先锋小说中最具文化冲击力和颠覆性的作家。他的作品不仅偏离了以确立人的主体性为目标的新时期文学主潮，而且对五四新文学启蒙主义传统构成了解构和颠覆。有不少论者将其与鲁迅进行比较，也就是说他是为数不多的能与鲁迅所确立的五四启蒙主义传统进行对话甚至抗辩的作家。他的写作倾向已构成了对鲁迅所代表的以“立人”为目的的启蒙主义话语的反拨和消解，这是鲁迅所开创的人的启蒙话语在20世纪初确立之后所遇到的第一次正面的质疑和追问。余华以他全然不同于鲁迅的人学观念，改写了鲁迅所描绘的人的现实和历史图画，第一次在文学作品中全面集中地描写了人的生活中最粗鄙、最远离理性的区域，告诉人们说这也是“现实一种”，它不是站在人的自我中心主义的立场上所看到的现实，而是“用无作者思想、无主体知识、无同一性理论”来取代人的视角之后的后人道主义眼中的人性现实。后人道主义者力图以这样一种对人的理解来对人道主义的“唯心主义的谬误”以致命的一击，从而完成“人的自大传统的终结”，由此实现后人道主义对人道主义的启蒙观念的颠覆和消解。

然而，鲁迅作为一个启蒙主义者并不是没有像余华那样看到人性中的阴暗、丑陋、动物般残忍凶狠的、非理性的一面，而是他始终如一地对人的前途和命运的深情关切使他不忍或不愿让这些因素动摇了他视之为安身立命的根本的启蒙信念。鲁迅未始没有体验感受到改良人性的绝望和执着于理想的虚妄，但他在他的作品中还是要加上些亮色，来写作“遵命文学”，从而回避了一些他视之为最阴暗的人生体验。当然这种体验仍然是掩抑不住地在他的个人书信和散文诗集《野草》中流露出来，成为他称之为“鬼气和毒气”的东西。近来的鲁迅研究者已普遍注意到鲁迅与启蒙主义理想之间的疏离，有一段话被引用的频率极高：“比年以来，国内不靖，影响及于学界，纷扰已经一年。世之守旧者，以为此事为乱源，而维新者又赞扬甚至。全国学生，或被称为祸萌，或被誉为志士，然由仆观之，则于中国实无何种影响，仅是一时之现象而已，谓之志士固过誉，谓之乱萌，亦甚冤也。”[①]但这段话似只是表明了鲁迅对以学生运动来替代启蒙的简单化的方式心存疑虑，并不表明他启蒙信念的动摇。鲁迅所身处的中国内忧外患的时代，也决定了他的民族主义、启蒙主义的立场。虽然，他的确对启蒙的前途心有疑虑，但他还是抱定了“知其不可为而为之”的信念，这也正是他的伟大之处，“与绝望抗争正是鲁迅源于启蒙而又高于启蒙主义的精神特征所在。余华则不同了，“文革”之后，价值解体、文化失范的现实，使社会普遍存在着一种怀疑主义、相对主义、不可知论的文化氛围。新时期文学“大写的人”的理想在经历了拨乱反正的新时期之后已显得空洞和浮泛，“青春中国”已步入中年。商品经济的发展，社会文化多元化趋势的出现，导致了意识形态的淡化。时代已不再是启蒙者“振臂一呼，应者云集”的时代，“大写的人”的神活的分化瓦解似已是不可避免。这就为后启蒙、后人道主义的出现提供了土壤。后人道主义是对人道主义的否弃和反思，它追求的是一种放弃了人道主义对人的主观理解之后的“真实主义”，人在被剥下了人道主义思想家人为地附加在人身上的种种“本质、特权”，还其赤裸的本相。它的意图在于让人重新认识人在世界和

---

① 鲁迅：《鲁迅书信集》（上卷），《致宋崇义信》，北京：人民文学出版社，1976年，第28页。

现实中的地位,重新省察曾经作为"万物尺度"和"中心"的人以及重新认识曾经以为了解得很清楚的世界。后人道主义者犹如人类思想的探险者一样,走上了一条背弃常理的探险之路。他们确曾有所发现,但他们在否定人的"自大传统"的同时也否定了人的主观能动性和创造性,轻率地宣告了"人的死亡",以抽象的人代替具体的人,这又同样犯了以偏概全的毛病。

就余华来说,他的后人道主义倾向首先表现在对建立在人的常识经验之上的文化现实的颠覆和怀疑。他说:"当我不再相信有关现实生活的常识时,这种怀疑便导致了我对另一部分现实的重视,从而直接诱发了我有关混乱和暴力的极端化的想法。"[①]所谓另一部分现实也就是"不被日常生活所围困的经验现实而是脱离了人的主观意志独立存在的那种现实"[②]。这种现实只能靠个体的精神来感知,而"感知的终极目的便是消除自我",也就是消除人之强加给世界的主观性。[③] 所以余华的所谓颠覆常识也就是抛开既有的文化成规,进入一种前文化状态,以改变人们对于世界的固有的习以为常的理解和认识。在现实生活中,常识构成了人们共同的交汇点,人们都是按照所共同遵循的文化成规来看世界的,这就将世界淹没在了人对它的主观设想之中。而余华的努力则是要打破人对世界的主观理解,在"混乱"和"暴力"中让人类赋予世界的井然有序的文化秩序陷入尴尬境地,自行瓦解。

与余华所要刻意造成的这种使文化陷入崩溃瓦解的混乱状态不同,鲁迅对传统文化的解构是以新的文化来取代它。鲁迅的启蒙主义也是以颠覆封建文化的常理为起点的,《狂人日记》就是以一种新的人道主义的价值标准来取代吃人的极权主义的价值标准,以新道德来取代旧道德。"狂人"对以"大哥"为代表的吃人礼教的指控,是代表着人道、正义和公理的指控,其价值评判毫无模棱两可的含糊之处。新道德的合理性不容置疑,价值重估的目的就是建立新的价值体系。所以在鲁迅这里,解构与建构几乎是同时完成的,它以新文化对旧文化的胜利为标志。而余华则不同,他只是解构,建构则付诸阙如,他要揭示的是文化解构之后的混乱的世界本相,而不是重新把它纳入人所设置的新的文化秩序

① 余华:《余华作品集》第二卷,北京:中国社会科学出版社,1995年版,第281页。
② 余华:《余华作品集》第二卷,北京:中国社会科学出版社,1995年版,第281页。
③ 余华:《余华作品集》第二卷,北京:中国社会科学出版社,1995年版,第286页。

之中。也就是说,他的小说已消除了那种人道主义的指向,摆脱了人类中心主义的逻辑,试图摆脱人道主义的立场,重新确立人与世界的关系。

与鲁迅一样,余华的解构也首先表现为对道德常理的一般性领域的解构,这与中国特有的泛道德化的文化现实有关。两人之间的区别在于,鲁迅解构传统道德的依据是新的人的观念,是以“人”的道德观解构非人的道德观,而不是解构道德本身;而余华所要解构的则是善恶二元对立的道德结构,是对道德自身的解构。他把“非此即彼”的二元道德逻辑变成“亦此亦彼”相对主义,使道德具有了不确定性。他的成名作《十八岁出门起行》就是对一种道德化现实的颠覆使“非此即彼”的道德判断陷入了尴尬之地:“我”心目中的世界是一个善恶分明的二元世界,所以当有人抢苹果的时候,“我”义不容辞地上前阻挡,结果被打得遍体鳞伤。但奇怪的是“我”所保护的对象却兴高采烈地与强盗为伍,将“我”一个人抛在了被砸坏了的空车上。圣人说“德不孤,必有邻”,而现实却是匡扶正义的“我”反倒成了孤家寡人。道德化的现实受到了非理性的现实的嘲笑。再如《死亡叙述》中的司机,第一次肇事,他逃避责任,躲过了惩罚;第二次肇事,出于良心的谴责,他承担了责任,却被暴怒的死者亲属殴毙,行善与作恶并不能改变他的命运。这里要说明一下的是,余华所持的是一种非道德化的立场,它既不是道德性的,也不是反道德的,而是要超出道德层面展示为人的道德情感所遮掩了的那部分现实。在《河边的错误》中,余华质疑理性、法律的绝对可靠性、公正性:人们习惯于从对作案动机的推断中来寻找罪犯,而疯子杀人是无动机的,这就把破案者引入了歧途。在证实了是疯子杀人之后,法律又对他无可奈何。最后在疯子接二连三地继续杀人的情况下,刑警队长马哲以身试法,私自击毙了疯子,而结果自己为逃避法律的追究,不得不装疯来度过余生。由此可见人类理性的有限性和世界非理性的荒诞本质。

与世界的非理性化相对应,余华小说中人物的主体意识趋于瓦解,无力再把握现实,更谈不上与现实对抗,改变现实。与鲁迅小说中的“狂人”“疯子”不同,余华小说中与现实处于紧张、对立状态的个人,已不见了“五四”先驱者那种理想主义的痛苦与英雄主义的孤独,而表现出“反英雄化”的倾向。《四月三日事件》中的少年像患被迫害症的狂人一样处于迫害者的监视、围困之中。他意识到了自己处境的危险,但他既无力把握眼前的现实,更无力与这种强大的现实对抗。他不惮以最坏的恶意去推测现实,而现实却似乎往往被他不幸而言中,但他并没有勇气去直面诘问这些“监视者”和“迫害者”,只能在假想中挫败对手。他看准文具店里的姑娘正是这样一位监视者,但他又不敢直接去质问她为什么要监视他。因为“他实在没有像假设中的他那样坚定而且沉着,而她显然也不是假设中那么善良和温柔。”因此他对这场绝对现实的、没有任何想象色彩的对话结果缺乏信心。同样,他又在想象中对另一位卑鄙的跟踪者施予惩罚,让他捂着肚子在地上呻吟。但他并不真的敢那么做,因为“他觉得如果走上去的话,所得到的结果将与他刚才的假设相反。也就是说躺在地上呻吟的将会是他。那人如此粗壮,而他自己却是那样的瘦弱”。这种肉体上的孱弱瘦小和精神上的迷离恍惚、耽于幻想,使他注定只能成为“阴谋”的牺牲者。这种“反英雄”人物的出现构成了对鲁迅笔下的启蒙主义英雄的消解。“狂人”“疯子”的英雄气概首先来自他高出于“正常人”的对人类理性的信仰。正如“狂人”反复说的一句话:“凡事须得研究,才会明白。”他坚信可以用理性来挫败和劝转吃人者。理性之光使他从历史的字缝里看出字来:“满本都写着两个字是‘吃人’!”这种对历史的理性认识和对未来的确信给予了他反抗的自信,使他敢于面对鬼鬼祟祟的迫害者大笑起来,“自己晓得这笑声里有的是义勇和正气”。而且这种自信的大笑,使得“老头子和大哥都失了色,被我这勇气和正气镇压住了”。“狂人”未始没有感到周遭现实的黑暗和沉重,但“我”晓得它的沉重是假的,便挣扎出来,出了一身汗,可是偏要说:“你们立刻改了,从真心改起!你们要晓得将来是容不得吃人的人,活在世上的。”“狂人”相信人只要去了这“吃人”的心思,人们就能“放心做事走路吃饭睡觉,何等舒服”。正像《长明灯》里的“疯子”相信熄灭了长明灯,就“再不会有蝗虫和病痛”一样,所以他把熄灭长明灯看成天下最大的最急迫的事情,即使在被囚禁之后,口里仍在喊着“我放火!”英国学者肖恩·奥法兰认为:英雄完全是社会的产物,它代表着一个被社会认可的典范,因为他适应了社会的需要,所以他就被冠以英雄的称号。“狂人”“疯子”正因为适应了这种社会文化变革的需要,而成为启蒙时代的英雄。但对面临着精神危机和心理困境的现代人来说,已不再有一个被普遍认可的价值标准,因而社会的典范无从确立,文学作品就只能出现“非英雄”乃至“反英雄”的人物。余华《四月三日事件》里的主人公之所以不能成为“狂人”式的英雄,在于他眼中的世界已不再是启蒙主义者眼中的新旧对立的理性化的世界，而是一个他无力把握的非理性的世界。因之，他无法形成一个统一的、明确的、稳定的对世界的认识，当然更谈不上以理性去改造世界。这也正是后人道主义眼中的人的处境。人道主义在人与神和兽的抗争中捍卫过人类的独立和尊严，启蒙理性作为神话的解毒剂起到了唤醒人性的作用，所以它的价值和意义是不容被轻率地否定的，但启蒙自身的内在逻辑确也包含着使它自我摧毁的因素。霍克海默和阿道尔诺在《启蒙辩证法》一书中揭示了启蒙主义怎样使一切自然的东西服从于专横独断的主体，并且最后怎样正好以服从于盲目的客体的东西、自然的东西，而达到顶峰的[①]。启蒙主义也可以蜕变为一种新的神话，使启蒙者丧失自我，丧失对世界的个人感知而服从于专断的理性。而余华的后启蒙倾向，也就是要从这种丧失自我的状态中挣脱出来，拯救人对于世界的个体感知，从而更新人对于世界的感知方式。但在余华的小说，人与世界的抗衡一开始就是不平等的，好像人一出场就被派定了失败者的角色。这与他低估了人的能动性、创造性、自我拯救的能力有关。鲁迅曾引用裴多菲的一句诗说："绝望之为虚妄，正与希望相同。"既然"绝望"与"希望"都是不能确定的东西，那便不能放弃对人的信心，后人道主义对人的看法显然也有独断之弊。

余华所服膺的法国"新小说派"的非人格化的叙述方式正是一种反人类中心主义的叙述方式。这种叙述方式反对从人的主观感情出发来描绘客观世界，而是"要制造出一个更实体、更直观的世界以代替现存的这种充满心理的、社会的和功能意义的世界。让物件和姿态首先以它们的存在去发挥作用，让它们的存在驾临于企图把它们归入任何体系的理论阐释之上"[②]。所以，"新小说派"抛开了传统文学中那种情意绵绵的拟人化的叙述，而把"自己严格地限于描写，摒弃一切其他的和物接近的方式"[③]。他们提出的口号就是"把同情斥为反现实主义，把悲剧看作异己，而把理解归之于科学的专门领域"[④]。这就确立了一种非人格化的情感零度状态的写作方式。余华在这方面也作了相当的努力。余华小说中有一个高出于人的存在，他将其比喻为奴隶主观看奴隶角斗的看台，他

① ［德］马克斯·霍克海默著，渠敬东、曹卫东译：《启蒙辩证法》，上海：上海人民出版社，2006年，第5页。
② 柳鸣九主编：《新小说派研究》，北京：中国社会科学出版社，1986年，第63页。
③ 柳鸣九主编：《新小说派研究》，北京：中国社会科学出版社，1986年，第63页。
④ 柳鸣九主编：《新小说派研究》，北京：中国社会科学出版社，1986年，第78页。

向人们描述的正是从这个看台上居高临下所看的人间图画。如《现实一种》写的是一场由儿童无知造成婴儿的偶然死亡所引发的兄弟相残的事件。小说的叙述是摆脱了任何社会的、道德的、心理的、情感的因素而只呈现客观的事件进程。小说中的家庭成员之间彼此隔绝，形同路人。理应负孩子监护之责的祖母是位严重的自恋症、自闭症患者，她只关心自己的骨头又断了几根，是否已发霉，对外界的人和事绝不关心。山岗、山峰以及妯娌之间也缺乏亲情，相互敌对。这种家族亲情关系的畸变与传统向我们描述的“父严母慈，兄弟怡怡”的图画自然大相径庭，就是与“五四”作家所描写的亲情畸变相比，也大异其趣。因为“五四”作家是痛心地感到了亲情的异化，才揭示这种异化的关系，以求得正常的亲情关系的回归。而余华则不同，他似乎认为这种亲情关系只能是这样，原本就是这样，所以没有必要痛心。而感到痛心者，只是对此抱了太多的不切实际的主观幻想，是一种“人性的，太人性的”人道主义的感伤。所以在写兄弟相残时，余华小说反倒表现出一种黑色幽默的精神。山岗将弟弟绑在树下，在其脚心涂以烧烂了的肉骨头汁，让小狗去添，弟弟终于在难忍的大笑中一命呜呼。山岗还对站在门口的妻子说：“这么高兴的人我从来没见过，他高兴得连呼吸都不需要了。”总之，余华小说中的人正是这样一种“两腿无毛动物”，正如解剖师捏着山岗腿上粗壮的肌肉时所说：“尽管你很结实，但我把你放在我们教研室时，你就会显得弱不禁风。”这种连半卡热量都没有的零度叙述，给人们描绘了一幅绝对阴暗惨淡、令人绝望的人世图画，足以让任何想去救世的理想主义者为之灰心、束手。与余华截然不同，鲁迅虽也冷峻地刻画了人生的病态，但既说它是“病态”，那就是说它原本可能是好的，或将来有变好的希望。所以他是以“哀其不幸，怒其不争”来看待病态的人生，即使他对现实的“父母之邦”产生了绝望，但他至少还寄希望于“孩提之邦”，对人类的未来持有信心，抱有希望。所以，他呼吁“父辈肩住黑暗的闸门，背着因袭的重担，放下一代到光明的地方去，从此幸福地做人，合理地度日”[①]。所以对孩子的失望，于鲁迅这样的启蒙者往往是最大的失望，显然这失望似乎也是不可避免。像“狂人”对与他作对的孩子们的纳罕和伤心；疯子在囚禁中还被孩子们当作假想敌，魏连殳一失业孩子

① 鲁迅：《坟》，北京：人民文学出版社，2006年，第138页。

们连他的花生米都不要了……这种在孩子那里遇到的挫折，甚至直接动摇了启蒙者最后的信心。他们把“人类黄金时代的出现都预约给这些人类的子孙了”，为此他们几乎完全放弃了自己的生活，如果这些人类的子孙仍然不可指望，那么启蒙还有什么价值和意义呢？尽管如此，鲁迅还是像战胜自己灵魂里的“冷气”和“毒气”一样，否定了魏连殳式的绝望和自弃，抱定知其不可为而为之的信念来与绝望抗争的。他不愿意承认人本性中就有坏的不可更改的因子，而宁愿把人性的病态主要归因于社会环境。即使如“阿Q”这么一个劣根性的代表，也不乏他为人的可爱之处、可以改造的希望。他的精神病态主要来自外部环境的扭曲和压迫，阿Q自己并不能对此负全责。他在赴死途中所看到的比“狼眼”更可怕的噬咬他的灵魂的喝彩者的眼睛，正是他的致病和致死之源。在《孤独者》中“我”这样劝导魏连殳：“你实在亲手造了独头茧，将自己裹在里面了。你应该将世间看得光明些。”而魏连殳所要反问的则是那造成独头茧的“丝”是怎么来的？不管是魏连殳，还是他那自甘孤寂的老祖母，他们命运的根源仍首先在于社会环境。那么社会环境改变之后，就能消除这种孤独和人与人之间的隔绝吗？这也正是人道主义者和后人道主义者的一个重大分歧所在：人道主义者将“人类自由的进步”与“人类理性的进步”等同起来，认为文明、理性、社会发展就能给人们带来幸福，所以他们对社会进步持乐观态度。后人道主义者则对此持悲观态度。他们认为文明、科学、知识并不能给人以幸福和自由，反而可能使人陷进更深的烦恼和痛苦之中。“提出‘我思故我在’的哲学家是一位低估了牙疼的哲学家，‘我觉故我在’才是一条更有普遍意义的真理、适用于一切有生命之物”（米兰·昆德拉语）。置身于将人连根拔起的二战废墟上，阿道尔诺曾这样质问过那些虔诚的社会进步论者，如果你们说科学的进步给人类带来了幸福，那么谁能解释清楚人类“从弹弓时代到百万吨炸弹的历史”？余华的《一九八六年》就对社会进步论者所信奉的时间神话予以了解构：所谓时间神话也就是将时间价值化，使时间具有了一种神圣性，新的总要胜过旧的，现在一定胜过过去，而未来则永远是最美好的时代。小说中的时间是“文革”之后的1986年，这绝非只是一个单纯的时间概念，而是包含了与之相类的价值观念，一种战胜了“文革”，使“文革”再也不会重演的价值观念。但是人们告别历史的那种“噩梦醒来是早晨”的轻松心情，被“早晨”后“噩梦”的重现破坏殆尽。一个“文革”疯子用自己的身体向人们演示的“墨、劓、剕、宫、大辟”五种酷刑完成了残酷的历史借尸还魂式的再现。疯子自虐式的表演实际上隐喻着一种与社会进化论截然相反的历史循环观念。《圣经·旧约》里有句话说：“已行之事，后必再行，已有之事，后必再有。太阳之下，并无新事。”这种世事的无限轮回，也就彻底动摇了启蒙主义者所坚信的社会无限进步观念。综观后人道主义对人道主义的质疑和否定，是有其合理的一面的，而且这种否定是包含着深刻的历史内容的。但是“人类理性的进步”并不一定必然地与“人类自由的进步”相矛盾，因为人还是有自我管理、自我创造、自我拯救的能力，也就是说人还具有走出自我设置的思想误区的能力，而且“人类理性的进步”应该说是“人类自由进步”的一个基础。在鲁迅所处的时代，没有理性的进步，人的自由的进步也就无从谈起。所以鲁迅启蒙主义的社会进步观念是人的解放的一个先决条件，尽管他也曾对此心存疑虑。社会进步论和历史循环论在鲁迅身上都有体现，一方面他坚信人类不断进步的理念，鼓励青年人打破历史的循环，去创造中国历史上从未有过的“第三种时代——人的时代”；一方面，他又时时感到眼下民国的历史正是明末清初历史的重现，担心中国逃不出历史循环的老路。他的《失掉了的好地狱》也对“新地狱”取代了“旧地狱”之后，鬼魂们反而有了比以往更为悲惨的命运表示过忧虑。但鲁迅仍然是一个将希望寄托于未来的坚定的人道主义者，因为他对人从未失去过信心，始终没有放弃对人的存在的价值和意义的追寻。这种“明知黑暗与虚无乃是实有，而仍要向它们作绝望的抗争”的精神正是后人道主义所缺乏的人的精神。自 19 世纪晚期以来，现代人一直听的是“上帝死了”“人死了”之类的宣告，而如何在新的情形下重建人的生存价值，就成为 20 世纪遗留给 21 世纪的最大的问题，因之，鲁迅式的绝望抗争精神不会因时代变迁而过时。

尽管鲁迅是听从启蒙者的指令而开始文学创作的，但他的创作殊少有同时代启蒙者的那种乐观情绪，而是时而流露出一种悲凉之气，甚或表现出一种“哀莫大于心死”的绝望和激愤。这种情绪在魏连殳的身上体现得最为强烈。魏连殳实际上代表着鲁迅内心深处的另一个自我，代表着他时时要驱赶的灵魂中的“冷气”和“毒气”。鲁迅对于人生有一种强烈的悲剧意识，这种悲剧意识主要产生于他所认为的理想的人性与现实的人性的巨大反差，以及人与社会的对立关系，黑暗社会对于美好人性的吞噬和毁灭。为此，他站在理想人性的立场上揭露国民性的病态，站在人道的立场上不遗余力地攻击吃人的社会。所以，他创作的一个基本主题就是表现"人"的希望被毁灭的悲剧，这赋予了鲁迅的小说以鲜明的人学意义。但余华则不同了，他站在后人道主义的立场上，解构了人道主义加在人身上的诸多本质、属性，捣碎了人类自我中心主义的梦幻，也就拆除了由此产生的关于文学之人学意义的假定。他不再站在人类中心主义的立场上去看待世界、解释世界，而开始去表现和揭示世界自身的规律。用余华自己的话说："我发现了世界里一个无法眼见的整体的存在，在这个整体里，世界自身的规律也开始清晰起来。"[①]由此，他发现了世界赋予人与自然的命运，这种命运之中就体现着世界自身的规律。这实际意味着一种深刻的立场转换，即从人道主义的人的本体论到后人道主义的宇宙本体论的转换。他眼中的世界不再是人化的世界，而是主宰着人与自然的本然的世界，它脱离人的主观意志而独立存在。余华在他的《世事如烟》《难逃劫数》等一系列小说中都着意揭示了冥冥之中主宰着人的生存的宿命的力量。人如同命运之神手中牵动的木偶，不管如何挣扎，终究难逃劫数。与人道主义者对人的主观意志的张扬不同，后人道主义者认为：人类作为类存在，无可奈何地受制于物，受制于客观冷漠的外部世界；每个人作为个体存在，又毫无例外地受制于所处的文化，受制于语言的叙述。所以不是"人定胜天"而是"天"主宰着人的命运。余华小说表现的就是这种人的生存的卑微、渺小及被动性。《世事如烟》中的人物甚至连名字都不配有，只用阿拉伯数字来代替，他们已谈不上有什么个性或性格，他们的存在似乎只是为了证明宿命力量的强大和不可抗拒而已。

与鲁迅所表现出的那种令人难以直面、难以承受的"生命之重"相比，余华所表现出的是同样令人难以承受的"生命之轻"。启蒙时代的悲剧概念已不再适用于余华小说中的人的情境，因为"悲剧是认识和表现失败的古典方式"。"按照形而上学的观念，这个概念标志着有罪与无辜、自由与必然、有意义与无意义之间的不可取消的矛盾，它以同这些矛盾的斗争来衡量生命的意义和人的

---

① 余华：《余华作品集》第二卷，北京：中国社会科学出版社，1995年，第286页。

尊严”[①]。鲁迅对悲剧所下的定义是“悲剧就是将人生有价值的东西毁灭给人看”[②],所依据的也正是对人生的价值判断。判断人生是否值得经历,正是启蒙主义改造人生的起点。魏连殳将老祖母的一生缩在眼前,忍不住要为其悲凉、孤寂的一生而痛哭、呐喊,《阿Q正传》中作家抨击最有力的也正是阿Q的所谓“人生天地之间,大约本来要被抓进抓出”“本来有时未免被杀头”的宿命观念,因为它直接取消了生命的意义和人的尊严。而后人道主义时代的价值观念则趋向于解体,它消解了悲剧赖以产生的二元对立结构,放弃了对人生的价值判断和意义追寻。在余华看来,人生的价值和意义也就是“活着”,所谓“活着”也就是尽生命之理,走完从生到死这一过程,享受可以得到的快乐,承受难以回避的痛苦,尽自己生而为人的本分而已。人为活着本身而活着,而不为活着之外的任何事物而活着。《活着》是余华转向“写实”之路的作品,但其对人生的观念仍是他先锋小说的逻辑延伸。他说:“我开始意识到一位真正的作家所寻找的是真理,是一种排斥道德判断的真理。作家的使命不是发泄,不是控诉或者揭露,他应该向人们展示高尚。这里所说的高尚不是那种单纯的美好,而是对一切事物理解之后的超然,对善与恶一视同仁,用同情的目光看待世界。”[③]这表明他在价值观层面进入了一种通脱超迈之境,形成了一种后悲剧的人生态度,即不再在生活之外确立意义和价值,以此来要求生活,不再因生活不符合其要求而仇视生活,诅咒生活,而是从生活无罪的立场上来肯定生活,理解生活。从整体虚空的背景来把握有限的人生,重视的是生的过程而不是结果,也就是不再是为了“社会”生活,而是为了生活自身生活,生活价值大于社会价值。福贵老汉一家八口死了七口,单留下了他和一头老牛。本该健康活着的生命也都被死神无情地夺取,单留下他仿佛是为了验证人对苦难的承受极限。但老汉并没有就此否定生活。他不是一个命运的反抗者,而是一个命运的承受者,他在这种承受中走向了达观和超脱,领悟了人世无常的宿命。他的一生平平常常、逆来顺受,甚至可以说是极端落魄,但是他终于还是认为“做人还是平常点好,争这个争那个,争来争去赔了自己的命”。他虽然活得没出息,可“寿命长”,他认识

---

① [美]杰拉德·霍夫曼:《后现代美国小说中的荒诞因素及其还原形式》,见王宁主编《走向后现代主义》,北京:北京大学出版社,1991年,第218页。

② 鲁迅:《坟》,北京:人民文学出版社,2006年,第187页。

③ 余华:《余华作品集》1,北京:中国社会科学出版社,1995年,第292页。

的人都死了，他还活着。福贵老汉的这种民间的生存态度显然与浪漫主义的“生活在别处”的人生观大异其趣。与启蒙主义文学的抗命英雄不同，他是一位“顺命者”的典型。余华不再是站在人的立场上表现人的失败和毁灭，谴责社会的不义、命运的不公，而是着意揭示世界自身的规律，人的不可抗拒的宿命。他不再执着于某个具体的生活目标，它强调的是对个人附加于生活的主观愿望的超脱。但这种超脱是一种虚无主义的超脱，它是以对人的自我创造能力和自我拯救能力的否定为背景的。后人道主义者颠覆了关于人的“假设”，但他们并不能给人指出人的出路究竟何在。因此，福柯关于“人的死亡”的讣告终究不如萨特关于人“怎样才能创造自己”的提问让人感到亲切，因为这是人之为人所应该首先关心的问题。狭义的有限的人类中心主义大概永远是人类生存所必需的。鲁迅正因为其始终如一地对人的前途和命运的关切，才具有了其永久的不可被取代的人学意义。后人道主义对人的理解明显有绝对化之弊，它的意义不在于它给予了人什么，而在于它凸现出了既往的人的观念的危机。文学在经历了一定时期必经的“解特码化”阶段之后，势必会走向“再符码化”的时期，那时“人怎样才能创造自己”的问题就会成为人们普遍关注的迫切问题。

“启蒙者”的尴尬与改造生活的困境

——从李锐《行走的群山》看20世纪末“启蒙话语”中的杂语和复调

晚清以来，被强行推入“现代”之门的中国，沿海与内地、城市与乡村的差异日渐拉大，由于社会财富迅速向都市、城镇转移，农村日趋贫困。从文化延续上来说，晚清科举制度废除之后，传统知识精英断绝，现代西化的“新学”所培养出的“洋学生”——现代知识分子已不再能在乡村发挥传统“儒生”的社会功能，乡土村落文化逐渐枯竭，乡村生活日趋荒芜，乡村与城市之间产生了隔绝和敌意。相对于变化迅猛的外部世界，作为内地的“乡土中国”成为停滞不变的坐标，当外部世界在“时时更新、刻刻进化”的时代精神主导下从“不得不变”到“主动求变”，掀起一浪高过一浪的社会变革浪潮之时，“乡土中国”的表现明显滞后，一个世纪以来变化甚微而且极为缓慢。这种变与不变的“现代”与“传统”、“山里”与“山外”之别，在致力于“现代性”启蒙的“新文学”的过程中，往往是以愚昧与文明、进步与落后之间的对立、冲突方式来展现的。而且，这种“新文学”几乎成为时代唯一的主导性文学，“乡土中国”在其中只是被言说的对象，他们自身基本上是沉默的，无法发出自己的声音。他们的“本质”由“外来者”赋予，其生存的价值和意义只有被纳入到“现代性”的意义系统中才能得到确定。对于被启蒙的对象来说，这样一种启蒙话语显然具有一种异己性和外在性。这种缺乏对话的单向性的启蒙，显然影响到了“新文学”表现乡土生活的真切与自然。

在启蒙主义的“新文学”经历了一个世纪以来的成功与挫折之后，李锐的系列小说《行走的群山》，则试图突破这种单向的“现代性”启蒙，悬置先在的二元对立的价值判断，让以往“独调”的世界转化成一个“复调”的世界，因此它所表现的“山乡之变”，就不再是周立波式的《山乡巨变》之“变”，而是要努力描画出作为“自在”之物的“群山”自己的行走轨迹。这对于启蒙主义的文学发展而言，无疑是一个值得关注的变化。《无风之树》写出了位于群山深处的“矮人坪”作为一个封闭的近乎与外界隔绝的乡土民间社会，是有它自己的生存轨道和运行规律的，而外来的“轨道破坏者”和“新世界宣谕者”所掀起的改天换地的“变革”，并没有给它带来多少福祉，反而加剧了它的苦难。《万里无云》则通过频繁的视角转换，展示了一个异声同啸的复调世界，一种“外来者”与“山里人”之间激烈的话语对抗。这种超出常规的启蒙主义文学的流变，正表现出20世纪末的知识分子在信念与现实、事实与判断之间的矛盾和彷徨，它集中体现着一种弥漫于当下知识分子之中的文化困惑，即知识分子如何看待现实，如何重建自我以及启蒙如何可能等问题。

“五四”以来的“新文学”在表现乡土生活的时候，显露为一种“哀其不幸，怒其不争”典型情感态度，它实际上代表的是一种主动地去创造历史，建成一个理想世界的积极性的目标，而这种积极性的目标恰恰是沉溺于世俗生活、被动的乡土社会所不能理解、无法接受的东西。启蒙主义这种改造生活的意向性决定了它的乡土文学的基本模式，其意既不在于“写实”也不在于表现“人性”，而是要通过其特定意义上的“写实”和“人性”描写，来进行“现代性”的社会动员。至20世纪80年代的寻根文学，又将对文化形态的揭示作为文学表现的目标，对现实人生的理解带有了“文化归因主义”色彩，反而造成了对人的真实生存处境的简化和遮蔽。李锐是较早地走出这种既成观念的作家。他认识到：“我们再不应把国民性、劣根性或任何一种文化形态的描述当成目的，而应把它当成素材，把它们变为血液中的有机成分，去追求一种更高的文学表现。在这个表现中，不应以文化模式的描述的完成当作目的。文学不应当被关在一个如此明确又僵硬的框架内，文学应当拨开这些外在于人而又高于人的看似神圣的遮蔽，还给人们一个真实的处境。”[①]因此淡化过于强烈的作家的主观意愿，让更具复杂性的原生态的事实浮出海面，便是李锐在这个系列小说中所要做的工作。这时的李锐已不再像郑义的《老井》那样将山乡的现实抽象成某种生存文化的象征，而是要对山乡人生存的现实进行一种事实性的描述，让意图、信念在与现实的碰撞中得以修正和重建。

如果说“五四”时代的启蒙还是一种思想观念上的说服和引导，那么，“文革”时期的启蒙则成为一种政治权力行为，直接导致启蒙走向了其反面。在《行走的群山》中，外来的“改造者”由对其“神圣使命”的实践所造成的对于乡土生活的戕害，得到了充分的表现。《无风之树》首先将“被改造者”被压制下去的声音释放了出来，“矮人坪”的拐叔对公社来的干部刘长胜和立志改变“矮人坪”的落后面貌的插队知青苦根儿发出这样的愤慨之言：“你恁大的个，苦根儿恁大的个，跟你们说话就得仰着脸，仰得我脖子都酸了。你们这些人到矮人坪干啥来啦，你们？你们不来，我们矮人坪的人不是自己活得好好的。你们不来，谁能知道天底下还有个矮人坪？我们不是照样地平平安安的？不是照样活了多少辈子了？瘤拐就咋啦？人矮就咋啦？这天底下就是叫你们这些大个的人搅和得没有一块安生的地方。自己不好好活，也不叫别人活。你们到底算人不算人啊？你们连圈里的牛都不如！”矮人坪人的这种质问就不能不让人反省这种外来“改造者”的那种积极性的政治目标的合理性问题。这些在虔信那种政治目标的人看来不言自明的东西，在“被改造者”显然很成问题。李锐并没有放弃他自身作为外来者要改造乡土生活的信念和立场，但他把这一切复杂化了，不再以单一的外来的改造者的视角来看待矮人坪的现实，而让矮人坪人发出了自己的声音。因为在他来说，要实现改造，首先“要还给人们一个真实的处境”，让启蒙者得以重新认识自己、认识乡村现实。作为一个外来的知青作家，李锐是有着他根深蒂固的“知青情结”的，苦根儿的理想主义中的某些因子仍是他追怀、

① 李锐：《拒绝合唱》，上海：上海人民出版社，1996年，第67页。

留恋的对象。这就需要判断这种理想主义中哪些是可以推己及人的基本需要，哪些是超乎人性、悖乎人情的“特别诉求”，特别需要提防的是将这种“特别诉求”当成“普遍要求”，而强行推及他人。因此，苦根儿们的生存就不能只是为他的信念负责，还要为他的行动所可能造成的结果负责，不管他的目的如何崇高，他的行为也不能因此得到某种道德上的豁免权。苦根儿们的失败并不等于说矮人坪的生活就不需要改造了，但这种改造必须建立在对人性的深刻理解之上，从根本上说，必须建立在改造者和被改造者在平等对话基础上形成的真实关系之上。社会进步的历史进程是许多方面合力作用的结果，不可能找到一条“打鸡血治百病”似的全盘解决之道，也不可能凭唯意志主义的一厢情愿来一蹴而就。启蒙主义者对人的思想、意识的“进步”抱有太高的期望，实则经济发展对于社会发展的作用更大、更为直接，因为它的发展无需改造人性而是建立在人性的基本需要之上的。一向“停滞”的群山终于能够行走起来，靠的似乎还是一种经济环境的变化。“新文学”进入 80 年代中期之后，开始重视对原生态的生活真实地再现，而悬置、推迟价值判断，这种变化与某种回归世俗民间生活的文学潮流有关，但李锐显然与这一派有很大的差异。他是想在信念与现实之间、事实与判断之间求得新的统一，进行价值的重建，因此其小说中内在的矛盾冲突就更为剧烈：他对山里世界的体认虽然达到了改造者所可能达到的较高限度的真实，但他仍没有放弃一种“外来者”的视界，他不是像其他书写民间的作家那样彻底融入民间，并似乎在民间那里得其所在。李锐秉承“新文学”的启蒙主义的文学传统，并敢于将对虚无和荒诞的承担视为一个永无止境的现代精神探索者的天命，在挫折和困境中，仍没有放弃高出于个人的社会关怀，在文学普遍进入一种私语状态的时代，仍然坚持了文学的社会性、现实性和批判性，应该说是难能可贵的。

《万里无云》以太行山深处一个小村“五人坪”的一次祈雨作为中心事件，引出了大山深处的各色人物，但作家的兴趣不再是刻画某种“性格典型”，而是要写出某种“话语典型”、相互对抗、交锋的思想观念、心理意识的典型：第一种话语典型是作为外来者的乡村教师张仲银的话语，这是一种外来的改造“五人坪”的政治理想主义话语。第二种是以陈三爷等为代表的原生的乡村民间话语。第三种是政治体制话语，属于一种非个人性的话语系统。张仲银所代表的话语系统，是一种致力于使传统中国现代化的启蒙、革命话语系统。它蕴涵着现代文化在近一个世纪里走过的历程：首先是启蒙，表现为传播现代科学知识、开启民智，以推动大山深处的现代化进程，彻底改变山民们传统的、固有的生活方式。而这种文化“启蒙”是会非常自然地转化为一种激进的“革命”，原因是：一、文化启蒙往往见效缓慢，所谓“三年之病需求七年之艾”，需要一种渐进的努力，而理性本身的能量有限，所谓“众不可户说兮”，并不是所有的人都可以被理性说服的。二、改造者很难逃脱“至善”理想的诱惑，造成为理想的社会而活着，而不是为生活自身而活着。他们很容易走上一种以更为明快、更为直接的方式来追求自己的目标的道路。正如一位民国时期的政治人物所言：“不为威迫易，不为善诱难”，现代政治的“出轨”往往是出于一种失控了的道德狂热。“最好”和“最坏”之间只有一步之遥。现代的启蒙者必须对人性幽暗的一面，理性、德性的有限性有一定的认识。张仲银作为远离政治文化中心的大山深处唯一的知识分子，一个现代文化的代表，一个自愿去与世隔绝的山村传播现代文明的教师，是有着高出于他职业之上的政治、文化使命感的 。他心中的偶像是苏联山村女教师瓦尔瓦拉·瓦西里耶夫娜和最早的插队知青、团中央委员邢雁子。他抱着一种理想主义的热情来到五人坪，他来到山村的理想并不是简单地教孩子认字而是要通过传播现代文化，彻底地改变山村人固有的日常生活方式，使他们过上和山外人同步的生活，但他一到山村就陷入了苍茫的群山和守旧的乡民的包围之中。群山虽因他的到来而第一次获得了“主观的意味”，获得了历史感和对生命的反省意识，但他并没有能力将沉睡的群山唤醒。在日复一日的与群山的对望中，他刻骨铭心地知道了什么是孤独、什么是无人可解的孤独的宁静。“已是黄昏独自愁，更著风和雨”，张仲银写了这句诗并挂在墙上。在小村人面前，他有一种现代文化代表者的自豪和孤独，更有一种寂寞中的无奈。在他的这种孤独和无奈达到顶点的时候，“文革”爆发了，他似乎看到了让群山苏醒的希望。他要在山村搞“文化大革命”，他要去北京天安门广场去接受检阅，却被村支书带来的全村人募集的5斤鸡蛋10斤白面的真诚拖住了后腿，只好留村复课闹“革命”，但心仍向往着外边如火如荼的“革命”。面对死水一潭的五人坪，不甘平庸的他最后终于走出了看似荒唐的激烈的一步，“带镣长街行，告别众乡亲”，代人顶罪入了监狱。他在这种悲壮的场面中得到了满足，但却付出了

8 年牢狱的代价，出来之后已是头发灰白的中年人，无家无业，孑然一身直至因卷入“祈雨”事件再度被捕，经历了一生中的两次牢狱之灾。与王朔的《你不是一个凡人》中的胖厨师相似，自小接受英雄主义文化熏陶的厨师，不甘平庸，总想当一个“烈士”，结果，于观他们满足了他的这个愿望，先是对他进行严刑拷打，然后把他绑赴刑场处决。这是以一种游戏、调侃的方式揭穿了革命浪漫主义的虚妄。张仲银的命运虽然更沉重、更具有悲剧性但却具有同样的虚妄，其悲剧的根源在于同一种虚妄的浪漫主义的生活理想。李锐的《行走的群山》系列小说提供了一个启蒙话语的当下语境，小说中的张仲银在饱尝了现代神话的破灭所带来的悲哀与荒凉之后如何重建他得以安身立命的信仰，如果说他的第一次坐牢是出于一种虚幻的激情，第二次坐牢则是出于一种比较切实的理想，即通过向祈雨妥协换来捐款来建新校舍。他的这种艰难的坚持和努力值得肯定，但此举本身就带有相当的荒诞性，他是以对“理想”本身的放弃来实现理想的。这一点使他有点像鲁迅小说《孤独者》中的魏连殳，但失去了那种沉重的悲剧感而增添了一种与时代错位的荒诞性和黑色幽默感。如果说《无风之树》还表达了一种对极左政治无端扰民的愤慨，那么《万里无云》则更加凸现了启蒙的困境，表现的是一种改造者面对乡土世界的无奈、荒诞和悲凉。

造成《无风之树》中张仲银悲剧的原因，除时代社会原因之外，还主要在于他的“自我本质”构成的虚假性。每个人生来具有四种功能：感觉、知觉、直觉和思考。这些功能使人产生自我感，立足于这四种功能之上建立起来的自我是真实的自我；反之，脱离了个人的感觉、知觉、直觉和思考，被他人由外向内地赋予指定的自我则是虚假的自我，是把非我当成了自我。张仲银之所以失去了真实的自我，是因为他以一种“更高的自我”取代了感性的个体的自我、以一种为着“理想目标”的生存取代了自我的生存。这种生存的虚幻性来自一种共同的理想，沉溺于这种理想之中的人，总是以一种应然的原则而不是实然的原则行事，并以此构建出与外界相背离的独特形象，通过一种自恋性的孤独、悲壮、崇高感，保护那个通过逆向方式构建的自我。张仲银的启蒙话语在五人坪所遇到的阻力首先来自五人坪的乡村民间话语，五人坪人知道读书、认字的重要性但却拒绝以外来文明改造其日常生活。陈三爷相信“天无二日，人无二主”的老例，所以有“天下将要大乱，老百姓将要遭殃”的预感。他贴黄表纸、蝌蚪文，是为了假老神树显灵,保佑天下太平。但张仲银却夺去了对它的阐释权,将它解释成要在村里发动“文革”的神的指令。张仲银之所以要借助这种方式是因为他看到只有这种植根于大山深处的东西才可能真正撼动大山。张仲银第一次坐牢是因为老神树显灵,第二次是因为祈雨。这看似偶然其实并不是偶然,因为他看到真正主宰着大山的正是这种传统的力量,而外来话语在这里只是耳旁风,无根浮萍。五人坪的村民有的觉得他可敬,有的觉得他可憎,但都有一个共同的看法即认为他不懂得“生活”,不懂得应该怎样过日子。他拒斥由柴米油盐的日常琐事组成的平淡无聊的日常生活,“革命”作为一种崇高的、伟大的、激动人心的、超越世俗的生活方式对他有极大的吸引力。他是选择活在理想之中的人,所以他虽然是两进监牢、饱经风霜,但他却对生活的真意所知甚少。他不知道并不是他所追求生活才是真正的生活,他不得不接受的生活也是生活的重要组成部分,生活并不是可以任意设计、改造的材料,生活自身也像一个有生命的有机体一样,是不可以任意组装、搭配的。从来没有感受过真正的生活气息和精神的人,奢谈对生活的改造好像要为“混沌”凿出七窍来的莽汉一样,成事不足,败事有余,对于他们来说,懂得“无为而治”,不妄为,似乎显得更为重要。

巴金在他的《随想录·十年一梦》中,曾追忆他是如何从一位“启蒙者”变成一位“奴在心者”的“精神奴隶”的。“极左政治”认定巴金“有罪”的指控是他的小说《家》把两个贫苦的劳动者老黄妈和鸣凤写成了地主阶级的死心塌地的奴才,因为,老黄妈曾经祷告死去的太太保佑觉慧这位地主阶级的少爷,而鸣凤则拒绝了觉慧的求婚,说太太不会答应,但她愿做丫头伺候他一辈子。巴金当时听了这样的批判,也觉得自己问题很严重,因为批判者所言有理有据,逻辑严明,无懈可击;进而又忏悔自己出身于地主家庭,肯定受了地主阶级的流毒。因此说它是地主阶级的孝子贤孙,他也承认;把他揪到地头同地主一起批斗,他也心甘情愿。他真心表示自己愿意让人打倒,以便从头开始、重新做人,是可谓“君子可欺以其方”。这种重理论、讲逻辑的知识分子比没文化的老百姓更容易被控制和欺骗,成为与真实的自我感觉和生活世界脱节的“理性的奴隶”。只是在一再地被欺骗和愚弄之后,他才发现连“造反派”也并不真的相信要他相信的东西,他才开始意识到自己才是真正死心塌地的精神奴隶,并且连老黄妈和鸣凤也不如,因为老黄妈和鸣凤自有自己朴素的辨别是非的能力,并不是什么“奴在心者”，她们并没有按照高老太爷的逻辑思考。她们对觉慧的爱，是自主的、自发的，与什么“阶级立场”“阶级意识”了不相干。晚年的巴金再一次意识到他欠了老黄妈和鸣凤巨大的感情和爱。“启蒙者”在20世纪政治风暴中趋附潮流、迷失自我、进退失据、自招其辱的历史，也使他们在“被启蒙者”那里威信大损，将张仲银视为“情敌”的山村屠夫牛娃有这么一大串内心剖白：“我是比不了他，我又没坐过8年的大狱，我又没领导群众搞过啥运动，我又不知道毛主席都写过啥唱词，……我他妈啥也不会啥也不知道，可我这个臭杀猪的没有去蹲大牢，你这个香老师一蹲就是8年。你狗日的蹲了8年大狱，我就在炕头上狠狠种了她8年。你8年出来啥都没有。我种了她8年种出来一个儿子两个闺女。你再知道毛主席写了多少唱词也是白搭。你认得多少字有多少学问也还照样是个绝户。”这种奚落虽然恶毒，但也道出了某种真实，冷酷无情地揭示出了作为山村理想主义者的张仲银的现实处境。至于张仲银与政治体制话语的关系也是一种错位的关系。体制话语要求的是服从、配合、步调一致，而张仲银则显得激情过剩、主观性太强。所以他的动机可以被认可，但行为却为体制所不容，被视为一种僭妄和越位。赵万金是九十里乱流河第一个共产党员村支书，他所懂得的就是服从和配合。他的人生体会是：“一个人不念书，他就啥也不知道，一个人要是念了书他就啥也懂了，他就有本事骄傲了。人一骄傲自满脑筋就出毛病了，就干那些老百姓干不出来的事情，就干那些是谁也弄不懂得的邪门事情。我这个有史以来的第一个共产党员就从来不敢骄傲。”他和他的儿子现任村长赵荞麦虽都是村上的干部但本质上还属于农民，即使是公安人员老张等也都是缺乏个人意志、情感色彩的政治体制的执行者，而张仲银一生的失意和痛苦在于他是一个永远与时代和环境脱节的真诚的理想主义者。对于他来说，重要的是找回自我、由内到外地把握住真实的自我，立足于现实的基础上去实现一种较为切合实际的理想。造成他的悲剧的原因不只在于外部，也在于他自身。对于当下的启蒙者来说，更需要的是一种自我教育和自我反省，特别是对来自生活自身的声音的倾听和理解。

在理想主义创造历史的激情耗尽之时，随之而来的将是盛行于世的犬儒主义。因此，在一种虚无主义的背景之下，如何建立起一种超越现实的精神价值，就成为一个必须面对的问题。李锐的特点在于他是一种有着“五四”传统的自觉的当代承续者,但这种承续也不能回避启蒙主义在当代所面对的种种来自生活自身的反弹、回敬和挑战。面对这种种反弹、回敬和挑战,对启蒙主义传统自身进行反省是势在必行的,甚至可以说这是它在当代得以回生、复兴的一大契机。在此反省的基础上,才能重建自己的信念和立场。这种反省一方面需于激进的启蒙主义立场之外,对其他异己的主义也需具一种了解之同情,从而使自己融入多元共存的文化格局,不以正统自居而无视他者存在的合理性,增强启蒙主义的开放性和包容性。只有经历了必要的精神蜕变,启"启蒙"之"蒙",启蒙主义才有望进入一个新的发展阶段,在个人话语、物质主义话语膨胀的消费时代以它对社会、人生的深刻关怀,创作出当代的"为人生而且要改良这人生"的启蒙文学。

“新知培养转深沉”

——《笨花》及其对现代中国小说中乡村叙事的拓展

中国文化自古以来就有南北地域之别，南北的文人也由此表现出不同的文化气质。鲁迅在 1934 年写过一篇短文《南人与北人》，其中说道：“据我所见，北人的优点是厚重，南人的优点是机灵。但厚重之弊也愚，机灵之弊也狡。”所以他认为最好的状态应该是南北互补：“缺点可以改正，优点可以相师。相书上有一条说，北人南相，南人北相者贵。我看这并不是妄语。北人南相者，是厚重而又机灵，南人北相者，不消说是机灵而又能厚重。”[①]“聪慧”使得南方作家能得时代风气之先，趋新求变，创造时尚，而“朴厚”则塑造了北方文人稳妥、务实的文化性格，不是为求新而求新，而是在通盘考量新旧之后再慎重作出取舍，这也使他们往往比别人慢了半拍。也可以说，南方文人崇尚的是“高明”，但“高明”却易流于独断，而北方文人看重的则是“深潜”，而深潜者则易陷于滞重，所以两者有互补的必要。铁凝虽然不

① 鲁迅：《南人与北人》，《鲁迅全集》第 5 卷，北京：人民文学出版社，1987 年，第 435—436 页。

乏南方作家的灵动,但她仍然是一位具有浓厚的北方文化气质的作家,她以“诚实为最大的智慧”①,善于后发制人,在近30年的创作历程中,她一步一个脚印,走得踏实而稳健。《笨花》是铁凝最近的收获,此书表现出作家力图接通“地气”和重续自己与先祖的文化血脉的努力,可以说是一部以北方乡土生活为依托,切近地理解历史和人性的力作。它的创新不是表现于某种点的突破,而是一种整体性的拓展。作家抛开了那种花拳绣腿式的技巧表演,以一种朴拙的叙事风格将被时代掩埋的生活、遮盖的历史不动声色地原样托出,复活和丰富了我们的历史记忆和人性理解。这种看似“无为”的艺术境界,却是必须经过艰苦的努力才能达致的,因为在这背后需要的是一种新的眼光、胸襟和气度,正因为有了这些,才使得《笨花》在中国现代小说的乡土叙事中具有了别开生面的意义。

中国现代小说中占据主导地位的乡村叙事大致形成两种类型:一种是“五四”时期的乡土叙事模式。它是以鲁迅为开端的,立足于个人经验之上的启蒙主义(Didacticism)的乡土叙事。这种乡土叙事模式是中国文学中现代性叙事的一种重要表现形式,其特征在于对乡土世界提出现代性的价值诉求,以作为主体的启蒙者的眼光来观察作为客体的乡土世界,它产生的前提就是一个外在于乡土世界的个人主体性的确立。乡土叙事在这个外来者的目光注视下得以呈现,成为一种主体力图改造的客体。所以鲁迅乡土小说的叙事者大多是一个离乡者,一个乡土世界的叛离者,以还乡的方式来展开乡土叙事,着力表现的是我之于乡土的疏离、隔膜、对抗和对立。这是一种非对话的关系,而是一种主观与客观、启蒙者与被启蒙者的关系。在这方面鲁迅兄弟的态度较为典型,他们出生于破落之家,幼时经历了不少世态炎凉,对故乡并无多少好感。鲁迅在《呐喊·自序》中说:“S城人的面目早已看厌,连心肝也有些了然。”所以要决心走异路、逃异地,寻找别样的人们。周作人也不例外,乡情总的来说是颇为淡漠的。他反复申言,他的故乡并不单是绍兴,凡是他生活过的地方,他一概以故乡视之,这就共有了五处之多。而就情感的深浅而言,“常常令我怀念的倒是日本的东京”,“更有一种亲密之感”。而第一故乡绍兴,“在我的心中只联想到毛笋杨梅以及老酒,觉得可以享用,此外只有人民之鄙陋浇薄,天气之潮湿苦热,等

① 铁凝:《老实是最大的智慧》,《语文世界》(高中版)第1期,2005年,第20—22页。

等，引起不快的追忆”[①]（《自己的园地·与友人论怀乡书》）。这并非矫情。1909年他从留学的东京回到阔别六年之久的绍兴，仍是深叹“宗邦为疏，而异地为亲”[②]，写下了“远游不思归，久客恋异乡”[③]的诗句，表明他从思想、文化上都在努力挣脱故乡，已成为故乡的他者和客人。对现实的憎恶与对异乡的向往，本就是相辅相成的，所谓“生活在远方”，本就是20世纪的理想主义最为核心的信仰。周作人其时方以世界公民自期自许，向往一种“乘长风破万里浪作海外游”的阔大的人生境界，所以自然不会以故乡为念。“哀其不幸，怒其不争”是这种启蒙主义乡土叙事所传达出来的最强烈的情感，而文明与愚昧的冲突则构成了他们乡土叙事的核心模式。

鲁迅在《呐喊自序》中将他的小说称为是“遵命文学”，并非是一种自谦，而是说他是根据启蒙主义的需要，自觉地按照启蒙主义的文化成规来进行写作的。这种写作本身就具有鲜明的目的性，但他关注的不是如何启蒙而是启蒙能否实现的问题，因为他敏锐地意识到启蒙话语与乡土话语之间存在的鸿沟。他没有在小说中回避这种鸿沟，而是着意表现这种鸿沟，也就是他的启蒙叙事是对于启蒙主义的一种“负刺激”，以启蒙的艰难来展开他的启蒙叙事。这种“负刺激”的启蒙叙事是以主体与客体的对立来展现的，交流对话本应该是启蒙改造的基础，而鲁迅表现的恰恰是这种交流对话的不可能、两个事件之间言路的中断。如《狂人日记》是启蒙者的心声的真实表达，然却被被启蒙者视为“语颇错杂无伦次，又多荒唐之言”而不必严肃对待的疯言疯语；革命者夏瑜视为是天下公理的话“这大清的天下是我们大家的”，则被大家认为不是人话，一定是疯了。即使是有限的交流，也充满了隔膜和误解，如《故乡》里我之于少年时期的玩伴闰土的关系的改变以及《祝福》里祥林嫂对我提出的迫切的“一个人死了之后究竟有没有魂灵”的疑问。这说明以启蒙主义的单向的主体性立场并不能与乡土世界进行有效的交流和沟通，因此其改造乡土的愿望也是难以实现的，他所展现的乡土世界是我的主观视野中的乡村世界，而作为“他我”的乡村世界自身的主体性则被忽略了，成为一个沉默的客体。

---

① 周作人：《雨天的书》，长沙：岳麓书社，1987年，第103页。
② 钱理群：《周作人传》，北京：北京十月文艺出版社，1990年，第162页。
③ 钱理群：《周作人传》，北京：北京十月文艺出版社，1990年，第162页。

第二种乡村叙事模式是一种立足于反映论的“农村叙事”，即将乡村社会作为一种客观对象来进行反映、再现。据以进行反映再现的依据来自一种客观观察和关于社会发展的“科学阐释”，由此形成一种作家对自己的农村经验加以整合的理念化的农村叙事。作家在理念的指导下去深入生活，并以自己的农村叙事来验证、演绎这种理念。这种模式肇始于30年代以茅盾为代表的“社会剖析小说”，后来在当代文学中又有继续的发展，它与时代的政治需要具有密切的关系。与“五四”时期以个人经验为基础的乡土叙事不同，其强调的是一种超个体的、客观的、科学的认识和剖析，由此现代文学中的乡村叙事发生了从主观性的一极到客观性的一极的转换，个人性的“乡土叙事”发展成一种匿名式的“农村叙事”，作家的个人经验被排除在外，结果使得“农村叙事”逐步成为一种纯然的意识形态叙事，直接服务于一种时代政治的需要，乡土世界的自相、自我主体性在这种“农村叙事”就更显得无足轻重、隐而不彰了。

不管是立足于个人经验的乡土叙事还是反映论的乡土叙事都源于一种改造乡村的现代性叙事，它的出现是针对传统的前主体性的文化产生的，具有它的充分的时代合理性，并在推动中国社会的现代进程中发挥了积极的作用，但这种单向性现代性叙事也日益暴露出它的局限性，主要表现在它的叙事声音的独语化和以利害为中心的功利性的取向上。它之看待乡土的方式是一种将乡土对象化的方式，这种对象化意味着把事物人为地置于和自我相对立的地位上，将客体作为次于主体的被认识、被同化、被改造的对象来看待，从而忽视了对象存在的自身的主体性。这种对象化的出现有它的必然性，因为它构成了现代性的基础，科学即是在这种基础上得以产生、发展的，海德格尔(Martin Heidegger)说过：“对象化的研究就是科学的本质：唯当存在者之存在于这种对象性中被寻求之际，才出现了作为研究的科学。”[①]但随着现代性的发展，这种二元对立的对象化方式存在的问题也日益暴露出来，有鉴于此，胡塞尔(Husserl Edmund)、海德格尔提出了他们具有鲜明的现象学特征的主体间性或称交互主体性的理论，认为“人和世界是不可分的，作为主体的人不应该将世界单列出去，充当某种先在于人的第一性因素。此在本质上就是共在，此在既非无世界

---

① [德]海德格尔著，孙周兴译：《林中路》，上海：上海译文出版社，1997年，第83页。

的单纯主体，也不是无他人的绝缘的自我，它是一种与他人的共同存在”[①]。西方哲学在经历了由前主体性到主体性的转换之后又开始由主体性向主体间性的转换。所谓主体间性即交互主体性，指的是主体间的交互关系，也就是强调存在是主体间的存在，把孤立的个体性主体转换为交互主体。主体间性不是反主体性，不是对主体性的绝对否定，而是对主体性的一种发展。主体间性首先涉及人的生存本质的理解：生存不是主客二分基础上主体征服、改造客体，而是自我主体与对象主体的交互活动。主体间性还涉及自我与他人、个体与社会的关系，它不再把自我看作独立于世的个体，而是看作与其他主体的共在，主体间性强调的就是主体与主体间的共在关系。

从这种交互主体性的视野来看审美的本质，就会强调审美从本质上来说就是一种多个主体之间的对话，人的存在的共在性提供了这种对话的保证。主体间性本身是先于单个的主体性而被人意识到的，因而较之于后者是更原本的东西。文学中的主体性理论通过极力张扬创造者的独创性与个别性，奠定了艺术的独创性原则，但是它忽视了交往的必要性，因此就会阻碍一种自由交流的美学价值的实现。在艺术创造中表现自我是有必要的，但排他性的走向极端的自我表现，就会使艺术成为一种纯粹的私人事件，因而失去它应具有的审美共通性价值。由主体性的高涨所唤起的“是非审之于己，毁誉听之于人”的个人主义人生态度，自然有其反束缚个性解放的意义，但其排他性的唯我论立场不利于其与世界有效的沟通和交流。而追求客观性的科学化叙事，则丧失了人的维度，从而导致文学的人学意义的消解。

主体论的文学和反映论的文学在经历一定的历史发展之后，随着社会的变化开始发生一些转变：首先，一种笼罩于时代的整体化的文学叙事的成规开始瓦解、分化，人们不再以某种共同的眼光和态度来看待现实，而且现实本身也日趋复杂、多元，无法再以某种特定的理念加以概括。其次，作家的自我定位也开始发生改变，由时代中心退居边缘，由世界的改造者变为世界的倾听者和观察者，高涨的主体性开始收敛，不同的现实和对现实的不同的理解开始在文学中出现，因此文学也就进入了一个多元共存的时代。就乡土叙事而言，张炜的《古

① [德]海德格尔著，陈嘉映、王庆节译，陈嘉映修订：《存在与时间》，北京：生活·读书·新知三联书店，1999年，第135页。

船》和陈忠实的《白鹿原》开启了从历史的边缘者来重新理解历史的尝试，表现出了一种历史主体之外的他我的主体性；被现代文学史置于边缘的传统如沈从文的湘西小说、废名的诗话的乡村叙事以及张爱玲的日常生活的抒情等开始被重新发现，并成为文学阅读的热点。在这种形势下一种多元主体的文学叙事开始呈现。铁凝的小说也是在此背景下发展演变的，但在这种演变之下持之以恒的是对于道德问题的关注，这也可以说是北方作家的一个共性：相对于个人，他们更关注于群体；相对于欲望，他们更关注于道德。从《笨花》可以更充分看到铁凝作为北方作家的这一特点，但《笨花》的长处并不在于一味地趋新，而在于她将新与旧成功地对接和融合。从小说中，人们仍然可以感受到她对孙犁、梁斌等以革命为背景的乡土小说的继承，这是一种理性地看待创新与继承的建设性的态度。

铁凝是较早地走出这二元对立的唯我主义思维方式的作家，即使在创作具有强烈的女性主义色彩的《玫瑰门》时，她也说："我本人在面对女性题材时，一直力求摆脱纯粹女性的目光。我渴望获得一种双向视角或者第三性视角，这样的视角有助于我更准确地把握女性真实的生存境况。"[①]铁凝在她的一篇文章里形象生动地讲述了换位思考给她带来的思想情感的变化：面对一位令她心存不悦的不守交通规则的女出租司机，她本能的反应是觉得这个司机素质太低，但当她知道这个司机靠每天用自己的肚子焐热一袋豆奶来为自己增加营养时，她的不悦似乎又随着女司机的豆奶消失了，反问自己："这是一个劳动着的人，一个节俭持家的人，我真有资格去和她讨论'素质'吗？"但她仍保留这样的困惑："如此，莫不是谁都有着谁的道理？"[②]在经济迅猛发展的当代中国，铁凝感到的是："车轮滚滚，势不可挡，谁也无法压抑逐渐富裕起来的中国人蓬勃的各种欲望。问题是，当车轮滚滚向前时，我们该没有丢下人类那些本该具备的种种德性吧？我们有目测前方的雄心，也该有回望心灵的能力。"[③]目测前方的雄心主要是政治家的事情，而回望心灵则应该是文学家的责任。

《笨花》可以说就是这样一部回望心灵之作，小说的卷首语："笨花、洋花都

---

① 铁凝：《玫瑰门》卷首语，北京：作家出版社，1989年。

② 铁凝：《车轮滚滚》，《南方周末》2006年新年特刊，2005年12月。

③ 铁凝：《车轮滚滚》，《南方周末》2006年新年特刊，2005年12月。

是棉花，笨花产自本土，洋花由域外传来。有个村子叫笨花。"我们不妨把这里的花引申为中国的本土文化和由西方传来的现代文化，而"笨花"显然就是固有的本土文化的载体、乡土中国的代表。此书就是一部瞩目于本土的回望心灵之作。这种瞩目本身就具有不同既往的乡土叙事的重要意义：早在晚清时期，李鸿章就曾产生这样的预感，即现代中国面临的将是一种"三千年未有之一大变局"，东方文化的衰微与西方文化的强盛是伴随着西方现代性的全球扩张产生的一个不可抗拒的潮流和趋势。在这种潮流面前，不是东西对峙的问题，而是东方文化的存亡问题，在西方文化的强势冲击下，东方文化是缺乏还手之力的，只有顺应这个潮流，东方才能生存下去，所以"全盘西化"的主张在此背景下提出，是具有其现实的合理性的。但是这种现实的合理性并不意味着文化的合理性，求生存的中国人仍然需要面对精神信仰的问题、心灵安顿的问题，而这种精神文化需求是全盘西化无法解决的。因此《笨花》的历史背景不只是清末民初政坛上的乱世风云，更是文化上的"旧辙已去，新规未立"、文化失范时代的乱世风云。也正由于此，《笨花》对于历史的回望具有了心灵史的意义。

文化最终是以人为载体的，笨花的重心主要也就在于她对这种为文化所化的人的心灵发现上。《笨花》是以向家三代人的命运为主线的，第一代向喜可以说是被动地卷入历史的笨花人，第二代向文成可以说是自觉地应对时代的挑战、融合新旧的一代人，第三代是在抗战中走向革命的一代人。其中尤以前两代人的人生态度、生活方式较具代表性，是以往的文学史所忽略、遗忘的。

对于向喜这样的北洋军阀时代的旧军人，我们的文学是素来有些忌讳谈起的，他们是一种保守、反动的政治势力，是国民革命的对象。"打倒军阀"的歌声曾经响彻过中国的大地，人民对于军阀是深恶而痛绝的。正如书中写到向喜的两个投身革命的儿子文麒、文麟即使在知道父亲为抗日捐躯之后，也不愿意为父亲默哀，因为"向喜的名字对他们来说，或许只存在于另一个主题之中：当他们为自身的缺点挖掘家庭根源时"[①]。但问题在于除了这种政治定型的标签之外，他们的作为旧军人的父亲，并非一无可取，只是作为使他们蒙羞的遗产存在。至少从个人私德和民族大义上，他们的父亲还是可以使他的子孙们为他感

① 铁凝：《笨花》，北京：人民文学出版社，2006年，第531页。

到骄傲的。

向喜作为第一代被动地卷入现代性的历史潮流中的中国人，其特点在于守成，而不在于创新。也就是说，不管外部世界如何变化，他始终从内心贴近土地，固守着其作为笨花人的文化本色和道德信仰。现代化的过程实质上是一个融入西方资本主义主导的现代世界的过程，正如马克思所说："它迫使一切民族——如果它们不想灭亡的话——采用资产阶级的生产方式；它迫使它们在自己那里推行所谓的文明，即变资产者。"[①]这种资本主义的现代性将欲望视为人性的本质，将物欲的满足视为幸福，将对功利的追求视为天经地义，这与前现代社会的宗教性的生活态度都是相冲突的。在西方现代化的进程中，遏制、抵抗这种现代性进程中的野蛮主义扩张的精神资源主要来自其经历了政教分离之后的宗教信仰，从而维系价值理性与工具理性的相对均衡，使社会得以在一种较为稳定的情况下向前发展，而中国的现代性则是一种所谓的后发的外源性的类型，走的是文化先行的路径，也就是先从对固有文化的颠覆入手，进行现代化的动员。这就使得传统本土文化首先成为现代化冲击的对象。中国固有的政教合一的宗教性的文化信仰在清朝覆亡之后，面临着被全盘否定的命运。民国建立之后，儒教外在的、客观的政治文化上的合法性日渐消失，至"五四"达到一个高潮。但普通民众的宗教性的需求是仍然存在的，于是其宗教性的价值意义诉求也发生了转型，即由外在的客观的形式向内在的主观的形式转化，其对传统文化的固守变成了一种个人性的信仰，以满足其纯粹个人的精神需要。也就是说，他这样做只是为了自己的心安而已，而不再具有鲜明的政治、道德意味。向喜也曾奉孙传芳之命，去查禁刘海粟招募的"裸体模特"，但也只是给时代留下了一个笑柄而已。向喜可以说是儒家文化由"官学"转向"私学"过程中的一个代表。"笨花"所在之地可以说是儒家文化积淀极深的地方，明末清初出现过讲求"实学"的颜李学派。颜元、李塨师徒分别是河北博野（博野也就是铁凝下乡、插队的地方）、蠡县人，两人倡导"身行实为"的实学，反对程朱陆王的理学和心性学，主张回归孔孟，强调"宁粗而实，勿妄而虚"[②]，从而表现出与南方儒学不

① ［德］马克思、恩格斯著，中共中央马克思恩格斯列宁斯大林著作编译局译：《马克思恩格斯选集》第一卷，北京：人民出版社，1966年，第276页。

② 王星贤等：《颜元集·习斋记余》（下册），北京：中华书局，1987年，第412页。

同的风貌气象，形成了被时人称为“北方之强者”的颜李学派。向喜可以说是延续了这种北方儒学的气质，不尚空谈，而重恭行，他读书不多，但能把所读之书内化为自己的生命信仰，由此进入一种生活化的儒学境界。他投身军旅是为了养亲尽孝，他虔信“未有仁而贵其亲者，未有义而厚其君者”的道理，为自己起名为中和，字谦益，这都是具有浓厚的儒家文化色彩的名字。

入伍后的向喜因为作战勇敢，为人方正，一路做成了中将，成了本村人的骄傲。但他做了高官之后，仍然保存着他作为笨花人的农民底色，仍然按照乡土文化所赋予他的朴素的道德原则来行事，所以在面临重大的人生抉择的时候，他没有选择利的一面，而是选择了义的一面，以求得良心上的平安。所以他拒绝了上司王占元的命令，去督阵杀戮乱兵；又在北洋军兵败之后，谢绝了孙传芳邀他去东北的请求，急流勇退，回保定闲居。抗战爆发，他又拒绝了日本汉奸的拉拢，真正地解甲归田，回到故乡，以一个中将之身，做起了粪场的老板，最后又在与日军的冲突中以身殉国了。其实像向喜这样的人物在他所属的旧军人群体中并非特例，如“良心抗日”的张自忠、一门忠烈的范筑先等都是如此，所以诗人臧克家写诗盛赞他们是从中国传统的忠孝仁义文化的古树上开出的花朵。在中国现代化的进程中主动的一方和被动的一方是相互补充，不可或缺的。传统文化在经历了现代化的洗礼转换之后是可以得到新生的，而现代化的实现是离不开本土文化的支撑的，可以说抗战为中国人走出讲传统和现代视如水火的极端思维，形成现代性情境下的民族文化的自觉提供了契机。

向家的第二代向文成可以说是乡土社会因应现代性的时代冲击，由被动转为主动，积极接受新文化同时又保存固有文化根脉的一代人，这也是一种值得肯定的务实、沉稳的文化选择和人生态度。青年时代的鲁迅就曾提出过一种“内既弗失固有之血脉，外又不后于世界之思潮”[①]的文化主张，切断了固有血脉，也就失去自己文化的主体性。向文成的特点在于他是一个生活中的人，而不是一个理念人，他具备了父辈所不具有的面对变局的主动性、开放性和进取性，同时又扎根于笨花的泥土之中，保持了父辈脚踏实地的特性。他是一位见过世面、努力掌握新学又力图将新旧融合、心胸开放的乡村医生。他并不因为

① 鲁迅：《文化偏至论》，《鲁迅杂文全集》，郑州：河南人民出版社，1994年，第19页。

自己见多识广,就自外于笨花,从高处俯瞰一切,而仍然是在地面上生存,遵循极高明而道中庸的原则,在人伦日常之中对乡村生活进行适应于时代的调整和改造,以使其不后于世界之潮流。如乡人迷信"火犄角"的传说,认为"火犄角"是帮着雷公下雹子的人,因此把这种人视为不祥之人,予以歧视。但向文成力图破除乡民的迷信,提出了一种近于科学的合理化的解释,说这是一种"恐电症",是受雷电影响发生的昏厥现象,因此不应该歧视这种人。这种解释是否真正合于科学是可争议,重要的是一种理性态度,可以使被歧视者缓解迷信造成的压力。向文成拜师学的是中医,但他并不排斥西医,而是努力自学西医,来弥补中医的不足。他是一位从小就接受儒家文化熏陶的儒者,但是他并不排斥西方传来的宗教,他对信教的孤弱女子西贝梅阁有一种真挚的了解之同情,对于来自西方的传教士山牧仁也能求同存异、和谐共处。可以说在这位乡村医生身上也体现出中国文化固有的厚德载物、海纳百川的包容性。近现代以来的中国应该如何应对来自西方的强势文化的冲击,历来就是思想、文化界聚讼纷纭的一个问题,历史学家在考察了宋代新儒家和道教应对佛教冲击的历史后,提出这样的看法:"窃疑中国自今日以后,……真能于思想上自成系统,有所创获者,必须一方面吸收输入外来之学说,一方面不忘本民族之地位。此二种相反而适相成之态度,乃道教之真精神,新儒家之旧途径,而二千年吾民族与他民族思想接触史之所昭示者也。"[①]在走出了情绪化和急迫的功利性诉求之后,再来思考文化的变革和传承问题,就可以获得一种较为理性的认识。"旧学商量加邃密,新知培养转深沉",朱熹的诗句正可以说明向文成对待新旧文化的态度,这也是一种超越了文人的自矜高明、徒尚空谈的实干家的态度。

铁凝自述:《笨花》里面人物的影子在她的心中已存在很久,但迟迟没有写出,原因在于她"暂时没有能力来驾驭他们"。那么,写这类人物需要一种什么样的能力呢?除了知识方面的准备,它所需要的还有思维方式上的超越,在主客二元对立的思维方式下讲述这样的生活和这类的人物,是有着很大的困难的。首先她会遇到价值观的抵触,而价值之争素来被视为现代难以超越的核心之争,人们因为这种争执,而形成相互对立的派别,最终使这种争执终无了局,

① 陈寅恪、冯友兰:《中国哲学史》审查报告,《良知的感叹——二十世纪中国学人跋精粹》,深圳:海天出版社,1998年,第136页。

或由一方独胜而形成一种价值的僭政局面，压制了其他的声音。因此写这类人物需要把作家过于强烈的先入之见先悬置起来，学会理解和倾听。按照胡塞尔的说法，要达至主体间性，要通过“移入”和“共现”的方式进行，所谓“移入”乃是“在他者中生活，同经历，同体验，同思维，同欢乐，化入他者的存在，并因而奋进他者的生命奋进之中”。而“共现”则是指：在我当前的观照中将过去、背景、他我等一切不在场的东西一同呈现于意识———就其与他者之关系而言，所以“移入亦可称之为共现”，在此“自我与他我总是和必然地在其起源上就被成对地给出”[①]。应该说胡塞尔的说法与《笨花》的努力是不谋而合的，作家在写作《笨花》时力求最大可能地进入书中人物的心灵，让他们自如展示自己，力避自己“多言”，力避让自己的思想感情淹没、干扰人物自身的主体性。在《笨花》中与现代读者价值观可能造成冲突的地方很多，最典型的可能是向喜和他娶过的三个女人的感情生活——如以人性恶的视角去写，会落入苏童《妻妾成群》的窠臼，如以女权主义的视角来看，会成为一种地狱化的控诉，然而铁凝避开了这些先入之见，让同艾、顺容、施玉蝉以各自的方式来应对这种复杂的处境。对于结发妻子的同艾来说，向喜的未告而娶、先斩后奏，的确给她的心灵造成极大的伤害，但是作为传统的、笨花的女性，她与向喜之间并不只是靠爱情维系的，还有亲情，还有超出于两性感情之上的“礼”和家族本位的信仰。梁漱溟为弟子结婚所赠的条幅是这样写的：“男女居室，西人言爱，中国主敬，敬则爱斯久矣。”“敬”是中国传统的夫妻之道，它不仅是约束女方的也是约束男方的，要求双方共同遵守。“敬”也是女方自重的一种方式，她通过敬，达到了与丈夫在精神上的一种对等关系。笨花中同艾在与丈夫的关系上就保持了一种不卑不亢的“敬”的态度，当然向喜的行为还是对她的感情造成了很大的伤害，让她在久别同房时患上了“精神腹泻症”。顺容长在城市里，比同艾要泼辣一些，利己性、排他性较强，但她在家庭关系上也能“识大体”，接受已然的现实，并且对施玉蝉生的女儿视同己出。至于施玉蝉，这是一位走江湖的侠女，她之委身于向喜是出于无奈和报恩，传统妇道对她没什么约束力，一有机会，她也就重返江湖了。其他小说中还有一系列的“乡村畸人”形象，像西贝梅阁、小袄子、走动儿、瞎话儿、二片

① [奥]胡塞尔著，李幼蒸译：《纯粹现象学通论》，北京：商务印书馆，1992年，第21页。

等,都有其异乎常人的奇特之处,其性格、行为逾越了乡土社会的价值观、道德规范和日常规则,但他们在小说中也都得到了活灵活现的自我呈现,丰富了乡村的人情风俗景观,这也是全身心地融入到乡土世界之中才能捕捉到的独特景观。

《笨花》的另一个值得人称道之处在于它的日常生活叙事。小说中充满了对于笨花的细碎的生活场景和民俗风情的描写,可以说对笨花的日常生活历史的回望和再现是这部小说的真正的主题,而小说中的人物故事只是这个场景中的某个部分、某种点缀,或者说是这种场景得以展现的道具。作家自述说:"这是一部关于乱世的小说,但是写乱世风云不是我的本意。我侧重的还是在这段历史背景下的,我心目中的这群中国人的生活细节。"①

何谓日常生活?现代文学对日常生活的惯常的态度又是如何?这些是我们要考察《笨花》与既往文学中的乡土叙事的关系时的重要问题。通俗地讲,日常生活也就是人每天都在过的生活,是一种以个体生命的维系和延续为指向的日用常行,"饮食男女"即是它的主要内容。与从现代性的主客二元对立的眼光所看到的世界图景不同,日常生活更多地呈现为未分化或原初的统一性,也就是说它是一个主题间性的世界。在这个世界中人们之间的交往是互为目的、相互尊重的,从而摆脱了主客体之间的手段——目的关系。作为先在的自在的存在状态,日常生活是通过习俗、常识、惯例、传统来加以组织调节的,所以它包含着丰富的社会文化的内容。铁凝所讲的"世俗烟火中的精神空间",也即是指这种日常生活的意义体现,它是一种未经反思的为人日用而不知的文化。这种文化缓解了人们的原始焦虑,庇护了人的生存,赋予了其人生的价值和意义,但它也导致对人的自我的压抑,将个体限定于其所扮演的角色,助成了社会的一种超稳定状态。现代性的兴起是以人的自我的发现为标志的,这个自我首先就是一个超越角色的自我,正如郁达夫所说:人不是为君为道为父母活着的,而是为自己活着的。由此产生的是对传统所代表的日常生活的疏离和批判,由此产生的是强烈的对于按部就班、一成不变、一潭死水似的日常生活的拒斥和焦虑。相对于日常生活所代表的灰色人生,新文学呼唤的是一种可以振奋人心的、迅

① 铁凝:《任何状态都能回到自己的灵魂中》,南方周末 C19 版,2006 年 2 月 9 日。

速进步的新的社会和新的生活。这种强烈的改造意向最终导致的是人对于存在的遗忘。正如米兰·昆德拉所说全球现代化之梦伴随着的是一个令人晕眩的缩减过程："人的生活被缩减为他的社会职能，一个人民的历史被缩减为若干事件，而这些事件又被缩减为有倾向的评注；社会生活被缩减为政治斗争，政治斗争又被缩减为仅仅是地球上两大强国之间的对立。人处在一个真正的缩减的漩涡中，胡塞尔所讲的生活的世界在漩涡中宿命地黯淡，存在堕入遗忘。"[①]对日常生活的肯定也就是对人性的生命的肯定，较之哲学理念和政治意识形态，它是一种更为本源性的存在。

日常生活世界作为人类非自觉的活动领域，具有传承文明、保障社会、修复社会的功能。当非日常生活世界的运作陷于混乱之时，它可以维持社会继续存在，并促进非日常生活世界的重新整合。从《笨花》中，我们可以鲜明看到这一点：清朝覆亡，使中国陷入军阀混乱的时局之中，但乡土社会仍然在发挥它的自治功能，维持着民间社会的公序良俗；抗日战争打乱、中断了人们的日常生活常态，乡民奔赴国难以捍卫民族的独立和尊严，他们不是为了战争而战争而是为了按照他们自己的方式继续生活。他们于战争这种非常的环境中所表现出的人性的大美以及不屈不挠的生活中的逸趣是值得书于丝帛、传之久远的。这是一种平民的历史，是对于正史的必要的补充。乡民将对传统的"天地君亲师"的忠诚自然转化为"天地国亲师"的信仰，成为现代民族国家建构中的中坚力量，而这正是实现社会现代化的基本条件。战时的乡村社会并没有限于混乱和解体，而是仍然保持了其内在的统一性、稳定性，这与传统习俗、日常观念对乡土社会的组织和维系是密切相关的。乡民在此之中获得了心灵的庇护，感受到了生存的价值和意义。像《笨花》中为老人"喝号"的习俗，是很有意味的，因为它代表着在人的生命即将完成时对其一生的评价，一种社会的承认，而这正是人的最基本的生存需要之一。总之，人类主动的合乎目的的政治、经济、文化改造活动和人类自在的生活、日常生活习俗是可以共存的，两者之间不是尖锐对立的、主观之于客观的、我与他的关系，而是主体间性的我与你的关系，当然这不是说对日常生活的改造就没有必要了，而是说在两者的张力和共存之中，才有

---

① ［捷］米兰·昆德拉著，孟湄译：《小说的艺术》，北京：生活·读书·新知三联书店，1992年，第16页。

可能重建一种新型的日常生活世界。《笨花》继承了孙犁从日常生活中写人，着重于表达善与美的伦理感情的创作道路，并将其扩大，表现近半个北方乡土日常生活的历史，讴歌其中的善与美，在心灵的回望中给予了对于人性、人的存在的深入的思考，实现了对现代中国小说中的乡土叙事的丰富和拓展。

“父”之缺位与“时代孤儿”的道德困境

——东西的《耳光响亮》《后悔录》与后传统时代的寓言化写作

纪晓岚的《阅微草堂笔记》第十七卷“姑妄听之三”讲了这样一个故事：张铉耳先生家有一个婢女，有一晚突然失踪，以为是私奔了，但后来发现是醉卧在后院一间空房子中。经询问得知是一帮狐魅作怪，将其灌醉之后，抛在那里。这位铉耳先生闻之大怒，跑到后院亲向狐魅问罪说：（我们）“相处多年，除日日取柴外两无干犯，何突然越礼，以良家婢子，作娼女侑觞”？随之质问道：“子弟猖狂，父兄安在，为家长者，宁不愧乎！”[①]这一质问在传统话语场中堪称是掷地有声！果然至夜半窗外就有了回话：“儿辈冶荡，业已笞之，然其间有一线乞原者，此婢先探手入门，作谑词乞肉，非出强牵。且其月下花前，采兰赠芍，阅人非一，碎璧多年，故儿辈敢通款曲。”故而“防范之疏，仆与先生似当两分其过，惟俯察之”。这位铉耳先生也没有得理不让人（狐），说：“君既笞儿，此婢吾亦当痛笞。”狐哂曰：“过砮梅之年，而不为之择配偶，

① 〔清〕纪昀：《阅微草堂笔记》，乌鲁木齐：新疆人民出版社，1996年，第291页。

郁而横决,罪岂独在此婢乎?”于是,“先生默然。次日呼媒媪至,凡年长数婢尽嫁之”。于是,一场人狐之间的纠纷就这样在天理人情之间的互动中得以平息,处理这种纠纷的原则来自天人相应的传统伦理秩序。

纪晓岚的这个故事让我们看到了“父兄”之属在传统生活中所担负的重要角色,父兄不但承担着训诫子弟的责任,还是一种秩序、风纪和现实世界的生存规则的代表,而父之死亡、缺位则意味着这种秩序的解体、失范和人的内外生活的混乱和失序,但这种混乱和失序又似乎成为现代人无可逃避的宿命。文化人类学家乔治·巴朗蒂耶(Georges Balandier)就曾给现代性下过这样一个简明而较少争议的定义:“现代性就是运动加上不确定性。”[①]于是,现代性的唯一不变的本质就在于其“变”,而“变”又是一切秩序得以产生、维系的天敌,由此,现代人的生存也就陷入了一种不由自主的漂浮和失根状态,反映于文学由最初的“杀父”的亢奋转向“寻父”“寻根”,与现代人由挣脱传统时的激昂转向现代性情境下生存的迷惘密切相关。

东西的小说接近于一种本雅明意义上的寓言式写作,因此不能用一般现实主义文学的标准来规范、解释它。所谓寓言式写作,是由本雅明提出来的一种与社会衰败期的碎片化现实相匹配的写作方式,本雅明认为“寓言在思想领域里就如同物质领域里的废墟”。这是一种人为物役时代的生存寓言,在物的压迫之下,心灵让位于外在的形式,而形式最终让位于物本身,这便构成了本雅明式寓言产生的背景。寓言具有一种言此意彼的特性,它在形式上是离心的,其结构呈现为一种不完整的、破裂的碎片。因此,寓言会取代象征而成为表现这种衰败现实的适用形式。既往的以表现“总体性”为志趣的、向心性的“象征”形式已难以把握当下的内外现实,而寓言因其离心性、碎片性更适于表现人在这种异化环境中的心灵的破碎和精神的衰败。在这个意义上,本雅明认为卡夫卡的寓言式写作才是最适应现代社会的特定艺术形式。的确,本雅明对象征和寓言的区分是颇具洞见的,举例来说,鲁迅的《狂人日记》即是一种向心性的、总体性象征,狂人狂言犹如照亮黑暗的火炬,是“另一个世界对这一个世界的朗照”;而余华的《四月三日事件》则是一种寓言式的写作,主体性的消解使小说主人公

---

① [法]伊夫·瓦岱著,田庆生译:《文学与现代性》,北京:北京大学出版社,2001年,第26页。

对外部世界的感知犹如四散分布的星光、流萤，最终迷失在亦真亦幻的现实迷宫之中。但象征和寓言也具有内在的一致性，即都是一种具有双重结构的文本，都需要借助于出入文本的内外阐释才能充分理解其寓意。

东西的写作不像纯粹的寓言式写作走得那么远，他是一种与经典现实主义貌合神离式的写作，他不以塑造人物形象自身为目的，也无意于对生活的原生态还原，而是从一种时代的精神普遍性出发去寻找特殊个体，从特殊个体的极致化形态来凸显某种具普遍性的精神处境。因而，其小说就具有了观念现实和生活现实两个层面。他在人物描写上也就有些夸张、变形、漫画化，因为其人物存在的意义不只在于其自身，还来自超出其上的观念现实。

《耳光响亮》所关注的就是 20 世纪 70 年代末期文化精神和现实生活意义上的“父亲”双双死亡、出走之后成为时代孤儿的成长形态和生存境遇。这些时代孤儿在经历了初期寻父的徒劳之后开始了在本能指引下的生活，“无父”既给他们带来空前的“自由”，但权威、规范、秩序的缺失也造成了他们内外生活的混乱、失序、盲目和空虚，他们的生存状态用鲁迅评点豆腐西施的话说，就是“辛苦而恣睢”，所谓“辛苦”不言而喻，至于“恣睢”一词则用得不同寻常，成语中有“暴戾恣睢”，一般是形容暴君和强盗的凶残横暴、为所欲为的，鲁迅将其运用到社会底层女子“豆腐西施”上，显得有些特别，但我认为这恰恰深刻道出了现代人在传统秩序瓦解后顾忌全无、欲望至上的生存特性。西方“上帝死了之后，人相互为上帝”的状态在中国就以“皇帝既无，人皆是皇帝”的形态表现出来，任何对于人的本能欲望的限制都失去了合法性、正当性。满足欲望、追逐快乐成为人生的基本原则，一个世俗化狂欢的时代即将到来。

刚刚 18 岁的女儿牛红梅，美貌性感，成为男性竞相追逐的欲望对象，而她对自己的情欲采取的也近乎完全的“无抵抗主义”。她先是为省医院的医生冯奇才所勾引、诱惑，在胃痛检查时，自愿与其发生关系，之后被人捉奸在床，闹到家里，使全家蒙羞，靠着母亲的抡刀上阵，才得以解围；接着又被街上的小流氓宁门牙盯上，被讨好流氓的大弟牛青松出卖，遭宁门牙强暴。在与这两个男人的瓜葛中，牛红梅怀上了第一个孩子，但两个男人都不承认孩子是自己的，牛红梅愤怒之极，疏远了冯奇才，小弟牛翠柏趁机又将自己的体育老师杨春光引荐给了姐姐，她为了和杨春光开始恋爱，不得不进行了第一次堕胎。她给她怀的第一个孩子取名叫“牛爱”，即为爱而堕胎之意；而她所深爱的丈夫杨春光在考上大学之后，又有了新欢，费尽心机地要和她离婚，精心设计了一场夫妻羽毛球赛，让牛红梅的第二个孩子流产，牛红梅给这个孩子命名为“牛恨”，以表达对杨春光和自己的怨恨。牛红梅的第三次流产是被开发廊的刘小奇强奸怀上的孩子，她给这个孩子命名为“牛感情”，以示从此之后再也不谈感情。这个孩子是在她看小品《吃鸡》时，大笑不止而流产的，从此牛红梅丧失了生育能力。离婚之后的牛红梅在北京征婚又遇到了冒充美男子实则长相丑陋、身材矮小的苏超光，结果两人的恋情又是“见光死”，迅速终结；牛红梅的第五个男人颇为出人意外，那就是她的继父金大印，发财之后的金大印非常想要一个孩子，而与他同居的母亲何碧雪又生不出孩子，母亲为了肥水不流外人田，就答应把自己的女儿嫁给金大印，以便自己仍可以垂帘听政，在背后掌控一切。于是，牛红梅最后又被自己的母亲利用，再次成为他人欲望的牺牲品。

牛红梅在父亲出走后的遭际、命运与后革命时代世俗化的现代性大潮所引发的价值的颠覆有关。马克斯·舍勒（Max Scheler）的价值伦理学着重研究的就是现代性如何改变了人的心性结构，从而使客观的价值等级秩序陷入混乱的。他认为客观价值秩序可按由低到高的等级分为五个层次，即感官价值、实用价值、生命价值、精神价值和神圣价值。进入现代之后，这种价值秩序发生了颠倒和位移，位居其下的感官价值和实用价值上升为主导价值，神圣价值、精神价值和生命价值在人们的生活中变得可有可无、退居次要地位，由此造成的结果就是人的生存的世俗化、感性化和庸俗化。具体到牛红梅那里，我们可以深切地感受到这种现代性的价值颠覆和移位造成的人的心性的改变，那就是性和灵魂的“羞感”的丧失，感性欲望和为满足这种欲望产生的使用价值占据上风，成为主导性的价值。舍勒认为性和灵魂的“羞感”对于人来说具有至关重要的意义，因为“人在世界生物的宏伟的梯形建构中的独特地位和位置，即他在上帝和动物之间的位置，如此鲜明和直接地表现在羞感之中，对此任何其他感觉无法与之相比”[①]。人是居于上帝和动物之间的存在者，上帝和动物都无羞感，羞感是人所独具的标志，中国古人讲：“人之异于禽兽者几希！”强调的也正是这种人居

---

① ［德］马克斯·舍勒著，罗悌伦等译：《价值的颠覆》，北京：生活·读书·新知三联书店，1997年，第164页。

于圣贤和禽兽之间的存在特性。在神圣价值、精神价值、生命价值被解构之后，人成为一种工具化、感性化、欲望化的存在，失去了掌控、制约、规范自己本能欲望的能力，只能陷入“跟着感觉走，手牵着梦的手”感性生存状态，沦为被欲望牵引的快乐奴隶。羞感这种“天然的灵魂罩衣”“身体的遮蔽物”，也就成为一种繁琐的不必要的装饰。“羞感”的丧失意味着人的世界在向动物世界靠拢，这种贬低人的文化与过度压抑的文化一样也同样会造成人性的异化和扭曲。现代性催生了发达的生产力，造就了一个高效率的社会，创造了极其丰富的物质财富，但也使现代社会成为一个使人们普遍感到无家可归的、支离破碎的高风险社会，所以小说中的牛家姐弟始终无法忘怀已失踪多年的“父亲”，希望通过找回父亲来结束自己精神上的六神无主状态，也就不难理解了。在现代性尚未真正启动之时，人们往往把一切的苦难、不幸、无奈、不如意都归于父辈的压抑、强制、无能、专横，认为只要把父亲打倒，幸福、自由就唾手可得，所以“杀父”会成为社会变革动员期的文学主调，清末的无政府主义革命者提出的口号即是“无父无君无法无天”的“四无主义”；然而，一旦真的步入现代社会，人们就像沙丁鱼般地挤在公共汽车上的乘客一样，急于要抓住一个把手，保持平衡，由此“寻父”文学又会引起人们的共鸣，吸引人们的注意。但是，如何能够找到或创造出一个真正能为儿辈所由衷认同的“父亲”？这是后传统、后革命时代的一大难题，所牵涉到的是现代社会的权威认同的困境。

所谓“权威认同”也就是对某种值得尊重的、享有崇高威望的人和事物的认可和赞同。权威作为在社会生活中靠人们所公认的威望和影响而形成的支配力量，是社会生活不可缺少的条件。通过权威的运用，个别行动者的行动才能被纳入到有秩序的状态中，个人生存的目的、价值、意义也由此获得确认。在前现代社会，权威的形成是一个自然的过程，宗教信仰中的“上帝”和宗法社会中的“父亲”权威就是这样形成的。而现代社会的权威则须来自人自身的创造，现代社会把对彼岸神圣世界的权威认同变成了对此岸世俗世界的权威认同，而且其自身处于无休无止的自我矛盾和自我分化之中，这就使得现代社会的权威认同陷入困境之中。现代世界作为一个单一平面的世俗世界，人们需要把这种世俗有限之物神圣化来树立这种权威认同，而这种世俗之物的神圣化更多产生的是以荒诞为主调的黑色幽默。《耳光响亮》里的金大印便是这样一位在牛家父亲牛正国失踪之后试图补缺的"继父"。但这位试图入主牛家的继父遭到了牛家儿女的顽强抗拒,在他们眼里,金大印鄙俗、滑稽、猥琐不堪,是个望之不似人父的"僭主""伪父",绝对无资格成为他们的父亲,所以他们合力抵抗,联合小流氓把金大印打得头破血流。这次对继父的施暴使得母亲颇为寒心,彻底离开儿女和金大印住在了一起。想成为真正的为儿辈尊敬、认可的父亲的金大印并没有放弃他的努力,他想首先获得社会承认再让孩子们对他刮目相看,于是就有了他和报社编辑马艳共同制定的成为"英雄"的计划。马艳给了他四个信封,让他依序按信中指令行事:第一个信封是让他去照顾一位孤寡老人,他依计而行,但结果出其意料,老人得寸进尺,不但让金大印给她做种种杂务,而且在她自己可以洗澡的情况下让金大印给她擦洗身子,好像她成全了金大印成为英雄的愿望,金大印也就要满足她的所有欲望;第二封信是让金大印去救人一命,金大印在江边守护多日,终于从面包车下救了一个小孩,自己也受了伤,小孩母亲在叫出租把金大印送到医院后就再也不承认他救人的义举,后来在马艳的劝导下,才答应承认此事,但在金大印找到她家里时她又让金大印"帮人帮到底",满足她丈夫离家多年后无法满足的性需求。总之,在现代性借重的使用价值取代了位居其上的生命价值、精神价值和神圣价值成为主导价值之后,"有用性"成为了人们唯一关注的东西,基于利益交换的关系成为人与人之间的基本关系,"无利不起早"成为人们判断他人的一个屡试不爽的信条。金大印的"英雄梦"在功利主义的时代已显得不合时宜,在经历了成为"英雄"的种种烦恼、不便、人格扭曲之后,金大印不想再当"英雄"了。马艳又给了他一个信封,这次是让他去赚钱,因为时代已经成为一个"谁有钱谁就是爹"的时代。金大印依计而行,辞职去做了小煤窑的矿主,果然成了千万富翁。成为富翁之后的金大印终于得到了他梦寐以求的来自儿辈的承认,小儿子牛翠柏为拍电视剧需要30万赞助款,金大印一口应承,素来瞧不起他的牛翠柏在达到了目的之后,按捺不住高兴:"我说你真是个好人,一个懂得艺术的人。我差不多叫了一声爸爸。"金大印提出的交换条件是娶牛红梅为妻,好让年轻的牛红梅给他生一个亲生的儿子,但他并不知道牛红梅在这样一个欲望化的时代已被过度"开发",丧失了生育能力。金大印的确成了牛家的父亲,只是使他成为父亲的不再是他本人,而是"有钱能使鬼推磨"的时代。

与金大印努力成为继父的经历不同，小说中的生父牛正国则经历了一个失踪、堕落、失忆的过程，这是一种儿辈记忆中的伦理之父在时代迁变中的自戕、自毁之举。这种父之自毁的主题在朱文的小说《我爱美元》中曾以儿子试图为父亲找回“性福”，所以带着父亲去找小姐，最后却因为没有美元未能如愿的极端戏剧化形式得到过表现，而这在《耳光响亮》中成为贯串全书的中心线索，牛正国由一位革命时代的循规蹈矩、谨小慎微、克己本分的小学教员在出走之后变成了偷越国境、走私毒品、嫖、赌、失忆的罪犯。牛正国的这种变化也并非偶然，因为他既往所接受的是一种由现代卡理斯玛式权威给定的带有特定功利性的伦理秩序，它不需要来自个人良知的支持，这种秩序的存亡全系于卡理斯玛式权威一身，一旦泰山崩颓、权威辞世，这种高乎、悖于人性、人情的权威秩序也就迅速崩解，小说中牛正国上班时骑的自行车在其出走后一夜之间就变成锈迹斑斑的一堆废铁，与此大有关系，它也预示了后革命时代牛青松式的执着的寻父之旅的徒劳，如此，留给人们的道路似乎只剩下一条，那就是金大印在迎亲车队出发前所反复告诫大家的：“所有人都不能回头，如果一回头，我们就会回到贫穷的生活里。”这就带有了不敢正视现实的鸵鸟式的自欺性，而且其中潜藏着将富有与道德截然对立起来的虚妄逻辑。

“时代新父”金大印代表的是在这个时代肆虐的金钱的力量，这种力量的破坏性正如西蒙·薇依(Simone Weil)所言：“金钱渗透到哪里，就毁坏了哪里的根，用赢利的欲望替换掉所有的动机。当落入一种灵魂的惰性状态的时候，当常常采用最具暴力方式的时候，我们就处在被拔根的状态中。”[①]这种拔根中最不可忽视的是文化的拔根，“它所导致的是在所有的领域都普遍出现这样的情况，各种关系被切断了，每一事物都被看作是自身的目的”[②]。由此，人的存在的意义也会发生严重的危机，每个人都成了一个孤立的岛屿，与世界与他人都失去了必要的联系。金钱至上对于社会的破坏性犹如强酸，正如马克思所言：“一切固定的古老的关系以及与之相适应的素被尊崇的观念和见解都被消除了，一切新形成的关系等不到固定下来就陈旧了。一切固定的东西都烟消云散了，一

---

① [法]西蒙娜·薇依著，徐卫翔译：《扎根——人类责任宣言绪论》，北京：生活·读书·新知三联书店，2003年，第34页。

② [法]西蒙娜·薇依著，徐卫翔译：《扎根——人类责任宣言绪论》，北京：生活·读书·新知三联书店，2003年，第54页。

切神圣的东西都被亵渎了”[①]。在此背景下的“寻父”“寻根”也就是对人的生存的确定性追求。人生在世实有两种基本的需要：一是“遂生”，一是“安所”。“遂生”即是指人的生命欲望的逐求、实现，“安所”即是指的人安身立命，得其所在，一种可以使人的灵魂得以安顿的精神家园、心灵秩序。变革时代的中国，首先唤起的是人的“遂生”的需要，将人从一切束缚中解放出来，以推动社会的变革，因而安所的需要也就无从顾及。革命时代的禁欲主义伦理产生于由传统的“神人文化”向“人神文化”的转变，“以出世的精神从事入世的事业”，是对其志趣的精练表达，也就是说它是通过将人神圣化建立起来的一种功利性的伦理秩序，其最高目的是为实现一种共同的事业。这种伦理秩序具有他律性的特点，本身排除了与个人良知的联系，是一种集团主义的伦理规范，因此其对于个人来说具有异己性、外在性和强制性。它以高于人性、超乎人情的出世精神为依归，自然会对人的自然本能欲望造成高度压抑，从而导致一种人以自己的本能欲望为耻的禁欲主义心理。东西的《后悔录》表现的正是这种革命时代的伦理秩序派生出的禁欲主义文化对人性的异化和扭曲以及个人良知从这种异己的、他律的伦理秩序中逐步复苏的过程。与《耳光响亮》一样，他所关注的重心仍是这种时代孤儿的精神困境与生存状态，只是更集中于主人公的“性”的磨难，以及时代由禁欲到纵欲的翻转对于无力把握自己命运的小人物所带来的尴尬和困窘。

《后悔录》令我联想到的是根据英国作家安东尼·伯吉斯(Anthony Burgess)的小说改编的电影《发条橙》。其中的主人公阿历克斯原是一个肆无忌惮、无恶不作的小流氓，入狱之后经过狱方别出心裁的“洗脑”实验，成了一个打不还手、骂不还口、无法接近女色而且绝对不会危害社会的“新人”楷模。然而成为这种标准好人后的阿历克斯却无法在社会上生存，最后官方又只得使其恢复原状。该片的主旨强调的是人的道德自主性，也就是一个人的行善作恶必须是出自个人自主的选择，如果剥夺了个人的这种自由意志，那么不论是强其行善还是强其作恶都不复是人的行为，而是一种机械反应。这种伦理秩序下的人也只是一种机械的、人造的、上了发条的人。所谓“发条橙”的寓意按照伯吉斯

---

① [德]马克思、恩格斯著，中共中央马克思恩格斯列宁斯大林著作编译局编译：《马克思恩格斯选集》第一卷，北京：人民出版社，1972年，第254页。

的说法是："它标志着把机械论道德观应用到甘甜多汁的活的机体上去。"而《后悔录》中的曾广贤的人生悲剧在很大程度上便是奉行这种他律的、异己的机械论的道德观的结果。小说以性为中心，讲述了主人公从禁欲时代到纵欲时代的性的失败史，禁欲时代的人奉行的是禁欲主义机械的他律论的伦理观，它从根本上否定性的存在的合理性，人们以成为"无性的人"而骄傲，以成为某种非人格化的标准化、同质化的产品为目标，于是，就会引发一系列的扭曲人性的悲剧。

小说中曾家的父亲曾长风作为父亲已完全失去了其在传统家族社会中的道德权威地位，他是一位被时代废黜的父亲，国家把原属于家族和个人的道德自主权收归了"国有"，所以他与儿辈地位平等，都是最高权威派生出的禁欲主义伦理秩序统辖下的芸芸众生，同样都是那种机械论的道德观监视下的囚徒。他的悲剧与他的妻子极力要成为"无性的圣徒"直接有关，妻子的这种道德洁癖最终使丈夫走上了以偷情来满足性欲的道路，而又不幸被同样习得这种洁癖的儿子发现，告诉他人，结果父亲被卫道者们痛殴，"生殖器官肿得像铅球一样"。随之，儿子又无意中从窗户看到动物园长调戏母亲的一幕，就冲进去责骂、唾弃母亲，不听母亲的辩解，结果，母亲第二天就将自己喂了动物园的老虎，自己"羞死了"。这种大义灭亲的禁欲主义伦理对于家庭亲情的伤害于此也达到了极点。在这样的他律性、异己性的伦理规范下要接纳性、学会爱、懂得在社会设定的道德规范之内来实现自己的本能、欲望，显然是一件难事。父亲在性方面受挫之后，得到的最大教训就是：千万不要在这方面犯错，实在压抑不住就自己解决。所以，长大后的曾广贤也一再在性的问题上碰壁，无所适从，直至因为半夜闯进他所爱慕的美女张闹房间被发现，锒铛入狱，被判了八年徒刑。坐牢期间，他的同事卢小燕对他不离不弃、关爱有加，所以两人成了一对恋人。但出狱后的曾广贤又被贪婪、狡诈的张闹算计，张设计拆散了他和卢小燕的婚姻，又骗曾与她结婚以图谋政府退还给他的财产。后来曾费了很大劲，才得以和张闹离婚，而这时的他已步入中年，仍是孑然一身。小说由曾广贤对按摩小姐和躺在床上已成植物人的父亲的长篇倾诉构成，曾广贤最后对他爸爸讲道：他"一辈子最后悔的事就是没有过一次那种生活。小池在仓库脱裙子时，我骂她流氓。闯进张闹房间的时候，我都还没动手，她就喊救命了。从杯山出来时，小燕想脱我的衣服，我害怕那是非法同居，也没敢让她往下动。跟张闹谈婚论嫁的日子，天天都有机会，我却偏要等领结婚证，偏要布置新房。等于百家睡到了张闹的床上，我就看不起她了，把她当狗屎了，没想到几年之后，自己想吃回头草了，她却说档次上去了，下不来。尽管现在不一定非得跟她们过那种生活，尽管到处都有过那种生活的机会，我的心理却有了障碍，就像面前有一座大山，怎么也翻不过去，就像我的脑袋刚刚冒出井盖，就被棍子打了回来，打多了，脑袋就再也不敢冒出去了"[①]。

曾广贤的这种性爱史颇有黑色幽默的色彩，具有荒诞性和残酷性。禁欲时代的他奉行的是异己的机械论的道德观，个人的自由意志、道德自主性都被褫夺，人成了国家机器上的一个零件，也就无法为他的害人害己的行为负责；而纵欲时代的他又处身于了一个个人欲望至上的时代，一个规则全无、藩篱尽撤、人向动物看齐的时代，他又无法放弃自己作为人的最低底线（如乱伦的禁忌），所以只好一再与似乎唾手可得的幸福失之交臂。六十多年的时间里，中国社会的道德气候经历了从冰点到沸点的反转，从一个极端走向另一个极端，都与道德自主性的缺失有关。极寒与极热的环境都极不适合于人的生存，它也是曾广贤欲望难遂的主要原因，因此营造一个适合于人的生存的道德环境就成为当务之急，而这要走的第一步就是要将人的道德的自主性、自由意志归还给人，使其可以对自己的选择负责。如此，曾广贤也许可以减少由社会客观原因而造成的后悔和遗憾，更有可能遂生、安所，得到使自己感到身心安宁的幸福。小说中作为植物人的曾广贤的父亲在听完儿子的倾诉后，眼中居然流出了泪水，这正代表了这种历尽磨难之后父子的和解、人性的复归。

① 东西：《后悔录》，北京：人民文学出版社，2005 年，第 289 页。

“传奇”与“本事”之间
——读格非的《人面桃花》

格非将他的小说命名为《人面桃花》，显然会使人首先联想到唐朝诗人崔护的那首诗：“去年今日此门中，人面桃花相映红。人面不知何处去，桃花依旧笑春风。”如果按照文本主义的理念，将这首诗与诗人的个人经历隔离开来，使诗的内容本身成为一个独立的艺术世界，我们就无从了解这首诗背后那个凄美的爱情故事以及那个比诗人的想象、虚构还要神奇的历史世界。如此，我们对于此诗的一切阐释都在助成它的抽象性和封闭性，最终导致对产生它的土壤——作家的个人经验和生活世界的摒弃和遗忘。所以“现代性”的重要原则之一——文学自主性发展到极致，导致的则是一种“生命的不可承受之轻”的状态，这种状况大概是有悖于它的最初提倡者的初衷的。至此，与诗歌、传奇相应的背后的“本事”，就会重新被纳入到人们的考察视野，补充也颠覆着已经凝固化的单一文本对世界的理解和想象。这样文本之外的“本事”就会成为理解文本自身的一个重要参照，通过这种多重文本的相互观照，就会将单一的文学文本从它的被孤立状态中解放出来,向广阔的历史和现实世界开放,焕发、衍生出新的意义。

从专注于追求文学的纯粹性、自主性到重新思考文学与历史、现实的关系,这是从20世纪80年代中期开始创作的作家走过的较为普遍的心路历程。格非从20世纪80年代初走上文坛,在20世纪80年代中后期成为先锋小说家中的重要一员,他的代表作《追忆乌攸先生》《迷舟》《褐色鸟群》《大年》等等,以善于营造小说叙事的“迷宫”,制造无法填补的“空缺”闻名。这个时期的格非给我的感觉是一个不动情的非常“智性”的作家,他的兴趣在哲学或者说是“玄学”,他的小说似乎具有一种不及物的“不粘锅”的性质。他的小说虽然以历史或现实生活为背景,但他对真正的历史和现实似乎都缺乏真正的兴趣,他以玄学式的“轻逸”姿态高蹈于沉重的历史和现实之上,对这个世界报以诡秘的微笑,在小说技术上颇有点魔法师炫技的味道。这一点已经故去的批评家胡河清也曾经提及过,他把格非形象化地称为“蛇精”,说他的创作有点“诡秘有余,而神秘感不足”[①]。这个时期的格非小说也可以从社会历史批评的角度进行阐释,如《大年》《敌人》等等,但总觉着这种阐释可能偏离了作家真正的旨趣所在,因为他的兴趣根本不在与社会历史同构的人物和故事之上。进入20世纪90年代之后,格非的创作已在开始发生变化,长篇小说《欲望的旗帜》已经没有多少莫测高深的玄学色彩,开始逼近时代表现一种欲望化时代人的精神的贫困和沦落。之后,格非沉默了10年没有新作问世,直到2004年《人面桃花》问世。该书一出版,可以说是好评如潮,连获一些文学大奖,表明该书在文学界已得到充分的肯定。《人面桃花》主题的沉重、寓意的深远以及艺术技巧上的炉火纯青、语言的精致典雅,使它的确成为格非小说创作的一个高峰。与20世纪80年代的格非相比,他已不再沉迷于设置小说叙事的迷宫,正如王中忱所言:“格非曾被誉为设置故事圈套的高手,《人面桃花》同样情节起伏紧张,但作家似乎已经无意用心经营悬疑,常常很快就自动解开悬念,他已经在故事的可读性与寓意的丰富性之间,找到了恰当的平衡。”[②]从我的感觉来说,这是格非的小说由文胜于质,向文质相济的一个发展。

《人面桃花》取材于清末民初的反清革命历史,小说中的故事发生于清新妩

① 胡河清:《胡河清文存》,上海:上海三联出版社,1996年,第56页。
② 王忠忱:《格非:带着先锋走进传统》,《新京报》,2004年8月6日。

媚的“杏花春雨江南”，写的是一个“鉴湖女侠”式女革命党人跌宕起伏传奇性的人生。不同于秋瑾女士的是，小说中的女革命党秀米没有死于壮烈的反清革命，没有像革命党人所通常希冀的那样完美地画上生命的句号，完成“生如宝剑之锋利，死如彗星之迅忽”英雄主义式的人生。她在经历了牢狱之灾后活了下来，看到了革命胜利之后的乱象才去世，因而又经历了更大的幻灭——对自己曾经为之献身的理想、信仰的幻灭。从小说主人公秀米的人生经历、精神气质、心路历程来看，她与徐讦20世纪30年代所写的小说《鬼恋》中的女主人公颇有相通之处。自称为鬼的那位神秘女子在爱她的“人”的眼中呈现出那种人世罕见的出世的美，所谓“我感到你是超人世的，没有烟火气：你动的时候有仙一般的活跃飘逸，静的时候有佛一般的庄严”。而之所以能如此，正因为“鬼”有过一段非同常人的人生经历：“自然，我以前也是人……而且我是一个最入世的人，还爱过一个比你要入世万倍的人。……我们做革命工作，秘密地干，吃过许多许多的苦，也走过许多许多的路。”她光暗杀人就有十八次之多，曾从枪林里逃越，车马缝里逃越，轮船上、荒野上、牢狱中逃越，她的出世之美恰恰来自最入世的历炼。然而，“一次次的失败，卖友的卖友，告密的告密，做官的做官，捕的捕，死的死，同志中只剩下了我孤苦的一身”。她经历遍了这人世，品尝遍了这人生，认识了这人心，所以才要决心做鬼，因此在她身上才呈现出那种洒脱飘逸的出世之美。这种人生历程和精神嬗变与秀米确有可比之处。

格非称自己在这部作品中力图“通过简单来写复杂，通过清晰描述混乱，通过写实达到寓言的高度”[①]。看完这部小说，我们可以说格非的确实现了他的这个构想，达到了他要追求的这种艺术境界。而之所以能如此，我认为与格非选取了一个非常巧妙的小说结构方式有关系。这部小说可以归为一种“成长小说”的类型，他描述的是一个不谙世事、天真纯情的少女在历史的大动荡时代身体和心灵逐渐成熟的过程。晚清的革命历史过程曲折、头绪纷乱，是非常复杂的，要表现这段历史的精神特质以及这段历史在人的生活和心灵世界所引起的震撼和变化，是很有难度的，正面地去写这段历史，反而往往达不到目的。格非的巧妙就在于他选择了这种成长小说的模式，从而可以化复杂为单纯、化混乱

① 谢友顺：《格非：我遇到的问题是整体性的》，《南方都市报》，2004年6月28日。

为清晰、化寓言为写实，将个人的经历与历史的纠缠以艺术的方式再现出来，从而收到了一箭双雕的效果。秀米的前期人生历程（以被捕为界）从理想追寻的角度可以描述为一个从“寻找父亲”到“寻找英雄”再到“自我英雄化”的过程。小说的开端父亲的出走、失踪和寻找都具有一定的象征性。小说的第一句话“父亲从楼上下来了”是具有深刻的寓意的，晚清以来的中国面临的是“三千年未有之绝大变局”（李鸿章：《同治十一年五月复议制造轮船未可裁撤折》），单以中国五千年的传统和祖辈相传的经验和智慧来应对这个弱肉强食、变化莫测的时代，已是远远不够、力不从心了，父亲的下楼和出走代表的是曾经主宰着世道人心的传统权威的失势和倒塌，人的心灵出现了空位，价值失范，时代呼唤着新的英雄和新的信仰的出现，以重整河山，再收人心。张季元的到来则代表着这种新的时代英雄和精神信仰的出场。他将秀米从父亲失踪后所带来的失去主心骨的茫然失措、惶恐不安中拯救出来，填补了她的心灵的空白，重新找到了一个新的“父亲”，同时又是恋人。张季元在她的人生历程中扮演这一个时代引路人的关键角色，对秀米的命运具有支配性的作用。从日本回国之后的秀米已经成为一个成熟的革命党人，其特征在于她的女性特质的退隐，而表现为一种“男性化”“志士化”的倾向。晚清是一个慷慨悲歌、激动人心的时代，正如当时的诗人所咏唱的“嫁夫当嫁马志尼，娶妻当娶索菲亚”，为理想献身的革命者成为时代崇拜的偶像。此时的秀米努力将儿女私情抛在脑后，成为一个随时准备为理想而献身的革命志士。从生理的、心理的角度来考察，秀米的这段人生历程可以描述为一个从少女到少妇的过程。小说对秀米的生理、心理的成长变化有非常细致的描写，这种身体的成长过程与秀米的心智、理性的成长过程交相辉映，从而表现出人的成长的立体性和丰富性。小说中有一些富于象征意义的巧合，如父亲的出走之日正是秀米的初潮之日，所谓“杨家有女初长成”，然而等待着这位美丽单纯的少女的命运将是什么，则给人们留下了一个悬念。正如父亲临走时的预言：“普济马上要下雨了。”时代已是“山雨欲来风满楼”，乱象丛生，然而也正是这种乱世，为秀米的传奇人生搭建了一个舞台。如此，可以说前者——理想主义的人生追求和奋斗构成了秀米人生壮美的传奇，而后者她的个人性的生理、心理的成长叙事则构成了这个诗篇的本事，前者属于政治的、历史的、道德的范畴，后者则属于感性的、审美的、私人生活的范畴。但两者并非可以截然分开的，而是纠缠在一起的，革命文化的特性就是一种青年文化，它的单纯、热情、躁动不安、完美主义等都表明它与人的青春期生理、心理特性有关。

推动秀米走向革命的虽有些命运的因素，但主要还是取决于一种内在动力，即一种创造历史的乌托邦主义激情。对于这种乌托邦主义的审视，显然是这部小说的重心所在。乌托邦大致可分为两种：一种是静态的、超验的乌托邦，像陶渊明的《桃花源记》可以说是这种中国乌托邦的典型表述。它具有空想的、非历史的特性，是作为一种心灵的寄托来超越不完美的现实的，古典的乌托邦大都属于此类。另外一种则可称之为历史乌托邦，因为它不再诉诸空想，而是要直接诉诸历史，也就是要把现实世界改造成乌托邦，把人间改造成天堂，在小说中也就是要把普济改造成真正的桃花源，这是一种典型的现代乌托邦。它的出现与基督教的"千年王国"、佛教的"大事因缘"以及中国固有的大同世界理想都有关联。中国近代由传统向现代的转换似乎为这种现代乌托邦的到来提供了一个特有的契机，革命者希望"毕其功于一役"，一举建成一个与传统彻底决裂的理想社会，将陶渊明的桃源梦化为现实。秀米的父亲就因为萌生了这种理想而又无法实现，所以发疯、出走。他的发疯也可以说是这个时代悸动的一个征兆。而新一代的理想主义者则可以说是自以为找到了这个途径，开始了将它历史化的进程。在小说中张季元及其"蜩蛄会"可以说是这种现代理想主义的代表。"蜩蛄"就是"知了"，"知了"也就是一种对历史普遍真理领悟和觉醒，具体所指显然是他们所接受的来自现代启蒙主义理想，他们的使命便是把这种理想移植到中国，并彻底地实现这种理想。比如初到普济的张季元就即兴说了一番让秀米一家人骇倒的"疯话"：秀米一家人在饭后聊天的时候，说到女子嫁人的事，张季元插话说往后结婚不需要三媒六聘，也不用与父母商量。

> 翠莲就问：
>
> "要是那女孩儿的父母不同意怎么办？他们拦住门，不让你进去。"
>
> "那好办，把他们杀掉。"
>
> 翠莲简直不相信自己的耳朵。……
>
> "要是女孩自己不同意呢？"翠莲问道。
>
> "照样杀掉。"张季元毫不犹豫地说。

“假如……假如有三个男的，都看上了同一个姑娘，你说该怎么办？”

“很简单，由抽签来决定。”……

“在未来的社会中，每个人都是平等的，也是自由的。他想和谁成亲就和谁成亲。只要他愿意，他甚至可以和他的亲妹妹结婚。”

“照你这么说，整个普济还不要变成一个大妓院啦？”

“大致差不多。”张季元道，“只有一点不同，任何人都无需付钱。”

“大舅可真会说笑话，要真的那样，你们男人倒乐得快活。”翠莲挖苦道。

“你们不也一样？”

张季元哈哈大笑。他笑得直喘气。

张季元似乎在说玩笑话，实际上说的也是“正经话”，你只要去看看清末的无政府主义革命者蔡元培的《新年梦》，看看吴稚晖、李石曾当时在法国巴黎办的《新世纪》等杂志，就会发现张季元所云在清末革命党人中是比较普遍的思想。一篇名为《三纲革命》文章这样写道，“男女交媾，本为生理之情欲，与饥食渴饮同一绝不足奇之条件”，因此与道德廉耻无关。“爱情之生，其惟男女相悦”，“欲人群进化，爱情普及，必自废婚姻始，必自男女杂交始”。父与子之间“有长幼之遗传，无尊卑之义理”；夫妻之间“就理论言之，若夫得杀妻，则妻亦得杀夫……若夫得嫖，则妻亦得嫖”[①]。这是从自然人性论推导出来的极端的“新伦理”。20世纪初的启蒙主义思想家相信，只要人类掌握了理性，就一定能够带来人类的解放，这种解放包括从自然界的必然性中解放出来，也包括把人从宗教传统、伦理道德、社会制度的奴役中解放出来。他们相信一种人类可臻无限进步的理想，认为人类在实现其能力的完善上决无限制，人类的完善是真正无限的。在理性和科学的引导下，整个世界的历史才算真正开始：它向着一个合理化的世界挺进。而只有将自己超出于国族之上，作为一个“世界公民”也才能够形成这种“普遍历史观念”。而要实现这种合理社会靠的是什么？清末的革命者认为靠的就是革命者的坚强意志、牺牲精神以及砸烂一切、不计代价的铁

① 真（署名）：《三纲革命》，《新世纪》（法国巴黎），1907年第11期。

腕，所谓"药不行用铁，铁不行用火"，在血雨腥风中创造一个新世界。所以小说中的革命党会郑重其事提出所谓"十杀令"，小说中引了这样一段张季元的日记：

光绪二十七年九月十三日。大雨。在夏庄薛宅开会。下午商定《十杀令》。大致如下：

①有恒产超过四十亩以上者杀；②放高利贷者杀；③朝廷官员有劣迹者杀；④妓女杀；⑤偷盗者杀；⑥有麻风、伤寒等传染病者杀；⑦虐待妇女、儿童、老人者杀；⑧缠足者杀；⑨贩卖人口者杀；⑩媒婆、神巫、和尚、道士皆杀。以上各款中，众人除第⑧条外均无异议。对第⑧条反对最烈者为王氏小和，他的理由是，普济、夏庄一带妇女缠足者不在少数。他自己的母亲、浑家、两个妹妹皆缠小足。后经众人再议，改为：自革命成功之日起，凡再有缠足者杀。

"杀"，被视为创造新世界的必要手段，所谓"文明需购之以血"。李群在《清议报》上曾专门写了一篇文章《杀人论》，开口即言："支那其亡矣！支那其亡矣！亡而存之，有术焉，是惟杀人。"这种"流血"不只是流志士之血，而是"必有民贼之血、贵族之血、百姓之血与志士之血相揉相济相倾相搏而文明于以生。"[①]这种对"流血"的信仰，显然与法国大革命的影响有关。

这些革命者的心态正如杜·加尔在《蒂博一家》中借人物之口所说："为了从头开始，一切事物都须加以摧毁。我们整个糟糕透顶的文明必须先垮掉，然后我们才能使这个世界合乎情理。"这就是一种典型的唯理主义的现代性社会构想。它对于单纯、偏执、沉迷于自己的理想之中，罔顾人性和社会现实的革命者具有特别的吸引力。如果说小说中的地方志等对于这些革命者的记述属于一种时代正史，那么小说中对于革命者个人的欲望叙事，如张季元与秀米的母亲的私情、薛举人与妓女小桃红的纠葛、六指儿与花家舍匪首们的恩怨等则构成了正史外的野史，成为与时代传奇纠缠在一起难以分割、相互补充的本事。

---

① 李群：《杀人论》，《清议报》（日本横滨），1901年第88期。

作为先锋小说家的格非显然对历史的非理性、神秘性的一面仍保持着浓厚的兴趣，这给《人面桃花》带来了一种虚实相济、言有尽而意无穷的特有的美感。

出狱后的秀米在经历了一段缄口不言的自我惩罚之后，开始发生变化，这是一种由对世间的一切都视而不见的沙漠里的"朝圣者"向一个意识到"人生如寄"的审美主义的"过客"的变化。她又回到了陶渊明式的人生，高洁傲世、一尘不染，在养荷植梅、读书吟诗中打发自己的余生，在日常的生活、人情的往来、传统的庇护中安顿自己的心灵，向中国传统文人生活方式回归。是耶？非耶？对于这位经历过如此剧烈的时代风暴的幸存者，似乎也不必苛求了，她只属于她的那个时代。

艰难时世与文学的选择

翻开任何一本有关20世纪文学史的书后所附的文学年表，你就会发现中西文学所呈现的不同风貌。以波及世界的第二次世界大战而言，美国自1941年珍珠港事件爆发宣布参战开始至1945年战争结束，文学年表上列出的重要作品有福克纳的《去吧，摩西》(1942年)，托马斯·艾略特的《四个四重奏》(1943年)，贝娄的《挂起来的人》(1944年)，斯泰因的《我所目睹的战争》(1945年)以及赖特的《黑孩子》(1945年)等。从中我们几乎看不到正在进行的战争与文学的直接关联。这肯定与文学史编撰者的趣味、眼光有关，但也是客观存在的一种实情，那就是美国的文学与其时代总保持着一定的距离。美国文学中以二战为背景或对二战进行集中反思的作品大量出现，大概要在战争结束十年之后。文学在西方自有其一条独立的发展路线。而在同时期的中国文学年表上，我们所看到的几乎是整个抗战史的缩影：从1938年文化界抗敌协会成立不久，就有对梁实秋“与抗战无关论”的批判；1940年有关于民族形式的大讨论；同年有“战国策派”的出现及对其的批判；1941 年，国民党成立“中央文化运动委员会”，张道藩提出“六不、五要”的文艺政策；1942 年延安进行文艺整风运动等。文艺作品也大都取材服务于正在进行的抗战及围绕着抗战发生政治斗争。中西方文学出现这种差异的原因比较复杂，首先，它似乎与中国被卷入战争的深度、广度有关，抗战是中华民族求生存的神圣战争，作家作为民族的一员自觉地投身于战争，以笔为枪服务于抗战，似乎完全是理所当然的事情。但在情况与中国相似的英国却并没有出现中国这种大规模的服务于抗战的文学运动出现。这主要与中西文学的传统，特别是现代作家所持有的文学观念有关。中国现代作家的这一文学服务于时代的观念因抗战这一特殊历史情境而得到强化，这与“五四”乃至“五四”以前逐步形成的绝对的历史主宰文学的他律论的文学观念有关，它将文学完全纳入到历史之中，以推动时代、适应时代的要求为最高目标和最高价值，而忽视了文学除了具有历史性还具有超历史的一面，因而对文学的非历史的审美特性缺乏足够的认识。这种建立在社会进步主义信念之上的文学的历史观念虽为新文学的诞生起到了摧枯拉朽的开道作用，但也使新文学带有了一种与生俱来的先天不足，这在以后的中国现代文学发展中日趋明显、愈演愈烈。中国新文学既得益于这种文学观念所带来的恩惠，但也承受着这种文学观念所带的匮乏和苦涩。这种文学观念直接主导着作家的自我期许、自我定位，对文学的发展产生直接的影响。

这种文学观念的产生与中国现代文化的特性有关，中国现代文化作为一种后发的现代性文化，与西方原发性的现代文化有着相当的区别。首先，它的“进步”“现代”观念主要不是落脚在经济发展上，而是在此之上要达到某种政治、道德目的。所以它走的是政治、经济、道德混为一体，而以政治挂帅的道路。只要政治问题解决了，其他问题迎刃而解了，这是一种价值一元论的绝对主义的思维方式。因此，中国现代文化中的“进步”一词，指的主要是“思想、主义”的进步，“观念、意识”的进步，而不是各项经济指标的增长率。在这样一种唯意志主义的进步观念主宰下，文学就自觉充当了编织激进的意识形态神话的急先锋。这种超越于社会现实之上的精神偏执，使文学担负起了它无力承担的政治道德重负，并最终导致它的彻底迷失。从胡适之“为大中华创新文学，此业吾曹可让谁？！”[①]中我们就可以充分地感受到这样一种把握了历史的先机、主动地去创造历史的豪迈慷慨之气。但历史的吊诡之处就在于文学和生活一样是容不得人来任意设计、安排的。胡适们在抛开一切旧文学的废墟和空地上重建新文学的努力只能证明他对文学的急功近利、一知半解。其时已步入晚境的严复，对意气风发的胡适之们曾经发过这样世故的议论：“须知世事，全属天演，革命年代，学说万千，然而施之人间，优者自存，劣者自败。虽千陈独秀万胡适，岂能劫持其柄，则亦如春鸟秋虫，听其自鸣自止可耳！”[②]回顾百年中国文学所走过的道路几多崎岖、几多坎坷，留下“鲁迅走在金光大道”上的时代轶事让人回味无穷。其次，由于将政治运动作为推动社会运转的最大动力，而不是像西方以个人追求财富的求利之心作为经济运转的基本动力，这就为作为意识形态的文学直接干预生活、介入政治提供了用武之地。由此出现的情形是：一方面政治了解文学的这种强大的功利作用，强化文学的社会功能，不放松对于文学的利用和控制；另一方面文学因其有这方面的功用，而使本以为百无一用的作家诗人感到身价倍增、乐此不疲，自觉地为社会的具体需要服务。因此文学艺术被要求歌颂工农、歌颂工农业生产、歌颂“三面红旗”等等。这恰恰说明这个社会的经济生产缺乏一种自我运行的动力，就像没有发动起来的汽车一样需靠人推着前行，它只能靠生产符号的过剩弥补生产动力的不足。而在西方工业化国家，文学无须去激励经济的发展，文学与政治、经济脱离，各自都有其独立的领域，因为其社会的政治、经济，无须再借助文学的助力而进行运转。现当代中国文学中的公式化、概念化、重事轻人等弊病的存在都不是可以轻易消除的，实因为社会对此尚有一种需要和依赖。中国现代作家与以往任何时代的作家都不相同，这突出表现在这一代作家既获得了令人炫目的声名和荣誉，又达到了“文章信口雌黄易，思想椎心坦白难”的以言获罪、有口难辩的境地，并付出千古奇冤、家破人亡的沉重代价。这种教训之深刻，使得几位文坛巨子如鲁迅、胡风等留给后代的遗嘱竟是千万不要再去学文学，不要去做什么空头文学家。作家、诗人在这个时代竟然成为这样一种高风险的职业，完全是由自己主动地追求政治效

---

① 胡适：《沁园春·誓师》，《胡适文集》第9卷，北京：北京大学出版社，2013年，第220页。
② 严复：《与熊纯如书》（八十三），《严复集》第3册，北京：中华书局，1986年，第699页。

应、与政治联姻造成的。现代中国的诗人作家绝少像帕斯捷尔纳克对诗人、作家的天职有着这样明确的自觉，并如其在《日瓦戈医生》中那样谦虚地认为“生命的谜、死亡的谜、天才的美、质朴的美，这些我们是熟悉的。可是那些琐细的争执，像重新瓜分世界之类，对不起，这完全不是我们的事”。中国现代主流文学不仅对人性的奥秘缺乏探索的兴趣，而且对“美”也大都持一种轻薄的态度，不仅将其视为小道，而且将其与玩物丧志联系在一起。这与中国传统对文学的看法有关。钱锺书曾经对这种文人心理作过这样的剖析：“至于一般文人，老实说对于文学并不爱好，并无擅长。他们弄文学，仿佛旧小说里的良家女子做娼妓，据说是出于不甚得已，无可奈何。只要有机会让他跳出火坑，此等可造之才无不废书投笔，改行从良。文学是倒霉晦气的事业，出息最小邻近着饥寒，附带了疾病。我们只说有文丐，像理丐、工丐、法丐、商丐等名目是从来没有过的。至傻极笨的人，若非无路可走，断不肯搞什么诗歌小说。因此不仅旁人鄙夷文学和文学家，就是文人自己也填满了自卑心结，对于文学，全然缺乏信仰和爱敬。”[①]不只是一般文人如此小视文学，就是现代文学史上著作等身的大家也从未真正瞧得起文学。茅盾就在晚年深悔自己年轻时因职业关系接近了文学，并以文学家终其一生。巴金早年是位激进的无政府主义者，文学在他只是宣泄对于不公正的社会的愤怒的喷火筒，如果谁把他当作舞文弄墨、卖文为生的文人，他是会按捺不住他的愤怒的：“文学是什么？我不知道，而且我始终即不曾想知道过。大学里关于文学的种种课程，书店里有种种关于文学的书籍，然而这一切在轿夫仆人中间是不存在的。他们也决不会梦想我也靠稿费维持生活的事情。我写过一些小说，这是一件不可否认的事实。但这些小说是不会被列入文学之林的，因为我自己就没有读过一本关于文学的书。”[②]文坛上的“大将”是如此看待文学，“领袖”又是如何呢？

鲁迅和郭沫若都是从学医转向文学的，他们的人生理想、志愿、抱负都表明做一个作家、诗人是有违他们的初衷的。鲁迅本来是打算以行医为其职业的，这缘于他认为父亲的病为中医所误的刺激。学医一方面可以救人，一方面可以促进国人对于维新的信仰，这对于为救亡图存的《天演论》所唤起的晚清一代青

---

① 钱锺书：《论文人》，《钱锺书集》，北京：生活·读书·新知三联书店，2011年，第47页。

② 郑振铎、傅东华编：《我希望能够不再提笔》，《我与文学》，上海：生活书店，1934年，第78页。

年人是顺理成章的选择。然而学医时所经历的幻灯片事件，使他意识到："凡是愚弱的国民，即使体格如何健全，如何茁壮，也只能做毫无意义的示众的材料和看客，病死多少是不必以为不幸的。所以我们的第一要著，是在改变他们的精神，而善于改变精神的是，我那时以为当然要推文艺，于是想提倡文艺运动了。"其时激励鲁迅做出这种人生选择的是裴多斐这样的以死殉国的国民诗人和拜伦那样的摩罗诗人叛逆英雄。他之要搞文学是因为他相信："文艺是国民精神所发的火光，同时也是引导国民精神的前途的灯火。"这种自我期许甚高的文学理想，一方面使鲁迅的创作具有了单纯意义上的文学家所不具备的历史价值和道义担当，另一方面使鲁迅成为一个始终感到不得其所的角色认同的危机。究其一生，总是难以摆脱"未尝经验的无聊、如处荒原的悲哀"，感到自己的作为文人的脆弱和渺小，而相信枪炮的威力、武器的改造，相信"药不行，用铁，铁不行，用火"的改造哲学。如此"身在曹营心在汉"的心态对其文学事业肯定会造成极大影响，作为革命家的鲁迅也就会在很大程度上取代作为文学家的鲁迅的存在。这种现象从中国文学史上来看却具有相当的普遍性，作家追求文学的社会政治、道德意义似乎应该说是文学的题中应有之义，且是中国载道文学的悠久传统的延续。西方也素不乏这样的载道作家如托尔斯泰等，现代作家中还有像萨特、马尔罗这样的强调文学要介入现实的作家，但这种载道、这种介入不能以丧失自我和文学的独立性为代价。在中国现代文学史上，从消极的意义强调"为文学而文学"的呼声一直很微弱，且不理直气壮。值得提及的是 20 世纪 30 年代一再为左联所窘的郁达夫，一气之下发表了这样的声明："I am a writer not a fighter!"当然，郁达夫就此顺理成章地被左联开除了。

现代文学上唯一堪称大师的是鲁迅，但鲁迅却没有充分展现出他作为文学大师的才华，他有成为大师的资质和潜能，但却似乎欠缺成为大师的"主观故意"，如此，就像流行歌曲唱的那样，"谁也不能随随便便成功"。没有对文学自身的价值的虔信和守护，是难以在文学上取得真正的更大成就的。再从郭沫若来说，这位天才的诗人、学者，一辈子徘徊于文学与政治之间而莫衷一是。作为一个诗人，他是真性情的，敢于直抒胸臆、张扬自我。这种诗人气质表现于政治态度上，使他于"四一二"政变后写出了名动一时的讨蒋檄文《请看今日之蒋介石》，直斥蒋是大军阀、大流氓、刽子手。但抗战爆发之后建立统一战线，郭沫若从日本回国参加抗战，他受到了蒋介石的接见，又写了一篇文章《我见到了蒋介石委员长》，诚惶诚恐，颇有颂扬之意。作为一个政治人物是不能不讲策略、讲变通、讲功利、讲原则的，私人感受只能搁置一边。到了“文革”时期就表现得更为突出，“文革”一来，郭沫若在这场大革文化之命的运动中，率先表态要将自己的所有创作都付之一炬，因为它们全是毒草，毫无价值，只能害人。郭老的这种表态一直难以得到文化界人士的谅解，就因为他作为文化班首、学界领袖，本应成为人类文明的守护者，却成了文明的掘墓人，未等敌人攻城，自己就先插了白旗，弃城投降了。郭老这样做自有其苟安、自保的动机在里面，但也不容忽视的是他作为一位影响巨大的政治人物，不能不将“政治原则”置于首位。然而郭老真实情感还是按捺不住地在他和田汉唱和的打油诗中流露出来：“你是臭老九，我也是臭老九，两个臭老九，天长地也久。”千年道统在 20 世纪的器质性病变，不只使知识分子丧失了安身立命之本，而且使他们失去了抗争强权的精神资源，他们只能随着瞬息万变的政治潮流抑扬、浮沉。得到权势者的承认，在既成体制之中得到一个位置，已经成为对个人来说生死攸关的问题了，其他就只好听之任之、听天由命了。传统书生为捍卫道统引以为自豪的“死谏”，至此可宣布寿终正寝了。既然最高真理已经确立，读书人的道义上的“傲慢”也就无从谈起，取而代之的便是极度自卑、脱胎换骨、进行彻底的自我改造了。

这样，在漫长的 20 世纪里，在过度讲求文学要与时俱进的文坛氛围中，我们的文学一步步失去了想象和虚构、诗意和神秘，最后文学只好担负起鼓足干劲的劳动歌谣、实用及时的工作指导手册一类的功能。讲现实主义吧，又不敢道出真实；讲浪漫主义吧，又怕被说是“迷信”，20 世纪 60 年代就曾专门批过“有鬼无害论”。在这样的时代氛围下去找真正的文学，确乎是难乎其难了，那么只好去求诸地下和民间了。20 世纪 70 年代初，出现了“黑夜给了我黑色的眼睛，我却用它去寻找光明”的朦胧诗人，这批以“我不相信”为起点觉醒的诗人对于 21 世纪中国文学的确是功不可没，但对比苏联地下文学辉煌的“白银时代”，只能说是世界文学的“小儿科”而已，说朦胧诗诗人是“失落的一代”，几乎可以说是夸大其词，因为他们似乎从来没有真正地“拥有”过，从何失落?！与超越时代信条之上的悠久深厚的中西文化、文学传统的隔绝，使他们的创作失去了一种超验之维，这是时代导致他们的先天不足、先天匮乏。与苏联“白银时代”的诗人阿赫玛托娃、帕斯捷尔纳克、曼德尔斯塔姆等人相比，其差距还是比较大的。这些真正的诗人根本就无须“觉悟”、无须“反叛”、无须“寻找”，因为他们始终是保持了清醒的，任何迷魂药也未能把他们迷倒。19 世纪俄罗斯文学的多元化的文学传统赋予了他们艰难时世的清明的理性和作为一个艺术家的良知，而这恰恰是现代中国文学所缺乏的一种气质。

文坛“大师症”与追赶时代的迷津

20 世纪过去了,以“五四”为开端的中国新文学将要走过它的百年历程。值此百年之际,对中国文学进行一番清点,无疑是一件很有意义的事情。于是,20 世纪末的文坛上就出现了为作家“排座次”,推选本世纪“文学大师”的活动。但推选的结果却令人非常失望,因为评出来的大师大多非常“可疑”。真是所谓的“不评不知道,一评吓一跳”,不评的时候我们的感觉还是群星璀璨、热闹非凡,待一清点,才发现是草盛苗稀、其实难符。20 世纪 30 年代,当鲁迅得知有人要提名他获诺贝尔文学奖时,他说:得诺贝尔奖,自己还没有资格,林语堂等人也不配。这说明在他心目中诺贝尔奖的地位还是很高的,而且是拿世界文学的标准来衡量自己的。“大师”的称号应该比诺贝尔奖还要高,我们不能出于一种盲目的自夸,而失去面向世界文学的自知之明。首先,所谓“大师”是应该区别于“匠才”的,他必须是具有原创性,开一代风气的人物,不只以技巧的圆熟让人称赞,而是以出类拔萃的思想和技艺给人带来一种震惊和启迪,并对人类的精神生活带来持久影响的人物。其次，大师及其作品还是应该有其超时代的价值和意义的，我们不仅要看到他在时代的风头浪尖上弄潮的风姿，还要看退潮之后，他还会留下些什么。要论说20世纪的文学大师，我们不仅要了解文学，还要了解历史，不仅要了解中国文学，还要了解世界文学，如此方可使我们免受短视、浅薄、夜郎自大之讥。

20世纪是一个盛行过诸多振奋人心的理想，同时又是使诸多理想难逃受挫、幻灭命运的世纪。具体到中国，这种理想的萌发与亡国亡种的忧患是密不可分的。在20世纪末就曾经有人这样说过：二十世纪的中国将面临“三千年未有之绝大变局”。这预示了在中国这一源远流长的文明古国将要发生的前所未有的天翻地覆、海立山飞之变。由严复的《天演论》开辟的进步主义的思想洪流的确起到了摧枯拉朽的作用，但其将“新”等同于“善”、等同于“好”的简单化倾向，又会滋长出一种新的时代“迷信”，那就是对于“进步”的不假思索地趋奉和崇拜，以单一的“新旧”判断取代“好坏”这样的价值判断，用“趋新”这种逃避自由的方式取媚于时代，完全放弃自己对时代风潮的独立的判断和思考，使自己成为新的宿命论者。应该承认，对于“进步”的信仰，的确使20世纪的中国进入了一个伟大的变革时代，它所取得的成就是举世公认的，但是不可讳言的是这种对于“进步”的盲目乐观的信仰，也导致了一种新的“媚俗”。它在“创新”“进步”的名义下无所顾忌地践踏人类文明的底线，为虚无主义的非理性的破坏冲动大开绿灯，为一浪高过一浪的打着“进步”的旗号而行倒退之实的反文明的浩劫推波助澜，应该说它也是20世纪人类的主要病症之一。所以我们要论20世纪文学的大师，不但要看到那些风头正劲的时代骄子，也要看到那些身处这个时代而又超出这个时代的人类文明的守夜人，他们也同前者一样，而且更有资格做这个时代当之无愧的大师。以此标准来衡量20世纪中国的文学大师并不太令人乐观。我们的文学多的是暴风雨来临前的海燕、时代的鼓手，而少的是与世不谐、游离于时代之外的孤独者发出的“猫头鹰”式的不祥之言。中国是如此，世界又是怎么样的呢？

与中国的情形非常相似，20世纪的俄国也是在接连不断的剧烈的社会动荡中度过的。漫长的革命、肃反、流放、枪决、监禁，充斥着这个历史时期。但俄罗斯的文学无愧于这个充满了苦痛和悲惨的时代，文学的良知没有被麻痹，在万马齐暗的高压恐惧之下，诗人、作家并没有成为邪恶的帮凶，而是对残酷的时代、非人道的暴行的时代进行了顽强的抗争和道义的谴责。于是，在20世纪三四十年代，苏联肃反最为恐怖的岁月，我们仍然可以读到被誉为“尘世的圣母”阿赫玛托娃为无辜受难者所写的《安魂曲》。在这首诗的前边，写着这样的诗句：

不，既不是在异国他乡的天空下，
也不是在他人的卵翼之下，
在我人民蒙受不幸的地方，
我与我的人民同在。[①]

写这组诗的时候，女诗人“丈夫入坟墓，儿子入囹圄”，她自己也在列宁格勒的监狱中度过了17个月。一次，在监狱里，一位女囚认出了诗人，凑近她的耳朵问道：“您能描写这儿的情形吗？”她平静地说“能”。于是，在听到如此肯定的答复后，“一丝淡淡的笑意从问者的脸上掠过”。诗人的这种承诺使处于哭告无门的绝境中的人们的心灵得到了安慰，让他们看到了超出于强权之外的另一种更为伟大的力量的存在。这让人想起了西方的一句谚语：“魔鬼的手掌总会有露光的地方。”促使阿赫玛托娃敢于对惨无人道的时代说“不”的缘由，不在于某种政治上的远见卓识，而在于俄罗斯文学中可引以为自豪的道德传统。这种传统内化为作家的心中的良知，使他们在任何扑朔迷离、波谲云诡的历史情境中都不至于完全失去人的理智和清醒。这使20世纪的俄罗斯文学中出现了不止一个的超越其时代、堪称人类良知的化身的文学大师。1970年因获诺贝尔文学奖而被当局驱逐出境的俄罗斯作家索尔仁尼琴，关心的不只是自己祖国的苦难，他更关心的是20世纪人类的苦难。他对人类20世纪的生存表现出深远的道德忧虑，在诺贝尔奖获奖演说辞中他如此表达了对于这个时代的理解：

我们生存的20世纪较诸以往任何时代都更为残酷；一切叫人惊心动魄的劣迹败行，到了五十年代以后仍旧没有终止的迹象。穴居时期人类原

① ［俄］阿赫玛托娃著，王守仁等译：《安魂曲》，广州：花城出版社，1992年，第94页。

始野蛮的感情——贪、妒、恣意的彼此仇恨等等——在泛滥过程中，竟以阶级斗争、种族斗争、集体或工会斗争等响亮的化名出现，粉碎了我们生活的世界并使之陷入空前混乱的局面。初民好勇斗狠的顽劣品性竟被演化升华为理论规准，而目为合乎道统的一种美德。在无休止的内战中，百万生灵为之涂炭。它继续腐蚀人心，灌输我们错误的思想，认为世间无所谓恒定、普及的正义与善恶的观念可言，认为这些只是镜花水月永远随世情而变幻，因而个人必须永远适应团体之需要而行动。任何职业性的集团，只要有便能做攫取什么纵非合法，且无需要，亦必倾全力去取得，而社会因之解体可以不管。从外面看去，西方社会上下震荡的幅度已至极限过此一步整个体系势必无法回变稳定而终至彻底崩溃。……[①]

这种日趋肆虐的毁灭人类文明的破坏性冲动，“愈来愈不受历代相沿的规范所制约，它喧嚣着胜利之姿，横跨世界，毫不在乎暴力必亡的历史真理，不仅其本身暂得小胜，而且连它鼓吹的道理亦一时得到普遍承认。整个世界浸淫在力量便是正道、正义无足凭据恃的狂妄之中。陀斯妥耶夫斯基笔下的附魔者，上一世纪还只是占据一隅，如今竟纷纷在我们眼前爬过，成为世界共同之梦呓，包括连他们自己都不曾想到过的国土在内。年青的一代，无知而又不解人生的痛苦，在除却性交之外毫无所知的年龄，竟欢天喜地地把重蹈吾人所弃的十九世纪俄国的悲剧而以为是新发现。……庸俗无知处在于他们缺乏对人性基本的了解，天真肤浅处在于他们幼稚心灵中无经验基础的盲信。于是他们说：‘现在我们要打倒贪婪残暴的压迫者，从他们手中争得世界，然后放下屠刀，我们会变得公正而有理性。’你能不信！一些有人生经验能够识得利害的，一些有资格去驳斥他们少不更事的不但不敢去数说他们，反而巴结他们，讨好他们，以免被讥为守旧、落伍。这又是典型的十九世纪俄国社会现象。陀思妥耶夫斯基曾讥之为‘桎梏性的进步遐想’。”[②]

索尔仁尼琴说这番话的时候，正是世界范围内的激进主义的政治、文化运

① ［俄］索尔仁尼琴著，毛信德等译：《诺贝尔奖获奖演说》，《20世纪诺贝尔文学奖颁奖演说词全编》，南昌：百花洲文艺出版社，2010年，第50页。

② ［俄］索尔仁尼琴著，毛信德等译：《诺贝尔奖获奖演说》，《20世纪诺贝尔文学奖颁奖演说词全编》，南昌：百花洲文艺出版社，2010年，第50页。

动方兴未艾之时。在这样一个时代,他重新标举作为一个作家的道德良知,表达对人类文明的忧患,不只需要真知灼见,也是需要极大的道德勇气的。他向所有的艺术家呼吁:“一旦以艺术为己任,终身便无法再把它遗弃。作家决不能侧身事外,以超然的态度去臧否时人和批评自己的同胞。他应该分担自己的国家和同胞所犯一切罪孽的结果。难道我们胆敢宣称,现在这个世界所患的溃疡真个与我们无关?”[①]

从他身上我们可以看到,20世纪的伟大作家并不只有一种呼唤“暴风雨来得更猛烈些吧”的时代歌手,还有敢于质疑其时代的潮流、信条的抗议者,这是从陀斯妥耶夫斯基以来俄罗斯文学形成的另一个伟大传统。它比前者的生命更为久远,并随着时代变迁更显其深刻和伟大。而20世纪中国文学欠缺的似乎恰恰是这样一种文学传统和文学大师,中国太多的是“圣之以时也”的推波助澜的时代鼓手、时代媚俗者和投机者,而少的是敢于质疑潮流的独异者,究元决疑、固执己见的思想者。当“追求现代”成为一种新的媚俗、“进步主义”成为一种廉价的迷信的时候,我们的文学没有留下更多的时代喧嚣之外的声音,而心安理得地充当了时代精神的传声筒。

也许比较纯粹的超然于时代的诗人、作家帕斯捷尔纳克,更能回答在这样一个动荡的时代“诗人何为”的问题。在他的名著《日瓦戈医生》里,日瓦戈曾经这样盛赞革命:“多么了不起的手术,巧妙的一刀,一下子就把多少年发臭的烂疮切除了!这种无所畏惧、讲求彻底的精神是我们固有的民族精神。这是来自普希金那种好无杂念的光明磊落和托尔斯泰的那种一丝不苟。”但在随之而来的火热时代里,日瓦戈感到他无法正常地工作、行医和写作,其原因在于:“不是贫困和漂泊不定的生活,而是现今盛行的空洞夸张的词句,什么即将到来的黎明啦,建成新世界啦,人类的明灯啦。当你最初听到这些词句时,你会觉得这思想何等开阔,想象何等丰富!可实际上恰恰是因才华不足才去追求这些华丽的辞藻,只有天才的手笔才使平庸的东西变得神奇。”面对时代的喧嚣,日瓦戈重新回到一种返璞归真式的理想,希望过一种庸常平凡的生活,一种普希金曾经赞赏过的简单生活:“我现在的理想是有位女主人,我的愿望是安静,再加一锅

---

① [俄]索尔仁尼琴著,毛信德等译:《诺贝尔奖获奖演说》,《20世纪诺贝尔文学奖颁奖演说词全编》,南昌:百花洲文艺出版社,2010年,第50页。

菜汤，锅大就行。”在俄罗斯作品中，他最喜爱的便是普希金和契科夫的天真，他们不侈谈人类的最终目标和他们自身的解放，而是潜心于具体的艺术活动。与那些将革命利益的重要性视作丝毫不亚于太阳系的存在的时代信念不同，日瓦戈这种真正的诗人正如他的情人、知己拉拉在他死后所说：作为诗人，他应该关心的是“生命的谜、死亡的谜、天才的美、质朴的美，这些我们是熟悉的。可是那些琐细的争执，像重新瓜分世界之类，对不起，这完全不是我们的事”。

20世纪的中国在传统向现代的转型中发生了天翻地覆之变，其中既有被迫自救的成分更有主动赶超的动机。一种对于新人类、新世界的出现的渴望，使这个时代的中国人始终处于一种兴奋、自豪、忘乎所以的精神亢奋之中。从世界范围来说也是如此。西方文学在对本世纪人类理想主义运动的反省中，产生出一系列标示其时代良知的文学巨作：美国有海明威的《永别了，武器》、约瑟夫·海勒的《第二十二条军规》、库尔特·冯尼库特的《五号屠场》、托马斯·品钦的《万有引力之虹》等等；英国则有乔治·奥威尔的《动物庄园》和《一九八四》，戈尔丁的《蝇王》，赫胥吏的《美丽新世界》；苏联则有帕斯捷尔纳克的《日瓦戈医生》、索尔仁尼琴的《古拉格群岛》和布尔加科夫的《大师与玛格丽特》；捷克则有米兰·昆德拉的《生命中不能承受之轻》；等等。而中国尚没有产生出诸如此类的代表着民族的良知，标识着对这个时代的深刻的理性反省的名家巨著，这与他们缺乏一种超越于“时代”之上的、超验的、终极的价值关怀有直接关系。

美国哲学家丹尼尔·贝尔曾这样坦承他所信奉的主义：“在政治上是自由主义者，在经济上是社会主义者，在文化上是保守主义者。”[①]这种相互矛盾的主义信仰对于我们来说似乎有些不可思议，贝尔怎么能如此没有“特操”，完全无视这种种“主义”之间的水火不容、非此即彼的本质性差异？然而细读下去就会发现贝尔并不是在开玩笑，还是言之成理的，这是贝尔面对社会政治、经济、文化三个领域的断裂而提出的不同的主义对策。由此联想起目前思想、文化界出现的关于新左派、自由主义、后现代主义等出于不同主义、立场的理论论战，颇有一些感想。我们对于理论、主义的预期往往过高，希望它是周全的、统一的、包医百病的，只要此一问题得到解决，其他问题也就迎刃而解了。这种一元论

---

① [美]丹尼尔·贝尔著，赵一凡等译：《资本主义的文化矛盾》，北京：生活·读书·新知三联书店，1989年，第21页。

的价值观、绝对主义的思维方式实则妨碍了多种理论之间的良性互动,使理论之间的相互驳难不是出于一种建设性的包容态度,而是求全责备,相互剥夺对方存在的合理性。盲人摸象的故事就充分揭示出这种固执己见的绝对主义论争的盲目性。它类似于一种“打鸡血治百病”式的信仰,它对现实的看法往往出于一种对主义、方法的迷信心态。

从现代思想史上来看,这种一元论的绝对主义是有它的强大的传统的,从“五四”时期开始就把“态度”看得比“思想”更重要,真理、主义在他们是已经完成的、毋庸置疑的,关键的就在于你对于这种真理的态度了。于是,思想反而变成是次要的东西,只要你动机高尚、理想崇高、信仰坚定,就万事大吉了,这样所谓的思想就变成了对某种理论和主义的选择和捍卫。绝对主义的思维大多出于一种先验的理论原则,它的一切都是由此原则演绎出来的,所以它就具有了一种内在的统一性。而非绝对主义思维则是经验式的,它从现实的需要出发形成它的主义对策,所以它的理论内部可能就缺乏某种内在的统一性,因为它能意识到此一价值和彼一价值往往不是统一的。丹尼尔·贝尔的思想大概就属于此类。生活不是可以由人的理性来完全设定的,因为生活比理性要深奥复杂得多,它立足于人的各种相互冲突的需要,有其自身的完善发展的规律,其中包含着很多人日用而不自知的奥秘,因此面对生活时,对于直接来自生活的常识的尊重是非常重要的。这里的“常识”指的是一种无“主义”的“主义”,非观念的智慧,一种对于来自生活的自身的声音的倾听和破译。

龚自珍的《病梅馆记》表现出一种浪漫主义的自然人性理想,即只要解除束缚,让自然万物按其自然的方式生长,不加以任何的人为的加工和改造,就算回归到了理想状态。这就涉及到对人的本性的理解以及这种本性究竟是本然的存在还是文化的建构等一系列问题。如果浪漫主义的此理成立,那么全部人类文明都只好被称为“蚌病成珠”的东西了,因为任何文明的产生都是建立在对人的本能欲望的压抑限制之上的。你要指控中国传统文化是“吃人”,那么你所服膺的“德先生”和“赛先生”又何尝是“吃素的”?“现代性”文化与20世纪世界历史上出现的惨绝人寰的大屠杀果真能撇清关系吗?正因为此,这种情绪化的拥护和反对是毫无真正思想上的价值和意义的。面对时代的流行思潮,需要的还是一种个人性的慎思明辨的理性态度。针对20世纪盛行的人性解放论者,倭铿曾经说过这样一段话："如果我们轻率地谈论人性的伟大和个体的杰出，断言只要给他们一个自由的领域，他们就能把一切地方的生活变得幸福和伟大，我们便由此表现了对于人的一种突出的信仰，一种在所有信仰中最有待于批判的信仰。"[①]浪漫主义的文化批判自然有它的针对性和它的适用范围，它对于安于传统、不思进取的保守主义者和踌躇满志自以为掌握着最佳济世良方的理性主义者，都是一个反驳和匡正。但衡诸历史和现实，我们也许会发现本能为文明所窒息的现象比起本能吞噬文明的现象是同样严重的。自然欲望是人的本性，人的社会属性也同样于人性的内在需要，否则人与动物相区别的那点"几稀"就真的不存在了。文化浪漫主义的逆向思维在传统向现代转换之际大行于世，以致正常的理性、生存的常识都被吹到了九霄云外，于是出现了"清官比贪官更可恶"、武训兴办义学是奴颜婢膝地传播封建文化等。从20世纪的历史来看，中国知识分子所扮演的角色与那位"好龙"的叶公颇有点相似，往往是以哗众取宠始，以进退失据终，而这与价值一元论的绝对主义的价值吁求都有直接的关系，与整个文化界都执迷于一种功利主义的思维方式大有关系。然而不破除这种种"俗谛"之桎梏，真正的思想和学术是无从立足的。正如王阳明在回答学生关于善恶问题时一样：你要用草时，你就认为花是恶的，你要用花时，你就认为草是恶的，如此从个人的"躯壳起念"去认识世界，你怎么可能理解什么是真正的善恶？现代思想史上的一个奇怪现象就是，一些思想界的人物竭力宣扬的是他自己并不相信的思想、主义，因为什么呢？因为它"有用"，提倡什么、主张什么基本出于一种策略性的考虑。这种将思想学术功利化的方式很不可取，它所导致的一个灾难性的后果就是完全打破了一种文化中应该具有的道与势的平衡，以"势"完全取代了道，那么对于"势"的任何批评都已不可能，那么社会就会陷入一种反智主义的蒙昧。不走出这种导致蒙昧主义的思维方式，任何真正有价值的学术、思想都是不可能产生的。这也应该成为中国现代知识分子进行自我反思的一个重要内容。如果在时代的冲击面前，失去了自性和定力，文学的迷失也就无法避免了。佛教讲"八风不动"，即在"称、讥、毁、誉、利、衰、苦、乐"面前不为所动，才能成佛，这也是成为真正的文学大师应该具备的品质。

---

① ［德］鲁道夫·奥伊肯著，万以译：《生活的意义与价值》，上海：上海译文出版社，1997年，第40页。

大理论的转换与现代文学研究范型的更新

首先需要说明的是,何为“大理论”? 所谓“大理论”是相对于“中层理论”和“小理论”而言的,它是一种统括整体的理论,往往以某种“主义”“学说”的形式出现,给人们提供一个全新的理论视角。而“中层理论”则是指具体学科的理论;“小理论”则是一种经验的总结,小的积累。文学史研究中的“大理论”直接影响着研究者的视域关注点、致力方向,没有“大理论”的转换,具体的文学史研究范型的变化是不可能的。

王晓明主编的论文集《批评空间的开创:二十世纪中国文学研究》既集中地表现出这种本世纪文学史研究中“大理论”的转换,又表现出这种转换所带来的对既有的文学史研究范型的突破。王晓明虽素不喜直接地抽象地谈论“主义”“学说”等“大理论”层面的问题,但从他写于20世纪90年代初的论文《一份杂志和一个“社团”——重评五四文学传统》中已可以看到他在审视20世纪文学史时“大理论”的变化。这种变化使他对人们熟视无睹、习以为常的“五四”时期的文化、文学现象有了新的认知、新的发现。简单地讲，这种变化表现在他开始逾越20世纪80年代的“人”的启蒙主义的理论视野，而对“五四”以来的中国现代文化的传统予以反省，并由此提出一个20世纪80年代的文学史研究开拓者始料未及的问题，那就是：“也许在赞同那‘重返五四’的呼吁的同时，我们还应该提出另一个问题：怎样才能从五四文学传统——至少是一部分——的阴影下走出来？”[①]

20世纪中国文学之所以被称为“现代文学”，是因为它是有“现代性”（modernity）这一基本文化特征。关于“现代性”问题，中西学者的理论阐释极多，本书所选入的第一篇文章，汪晖的《韦伯与中国的现代性问题》即对此作了全面、精到的论述。笔者不拟拘泥于某一家之说，认为中国近现代以来的文化、文学中的现代性追求带有一种理想化、信念化倾向。它突出表现为一种对“现代”（modern）的向往、期待之情，希冀社会的现代化（modernize）可以通盘解决一切问题，并以一种理念化的现代性原则来批判现实和历史，由此来推动社会的现代化进程，推出乌托邦主义的社会整体改革方案，将改造社会的理想付诸实践。“五四”时期的诸多主义话语即是这种宗教性的现代性的突出表现形式，其对于“现代”的想象有异于西方既有的资本主义的现代化模式，西方世俗化的资本主义的现代性已暴露出诸多难以解决的社会问题，并不是中国的现代性追求者向往的对象。这种建构主义的现代性所追求的目标不是一个现实的目标而是一个绝对理念，它成为一种面向未来追求无限的精神上的“朝圣运动”。在它那里，一切有限的东西都将终结，未来将出现某种特殊的事物，一种全新的人，一个全新的社会。正是这种对未来的信仰，引发了对历史和现实的彻底批判和否定。这种宗教化的现代性具有一种极强的排他性，它力求建立起一个统一的世界观来取代各种不同的个体化和群体化世界观的多元竞争和相互排斥的局面，它是一种处身于相对主义的时代［韦伯（Max Weber）：“价值多神是现代的宿命。”］对绝对主义的渴求。对这种宗教性的现代性的追求是“五四”时期启蒙浪漫主义文学兴起的内在动力。“五四”以来的启蒙救亡话语有极强的社会功利性的目的，它将中国人所遇到的问题归为中国独有的问题，将中西文化的问题归为时间差异的问题，将人性中的恶归为某种阶级的特性，将一切“不公”转化

① 王晓明：《一份杂志和一个“社团”——重评五四文学传统》，《批评空间的开创：二十世纪中国文学研究》，上海：东方出版中心，1998年，第209页。

为"不义",由此成就了一种全方位的社会政治文化革命话语,从而为中国问题提供了一个根本解决之道。这种功利性极强的文化、政治启蒙虽推动了中国社会变革,但也限制了人们的视野,使其把中国的问题政治化、简单化、地域化,以为只要通过启蒙,通过革命,中国的一切问题都可以迎刃而解。其弊在于它只强调了中国的殊相而看不到其与世界人类相通的共相,这导致了它的视野狭窄和盲目乐观。王晓明在本书的序中精辟地指出"一百多年来中国社会在精神上越走越窄"[①]的现实,我觉得主要原因就在这里。

我要提出的第二个关于"现代性"的是一种受动性的、经验性的世俗化的态度。它意指一种对传统向现代转换过程中的实际生活的感受、体验和反应。与信念化的现代性的区别在于它不将传统和现代之分视为判断事物的一个基本价值标准,"新"与"旧"并不含有好、坏这样的价值判断的意味在里面。它对"现代"的态度不像前者那样表现出一种能动地创造历史的使命感,而是一种个体化的反应,是对现代进程的某种回应。与理想主义的看待现实的态度不同,它不是以理想原则来否定现实依此来证明改造的必要,而是对并不如意的现实也抱有一种温情和理解。它不相信"五四人"的"现代人化的宗教"[②](胡适语),认为人会进化到那种至善无恶的完美之境,所以不会以未来全盘否定现在。它关注的也不是如何去改变现实,而是人们在现实中是如何生存的、其生存状态如何。其现代性形态的特征在于它是一种世俗性和精英性的矛盾组合。世俗性表现在它看重的是人生中安稳的一面,所谓"食、色,性也"日常生活的一面,它不因时代更迭而改变,是人性中不变的欲求,由此引发出一些天荒地老、爱恨情仇的故事。其精英性表现在其对世俗人生的超越,只不过这种超越是立足于世俗的土地上的,或对人生是一种出世的眼光、宗教式的悲悯;或以一种审美的眼光将人生艺术化,欣赏人生一刹那的美,从中发现浪漫主义诗情画意,如徐讦和无名氏。本书所选的孟悦的《中国文学"现代性"与张爱玲》,就将张爱玲与那种"宗教性的现代性"的关系做了深入的说明。

第三个关于文学中的现代性的概念是反省的现代性,这一概念来自贝克(Ulrich Beck)。他将现代性区分为质朴的现代性和反省的现代性。前者指对

---

① 王晓明:《批评空间的开创:二十世纪中国文学研究》序,上海:东方出版中心,1998年,第7页。
② 胡适:《我们对于西洋近代文明的态度》,《胡适文存三集》卷一,上海:上海书店,1989年,第14页。

传统的理性化,后者指对理性化的理性化。反省的现代性指涉的是“后现代主义”(Post-modernism)凸现的现代性危机。贝克不认同后现代论述的立场,理由在于后现代的激进立场丧失或否定了现代性构想中的合理性理念。对现代性的反省是20世纪末的一大问题,它直接影响着21世纪的文化走向。但这种反省不能沉湎于一种冷嘲热讽式的文人的情绪化反应,甚或进行一种哗众取宠式的批判或煽动,它必须保持一种反省的理性状态。在这方面,刘禾的《国民性理论质疑》是近年来现代文学研究中的一篇力作。与相信国民性是某种“本质”的客观存在的认识上的“本质论”不同,她关注的是:“国民性”究竟是一个什么样的知识范畴?它的神话在中国的“现代性”理论中负载了怎样的历史意义?明乎此之后,才可以对国民性理论话语做出合乎理性的价值判断。另外王德威的《被压抑的现代性——晚清小说的重新评价》触及到既往的现代文学史研究者的盲区,指出“五四作家急于切断与文学传统间的传承关系,而以其实很儒家式的严肃态度,接收了来自西方权威的现代性模式,且树之为惟一典范,并从而将已经在晚清乱象中萌芽的各种现代主义形式屏除于正统艺术的大门外”[①]。这种对“现代性”理解的偏狭来源于“五四人”绝对主义的现代性诉求。

本书中另一类具有开拓性和突破性的论文是陈平原的《章太炎与中国私学传统》、陈思和的《民间的浮沉:从抗战到“文革”文学史的一个解释》以及钱理群的《“流亡者文学”的心理指归——抗战时期知识分子精神史的一个侧面》等。这些研究的特点在于研究者都有较强的现实感,敏感于我们时代的精神生活中所存在的诸多问题,力求从被压抑、被湮没的现代文化传统中寻找可资利用的文化资源,致力于重新构建90年代知识分子的精神支点。陈平原对章太炎有关“私学”传统的意见的重新阐发,让我们看到了章太炎“反现代”的态度中蕴含的与现代学术精神相通的自由探索精神。他反对朝廷的定于一尊与学子的曲学干禄,主张借书院、学会等民间教育机制,来传国政、继绝学。“私学”传统正是学术传统的现代化转换中可资利用的传统资源。陈思和对民间文化在现代文化中的命运、遭际的考察,既揭示了民间文化形态被国家政治的改造与渗透,也揭示了民间文化形态的反改造和反渗透,它形成了一个知识分子精

① 王德威:《被压抑的现代性——晚清小说的重新评价》,王晓明主编《批评空间的开创:二十世纪中国文学研究》,上海:东方出版中心,1998年,第121页。

英文化以外的非主流文化的传统,这个传统也是与占主导地位的政治意识形态抗衡的重要文化资源。钱理群对抗战时期大动荡时代的知识分子的精神状态的分析,揭示出一个不容忽视的事实:20 世纪 40 年代的知识分子似乎已倦于对绝望的抗争,对无望的追寻,而急于寻找文化精神上的归宿,不管这归宿将付出怎样的代价。正是这种寻求精神归依的心理指归,使 20 世纪 40 年代文学经过"战争浪漫主义"转向了"改造"文学和"颂歌"文学。在相对主义的时代怀抱绝对主义的诉求是无可厚非的,浪漫主义的"梦"毕竟与社会改造者的"理想"有本质的不同,前者不会危及多元共存这一现代性文化存在的前提,而后者似乎正以消除这种价值多神状态为己任。

从"现代性"的问题视域来考察 20 世纪中国文学,就是将其纳入到从传统向现代转换这一宏大的历史文化进程之中,打破固有的近代、现代、当代文学的划分,使之成为一个具有内在连续性的整体,突破以往的研究范型的视野局限和断裂、支离感,从而建立起一个更能完整地展现近代以来历史和文学演进规律的研究格局。从此视域出发来看 20 世纪文学史,不仅可以从那些已有"定评"的作家那里发现新的意义,而且还会发现在以往的研究格局中被遗漏的、被忽视的作家的价值和意义。在中国现代文学研究历史上,出现过四种研究范型:第一种研究范型是以"人民民主革命"为主导的历史叙事,政治评判是这种文学史叙事的中心内容,所以像沈从文、张爱玲、钱锺书、徐讦、无名氏这样的"非政治的""小布尔乔亚作家",在这种文学史框架中是找不到位置的。第二种研究范型是以重返"五四",追求"人的现代化"为指向的"启蒙主义"的研究框架,它的问题意识起源于对"文革"的反思,它将"文革"产生的根源归于"封建思想的余毒",因此要重返"五四",以求继续完成"五四"所未能完成的反封建的思想革命,因此这种研究范型倾向于对文学史做一种"启蒙主义"的估价和描述,而对"启蒙主义"文学之外的关注显得不够,也无力做出一种深度分析。第三种研究范型可以说是一种源于"纯文学"理念的文本主义批评范型。它比较侧重于文学的内部研究,侧重于对文学的叙事形式和结构的分析。这种研究范型对于现代文学研究的深化、专业化、规范化起到了一定作用,但它也带有一种"非历史化"的科学主义倾向,将文本与其产生的社会文化环境隔离开来,试图寻找到能够解决一切文学问题的"科学"方法,是一种无视文学存在的自身特性的不切实际的幻想。

20世纪80年代末90年代初，现代文学研究领域有一种突破既往的研究范型局限的努力，其特点在于一种“再历史化”的文学研究范型的出现。研究者将文本批评和历史批评结合起来，将文学纳入到其所产生的具体的社会历史文化语境中来考察，打破“文本中心”的自我封闭，揭示文学和其他非文学文本之间的互文性关系。在这样一种文化整体的理论视野下，文学就不再是一个封闭的系统，更不是一个独立的文本，而是一个开放的系统，一个与历史、宗教、社会、道德等文化范畴相互联系的文本。这种研究方法的旨趣在于拓宽文学研究的视野，将多学科的理论方法融会贯通，通过文学文本与其历史语境关系的研究，使一种被封闭的文学文本重新焕发光彩，呈现出它固有的丰富的社会历史文化内涵。

具体到现代文学研究领域，这种研究方式的努力主要表现为它力图将“信念”与“知识”分开，从一种“功利性”的研究态度，转向一种中立的、学理化的梳理与分析。它不再将“现代性”之类视作一种完全想当然的正面价值甚或终极意义，而是将“现代性”文化本身也视作一个反省、研究、考察的对象。这样，不但应该注意到占据20世纪文学中心的“现代性”的宏大叙事，而且也应注意到其内部存在的冲突和断裂。由此，一些对“现代性”主导文化持疏离、质疑态度的作家，也开始日益引起人们的注意，如对张爱玲、苏青、钱锺书等人的研究俨然成为热点。“追求现代”是中国现代文学的基本主题、主旋律，由此形成了一种信念式的终结性的现代性态度，将“现代性”的实现视为解决一切问题的万应灵药。从正面意义上来说，它推动了中国社会的现代化进程；从负面意义上来说，它是对“现代性”的盲目崇拜、盲目乐观。它的出现自有其合理性，因为它面临的是一个民族在内忧外患下遭遇莫大生存危机、“救亡”压倒一切的时代。因此它的全方位的文化功利化都是可以理解的。但从文化自身的发展来说，完全从功利化出发就会导致它的短视和消亡。正如陈寅恪所说，“士之读书治学，盖将以脱心志于俗谛之桎梏，真理因得以发扬”，因此他最推重的就是一种“独立之精神，自由之思想”，实际上也就是在强调从事文化创造所应有的一种个人独立性和超越的眼光；而且他认为这种个人的独立精神、自由思想并不是“五四人”“启蒙”的结果，而是“古今仁圣所同殉之精义，夫岂庸鄙之敢望”，从而表现出一种对时代风尚的超越性。[①] “现代性”不可能解决一切问题，而且其自身也存在着内在的危机。“现代”与“传统”的对立不是简单的好与坏、善与恶、光明与黑暗的对立，“现代”与否不能成为判断一切的最高标准、绝对价值。人生的目的并不是为了“现代”“进步”，“现代”自身不可能成为人的生存的终极性的价值和意义，“为现代而现代”“为进步而进步”，正表现出一种人的精神的迷失，一种“现代性”对人性的扭曲。特别是“五四人”的带有价值一元论倾向的“简单现代性”理念，更有从学理上加以梳理反省的必要。从“现代性”问题入手来研究现代性文学现象，也就是要立足于一种“文学是人学”的人文主义的基本立场，树立“完整的人”的观念，具备一种深远的人文关怀，重新思考T.S.艾略特（T. S. Eliot）当年所提出的问题：“问题的核心在于什么是人？什么是他的局限？什么是他的苦难？什么是他的伟大？而终究什么是他的命运？这些问题任何政治哲学都不可能逃避；而根据对这些问题的回答，一切政治的（文学的和社会的）思想将得到最终的裁决。”[②]这才是从现代性问题视野来研究文学的重要意义所在。

文学是人类精神的一种综合体现，这就要求研究文学者需要具有广大、深远的人文关怀，才能理解文学的人文意蕴，对研究对象做出深入的解读和阐释，并使文学研究者自身的精神空间的扩大和拓展成为必要。就20世纪文学研究而言，既往的研究范型，不管是政治革命式的研究范型，还是启蒙主义的研究范型，都是紧贴社会变革的需要而产生的一种带有浓厚功利性色彩的研究范型。从现实功利性出发建构起来的文学研究范型，其社会意义是无须多言的，其缺失和不足也相当严重。这种局限性主要表现为两点：一是它的高度的“缩减”趋势，当从某种特定观念出发的功利性诉求过于膨胀之时，就会使文学史成为这种观念的演绎，从而失去文学史固有的丰富性、复杂性。米兰·昆德拉（Milan Kundera）在批评这种观念化演绎对人类生活世界的侵蚀时说：“现在社会的特点却恶魔般地加强了这种厄运：人的生活被缩减为它的社会职能；一个人民的历史被缩减为若干事件，而这些事件又被缩减为有倾向的评注；社会生活被缩

① 陈寅恪：《清华大学王观堂先生纪念碑铭》，《陈寅恪文集之三 金明馆丛稿二编》，上海：上海古籍出版社，1980年，第218页。

② ［美］保罗·拉姆齐著，张英进等译：《文学批评与社会学》，张英进、于沛编《现当代西方文艺社会学探索》，福州：海峡文艺出版社，1987年，第367页。

减为政治斗争，政治斗争又被缩减为仅仅是地球上两大强国之间的对立。人处在一个真正的缩减的旋涡中，胡塞尔所讲的‘生活的世界’在旋涡中宿命般地黯淡，存在堕入遗忘。”①这种从特定观念出发而导致的文学史缩减倾向，在中国现当代文学研究史上曾表现得相当极端，相信人们对“文革”时期的现当代文学研究只剩下“鲁迅走在金光大道上”的历史还会记忆犹新。二是这类研究范型的主观性、倾向性过于显豁，而客观性、学术性则明显较弱，它倾向于将信念和知识糅合在一起，以作用于现实的社会变革，从而将目光集中于现实功利层面，对文学的超越现实的人文特性缺乏深入的理解。

“现代性”文化本身就是一种主客体对立的文化结构，它把存在看作存在物，把人与世界的关系变成一种对立、征服的关系，由此导致了一种技术化的唯理主义统治趋势，从而造成人的生存的精神空间的狭窄、萎缩。这就使得超越此现实功利性的人生境界、拓展人的生存的精神空间的人文情怀，在现代技术偏至的时代显得更有必要。唐君毅曾如此阐释这种精神空间的拓展对于人的意义：“人可以不知道天地之全部内容是什么，但是人可以知道天地是比我更大的。人可以不知道生民与众生是什么，但是人可以知道生民是我以外之无数有心灵精神之存在，众生是我以外无数的有血肉有生命之存在。人可以不知道圣贤与佛是什么，但人可以知道，他是比我现实之人格更完善的人格。人可以不知道上帝是什么，但是人可以知道，上帝是超越我之心灵精神一更大的心灵与精神之实体。”“所有这些大话，都至少有同一的作用，即使我们由感到天地、生民、众生、圣贤、佛、上帝之超越于我们自己，而自知我们原先狭小的自我之限制；同时即在我们自知自己之限制处，启现一无限之世界与理想，在我们之前，并要我们去担负对此无限之世界与理想之责任。此责任感，又立刻把我们之狭小的现实自我，自内部撑开，而拓展我们自己之精神的空间。”②这种精神空间的开拓的意义，也就在于使人从“现代性”的那种唯理主义的致命的自负中走出，重新去思考存在问题，重新思考人与宇宙、人与人的关系。

走出了这种人类中心主义的主体性的自限的人，就会意识到世界与人的一

① [法]米兰·昆德拉著，孟湄译：《小说的艺术》，北京：生活·读书·新知三联书店，1992年，第16页。

② 唐君毅：《精神空间之开拓》（节选），胡晓明编《大学活叶文库》第13辑，上海：华东师范大学出版社，2000年，第28页。

种本源性关系，意识到世界是人的一部分，存在就是在世界之中，就是与世界的共在。正如海德格尔(Martin Heidegger)所说："世界从来不是立于我们面前让我们观看的对象。只要世界作为诞生和死亡、祝福和诅咒从而使我们进入存在的道路，那么，世界便从来不是作为相对于我们主体的对象。"[①]现代性的主客体二元对立文化，将世界看成一种客体化、对象化的存在，将世界当成一种可资利用的资源，一种征服、宰制的对象，由此造成的就是对于存在的遗忘。像在以往的现代文学研究范型中被遗漏的40年代文学中的"新浪漫派"——徐讦、无名氏的创作，它所关注的正是这种现代性文化所彰显的问题，所以徐讦的"浪漫"背后有他的"接近上帝胸怀"的存在之"爱"，无名氏的"生命"崇拜之中则有他的"宇宙万物一体之仁"。无名氏再三强调的是："凡不先渗透宇宙把它变成自己精神背景和自己生命一部分的人，就不能最永恒、最绝对地容纳全人类。"(《创世纪大菩提》)他的《无名书》透视时代的独特之处就在于它的一种渗透了宇宙意识的"界外视角"，而徐讦的审视时代的乱世悲悯之心，也正来自一种心事浩茫、广袤无际的存在之爱。冯至诗云"给我狭窄的心/一个大的宇宙"，陈寅恪讲"脱心志于俗谛之桎梏"等等，其意也都在于此，无非都是在强调一种高出于现实功利的超迈眼光，一种天人相通、广大、深远的人文情怀。

人文学科正因为有这样一种人文特性，所以不可以以"科学"来名之，而且可以以此来弥补科学至上所带来的偏失。因此我认为文学研究空间的拓展应该首先是指这种人文精神空间的拓展，它可以开拓人的视野，提升人的生存境界，并使文学和文学研究适应时代的发展，走向进一步的开放和深入。

① [德]海德格尔著，彭富春译：《诗·语言·思》，北京：文化艺术出版社，1991年，第44页。

将信念与知识分开

近日适值严复先生的《天演论》出版百年纪念，报刊杂志上发表了不少谈严复和《天演论》的文章，其中尤以《南方周末》上雷颐先生的文章给人印象深刻，题目是《立足本土，有心误译》。文章似乎是在强调严复误译的“有功”“有理”，或者说是“应该误译”，这触发了我想谈谈当代知识者所应具备的基本道德原则问题，通俗一点讲就是以传授知识为业的人的职业承诺问题。本文丝毫没有责备前贤的意思，只是想提醒《天演论》百年之后的中国知识者在立言时应该注意到信念与知识之间的差异，给予知识以起码的尊重，而不要再让信念来混充知识，以客观知识的面目传达某种主观的愿望和信念。

说起严复的《天演论》，坦率地讲，我曾下过一点功夫。那是初上研究生时，导师布置给我一个作业：让我对照一下严复的《天演论》和赫胥黎(Thomas Henry Huxley)的《进化论与伦理学》的原文，找出它们的异同。我钻进图书馆藏过时的旧外文书的书库里，费了九牛二虎之力总算找到了一本圣约翰大学的藏书——1901年出版的一本赫胥黎文集，里面收有赫胥黎关于"进化论与伦理学"的两篇演讲。严复的《天演论》和赫胥黎的《进化论与伦理学》这两本书单独来读，并不算难懂，但要将两者对照找出异同来，却不是一件轻松的工作。原因在于以"信、达、雅"的标准来译书的严复先生译文过于豪放不羁，给人以"神龙见首不见尾"之感，要逐句对照，简直不太可能。我尽我所能，将两书做了初步的比较，结果写成一篇文章《严复的〈天演论〉与赫胥黎的〈进化论与伦理学〉》，发表在1997年第六期的《文艺理论研究》上，算是勉强完成了任务。

对这两本书的对照比较使我获益匪浅，它不仅使我摸清了影响20世纪中国甚剧的进步主义思潮的源头，而且对《天演论》之后几代人的"渴求进步"的心态有了深切的理解。但这里我想谈的是我在进行这项工作时所产生的一个突出的感受：身为科学家的赫胥黎竭力要将知识和信念分开，而身为哲学家的严复[包括斯宾塞(Herbert Spencer)]则竭力要将其扭合在一起。赫胥黎强调"天行"和"人治"的区别，他把与"天行"相对的"人治"称为是"园艺"过程，主宰两者进化的基本原则是对立的。他认为当时流行的"进化伦理"中存在着这样一个普遍的谬误：进化伦理是这样一种方法，那就是因为所有的动物和植物都经过生存竞争，成为最适者，而进化成为一种完善的有机体，那么社会中的人，作为一种伦理存在的人，也必须指望通过同样的进程来达到完善。我怀疑这个谬误是从"适者生存"这个短语的不幸的含糊中生发出来的。"最适者"(the fittest)有了一种最好者(the best)的意味，而关于"最好者"，就缠夹了一种道德意味。赫胥黎还专门举了个例子来说明这个问题：假如我们这个半球再度变冷，那么最能适应的生物将是苔藓和硅藻，它们是否应被称为最强、最好的物种呢？而严复则将自然界的"物竞天择"之道推衍到人，进而引出人类的行为价值准则，即人应该适应于这种"物竞天择"之道，因此他强调"变"，强调"择"，强调"争"，认为"无异、无择、无争，有一然者，非吾人今者所居世界也"[①]。这种典型的"力本论"观念的提出自然有其时代的深刻性、合理性，但即使只从功效来衡量，其作用也是十分复杂的。我们在"文革"中所熟悉的"天下大乱"达到"天下大治"说，不也正是从此推衍出来的吗？更为重要的是严复是要从达尔文的

---

① 严复：《天演论》，王栻主编《严复集》第5册，北京：中华书局，1986年，第1329页。

进化论推出一个达尔文所不敢推出的结论，那就是斯宾塞的"民群任天演之自然，则必日进善，不日趋恶，而郅治必有时而臻者，其竖义至坚，殆难破也"[1]。这种"人性可臻无限完善"的信念是作为科学的进化论所不能支撑证明的。同样作为科学家的赫胥黎也没有严复的那种出于坚信不疑的信念的乐观情绪："诚使继今以往，用其智力，奋其志愿，由于真实之途，行以和同之力，不数千年，虽臻郅治可也。"[2]赫胥黎关心的问题与严复相反："如果人对这种宇宙本性的模仿与伦理的首要原则相冲突，这个奇怪的理论将会变成什么?"

雷颐先生说，"颇堪玩味的是，严复在翻译赫胥黎此书时，其书名只取原书名的前半部'进化论'而砍去了后半部'伦理学'，其用心已十分明显。……他之所以要翻译赫胥黎此书"，是因为"此书'于自强保种之事，反复三致意焉'，因为此书对进化论作了非常简明准确、通俗易懂的概括和解说"。我觉得这里颇堪玩味的有两点：首先严复只取"进化论"砍去"伦理学"是因为他无意于忠实地传达出本书的原意，特别是赫胥黎以"人类伦理"对"进化伦理"的质疑；其次，赫胥黎讲的是自然科学意义上的进化论，并没有于"自强保种之事，反复三致意焉"，之所以产生这种印象是由于严复对赫著的"误读"，一种源于斯宾塞主义的"前理解"。

"五四"时代是一个主义盛行的时代，各种主义又大都以科学为标榜，这种挟科学以自重的倾向就导致了信念和知识之间的混乱。信念假冒以科学为基础、为依据，结果产生的大多是一种 Pseudo Science（伪科学）的东西，像竭力提倡"美的人生观"的张竞生就是一个很典型的例子。此人是哲学博士出身，却偏要大谈"第三种水与卵珠及生机的电和优生的关系"，并以此闻名全国。这种需要非常严格的科学验证的知识，张博士信口开河，侃侃而谈，真堪称有不怕"误人子弟"的勇气。这是新旧转型时代一种特有的现象，那个时代的知识者不满于以某个学科的"专家"自居，而想成为一种"通才"、一种"人生导师"，这都是可以理解的。张竞生的学说确也有其开时代风气之先的意义，但将信念混充为知识，后果仍不能不引起人的注意，其流弊所及将导致知识完全成为信念的附庸，像苏联曾有过的那种"李森科氏的遗传学"（Lysenkoism）的悲剧。自然科学

---

① 严复：《天演论》，王栻主编《严复集》第 5 册，北京：中华书局，1986 年，第 1392 页。
② 严复：《天演论》，王栻主编《严复集》第 5 册，北京：中华书局，1986 年，第 1397 页。

领域的知识与人文学科领域的知识一样，都应该有其超出于信念之外的客观性、独立性，知识者应该意识到自己立言的局限，从而建立起一种行业自律，而不能给人以言过其实的承诺，徒逞一己之快意。

如果雷颐先生以为严复的当代意义在于他的“立足本土，有心‘误译’”，那么我要问的是：这种立足本土，有心“误译”的救世精神、信念，假如与知识的真实、客观性相冲突，我们将作出怎样的选择？如果我们仍然做出与严复同样的选择，那只能说我们虚度了20世纪。知识者应以求真为最高目的，而不能因为“对……有利”“有用”“适应……的需要”，而扭曲、放弃自己的知识立场，服务于一个暂时性的目的。这种作为知识者应具有的基本的道德原则对搞自然科学的人来说已形成共识，但对于人文学科的知识分子却并非如此，因此强调将信念与知识分开，尚不失其现实意义。

意识形态话语理论与“小说香港”
——评赵稀方的新作《小说香港》

赵稀方的新作《小说香港》，是近年来香港文学研究方面的一部力作。虽然国内关于香港文学的研究目前已不算“冷门”，出现了为数不少的此类著作，但基本上还停留在一种平面介绍的层次上，或者说还是在力图以固有的大陆现代文学史研究模式来接纳、兼容、同化香港文学。这种一厢情愿的“求同存异”式的思维方式，显然会对香港文学的文化特性、文学面貌造成某种遮蔽和扭曲。赵著则不同，这突出表现在其现代文学史研究的“大理论”视野的更新，运用“后殖民理论”（Post-colonialism）、“权力话语理论”（Power discourse theory）等西方后现代理论对香港文学所特有的历史想象、文化身份等问题进行了深入的分析，“从既定的历史真实观的迷失中走出，在叙事的分析中彰显意识形态的塑造过程”。这种理论视野的更新与作者对香港小说深刻、独到的把握结合在一起，使得此书新见迭出、发人深思，构成对既往研究定论、俗见的创新和突破。赵稀方的这部专著可以说标志着大陆的香港文学研究走出了初步阶段，进入了一个深度研究时期。

关于福柯(Michel Foucault)的“权力话语理论”、海登·怀特(Hayden White)的“新历史主义”(The New Historicism),特别是赛义德(Edward Said)等人的“后殖民理论”,赵稀方是有深入的了解和把握的。与张颐武等人对后殖民理论所作的“本质主义”的误读不同,他强调的是赛义德等人的后现代的“非本质主义”思维。这种对后殖民主义理论“真意”的说明和澄清是很有意义,也是很有必要的,它可以纠正作为第三世界的读者非常容易出现的理解偏差,也可以让人们更深入地体察后现代社会知识分子所面临的普遍困境。“9·11”恐怖袭击事件之后,美国的民族主义情绪空前高涨,有把“整个伊斯兰世界”都当成同仇敌忾的对立面的倾向。我在互联网上看到过赛义德的一篇文章,题目叫 *There are Many Islams*,化解的正是这个本质主义意义上的“整个伊斯兰世界”概念,强调伊斯兰世界的多元性、非整体性,呼唤一种理性态度和反思精神。赛义德是强调知识分子对社会的介入和批判的,但他不再是像萨特那一代知识分子式的介入和批判,而是一种后现代主义式的“藏身于语词背后的反叛”。他的后殖民理论是立足在罗兰·巴特(Roland Barthes)和福柯结构主义的话语理论之上的,是一种非本质主义的文化解构。与19世纪盛行的“立意在反抗、指归在行动”的“摩罗诗人”不同,他们的角色定位已从立法者、行动者转为阐释者、解构者,由此,他们的“介入”就不是为了重建某种秩序,而是为了给既定的秩序引入一种异己的因素,使得被既定秩序所掩盖的矛盾充分暴露出来,从而证明一切貌似客观自明的知识,实则是出于一种意识形态的建构。这种批判方式自然有其机智、犀利之处,它是为批判而批判的,以它的立场的随机和游移而显得无懈可击。但由于它不提供自己确定的正面的价值立场,也因之失去了一种积极的文化建构意义。应该认识到赛义德们做此选择和定位,实有不得已处,那就是经历了20世纪种种灾难性的社会运动之后,知识分子已意识到了“思想”之转变为“意识形态”后的种种不良、异化结果。他已无意在现实社会中寻找实现其社会理想的实践力量,并因此彻底放弃了困扰20世纪知识分子特别是中国知识分子的一大难题,即“从个人主义过渡到集团主义的桥梁”的问题。他们始终以个人的身份说话,以避免自我异化和被利用的命运,这便成为他选择做一个消极意义上的反叛者、解构者的原因。这是一种无奈的但也是明智的选择,它为我们摆脱那种独断的、功利化的本质主义的思维方式提供了一条通道，一个较少顾忌和束缚的自由之身，可以使知识分子更灵活、更自由地履行其文化批判的职责。

赵著的重点并不在于作纯理论的思辨，而在于它灵活运用多种文化批判理论、方法，对香港小说中原发多元的文学想象进行穿透式的阐释和解剖。他在资料搜集上下的功夫颇大，在资料运用方面也颇有巧妙、独到之处。如开篇即将作为宗主国的英国的香港叙事与作为祖国的中国的香港叙事进行并置式的辨析，极有说服力地揭示出了这两种香港叙事中潜藏着的知识与权力的关系。在对于早期英国小说中的“香港想像”研究上，赵著颇有独得之秘，他在英国剑桥大学的图书馆中，找到了名不见经传的19世纪的英国人描写香港的小说集《黄与白》，通过对其的解读，有力证明了早期英国殖民者对黄种人的轻蔑和丑化以及其所流露出的强烈的白人种族主义意识。其他如对流传甚广并被拍成电影的小说《大班》的分析、对毛姆描写香港生活小说的分析，都有深刻独到之处。特别是对倾向于赞扬中国的毛姆小说的解读，分析更为犀利，指出毛姆对于中国人的赞扬是可疑的，他的赞扬来自异国情调的东方神秘，这事实上是自居为主体的西方意识的他性构造，与歧视中国者同是西方中心主义的产物。

在对香港自身的文化认同的研究上，作者表现出了一种辩证的、尊重事实的客观态度，如通过对侣伦小说的分析，指出香港文学对于自身殖民地的境遇并不敏感，而金庸武侠小说中对于“狭隘民族主义”（Parochial nationalism）的突破，既是一种“现代性”（Modernity）的诉求也是一种“殖民性”（Coloniality）的表现。后面这个分析尤为重要，因为它触及到了一个思想史上颇多困扰的问题，那就是民族主义的理论基础何在的问题。如果仅将这种基础归结到民族文化之上，那么一旦这种民族文化被接纳，也就似乎消失了再固守民族立场的理由。历史上这种现象并不罕见，这似乎是将民族主义定位于文化认同上所难以避免的内在矛盾，何况中国的文化民族主义主要是一种具道德理想主义色彩的“天下主义”，并非是现代西方意义上的民族主义理念，这从顾炎武将“亡国”和“亡天下”鲜明地区分开来就可以看出。这种文化民族主义很容易为真正的“汉奸”所利用，作为他们附逆、事敌的口实和理由，如汉奸组织“新民会”的头目缪斌就是这样来构建他的“汉奸”理论的：“‘有德者此有土’，站在新民立场上讲民族主义的话,那就不是国家的民族主义,而是天下的民族主义。天下之民只有教化不同,没有类别不同,车同轨、书同文,用文化使天下之民化为一民,使天下之土化为一土。”[①]文化汉奸周作人为自己辩护的方式则是大谈所谓“道义之事功化”等。这都说明仅仅将民族主义建立在民族文化基础上是不够的,甚至是可以自我颠覆的,还需进一步完成这种文化民族主义的现代性转换,即建立现代意义上的具有宪政体系确立公民个人权利的现代民族国家制度,在此宪政制度之上造就政府与人民间的信任关系,使这种信任关系成为作为一个政治社会共同体的民族国家的凝聚力之本。国民之所以爱自己的国家,是因为国民信任国家的制度,而之所以信任政府,是因为这个政府确实保护了他们的自由,两者之间是一种相辅相成的关系。而唯有如此,庶几可使我们不再听到老舍《茶馆》那位一辈子凭着良心救国的常四爷临终前的哀叹:“我爱我们的国啊,可是谁爱我呢?”这种文化民族主义的内在困境,通过香港文学可以看得更清楚。

香港近代以来的特殊历史,一方面给它带来了屈辱和迷茫,另一方面也使它具有了某种“超然性”,这种“超然性”也是它区别于大陆文学的突出之处。与大陆现代文学占据主导位置的民族国家叙事不同,香港文学对于各类政治上的“主义话语”都表现出明显的淡漠和疏远,而形成了它自己的关注中心和价值取向。在这方面,赵著都作了深入独到的分析、研究,特别是对香港文学特性——都市性和商业性的概括和分析,非常准确、深入,使人获益匪浅。以我对香港文学的极为有限的了解,我感到在整个20世纪中国文学的大格局中,香港文学确是有它的独特的价值和意义的,这突出表现在它始终没有丧失一种在历史、文化的大变革的时代常常被人们所忽视、所排斥的常识和理性。在20世纪中国海立山飞、地覆天翻的历史大变动中,以“除旧布新”自命的激进主义政治文化一路凯歌东进,无人敢撄其锋。但在香港,在大陆“文革”初起、“横扫千军如卷席”之际,徐訏就写出了他的反乌托邦主义的小说《悲惨的世纪》,给这个迷狂、暴虐的时代留下了清醒的证言;80年代初,无名氏与“野兽之瞳”对视的挑战“时代”的巨作《无名书》六卷,也是在写成20年后才得以在香港首先出版、问世,这都是一种在其时代所罕见的自由精神和人文理性的体现。即使在所谓的

① 高军等:《中国现代政治思想评要》,北京:华夏出版社,1990年,第668页。

"通俗文学"金庸的武侠小说中，我们也可以读出作家对"时代"普遍信条、流行观念的质疑和调侃、消解和否定。我在读了金庸的一些小说之后，反而有了这样一种感受，那就是在一种反文化的蒙昧主义（Obscurantism）文化成为时代的主导文化的时候，在素来为文化精英们所不屑的低等文类——商业性、消遣性、纯虚构的武侠小说中，我们反而看到了中国文化的真精神的显现，看到了对人情世态的洞察，看到了一种自由的嬉戏精神以及为喧嚣混乱的时代所捐弃的人的生存的常识和理性。

赵稀方的香港文学研究不是出于一种拾遗补缺或单纯填补空白意义上的文学研究。他在从事这项研究之前，已经是现代文学研究界非常活跃的青年学者，研究领域颇为广泛，研究成果已颇为引人注目。正是由于他有着这种较为深厚的文学研究素养以及对西方新兴理论和20世纪中国文学的全面、深入把握，所以他在研究香港文学时，才能左右逢源、见解不俗，给人们带来诸多启发和思考。深厚的理论功底和出色的艺术感受能力，是他的这项研究达到较高学术水准的前提条件。本书虽是一部学术性的专著，但读来并不枯燥晦涩，作者文笔清通、行文流畅，给人以举重若轻之感。相信本书的出版会为香港文学研究的深化起到很大的推动作用，也祝愿作者取得更多、更好的科研成果。

主要论著目录

1986 年

《鲁迅的“主观战斗精神”与“写意性”现实主义》,《山东师范大学研究生论丛》第 2 辑,1986 年 12 月。

1988 年

《自我·生命·文学——郁达夫“生命文学”创作特质新探》,《烟台师范学院学报》1988 年第 4 期。

1992 年

《试论萧乾小说创作中的心理距离》,《烟台师范学院学报》1992 年第 1 期,人民大学复印报刊资料《现当代文学研究》卷 1992 年 6 月转载。

1993 年

《颠覆常识的艺术——余华小说中的叙述控制与文化反讽》,《烟台师范学院学报》1993 年第 2 期。

1995 年

《张炜与俄苏文学》,《外国文学研究》1995 年第 3 期。

《天地境界与忧患精神——张炜小说近作的主题演进》,《临沂师范学院学报》1995 年第 4 期。

1996 年

《后新时期文学的启动与八五新潮文学》,《烟台师范学院学报》1996 年第 2 期,人民大学复印报刊资料《现当代文学研究》1996 年 9 月转载。

1997 年

《余华小说创作中的后人道主义倾向及其对鲁迅启蒙话语的解构》,《中国现代文学研究丛刊》1997 年第 3 期,人民大学复印报刊资料《中国现当代文学研究》1998 年 3 月转载。

《二十世纪上半期文学史上民族主义理论的语境考察和语义分析》,《华东师范大学学报》1997 年第 4 期,人民大学复印报刊资料《文学理论研究》1997 年 10 月转载。

《严复的〈天演论〉与斯宾塞〈进化论与伦理学〉》,《文艺理论研究》1997 年第 6 期 。

《在平和幽默的另一面——重读老舍先生的猫城记》,《博览群书》1997 年第 4 期。

《新写实异于旧写实的新意探源》,《艺术广角》1997 年第 4 期。

1998 年

《试论五四时期文学的历史进化观念的得与失》,人民大学复印报刊资料

《中国现当代文学研究》1998 年 9 月转载。

《以身体的代主体的写作——晚生代小说家的写作态度和立场》,《理论和创作》1998 年第 3 期。

1999 年

《无政府主义与中国现代文学的现代性起源》,《华东师范大学学报》1999 年第 2 期,人民大学复印报刊资料《现当代文学研究》1999 年 6 月转载。

《将信念与知识分开》,《读书》1999 年第 3 期。

《当代都市生活中的阴阳之道——读陈村小说〈鲜花和〉》,《东方文化周刊》1999 年 7 月 29 日。

《徐讦的晚年心境与精神归宿》,《粤海风》1999 年第 1 期。

《大理论的变革与现代文学研究观念的更新》,《当代作家评论》1999 年第 4 期 。

《新时期文学思潮概论》,春风文艺出版社 1999 年 3 月。(合著)

2000 年

《"新浪漫派"文学的"黑夜情调"》,《中国现代文学研究丛刊》2000 年第 2 期。

《大动荡时代的个人性话语与时代话语——20 世纪"现代性问题"视野中的新浪漫派文学》,《华东师范大学学报》2000 年第 1 期。

2001 年

《梦和理想的差异——无名氏前期创作与时代主导文学的疏离》,《天津师范大学学报》2001 年第 4 期。

《精英主义话语的兴起及其对西方的想象》,《南开学报》2001 年第 4 期。

《独行人踪——无名氏传》,江苏文艺出版社 2001 年 4 月。

2002 年

《一个审美主义者的时代关怀——徐讦四十年代创作新探》,《天津师范大学学报》2002 年第 3 期，人民大学复印报刊资料《现当代文学研究》2002 年 8 月转载。

《两种伟大与两种激情——现代性历史文化语境中的鲁迅和陀思妥耶夫斯基》，《外国文学研究》2002 年第 3 期，人民大学复印报刊资料《现当代文学研究》2002 年 10 月转载。

《中国近现代文学中的民族国家叙事与文化认同》，《齐鲁学刊》2002 年第 3 期。

《追怀吾师田仲济先生》，《博览群书》2002 年第 10 期。

《现代主义文学的文化阐释》，《山东社会科学》2002 年第 4 期。

2003 年

《艰难时世与文学的选择——20 世纪文学一瞥》，《文艺争鸣》2003 年第 3 期。

《无名书的人文关怀及其对宇宙文化心灵的探索》，《中国现代文学研究丛刊》2003 年第 4 期。

《中国现代文学的三分格局与现代性语境》，《南开大学学报》2003 年第 2 期。

《现代性的文学进程——20 世纪中国文学的动力与趋向考察》，中国文史出版社 2003 年 8 月。

《轻逸与沉重之间——“现代性”问题视野中的“新浪漫派”文学》，南开大学出版社 2003 年 11 月。

2004 年

《现代性的文学诉求——中国现代文学的文化特质考察》，《厦门大学学报》2004 年第 5 期 。

《在新与旧对峙的背后——晚清人林纾与“新青年派”代际文化心态的差异》，《天津师范大学学报》2004 年第 4 期 。

《扎根乡土的“革命叙事”——〈红旗谱〉与 20 世纪乡土中国的革命》，《北方论丛》2004 年第 6 期。

2005 年

《一个传奇与它背后的本事——格非〈人面桃花〉与历史乌托邦》,《天津师范大学学报》2005 年第 5 期。

《周作人的最后 22 年》,中国文史出版社,2005 年 5 月。

2006 年

《精神与物质的牴牾:中国现代文学中的精神至上与非物质主义倾向》,《天津社会科学》2006 年第 4 期。

《开明的保守派:谴责小说作家群的文化性格考察》,《天津师范大学学报》2006 年第 6 期。

《周作人与古希腊罗马文学》,《书屋》2006 年第 7 期。

《周作人附逆与现代性的伦理困境》,《烟台大学学报》2006 年第 3 期。

2007 年

《"政治小说"的出现与公理至上话语的确立——晚清社会心态的变异与浪漫主义的文学政治》,《江汉论坛》2007 年第 1 期。

《清末民初社会心理的变异与文学兴替》,《学术月刊》2007 年第 4 期,人民大学复印报刊资料《中国古代文学研究》全文转载。

《追寻诗意　感悟人生》,《文艺报》2007 年 1 月 11 日第 3 版。

《天演论的回声——清末民初知识群体的心态变异与价值翻转》,《天津社会科学》2007 年第 5 期。

2008 年

《"新知培养转深沉"——〈笨花〉及其对现代中国小说的乡土叙事的拓展》,《天津师范大学学报》2008 年第 2 期。

《人心之变与文学之变——从〈孽海花〉和〈广陵潮〉看清末社会心理的变迁》,《大连大学学报》2008 年第 1 期。

《民初"鸳鸯蝴蝶派"小说的文化心理考察》,《广东社会科学》2008 年第

1 期。

《新党、志士、洋场习气的嘲讽者——清末民初文学中政与教的脱纽与市民写作的反乌托邦倾向》,《烟台大学学报》2008 年第 4 期。

《50 年代公共写作与私人写作中的周作人》,《新文学史料》2008 年第 2 期。

《清末民初乌托邦文学综论》,《中国社会科学》2008 年第 4 期,《新华文摘》2008 年第 19 期转载,中国人民大学复印报刊资料《中国古代、近代文学研究》2008 年第 12 期全文转载。

2009 年

《文化心理失调导致的悲剧——周作人附逆原因考察》,《天津文学》2009 年第 10 期。

2010 年

Old State and New Mission:*A Survey of Utopian Literature Frontiers of Literary Studies in China*,Number.3,2010,Sep.(英文刊物《中国文学研究前沿》2010 年第三期。)

《清末民初小说中“现代性”的起源、形态与文化特性》,《文学评论》2010 年第 5 期。

《郁达夫:“卢梭主义”与现代感性“自我”的镜像》,《烟台大学学报》2010 年第 2 期。

《父亲缺位之后——从东西〈耳光响亮〉说起》,《中国图书评论》2010 年第 11 期。

《红旗谱:出于时代的选择与超出时代的希望》,《文学与文化》2010 年第 2 期。

《决绝与眷恋——清末民初社会心态与文学转型》,复旦大学出版社,2010 年 6 月。

2011 年

《清末民初乌托邦文学的类型源流与文化心理考察》,《中山大学学报》2011

年第 1 期。

《“父”之缺位时代孤儿的道德困境——东西〈耳光响亮〉、〈后悔录〉与后传统时代的寓言化写作》,《天津师范大学学报》2011 年第 2 期。

《东西“情圣”的合流与“浪漫爱”的兴起——清末民初文学中的唯情主义乌托邦》,《学术交流》2011 年第 4 期。

《鲁迅与鲁门弟子》,大象出版社,2011 年 1 月。

2012 年

《“狂人”形象的文化源流与五四新文学的文化气质》,《南京师范大学学报》2012 年第 1 期。

《由天地境界到功利境界——从曾、李之别看近代中国的士风转移与文学之变》,《天津师范大学学报》2012 年第 3 期。

《传统德性伦理的失语与重建——以京剧〈四郎探母〉的现代接受为例》,《东岳论丛》2012 年第 6 期,与秦彬合作。

2013 年

《五四人的精神趋向——抽象化的文学政治与理性的激情化》,《天津社会科学》2013 年第 2 期。

《苏生和“毁灭”之间的预言——鲁迅的精神特质与“灵明”开启的现代性》,《文学与文化》2013 年第 3 期。

《晚年周作人》,凤凰传媒出版公司和现代出版社,2013 年 1 月。

2014 年

《清末民初后科举时代的新型知识层与文化心性的代际转换》,《文艺争鸣》2014 年第 7 期。

《重读〈桃源梦〉——善化乌托邦的瓦解与反面乌托邦的兴起》,《南开学报》2014 年第 3 期,与杨博雅合作。

《抗战语境下民族心灵的别样书写——论李广田的〈引力〉》,《天津师范大学学报》2014 年第 5 期,与吕彦霖合作。

《来自别一世界的启示：现代中国文学中的乌托邦与乌托邦心态》，南开大学出版社，2014 年 1 月。

2015 年

《“风云”与“风月”的缠绕——“白蛇传”重述与现代中国特定历史时空下的情欲叙事》，《中山大学学报》2015 年第 5 期，与平瑶合作。

《追怀无名氏——卜乃夫先生》，《新文学史料》2015 年第 1 期。

《现代性新文明的建构——评〈风雨“中国梦”——清末新小说中的“救国”想象〉》，《长春师范大学学报》2015 年第 9 期。

《时间意识・现代性与中国文学的古今之变》，《文艺争鸣》2015 年第 10 期。

《学术研究的问题意识与整体观——读〈救亡、启蒙、复兴——现代性焦虑与清末民初文学语言转型论〉》，《理论与现代化》2015 年第 5 期。

2016 年

《曾国藩的“克己”与李鸿章的“任性”》，《书屋》2016 年第 5 期。

《西学路径 儒士精神——纪念张伯苓诞辰 140 周年》，《群言》2016 年第 4 期，与吕彦霖合作。

2017 年

《孤岛”烽火思南明——从柳亚子与阿英关于《杨娥传》的分歧看两代作家的文化心理差异》，《天津师范大学学报》2017 年第 5 期，与吕彦霖合作。

《清末民初文学的世代更替与文化转型》，《文艺评论》2017 年第 8 期。

《近代“文明论”的兴起与清末小说中关于“文明”的歧见——以〈瓜分惨祸预言记〉和〈新石头记〉为例》，《社会科学研究》2017 年第 4 期，与于冰轮合作。

《空间意识变迁与晚清小说的现代性》，《中国高校社会科学》2017 年第 3 期。

《清末报刊与文学的共生性繁荣与世界的“图像化”》，《南开学报》2017 年第 1 期。

2018 年

《时空意识与 1980 年代中国小说的形态变化》,《社会科学研究》2018 年第 6 期。

《传统与现代之间的对视——从精神指向的变化看近现代中国文学中的古今之争》,《社会科学战线》2018 年第 12 期。

《两极性、末世论和黑白二分的世界观——鲁迅与中国文化的现代性转型》,《长江学术》2018 年第 4 期。

《百年中国的文化嬗变》,《人民论坛》2018 年第 33 期。

《孙犁创作中的美德书写、人文情怀与文学史意义》,《天津师范大学学报》(社会科学版)2019 年 01 期。

后记

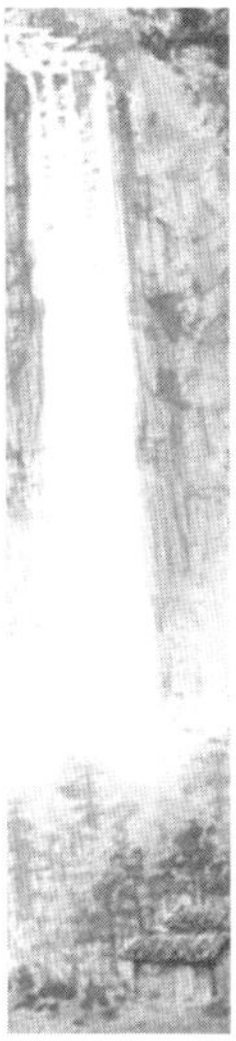

时节如流，岁月不居，弹指之间我迈入现代文学研究的门槛已经有30多年了。回首以往，我之所以走上这样一条学术之路，是由一些自觉和不自觉的因素共同促成的。首先它与20世纪80年代那种特有的文化氛围密切相关。20世纪80年代在中国人的记忆中是一个强劲的、春潮涌动的“阳春时节”：一方面，旧的观念遭到质疑而摇摇欲坠，既往文化对个人、集体、国家与未来之间的无缝焊接开始出现缝隙；另一方面，新的观念来势迅猛、良莠混杂，大家普遍处于一种有所希望、有所期待的亢奋心态之中，这就催生了那个时代文学、文化的繁荣。那时，一个敢于直面时弊、扣紧时代精神脉搏的佳作的问世是可以令举国若狂、洛阳纸贵的，因为它不是在代表个人说话，而是在发出一种时代的、集体的呼声。20世纪80年代的思想解放运动标志着一个意义自主性时代的到来，以往被给定的一切开始受到怀疑，人必须开始靠自己来重新思考和寻找人生的坐标、生命的意义，这种“由信到思”的时代变化既使人兴奋，也使人茫然。我对于当时的社会和人生充满了困惑和疑问，而文学吸引我的正是它对这个时代紧迫的社会、人生诸问题的追问和探索，我想从文学中寻找诸多人生和社会问题的答案，这使我走近了鲁迅、走近了现代文学。所以在本科三年级时，我就果断决定改变所学的英语专业方向，去考中文系的现代文学方向的研究生。虽然我对英美文学也很感兴趣，读了不少英美作家的作品，但显然中国现代文学更能满足当时我心灵上的饥渴。

如此，1985年秋天我如愿以偿地考入山东师大中文系，跟随当时已年近八旬的田仲济先生攻读硕士学位。田先生从20世纪30年代就在上海参加左联的活动。当时著名的左联新兴作家耶林就是他的直接领导；抗战时期他在重庆从事文艺救亡活动，写作了大量激浊扬清、针砭时弊的杂文，郭沫若曾为他的杂文集作序；1947年他出版中国第一部《中国抗战文艺史》，后来又在大学从事中国现代文学的研究和教学，成为这个学科的奠基者之一。田先生本人亲身参与、见证了现代文学的发展历程，从他那里我学到了不少现代文学教科书中所没有的东西，也感受、领略到了一个中国"新文学左翼作家"所特有的那种清峻、刚直、不假辞色的精神气质。1987年田先生退休，我转由诗评家袁忠岳先生指导，袁老师当过20多年"右派"，饱受磨难，平反之后刚调到山东师范大学。虽然我不从事诗歌研究，但袁老师仍然使我受益良多，他有很强的哲学思辨能力，特别强调论文的逻辑性和问题意识。他要求我在写论文之前必须能把所要表达的观点用三言两语说出，这其实是一个很高的要求，因为只要能说出来，论文也就已经成形了，论题、论据都出来了，剩下的就是细节问题了。我的硕士论文写的是郁达夫与西方19世纪末文学、哲学思潮的关系，其中部分内容收入了论文集。

1988年硕士毕业后，我被分配到烟台师范学院（今鲁东大学）中文系任教，担任中国当代文学的教学任务，论文集中对余华、张炜等作家的评论都是这一时期写出、发表的。在烟台任教8年后，我决定继续读书深造，所以1996年又考入位于上海的华东师范大学中文系，导师是著名的文学批评家王晓明先生。上海是人文荟萃之地，华东师大又是中国现代文学研究的重镇，这三年成为我在学术上收获极大的三年。王老师给我们开的第一门课《文学史与思想史》，给我启发最大，记得当时的书单上有沈曾植的《海日楼杂丛》，我依稀记得这是一位晚清遗老，但对他的确是一无所知，这门课使我大开眼界。这一个学期我们系统讨论了梁启超的《新民说》、章太炎的《俱分进化论》、刘师培的《论学论政文集》,还有严复的《天演论》,等等。读《天演论》是王老师交给我的一个任务,他让我把严复的《天演论》和赫胥黎的《进化论与伦理学》的原文做仔细的对照,分析两者的异同。赫胥黎的英文原著就很不好找,我费了不少功夫居然在华东师范大学尘封的外文书库里把它找到了,书是 1903 年出版的,是华东师范大学从晚清的圣约翰大学继承来的遗产。《天演论》是中国现代思想、文化的来源和起点,遗憾的是很多人只读了《天演论》,而没有读过赫胥黎的《进化论与伦理学》,其实赫的原著可以说是"现代"和"反现代"的思想交汇点,即自然科学意义上的进化论者,文化、道德意义上的保守主义者。而且,其基本内容是质疑、批驳斯宾塞的庸俗进化伦理说的,只是严复对它做了一种斯宾塞主义的改造,将一种在西方颇有争议的理论宣示为一种"天演之公理"。其对于推动中国"进步"的意义自不待言,但对其学理、思想上的片面、歧出之处又岂能视而不见?我根据自己对此书的研读,写成了一篇论文《严复的〈天演论〉与赫胥黎的〈进化论与伦理学〉》,发表在《文艺理论研究》1997 年第 6 期上;后来还写过一篇与此相关的和雷颐先生商榷的文章《将信念与知识分开》,发表在 1999 年第 3 期的《读书》杂志上。这可以说是我进入近代思想史和文学史研究的开端,之后我的学术兴趣进一步深化,重读了梁启超在日本办的《新民丛报》和无政府主义者吴稚晖等人在巴黎办的《新世纪》等刊物,发现无政府主义对中国现代文化的影响不可低估,于是写成一篇《无政府主义与中国现代文学的现代性起源》的论文,重点分析了三篇很少为文学研究者所注意的无政府主义小说,分析了其对现代文学的影响,认为正是无政府主义者在中国提供了现代价值的原点,也算间接介入了当时对"现代性"问题的讨论。这篇文章后来发在《华东师范大学学报》1999 年第 2 期上,对后来从事此项研究的学者产生了较大的影响。

1998 年我开始了博士学位论文的写作,虽然之前对现代文学研究的宏观性、"大理论"层面的问题思考较多,但我想作为文学史的论文还是从具体作家的分析入手较好,所以后来选定的是对于徐訏和无名氏的"新浪漫派"文学的研究,当然评价其创作的大的理论视野也发生了变化,即所谓"现代性问题视野中的新浪漫派文学研究"。这两个作家在既往的研究范型中都是无足轻重的作家,但在我的理论视野中却是地位比较重要的作家。对无名氏这个作家的发现于我来说也是有点偶然,无名氏的作品我是在 20 世纪 80 年代初上大学时就读过的，他的《北极风情画》和《塔里的女人》给我留下很深的印象，但那时的他给我的印象只是一位浪漫主义的奇情小说家而已，所以后来也没有产生过要研究他的作品的念头。直到 1996 年，我在华东师范大学图书馆的港台阅览室偶然看到了大概是全上海唯一的一套完整的《无名书》（之后我到上海图书馆和复旦大学去查过，都无此书），这样我才有机会了解了《无名书》的全貌，产生了研究他的作品的念头，并对他的特立独行的人生态度产生了兴趣，先写了一本《独行人踪——无名氏传》，2000 年由江苏文艺出版社出版。关于我的博士论文就不多讲了，因为它已经于 2004 年 1 月由南开大学出版社出版，有兴趣的可以自己去看。再来赘言几句的就是，无名氏的《无名书》六卷是现代文学史上几乎是绝无仅有的“心灵史”性的写作，对其的评价不是单纯的文学审美批评能涵盖的；至于徐讦也并非一个三流的言情小说家，他在“言情”背后有对时代与人心的深刻、严肃的思考和洞察，只是既往研究范型的网眼太大、视野太窄、功利性太强，无法充分理解其作品的价值。这里选四篇已发表的论文，作为对他们进行重新阐释的尝试。

2000 年 7 月，我应聘来到南开大学文学院工作，虽然我与南开毫无渊源，但文学院的领导和同人们给予了我很大的帮助和关照。迄今为止，我在南开大学已工作了 16 年。我在南开大学的学术研究主要还是围绕现代思想文化中的现代性问题展开的，2003 年我成功申报了教育部人文社科“博士点”基金项目“清末民初社会心态的变异与文学转型”，后来完成了专著《决绝与眷恋——清末民初社会心态与文学转型》，该书 2010 年由复旦大学出版社出版，后来获得了教育部第六届高等学校科学研究优秀成果三等奖。2007 年我成功申报了国家社科基金项目“现代中国乌托邦小说研究”，写出专著《来自别一世界的启示：现代中国文学中的乌托邦与乌托邦心态》，2014 年由南开大学出版社出版。2008 年我入选教育部“新世纪优秀人才支持计划”课题，完成了专著《鲁迅与鲁门弟子》，2011 年由大象出版社出版。另外，2005 年还应邀撰写了《周作人的最后 22 年》，在学术界产生了较大反响；2013 年我又在原作基础上进行了大幅删改、补充，出版了《晚年周作人》一书，由凤凰传媒出版公司和现代出版社出版。与此同时，我在《中国社会科学》《文学评论》《学术月刊》《南开大学学报》《天津师范大学学报》等学术刊物上发表了 40 余篇论文，先后三次获得天津市优秀社会科学成果二等奖。这些论文也大都收入论文集中。近年来发表的论文如《天人关系与中国文学的现代转变》等,主要是力图反观现代性出现的原初情境,从一种扩大了的人文视域出发来重新理解传统与现代的价值和意义,思考现代人生存中的位育之道、自由与秩序、遂生与安所问题。

总之,反观自己走过的学术道路,虽然成绩有限,但还是差可自慰的,正如陈寅恪先生所说:“天生迂儒自圣狂,读书不肯为人忙。”我所做的所谓“学问”,也都属于古人说的“为己之学”而非“为人之学”,是按着自己的意愿、兴趣展开的,标示的是我自己的一种内在精神的成长,是耶非耶,只能交给读者来评说了。学术之路是没有终点的,我也只是永远“在路上”的赶路者而已。本书得以出版,得益于南开大学文学院,特别是主管科研的李瑞山院长的大力支持和帮助,在此要表示诚挚的感谢!这些论文绝大部分已在学术期刊发表过,在此也要向发表过我论文的学术杂志的编辑们表达诚挚的谢意!我的博士生郑丽丽、吕彦霖、平瑶、于冰轮、汪怡菡,硕士生李聪、张婧、张馨予、张永国、宋晨方、李蕊帮我做了大量的论文、注释的校核工作,在此也要向他们致以诚挚的感谢!

2016 年 12 月 19 日岁末于南开范孙楼